KB141745

조선시대 시와 시학의 현장

정대림

1950년 경남 통영 출생
서울대학교 문리과대학 국어국문학과 졸업
서울대학교 대학원 국어국문학과 졸업(문학박사)
현재 세종대학교 국어국문학과 교수

주요 저서
『한국고전시학사』(공저)
『한국고전문학비평의 이해』
『한국고전비평사』
『한국한문학강독』
『실용한문의 길』

주요 논문
「고전 시론과 그 계승 문제」
「언외의의 시 세계에 대하여」
「한문학의 변모와 반성」
「고전 시학에 나타난 의미 중시의 경향에 대하여」 외 다수

조선시대 시와 시학의 현장

초판 1쇄 인쇄 | 2014년 6월 20일
초판 1쇄 발행 | 2014년 6월 27일

지은이 | 정대림
펴낸이 | 지현구
펴낸곳 | 태학사
등 록 | 제406-2006-00008호
주 소 | 경기도 파주시 광인사길 223
전 화 | 마케팅부 (031)955-7580~82 편집부 (031)955-7585~89
전 송 | (031)955-0910
전자우편 | thaehak4@chol.com
홈페이지 | www.thaehaksa.com

값은 뒤표지에 있습니다.
ISBN 978-89-5966-648-5 93810

水陸草木之花 可愛者甚蕃
晉陶淵明 獨愛菊
自李唐來 世人甚愛牡丹
子獨愛蓮之出於泥而不染
濯清漣而不妖 中通外直
不蔓不枝 香遠益清 亭亭淨植
可遠觀 而不可褻玩焉
子謂 菊 花之隱逸者也
牡丹 花之富貴者也
蓮 花之君子者也
噫 菊之愛 陶後鮮有聞
蓮之愛 同子者何人
牡丹之愛 宜乎眾矣

조선시대
시와 시학의
현장

정대림

태학사

책머리에

　나는 기억한다, 대학에서의 35년 세월을. 버스와 지하철을 이용하여 영동대교, 청담대교를 건너다니며, 아침이면 한강 잔물결에 눈부시게 넘실대던 햇살을 맞이하고 저녁에는 서산에 지는 해를 품에 안고 붉게 타오르던 노을을 눈여기며, 그렇게 지내온 세월을 나는 기억한다. 그 기억 속의 나는, 수없이 교수다운 교수인가를 되새기며 지내면서도 가르치는 교수, 연구하는 학자, 지도하는 선생 어느 하나에도 분명한 이름을 얻지 못하고, 그냥 세월만 축낸 것으로 보인다. 그러다 어느덧 정년이란 자리에 미끄러지듯 다다르고 말았다. 이제 인생 백 년을 감히 넘보면서, 새로운 35년을 내다보게 된 것이다.

　생각해 보면 대학에서의 35년 세월은, 언제나 머리말이 안겨준 답답함과 막막함을 맺음말이 아쉬운 대로 씻어내 주는가 하면 또 어느새 짓누르는 새로운 머리말의 압박, 그 끝이 보이지 않는 순환의 연속으로 이어진 나날이었다. 그 과정에서 머리말과 맺음말의 꼬리표를 달고 여기저기 실렸던 글들 가운데 비슷한 성격의 글들을 모아 '조선시대 시와 시학의 현장'이란 제목 아래 4부로 나누어 엮어 보았다. 부끄러운 일이지만 무소의 뿔처럼 혼자서 가야 하는 학문의 길을 부담스러워 하면서 35년 동안 제대로 주목받는 업적도 이루지 못한 채 달리는 말 타고 그냥 지나치듯 하였는데, 그래도 도움주고 지켜봐 준 주변의 많은 동학과 소중한 제자 여러분에게 미처 제대로 챙기지 못한 큰 빚을 갚아야 한다는 심정에서 이 책이나마 전해주고자 하는 간절한 마음으로 작업하였다. 그리하여 시인, 시화, 비평가, 시학의 울타리 안에서 지내면서 건져 올린 수확물을 정리한 셈인데, 그저 부끄럽기 짝이 없다. 그러려니 하고 웃어넘겨 주기 바란다.

이렇게 지난 35년을 되돌아보면서 마무리하려다 보니, 무엇 하나 소망스럽게 이루어 낸 것이 없어 보인다. 그러니 어쩌겠는가. 그런 대로 이렇게나마 하나의 매듭을 짓고, 앞으로의 일이라도 잘 꾸려갈 수 있도록 지금부터 매일 부지런히 꿈꿀 수밖에……. 여기저기 흩어져 있는 원고들을 찾아 정리하고 다듬어준 조경진, 정운규, 장현묵 등 연구실원들의 수고에 고마운 마음을 전한다. 그리고 어쭙잖은 글 묶음을 두말없이 출판해 준 지현구 사장님과 태학사 관계자 여러분께 감사드린다.

2014. 5. 5.
군자동 香堂書室에서
柏松 정대림

차 례

제2부 시화의 숲에서 노닐다

제3부 비평가의 생각을 들여다보다

제1부

시인의 마음에 다가가다

정이오의 시와 여말선초 지식인의 삶

1. 머리말

교은(郊隱) 정이오(鄭以吾, 1354~1434, 공민왕 3~세종 16)의 한시를 분석 검토하여 시인으로서의 교은의 참 모습을 찾아보고자 하는 것이 이 논문의 목적이다. 그리고 교은의 한시 연구는 지금까지 제대로 연구의 손길이 미치지 못했던 조선왕조 초기의 한시 및 시인 연구에 도움이 될 수 있을 것이라는 데서 그 의의를 찾을 수 있을 것이며, 아울러 한국한시사나 한국한시시인 연구 등의 총체적 연구에도 한 몫을 할 수 있을 것으로 보인다.

교은은 여말과 선초에 걸쳐 각각 생애의 반씩을 나누어 활동하였는데, 여말의 전반부는 주로 학습이나 문학수업, 과거 그리고 운둔 등으로 보냈으며, 그 후반부인 선초에 비로소 문인으로 정치가로 왕성한 활동을 전개했던 것으로 보인다. 따라서 교은을 선초의 시인으로 지칭하는 데는 크게 무리가 없을 것으로 생각된다.

교은의 시에 대한 지금까지의 연구는 몇몇의 작품을 중심으로 간단하게 언급하는 정도에 머물고 있는 실정이다. 기왕의 한국한문학사에 기술된 교은 시에 대한 평가는 다음과 같다.

이초(李初)의 시는 먼저 정이오의 〈차운기정백형(次韻寄鄭伯亨)〉이라는 한 편을 들지 않을 수 없겠다.[1]

남용익(南龍翼)은 국초의 최고시인으로는 이첨(李詹)과 박의중(朴宜中)을 손
꼽고, 허균(許筠)은 이첨과 정이오의 시가 국초에서 가장 뛰어났었다고 말해서,
서로 어긋나는 바가 있다.[2]

허균이나 남용익의 견해를 바탕으로 한 위의 언급에서는, 교은을 선초의
대표적 시인의 한 사람으로 평가하고 있음을 알 수 있다. 일반적으로 여말
선초의 시학이 소식(蘇軾), 황정견(黃庭堅)을 주로 하는 송시풍의 것이었음
은 주지의 사실이다.[3] 그러한 시학적 여건 속에서 교은이 당시풍의 정감 있
는 시세계를 보여줌으로 해서 높이 평가될 수 있었던 것으로 생각된다.
한편 국문학사에 처음으로 언급된 교은 시에 대한 평가는 다음과 같다.

정이오(鄭以吾, 1354~1434)는 이첨과 같은 길을 걸어서 대제학의 자리를 이
었으나, 경력이 화려하다든가 『동문선』에서 차지하는 위치가 대단하다든가 하
는 점에서는 이첨을 따르지 못한다. 그러나 작품에 나타난 정감이나 표현은
정이오가 앞섰다. 격식을 따르며 기존의 수준을 이으려고 하기보다는 자기 마
음을 그대로 나타내려 했기에 도리어 높은 경지에 이르렀다고 한다.[4]

조동일 교수는 이렇게 교은 시에 대하여 평가하면서, 그의 〈죽장사(竹長
寺)〉 시를 들어 문학이 질서를 규제하기 위해서 소용되는 것이 아니고 이미
굳어진 격식을 허물고서 예사롭지 않은 보람을 찾을 때 생동하는 의미를
가지게 된다는 생각을 엿볼 수 있게 한다고 하였다. 그리고 교은이 시가
장식이나 교양으로만 쓰이고 말 조짐이 보인 시기에 걸출한 작품을 내놓았
기에 높이 평가된다고도 하였다.

---

1 이가원, 『한국한문학사』(민중서관, 1961), 178면.
2 문선규, 『한국한문학』(이우출판사, 1982), 223면.
3 本朝詩學 以蘇黃爲主(許筠, 『鶴山樵談』).
4 조동일, 『한국문학통사2』(지식산업사, 1983), 257면.

또한 가장 최근의 교은 시에 대한 평가는 다음과 같다.

조선왕조는 국초부터 문치를 표방하였지만, 개국 초원(初元)에는 걸출한 시
인이 배출되지 않았다. 문은 고명(誥命)·장주(章奏)와 같은 관각문자를 필요로
하였으며 시에 있어서도 새 왕조의 위업과 서울의 새 풍경을 노래한 작품이
많은 것도 어쩔 수 없는 일이었는지 모른다. 전조에서 이미 문학수업이 이루어
진 정이오·이첨·유방선(柳方善) 등이 시업으로 이름을 남기고 있을 뿐이다.[5]

이렇게 보면, 선초에 시업으로 이름을 남긴 교은의 시사적 위치는 뚜렷
한 바 있다고 해야 할 것이다.[6] 그러나 이상에서의 평가는 일단 교은 시를
전체적으로 검토한 바탕 위에서 내려진 평가라고 보이기는 해도, 너무나
개괄적이고 단정적이라는 느낌을 피할 수는 없다. 여기서 선초의 대표적
시인의 한 사람으로서 교은의 시를 총체적으로 검토해야 할 필요성이 대두
된다고 하겠다.

교은 시를 연구하는 데 있어서의 기본 자료로는 연세대학교 도서관 소장
본인 『교은집(郊隱集)』을 그 대상으로 하였다. 원래 『교은집』은 모두 7권으
로 간행되었음을 알 수 있다.[7] 그러나 교은의 아들 애일당(愛日堂) 정분(鄭
苯)이 문종으로부터 김종서·황보인과 함께 어린 세자(단종)의 보호를 부탁
받은 후 병조판서를 거쳐 우의정으로 있으면서 1453년(단종 1) 전라·충
청·경상도 도체찰사로 충주를 향하던 중 계유정란으로 낙안(樂安)으로 안
치되었다가 사사되는 일이 생기게 되었다.

물론 그 후 영조 22년(1746)에 신원·복관되고 충장(忠莊)이라는 시호를

---

5 민병수, 「조선전기 한시의 전개양상」,(『한국문학사의 쟁점』, 집문당, 1986), 323면.
6 교은의 시 외에 그의 문장에 대한 평가는 다음 업적들에서 찾아볼 수 있다.
조동일, 앞의 책.
박희병, 「고려후기~선초의 인물전 연구」,(『부산한문학연구』 제2집, 부산한문학회, 1987).
7 郊隱集 7卷 鄭以吾所著(成俔, 『慵齋叢話』 卷8). 이외에도 『해동잡록(海東雜錄)』, 『애일당실
기(愛日堂實記)』 등에 문집이 간행되었음이 나타나 있다.

받기는 했지만, 그러한 과정에서 교은의 후손들은 화를 입고 유리영락하여 사방으로 흩어져서 그 명맥만 이어 어렵게 숨어 살게 되었다. 그리하여 그의 문집도 제대로 보존되지 못한 채 산일되어 버렸으며, 더군다나 임진·병자 양란을 거치면서 수많은 문적들이 소실되기도 하는 등의 사정을 감안한다면, 그렇게 거의 300여 년의 세월이 흐르는 동안에 그의 문집은 더더욱 보존될 길이 없었을 것으로 보인다.

때문에 1939년에 후손들이『동문선(東文選)』을 비롯하여『동국여지승람(東國輿地勝覽)』·『기아(箕雅)』·『국조시산(國朝詩刪)』·『청구풍아(青丘風雅)』·『대동시선(大東詩選)』·『동인시화(東人詩話)』·『성수시화(惺叟詩話)』 등에 흩어져 실려 있는 시문을 모아『교은집』을 새로이 간행하였다. 새롭게 간행된 문집에서는 시 52제 64수(10수 결)를 비롯하여 기·문·설·서·전 등의 문장 30편이 수록되어 있으며, 부록으로 〈이조사척록(李朝史撫錄)〉·〈유사(遺事)〉 등 8편은 교은 사후의 기록들이 첨부되어 있다.

이렇게 보면 현존하는『교은집』만으로 교은의 문학 특히 그의 시세계를 논한다는 것은, 그의 전 작품 중 극히 일부를 대상으로 하여 논한다는 것이 되어 원래 목표했던 교은 시의 총체적 면모를 살피는 데에는 부족하다 할는지도 모른다. 그러나 교은 시 전체 작품을 찾을 길 없는 상황을 인정할 수밖에 없다면, 현존 작품으로나마 그의 시세계를 분석 검토해볼 수 있다고 하는 것은 다행한 일이라고 하겠다.

또한 각종 시선집 등에 실려 있는 교은의 작품들이 시문 선자의 관점에서 본 교은의 대표작이라 할 수 있으리라는 점도 간과해서는 안된다. 한시의 전통이 이미 지난 시대의 것이 되어버린 상황에서, 한시를 생산하고 향유했던 당시의 시인·비평가들이 편찬에 직접 참여하여 이루어낸 시선집의 자료사적 가치는 두 말할 여지가 없을 것으로 판단된다. 따라서 각종 시선집에 수록된 교은의 이른바 대표작들이라 할 수 있는 현존 작품들을 대상으로 그의 시세계를 살펴볼 수 있다고 하는 것은 나름대로 의의 있는 일이라할 수 있을 것이다. 일반적으로 한국한시사의 공백기라 일컬어지는 선초의 시사에 교은의 시세계의 편린이나마 더할 수 있을 것이기 때문이다.

이 논문에서는 여말선초를 시대적 배경으로 하여 학문을 닦고 문학수업을 한끝에 과거에 급제하고 은둔생활을 하다 선초 이후 문인 정치가로서 왕성한 활동을 전개했던 그의 생애를 먼저 정리해본 다음, 그의 시문을 중심으로 문학세계 전반을 개관해보고, 그의 문학에 대한 역대 비평가들의 평가를 살펴 그의 시세계를 검토하는 데에 도움을 얻고자 하였다. 다음으로 현존하는 그의 시작품들을 대상으로 문학성을 찾고 내용적 특성을 검토하여, 그가 문학 활동을 전개했던 시대의 시사에 남긴 그의 위치를 확인해보도록 하겠다.

그러나 현재 찾을 길 없는 원래의 『교은집』을 찾아 보다 확충된 그의 시세계를 추출해내어 선초의 한국시사연구에 기여해야 한다는 것은, 여전히 과제로 남는다고 할 것이다.

2. 정이오의 생애와 문학

1) 정이오의 생애

교은 정이오의 자는 수가(粹可), 호는 교은, 우곡(愚谷)이며, 본관은 진주(晋州)이고 시(諡)는 문정(文定)이다.

고려 충목왕 3년(1347)에 진주 비봉산(飛鳳山) 아래 대안리(大安理)에서 태어났다. 일찍이 목은(牧隱)과 포은(圃隱)의 문하에서 학문을 닦았으며, 공민왕 23년(1374)에 문과에 급제하였다. 그 후 예문검열(1376), 삼사도사(1377) 등을 역임하였으나, 당시 사회가 어지럽고 정치가 문란하여 나라의 기틀마저 흔들리는 혼란한 상황 아래 더 이상 벼슬하지 않고 은거하게 된다.

그리하여 원정공(元正公) 하즙(河楫), 공암(孔巖) 허형(許衡)과 함께 도의계(道義契)를 맺고 진주 남쪽 송곡(松谷)에 복거(卜居)하였는데, 그곳에서

'잠정자수(潛靖自修)'하고 '강도영시(講道詠詩)'하면서 자적하는 생활을 하였던 것이다. 이처럼 전교(田郊)에 숨어들어 현실을 일시적으로 등진 상태에서 고려8은(高麗八隱) 가운데 한 사람으로 불리기도 하였다.[8] 이렇게 낙향하여 은거하였던 관계로 여말의 정치적 혼란의 와중에서 벗어날 수 있었고, 개국하는 과정의 소용돌이 속에서도 온전히 보신할 수 있었던 교은은, 고려 왕조의 사회질서를 부정하고 정치철학으로 주자학을 신봉하면서 새로운 이상적 왕조 건설에 참여하였던 신진 사대부들의 대열에 자연스럽게 동참하게 되었다고 생각된다.

그리하여 조선이 개국된 후 태조 3년(1394)에 선산(善山)에 출수(出守)하였는데 일처리에 있어서 청간하였으며 문치에 여유가 있었다고 한다. 태조 7년(1398)에 봉상소경으로서 『사서절요(四書切要)』를 찬진하였고, 정종 2년(1400)에는 성균악정으로서 병위(兵衛)를 파할 것을 상소하여 부자의 도를 안정되게 하였다. 그 후 공조우참의(1405), 공안부윤(1407) 등을 역임하였으며, 태종 10년(1410)에는 지춘추관사로서 하륜(河崙), 변계량(卞季良)과 더불어 『태조실록(太祖實錄)』을 시찬하였고, 그 이듬해 검교판한성부사를 거쳐 태종 13년(1413)에 예문관 대제학으로 문형을 잡았다. 태종 18년(1418)에는 의정부 찬성으로서 치사(致仕)하였는데, 세종 원년(1419)에 『장일통요(葬日通要)』를 찬진하여 선왕의 예를 밝혔으며 판우군도총제부사로 다시 치사하였다. 세종 4년(1422)에 풍질로 앓게 되자 양상께서 각각 어의를 보내어 치료케 하였다. 세종 16년(1434)에 졸하였는데 나라에서 2일간을 정조파시(停朝罷市)하고 치조치부(致吊致賻)하였으며 사시치제(賜諡致祭)하였다.[9]

위에서 교은의 생애를 실록의 내용을 바탕으로 하여 간략하게 정리해 보았거니와, 그는 여말선초에 걸쳐 각각 40여 년씩 80평생을 사는 동안 특히 선초의 격동기에 문장으로써 새 왕조 건국 사업에 크게 기여하였음을 알

---

8 見國將亂 潛靖自修 隱於田郊 名傳八隱中(鄭苯,『愛日堂實記』卷2,〈家狀〉).
　見時象日乖 潛韜不出 與河元正公楫 卜隣于州之南 松谷 講道咏詩 以自適(鄭萬朝,〈墓碣銘〉).
9 諡文定, 學勤好問文 純行不爽定(『世宗實錄』卷65, 十六年, 甲寅, 八月).

수 있다. 그리고 실록 등에 나타나 있는 '심정(心正)', '질직무화(質直無華)', '가무축적(家無蓄積)', '치언인과실 불사생산 자위거자(恥言人過失 不事生産 自爲擧子)', '지어시과정품 약무차실(至於試過程品 略無差失)'이니 하는 등의 내용으로 미루어볼 때, 그는 주자학을 학문적 바탕으로 한 전형적인 조선 초기의 신진 사대부였다고 생각된다. 시문에 있어서도 '준신아려(駿迅雅麗)' 하였다는 실록의 평을 비롯한 제가들의 긍정적인 평가를 통하여 볼 때, 문형을 지낸 당대 대표적 문인의 한 사람으로서의 그의 위치 또한 뚜렷한 바 있었다고 하겠다.

2) 정이오의 문학

(1) 시

지금까지 전해지는 교은의 시로서 『교은집』에 수록된 작품은 총52제 64수이다. 그러나 이 중 10수는 결구가 있어 정확한 면모를 알 수가 없다.

이들 작품이 수록되어 있는 문헌들을 살펴보면, 『동국여지승람』에 54수가 실려 가장 많고, 그 외 『동문선』에 5수, 『청구풍아』에 5수, 『국조시산』에 3수, 『기아』에 4수, 『대동시선』에 4수 등이다. 물론 이들 작품은 서로 중복되기도 하는데, 후손들이 위의 문헌들을 참고하고 또한 기타 제 문헌들에 흩어져 수록된 작품을 보완하여 문집을 간행하면서 52제 64수로 간추린 것이라 생각된다.

현존 64수의 시 가운데 결구가 없는 54수를 형식별로 나누어 보면, 오언절구가 1수, 오언율시 16수, 오언고시 3수, 칠언절구 22수, 칠언율시 11수, 악부시 1수 등이다. 결국 교은은 오언율시, 칠언절구, 칠언율시 등의 근체시의 형식에 주력하였다고 보인다.

교은 시의 내용적 특징이나 문학성에 대한 평가는 교은의 시세계를 검토하면서 자세히 언급하도록 하겠다.

(2) 문

교은의 문장은 『교은집』에 25편이 수록되어 있고, 『동국여지승람』에 16 편, 『동문선』에 9편이 수록되어 있는데, 중복되는 작품을 제외하면 현존하는 작품은 모두 30편이다.

문체별로 교은의 문장을 살펴보면, 전(箋) 2편, 소(疏) 1편, 서(序) 6편, 기(記) 14편, 설(說) 1편, 문(文) 1편, 전(傳) 2편, 행장(行裝) 1편, 묘지(墓誌) 1편, 잡저(雜著) 1편 등이다. 이 중 잡저는 세종 원년(1419)에 찬진한 『장일통요』가 그 내용이다.

이 논문은 교은의 시에 대한 평가를 목적으로 하는 까닭에, 문장에 대한 검토는 고를 달리하여 살펴야 할 것이다. 그리하여 교은의 시문을 종합적으로 분석 검토한 문인으로서의 교은에 대한 평가는 다음의 과제로 남기면서, 여기서는 교은의 문장에 대한 기왕의 연구 성과에 대해서만 잠시 언급해 두도록 하겠다.

최근의 연구 성과로 교은의 문장에 대해 언급한 것은, 〈열부최씨전(烈婦崔氏傳)〉과 〈성주고씨가전(星主高氏家傳)〉에 주목하고 있다.

먼저 조동일 교수는, 전이라는 문체가 입전 인물의 행적을 글로 적어서 알리거나 후세에 전하자는 의도에서 쓴 글이면서, 또한 작자 자신이 자기 표현을 위한 소재로 그 인물의 행적을 택한 것이기도 하다는 데서 전을 쓴 동기를 전달동기와 표현동기로 나누었는데, 교은의 〈성주고씨가전〉을 전달동기가 두드러진 예로 제시하였다. 그러나 〈성주고씨가전〉이 제주도에서 신화적인 유래를 자랑하는 고씨네가 어떻게 중앙정부와 관련을 가지며 귀족으로 진출했는가를 알려주는 거의 서사시적 규모를 갖춘 가문의 역사라는 점에서 아주 흥미롭긴 하지만, 표현방법에서는 주목하고 평가해야 할 바를 찾기 어렵다고 단정하였다.[10]

박희병 교수는 〈성주고씨가전〉이 1418년 이후에 써진 것으로 보면서, 당

---

10 조동일, 앞의 책, 107면 이하 참조.

시 사대부들의 강한 가문의식을 엿보게 해준다고 하였다. 또한 교은이 당시 예조좌랑으로 있던 고득종(高得宗)의 부탁으로 그 집안의 내력을 전으로 기술하였다고 밝힌 점을 바탕으로, 고득종이 교은의 주변인물로서 조선 초기 신진관료로 진출하면서 무반의 전통이 강했던 자신의 집안을 사대부가로 성장시켜간 인물이었음에 주목하여, 〈성주고씨가전〉을 당대 신흥사대부가 사이의 연대를 보여준 작품으로 평가하였다.[11]

또한 박 교수는 자신의 몸을 더럽히려는 왜적을 준열히 꾸짖으며 저항하다 목숨을 잃은 여인의 전으로 1389년경에 써진 것으로 보이는 〈열부최씨전〉을 신유학 이념의 선전과 고취, 그리고 열의 이념 고취라는 측면에서 검토하였다. 그는 〈열부최씨전〉이 실제 반영하고 있는 내용이 고려 말 잦은 병란과 이민족의 침략에 처해 고려 여인이 당한 수난과 인고라고 보면서, 작품 문면에 있어서는 작자의 사대부적 이념에 입각해 여성의 절의, 열녀의식을 강조하고 있고, 또 그것을 고취하려는 의도를 보여주고 있다고 하였다. 그리하여 열부최씨의 절의를 아름다운 행위로 기리면서 사대부적 열녀관을 고취한 고려 말의 열녀전의 한 전범을 보인 작품 중의 하나라고 하였다.[12]

위에서 교은의 문장 가운데 전 2편을 중심으로 한 기왕의 연구 성과를 살펴보았다. 그러나 그것들이 모두 단편적인 언급에 불과한 것으로, 그의 문학세계를 전체적으로 평가하는 데는 부족하다고 하겠다.

따라서 앞으로 30여 편에 이르는 교은의 문장을 대상으로 그의 문학세계를 종합적으로 검토하는 것을 과제로 남기면서, 그의 문장에 대한 검토는 여기서 줄이도록 하겠다.

(3) 제가의 평

교은 시에 대한 역대 문인 비평가들의 평가를 정리해보는 것은, 교은의

---

11 박희병, 앞의 논문, 138면 참조.
12 같은 논문, 148면 이하 참조.

시세계를 살피는 데 도움이 될 수 있을 것으로 보인다. 제가의 평은 고전시학의 기본 자료가 되는 역대 시화류에서 뽑은 시화를 바탕으로 하되, 서로 중복되거나 유사한 내용을 가려 시평이나 시일화의 영역에 드는 8편의 시화 내용만을 검토하도록 하겠다.

서거정이 1454년에 지은 『동인시화』에는 교은 시에 대한 시화가 3편 실려 있다. 이는 교은이 활동했던 시대와 가장 가까운 시기에 지어진 시화라는 의미에서, 교은 시의 전모를 파악할 수 있었던 여건 아래 이루어진 것으로 보여 교은 시를 이해하는 데에 비교적 정확한 자료일 것으로 생각된다.

정교은이 무풍현을 제시한 시에 "송곳 꽂을 만한 땅조차도 후가에 속했으니, 관아에 속한 것이라곤 오직 시냇물과 산 뿐. 어린 아이들은 군국의 일 모르는지, 구름 사이로 채초가를 화답하네."라고 했다. 이 시는 부호나 힘 있는 자들이 모든 땅을 다 차지해버려, 가난한 자는 송곳 하나 세울 만한 땅의 여유도 없고, 귀족들이 차지하지 않은 땅은 시냇물과 산뿐이라는 것을 말해 주고 있다. 옹시룡(翁施龍)의 〈감호(鑑湖)〉 시와 같은 뜻을 나타내주고 있어 기롱(譏弄)과 풍자를 띠고 있다. 백성을 착취하고 지나치게 물욕이 많은 사람들에게 조금이라도 반성하게 하는 작품이다.[13]

이렇게 교은의 〈차무풍현벽상운(次茂豊縣壁上韻)〉 시에 대해 서거정은 기롱과 풍자를 통해 백성들을 착취하거나 물욕이 많은 사람들을 경계하여 반성하게 하는 내용을 담은 시라 평가했다.

한편 이 시에 대해 이수광(李晬光)은 '상시지의(傷時之意)'[14]가 절실하게 나타난 작품이라 평하였으며, 하겸진(河謙鎭)은 여말의 '세가겸병 민무촌토

---

13 鄭郊隱, 題茂豊縣詩 立錐地盡入侯家 惟有溪山屬縣多 童稚不知軍國事 穿雲互答採樵歌 此言豪强兼拜 貧者無立錐之地 所不兼拜者 溪山而已 與翁詩意同 頗含譏諷 捨克貪黷者 可以少省矣(徐居正, 「東人詩話」, 下).

14 李晬光, 『芝峯類說』, 下, 「文章部」 六, 〈東詩〉.

(勢家兼並 民無寸土)"15 했던 시대 상황을 가슴 아파한 작품이라 하면서 조선
조도 그러한 폐단을 그대로 물려받았음을 안타까워하였다.

이 시는 교은이, 여말 사전(私田, 농장)의 확대에 따른 전제의 문란에 대
하여 신진 사대부들 사이에 그 시정의 소리가 높아지면서 전제개혁론이 대
두되었던 상황을 깊이 인식하고 지은 작품이라 생각된다. 결국 이 시는 주
자학적 정치철학을 바탕으로 입신한 교은이 시의 효용을 중시한 그의 문학
관의 일단을 보여준 작품이라 하겠다.

다음의 시화에서 서거정은, 대체적으로 송풍의 시가 우세했던 여말선초
의 시단에서 교은이 당풍의 시에 주력했음을 보여주고 있다.

> 정교은이 일선군(一善郡)의 원으로 있을 때 남긴 〈춘일서교(春日西郊)〉 라는
> 시에 "일 마치고 한가로이 서쪽 성 밖 나서니, 묵은 절엔 중 보이지 않고 길은
> 험하기만 한데, 제성단 가에는 때 이른 봄바람 살랑대고, 살구꽃 붉게 반쯤
> 핀 사이 산새가 울음 우네."라고 했다. 이 시는 우아하고 아름다우며 맑고 군더
> 더기가 없어서, 비록 당시의 사이에 두어도 부끄럽지 않을 것이다.16

이렇게 서거정이 이 시를 당풍의 시로도 손색이 없다고 판단했음은, 입의론
(立義論) 위주로 포진(鋪陳)에 주력했던 송시보다 술광경(述光景)의 영묘(影描)
의 표현방법에 주력했던 당시의 정조를 얻어 시의 서정성 획득에 성공했음을
나타낸 것이라 생각된다.17

그리하여 조동일 교수는 이 시에 주목하면서 작품의 정감이나 표현에 뛰

---

15 河謙鎭,『東詩話』卷1.

16 鄭郊隱守一善郡 春日西郊詩 衙罷乘閒出郊西 僧殘寺古路高低 祭星壇畔春風早 紅杏半開
山鳥啼 雅麗淸便 雖置之唐詩 亦無愧(徐居正,『東人詩話』, 下).

17 鋪陳者 直叙基實也 影描者 繪象基影也 唐人喜述光景, 故基詩多影描 宋人喜立議論 故基
詩多鋪陳(申景濬,『旅庵遺稿』卷8,「雜著」二,〈詩則〉).

어났던 교은이 격식을 따르며 기존의 수준을 이으려고 하기보다는 자기 마음을 그대로 나타내려 했기에 높은 경지에 이를 수 있었다고 하면서,

문학은 질서를 규제하기 위해서 소용되는 것이 아니고, 이미 굳어진 격식을 허물고서 예사롭지 않은 보람을 찾을 때 생동하는 의미를 가지게 된다는 생각을 엿볼 수 있게 한다.[18]

고 하였다. 그리고 교은이 시가 장식이나 교양으로만 쓰이고 말 조짐이 보인 시기에 걸출한 작품을 내놓았기에 높이 평가된다고도 하였다. 결국 고은의 시가 당풍의 서정성 획득에 성공했음을 인정한 것이라 하겠다.

교은의 시를 당풍의 시로 평가한 것은 허균의 경우에도 마찬가지였다.

우리나라 초기에는 정교은과 이쌍매의 시가 가장 좋았다. "이월이 다하고 삼월이 오려 하니, 한 해 봄빛이 꿈속에서 돌고 도네. 천금으로도 사지 못할 아름다운 이 계절에, 어느 집에 술 익었나 꽃 저토록 활짝 피었는데."라는 정교은의 시는 당인의 정취보다 못하지 않다.[19]

이렇게 보면 교은은 시의 서정성 획득에 성공한 당풍의 시인으로 이름을 얻었던 것으로 보인다. 허균은 또한 다른 책에서 이 작품 〈차운기정백형〉에 대하여 기구(起句)와 승구(承句)를 '극호(極好)'라고 평하면서, 마땅히 국초 절구 가운데 최고의 작품이 될 것이라 하였다.[20] 한편 김종직(金宗直)은 이 시를 '가가(可歌)'[21]라고 하여 그 음악성을 높이 평가하기도 하였다.

---

18 조동일, 앞의 책, 257면.
19 國初之業 鄭郊隱李雙梅最善 鄭之 二月將闌三月來 一年春色夢中回 千金尚未買佳節 酒熟誰家花正開 之作 不減唐人情處(許筠, 『惺叟詩話』).
20 當爲國初絶句第一(許筠, 『國朝詩刪』 卷2).
21 金宗直, 『靑丘風雅』 卷7.

정이오의 차인시(次人詩)에 "그대의 별장을 아는 이 적어 안타까우나, 한강 지곡(漢江之曲)의 좋은 놀이 사시에 족하네. 처마 끝의 등나무는 덩굴을 길게 뻗었고, 허물어진 담장의 대나무는 어느새 가지를 가로 질렀네. 흰 구름 땅에 가득할 즈음 연사(蓮社)를 찾아드니, 밝은 달은 강에 흐르고 낚싯줄은 거두어졌네. 도를 품고 나타내지 않으면 어떻게 되겠는가? 모름지기 성군의 자리 앞에서 나라 일을 논해주오."라고 하였는데, 전편이 한담한 맛이 있고 2연과 3연이 더욱 아름답다.[22]

위의 시화에서 홍만종(洪萬宗)은 〈차유판사운(次柳判事韻)〉 시를 두고 한담하다고 그 풍격을 논하면서, 함련(含聯)과 경련(頸聯)의 자연 묘사가 빚어내는 서정성을 높이 평가하였다. 이 작품은 그 이면에 유학자들의 현실관을 깔고 있으면서도, 마치 한편의 동양화와도 같은 정취를 실어 전할 수 있었던 교은의 시적 역량을 돋보이게 하는 작품이라 생각된다.

시는 온후함으로써 여운이 남는 것을 귀하게 여기고 청신하거나 준일한 것을 다음으로 한다. 시를 짓기 위해 깊이 생각한 나머지 궤사나 요자를 지어 그 공교로움을 다하는 것도 또한 시의 한 체다. 교은 정이오의 시 "비가 개니 구름 희게 걸치고, 밤이 고요하니 달이 맑게 비추네."와 같은 것은 다 요체(拗體)인데, (……) 아울러 준일한 분위기를 나타내어 읽는 이들로 하여금 감탄하게 한다.[23]

이렇게 하겸진은 〈남산팔영(南山八咏)〉 가운데 〈영상장송(嶺上長松)〉 시

---

22 鄭以吾 次人詩曰 憐君別墅少人知 漢曲奇遊足四時 藤爲簷虛長送蔓 竹因墻缺忽橫技 白運滿地尋蓮社 明月流江捲釣絲 抱道不輝安可得 聖君前席要論思 通篇閒炎 二三極佳(洪萬宗, 『詩評補遺』, 上篇).

23 詩以溫厚有餘味爲貴 淸新俊逸次之 而沈吟之餘 或作詭辭拗字 以逞基巧 是亦一體也 鄭郊隱以吾詩 雨晴雲襯白 夜靜月篩淸 (…) 皆是拗體 而兼有俊逸之氣 讀之 令人叫奇(河謙鎭, 『東詩話』卷1).

를 두고, 그 시가 요체로서 준일한 분위기를 보여주고 있다고 평하였다.

한편 교은과 그의 시에 얽힌 일화에는 다음과 같은 것들이 있다.

정교은이 이른 봄날 여러 덕망 있는 노대가들과 더불어 성 남쪽에 모여 연구를 지었는데, 같은 마을의 많은 자제들이 자리를 메웠다. 정교은이 먼저 읊기를 "소 졸고 있는 언덕에 풀빛 파릇파릇하고"라 하니 박치안이 대구를 만들어 읊기를, "새 우는 가지 끝에 꽃 붉게 피었네."라고 하였는데 자리를 메운 사람들이 칭찬해 마지않았다. 이로부터 박치안은 시명을 크게 떨쳤다.[24]

이 일화는 결국 시명을 얻은 박치안이 관직에 추천되지 못했음을 안타까워하는 것으로 끝나게 되는데, 교은의 시명과 당시 시단에서의 위치를 단적으로 나타내준 일화라고 보인다.

대제학 정이오가 꿈에 한 수를 얻으니 "삼급과 바람과 천둥에 고기가 갑으로 변하고(魚變甲), 한 봄 좋은 경치에 말 우는 소리 들리네(馬希聲). 비록 상대될 사람이 본래부터 있었지만, 어찌 용문상객의 이름을 따르리."라고 하였다. 방이 나자 과연 어변갑이 장원이 되매, 사람들은 이를 이상히 여겼다.[25]

이 일화는 교은이 꿈에 얻은 시 내용대로 어변갑이 문과에 장원하고, 마희성이 무과에 장원하였다는 얘기인데, 문형으로서의 교은의 시명과 몽득시(夢得詩)의 내용이 흥미 있게 짜여진 것이라 하겠다. 끝으로 당시에 시명을 다투었던 쌍매당 이첨과 교은을 내세워 비교한 일화를 들어보도록 하겠다.

---

24 鄭郊隱 早春與諸耆英 會城南聯句 同里子弟多在座 郊隱先唱云 眠牛瓏上草初綠 朴生致安屬對日 啼鳥枝頭花政紅 滿座稱賞 詩名自此大振(徐居正, 「東人詩話」, 下).

25 大提學 鄭以吾夢得一詩云 三級風雷魚變甲 一春煙景馬希聲 雖云對偶元相敵 那及龍門上客名及榜出 壯元果變甲也 人以爲異(李晬光, 「芝峯類說」, 下, 「身形部」, 〈夢寐〉).

옛 사람들이 시를 지을 때는 시격, 시구, 그리고 운자의 단련에 힘썼다. 또 사우에게 찾아가서는 자기 시에 나타난 결점을 물어서 고치기도 했다. (……) 장원 쌍매 이첨이 교은 문정공 정이오와 더불어 시를 논하는 자리에서 스스로 자랑하여 말하기를 "내가 일찍이 시를 지은 것이 있는데, 그 시에 '안개 비끼자 (橫) 두자미의 진회에는 밤이 깃들고, 달 밝아오니(白) 소동파 노닐던 적벽에 가을이 완연하네'라 하였오."라고 했다. 교은이 재삼 음미하더니 다만 (횡과 백 두 자를) 농(籠)과 소(小)로 고쳐 넣으라 했다. 쌍매가 처음에 인정하려고 아니하니 교은이 서서히 읊기를 "안개 어우러지니 두자미의 진회엔 밤이 깃들고, 달 멀어 보이니 소동과 노닐던 적벽에 가을 완연하네."라고 하였다. 농과 소의 두 자를 대신 넣으니 앞의 시구에 비해서 그 정채가 백배나 더 빛났다.[26]

진수(秦水)와 회수(淮水)가 합치는 곳에 두보가 완화계(莞花溪) 초당을 짓고 자연을 벗하여 노닐었다는 것과 소동파가 적벽에서 노닐던 것을 용사하여 그 분위기를 시 한수 속에 어울리게 묘사하고자 했던 쌍매당의 시에 대해 교은이 연자한 것을 제시하면서, 그렇게 함으로 해서 시의 정채가 훨씬 더하여졌다고 평하였는데, 서거정은 상대적으로 교은의 시적 안목이 높다는 것을 나타내주었다고 하겠다.

위에서 살펴본 제가의 평을 통하여 볼 때, 교은은 선초의 대표적 시인의 한 사람으로 당풍의 시 창작에 주력하여 시의 서정성 획득에 성공하였으며, 한편으로 풍자를 통한 시의 효용성의 제시에도 무관심하지 않았고, 요체의 시에도 능하였음을 알 수 있었다고 하겠다. 또한 교은 시의 풍격이 주로 아려(雅麗), 청편(淸便), 한담(閒淡), 준일(俊逸) 등의 것으로 품평되었음도 알 수 있었다.[27]

---

26 古人詩鍊格鍊句鍊字 又就師友求其庇而去之 (…) 雙梅李壯元詹 與郊隱鄭文定公以吾 論 詩自詫嘗得句之云 烟橫杜子秦淮夜 月白坡仙赤壁秋 郊隱吟玩再三 但曰籠小 李初不認 鄭徐吟 曰 烟籠杜子秦淮夜 月小坡仙赤壁秋 籠小二子 比前精彩百倍(徐居正, 『東人詩話』, 上).

27 교은의 이러한 시적 역량을 평가했음인지, 심의(沈意)는 『대관재몽유록(大觀齊夢遊錄)』에

3. 정이오의 시 세계

1) 한의 정서

현존하는 교은의 시 전편에 흐르고 있는 주된 정서는 한(閑)의 정서라고 할 수 있다. 제가의 평에서 살펴본 대로 교은이 술광경하는 영묘의 표현방법으로 시의 서정성 획득에 성공한 것이라 본다면, 바로 그 서정성의 주조를 이룬 것이 한의 정서라 할 수 있다는 것이다. 한의 정서는 그 자의대로 '한가하다, 조용하다, 쉬다'는 등의 내적, 외적 환경으로부터 우러날 수 있는 마음의 상태이다. 이는 특히 자연 속에서 자연과 어우러진 상황일 때 더욱 짙게 드러나는 정서라고 보인다.

고전시학에서 논의되는 풍격을 훑어보면, 한의 정서는 주로 광(曠), 담(澹), 담(淡), 아(雅), 원(遠), 적(適) 등의 글자와 어울려서 각각 하나의 독특한 미적 범주를 이루어내는 것으로 나타나 있다.[28] 이제 한의 정서가 교은의 시에 어떻게 나타나 있으며, 그 특징적 성격은 과연 어떤 것인지에 대해 알아보도록 하겠다.

먼저 홍만종이 한담한 맛이 우러난다고 한 〈차유판사운〉 시에 나타난 것을 살펴보도록 하자.[29] 한강변에 은거하고 있는 유판사의 별장을 찾아 출사를 권하는 내용으로 되어 있는 이 시의 함련과 경련을 보면, 처마 끝에 덩굴을 길게 뻗은 등나무와 허물어진 담장에 가지를 가로질러 서 있는 대나무, 그리고 흰 구름 땅에 가득 깔리고 밝은 달이 강에 비쳐 흐르는 정경 묘사 등이 어울려 마치 한 폭의 동양화인 양 정적이고 한가한 분위기를 만

서 몽중세계를 결구하여 최치원을 천자로 하는 역대 문인들의 이상적 문장왕국을 건설하면서 교은을 다음과 같이 관료 대열에 포함시켰다.

又有衣縫腋 冠章甫 列立中庭 苯趨呵禁者甚多 貞齋朴宜中 郊隱鄭以吾 僧禪坦谿谷李惠 亦與焉 餘難悉數.

28 이규호, 「한국고전시품연구」(서울대 대학원, 1979) 참조.

29 시의 내용은 주 22) 참조.

들어내고 있다. 홍만종이 지극히 아름답다고 품평한 까닭도 이러한 데에 있었을 것으로 보인다. 결국 이 시에서는, 은거를 찾아드는 행동이나 한강 지곡의 좋은 놀이, 그리고 낚싯줄을 거두어들이는 동적인 행동 등 그 모든 동적인 움직임들이 전체적으로 정적인 분위기에 흡수되어 한의 정서를 더 해주고 있다 할 것이다. 이렇게 정적인 분위기에서 여유와 멋을 드러내면서 마음에 와 부딪는 것이 바로 한의 정서라고 하겠다.

한의 정서는 이처럼 자연을 대상으로 한 술광경적 영묘의 표현방법에서 주로 빚어지는 심상이지만, 교은의 경우는 그러한 바탕 위에 작시의 근본정 신이라고도 할 수 있는 '심자정(心自正)'의 경지에서 더 한층 깊이 있게 우 러난 것이라 할 수 있겠다.

> 贏得醍醐味　불법의 심오하고 현묘한 도리 얻으니,
> 簫然齒頰淸　저절로 입안 맑아지네.
>
> —〈題漢陽藏義寺〉, 其二

> 汰僧元魏猶供笑　중을 도태시킨 원위(元魏)는 오히려 비웃음만 받았고,
> 惑佛簫梁不滿哀　불도에 혹한 소량(簫梁)은 슬플 것도 못되네.
> 無是無非心自正　시(是)도 없고 비(非)도 없으면 마음은 절로 바른 것.
> 孰爲綠覺孰如來　누가 인연 깨달은 이고, 누가 여래이더냐.
>
> —〈題漢陽津寬寺〉

앞의 시는 불성 또는 불법의 묘리로서 심오하고 현묘한 가르침이며 진리 구경의 교법인 '제호미(醍醐味)'의 '영득(贏得)'에서 오는 교은의 불교에 대한 믿음의 정도를 일러주는 시라고 보인다. 교은이 비록 선초의 신진 사대부로 서 주자학을 학문의 바탕으로 삼았던 것이긴 해도, 신앙적 측면에서 불교를 저버리지는 못하였던 것으로 생각된다. 고려의 문인 학자들이 유학을 숭상 하면서도 불교를 신앙하여 정신적 풍요를 누렸던 오랜 전통을 완전히 떨쳐

버리지 못하고, 교은은 선초에 대두되었던 배불숭유 정책에 적극적이거나 철저하지 못했던 것이라 하겠다. 때문에 그의 시에 나타난 한의 정서 이면에는 불교적 색채가 강한 '심자정'의 작시정신이 숨겨져 있는 것으로 나타났다고 할 것이다. 이 시의 경우에도 시내와 계곡, 하늘, 태양, 눈, 소나무, 얼음 등의 자연 매개물이 조화를 이루어 한의 정서를 드러내 보이고 있음은 물론이다.

두 번째 시의 경련에서도 불교에 대해 배척도 아니고 숭상도 아닌듯한 교은의 태도를 엿볼 수 있다. 결국 교은이 지향하였던 바는 시인으로서 시비를 떠난 '심자정'의 작시정신에 있었다고 하겠다. 불교에 대한 시비마저도 그에게는 부질없는 것이었는지 모른다. 시도 없고 비도 없는 '심자정'의 경지, 그 속에서 자연과의 조화를 통해 얻어내는 한의 정서만이 그에게는 값진 것일 수도 있었을 것이다

이처럼 불교에 대한 시비나 국가정책에 크게 개의치 않았던 교은은 즐겨서 사찰을 찾고 또한 제영하였던 것으로 보인다. 서거정이 아려청편하다고 품평한 〈제선산죽장사제성단(題善山竹杖寺祭星壇)〉 시도 결국은 한의 정서에 바탕을 두고 있다고 해야 할 것이다.[30] 조동일 교수는 이 시에 대해,

관청은 모든 것이 반듯하고 충만할 터인데, 그런 데서 벗어나 구태여 험한 길을 가다가 한갓진 절간 돌보는 이 없는 제단 곁에서 아직 이른 봄 기운을 맞이한다고 했다.[31]

라고 감상하면서, 문학은 이미 굳어진 격식을 허물고서 예사롭지 않은 보람을 찾을 때 생동하는 의미를 가지게 된다는 생각을 엿볼 수 있게 해준다고 하였다. 이는 곧 사회제도나 격식 따위의 모든 인위적인 것들에서 벗어나

---

30 이 시의 제목은 〈춘일서교(春日西郊)〉, 〈죽장사(竹長寺)〉 등으로도 알려져 있다. 시의 내용은 주 16) 참조.

31 조동일, 앞의 책, 257면.

모름지기 인간적인 정서의 영역으로 시적 공간을 확대할 때 빚어질 수 있는
생동하는 삶의 의미를 이 시가 보여준다는 뜻일 것이다. 자연을 매개로 하
여 생동하는 삶의 의미를 깨닫게 하는 이 시의 주된 정조는 바로 한의 정서
에서 비롯되는 것이라 하겠다.

이처럼 형식의 틀을 벗어난 여유 속에 표출되는 한의 정서를 얻을 수 없
었다면, 이 시의 아려청편한 분위기는 멋으로 승화될 수 없었을 것이며, 시
의 서정성의 획득이란 면에서도 성공할 수 없었을 것이라 생각된다. 그리하
여 이 시를 평하여 김종직은 '어자가진(語自可盡)'[32]이라 하였고, 허균은 '중
당고품(中唐高品)'[33]이라 하면서, 각각 그 서정성을 높이 인정하였던 것이라
하겠다. 그 밖에도 교은이 사찰에 제영한 시에는 빠짐없이 한의 정서가 드
러나 있다.

> 澗絶層氷積　시냇물 끊어지고 층층한 얼음 쌓였는데,
> 風吼萬竅鳴　바람소리 요란하게 온 골짝 울리네.
> 山容冬更瘦　산 모습 겨울 들어 더 여위고,
> 雪色夜猶明　눈빛은 밤에 더욱 밝기만 하네.
> 孤塔月中影　외로운 탑 달빛에 그림자 지고,
> 疎鐘雲外聲　성긴 종소리 구름 밖에서 들리는 듯.
> 焚香禪室煖　분향하자 선실은 따뜻하기만,
> 端坐不勝淸　단정히 앉으니 마음 절로 맑아지네.
>
> 　　　　　　　　　　　　－〈題漢陽藏義寺〉, 其一

자연의 삼라만상이 조응하는 가운데 한가로운 마음의 여유를 간직할 수
있을 때, 이 시에 나타난 한의 정서가 이해될 수 있을 것이다. 따뜻한 온기

---

32 金宗直, 『靑丘風雅』 卷7.
33 許筠, 『國朝詩刪』 卷2.

를 느끼며 분향하고 단정히 앉아 마음을 맑게 하는 '심자정'의 상태, 그것이 곧 교은의 시에 보이는 주된 정조이며 한의 정서의 실체이기도 하다.

이렇듯 한의 정서가 교은 시의 주된 정조를 이루고 있는 데는, 여말의 학습과정과 과거와 입신, 그 후에 이어졌던 은거생활의 영향을 결코 무시할 수는 없을 것이다. 그러한 삶의 경험이 선초 출사 후의 정치적 문학적 활동 등에 직접적으로 영향을 미쳤으리라는 것은 쉽게 짐작할 수 있겠기 때문이다.

한편 현실적인 여러 문제들에 부딪히면서도, 마음을 한가하게 자유롭게 가다듬고 멋과 여유를 누릴 수 있는 여건을 만들기란 사실 쉽지 않은 일일 것이다. 따라서 교은의 한의 정서는 여말 은거생활의 소산이면서, 시적 정서를 잃지 않으려는 그의 부단한 노력의 소산이기도 하다고 하겠다. 이는 주자학을 신봉하면서도, 신앙해오던 불교를 통한 정신적 자유의 충만함을 희구했던 그의 작시정신에서도 찾아볼 수 있다.

특히 자연을 매개한 한의 정서의 표출, 그러한 정서의 발산은 한일 속에 자적하는 생활의 여유, 즉 정신적 여유 없이는 이루어질 수 없는 것이다. 그러기에 그는,

人事無涯宇宙間　우주 사이에서 사람의 일 가없는 것,
南來北去幾時閒　남으로 오고 북으로 가니 어느 때나 한가할까.

－〈栗峯驛盡情院〉

馬蹄南北何時歇　말발굽 남북으로 어느 때나 쉴까나,
江上人家有竹樓　강 위 인가에 죽루가 있네.

－〈題晋州召村驛〉

라고 노래하면서, 그러한 생활의 여유, 한일 속의 자적을 소망하였던 것이다. 때문에 귀거래(歸去來)의 염원도 시 속에 자주 나타나고 있다.

出城知幾日	성 나온 지 몇 날이든가,
就道喜涼天	길 나서니 서늘한 하늘이 기쁘구나.
袞袞藏時速	세월은 마냥 바쁘기만 한데,
簫簫風雨連	소소하게 풍우가 이어지네.
功名勞馬上	공명은 말 위에서 수고롭기만,
去意落鷗邊	돌아갈 뜻은 갈매기 옆에 떨어지네.
旣不能求富	부귀는 구해서 얻어지는 게 아닌 것,
休言强執鞭	억지로 채찍 잡는다 말하지 마오.

－〈題佐贊驛〉

이처럼 현실에 부대끼면서도 귀거래의 한일을 희구함이 교은에게는 결코 명분만은 아니었던 듯하다. 이러한 생각은 그의 문장에서도 찾아볼 수 있다.

갈매기는 목욕을 아니 하여도 희고, 물들이지 않아도 흐리며, 그 정신과 태도는 막연하여 뜬 구름처럼 무신한 것이라 멀리서 바라볼 수는 있어도 조롱 속에 가둘 수는 없다. (……) 무릇 새나 짐승이 잡혀 죽는 것은 대개 먹이를 탐하기 때문이라 생각한다. (……) 내가 탄환을 얻어 가지고 난 뒤로는 갈매기가 감히 배에 다가오지 않았으니, 그 기미를 알았단 말인가. (……) 아! 세상에서는 이득과 봉록을 탐내고 재산과 지위를 탐내어 형벌을 받게 되고도 모르나니, 사람으로서 새보다 못해서 되겠는가.[34]

위의 문장에서 보면, 교은은 현실이나 귀거래 어느 한 쪽에 강하게 집착하기보다는 그러한 문제에서 자유로운 편이었던 듯하다. 시도 없고 비도 없이 '심자정'의 상태를 추구했던 것처럼, 현실에서도 귀거래에서도 자

---

34 其爲鳥也 不浴而白 不染而濁 其精神態度漠然 如浮雲之無心 可遠觀而不可籠也 (…) 且以爲凡禽獸之失身者 蓋爲稻粱謀也 (…) 自予得彈丸而有之 鷗亦不敢近船 意者其知幾乎 (…) 嗚呼 世之貪利祿饕富貴者 觸刑辟而不知 可以人而不如鳥乎(『東文選』 卷56, 〈謝白鷗文〉).

유로운 상태, 그야말로 용행사장(用行舍藏)의 유교적 보신에 충실했던 것이 아닌가 한다. 여말의 은거생활이 그렇고, 선초의 출사가 또한 그러하며, 그 후의 정치활동이나 문학 활동에서 보여준 태도도 역시 그러한 때문이다.

자연 속에서 교훈을 찾아 인간세상의 도리를 세우면서 인간은 삶을 영위해왔다. 교은은 갈매기를 통해 한적지취(閒適之趣)를 체득하고, 현실적인 문제들에 구속받지 않는 무한한 정신적 자유를 얻었던 것으로 보인다. 그러한 상황에서 정신적 자유로부터 우러나는 시적 정서로서의 한적이 그의 모든 작품에 일관하는 정조로 나타남은 당연하다고 생각된다.

이렇게 현실의 굴레에서 벗어날 때 얻을 수 있는 정신적 자유가 읊어낸 시에서 교은은,

> 流淸何足濯　냇물 맑으니 발 어이 씻으리,
> 塵佛擔忘情　티끌 털고 담담하니 세상 물정 잊으리.
> 　　　　　　　　　　　　　　　　　－〈沿溪濯纓〉

> 古今同一醉　예나 이제나 취하기는 마찬가지,
> 敵意百無求　마음에 맞으면 그만이지 다시 무엇을 구하리.
> 　　　　　　　　　　　　　　　　　－〈九日登高〉

> 無人回首見　(대자연의 아름다운) 모습은 돌아보는 이 없고,
> 擾擾兢馳名　떠들썩하니 명리만 좇아 내달리네.
> 　　　　　　　　　　　　　　　　　－〈領上長松〉

라고 한일과 자적을 노래하면서, 명리만을 좇아 이리저리 몰려다니는 현실을 안타까워하였다.

海上芙蓉幾朶山　　바다 위의 산봉우리는 몇 떨기의 연꽃이런가,

晴光欲滴酒杯間　　맑게 갠 빛이 술잔에 방울지네.

登樓六月炎威變　　누에 오르매 유월의 뜨거운 기운 변하니,

直欲乘風入廣寒　　곧바로 바람 타고 달에나 들고지고.

－〈過安山縣〉

　　　　　　　　　

堪招弄玉同乘去　　농옥을 불러 함께 타고 갈까나.

安得參差月下吹　　어찌하면 통소 얻어 달 아래서 불어보리.

－〈題晋州鳴鳳樓〉

　현실이나 귀거래 어느 쪽에도 집착하지 않고 자신의 정신적 자유를 찾아 한적한 삶의 여유를 누릴 줄 알았던 교은은 위의 시에서처럼 자연을 매개로 한 술과 달의 풍류에 빠지기도 하였다. 이러한 교은의 생각은 다음 시에도 여실히 드러나 있다.

窓扉歷歷倒江流　　창비(窓扉)는 줄줄이 강물에 비치고,

江上招提景轉幽　　강 위 절 경치는 더욱 그윽하기만.

砌下潮生風滿座　　섬돌 아래 밀물 일고 바람은 자리에 가득한데,

軒前雲盡水明樓　　난간 앞에 구름 걷히고 물은 다락에 맑기만.

聳空高塔臨蛟室　　공중에 솟은 높은 탑은 물속에 임하였고,

撓月疎鍾落釣舟　　달을 흔들듯 성긴 종소리는 낚싯배에 떨어지네.

幸是官閒偏適意　　다행히도 공사 한가하여 마음 내키는 대로 하니,

出城三日飽淸遊　　성 나선지 삼일에 맑은 놀이 마냥 즐기네.

－〈開城甘露寺和李牧隱韻〉

　자연의 아름다움과, 생활의 여유, 마음의 자유, 풍류로운 멋, 이러한 것들이 뛰어난 묘사력에 힘입어 서로 어울리면서 이 시는 한의 정서를 자연스럽

게 엮어내고 있다고 하겠다.

지금까지 교은 시에 전반적으로 흐르고 있는 정서를 한의 정서로 규정하고, 그 정서의 매듭들을 풀어 보았다.

2) 여정(旅情)의 시

교은의 시 가운데는 특히 여행하면서 읊은 시들이 많다. 현존하는 그의 시 64수 중에 54수가 『동국여지승람』에 실려 있음이 이를 뒷받침해주는 것이다. 이들 시는 각 지방의 풍광과 인물을 읊기도 하고, 여정을 담아 전하기도 하면서 자연과 인생을 생각하게 해주는 작품들이다.

교은이 시를 지어 남긴 곳은 29개 지방이나 된다. 서울을 비롯하여, 개성, 광주, 양천, 용강, 안산, 죽산, 교동, 양주, 청주, 회덕, 옥천, 무주, 전주, 순천, 진산, 제주, 경주, 선산, 청도, 거제, 웅천, 진주, 협천, 함양, 밀양, 남해, 김해, 창원 등지를 두루 여행하면서, 교은은 제영하거나 자연의 풍광을 읊었으며, 여정을 실어 노래하기도 하였던 것이다.

교은이 여행하면서 곳곳의 형승을 읊은 시들을 보면, 그가 술광경적 영묘의 작시방법에 능하였음을 알 수 있다.

淡烟芳草黃牛外　누런 소 언저리엔 맑은 안개 속에 꽃다운 풀 돋아 있고,
細雨斜風白鳥邊　흰 새 나는 주변에는 이슬비 속에 비낀 바람 지나가네.
− 〈喬桐形勝〉

山光滿座淸如澈　자리에 가득한 산빛은 맑기가 앙금진 것 같고,
江氣連村淡似煙　마을에 이어진 강 기운은 담담하기 연기 같네.
− 〈陽川形勝〉

木落野還逈　나무가 조락하니 들이 도리어 멀고,

煙生山欲浮　안개 일어나니 산이 뜨는 듯하구나.

－〈題清道清德樓〉

深冬橘柚霜垂屋　깊은 겨울의 귤과 유자는 서리 맞아 지붕에 매달렸고,
幾處蒹葭月滿船　몇 곳의 갈대밭 사이로 달이 배에 가득하구나.

－〈濟州形勝〉

있는 그대로의 자연의 모습을 그림처럼 묘사해낸 시들이다. 이렇듯 두루
여행하면서 아름다운 산천, 빼어난 자연의 풍광을 그냥 지나치지 못하고
시로써 그 감회를 노래할 수 있었던 교은은 그만큼 다정다감한 시인이었던
것으로 보인다. 그리하여 자연스럽게 아름다운 자연을 벗하며 풍류 속에
젖어들 수 있었을 것이다.

畵舸中流簫鼓咽　중류에 꽃배 띄우고 퉁소 불고 북 울리니,
一區仙致是金州　한 구역 신선경치 여기가 바로 금주라네.

－〈金海七點山〉

更喚玉仙轟玉笛　다시 옥선을 불러 옥피리 불며,
共攀明月付芳洲　밝은 달 함께 휘어잡고 꽃다운 물가 굽어볼까나.

－〈題陜川涵壁樓〉

長川平楚風煙好　긴 냇물 질펀한 풀밭에 바람안개 좋기만 하고,
豪竹哀絲日月遲　호탕한 피리소리 애절한 거문고소리에 세월은 더디더라.

－〈晋州形睦〉

자연 속에서 자연과 함께 하는 풍류, 이는 여행하는 시인의 가슴 속에
시적 흥취를 자아내게 하는 좋은 매개물이었을 것이다. 이처럼 각 지방을

돌아보면서 때로는 시름을 털고, 때로는 즐거움에 홍겨워하면서 교은은 경험의 확산을 통해 보다 알찬 시세계를 가꾸어갈 수 있었다고 하겠다. 그러나 여행이란 것이 언제나 자연과 풍류 속에 즐길 수 있는 그러한 것만은 아닐 것이다. 그러한 데서 빚어지는 갖가지 여정의 흔적들을 남겨놓은 작품들도 있다.

八月龍津江水平　　팔월의 용진 강물이 평평하고,
渚淸沙白眼還明　　맑은 물가 흰 모래에 눈 더욱 밝아지네.
遡流直上潮頭遠　　물 거슬러 곧바로 올라가니 밀물이 멀어지고,
兩岸靑山送客行　　양 기슭의 푸른 산이 길손을 전송하네.

-〈題密陽都護府〉

驛樹陰濃澗水流　　역에 나무그늘 짙고 시냇물 흐르는데,
久遊身倦暫遲留　　오랜 나그네 몸 고달파 잠시 머문다.
馬蹄南北何時歇　　말발굽 남북으로 어느 때나 쉴까나,
江上人家有竹樓　　강 위 인가에 죽루가 있네.

-〈題晋州召村驛〉

　자연을 벗 삼아 여정을 노래한다지만, 그래도 집 떠난 여행길은 역시 고달픈 것, 생각해보면 인생 자체도 여행과 같은 것, 그리하여 한적한 삶을 바라는 마음이 여실히 드러나 있다고 하겠다.

地近吾鄕喜更深　　길이 고향과 가까우니 더욱 더 기쁘기만,
馬頭明日過山陰　　말머리가 내일은 산음 땅을 지나리.
路人都作王人看　　사람들은 왕인이라 보겠지만,
豈識非才醉翰林　　어찌 알리 재간 없는 취한 한림인 줄을.

-〈題咸陽沙斤驛〉

오랜 여행 끝에 고향 가까이에 머물게 된 감회에 젖어 빠른 호흡으로 벅찬 기쁨을 노래하고 있다. 조금이라도 빨리 고향땅에 이르고 싶은 마음에 취하도록 술 마시며 여행에서의 시름을 달래고 있기도 하다. 그리하여 시 전체의 분위기가 마치 들뜨고 환희에 차 있는 듯한 느낌을 준다고 하겠다.

현존하는 교은의 시 가운데 가장 큰 비중을 차지하는 여정의 시를 살펴보았다. 교은은 '권객귀래공독음(倦客歸來空獨吟)'[35]의 시구처럼, 나그네의 고달픈 몸으로 힘든 여행길을 자연을 벗 삼고 풍류를 즐기며 시를 읊는 여유 속에 보냈으며, 고향에 대한 그리움과 한적한 삶에 대한 동경으로 여정을 달래기도 하였던 것으로 보인다.

3) 교훈시

자연을 소재로 한 술광경적 영묘의 작시방법으로 당시풍의 시를 많이 썼던 교은이지만, 한편으론 시의 효용성에 바탕을 둔 교훈시를 남기기도 하였다. 정확한 현실 파악에 근거한 풍자와 비판이 담긴 작품이나, 선초 새로운 정치철학으로 등장하였던 주자학적 윤리관을 내세우는 정치교화적 내용의 작품들이 그 범주에 든다고 하겠다.

여기서 우선 교은의 문학관의 면모를 살펴볼 필요가 있을 것이다. 작가의 문학정신은 곧 작품의 소재 선택이나 주제 설정의 기본 바탕이 된다고 보기 때문이다. 그러나 교은이 자신의 문학관을 직접 피력해 놓은 글은 남아 있지 않다. 따라서 그의 문학관을 알아보기 위해서는 작품에 나타나 있는 문학정신을 바탕으로 이해하거나, 그가 여말선초에 문학 활동을 전개하면서 문형의 위치에까지 올라 당시의 문단을 주도하기도 했었다는 데 근거하여 당시 문인들의 보편적인 문학관의 테두리에서 미루어 파악하는 등의 방법을 이용할 수밖에 없을 것이다.

---

35 〈題晋州矗石樓〉, 其二.

먼저 여말선초 문인들의 보편적인 문학관의 면모를 살펴보도록 하겠다.

교은이 활약했던 여말선초의 시기는 중국 송대에 크게 확산되었던 효용론적 문학관이 전래되어 수용·정착의 과정을 모색하던 시기에 해당된다. 따라서 현실적으로 주자학적 이상을 추구하고자 하였던 당시의 신진 유학자들을 중심으로 한 사대부 문인들은, 정치·도학·문장의 각기 다른 수단을 통하여 그 목표에 도달하고자 하여 대립과 반목을 거듭하게 되지만, 궁극적으로 그들이 지향하고자 했던 목표가 수제치평(修齊治平)의 이상을 실현시키는 데 있었으므로 해서, 문학을 인식하는 안목에 있어서 그 경중의 차이는 있었을지라도 대체적으로 효용론을 그들 문학관의 근본으로 파악하고 있었다고 생각된다.[36]

또한 일반적으로 효용론적 문학관을 피력했던 문인들은 그 작시정신에 있어서 시의 효용성을 바탕으로 하는 사회풍교에 깊은 관심을 나타내고 있었다. 시는 개인의 의지 또는 이상의 표현으로서 사회적 교화에 기여할 수 있어야 한다는 것이 그들의 생각이었다. 따라서 시를 쓰는데 있어서는 독자의 덕성에 영향을 미치도록 해야 하며, 아울러 사회적 모순이나 정치적 득실을 비판하고 고발할 수 있게 해야 한다는 것이었다. 권선징악 함으로써 개인의 성정을 순화하고, 풍간(風諫)함으로써 사회적 병폐를 고발할 수 있도록 시를 써야 한다는 것이 그들의 생각이었고, 그러기 위해서는 화려한 기교나 과도한 수식보다는 경전을 모범으로 한 용사를 중시하면서, 간략하고 단순하게 도를 실어 전할 수 있는 시를 창작해야 한다는 것이 또한 그들의 생각이었다.[37]

이처럼 효용론이 문학관의 주류를 이루었던 것으로 보이는 상황에서 교은이 문형으로서 당시의 문단을 주도하는 위치에 있었다고 한다면, 그의 문학관의 면모를 일단 그러한 효용론의 범주 내에서 이해해도 좋을 것으로

---

36 정대림, 「한국 고전문학에 있어서의 효용론의 전개양상 연구」(서울대 대학원, 1985), 206면 이하 참조.

37 전형대 외, 『한국고전 시학사』(홍성사, 1979), 383면 참조.

보인다. 또한 교은이 비록 당시풍의 시작활동으로 당시 시단에서 돋보이는 작품세계를 이루었다 하더라도, 당시의 보편적인 문학관의 흐름이나 작시 정신의 영역에서 크게 벗어난 것은 아니었던 것으로 생각된다. 이 점은 그의 작품 가운데 교훈적 내용의 시가 비중 있게 나타나고 있음을 보아도 알 수 있다고 하겠다.

이제 그 작품들을 살펴보도록 하겠다. 교은의 시 가운데 교훈적 내용을 담은 작품은 크게 두 가지로 그 성격을 구분해볼 수 있다. 그 하나는 정확한 현실 파악을 바탕으로 한 정치적 사회적 여러 문제에 대한 비판과 풍자를 내용으로 하는 것이고, 나머지 하나는 주자학적 윤리관에 바탕을 둔 충과 효를 비롯한 인륜의 덕목을 권장하여 풍속을 교화하고자 하는 내용의 것이다.

먼저 현실문제에 대한 비판과 풍자의 내용을 실어 전한 작품부터 살펴보도록 하겠다.

앞서 살펴본 바 있는 〈차무풍현벽상운〉 시는, 여말의 사전 확대에 따른 전제의 문란에 대한 교은의 비판의식을 담은 작품으로, 제가들의 평대로 기롱과 풍자를 통해 백성들을 착취하거나 물욕이 많은 사람들을 경계하여 반성하게 해주는 시이다.[38] 자신이 처한 현실을 정확하게 파악하고 그 시대 상황을 가슴 아파한 내용의 시인 것이다. 기롱과 풍자를 통한 효용성의 제시에 성공한 작품이면서도, 이 시는 결코 전달하고자 하는 내용이 과다하게 노출된 무미건조한 작품으로 보이지는 않는다. 그 까닭은 기롱과 풍자의 수법을 동원한 데에도 기인하겠지만, 지(地)·계(溪)·산(山)·운(雲)의 자연 매개물이 상응하여 시적 분위기를 높여 주는 한편으로 동치(童穉)·채초가(采樵歌)로 이어지는 민요적 소박함이 더욱 시적 효과를 더해, 사실 무심한 듯한 어린 아이들조차도 다 아는 세상 형편임을 역설적으로 그려내 놓은 데 있다고 할 것이다.

---

38 시의 내용은 주 13) 참조.

民不聊生居且拙　백성의 생업이 편하지 못하니 삶이 또한 궁졸하고,

吏無閒日弊堪驚　벼슬아치들이 한가한 날 없으니 폐단이 놀랄 만하다.

-〈龍江形勝〉

한편 이 시는 벼슬아치들이 백성들의 생업을 제대로 돌볼 생각은 않고 자신들의 사리사욕을 채우는 데 한가한 날이 없는 그러한 부조리한 현실을 비판한 시다. 결국 교은은 현실을 개선하여 백성들이 여유 있는 삶을 누릴 수 있게 하기 위해서는, 관리들이 올바른 목민정신을 가지고 봉직해야 함을 역설하게 된다. 이러한 교은의 생각은 그의 문장에도 나타나 있다.

더욱이 수령의 직책이란 백성을 아끼는 데 있으니 반드시 은택이 백성들에게 미쳐야 한다는 것을 마음으로 삼아야 할 것이다.[39]

대개 수령의 직책이란 백성을 친근히 하는 것인데, 인으로써 어루만지며 사랑하고, 의로써 베풀고 다스려서 그 생업을 안정시키며 시름하고 한탄하는 소리가 없게 한다면 잘하는 것이다.[40]

이처럼 참으로 백성을 아끼고 사랑하는 목민정신을 갖춘 관리들이 절실함을 역설하고 있는 것이다. 그리하여 즐거움도 괴로움도 모두 백성과 함께 하면서,[41] 태평성대를 누릴 수 있는 정치적 현실이 이루어지기를 바랐던 것이라 할 것이다. 그러한 마음으로 교은은 관직에 나가는 사람들에게 직접 당부하기도 하였다.

그 풍속이 야만스럽고 거리가 또한 먼데다가, 성주, 왕자, 토호 중의 강한

---

39 況守令之職 親民者也 必以澤民爲心(〈公州觀政亭記〉).

40 夫守令之職 近民者也 仁以撫字 義以施爲使之 安其業而無愁嘆之聲 善矣(〈慮民樓記〉).

41 噫 非憂以斯民 樂以斯民者 不可以語此(〈幽風樓記〉).

자들이 다투어 평민을 차지하고 사역을 시켜서 그것을 인록이라 하는데 백성을 학대하여 욕심을 채우니 다스리기 어렵기로 소문이 났다.[42]

제주에 부임하는 박덕공(朴德恭)을 보내면서 제주의 실정을 알려주고 백성을 올바로 다스려주기를 바라는 내용이다.

위에서 살펴본 교은의 생각은 그의 시에도 그대로 나타나 있다.

黎烝先業食無餘　백성들이 생업을 잃어 먹을 것도 제대로 없고,
幷邑簫制禎尾魚　온 마을이 쓸쓸하니 꼬리 붉은 고기신세.
臘雪不飛春又旱　섣달 눈이 내리지 않으니 올 봄도 가물 테지,
公歸須看活民書　그대 돌아가거든 모름지기 활민서(活民書)를 살펴보오.

― 〈送人出守忠州〉

백성의 생업을 잘 보살펴 그들이 여유 있는 삶을 살아갈 수 있도록 하라는 당부의 내용이다. 교은은 생업을 잃고 먹을 것도 제대로 없는 곤궁한 삶의 현실을 꼬리 붉은 고기신세에 비겼다. 고생을 하면 꼬리가 붉어진다는 방어의 붉어진 꼬리만큼이나 어렵고 힘든 고난의 현실 속에 백성들이 신음하고 있다는 뜻일 것이다.[43] 때문에 활민서 속에 담겨 있을 백성을 살리는 길, 그 길에 소홀함이 없어야 함을 역설하였다고 하겠다.

隨世行藏工部歎　세상 따라 행하고 멈춤은 두공부(杜工部)의 탄식이요,
與民憂樂范公心　모든 걱정과 기쁨을 백성과 함께 함은 범문정(范文正)의
　　　　　　　　　마음이다.

― 〈題晉州矗石樓〉

---

42 其俗獠而地且遠 加以星主王子及夫土豪之强者 爭占平民爲役 使爲之人祿 殘民以逞 稱難治也(〈送朴德恭之濟州序〉).
43 魴魚禎尾 王室如燬(『詩經』,「國風」,「周南」,〈汝墳〉).

그리하여 교은은 이처럼 '여민우락(與民憂樂)'의 목민정신을 강조하였던
것이다. 또한 그러한 정신으로 항상 자신을 돌아보면서 노심초사하였던 것
으로 보인다.

自愧年來石二千   스스로 부끄럽네 요즈음의 군수 노릇,

不如官渡濟人船   저 나루의 사람 건네주는 배만도 못한 것이.

— 〈沃川赤登樓〉

백성을 잘 보살피고자 노력하면서도 마음은 언제나 더 나은 그들의 현실
을 위해 애써야 하는 것이 위정자들의 근본적인 마음가짐이어야 할 것이다.
그래서 교은은 제인선(濟人船)보다도 못한 것 같은 군수노릇에 부끄러워하
면서 자신을 채찍질하였을 것이다.

대개 군자는 사물을 관찰함에 도가 있지 않은 데가 없음을 아는 것이니, 정
치를 하는 데는 보고 본받을 만한 것이 이 못물보다 나은 것이 어디 있겠는가.
못물이 고인 것을 보면, 맑으면서 요동하지 않고, 평평하면서 넘치지 않으며,
능히 더러움을 용납하여 받아들이는 아량이 있으며, 나쁜 것은 흘려버려서 쌓
이지 않게 하며, 만물에 은택 미치기를 끝없이 하고 있는데, 정치하는 도리도
또한 이에 있을 것이다.[44]

때문에 교은 스스로는 이처럼 못물을 관찰하여 얻어낸 정치의 도리를 자
신의 정치관으로 삼아, 그 정치의 은택이 백성들에게 고루 미칠 수 있도록
힘썼던 것으로 보인다. 교은의 이러한 생각은,

---

44 蓋君子觀於物 而知道之無所不在也 爲政而可觀法者 孰有愈於池水哉 夫池水之鍾也 觀其
清而撓 平而不溢 能容而有納汚之 量流惡不畜 澤物於無窮 則政亦幾在是矣(〈公州觀政亭記〉).

觀池可使能爲政　못을 보면 능히 정치하는 것 알 수 있고,

適野休煩更畫謀　들에 가서 머리 식히며 다시금 계획한다네.

―〈楊州形勝〉

라고 한 시에도 그대로 나타나 있는데, 관지(觀池)의 정치관을 내세우면서 부단히 노력하는 목민관이 되어야 함을 다짐하였다고 하겠다.

　결국 교은은 정확한 현실인식에 근거한 풍자의 수법으로 당대의 현실을 비판하였으며, 그러한 현실의 모순과 비리를 척결하고 이상적인 사회를 이룩하기 위한 방책으로 관리들의 반성을 촉구하면서 참다운 목민정신의 구현을 제시하였다고 생각된다.

　다음으로 주자학적 윤리관에 바탕을 둔 충과 효를 비롯한 덕목을 권장하여 새 왕조의 기틀을 바로잡고 풍속을 교화하고자 한 내용의 시를 살펴보도록 하겠다.

　여말선초의 신진 사대부로서 교은은, 주자학적 윤리의 실천을 이상으로 삼고 그것을 제시함으로써 백성들을 교화하여 민심을 안정시키고 왕조의 기틀을 확고히 다져나가고자 했던 생각을 문장을 통해 나타내기도 하였다.

　무릇 도가 천하에 있음은 그 실상이 천명(天命)의 성(性)에 근원하는 것인데, 군신, 부자, 부부, 형제, 붕우의 사이에 행하되 하루도 폐할 수 없는 것이다. 사람의 도가 어찌 이 다섯 가지 밖으로 나가는 것이 있으랴.[45]

　교은은 이렇게 오륜에 바탕을 둔 사람의 도리를 내세워 윤리적으로 정화된 사회를 지향하였다. 또한 그는 윤리적 이상사회의 실현에 있어서는 무엇보다도 교육이 중요함을 역설하면서 내실 있는 교육의 실시를 강조하였다.

---

45 夫道之在天下 其實源於天命之性 而行於君臣父子夫婦昆弟朋友之間 不可一日廢焉者也 人之爲道 豈有出於此五者之外乎(〈陰竹縣鄕校記〉).

그러나 밝히면 펴지고, 밝히지 않으면 무너지게 된다. 옛 성현이 사람에게 학문하는 도리를 가르치는 것이 이 이치를 강명하여 그 몸을 닦게 한 연후에 미루어 사람에게 미치게 하는 것 아님이 없는데, 사람들은 한갓 기억하고 외워서 사장에 힘씀으로써 명예를 낚시질하거나 이록을 취할 뿐만 아니라, 근세 이래로 학교를 설치하여 교육하는 것이 오직 문장만을 숭상하고 천리와 인륜은 일찍이 강명하지 않으니 옳은 일이라 하겠는가.[46]

주자학적 이상사회를 실현하고자 함에 있어서 교육의 중요성을 나름대로 피력한 글이다. 또한 천리와 인륜의 도를 가르치고 배우는 데 주력하지 않고, 문장 다듬는 일이나 치중하여 명예나 이록에 눈이 어두운 당시의 교육적 현실을 개탄하기도 하였다. 또 다른 글에서도 교은은 교육의 중요성을 다음과 같이 내세우고 있다.

그렇기 때문에 정치하는 요건은 반드시 학문에 근본을 두어야 하며, 가르치고 배우는 법은 사람 되게 하는 데 근본을 두어야 하는 것이다. 진실로 연마하여 변화시켜서 착한 길로 달려 나가게 하며, 사람들에게 권면하기를 부지런히 하고 사람들 마음속에 파고 들어간 것이 깊고 간절하게 하여 점점 쌓이게 되면, 예양이 행해지고 풍속이 아름다워질 것이며 인재의 배출도 또한 점차 이루어질 것이다.[47]

이는 정치의 요건을 학문, 즉 정치철학으로서의 주자학에 두고, 교육의 목표는 도덕적 인간의 양성에 근본을 두고서, 가르치고 배우는 것을 권면하

---

46 然而明之則叙 不明之則敗 古昔聖賢所以教人爲學之道 莫非講明是理 以修其身然後推以及人 非徒欲其務記誦爲詞章 以釣聲名取利祿而已 近世以來說學敎育 惟以文詞葩藻爲尙 天理人倫曾不講明 可乎(위의 문장).

47 是以爲政之要 必本於學 而敎學之法 必本於人 苟磨礪變化 而使趨於善 其勉於人者勤 其入於人者深切 至於積 則禮讓興行 風俗諄美 人才之出 亦有以則致矣(〈連出縣鄕校記〉).

면 결국 '예양흥행 풍속순미(禮讓興行 風俗淳美)'한 이상사회가 실현될 것이
며, 참다운 인재도 제대로 양성될 수 있을 것이라는 교은의 교육관이 나타
난 글이라 하겠다. 그 역시 진주 향교에서 학문하여 입신한 사대부로서,[48]
교육의 중요성을 깊이 인식하였다고 하겠으며, 새 왕조의 기틀을 잡는 데에
참다운 인간교육이 절실함도 아울러 깊게 인식하고 있었다 할 것이다.

위에서 살펴본 교은의 윤리관, 교육관 등은 그의 시에도 직접 반영되어
있음을 볼 수 있다. 먼저 나라에 대한 우국충정이 왕에 대한 충성심이나
왕으로부터 부여받은 일에 대한 사명감, 그리고 충신의 절조에 대한 찬양
등으로 나타나고 있는 작품부터 살펴보도록 하겠다.

戀闕尙心赤　님 그리는 붉은 마음 자꾸만 더하여서,
築壇向北移　단을 쌓고 북쪽 향해 자리 옮기네.
- 〈夏日北亭吟〉

性命鴻毛輕　목숨은 홍모같이 가벼운데,
所賴唯忠質　믿는 바는 오직 충성된 마음 뿐.
于役微君故　일에 매인 것 임금의 일 아니라면,
胡爲不自逸　어찌해 스스로 편하게 하지 않으리.
- 〈題巨濟漆川島〉

抱道不輝安可得　도를 품고 나타내지 않아서야 어떻게 되겠는가,
聖君前席要論思　모름지기 성군의 자리 앞에서 나라 일을 논해주오.
- 〈次柳判事韻〉

---

48 國初以來 文忠公河崙 文定公鄭以吾 (…) 皆就鄕校而拔萃 若文若武 俱鳴於當時(河演,
〈晋州鄕校記〉).

男兒如輔國　남아로 태어나 나라 일 돕는데,

何必過淸時　어찌하여 태평한 때만 만나려는가.

－〈題貓島〉

　　이처럼 왕에 대한 강한 충성심을 나타내고, 왕으로부터 부여 받은 일에
대한 사명감을 고취하는 동시에 적극적인 현실참여를 권유하기도 하면서,
소극적인 순수보다 능동적인 참여에 비중을 둔, 특히 어려울 때 국가를 위
해 헌신해야 한다는 현실적인 우국충정을 보여주고 있다.

　　교은은 선초의 조선사회를, 정치적 혼란기였던 여말의 사회와는 달리, 주
자학적 이상이 실현될 수 있는 가능성을 가진 사회로 인식하였음이 분명하
다. 때문에 여말에 은거를 택하였던 경우와는 달리, 여러 가지로 어려운 상
황인 것을 알면서도 적극적으로 현실참여를 권유하였던 것이라 하겠다.

　　한편 교은은 자신이 새 왕조에 적극 참여하였으면서도, 고려왕조에 대한
길재(吉再)의 충절에 대해서는 높이 평가하고 있는 면을 보여주고 있다. 사
실 수기치인(修己治人)의 학으로서의 주자학은, 인륜 특히 군신간의 의리를
절대시하는 한편으로 궁극적으로는 정치적 현실을 바로잡아야 한다는 정치
인으로서의 실천을 중요시하는 모순된 성격을 내포하고 있다. 그러나 이러
한 시비를 떠나서, 교은이 자신과는 다른 길을 걸었던 길재의 고려 왕조에
의 높은 충절을 기리고 있음은, 자신의 행위에 대한 심리적 갈등의 범주를
넘어 서서 충절이라고 하는 윤리적 덕목 자체에 대한 평가에 기인했던 것이
라 할 수 있겠다.

軒裳豈足樂吾生　높은 벼슬이 어찌 내 생애를 즐김에 족하리,

風節斯爲萬世榮　굳은 충절이야말로 만년토록 영화로운 것.

看取五朝長樂老　오조(五朝)의 장락로(長樂老)를 보라,

脩光筆底怒雷聲　구양수(歐陽脩)의 빛나는 붓 끝에 성난 우레 소리만.

－〈題吉治隱再忠臣圖〉

오조 때의 풍도(馮道)는 황제의 성이 여덟 번 변하고 임금이 12번 바뀔 때까지도 지위를 보전하고 대대로 정승 노릇하여 장락공(長樂公)에 봉해졌다고 하는데, 송의 구양수가 오조의 역사를 편찬할 때 그가 절조 없이 자신의 부귀만을 탐한 것을 극도로 비난하면서 수치가 무엇인지 모른다고 꾸짖었다는 고사를 들어, 교은은 길재의 충절을 높이 평가하였던 것이다.

이렇게 나라에 대한 충성심을 고취하여 사회교화에 이바지하고자 했던 그는 다음과 같이 효의 정신을 내세우기도 하였다.

忠孝同一源 충과 효는 동일한 원천이라,
敦行各有適 돈독한 행실이 각각 마땅함이 있다.
- 〈李中樞貞幹慶壽宴席分韻得歷字〉

충과 효를 동일한 원천으로 보고, 이정간(李貞幹)의 돈독한 행실을 찬양한 내용이다.

千載姓名將不墜 천년 장래까지 그 성명 없어지지 않으리니,
一家慈孝豈非仁 한 가문의 자애와 효성이 어찌 근인(根因)이 없으랴.
- 〈題恩津彌勒院〉

積慶家聲體義中 경사가 쌓인 가문의 명성이 예의 가운데 있으니,
(…)   (……)
太史應爲記始終 태사는 응당 그 시종을 기록하리라.
- 〈賀李中樞貞幹慶壽韻〉

이들 시에서 보면, 자애, 효성, 예의 등이 실천되는 사회, 그 사회의 참다운 모습을 교은은 사관의 입장에서 기록하여 교화에 기여하고자 하였다고 생각된다. 그리하여,

斯文不墜垂千祀　사문이 떨어지지 아니하고 천년에 드리우니,

善俗應多出一鄕　착하고 좋은 풍속이 응당 이 고을에서 많이 나오리라.

-〈題廣州鄕校〉

고 한 시에서처럼, 교은은 선속이 널리 행해지는 사회를 지향하였던 것으로
보인다. 그리고 교은의 이러한 정신은 가정교육에도 그대로 반영되어 엄격
한 가풍을 이루었던 것으로 생각된다.

我愧何在愧在身　내 부끄러움 어디 있나, 바로 내 몸에 있는 것을.

此愧之中有大愧　우러러 푸른 하늘에 부끄럽고, 굽어보아 세상에 부끄럽네.

仰愧蒼天俯愧人　이 가운데 가장 부끄러운 일 있으니,

忠愧吾君李愧親　충성은 우리 임금께 부끄럽고, 효도는 어버이에 부끄럽네.

-鄭莱, 『愛日堂實記』 卷1, 「遺詩」, 〈謫居詩〉

이는 교은의 장자인 애일당의 시다. 항상 충효에 부끄럽지 않게 살고자
했던 애일당의 정신은 곧 교은의 가정교육에서 비롯된 것이라 생각되어,
윤리적으로 정화된 사회를 지향했던 교은의 생각을 다시금 느껴볼 수 있다
고 하겠다.

이렇게 충과 효의 윤리를 내세우면서 이상사회를 지향했던 교은은, 이의
실현을 위해서 앞서 살펴보았던 대로 남달리 교육의 중요성을 역설하는 한
편 학문을 권장하는 작품을 남기기도 하였다.

三月江南天氣新　삼월 강남에 천기가 새로운데,

諸生誰與賞靑春　여러분은 누구와 더불어 청춘을 즐기려는가.

翰林醉客渾無事　한림의 취한 손은 아무런 일이 없어,

細雨薔薇夢遠人　보슬비 오는 장미꽃 앞에서 먼 사람을 꿈꾼다.

-〈翰院寄晋陽諸生〉

천기가 새로운 춘삼월 호시절의 남도지방, 청춘의 젊음이 들뜨는 계절, 그러나 아름다운 자연과 양춘의 봄기운에 마냥 청춘을 즐기고 있을 수만은 없다는 것이 교은의 생각이었을 것이다. 공자가 자신이 노쇠하였음을 탄식하면서 그가 존경했던 가장 이상적 인물로서 주 왕실의 창업을 이룩하고 주대 문화의 기초를 세운 주공을 오래도록 꿈에 보지 못하였음을 안타까워하였다는 내용을 용사(用事)하여,[49] 젊은이들이 학문에 정진해야 함을 함축적으로 나타냈다고 하겠다. 그리하여 천기가 새로운 봄에 자칫 학문에 해이해지기 쉬운 젊은 유생들에게 청춘을 즐기는 데 탐닉하기보다는 때를 잃지 말고 학문에 열중하라는 뜻을 권장하였던 것이다.

이상에서 교은의 교훈시의 내용을 살펴보았다. 그리하여 교은은 시의 서정성 획득에 성공했을 뿐만 아니라, 시의 효용성을 전달하는 데에도 일정한 성과를 이루었음을 알 수 있었다고 하겠다.

4. 맺음말

앞에서 현존하는 교은 정이오의 한시를 분석 검토하여 그의 시세계의 양상을 살펴보았다. 이제 그 결과를 요약 정리하여 결어에 대신하도록 하겠다.

여말에 출생하여 학습과정을 거쳐 과거에 급제하고 초급관료의 길을 걷다가 정치적 사회적 혼란 속에서 은거생활을 택하였던 교은은, 선초에 이르러 새로이 관료생활을 시작하면서부터 왕성한 문학 활동을 전개하였던 것으로 보인다. 이렇게 혼란과 격동의 시기에 문장으로 입신하여 새 왕조 건국사업에 기여한 전형적인 신진사대부의 한 사람이었던 교은은 특히 시인으로서 풍부한 감성으로 주로 자연을 매개로 한 당시풍의 격조 높은 시들을 남겨 놓았다.

---

49 子曰 甚矣 吾衰也 久矣 吾不復夢見周公(『論語』, 「述而篇」).

그러나 교은의 장자인 애일당 정분이 계유정란에 의해 사사된 이후 후손들이 사방으로 흩어져 겨우 명맥만 유지하게 되는 와중에, 그의 문집 또한 제대로 보존되지 못하였다. 이에 1939년, 후손들이 각종 시문선집과 기타 문헌들에 실려 있던 시문을 수집 정리하여 『교은집』 1책을 편찬하였다. 원래 7권으로 간행된 바 있는 문집을 찾을 길 없음은 여러 가지 측면에서 안타까운 일이라 할 것이다.

현재 그의 작품으로 문학연구의 대상이 될 수 있는 것은 시 64수와 문 30편 정도이다. 그리하여 이 논문에서는 우선 시 64수를 대상으로 그의 시 세계를 살펴보고자 하였던 것이다.

먼저 역대 시인이나 비평가들이 교은의 시에 대해 평한 내용을 간추려보았는데, 그들은 교은을 선초의 대표적 시인의 한 사람으로 인정하였으며, 당풍의 시 창작에 주력하여 시의 서정성 획득에 성공하였다고 하는 한편, 풍자를 통한 시의 효용성의 전달에도 일정한 성과를 거두었다고 하였다. 또한 요체의 시에도 능하였다고 하였으며, 시의 풍격은 주로 아려, 청편, 한담, 준일하였다고 품평했다.

다음으로 그의 시에 일관되게 흐르고 있는 주된 정서를 한의 정서로 보고 그 양상을 살펴보았다. 한의 정서가 교은 시의 주조를 이루게 된 배경은, 여말 은거생활의 영향을 비롯하여, 신앙으로서 불교의 영향에서 크게 벗어나지 못한 데서 빚어진 듯한 '심자정'의 생활태도와 그에 따른 자유로운 시 정신의 발현, 그리고 귀거래에의 염원이나 술광경적 영묘의 작시방법을 귀하게 여긴 당시의 영향 등이라 할 수 있겠다. 이를 바탕으로 교은은 시의 서정성을 획득하는 데 성공하였으며, 그 서정성의 내용을 한의 정서로 나타냈다고 하겠다.

내용적으로 교은 시를 볼 때 가장 큰 비중을 차지하는 것은, 전국을 돌아보면서 지은 제영시를 비롯한 여정을 담은 시들이다. 이 시들을 통해서 보면, 교은은 여행하면서 자연을 벗 삼아 그 아름다움을 노래하고, 그 속에서 풍류를 즐기며 시를 읊는 여유를 누렸다고 하겠으며, 한편으로는 고향에 대한 그리움과 한적한 삶에 대한 동경 등을 짙은 서정성을 바탕으로 표현해 내었다고 하겠다.

끝으로 교은은 시의 효용성에 바탕을 둔 교훈시를 남기기도 하였는데, 그 시들은 대개 정확한 현실 파악에 근거한 정치적 사회적 문제에 대한 비판과 풍자를 내용으로 하는 것이거나, 주자학적 윤리관에 바탕을 둔 충과 효를 비롯한 인륜의 덕목을 권장하여 풍속을 교화하고자 하는 내용의 것이었다. 그리하여 교은은 정확한 현실인식에 근거한 풍자의 수법으로 당대의 현실을 날카롭게 비판하였으며, 그러한 현실의 모순과 비리를 척결하고 이상적인 사회를 이룩하기 위한 방책으로 '관지'의 정치관을 피력하여 관리들의 반성을 촉구하면서 참다운 목민정신의 구현을 역설하였다. 또한 그는 충과 효의 정신을 특히 강조하면서 윤리적으로 정화된 사회를 지향하였으며, 그렇게 풍속을 교화함으로써 새 왕조의 기틀을 바로잡는 데 기여하고자 하였던 것으로 보인다. 그리고 이러한 이상을 실현해나가는 과정에서는 무엇보다도 올바른 인간교육이 중요함을 절감하면서, 젊은이들에게 학문을 권장하는 시를 남기기도 하였다.

이렇게 보면, 자칫 시적 공백기로 인식되기도 하는 선초의 시단에서, 한때 대제학의 위치에서 당시의 문난을 주노하기도 하면서 문장으로 건국사업에 기여하는 한편으로 격조 높은 시를 남겨 놓은 교은의 문학적 업적은 우리의 시사적 측면에서 매우 의의 있는 것이라 하겠다.

더욱이 송의 시학이 전래되어 정착되어가는 과정에서 시에 대한 인식이 교양이나 정치교화의 수단으로 점차 굳어져갈 무렵, 시인의 정서를 자유로운 인간 정신의 결정으로 형상화하여 당시풍의 값진 시를 남긴 것으로 하여, 교은은 그 시사에서 차지하는 위치를 더욱 분명히 할 수 있었다고 하겠다.

그러나 이상의 결과는 현존하는 그의 시 64수를 대상으로 파악한 것이기에, 어쩔 수 없는 여건을 인정한다고 하더라도 여전히 부족함을 느끼게 된다. 따라서 원래의 그의 문집을 찾아 그의 시를 총체적으로 연구해야 한다

는 것이 과제로 남게 된다고 하겠다. 아울러 이 논문에서 미처 다루지 못한
그의 문장에 대한 검토 역시 또 하나의 과제가 될 것이다.

(『세종어문연구』 3·4, 1987)

강희안이 노래한 자연의 시학

1. 그리는 자연의 시학

1) 머리말

이 글의 목적은 인재(仁齋) 강희안(姜希顔, 1417~1464, 태종 17~세조 10)의 시세계를 검토하여 시인으로서의 그의 면모를 정립하고자 하는 데 있다. 그의 한시는 수적으로는 많은 편이 못되지만, 내용적으로는 그의 삶의 총체적 모습이 드러나 있음으로 해서 다양하게 전개되어 있음을 볼 수 있다. 그 가운데서 특히 대자연 삼라만상의 모습들을 즐겨 그려낸 화가로서 명성이 더욱 빛났던 강희안이 지녔을 남다른 자연에 대한 성찰이 이른바 그의 자연시에 어떻게 나타나고 있는가 하는 점을 중심으로 하여 그의 시세계를 살펴보도록 하겠다.

강희안이 문학 활동을 전개하였던 조선 초기는 왕조 창업 이래 나라의 모든 역량이 온통 건국사업에 집중되었던 현실 속에서 문학을 창작하고 향유하는 등의 정신 문화 지향의 문제는 부차적인 것으로 인식되었던 시기였다고도 할 수 있다. 물론 정이오(鄭以吾), 이첨(李詹), 유방선(柳方善), 김시습(金時習), 서거정(徐居正) 등을 비롯하여 걸출한 시인들이 없는 것은 아니지만, 한국 한시사의 전반적인 흐름 속에서 볼 때 조선 초기의 한시는 다른 시기에 비해 질적 양적 측면에서 큰 성과를 거두지는 못하였던 것으로 보인다.

때문에 이러한 시기에 비교적 안정된 시세계를 보여준 강희안의 한시를 검토하는 것은, 비록 자연시에 대한 검토라는 한계를 드러낸 것이긴 하지만 나름대로 조선 초기 한시사를 보완하는 의미를 지닌다고 할 수 있을 것이다. 또한 지금까지 부족했던 조선 초기 시와 시인에 대한 연구의 폭을 넓힌다는 데에서도 그 의의를 찾을 수 있다고 하겠다.

강희안의 자는 경우(景愚), 호는 인재(仁齋)이며 본관은 진주(晉州)다. 대민공(戴愍公) 석덕(碩德)의 장자로 희맹(希孟)의 형이며 세종의 이질(姨姪)이다. 태어나면서부터 다른 사람보다 영특하였으며, 담벼락에 손가는 대로 휘갈겨 글을 쓰기도 하고 그림을 그리기도 했는데 법도에 맞지 않은 것이 없었다고 한다. 자라서 스승을 좇아 학문을 닦으면서부터는 문명을 크게 떨쳤다. 1438년에 시부(詩賦) 진사시를 새로 설치했는데 한 번에 바로 합격하였고 1441년(세종 23)에 이석형(李石亨)이 주관한 식년 문과에 급제하여 돈령부 주부가 되었다.

1443년에 정인지(鄭麟趾) 등과 함께 훈민정음 28자에 대한 해석을 상세하게 덧붙였다. 1444년에 최항(崔恒), 박팽년(朴彭年), 신숙주(申叔舟)와 함께 『운회(韻會)』를 번역하였고, 1445년에는 최항 등과 함께 〈용비어천가(龍飛御天歌)〉의 주석을 붙였다. 또한 같은 해에 명나라에서 보내온 '제천목민 영창후사(體天牧民 永昌後嗣)'의 여덟 자 옥새를 만들게 되었는데 조정에서 그를 추천하여 쓰게 하였다. 1445년에 이조 정랑이 되었고, 같은 해에 최항(崔恒), 성삼문(成三問), 이개(李塏) 등과 『동국정운(東國正韻)』을 완성하였다.

1450년 세종이 위독하자 『미타관음(彌陀觀音)』 등의 불경을 쓰기도 했다. 당시 의정부의 검상(檢詳)에 결원이 생기자 의정부 대신들이 그를 후보자로 지명하여 천거의 첫 번째로 하였는데, 그가 영예로운 승진을 기뻐하지 않고 굳이 사양하자 여러 재상들이 괴이하게 여겼으나 그의 진심임을 알고는 그만둔 일도 있다. 1454년(단종 2)에 집현전 직제학에 올랐고, 또한 산천의 형세를 잘 아는 정척(鄭陟), 지도에 밝은 양성지(梁誠之)와 함께 수양대군이 8도 및 서울의 지도를 제작하는 데 참여하기도 하였다. 1455년(세조 1) 원종공신(原從功臣) 2등에 녹훈되었다. 또한 같은 해에 임신자(壬申字)를 녹여서 새로 글자를 주조할 때 그가 글씨를 썼으며 이를 을해자(乙亥字)라고 하였다.

1456년에 단종 복위운동에 관련된 혐의로 신문을 받았으나 자백하지 아니하자 세조가 성삼문에게 강희안이 모의에 참여하였는지를 물었는데, 성삼문은 정말 모르는 일이며 나으리가 이름 있는 선비들을 모조리 죽였으니 마땅히 이 사람만은 남겨두어 써야 한다고 하면서 그를 실로 어진 선비라고 변호하여 화를 면하였다고 한다.[1] 후에 다시 대사헌 신석조(辛碩祖), 좌사간 이종검(李宗檢)이 그의 처벌을 요구하였지만 왕의 비호로 무사하였다.

1460년 호조참의 겸 황해도 관찰사가 되었고 1462년에 사은 부사로 표전(表箋)을 받들고 명나라에 다녀왔으며, 1463년 겨울에 등에 악창이 나서 향년 48세로 사망하였는데, 세조가 관곽을 부의로 내려 주었다. 그는 먼저 이곡(李谷)의 딸에게 장가들었으나 자식이 없었고 그보다 일찍 죽었다. 후에 김중행(金仲行)의 딸에게 장가들어 딸 넷을 낳았다.

그는 천성이 짐작하고 바르며 아담하고 너그럽고 평온하며 온화하였다고 한다. 한편 몸은 비대한 편이었고 돼지고기를 좋아하였으며 의복만은 화려하게 입기도 하였으나, 성품에 유약한 면도 있어 다달이 보는 시험인 월과(月課)의 시문을 짓지 않아 성삼문의 희롱을 받기도 하였다 한다.[2]

특히 그는 일을 당해서 감히 능력 있다고 하여 다른 사람보다 앞으로 나서지 않았으며, 절대 입으로 승진을 연결시킬 계획 따위는 말하지 않았다 한다. 사람들이 그 까닭을 물으면 그는 막히고 통하는 것은 모두 분수의 한계가 있기에 구해서 얻을 수 없고 사양해서 피할 수 없으며 어쩌다 그

---

1 『歷代要覽』, 『海東雜錄』 참조.
2 『慵齋叢話』 卷6 참조.

분수에 지나치게 되면 재앙과 실패가 따르니 어찌 괴로이 경영하면서 분수 아닌 것을 구하겠는가라고 하였다. 그리하여 어떤 사람이 그가 나태하다고 모욕해도 그는 태연하였다고 한다.

아무튼 그는 재주와 덕을 겸한 참다운 대인군자로 알려졌으며, 그럼에도 불구하고 그가 크게 쓰이지 못했음을 주위에서는 애석해 하였다 한다. 이는 그가 집현전 학사로서 문명을 떨쳤음을 보아서도 짐작되는 일이다. 1420년 (세종 2)에 세종이 집현전을 설치하고 문신 10명을 뽑아 학문에 전념하게 하였고, 뒤에 30명으로 증원하였다가 다시 20명으로 감원하였는데, 그 중 10명은 경연(經筵)을 또 10명은 서연(書筵)을 각기 맡아 문한(文翰)을 전임하고 고금을 토론하게 하며 조석으로 논리와 사색을 하게 하였던 바, 문장을 하는 선비로서 인재들이 그곳에서 많이 배출되어 당시 요직에 있었던 이는 모두 집현전에서 나왔던 때문이다.[3]

그는 시와 글씨와 그림에 모두 뛰어나 삼절(三絶)이라고 칭송받았으며, 특히 전서(篆書), 예서(隸書), 팔분(八分)에도 모두 독보적인 경지를 이루었다고 한다. 그러나 그는 이를 감추고 드러내지 않았는데, 자제 가운데서 서화를 구하는 자가 있으면 서화는 천한 재주로서 후세에 흘러 전해지면 다만 이름을 더럽히게 될 뿐이라고 타이를 정도였다. 때문에 손수 쓴 필적이 전하는 것이 드물다. 중국의 선비들이 그의 풍도를 보고 비상한 사람임을 알고 또한 그의 글씨와 그림을 보고 크게 칭찬하여 구하는 자들이 모여들었으나 모두 겸손히 물리쳤다고 한다.[4]

강희안의 시는 위응물(韋應物), 유종원(柳宗元)과 같다는 평이 있으나 자신의 시를 세상에 발표하기를 꺼려 문집을 남기지 않았다. 다만 동생 희맹이 편찬한 『진산세고(晋山世稿)』 권3에 그의 시 다수와 권4에 『양화소록(養花小錄)』이 실려 있을 뿐이다. 그의 그림은 송의 유용(劉墉), 곽희(郭熙),

---

3 『筆苑雜記』, 『海東野言』 참조.

4 지금까지 강희안의 생애에 대해서는 金壽寧, 〈仁齋姜公行狀〉(『晋山世稿』 卷3)의 내용을 주로 참조하였다.

글씨는 진의 왕희지(王羲之)와 원의 조맹부(趙孟頫)에 비견되기도 하였다.

특히 그림에 있어 그는 타고난 높고 기묘한 자질로 옛사람들이 생각하지 못한 것을 개척하였는데 산수화나 인물화에 모두 뛰어났다고 한다. 묵화로 소품을 그리기를 좋아하여 벌레·새·풀·나무·인물·물건을 즐겨 그렸으며, 필치는 세밀하지 않으나 그림은 생기가 있고 그 무르익은 경지는 시인의 남은 운치로 그린 격조 높은 것으로 평가되어 왔다. 그가 그린 〈여인도(麗人圖)〉는 실물과 조금도 어긋남이 없다고 평가되었고, 〈청학동(青鶴洞)〉, 〈청천강(菁川江)〉의 두 족자와 〈경운도(耕雲圖)〉를 포함한 이 네 작품은 모두 기보(奇寶)로 알려져 있다[5]

위에서 강희안의 삶을 일별해 보았거니와 이제 그의 시세계를 살펴보기 위한 자료를 검토하도록 하겠다. 앞서 언급한 대로 그의 문집은 전하지 않고 다만 『진산세고』에 그의 시 다수가 전할 뿐인데, 『진산세고』는 강희맹 (1424~1483, 세종 6~성종 14)이 그의 할아버지, 아버지, 형의 시집과 『양화소록』을 묶어 편찬한 것이다.

『진산세고』 권3에 실린 강희안의 시는 모두 68제 173수이다. 그리고 역대 시문선집에 실려 있는 그의 시는 『동문선(東文選)』 6수, 『청구영언(青丘永言)』 1수, 『국조시산(國朝詩刪)』 1수, 『기아(箕雅)』 4수, 『대동시선(大東詩選)』 3수 등인데 이들 시는 모두 『진산세고』에 포함되어 있다. 그 외에 『동국여지승람(東國輿地勝覽)』에 2수가 실려 있는데, 그 중 〈양산징심헌(梁山澄心軒)〉 시는 『진산세고』에 없는 시다. 또한 『추강냉화(秋江冷話)』에 실려 있는 〈등양주루원(登楊州樓院)〉 시도 『진산세고』에는 실려 있지 않다. 따라서 이 글에서 검토의 대상으로 삼을 강희안의 한시는 모두 70제 175수에 이른다.

이들 시들을 내용적으로 구분해 보면 아우인 강희맹을 생각하거나 그에게 준 시가 모두 20제에 이르고, 벗을 그리워하거나 벗에게 준 시가 31제에

---

5 『慵齋叢話』, 『龍泉談寂記』, 『海東雜錄』 참조.

이른다는 점이 주목된다. 이는 그가 시를 세상에 발표하기를 꺼려하였다는 데서 이유를 찾을 수 있을 듯하다. 때문에 아우에게 준 시나 친분이 있었던 사람들에게 준 시가 주로 많이 남아 전하게 된 것이 아닌가 한다. 이에는 또한 『진산세고』를 아우가 편찬하면서 자신이 관련되었거나 간직하고 있었던 자료를 우선적으로 수록하고, 그의 형의 친구를 탐문하여 구할 수 있었던 자료를 위주로 하여 편찬하였기 때문이라는 추측이 가능할 것으로 보인다.

그러나 이러한 내용적 구분은 표면적인 검토일 뿐이고, 시인이면서 또한 화가이기도 하였던 강희안의 시세계의 특징은 그 대상이 동생이나 벗, 아니면 일상적인 삶의 어떠한 내용이었든지 관계없이 그의 시 속에 두루 표현되어 있는 자연과의 관련 양상에서 찾아야 할 것으로 생각된다. 따라서 이 글에서는 먼저 그의 시서화 삼절의 면모를 살펴본 다음, 그의 시세계의 특징을 그리는 자연과 자연 동화, 선계 지향의 측면에서 검토해 보도록 하겠다. 그 밖의 내용검토나 그의 시에 대한 종합적 검토는 다음의 과제로 남겨두도록 하겠다.

2) 시서화 삼절

강희안은 시서화(詩書畵) 삼절(三絶)로 지칭되어 왔는데, 그것은 역대 시문집들인 『청구풍아』, 『국조시산』, 『기아』, 『대동시선』 등에 공통적으로 지적되어 있다. 특히 강희안과 함께 1438년(세종 20)에 진사과에 뽑히고 같이 일하면서 서로 오래도록 알고 지냈으며 마음으로도 깊게 사귀었던 서거정은 이에 대해 다음과 같이 언급하였다.[6]

---

6 이를 뒷받침하듯 서거정은 강희안 희맹 형제를 송의 소식과 소철 형제에 비유하면서 강희안에게 14편, 강희맹에게 35편의 시를 주었다고 한다(이종건, 『서거정 시문학 연구』, 개문사, 1990, 103면).

나의 벗 인재선생은 대대로 문헌을 지켜온 집안 출신으로 젊어서부터 부귀에 마음을 쓰지 않고 글 읽기를 좋아하여 폭넓게 보고 기억하였으며 큰 포부를 지니고 있었는데, 대과에 뽑혀 현직에 올라 명성이 자자하였다. 담박한 것을 좋아하고 분잡하고 화려한 것을 싫어함이 그의 천성이었다. 날마다 한묵을 즐기고 그림, 글씨, 시 세 가지 법이 천기의 조화에 이르러 초연히 홀로 나아갔다. (……) 그 스스로 깨달은 묘법은 말로 다 표현할 수 없다. (……) 인재는 점잖고 고상한 군자의 인품을 가진 분으로서 풍류에 뛰어나고 재주가 중묘를 겸했지만 세상 사람에게 잘한다고 자랑하거나 명예를 구하는 일이 없고 모두 간직하고 감추기만 했다. 이러므로 삼절이 세상에 전한 것이 심히 적었다.[7]

이렇게 서거정은 강희안의 인품을 칭송함과 함께 그의 시서화 삼절의 예술세계가 '자득지묘(自得之妙)'에 바탕한 '천기조도(天機造到)'의 경지에 이르렀다고 하였다.

또한 서거정은 시나 글씨나 그림의 오묘한 점은 서로 같다고 하면서, 시는 성품과 감정에서 생산되고 글씨와 그림은 마음과 손에서 이루어지니 진실로 성품과 감정에 근원을 두고 마음과 손에 모으고 익힌다면, 그 얻는 바가 오묘하고자 하지 않더라도 스스로 오묘한 경지에 이를 것이라고 하였다. 그리고 옛날부터 시를 잘하는 사람은 반드시 글씨를 잘 썼고 글씨를 잘 쓰는 사람은 그림을 잘 그렸다고 하면서 당의 정건(鄭虔), 왕마힐(王摩詰), 송의 소식(蘇軾), 원의 조맹부를 들고 강희안을 그러한 역대 명인들의 반열에 올려놓기도 하였다.[8]

---

7 吾友 仁齋先生 文獻世家 小不習紈綺 喜讀書 博覽廣記 大有抱負 捷嵬科躋 顯月無 聲名藉甚 天性 嗜淡泊 不事紛華 遊戲於翰墨 畵詩書 三法 天機造到 超然獨詣 (…) 若其自得之妙 有不可盡言者矣 (…) 仁齋之爲人 大雅君子 風流不群 雖才兼衆妙 不衒能於人 求譽於世 輒取秘之 是以 三絶之傳於世者甚少(徐居正,〈題仁齋詩稿後〉,『晉山世稿』卷4).

8 詩與書 書與畵 同一妙也 詩出於性情 兩畵畵成於心手 若能源於性情 會之心手之間 其所得有不期妙 而自妙者矣 是以 古之善詩者 必善書 善書者 必善畵 自唐鄭廣文 王摩詰 宋之蘇子瞻 元之趙孟兆頁 其人也(위의 글).

일찍이 나에게 수십 장을 써 주었는데 종이에는 반드시 시를 쓰고 그림을 그렸으니 이른바 삼절이 한 폭의 종이에 엄숙하게 펼쳐져 있었다. (……) 아, 인재의 덕과 재주를 가지고 누린 나이가 길지 못하고, 직위가 그의 능력을 따르지 못하였으니 이 어찌 조물주의 애석함이 아니겠는가? 인재를 생각하되 볼 수가 없은즉 인재의 시서화 삼절을 펼쳐보고 스스로 위로하곤 한다.[9]

그리하여 서거정은 이렇게 48년에 걸친 강희안의 생애와 함께 그의 시서화 삼절의 예술세계가 단절되었음을 안타까워하였던 것이다. 허균(許筠, 1569~1618)도 그의 시를 평가하면서 시서화 삼절의 그의 예술을 기린 바 있다.

> 江上峯巒合　강 위로 산봉우리들 모여 있고
> 江邊樹木平　강가엔 나무들 가지런히 늘어섰네.
> 白雲迷遠近　흰 구름 어지러이 떠돌고 있는데
> 何處是蓬瀛　어느 곳이 바로 신선 사는 곳이더냐.
>
> －〈祭子休求畵 作靑山白雲一幅 因題詩其上〉

이 시를 허균은 '족칭삼절(足稱三絶)'이라 평가하였는데,[10] 〈청산백운도〉에 그려진 그림과 제시한 시의 내용, 그리고 시를 적어내린 글씨가 조화롭게 어울려 완벽한 하나의 예술세계를 보여주고 있음을 높이 평가하였던 것으로 보인다.

이렇게 보면 강희안은 더불어 활동하였던 동시대인들에게서 이미 시서화 삼절로서 평가받고 있었으며, 그러한 평가는 그 후로도 지속적으로 이어져 왔음을 알 수 있다. 그러나 강희안 자신은 시서화 삼절을 이루어내지 못하

---

9 嘗爲我掃數十紙 紙必詩而書之 所謂三絶者 森然一幅 (…) 嗚乎 以仁齋之德之才 享年不永 位不滿能 豈非造物者 爲之革斤惜耶 思仁齋不得見 則未嘗不手此三絶自慰(위의 글).

10 許筠, 『國朝詩刪』 卷1.

였다고 하면서, 특히 그림으로 자신을 당의 정건에 견주는 것은 어림없는 일이라고 겸손해 하기도 하였다.[11]

한편 성간(成侃, 1427~1456)은 강희안에게 준 시에서, 글씨나 그림보다 길이 후세에 전해내릴 수 있는 시에 전념하기를 당부하기도 하였다.

詩爲有聲畫	시는 소리 있는 그림
畫乃無聲詩	그림은 소리 없는 시.
古來詩畫爲一致	예로부터 시와 그림은 일치하거니
輕重未可分毫釐	그 경중 호리로도 나누지 못하리.
先生胸中藏百怪	선생 가슴 속에 감춘 온갖 기괴는
詩歟畫歟不可知	시인지 그림인지 모르겠네.
時時遇興拈禿筆	이따금 흥이 나면 몽당붓 들어
拂拭縞素開端倪	흰 비단 펼치고 시작하네.
須臾一水復一石	잠깐 사이 한 물 다시 한 돌
蒼崖老木臨淸漪	벼랑의 늙은 나무 맑은 시냇가에 섰네.
乃知鄭老是前身	정건이 당신의 전신임을 알리니
摩挲竟日神爲怡	종일토록 어루만져 기쁨을 삼네.
雖然粉墨豈傳久	그래도 필묵과 단청이 오래갈 것인가
一朝散落隨煙霏	일조에 흩어지면 연기처럼 될 것을.
不如移就有聲畫	차라리 옮겨서 소리 있는 그림 만들어
入人之耳解人頤	귀에 들어가면 턱이 *끄떡끄떡*하게스리
千古萬古留神奇[12]	신기를 천고만고에 남김이 어떠리.

－〈寄姜景愚〉

---

11 雙淸未是成三絕 枉被仿人比鄭虔(姜希顔, 〈舍弟景醇 以仲冕詩 請余書諸可度畫書 以歸之散步四雨亭 因贈二絕〉, 『晉山世稿』 卷3. 이하 시의 인용에서 『진산세고』에 실려 있는 강희안의 시는 주를 생략할 것임.).

12 成侃, 『眞逸遺稿』 卷3.

성간은 이처럼 강희안을 당의 산수화의 대가인 정건의 후신이라 높이 평가하면서도, 글씨나 그림보다는 소리 있는 그림인 시에 전념하여 모든 사람이 즐겨 공감하도록 하여 후세에까지 그 신기의 이름을 길이 남길 것을 권하였던 것이다.[13] 성간이 비록 시와 그림은 일치하는 것이라고 하면서 경중을 가리기 어렵다고 하였지만, 그러나 분간하기 어렵다 하더라도 경중은 역시 있기 마련이어서 결국 그는 길이 생명을 이어내릴 수 있는 예술로 소리 있는 그림인 시를 선택하고 그 길로 강희안이 신기를 발휘하여 매진할 것을 권하였던 것이다. 시서화 삼절의 강희안에게서 성간은 시적 성취를 더욱 바랬던 것이라 하겠다.

지금까지 살펴본 바에 따르면 강희안이 당시에 시서화 삼절의 문인으로 우뚝하니 진가를 드러낸 것은 분명하다 할 것이다. 앞으로 현재 남아 전하고 있는 그의 글씨와 그림에 대한 해당분야에서의 연구는 물론 그의 시에 대한 연구도 아울러 면밀하게 이루어져 시서화 삼절로서의 그의 명성에 걸맞은 평가가 이루어질 수 있어야 하겠다. 그것이 바로 시서화 삼절의 그의 예술세계를 종합적으로 조명할 수 있는 길이 될 것이다. 그렇게 될 때 우리는 조선 초기 시서화 삼절로 명성을 얻었던 그의 예술정신의 정수를 접할 수 있을 것으로 보인다.

3) 그리는 자연

시서화 삼절의 강희안이 그림 그리듯 시를 썼음에 주목하여 그의 시에 나타난 두드러진 특징의 하나로 그리는 자연의 시학을 찾아 살펴보도록 하겠다. 사실 그의 시에 대한 선인들의 평가는 전하는 것이 많지는 않다.

---

13 이 시를 통해 당시의 시가 격식에 매여 나약한 아름다움이나 찾는 것에 불만이었던 성간이 천고의 신기함을 남길 예술이 어떤 것인가를 묻고, 개성 있는 표현을 과감하게 모색하면서 문학과 미술이 하나로 어우러지는 경지를 추구하고자 하였다는 견해도 있다(조동일, 「한국문화통사」 2, 지식산업사, 378면 참조).

그 시운이 청신하고 법도가 삼엄하여 온윤하면서도 빈틈이 없어 마치 남전 산의 옥돌을 끊어다가 교주 구슬을 꿴 듯하니 실로 보배 밖의 보배라 하겠다. 그를 옛사람들과 견주어보면 당의 위응물이나 송의 진여의와도 맞설 수 있을 것이다.[14]

이와 같이 최호(崔灝)는 강희안의 시고를 읽어본 다음 그의 시 전편에 흐르고 있는 풍격을 '청신(淸新), 삼엄(森嚴), 온윤이율(溫潤以栗)'로 파악하 였다. 또한 그를 도연명의 시체를 닮았다고 하는 위응물이나 두보를 따르고 소식을 닮았다고 평가받는 진여의에 비기고 있는데, 이를 보면 최호는 그의 시에서 드러내지는 않았지만 자연에의 성찰을 읽었음이 분명하다 하겠다. 이보다 한 걸음 더 나아가 서거정은 다음과 같이 강희안의 시를 평가하였다.

인재의 시고 전부를 보지 못한 것을 항상 한스럽게 생각하였더니 이제 경순 선생을 좇아서 인재의 시 수백 편을 얻어 보니 고고하고 간엄하며 청신하고 요묘하다. 참으로 옛사람이 말한 것과 같이 시 가운데 그림이 있는 고시라 하 겠다. 이 어찌 쉽사리 얻을 수 있으랴.[15]

서거정은 이처럼 강희안의 시의 풍격을 '고고(高古), 간엄(簡嚴), 청신(淸 新), 요목소(要目少)'로 평가하면서 전체적인 시의 분위기를 '시중유화(詩中 有畵)'에서 찾고 있다. 그는 그림 그리듯 묘사된 강희안의 시를 감상하고 그 속에서 그리는 자연의 시학을 제대로 분명하게 찾아내었던 것이다. 강희안이 당의 정건에 견줄 만큼 산수화에 특히 능하였다고 하는 평가에 따른다면, 시 속에 그림이 있다고 한 서거정의 품평은 그의 시를 읽으면

---

14 其詩韻 淸新 法度森嚴 溫潤以栗 若切藍田貫較珠 實寶外之寶也 以是而求諸古人 唐之韋 應物 宋之陳與義 何足讓歟(崔灝, 〈題仁齋詩稿後〉, 『晋山世稿』 卷4).

15 第恨不見仁齋全稿 今後景醇先生 得閱數白篇 高古 簡嚴 淸新要目少 眞所謂詩中有畵 古 詩之流也 夫豈易得哉(徐居正, 앞의 글).

마치 산수 자연을 한 폭의 그림 속에 여실히 담아 놓은 듯한 느낌을 받는다는 뜻일 것이다. 이렇게 강희안이 한 폭의 그림 같은 시를 지었음은, 곧 화가로서의 강희안이 자연 대상물을 세밀히 관찰하여 그림으로 표현하였던 것처럼, 시인으로서도 자연을 정확히 파악하여 시적으로 형상화하였음을 말해주는 것이라 하겠다. 여기서 강희안의 시세계의 한 면을 그리는 자연의 시학에서 살펴보고자 하는 이 글의 의도는 일단 그 타당성을 얻을 수 있을 것으로 보인다.

그리는 자연의 시학을 검토함에 있어 우선 그 점에 대한 강희안의 생각부터 그의 시를 통해 정리해 보는 것이 순서일 것이다.

詩畫一法妙難詰　시와 그림 묘한 이치 말로 어이 따지리
世間誰能兩高絶　세상에 누가 능히 둘에 다 절묘할까.
少乏詩情只學畫　내 젊어 시정이 적어 그림만을 배워서
毫端往往驅造化　붓 끝에 이따금 조화를 부렸으나
藝成屠龍人不數　용잡는 재주를 사람들이 몰라주더니
君今求畵我始遇　이제 자네가 그림을 구하니 마음이 흐뭇하이.
唱得君歌知意密　자네 시를 읊어보고 깊은 뜻을 알고서
爲作滄州搜一一　바다를 그리고자 낱낱이 구상한 뒤
硏磨點綴試繪素　먹 갈아 점철하며 비단을 펼치니
心手俱敏能得趣　맘과 손이 함께 맞아 정취를 얻었네.
得趣寧嫌障面小　정취를 얻었으니 장지면 작음을 탓할손가
縱筆掃盡蠻牋皎　붓 가는 대로 흰 비단 한 장 다 그렸네.
須臾海沸見鵬圖　순식간에 바다가 출렁출렁 붕새 길이 트이니
滄茫萬里開通衢　아득한 창파 만리가 도성 안에 펼쳐졌네.
氣洩絪縕唱海曲　우주의 조화를 누설하여
葦密松盤長翠綠　빽빽한 갈 서린 솔이 사철로 푸르렀네.
晚浦月入潮退活　늦은 개에 달 돋자 썰물이 나가는데

遠岫雲橫青作抹　구름 낀 먼 산은 퍼렇게 그어 놓은 듯

風雲髣髴一洞房　골방 안에서는 풍운이 이는 듯

那知仙侶更聊浪　신선들 그 안에 노는지 어찌 알랴.

我畫只此不須愛　내 그림 이 뿐이니 아낄 것 없거니와

君歌浩蕩令快內　호탕한 자네 시는 속이 다 시원하네.

春風騕褭如海絆　봄바람에 준마가 굴레를 푼듯하여

助筆有神麤欲斷　내 붓을 도와 거친 기운 없앴네.

從知詞源已倒峽　삼협의 물 거꾸로 한 그대의 사원

且可待君作舟楫　다음엔 자네 힘으로 배 돛까지 만들리.

　　　－〈舍弟景醇 以小障求畫 副之以詩 作海山圖 用其韻以示之〉

강희안은 이처럼 시와 그림이 한 가지 이치이며 그 두 가지에 다 고절의
경지를 이루어내는 것은 어렵다고 하면서, 자신의 경우에는 남들이 비록
몰라주는 한이 있어도 시보다는 그림으로 우주의 조화를 표현해내는 데에
더욱 관심이 있었다고 하였다. 때문에 동생 강희맹이 시를 보이면서 그림
을 부탁하자 자신의 심경을 헤아린 동생이 마치 평생의 지기라도 되는 듯
마음에 흡족해 하였던 것이다. 이것으로 보면 앞에서 살펴본 것처럼 성간
이 비록 그림과 글씨보다는 시로써 후세에 이름을 남기기를 권하였다고는
하지만, 강희안 자신은 아무래도 시보다는 그림에 더 열정을 기울였던 듯
하다. 그리하여 강희안은 이 시에서 그림 그리는 과정을 단계적으로 나타
내기도 하였다.

먼저 시를 보고 그림을 그리는 것이었기에 시의 뜻을 깊이 알아야 한다
고 하였는데, 이는 보통의 경우 그려야 할 대상에 대한 정확한 관찰과 이해
를 바탕으로 그림을 그려야 한다는 것과 같은 생각이라 하겠다. 결국 그림
을 그리는 과정에서 그 첫 단계인 '지의밀(知意密)'이라는 것은 그리고자 하
는 대상에 대한 세밀한 관찰과 이해가 선행되어야 한다는 것으로 이해된다.

다음으로 '수일일(搜——)'의 과정인데 이는 대상을 한 폭의 그림으로 옮

기기 위한 구상의 단계라 할 것이다. 그리고자 하는 대상에 대한 세밀한 관찰과 이해를 바탕으로 하나하나 구상을 끝내고나면 다음 과정은 '심수구민(心手俱敏)'하여 그림의 정취를 얻어내면서 '종필(縱筆)'하여 완성하는 것이다. 이렇게 해서 완성된 그림은 '기설인온(氣洩絪縕)'에서처럼 천기(天氣)와 지기(地氣)가 서로 화합한 우주의 조화를 옮겨낸 것이어야 하고, 그 그림 속의 바다와 산에는 '선려(仙侶)'들이나 깃들어 노닐만한 곳으로 보일 정도로 선적 분위기가 드러나 있어야 한다고도 하였다.

결국 강희안이 생각하였던 그림의 최고 경지는 한 폭의 그림 속에 우주의 조화를 옮겨내어 신선들이 노닐만한 정도의 자연을 재창조할 수 있는 격조 있는 그림을 그리는 것이었다고 하겠다. 자연이 자연 그대로의 모습으로 재창조되어 그림 속에서 살아 숨 쉬고 있어야 하는 경지까지 그는 도달하고자 하였던 것으로 보인다.

다시 생각해보면 비록 힘들다고는 했지만, 한 가지 이치로 빚어지는 시와 그림에서 양쪽 모두 고절을 이루어내고자 하는 것이 바로 그의 예술세계의 지향점이었을 것이라는 점을 전제로 하여, 그가 그리고자 한 자연이 우주의 조화의 신비를 그대로 간직한 자연이었다고 볼 때, 그가 시에서 표현하고자 하는 것도 또한 우주의 신비를 간직한 자연을 있는 그대로 그림 그리듯 옮겨내는 것이었다고 볼 수 있을 것이다. 이른바 그리는 자연 곧 '시중유화(詩中有畵)'의 시세계 창조를 그가 지향했으리라고 보는 것이다.

그렇다면 그림 그리는 과정으로 그가 제시한 내용을 시의 창작과정으로 그대로 받아들일 수 있겠다. 즉 시적 대상을 세밀히 관찰하고 그 대상의 생명력까지 이해한 다음 구상의 단계를 거쳐 우주의 조화를 시에 옮겨내는 과정을 강희안의 시창작의 과정으로 보고자 하는 것이다. 그러한 과정을 거쳐서 강희안은 스스로 대자연을 창조한 조화옹의 위치에 서서 그 대자연의 조화를 시에 그대로 표현해내는 시세계의 창조를 자신의 시세계의 핵심으로 추구하고자 하였던 것이라 하겠다.

이러한 그의 생각은 다음 시에서도 확인할 수 있을 것으로 보인다.

帨殼汚穢	더러운 허물 벗어 던지고
同風高擧	가지런히 고결하게 행동하며
趁陰吸露	그늘 찾아 이슬 마시고
不善炎暑	모진 더윈 좋아하지 않네.
笙鏞其音	우는 소리는 생황이나 종소리인 듯
氷雪其肌土	몸맵시는 깨끗하기만 하네.
雨後槐枝	비온 뒤엔 느티나무 가지에서
溪邊柳樹	시냇가의 버드나무에서
下視薨薨	내려다보며 떼로 모여
肯與爲伍	즐겨 더불어 무리를 이루네.
淸凉自保	맑고 서늘함 속에 스스로 보전하겠지만
且愼螳斧	사마귀가 뒤에서 노림을 부디 조심했으면.

— 〈居閑聞蟬 感其高潔不群 圖形記實云〉

시의 제목에서도 알 수 있듯이 이 시는 한가로이 지내면서 매미소리를 듣고 그 고결하고 무리에서 뛰어남에 느낀 바 있어 드디어 그 모양을 그리고 실상을 적어서 지은 사언시(四言詩)다. 최기의 안목으로 대상을 세밀히 관찰하여 자연 그대로의 모습대로 그림으로 그린 다음 그 실상을 시로 옮겨 놓은 것이다.

매미가 허물을 벗는 것으로부터 시작하여 세밀하기 만한 그의 관찰력은 시 전편에 돋보이고 있다. 매미의 하루생활, 이슬 머금고 울음 울고 하는 속에서 그는 매미의 울음소리와 날렵한 몸맵시에 매료되고 느티나무나 버드나무에서 모여 경쟁하듯 울어대고 있는 모습 등을 참을성 있게 관찰하여 표현하였다. 제목에서 이른 대로 매미의 실상을 여실히 파악하여 나타낸 것이다. 이 시를 읽으면서 우리는 어렵지 않게 바로 한 폭의 동양화를 떠올릴 수 있다고 하겠다. 바로 그리는 자연의 시학이 안겨주는 그림인 것이다. 또 우리는 이 시에서 성간이 시를 소리 있는 그림이라고 한 까닭을 찾아볼 수도 있다. 매미 우는 소리를 통해 우리는 대자연의 소리를 그대로 전달받을 수 있기 때문이다. 그리는 자연의 시학이 빚어낸 소리 있는 그림을 우리는 이 시를 읽으면서 감상할 수 있다고 하겠다.

그리고 강희안은 대자연의 섭리대로 매미가 스스로를 보전하기를 기대하면서도 또한 대자연의 또 하나의 다른 모습인 먹이사슬의 냉혹한 생존경쟁을 걱정하여 항상 뒤에서 노리고 있을 사마귀를 매미가 조심하였으면 하는 기도로 시를 매듭지었다. 한가롭기만 하던 시의 분위기를 반전시켜 갑자기 긴장감을 부여하면서 무한한 의미를 함축하여 나타내는 시적 효과를 보여준 것이다.

사실 그러한 생존경쟁은 어쩔 수 없는 것이지만, 있는 그대로의 자연이 그 모습 그대로 보전되기를 강희안은 시인의 마음으로 화가의 마음으로 간절하게 희구하였던 것으로 보인다. 결코 변개되거나 방해받지 않고 스스로 보전되는 자연, 있는 그대로 우주의 신비를 간직한 자연을 그는 희구하였던 것이다.

이렇게 그리는 자연의 시학을 추구하면서 그림 그리듯 시를 썼던 그의 풍모는 그의 시 곳곳에 고루 잘 나타나 있다.

階前偃盖一孤松　섬돌 앞에 누운 듯 서 있는 한 그루 외로운 소나무
枝幹多年老作龍　가지와 줄기는 긴 세월 지내 늙은 용의 모습이어라.
歲晚風高搖病目　한 해도 저물고 바람 드셀 제 병든 눈 비비고서 보니
擬看千丈上靑空　마치 천 길 푸른 하늘로 솟아오르는 듯하구나.

－〈松〉, 四雨亭雜詠

세밀한 관찰과 완벽한 구상 끝에 그려진 한 폭의 그림 같은 느낌을 주는 시다. 노송의 위용을 확연히 눈에 그려볼 수 있게 하는 시인 것이다. 그 속에 살아 꿈틀거리는 대자연의 신비를 느끼게도 한다. 강희안의 시적 공간 또한 하늘로 솟아오르는 용을 타고 올라 자유자재로 노닐 수 있는 푸

른 하늘로까지 확대되고 있음을 알 수 있다. 때문에 홍만종도 이 시의 격조가 매우 높다고 하였을 것이다.[16] 무엇에도 구애됨 없이 무한히 확산된 내면 공간인 대자연의 품 안에서 자연 대상물에 대한 세밀한 관찰과 자연의 생명력에 대한 애정 어린 이해의 결실로 그리듯 표현해낸 자연이 살아 숨 쉬는 그의 시의 격조를 놓치지 않고 홍만종이 높이 평가하였던 것이라 하겠다.

이렇듯 그리는 자연의 시학은 결국 시의 회화성을 부각시키는 방향으로 귀착되고 있음을 알 수 있다. 다음 시들에서 그러한 점은 분명히 확인될 것이다.

公餘款柴扉　일 끝낸 틈을 타서 사립문 두드리니
正是暮春時　바로 늦은 봄날이어라.
紅杏一兩樹　붉게 꽃 핀 살구나무 한두 그루와
靑松三四枝　푸른 솔 서너 가지만 나를 반기네.

―〈訪友〉

春日尋亳隱　봄날 호은을 찾아가니
杏花纔半開　살구꽃 겨우 반쯤 피었어라.
良辰不可負　좋은 때 저버릴 수 없으리니
明日又重來　다음날 다시 찾아오리라.

―〈訪友人〉

靑煙垂柳處　푸른 안개 속에 버들가지 드리운 곳
紅雨落花時　붉은 비 내리는 듯 꽃잎 지는 때
契闊重相見　오랜 헤어짐에 서로 다시 만나고픈 마음으로

16　格調最高(洪萬宗,「小華詩評」上).

終朝做惡詩　　아침 내내 서투른 시나 지을 수밖에.

－〈次友人韻〉

　벗을 찾거나 그리워하고 있는 위의 세 편의 시는 어느 것 없이 대자연의
완벽한 구도 속에 숨겨져 있는 시인의 숨결을 찾아볼 수 있게 하는 작품이
다. 벗을 생각하는 애틋한 시인의 정서가 잔잔하게 번져나는 가운데서도
그냥 그대로 아무런 가식 없이 드러나 있는 자연의 모습을 눈에 선하게 그
려볼 수 있게 하는 시인 것이다. 그리하여 청과 홍의 색깔 이미지를 대조시
키면서 시의 회화성을 성공적으로 획득한 이 시들을 읽으면서 그리는 자연
의 시학이 베푸는 시 감상의 즐거움을 만끽할 수 있을 것으로 생각된다.
이러한 점은 다음 시에도 잘 나타나 있다.

抱病上新亭　　병든 몸으로 신정에 오르니

亭新心亦閑　　정자는 새롭고 마음 또한 한가롭구나.

久居番羽作念　　오래도록 앉아서 이 생각 저 생각 하다

臨發更回看　　떠날 즈음에 다시금 돌아보네.

一曲林前水　　숲 앞에는 한 구비 물길

雙尖野外山　　들 밖으론 뾰족한 두 산봉우리.

黃昏有歸翼　　황혼 무렵 돌아오는 새들은

飛入五雲間　　오색구름 사이로 날아드네.

－〈題信川新亭〉

歸來酌酒籬邊菊　　술 마시고 돌아오는 길 울타리 옆엔 국화꽃

遠上停車岩畔楓　　수레 멈추고 멀리 올려다보니 바위 밭두둑엔 단풍 뿐.

更把雲和仍坐久　　다시 한 잔 하며 구름 어울린 속에 오래도록 앉았으려니

偶聞征鴈過高空　　때마침 높은 하늘 지나가는 기러기 소리 들리네.

－〈秋日有感〉

시 속의 그림이란 말로 더 이상 설명한 필요를 느끼지 않게 하는 작품들이다. 시를 통해 전달되는 것은 대자연에 어울려 살아가는 한가로운 인간의 삶이며, 또한 자연에 대한 관찰의 단계를 넘어 완벽하게 갖추어진 대자연의 구도로 그려진 그림 그 자체인 것이다. 그리고 그 그림 속에는 더하여 자연의 색채나 자연의 소리까지 어울려 있어 시적 효과를 더욱 높이고도 있다.

강희안은 이들 시에서 비록 일상에서 잠시 벗어나 마주한 자연이건만, 결코 그냥 스쳐 지나가지 못하고 '구거(久居)'하고 '좌구(坐久)'하면서 차마 떠나지 못해 머뭇거리다가, 어쩔 수 없이 떠날 즈음에는 못내 아쉬운 마음에 그 자연을 머리 돌려 다시 돌아보는 시정을 표출하였다. 그토록 아끼고 연연해하는 자연이기에 강희안은 떠나면서도 다시 돌아보고 길 가다가도 수레 멈추기까지 하며 그 자연에 온 몸으로 다가가려 하고 있음을 시에 드러내었던 것이다. 시인 강희안의 자연 사랑과 그리는 자연의 시학이 한데 어울려 빚어낸 이들 작품들은 인간과 자연의 문제를 생각하게 하는 작품이면서 시의 회화성이 돋보이는 작품으로 평가될 수 있을 것으로 보인다.

지금까지 강희안의 시에 보이는 그리는 자연의 시학이 시의 회화성 획득으로 귀착되어 시의 효과를 높이고 있음을 살펴보았다. 그리고 그러한 시속의 그림 속에는 강희안이 자연 사랑의 정신이 깃들어 있음도 아울러 찾아볼 수 있었다.

4) 자연 동화

자연은 시인의 관조의 대상으로서 그리는 자연의 시학으로 표현되기도 하지만, 또한 그 속에 안주하여 순응하고 안겨서 쉬고 싶은 마음의 고향이기도 하다. 그러한 마음의 고향이기에 시인들은 자연과 더불어 살고픈 마음을 자연에 동화된 시정으로 나타내기도 하였던 것이다. 자연에의 동화는 흔히 자연의 오묘한 진리를 마음으로 체득하여 자연 속에서 유유자적하며 자연에다 최고의 가치를 부여하고 끝내는 자연과 일체가 되어버린 상태를 뜻하는 것으로 이해된다.

이러한 경우 시인의 몸과 마음이 함께 그러한 자연에 귀의할 수 있다면 최선이겠지만, 대부분의 경우 여건이 허락지 않아 현실에 몸담고 있으면서도 마음으로는 자연에 동화되고픈 시정을 노래하면서 삶의 고달픔을 달래는 양상으로 나타나게 된다. 강희안도 바로 그러한 예에 해당된다고 하겠다. 그가 끝내 현실의 굴레에서 벗어나지는 못했지만, 집요하게 자연 속에 묻혀 살고픈 마음을 자연에 동화된 시정으로 노래하고 있음을 볼 수 있기 때문이다.

靑山何處不爲廬	청산 어느 곳인들 오두막 하나 못 지으랴만
坐對靑山試一噓	청산을 마주하고 앉아 길게 한숨만 짓네.
簪笏十年成老大	벼슬살이 10년에 다 늙고 말았으니
莫教霜鬢賦歸歟	백발로 자연에 돌아가리라 탄식해 무엇하리.

－〈登楊州樓院〉

양주 누원에서 바라본 주변 청산의 아늑함이 별다른 수식 없이도 자연스럽게 전달되는 작품이다. 또한 현실 속에서 헤맨 세월을 아쉬워하면서 길이 안주할 수 있는 자연 속에 오두막 짓고 남은 생이나마 자연과 더불어 누리고 싶은 그의 마음이 절실하게 드러나 있기도 한 작품이다. 바로 그 청산에 지어 살고자 하는 마음의 오두막에서 우리는 자연에 동화되고픈 그의 시정을 충분히 감지할 수 있을 것으로 보인다. 이 시는 다음과 같은 일화를 지니고 있다.

영천군 정(효령대군의 아들)의 자는 안지이니 이 시를 보고 절하면서 또한 평하기를, "이 시는 아주 굅진하게 되었으니 서거정의 작품이 아니면 이승소의 작품일 것이다."라고 하였다. 당시 서거정과 이승소가 시명을 독차지했으므로 이정이 그렇게 탄복하였던 것이다. 뒷날 그가 다시 그 누각 아래를 지날 때에,

전에 자신이 비평해 놓은 아래에 누군가가 써놓은 글을 보게 되었는데, "이 시는 강산의 아취가 있고 일점의 티끌 기운도 없으니 반드시 세속에 얽매인 속된 선비가 지은 것은 아닐 것이다. 또한 대개 천지가 크고 강산이 깊은데 어찌 인재가 없어 꼭 서와 이만을 들추랴. 이 어찌 인재를 국한하고 사람을 멸시하기를 심하게 하는 것이 아니겠는가."라고 하였다. 이정이 그 글을 보고 크게 뉘우쳐 앞서 써놓았던 비평문을 지워버렸다. 지금의 『진산세고』에는 이 세 편의 시가 모두 실리지 않았으니 안타까운 일이다. 그 책을 편집한 사람의 안목이 너무나도 넓지 못했다.[17]

강희안의 이 시는 원래 3수였는데, 『진산세고』에는 실리지 못했고, 『추강냉화』에 그 중 1수만 이렇게 실려 있게 된 것이다. 이 시는 위의 일화에서 보다시피 '핍진(逼眞)'하다거나, '유강산아취(有江山雅趣) 무일점진애(無一點塵埃)'라고 평가되었다. 그리하여 세속에 얽매인 속된 선비의 무리는 지을 수 없는 작품이라는 공감을 얻었던 것이다.

항상 귀거래의 염원을 품고 생활하면서 자연을 관찰하고 자연의 생명력에 귀 기울이며 한 폭의 그림에 담거나 한 수의 시에 그 자연을 응축하여 표현해낼 줄 알았던 강희안이었기에 가능한 시세계의 표현이었다. 바로 자연에 동화되어 살고 싶은 시정을 지니지 않고서는 생각해 볼 수도 없는 작품인 것이다. 이렇게 언제나 청산에 살고자 하여 마음의 오두막을 짓고자 하였던 강희안은 또 다음과 같이 노래하기도 하였다.

雲外頭流揷大淸　　구름 밖 두류산엔 대청봉이 우뚝
毫端摸出亦山爭嶸　　붓 끝으로 본떠내니 또한 높고 험하구나.

---

17 永川君定 字安之 見而拜之 且批曰 此詩逼眞 非徐卽李 時徐居正 李承召 擅詩名 故爲定
所服也 後定過樓下 見前批下 有書曰 此詩有江山雅趣 無一點塵埃 必非世儒 拘於結習者所作
且夫天地之大 江山之奧 豈無人才 而必推徐李 是何孤人才 蔑人類 太甚耶 定見書大悔恨 抹其
前批 今之晋山世稿 三篇 皆不載 惜乎 輯選之不博也(南孝溫, 『秋江冷話』).

何當卜築老其下　어찌 응당 좋은 곳 가려 집짓고 그 아래서 늙지 않으리

遂此平生林壑情　평생을 더불어 대자연의 정 누릴 텐데.

- 〈姪南恢求畵 作菁川靑鶴洞兩圖 因題其上〉

이처럼 그는 청산에 좋은 곳 가려 집 짓고 대자연의 정을 누리며 평생을 보내고 싶은 염원을 그림으로 그리고 시로 표현하였던 것이다. 이른바 그리는 자연의 시학으로 자연에 동화되고픈 시정을 노래한 것이 되는 셈이다. 속세에 어울려 세속적인 것에 얽매이며 살면서도 그는 그림 속에서 시 속에서 청산에 마음의 오두막 짓고 그 자연 속에 안주하며 자연의 정을 만끽할 줄 알았던 자연 동화의 화가요 시인이었던 것이었다.

夜冷羌被欲一重　이불 하나라도 더 덮고픈 차가운 밤

夢殘更漏落秋風　가을바람 남은 꿈에 시간은 흐르고

靜臥自然憂感集　자연 속에 고요히 누웠으나 온갖 시름 모여드니

啜茶聊得洗胸中　차 한 잔에 시원하니 가슴속 씻어볼밖에.

- 〈秋夜〉

窓外簾紋渾欲流　창 밖 대숲물결 함께 흘러가려는데

夜深閑臥却疑秋　밤늦게 한가로이 누었으니 문득 가을인가 하네.

已看淵水澄如許　이미 강물 저리도 맑은 것 보노라니

可洗人間無限愁[18]　인간의 무한한 시름 씻을 수 있겠네.

- 〈澄心軒〉

籬落寒梅笑向人　울타리 옆 겨울 매화 사람 향해 웃고 있는데

---

18 이 시는 『진산세고』에는 수록되어 있지 않고, 『신증동국여지승람』 권22, 〈양산군 편〉에 수록되어 있다.

巡簷已識入靑春　처마를 돌아보니 이미 봄기운 들었음을 알겠네
閉門終日淸香發　문 닫았어도 온 종일 맑은 향기 풍겨오니
只有幽閑一老身　다만 노인의 하루가 그윽하고 한가롭기만 하구나.

－〈早春〉

청산에 마음의 오두막 짓고 자연의 정 만끽하며 살고자 했던 강희안의 열망은 일상에서도 이처럼 자연에 품안겨 누워 끊임없는 온갖 시름을 차 한 잔으로 달래는 시정을 보여주고 있다. 또한 그는 바람에 일렁이는 대숲 물결과 함께 강물 맑게 흘러내리는 가을에 한가로이 자연에 누워 인간이기에 가질 수밖에 없는 시름을 자연 속에서 그 맑은 강물로 씻어내고도 있다. 그리고 겨울에 핀 매화가 사람을 반기는 가운데서도 처마 밑에 감도는 봄기운을 감지하고 문 닫힌 방안까지 풍겨드는 맑은 매화 향기 속에 그윽하고 한가로운 노년의 여유로움을 즐기기도 하였다. 이러한 것들은 모두 바로 그 자연 동화에의 열망이 없었다면 세속에서는 결코 쉽게 얻어낼 수 없는 시정이라 생각된다. 결국 그는 자연에 동화된 삶을 추구하면서 그 자연 속에서 삶의 즐거움과 여유를 누릴 줄 알았고, 삶의 시름을 달래고 씻어내려고도 하였던 것이다.

그러한 과정에서 강희안은 또한 자연에서 얻은 참다운 정취는 아는 사람만이 누릴 수 있는 것임을 다음과 같이 노래하였다.

一上都無萬慮牽　한 번 올라보니 만 가지 생각에 전혀 이끌리지 않고
宦情羈思兩茫然　벼슬할 뜻 나그네 생각 둘 다 아득하구나.
案頭直對千尋壁　책상머리엔 바로 천 길 석벽 마주했는데
谷口長回百折川　골짜기 어구로는 길이길이 백 구비 내가 돌아 흐르네.
自古開懷會有地　예부터 회포 펼치기에 마땅한 땅은 있는 법
此生何處不關天　이 인생 어디 가나 하늘의 섭리에 관계 않으리.
默存終日成眞趣　종일토록 말없이 앉아 참다운 정취 이루니

肯向人間取次傳　어찌 인간세상 향하여 그 정취 함부로 전하리.

-〈題新溪二樂亭〉

　　황해도 신계현 객관 동쪽에 있는 이요정에 올라 쓴 시다. 산과 내가 어울려 펼쳐진 자연 속에서 속세의 벼슬길과 나그네 길 모두 아득히 잊은 채 온갖 생각이 다 사라져버린 가운데 강희안은 이처럼 하늘과 땅 사이에 인간으로 우뚝 서서 하늘의 섭리에 따라 그대로 자연이고 싶은 인간의 회포를 노래하였다. 묵묵히 자연을 응시하고 하늘의 섭리에 따르면서 그 우주의 신비에 접근하고자 하여 애써 얻어낸 참다운 정취, 그것은 경험해보지 않은 사람은 도저히 이해할 수 없는 것이기에 전해 보아야 소용없음을 알고 함부로 전하지 않겠다고도 하였다. 일찍이 도연명(陶淵明)이나 이백(李白)도 경험하였던 자연 동화의 시세계의 재현이라 하겠다.[19]

　　이렇게 보면 강희안은 자연에 묻혀 살고픈 열망으로 청산에다 마음의 오두막 짓고 그 속에서 대자연이 주는 참다운 정취를 체득하여 자연에 동화된 시정을 그림 같은 시에 담아 노래하였던 시인이었다고 할 수 있을 것이다.

5) 선계 지향

　　그리는 자연의 시학으로 시의 회화성을 획득하고 자연에 동화되고픈 시정으로 삶의 애환을 달랬던 강희안은 한 걸음 더 나아가 선계 지향의 시의식을 보여주기도 하였다. 자연에 묻혀 살고픈 열망을 그림 같은 시 속에 노래하였고 자연에 동화된 삶을 희구하기도 하였던 그는 한편으로 도가적 자연의 세계에 침잠하여 선계에의 동경을 거침없이 나타내었던 것이다. 그리고 나름대로의 선적 체험을 거쳐 신선이고자 하는 염원까지 노래하기도

---

　　19 도연명이 〈雜詩〉에서 "此間有眞意 欲辯已忘言"이라고 노래하고, 이백이 〈山中答俗人〉에서 "問余何事栖碧山 笑而不答心自閑"이라고 하면서 자연동화의 시정을 노래한 것을 뜻한다.

하였다.

여기서 우선 강희안의 내면세계에 흐르고 있었던 선적 체험의 양상을 다소 번거롭기는 하지만 같은 제목 아래의 4수의 시를 통해 차례대로 살펴보도록 하겠다.

仙境何曾比世間　선경을 어찌 인간 세상에 비하겠는가
瓊樓玉殿坐中寒　경루 옥전에 좌중도 몸을 떨리라.
聽鷄馳道人應倦　닭 울음소리 들으며 길 달리기에 남들은 지치겠지만
揮塵談經我則閑　주미 흔들고 경을 담론하니 나는 한가롭다네.
沈水香燒煙矗矗　침수향 사르니 연기가 뭉게뭉게
步虛聲斷露溥溥　보허성 끊어지니 이슬이 방울방울.
老君高拱靑冥上　태상노군이 푸른 하늘에서 높이 두 손 모두어 잡고
俯鑑舟忱始破顏　이 내 정성 내려다보며 빙그레 웃으시리.
　　　—〈齋室 讀黃庭內景一篇 其久視 長生之術 不過 離世累 斷人慾二事耳
　　　　　　　　　　　　　　　　　　　　　復用前韻 寄景醇〉

서제에서 도가의 경문인 황정내경 한 편을 읽어보고 그 장생하는 법이 다만 세상의 누를 떠나고 사람의 욕심을 끊는 두 가지 일에 있을 뿐임을 깨달아 지은 시다.

이 시에서 보면 강희안은 선경에 대한 동경의 차원을 이미 지나 도가의 장생법에 깊이 빠져든 것으로 보인다. 그러기에 세속인들이 앞 다투어 새벽부터 부귀와 권세와 명예를 좇다 지치고 마는 것을 안타까워하면서 자신은 신선들처럼 주미를 흔들며 도가의 경문을 담론하는 한가로운 삶의 여유를 누리고 있다고 말할 수 있었을 것이다. 또한 태상노군인 노자도 예를 다하여 높이 두 손 모두어 잡고 지상에서 정성을 다하여 도가 수련에 임하는 자신을 보고 빙그레 웃을 것이라고도 하였던 것이다.

노자도 오히려 예를 표할 정도라고까지 자부하고 있으니 강희안은 단순

한 사대부들의 학문적 호기심의 차원에서가 아니라 실제로 도가의 학문에 깊이 들어갔음을 알 수 있겠다. 특히 '이세루 단인욕(離世累 斷人慾)'의 장생법의 요체는 충분히 체득하고 있었다고 보인다.

羽客生涯泉石間　신선들의 생애는 자연 속에 노니는 것
山深空翠滴衣寒　산 깊고 하늘 푸르름이 옷에 스며 싸늘하리.
乾坤妙用離和坎　천지의 묘한 작용은 음양의 조화에 있고
藥餌功夫忙與閑　선약 만드는 공부는 바쁘고 한가함에 달렸네.
神水華池初合配　신수와 화지는 처음에 배합되고
黃芽白雪久成溥　황아와 백설은 오래되야 뭉쳐지네.
吾生當日遼東鶴　나도 옛날 그때 났더라면 요동학이나 되어
天歲歸家依舊顔　천 년 뒤 옛 얼굴 그대로 집에 돌아갔으련만.

이 시에는 강희안이 도가의 학에 깊이 빠져 있었음이 잘 나타나 있다. 대자연 속에 노니는 신선의 삶을 동경하면서 천지간의 음양의 조화를 추구하고 선약을 만들어 장생의 법을 익히는 데 몰두하고 있음을 보여주고 있기 때문이다. 도가의 장생술에서 신체의 조절을 비유하여 말하는 은어들이나 비약으로 쓰는 약물들을 용사한 것도 그러하지만, 정령위(丁令威)처럼 도를 닦아 학이 되어 승천하였다가 천년 뒤 옛 얼굴 그대로 집에 돌아가고 싶다고 노래한 것을 보면 강희안이 도가의 장생술에 깊이 몰두하였음은 분명하다 해야 할 것이다.

莫怪蒼華忽滿顚　머리 갑자기 센 것 놀라지 말게나
子能修煉可長年　자넨 수련할 줄 아니 오래 살 것이네.
葛洪求令因成道　갈홍은 수령을 자청하여 도를 이루었고
梅福休官便學仙　매복은 벼슬 쉬고 신선되는 공부했네.
換骨回陽應有訣　뼈 바꾸고 양 돌림에 응당 비결 있을 터

留形住世豈非緣　죽지 않고 세상에 삶이 어찌 인연 아니리.
已聞靑鶴是鄕洞　듣자니 청학동이 내 고향에 있다지
歸隱何須負郭田　부곽전 없다 해도 돌아가서 숨으리.

이렇게 동생 강희맹이 머리 센 것을 걱정하자 수련하면 오래 살 수 있을
것이라 위로하면서, 강희안은 갈홍이 자원하여 나부산(羅浮山)에 들어가 연
단(煉丹)하였다는 고사와 매복이 벼슬을 버리고 구강(九江)에 가 신선의 도
를 얻었다는 고사를 들어가며 자신도 비록 생활의 근거가 될 성 밑의 논은
없을지라도 고향 근처 지리산 청학동에 돌아가 숨어 장생술을 익히리라 하
였다. 이 시에서처럼 도가의 장생술에 경도되어 마음을 다잡고 있는 것으로
보아, 그의 삶이 좀 더 길었더라면 청학동 길을 결행하였을 수도 있었으리
라 생각된다. 동생 강희맹이 백발을 걱정하였다 하였으니, 이 시는 강희안
이 그의 생애 후반부에 지은 것으로 볼 수 있겠기 때문이다. 자연에 들어
자연의 정을 만끽하며 인간 세상의 무한한 시름을 잊고자 늘 노래하였던
그였기에 그러한 추측은 더욱 가능성이 크다고도 하겠다.

晩歲人皆笑我顚　사람들이 날 늘그막에 미쳤다 하셨지만
我顚將欲制頹年　나는 미침으로 해서 오래도록 살려네.
久知世上夸毗子　벌써부터 알았네. 비굴하게 굽실대는 세상 허영꾼들이
未及林間自在仙　자연 속에 자재하는 신선에 미치지 못함을.
白日有時常導引　대낮에도 이따금씩 늘 도인하면
碧山無處不攀緣　푸른 산 어디라도 못 오를 곳 없다네.
終然密目兮成奇妙　끝끝내 차근차근 노력하여 기묘한 도리 이루어
一似農家力服田　한 번 농사꾼처럼 힘껏 밭을 일구리라.

이 시는 남들이 다 늙은 나이에 도가의 장생법에 몰두한다고 비웃더라도
개의치 않고 그 길을 가겠다는 강희안의 출사표라고도 할 수 있다. 온갖

부귀영화를 찾아 비굴하게 굽실대며 헤매는 허영에 찬 속세의 무리들과 함께 하기보다는 자연 속에서 자재하는 신선들의 삶을 따르겠다고 선언하였기 때문이다. 그리하여 그는 일상에서도 도인술을 수련하면서 마침내는 도가의 기묘한 경지에 도달하겠다는 의지를 보였던 것이다. 이로 보면 앞에서 추측한대로 그의 삶이 허락하였다면 그가 청학동 행을 결행하였을 가능성은 충분하였다고 할 수 있겠다.

결국 그는 제목에서 보았듯이 세상의 얽매임에서 벗어나고 인간의 온갖 욕망의 굴레를 끊어버리는 데서 도가 장생법의 기묘한 도리가 얻어질 수 있다고 생각하였던 것으로 보인다.[20] 이처럼 직접적인 선적 체험을 바탕으로 자연의 참다운 정취를 체득하여 그림 그리듯 시를 썼기에 그의 시에는 선계 지향의 시의식이 진솔하게 드러나 있음을 알 수 있다.

앞 장에서 인용되었던 시들에서도 그러한 선계 지향의 시정신은 일부 나타나 있었지만, 다음의 시에는 더욱 확연히 나타나 있다.

仙山鬱岧嶢　신선의 산이 울창하고 높으니
雲氣連蓬瀛　구름 기운이 봉래와 영주에 이어졌는데
茅亭隱巖下　띠 풀 정자는 바위 아래 숨어 있고
綠竹繞簷楹　푸른 대는 처마를 둘러싸고 있네.
高人奏綠綺　도인이 연주하는 녹기금 소리는
細和松風淸　가만히 솔바람과 어울려 맑기만 한데
彈成太古曲　태고의 곡조 이루어내어
超然悟長生　초연히 장생법 깨달았겠네.

---

20 유가적 삶을 선택했던 강희안이 보여주고 있는 이러한 도가에 경도된 정신세계는 현실에서 그가 경험하였던 피비린내 나는 기억에서 결코 영원히 자유롭지 못했던 데서 초래된 것이 아닌가도 생각된다. 이른바 단종복위사건에 연루되어 집현전 학사들을 비롯하여 수많은 인재들이 떼죽음을 당할 때 그는 성삼문의 비호로 살아남게 되었으나 그러한 상황에서 그의 정신세계가 온전하게 지탱되었으리라고는 볼 수 없겠기 때문이다. 이 점은 앞으로 다른 글에서 좀 더 면밀히 검토해 볼 필요가 있다고 보인다.

峯巒高峯崔　산봉우리 높고 험하여

飛泉瀉天渠　폭포수 은하처럼 쏟아지는데

噴薄千萬丈　천만 길 뿜어 쏟아내니

可望不可居　바라볼 순 있어도 가서 살 순 없으리.

騎驢者誰子　나귀 탄 저 사람 누구인가

咫尺行趑趄　지척에서 머뭇거리기만 하네.

長嘯一回首　긴 휘파람에 한 번 머리 돌이키면

天地眞蘧廬　천지가 참으로 도인이 살만한 곳인 것을.

-〈題畵山水〉

시 속에 그림이 있음을 실감할 수 있게 하는 작품이며, 강희안의 선계 지향 의식이 그대로 드러난 작품이다. 물론 제화시이기에 대상이 된 그림 자체의 분위기가 그러하였다는 것이지만, 그림을 보고 자신의 정서로 여과하여 지은 강희안의 시가 그림 속의 자연을 자신의 주관적 자연으로 재창조하여 표현하였을 것이라고 본다면, 대자연이 웅장하게 어울린 바로 그 그림 속이 강희안이 지향하고자 하였던 선계가 아니었나 생각된다.

그림에 대한 이해가 남달랐을 것으로 보이는 화가 시인 강희안이 그림을 감상하고는, 도인의 녹기금 소리가 청풍에 화답하여 더욱 맑게 들리는 가운데 천지 대자연이야 말로 도인이 진정 살만한 곳인 동시에 도가의 장생법을 깨달을 수 있는 곳임을 일러줄 정도로 강한 선계 지향 의식을 토로하여 시로 표현하였으니 그 시 속의 그림 또한 더욱 뚜렷하게 선적 분위기로 우리들 눈앞에 그려질 수 있다고 하겠다.

그리고 그 그림 속의 도인은 바로 강희안 자신의 모습에 다름 아닐 것이다. 그림을 보면서 시를 쓰면서 그는 어느새 스스로 도인이 되어 대자연에 품안겨 장생법을 익히고 있는 자신을 떠올렸을 것으로 보이기 때문이다. 이렇게 한 점 의혹 없이 분명하게 제시된 선계 지향 의식의 표현을 대하면서, 우리는 사대부로서의 단순한 지식욕구의 표현이나 교양 축적의 차원을 넘어선 강희안의 선적 체험의 정도를 다시 한 번 가늠할 수 있을 것으로 보인다.

그의 성격이 온화하고 말이 적었으며 청렴, 소박하고 물리에 통달하였으며 번거로운 것을 싫어하고 고요한 것을 사랑하여 젊어서부터 애써 영달하기를 구하지 않았다고 하는 등의 당시인들의 평가를 보더라도, 그러한 성격적인 측면에서도 그가 선계를 동경하고 깊이 몰두하였을 것이라는 추측은 일단 수긍되는 면이 있다고 할 것이다.

한편 이 시는 제화시로서도 성공한 작품으로 보인다. 이러한 제화시는 그림으로 다 나타낼 수 없는 화의의 부족 부분을 보완하거나, 작가의 창작 동기와 주제의식 등을 돋보이게 하기 위해서, 또는 작품에 대한 감상과 평가를 문학적으로 표현하기 위해서 주로 시도되는 것인데, 이 시에서 강희안은 대상인 산수화의 의경과 운치 등을 보완하고 그 그림의 미적 효과를 발흥시키는 데 충분한 성과를 거두었다고 보이기 때문이다.

이러한 제화시로서의 성공이 바로 그리는 자연을 시 속에 제대로 형상화하면서 산수화 특유의 분위기를 선적 자연의 세계로 이끈 데 있음을 이 시는 잘 보여주고 있다고 하겠다. 이른바 시와 그림의 완벽한 조화를 선적 자연의 형상화로 한 차원 높여 놓은 것으로 보인다는 것이다.

峨峨瓊闕碧山巓	소격전은 위엄 있게 푸른 산 위에 있는데
壇畔松梢不記年	제단 밭두둑의 솔가지는 얼마나 묵었는지.
袖裏已能傳秘訣	소매 속엔 이미 도가의 비결 전해 받았으니
夢中猶或見神仙	꿈속에서도 오히려 신선을 뵙는구나.
金章紫綬非吾分	금장의 자수는 나의 분수 아니고
白葛烏紗卽宿緣	백갈포의 오사모가 곧 전세부터의 인연.
從此十分輕世慮	이로부터는 세상만사 전부 가벼이 보고
共君騎鶴上芝田	그대와 더불어 학을 타고 신선의 지초 밭에 오르리라.

ㅡ〈齋宿昭格殿 景醇作詩 見寄步韻答之〉

동생 강희맹이 재계하고 소격전에서 하룻밤 지내면서 지은 시에 화답한 시인데, 소격전은 도교의 일월성신을 구상화한 신에게 제사지내던 전당으로 지금의 삼청동에 있었다고 한다. 강희안의 선계 지향 의식이 결코 허상이 아니었음은 이 시에도 잘 나타나 있다.

도가의 제당인 소격전을 배경으로 한 시이기는 하지만, 도가의 비결을 전수 받아 꿈속에서도 신선을 만나는 강희안이었기에 현실적인 부귀영달은 그의 분수가 아니라 하였고 다만 자연 속에서 도가의 도 닦는 사람이 곧 전세의 묵은 인연이라 했던 것이다. 그러기에 세상만사 모든 걱정 다 잊고 신선의 세계로 학을 타고 날아들고자 하였던 것이다. 이 순간 사실 화가 시인 강희안은 스스로 신선이 된 것이라 하겠다.

이렇게 강희안은 자연에의 침잠을 시에 표현하면서 단순한 선계에의 동경이라는 단계를 넘은 것은 물론 선계의 비결을 전수받아 장생법을 터득하고 이윽고는 신선의 경지로 접근하고자 하는 데에도 만족하지 않고 끝내 스스로 신선이고자 하는 염원을 이루고자 하였던 것이다. 결국 선계 지향의 강희안의 시의식이 도달하고자 하였던 마지막 목표지점은 비록 실현되지는 못했지만 스스로 신선이고자 하는 염원이 이루어지는 곳이었다고 할 수 있겠다.

6) 맺음말

지금까지 시서화 삼절로 명성이 높았던 조선 초기의 시인 강희안이 자연에 대한 성찰로 빚어낸 자연시의 특징을 그리는 자연, 자연 동화, 선계 지향의 측면에서 살펴보았다. 이제 그 대강을 요약하여 맺음말로 대신하고자 한다.

강희안은 시적 대상을 세밀히 관찰하고 그 대상의 생명력까지 이해한 다음 구상의 단계를 거쳐 작시하면서 우주의 조화를 옮겨내고자 하였다. 그렇게 해서 이루어낸 그림 그리듯 쓴 시에서 그리는 자연의 시학을 찾을 수 있었다.

강희안은 또한 인간 본연의 마음의 고향인 자연에 안주하면서 자연과 더불어 살고픈 마음을 시에 담았다. 그리하여 그는 자연에 묻혀 살고픈 열망으로 청산에다 마음의 오두막 짓고 그 속에서 대자연이 베푸는 참다운 정취를 체득하여 자연에 동화된 시정으로 노래하였던 것이다.

이렇게 자연에 대한 성찰을 바탕으로 그림 같은 시를 쓰는 한편으로 자연에 동화된 삶을 희구하였던 강희안은 다시 도가적 자연의 세계에 침잠하여 선계를 동경하는 선계 지향의 시의식을 표출하기도 하였다. 도가의 장생법을 익히며 수련하였던 자신의 선적 체험을 바탕으로 스스로 신선이고자 하는 염원까지 시에 담았던 그가 궁극적으로 추구하였던 것은 직접 선계에서 소요하는 신선이 되는 것이었다고 보인다.

그리하여 자연을 성찰하고 그 자연 속에서 동화된 삶을 영위하고자 하였던 그의 시정신은 선계 지향 의식을 시에 담아냄으로 해서 시의 의미를 한층 심화하여 시와 그림의 조화에다 선적 의미를 더한 그만의 독창적인 시세계를 창조할 수 있었다. 그러나 그리는 자연의 시학과 자연 동화의 시정, 선계 지향의 시의식이 명확한 인과관계로 연결고리를 이루고 있는 것은 아니며, 상화 관련을 맺고 있으면서 서로 넘나들고 있다는 점에 유의해야 할 것이다.

결국 그리는 자연의 시학을 추구한 강희안은 시의 회화성 획득에 성공하였고, 자연 동화의 시정과 선계 지향의 시의식을 시적으로 승화시킴으로해서 시의 의미를 한층 고양시키는 효과를 달성하였다고 생각된다. 이러한 그의 시세계는 점차 주자학적 질서가 자리를 잡아가는 시점에서 전개된 것이어서 더욱 의미 있는 것이 아닌가 한다. 도가적 자연의 시세계를 그림같은 시 속에 자연 동화의 시정과 선계 지향의 시의식으로 펼쳐 보임으로 해서, 유가적 자연의 시세계에 머물고 있던 당시 사대부 시인들의 시적 안목을 크게 넓혀주는 데 기여했을 것으로 보이기 때문이다.

그러나 이러한 연구의 성과는 강희안의 시세계 검토라는 문제의 해결에 있어서 극히 부분적인 것임을 밝혀둔다. 사실 강희안의 시세계는 그의 삶에서 열정을 가지고 추구하였던 일들과의 깊은 관련 속에서 형성되었음을 알 수 있다.

그 하나가 바로 이 글에서 살펴본 대로 화가로서의 그의 삶이 투영된 시세계이다. 시 속에 마치 그림을 옮겨놓은 듯한 그의 시의 경지가 바로 그것이다. 그것이 자연 동화의 시정이나 선계 지향의 시의식과도 연관되어 있음은 물론이다.

나머지 하나는 이 글에서 다루지는 못하였으나 앞으로 반드시 해결해야 할 과제인 바, 바로 『양화소록』의 저자로서 그의 삶에 역시 중요하게 자리하였던 원예전문가로서의 그의 관심이 시에 표출되어 있는 경우이다. 단순히 꽃과 나무를 기르는 선에서 머물지 않고 그것을 통하여 삶을 투시하고 세상을 경륜하는 지혜를 터득하는 데까지 이른 그의 통찰이, 그의 시세계를 자연 속에서 값진 교훈을 얻어내는 이른바 기르는 자연의 시학으로 자리매김하게 할 수 있을 것으로 보이기 때문이다.

그것은 또한 유가적 자연관을 바탕으로 한 것으로 생각되는데, 이에 대한 앞으로의 검토 결과를 토대로 살펴본다면 유가와 도가의 자연에 대한 서로 다른 인식이 어떻게 그의 시세계에서 조화를 이루고 있는가 하는 문제도 그 답을 얻을 수 있으리라 생각된다. 그렇게 될 때 그리는 자연의 시학과 기르는 자연의 시학이 조화를 이루게 될 그의 시세계는 그것이 그대로 그의 삶의 보고서이자 그의 삶의 참모습을 비춰주는 거울로서 조선 초기 시단에 그의 시사적 위치를 우뚝하게 자리 잡게 해줄 수도 있을 것으로 보인다.

이에 더하여 승려와의 우정 어린 교유시도 발견할 수 있었는데, 그것에 대한 앞으로의 분석 검토 여하에 따라서는 유불선의 자연관이 조화롭게 어울린 강희안의 자연시의 세계를 종합적으로 검토하게 되는 성과도 기대할 수 있을 것이다.

그리고 그의 일상적인 삶의 서정이나, 동생 강희맹과의 우애, 벗들과의 우정 등의 내용이 담긴 그의 시들이 아울러 검토될 때 비로소 강희안의 시

세계는 그 총체적인 모습을 우리들 앞에 드러낼 수 있을 것으로 생각된다.

(「한국한시작가연구」 2, 1996)

2. 기르는 자연의 시학

1) 머리말

이 글의 목적은 인재(仁齋) 강희안의 시세계를 기르는 자연의 시학이란 측면에서 검토하여 시인으로서의 그의 면모를 새롭게 밝히고자 하는 데 있다. 조선 전기에 시서화 삼절로 명성을 얻었던 그의 시세계는 자신의 삶의 역정에서 열정을 가지고 추구하였던 일들과의 관련 속에서 형성되었다고 할 수 있다. 그리하여 앞서 다른 글에서 그의 시세계를 화가로서의 그의 삶이 투영된 그리는 자연의 시학이란 측면에서 살핀 바 있다.[21]

강희안은 그리는 자연의 시학을 추구하면서 시의 회화성 획득에 성공하였고, 자연 동화의 시정과 선계 지향의 시의식을 시적으로 승화시킴으로써 시의 의미를 한층 고양시키는 효과를 달성하였다. 이러한 그의 시세계는 점차 주자학적인 질서가 자리를 잡아가는 시점에서 전개된 것이어서 더욱 의미 있는 것이었다. 그는 도가적 자연의 시세계를 그림 같은 시 속에 자연 동화의 시정과 선계 지향의 시의식으로 펼쳐냄으로써 유가적 자연의 시세계에 물들어 있던 당시 사대부 시인들의 시적 안목을 크게 넓혀주는 데 기여했을 것으로 생각된다.

화가 시인 강희안의 삶에서 또 하나 중요하게 자리 잡았던 것은 다름 아닌 원예 전문가로서의 관심과 그에 대한 학자적 접근이었다고 할 수 있다. 그는 결국 『양화소록(養花小錄)』이란 책을 저술하여 원예학에 대한 자신의

---

21 정대림, 〈강희안의 시세계〉, 『한국한시작가연구』 2(한국한시학회, 태학사, 1996) 참조.

열정을 정리하였다. 이러한 그의 관심은 단순히 꽃과 나무를 기르는 차원에서 머물지 않고 그것을 통하여 인간의 삶을 투시하고 세상을 경륜하는 지혜를 터득하는 데까지 이르고 있다. 또한 그러한 꽃과 나무에 대한 사랑에서 한층 심화된 그의 깨달음은 있는 그대로의 자연을 감상하고 그 속에서 삶의 교훈을 얻어내는 데에서 만족하지 않고, 인간 가까운 곳에 늘 자연이 위치할 수 있도록 하여 그 가운데서 변함없는 교훈을 얻어내고자 하는 이른바 기르는 자연의 묘리를 터득하는 데까지 이르렀다.

이 글에서 바로 그러한 그의 기르는 자연에 대한 성찰이 그의 시세계에 어떻게 반영되어 있는가 하는 것을 살피고자 하였다. 그리하여 그의 시세계의 한 가닥을 기르는 자연의 시학으로 자리매김할 수 있는 가능성을 찾아보려는 것이다.

강희안이 남긴 한시는 모두 70제 175수이다. 그 중에서 『양화소록』에 수록된 꽃과 나무 가운데 송(松), 죽(竹), 국화(菊花), 매화(梅花), 난(蘭), 서향화(瑞香花), 석류화(石榴花), 산다화(山茶花), 귤수(橘樹), 창포(菖蒲), 괴석(怪石) 등의 11종류를 시의 소재로 한 시는 9제 18수 정도이다. 물론 다른 시에도 여타의 자연 대상물이나 『양화소록』에 언급된 꽃과 나무가 소재로 쓰인 경우는 있지만, 위의 시들은 직접 그 소재들을 목적으로 하여 창작된 것이기에 그 시들만을 대상으로 삼아 기르는 자연의 시학의 면모를 살펴보도록 하겠다.

『양화소록』과 그들 시의 창작 선후 문제는 가늠할 수가 없다. 따라서 인과적으로 강희안의 생각들을 그것들을 중심으로 정리할 수는 없을 것이다. 그러나 『양화소록』이 온갖 열정을 다 기울인 강희안의 삶의 한 보고서이자 그의 삶의 참모습을 비춰주는 하나의 거울이고, 그러한 삶의 기록물을 저술하는 데 동원된 그의 생각들을 시적으로 표현한 것이 그의 시작품이라고 본다면, 굳이 선후를 따지고 인과에 따라 평가하려 하지 않아도 좋으리라 생각된다. 그의 일상적인 관심이 학문적으로 나타난 것이 『양화소록』이고, 문학적으로 표현된 것이 그의 한시라고 보아 틀림은 없을 것이기 때문이다.

이 글에서 강희안의 시세계에 대한 검토를 통해 기르는 자연의 시학이란 측면에서 일정한 성과를 거둘 수 있다면, 이미 다른 글에서 살펴본 그리는 자연의 시학의 측면과 서로 조화를 이룬 그의 시세계의 총체적 모습을 구체화하는 데 도움이 될 것으로 보인다. 그리하여 시인 강희안의 다양한 시세계의 총화를 얻어내는 데 기여하고자 하는 것이 바로 이 글의 궁극적인 의의라고 할 것이다.

2) 기르는 자연의 의미

자연의 섭리로 태어나서 다시 자연의 품으로 돌아가는 인생살이에서 인간은 각기 자연에 대한 나름대로의 적응 태도를 보여 왔다. 그리하여 인간은 자연을 단순히 보고 즐기기도 하였고, 그 속에 동화되어 더불어 자연으로 살고자 하기도 하였으며, 또 다른 목적을 위해 잠시 쉬어가는 임시 터전으로 자연에 숨어들기도 하였고, 지연의 변화를 눈여겨보며 자연에서 교훈을 찾아 삶의 지표로 삼기도 하였던 것이다.

이러한 선인들의 자연에 대한 인식은 크게 보아 도가적 자연관과 유가적 자연관으로 나누어 볼 수 있을 것이다. 그 중에서 퇴계(退溪) 이황(李滉, 1501~1570) 선생은 자연을 인식함에 있어 도의 함양에 힘쓰고 심성 기르기에 정성을 다하는 데서 즐거움을 얻을 수 있는 유가적 자연관의 길을 택하고자 하였다.

옛날 산림을 즐기는 사람들을 보면 두 종류가 있다. 현허를 사모하고 고상을 섬기면서 즐기는 자와 도의를 기뻐하고 심성을 기르면서 즐기는 자가 그것이다. 전자를 따른다면, 자신의 몸만 깨끗하게 지킨다고 세상 윤리를 어지럽혀 심하면 새 짐승과 무리 지어도 그릇되다고 생각하지 않게 될까 두렵다. 후자를 따른다면, 좋아하는 바는 찌꺼기뿐으로 그 전할 수 없는 묘한 이치에 이르러서는 구하면 구할수록 얻을 수 없을 것이니 어찌 즐거움이 있으리오. 그러나 차라리 후자를 위하여 스스로 힘쓸지언정 전자를 위하여 스스로 속이지는 않겠다. 그러나 어느 겨를에 이른바 세속의 번거로움이 내 마음에 들어올 수 있겠는가.[22]

퇴계 선생은 이렇게 현허를 그리워하고 고상을 섬기기보다는 도의를 기뻐하고 심성을 기르기를 즐기고자 하였다. 자연 속에서 현허와 고상의 경지를 추구한다고 하더라도 마침내 제 몸이나 깨끗이 할 뿐 인륜을 어지럽히는 데에 흘러 새 짐승과 무리 지어도 그릇되다고 생각하지 않게 될까 두렵다 하여 이른바 도가적 자연관을 멀리 하고자 하였던 것이다. 인륜 도덕과 사회 질서가 그로 인해 파괴될 수 있다는 데에 도학자인 퇴계선생의 걱정이 있었던 것이다. 그리하여 선생은 자연 속에서 도의를 기뻐하고 심성을 기르는 데서 즐거움을 얻고자 하는 유가적 자연관에 힘쓰고자 하였던 것이다.

그러나 강희안은 이러한 도가적 자연관과 유가적 자연관에 제약받지 않고 조화로운 자연관을 지녔던 것으로 보인다. 시 속에 마치 그림을 옮겨 놓은 듯한 시세계를 보여 주었던 그는 인간 본연의 마음의 고향인 자연에 안주하면서 자연과 더불어 살고픈 마음을 화가로서의 그의 삶이 투영된 그의 시에 담았다. 그는 자연에 묻혀 살고픈 열망으로 청산에다 마음의 오두막 짓고 그 속에서 대자연이 베푸는 참다운 정취를 체득하여 자연에 동화된 시정으로 노래하였다. 이렇게 자연에 대한 성찰을 바탕으로 그림 같은 시를 쓰는 한편으로 자연에 동화된 삶을 희구하였던 그는 다시 도가적 자연의 세계에 침잠하여 선계를 동경하는 선계 지향의 시의식을 표출하기도 하였다.

도가의 장생법을 익히며 수련하였던 자신의 선적 체험을 바탕으로 스스

---

22 觀古之有樂於山林者 亦有二焉 有慕玄虛事高尙而樂者 有悅道義頤心性而樂者 由前之說 則恐或流於潔身亂倫 而其甚則與鳥獸同羣 不以爲非矣 由後之說 則所嗜者糟粕耳 至其不可傳 之妙 則愈求而愈不得 於樂何有 雖然寧爲此而自勉 不爲彼而自誣矣 又何暇知有所謂世俗之營 營者 而入我之靈臺乎(李滉, 「退溪全書」, 〈陶山雜詠 幷記〉).

로 신선이고자 하는 염원까지 시에 담았던 그가 궁극적으로 추구하였던 것은 직접 선계에서 소요하는 신선이 되는 것이었다고 보인다. 그리하여 자연을 성찰하고 그 자연 속에서 동화된 삶을 영위하고자 하였던 그의 시정신은 선계 지향 의식을 시에 담아냄으로 해서 시의 의미를 한층 심화하여 시와 그림의 조화에다 선적 의미를 더한 그만의 독창적인 시세계를 창조할 수 있었던 것이다. 이렇듯 강희안은 자연 대상물을 세밀히 관찰하고 그 대상의 생명력까지 이해한 다음 구상의 단계를 거쳐 작시하면서 도가적 자연관을 바탕으로 대자연의 조화를 옮겨내고자 하였으며, 그 결과 그림 그리듯 쓴 시에서 이른바 그리는 자연의 시학을 보여주었던 것이다.[23]

그러나 강희안은 퇴계 선생이 우려하였던 도가적 자연관의 폐단에 깊이 빠지지 않고, 현허와 고상을 즐기는 차원에서 그것을 시 예술의 세계로 승화시킬 줄 알았다. 그러면서 그는 자연 속에서 도의를 기뻐하고 심성을 기르는 즐거움 또한 누리고자 하였다. 그리하여 자연을 통하여 삶을 투시하고 세상을 경륜하는 지혜를 터득하려는 이른바 자연 속에서 값진 교훈을 얻어내고자 한 유가적 자연관의 면모를 보여 주었다. 그것이 바로 학자로서의 삶, 원예 전문가로서의 그의 관심이 결집된 『양화소록』에 나타나 있다.

사실 강희안은 전 생애에 걸쳐 유가적 세계관의 굴레를 벗어 던지지 못하고 세속의 온갖 영욕을 맛보면서 살다간 현실적 인간의 모습을 보여 주었다. 그러나 마음으론 언제나 귀거래의 소망을 버리지 못하였던 것으로 보인다. 그리고 그렇게 자연에 묻혀 사는 것이 오히려 그의 천성에 걸맞은 것이었다고도 생각된다. 화가로서의 그의 삶이 그것을 단적으로 보여주는 것이기도 하다.

靑山何處不爲廬　청산 어느 곳인들 오두막 하나 못 지으랴만
坐對靑山試一噓　청산을 마주하고 앉아 길게 한숨만 짓네.

---

23 정대림, 앞의 논문, 618면 참조.

簪笏十年成老大　벼슬살이 10년에 다 늙고 말았으니
莫教霜鬢賦歸歟[24]　백발로 자연에 돌아가리라 탄식해 무엇하리.

―〈登楊州樓院〉

이 시는 양주 누원에서 바라본 주변 청산의 아늑함이 별다른 수식 없이도 자연스럽게 전달되는 작품이다. 또한 현실에서 벗어나지 못하고 늙도록 헤맨 세월을 아쉬워하면서 길이 안주할 수 있는 자연 속에서 오두막을 짓고 남은 생이나마 자연과 더불어 누리고 싶은 그의 마음이 절실하게 드러나 있는 작품이기도 하다. 이렇듯 도가적 자연을 동경하면서도 유가적 삶을 살았던 그이기에 어느 한 곳에 치우치지 않고 조화로운 자연관을 지닐 수 있었던 것이 아닌가 한다. 어찌 보면 자연의 정점에 이를 수 있는 인간으로서의 가장 이상적인 자연인식에 강희안이 도달하였던 것이라 생각되기도 한다.

이렇게 자연에 동화되어 살고픈 마음이면서도 현실 세계를 벗어나지 못했던 그였기에, 그의 이러한 간절한 소망들이 그로 하여금 기르는 자연의 세계에 빠져들게 하였다고도 할 수 있겠다. 그 기르는 자연 속에서나마 현실적으로는 풀지 못한 대자연에 동화되어 살고픈 삶에 대한 열망을 해소할 수 있었을 것으로 보이기 때문이다. 이렇게 보면 『양화소록』은 도가적 자연관과 유가적 삶이 조화를 이루는 자리에서 빚어진 결실이라 할 수 있을 것이다.

『양화소록』은 강희맹(姜希孟)이 그의 할아버지, 아버지, 형 강희안의 시집과 『양화소록』을 함께 묶어 편찬한 『진산세고(晉山世稿)』 4권 1책 중 권4에 실려 있는데, 강희안 사후 9년째인 1473년에 강희맹이 유고를 정리하여 다음해인 1474년에 출판한 것으로 보인다.[25] 그러나 강희안이 『양화소록』을 집필한 것은 1449년 가을 무렵인 것으로 생각된다.[26]

24　南孝溫, 『秋江冷話』.

25　姜希孟, 〈養花小錄叙〉 참조.

26　姜希顔, 〈養花小錄自序〉, 『晉山世稿』 卷4 참조. 앞으로 강희안의 시는 『진산세고』 권3

『양화소록』의 내용은 예로부터 사람들이 완상하여온 꽃이나 나무를 들어 그 재배법과 이용법을 설명하는 한편으로 꽃과 나무의 품격과 의미, 상징성 등을 논하는 것으로 되어 있다. 수록된 꽃과 나무는 괴석을 포함 모두 18종이며, 그 외에 종분내화수법(種盆內花樹法), 최화법(催花法), 백화기의(百花忌宜), 취화훼법(取花卉法), 양화법(養花法), 배화분법(排花盆法), 수장법(收藏法), 양화해(養花解) 등의 내용도 정리되어 있다. 그리고 『양화소록』은 조선 후기의 『임원경제지(林園經濟志)』에도 인용되는 등 양화서의 기본이 되는 책으로 널리 인정을 받았으며, 일본에도 크게 영향을 주어 송강현달(松岡玄達)의 필사본(1724) 등이 전해지고 있다.

강희안은 『양화소록』을 지어 꽃과 나무를 가꾸고 기르는 법을 곡진히 정리하였을 뿐 아니라 평생의 뜻을 꽃과 나무에 가탁하여 나라를 다스리고 백성을 교화하는 뜻을 그 속에 담아 놓았다고 알려져 있다.[27] 강희안 자신도 화초는 배양하는 이치와 거두어들이는 법에 따라 천성을 어기지 않고 길러야 참모습을 볼 수 있다고 하였다. 또한 만물의 영장인 사람이 천성을 보전할 수 있도록 하는 것이 바로 양생법이며 그것으로 이치를 넓히면 세상을 경륜하는 도리를 터득할 수 있을 것이라 하였다. 그러면서 화초는 각기 다른 성질에 따라 기르되 습한 것, 건조한 것, 찬 것, 따스한 것 등 좋아하는 데 따라 가꾸고 물을 주며 볕을 쪼이기도 해야 하고, 날씨가 추워져서 얼음이 얼면 내한성이 없는 화초는 토굴 속에 넣어 동상을 방지하기도 하면서 정성을 들여야 한다고도 하였다. 그렇게 하면 화초 하나하나가 잎이 탐스럽고 꽃도 활짝 피어서 제 참모습을 드러낸다고 하였다. 이를 보면 백성을 다스림도 결국 백성 저마다의 천성을 잘 알아서 올바른 그것을 보전하며 생업에 종사할 수 있도록 돌보면 된다는 것이 그의 생각이었다고 할 것이다.

이처럼 세상을 경륜할 수 있는 재주와 덕을 온전히 갖춘 그였기에 끝내

에서, 그리고 『양화소록』의 내용은 권4에서 인용한 것이기에 별도의 출전은 밝히지 않겠다. 『양화소록』의 번역은 이병훈(『양화소록』, 을유문고 118, 을유문화사, 1973)의 번역을 참조하였음.

27 著養花小錄 曲盡蒔養之法 以寓經綸造化之意(金壽寧, 〈仁齋姜公行狀〉, 『晉山世稿』 卷3).

그 뜻을 펴 보지 못하고 세상을 일찍 떠난 데 대해 동생 강희맹은 못내 아쉬워하였다. 강희맹은 형 강희안이 천지조화의 미묘한 힘과 이치를 마음으로 체득한 사람이라고 하면서 『양화소록』에는 나라 일을 다스리고 교화를 협찬할 뜻이 은연히 담겨 있다고 하였다. 그리하여 꽃 가꾸는 솜씨로 세상을 다스렸다면 그 사랑과 은혜와 이로움이 널리 백성들에게 고루 미쳤을 터인데 그러지 못했음을 애석해 하였다.

특히 강희안을, 나라가 망한 후 포의로 장안성 동쪽에 오이를 심어 생계를 삼았는데 그 맛이 유난히 달아 사람들이 그 오이를 동릉과(東陵瓜) 또는 청문과(靑門瓜)라고 하였다는 고사의 주인공인 진(秦) 동릉후(東陵侯) 소평(召平)이나, 나무 심는 법을 정치 원리에 비유하여 관리들에게 교훈을 남기고자 한 유종원(柳宗元)의 〈종수곽탁타전(種樹郭橐駝傳)〉의 가상 인물 곽탁타에 비유하여, 그들이 오이나 나무의 성장만을 바랐던 것이 아니고 그 속에서 생장의 이치를 자세히 궁리하는 것을 낙으로 삼았다고 하면서, 강희안이 『양화소록』을 지어 세상을 경륜할 수 있는 이치를 터득하였음에도 불구하고 때를 얻지 못하여 이상만을 가슴에 품고 그 뜻을 세상에 펴지 못했음을 매우 안타까워하였던 것이다.

이렇게 보면 강희안의 자연관이 단순히 자연을 즐기고 가꾸는 데에 머물지 않고 또 다른 가치를 지향하고 있었음을 알 수 있겠다. 자연을 매개로 그 이치를 깨달아 심성을 기르고 그 속에서 교훈을 찾아 삶을 살찌우려는 데에 더 큰 목적이 있었다고 생각된다. 이러한 그의 생각은 다음 글에 더욱 확연히 드러나 있다.

청천자가 하루는 저녁에 뜰에서 허리를 구부리고 흙을 파고 꽃나무를 심는데 피로도 잊고 열중하고 있었다. 손이 찾아와서 말하였다. "당신이 꽃을 기름에 양생하는 법을 알았다 하였음을 내가 이미 들어 알거니와 이제 체력을 수고롭게 하여 마음과 눈을 미혹시켜 외물의 끌림이 되었음은 어떻다 생각하시오. 마음이 쏠려 가는 것을 뜻이라 하였은즉 당신의 뜻이 빼앗겨 잃지 않았오."

청천자가 대답하였다. "답답하구려. 참으로 당신 말과 같다면 몸뚱이를 고목처럼 움직이지도 않고 마음을 쑥대처럼 버려두어야 잘했다 하겠구려. 내 보건대 천지간에 가득히 차 있는 만물들이 힘차게 자라고 씩씩하게 이어가며 저마다 현묘한 이치를 갖추고 있는 것이오. 그 이치를 진실로 연구하지 않고는 또한 알지 못하오. 그러므로 비록 한 포기 풀이나 한 그루의 나무라 할지라도 마땅히 그것들이 지닌 이치를 생각하여 그 근원까지 파고 들어가서 그 앎을 두루 미치게 하지 아니함이 없고 그 마음을 꿰뚫어 통하지 않음이 없게 되면 나의 마음이 자연히 만물에 머물지 않고 만물의 밖에 뛰어넘어 있을 것이니 그 뜻이 어찌 잃음이 있으리오. 또 사물을 관찰하는 자는 몸을 닦고, 앎에 이르고, 뜻이 성실해야 함은 옛사람이 일찍부터 말하지 않았었소."[28]

문답 형식의 이 글에서 강희안은 꽃을 기르는 데에 열중하게 되면 외물에 부림을 받는 것이라 자신의 마음을 빼앗겨 잃게 되는 것은 아닌가라는 물음에 대해 강하게 부정하고 있다. 천지간의 만물이 다 현묘한 이치를 갖추고 있으므로 풀 한 포기 나무 한 그루라도 그들이 지닌 이치를 근원까지 파고들어 지식을 넓히고 마음으로 관통하게 되면 자신의 마음이 만물에 얽매이지 않고 오히려 만물의 밖으로 뛰어 넘을 것이기에 결코 뜻을 잃는 일은 없을 것이라는 것이 그의 생각이었던 것이다. 또한 사물을 관찰하는 자는 자신의 몸을 닦고 지식 쌓기를 지극히 하고 뜻을 성실하게 해야 하는 것이기에 자신은 그것을 실천하고 있을 뿐이라고 하였다.

이렇게 자연의 이치를 깨달아 만물의 밖으로 뛰어 넘는 마음을 가지고 강희안이 추구하려던 것은 바로 유가적 이상의 실천이었다고 보인다. 몸을

---

28 菁川子 一夕 佝僂庭際 封土以植 曾不知爲倦 客有來訪者 謂曰 子之於養花 得養生之術 則吾旣聞命 若勞形勤力 悅其目 迷其心 以爲外物所役 何也 心之所之者 志也 則其志 寧不有喪 耶 菁川子曰 噓嘻乎噫 誠如子言 是枯木其形 蓬艾其心 然後 已 吾觀萬物之盈天地間者 芸芸也 綿綿也 玄之又玄 而各有理焉 理苟不窮 知未未至 故雖一草一木之微 亦當各究其理 各歸其根 使其知 無不周偏 使其心 無不貫通 則吾之心 自然不物於物 超乎萬物之表矣 其志 奚獨喪失之 有 又況觀物者 身修 知至 意誠 古人 嘗有是言矣

닦고 지식을 확충하여 뜻을 성실하게 세우는 길, 그 길을 따라 유가적 이상 사회를 추구하고자 하는 뜻을 자연을 관찰하는 데서 찾고 있었던 것이라 생각되기 때문이다. 이어지는 글에서 이 점은 더욱 분명히 드러난다.

이제 저 소나무의 외롭고 굳건한 의지는 홀로 천훼백목의 위에 솟아 있음은 이미 말할 나위가 아니오. 그 나머지 은일을 자랑하는 국화와 품격이 높은 매화, 또는 난초, 서향 등 십여 품종도 각각 풍격과 운치를 떨치고 창포는 고고하고 깨끗한 절개가 있으며, 괴석은 굳건하고 확실한 덕을 지녔으니 이것들은 진실로 군자가 벗 삼아 마땅한 것이라. 항상 함께 눈으로 보고 마음으로 익혀서 몸에 배게 할 것이지, 그저 멀리하여 버려두지 않을 것이오. 저들 화목의 지닌 물성을 법도로 하여 나의 덕을 삼아 가면 그 유익함이 어찌 많지 않으리오. 그 뜻이 어찌 호연하지 않으리오.[29]

이렇게 강희안은 자연 대상물을 관찰한 나머지, 소나무에서 사철 푸른 절조를, 국화에서는 은일의 향기를, 매화에서는 고상한 품격을 그리고 난초와 서양화 등 10여 종의 꽃과 나무에서는 나름대로의 풍도와 운치를 찾아내었으며, 또한 창포에서는 고고하고 깨끗한 설조를 괴석에서는 굳건하고 확실한 덕을 이끌어 내었다. 그리하여 그 모습을 항상 눈으로 보고 그 덕목을 마음으로 익혀야 할 군자의 진정한 벗으로 삼아야 할 것이라고 하면서, 결코 멀리하여 버려두어서는 안 된다고 하였다.

또한 꽃을 기르는 일에 정성을 다하는 것은, 고대광실에서 화려한 치장의 미희와 더불어 노래하며 단지 마음과 눈을 즐겁게 하는 일, 즉 성정과 수명을 해치고 교만하고 인색한 마음을 기르게 되어 결국은 뜻을 잃게 되고 몸까지 망치게 되는 그러한 일과는 결코 같을 수 없다는 것이 그의 생각이

---

29 今夫蒼官大夫 蕭散後凋之操 獨出千卉百木之上 旣不可尙已 其餘 隱逸之菊 高格之梅 與夫蕙蘭瑞香十餘種品 各擅風韻 而菖蒲有孤寒之節 怪石得堅確之德 固宜君子所友 而常與寓於目體於心 皆不可棄之而退遠也 儀彼所有 爲我之德 其所益 豈不爲多乎哉 其志豈不有浩然也

었다. 그리하여 자연의 물성을 법도로 하여 본받아 유익한 자신의 덕으로 삼고자 하였던 것이다. 그리고 바로 그것이 자신의 호연지기를 확충해주는 길이라고도 하였다.

이러한 강희안의 생각은 바로 자연의 이치를 깨달아 그것을 바탕으로 유가적 이상을 실천하고자 하는 것이었다고 하겠다. 또한 자연 대상물에서 그 덕목을 찾아내어 교훈으로 삼고 항상 군자의 벗으로 그들을 가까이 해야 할 것이라는 그의 생각은 전형적인 유가적 자연관의 한 모습이라고 할 것이다.

이렇게 보면 강희안은 『양화소록』을 저술하면서 천성에 따라 꽃을 기르는 이치를 깨달아 양화의 길을 제시하고, 그 바탕에서 심성을 기르며 군자의 덕을 함양하고자 하였으며, 하늘의 뜻대로 널리 백성을 교화하여 순리대로 살게 하려는 진정한 목민의 길을 추구하고자 하였던 것이라 하겠다. 결국 강희안은 당시 지식인들의 보편적인 생각이었던 수신제가치국평천하의 이상을 양화의 길에서 찾아 실천하고자 하였던 것으로 볼 수 있겠다.

바로 이 양화의 길에서 수신의 길 그리고 목민의 길로 연결되는 강희안의 생각이 이 글에서 다루고자 하는 기르는 자연의 참된 의미라고 보아야 할 것이다. 다음 시는 이 점을 단적으로 잘 나타내 주고 있다.

旣惠一盆蘭	이미 난초 화분 받았는데
又寄一盆竹	또 대나무 분을 보내 왔네.
我受感之深	내가 받은 깊은 감사의 마음
不啻如金帛	그 무엇에도 비할 수 없으리.
列諸短簷前	짧은 처마 앞에 벌려 놓으니
歲暮有佳色	세모에도 아름다운 모습 그대로네.
蘭葉日以抽	난초 잎은 날마다 벋어 나고
竹陰時復綠	대 그늘은 때마다 푸름을 더하네.
吟哦二物間	난과 대 사이에서 읊조리니
我心高無俗	내 마음 고상해져 속됨이 없구나.

秋深風露寒　가을 깊어 바람 이슬 차도

兩節勁不易　난과 대의 절개 굳어 변함이 없네.

物性尙爾然　난과 대의 성품 이처럼 한결 같으니

可見君子德　가히 군자의 덕을 보노라.

曾聞德有隣　일찍이 덕은 외롭지 않고 이웃 있다 들었으니

願言示高躅　바라건대 높고 높은 자취 보이소서.

-〈友人送蘭竹各一盆 以橘樹報之 詩以爲謝〉二

이 시는 한 마음 한 뜻일 정도로 아주 절친한 벗이 난과 대나무 분을 보내온 데 대하여 귤나무로 보답하면서 그 고마운 마음을 표현한 시 중에서 두 번째 시다. 강희안은 난초와 대나무를 완상하면서 속됨이 없는 고상한 정취를 얻었고, 그 곧고 변함없는 성품에서 절개 지키는 덕목을 찾아내어 군자의 덕으로 칭송하였다. 그러면서 벗도 그와 같이 덕을 쌓아 높은 행적을 이루어 가기를 기원하고 있다.

이렇게 보면 이 시는 강희안이 열정을 다하여 추구하고자 한 양화의 길, 수신의 길, 목민의 길이 한 눈에 들어오는 시라 할 것이며, 아울러 기르는 자연의 참뒤 의미가 그대로 응축되어 표현된 시라고 할 수 있겠다. 이제 이러한 기르는 자연의 의미가 그의 한시에 어떻게 나타나 있는지 살펴보도록 하겠다.

3) 기르는 자연의 의미

(1) 송과 죽

강희안은 앞에서 보았듯이 소나무는 쓸쓸하고 한산한 때에 그 진가를 알 수 있다고 하면서 온갖 어려움에도 굳세게 견디어 내는 절조를 소나무의 덕성으로 내세웠다. 일반적으로 보더라도 소나무는 불멸성을 상징하는 것으로서 불변하는 마음이나 불변하는 기상을 상징한다고 알려져 있다. 소나

무가 하늘에서 받은 본성을 지켜 땅 위에 홀로 겨울이나 여름이나 언제나 푸르러 있는 데서 그러한 느낌을 얻었을 것이다.

階前偃盖一孤松　섬돌 앞에 누운 듯 서 있는 한 그루 외로운 소나무
枝幹多年老作龍　가지와 줄기는 긴 세월 지내 늙은 용의 모습이어라.
歲晚風高揩病目　한 해도 저물고 바람 드셀 제 병든 눈 비비고서 보니
擬看千丈上靑空　마치 천 길 푸른 하늘로 솟아오르는 듯하구나.

—『四雨亭雜詠』,〈松〉

이 시는 한편으로는 세밀한 관찰과 완벽한 구상 끝에 그려진 한 폭의 그림 같은 느낌을 주는 시다. 노송의 위용을 확연히 눈에 그려볼 수 있게 하는 시인 것이다. 그 속에 살아 꿈을 거리는 대자연의 신비를 느끼게도 한다. 강희안의 시적 공간 또한 하늘을 솟아오르는 용을 타고 올라 자유자재로 노닐 수 있는 푸른 하늘로까지 확대되고 있음을 알 수 있다.

때문에 홍만종도 이 시의 격조가 매우 높다고 하였을 것이다.[30] 무엇에도 구애됨 없이 무한히 확산된 내면 공간인 대자연의 품 안에서 자연 대상물에 대한 세밀한 관찰과 자연의 생명력에 대한 애정 어린 이해의 결실로 그리듯 표현해 낸 자연이 살아 숨 쉬는 듯한 그의 시의 격조를 놓치지 않고 홍만종이 높이 평가하였던 것이라 하겠다.

이 시의 또 다른 의미는 한 해가 저물고 바람 드셀 때 비로소 진가를 드러낸 마치 천 길 푸른 하늘로 솟아오르는 듯한 노송의 위용에서 시인이 감지하였을 소나무의 불변하는 기상, 바로 그 굳센 절조에서 찾아야 할 것이다.

세찬 바람이 불 때 비로소 쓰러지지 않는 굳센 풀을 알 수 있고, 혹심한 서리가 내릴 때 비로소 곧은 나무를 알 수 있다고 했다. 또한 공자(孔子)도

---

30 格調最高(洪萬宗,『小華詩評』上).

한 겨울의 추운 날씨가 된 다음에야 소나무나 잣나무의 절개를 알 수 있다고 했다.[31] 바로 이러한 뜻을 시에 담았던 것이다. 그러한 소나무의 굳센 절조를 병든 눈을 비비고서까지 살펴 찾아내었던 것이다.

소나무를 군자의 멋으로서 기르고 그 속에서 소나무의 덕성을 찾아 삶의 교훈으로 삼고자 한 강희안의 자연 인식이 그대로 드러난 이 시에서 우리는 『양화소록』에다 자신의 경륜을 가탁한 그의 마음에 다가설 수 있다고 하겠다. 이것이 바로 이 시가 보여주는 기르는 자연의 시학이라고 할 것이다.

한편 강희안은, 용이 도사린 듯 범이 쭈그리고 앉은 듯 묘하고 신기한 모양의 노송을 어떤 사람이 묵은 가지를 끊고 솔비늘을 긁어 버리고는 옛 가지를 없애고 새 가지를 키우려 했다고 변명하였다는 일화를 소개하면서, 묘하고 신기한 모습의 노송을 천성대로 기르지 못하고 인위적으로 함부로 훼손한 것을, 관직에 오른 사람들이 생각 없이 오래된 법률을 뜯어 고치고 새 법을 만들어 쓰기를 다반사로 하는 조변석개의 현실에 견주고 있다. 그리하여 나라까지 위태할 지경이라 하였으니 정치는 순리대로 꽃을 기르는 이치로 풀어 나가야 함을 시사해 주었다고 하겠다.

오늘날의 관료들이 제한된 재직 기간 중에 업적을 남기기 위해 또한 일하는 모습을 보여주기 위해 무리하게 서둘러 새로운 제도를 만들고 새로운 일들을 시행하면서 수없이 시행착오를 보여 국가 예산만 아깝게 낭비하고 나라의 주인인 국민을 어렵게 만드는 일이 흔함을 그는 이미 예견이나 한 듯이 조변석개의 어리석음을 질타하였던 것이다. 이는 기르는 자연의 의미를 찾는 과정에서 얻어진 소중한 삶의 교훈이라 하겠다.

대나무는 사철 푸른 그 모습 때문에 굳센 의지나 절개를 상징하는 것으로 알려져 있는데, 강희안은 나름대로의 풍도와 운치를 떨치고 있다고 하였다. 그는 어려서부터 자신의 성품이 대를 사랑하였으며, 손수 서너 분에 대를 심어 옆에 두고 완상하고, 흰 종이에 대 한두 가지를 모사하여 스스로의

---

31 子曰 歲寒然後 知松柏之後彫也(『論語』, 〈子罕〉).

의취를 붙이곤 하였다고 했다. 또한 시골 마루 앞의 긴 대숲이 마치 묶어 세운 듯 단란하고, 안개 덮인 가지에 달빛이 너울거리면 그 풍경이 아름다운 풍취를 자아낸다고도 추억하였다. 그러나 이는 대나무가 운치를 떨치고 있다는 것에 다름 아닐 것이다.

대나무의 나름대로의 풍취를 떨치고 있다고 한 그 대나무의 덕성에 대한 강희안의 참뜻은 다음 시에서 찾아 볼 수 있다.

此君高節已檀欒　　대나무는 고상한 절개에 모습도 아름다워
計得當初種一竿　　처음 생각대로 한 그루 심었네.
客至不迎相對處　　손이 이르러도 맞지 않고 서로 대한 곳에서
滿庭煙雨碧琅玕　　뜰 가득 이슬비 내릴 제 더욱 푸른 대나무여.

－〈四雨亭雜詠, 竹〉

강희안은 이렇게 대나무의 덕성을 뛰어난 절개에서 찾았다. 언제나 변하지 않는 그 모습에서 연유했을 것이다. 아무에게도 방해받지 않을 그윽한 곳에 심어 두고 즐기는 운치도 나타나 있다. 이슬비 내릴 적에 댓잎에 아롱져 맺힌 이슬도 마치 푸른 옥돌인 양 소중하게 사랑의 마음으로 바라보고 있다. 대나무의 아름다움을 만끽하면서 그윽한 정취를 맛보았음직하다. 다음 시에도 대나무의 풍도와 운치를 절개와 아름다운 모습에서 찾고자 한 그의 마음이 나타나 있다.

勁節偏宜霜所雪　　굳센 절개는 서리 눈 속에서도 의연하기만
奇姿直看雨和風　　아름다운 자태를 비바람 섞어 치는 속에서 바라보네.
菁川舊宅餘千畝　　청천 옛집 일천 두둑에 대나무 심어 두고
欲去年年入夢中　　해마다 가고자 하면서도 꿈속에서나 보고 지고.

－〈植竹〉

이 시에서는 고향 일천 두둑에 심어 두고 떠나온 대나무가 못내 그리워 해마다 가고자 하면서도 꿈속에서나 찾아볼 수밖에 없는 시인의 안타까운 마음 언저리가 간절하게 가슴을 치고 있다. 일상에서 늘 바라볼 수 있는 곳에 대나무를 심어 두고 그 굳센 절개를 기리고 그 아름다운 모습을 완상 하였던 그의 생각이 이토록 간절하게 고향 대나무밭을 맴돌며 떠나지 못하고 있음은 대나무에 대한 그의 사랑의 깊이를 충분히 가늠할 수 있게 하는 것이라 보인다. 그토록 애틋해 하는 대나무에 대한 애정으로 대나무를 기르며 그는 대나무에 나름대로의 풍도와 운치가 있음을 굳센 절개와 아름다운 모습에서 찾으며 기르는 자연의 시학으로 표현하였던 것이다.

이렇듯 강희안은 소나무와 대나무를 기르면서 양화의 길을 학자적 자세로 보여 주면서도 거기에 머물지 않고 또 다른 가치인 그들의 덕성을 찾아 심성을 기르고 교훈으로 삼아 끝내는 목민의 길에 도움 받고자 하였다. 그리하여 자신의 이러한 생각을 시에 반영하여 소나무와 대나무의 자연 그대로의 아름다운 모습에 눈 주면서도 그 자연에서 얻어낸 덕성과 그 자연이 주는 삶의 교훈에 더한 의미를 부여하여 기르는 자연의 시학으로 표현하였다고 하겠다.

(2) 국화와 매화

강희안은 국화가 은일을 자랑한다고 하였다. 이는 『양화소록』 국화 항목 첫머리에 인용한 송(宋) 범성대(范成大)의 글에서도 찾아볼 수 있다. 범성대는 국화를 은자들이 고결한 지조로 도를 즐기며 즐거움을 누리는 데 비유하여 군자의 꽃이라 하면서 그 은일함에 주목하였다. 일찍이 도연명(陶淵明)은 〈귀거래사(歸去來辭)〉를 읊으며 전원으로 돌아와 '동쪽 울타리 아래서 국화를 따노라니, 유연히 남산이 눈에 비쳐오고'라고 노래하며 삶의 후반부를 은자로서 유유자적하며 지냈으며, 송(宋)의 주돈이(周敦頤)도 국화를 꽃 중의 은일자로 표현한 바 있다.[32] 문인들은 이처럼 한결같이 국화에서 은일의 미덕을 찾아내었다. 그리하여 국화를 오상고절(傲霜孤節)의 은군자(隱君

子)로 칭송하였던 것이다.

簷下金英初爛熳	처마 밑에 노오란 국화 만발하였고
籬邊玉藥又敧斜	울타리 가에도 아름다운 꽃 또한 비꼈네.
年年醉挿烏巾上	해마다 취하면 국화 꺾어 검은 두건에 꽂곤 했는데
莫是前身靖節耶	나의 전신이 바로 정절선생 도연명은 아닐는지.

　　　　　　　　　　　　　　　　　　　－〈四雨亭雜詠, 菊〉

　강희안은 이렇게 은일한 삶을 살면서 자연에 동화된 시세계를 보여 주었던 도연명의 후신이 바로 자신이라 은근히 자부하면서, 국화의 품성이 은일에 있음을 확인하여 주었다. 또한 은일의 미덕을 짙은 향기로 내뿜는 국화를 해마다 머리에 꽂고 즐기며 한 잔 술에 흥겨워하였음은, 강희안이 유가적 현실에 얽매여 있으면서도 마음으로는 늘 대자연 속의 은일한 삶에 연연해하였음을 일러주는 것이라 하겠다. 강희안이 국화를 기르며 그 자연의 의미를 새긴 것이 바로 이 은일의 시학에 다름 아니라 할 것이다.

　매화는 예로부터 시인 묵객들에게서 정결하고 청초한 품위와 아름다운 덕을 지닌 꽃으로, 또한 우아하고 고상한 정취를 풍겨 주는 군자의 벗으로 가장 많이 사랑을 받아온 꽃이다. 강희안은 매화가 품격이 높아 천하에 으뜸가는 꽃이라 하였다.

　『양화소록』에 보면, 그의 조부 통정공(通亭公) 강회백(姜淮伯)이 지리산 단속사에서 글을 읽을 때 손수 매화 한 그루를 뜰 앞에 심고는 '천지 기운 돌고 돌아오고 가나니, 섣달에 피는 매화에서 천심을 보겠네.〈일기순환왕부래 천심가견랍전매(一氣循環往復來 天心可見臘前梅)〉'라고 노래하였다 한다. 매화에 천지의 기운이 맺혀 섣달에 꽃을 피웠으니 그에서 천심을 보았

────────────

32 採菊東籬下　悠然見南山(〈雜詩〉).
　予謂 菊 花之隱逸者也(〈愛蓮說〉).

다는 것이다. 대자연의 섭리 속에서 섣달 엄동설한에 홀로 핀 매화를 보면
서 사람들이 천심을 감지하고 고상한 품격을 느끼는 것은 예와 지금이 다르
지 않을 것이다.

> 白放天寒暮　하늘 차고 저물 때에 흰 매화 터지고
> 黃肥雨細時　가랑비 뿌릴 때 누른 매실 살찌네.
> 看兄一生事　형의 한 평생 일 보노라니
> 太早亦遲遲　너무 이르고 또한 더디고 더디어라.
>
> ─〈詠梅, 題徐剛中四佳亭〉

　이 시는 강희안이 서거정(徐居正, 1420~1488)의 사가정에 제하여 그에게
준 시인데, 매화의 품성과 서거정의 삶이 묘하게 융합된 시로 알려져 왔다.
　강희안과 서거정은 세종 20년(1438)에 같이 진사과에 올랐고 그 후 서로
마음으로 사귀는 사이였다고 한다. 강희안은 서거정에게 그림을 그리고 시
를 써서 수십 장을 주었다고 전하는데 『진산세고』에는 이 한 수만 수록되
어 있다. 서거정도 강희안과 강희맹 형제를 송(宋)의 소식(蘇軾), 소철(蘇轍)
형제에 비유하면서 강희안에게 14수, 깅희맹에게 35수의 시를 주었으며,
『진산세고』를 출판함에 있어서는 〈제인재시고후(題仁齋詩稿後)〉를 써서 그
특별한 우정에 값하기도 하였다.[33]
　위의 시에서 강희안은 서거정의 삶을 매화에 비유하여 표현하였다. 다른
종류의 꽃에 앞서 잎보다 먼저 꽃을 피우는 매화와 오랜 기다림 끝에 누렇
게 살찌는 매실을 생각하면, 일찍 촉망을 받으며 출발하여 평생 화려한 관
료생활을 영위하면서 값진 문학적 업적도 아울러 남긴 서거정의 삶을 여실
히 비유한 것으로도 보인다.
　서거정은 영특하고 민첩하였으며 숙성하여 6세에 이미 글을 읽어 신동으

---

33 이종건, 『서거정문학연구』, 개문사, 1990, 103면 참조.

로 불렸으며, 세종 20년에 생원과 진사시에 연이어 합격하고 세종 26년 (1444)에 문과 3등으로 급제한 이후 평탄하게 관료생활을 영위하여 세종, 문종, 단종, 세조, 예종, 성종의 육조를 섬기는 가운데 몇 달을 제외하고는 항상 내직에서 임금 곁을 떠나보지 않았다. 또한 1467년부터는 20여 년간이나 문형을 잡아 이 땅의 관곽문학의 대가로 명성을 독점하기도 하였다. 이러한 서거정의 삶을 예견하였음인지 강희안은 매화가 꽃 피우고 매실 살찌우는 세월을 지켜보면서 서거정의 일생사를 너무도 이르고 또한 더디고 더디다 하였으니, 이는 서거정의 관료문인으로서의 화려한 삶과 그 문학적 성공의 결실을 제대로 비유하여 표현한 것으로 보인다.

서거정 또한 매화를 매우 사랑하였다. 그리하여 '만고에 좋은 친구 다만 매화 있을 뿐, 맑은 마음 곧은 절개 속세를 벗어났네. 〈만고지음차유매 청심고절출진애(萬古知音只有梅 淸心高節出塵埃)〉'라고 노래하면서 매화를 맑은 마음과 곧은 절개를 지닌 좋은 친구로 여겨 가까이 하였던 것으로 생각된다.[34] 매화의 운치와 품격을 높이 사서 선비들이 천하의 으뜸가는 꽃이라 하여 사랑해 온 것은 사실이다. 서거정도 예외는 아니었다. 오히려 그 정도가 매우 깊었다고 하는 것이 옳을지도 모른다.

서거정은 다른 시에서 '매화는 꽃 중의 성인, 그 성정 아는 이 드무네. 기품은 천지의 빼어남 모았고, 마음은 눈과 얼음처럼 곧고 맑아라.[매시화중성 무인식성정 기종천지수 심여설빙정(梅是花中聖 無人識性情 氣鍾天地秀 心與雪氷貞)]'라고 노래하였다.[35] 이렇게 서거정은 매화의 마음과 매화의 기품을 헤아려 그 빼어남과 곧고 맑음으로 인하여 매화를 꽃 중의 성자라고까지 칭송하였던 것이다. 매화를 이토록 유난히 사랑하였음은, 〈금자고택 영홍백매(金子固宅 詠紅白梅)〉 5首와 〈노선성택 매화시(盧宣城宅 梅花詩)〉 40수 등의 장편의 매화시를 창작하였던 것으로도 그 사랑의 폭과 깊이를 충분히

---

34 徐居正, 『四佳集』 卷3.
35 위의 책, 권31.

알 수 있다고 하겠다.

이러한 서거정의 매화에 대한 사랑을 강희안이 모를 리가 없었을 것이다. 그리고 그의 관료문인으로서의 삶이 정치적 변동이나 세파에 물들지 않고 의연히 조선 전기의 새로운 문풍을 주도해 나가기를 빌기도 하였을 것이다. 그리하여 강희안은 서거정의 일생사를 매화에 견주어, 모든 역경을 이겨 내고 꽃 피워 오랜 기다림 끝에 살진 결실을 이루어 내는 너무도 이르고 또한 더디고 더딘 그 시간의 이름과 더딤으로 바로 그 출발과 기다림 끝의 성공의 세월로 표현하였던 것이다.

결국, 강희안은 운치와 기품을 지닌 매화의 성질을 서거정의 삶에 적절히 견주어 자신의 우정을 유감없이 이 한 편의 시에 표현하였다고 하겠다. 이 시는 기르는 자연에 성실하지 못하다면, 그 자연의 의미를 제대로 터득하지 못한다면 결코 얻어낼 수 없는 기르는 자연의 시학으로 무르녹은 시라고 할 수 있겠다.

이렇게 강희안은 기르는 자연의 의미를 터득하여 그 미덕을 교훈으로 얻고 그 교훈을 인간사에 얹어 시적으로 표현함으로써 기르는 자연의 시학을 보여 주었다고 생각된다.

(3) 난과 서향화

강희안은 마치 은근한 여성의 미를 지닌 미인을 대하듯 난의 고결한 모습을 사랑하였던 것 같다. 특히 우리나라 호남 연해의 모든 산에서 나는 난은 품종이 아름답다고 하면서 더욱 아꼈던 것으로 보인다. 난은 군자의 덕을 지녔다 하여 문인들의 사랑을 독차지해 왔는데, 착한 사람과 함께 있으면 난이 있는 방에 앉아 있는 것처럼 향기롭다고도 하였다. 그리고 난이 깊은 산 속에 나서 알아주는 사람이 없다고 하여 향기롭지 않은 것도 아니며, 사람이 도를 닦는 것도 이와 같아서 궁하다고 하여도 지절(志節)을 고치지 아니한다 하였다. 선인들은 이처럼 난의 향기를 변함없는 군자의 마음에 비유하여 난을 사랑해 왔던 것이다.

강희안도 난에서 나름대로의 풍도와 운치를 발견하고 그토록 사랑했던 것으로 보인다.

紫葩抽出産淸芬 붉은 꽃 빼어나 맑은 향기 내뿜고
瘦葉淩霜不受塵 가냘픈 잎새 모진 서리에도 티끌 한 점 없구나.
高潔終爲世所惡 고결함으로 마침내 세상의 미워하는 바 되어도
獨紉幽佩憶靈均 홀로 그윽한 마음으로 굴원을 생각하노라.

― 〈四雨亭雜詠, 蘭〉

맑은 향기와 속세의 티끌 한 점도 용납하지 않는 잎새로 고결한 품성을 자랑하면서 세속에 물들거나 현실에 타협하지 않고 고결한 이상을 죽음으로 지키려 했던 굴원(屈原)을 생각하게 하는 난을 보며, 강희안은 그 난을 사랑으로 관찰하여 고결한 품성을 기르는 자연의 의미를 찾아내어 시로 승화시켰다. 바로 기르는 자연의 시학으로 표현해 낸 것이다.

楚畹光風遍 초원에 비 개고 바람 두루 부니
崇蘭奕葉長 난의 아름다운 잎이 자라나네.
莫嫌人不採 사람들이 캐지 않는다 까리지 마소.
歲暮獨芬芳 해 저물도록 홀로 향기로우리.

― 〈題畫蘭〉

이 시에서 강희안은 비록 그림 속의 난초를 표현한 것이긴 해도, 자연 상태에서 자연 그대로 세속의 때 묻지 않고 홀로 고결하게 향기 내뿜고 있는 난의 고결함을 노래하였다. 때문에 사람들의 손에 들어가 자연 상태에서 멀어지는 것이 오히려 달갑지 않은 것이다. 순리대로 기르지 못한다면 자연 상태에서 향기를 뿜으며 아름다움을 자랑하느니만 못하기 때문이다. 그러니 사람도 남이 알아주지 않는다 하여 불평할 필요가 없다고 생각했을 것이

다. 자신의 군자로서의 덕성만 보전하면 된다는 생각이었으리라. 홀로 내뿜는 난초의 향기는 바로 군자의 덕에 다름 아닐 것이다.

결국 나름대로의 풍도와 운치를 지니고 있다고 한 난에서 강희안은 고결함을 기르는 자연의 의미로 캐내었던 것이다. 그리하여 기르는 자연의 시학으로 형상화하였다고 하겠다.

강희안은 서향화도 나름대로의 풍도와 운치가 있다고 하였는데 그 고상한 운치가 군자의 벗이 될 만하다고 본 것 같다. 서향화를 얻어 사랑하고 법도에 따라 기르면 제대로 본성을 살려 거둘 수 있다는 것을 강조하면서, 강희안은 고상한 운치를 지닌 서향화가 진실로 좋은 벗이 될 만하다고 하였다. 그러면서 세상 이치도 또한 그러하다고 하였다. 화초가 제대로 가꾸어 주는 주인을 만날 때 제 본성을 찾아 자랄 수 있듯, 사람도 자신을 알아주는 마땅한 주인을 만날 때 지니고 있는 경륜을 펼쳐 만인을 이롭게 할 수 있음을 말한 것이다. 양화의 길이 바로 올바른 목민의 길과 통하고 있음을 말한 것이라 하겠다. 이렇듯 강희안은 서향화를 기르며 그 이치에서 삶의 교훈을 얻어 내었던 것이다.

移自廬山始發揚　여산으로부터 옮겨와서 비로소 싹이 트더니
翠羅微露紫雲粧　푸른 잎엔 이슬 맺히고 붉은 꽃으로 단장했네.
不須金鴨燒沈水　모름지기 향로에다 향 태우지 말아라.
簾幕風輕細有香　주렴 장막에 바람 가벼울 제 향기 그윽하리니.

－〈四雨亭雜詠, 瑞香〉

이렇게 강희안은 서향화의 그윽한 향기를 가까이 하면서 그 고상한 운치를 즐겼다. 사실 서향화는 향기가 너무 강하여 다른 꽃의 향기를 압도하기 때문에 꽃의 적이라고 불릴 정도이다. 그래서 강희안은 향도 태우지 말라고 하였을 것이다. 이토록 그윽한 서향화의 향기는 꽃말처럼 꿈속의 사랑의 향기인지도 모른다. 그리하여 강희안은 서향화의 향기에서 고상한 운치를

찾아 즐겼을 것이다.

또한 강희안은 군자의 벗으로서 서향화가 지닌 풍도와 운치를 고상함에서 찾았다. 고상한 서향화의 운치 그것이 기르는 자연의 시학으로 표현된 기르는 자연의 의미일 것이다.

(4) 석류화와 산다화와 귤수

강희안은 석류화, 산다화, 귤수에 대하여 각기 나름대로 풍도와 운치를 떨치고 있다고 하면서도, 양화의 방법을 서술하면서 관상의 가치뿐만 아니라 약재나 먹거리로서의 실용성을 중시하는 태도를 보이기도 하였다. 강희안은 석류화와 산다화, 즉 동백, 그리고 귤수가 관상용으로서 뿐만 아니라 약재나 먹거리, 땔감, 화장 등의 현실 생활에 꼭 필요한 실용성의 측면에서도 가치 있는 식물이라고 언급하였다. 양화의 길에서 교훈적 가치나 정서적 가치뿐만 아니라 실용적 가치에도 관심을 기울인 것은 그것이 바로 백성들의 삶과 관련되는 것이기에 목민의 길에서 결코 소홀히 할 수 없는 것이었기 때문일 것이다. 한편 시에서는 그 각각의 풍도와 운치를 다음과 같이 표현하였다.

> 五月春歸欲斷腸　오월에 봄 떠나가자 마냥 서글펐는데
> 忽看紅艶喜顚狂　홀연 붉고 탐스러운 꽃 있어 기쁘기 한이 없네.
> 薰風好事裁羅帳　초여름 훈풍 좋은 일에 비단 천 마름하는 사이
> 曉露多情剪錦囊　새벽 이슬도 다정하여 석류 열매 입 벌어지네.
>
> ―〈四雨亭雜詠, 石榴〉

초여름 훈풍 속에 붉고 탐스럽게 핀 석류화를 보고는 봄이 떠난 시름을 말끔히 씻어 버리고, 그림 그리려 하였는지 시를 쓰고자 하였는지 님의 옷을 재단하려 하였는지 비단 천 마름하는 사이 새벽 이슬 다정한 속에 어느덧 석류 열매 익어 입 벌리는 정경을 감칠 맛 나게 자못 운치 있게 표현하

고 있다. 석류화가 피었다 지면 석류 열매는 익어 입 벌릴 터이니 시인의
급한 마음이 그렇게 내달릴 수 있었으리라 생각된다.

이 시는 함축의 미학이 돋보이는 시라고 할 수 있다. 단순한 비단 주머니
나, 시 원고를 넣어 두는 주머니인 시낭, 또는 주머니처럼 생긴 석류 열매
등으로 이해할 수 있는 금낭에 대한 해석 여하에 따라 시가 다양한 의미를
전달할 수 있을 것이기 때문이다. 강희안의 시적 재능이 엿보이는 부분이라
하겠다.

강희안은 이렇게 석류화의 풍도와 운치를 붉고 탐스러운 꽃을 통해 함축
적인 의미를 전달하는 데 성공하였다고 할 수 있겠다.

先生抵死愛山茶　　선생은 죽도록 동백꽃 사랑하셨고
厭却尋常兒女花　　아녀자들이나 좋아하는 평범한 꽃일랑 싫어하셨네.
獨殿群芳寒始折　　홀로 전각에서 꽃들 추위에 비로소 꺾이는 것 보면서
試知名譽謾空多　　명예란 것 퍽도 부질없음 알게 되었네.

-〈四雨亭雜詠, 山茶〉

강희안은 이처럼 꽃 없는 시절에 홀로 봄빛을 자랑하는 산다화 곧 동백꽃,
추운 겨울 모진 북풍 된서리도 이겨내며 눈 속에서조차 꽃 피우기도 하는
의연한 모습의 그 동백을 아끼고 사랑하였던 선생을 추억하면서, 그토록
아름다움을 뽐내던 온갖 꽃들이 겨울이면 자취를 감추는 것을 보고는 인간
세상의 명예란 것도 이렇게 다 부질없는 것이라는 것을 깨달았다고 하였다.

동백꽃, 올곧은 선비 같은 의연함을 지닌 그 동백꽃의 열정을 보면서 강
희안은 그 대자연의 이치에서 인간 세상의 교훈을 얻어 내었던 것이다. 그
러니 동백꽃을 죽도록 사랑하였던 선생이 그리웠을 것이다. 이렇게 죽도록
사랑할 만하다고까지 가치를 부여한 동백꽃의 풍도와 운치를 되새겨 볼 만
하다고 하겠다.

曾枝剡棘爵成林　일찍이 귤나무 가지에 날카로운 가지 돋고 숲 이루었는데
老去偏驚霜雪侵　늙어 가는 이 몸에 놀랍게도 흰 머리만 늘어나네.
嗟爾托根遠南國　아! 너는 먼 남쪽 나라에서 몸 맡겨 왔는데
爲吾何日結黃金　어느 날에나 나를 위해 노오란 열매 맺으리.

－〈四雨亭雜詠, 橘樹〉

　강희안은 『양화소록』에서 귤나무는 20여 년이나 법도에 따라 잘 가꾸어
야 열매를 맺는다고 하였고, 서리와 눈을 맞아도 뻣뻣한 잎은 마냥 푸르고
바람이 잔잔하게 스치면 향기가 흐뭇할 정도라고 하였다. 그리하여 이 시에
서는 나날이 백발이 늘어가는 자신의 나이를 생각하면서 어느 세월에 가시
돋고 무성하게 자라서 열린 귤열매를 바라볼 수 있겠는가라고 탄식하였다.
자연에 대한 사랑도 나이를 먹어감에 따라 여유를 잃어가고 있음인지도 모
르겠다. 이렇게 귤나무의 풍도와 운치에 마음 뺏기면서도 인간 삶의 유한함
에 탄식하고 있는 강희안의 시심이 안타깝게 전달되는 시라고 하겠다.
　또한 그는 귤나무를 강북으로 옮기면 탱자가 된다는 말이 이치에 맞지
않는다고 하면서, 그 말은 남과 북의 풍토가 서로 다름을 말하는 것일 따름
이라고 하였다. 법도에 따라 본성을 지킬 수 있도록 제대로만 기르면 어찌
탱자로 변하는 일이 있겠느냐는 것이다.

　고려조의 학사 이인로는 "(……) 아, 풀과 나무는 지각이 없는 식물이로되
물을 주고 북돋아 가꾸는 공력을 받음으로 해서 이같이 무성히 자라거든 하물
며 나라의 임금이 사람을 등용하는 데 있어서 멀고 가깝고 섬기고 친함이 없이
다 은혜와 사랑으로써 맺고 녹봉과 계급으로써 기르면 어느 누가 충성과 정성
을 다하여 나라를 돕지 않겠는가? (……)"라고 하였다. 무릇 귤나무가 강북에
나서 자라도 그 본성을 잃지는 않는다는 것을 이학사의 말로 보아 더욱 징험할
수 있고, 또한 그 말이 나라를 다스리는 데 도움이 된다고 생각되기에 아울러
언급해 둔다.[36]

이렇듯 강희안은 풀과 나무를 자연의 이치대로 기를 때 무성히 잘 자랄수 있다고 하면서 그것이 곧 임금이 신하를 제대로 적재적소에 등용하여나라를 다스려야 하는 이치와 다름이 없다고 한 이인로의 말에 전적으로동의하고 있다. 양화의 길이 바로 목민의 길로 나아가는 길임을 다시 한번 되새기게 하는 말인 것이다.

이렇게 보면 강희안은 석류화, 산다화, 귤수를 기르면서 그 속에서 인간의 삶에 필요한 실용적 가치를 찾는 한편, 그 풍도나 운치를 얻어 내어 정서를 순화하고, 그 이치를 관찰하여 삶의 교훈을 찾고 나라를 경륜하는 도리를 깨달아 그것을 시에 함축적으로 표현하고, 『양화소록』에도 수록하였다고 생각된다. 결국 강희안이 목표로 하였던 기르는 자연의 의미는 그 자연의 이치를 터득하여 심성을 기르고 궁극적으로는 나라를 다스리는 데에도움이 되고자 하는 데에 있었음을 알 수 있겠다.

(5) 창포와 괴석

강희안은 앞에서 창포가 고고하고 깨끗한 절개가 있다고 하였다. 그리하여 『양화소록』에서는 창포가 속세를 떠난 고답한 사람들한테서나 사랑을받을 만하다고 하였다. 창포는 이렇게 속세를 벗어난 듯한 고고한 그 지조를 지녔기에 덕을 쌓은 군자의 벗이 될 만하다고 하였을 것이다.

池心盆上鎭靑靑　　못 가운데 분 위에서 깊이깊이 푸르고
紫節仍兼錦石生　　붉은 마디는 아름다운 돌 틈에서 자라나네.
已識明窓曾有契　　이미 창 밝았으니 일찍이 한 약속대로
煩君一服引脩齡　　괴로워도 그대 한 번 먹으면 오래 살 수 있으리.

- 〈四雨亭雜詠, 菖蒲〉

---

36 前朝 李學士仁老云 (…) 噫 草樹無知物也 猶資灌漑栽培之力 得致於斯 況人主用人 毋論遠近疏戚 結之以恩愛 養之以祿秩 則安有不盡忠竭誠 以補國家者哉 (…) 夫橘之生江北 不失其本性 觀李學士之言 益可驗矣 而其言 亦有補於爲國 故幷及之

이렇게 깊이깊이 푸르고 깨끗한 환경 속에서 자라면서 고고하고 깨끗한 절개를 지닌 것이 바로 창포지만, 그런 한편 약재로서의 실용성을 찾아 괴로운 병에 복용하면 오히려 수를 누릴 수 있음에 시인은 눈 돌리고 있다.

강희안은 창포가 약재로서 인간의 수명을 길게 하는 데 도움이 된다는 생각에서 위의 시에서도 질병에 괴로워하는 친구에게 창포 먹을 것을 권하였던 것이다. 기르는 자연의 의미가 정서적으로 인간을 새롭게 하고 교훈적으로 인간 세상을 교화하는 데 더하여 육체적으론 인간을 치료하고 살찌우는 데에도 관련되어 있음을 보여준 것이라 하겠다.

강희안의 괴석에 대한 사랑은 꽃과 나무에 대한 사랑에 못지않았던 것으로 보인다. 그래서 그는 괴석이 굳건한 덕을 지녔다고 하였다. 또한 그는 완상할 만한 괴석이라도 인위적으로 기교를 다하여 다듬어 놓은 것은 천연적으로 기묘하게 이루어진 것을 따르지 못한다고 하여, 자연 그대로의 모습으로 훌륭하게 보존된 괴석을 더욱 귀중하게 여겼다. 이렇게 자연 그대로의 모습을 지닌 기묘한 괴석에 대한 사랑과 그 괴석이 지닌 굳건한 덕성에 대한 그의 관심으로 볼 때, 그의 학문적 결실인 『양화소록』과 그의 한시는 도가적 자연관과 유가적 자연관이 조화를 이룬 자리에서 빚어진 결실이라 할 수 있을 것이다. 다음의 시는 괴석을 노래한 시의 중간 부분이다.

一日乘閑到其家　하루 틈 내서 그 집에 이르니
携我入室清意多　나를 이끌어 방에 드는데 맑은 뜻뿐일세.
自言習性嗜花石　스스로 이르길 습성이 꽃과 돌 즐긴다고
故向軒前聚騈羅　그래서 마루 앞 향해 나열해 놓았네.
中有一石類大湖　그 중 한 돌은 큰 호수와 같아서
蒼翠隱映何嵯峨　푸르고도 은은한 빛이 어찌나 묘하든지.
拔從水府帶波痕　수부에서 가져 왔는지 물결 흔적 띠었고
移自龍宮蓄風雷　용궁에서 옮겼는지 풍뢰를 쌓았다네.
嵌穴宿潤承雨露　동굴에서 오래도록 비와 이슬 머금었고

峭頂新靑長莓苔	가파른 정수리엔 새로이 푸른 이끼 자라네.
尖削依俙劍戟立	뾰쪽하게 깎인 것은 창날 세워 놓은 듯
窪剜髣髴洞門開	웅덩이 패인 것은 굴 입구가 열린 듯.
形勢遠勝衡霍奇	형세는 형산과 곽산의 기이함보다 훨씬 뛰어나고
焚香相對意悠哉	향 사르고 마주하니 뜻은 그윽하기만.
毫叟愛之重百朋	내 벗이 사랑하여 맑은 재물보다 중히 여겼는데
錫我一朝無斳情	하루아침에 내게 주니 아낌없는 정이로세.

- 〈友人有怪石以詩請之〉

오늘날에도 수석을 아끼고 사랑하는 사람들이 많지만 그러한 전통은 이토록 오래되었던 듯하다. 온갖 형상이 갖추어진 기묘한 모습의 괴석을 대하면서 강희안은 마음이 그윽해짐을 느낀다고 하였다. 강희안이 감지해낸 괴석이 기본적으로 지닌 굳건한 덕성도 군자의 벗으로서 그윽하게 괴석을 대할 수 있는 바탕이 되었을 것이다. 그리고 그토록 보물처럼 애지중지하던 괴석을 선뜻 내준 벗의 마음 씀이 아낌없는 정으로 와 닿는다고 하였다. 벗도 강희안이 다른 사람과는 달리 사심 없이 괴석을 아끼고 사랑할 수 있다고 보았기에 그러했을 것이다. 두 사람의 우정과 괴석에 대한 사랑이 어울려 빚어낸 기르는 자연의 의미가 정감 있게 전달되는 시라고 하겠다.

강희안은 꽃이든 나무든 괴석이든 모든 자연 대상물과 교감하고 그 정서적 충돌을 시에 표현하면서 자연을 사랑하고 자연에서 배우면서 즐겼다. 그러면서 그 자연 대상물을 순리대로 기르고 그 길에서 삶의 교훈을 찾아 심성을 기르고 나아가 세상을 경륜할 수 있는 지혜를 터득하기도 하였다. 그 결과로 세상에 나타난 것이 바로 『양화소록』이요 그의 한시인 것이다. 이렇게 기르는 자연의 의미가 무르녹아 있는 기르는 자연의 시학을 보여준 그의 시가 비록 양적으로 많지는 않지만 유가적 자연관으로 자연을 기르면서 살았던 그의 삶의 한 모습을 여실히 보여 주었다는 점에서 나름대로의 평가는 받아야 할 것으로 생각된다.

또한 화가로서의 그의 삶이 그리는 자연의 시학으로 표현되었으며, 이렇게 학자로서 원예 전문가로서의 그의 삶이 기르는 자연의 시학으로 표현되었다는 점에서 볼 때, 그의 자연에 대한 인식은 어느 한 쪽에 치우치지 않고 도가적 자연관과 유가적 자연관이 자연스럽게 조화를 이룬 데 있었음을 알 수 있겠다.

4) 맺음말

지금까지 강희안의 시세계의 면모를 기르는 자연의 시학이란 측면에서 살펴보았다.

강희안은 원예 전문가로서의 관심과 그에 대한 학자적 접근의 소산으로 『양화소록』을 저술하여 원예학에 대한 자신의 열정을 정리한 바 있다. 그 책에서 강희안은 단순히 꽃과 나무를 기르는 차원에 머물지 않고 그것을 통하여 인간의 삶을 투시하고 세상을 경륜하는 지혜를 터득하는 데까지 이르고 있다. 그리하여 그는 인간 가까운 곳에 늘 자연이 위치할 수 있도록 하여 그 가운데서 변함없는 삶의 교훈을 얻어 내고자 하는 이른바 기르는 자연의 묘리를 터득하는 데까지 이르렀던 것이다.

그리고 강희안은 대자연 삼라만상이 모두 각각의 현묘한 이치를 갖추고 있으므로 그들이 지닌 이치를 근원까지 파고들어 마음으로 관통하고 지식을 넓히면 자신의 마음이 만물에 얽매이지 않고 만물의 밖으로 뛰어넘게 된다고 하였다. 또한 사물을 관찰하는 자는 자신의 몸을 닦고 지식 쌓기를 지극히 하며 뜻을 성실하게 해야 하는 것이기에 자신은 양화의 길에서 그것을 실천하려 한다고 하였다.

이렇게 자연의 이치를 깨달아 만물의 밖으로 뛰어 넘는 마음을 가지고 양화의 길에서 강희안이 추구하려던 것은 다름이 아닌 유가적 이상의 실천이었다. 몸을 닦고 지식을 확충하며 뜻을 성실하게 세우는 길을 따라 유가적 이상사회를 추구하고자 하는 뜻을 양화의 길에서 찾고자 하였던 것이다.

    결국 강희안은『양화소록』을 통해, 천성에 따라 꽃을 기르는 이치를 터득하여 양화의 길을 제시하고, 그 바탕에서 심성을 기르며 군자의 덕을 함양하고자 하는 수신의 길을 찾았으며, 아울러 하늘의 뜻대로 널리 백성을 교화하여 순리대로 살게 하려는 진정한 목민의 길을 추구하고자 하였던 것으로 보인다. 이는 바로 당시 조선 전기의 지식인들이 보편적으로 지니고 있었던 수신제가치국평천하의 유가적 이상을 양화의 길에서 찾아 실천하고자 하였던 것이라고 하겠다.

    이러한 강희안의 생각, 즉 양화의 길에서 수신의 길 그리고 목민의 길로 이어지는 그의 생각이 바로 기르는 자연의 참된 의미였다고 할 수 있다. 그리하여 바로 그 기르는 자연의 의미가 그의 한시에 기르는 자연의 시학으로 표현되었던 것이다.

    강희안은, 소나무의 불변하는 기상과 그 굳센 절조, 대나무의 굳센 절개와 빼어난 운치, 국화의 은일한 군자의 품성, 매화의 고상한 정취와 뛰어난 품격, 난초의 고결한 품성과 운치, 서향화의 고상한 운치, 석류화의 탐스러운 운치, 산다화의 의연한 품성과 운치, 귤나무의 향기로운 운치, 창포의 고고하고 깨끗한 절개와 실용성, 괴석의 굳건한 덕성 등의 그 자연 대상물이 지닌 덕성을 기르는 자연의 이미로 개내어 시에 표현함으로써 기르는 자연의 시학으로 승화시켰다. 이렇게 강희안은 유가적 자연관으로 자연을 관찰하고 기르며 살았던 자신의 열정적인 삶의 한 모습을 기르는 자연의 시학으로 표현하였던 것이다.

    앞서 다른 글에서 화가로서의 그의 삶이 투영된 시세계를 그리는 자연의 시학으로 규정한 바 있거니와, 이제 원예 전문가로서의 그의 삶이 반영된 시세계를 기르는 자연의 시학으로 자리매김하고자 한다.

    한편 그리는 자연의 시학은 자연에 동화된 삶을 희구하며 도가적 자연의 세계에 침잠하여 선계를 동경하기까지 하였던 강희안의 도가적 자연관의 면모를, 기르는 자연의 시학은 양화의 길에서 수신의 길 그리고 목민의 길로 이어지는 유가적 이상을 추구하고자 하였던 그의 유가적 자연관의 면모를 각각 보여주고 있다. 이렇게 보면 도가적 자연관과 유가적 자연관이 자연스럽게 조화를 이루어 그의 시에 나타나 있었다고 하겠다.

앞으로의 과제로 생각할 수 있는 것은 그가 남긴 승려와의 우정 어린 교유시에 나타나 있으리라고 보이는 불교적 자연관의 양상에 대한 검토이다. 사실 강희안은 여러 차례 왕명에 의해 불경의 사경에 동원되었다. 시서화 삼절로 명성을 얻었던 그가 서예에도 남다른 재능이 인정되었기에 그러했을 것이다. 비록 서예가로서의 그의 삶의 부산물이긴 해도 그러한 불경의 사경 과정에서 강희안이 불경에 대해 진지하게 생각하고 깊이 이해했을 가능성은 충분하다고 하겠다.

따라서 불경에 대한 그의 이해가 승려들과의 교유시에 어떻게 반영되어 있는가 하는 것은 마땅히 검토되어야 할 것으로 보인다. 그 결과로 불교적 자연관의 면모를 살펴서 도가적 자연관과 유가적 자연관이 조화를 이루었던 그의 시세계에 덧붙일 수 있다면 유불선의 자연관이 조화롭게 어울린 강희안의 시세계를 종합하는 성과를 기대할 수 있을 것이다.

(『한국한문학연구』 20, 1997)

3. 머문 바 없는 자연의 시학

1) 머리말

한 시인의 시세계는 생각보다는 훨씬 다양한 의미로 정리될 수 있을 것으로 보인다. 시가 마음이 가는 바를 표현한 것일진대, 시인이 자신의 삶의 과정에서 마음을 다하여 얻어낸 총체적 경험들이 그의 시세계에 반영될 수밖에 없다고 보면 그러한 생각은 무리가 없을 것으로 생각된다. 사실 성장 과정을 거쳐 인생 여정의 복잡다단한 경험이라든지, 학습 과정에서 다방면에 걸쳐 습득한 지식, 그리고 그 바탕에서 확고히 다져진 인생관이나 세계관을 포함한 사상의 틀, 또한 일생 동안 관심과 열정을 기울여 이루어낸 예술이나 학문에서의 업적 등이 그의 시세계에 온전히 반영되어 나타날 때, 그 시인의 시세계는 다양한 의미로 우리 앞에 펼쳐질 수밖에 없을 것이다.

조선 전기의 시인 강희안은 그러한 면모를 여실히 보여준 시인 가운데 한 사람이다. 인재(仁齋) 강희안은 시서화(詩書畵) 삼절(三絶)로서의 삶을 살았다. 시인, 서예가, 화가로서의 그의 삶은 당대에도 이미 명성을 얻고 있었다.[37]

강희안의 시는 『동문선(東文選)』을 비롯한 각종 시문 선집에 빠짐없이 수록되어 있는데 이로 보아 강희안은 일단 조선 전기 시단에서 기억될만한 시인으로 평가될 수 있을 것으로 보인다. 그리고 서예가로서의 그의 삶은, 옥새를 만드는 데 참여하여 글자를 쓴다든지, 불경을 사경한다든지, 을해자(乙亥字)라는 새로운 글자를 주조하는 데 동원되어 글씨를 쓴다든지 하는 데서 그 진가를 드러내었다.

또한 그가 남긴 그림들이 명품으로 높이 평가되어 전해지고 있다든지,[38] 수양대군이 팔도 및 서울의 지도를 제작할 때 그의 그림 솜씨를 높이 사서 참여시켰다든지 하는 데서 보면 그의 화가로서의 명성 역시 충분히 입증된다고 하겠다.

이렇게 시서화 삼절의 예술 세계를 당대에 깊이 각인시킨 강희안은 다른 한편으로 원예 전문가로서의 관심과 원예에 대한 학문적 접근의 소산인 『양화소록(養花小錄)』을 저술하여 원예학에 대한 자신의 열정을 정리함으로써 원예학자로서도 일가를 이루었다.[39]

---

37 이는 『청구풍아(靑丘風雅)』, 『국조시산(國朝詩刪)』, 『기아(箕雅)』, 『대동시선(大東詩選)』 등에서 공통적으로 지적되고 있는 사실이다. 특히 서거정은 48년 동안의 강희안의 짧은 생애를 아쉬워하면서, 그의 시서화 삼절의 예술 세계를 높이 평가하였다(徐居正, 〈題仁齋詩稿後〉, 『晋山世稿』 卷四 참조).

38 『용재총화(慵齋叢話)』, 『용천담적기(龍泉談寂記)』, 『해동잡록(海東雜錄)』 등에서 보면, 그가 그린 〈여인도(麗人圖)〉, 〈청학동(靑鶴洞)〉, 〈청천강(菁川江)〉, 〈경운도(耕雲圖)〉 등은 모두 기보(奇寶)로 알려져 있다.

바로 이러한 그의 삶, 서예가 화가 학자로서 48년 동안을 예술적 열정과 학문적 열의로 알차게 살다 간 그의 삶이 그대로 그의 시에 반영되어 시적으로 훌륭히 형상화되었기에 오늘날 우리들이 그를 시인으로 기억하게 된 것이라 하겠다.

강희안의 시인으로서의 면모 가운데, 화가로서의 그의 예술 정신과 원예학자로서의 그의 관심이 투영된 시세계에 대해서는 이미 앞선 글에서 검토한 바 있어서 다음 항에서 그 대강을 다시 정리해 보도록 하겠다. 그리하여 그의 시세계의 다양한 의미를 확인해 보려는 것이다. 한편 또 하나의 그의 시세계에 나타나 있는 의미를 찾아내기 위해, 서예가로서의 그의 삶의 행적과 관련이 있을 것으로 보이는 그의 교유시(交遊詩), 특히 승려였던 일암(一菴)과의 교유시를 분석 검토하여 그 의미를 살펴보고, 이어서 그 교유시들에 나타나 있을 것으로 생각되는 불교적 자연에 대한 인식을 찾아보려는 것이 바로 이 글의 목적이다. 이와 같은 목적이 제대로 성과를 거둔다면, 시인 강희안의 시세계의 다양한 의미를 분명하게 드러냄으로 해서 시인으로서의 강희안의 한시사적 위상을 정립하는 데 기여할 수 있을 것으로 보인다.

생각해보면, 강희안만큼 삶의 발자취가 시에 여실히 반영된 시인도 드물 것이다. 물론 대다수 시인들이 자신들의 삶의 역정을 시에 반영하고 있기는 하지만, 강희안에게 있어서 그러한 점이 특히 두드러진다는 뜻이다. 강희안은 자신이 영위해 온 삶의 자리마다 각각 그에 상응하는 시세계를 뚜렷하게 보여주고 있기 때문이다.

강희안의 삶과 시에 대해서는 앞서 두 편의 글에서 검토한 바 있다. 하나는 그의 시세계를 화가로서의 그의 삶에 주목하여 그리는 자연의 시학으로 정리한 것이었고, 또 다른 하나는 그의 시세계를 원예 전문가로서의 학문적 성과에 바탕하여 기르는 자연의 시학으로 파악한 것이다.

---

39 『양화소록(養花小錄)』은 조선 후기의 『임원경제지(林園經濟志)』에도 인용되는 등 양화서의 기본이 되는 책으로 널리 인정을 받았으며, 일본에도 크게 영향을 주어 필사본(1724) 등이 전해지고 있어서, 그 학문적 성과를 미루어 짐작해 볼 수 있다.

이제 순서대로 그 내용을 간추려 정리하여, 이 글에서 검토하게 될 서예가로서의 그의 삶과 관련된 시의 의미와 자연에 대한 인식의 내용과 더불어서 그의 시세계를 총체적으로 평가할 자료로 삼고자 한다.

화가로서의 그의 삶이 빚어낸 시에서 강희안은 시적 대상을 세밀히 관찰하고 그 대상의 생명력까지 이해한 다음 구상의 단계를 거쳐 우주의 조화까지 옮겨 내고자 하였다. 이렇게 마치 그림 그리듯 시를 쓴 강희안의 시세계는 그리는 자연의 시학으로 이름할 수 있겠다.

그는 또한 인간 본연의 마음의 고향인 자연에 안주하면서 자연과 더불어 살고픈 마음을 시에 담았다. 그리하여 그는 자연에 묻혀 살고자 하는 열망으로 청산에다 마음의 오두막을 짓고 그 속에서 대자연이 베푸는 참다운 정취를 체득하여 자연에 동화된 시정으로 노래하였던 것이다.

이렇게 자연에 대한 성찰을 바탕으로 그림 같은 시를 쓰는 한편으로 자연에 동화된 삶을 희구하였던 강희안은 다시 도가적 자연의 세계에 침잠하여 선계를 동경하는 선계 지향의 시의식을 표출하기도 하였다. 도가의 장생법을 익히며 수련하였던 자신의 선적 체험을 바탕으로 스스로 신선이고자 하는 염원까지 시에 담았던 그가 궁극적으로 추구하였던 것은 직접 선계에서 소요하는 신선이 되는 것이었다고 보인다.

그리하여 자연을 성찰하고 그 자연 속에서 동화된 삶을 영위하고자 하였던 그의 시정신은 선계 지향 의식을 시에 담아냄으로 해서 시의 의미를 한층 심화하여 시와 그림의 조화에다 선적 의미를 더한 그만의 독창적인 시세계를 창조할 수 있었다.

결국 그리는 자연의 시학을 추구하였던 강희안은 시의 회화성 획득에 성공하였고, 자연 동화의 시정과 선계 지향의 시의식을 시적으로 승화시킴으로 해서 시의 의미를 한층 고양시키는 효과를 달성하였다고 생각된다.[40]

한편 강희안은 『양화소록』을 저술하여 원예학에 대한 자신의 열정을 정

---

40 정대림, 「강희안의 시세계」, 『한국한시작가연구』 2(한국한시학회, 1996) 참조.

리한 바 있다. 그 책에서 강희안은 단순히 꽃과 나무를 기르는 차원에 머물지 않고, 그것을 통하여 인간의 삶을 투시하고 세상을 경륜하는 지혜를 터득하는 데까지 이르고 있다. 그리하여 그는 인간 가까운 곳에 늘 자연이 위치할 수 있도록 하여 그 가운데서 변함없는 삶의 교훈을 얻어내고자 하는 이른바 기르는 자연의 묘리를 터득하였던 것이다.

그리고 강희안은, 대자연 삼라만상이 모두 각각의 현묘한 이치를 갖추고 있으므로 그들이 지닌 이치를 근원까지 파고들어 마음으로 관통하고 지식을 넓히면, 자신의 마음이 만물에 얽매이지 않고 만물의 밖으로 뛰어 넘게 된다고 하였다. 또한 사물을 관찰하는 자는 스스로의 몸을 닦고 지식 쌓기를 지극히 하며 뜻을 성실하게 해야 하는 것이기에, 자신은 양화의 길에서 그것을 실천하려고 한다고 하였다. 이렇게 자연의 이치를 깨달아 만물의 밖으로 뛰어 넘는 마음을 가지고 양화의 길에서 강희안이 추구하려던 것은 다름이 아닌 유가적 이상의 실천이었다. 몸을 닦고 지식을 확충하며 뜻을 성실하게 세움으로 해서 유가적 이상 사회를 추구하고자 하는 큰 꿈을 양화의 길에서 찾고자 하였던 것이다.

결국 강희안은 『양화소록』을 통해 천성에 따라 꽃을 기르는 이치를 터득하여 양화의 길을 제시하고, 그 바탕에서 심성을 기르며 군자의 덕을 함양하고자 하는 수신의 길을 찾았으며, 아울러 하늘의 뜻대로 널리 백성을 교화하여 순리대로 살게 하려는 진정한 목민의 길을 추구하고자 하였던 것으로 보인다. 이는 바로 유가적 삶의 길을 택했던 당시 조선 전기의 사대부 지식인들이 보편적으로 지니고 있었던 수신제가치국평천하의 유가적 이상을 양화의 길에서 찾아 실천하고자 하였던 것이라 하겠다.

이러한 강희안의 생각, 즉 양화의 길에서 수신의 길, 그리고 목민의 길로 이어지는 그의 생각이 바로 기르는 자연의 참된 의미였다고 할 수 있다. 그리하여 바로 그 기르는 자연의 의미가 그의 시에 기르는 자연의 시학으로 표현될 수 있었다고 하겠다.

강희안은, 소나무의 불변하는 기상과 그 굳센 절조, 대나무의 굳센 절개와 빼어난 운치, 국화의 은일한 군자의 품성, 매화의 고상한 운치, 석류화의 탐스러운 운치, 산다화의 의연한 품성과 운치, 귤나무의 향기로운 운치, 창포의 고고하고 깨끗한 절개와 실용성, 괴석의 굳건한 덕성 등등의 그 자연 대상물이 지닌 덕성을 기르는 자연의 의미로 캐내어 시에 표현함으로써 기르는 자연의 시학으로 승화시켰다. 이렇게 강희안은 유가적 자연관으로 자연을 관찰하고 기르며 살았던 자신의 열정적인 삶의 한 모습을 기르는 자연의 시학으로 표현하였던 것이다.[41]

이렇게 보면, 화가로서의 삶의 열정이 묻어난 그리는 자연의 시학은 자연에 동화된 삶을 희구하며 도가적 자연의 세계에 침잠하여 선계를 동경하기까지 하였던 강희안의 도가적 자연관의 면모를, 그리고 학자로서의 삶의 열의가 이끌어낸 기르는 자연의 시학은 양화의 길에서 수신의 길과 목민의 길로 이어지는 유가적 이상을 실현하고자 하였던 그의 유가적 자연관의 면모를 각각 보여 주고 있다고 하겠다. 결국 강희안의 시세계는 도가적 자연관과 유가적 자연관이 각각의 시학으로 표출되면서 열정과 열의로 점철된 삶의 자리마다 최선을 다하며 살았던 그의 삶의 다양한 의미를 진솔하게 그대로 전해주고 있다고 하겠다.

이러한 강희안의 시세계의 외미에 또 하나의 불교적 자연관의 의미를 더하여, 그의 시세계를 유불선의 자연관이 서로 어울린 조화로운 시세계로 파악할 수 있지 않을까 하는 기대에서 이 글은 출발하였다. 강희안이 일암 스님과의 교유시에서 보여준 불교적 자연미의 발견에 대해서도 살펴보고자 하는 이 글의 의도가 효과를 얻는다면 그러한 기대는 충족될 수 있을 것으로 생각된다.

---

41 정대림, 「강희안의 기르는 자연의 시학」, 『한국한문학연구』 제20집(한국한문학회, 1997) 참조.

2) 일암과의 교유

(1) 일암의 발자취

강희안은 당대 집현전 학사들을 비롯한 사대부들과 교분이 두터웠던 시승 일암과 깊이 교유하였던 것으로 보인다. 그리하여 일암에게 준 4제 16수의 시를 남기기도 하였던 것이다.

일암은 학전상인(學專上人)을 이르는데, 그 사람됨이 순수하고 신중하여 다른 뜻이 없고 겉과 속이 같았다고 한다. 비록 시를 지을 줄 알았으나 그가 지은 시에는 경구(警句)는 없었다고 하며, 불전(佛典)의 내전을 알기는 하나 깊이 있게 그 근본을 궁구하지는 않았으며, 비록 산에 들어가 도를 닦지는 않았으나 이리저리 유랑하는 자취는 없었다고 한다.

일암은 특히 사람과 사귐에 귀천이 없었고, 한 번 이야기하면 곧 서로 마음을 놓고 사귀었기 때문에, 신숙주(申叔舟), 이석형(李石亨), 박팽년(朴彭年), 성삼문(成三問), 서거정(徐居正), 이승소(李承召), 성임(成任) 등과 같은 이들과 두루 사귀게 되었으며, 특히 신숙주가 더욱 일암을 애호하였다고 한다.

일암이 선종 최고의 지도자인 선당판사(禪堂判事)가 되어 사원에 드는 날에는 문에 귀한 사람들이 가득 차서 사람들이 모두 영광스럽게 여기기도 하였다. 비록 문명이 없는 사람이라도 일암이 또한 모두 더불어 사귀었고, 늙어서 황해도 문화현의 패엽사(貝葉寺)에 물러가 있을 때도 교제가 끊이지 않았으며, 나이가 아흔이 넘었어도 몸은 더욱 강장하였다고 한다.

일암이 높은 벼슬한 사람들에게 시를 구하여 그가 가지고 있던 시권이 책상과 상자에 가득 찼었다고 하며, 그 당시의 정묘한 시가 모두 거기에 모여 있었다고 한다.[42] 이렇게 선승 일암은 시승으로서 당대 이름 높았던 집현전 학사들을 비롯한 사대부 문인들과 교유의 폭이 매우 넓었던 것으로

---

42 成俔,『慵齋叢話』卷7 참조.

보인다. 그리하여 그들이 일암에게 준 시는 각각의 문인들의 시문집에 남아 일암의 면모의 일단을 알 수 있게 해준다.

성삼문(1418~1456)은 일찍이 일암에게 준 시에서, "상인은 부처를 배운 이라, 일(一)을 들어 그 암자를 이름하였는데, 나는 한갓 공자를 배웠으나, 오히려 덕이 이삼(二三)임을 부끄러워하네."라고 하였는데, 그 당시 사람들이 모두 잘 형용한 시라 하였다고 한다.[43]

성삼문은 일암이 인간이면 어쩔 수 없이 겪는 번민과 고통, 즉 인간적인 모든 속박으로부터 자유로운 해탈의 길, 그 진정한 자유인의 길에 정진하고 있는 데 대하여 부러운 마음을 표현하였다. 그러면서 사대부의 길을 걷고 있는 자신이 유가적 이상과 관료적 정치 현실의 괴리 속에서 언제나 번민하고 고통 받을 수밖에 없음에 갈등하면서, 오직 한 길 유교적 이상을 좇아 전심전력할 수 없는 현실에 괴로워하며 그러한 자신의 모습을 일암에게 부끄러워하고 있는 것이다.

방외의 삶을 택하여 그 어느 것에도 얽매이지 않고 정녕 모든 것 털어 버리고 자유인의 길에 매진할 수 있는 진정한 자유인으로서의 일암의 삶과, 이상과 현실의 괴리 속에서 이런 저런 갈등과 번민 속에 헤매는 자신의 인생살이를 대조적으로 잘 그려내었다고 할 수 있다. 결국 성삼문이 본 일암의 모습은 진정한 자유인의 모습이었다. 만 가지 생각이 한 길을 좇아 사라져 버리는 해탈의 길을 추구하는 자유인이 바로 성삼문이 마음으로 부러워했던 일암이었던 것이다.

신숙주(1417~1475)는 1442년에 이개(李愷), 하위지(河緯地), 박팽년, 성삼문 등과 진관사에서 사가독서(賜暇讀書)하며 교유하였는데, 이 무렵 시승 일암과 만나 깊이 교유하였고 평생 그의 지기가 되었다. 이때의 추억은 그로부터 20여 년 후인 1463년 일암을 비롯하여 홍일동(洪逸童), 이백옥(李伯

---

43 謹甫嘗作 一庵詩曰 上人學佛者 揭一名其庵 吾徒學孔子 還慚德二三 時人以爲善名狀也 (위와 같음).

玉), 김호생(金浩生) 등과 함께 진관사에 가서 놀며 지은 6수의 연작시 가운데에 마지막 수인 다음 시에 잘 나타나 있다.

一日塵懷物外閑　하루라도 물외에서 속세의 생각으로부터 한가로운데
三山天際送靑來　하늘에 닿을 듯 삼각산은 푸른 빛을 보내오네.
傷心舊事無人識　지난 일 아는 이 없어 안타까운 마음으로
馬上聯詩緩緩回　말 위에서 시 엮으며 천천히 돌아오네.

― 〈次洪日休 遊津寬洞後春 金浩生詩卷詩韻〉[44]

신숙주는 사가독서하며 일암을 비롯하여 집현전 학사들과 교유하였던 젊은 날이 못내 그립고 아쉬웠던 듯하다. 더구나 잠시 속세를 떠나 대자연의 품에서 물외에 노니는 한가로움을 호흡하면서, 진관사 주변 자연은 20년 전이나 다름없이 푸르름 속에 여전하기만 한데 이미 불행했던 일로 가고 없는 그들 이개, 하위지, 박팽년, 성삼문과의 추억은 더욱 그를 감회에 젖게 하기도 했을 것으로 보인다.

아무튼 이렇게 오랜 세월 동안 일암과 깊게 교유하였던 그였기에, 성하산[成夏山, 성임(1421~1484)을 가리키는 듯하다.]이 일찍이 연회를 베풀어 신숙주를 위로할 때 비록 성대한 자리이긴 했지만 신숙주는 오히려 쓸쓸해하면서 일암이 있으면 더욱 기쁠 것이라고 하였고, 이에 하산이 일암을 맞아 오게 하자, 일암은 혼연히 방에 들어서면서 소매를 휘저으며 춤을 추었고 비로소 신숙주와 모든 손들이 웃음을 터뜨리고 종일 즐기다 헤어졌다고 한다.[45]

서거정도 일암과 교유하면서 일암의 거처에서 술에 취해 돌아온 다음 날 몇 편의 시를 써서 그 일을 기록해 두기도 하였고,[46] 또한 "일암 상인은 유

44　申叔舟, 『保閑齋集』 卷6.
45　成俔, 앞의 책 참조.
46　徐居正, 〈一庵專上人房 醉歸 明月 吟成數絶 錄事〉, 『四佳集』 卷31.

자를 좋아하고, 나 또한 선의 세계에 빠져드는 걸 즐긴다."[47]라고 한 데서는 일암에 대한 이해의 정도를 짐작하게 하고 있다.

한편 강희안의 동생 강희맹도 형을 따라 일암과 교유가 깊었는데, 1460 년에는 더불어 남쪽으로 여행길에 올라 가야산 해인사 등을 돌아보기도 하였다. 그리하여 가야산 주변의 아름다운 자연 경관을 보고 거기에 새로이 이름을 붙이며 풍류를 즐기기도 하였다.[48]

이처럼 일암과 교유가 깊었던 강희맹은, "일암 스님을 따르며 마치 진여 (眞如)의 의미를 얻은 것 같은데, 홀로 돌아와 보니 두 손 모두 비었네."라 고 노래하기도 하였다.[49]

속세에서 명리를 추구하며 보내는 삶에서 한 구석 빈 마음의 허전함을 일암과의 교유에서 채우려 하였던 강희맹의 생각이 그대로 드러난 작품이 라 할 것이다. 진정으로 잘 사는 삶이 어떤 것인가를 생각하며 갈등하는 그의 인간적인 번민이 묻어나는 듯하다. 진여의 광명을 찾아 나선 구도자인 일암에게 강희맹은 그러한 인간적인 번뇌를 벗어날 수 있는 길을 묻고 있는 것인지도 모른다.

---

47 上人喜儒者 我亦愛逃禪(〈約姜菁川 訪一菴專上人 以病不能 詩以爲謝〉, 위의 책, 卷10).

48 그 내용은 다음과 같다. "그 가장 뒤쪽 한 곳에는 산봉우리가 우뚝하고 늘 급한 물결이 바람을 뿜어 그 소리가 마치 군진의 말 소리 같다 커다란 돌이 시내에 닿아 있는데, 이끼가 끼지 않고 미끄럽기가 마치 갈아 놓은 듯하여 붓으로 글씨를 쓸 만했다. 일암이 강희맹에게 '이 같은 땅이 있는데 아직 그 이름이 없으니 어찌 소인 묵객의 부끄러움이 아니겠는가?'라고 했다. (……) 이에 그 물을 음풍뢰(吟風瀨)라 이름 짓고, 그 돌을 체필암(泚筆巖)이라 이름 지어 각기 한 수씩의 시를 지었다."(姜希孟, 〈음풍뢰〉, 〈체필암〉 시의 서문, 『私淑齋集』 卷1).

49 從師恰得眞如趣 一手歸來兩手空(姜希孟, 〈大仁齋韻 寄一菴〉, 위의 책).
이 시는 이 글에서 검토하고자 하는 그의 형 강희안이 일암에게 준 시에 차운하여 역시 일암에게 준 4수의 시 가운데 네 번째 시의 3, 4구인데, 다음과 같은 서문이 붙어 있다.
"형 강희안의 높은 작품을 받들어 살펴보니 정묘하고 전아하여 시가의 골수를 가장 잘 얻은 것이었다. (……) 스님께서 편지를 보내어 청함이 무척 은근하거늘 감히 졸려하다고 사양하겠는가. 삼가 서투른 시골의 말을 채록하여 절구 4수를 엮어 애오라지 그 청하심을 막고자 한다. 다만 시인으로 널리 이름난 형의 솜씨에 부끄러울 뿐이나 한 번 읽어 보면 운을 범한 데가 상당히 많을 것으로 생각된다. 다만 담긴 뜻만 살피실 뿐, 흠을 찾을 필요는 없으리라. 바라건 대 스님께서는 용서하시기를."

이렇게 보면 일암은 당대 이름 높은 사대부 문인들과 깊이 교유하면서, 시를 통해 서로의 존재 의미를 확인하기도 하였던 것으로 보인다. 이러한 교유를 통해 일암과 사대부 문인들은 서로의 부족한 점을 채우고 보완하면서 각자의 길을 걸었던 것이라 하겠다.

이 점은 강희안의 경우 다음 시에 잘 나타나 있다.

> 山中尊宿久難忘　산에 계신 스님을 오래도록 잊지 못하니
> 高節何殊栢在岡　높은 절개 어찌 송백과 다르랴.
> 一月逢聞謦欬　한 달 만에 서로 만나 귀한 말씀 들으니
> 煩襟始覺轉淸涼　번뇌의 마음 비로소 맑고 시원해짐을 깨닫네.
>
> ―姜希顔, 〈復用前韻　謝一菴送扇 兼贈詩〉, 『晋山世稿』 卷4[50]

강희안이 세속의 번뇌와 고통을, 높은 절개를 지닌 일암의 귀한 가르침으로 해서 맑고 시원하게 떨쳐 버렸음을 나타낸 시이다. 일암은 강희안의 삶에 있어 정신적 지주이기도 하였던 것이다.

위에서 일암의 삶을 파악할 수 있는 정확한 자료가 부족한 가운데 그 대강의 발자취만을 훑어보았다. 특히 일암과 사대부 문인들과의 교유에 대하여 중점적으로 살펴보았다.

(2) 불교와의 인연

강희안에게 있어 선승이며 시승이었던 일암과의 교유가 불교에 관심을 기울이는 하나의 계기가 되었을 것으로 짐작할 수 있을 것이나, 강희안이 불교와 인연을 맺게 되는 또 다른 계기는 불경의 사경에서 찾을 수 있을 것으로 보인다. 그러한 내용을 직접 알려 주는 문헌 자료는 물론 찾을 수 없지만, 시서화 삼절의 명성 중에 서예가로서의 그의 높은 명성 때문에 왕

---

50 앞으로 강희안의 시는 같은 책에서 인용한 것이기에 시제만 밝힐 것임

명에 의한 불경 사경에 빠짐없이 동원되었던 『조선왕조실록(朝鮮王朝實錄)』의 기록에서 그 빌미를 찾아 볼 수 있지 않을까 한다.

강희안은 세종 28년 3월에 성령대군 집에서 불경을 금자(金字)로 사경하는 데 동원되었다. 동년 5월에는 수양대군과 안평대군의 감독 아래 사경한 불경이 완성되어 그 경들을 대자암(大慈庵)에 이전하고 7일 동안 승려 2천여 명이 참석하는 법회가 열렸다. 그리고 동년 10월에는 다시 천여 명의 승려가 대자암에 모여 전경회(轉經會)를 7일 동안 베풀었다.

그 불경들은 금은으로써 쓰게 한 것으로, 불경의 거죽 옷은 모두 황금을 사용하여 용을 그리게 하고 또 주옥으로써 등롱을 만들어 정교함을 다하였다고 한다. 바로 이 자리에서 강희안은 사대부의 신분으로서 이마를 드러내 놓고 부처에게 절하였다고 한다. 그리하여 그 자리에 참여하였던 모든 관료와 선비들이 그를 부끄럽게 여겼다고 한다.

이 대목에서 보면 강희안이 불교의 신앙에 무척 호의적이었음을 알 수 있다고 하겠다. 그렇지 않으면 모든 사람들이 주위에서 지켜보는 가운데 감히 부처에게 절하지는 못하였을 것이다. 더군다나 성리학적 질서가 제자리를 잡아 가는 조선 전기라는 시대적 여건 속에서 불교를 배척하여 멀리하는 분위기에 젖어 있을 때여서 더욱 그러하다.

이는 강희안이 불교에 대해 사대부의 학문적 욕구에 의한 단순한 교양 충족의 차원이 아니라, 주위의 눈총에도 개의치 않을 정도의 신앙의 차원에서 이해하고 있었음을 입증하는 것이라 해야 할 것이다. 그것은 바로 불경의 사경 과정에서 서예가로서 글 솜씨를 드러내는 데 머문 것이 아니라, 사경하면서 저절로 익히게 되었을 그 불경의 내용에 깊이 심취하였음을 알려 주는 것이기도 하다.

또한 강희안은 그 후에도 세종 32년 1월에는 역시 왕명에 의해 『미타관음(彌陀觀音)』 등의 경문을 사경하였다.

그리고 문종 원년에는 역시 대자암에서 7일 동안 대행왕(大行王, 세종)을 위해 불사를 지냈는데, 그 때 해서(楷書) 잘 쓰는 사람으로 역시 천거되어,

『법화경(法華經)』7권, 『범망경(梵網經)』2권, 『능엄경(楞嚴經)』10권, 『미타경(彌陀經)』1권, 『관음경(觀音經)』1권, 『지장경(地藏經)』3권, 『참경(懺經)』10권, 『십육관경(十六觀經)』1권, 『기신론(起信論)』1권 등의 불경을 금자로 사경하는 데 동원되었다.

이렇게 보면 강희안이 사경한 불경의 양은 매우 방대하였다고 할 수 있고, 그 내용 역시 불교의 깊이를 이해할 수 있을 정도로 다양한 것이었다고 보인다. 따라서 이러한 불경의 사경 과정에서 강희안이 불교와 인연을 맺고 그 신앙의 세계에 깊이 빠져 들었을 가능성은 충분하다고 할 것이다. 결국 강희안의 불교와의 큰 인연은 서예가로서의 그의 능력으로 인한 것이긴 해도 바로 불경의 사경에서 비롯된 것이었다고 할 수 있겠다.[51]

물론 일암과의 교유가 불경의 사경이라는 일보다는 시간적으로 앞선 일이었겠지만, 강희안에게 미친 영향의 비중은 가리기 어렵다. 그러나 이 두 가지 일이 모두 강희안을 불교의 세계로 인도하여 인연을 맺게 하는 데 큰 몫을 차지하였다고 할 수 있을 것이다.

일암과 교유하고 불경 사경에 참여함으로써 불교 사상의 깊이를 어느 정도 이해하여 불교와 인연을 깊게 맺은 그를 더욱 불교의 세계에 매달리게 했음직한 사건이 그의 생애 후반에 일어났다. 바로 단종 복위 운동이다 (1456).

이 사건으로 집현전 학사들을 비롯하여 수많은 인재들이 떼죽음을 당하였다. 그러나 강희안은, 이개의 "인심이 흉흉하다."는 말을 듣고도 모른 척하였다든지, 성승(成勝)의 집에서 모반을 꾀하던 날 박팽년, 하위지 등과 서로 술을 마셨다든지, 성삼문을 끌고 이웃집으로 들어가 얘기를 나누었다든지 하는 등의 동조한 듯한 혐의가 있었음에도 불구하고, 성삼문이 이름 있

---

51 강희안은 물론 성리학의 이념 아래 사대부의 길을 걸어 관료로써 삶을 마감한 사람이다. 외면상으로는 시대정신이었던 성리학적 질서 속의 삶으로 시종한 사람인 것이다. 따라서 드러내 놓고 불교를 신앙하기는 현실적으로 어려운 일이었을 것이다. 결국 그는 소극적으로나마 정신적인 측면에서 내면적으로 불교와 깊게 인연을 맺고 살았다고 볼 수밖에 없다.

는 선비들을 모조리 죽였으니 강희안 같은 실로 어진 선비는 남겨 두어 써야 한다고 세조에게 변호하여 살아남게 되었다. 성삼문이 이렇게 강희안의 사건 동조는 정말 모르는 일이라고 비호하였기에 그 혼란의 와중에서 강희안은 목숨을 건질 수 있었던 것이다.

절친한 친구들이 비명에 가고, 자신은 오히려 그 친구의 비호 덕분에 살아남게 되었으니, 이러한 상황은 그로 하여금 더욱 불교의 신앙에 가깝게 다가설 수 있는 계기로 작용되었을 것으로 생각된다. 이 점은 다음 시에 나타난 강희안의 술회를 통해 충분히 짐작해 볼 수 있다.

悠悠身世默在中　길고 긴 한 평생 고요히 생각해 보니
白首朱門勢不同　흰 머리와 부귀영화 그 형세가 같지 않네.
老去每懷年少事　늙어 가면서 매양 젊었을 때 일 생각하면
不堪愁坐獨書空　온갖 시름 견딜 수 없어 홀로 부질없다(空)고 써 보곤 하네.

　　　　　　　　　　　　　　　　　　－〈復用前韻 寄一菴〉

강희안이 시름으로 견딜 수 없을 정도라고 한 젊었을 때의 일이란 곧 단종 복위 운동으로 성삼문을 비롯한 집현전 학사들이 숙어간 일이 아닌가 한다. 정말 감당하기 어려운 마음이었을 것이다. 그럼에도 성삼문의 비호로 살아남은 그이기에 더욱 온갖 세상 일이 부질없음을 되뇌일 수밖에 없었을 것이다. 나도 없고(我空), 나 이외의 대상인 법도 없고(法空), 그리하여 이 둘 또한 같이 텅 비어 없는(俱空) 이른바 삼공(三空)이 혁혁하게 드러나는 해탈의 길을 꿈꾸면서, 강희안은 지난 세월 돌아보며 공(空)자만 쓰고 또 쓰며 마음을 달랬는지도 모른다.

이렇게 보면 일암과의 교유와 불경 사경으로 불교와 인연을 맺은 강희안은 단종 복위 사건 이후 더욱 불교의 세계에 깊이 빠져 들었던 것으로 볼 수 있겠다. 이러한 그의 불교와의 인연이 바로 일암과의 교유시 4제 16수의 시에 표현되었을 것으로 보고, 이제 그 내용들을 정리해 보도록 하겠다.

3) 머문 바 없는 자연 인식과 시적 지향

(1) 자유인의 길 추구

강희안이 일암과 교유하면서 남긴 4제 16수의 시들의 내용을 살펴보면서, 그 속에 담긴 그의 정신적 지향을 찾아보고, 그가 진정으로 추구하고자 한 길이 어떠한 것이었나 하는 것을 검토해 보도록 하겠다.[52]

강희안이 일암에게 준 〈증일암(贈一菴)〉 시에는 다음과 같은 서문이 있어서, 시를 짓게 된 동기와 일암의 행적 그리고 그와의 교분의 정도를 알 수 있게 해 준다.

제가 지난해에 스님께서 진관사에 머물고 계신다는 말을 듣고, 매양 찾아뵙고자 하였으나 머뭇거릴 즈음에 이미 귀후소 응진당(나한전)으로 향하셨더군요, 요즈음 또 홍천사로 옮겨 머무신다는 말을 들었습니다. 몇 해 동안에 잠깐씩 옮겨 다니심이 한 두 번이 아니시니 참으로 이른바 응당 머문 바 없음인가 합니다. 제가 더위를 먹어 병 난지 열흘이 지나 반걸음도 걷기가 어려운 탓에, 놀이 삼아 절구를 지어 스님에 대한 제 정을 나타내고자 합니다.[53]

글 곳곳에 일암을 전정으로 생각하며 그리워하는 강희안의 참다운 정회가 서려 있다. 그리하여 보고픈 마음에 찾아뵙고 싶으나 병으로 찾지 못하는 안타까운 마음을 시로 표현하여 그 은근한 정을 일암에게 전하고자 하였던 것이다. 그러나 일암은 세상 그 어느 것에도 구속되거나 얽매이지 않는 이른바 머문 바 없음을 깨달아 터득한 해탈의 경지에 들어선 자유인이다.

---

52 강희안이 일암에게 준 시의 제목은, 가. 〈贈一菴〉, 나. 〈不用前韻 謝一菴 送扇 兼贈詩〉, 다. 〈更用前韻 奉呈一菴〉, 라. 〈不用前韻 寄一菴〉이다. 강희안은 이들 각각의 제목마다 차례로 多, 空, 閑, 凉의 같은 운으로 4수씩의 시를 남겼다.

53 僕於去歲 聞和尚住錫津寬社 每欲參訪 逡巡之際 已向歸厚所應眞堂 近日 又聞移住興天社 數年間 迂徙不一 眞所謂應無所住矣 僕病暍經旬 跬步爲難 戲呈絶句

바로 『금강경(金剛經)』의 묘리를 체득하여 실천하고 있는 진정한 자유인이었던 것이다.

『금강경』은 다이아몬드처럼 견고하며 날카롭고 빛나는 깨달음의 지혜가 담긴 경전이다. 모든 번뇌와 고통이 사라진 완전한 평화와 행복만이 있는, 번뇌와 미혹이 없으므로 어떠한 불행이나 어둠도 없이 오로지 밝은 행복만이 넘치는 삶이 있는 바로 저 언덕에 이르는 가르침의 경전이다.

『금강경』의 가르침 가운데 보면, 응당 색(色)에 머물러서 마음을 내지 말며, 응당 성(聲), 향(香), 미(味), 촉(觸), 법(法)에 머물러서 마음을 내지 말 것이요, 응당 머문 바 없이 그 마음을 내어야 한다고 하였다.[54]

우리들의 눈, 귀, 코, 혀, 몸, 뜻을 통해 인식되는 색, 성, 향, 미, 촉, 법의 일체법(一切法)에 머물러 안주하지 말라는 뜻이다. 눈으로 보는 것, 귀로 듣는 것, 코로 냄새 맡는 것, 혀로 맛보는 것, 몸으로 느끼는 것, 마음으로 새겨 이루는 것 그 어느 것에도 구속 받거나 집착하여 연연해하지 말라는 것이다. 속박과 부자유한 삶에서 해탈의 참된 자유를 얻어 자유인으로 사는 것을 삶의 이상으로 가르치고 있는 것이다. 진정한 자유인의 길이 일체법에 머물지 않는 데 있음을 가르치고 있는 것이다.[55]

『금강경』은 이렇게 시종일관 그 어디에도 집착하지 말고 시원스럽게 자유인으로 살 것을 가르친다. 강희안은 『금강경』의 바로 이러한 가르침을 일암이 터득하여 그 어느 것에도 머물지 않고 자유인의 길을 걷고 있음을 부러워하고 있는 듯하다. 이는 또한 강희안이 일암과 서로의 처지를 이해하면서 진정 마음으로부터 우러난 정으로 교유하고 있음을 일러 주는 것이기도 하다. 이제 그 시들을 살펴보도록 하겠다.

津實臺殿壓蒼巘　　진관대전은 푸른 봉우리 눌렀고

---

54 不應住色生心 不應住聲香味觸法生心 應無所住 而生其心(『金剛經』, 〈莊嚴淨土分〉, 第十).
55 무비스님, 『금강경 강의』(불광출판부, 1994) 참조.

歸厚軒窓臨碧波   귀후헌 창은 푸른 물결에 임했네.
到處江山何不可   강산 곳곳 그 어딘들 가지 못하리
却將瓶錫佳來多   물병 차고 석장 짚고 오가는 일 많구나.
(가-1)[56]

일암의 자유인으로서의 행적을 그려 내고 있다. 이 강산 방방곡곡 발길 닿는 대로 아무런 걸림 없이 물병 하나 차고 석장 짚고 오가는 자유인 일암을 강희안은 이렇듯 부러운 마음으로 보고 있다. 더욱 그는 지금 반걸음조차도 걷기 어려울 만큼 더위 먹은 병으로 고생하고 있다. 모든 것 훨훨 털어 버리고 그 어디에도 머문 바 없이 자유롭게 강산 곳곳 누비는 일암이 정녕 부러웠음직하다.

三千世界一籠中   삼천세계가 오로지 한 세상 속이니
行住籠中彼此同   가고 머무는 세상 그 어디라 다르리.
若信一菴無所住   만약 진실로 일암이 머문 바 없는 마음이라면
應知萬法摠成空   응당 온갖 법이 다 부질없음을 알리라.
(가-2)

강희안은 이렇게 세상 온갖 법이 다 부질없음을, 그 공(空)의 묘리를 터득하였을 일암이기에 가고 머무는 데 연연하지 않고 진실로 머문 바 없는 자유인의 길을 걷고 있다고 하였다. 이른바 일체법에 머물지 말라는 『금강경』의 무주(無住)의 가르침을 일암이 실천하고 있다는 것이다.

사실 어디에 머문다고 하는 것은 바로 상(相)이 있다는 것이고, 또 상이 있으니까 머물게 되는 것이다. 상이 없다면 머물러지지 않는다. 머물지 않

---

56 ( ) 속의 가~라는 주 52)에서 제시한 시 제목의 순서를 가리키고, 1~4는 시 제목에 따른 각각 4수의 시의 순서를 가리킨다. 이는 앞으로 인용될 시에 계속 적용된다.

는다는 것은 곧 상을 인정하지도 않는다는 것이다. 바로 이 상이 없는 무상
(無相)의 상태 그것이 바로 공(空)이다.

모든 존재는 실체가 없다. 텅 비었다. 저 높디높은 가을 하늘처럼 휑하니
비었다. 그것이 곧 무상이고 공이다. 사물도 사람도 사람의 마음도 그 마음
이 일으키는 온갖 지식과 감정들도 모두 텅텅 비어 아무 것도 없다. 그러니
어디 집착하고 구애받을 것이 있겠는가?

따라서 자신이 행하는 모든 행위에 안주하지 말고, 머물러 집착하지 말
고, 미련을 갖지도 말고, 아쉬워하지도 말고 그렇게 머문 바 없이 모든 것
떨쳐 버리고 보다 큰 깨달음의 인생, 탁 트이고 시원스런 자유인의 인생을
살라는 가르침이 곧 무상을 근본으로 삼고 무주가 주체가 되는『금강경』의
가르침인 것이다.

이 세상 그 어떤 것도 고정되어 있지 않다. 육신이나 물질은 말할 것도
없고 사람의 감정이나 지식, 인격도 시시각각 변하여 흘러가는 것이다. 그
러니 눈에 보이는 것뿐만 아니라 마음속에 잡히고 생각으로 이해되는 모든
것에서 떠나야 하는 것이다. 바로 이러한 무상 무주의 가르침을 터득한 자
유인, 나도 없고 나 이외의 대상인 법도 없고 그리하여 마침내 이 둘 또한
같이 텅 비어 없는 아공(我空), 법공(法空), 구공(俱空)의 삼공(三空)이 뚜렷
하게 드러나는 깨달음의 자유인 그가 곧 일암임을 강희안은 위의 시에서
드러내었다고 하겠다.[57]

自笑名途意未闌　공명의 길에 미련 남았음을 스스로 웃으면서도
十年奔走軟紅間　십년이나 속세에서 분주히 지냈구나.
他時禪榻如相許　후일 절에서 만나 서로 뜻이 맞는다면
猶把餘生剩得閑　그래도 남은 삶은 한가로울 수 있으리.
(가-3)

---

57 무비스님, 앞의 책 참조.

이 시에서 강희안은 비로소 자신의 속내를 드러내었다. 앞의 두 시에서 일암의 자유인의 길을 부러워하기만 하였던 그가 자신도 관료의 길 그 속세의 구속에서 벗어나 남은 삶을 한가로운 자유인으로 살고 싶다는 심정을 드러내고 만 것이다.

현실에서 몸을 뺄 수 없다면 정신적으로라도 그 자유인의 여유를 누리고 싶었을 것이다. 실제로 그는 현실의 구속에서 벗어나지 못하고 삶을 마감하였다. 따라서 이러한 자유인에의 지향은 그의 정신적 안정을 위한 염원에서 그치고 말았다.

그러나 이러한 그의 생각은 분주한 세속적 삶에서나마 어느 정도 삶의 여유를 누리는 데는 도움이 되었을 것으로 보인다. 바로 그러한 여유를 강희안은 일암과의 교유를 통해서 맛보았던 것이라 하겠다. 이러한 그의 생각은 다음 시에도 잘 나타나 있다.

端居每念波羅密	단정히 앉아 언제나 바라밀을 외우면서
怯暑曾無替戾岡	더위 무서워 생사의 지경 벗어나 피안에 도달하는 일 그만 둔 적 없네.
揮扇不禁煩熱惱	아무리 부채질해도 생사고해의 번뇌를 금할 길 없으니
閻浮何處有淸涼	인간 세상 그 어디에 맑고 시원한 곳 있을까.

(가-4)

강희안은 일상에서 이렇게 바라밀을 외우면서 생사의 경계를 초탈하여 일체의 번뇌를 벗어나 자성(自性)을 깨우치는 경지인 열반의 경지를 염원하고 있다. 이러한 그였기에 모든 사대부 관료들이 못마땅하게 지켜보는 가운데서도 이마를 드러내 놓고 부처에게 절할 수 있었을 것이다. 그토록 간절한 염원을 그는 더위 먹어 병든 몸으로도 멈추지 않고 바라밀을 외우면서 빌었던 것이다.

그렇지만 세속의 몸으로 쉬운 일은 아니었을 것이다. 그러니 생사고해의 번뇌에서 벗어나지 못하고 안타까워하였던 것이다. 결국 그는 인간 세상에서 맑고 시원한 곳, 그 청량한 세계를 찾고자 하였다.

원래 불교 공부란 바로 마음을 닦는 일이며, 마음을 다스리는 일이다. 따라서 강희안이 찾아 들고자 하는 맑고 시원한 곳 그곳은 일암처럼 무상무주의 마음, 그 어느 것에도 걸림이 없고 머문 바 없는 그런 마음을 닦는다면 바로 눈앞에 펼쳐질 수 있을 것이다. 그렇게 되면 그가 어느 곳에 있던 그곳이 바로 맑고 시원한 곳이 될 것이다.

차례대로 살펴본 이 네 편의 시를 통해 강희안은 진정한 자유인의 길을 걷고 있는 일암을 부러워하면서, 자신도 세속의 굴레에서 벗어나 정신적으로라도 자유인의 길을 배워 삶의 여유를 찾고자 하는 마음을 드러내었다고 생각된다. 그리하여 마침내는 맑고 시원한 곳에서 자유인으로 살고자 열망하였던 것이다.

이러한 그의 생각은 다른 시에도 나타나 있다.

齒人屛跡漢陽中　　나이 들어 자취를 한양에 숨기니
結夏山僧氣味同　　여름내 수도하는 산승인 양.
最愛夜深提柄處　　가장 좋아하는 건, 깊은 밤 부채 들고 나선 곳에
一輪明月正當空　　하늘 한 가운데 둥근 달 떠 있는 것.

(나-2)

강희안은 이 시에서 속세의 번잡함과 모든 구속에서 떠나 비록 서울에서이긴 하지만 몸을 숨기고 마치 수도하는 스님인 양 자유를 만끽할 수 있음을 즐기고 있다. 자고로 가장 잘 숨는 것은 가장 번잡한 시장 같은 곳에 몸을 숨기는 것이라고 하지 않았는가? 오히려 남의 주목을 받지 않고 숨을 수 있는 까닭에서일 것이다.

수도하는 기분으로 지내는 자유인의 풍미는 곧 하늘 한 가운데 훤칠하게 떠 있는 달로 형상화되어 나타나 있다. 마치 구름에 달 가듯이 가는 나그네

인 양 강희안의 자유인에의 지향은 자유롭게 하늘을 오가는 달을 닮는 것이었다. 세속을 완전히 벗어날 수 없었던 처지에서 정신적으로나마 자유인이고 싶은 그의 열망이 달을 닮고자 하여 아무런 걸림 없이 하늘을 떠가고 있었던 것이다.

携筇訪寂到門闌　지팡이 짚고 고요한 곳 찾아 문 앞에 이르니
萬慮都無一笑間　온갖 생각 한 웃음 속에 모두 사라지네.
笑罷飄然回首去　웃고 나서 표연히 머리 돌려 떠나오니
行藏還似野雲閑　지난 자취 도리어 들구름처럼 한가하네.

(나-3)

이 시에 이르면 강희안은 정녕 자유인인 듯하다. 모든 세속의 인간적 번뇌와 고통을 수반한 생각들이 한 웃음 사이로 사라진 진정한 자유인의 모습인 것이다. 까닭에 지난 세월의 모든 행적을 들녘의 구름처럼 한가하게 되새길 수 있었을 것이다.

機關寧復在胸中　세속의 일 어찌 다시 가슴 속에 있으리오.
野鶴山雲意態同　들학이나 산구름과 같은 마음이리니.
浮世始知如夢幻　덧없는 세상 비로소 꿈과 같음을 알아
榮華看卽轉頭空　생각 바꾸니 부귀영화 부질없음을 보네.
(다-2)

葉落高梧覆井闌　오동나무 낙엽은 우물을 온통 덮었고
夜深蛩韻小窓間　귀뚜라미는 깊은 밤 작은 창가에서 우네.
因循又是淸秋晚　세월은 어김없이 또 다시 늦가을인데
何事年年取次閑　무슨 일로 해마다 점점 한가해지는가.
(라-3)

이렇게 강희안은 세속의 일 잊고자 하여 들학이나 산구름처럼 그렇게 무심히 지내면서 세상 일 꿈인 양 보고 부귀영화도 부질없음을 한 생각 바꿔 깨닫고 자유인으로 지내고자 하였던 것이다. 모든 일이 마음으로부터 이루어진다고 했다. 세상만사가 마음먹기에 달린 것이다. 한 생각 바꾸면 정말 완전히 다른 세상을 경험할 수 있는 것이다. 이는 단순하고 쉬운 일 같으면서도 결코 만만한 일은 아니다. 그러나 강희안은 그 이치를 깨달았던 것이다. 때문에 세월 가면서 점점 한가해지는 자신을 느낄 수 있었던 것으로 보인다. 자유인으로 사는 즐거움과 자유인으로 살아야 하는 이치를 터득하여 정신적 안정을 찾을 수 있었던 것이다.

이처럼 강희안은 일암과의 교유시에서 일관되게 자유인이기를 염원하면서 정신적 안정을 누리고자 하는 마음을 드러내었다. 비록 세속적인 삶에서 몸을 빼내지는 못했지만, 강희안은 정신적으로나마 맑고 시원한 곳을 동경하면서 진정한 자유인의 길을 추구하고 있었던 것으로 보인다.

(2) 머문 바 없는 자연의 시정

강희안이 일암과의 교유시를 통해 진정한 자유인의 길을 추구하고 있었음을 알 수 있었는데, 그러한 정신적 사유를 지향하면서 자연에 대한 인식 역시 산은 산이고 물은 물인 소박한 모습 그대로의 자연에 결코 얽매이거나 머물지 않는 마음으로 유유자적하고 있었음을 보여 주었다.

강희안이, 화가로서의 열정으로 예술에 몰두하면서 그리는 자연의 시학으로 도가적 자연의 모습을 보여 주는 한편으로, 원예 전문가로서의 학문적 열의로 기르는 자연의 시학을 통해 유가적 자연의 모습을 보여주었음은 앞에서 정리한 바 있다. 이렇게 각각의 삶의 자리마다 그에 상응하는 자연을 노래하였던 그는 이들 교유시를 통해서는 그러한 예술적 열정과 학문적 열의를 바탕으로 한 의욕적 자연 접근은 보여 주지 않았다.

세속의 굴레에서 벗어나 진정한 자유를 누리고자 희구하였던 그는 자연에도 결코 얽매이거나 적극적으로 그 속에 파고드는 등의 모습을 보이지 않았던 것이다. 그렇게 자연 그대로의 자연 속에서 자연으로 살아가는 심성을 자연에 얽매이지 않는 시정, 자연에 머물지 않는 시정으로 그려낸 것이다. 애써 온갖 자연의 모습을 보고 듣고 느끼며 사는 삶이 아니라, 보이고 들리고 느껴지는 자연을 그저 보고 듣고 느끼며 그렇게 집착하는 마음 없이 전혀 그러한 모습에 머물지 않는 마음으로 사는 삶의 자유를 시에 표현하였다고 보인다. 이른바 무주(無住)의 자연의 시학을 보여 준 것이다.

앞에서 살펴본 (가-1)의 시에서 보면, 진관대전이 푸른 봉우리를 눌렀고 귀후헌 창이 푸른 물결에 임했다고 하여 있는 그대로의 자연을 묘사한 데 이어 강산 곳곳 자유롭게 오가는 일암에 대한 부러운 마음을 그려내면서 결코 그 자연에 머물러 간섭하거나 집착하지 않는 시정을 나타내었다.

또한 하늘 한 가운데에 떠 있는 둥근 달을 보며 자유인의 참모습을 떠올리기도 하고(나-2), 들구름처럼 한가한 자연 속에서 스스로도 그렇게 한가하고자 하였으며(나-3), 들학이나 산구름과 같은 마음이고자도 하였고(다-2), 오동잎이 낙엽 되어 우물을 온통 다 덮고 귀뚜라미가 깊은 밤에 창가에서 우는 데서 어김없는 계절의 순환, 그 자연의 섭리를 느끼며 그 속에서 다시금 한가한 자신의 모습을 깨닫기도 하였다(라-3).

이러한 일련의 자연 인식에서 열정적이고 의도적인 자연 접근 의지는 발견되지 않는다. 전체적인 분위기가 차분히 가라앉아 있고, 있는 그대로의 소박한 자연에서 그렇게 자연을 닮고자 유유자적하는 시정이 엿보일 뿐이다. 보고, 듣고, 냄새 맡고, 맛보고, 느끼고, 마음에 새겨 이루는 그 어떤 것에도 마음을 내지 않고 응당 머문 바 없는 마음에 살고자 하는 『금강경』의 가르침에 걸맞은 자연 인식이 바탕에 깔린 시정이라 할 것이다.

이렇게 머문 바 없는 마음으로 삶의 여유를 찾고자 하였기에 그는 자유인으로 방외의 자연에 노니는 일암에게 다음과 같이 청하기도 하였다.

從今直欲投簪去　이제부터 바로 속세를 떠나고자 하니

勝事林間知機多　숲 속의 좋은 일들 그 얼마나 되는지 알려 주오.

(다-1)

실제로 떠나지는 못하면서도 마음으로나마 자연에 들고자 하여 그 자연 속에서 자유인으로 사는 즐거움을 일암에게서 듣고자 하였던 것이다. 그러나 그 좋은 일들이란 경험하여 몸소 체득하지 않고서는 결코 알 수 없는 것일 터이니, 사실 일암도 이백(李白)처럼 웃기만 할 뿐이었을 것이다.[58] 설령 알려 준다 해도 소용없을 일일 것이기 때문이다. 그럼에도 불구하고 강희안이 애써 듣고자 하였음은 그만큼 현실에서의 온갖 구속에 얽매인 일상을 힘에 겨워하고 있었던 때문이 아닌가 한다. 그리하여 세속에서 벗어나 자연 속에서 머문 바 없는 마음으로 있는 그대로의 소박한 자연을 느끼며 자유인으로 노닐고 싶었던 것이라 하겠다.

高臥北窓夜向闌　밤이 다할 무렵 북창에 베개 높이 하고 누우니
曉天星月五雲間　새벽 하늘 별과 달이 오색 구름 사이에 비치네.
因風更想鳴珂客　바람결에 다시 속세에서 벼슬하던 일 생각노라니
爭似幽人自在閑　어찌 한가로이 지내는 유인과 같으리.

(다-3)

날이 밝아 오도록 잠 못 이루다 오색 구름 사이에 비치는 새벽 하늘의 별과 달을 보며 바람결에 다시 세속의 일 생각해 보니, 그 모든 것이 자유자재(自在)의 삶에 비하여 보잘 것 없는 것임을 새삼 느낀다고 하였다. 자재의 삶, 진정한 자유인의 삶을 누리며 자연에서 자연으로 살아가는 한가로운 삶을 회구하는 그의 눈에 비친 자연은 곧 있는 그대로의 소박한 자연 그 이상의 것일 수는 없을 것이다. 그러기에 얽매일 필요도 없고, 집착할

---

58 問余何事栖碧山 笑而不答心自閑(李白, 〈山中問答〉).

필요도 없는 고요한 마음의 상태에서 결코 머문 바 없는 마음으로 대한 자연의 참모습이 나타나 있을 뿐인 것이다.

物外高蹤不可忘　속세를 벗어난 높은 자취 잊을 수 없나니
穿雲渡水復沿岡　구름 헤치고 물 건너 다시 산마루 지나네.
偶然飛錫入城市　우연히 지팡이 짚고 성시에 들면
打話應須趁晚凉　모름지기 시원한 저녁 바람 맞으며 정담이나 나누리.
(다-4)

물외에 자취를 남기고 있는 방외인 일암, 구름 헤치고 물 건너 다시 산마루 지나 자연을 누비며 노니는 일암을 통해 강희안의 마음 역시 그 물외의 자연에 닿아 있다. 일암과 더불어 시원한 저녁 바람 맞으며 정담을 나누면 강희안의 마음도 시원해질 수 있을 것이다. 번잡한 일상에 시달리는 괴로운 마음에서 청정한 마음으로 돌아갈 수 있을 것이다. 그러한 청정한 마음에 드는 자연, 있는 그대로의 자연에 강희안의 시정은 차분히 녹아들고 있다고 보인다.

軒裳無夢世相忘　부귀영화 꿈꾸지 않고 세상과도 서로 잊으리
南麓幽廬對北岡　남쪽 숲 그윽한 오두막은 북쪽 산마루에 마주 했네.
小雨初晴好天氣　이슬비 개자마자 날씨 좋기만 한데
滿庭秋葉午陰凉　온 뜰에 낙엽 지고 정오의 그늘 서늘하네.
(라-4)

청정한 마음으로 있는 그대로의 소박한 자연에 들고자 하였던 강희안은 마침내 이렇게 부귀영화의 세속적 모든 꿈 버리고 세상과도 서로 잊고서 남쪽 숲에다 북쪽 산마루에 마주한 그윽한 오두막 짓고 자유 자재한 삶을 꾸리고자 염원하기도 하였다. 그리하여 이슬비 갠 맑은 날씨에 온 뜰 가득

낙엽 지고 한낮에도 서늘한 그늘 속에서 머문 바 없는 마음으로 자연의 시정을 펼치고 있는 것이다.

지금껏 살펴본 일암과의 교유시에 드러나 있는 자연은, 진정한 자유인의 길을 추구하고자 하였던 그의 시정에 걸맞게 어떠한 열정이나 열의도 차분히 가라앉힌 채 결코 얽매이지 않고 머문 바 없는 마음으로 있는 그대로의 소박한 자연 속에 그윽한 오두막 짓고 자연으로 살고자 하는 그러한 자연의 모습으로 나타나 있음을 알 수 있었다. 그것이 바로 강희안이 일암과의 교유시에서 보여 준 무주의 자연의 시학이라 할 수 있겠다.

4) 맺음말

조선 전기에 시서화 삼절로 명성을 얻었던 강희안은 선승이며 시승이기도 했던 일암 스님과의 깊은 교유의 정을 담은 4제 16수의 시에다 불교 정신에 바탕을 둔 또 하나의 시의 의미를 새겨 놓았다.

생각해 보면, 일암 스님과의 마음을 다한 교유와 서예가로서의 그의 재능을 한껏 발휘한 여러 차례의 다양한 불경의 사경, 그리고 단종 복위 운동에 따른 정신적 충격과 같은 이러한 삶의 흔적들이 그로 하여금 불교와의 인연을 깊게 하였던 것으로 보인다. 바로 이러한 불교와의 인연이 그의 시정신의 한 가닥을 불교적인 의미로 구체화하게 하였을 것이며, 그것이 그의 교유시에 반영되어 진정한 자유인의 길을 추구하고 무주의 자연의 시학을 표출하게 하였을 것으로 생각된다.

그리하여 강희안은 세속의 굴레에서 벗어나 정신적으로나마 자유인의 길을 배워 삶의 여유를 찾고자 하였으며, 아무런 걸림 없이 하늘을 떠가는 달을 닮아 진정한 자유인이고자 하였고, 마침내는 맑고 시원한 곳에서 자유인으로 살고자 열망하기도 하였던 것이다.

이렇게 무상(無相) 무주(無住)의 마음으로 자유(自由) 자재(自在)한 삶을 희구하며 『금강경』의 가르침 안에서 진정한 자유인의 길을 추구하였던 강희안은, 세속적인 그 어떠한 열정이나 열의도 차분히 가라앉힌 채 결코 얽매이지 않고 머문 바 없는 청정한 마음으로 있는 그대로의 소박한 자연 속에 그윽한 오두막 짓고 자연으로 살고자 하는 그렇게 물외의 자연에 노닐고자 하는 그러한 자연의 시정을 나타내었다. 그것이 바로 강희안이 일암 스님과의 교유시에서 보여 준 무주의 자연의 시학인 것이다.

강희안은, 화가로서의 예술적 열정을 바탕으로 한 그리는 자연의 시학으로 도가적 자연 몰입의 양상을 보여주는 한편으로, 원예 전문가로서의 학문적 열의로 기르는 자연의 시학을 통해 유가적 자연 인식의 양상을 보여 준 데 이어, 이처럼 불교적 인연에 의지하여 진정한 자유인의 길을 추구하면서 무주의 자연의 시학으로 불교적 자연의 세계를 형상화하기도 하였던 것이다.

결국 강희안은, 그가 선택한 삶의 길에서 온갖 열정과 열의를 다하여 이루어 낸 화가로서 그리고 원예학자로서의 소중한 업적들과, 불교와의 인연에서 비롯되어 인간적인 번민과 고통에서 벗어나기 위해 마음으로 의지하여 깃들고자 하였던 진정한 자유인의 길에서 각각 얻어 낸 시정신의 결대로 그에 상응하는 시의 의미를 형상화하여 다양하고 다채로운 시세계를 우리에게 보여 주었다고 하겠다.

이렇게 볼 때 강희안은 유불선의 자연관을 각각의 의미로 형상화하여 자신의 시에 반영한 시인으로, 그리고 자신의 삶의 총체적 모습을 자신의 시에 여실히 반영하여 다양한 시의 의미를 창조한 시인으로 평가될 수 있다고 할 것이다. 그리하여 조선 전기 시단을 장식한 기억될 만한 작품을 남긴 시인, 한국 한시의 의미를 더욱 넓고 깊게 아로새겨 준 시인으로서의 강희안의 한시사적 위상을 제대로 자리매김해 주어야 할 것으로 생각된다.

(「세종어문연구」 11, 1998)

정철의 시가에 대한 효용론적 접근

1. 시가의 효용론적 성격과 작시법

1) 시조와 가사에 나타난 효용성

　송강(松江) 정철(鄭澈, 1536~1593, 중종 31~선조 26)은 타고난 문학적 소질과 세련된 문장력을 바탕으로 해서, 시조·가사·한시 등의 시작을 통하여 우리의 문학사에서 독보적인 위치를 차지한 문인이며, 또한 임진왜란을 전후한 어려운 시대에 처하여 그의 정치적 능력을 마음껏 발휘한 정치인이기도 하다. 송강은 효용론이 이 땅의 기긴 보편적인 문학론의 하나로 정착되고 그 저변을 확대해나갔던 시대적 흐름을 배경으로 문학 활동을 전개하였다. 그리하여 여기서는 그의 시조와 가사를 중심으로 효용론적 성격을 살펴본 다음, 그 작품들이 고전시학적 측면에서 어떠한 평가를 받을 수 있을 것인가 하는 문제를 아울러 검토해보고자 한다.

　여기서 고전시학적 측면이라 함은, 한시를 대상으로 하는 시론과 시평에 의한 연구 태도를 말하는 것이다. 그러나 한시를 대상으로 했던 고전시학적 연구방법으로 과연 국문시가인 시조와 가사를 평가할 수 있는가 하는 의문이 생기게 된다. 우리의 문학사에서 언급되고 있는 대다수의 문인들이 다 그러하지만, 특히 송강은 한시와 시조와 가사라고 하는 시형식들을 통하여 두루 훌륭한 작품을 남겨 놓았으며, 또한 탁월한 시어구사의 경지를 개척해

주었다. 이를 보더라도 우리의 문인들이 한시나 국문시가를 가리지 않고 시작에 임했으며, 그들 형식에 어울리게 각각 한자나 한글을 이용하였던 우리의 문학사적 현실을 우선 생각하지 않을 수 없을 것이다. 그들 문인들이 한시를 창작함에 있어서는 고전시학에서 논의되는 시론의 기준에 따랐을 것임이 분명하다. 그렇다면 비록 시형식이 다르고 사용되는 문자가 다르다 할지라도, 시작에 임하는 자세나 시를 보는 안목에 있어서 시조와 가사의 경우라고 하여 큰 차이가 있었으리라고는 생각할 수 없다고 하겠다. 다시 말해서 한시의 창작을 위한 학시 과정을 통하여 습득한 고전시학의 방법론이, 한시는 물론 국문시가인 시조나 가사의 창작에까지 영향을 미쳤을 가능성은 충분하다고 보는 것이다. 그러한 양상은 시작품을 평가하는 데 있어서도 마찬가지였을 것으로 생각된다. 김만중(金萬重)의 『서포만필(西浦漫筆)』과 홍만종의 『순오지(旬五志)』에 보면, 시의 내용면, 특히 감상과 품평을 통한 시평의 방법으로 우리의 국문시가들을 평가하고 있음을 알 수 있다. 또한 그 평어들이 일반적으로 한시의 평가에 이용되던 평어들과 조금도 다르지 않음을 알 수 있다.

이렇게 보면 조선조의 문인들이 그들의 학시 과정에서 익힌 고전시학의 방법론으로 한시는 물론 시조와 가사 등을 창작하고 비평하였을 가능성은 충분하다고 생각된다. 따라서 고전시학적 측면에서 송강의 시조와 가사를 검토하고자 하는 이 글의 의도는, 일단 그 타당성을 인정받을 수 있을 것으로 본다. 그리하여 먼저 송강의 시조와 가사에 나타난 효용론적 성격에 대해 살펴보고, 다음으로 고전시학에서 작시법의 기본원칙으로 제시된 포진(鋪陳)과 영묘(影描)의 방법으로 송강의 시조와 가사를 검토하고자 한다.

송강의 가사와 시조에 나타난 효용론적 성격을 살피기 위해서는, 먼저 그의 문학론을 검토해야 할 것이다. 그러나 송강이 직접 자신의 문학론을 피력해 놓은 글은 찾을 수 없다. 따라서 그의 문학론을 이해하기 위해서는, 송강이 문학 활동을 전개했던 당시의 양반사대부 계층의 문학론의 흐름 속에서 파악하거나, 송강의 문학작품 속에 담겨 있는 문학사상을 추출하여 그 양상을 파악하는 등의 방법이 있을 것으로 생각된다.

송강이 문학 활동을 전개했던 임진왜란을 전후한 시대는 조선조의 정치철학으로 자리를 굳힌 주자학의 학풍이 고조되어가면서도, 한편으론 실학정신이 은연중 배태되어가는, 시대사조의 이원성을 보여주고 있었던 시대였다. 이에 따라 문학관에 있어서도, 주자학적 질서를 고수하고 유지하려는 사대부 계층에서는 중국의 한유·주자계통의 재도적 문학론이 풍미하였고, 실학정신을 내세운 일부 문인들 사이에서는 문학의 자율성과 순수성에 몰입하고자 하는 탈재도적 문학론이 제고되고 있었다. 그러나 양반 사대부 계층이 문단을 주도했던 당시의 지배적인 문학관의 흐름은, 역시 문이재도(文以載道)의 정신 아래 시속의 교화라는 효용성을 추구하고자 하는 재도적 문학론이었다고 생각된다.[1]

이렇게 보면, 전형적인 양반 사대부의 신분으로 관료사회에서 활동했던 송강의 문학론이 효용론의 한 갈래인 재도적 문학론의 범주를 벗어나기는 어려웠을 것으로 보인다. 실지로 송강은,

> 백성을 교화시켜 아름다운 풍속을 이루게 하는 것이 비록 기대하기는 어렵다 하더라도 개유하고 지도하여 권장하고 경계하는 것을 그만둘 수는 없는 일이다.[2]

라고 하여, 강원도 관찰사로 재직할 당시에 쓴 〈홍주관판기(洪州舘板記)〉에서 '화민성속(化民成俗)'의 관료로서의 기본적인 태도를 밝혀주고 있다. 그것은 바로 전형적인 재도문학의 모범인 〈훈민가(訓民歌)〉 16수를 지어 '화민성속'의 도리를 실행하는 것으로 이어져 있다. 이에서 일단 송강의 문학론을 효용론의 범주에서 이해하면서, 그의 시조와 가사에 나타나 있는

---

1 전형대 외, 『한국고전시학사』(홍성사, 1979), 227면 이하 참조.
2 국역 『송강집』 상(삼안출판사, 1974), 152면.

효용론적 성격을 살피고자 한다.

송강의 시조 93수[3]를 주제별로 분류해보면 크게 세 가지 형태로 나타난다. 첫째로, 교민·경세·낙도·세태풍자·우의 등의 내용을 읊은 교훈적인 시조가 41수 정도로 가장 큰 비중을 차지하고 있다. 다음으로 이른바 우시연군의 정을 읊은 시조가 21수, 그리고 자연·서정·회고·서경·기행·탄로 등의 내용이 담긴 풍류적인 삶의 시조가 31수 정도이다. 이로 보아 송강의 시조 가운데 교훈적 내용의 시조의 비중이 제일 크다고 할 것이다. 또한 우시연군의 시조도 교훈적 내용의 시조에서 그렇게 먼 것만은 아니다. 그들 작품에는 기본적으로 충의 정신이 담겨 있을 뿐만 아니라, 당시의 양반관료사회의 체제로 보아, 왕의 사랑이란 곧 관직과 직결되는 것이기도 했기 때문이다. 따라서 왕의 사랑을 염원하는 것은 강렬한 관직에의 집착을 말해주는 것이다. 그리하여 관직에 나가면, 자신의 이상을 펴서 경세제민의 도를 이루어 보고 싶은 강한 현실참여의 욕구가 숨겨져 있는 것이라 하겠다. 우시연군의 시조, 그것은 관료로서 '화민성속'의 이상을 펴기 위한 준비단계로서의 시조로 파악될 수 있는 것이다.

이렇게 보면 송강 시조의 내용 중에서 절대적인 비중을 차지하고 있는 것은 교훈적 내용의 범주 안에 드는 것들이라고 할 수 있다. 〈훈민가〉 16수는 바로 전형적인 교훈적 시조다. 〈훈민가〉가 유교윤리를 주제로 하여 세련된 시적 기교를 보여준 작품임은 이미 주지의 사실로 되어 있다.[4]

아바님 날 나흐시고 어마님 날 기르시니/ 두분곳 아니면 이몸이 사라시랴/

---

3 정병욱, 『시조문학사전』(신구문화사, 1979)에 의한 것임.
4 〈훈민가〉에 대한 지금까지의 주요 연구업적은 다음과 같다.
　강전섭, 「훈민가의 문제점」, 『한국언어문학』 제7집(1970).
　박성의, 「경민편과 훈민가」, 『어문논집』 제10집(고대국어국문학연구회, 1968).
　서만수, 「정송강의 훈민가 연구」, 『동악어문논집』 제7집(1971).
　윤성근, 「훈민시조연구」, 『한뫼 김영익선생 고희기념논문집』(1971).
　권두환, 「송강의 〈훈민가〉에 대하여」, 『진단학보』 제42호(1976).

하늘 7톤 은덕을 어듸 다혀 갑스오리.

　풀목 쥐시거든 두손으로 바티리라/ 나갈듸 겨시거든 막대들고 조추리라/ 향
음쥬 다 파훈후에 뫼셔가려 ᄒ노라.

오륜에 해당되는 내용의 시조 중 2수이다. 그러면서도 도학적 분위기는
느낄 수 없게 숨겨져 있다. 시어 또한 현실생활과 밀착되어 있어 음풍농월
하는 시어가 아니다. 송강이 의도적으로 창작한 목적시이면서도, 그 대상에
대한 철저한 배려로 해서 인간미 넘치는 정감 있는 시로 승화되어 있다.
백성들의 지적 수준과 현실생활에 대한 정확한 판단 아래 창작되어, 본래의
의도인 '화민성속'의 목적 또한 달성할 수 있었으며, 시정이 넘치는 작품으
로도 성공하였다고 볼 수 있다. 이 점은 내용이 백성들의 생활과 직결되는
것일수록 더욱 분명히 드러난다.

　형아 아이야 네술올 ᄆ져보와/ 뉘손듸 타나관듸 양지조차 ᄀ튼손다/ 한졋먹
고 길러나이셔 닷ᄆ음을 먹디마라.

　ᄆ올 사롬들아 올훈일 ᄒ쟈스라/ 사롬이 되여나셔 올티옷 못ᄒ면/ 마쇼롤
갓곳갈 싀워 밥머기나 다ᄅ랴.

백성을 교화하여 풍속을 아름답게 하자는 관료의 작품이면서도 관료적
분위기는 나타나 있지 않다. 강압적이라기보다는 권유형이고, 관료적 분위
기라기보다는 서민적이며, 도학적으로 경직되기보다는 인간적으로 훈훈한
분위기를 자아낸다. 이렇듯 〈훈민가〉는 송강의 참다운 목민관(牧民官)으로
서의 풍모를 여실히 나타내준 작품이며, 재도문학의 전형으로 성공한 작품
이라고 하겠다. 다음의 인용문은 위의 말을 잘 뒷받침해주는 글이다.

"고(故) 상신(相臣) 정철이 지은 〈훈민가〉는 모두 16장으로, 그 말이 백성들
이 날마다 행실하는 윤리에 지나지 않는 것입니다. 촌락의 부녀자와 어린아이

로 하여금 항상 외워서 감동한 바가 있게 하려 한 것으로 곡조가 『경민편(警民編)』에 있습니다. 지금 만일 이를 팔도에 분부하시어 백성으로 하여금 외우고 익히게 하면 비록 어리석은 남녀 백성이라도 거의 다 대의를 알게 될 것이니, 삼남과 양서에 〈산유화(山有花)〉라는 속된 이곡(俚曲)이 아무런 의미도 없이 사람의 심지만 음탕하게 하는 것에 비하오리까. 신은 생각하옵건데 여러 도에 분부를 내리시어 소민 중 조금 지식이 있는 자를 가려 〈훈민가〉 16장을 가르쳐 외우고 익히게 하는 것은 지극히 쉬운 일입니다. 두어 달 이내에 그 거행이 근면하고 태만함을 알게 될 것이오니 이러한 뜻으로 엄칙을 가하심이 어떠할까 하나이다." 상감은 "주달한 바 말이 옳으니 그것을 여러 도에 신칙 발표토록 하라."하셨다.[5]

이로써 〈훈민가〉가 백성의 교화를 목적으로 전국 각처에 널리 반포되어 그 재도적 기능을 다하였음을 알 수 있다.[6] 한편 현실에 대한 비판과 풍자를 내용으로 하는 시조에서도 효용론적 성격을 찾아 볼 수 있다.

어와 동냥지를 더리ᄒ야 어이ᄒ로고/ 헐ᄊᆞ더 기운 집의 의논도 하도할샤/ 뭇 지위 고ᄌᆞ자 들고 헤쓰다가 말려ᄂᆞ다.
江湖 둥실 白鷗로다./ 偶然이 밧튼 츔이 지거구나 白鷗등에/ 白鷗야 셩ᄂᆞ지 마라 世上더러 ᄒ노라.
이바 이집 사롬아 이셰간 엇디살리/ 솟벼 다ᄊᆞ리고 죡박귀 다업괴야/ ᄒ믈 며 기울계 대니거든 누를 밋고 살리.

---

5 국역 『송강집』 하, 460면.
6 〈훈민가〉를 비롯한 송강의 시조가 유교적 도, 즉 재도의 도와 깊은 연관이 있음을 이미 '도덕적 교훈가'가 송강의 시조에 많다고 지적한 것을 비롯하여(조윤제, 『한국시가사강』, 을유문화사, 1958, 290면), '시와 정치의 조화'(장덕순, 『한국문학사』, 동화문화사, 1975, 327면) 또는 '정치와 문학'으로 송강문학의 양면성을 규명하고자 한 데서도(김윤식, 『한국문학사론고』, 법문사, 1973, 31면) 충분히 검토된 바 있다.

송강이 파악한 현실은 부조리에 가득 찬 현실이며, 경세제민의 유교적 이상이 타락해버린 현실이다. 그것은 '동냥직'가 훌륭한 인재로 성장하지 못하는 현실이며, '世上더러 ᄒᆞ노라'의 부패하고 타락한 현실이며, '누를 믿고 살리'의 생활고에 허덕이는 어려운 현실인 것이다. 따라서 그것은 시정되어야만 하는 현실이기에, 비판하고 풍자하는 마음으로 현실을 시의 세계로 이끌어 현실의 광정(匡正)을 염원하고 있는 것이다. 한편 부패하고 타락한 현실을 광정하기 위해서, 자신의 정치적 포부를 실현시키고 백성을 올바르게 선도하기 위해서, 송강은 현실참여 욕구를 강하게 나타내주고 있다. 그러한 현실참여 욕구는 우시연군의 시조에 잘 나타나 있다.

내ᄆᆞᄋᆞᆷ 버혀내여 뎌ᄃᆞᆯ을 ᄆᆡᆼ글고져/ 구만리 댱천의 번ᄃᆞ시 걸려이셔/ 고온 님 겨신고ᄃᆡ 가 비최여나 보리라.

심의산 세네바회 감도라 휘돌아 드러/ 오뉴월 낫계즉만 살얼음 지픤 우희 즌서리 섯거티고 자최ᄂᆞᆫ 디엿거ᄂᆞᆯ 보앗ᄂᆞᆫ다

님아 님아/ 온놈이 온말을 ᄒᆞ여도 님이 짐작ᄒᆞ쇼셔.

길우희 두돌부텨 벗고굼고 마조셔셔/ ᄇᆞ람비 눈서리ᄅᆞᆯ 맛도록 마ᄌᆞᆯ만정/ 人間에 離別을 모ᄅᆞ니 그ᄅᆞᆯ 불워ᄒᆞ노라.

송강의 현실참여 욕구는 이처럼 일차적으로는 왕의 신임을 기원하는 것으로 드러나 있으나, 그것이 궁극적으로 현실에서의 정치적 이상의 구현에 연결되어 있음은 물론이다. 때문에 '내ᄆᆞᄋᆞᆷ 버혀내여 뎌ᄃᆞᆯ을 ᄆᆡᆼ글고져'하고, 자신의 충성심을 '보앗ᄂᆞᆫ다 님아 님아'하고 확인하고 있으며, 두 돌부처로 비유된 이별 없는 연군가를 노래하고 있는 것이다. 이렇게 연군의 정을 노래하던 송강은 다음과 같이 각오를 다지기도 한다.

樓밧 푸ᄅᆞᆫ머구 鳳凰아 아니온다/ 無心ᄒᆞᆫ ᄯᅩ기달의 홀노 徘徊ᄒᆞᄂᆞᆫ ᄯᅳ전/ 언제나 鳳凰이 오면 노라볼ᄭᆞ ᄒᆞ노라.

장지치 다디게야 놀애룰 고텨드러/ 쳥텬 구룸속에 소소뼈오룸마리/ 싀훤코
훤을훈 세계룰 다싀보고 말와라.

'無心훈 쏘기달'이 되었다가 봉황이 오면 '싀훤코 훤을한 세계'에서 놀고
자 하는 마음, 그것은 뿌리 깊은 현실 참여의 욕구가 없고서는 이루어질
수 없는 표현이라 생각된다. 이상에서 송강의 시조에 나타난 효용론적 성격
을 찾아보았거니와, 그의 가사에도 그러한 성격은 분명히 드러나 있다.
〈관동별곡(關東別曲)〉은, 향리에 묻혀 있다가 강원도 관찰사를 재수받고
나서, 성은에 감격하고 관찰사의 직무에 대한 기대감에 충일한 환희의 노래
로 시작된다.[7]

江湖에 病이 깊퍼 竹林에 누엇더니
關東八白里에 方面을 맛디시니
어와 聖恩이야 가디록 罔極ᄒ다

성은에 감격하고 기대감에 충일한 이 환희의 물결은 작품 전체의 분위기
를 지배하고 있다. 그러나 송강은 이 환희의 감정을 '화민성속'하려는 목민
관으로서의 의욕과 의무감으로 탈바꿈시킨다.

孤臣去國에 白髮도 하도할샤
東州밤 계오새와 北寬亭의 올나ᄒ니
三角山 第一峰이 ᄒ마면 뵈리로다
弓王大闕 터희 烏雀이 지지괴니
千古興亡을 아ᄂ다 몰ᄋᄂ다
淮陽 녜일홈이 마초아 ᄀᆞ톨시고

---

7 김윤식 교수는 앞의 책에서 〈관동별곡〉을 환희의 측면으로 파악한 바 있다.

汲長孺 風彩를 고텨아니 볼거이고

'孤臣去國'해서도 보이지 않는 삼각산을 잊지 않는 송강의 연군의 정은 '흐마면 뵈리로다'에서 더욱 돋보이고 있다. 그러면서 한 무제 때 직간을 잘하고 백성을 잘 다스려 와치회양(臥治淮陽)이라는 평을 들었던 급장유(汲長孺)의 고사를 들어, 스스로를 그의 풍채에 비기면서 선치의 결의를 다지고 있다. 그것은 망극한 성은에 대한 보답이며, 목민의 이상이기도 했던 것이다.[8]

　　江陵大都護 風俗이 됴흘시고
　　節孝旌門이 골골이 버러서니
　　比屋可封이 이제도 잇다홀다

풍속이 아름답고 절과 효가 두루 실행되는 강릉, 요순 시절에는 태평성대라 이웃들이 모두 착했다고 한 『한서(漢書)』의 고사 '비옥가봉(比屋可封)'으로 연상되는 태평성대의 강릉, 그것은 '화민성속'의 목민관의 이상이 실현된 사회를 말하는 것으로 생각된다. 이와 같이 충·효·절의 정신과 '화민성속'의 이상을 담으면서 국토대자연을 마음껏 찬미한 〈관동별곡〉은 참다운 재도정신을 바탕으로 한 작품으로 보인다. 한편, 〈사미인곡(思美人曲)〉과 〈속미인곡(續美人曲)〉에 나타나 있는 효용론적 성격은 앞서 살펴본 연군시조들과 같은 관점에서 설명될 수 있으리라고 본다.

이상에서 살펴본 바와 같이 송강의 시조와 가사 중에서 다수를 차지하고 있는 교훈적 내용의 작품들에 나타나 있는 효용론적 성격은, '화민성속'하려는 진정한 목민관으로서의 의무감과 의욕으로, 현실에 대한 비판과 풍자에

---

8 김병국 교수는 「가면 혹은 진실-송강가사 관동별곡 평설」(『국어교육』 18~20 합병호, 1972)에서 〈관동별곡〉이 관료적 문학의 성격을 지니고 있으며, 그 주된 모티브는 사회공인으로서의 의무 및 직무에 관한 것이라고 하였다.

의한 현실의 광정을 염원하는 마음으로, 강한 현실참여욕구를 연군의 정으로 탈바꿈시켜 표현하고자 하는 것으로, 작품 속에 형상화되고 있다 할 것이다.

2) 포진과 영묘의 조화

포진과 영묘의 작시원리라고 하는 것은, 신경준(申景濬)이 『여암유고(旅菴遺稿)』에서 『시칙(詩則)』이라는 제목으로 전개한, 그의 시론에서 제시된 것이다.⁹ 신경준은 고서를 통해 얻은 시에 대한 지식과 사우들 사이에서 견문한 것을 토대로 하여, 학시의 입문서를 목적으로 그의 시론을 체계화하였는데, 포진과 영묘에 관한 내용은 다음과 같다.

정(情)·물(物)·사(事)는 시의 재료이다.
포진은 정·물·사의 실질적인 내용을 직접 서술하는 것이며, 영묘는 시인의 눈에 비친 영상을 회상(繪象)하는 것이다. (……) 시의 작법이 비록 많기는 하나 이 두 가지 작법에서 출발되지 않은 것은 없다. (……) 당인은 광경을 나타내는 것을 좋아했기 때문에 그 시에 영묘한 것이 많고, 송인은 의론을 세우는 것을 좋아했기 때문에 그 시에 포진한 것이 많다.¹⁰

이와 같이 포진과 영묘를 작시법의 기본원리로 설정하고, 포진은 입의론(立議論)에 적합하고 영묘는 술광경(述光景)에 적합한 작시법임을 말하고 있다. 직서기실(直敍其實)하여 입의론하는 포진의 작시법과, 회상기영(繪像其影)하여 술광경하는 영묘의 작시법은, 중국이나 우리의 고전시학에서 보

---

9 신경준의 『시칙』에 대한 개괄적인 검토는 정대림, 「조선후기시학연구」(서울대 대학원, 1977)를 참조할 것. 그리고 이러한 관점에서 최웅 교수는 「한국고전시론으로 본 노계시가」(『관악어문연구』 제2집, 1977)라는 논문을 발표한 바 있다.
10 정대림, 같은 책, 111면 이하 재인용.

편적으로 논의되었던 것임을 찾아볼 수 있다.

대개 당나라 사람들은 시로써 시를 쓰고, 송나라 사람들은 문으로써 시를 썼다. 당시는 성정을 통달하는 데 주력했고, 송시는 의론을 세우는 데 주력했다.[11]

중국 원의 양중홍(楊仲弘)이 위와 같이 달성정(達性情)과 입의론의 작시법으로 당·송의 시를 비평하고 있음은, 신경준이 포진과 영묘의 방법으로 당·송의 시를 비평했던 것과 같은 견해로 생각된다. 농암(農巖) 김창협(金昌協)은 또한 다음과 같이 말하였다.

당나라 사람들의 시는 성정과 흥기(興寄)에 주력하여 고실과 의론을 중시하지 않았는데 이는 본받을만하다. (……) 송나라 사람들의 시는 고실과 의론의 표현에 주력하였다.[12]

작시상의 기본원리를 성정과 흥기에 주력하는 방법과, 고실과 의론을 중시하는 방법으로 나누고 있는데, 그것은 결국 신경준이나 양숭홍의 견해와 다를 바 없다 할 것이다. 이렇게 포진과 영묘의 작시원리가 중국이나 우리의 고전시학에서 보편적으로 인정되던 것임을 살펴보았는데, 그러한 두 작시원리가 한 곳으로 치우치지 않고 서로 조화를 이룬 상태의 시를 시의 최고의 경지로 보는 견해 또한 보편적이었음을 알 수 있다.

읍취헌(挹翠軒) 박은(朴誾)의 시는 당인의 정경과 송인의 사실을 겸하여 표현해내고 있는데, 그 천재가 높이 뛰어났다.[13]

---

11 盖唐人以詩爲詩, 宋人以文爲詩 唐詩主於達性情 宋詩主於立議論(楊仲弘,『詩法源流』).

12 唐人之詩 主於性情與寄 而不事故實議論 此其可法也 (…) 宋人之詩以故實議論爲主(金昌協,『農巖集』卷34,〈雜識〉).

아울러서 포진과 영묘가 조화를 이룬 박은의 시를 웅건창노(雄健蒼老)한 풍격을 지닌 시로 평가하면서, 박은을 동국작가중 제일로 지칭하고 있음을 볼 때 포진과 영묘가 조화를 이룬 시의 경지를 최고의 것으로 이해하였음은 분명하다 할 것이다. 이상에서 포진과 영묘의 작시원리에 대해 살펴보았거니와, 이제 그를 바탕으로 해서 송강의 시조와 가사를 검토해보도록 하겠다.

앞장에서 이미 송강의 시조와 가사에는 입의론적 요소인 재도정신이 표출되어 있음을 살펴보았다. 그러나 송강의 작품들에서 술광경적 표현들이 제 몫을 다하고 있음도 부인할 수는 없을 것이다. 먼저 입의론적 요소가 가장 강하게 표현된 것으로 〈훈민가〉 16수를 들 수 있다. 그들 작품들이 재도정신의 산물이며, '화민성속'하려는 송강의 효용론적 이상으로 빚어진 작품임은 분명하다.

> 오늘도 다 새거나 호믜 매오 가쟈스라
> 내논다 믹여든 네논점 믹여주마
> 올길희 뽕 짜다가 누에먹켜 보쟈스라

이렇게 무타농상(無惰農桑)을 권장하고자 한 이 시조에서 보면, 그러한 의도가 표면에 어색하게 노출되어 있지 않다는 것을 알 수 있다. 오히려 술광경적 측면이 강하게 나타나 있음을 볼 수 있다. 송강은 〈훈민가〉와 같은 의도적인 목적시를 쓰면서도, 그 대상에 대한 철저한 관찰과 배려를 통하여 인간미 넘치는 정감 있는 시를 형상화해내었던 것이다. 앞에서 인용한 〈훈민가〉중 오륜에 관계되는 시조들과, 노계(蘆溪) 박인로(朴仁老)의 다음 시조를 비교해 보면, 그 차이를 확연히 찾아 볼 수 있다.

> 天地間 萬物中에 사룸이 最貴호니

---

13 挹翠之詩 以唐人之情境 兼宋人之事實 其天才絶高處(南公轍, 『金陵集』, 日得錄, 〈文學〉).

最貴호 바는 五倫이 아니온가

사룸이 五倫을 모르면 不遠禽獸ᄒ리라.

노계의 〈오륜가(五倫歌)〉 25수 중에서 총론에 해당되는 시조인데, 입의
론적 의경이 두드러진 작품이다. 이에 비하여 송강의 시조에서는, 시어의
선택이나 시상의 전개양상의 면에서 술광경적 의경의 탐색에 힘쓴 흔적을
분명히 찾아볼 수 있는 것이다. 소재 선택에 있어서는 입의론적 의도로부터
출발된 송강의 〈훈민가〉가, 오히려 술광경적 표현방법에 승했다고 하는 점
은, 그 작품이 포진과 영묘의 작시원리를 잘 조화시켜주고 있음을 말해주는
것이다. 송강의 시조에서 포진과 영묘의 조화는 실상 연군시조들에서 더욱
돋보인다 할 수 있다.

松林의 눈이 오니 가지마자 곳치로다

혼가지 것거내여 님겨신ᄃᆡ 보내고져

님이 보신 후제야 노가디다 엇더리.

앞에서 인용한 연군의 시조는 물론이러니와, 위의 시소에서도 소재는 연
군의 애틋한 정을 노래하고 입의론적인 것이면서도, 표현에 있어서는 자연
과의 교감에 의한 정감 넘치는 분위기를 창출해주고 있음을 볼 수 있다.
바로 술광경적 경지라 할 것이다. 이와 같이 포진과 영묘를 조화시킬 수
있었던 송강이었기에, 선택한 소재를 바탕으로 하여 아름다운 의경의 시들
을 세련된 기교로 창출해낼 수 있었던 것이 아닌가 한다.

송강의 가사에서도 포진과 영묘의 조화가 빚어낸 아름다운 시경을 찾아
볼 수 있다. 전장에서 살펴본 대로, 〈관동별곡〉, 〈사미인곡〉, 〈속미인곡〉
등의 작품에 담겨 있는 재도정신은 그들 작품들이 입의론적 의도에서 창작
된 것임을 말해주는 것이라 할 수 있다. 성은에 감격하고 또한 직무에 대한
기대감에 충일한 환희의 감정이 '화민성속'하려는 목민관으로서의 의욕과

의무감으로 바뀌어 표현되면서, 강한 현실참여의 욕구가 그 가능성을 찾아 연군의 정으로 표출되면서, 각각의 작품 속에 형상화되었던 재도정신을 놓고 보면, 입의론적 측면에 대한 검토는 충분하리라고 본다. 한편 술광경적 의경이 작품의 분위기를 보다 세련되고 설득력 있게 이끌어가고 있음도 찾아볼 수 있다.

開心臺 고텨올나 衆香城 ᄇ라보며
萬二千峯을 歷歷히 혜여ᄒ니
峯마다 믹쳐잇고 긋마다 서린 긔운
ᄆᆰ거든 조치마나 조커든 ᄆᆰ지마나
져 긔운 흐텨내야 人傑을 ᄆᆞᆫ들고쟈
形容도 그지 업고 體勢도 하도 홀샤
天地 삼기실제 自然이 되연마ᄂᆞᆫ
이제와 보게되니 有情도 有情홀샤

－〈관동별곡〉

東風이 건듯부러 積雪을 혜텨내니
窓밧긔 심근梅花 두세가지 픠여셰라
ᄀᆞᆺ득 冷淡한디 暗香은 무스일고
黃昏의 ᄃᆞᆯ이조차 벼마티 빗최니
늣기ᄂᆞᆫ닷 반기ᄂᆞᆫ둣 님이신가 아니신가
뎌 梅花 것거내여 님겨신디 보내오져
님이 너를 보고 엇더타 너기실고

－〈사미인곡〉

출하리 믈ᄀᆞ의가 빈길ᄒ나 보쟈ᄒ니
ᄇ람이야 물결이야 어둥졍 된뎌이고

샤공은 어디가고 뷘비만 걸렷느니
江天의 혼자셔셔 디는히룰 구버보니
님다히 消息이 더욱 아득 훈뎌이고

- 〈속미인곡〉

이상의 부분적 인용에서도 보다시피 술광경적 의경은 작품 전체에 넘치
도록 표현되어 있다. 대자연의 조화를 바라보면서 그 속에서 자연의 섭리를
포착하여 자신의 시적 진실로 표현해낼 수 있었기에, 대자연의 모습이 유정
하게도 느껴질 수 있었을 것이다. 이것이 또한 회상기영하여 술광경하는
영묘의 시세계가 아니겠는가?

이렇게 재도정신에 의한 입의론적 의도가, 대자연의 조화 속에 용해되어
술광경적 표현으로 승화되어 살아있음을 볼 때, 송강의 시세계는 이들 가사
작품을 통하여 완전히 포진과 영묘가 조화된 경지에 이르렀음을 알 수 있다
고 하겠다.[14]

(『한국고전산문연구』, 동화문화사, 1981)

2. 〈성산별곡〉과 사대부의 삶

〈성산별곡(星山別曲)〉에 대한 지금까지의 연구 업적들을 보면 주로 작자
문제, 제작연대 문제, 찬미의 대상 문제, 작중 화자와 식영정 주인의 동일인
여부 문제 등을 논의의 대상으로 삼고 있음을 알 수 있다. 사실 이러한 미

---

14 송강의 시조와 가사가 이와 같이 포진과 영묘라는 양면성을 조화시키고 있다 함은, 지금
까지 학계에서 논의된 바 있는, '교술과 서정'(조동일, 「판소리의 장르 규정」, 『어문논집』 제1집,
1969/「가사의 장르 규정」, 『어문학』 제21집, 1969), '자설적·타설적'(박철희, 「시조의 구조와 그 배경」,
『영남대논문집』 제7집, 1974), '교훈적인 기능과 정서적인 기능'(권두환, 앞의 논문)이라는 용어들로
각각 설명하려고 했던 업적들을 바탕으로 하여 계속 관심을 기울여야 할 문제로 생각된다.

해결의 문제들이 〈성산별곡〉의 문학적 평가 이전에 당연히 해결되어야 할 문제들임으로 해서 작품 구성이나 〈면앙정가(俛仰亭歌)〉의 영향 관계, 〈식영정20영(息影亭二十詠)〉과의 관계, 배경이나 표현 수사의 문제 등에 대해 적지 않은 성과가 있었음에도 불구하고, 정작 작품의 분석과 평가를 통해 문학성을 추출해 내는 작업에는 소홀한 감이 없지 않다. 이제 이 글에서는 미해결의 문제점들의 해결은 뒤를 미루고, 기왕의 연구 성과를 바탕으로 작품의 분석과 평가에 초점을 맞추어 논의를 전개하도록 하겠다.

〈성산별곡〉은 84행으로, 내용 전개에 따라 서사(序詞), 춘사(春詞), 하사(夏詞), 추사(秋詞), 동사(冬詞), 결사(結詞)의 6단락으로 구성되어 있음을 알 수 있다. 성주본(星州本)『송강가사(松江歌辭)』에 실린 〈성산별곡〉을 중심으로 단락별로 내용을 분석해보도록 하겠다.

1) 서사 (①~⑮) [15]

1)-1. '디날 손'이 '셩산'에서 생활하는 이유를 '식영뎡 쥬인'에게 묻는 내용이다. 작중 화자의 현실적 염원이 자연에서 은거하는 삶에 대한 동경보다 크게 느껴진다.(①~⑤)

1)-2. '텬변의 뜬는 구름'을 '쥬인'의 모습에 견주면서 '뎡ᄌ' 주변의 운치 있는 자연환경과, 무한히 반복되며 '쳘쳘이 절로나'는 사철의 자연경관을 선경에다 비기는 내용이다.(⑥~⑮)

2) 춘사 (⑯~㉕)

2)-1. '쳥문고ᄉ'를 용사(用事)하면서 봄날 '산옹의 히올 일', 즉 산중생활을 노래하였다.(⑯~⑳)

---

15 〈성산별곡〉을 차례대로 ①에서 ㉞까지 번호를 부여하였음.

2)-2. '방초쥬'를 무릉도원에 비기면서 봄날 한가로운 마음으로 아름다운 자연을 즐기는 삶의 여유를 노래하고 있다.(㉑~㉕)

3) 하사 (㉖~㊶)

3)-1. 성산의 한가로운 여름 경치 속에서 '괴꼬리' 노래소리에 '픗줌'을 깨어 '공듕 저즌 난간'에서 '고기'를 보며 즐기는 내용이다.(㉖~㉛)

3)-2. '만산' 가득한 '홍빅년'의 '향긔' 속에 인간만사를 모두 잊고 '태극을 뭇줍는듯', '옥즈룰 헤혓는듯'하며 진리를 탐구하고 신선이나 된 듯 느끼면서 대자연의 품 속에서 안온한 삶을 누림을 노래한 내용이다.(㉜~㉟)

3)-3. '즈미탄' 가에서 여름인데도 가을처럼 서늘한 가운데 피서하며 '무심코 한가ᄒ'게 산중생활을 즐기는 '쥬인'의 모습을 노래하였다.(㊱~㊶)

4) 추사 (㊷~㊾)

4)-1. '은하룰 건너쒸여 광한뎐의 올랏는듯'한 기분으로 오동나무에 환한 달이 걸린 풍경을 읊었다.(㊷- ㊺)

4)-2. '죠뎌' 아래 배를 띄워 배 가는 대로 맡겨 '눙의 소'에 이르는 뱃놀이의 풍류가 목동들의 '단뎍'소리에 한층 운치를 더함을 노래하고 있다.(㊻~㊼)

4)-3. '소션젹벽'과 '뎍션'의 고사를 인용하면서 구름 걷히고 물결 잔잔한 가운데 소나무에 걸린 달이 빚어내는 가을 달밤의 정취를 마음껏 즐기고 있는 내용이다.(㊺~㊽)

5) 동사 (㊿~66)

5)-1. 온 산 가득 눈으로 뒤덮인 새로운 모습의 겨울 성산의 풍경을 그렸다.(㊾~62)

5)-2. 성산 겨울 경치에 매료되어 '늘근 즁'에게조차 '눔두려 헌스 마오'라고 당부하며 자연 속의 삶을 지키고자 하였다. 그러나 자연을 즐기는 마음의 부귀를 혼자서만 누리려 함은 아니었을 것이다. 속세의 유혹으로부터 행여나 마음 잃어 흔들릴까 저어하는 몸짓이 아닐까한다.(㉣~㉧)

6) 결사 (㉨~㊍)

6)-1. 산 속에서 '황권롤 빠하두고' 독서를 즐기면서 만고의 인물들을 품평하고 인간세상의 흥망성쇠를 가늠하는 지식인의 모습을 보여주고 있다.(㉨~㉮)

6)-2. 험하디 험한 세상의 모든 시름 접어두고 '술'과 '거믄고'로 '손'과 '쥬인'도 잊을 정도로 도도한 흥취의 산속 풍류를 노래하였다. 어찌 보면 아무래도 잊기 어려운 현실에 대한 강한 미련을 드러낸 것으로도 보인다. '므옴에 미친 시롭'이 다름 아닌 현실에의 갈등으로 생각되며, 때를 기다리며 자연 속에 웅크리고 있는 모습이 연상되기 때문이다. 여기서 어쩌면 작중 화자와 식영정 주인의 자연도 영원한 삶의 자리가 아닌 임시적인 쉼터, 기회만 있으면 떨치고 일어나 현실로 돌아갈 순간적인 안식처일 뿐이 아니겠는가 하는 생각도 든다.(㉯~㊁)

6)-3. 성산의 자연 속에 묻혀 지내는 '쥬인'을 '손'이 '댱공의 쩟는 학'에 비겨 '진선'이라 칭송하면서 작품을 매듭짓고 있다.(㊂~㊍)

위에서 〈성산별곡〉의 전체 내용을 살펴보았다. 이제 내용 분석에서 특징적으로 나타난 사대부의 삶과 자연의 문제를 중심으로 〈성산별곡〉의 문학성을 평가해보도록 하겠다.

〈성산별곡〉은 조선조 사대부들의 전형적인 삶의 한 단면을 보여준 작품이다. 작품에 관련된 인물들의 생애와 견주어서 좀 더 정확히 표현한다면, 16세기 조선조 사대부들의 삶의 한 방식을 드러내준 작품이라 하겠다. 따라서 성산은 그 시대 그 인물들의 삶의 자리가 되는 셈이다. 삶의 어느 한 순간이나마 자연을 삶의 자리로 해서 자연에 융합된 삶을 구가하고자 했던 그들 나름대로의 진실한 삶의 자세가 풍류와 어울려 여유롭게 작품 속에 드러나 있다고 할 수 있겠다.

조선조의 사대부들은 사유의 토지를 생활근거로 하여 나아가 조정의 관료로서 치국평천하의 이념을 실현하고자 하였고, 물러나면 수신제가에 더욱 힘쓰면서 강호의 처사로서 자연을 벗 삼아 여유로운 삶을 누렸다. 바로 이러한 사대부들의 생활의 양면성이 그들로 하여금 관료적 문학과 처사적 문학의 세계를 넘나들게 하였다. 이렇게 토지에 기반을 둔 생활근거가 확고하게 마련되어 있었으므로 이현보(李賢輔)나 송순(宋純), 윤선도(尹善道) 등의 여유작작한 강호생활이 가능했으며, 관료나 처사의 위치에 관계없이 이른바 귀거래(歸去來)의 강호생활을 청풍고취(淸風高趣)로서 높이 평가하는 관념적 풍조 또한 보편화될 수 있었던 것이다.[16]

그러나 현실적 이상의 실현을 목표로 하는 성리학의 학문적 성격으로 보아 사대부들의 귀거래의 추구를 결코 그들의 본뜻으로 이해하기는 어렵다.

선비의 겸선(兼善)은 진실로 ㄱ 뜻이니 믈러나 자수(自守)함이 어찌 그 본심(本心)이겠는가? 때의 만남과 못 만남이 있을 뿐이다.[17]

사대부들의 본심이 '퇴이자수(退而自守)'의 귀거래에 있지 않음을 지적한 율곡(栗谷)의 말이다. 그러기에 현실에서 물러나 자연에 몰입한 듯, 현실에 대한 모든 미련을 떨치고 천석고황(泉石膏肓)의 경지에서 헤어날 수 없는 듯 엎드려 숨어 지내다가도, 때를 만나 기회만 오면 그 자연을 서슴지 않고

---

16 최진원, 「자연과 인간존재」(『한국사상대계』 I, 문학예술사상편, 성균관대 대동문화연구원, 1973), 211~268면 참조. 임형택, 「이조전기의 사대부문학」(『한국문학사의 시각』, 창작과 비평사, 1984), 359~418면 참조.

17 士之兼善 固其志也 退而自守 夫豈本心與 時有遇不遇耳(李珥, 『栗谷集』 卷15, 〈東湖問答〉).

버리고 현실에 뛰어들곤 하였던 것이다. 귀거래는 한낱 명분이었을 뿐이다. 때문에 송강(松江)도 〈관동별곡〉에서 "강호에 병이 깁퍼 듁님의 누엇더니 관동팔빅리에 방면을 맛디시니 어와 셩은이야 가디록 망극ᄒ다"라고 노래하면서 자연을 떨치고 일어날 수 있었던 것이다.

〈성산별곡〉에서의 자연도 이처럼 사대부들의 임시 터전으로서, 잠시 쉬었다 훌쩍 떠날 휴식처로서의 구실에 머물고 있음을 볼 수 있다.

우선 〈성산별곡〉이 〈식영정20영〉의 제재를 활용하여 부연 혹은 환골탈태해서 이루어진 것이라는 연구 성과에 힘입어, 그 한시가 임억령(林億齡)의 원운(原韻)에 정철(鄭澈), 고경명(高敬命), 김성원(金成遠)이 차운(次韻)한 이른바 사선(四仙)의 작품이라는 데서 그들 사선의 삶을 훑어보면 짐작할 수 있는 일이다. 정철의 생애는 말할 것도 없고, 임억령은 관료생활과 은거생활을 아우르다 강원도 관찰사와 담양부사로 관직을 마쳤으며, 고경명은 동래부사까지 지낸 뒤 사직 낙향했다가 임진왜란 때 의병을 일으켜 금산전투에서 전사하였다. 김성원은 진사시에 급제한 후 조금 어버이를 영화롭게 하였다 하여 다시는 과거에 응시하지 않고 성산에 서하당(棲霞堂)을 지어 자연과 더불어 여유 있는 생활을 즐기는 듯하였으나 효행으로 천거 받아 찰방을 거쳐 동복현감으로 재임시 임진왜란이 일어나자 각지의 의병들과 제휴하여 활동하였으며 정유재란 때 노모를 업고 피난하던 중 적을 만나 살해되었다. 이렇게 보면 그들 사선 역시 자연에 몰입하여 그야말로 자연과 융합된 삶을 시종한 인물들이 아니다. 때를 만났을 땐 현실에서 그들의 이상을 펼쳤고, 때를 못 만났을 땐 그저 자연에 들어 안식하면서 자연을 벗삼아 소일하였을 뿐이었던 것이다.

한편, 〈성산별곡〉에서 '젹막산듕의 들고 아니 나시ᄂᆞᆫ' 주인, '텬변의 썬ᄂᆞᆫ 구름'과 같은 주인, '무심코 한가ᄒᆞᆫ' 주인, '진션'과 같은 주인은 겉으로 보기에는 '듯거니 보거니 일마다 션간'인 자연에 융합된 삶을 추구하는 인물로 보인다. 그러나 그러한 주인도 비록 '시운이 일락배락'하고 '셰ᄂᆞᆫ 구롬이라 머흐도 머흘시고'의 현실이긴 하지만, '인성세간의 됴혼 일 하건 마ᄂᆞᆫ'의 현실, '산옹의 이 부귀를 눔드려 헌스마오'라고 하면서 애써 외면하고자 했던 현실, '모롤 일도 하거니와 애돌옴도 그지업다'의 현실, 'ᄆᆞᄋᆞᆷ의 미친 시름'을 술과 거문고로나마 잊어버리고자 했던 그 '시름'의 원인인 현실에 결코 초연할 수 있었던 인물은 아니었다. 끊임없는 마음의 갈등과 방황 속에서 때를 기다리며 한 순간 자연에 들어 살아가는 인물이었을 뿐이다. 따라서 작품에 나타나 있는 도가적 고사나 시어도 다만 시적 용사의 대상일 뿐이다. 결코 은거하여 자연에 동화된 삶을 추구하는 도가적 삶의 모습은 아니다.

옛날 산림을 즐긴 자들을 보건대 두 부류가 있다. 현허(玄虛)를 그리워하고 고상(高尙)을 섬겨 즐겼던 자가 있고, 도의를 기뻐하고 심성을 편안하게 하여 즐겼던 자가 있다. 전자의 태도를 따른다면 결신란륜(潔身亂倫)에 흘러 심하면 새나 짐승과 무리하여도 그릇되다고 생각하지 않게 될까 두렵고, 후자를 따른다면 좋아하는 바는 조박(糟粕) 뿐이고 그 전할 수 없는 묘(妙)에 이르러서는 구하면 구할수록 얻을 수 없을 것이니 어찌 즐거움이 있겠는가? 그러나 차라리 후자를 위하여 스스로 힘쓸지언정 전자를 위하여 스스로 속이지는 않겠다.[18]

성리학이라는 조선조 사대부들의 학문적 비팅으로서는 스스로를 속이면서까지 도가적 자연에 동화된 삶을 추구할 수는 없음을 내세운 퇴계(退溪)의 말이다. 결국 자연은 도의와 심성을 기르는 군자의 벗일 뿐이지 완전히 융합된 삶을 이루어야 할 대상은 아니었던 것이다. 이는 바로 "은거하여 그 뜻을 구하고 의를 행하여 그 도를 이룬다."든지, "궁한 즉 그 몸을 독선(獨善)하고, 달(達)한 즉 천하를 겸선(兼善)한다."고 하였던 공(孔)·맹(孟)의 가르침을 그대로 실천하는 길이기도 하였다.[19]

---

18 觀古之有樂於山林者 亦有二焉 有慕玄虛 事高尙而樂者 有悅道義 頣心性而樂者 由前之說 則恐或流潔身亂倫 而其甚則與鳥獸同群 不以爲非矣 有後之說 則所嗜者糟粕耳 至其不可傳之妙 則 愈求而愈不得 於樂何有 雖然寧爲此而自勉 不爲彼而自誣矣(李滉,『退溪集』卷3, 詩,〈陶山雜詠記〉).

이렇게 보면 〈성산별곡〉은 귀거래를 명분으로 삼고 때를 기다리며 쉬어가는 안식처로 자연을 인식하였던 16세기 조선조 사대부들의 전형적인 자연관이 여실히 드러난 작품이라 할 수 있을 것이다.

인간은 자연에의 영원한 귀소본능을 지니고 살게 마련이다. 그러기에 자연의 넉넉함, 안온함, 평화로움을 즐기며 너그럽고 겸허한 자연의 품에 안기고 자연과 가까이 하려는 적극적인 노력을 기울이면서 살아간다. 그러한 노력이 산 좋고 물 좋은 곳에 정자를 짓고 자연을 벗 삼아 노래하고 풍류를 즐기는 삶을 희구하는 것으로 나타나기도 한다. 서하당도 식영정도 그러한 연유로 지어졌을 것이다. 그리하여 성산의 자연은 그 아름다운 풍광은 바로 서하당 식영정을 중심으로 〈성산별곡〉이란 아름다운 노래를 생산해내었던 것이다. 이렇게 대자연에 동화된 삶을 동경하면서도 귀거래를 명분으로 할 수 밖에 없었던 학문적 한계를 지닌 조선조 사대부들이 노래할 수 있었던 최상의 자연을 〈성산별곡〉은 보여주고 있다.

결국 〈성산별곡〉은 대자연이 인간에게 베푼 아름다운 풍광 속에서, 바로 성산이란 삶의 자리에서 이루어진 16세기 조선조 사대부들의 삶의 한 단면을 생동하는 표현과 여유 있는 풍류로 형상화해낸 작품이라 하겠다.

(「한국고전시가작품론」, 집문당, 1992)

3. 〈관동별곡〉에 나타난 자연관

1) 머리말

송강(松江) 정철(鄭澈)은 타고난 문학적 소질과 세련된 문장력을 바탕으

---

19 隱居以求其志 行義以達其道(「論語」, 〈季氏篇〉).
　窮則獨善其身 達則兼獨善其身(「孟子」, 〈盡心章句〉, 上).

로 해서, 한시·시조·가사 등의 시작을 통하여 우리의 문학사에서 독보적인 위치를 차지한 문인이며, 또한 임진왜란을 전후한 조선중기의 어려운 시대에 처하여 그의 능력을 마음껏 발휘한 정치인이기도 하다.

특히 〈관동별곡(關東別曲)〉은, 송강이 진도(珍島)군수 이수(李銖)의 뇌물 사건으로 탄핵을 받아 사직하고 귀향하였다가 45세 되던 정월(1580년, 선조 13)에 강원도 관찰사에 임명받고 원주(原州)에 부임했는데, 그때 내외해금 강과 관동팔경을 유람하며 승경과 자신의 감회를 스스로 자연 속에 몰입한 시경과 시상으로 노래한 작품이다.

홍만종은 『순오지(旬五志)』에서 당시에 유행되던 우리의 시가 14곡에 대한 평어를 남기면서 다음과 같이 극찬하였다.

〈관동별곡〉은 송강 정철이 관동산수의 아름다움을 두루 들어서 그 그윽하고 기괴한 경치를 다 말해냈다. 사물을 형상해낸 묘한 솜씨라든지, 말을 만드는 기발한 재주라든지 정말 악곡 중의 절묘한 작품이다.[20]

이와 같이 홍만종을 위시한 많은 문인들의 사랑을 받아온 이 작품은, 기왕의 국문학 연구에 있어서도 관심의 대상으로 주목되어 왔다.[21]

본고는 〈관동별곡〉을 중심으로 해서, 도(道)와 자연의 문제를 검토하고, 아울러 작품 속에 담겨 있는 송강의 자연관을 찾아보고자 하는 의도에서 시도되었다.

도와 자연의 문제는 송강의 문학관과의 관련 속에서 검토될 것이다. 시가 자연의 모방임은 물론이려니와 동서고금을 통해서 시의 소재를 자연을 대상으로 하여 노래하지 않은 시는 찾기 힘들다. 궁극적으로 시는 자연의

---

20 전형대 외, 앞의 책, 434면 재인용.
21 김병국 교수의 「가면 혹은 진실-송강가사 관동별곡 평설」(『국어교육』 18~20 합병호 1972) 과 김윤식 교수의 「정치와 문학-송강문학의 양면성」(『한국문학사론고』, 법문사, 1973) 등의 논문이 있다.

이미지인 것이다. 그리하여 자연 이미저리의 다양한 의미와 기능, 그리고 인간과 자연의 관련 양상 내지 인식 태도에 관한 논의가 이루어질 수 있는 것이다.

시의 자연, 즉 문학에 나타난 자연의 이미지를 찾기 위한 작업에서, 자연을 대하는 시인의 자연관이 근본적으로 시인 자신의 문학관에서 영향 받지 않을 수는 없으리라고 본다. 그것은 시인의 자연관이 그의 문학관과의 관련 속에서 파악될 때 보다 구체적이고 타당성 있는 자연관으로 인식될 수 있을 것이기 때문이다.

그리하여 송강을 위시한 당시의 양반관료 계층의 문학관의 주류를 이루었던 주자학적 도덕주의 문학관인 재도적(載道的) 문학관을 바탕으로 해서 도와 자연의 문제를 생각해보고자 하는 것이다.

그러나 이 도와 자연의 문제는 보다 광범위한 연구를 필요로 하는 문제라고 본다. 위로는 중국의 시경의 전통에서부터 비롯하여 조선 후기의 한국 한시에 이르기까지의 모든 자료들을 총괄적으로 검토하고, 아울러서 유(儒)·불(佛)·도(道)의 동양철학에서의 도와 자연의 문제에 대한 면밀한 연구가 선행된 다음에야 비로소 확연한 결론에 이를 수 있으리라고 보기 때문이다.

다만 본고에서는 〈관동별곡〉을 중심으로 하여, 도와 자연의 문제에 대한 관심을 이끌어보고자 하는 뜻에서 극히 제한된 범위에서의 논의나마 전개해보고자 하는 것이다.

따라서 도와 자연의 문제를 보다 구체적으로 전개하여, 심화시켜 나가는 것이 앞으로의 과제로 남는다고 하겠다.

2) 도와 자연

송강의 〈관동별곡〉을 중심으로 도와 자연의 문제를 검토하기 위해서는, 먼저 송강의 문학관을 검토해야 할 것이다.

송강이 직접 자신의 문학관을 피력해 놓은 글은 찾을 수 없다. 따라서 송강의 문학관을 이해하기 위해서는, 송강이 문학 활동을 전개했던 당시의 양반사대부 계층의 문학관의 흐름 속에서 파악하거나 송강의 문학작품 속에 담겨 있는 문학사상을 추출하여 그 양상을 파악하는 등의 두 가지 방법이 있을 것으로 생각된다.

송강이 문학 활동을 전개했던 임진왜란을 전후한 조선중기 시대는 조선조의 정치철학으로 자리를 굳힌 주자학의 학풍이 고조되어가면서도, 한편으론 실학정신이 은연중 배태되어가는, 사대사조의 이원성을 보여주고 있었던 시대이다. 이에 따라 문학관에 있어서도, 주자학적 질서를 고수하고 유지하려는 사대부계층에서는 중국의 한유(韓愈)·주자(朱子) 계통의 재도적 문학관이 풍미하였고, 실학정신을 내세운 일부 문인들 사이에서는 문학의 자율성과 순수성에 몰입하고자 하는 탈(脫)재도적 문학관이 제고 되고 있었다. 그러나 양반 사대부 계층이 문단을 주도했던 당시의 지배적인 문학관의 흐름은, 역시 '문이재도(文以載道)'의 정신 아래 시속의 교화라는 공리성을 추구하는 재도적 문학관에 있었다고 생각된다.[22] 이로 보아 전형적인 양반 사대부의 신분으로 관료사회에서 활동했던 송강의 문학관이 재도적 문학관의 범주를 벗어나기는 어려웠을 것으로 보인다.

실지로 송강은,

> 하늘이 많은 백성을 내실 제 물건이 있으면 법칙이 있는 것과 같이 사람에게 도리가 있어서 본시 착한 일을 할 수가 있으나, 다만 교화가 밝지 못함으로 말미암아 듣고 아는 바가 없으면 비록 아름다운 재질을 가졌다 할지라도 인재가 될 수 없다. (……) 백성을 교화시켜 아름다운 풍속을 이루게 하는 것이 비록 기대하기는 어렵다 하더라도 개유하고 지도하며 권장하고 경계하는 것을 그만 둘 수는 없는 일이다.[23]

---

22 전형대 외, 앞의 책 227면 이하 참조.

라고 하여, 강원도 관찰사로 재직할 당시에 쓴 〈홍주관판기(洪州舘板記)〉에서 '화민성속(化民成俗)'의 관료로서의 기본적인 태도를 밝혀주고 있다. 그런 한편 〈훈민가(訓民歌)〉 16수를 지어 '화민성속'의 도리를 실행하였는 바, 그것은 전형적인 재도문학의 모범이 된다고 할 것이다.

송강의 시조와 가사 작품들을 전반적으로 검토해보면 그러한 정신은 보다 분명히 드러난다.

우선 송강의 시조 중에서 다수를 점하고 있는 교훈적 시조에 담겨져 있는 재도정신은, '화민성속'의 진정한 목민관(牧民官)의 모습으로, 현실에 대한 비판과 풍자로서 현실의 광정을 염원하는 마음으로, 또한 강한 현실참여 욕구가 연군의 정으로 탈바꿈하여 표현되는 등으로 나타나고 있다.

이에 비해 가사 작품에 나타나 있는 재도정신은 직접 노출되거나 직선적으로 표현되거나 하지 않고, 작품 전체에 용해되어 은밀히 백성을 교화하고 풍속을 아름답게 하고자 하는 마음으로 숨겨져 있다. 그것은 성은에 감격하고 직무에 대한 기대감에 충일한 환희의 감정이 '화민성속'하려는 목민관으로서의 의욕과 의무감으로 바뀌면서, 강한 현실참여의 욕구가 그 가능성을 찾아 부단한 연군의 정으로 표출되면서, 또한 어려운 현실 여건 속에서 지조 있는 선비의 길을 추구하려는 의지를 굳게 다지면서 작품 속에 형상화되고 있는 것이다.

이상에서 살펴본 바에 따르면, 송강의 문학관을 재도적 문학관이라 규정해도 좋으리라고 생각된다.

이제 〈관동별곡〉을 중심으로, 작품 속에 담겨 있는 재도정신을 보다 구체적으로 정리하면서, 도와 자연의 문제를 살펴보기로 하겠다.

〈관동별곡〉은, 향리에 묻혀 있다가 강원도 관찰사를 제수 받고 나서, 성은에 감격하고 관찰사의 직무에 대한 기대감에 충일한 환희의 노래로 시작된다.[24]

---

23 국역 『송강집』 상(삼안출판사, 1974), 152면.

江湖에 病이 깁퍼 竹林의 누엇더니

關東八白里에 方面을 맛디시니

어와 聖恩이야 가디록 罔極ᄒ다

延秋門 드리ᄃ라 慶會南門 ᄇ라보며

下直하고 믈너나니 玉節이 압퓌셧다.

이와 같이 성은에 감격하고 기대감에 충일한 이 환희의 물결은 작품 전체의 분위기를 시종 밝고 희망찬 것으로 이끌어 가고 있다. 그리하여 송강은 이 환희의 감정을 '화민성속'하려는 목민관으로서의 의욕과 의무감으로 탈바꿈시키고 있다.

孤臣去國에 白髮도 하도할샤

東州밤 계오새와 北寬亭의 올라ᄒ니

三角山 第一峯이 ᄒ하면 뵈리로다

弓王 大闕터희 烏雀이 지지괴니

千古興亡을 아는다 몰ᄋ는다

淮陽 녜일홈이 마초아 ᄀ톨시고

汲長孺 風彩를 고텨아니 볼거이고

고신거국(孤臣去國)한 뒤에도 보이지 않는 삼각산, 왕이 계신 서울의 삼각산을 못내 잊지 못하는 송강의 은근한 연군의 정은 'ᄒ마면 뵈리로다'에서 더욱 돋보이고 있다.

그러면서, 한 무제 때 직간을 잘하고 백성을 잘 다스려 와치회양(臥治淮陽)이라는 평을 들었던 회양태수(淮陽太守) 급장유(汲長孺)의 고사를 들어, 스스로를 그의 풍채에 비기면서 선치에의 결의를 다지고 있다. 그것은 망극

---

24 김윤식 교수는 앞의 책에서 〈관동별곡〉을 환희의 측면에서 검토한 바 있다.

한 성은에 대한 보답이며, 목민의 이상을 실현하는 길이기도 하였다.

때문에 〈관동별곡〉이 관료적 문학의 성격을 지니고 있으며, 그 주된 모티브는 사회 공인으로서의 의무 및 직무에 관한 것이라는 견해가 있어왔던 것이다.[25]

이렇게 보면 〈관동별곡〉에서 추출해낼 수 있는 문학관은 바로 재도적 문학관이라 할 수 있을 것이다. 다음의 인용에서 보면 그 재도적 정신은 더욱 확연히 드러난다.

> 江陵大都護 風俗이 됴흘시고
> 節孝旌門이 골골이 버러시니
> 比屋可封이 이제도 잇다홀다

풍속이 아름답고 절(節)과 효(孝)가 두루 실행되는 강릉, 한서에서 요순시절에는 태평성대라 이웃들이 모두 착했다고 한 데서 비롯된 고사인 비옥가봉(比屋可封)으로 하여 연상할 수 있는 태평성대의 강릉, 그것은 나라가 태평하고 성군이 선정을 베풀어 '화민성속'이 이룩되었음을 단적으로 표현해주는 말이라고 할 것이다. 그것은 송강 자신의 의욕과 포부이기도 했으며, 재도적 정신의 표출이라고도 하겠다. 이렇게 〈관동별곡〉은 재도정신을 바탕으로 하여 충·효·절을 앞세우고 '화민성속'의 이상을 담으면서, 국토 대자연을 생동감 있게 찬미해나간 작품이라고 볼 수 있다.

결국 〈관동별곡〉에 나타난 자연은 재도정신에 의해 이끌린 자연일 수밖에 없다고 하겠다. 우선 송강이 관동의 아름다운 자연을 바라보는 마음가짐이, 무엇보다도 성은에 감격하고 직무에 대한 기대감에 충일한 환희의 감정으로 고조되어 있음을 생각해야 할 것이다.

그리하여 선학(仙鶴)이 '西湖 녯 主人을 반겨서 넘노는듯' 하고 '白鷗야 느

---

25 김병국, 앞의 논문, 45면 참조.

디마라 네벗인줄 엇디아는'이라 한 데서는 백구 역시 송강을 반겨 날고 있는 듯이 여겨지는 것이다. 산중을 두루 살핀 다음 동해로 나가는 마당에서는 '玲瓏碧溪와 數聲啼鳥는 離別을 怨ᄒ는듯'하여, 송강의 떠남을 아쉬워하는 시내와 새가 등장한다. 모두가 송강을 중심으로 움직이고, 송강의 벅찬 환희의 감정에 맞추어 어울려지고 있다. '어와 造化翁이 헌스토 헌스홀샤'와 '어와 너여이고 너ㄱ트니 쏘잇는가'에서 극찬하고 있는 자연의 아름다움을 송강 혼자서 즐기기는 아까운 생각에서 '일이 됴흔 世界 눔대되 다뵈고져'라고 하여 다른 사람들의 호기심까지도 충동하고 있어서, 송강의 고조된 감정의 상태를 넉넉히 짐작하게 하는 것이다. 그렇게 되니까 '이제와 보게 되니 有情도 有情홀샤'라고 하여, 자연에 생명을 부여하고 그 자연이 송강의 의도와 감정에 따라 반기고 원망하게 할 수 있었던 것이다.

　실지로 송강은 자연을 생동감 있게 사실적으로 묘사하는 데에도 성공하고 있다.

　　百川洞 겨틸 두고 萬瀑洞 드러가니
　　銀ㄱ톤 무지게 玉ㄱ톤 龍의 초리
　　섯돌며 쑴는소리 十里에 ᄌ자셔니
　　들을제는 우레러니 보니는 눈이로다

　　눌거든 쒸디마나 셧거든 솟디마나
　　芙蓉을 쏘잣는듯 白玉을 믓것는듯
　　東溟을 박츠는듯 北極을 괴왓는ᄂ
　　놉흘시고 望高臺 외로올샤 穴望峯

　살아 움직이는 자연, 용솟음치는 자연의 맥박을 생생히 전해주는 시구들이다. 이렇게 생명 있는 자연을 생동감 있게 사실적으로 묘사해낼 수 있는 힘은 곧 감격과 환희의 감정으로 고조된 송강의 마음의 여유에서 비롯되었다고 보아야 할 것이다.

이와 같이 작품 전체의 분위기가 감격과 환희의 감정으로 밝고 힘차게 어우러져 있으면서도, 결국은 하나의 목적을 향해 모이고 있다. '어와 聖恩이야 가디록 罔極ᄒ다'에서부터 비롯되는 왕에 대한 절대적인 충성의 마음이 그 하나이다. 때문에 '孤臣去國에 白髮도 하도할샤'에서와 같이 왕의 곁을 떠난 송강은 외로울 수밖에 없으며, '三角山 第一峯이 ᄒ마면 뵈리로다'와 '출하리 漢江의 木覓의 다히고져'에서 처럼 왕의 곁에서 왕을 모시고 있고 싶은 심정을 은근한 연군의 정으로 나타내고 있는 것이다.

다음으로 이러한 연군의 정이 직무에 대한 의무감으로 바뀌어 나타나고 있는 것을 들 수 있다. '淮陽 녜일홈이 마초아 ᄀ톨시고/ 汲長孺 風彩를 고텨아니 볼거이고'에서 급장유를 본받아 선치를 다짐하고 있으며, '이술 가져다가 西海예 고로ᄂ화/ 億萬蒼生을 다 醉케 밍근후의'라 하여 왕명을 받들어 백성을 다스리는 목민관의 자세에서 백성들을 잘 보살펴야 한다는 의무를 잊지 않고 있음을 드러내고 있다. 때문에 그토록 아름다운 자연을 만끽하면서도, '王程이 有限ᄒ고 風景이 못슬믜니/ 幽懷도 하도할샤 客愁도 둘듸업다.'라고 한 데서 보다시피, 자연에 몰입하여 도취되기보다는 왕정의 유한함을 마음에 새기면서 자신의 직무에 충실해야 하는 의무감을 일깨우고 있다. 그리하여 '江陵大都護 風俗이 됴흘시고/ 節孝旌門이 골골이 버러시니/ 比屋可封이 이제도 잇다ᄒᆞᆯ다'에서 태평성대를 누리며 선치의 결과로 풍속이 아름다운 강릉으로 이끌어갈 것을 다짐하고 있는 것이다.

이로 보면 〈관동별곡〉에서의 자연은 송강의 문학관에서 보이는 재도정신을 바탕으로 하지 않고서는 이해될 수 없다고 생각된다. 자연의 아름다움도 재도의 목적을 위해 주관적으로 관념화되고 있기 때문이다.

이상에서 〈관동별곡〉을 중심으로 도와 자연의 문제를 살펴보았거니와, 이제 범위를 넓혀 국문학에 나타난 도와 자연의 문제에 대해 앞으로의 연구의 가능성을 나름대로 검토하기 위해 간단히 살피고자 한다.

국문학에 나타난 자연의 문제가 중요한 과제로 학계에 제기된 것은 도남

조윤제 박사가 그의 『한국문학사』와 『국문학개설』을 통해 조선조 시가문학에 나타난 자연의 형성·양상을 강호가도(江湖歌道)라고 하면서, 강호가도는 당쟁하의 명철보신(明哲保身)과 치사객(致仕客)의 한적(閑適)에서 형성되었으며, 강호가도에 나타난 자연의 양상은 일반미(一般美)라고 규정하면서부터이다.[26]

최진원 교수는 이를 계승·발전시켜 일반미를 미적 이념으로 보고, 그미적 내용을 조화와 영원과 절로절로라고 파악한 바 있다.[27]

이에 따르면 강호가도의 형성은 국문학에서의 자연미의 발견이라는 큰 공적을 남겨 놓은 것으로 평가된다. 그러나 강호가도의 형성과 발전과정에서 엿볼 수 있는 도와 자연의 문제는 여전히 해결되어야 할 과제로 남아 있다고 생각된다.

그것은 강호가도의 형성을 '당쟁하의 명철보신과 치사객의 한적'에서 찾는 데서 알아볼 수 있다.

우선 '당쟁'과 '치사객'이라는 말이 조선조 양반관료 계층에나 해당되는 말이라는 데 주목해야 할 것이다. 그리하여 양반관료 사회의 유교적 정치철학에 따른 용사행장(用舍行藏)의 이념의 실천이라고 볼 수 있는 '명철보신'과 '한적'의 생활태도에서 우러난 자연미이 발견이라는 것은, 그것이 도와 자연의 문제와 결코 무관할 수 없음을 나타내주는 것이라 생각된다. 그들 양반관료들의 문학을 대하는 주된 정신이 '문이재도'의 문학관이었음을 생각해볼 때, 그러한 문학관을 지닌 그들이 '명철보신'과 '한적'에서 형성해낸 강호가도의 자연이라는 것이 '문이재도'의 도의 개념을 도외시하고 형성된 자연이라고는 생각할 수 없을 것이기 때문이다. 다음의 인용은 그러한 문제를 분명히 일깨워 주는 글이다.

---

26 조윤제, 『한국문학사』(동국문화사, 1963), 130면 이하.
_____, 『국문학개설』(동국문화사, 1955), 400면 이하 참조.
27 최진원, 『국문학과 자연』(성대출판부, 1977), 4면 이하 참조.

강호가도는 결코 인생시일지언정 자연시는 못 된다는 명제가 가능하다고 본다. 왜냐하면 앞서 보아온 바에 의하면 그들의 노래의 대상인 자연은 결코 객관적으로 존재하는 것이 아니고 그들의 관념이 형성한 자연이기 때문이다.[28]

이와 같이 강호가도를 자연시 아닌 인생시로 보고, 그 자연을 '관념이 형성한 자연'으로 파악한 것은 '자연을 노래하면서도 오히려 사이비(似而非) 자연시'[29]를 읊은 그들의 실정을 말해주는 것이다.

한편 자연을 아름답게 즐겨서 노래한 시조시인인 고산(孤山) 윤선도(尹善道)의 〈오우가(五友歌)〉에 나타난 자연에서 추상된 관념을 유가의 윤리라고 규정한 윤성근의 견해에서도 그러한 문제는 찾아볼 수 있다.[30] 따라서 국문학 연구에 있어서 이 도와 자연의 문제는, 앞으로 보다 종합적으로 정리하고 연구하여 해결되어야 할 중요한 과제의 하나라고 생각된다.

3) 자연관의 양상

앞장에서 〈관동별곡〉을 중심으로 도와 자연의 문제를 살펴보았거니와, 이제 송강의 자연을 대하는 태도, 즉 자연을 어떻게 파악하여 작품 속에 형상화했는가 하는 것을 검토하도록 하겠다.

시적 소재로서의 자연을 바라보는 시인의 시정신, 또는 시인과 자연과의 거리 등을 종합해서 시에 나타난 자연관을 살피고자 할 때, 다음과 같이 크게 네 가지 양상으로 분류할 수 있을 것으로 본다. 즉 관조(觀照)와 동화(同化)와 교감(交感)과 대립(對立)이 그것이다.

관조란 자연을 주관적 요소를 가하지 않고 냉정하고 평정한 마음으로 관찰하고 완미하여 그 아름다움이나 있는 그대로의 모습을 서경적으로 묘사

---

28 정병욱, 「꽃과 시조」(『국문학산고』, 신구문화사, 1959), 188면.
29 같은 책, 189면.
30 윤성근, 「윤선도의 자연관」(『문화비평』, v.2,3,4호, 1970, 추동호) 참조.

한 것을 말하며, 자연에의 동화는 자연의 오묘한 진리를 마음으로 체득하여
자연 속에서 우유자적(優游自適)하며 자연에다 최고의 가치를 부여하고 끝
내는 자연과 일체가 되어버린 상태를 뜻하는 것이다.

　자연과의 교감이란 시인과 자연이 서로 접촉되어 감응함을 뜻하는 것인
데, 주로 시인의 감정이 자연에 옮겨져서 표출되는 형태로 나타난다.

　그리고 시인과 자연이 대립한 상태란 것은, 관조나 동화나 교감의 경우
의 같이 자연의 아름다움을 표현하고 그 자연의 생명력이나 오묘한 진리를
체득하여 형상화시키고 있으면서도, 끝내 그 자연에 머무르지 못하고 또
다른 무엇에 보다 큰 가치를 부여하는 시인의 태도를 말한다. 다시 말해서
시인이 주관적 판단에 의해 자신이 목적하는 바인 정치나 사회, 종교, 윤리
등의 현실적 요소에 집착하여, 자연의 세계에 안주하지 못하고 자연과 대립
하거나 오히려 도피하게 되는 상태를 뜻하는 것이다.

　위의 네 가지 양상을 한시나 고전시학적 자료들을 통하여 그 뜻을 보다
확연히 하면 다음과 같다.

　　논갈이 끝난 푸른 산에 석양이 비껴 있고
　　꽃에 홀린 저 농부 돌아갈 줄 모르는데
　　한 마을 스물넷의 누른 송아지
　　들판 봄풀 위에 점점이 놀고 있네.[31]

　신위(申緯)의 〈심화(尋花)〉 중 제5수인 이 시는 아름답고 평화롭기만한
전원의 풍경을 서경적으로 묘사한 목가(牧歌)라 할 만하다. 시인의 주관적
감정은 전혀 배제되어 있으며 자연은 순수한 미적 관조의 대상일 뿐이다.

　그러나 다음의 한시는 이와는 다른 차원의 것으로 보인다.

---

　31 畊罷夕陽生翠巒　迷花簑笠不知還　一村二十四黃犢　散點平原春草間(申緯,〈尋花〉中　第五
首).

초막을 치고 인가 근방에 살아도

거마의 시끄러움을 모른다네

그대에게 묻노니 어째서 그러한가

마음이 속세를 멀어지면 사는 곳이 곧 외진 곳일세

동쪽 울타리 아래서 국화를 따노라니

유연히 남산이 눈에 비쳐오고

산기는 해 질 무렵 더욱 아름답고

날던 새는 서로 더불어 날아드네

이 속에 자연의 참뜻 있으니

말하고자 해도 할 말을 잊었노라.[32]

도연명(陶淵明)의 이 시는 자연에 동화된 경지의 시라고 할 수 있다. 우유자적의 즐거움과, 자연의 풍경 속에서 맛볼 수 있는 진의(眞意)를 오득(悟得)한 데 대한 감격이 그대로 표현되어 있다. 자연의 오묘한 진리를 마음으로 깨달은 경지로서 자연에 동화된 시인의 마음이 드러나 있는 것이다.

'유연견남산(悠然見南山)'의 구에서 안한하고 자약한 상태를 일러주는 '유연(悠然)'은 물론이려니와 보는 줄도 모르게 눈에 비쳐 들어오는 '見'의 의미는 그것이 곧 자연에 동화된 경지를 일러주는 것이라고 할 수 있다. 소동파(蘇東坡)가 한 마디의 말만 고치면 이 시의 신기(神氣)가 색연(索然)해진다고 했다는 것은 이미 널리 알려진 바 있거니와, 『문선(文選)』에서 '見'을 '望'으로 고쳐 의식적으로 남산을 바라보게 만든 것을 후세의 비평가들이 혹평한 것도, 자연에 동화된 도연명의 높은 시적 안목을 단적으로 말해주는 것이라 하겠다.

조선조의 한시에서도 이러한 경지의 시는 찾을 수 있는데, 다음의 시가

---

32 結廬在人境 而無車馬喧 問君何能爾 心遠地自偏 採菊東籬下 悠然見南山 山氣日夕佳 飛鳥相與還 此間有眞意 欲辯已忘言(陶淵明, 〈雜詩〉).

그 하나이다.

흰 구름 속에 묻힌 절
스님도 흰구름 쓸어내지 못하네
손이 와서야 비로소 문 열어보니
온 산에 송화꽃 만발하였네.[33]

조선중기 삼당시인(三唐詩人) 중 제일인자로 손꼽히는 이달(李達)의 이 시에서도 자연에 동화된 시인의 마음을 읽을 수 있다.

손이 찾아와서야 비로소 문을 연 스님의 눈에, 자연스럽게 그대로 눈에 들어오며 펼쳐진 송화꽃 만발한 산의 모습은 곧 도연명의 '유연견남산'의 경지에 접근한 시경이라 할 만하다.

시인과 자연이 교감하는 상태는 다음의 인용으로 일찍부터 우리의 시인들 사이에서 주목받아 왔음을 알 수 있다.

시가의 오묘한 경지는 산수 자연과 서로 통하는 것이다. 때문에 시가와 자연은 서로 치우(値遇)하고 접촉되어 정기를 주입(注入)하게 된다.[34]

시인의 정기를 자연에 주입하여 얻어낸 시의 경지, 이는 자연과의 교감을 통하여 자연의 생명을 파악하고 그 정신을 구체화함으로써 얻어지는 시의 생명의 창조를 뜻하는 것이다.

또한,

고인의 시는 눈앞의 경치를 묘사하면서도 뜻이 언외(言外)에 있다. 말은 다

---

33 寺在白雲中 白雲僧不掃 客來門始開 萬壑松花老(李達, 〈山寺〉).

34 詩歌之妙 與山水相通 故二者相值。而精氣互注焉(金昌協, 『農岩集』卷21, 〈兪命岳李夢相二生東遊詩序〉).

할 수 있었으나 의미는 다하지 않았다.[35]

에서, 이제현(李齊賢)이 말한 '언외의(言外意)' 경지 또한 자연을 읊되 그 모습만 객관적으로 읊는 것이 아니고, 함축된 의미를 지닌 자연 곧 시인의 정기가 주입되어 생명력을 얻은 자연을 노래하는 경지를 나타내는 것으로 보여진다. 그리하여 얻어지는 시가 곧 자연과의 교감을 통하여 자연의 생명을 함축된 의미로 표현한 시가 되는 것이다.

시인과 자연이 대립된 상태에서는 시인이 자연에 안주하지 못한다. 시인은 또 다른 가치를 지향한다. 그것은 정치, 사회, 철학, 종교 등의 현실적인 문제들로서, 시인의 주관에 의해 결정된다. 때문에 자연에 대한 안목이 객관적인 자연의 모습에서는 멀어지기 쉽다.

정약용(丁若鏞)의 다음과 같은 시들은, 시인과 자연의 대립관계를 말해주는 좋은 예라고 생각된다.

> 새로이 호박순 두 잎 나더니
> 밤 사이에 넝쿨이 담장에 닿아 있네
> 수박일랑 평생에 심지 말지니
> 아전놈들 트집을 뉘라서 당해낼까.[36]

> 황송아지 외밭에 들어갈세라
> 서쪽들에 옮겨서 매어 뒀더니
> 새벽녘에 이장이 코꿰어 갔는데
> 동래하납 배 와서 짐 싣고 있네.[37]

---

35 古人之詩 目前寫景, 意在言外 言可盡而味不盡(李齊賢, 『櫟翁稗說』, 後集一).
36 新吐南瓜兩葉肥 夜來抽蔓絡柴扉 平生不種西瓜子 剛怕官奴惹是非(丁若鏞, 〈長鬐農歌〉).
37 不敎黃犢入瓜田 移繫西庭磈磊邊 里正曉來穿鼻去 東萊下納始裝船(같은 시).

위의 시들에서 보이는 자연은 다산(茶山)의 현실관과 연결되는 것으로서 객관적인 자연과는 거리가 멀다. 다산이 파악하고 있는 자연의 참모습은 생산을 통해서 인간과 기본적으로 맺어져 있는 자연의 그것이다. 인간이 터를 잡고 생활하는 자연, 인간생활을 영위하기 위하여 끝없이 대립·투쟁해야 할 대상으로서의 자연, 인간의 기본적인 생활양식에 영향을 미치고 또 인간 활동에 의해서 부단히 개변되는 자연의 모습인 것이다.

이상에서 한시와 고전시학의 자료들을 통해서, 관조, 동화, 교감, 대립의 네 가지 자연관에 대한 이해를 넓혔거니와, 이제 그들을 기준으로 해서 〈관동별곡〉에 나타나 있는 송강의 자연관의 양상을 살펴보도록 하겠다.

송강은 관동의 아름다운 자연의 세계를 관조하여, 있는 그대로의 자연을 생동감 있게 표현해내고 있다.

百川洞 겨티두고 萬瀑洞 드러가니
銀ᄀ툰 무지게 玉ᄀ툰 龍의 초리
섯돌며 쑴ᄂᆫ 소리 十里예 ᄌ자시니
들을제ᄂᆫ 우레러니 보니ᄂᆫ 눈이로다

눌거든 쮜디마나 셧거든 솟디마나
芙蓉을 쏘잣ᄂᆫ듯 白玉을 므것ᄂᆫ듯
東溟을 박츠ᄂᆫ듯 北極을 괴왓ᄂᆫ듯
높흘시고 望高臺 외로올샤 六望峯
開化臺 고텨올나 衆香城 ᄇ라보며
萬二千峯을 歷歷히 혜여ᄒ니
峯마다 미쳐잇고 긋마다 서린 긔운
묽거든 조치마나 조커든 묽지마나

이와 같이 객관적인 자연을 적절한 비유와 세련된 시어로 마치 살아서 호흡하는 자연인 양 생동감 있게 표현해내고 있는데, 이러한 관조의 태도는 전편에 걸쳐 나타나 있다.

그러나 자연에 동화된 경지는 찾아보기 힘들다. '江湖에 病이 깊어 竹林의 누엇더니'에서 보이는 천석고황의 분위기는 동화의 경지에 접근하는 것으로 보이지만, 그러한 분위기는 곧바로 '關同八百里에 方面을 맛디시니/이와 聖恩이야 가디록 罔極ᄒ다'로 이어져, 강호에서 미련 없이 떨치고 일어나는 현실적인 인간의 모습을 그려내기 위한 서곡에 불과했다는 것을 알 수 있다.

仙槎롤 씌워내여 斗牛로 向ᄒ 살가
仙人을 추즈려 丹穴의 머므살가

위의 시구에서도 자연에 동화되고픈 마음은 표현되었다고 하겠으나 그것 역시 '有限ᄒ 王程'의 영역에서 벗어나지 못하는 근본적인 생활태도를 고수하는 가운데서, 잠시 눈길을 돌려 낭만과 감상에 마냥 젖어보는 시인의 상상력의 소산에 불과하다고 생각된다. 그리하여 꿈속에서 신선을 만나 술을 나누며 즐기는 장면을 연출하기도 하는 것이다.

松根을 볘여누어 픗줌을 얼픗드니
꿈애 ᄒ사롬이 날드려 닐온말이
그디롤 내모르랴 上界예 眞仙이라
黃庭經 一字롤 엇디 그릇 닐거두고
人間의 내려와서 우리롤 쏠오는다
져근덧 가디마오 이술훈잔 먹어보오
北斗星 기우려 滄海水 부어내여
말디쟈 鶴을ᄐ고 九空의 올나가니
空中 玉簫소리 어제런가 그제런가

꿈에나마 신선이 되어 신선과 만나 술을 나누고 옥소소리가 대표하는 풍류에 젖어보는 송강의 상상력은, 일반적으로 조선조의 양반관료 계층에 나타나는 낭만의 세계에서 크게 벗어나지 못한다. 결국 동화된 자연의 세계를 시적으로 형상화해내지는 못했다고 볼 수 있다.

송강을 비롯한 조선조 양반관료들의 상투어인 강호에 대한 동경이나 귀거래(歸去來)의 표방은 오늘날의 도시인들이 떠나온 고향을 그리면서도 실지로는 고향을 찾아 생활을 영위하기는 어려운 그러한 상황과 다를 바 없는 것으로 보인다. 자연은 막연한 동경의 대상일 뿐이지, 동화되어 자연 속에 몰입할 수는 없었던 것이다. 그들의 현실적인 목표는 경국제세의 왕도정치였으며, 자연은 그 과정에서 빚어지는 여러 상황에 대처하기 위한 임시터전이었다. 따라서 언제든지 가벼운 마음으로 돌아설 수 있었던 것으로 생각된다.

한편, 자연과의 교감을 통하여 자연의 생명을 함축적 의미로 표현해내고자 하는 송강의 또 다른 자연관은 다음의 시구들에서 찾아볼 수 있다.

金剛臺 민우層의 仙鶴이 삿기치니
春風玉笛聲의 첫줌을 씨돗던디
縞衣玄裳이 半空의 소소쓰더
西湖 녯主人을 반겨서 넘노는듯

天地 삼기실졔 自然이 되연마는
이제와 보게되니 有情도 有情홀샤

山中을 미양보랴 東海로 가쟈스라
藍輿緩步ᄒ야 山映樓의 올나ᄒ니
玲瓏碧溪 數聲啼鳥는 離別을 怨ᄒ는듯
바다홀 겻틱두고 海棠花로 드러가니
白鷗야 ᄂ디마라 네벗인줄 엇디아는

ᄌ득 怒혼 고래 뉘라셔 놀내관대
블거니 뿜거니 어즈러이 구는디고

송강은 관동의 자연에 생명을 부여하고, 그러한 자연으로 하여금 자신의
주관적 감정에 따라 움직이게 한다. 그리하여 유정(有情)한 자연은, 선학이
나 백구가 되어 송강을 반기기도 하고, 벽계와 제조가 되어 자신과의 이별
을 원망하기도 하고, 또한 성난 고래가 되어 험한 파도를 헤쳐 나가기도
하는 것이다.

그러나 송강의 자연과의 교감은 단순한 자연에의 감정이입(感情移入)의
단계에 그치고 있다. 다시 말해서 자연과의 교감을 통하여 생명 있는 자연,
정기를 서로 주고받는 자연의 정신을 구체화해서 시적으로 다듬어 표현해
내지는 못했다는 것이다.

나도 줌을씨여 바다흘 구버보니
기픠롤 모르거니 ᄀ인들 엇디알리
明月이 千山萬落의 아니 비췬듸 업다

눈앞에 보이는 있는 그대로의 자연, 그것만이 송강의 관조의 대상이고
또한 교감의 영역에 포함된다. '기픠'와 'ᄀ'를 모르는 자연, 내면에 숨겨져
숨 쉬고 있는 자연의 생명, 자연의 참모습은 '모르거니'이고 '엇디알리'일 뿐
이다.

이로 보면 송강은 자연과의 교감을 통해 자연의 신비와 생명을 포착하여
시적으로 형상화하는 데는 성공하지 못했다. 다만 송강 자신의 주관적 감정
이입의 상태에 머무르고 만 것이다.

끝으로 송강의 자연관의 양상 중에서 가장 큰 비중을 차지하는 것은 역
시 대립의 양상이다. 앞장에서 살펴본 도와 자연의 문제도 바로 이 대립의
양상과 연결되는 것이다.

江湖에 病이 깁퍼 竹林에 누엇더니
關東八百里에 方面을 맛디시니
어와 聖恩이야 가디록 罔極ᄒ다

昭陽江 ᄂ린믈이 어드러로 든단말고
孤臣去國에 白髮도 하도할샤

東州밤 계오새와 北寛亭의 올나ᄒ니
三角山 第一峯이 ᄒ마면 뵈리로다

太白山 그림재를 東海로 다마가니
출하리 漢江의 木覓에 다히고져
王程이 有限ᄒ고 風景이 못슬믜니
幽懷도 하도할샤 客愁도 둘듸업다

위의 시구들에서 보는 바와 같이, 자신에게 관찰사의 직을 맡긴 성은에
감격하여, 관동의 자연을 즐기면서도 성은에 보답하고자 하는 충성된 신하
로서의 왕을 연연히 그리워하는 정은 샘솟듯 한다. 때문에 관동의 아름다운
자연을 눈앞에 보면서도, 마음은 멀리 왕이 계신 서울 땅의 삼각산 제일봉
과 한강의 목멱(木覓)을 떠나지 못하는 것이다.

또한 성은에 감격하는 마음은, 앞장에서 살펴본 바와 같이 관찰사의 직
무에 대한 기대감과 선치하고자 하는 의무감으로 바뀌어 작품 곳곳에서 노
래되고 있다.

이로 볼 때 송강은 결코 자연에 안주할 수 있는 시인은 아니었다. 오히려
자연을 벗어나서 현실에 집착한다. 자연은 현실에서 버림을 받아 그야말로
어찌할 수 없을 때 머물 수밖에 없는 임시터전이었던 것이다. 자연과 현실
의 긴장과 대립 속에서 송강은 현실을 택하고 만 것이다. 송강의 자연과의

대립 양상은 그가 현실을 택하는 것으로 해서 매듭지어졌다고 하겠다.

4) 맺음말

이상에서 〈관동별곡〉에 나타난 송강의 자연관을 살펴보았거니와, 이제 그 대강을 요약 정리해보면 다음과 같다.

송강의 여러 문장과 시조, 가사 등을 통하여 살펴본 그의 문학관은, 조선 중기 양반 사대부 계층의 주된 문학관이었던 재도적 문학관이었음을 알 수 있었다.

그리하여 〈관동별곡〉에서의 자연은 재도의 도와의 관련 속에서 파악되어야 할 것으로 생각하였다.

결국 〈관동별곡〉은, '문이재도'의 정신을 바탕으로 하여 충·효·절의 윤리의식과 '화민성속'의 이상을 담으면서, 국토 대자연의 아름다움을 생동감 있게 찬미해나간 작품이라 생각된다. 자연의 신비와 아름다움도, 재도의 목적을 위해서, 주관적으로 관념화되고 있기 때문이다.

그리고 국문학 연구에 있어서, 도와 자연의 문제를 근본적으로 해결하기 위한 노력이 있어야 할 것으로 생각된다. 그러기 위해서는 중국의 시경의 전통에서부터 비롯하여 조선조의 한시에 이르기까지의 자료들을 총괄적으로 검토함과 아울러, 유·불·도의 동양철학에서의 도와 자연의 문제에 대한 광범위한 연구가 선행되어야 할 것이다. 이것이 앞으로의 과제로 남는 것이라고 본다.

〈관동별곡〉에 나타난 송강의 자연관을 살피기 위해, 시인의 시정신이나 자연과의 거리 등을 종합해서, 자연관의 양상을 관조와 동화와 교감과 대립의 넷으로 나누었다.

송강은 객관적인 자연을 적절한 비유와 세련된 시어로 마치 살아서 호흡하는 자연인 양 생동감 있게 표현하고 있는데, 이러한 관조의 양상은 전편에 걸쳐 나타나 있다.

강호를 동경하는 병으로 송강이 표현하고 있는 것은 자연에 동화되고자 하는 마음이었다. 그러나 작품 속에 구체화되지는 못하고, 천석고황(泉石膏肓)의 분위기를 빚어내는 데 멈추고 말았다.

송강은 자연과의 교감을 통하여 자연의 신비와 생명을 포착하여 시적으로 형상화하는 데는 성공하지 못했다. 다만 송강 자신의 주관적 감정이입의 상태에 머무르고 만 것이다.

송강은 또한 결코 자연에 안주할 수 있는 시인은 아니었다. 자연과 현실의 긴장과 대립 속에서 그는 현실을 택하였던 것이다. 송강의 자연과의 대립 양상은 그가 현실적 재도의 구현을 택하는 것으로 해서 매듭지어졌다.

송강의 자연관의 양상은, 동화의 경지보다는, 관조나 교감, 그리고 대립의 양상이 보다 크게 나타나 있는 것으로 생각된다. 그 중에서도 대립의 양상은, 송강의 재도적 문학관과의 관련 속에서 살펴볼 때, 송강의 자연관의 주류를 이루고 있는 것이라고 볼 수 있다.

앞으로 송강의 시조·가사·한시 등을 종합적으로 검토하여, 송강의 자연관의 양상을 추출해내는 것이 또 하나의 과제로 남는다고 하겠다.

(『세종대논문집』 8, 1981)

김만중의 시에 나타난 선비정신

1. 머리말

이 글은 서포(西浦) 김만중(金萬重, 1637~1692)의 한시에 나타난 시정신의 면모를 효(孝)와 절(節)의 선비정신의 측면에서 살펴보고자 하는 의도에서 출발되었다.

서포는 예학(禮學)의 대가인 김장생(金長生)의 증손이다. 아버지 충렬공(忠烈公) 익겸(益謙)이 1637년 정축호란 때 강화도에서 순절(殉節)한 까닭에 유복자로 태어났는데, 형인 광성부원군(光城府院君) 만기(萬基)와 함께 어머니의 엄격한 훈도를 받으며 자랐다. 그의 어머니는 해평윤씨로 해남부원군(海南府院君) 윤두수(尹斗壽)의 4대손이며, 영의정을 지낸 문익공(文益公) 방(昉)의 증손녀이고, 선조의 부마 해숭위(海嵩尉) 문목공(文穆公) 신지(新之)와 정혜옹주(貞惠翁主)의 손녀로서 이조참판 지(墀)의 딸이다. 이처럼 서포는 부모 양가의 연원 있는 가통을 이어받은 데다 어머니 윤씨의 희생적인 가르침으로 남부럽지 않은 학습과정을 거쳐 과거에 급제하고 관료의 길에 들어섰다. 그 후 30대 후반부터 정치적인 문제로 관직 삭탈, 귀양, 복귀를 거듭하는 가운데 공조판서, 대사헌, 대제학 등을 역임하였으며, 남해(南海)의 적소(謫所)에서 56세에 세상을 떠났다. 이렇게 보면 서포는 명문가의 가학을 이어받으며 자라 이 땅의 선비들이 넘나들었던 수기치인(修己治人)의 길을 밟으며 올곧은 선비의 모습을 보여준 것으로 생각된다.

사실 선비는 학식과 인품을 갖춘 사람에 대한 호칭으로서 특히 유교이념을 구현하는 인격체 또는 신분 계층을 가리킨다. 조선조에 이르러 유교이념을 통치 원리로 삼으면서 선비들은 유교이념의 담당자로서 자기 확신을 정립하는 한편 그 이념을 철저히 수련하고 실천하면서 선비정신을 강화시켰다. 이렇게 선비가 유교이념을 수호하는 임무를 지녔기 때문에 유교이념 자체가 바로 선비정신의 핵심을 이루는 것이 사실이다.[1] 이렇게 선비정신은 유교이념에 입각하여 군자의 기본적 삶의 자세를 지키고 언행을 바르게 실천하려는 수신의 모든 과정이나 벼슬길에 나아가고 벼슬길에서 물러나 처하는 출처의 문제 해결 과정, 즉 수기치인, 수신제가치국평천하(修身齊家治國平天下)의 이념의 틀에서 벗어나 있지 않다고 하겠다.

이처럼 선비들은 고품격 인성과 지성을 겸비한 군자로서, 지식인으로서 수기치인의 길을 그들의 지향처로 하였던 것이다. 그리하여 어려서부터 철저하게 인성 교육을 받고 학문을 연마하는 '수기'의 단계를 거쳐 완성된 인격체에 이르러야 남을 다스리는 '치인'의 단계로 나아갈 수 있다는 것이 그들의 기본적 생각이었다.[2]

선비의 길이 수기치인의 길임은 유자들의 공통된 견해인데, 정약용도, "군자의 학은 두 가지를 벗어나지 않는 것인데, 하나는 수기이고 또 다른 하나는 치인이다. 수기는 나 자신을 착하게 하는 것이고 치인은 남을 사랑하는 것이다. 나 자신을 착하게 하는 것은 의(義)가 되고 남을 사랑하는 것은 인(仁)이 되는데, 인과 의는 서로에게 쓰임이 있기 때문에 어느 한 쪽도 버릴 수 없다. 둘 중에 하나만 붙잡는 것은 변통을 알지 못하는 것이니 이는 잘못된 일이다."[3]라고 하여, 수기치인의 이러한 이치를 깨달아 자신의 인격을 닦고 남을 사랑하는 일을 마다하지 않아야 선비로서의 근본이 갖추

---

1 금장태, 「선비와 선비정신」, 『대학국어작문』(서울대학교출판부, 1994), 252~270면 참조.

2 정옥자, 『한국의 리더십, 선비를 말하다』(문이당, 2011), 152면 참조.

3 君子之學 不出二者 一曰修己 二曰治人 修己者所以善我也 治人者所以愛人也 善我爲義 愛人爲仁 仁義相用 不可偏廢 二者各執其一 不知變通 是其謬也(丁若鏞, 『孟子要義』, 〈盡心〉).

어질 수 있음을 밝혔다. 또한 "군자의 학은 수신이 반이고, 나머지 반은 목민이다."⁴라고 하여, 수기치인이 선비의 길임을 분명히 하기도 하였다. 이 땅의 선비들은 이렇게 수기치인의 길을 걸으며 선비정신을 지켜 내렸던 것이라고 하겠다.

이런 관점에서 보면 서포는 부모 모두 전형적인 사대부 가문의 사족(士族)으로, 태어나면서부터 이미 선비의 길이 마련되어 수기치인의 그 길을 내달릴 수밖에 없었다고 해야 할 것이다. 그리하여 입신, 출세, 시련 등을 겪으며 살다간 선비들의 전형적 사례에 손색이 없는 삶을 누렸다고 할 수 있겠다. 이처럼 서포가 전형적 선비로서 유교이념에 바탕한 선비정신을 견지하였을 것으로 볼 때, 그의 시에 나타난 시정신도 이 선비정신의 큰 틀 안에서 이해될 수 있을 것으로 보인다.

그리고 시가 우리들 마음이 가는 바를 표현한 것이라고 보았던 당시 시관에 따르면,⁵ 시는 시인들의 마음이 가는 바를 기록한 시인들의 삶의 기록이라고 할 수 있겠는데, 이렇게 보면 그 시들이 인생시(人生詩)로서의 범주를 벗어나기 어려웠을 것으로 보인다. 서포의 경우도 예외는 아니었을 것이다. 따라서 서포의 시를 그의 인생이 온통 녹아든 선비정신의 소산으로 보아도 좋을 것으로 생각된다. 한국 한시가 개념의 시, 정신의 시로 전개되어 왔다고 하는 것은 주지의 사실인 바, 이로 보아도 서포의 시가 그의 선비정신의 결정으로 이루어졌다고 보아 틀림은 없을 것으로 생각된다.

선비정신과 관련하여 선비의 생활태도, 공인으로서의 선비의 지향 등에 대한 서포의 생각을 좀 더 살펴보도록 하겠다. 서포는 선가(仙家)의 식(食), 색(色), 재(財), 명(名), 수(睡)의 오욕(五欲) 가운데 만약 선비라면 마땅히 수(睡)를 버리고 환(宦)을 첨가해야 한다고 하였다. 그리고 선비의 생활 태도로서 이 다섯 가지 욕망을 하나라도 가지고 있으면서 절제할 줄 모른다

---

4 君子之學 修身爲半 其半牧民也(丁若鏞, 『牧民心書』, 〈牧民心書序〉).

5 詩言志(『書經』, 〈舜典〉), 詩者 志之所之也 在心爲志 發言爲詩(『詩經』, 〈大序〉).

면, 모두가 상신멸리(喪身滅理)할 만하다고 하였다. 그러나 극악한 시역(弑逆)은 환욕(宦欲)에서 나옴이 십중팔구이니 이것이 오욕 중에서 더욱 무서운 것이라고 하였다.[6] 이렇게 서포는 선비의 생활 태도 가운데서 가장 무서운 것이 벼슬에 대한 욕심으로 보고, 선비라면 마땅히 벼슬 욕심을 절제하여 출처를 신중하게 하는 자세를 견지해야 한다고 하였다. 식, 색, 재, 명의 욕구에 대한 절제보다 앞서서 벼슬 욕구의 절제를 더욱 강조하였던 것이다. 군자로서의 본분을 지키고 모든 면에 절제하며 생활하는 것이 선비의 기본 생활 태도이지만, 특히 학문에 정진하고 최선을 다하여 공직을 수행하는 수기치인의 이상을 실현하도록 노력하되 벼슬 자체에 연연하여 욕심부리지 않는 절제할 줄 아는 선비정신의 실천을 서포는 강하게 내세웠던 것이다.

한편 서포는 병자호란 이후 일의 형편이 여의치 못하여 포로로 실절하였던 선비 집안의 부녀자들에게 고도(古道)에 어긋나지 않게 조처하면서 융통성을 부여해야 한다고 주장하면서 이를 공론화하고자 하였다. 즉 옛사람들은 처가 죄가 있으면 그를 버렸지만, 같이 삼년상을 지냈거나 돌아갈 곳이 없는 사람은 비록 죄가 있더라도 버리지 않았다고 하면서, 버리는 것도 의요 버리지 않는 것도 의라고 하여 의에 따라 융통성을 부여하고자 하였다. 그리하여 속환(贖還)한 뒤에 별도의 거처를 마련하여 살게 하면서, 종묘(宗廟)의 일은 함께 하지 않고, 그 자식들로 하여금 어머니로 만나게 하며, 죽으면 그 어머니 복을 입고 곡하게 한다면, 고도에 어그러지지는 않을 것이라고 보았다. 또한 나라의 병자와 정묘호란에 사대부가로 이러한 상황에 처한 사람들이 의리를 생각하지 아니하고 순전히 자신의 처지만 생각하니, 이것은 사욕(私欲)이 두드러진 것이지 사론(士論)은 아니라고 하였다.[7] 문제

---

6 禪家有所謂五慾者 食色財名睡 若士人 則宜去睡而添宦也 是五者 一有之而不知節 則皆足以喪身滅理 而癱痔弑逆之出於宦者 十居八九 此是五慾之尤者(金萬重, 『西浦漫筆』下).

7 古之人妻有罪 則去之 而與共三年喪 及其無所歸者 雖有罪 不去 去之者義 不去者亦義也 (…) 贖還之後 置之別處 不與共宗廟之事 而使其子得而母之 死則服其服而哭之 則庶幾不悖於古道矣 國家丙丁之亂 士夫之處此者 不顧義理 事爲身計 此乃私欲之尤者 非士論也(위와 같음).

의 해결을 위해 서포는 처를 버리는 것도 버리지 않는 것도 모두 의리에 따라야 한다는 선비정신을 보여 주었다. 그리하여 부녀자들의 음란함 때문이 아니라 나라에서 보호해주지 못한 부득이한 상황에서 어쩔 수 없이 이루어진 실절이었음에도 불구하고, 그에 대해 의리를 생각지 않고 자신들의 처지만 내세우며 사욕에만 눈이 어두워 있는 사대부들이 떠들어대는 주장은 선비정신을 저버린 것이라 개탄하면서, 서포는 그렇게 사욕에 휩쓸린 논의는 선비들의 올바른 논의가 될 수 없다고 하였다. 사론 곧 모든 의리를 아는 선비들이 정당하다고 하는 공론이야말로 그 시대 선비정신의 보편타당성을 확보한 논의가 될 수 있을 것으로 보고, 서포는 의리에 바탕을 둔 선비들의 공론을 촉구하면서 그 선비정신을 앞서서 지켜나가고자 하였던 것이다.

이로 보면 선비정신과 관련하여 서포는 엄격한 기준으로 절제 있는 생활을 강조하면서도, 의리를 바탕으로 융통성을 존중하는 선비로서 중용의 조화를 추구하고자 하였던 것으로 보인다. 이에 더하여 태어나면서부터 마련된 선비의 길을 내달리면서 형성된 선비정신의 다양한 면모는 그의 저작인 『서포집(西浦集)』, 『서포만필(西浦漫筆)』 등에서 살펴볼 수 있을 것이다. 서포의 이러한 선비정신과 그의 시를 연관시켜 생각해볼 때, 그의 삶의 역정에서 쉽게 찾을 수 있는 선비정신의 양상으로 우선적으로 생각해 볼 수 있는 것이 바로 효(孝)와 절(節)의 덕목이라 할 수 있겠다.

효는 동서고금을 통하여 언제나 어디서나 할 것 없이 존중되어온 윤리덕목으로서, 가족 윤리의 근간이라 할 수 있을 것이다. 서포는 아버지가 강화에서 순절한 이후 유복자로 태어나 어머니의 훈도를 받으며 자랐는데, 평생을 어머니에게 지극한 효성을 다하고 살면서 효를 몸으로 실천함으로써 사회의 귀감이 되었다. 이러한 그의 효성은 세상에 널리 알려졌고, 그의 사후 14년만인 숙종 32년(1706)에는 그 지극한 효성을 기려 나라에서 정려하기에 이르렀다. 서포가 이루어낸 효의 실천이 나라의 인정을 받아 붉은 정문으로 세상에 드러나게 되었던 것이다. 삼강오륜으로 다져진 윤리적 사회에서 가족 윤리의 근간이 되는 효의 윤리를 성실히 실천함으로써 효자문에 선 윤리적 인간으로 역사에 이름을 남겼다고 하겠다. 이렇게 서포가 선비정신의 소산으로 몸으로 실천해낸 효의 정신은 그의 문집 『서포집』에 실려 있는 226수의 시 가운데 24수의 시에 절절한 사모의 정으로 나타나 있다.[8] 이는 서포가 남긴 전체 시의 내용면에서 볼 때 결코 적은 비중은 아니라고 생각된다. 그리하여 그 내용을 보은의 눈물이란 항목에서 살펴보도록 하겠다.

한편 절은 조선조 사회에서 왕과의 관계에서는 충절로, 부부 사이에서는 정절로, 벗 사이에서는 신의로 이어지는 윤리적 규범이자 인간적 덕목이었다. 이러한 절의 덕목은 서포에게는 태어나면서부터 필연적으로 떠안고 살아야만 했던 윤리 규범이었다고 해야 할 것이다. 그는 어머니 뱃속에서는 충절의 표상으로서의 아버지의 순절과 자라면서는 어머니의 수절과 절행을 지켜보면서, 그 절의 선비정신을 가슴에 되새기면서 선비로서의 인생을 엮어나갔던 것이다.

생각해보면 선비정신의 여러 덕목 가운데서 선비들에게 우선적으로 중시되었던 것은, 군자적 삶을 지향해 나가면서 일체의 삶을 통해서 의가 아니면 행하지 않으려는 자세를 견지하여 군자의 지조를 지키려는 절의 덕목이었다고 하겠다. 현실적 문제 해결에 초점을 맞춘 유가적 생활 강령에 충실하려 하였던 조선조의 선비들에게 있어서, 이렇게 의가 아니면 행하지 않고 군자의 지조를 굳게 지켜내고자 하였던 절의 선비정신은 가장 빛나게 그들의 정신세계를 이어내린 값진 정신적 유산이라 할 수 있을 것이다.[9] 이러한 선비정신으로서 가장 중시되었던 규범적 덕목인 절의 윤리가 서포의 〈단천

---

8 사모의 시에 대한 연구 업적은 다음과 같다.
김무조, 「서포의 한시고」, 『우헌 정중환박사 환갑기념논문집』(1974).
박성규, 「김만중 시에 나타난 내면성의 통일과 확산」, 『김만중연구』(새문사, 1983).
전형대, 「김만중의 한시」(위의 책).
권영대, 「서포 한시 연구」, 고려대 대학원(1984).
9 정요일, 「선비정신과 선비정신의 문학론」, 『한문학의 연구와 해석』(일조각, 2000) 참조.

절부시(端川節婦詩)〉에 잘 나타나 있는데, 이를 절행의 교훈이란 항목에서 분석 검토해보도록 하겠다.[10]

이렇게 효와 절의 선비정신이 표현된 서포의 시를 검토함으로써, 서포에게서 그러한 윤리적 삶을 지켜낸 조선 후기를 대표하는 전형적 선비의 모습을 찾아보고자 하는 것이 이 글의 또 다른 의도이기도 하다.

2. 보은의 눈물

서포는 아버지의 순절로 인하여 유복자로 태어나 아버지의 얼굴 한 번 보지 못한 것을 평생의 한으로 간직하고 살았기에 더욱 더 어머니의 사랑에 매달려 살았던 것으로 보인다. 그만큼 서포에게는 어머니가 절대적인 존재로 인식되었을 것이기 때문이다. 그리하여 어머니 윤씨부인은 서포에게 있어서 세상을 보는 눈이었고, 살아가는 힘이었으며, 험한 세상 헤쳐 나가는 지혜이기도 하였고, 언제나 세상과 당당하게 맞설 수 있게 하는 용기이기도 했다. 또한 즐거울 때 뛰노는 동산이었고, 어려울 때 기대는 언덕이었으며, 괴로울 때는 언제나 숨어들 수 있는 보금자리이기도 하였다. 이렇게 어머니는 생명의 근원이자 서포의 삶을 지탱해주는 버팀목이었던 것이다.

서포의 어머니 윤씨부인은 쟁쟁한 가문의 후예로서 무남독녀로 태어나 할머니 정혜옹주의 손에서 자랐는데, 어려서부터 총명하고 숙성하여 여자

---

10 이 시에 대한 연구 업적은 다음과 같다.

임형택, 『이조시대 서사시』(창작과 비평사, 1992).

박혜숙, 『형성기의 한국 악부시 연구』(한길사, 1991).

_____, 「서사 한시의 장르적 성격」, 『한국한문학연구』 제17집(한국한문학회, 1994).

_____, 「한국 한문서사시 연구」, 『한국한문학연구』 제22집(한국한문학회, 1998).

김석회, 「서포의 현실 인식 태도와 그 문학적 실현에 관한 한 고찰」, 『국어교육』 63·64(한국국어교육연구회, 1988).

김병국, 『서포 김만중의 생애와 문학』(서울대학교출판부, 2001).

로 태어났음을 한탄할 정도였다고 한다. 정혜옹주의 엄격한 가정교육으로 의복과 음식에도 사치함을 몰랐으며, 특히 혼인에 앞서서는 부도를 어기지 않도록 더욱 엄한 가르침을 받았다고 한다. 이렇게 할머니 정혜옹주로부터 사대부가 여인으로서 마땅히 지녀야 할 부도를 익힌 윤씨부인은, 남편 사후에 두 아들을 데리고 부모 슬하에 의지하여 살면서 어머니를 도와 가사를 보살피고 아버지를 섬겨 뜻을 받들기를 옛날 효자와 같이 하였다고 한다. 이렇게 보면 효녀 어머니의 훈도 아래 서포도 효자의 길을 걸었다고 해야 하겠다.

서포는 어머니가 돌아가신 다음 해(1690, 숙종 16) 8월에 한문으로 된 〈선비 정경부인 행장(先妣 貞敬夫人 行狀)〉[11]을 지었는데, 한글로 기록된 〈정경부인 해평윤씨 행장〉도 같이 전하고 있다.[12] 행장 마지막에 "불초(不肖) 고애남(孤哀男) 만중은 읍혈(泣血)하고 삼가 기록하노라."라고 하였는데, 어머니에 대한 서포의 애절한 그리움의 깊이를 짐작할 수 있을 듯하다. 그런데 『서포연보(西浦年譜)』에 따르면, 서포의 나이 53세 때인 1689년(숙종 15)에 서포가 화를 입어 감옥에 있으면서 자신이 큰 화를 면치 못하게 되면 어머니의 평소의 언행이 결국 전해지지 못할까 걱정하여 남모르게 약간의 말들을 기록해 두었었는데 얼마 안 있어 자신의 죄가 유배에 그치므로 그 원고를 내놓지 않았다가, 어머니가 돌아가신 다음 해에 비로소 행장으로 엮어 여러 편을 만들어 아들과 조카들에게 나누어 주었다고 하였다.[13]

서포는 화를 입어 목숨을 잃게 되면 어머니의 행적이 자손들에게도 전해지지 못할까 걱정하여 옥중에서 이 행장을 계획하였던 것이었는데, 서포가

---

11 이 행장은 『西浦集』 卷10에 실려 있다.
12 이 행장에 대한 연구는 다음과 같다.
　　장덕순, 「서포의 윤씨 행장」, 『한국수필문학사』(새문사, 1985).
　　이명구, 「서포와 정경부인 윤씨 행장」, 『김만중연구』(새문사, 1983).
　　참고한 한글로 된 행장의 내용은 정병욱 외, 『한국고전문학정선』(아세아문화사, 1985)에 수록된 내용을 참고하였다.
13 김병국 외, 『西浦年譜』(서울대학교출판부, 1992) 참조.

기울인 어머니에 대한 사랑과 존경의 정도를 짐작케 하는 일이라 할 것이다. 이로 보아 서포의 어머니 사랑, 그 효의 완성이 곧 이 행장이었음을 알 수 있겠다. 또한 그의 어머니 사랑이 그대로 묻어나 있는 그 사무친 사모의 한시 24편에 두루 진솔하게 표현되어 있는 어머니를 향한 절절한 그리움의 언어들은 바로 서포의 삶에서 어머니가 차지했던 자리가 얼마나 절대적인 의미를 지닌 것이었던가를 일러주고 있기도 하다. 서포는 그 시들 속에서 자신의 존재의 의미를, 그 진정한 삶의 의미를 어머니와 함께 찾아나섰던 것이다. 그리하여 서포는 언제나 가슴 가득 사모곡, 그 보은의 노래를 품고 효성스런 선비의 모습으로 살았던 것으로 보인다. 이러한 그의 생각은 다음 시에 잘 나타나 있다.

向來忠孝願　여태껏 충과 효가 소원이었는데
衰謝恐長休　쇠약하여 시들고보니 이루지 못할까 걱정이네
-『西浦集』卷3, 〈南荒〉[14]

충과 효는 서포가 삶을 지탱하는 두 기둥이었는데, 귀양 온 몸으로 더군다나 쇠약해지고 시들어가는 몸이라 제대로 이루어내지 못할까 조바심하는 마음이 드러난 시다. 특히 어머니에 대한 효를 다하지 못할까 조바심하는 안타까운 마음은 다음 시에도 잘 나타나 있다.

唧悲別慈母　슬픔을 머금은 채 어머님을 이별하고
揮手謝諸親　손 흔들어 친척들과 헤어지는데,
秋日西城道　가을날 서성으로 가는 길
關河獨去人　관하에 홀로 떠나는 사람이어라.
情知又妄發　정이란 것 부질없음을 알고는 있지만

何足報深仁　어찌하면 그 깊은 사랑 갚을 수 있으리.

尙有區區意　아직도 구구한 뜻 남아 있으니

從玆恐莫申　이로부터 제대로 펴지 못할까 걱정이네.

-권3, 〈九月十三日 出禁府 赴宣川配所〉

서포가 51세의 나이로 1687년(숙종 13)에 평안도 선천으로 귀양을 떠나면서 쓴 시다. 귀양 가는 처지이면서도 마음은 온통 어머니에 대한 사랑과 걱정으로 가득 차 있다. 어머니의 사랑에 보답하고 싶은 일념으로 구구절절한 사연 되새기며 어머니에 대한 효성을 마음껏 펴보지 못할까 걱정한 서포의 마음, 그 보은의 정이 간절한 마음으로 나타나 있는 것이다.

이처럼 어머니 곁에서 어머니 모시고 효성을 다해 봉양하지 못하는 아픈 마음을 노래하고 있는데, 서포는 서른다섯 살에 처음으로 어머니 곁을 떠나면서도 그 서운한 마음을 다음과 같이 노래한 바 있다.

九月二十五　구월 이십오일은

慈親初度日　어머님 생신날.

兒生三十五　내 나이 서른다섯

今歲初離膝　금년에 처음으로 슬하를 떠났네.

-권5, 〈暗行時作〉, 其四

서포가 1671년(현종 12)에 서른다섯의 나이로 암행어사의 신분으로 경기도 여러 고을을 염찰(廉察)하기 위해 떠나면서 쓴 시다. 아무런 감정 표현 없이 담담하게 그저 사실만 기록한 이 시에서 오히려 더욱 간절한 어머니 사랑의 마음을 읽을 수 있다. 그 어떤 수식이나 비유로도 결코 어머니 사랑의 벅찬 마음을 여실히 표현할 수 없었던 때문일 것이다. 그리하여 간결하고 담백하게 있는 사실만 나타냄으로써 언외(言外)에 흘러넘치는 어머니에 대한 넘치는 사랑의 의미를 더욱 절실하게 전달하는 효과를 얻었다고 보인다. 절제된 감정으로 오히려 무한히 번져나는 함축의 의미 획득에 이 시는 성공하고 있는 것이다. 효성이 지극한 서포였기에 어머니 곁을 잠시 떠나면 서도 그 안타까운 마음을 절제된 시어로 표현할 수 있었던 것이라 하겠다.

서포는 어머니를 섬김에 있어서 어릴 적부터 늙어서까지 특별한 일이 없 으면 잠시도 곁을 떠나지 않았고, 멀리 떨어져 있을 때에는 그리워하는 생 각이 지극해서 옆에 있는 사람으로 하여금 측은한 느낌이 들게 할 정도였다 고 하니, 보통 사람으로서는 도저히 따르기 어려운 일이었다고 할 수 있을 것이다. 때문에 이런저런 일로 불가피하게 어머니 슬하를 떠나 있을 때도 자나 깨나 어머니 곁으로 돌아가기만을 기다리는 마음을 노래한 시들을 볼 수 있다. 바로 "어느 날에나 집으로 돌아가리."[15]라고 애타게 노래한 것처럼, 어머니 곁을 그리워하는 마음이 그의 시 곳곳에 나타나 있는 것이다.

母病妻憂歸不得　어머님은 병들고 처는 근심해도 돌아갈 길 없고
山長水遠信難傳　산 길고 물 멀어 편지조차 전하기 어렵네.
　　　　　　　　　　　　　　　　　　　－권4, 〈南溪雜興〉, 其六

千里驛書憑定省　천 리 먼 곳에서 편지 띄워 안부 여쭈려는데
五更鄕夢當生涯　오경의 고향 꿈은 살던 모습 그대롤세.
　　　　　　　　　　　　　　　　　　　－권4, 〈塞上〉

何日門閭歸綵服　어느 날에 비단 옷 입고 고향집으로 돌아가리
孤臣關塞見靑春　외로운 신하 변방에서 청춘을 보냈네.
　　　　　　　　　　　　　　　　　　　－권4, 〈新春〉

家書數紙盡　집에 부칠 편지는 여러 장째 다하고

---

15 何日定還家(권5, 〈對案〉).

歸夢五更迷　돌아갈 꿈은 오경에도 헤매이기만.

-권3, 〈塞邑〉, 其二

風濤滔天不可越　바람에 파도가 닿을 듯하여 넘을 수 없어선지
六月曾無一書札　여섯 달 동안이나 편지 한 통 없구나.

-권2, 〈南海 謫舍 有古木竹林 有感于心 作詩〉, 其二

　이 모두 어머니 곁을 떠나 있으면서도 어머니에게로만 향하는 간절한 마음을 토로한 시들이다. 서포는 일상의 생활에서 관리로 공적인 업무를 수행하는 시간 외에는 대부분의 시간을 어머니와 함께 보냈다. 따라서 시에서 집과 고향을 생각한다고 하는 것은 곧 어머니를 그리워한다는 뜻으로 보아도 좋을 것이다. 집이 그리운 사연, 집으로 가고픈 마음, 고향으로 돌아가고자 하는 꿈, 집에 보내는 편지에 담아 전했을 어머니에 대한 그리움 등등은 모두 결국 어머니 모시고 효도하면서 살고픈 서포의 소망에 다름 아니라고 할 수 있겠다. 이렇게 간절한 어머니 사랑 그 보은의 정이 위의 시들에 흘러넘치고 있음을 알 수 있다.

　물론 어머니와 헤어질 때의 서포의 마음은 "어머님은 연세가 높아, 이별하는 말도 어렵기만 하네."[16]에서 보듯 그 사랑에 보답도 못한 채 걱정만 더해 드리는 안타깝기만 한 마음이고, 그 어머니의 자식 사랑 또한 "어머님께서 보내오신 옷, 꼼꼼히도 바느질하셨네."[17]에서 보듯 빈틈없이 꼼꼼하고 자애로운 것이었기에, 어머니의 사랑과 서포의 보은의 정은 한데 묶여 교감하면서 서포의 사모곡에서 애절한 곡조를 이루고 있는 것이다. 연세가 높으신 어머니의 마음을 행여나 아프게 해드릴까 해서 이별의 말도 차마 쉬이 하지 못하는 서포의 서러운 마음과, 아들이 입을 옷을 손수 한 땀 한 땀

---

16 慈母年高別語難(권4, 〈次李甥養叔 見寄難字韻 名頤命〉).
17 慈母衣傳密縫(권4, 〈南溪雜興〉, 其四).

사랑으로 지어 보낸 어머니의 지극한 정성이 한데 어우러져 그들 사모곡에 애틋한 보은의 정으로 녹아들어 있다고 하겠다.

이렇듯 서포는 어머니 곁에 있을 때는 정성을 다하여 효성으로 모시고, 슬하를 떠나 있을 때는 그리움을 사모곡에 담아 혼정신성(昏定晨省)의 문안에 대신하는 것으로 마음 다하여 효의 윤리를 실천하려는 마음을 달랬던 것으로 보인다. 다음 두 편의 시에도 그러한 면은 잘 나타나 있다.

> 每歲慈親初度日　해마다 어머님 생신날이면
> 弟兄相對舞衣斑　형제 서로 마주하여 때때옷 입고 춤췄네.
> 弟今奉使違親膝　내가 지금 사명 받드느라 어머님 곁 떠났으니
> 多恐親心未盡歡　어머님 마음 즐겁지 못하실까 걱정도 많아라.
>
> ─권6, 〈奉使嶺南 九月二十五日作〉

> 憶我弟兄無故日　생각난다. 우리 형제 탈 없이 평안했던 날에
> 綵服壚箎慈顔悅　때때옷 입은 화목한 모습에 기뻐하시던 어머님 얼굴.
> 母年八十無人將　여든 살의 어머님 돌봐드릴 이도 없으니
> 幽明飮恨何時歇　이승과 저승으로 품으신 한 어느 때나 다할는지.
>
> ─권2, 〈南海 謫舍 有古木竹林 有感于心 作詩〉, 其一

앞의 시는, 서포가 47살 때인 1683년(숙종 9)에 왕명으로 『실록(實錄)』을 봉화의 사각(史閣)에 봉안(奉安)하기 위해 어머니 슬하를 떠나게 되어 생신날 직접 참여하지 못하는 아픈 마음을 노래한 시다. 노래자가 나이 일흔에 때때옷 입고 어린애처럼 장난하여 그의 모친을 기쁘게 하였다는 고사를 들어, 나이 들었어도 언제나 어린아이처럼 어머니를 기쁘게 해드리기 위해 정성을 다 기울였던 서포 형제의 모습이 정겹게 드러나 있다. 비록 공무로 슬하를 떠나왔지만, 어머니 마음 한 구석에 행여라도 서운한 점이 있을까 안절부절하는 서포의 마음을 읽을 수 있어서, 그 보은의 정이 더욱 절실하

게 전달되는 시라고 하겠다.

뒤의 시는, 서포가 53세 때인 1689년(숙종 15) 남해에 귀양 가 있으면서 어머니를 그리워하며 쓴 시다. 이때는 형인 김만기는 이미 세상을 떠난 다음이다. 그래서 지난날을 추억하면서 더욱 애틋하게 어머니를 그리워하였는지도 모른다. 형제가 함께 어머니 슬하에서 편안히 지낼 때, 고운 옷 차려 입고 형은 질나팔 불고 아우는 화답하여 저를 불면서 서로 화목한 모습을 보여 드렸으니 어머니 얼굴에 기쁜 기운이 감돌 수밖에 없었을 것이다.

그러나 형은 세상을 떠나고 자신마저 귀양으로 어머니 곁을 떠났기에 여든 살의 노모를 돌봐드릴 자식이 없음을 한탄하는데, 어머니 역시 먼저 세상 떠난 아들과 귀양 가 고초를 겪고 있을 아들에 대한 걱정에 그 이승과 저승에 맺힌 한을 풀지 못해 가슴만 아파했을 것이다. 언제나 어머니의 걱정이 사라지게 될지, 끝없이 걱정만 끼쳐드리는 죄스러움에 서포의 마음은 무겁기만 하였을 것이다. 오로지 어머니 은혜에 보답하고자 평안히 모실 생각에 여념이 없었을 서포의 보은의 정이 애타게 전달되는 시라고 하겠다.

그러나 이와 같은 서포의 남달랐던 어머니에 대한 사무치는 보은의 정이 애절한 몇 마디 시어로 다 풀릴 수는 없는 일이었을 것이다. 말로 다할 수 없었던 지극한 정이 눈물의 시어로 형상화되어 나타나는 까닭이 거기에 있었다고 하겠다.

서포의 어머니에 대한 사랑과 효도의 마음은 그 시대를 함께 살았던 사람들의 보편적인 효행의 정도를 넘어서는 것이었다고 보인다. 어쩌면 관념적일 수도 있고 관습적인 것일 수도 있었을 그 시대 보통 사람들의 형식적인 또는 그저 체면치레의 타산적인 효행과는 거리가 있는, 그만큼 절실하고 진실된 보은의 정으로 이루어진 실천적 효행이었기에 그 소중한 인연을 사랑과 그리움의 사모곡으로 노래할 수 있었던 것이 아닌가 한다. 또한 서포는 거기서 한걸음 더 나아가 말로는 이루 다 표현해낼 길 없는 그 벅찬 어머니의 사랑의 마음을 눈물로 엮어가고 있음을 볼 수 있다.

呑悲腹中結　삼켜버린 슬픔이 가슴 속에 맺혔어라

行子別母情　길 떠나는 아들이 어머님과 헤어지는 정.

情知啼不可　울어서는 아니 되는 줄 알고는 있기에

索笑從底生　공연한 헛웃음으로 눈물 감추네.

－권5, 〈正月二十七日　拜別慈親　赴配所〉

서포의 나이 38세 되던 해인 1674년(현종 15) 정월에 금성(金城, 강원도 고성)으로 귀양 가면서 어머니와 이별하는 회포를 노래한 시다. 죄를 입어 귀양 가는 일이란 원래 기약 없는 길이어서 어머니와 이별하는 정이 더욱 슬플 수밖에 없었을 것이다. 어머니 앞에서 그 슬픔을 삼켜 가슴 속에 숨기고는 터져 나오려는 울음을 참아가며 괜한 헛웃음으로 눈물을 감추는 서포의 안쓰러운 마음이 전해오는 듯하다. 통곡으로 울부짖으며 땅을 치는 행동보다 더욱 서럽게 느껴지는 시적 표현이라 할 것이다. 자식이 귀양 가는 것을 지켜보는 일만 해도 뼈저린 아픔일진대, 그에서 더 이상 슬픈 모습으로 어머니 마음 아프게 해드리지 않기 위하여 애써 웃음 지으며 울음을 참고 이별하는 아들의 모습에서, 평생을 어머니 사랑으로 그 효행의 정성으로 시종한 서포의 참모습을 보는 듯하다.

어머니 곁을 떠나 있으면서 어머니 생각에 마냥 가슴 아파하는 시는 앞에서도 살펴본 바 있지만, 다음 시도 예외는 아니다.

雨色映林薄　비 내리는 경치는 숲을 엷게 비추고

花枝似故園　꽃가지는 마치 고향 동산의 것인 양.

遙憐北堂下　멀리 어머님 계신 곳 그리워하는데

新長幾叢萱　그 곳의 원추리는 몇 떨기나 새로 자랐을까.

景昃山禽喚　해 기우니 소쩍새 울어대고

春陰野水香　봄 짙으니 들물이 아득하네.

耕歌各自樂　밭 갈며 노래로 각자 즐거워들 하는데

遠客易消魂　멀리 떠나온 나그네만 쉬이 마음 아파하네.

－권3, 〈雨色〉

　　어머니 곁을 떠나 멀리 떠나온 몸으로 맞는 봄은 어머니 생각에 더욱 가
슴 아팠을 것이다. 그리하여 그곳에 핀 꽃송이도 고향 동산의 꽃송이로 보
이는가 하면, 봄비 속에 어머니 계시는 북당 주변 뜰에 심어 놓은 원추리
그 망우초(忘憂草)는 몇 떨기나 새로 자랐는지 입 속에서 되물어 보게 되는
것이다. 그리고 어머니는 어떻게 지내시는지, 그 망우초 지켜보시며 과연
모든 시름 잊고 계신지, 서포의 마음은 안타깝기만 하였을 것이다. 때문에
비 개자 해질 무렵 소쩍새 울어대는 가운데 무르익은 봄날 아득한 들물 바
라보면서, 노래 부르며 밭갈이하는 농부들의 저마다 즐거워하는 듯한 정경
을 뒤로 하여, 먼 길 떠나온 서포는 고향, 어머니 계신 곳 그리워하며 마냥
가슴 아파하고 있다.

　　이 시에서 비, 숲, 꽃, 고향 동산, 원추리, 해, 산새, 봄, 들물, 밭갈이 노래
등의 시어는 모두 어머니 그리는 정을 드러내기 위해 동원된 느낌이다. 어
머니 그리는 서포의 마음에 대자연의 삼라만상이 마치 모두 머리 숙이고
있는 듯하다는 것이다. 어머니를 지극한 정성으로 사랑하였던 서포의 진실
된 마음으로 바라본 자연 대상물들은 그 하나하나가 모두 어머니 그리는
정으로 채색될 수밖에 없었던 것이다.

　　이렇게 어머니 곁을 떠나 있으면서도 언제나 어머니 생각에 가슴 아파했
던 서포이기에 꿈속에서조차 어머니 손잡고 눈물짓기도 하였다.

上堂拜慈親　고향집 북당에 올라 어머님 뵈오니
執手淚雙滴　부여잡은 손에는 두 줄기 눈물 흘러내리고
俄然一笑粲　문득 한 웃음 환하게 웃고 보니
已失離懷慼　이별할 때의 슬픔은 간 곳이 없어라.

－권1, 〈記夢〉

사무친 보은의 정으로 간절하게 어머니를 그리워하였던 서포이기에 꿈속
에서나마 어머니를 만나뵈올 수 있었을 것이다. 그러니 어머니와 아들이
만나 두 손 부여잡고 더 이상 무슨 말이 필요하였겠는가. 그저 눈물만 흘릴
밖에. 어머니의 사랑의 눈물, 아들의 그리움의 눈물이 그들 모자의 부여잡
은 손등으로 흘러내렸을 것이다. 울다가 웃다가, 그렇게 한 번 환하게 마음
놓고 웃고 나니 이별했을 때의 슬픔 같은 것은 이미 다 가셔버리고 말았던
것이다.

서포의 어머니 사랑은 이렇듯 서포만의 일방통행이 아니다. 어머니의 서
포 사랑과 서포의 어머니 사랑은 언제나 맞물려 엮어져 있었던 것이다. 때
문에 그리움의 눈물도 두 사람 모두의 몫일 수밖에 없었다고 하겠다. 그러
기에 다음 시에서도 서포의 가슴 아픈 어머니에 대한 그리움의 하소연에
어머니는 사랑 가득한 눈물로 답하고 있는 것이다.

去年今日侍萱堂　지난 해 오늘 어머님 모시고
兄弟聯翩捧壽觴　형제가 번갈아 잔 올리며 만수무강 빌었는데,
一落塞垣音信斷　한 번 적소에 떨어져 소식조차 끊어지니
廬山新塚已秋霜　여산의 새 부덤에는 어느새 가을 서리일세.
　　　　　　　　　　　　-권6, 〈九月二十五日 謫中作 其一〉

人間倚伏莽難推　인간의 화복이란 헤아리기 어려운 것.
歌哭悲歡只一朞　노래하고 울고 슬퍼하고 즐거워하는 일들 모두 한 해에
　　　　　　　　　잇달았네.
遙霜北堂思子淚　멀리서 어머님께서 자식 생각에 눈물지으실 것 생각하니,
半緣死別半生離　한 아들은 죽어 이별이요, 또 한 아들은 살아 이별이라네.
　　　　　　　　　　　　-권6, 〈九月二十五日 謫中作 其二〉

서포가 선천 귀양지에서 1687년(숙종 13) 9월에 51세의 나이로 쓴 시들이

다. 같은 해 3월에 형은 이미 세상을 떠났으니, 홀로 남으신 어머니와 먼저 간 형에 대한 애통한 생각에, 앞의 시는 서포가 속으로 흘리는 눈물 아닌 눈물로 얼룩져 있다고 보아야 할 것이다. 형제가 나란히 어머님 생신 축하해 올리던 일을 회상하며, 홀로 남으신 어머니 걱정에 목이 메여 울먹이고 있는 것이다.

다음 시에서 서포는, 아무리 인간의 화와 복이란 것이 헤아리기는 어려운 것이라지만, 형의 죽음과 자신의 귀양 등등 이런저런 일들이 한 해 동안 잇달아 일어나 슬픔을 더하고 있음에 한숨짓고 있다. 죽어 이별한 큰아들과 살아 이별해 있는 작은아들 걱정에 눈물짓고 계실 어머니, 그 어머니의 눈물을 생각하며 서포도 따라 눈물 속에서 이 노래를 불렀을 것이다.[18]

더구나 귀양지에서 맞이한 어머니 생신날이다. 지극한 효성으로 살아온 서포의 회포를 짐작할 수 있을 듯하다. 이렇게 보면 이 시들은 어머니 생신날 객지에서 어머니를 그리워하며 불초한 자식이 눈물로 노래한 사모곡인 셈이다.

이 눈물의 사모곡이 하늘도 감동케 하였음인지, 52세 때인 숙종 14년(1688) 11월 서포는, 지은 죄는 밉지만 귀양 가서 해를 넘겼고 모자의 정리가 또한 남다르니 특별히 방송하라는 숙종의 명에 따라 풀려나게 된다. 결국 남다른 모자의 정리가 귀양을 푼 셈이니, 이 눈물로 노래한 사모곡은 그 몫을 톡톡히 하였다고 보인다.

이렇듯이 유복자로 태어나서 어머니가 돌아가시는 53세의 나이에 이르도록, 서포의 마음은 어머니 곁을 결코 떠난 적이 없었다. 이토록 지극한 효행을 실천하면서 절실하게 어머니를 그리워했던 서포는 어머니의 죽음을 예감해서인지 돌아가시기 석 달 전 귀양지 남해에서 마지막으로 맞이한 어머니의 생신날에 다음과 같이 눈물의 사모곡을 부르고 있다.

---

18 『서포연보』에 따르면, 서포가 선천으로 귀양 갈 때, 어머니 윤씨부인은, "명해로 귀양 가는 것은 선현들도 면하지 못했던 바이니 가거라. 몸조심하고 내 걱정일랑 말아라."라고 하였다 한다. 이 말을 들은 이들은 눈물을 흘리지 않은 이가 없었다 한다.

今朝欲寫思親語　어머님 생신날 아침 그립단 말 쓰려고 하니

字未成時淚已滋　미처 쓰기도 전에 눈물이 이미 흥건하네.

幾度濡毫還復擲　몇 번이나 붓을 적셨다가 다시 던져 버렸는지

集中應缺海南詩　문집에는 응당 남해에서의 시가 빠져 있으리.

　　　　　　　　　　　　　　　　　　　　－권6, 〈己巳 九月二十五日〉

이승에서 다시는 어머니를 뵙지 못하리라는 것을 예감하고 쓴 시인듯, 생신날 아침에 어머니가 사무치게 그립다는 말을 쓰고자 하였으나 글자가 채 이루어지기도 전에 눈물이 앞을 가린다고 하였다. 붓을 적셨다가 던지고, 다시 적시고 하다가 끝내 이루지 못한 어머니 사랑의 사연들. 그러니 남해 귀양지에서 무슨 시가 있어 문집을 채운단 말인가. 그저 빠져 있을 정도가 아니고, 빼버릴 시조차 없을 것이란 아우성이다. 그토록 벅찬 어머니 사랑이 전해오는 시이다.

이 시야말로 앞에서 살펴본 모든 시들을 거쳐 서포의 어머니 그리워하는 보은의 정이 이르게 된 그 막다른 곳에서 애절하게 눈물로 노래한 사모곡이라고 할 수 있을 것이다. 사실 어머니도 울고 서포도 울며 53세의 나이에 다시금 떠나온 남해의 귀양길이나. 어머니노 살아서는 다시는 서포를 보지 못할 것을 알았음인지, 이때만은 소리 나지 않게나마 울면서 서포를 보냈다고 한다.[19] 그리하여 어머니의 눈물과 서포의 눈물이 한데 이어져 이 한 편의 눈물의 사모곡을 빚어 놓았다고 할 수 있을 것이다. 눈물로 이어진 어머니의 사랑과 이 땅의 진정한 선비 서포의 간절한 보은의 효성은 이처럼 가슴 저리는 눈물의 사모곡을 이루어내었던 것이다.

---

19 『서포연보』에 따르면, 윤씨부인이 귀양 가는 서포를 이별할 때, "나는 차마 네가 길 떠나는 것을 보지 못하겠으니 먼저 돌아가야겠다."라고 하며 가마에 올랐다고 한다. 서포는 가마 앞에서 절하여 하직하고 손수 가마의 주렴을 매어 드리고 문 곁에 서서 바라보다가 길이 구부러져서 가마가 보이지 아니하자 눈물이 흘러 문득 얼굴에 가득해져서 비로소 자리에 들어가 앉았다 한다. 윤씨부인도 또한 거리가 약간 떨어진 뒤에야 가마 안에서 소리 나지 않게 울어 우는 소리가 서포에게 들리지 않도록 하였다 한다.

3. 절행의 교훈

선비정신의 근간을 이루는 효의 윤리를 보은의 눈물로 시에 담았던 서포
는 선비정신의 또 하나의 가닥인 절(節)의 덕목을 칭송하여 절행의 교훈으
로 남겼다. 1665년(현종 6) 그의 나이 29세 때에 예조좌랑으로 봉직하면서
〈단천절부시(端川節婦詩)〉를 지어 관기(官妓) 일선(逸仙)의 절행을 노래한
것이 그것이다.

그 시의 서문에 보면, "절부의 이름은 일선이니 단천의 관기였다. 본 고
을에서 그 절개 있는 행실을 보고하였으나 예관(禮官)은 그녀가 본디 천하
다 하여 물리치고 정표(旌表)하지 아니하였다. 예양(豫讓)이 범중행(范中行)
을 위하여 죽지 아니하고 지씨(智氏)를 위하여 죽었는데, 선유(先儒)들은 여
기서 무엇을 취했던고. 그는 이렇게 말하지 아니하였던가. 선비는 자기를
알아주는 이를 위하여 죽는다고. 나는 이 때 예조(禮曹)의 원외랑(員外郞)으
로서 대개 이런 뜻을 개진하고 물러나와 그 행실을 엮어 가시(歌詩)를 지었
으니, 악부(樂府)에 기록된 바 진라부(秦羅敷)에 대한 시나 초중경(焦仲卿)
의 아내에 대한 시가 끼친 뜻에 거의 가까울 것이다."[20]라고 하였는데, 시를
짓게 된 동기나 배경을 설명하면서 선비는 자신을 알아주는 이를 위하여
죽는다는 절의 윤리를 강조한 선비정신을 피력해 놓았다.

생각해보면, 서포의 일생은 절행의 덕목에 대해서는 남다른 관심을 기울
일 수밖에 없었던 삶이었다고 해야 할 것이다. 서포의 아버지 김익겸(金益
謙, 1614~1636)은 병자호란이 일어나자 강화에 가서 사우(士友)를 규합하고
관군을 도와서 성을 사수하다가, 성이 함락되려 하자 김상용(金尙容, 1561~
1637)을 좇아 남문루에서 분신 자결함으로써 순절하였다.

---

20 節婦 名逸仙 端川官妓也 本郡報其節行 禮官以素賤 抑而不旋 豫讓不死於范中行 而死
於智氏先儒奚取焉 其言不曰 士爲知己者死乎 余時爲儀部員外 蓋嘗陳以此義 退而綴其行實 以
爲歌詩 庶幾樂府所錄 秦羅敷焦仲卿妻詩 遺意云(권1,〈端川節婦詩〉), 이하 시 인용의 경우 주
생략.

서포의 어머니 윤씨부인은 남편의 흉한 소식을 듣고 졸도하였다가 깨어나, "내가 죽는 것이 참으로 시원하나 어린 것들로 하여금 입신케 하지 못하면 어떻게 군자를 지하에서 보리오."라고 하였다. 그리하여 온갖 어려움 속에서도 고이 수절하면서 두 아들을 훌륭하게 키워 내었던 것이다.[21]

서포는 이렇게 아버지의 순절 후 유복자로 태어나 어머니의 수절을 지켜보며 자랐다. 이처럼 순절과 수절의 절행을 실천한 부모의 무언의 가르침 속에 서포는 절의의 선비정신을 남달리 강하게 간직하고 살았을 것으로 생각된다. 이러한 서포였기에 신분의 귀천에 관계없이 관기 일선의 절행은 서포의 관심을 끌기에 충분하였을 것으로 보인다. 때문에 주변의 반대를 가슴 아파하면서 그 절행을 시로써 후세에 전하고자 하였던 것이다.

이러한 관점에서 보면, 비록 천한 신분인 관기의 몸으로서 이루어낸 일선의 절행이긴 하지만 당시 사회의 귀감이 될 만한 모범적 성과를 보여준 그 절행의 덕목이 전해주는 빛나는 교훈만은, 절의에 대해서는 남다른 관심을 가질 수밖에 없었던 서포에게는 뚜렷한 선비정신의 구현으로 강하게 인식되었을 것으로 보인다. 그것이 바로 〈단천절부시〉 창작 배경이 된 서포의 작가 정신의 한 가닥이었다고 할 수 있을 것이다. 서포는 또한 "인심과 천리(天理)는 때때로 벌어지기도 하고 합치되기도 하나, 천리에 어두워 구차하게 인심을 따르는 것보다는 천리를 밝혀 인심을 바로잡는 것이 옳지 않겠는가?"[22]라고 해서, 천리를 밝혀 인심을 바로잡는 것은 의가 아니면 행하지 않으려 하였던 선비들의 올곧은 정신의 실천이라고 생각하였던 것으로 보인다. 그리하여 서포는 천한 신분이라 하여 일선의 절행조차도 인정하지 않으려 하였던 현실을 천리를 밝혀 인심을 바로잡아야 한다는 선비정신의 소유자로서 개탄하여 마지않았던 것이라 생각된다.

〈단천절부시〉는 212구로 이루어진 오언고체시(五言古詩體)의 장편 서사

---

21 김병국 외, 앞의 책 참조.
22 人心與天理有時而離合 與其昧天理 而苟循人心 曷若明天理以正人心乎(「西浦漫筆」下).

시다. 그 내용의 대강은 다음과 같다. 서두에 청루의 여인 일선과 성균관의 학생 상사(上舍)를 소개하고 두 사람의 이별이 닥쳐왔음을 암시한다. 뒤이어 마운령 고갯마루에서의 이별의 장면. 일선은 혈서로 불망기(不忘記)를 쓰고 상사 낭군은 머리털을 매듭지어 신표로 잘라 준다. 그 후 단천에는 안사(按使)가 오는데 안사는 공사(公事)에는 관심이 없고 오직 일선을 수청 들이는 것이 관심이다. 그러나 일선은 수청을 거부하고 우물에 투신하는데 이웃사람에게 구출되고 여론이 비등한다. 이후로 일선은 화장도 몸치장도 포기한 채 낭군이 남기고 간 상자 속의 머리털만 바라보며 그리워한다. 하루는 그 머리털이 저절로 퇴색하였는데, 서울로부터 상사의 부고(訃告)가 온다. 일선은 상복(喪服)을 입고 분상차(奔喪次) 서울로 달려간다. 상사댁의 온갖 구박과 멸시를 감내하면서 물 긷고 방아 찧는 노고를 다하니 드디어 본부인과 시어머니가 감동하여 일선을 가문의 일원으로 받아들인다. 이로써 일선의 수절하려는 입지(立志)는 관철된다.[23]

한편 〈단천절부시〉의 서술 체재는 열전(列傳)의 그것과 동일하게 이루어져 있다. 열전의 체재는 기본적으로 편두(篇頭)에서 입전 인물을 소개하고 행적 본문으로 이어지며 편말(篇末)에 사관의 사평(史評)으로 매듭짓는 것인데, 〈단천절부시〉도 그 체재를 그대로 본받아 서사 부분에서 일선과 상사생을 소개하고 이어서 이별·수난·분상·수절로 연결되는 절행의 과정이 표현되며 끝으로 결사에서 사관 대신 작가인 서포 자신이 등장하여 시의 주제를 확인하고 그것을 교훈으로 삼을 것을 당부하고 있다. 그리하여 김석회는, "이 시는 운문의 형식을 빌고 있지만 내용상으로는 전(傳) 양식에 근접해 있고, 본문 머리에 붙인 서문 속에 그 입전의식(立傳意識) 같은 것이 드러나 있다."[24]고 하여 시 내용의 전개가 열전의 양식에 근접해 있다고 생각하였던 것이다.

---

23 김병국, 앞의 책, 56면 참조.
24 김석회, 「서포의 현실 인식 태도와 그 문학적 실현에 관한 한 고찰」, 『국어교육』 63·64 (한국국어교육연구회, 1988), 13면.

한편 임형택은 원님 아들과 기생 사이의 사랑은 우리 서사문학의 한 전형인데 『춘향전』은 이 전형이 만든 최대의 걸작인바 지금 〈단천절부시〉는 『춘향전』으로 발전하는 문학사의 중간 결산이라 할 수 있을 것이라고 하였다.[25] 이도 〈단천절부시〉의 서사적 성격에 더하여 그 내용 전개가 열전 양식의 성격을 지니고 있음을 말해준 것이라 하겠다. 이렇게 보면 일선의 절행을 문학적으로 표현하는 데는 오히려 열전 양식의 그릇이 더 어울리는 것이었는지도 모른다. 그러나 서포는 시 양식 그것도 장편의 한문 서사시 쪽을 선택하였다.

이제 〈단천절부시〉의 내용을 열전의 체재인 편두 〈고신(告身)〉, 행적 본문, 편말 〈사평(史評)〉에 견주어 서사, 이별, 수난, 분상과 수절, 결사의 다섯 단락으로 나누어 검토해보도록 하겠다.[26] 시는 이렇게 시작된다.

皚皚黑山雪　시커먼 산에 새하얀 눈이요,
鮮鮮濁水蓮　흙탕물에 해맑은 연꽃이어라.
皎皎靑樓婦　청루에 아름다운 여인 있었으니
自名爲逸仙　스스로 이름 하길 일선이라 했네.
逸仙小家子　일선은 미천한 집 딸이라
初不學詩禮　애초부터 시와 예는 배우지 못했었네.
感郎一顧恩　낭군의 한 번 사랑해 준 은혜 입었으나
本無衿帨誠　정식으로 백년가약을 맺은 건 아니었네.

절행의 주인공 일선을 소개한 내용이다. 열전의 편두 부분, 즉 고신의 내용에 해당되는 것으로, 아름다운 여인 단천 관기 일선의 용모를 묘사하고 출신과 성장 과정을 간략하게나마 언급하였다. 그리고 낭군과의 사랑 얘기

25 임형택, 『이조시대서사시』 하(창작과 비평사, 1992), 134면 참조.
26 단락 나누기와 시 번역은 김병국의 앞의 책을 따랐다.

를 담담하게 밝혀 놓았다. 일선의 낭군인 단천 부사 기만헌의 아들 기인에 대해서는 지극히 간략하게 언급되어 있다.

郎爲上舍生　낭군은 성균관의 학생이니
家在京城裏　집은 서울 안에 있었네.
妾爲端州婢　첩은 단천의 여종이라
去留不由己　가거나 머무는 것 맘대로 못합니다.

상사생(上舍生)은 태학(太學), 즉 성균관(成均館)의 학생을 가리킨다. 결국 관기 일선은 부사인 아버지를 따라 잠시 단천에 내려와 있던 성균관의 학생과 운명적인 사랑을 나누었던 것이다. 그러나 서울에 거주하는 양반댁의 성균관 학생과 가고 머무는 것조차 마음대로 못하는 단천 관기의 사랑, 그 사랑이 결코 순탄하지 못할 것임이 예고되고 있다. 고신을 간단히 정리하고 이제 두 연인의 사랑을 노래하는가 하였는데 어느새 새벽 닭 울고 새벽 닭 밝은 속에 그 새벽을 뚫고 일선을 남겨 둔 채 낭군이 떠나려 하고 있는 것이다.

열전의 행적 본문, 즉 본사(本事)에 해당되는 그 첫 번째 단락은 애타는 이별 장면 묘사로 시작된다. 그 이별의 순간에 낭군 기인은 이렇게 담담하게 심경을 밝힌다.

上舍謂逸仙　상사가 일선에게 말씀하기를
此別如此水　우리 이별은 이 물과 같으리
盛年不可棄　한창의 나이는 버릴 수가 없고
空床難獨守　텅 빈 침상은 홀로 지키기 어려우리.
宛宛楊柳枝　휘휘 늘어진 버드나무 가지는
一一行人手　하나하나 길손의 손에 있겠지.
善事新夫婿　새 서방님 잘 섬기더라도

時時懷故人　때때로 옛사람 생각해 주구려.

　두 젊은이가 열정을 다해 어울렸던 두 해 남짓한 사랑에 비해 너무나 무심한 낭군 기인의 이별의 변이다. 물처럼 흘러 잊혀질 사랑이라며 한 걸음 더 나아가 새 서방 만나 잘 섬기고 자신일랑 그냥 옛사람이니 추억으로 간직하라고 하였다. 이어지는 시의 내용으로 보아 일단은 일선의 마음을 떠보았던 것으로 보이기는 하지만, 무정한 남정네의 속내가 들어나 있음을 볼 수 있다. 그러나 일선은 비록 이별을 앞두고 애간장을 태우면서도, 자신의 진실된 사랑의 마음을 단호한 어조로 전달하고 있다.

逸仙含淚說　눈물을 머금고 일선이 하는 말
此言何忍聞　이 말씀 어찌 차마 듣겠습니까.
同居二年餘　함께 살아 온 지 두 해 남짓에
妾身猶君身　첩의 몸은 그대로 님의 몸이었습니다.
兩身雖可離　두 몸은 비록 떨어진다 해도
兩心不可分　두 마음은 나뉠 수가 없습니다.
竹死節不改　대나무는 죽어도 마디는 변치 않고
藕斷絲相連　연뿌리는 끊어져도 실은 이어집니다.
啓我含貝齒　나의 자개 머금은 치아를 열고
破我春蔥指　나의 봄 파 같은 손가락 깨물어
滴我丹砂血　나의 단사(丹砂) 같은 피를 방울 내어서
寫我香羅袂　나의 향기로운 옷소매에 써서 드리리.
妾心不可渝　첩의 마음 변하지 않고
血書不可滅　혈서는 지워지지 않으리라.

　이렇게 일선이 정색하고 낭군과의 사랑을 상기시키며 혈서(血書)로 불망기(不忘記)를 쓰는 정황이 절실하게 표현되어 있다. 두 해 남짓한 사랑에 일심동체로 어울렸던 사이가 결코 변치 않을 것임을 일선은 눈물을 뿌리며 몸부림치듯 외쳤던 것이다. 그러자 기인도 태도를 바꾸어 진심을 털어 놓게 된다.

逸仙不顰蹙　　일선은 짐짓 찡그리지도 않는데
上舍爲嗚咽　　상사는 목메어 흐느낀다.
委委頭上髮　　탐스러운 이 머리털을
剪作同心結　　잘라서 동심결을 만들자꾸나.
報爾千金意　　천금 같은 너의 뜻에 보답하려니
纏錦無時歇　　얽히고설킨 정은 그칠 적이 없으리.
喞喞復喞喞　　탄식하고 다시 탄식하여도
此意難重陳　　이 뜻은 거듭 펴기 어렵구나.

이처럼 일선의 굳은 마음을 새삼 확인한 기인은 그제야 참았던 눈물을 쏟으며, 남녀 사이의 사랑을 확인하기 위해 머리털을 잘라 풀리지 않도록 매듭을 짓는 동심결(同心結)을 만들어 사랑의 신표로 남기게 되는 것이다. 그 얽히고설킨 사랑의 사연에 흐느끼며 어쩔 수 없이 떠나야 하는 안타까운 마음이 절절하게 나타나 있다. 이렇듯 님과의 이별에 가슴 치는 일선의 마음을 사랑의 정표인 동심결로 묶어두고 낭군은 떠났다. 일선은 마치 살아 있는 사람이 사별한 듯 슬픔에 겨워 아침저녁으로 낭군이 가신 길 바라보고 보이지 않는 낭군 생각하며 방황의 날들을 보냈다. 이제 두 젊은이의 사랑과 이별에 이어 그 사랑을 시샘하는 수난의 시간이 이어진다.

太守坐黃堂　　태수는 황당(黃堂)에 좌정하고서
號令如風雷　　천둥바람 치듯이 호령을 한다.
喧呼動閭里　　떠들며 부르는 소리 마을을 진동하고
急如星火催　　성화처럼 급하게 재촉을 한다.

謂言點行兵　말하기는 병사를 점행(點行)한다 하지만
乃反覓逸仙　사실은 일선을 찾으려 함이로다.

마침 왕명을 상징하는 옥절(玉節)과 옥새(玉璽)가 찍힌 문서를 앞세우고 안사(按使)가 단천에 내려왔는데, 처음부터 공사에는 전혀 관심이 없어 아무 말도 묻지 않고 아무 것도 방비하라 하지 않고 오직 일선의 수청을 받고자 태수(太守)를 닦달하게 된다. 결국 태수도 이에 동조하여 일선을 압박하기에 이른다. 왕명으로 파견되어 백성들을 안무해야 하는 관리가 백성들의 어려움을 돌보고 수령의 잘잘못을 살피는 일에 전념하지 않고, 수령을 앞세워 호색함을 드러내면서 오히려 백성을 괴롭히고 풍속을 어지럽게 만들고 있는 것이다. 그리하여 안사의 마음을 헤아린 태수는 관아에서 시중드는 심부름꾼에게 일선을 찾아오라 재촉하기에 이른다.

逸仙謝差人　일선이 차인(差人)에게 둘러대기를
不幸惡疾纏　불행히도 몹쓸 병에 걸렸습니다.
衆人所厭避　모든 사람 꺼려하여 피하는 판에
況可侍貴人　이렇게 귀하신 몸 모실 수가 있으리까.
差人還致辭　차인이 돌아와 보고하기를
一如逸仙言　일선이 한 말을 그대로 하였으나
未回太守意　태수의 뜻은 돌리지도 못하고
反觸太守嗔　태수의 노여움만 도리어 사는구나.

그러나 낭군과의 사랑을 지키려는 굳은 마음을 혈서로 불망기까지 남기며 간직하고 있던 일선이었기에 안사와 태수의 강압적인 청을 들을 까닭이 없었을 것이다. 심부름 나온 차인(差人)에게 자신이 몹쓸 병에 걸려 귀하신 몸을 모실 수가 없다고 거절하지만, 오히려 태수의 노여움만 사게 되었다.

阿母心煩惱　그 어미 마음에 번뇌가 일어

曰兒一何愚　애야 어찌 그리 어리석으냐.

生爲娼婦身　창부의 몸으로 태어났으니

悅己人盡夫　나를 좋다 하는 이는 모두가 지아비라.

雖爲人所賤　비록 사람들이 천하게 여기지만

亦爲人所憐　또한 사람들이 어여삐도 여긴단다.

何況侍按使　하물며 안사를 모시기만 하면

平地登神仙　평지에서 신선으로 날아오르는 격.

非但榮汝身　단지 네 몸만 영화로울 뿐 아니라

足以光吾門　족히 우리 집안을 영광되게 하리라.

일선의 핑계가 통하지 않고 안사와 태수의 노여움만 사게 되자 일선의 어머니가 나서서 딸을 달래게 된다. 사실 관기가 관리들의 수청을 거역했을 때 일어날 사태를 익히 알고 있었을 일선의 어머니는 그 관리들의 귀여움을 받았을 때 얻게 될 혜택들도 잘 알고 있었을 것이다. 그리하여 딸에게 밀어 닥칠 고초와, 누릴 수 있는 혜택 사이에서 갈등하고 저울질하던 어머니는 결국 일선에게 수청을 권하며 일신의 영화를 누리고 집안을 영광되게 하라고 압박하게 되었던 것이다. 세상 어느 어머니라도 고난의 앞길을 뻔히 알면서 그 길을 가라고 하지는 않을 것이다. 관리들의 횡포임을 알면서도 어머니로서는 어쩔 수 없는 선택이었을 것이다.

逸仙但唯唯　일선은 예예 대꾸만 할 뿐

懸知難與言　말해 봤자 난처한 걸 잘도 알았지.

潛身向井欄　몸을 가만히 우물가로 가서

脫屨赴淸淵　신발 벗고 맑은 물 속 뛰어들었네.

阿母驚且譟　그 어미 놀라서 소리를 치니

里巷爭來救　마을 사람들 달려와 구해내었네.

太守聞之歎	태수는 듣고서 탄식을 하고
按使顏爲厚	안사는 낯가죽을 두껍게 했네.
道路相與言	길 가는 사람들 서로 말하길
此事未曾覩	이런 일은 일찍이 본 적이 없다고.

안팎으로 시달려 사면초가가 된 이러한 상황에서 일선이 택한 것은 수절의 길을 지켜나가기 위해 자신의 몸을 우물에 던지는 것이었다. 가까스로 어머니와 이웃에 의해 목숨을 구한 일선의 생사를 초월한 수절 의지 앞에 아무리 강심장으로 횡포를 자행하였던 안사와 태수라 하더라도 하릴없이 그들의 뜻을 접을 수밖에 없었을 것이다. 부당한 관가의 횡포에 맞서 일선의 수절 의지가 승리한 순간이었다. 이제 행적 서술인 본사를 마무리하는 분상과 수절의 내용이 이어진다.

朝朝啓箱篋	아침마다 상자를 열어보고는
珠淚雙雙結	구슬 같은 눈물이 방울방울 맺힌다.
篋中亦何有	상자 속엔 무엇이 들었느냐고?
有郎頭上髮	낭군이 남겨 두신 동심결 머리가락.
如何九秋霜	어찌하여 구월 달 가을 서리처럼
染此綠雲鬢	구름 같은 검은머리 물들었는가.
見此心內痛	이를 보매 마음속이 아파져 오니
心知人事變	심중에 알겠구나 님의 신상에 변고가 있네.
客從京洛至	손님이 서울에서 내려와
遺我一書札	나에게 편지 한 장을 전해 준다.
開緘讀未竟	봉함 뜯고 읽어가다 다 못하고서
長慟肝腸絶	간장이 끊어지도록 통곡을 한다.

이렇게 안사와 태수의 부당한 횡포의 덫에서 수절의 의지만으로 벗어난

일선은 오직 낭군만을 그리며 골방에 단정히 앉아 참선하듯 나날을 보낸다. 그리하여 낭군 떠난 후 돌아보지 않았던 거문고 붉은 줄은 샘물 언 듯 엉기고, 화장할 필요 없어 팽개쳐 둔 연지분은 빛바랜 꽃처럼 시들어 버리고 말았다. 그러던 중, 사랑의 언약으로 낭군이 남기고 떠난 동심결 머리카락을 상자 속에 보관하고 아침마다 열어보곤 하였는데, 그 검은 머리카락이 구월 달 가을 서리처럼 하얗게 변색하였음을 보고 일선은 낭군의 신상에 변고가 있음을 깨닫게 된다.

이윽고 서울서 낭군의 부고가 오고, 슬프게 통곡하면서 상복을 갖춰 입은 일선은 단천에서 서울까지 분상하게 된다. 사랑을 잃은 여인으로서의 절행이 시작된 것이다. 빈소를 차려놓은 낭군의 집에 도착하여 처음 보는 시어머니와 본부인에게 인사차 절을 올리지만, 아들과 남편의 죽음이 마치 일선의 탓인 양 언짢아하며 돌아보지도 않는 그녀들에게서 냉대를 당하게 된다. 그래도 일선은 몸을 숨기고 여종들 곁에 끼어서 허드레 일까지 집안 일을 도맡아 하면서 낭군의 사랑과 은덕에 보답코자 하였다. 조심조심 숨도 제대로 못 쉬듯 하면서 온갖 궂은일에 노고를 다하며 낭군과의 사랑의 언약을 지켜 절행을 실천하고자 하였던 것이다. 이러한 몸을 돌보지 않는 헌신적인 노력으로 드디어 집안의 부정적 인식까지 바꾸게 되기에 이른다.

家人共嗟歎	집안사람들 모두 다 차탄을 하고
尊姑顔爲怡	시어머님 얼굴도 온화해지네.
吾兒旣不幸	내 아들은 이미 세상을 떠났으나
所愛如見兒	사랑 받던 너를 보니 아들 본 듯싶구나.
女君心爲轉	본부인도 마음을 돌렸으니
後悔猶江沱	물이 갈라졌다가 도로 합치듯 후회를 한다.
同是未亡人	똑같이 우리는 미망인이니
相依唯我爾	서로 의지할 손 나와 그대뿐이로다.
逸仙長跪謝	일선은 무릎 꿇고 사례하며

感極千行淚　감격이 복받쳐서 눈물 줄줄 흘린다.

賤人奉明恩.　천한 것이 빛나는 은혜 입었사오니

雖死且不朽　죽어도 잊지를 못하겠나이다.

마침내 죽은 낭군의 은덕을 갚고 그 사랑의 언약을 지키고자 헌신의 노력을 다한 일선의 노고를 집안에서도 인정하게 되었다. 시어머니도 얼굴을 온화하게 바꾸고 본부인도 서로 의지하며 살자고 손을 내밀게 된 것이다. 그러자 일선의 얼굴에는 감격의 눈물이 낭군과의 사랑의 언약을 지켜가려는 수절의 결정으로 맺혔다가 방울방울 흘러 내렸다. 이제 절행의 삶을 살아가려는 기본 바탕이 갖추어진 셈이다. 낭군의 가족과 함께 낭군이 살던 곳에서 비로소 수절하는 여인의 삶이 본 궤도에 접어들게 된 것이다. 일선과 상사 낭군 기인의 사랑 얘기와 일선의 절행 과정은 여기서 일단락되었다고 할 수 있다. 그런가 하면 열전에서 편말에 논평이나 사평을 사관이 덧붙이는 것처럼, 서포는 작가의 자격으로 말미에 등장하여 이 시의 주제를 간추려 정리해 놓고 있다.

苦節㘴所希　이렇게 굳은 절개 세상에 드문 것이니

姬姜亦不如　사대부 집 여자들도 이렇게는 못하리라.

多謝秉筆人　붓을 쥔 사람에게 부탁하노니

戒之愼勿疎　이 일 명심하고 소홀히 말지어다.

서포는 이렇게 사관이 사평을 쓰듯 작가로서 시의 주제를 분명하게 제시해 놓았다. 그리하여 사대부가 여인들도 간직하기 어려운 절개, 어떠한 고난을 당해도 이겨내며 변치 않았던 일선의 그 굳은 절개를 칭송하면서 후세의 모범으로 이어내려야 할 것이라고 역설하였다.

생각해보면, 〈단천절부시〉는 서포가 29세 되던 1665년에 정시에서 장원으로 뽑힌 다음 전적을 거쳐 정5품직인 예조좌랑으로 봉직할 당시에 지은 작품이다. 전국 곳곳에서 절행을 찾아내어 정표(旌表)하도록 절차를 밟는 것은 서포가 속하였던 예조의 고유 업무 가운데 하나였다. 그리하여 다른 예관들의 반대에도 불구하고 일선의 절행을 널리 알리고자 시도한 그의 행동은 엄정하고 공평무사하게 소신껏 공무를 집행하여 공직자로서의 소임을 다하려 한 올곧은 선비로서의 그의 신념의 결과였다고 보인다.[27] 이렇게 당연한 공무 수행이란 관점에서 시작한 일선의 표창에 관한 일이 신분 문제로 벽에 부딪혔는데도 불구하고, 서포는 절의를 존중하였던 선비정신을 발휘하여 뜻을 굽히지 않고 그 절행의 교훈을 장편의 한문서사시로 노래하여 정표보다도 오히려 그 절행의 감동이 영원히 만인의 가슴 속에 남을 수 있도록 배려하였던 것이라 생각된다.

사실 조선조의 주자학적 질서의 틀 안에서 여성들에게 요구되었던 충과 효에 이은 삼강(三綱)의 하나인 아내의 남편에 대한 열(烈)은 그들 여성들이 지켜야 할 윤리적 규범이었으며 인간적 덕목으로까지 존중되었다. 그리하여 일선이 이루어낸 수절은 수기(修己)의 여성적 실천으로 평가되면서, 열의 정화로 높이 칭송되던 것이었는데, 그것을 절행의 교훈으로 승화시켜 서포가 〈단천절부시〉에 담아 후세의 귀감이 되게 하고자 하였던 것이라 하겠다.

이렇게 보면 절의를 존중하였던 서포의 선비정신이 〈단천절부시〉에 반영된 서포의 작가 정신으로 시 속에 녹아 들어있다고 할 수 있을 것이다. 그리하여 관기 일선이 보여준 절행의 교훈으로 승화되어 세상 모든 사람들의 가슴 속에 진한 감동을 전하게 하였다고 하겠다.

---

27 일선의 정표 문제는 다음과 같이 정리될 수 있다. (1) 효종 3년(1652)에 道臣이 일선의 일을 啓聞하였는데 예조가 旌表하기를 청하니 그대로 따랐다고 했으나 여의치 못했던 것 같다. (2) 현종 5년(1664)에 이조판서 김수항이 함경도에서 돌아와 일선 등의 일을 표창할 것을 상소하니 그것은 備局에 내렸다. (3) 현종 6년(1665)에 本郡에서 관기 일선의 절개 있는 행실을 적어 올렸으나, 禮官이 그녀가 천하다 하여 旌門하지 않으려 하자, 김만중이 그녀의 정문을 주장하고 〈단천절부시〉를 지었다. (4) 숙종 17년(1691)에 정문할 것을 명하였다(김병국, 앞의 책, 71~72면 참조).

4. 맺음말

선비는 일반적으로 유교이념을 구현하는 인격체로서 학식과 인품을 갖춘 사람을 가리킨다. 그리하여 조선조의 선비들은 유교이념을 수호하면서 수기(修己)와 치인(治人)의 길을 지향하였다. 따라서 선비정신의 핵심은 유교이념 자체였다고도 할 수 있겠다.

서포는 부모 모두 전형적인 사대부 가문의 사족이었다. 따라서 서포에게는 태어나면서부터 이미 선비의 길이 마련되어 있었다고 할 수 있으며, 수기치인의 그 길을 서포는 내달릴 수밖에 없었다고 하겠다. 그리하여 이 땅의 선비로서 서포는 사대부적 삶의 과정에서 자연스레 형성된 유교적 이념에 바탕한 선비정신을 견지하고 있었다고 할 수 있을 것이다. 이와 같은 관점에서, 서포의 시에 나타난 시정신이 그의 선비정신의 소산일 것으로 보고 그의 선비정신과 시를 연관 지어 볼 때, 그의 삶의 역정에서 쉽게 찾을 수 있는 선비정신의 양상은 효와 절의 덕목이었다고 할 수 있다.

효의 실천 과정에서 흘린 보은의 눈물로 짠 서포의 시에 효의 윤리를 앞세운 그의 선비정신이 꾸밈없이 나타나 있다. 유복자로 태어나 현숙한 어머니의 가없는 사랑과 훈도를 받으며 자랐고 평생 동안 어머니에게 지극한 효성을 다하며 살았던 서포였다. 그리하여 어머니의 헌신적인 사랑과 서포의 보은의 효행이 어우러져 한 시대의 윤리적 인간의 전형적인 모습을 보여 준 이들 모자의 인연은, 서포의 사모의 시를 통해 오늘날 메마른 세상을 사는 우리에게 큰 감동으로 정감 있으면서도 가슴을 울리는 교훈으로 전달되고 있다고 할 수 있을 것이다.

사실 어머니 윤씨부인은 숙종으로부터 여성군자라는 찬탄을 직접 받아냄으로써, 그리고 서포는 비록 사후이기는 하지만 역시 숙종으로부터 붉은색으로 문려에 정표하게 되는 영광을 얻게 됨으로써, 모자가 함께 그 시대의 윤리적 인간의 전형으로 역사에 이름을 남기게 되었던 것이다. 이렇게 자애로운 사랑으로 기르고 엄한 가르침으로 깨우치며 여성군자의 덕행으로 수절하며 모범을 보이면서 서포의 삶을 이끈 어머니와, 어머니에 대한 지극한 효성 그 선비정신의 출발점인 효의 윤리를 평생 몸으로 실천하면서 마음 깊은 곳에서 우러난 진실된 어머니 사랑을 보은의 눈물로 노래하였던 서포는, 한 줄로 엮어진 진한 모자의 인연을 도덕적으로 승화시켜 각각 윤리적 인간의 완성을 실천해 보여준 전통사회의 사표였다고 할 수 있겠다.

유복자의 삶에서 붉은색의 효자문에 이르기까지, 모든 행실의 근본이자 선비정신의 근간인 효의 윤리를 몸으로 실천하고 마음으로 그 깊은 사랑을 노래하면서 자신의 삶을 시종하였던 서포는 보은의 눈물로 얼룩진 시를 통해 그 벅찬 사모의 감정을 시적으로 형상화해 놓았다. 이들 시에서 서포는 어머니에 대한 보은의 마음을 그 순수한 사랑의 정을 진솔하게 표현함으로써, 시 의미의 윤리성을 획득할 수 있었다. 시의 의미 설정에 기울인 서포의 시정신은 그를 시의 경우에 오직 어머니 사랑 그 효의 선비정신의 완성에 초점을 맞추고 있었던 것이다. 결국 바로 이 보은의 눈물로 젖은 시에 보이는 시 의미의 윤리성은 그것이 그대로 서포의 시정신의 소산이며 그의 선비정신의 기본 바탕이었기에, 시대를 뛰어 넘어 오늘날의 우리에게도 값진 교훈을 안겨주고 있다고 할 수 있겠다.

이렇게 서포는 어머니의 자애로운 사랑과 엄한 가르침 그리고 모든 사람의 윤리적 귀감이 되는 일상적 삶을 직접 몸으로 익히고 보고 배우는 가운데 스스로 윤리적 인간으로 전형적인 이 땅의 선비로 완성되는 길을 걸었다. 그리하여 선비정신의 근간인 효의 윤리를 몸으로 실천하면서 마음에서 우러난 어머니 사랑을 어머니에 대한 보은의 눈물로 수놓은 사모의 시에다 시적으로 승화시켜 놓았던 것이다.

한편 선비정신의 덕목 가운데에서 또 하나 우선적으로 중시되었던 것은 군자적 삶을 지향해 나가면서 일체의 삶을 통해서 의가 아니면 행하지 않으려는 자세를 견지하여 군자의 지조를 지켜나가려 하였던 절의 덕목이었다. 현실적 문제 해결에 초점을 맞춘 유가적 생활 강령에 충실하려 하였던 조선조의 선비들에게 있어서 의가 아니면 행하지 않고 군자의 지조를 굳게 지켜

내고자 하였던 이러한 절의의 선비정신은 가장 빛나게 그들의 정신세계를 이어 내린 값진 정신적 유산이었던 것이다.

서포는 아버지의 순절과 어머니의 수절을 겪고 지켜보면서 자랐는데, 그 절행을 몸으로 실천한 부모의 무언의 가르침 속에 이 절의의 선비정신을 평생 가슴에 간직하고 살았다고 할 수 있겠다. 따라서 서포는 절의 덕목에 남다른 관심을 기울였을 것으로 보인다. 그리하여 비록 천한 신분인 관기의 몸으로 이루어낸 일선의 절행이지만, 그것이 당시 사회의 귀감이 될 만하다 판단하여 주변의 반대에 가슴 아파하면서 〈단천절부시〉를 지어 그 절행의 교훈을 길이 후세에 전하고자 하였던 것이다. 선비들 삶의 지표이기도 하였던 절의의 선비정신을 고양하는 일을 실천함에 있어 주저함이 없었다고 하겠다.

결국 서포는 〈단천절부시〉를 통하여 일선의 절행을 선양함으로써 옳은 일을 지키기 위해 뜻을 굽히지 않는 절의의 선비정신을 교훈으로 이어내리고자 하였다. 그리하여 일선의 절행이 일러주는 교훈이 절의의 선비정신으로 새겨져 많은 사람들의 가슴에 감동으로 전달되기를 바라고 있었던 것으로 보인다.

이 글에서 서포의 시에 나타난 효와 절의 선비정신을 살펴보고, 부분적이나마 그의 올곧은 선비로서의 모습 또한 살펴보았다. 그러나 이 글에서 미처 다루지 못한 것으로, 이 땅의 전형적인 선비로서 마땅히 지니고 있었을 선비정신의 다양한 양상들을 찾아 서포의 선비로서의 참모습을 찾는 일이나, 그러한 선비정신의 양상들이 그의 시에 어떻게 나타나 있는지를 종합적으로 살펴보는 일 등이 앞으로의 과제로 남아 있다고 생각된다.

(「최웅교수정년퇴임기념논총」, 북스힐, 2013)

제2부

시화의 숲에서 노닐다

조신의 『소문쇄록』과 풍격론의 전개

1. 머리말

이 글은 조신(曺伸, 1454~1528, 단종 2~단종 23)의 『소문쇄록(謏聞鎖錄)』에 나타나 있는 시의 풍격(風格) 양상을 검토하여 그 특징을 찾아내는 한편, 비평사적 의미를 살펴 조신의 비평가로서의 위상을 정립하고자 하는 것을 목적으로 한다.

조신은 조계문(曺繼門)의 서자로 호는 적암(適菴)이었고, 『두시언해』의 서문을 쓴 매계(梅溪) 조위(曺偉, 1454~1503)의 서제이며, 점필재(佔畢齋) 김종직(金宗直, 1431~1492)의 처남이다. 10살 때부디 형과 함께 점필재의 문하에서 학문을 배웠고, 서자라는 신분적 제약에도 불구하고 당대 문인들과 폭넓게 교유하였다. 학문이 뛰어나고 시에도 능해 성종의 총애를 입어 여러 관직을 거치기도 하였는데, 사알(司謁)을 거쳐 사역원정(司譯院正)으로 발탁되었으며, 후일의 중종인 대군의 사부가 되기도 하였다.

시문과 어학에 능했던 까닭에 역관으로서의 자질을 인정받아 일본 3회, 중국 7회 등 사행에 참여하여 능력을 인정받았으며, 의술에도 재능이 있어 내의원에 소속되어 의법을 전수받기도 하였다. 중종 즉위 후에는 서자로서는 꿈꾸기 어려웠던 당상관인 삼품의 내의원정에 오르기도 하였다. 그러나 적서차별에 바탕한 조정의 강력한 반대로 관직을 그만두고, 고향인 경상도 금산군 봉계리에 내려가 머물다 세상을 떠났다. 『적암유고(適菴遺稿)』의

〈소문쇄록서〉에 보면 조신은 만년에 고향에서 152년경에 『소문쇄록』을 저술하였는데, 이 책은 잡록류의 저술로서 『대동야승(大東野乘)』에 24편, 『시화총림(詩話叢林)』에 54편이 각각 수록되어 있다. 책명에서 보다시피 자잘한 이야기나 사건을 듣고 기록하였다는 책이긴 하지만, 여말 선초에 활동하였던 문인들에 얽힌 일화나, 시화, 역사, 지리, 외교, 소화 등에 관한 다양한 내용들을 담고 있다.

『소문쇄록』은 상권에 132화, 하권에 137화 도합 269화로 이루어져 있는데 그 중 시화는 60여 편 정도이다.[1] 『소문쇄록』에 수록되어 있는 60여 편의 시화 가운데 이 글에서 살펴보고자 하는 풍격과 관련된 내용으로 이루어진 시화는 31편에 달한다.[2] 이는 시 비평가로서의 조신의 관심이 품격에 집중되어 있음을 보여주고 있는 것으로 생각된다. 따라서 이 글에서 풍격을 중심으로 조신의 시 비평의 특징을 살펴보려고 하는 것은 그 타당성을 인정받을 수 있을 것으로 보인다.

『소문쇄록』에 관한 연구는 정용수가 문헌적 검토와 문학적 검토를 통한 전반적 연구 성과를 제시함으로써 비롯되었다.[3] 그리고 장은경은 문헌적 특성과 작품 세계를, 권지영은 편찬 태도와 서사문학상의 위치를 중심으로 한 연구로 각각 학위논문을 발표하여 『소문쇄록』의 서사문학적 성격을 밝힌 바 있다.[4]

『소문쇄록』에 수록된 시화를 중심으로 한 시 비평적 관점에서의 연구로는, 여기현이 품격 의식과 8품격에 대해 살펴본 것과 조정윤이 시어, 용사,

---

1 『소문쇄록』에 수록된 상·하별 화수에 대해서는 조신 저, 정용수 역, 『국역 소문쇄록』(국학자료원, 1997)을 참조하였다. 앞으로 논의의 전개에서 번역문은 이 책을 참조할 것이며, 주석의 원문 인용 다음 ( ) 속의 번호도 이 책의 상·하별 일련번호에 따를 것이다.

2 『소문쇄록』에 수록된 시화의 수는 연구자들마다 조금씩 차이가 있는데, 이는 단순히 시만 소개된 내용에 대한 시화 여부 판단에 차이가 있었기 때문으로 보인다. 이 글에서는 이를 감안하여 60여 편으로 언급하기로 하였다.

3 정용수, 「소문쇄록연구」, 『석당논총』 제18집(1992).

4 장은경, 「소문쇄록의 문헌적 특성과 작품세계」(부산대 석사논문, 1999).

신의 등에 대하여 검토한 것, 그리고 하정승이 조선 전기 시화집에 나타난 시품의 개념과 품격론의 전개 양상을 살피면서 『소문쇄록』의 경우 고담계(枯淡系), 처완계(悽惋系), 혼후계(渾厚系)를 중심으로 그 품격의 내용을 검토한 것 등이 있다.[5]

이 중 여기현과 하정승이 시의 풍격 중심의 연구 성과를 보여주었는데, 『소문쇄록』 하권 76화의 내용에 따라 여기현은 품격 의식 검토에 이어 8품격에서 혼후의 풍격을, 하정승은 7품격에서 고담계, 처완계, 혼후계의 풍격을 중점적으로 가려내어 분석하고 있다.[6]

이 글에서는 이들 연구 성과에 주목하면서, 『소문쇄록』에 나타나 있는 조신의 풍격에 대한 견해와 풍격 중심 시평의 이모저모를 풍격론의 전개와 풍격의 양상으로 나누어 검토하고자 한다.

2. 풍격론의 전개

풍신품격(風神品格)의 약어로 원래 사람의 풍채나 품격을 일컫는 말이었던 풍격이란 용어가 시 비평에 있어서는 시인이나 시의 개성과 특징을 바탕으로 그 시적 성취를 나타내는 미의식의 유형을 지칭하는 말로 사용되어 왔다. 이렇게 시인과 시의 특징적 성격을 일러주는 풍격이란 용어는 품격(品格), 시품(詩品), 체(體), 격(格), 품(品), 풍모(風貌), 취향(趣向) 등으로 쓰이기도 하였다.

---

5 여기현, 「조신의 소문쇄록에 나타난 품격의식(1)」, 『반교어문연구』 4집(반교어문학회, 1992).

조정윤, 「소문쇄록의 시화」, 『시화학』 Ⅲ·Ⅳ(동방시화학회, 2001).

하정승, 「조선 전기 시화집에 나타난 시품 연구」, 『대동한문학』 16집(대동한문학회, 2002).

6 여기현은 『소문쇄록』 하권 76화에 제시된 품격을, 이본에 대한 검토를 통해 우리나라 최초의 왕조별 인물사전인 『해동잡록(海東雜錄)』에 언급되어 있는 청준(淸俊)의 품격을 다른 본에서 언급하고 있는 7품격에 더하여 8품격으로 일컫고 있다.

시의 풍격을 설정한 다음 그것을 기준으로 시를 평가하는 일은 남조의 유협(劉勰)이 『문심조룡(文心雕龍)』에서 시문의 풍격을 여덟 가지로 나누어 제시한 데서 비롯되었다. 그 뒤로 당 사공도(司空圖)의 『24시품(二十四詩品)』을 비롯하여 청 원매(袁枚)의 『속시품(續詩品)』에 이르기까지의 많은 비평서에서 비평가들이 시의 풍격을 설정하였고, 처음에는 단순한 미의 종류를 뜻하던 시의 풍격을 시 학습의 기준 또는 시평의 기준으로 적용하였다.

우리 비평사의 전개에 있어서 풍격에 관한 논의는 주로 시의 풍격을 설정하여 시평에 적용하거나 시와 시인의 평가에 풍격을 단순히 제시하는 방법 등으로 이루어졌다. 예를 들면 남용익(南龍翼, 1628~1692)이 고려와 조선의 시인들의 풍격을 고려 25격, 조선 54격 도합 79격으로 제시하여 각 시인들의 특징을 두 글자의 평어로 나타내었고, 김석주(金錫胄, 1634~1684)는 40명의 우리 시인들의 시의 풍격을 자연 현상의 변화를 묘사한 사언양구(四言兩句)의 시로 상징적으로 나타내었다.

또한 김창협(金昌協, 1651~1708)은 시의 풍격을 12가지로 구분하였으며, 신경준은 10가지 시의 풍격을 제시한 다음 그것들이 각각 하나의 완전한 미적 경지임을 밝히기도 하였다. 그리고 현전하는 대부분의 시평 자료에서 보더라도, 시와 시인의 특징적 성격을 시 감상의 결과인 풍격으로 제시하는 것은 가장 보편적인 시평 방법이었다고 생각된다.[7]

조신은 위에서 열거한 조선 후기 비평가들 보다 훨씬 앞서서 풍격론에 대한 이론적 접근을 시도하는 한편 시 비평의 실제에 있어서도 다양한 풍격을 제시하면서 시의 미학을 품평하였다.

시는 말이다. 사람의 말이 같지 않은 것은 그 얼굴과 같다. 시는 혹 기험, 화려, 호장, 표일, 청준, 전실, 평이, 천연, 고담, 천속하여 각기 다르나, 그 원숙하여 일가를 이루는 데 있어서는 각기 장점이 있어 이것이 옳고 저것이 나

---

7 정대림, 『한국고전비평사』(태학사, 2001), 248~250면 참조.

쁘다거나 평이한 것을 취하고 기험한 것을 버리라고 할 수는 없다. 어떤 사람이 나에게 아무개의 시는 어느 것이 나은 지를 물으면 반드시 이렇게 대답할 것이다.[8]

조신은 이렇게 사람의 얼굴이 각기 다른 것처럼 사람의 언어의 표현인 시의 풍격도 각각 다를 수밖에 없음을 말하고 있다. 시인이 원숙한 자신만의 시세계를 구축하고 스스로 일가를 이루어 최고의 시적 경지를 보인다면, 그 시의 미학인 풍격에 대하여 시비를 논하거나 풍격들 사이의 우열을 가리는 일 등은 불가하다는 것이 그의 생각이었던 것이다. 그리고 사람의 얼굴이 천차만별이듯 시의 풍격도 위에서 열거한 10가지 외에 시와 시인에 따라 얼마든지 다양할 수 있음을 말한 것이기도 하다.

사실 풍격의 우열에 유의한 비평가들도 흔한 실정이었기에,[9] 조신의 이러한 생각, 즉 원숙한 시세계로 일가를 이룬 시인들의 지극한 미적 경지인 풍격의 경우 각각의 개성적이고 특징적인 완전한 미적 경지로 인정해야 한다는 생각, 풍격은 결코 시비의 대상이나 우열의 기준이 될 수 없다는 그러한 생각은 뚜렷한 비평적 안목을 지닌 조신의 비평가로서의 자질을 분명하게 보여준 것이라 할 수 있을 것이다. 결국 풍격은 결코 시비나 우열의 대상이 될 수 없는 각각의 완전한 미적 경지임을 확인해주었던 것이다.

문인들의 좋은 작품들은 대대로 전하여 없어지지 않으므로 천년이 지난 후에도 그 풍채를 생각해 볼 수 있다.[10]

---

8 侍者言也 人言之不同如其面 詩之或 奇險 華麗 豪壯 飄逸 淸俊 典實 平易 天然 枯淡 淺俗 各異 而及其圓熟成功 自作一家 則各有所長 不可是此理非彼 取平易而斥奇險 人有問予 以某之詩 孰善則必答以是焉(하20).

9 종영(鍾嶸)은『시품(詩品)』에서 상, 중, 하로 풍격의 우열을 나누었고, 사공도도『24시품』에서 풍격의 우열을 말하였다. 우리의 경우 이이(李珥)도『정언묘선(精言妙選)』에서 풍격의 차등을 두었음을 알 수 있다(여기현, 앞의 논문, 221면 참조).

10 文人詞藻 流傳不朽 千載之下 想望其風彩(상66).

그리하여 조신은 이렇게 후대에까지 전해지는 불후의 작품들은 동시대에 공감을 얻었던 그 풍격 그대로 변함없이 독자들의 공감을 얻게 된다고도 하였다. 격조 있는 시의 감상의 결과로 얻어지는 시와 시인의 풍채 그 풍격의 향기는 시대를 뛰어넘어 영원히 이어내릴 수 있음을 말해준 것이다. 이러한 풍채 곧 시의 풍격은 시비나 우열의 대상에서 벗어나 있음은 물론일 것이다.

조신의 이와 같은 생각은 300여 년 정도의 세월을 뛰어넘어 신경준에게도 그대로 이어져 있음을 볼 수 있다. 신경준은 시의 풍격을 평담(平淡), 기공(奇工), 호장(豪壯), 침심(沈深), 웅혼(雄渾), 절지(切至), 창고(蒼古), 청한(淸寒), 여염(麗艶), 험절(險絶)의 10가지로 구분한 다음 이렇게 언급하였다.

이 10가지는 비록 배워서 익혀온 차이에서 연유하는 것이기는 하나, 이 모두가 또한 기품이 있는 것이니 억지로 그 경지에 이르게 할 수는 없다. (……) 그러나 진실로 그 지극한 경지에 이른다면 어찌 피차간의 우열을 말할 수 있겠는가?[11]

신경준은 위의 10가지 시의 풍격을 억지로 이루어낼 수 없는 지극한 미적 경지로 보고, 그것들은 각각 우열을 말할 수 없는 하나의 완전한 미적 경지, 즉 시 감상의 결과로 얻어지는 미적 감정의 유형으로 보았던 것이다. 그런데도 세상에서 시를 논하는 사람들이 각각의 풍격의 우열을 논하고자 하고, 제대로 이루어내지 못한 설익은 풍격의 상태가 마치 해당 풍격의 결함인양 서로 시비하는 일이 있음을 신경준은 비판하고 있다. 지극한 경지에 도달한 시의 풍격의 경우는 결코 시비와 우열의 대상이 될 수 없음을 분명히 한 것이다.

---

11 此十者 雖由於習尙之異 而盖亦氣稟之所使 非强可到矣 (…) 然苟到其極 固何優劣於彼此哉(申景濬, 『旅庵遺稿』 卷8, 「雜著」 2, 〈詩則〉).

우리가 일반적으로 생각해보아도 시의 풍격이 서로 다른 미의식을 나타낼 것이라는 점은 당연한 일일 것이다. 시인의 역량이나 기상이 다르고 시적 환경이 차이가 나는 상황에서 창작된 시세계의 미학이 서로 다를 수밖에 없다고 하는 것은 자명한 일이라 할 것이다. 그러한 상황에서 시적 성취여부를 문제 삼는다면 몰라도, 일정한 성과를 보인 시의 풍격을 두고 시비하거나 우열을 논한다는 것은 잘못된 생각이라 보인다.

예부터 시인들이 기(氣)를 배양하는 데는 각기 중점을 두는 곳이 있었다. 내면에서 쌓여서 겉으로 드러나는데, 그 중에서 숨기도 하고 드러나기도 하며 다르기도 하고 같기도 한 것을 사람들은 변별해내지 못한다.[12]

시인들의 기에 따라 풍격에 차이가 있을 수밖에 없음을 언급한 내용이다. 그리하여 명의 사진(謝榛)은 10가지 풍격을 설명하면서 시인들이 기를 배양함이 서로 다르기 때문에 서로 다른 시의 풍격이 나타낼 수밖에 없음을 말하고 있다.

향을 피우는 경우, 침향은 침향의 연기가 나고 난향은 단향의 기운이 서리니 그 까닭이 무엇인가? 향의 성질이 다르기 때문이다. 음악을 연주하는 경우, 종을 칠 때는 북소리를 빌지 않고 북을 칠 때는 종소리를 빌지 않으니 이 까닭은 무엇인가? 악기가 다르기 때문이다. 문장 또한 그러하다.[13]

명의 원종도(袁宗道) 역시 향의 성질이 다르면 다른 향기가 나고, 악기 종류가 다르면 다른 소리가 나듯 문장도 그러하다고 하였다. 한 유파의 학문이 있으면 한 종류의 견해가 온양되어 나오고, 한 종류의 견해가 있으면

---

12 自古詩人養氣 各有主焉 蘊乎內 著乎外 其隱見異同 人莫之辨也(謝榛, 四溟詩話, 卷3).
13 爇香者 沉則沉煙 檀則檀氣 何也 其性異也 奏樂者 鐘不借鼓響 鼓不假鍾音 何也 其器殊也 文章亦然(袁宗道, 論文, 下).

거기에 걸맞은 언어가 창출된다는 것이 그의 생각이었던 것이다. 시도 역시 그럴 것이다. 시인의 기상과 역량에 따라 서로 다른 풍격의 시의 미의식이 건져 올려질 것이기 때문이다.

이렇게 보면 조신이 원숙한 시세계를 구축하고 스스로 일가를 이루어 최고의 경지로 끌어올린 시인들의 서로 다른 풍격 그 시의 미학은 결코 시비나 우열을 가리는 대상이 될 수 없다고 한 것은 지극히 합리적이고 객관적인 비평적 안목의 소산이라 할 것이다.

그러면서 조신은 시의 풍격을 7가지로 구분하여 제시하고 각 풍격 별로 시를 나열하여 해당 풍격에 대한 설명에 대신하였다.

渾厚 : 李穡, 鄭誧, 成石璘, 李集
沈痛 : 李穡, 李齊賢, 安軸, 偰遜, 李集
工緻 : 李穡, 鄭夢周, 崔瀣, 李崇仁, 徐居正, 金宗直
豪壯 : 李穡, 李齊賢, 鄭夢周, 李集, 徐居正, 金宗直
雄奇 : 李穡, 李齊賢, 宏演, 偰遜, 卞季良
閑適 : 李穡, 鄭道傳, 閔思平, 楔長壽, 李詹, 李集, 徐居正, 金宗直
枯淡 : 李穡, 卞季良, 李集[14]

여기서 조신이 열거한 7가지 풍격은 앞 〈주 8)〉의 예문에서 제시한 10가지 풍격과 일치하지 않는다. 다만 호장(豪壯)과 고담(古淡)의 풍격만 일치한다. 이는 조신이 자신의 시평 기준으로 7가지나 10가지 등으로 일정하게 풍격을 설정한 다음 시평에 임한 것이 아니고, 앞에서 언급한 대로 사람의 얼굴이 다르듯 사람의 말로 표현된 시의 풍격이 다를 수밖에 없기 때문에 일정한 풍격의 틀에 매이지 않고 시인마다 시마다 서로 다른 시의 미학인 풍격을 찾아내어 시평에 임했음을 보여주는 것이다.

---

14 (하76).

위의 인용에서 보면, 서로 다른 각각의 풍격에 동일한 시인의 다수의 작품이 열거되고 있는데, 이는 한 시인의 시들이 서로 다른 다양한 풍격을 보여줄 수 있음을 말한 것이다. 이색의 시가 7가지 풍격에 모두 인용되고 있고, 이집의 시가 5가지, 이제현·서거정·김종직의 시가 3가지, 정몽주·변계량·설손의 시가 2가지, 정표·성석권·안축·최혜·이승인·굉연·정도전·민사평·설장수·이첨의 시가 각각 1가지 풍격에 인용되었다.

이렇게 보면 시인들이 시를 통해 보여준 미의식을 전적으로 작품을 중심으로 한 감상의 결과인 다양한 풍격으로 제시해 놓았다고 할 수 있다. 그 결과 작품론에 초점을 맞추면 한 시인이 다양한 풍격의 시세계를 보여주고 있음을 알 수 있다. 『소문쇄록』에 나타난 시의 풍격이 2자 평어 기준만으로도 49종이나 된다는 데서도 그러한 조신의 시평 태도를 찾아볼 수 있겠다.

결국 시인이 이루어낸 완전한 미적 경지인 풍격의 미의식은 결코 시비나 우열을 가리는 대상이 될 수 없으며, 일정한 틀에 얽매인 시평의 기준이 될 수도 없다고 하는 데서 조신의 풍격론의 핵심을 찾아볼 수 있었다고 하겠다.

3. 풍격의 양상

1) 1자 풍격

조신이 전적으로 시 감상의 결과만을 중심으로 하여 풍격을 제시하였음은 앞에서 살펴본 바 있는데, 이제 그 풍격의 양상을 검토함에 있어 먼저 눈에 들어오는 특징 가운데 하나는 바로 한 글자로 평가된 풍격의 제시이다. 주로 시어나 시의 기교, 시의 표현, 시의 내용 등에 대한 품평으로 그 풍격을 한 글자로 표현하였던 것이다.[15]

이렇게 한 글자로 시의 풍격을 제시하는 방법은 당의 교연(皎然)이 『시식

(詩式)』에서 시도한 바 있다. 교연은 시의 체덕(體德)과 풍미(風味)를 망라하여 설정한 19종의 시의 풍격을 각각 한 글자로 나타내었다. 그리고 그들 풍격에 대한 풀이까지 남겨 놓았다.[16]

조신이 한 글자의 풍격으로 시의 미학을 품평하면서도, 교연처럼 해당 풍격에 대한 설명이나 그 기준 등에 관해서 언급한 내용은 없다. 그러나 18종의 한 글자로 된 풍격을 제시하였다는 측면에서, 그것이 그의 시평 전개에 있어서 주목할 만한 비중의 것임을 짐작할 수는 있겠다.

한 글자의 풍격 가운데, 신(新), 실(實), 화(畵)는 각각 3편의 시화에서, 공(工), 기(奇), 심(深)은 2편의 시화에서 언급되었다. 우선 이들 풍격을 중심으로 그 내용을 살펴보도록 하겠다.

또한 이색의 시다.

인심은 예로부터 학주전(鶴州錢)이라.

---

15 한 글자로 된 풍격의 예는 다음과 같다.

工(상44, 하116), 巧(상112), 窘(상120), 奇(상53, 하119), 倫(상31), 理(상112), 善(하116), 俗(상34), 新(상53, 상78, 하119), 深(상95, 하100), 實(상113, 하63, 하116), 雅(상112), 哀(상24), 冗(상74), 怨(상95), 限(상45), 虛(하116), 畵(상69, 상70, 하119).

이렇게 모두 18종의 한 글자로 된 풍격이 나타나 있다. 이 중에서 不, 無, 可, 如, 欲 등의 도움을 받은 경우도 있지만, 궁극적으로 시 감상의 결과로 평가된 내용은 그 한 글자의 풍격에 담겨 있다고 보았다.

16 교연은 『시식』 권1 〈변체유일십구자(辨體有一十九字)〉에서, 高, 逸, 貞, 忠, 節, 志, 氣, 情, 思, 德, 誠, 閑, 達, 悲, 怨, 意, 力, 靜, 遠의 19종의 풍격을 제시하였다. 그리고 〈소인(小引)〉에서 그 풍격에 대해 글자 풀이식으로 설명하였다. 몇 가지만 살펴보면 다음과 같다.

風韻朗暢曰高 (풍운이 밝고 창달한 것을 高라 한다.)
體格閑放曰逸 (체제와 격조가 한가하고 거리낌 없는 것을 逸이라 한다.)
臨危不變曰忠 (위험한데 임해서도 변치 않음을 忠이라 한다.)
氣多含蓄曰思 (기운에 함축이 많은 것을 思라 한다.)
詞溫而正曰德 (말이 온화하고 바른 것을 德이라 한다.)

이렇게 내용이 잡다하고 인식이 애매모호한 점은 있지만, 19자로 19종의 풍격을 설정한 다음 그 풍격에 대한 설명까지 시도한 점은 풍격론의 전개에 매우 의의 있는 일이었다고 할 수 있다. 이러한 교연의 풍격에 대한 견해는 사공도 등에 영향을 미친 것으로 알려져 있다.

허리에 돈 십만 관을 차고 학을 타고 양주로 가고자 한다는 뜻을 세 글자로 만들었으니, 시어가 새롭다.[17]

몇 사람이 소원을 말하면서, 아름답고 화려한 고장인 양주의 자사가 되기를 바라거나 재물이 많기를 바라기도 하고 학을 타고 하늘에 오르기를 원하기도 하였는데, 다른 한 사람이 허리에 십만 관의 돈을 두르고 학을 타고 양주로 갔으면 좋겠다고 말하였다. 앞의 세 사람의 소원을 모두 가지고자 한 것이었다. 인간의 욕심이란 것이 끝이 없음을 보여준 고사이다.

이색이 이 고사를 용사하면서 학주전(鶴州錢)이란 세 글자로 학과 양주와 돈이라는 이 고사의 핵심 내용을 모두 살려 그 의미를 온전하게 전달할 수 있게 하였기에, 조신은 기왕의 용사한 어휘와는 다르다고 보고 그 시어가 새롭다고 품평한 것으로 보인다. 이처럼 남들이 표현하지 못했던 새로운 시어로 해당 고사의 의미를 제대로 전달하였다면 새롭다는 평가가 적절한 것이었다고 할 수 있겠다.

또한 '모두 의미를 은근히 나타낸 것이 새롭다.'(皆寓意新, 상78)고 한 것이나, '시어의 의미가 새롭다.'(語意新, 하119)고 한 데서도 보면, 조신은 시어의 의미가 새로운 의경을 나타내있을 때 느끼는 새롭고 신선한 느낌을 '신(新)'이란 풍격으로 평가하였다고 보인다.

이렇게 시어의 새로움, 시 의미의 새로움을 강조하여 남들이 표현하지 못하고 경험하지 못한 새로운 시세계의 전개에 관심을 보인 조신이었기에, 시의 표절에 대해서는 부정적이었다. 유방선의 시 한 수에 대해 두보의 시를 배웠으나 그 구절만 표절한 것이라고 평가하였는데,[18] 이는 새로운 시어나 시의 의미로 새로운 시세계를 이루지 못하고 표절이나 일삼아 시의 격조를 훼손하는 일에 대해 비판적이었던 조신의 비평 태도를 말해준 것이라

---

17 牧老又云 人心自古鶴州錢 以腰纏十萬貫 騎鶴上楊州 作三字語新(상53).
18 此學杜而剽竊其句者也(상99).

하겠다.

때문에 조신은 새로운 시어의 사용이나 새로운 시의 의경 구축 등을 확인하기 위한 방법으로, 시 비평의 실제에서 시의 출처를 찾는 데 큰 관심을 기울였다.[19] 이는 시어를 새롭게 선택 사용하고 시의 의경을 새롭게 펼쳐나가는 일을 중시하였던 그의 시평 태도의 소산이었던 것으로 생각된다. 따라서 '신'의 풍격은 조신이 추구하였던 새로움의 미학, 시 감상에서 얻어낸 그 새로운 기운의 미의식의 표현이었다고 하겠다.

설손의 절구다.

기울어진 풀모자에 꽃가지는 무겁고,
헐거운 베옷에 물 기운이 서늘하다.
달이 갑자기 배꼬리를 비추니,
들바람이 술독의 향기를 퍼뜨리는구나.

평이하게 경치를 그렸고, 시어가 알차다.[20]

또한 조신은 이렇게 설손의 시가 경치를 평이하게 묘사하면서도 풀모자, 꽃가지, 베옷, 물 기운, 달, 배꼬리, 들바람, 술독 향기 등의 시어가 시 전체 분위기를 살리는 데 조응하고 있음에 유의하여, 시어가 공허하지 않으며 알차고 내실 있다는 차원에서 '실(實)'이란 풍격을 제시하였다. 완벽한 구도로 조화를 이루면서 스케치하듯 사실적으로 잘 짜여진 시라는 뜻일 것이다.

그리고 매성유가 신라의 먹에 대해 시를 쓰면서, 신라의 풍토를 제대로

---

19 未見用處(상35), 盖用淚添波事/ 未必不出於此(하68), 此聯蓋本簡齋(하73), 意亦在於出處焉(하101), 未知出處(하116).

20 傚孫絶句 欹斜草帽花枝重 寬博絺衣水氣凉 山月忽當船尾照 野風渾作甕頭香 平易寫景而語實(하116).

알지 못하고 썼기 때문에 '시어가 견실하지 못하다.'(詩語沒實, 하63)고 하였고, 이달충이 신돈을 두고 지은 시가 '있는 사실을 그대로 기록한 것이다.' (可謂實錄, 상113)라고 하면서 시의 내용이 알차고 내실 있으며 견실하고 있는 그대로 사실대로 표현되었을 때 '실'이란 풍격을 사용하였다.

이색의 시다.

집 앞 뒤에 늙은 나무가 많은데,
제일 높은 나무 위에서 울어대는 뻐꾸기.

젊은 며느리 낙엽을 쓸어 모은 뒤,
망가진 키에 담아서,
머리게 이고 부엌으로 들어가니,
시어머니 서둘러 저녁을 짓는다.

자리는 흰 모래펄에 내려놓고,
푸른 소나마 가지엔 망건을 걸어놓았네.

말이 쉽고, 가까이서 보는 것처럼 묘사한 것이 그림 같다고 이를 만하다.[21]

한편 조신은 이색의 세 편의 시에서 시어가 모두 이해하기 쉽고, 보이는 대로 있는 그대로의 사물을 사실적으로 묘사함으로써 마치 한 폭의 그림을 보는듯하다고 하여 '화(畫)'의 풍격으로 평가하였다. 잘 묘사된 서경시의 미학을 그렇게 품평하였던 것이라 하겠다.

---

21 又云 堂北堂前多老樹 最高樹上有鳴鳩 又小婦掃落葉 盛之以破箕 頂戴入廚去 主婦催暮炊 又坐轎白沙地 掛巾靑松枝 可謂言之容易 卽見如畫(상69).

그리고 김종직의 시 4수 모두가 바로 눈 아래 보이는 경치를 묘사한 것이 '그림 같다'(如畵, 상70)고 품평하고, 정추의 시 역시 '사경에 뛰어나 그림 같다'(卽景如畵, 하119)라고 평가하였는데, 자연 경물을 있는 그대로 마치 한 폭의 그림을 보는듯하게 사실적으로 잘 그려낸 시의 평가에는 '화'의 풍격을 제시하였던 것으로 보인다.

가정 이곡의 시다.

바람 불고 구름 가득한 큰 거리에 긴 자루 달린 삿갓이요,
도서 가득한 사방 벽에 짧은 등잔대에 얹어 놓은 등불이로다.

시의 대구가 아주 공교하다. 다만 '긴 자루 달린 삿갓'이라는 것은 우산을 가리킨 것 같은데, 출처를 모르겠다.[22]

이렇게 가정 이곡의 시에서 대구가 빈틈없이 짜여져 있음을 '공(工)'의 풍격으로 나타내기도 하였다. 시 표현 기교로서의 대구는 언제나 시인들의 큰 관심거리였는데, 그 대구의 성공적 표현을 '공'이란 풍격으로 평가하였던 것이다. 또한 시 짓는 것을 좋아하였으나 시가 공교하지 못하였다고 한 데서는,[23] '공'의 풍격이 시 전체 내용의 감상 결과를 품평하는 데에도 쓰였음을 말해주고 있다.

쌍매당의 시다.

벽을 덮은 이기 위로 달팽이 기어가고,

---

22 稼亭 風雲九街長柄笠 圖書四壁短檠燈 對甚工 但長柄笠 似指傘則未知出處(하116).
23 喜作詩而不工(상44).

물이 뜰에 가득하니 개구리 울어댄다.

인(引)이란 글자가 기묘하다.[24]

여기서 조신이 '인(引)'이란 시어에 부여한 품격이 특별히 관심을 끄는 뛰어난 표현이란 정도의 의미로 파악되는 '기(奇)'라는 것이다. 달팽이가 이끼 덮인 벽을 기어가는 모습을 묘사하면서, 벽이 달팽이의 길을 인도한다고 보았음인지 그 '인'자가 돋보인다고 보아 '기'라고 품평하였다고 생각된다.

그리고 새끼 제비가 둥지를 떠나 마른 대에 매달려 있는 정경을 묘사한 시에서 '권(拳)'자의 시어가 '기'하다고 품평하기도 하였다.[25] 이제 갓 둥지를 벗어난 어린 제비가 마른 대나무에서 떨어지지 않으려고 그 대를 놓지 않으려고 마치 정성들여 대나무를 받드는 듯 매달려 있는 그 모습을 '권'이란 시어로 표현해낸 시인의 솜씨에 조신은 감탄하였던 듯하다. 그리하여 '기'의 풍격으로 그 감상의 결과로 얻어진 미의식을 평가하였던 것이다.

생각해 보면 시인 안지는 험하디 험한 자연 생태계에서 어미 제비의 곁을 떠나 이제 자신 혼자의 힘으로 살아나가야 하는 어린 제비가 온 힘을 다하여 마른 대나무에 매달려 버티면서 힘에 버거운 사연 속에서의 한 순간 한 순간 겪어 나가야하는 데 대하여 동정 어린 시선을 보내고 있다는 것을 알 수 있다. 그리하여 바로 그 모습을 '권'이란 시어로 표현하였다. 쥐고 놓지 않으려는 듯, 정성스레 받들려는 듯, 마치 사랑이라도 하는 듯 마른 대나무에 의지하고 있는 그 절실한 모습을 '권'으로 묘사하였던 것이다.

그리하여 조신은 '기'라는 풍격으로 '권'이란 시어 선택이 아주 빼어나고 유달리 뛰어나서 남들이 생각지도 못할 정도로 기발한 솜씨였음을 높이 평가하였다고 보인다.

---

24 雙梅堂詩 蝸引苔侵壁 蛙鳴水滿庭 引字奇(상53).
25 安止詩 乳燕辭巢拳瘦竹 草蟲驚節咽深叢 拳字奇(하119).

목은 이색의 시다.

송헌은 나라를 맡았는데 나는 떠돌이 몸이 되었으니,
꿈속엔들 어찌 이런 생각을 했으랴.

이 시는 속뜻이 매우 깊다.[26]

목은 이색은 위의 시에서 태조 이성계가 왕이 되어 국정을 담당하자 자신은 떠돌게 되었으니, 이런 일은 두 사람이 같이 사귀며 고려의 앞날을 걱정하던 지난 시절에는 정녕 꿈에서라도 생각지 못했던 일임을 나타내었다. 그리하여 조신은 시의 내용이 기대고 의지함이 깊어 많은 것을 생각하게 한다고 보고 '심(深)'이라고 품평하였던 것으로 보인다.

또한 형인 매계 조위가 귀양 가서 그 회포를 고인에 의탁하여 표현한 시가 은근히 깊은 뜻을 붙였다고 한 데서도 '심'의 풍격을 사용하였다.[27] 조신은 이렇게 조위의 시의 내용이 사람이나 사건에 기대고 의지함으로써 많은 의미를 내포하여 깊이 씹을수록 맛이 나는 효과를 보여주었다고 보고 '심'의 풍격으로 품평하였던 것으로 보인다.

이와 같이 조신이 한 글자로 시의 풍격을 제시한 내용을 3회나 2회 반복 제시된 풍격을 중심으로 살펴보았다. 그리하여 그들 한 글자의 풍격들이 시어, 시의 기교, 시의 표현, 시의 내용 등과 관련되어 다양하게 제시된 것을 알 수 있었다. 이는 한 글자의 풍격도 2자나 그 이상의 글자로 이루어진 풍격에 못지않게 적절한 시 감상의 결과를 얻어낸 미의식에 대한 평가로 이용되었음을 말해주는 것으로 보인다.

---

26 (牧隱) 松軒當國我流離 夢裏何曾有此思 倚託深矣(상95).
27 주8), 주14) 참조.

2) 2자 풍격

중국이나 우리의 고전비평에서 가장 보편적으로 사용되었던 시의 미의식에 대한 품평 방법은 2자로 시의 풍격을 제시하는 것이었다. 조신 역시 『소문쇄록』의 19편의 시화에서 모두 49종의 2자 풍격 용어를 사용하였다.[28]

그 중에서 전실(典實)과 한적(閒適)은 3회, 고담(枯淡), 기험(奇險), 정절(精切), 천속(淺俗), 평담(平淡), 평이(平易), 호장(豪壯) 등은 각각 2회씩 언급되었다. 그러나 사용 빈도수에 따라 이들 중복 언급된 풍격들을 조신이 중요하게 인식하였던 대표적 시의 미의식의 유형이라고 볼 수는 없을 것이다.

조신은 시평의 기준으로 활용한 일정한 틀의 풍격 용어를 갖추고 있었던 것이 아니고, 시 감상에 따라 자연스럽게 우러난 49종의 2자 풍격으로 된 미의식의 유형을 아무런 구속 없이 자유롭게 선택하여 감상의 결과로 제시하였던 것으로 보이기 때문이다. 이 점은 이들 중복 사용된 풍격 용어들이 앞 장 풍격론의 전개에서 살펴보았던 2편의 자료들에 언급되었던 풍격들과

---

28 49종의 2자 풍격 용어는 다음과 같다.

枯淡(하20, 76), 高遠(하103), 曲巧(상112)

工緻(하76), 廣博(하19), 宏肆(하19)

奇險(하19, 20), 寥闊(하92), 流麗(하19)

悲愴(하100), 瀟洒(하113), 蕭然(상69)

新奇(상72), 深穩(하103), 深切(하118)

雅健(상41), 哀慕(하100), 藹然(하118)

豔麗(상66), 宛然(하118), 容易(상69)

雄奇(하76), 雄渾(하19), 圓熟(상54)

的當(하116), 典實(하20, 102, 116), 精工(하113)

精巧(상45), 精切(상41, 54), 悽惋(상95)

淺近(하19), 淺俗(상66, 하20), 天然(하20)

清警(하100), 清壯(하19), 清俊(하20)

沈雄(하19), 沈痛(하76), 安帖(상74)

平淡(상112, 하102), 平易(하20, 116), 飄逸(하20)

閒適(상45, 112, 하76), 閒趣(상72), 含蓄(하116)

豪健(하19), 豪壯(하20, 76), 渾厚(하76)

華麗(하20)

견주어볼 때, 기험, 전실, 한적은 1편씩과 일치되고, 고담과 호장만이 2편과 서로 일치되고 잇는 것만 보아도 짐작할 수 있겠다.[29] 자신의 풍격론을 소박하지만 이론적으로 전개하면서 열거하였던 풍격 용어들조차 시평의 실제에서 중요하게 활용되지 않았음은, 그만큼 그의 풍격론이 실제 시평에 있어 자연스런 시 감상의 결과에 따라 일정한 기준의 틀에 얽매이지 않고 자유롭게 아무런 구속 없이 시의 품격을 제시하는 데에 초점을 맞추고 있음을 말해주는 것이라 하겠다.

이렇게 49종의 2자로 된 시의 풍격을 시평에 활용하는 과정에서 드러난 하나의 두드러진 특징은 목은 이색(李穡, 1328~1396)의 시에 대한 조신의 집중적 관심의 표현이다. 조신이 목은 시 감상의 결과로 그 시의 미의식을 품평한 풍격 용어는 모두 13종이나 된다. 목은 시에 대한 이 13종의 풍격 제시는 곧 조신이 목은의 시세계에 얼마나 몰두하고 있었는지를 보여주는 것이라 할 수 있겠다.

앞 장 풍격론의 전개에서 살펴본(하76) 시화에서의 혼후, 침통, 공치, 호장, 웅기, 한적, 고담의 풍격 외에 정절, 아건, 정교, 소연, 처완, 완연의 풍격들이 그 13종의 풍격인데, 이들 13종의 풍격들의 미의식의 조합이 곧 조신이 파악한 목은 시의 미의식의 총체적 양상이라고 볼 수 있을 듯하다. 이에 대한 검토를 통해 오직 시 중심의 풍격 제시에 열중하였던 조신이 찾아낸 목은 시에 나타난 미의식의 참 모습을 발견할 수 있을 것으로 생각된다. 그리하여 여기서는 우선 목은 시에 대한 풍격을 검토하여 그 미의식의 양상을 살펴보고자 한다.[30]

---

29 주8), 주14) 참조.

30 49종의 풍격 용어를 중심으로, 유형을 분류하여 그 미의식의 양상을 찾아본다든지, 개별 풍격의 미의식의 특징을 규명한다든지 하는 연구는 많은 시간과 방대한 자료 검토를 필요로 할 것으로 판단되어 앞으로의 과제로 남기고자 하였다.

사실 앞에서 살펴본 기왕의 여기현과 하정승의 풍격 연구도 (하76)의 시화 자료에 보이는 7종의 풍격 가운데 각각 혼후나 고담계, 처완계, 혼후계 등의 풍격에 대한 선택적 내용 검토에 머물고 있었음을 미루어 보면, 49종의 풍격이 보여주는 다양한 시의 미학을 종합적으로 분석

목은 시에 대한 조신의 각별한 관심은 다음에 확연하게 드러나 있다.

목은 이색의 〈동정만애〉 시다.

한 점 군산도(群山島)에 저녁 노을 붉은데,
오와 초를 통째로 삼킬 듯 그 기세 다함이 없네.
긴 바람은 황혼의 달을 불어 올리는데,
비단 등롱 속 은촛불은 어둠을 비추네.

우리나라에서 참으로 고금을 통틀어 가장 뛰어난 시다.[31]

동정호에 있는 군산도에 저녁 노을이 붉게 물들어 있는데 그 기세가 오
나라와 초나라를 아울러 통째로 삼킬 듯하다고 노래하면서 기염을 토하고
있다. 범상치 않은 목은의 기상을 느낄 수 있는 대목이다. 긴 바람이 불어
와 저녁 달을 밀어 올린다는 표현에 이르면 시인으로서의 목은의 기상이
크게 고양되어 나타나 있음을 알 수 있다. 이러한 목은의 기상이 넘쳐나는
시적 분위기에 압도되었음인지, 조신은 이 시가 우리나라 고금을 통틀어
가장 뛰어난 시라고 극찬하였다. 남다른 목은 시 사랑이 잘 드러난 평가라
고 하겠다. 그러나 승구의 벅찬 기상이 전구에 이어져 시인의 기상이 증폭
되고 있음을 느낄 수 있지만, 과연 그 정도의 시적 성과를 평가하여 이 시
를 우리나라 고금을 통틀어 가장 뛰어난 시라고 단정할 수 있을지에 대해서
는 따로 검토가 필요할 것으로 보인다.[32]

검토하는 일은 많은 시간과 노력이 뒷받침되어야 할 것으로 보이기 때문이다.

31 牧老洞庭晚靄詩〈曰〉 一點君山夕照紅 潤吞吳楚勢無窮 長風吹上黃昏月 銀燭紗籠暗淡中
於東方眞可橫絶古今(하118).

32 실제 민병수 교수는 이 시의 승구(承句)가 기상을 과시한 가구(佳句)를 만들지 못했고
전구(轉句)에서 진폭이 큰 기상을 보여주었다고 하면서, 결구(結句)가 전구의 기상을 받쳐주지
못하여 결과적으로 전구만 우뚝하게 가구를 이루었다고 하였다.

이렇게 목은 시에 깊은 애정을 보였던 조신이 목은 시를 깊은 품평한 2자 풍격 가운데 간략하게나마 품평의 기준이나 근거를 제시하고 있는 경우는, 용사와 관련하여 정절(精切), 사어와 관련하여 아건(雅健), 상물과 관련하여 정교(精巧), 의태와 관련하여 소연(蕭然), 정경과 관련하여 완연(宛然), 시인의 생각과 관련하여 처완(悽惋) 등이다. 이제 이들 풍격에 관한 조신의 생각을 살펴보면서 목은 시의 미의식에 접근해보도록 하겠다.

목은 이색과 같이 가던 중이 시내를 건너다 말에서 떨어져 신발을 잃어버린 것을 놀리느라 목은이 지은 시다.

산골짝 시냇물 바다로 흘러들고,
말은 누워서 용이 되려고 하는데,
지팡이는 정신없이 손에서 떨어지고,
가사는 모두 젖어 봄구름처럼 짙도다.
갈대 꺾어 탄 늙은 호승은 장난 또한 심했고,
석장 날린 나한은 신통했다는데,
묻노니, 신 한 짝은 어데 두었소,
총령 동쪽엔 분명 있지 않으리.
모름지기 석두길은 다시 밟지 마시오.
스스로 서강의 바람을 한 번에 마실 수 있으리니.

이 시는 용사(用事)가 정밀하고 절실하며 사어(詞語)가 우아하고 힘이 있다.[33]

33 牧翁 戲作同來僧渡溪墜馬失履詩云 山溪流入海 馬臥欲化龍 桂杖茫然忽落手 袈裟盡濕春雲濃 折蘆老胡亦戲劇 飛錫羅漢稱神通 借問隻履在何地 定應不在葱嶺東 不須更踏石頭路 自有一吸西江風 用事精切 詞語雅健(상41).

함께 길을 가던 중이 시내를 건너다 말에서 떨어져 신발 한 짝을 잃은 일을 두고 장난삼아 지은 시다. 이 시에서, '절로노호(折蘆老胡)'는 달마대사를, '비석라한(飛錫羅漢)'은 석장을 날려 왕래하였다는 인도의 도승을 일컫는 말을 용사한 것이다. '총령(蔥嶺)'은 『고승전(高僧傳)』에 보면 돈황에서 8천 리 되는 신강성 서남에 있는 고개인데 위나라 사신이 서역에 갔다 돌아오는 길에 총령에서 달마대사가 맨발로 신 한 짝을 들고 가는 것을 보고 돌아와 그의 무덤을 파보니 신발이 한 짝만 있었다고 한 고사에서 용사한 것이고, '석두로(石頭路)'와 '일흡서강(一吸西江)'도 각각 선가의 『전등록(傳燈錄)』에 나오는 것으로 석두(희천선사)가 있는 곳은 길이 미끄럽다고 한 선담과 한 입으로 서강물을 다 마시면 도를 일러주겠다고 하였다는 고사를 용사한 것이다.

위의 시가 장난삼아 신발 한 짝 잃어버린 중을 놀려주기 위해 지은 시임에도 불구하고, 목은이 사용한 용사는 다양한 고사를 동원하여 내용이 깊은 이야기를 담고 있어 잘 짜여진 시상의 전개를 돕고 있으며, 소홀함이 없이 솜씨를 부린 내용 구성을 이루는 데 큰 몫을 다하였다고 보인다. 이렇게 목은이 5가지의 고사를 제대로 활용하여 시의 의미를 강화하고 신발 잃은 중을 놀리는 상황을 제대로 회화화하였다고 보아 조신은 용사가 '정절'하였다고 품평하였던 것이다. 경서나 사서 또는 시문 등에서 전고나 사실을 인용하여 시의 내용을 확장하거나 강조하는 것이 용사인데, 목은이 사용한 용사가 용사 본래의 의미에 걸맞게 빈틈없이 정밀하게 잘 짜여져서 적절하게 구사되었다고 보고 조신은 그 느낌을 '정절'하다고 표현한 것으로 생각된다.

또한 다른 시화에서 조신은 목은이 〈십삼산시(十三山詩)〉에서 활용한 용사 또한 정절하여 저도 모르는 사이에 무릎을 꿇었다고 하였다.

목은의 〈십삼산시〉다.

일찍이 십주기(十州記)를 읽고

오랫동안 삼도(三島)의 풍류를 품고 있었네.

윤달에서 흐르는 세월에 깜짝 놀라게 되지만

기이한 봉우리에는 신녀의 향취 아직도 남았네

신선의 꿈은 운우(雲雨) 속에서 아득하고

농사철은 성상(星霜)을 보고 깨닫네.

어느 때 금슬(琴瑟)을 끼고

구학(丘壑)에다 나의 자취 붙여나 볼까

용사가 매우 정밀하여 알지도 못하는 사이에 무릎을 꿇었다.[34]

여양역(閭陽驛) 40리 거리에 있는 13개의 봉우리로 된 십삼산의 빼어난
풍광을 노래하면서 목은은 신선이 사는 곳의 기록인 〈해내십주기(海內十洲
記)〉를 읽고 그리워하던 삼신산의 풍모에 견주었고, 무산지몽(巫山之夢)의
고사를 용사하여 그윽한 자연 속에서 금슬로 이어질 사랑을 찾으려는 소망
까지 더하였다. 그리하여 십삼산의 풍광이 활용된 용사에 의해 더욱 신비로
운 기운이 감도는 공간으로, 그리고 애틋한 사랑까지 품어줄 수 있는 그윽
한 공간으로 미화되고 있음을 알 수 있다. 결국 저도 모르는 사이에 무릎을
꿇을 정도로 이 시의 용사가 빈틈없이 적절하게 구사되었다고 보고, 조신은
'정절'한 용사로 품평하였던 것이다.

이렇게 목은 시의 용사가 정절하다고 품평한 조신은 목은이 폭넓은 교양
과 정밀한 학문으로 적절한 자리에 정확히 용사함으로써 시의 의미를 넓히
고 강조하는 효과를 충분히 거두었음을 높이 평가하였던 것으로 보인다.

한편 조신은 신발 한 짝 잃은 중을 희롱한 앞의 시에서 그 시어가 '아건'

---

34 後見牧老十三山詩云 嘗讀十洲記 永懷三島風 流年驚閏月 神女臘奇峯 雲雨迷仙夢 星霜
感歲功 何當携錦瑟 丘壑奇吾蹤 用事精切 不覺屈膝(상854).

하다고 품평하기도 하였다. 상대를 희롱하면서도 품위를 잃지 않았고, 스승 찾아 어려운 길 따라가며 방황하지 말고 스스로 터득하여 도의 길에 이르기를 기원하기까지 하였던 떳떳하고 힘차고 소망스런 시어의 선택과 내용 전개에서 조신은 '아건'함을 느꼈던 것으로 보인다.

이렇게 조신은 표현기교로서의 용사의 '정절'함과 시어 선택의 '아건'함을 목은 시 감상에서 그에 어울리는 미의식으로 건져 올려 시의 풍격으로 제시하였다.

목은의 〈선성시(蟬聲詩)〉 다.

조그마한 샘은 달을 띄워 보내고 나뭇잎은 바람에 우는데,
끊어질 듯 다시 이어져 한결같지 않도다.
일찍이 나그네 길 생각하며 머리 긁고 섰노라니,
석양 속에 온 산엔 붉은 단풍만.

이 시는 물정을 그려낸 것이 정교하여 한없는 뜻이 담겨 있다.[35]

이 시는 조신이 '한적(閑適)'의 풍격으로 예시한 시 가운데 한 수인데, 거기에 더하여 특히 시에서 물정을 그려낸 것이 정밀하고 공교하다고 하여 '정교'의 풍격을 더하였다. 또한 시적 소재의 형용, 상태, 형편 등을 그려낸 것이 정밀하고 공교할 만큼 섬세한 부분까지 관찰하여 여실히 표현해냄으로써 시에 한없는 뜻이 담겨져 있다고 하였다.

졸졸 흐르는 샘, 비치는 달, 바람에 우는 나뭇잎, 끊어질 듯 이어지는 매미 우는 소리, 나그네의 여정, 온 산 붉은 단풍, 저녁노을, 이 모든 자연

---

35 如蟬聲詩云 細泉流月葉號風 欲斷還連乍異同 曾記客程搔首立 滿山紅葉夕陽中 狀物精巧 有無限意思(상45).

형상이 어울려 '한적'한 분위기를 나타내고 있으면서도, 시적 소재들을 형상화한 그 표현 수법이 정밀하고 공교로운 '정교'의 풍격이라는 것이 조신의 시 감상 결과였던 것이다. 그렇게 '정교'하게 짜여진 구도 속에 지난 여정의 수고로움, 남은 여정에 대한 기대와 두려움, 아름다운 자연을 뒤로 하고 다시 길을 떠나야 하는 안타까움 등 나그네의 심정에 끊임없이 교차하는 무한한 뜻을 담아 놓았다고 조신은 느꼈던 것으로 보인다.

목은이 사람을 기다리다 오지 않자 지은 시다.

새해에도 집 생각 않은 날이 없거니,
어찌 공부를 해야 물화를 관장할꼬.
쓸쓸한 마을에 내왕도 끊어졌고,
서산에는 예전처럼 석양만 비꼈구나.

쓸쓸한 마음과 모습을 잘 그려내었다.[36]

기다리는 사람은 오지 않고 고향 떠나 공부하고 있는 몸으로 더욱 그리운 마음만 사무치는데, 그 가운데 우러난 마음 한 구석 텅 빈 듯한 쓸쓸한 정회가 시의 의태로 잘 표현되었다고 하였다. '소연'한 시의 의태가 바로 조신이 감상한 이 시의 풍격인 것이다. 전체적으로 시의 의미 상태를 잘 포착하여 '소연'의 풍격으로 제시하였다고 보인다. 오지 않는 사람, 고향 집 생각, 공부 걱정, 고립된 처지, 지는 석양, 그 어느 것 하나 쓸쓸하고 외로운 분위기에서 벗어나 있지 않다. 쓸쓸하고 마음이 텅 빈 것 같은 기분, 바로 '소연'의 풍격이 어울릴 수밖에 없는 시적 분위기였기에 조신은 그렇게 표

---

36 牧老待人不至詩曰 新年無日不思家 豈有工夫管物華 寂寂小村來往斷 西山依舊夕陽斜 寫出蕭然意態(상69).

현하였을 것이다.

〈버드나무 우거진 마을 달빛 아래서 거문고를 타다〉라는 시다.

반달 뜬 강 위에서 거문고를 타니,
한 곡조 새 노래에 옛정이 깊어지네.
어찌 요즈음에 종자기가 있으리오,
다만 줄 끊은 백아의 마음 짚어볼밖에.

이 시는 그 정경이 완연하다.[37]

이 시에서 보면, 버드나무 우거진 마을, 강 위에 뜬 반달, 달빛 마주하고 앉아 거문고 타는 마음, 아무도 듣는 이 없는 그 소리, 종자기 같은 사람을 기대할 수도 없는 상황에서 다만 백아의 마음만 짚어가며 외롭게 혼자서 타는 거문고 가락, 이러한 정경들이 마치 눈에 그대로 보이는 듯 아주 흡사하게 그렇게 '완연'하게 묘사되어 있다. 그리하여 조신은 이 시에 나타난 정취와 경치가 마음에 느끼는 듯 눈에 보이는 듯 뚜렷하게 그대로 잘 표현되었다고 보아 '완연'의 풍격으로 품평하였다고 보인다.

그리고 조신은 목은의 〈기성랑제형시십이절(寄省郎諸兄詩十二絶)〉 시가 매우 비통하고 한탄스러워서 원망이 서린 듯한 생각을 나타내었다고 보고, 그 시의 풍격을 '처완'이라고 품평하였다.[38] 사실 목은이 귀양살이 과정에서 지은 이 시 가운데는 자신의 처지와 당시의 현실을 안타까워하면서 이태조나 정도전을 염두에 두고 지은 시도 포함되어 있어, 여말 선초의 정치적 상황과 관련하여 많은 것을 생각하게 한다.[39] 그리하여 그 시에 비통하고

---

37 柳巷對月彈琴詩 半輪江月上瑤琴 一曲新聲古意深 豈謂如今有鍾子 只應彈盡伯牙心 情景宛然(하118).

38 寄省郎諸兄詩十二絶 皆極悽惋感怨之思(상95).

한탄스러운 목은의 생각과 느낌이 그대로 녹아 있다고 보고 '처완'의 풍격으로 품평하였던 것으로 보인다.

조신은 이렇게 목은 시에 품평한 13종의 풍격 가운데 용사, 사어, 상물, 의태, 정경, 시인의 느낌이나 생각 등의 요소를 기준이나 근거로 하여, '정절, 아건, 정교, 소연, 완연, 처완' 등으로 목은 시의 풍격을 나타내었다.

그리고 이러한 간단한 기준이나 근거도 없이 제시된 '혼후, 침통, 공치, 호장, 웅기, 한적, 고담 등의 7종의 풍격의 경우는 먼저 시의 풍격을 하나씩 제시한 다음 제가들의 시를 나열하는 방식으로 전개되어 있을 뿐 그들 풍격에 대한 기준이나 설정 근거 따위는 언급이 없다. 결국 그들 예시된 시의 감상을 통해 해당 풍격의 미의식에 다가갈 수밖에 없을 것이다.[40]

그런데 7종의 풍격을 제시하고 그에 걸맞은 예시를 나열하는 과정에서도 빠짐없이 7번 모두 목은의 시가 제일 먼저 제시되어 있다. 이점 또한 조신이 목은 시를 우리나라 시의 최고봉으로 꼽은 자신의 생각에 따른 것으로 보인다.

4. 맺음말

조신의 『소문쇄록』에 나타난 60여 편의 시화를 중심으로 풍격론의 전개와 풍격의 양상을 살펴보았다. 그러나 풍격의 양상을 검토하여 그 특징을

---

39 '벼슬길 예나 이제나 위태롭기만 한데/ 늘그막 시비 일으킨들 무엇이 괴이할꼬/ 성은에 두 번 절하니 천지같이 크고/ 온 산의 남은 눈 속에서 사립을 닫는다.' 등은 이태조와 관련되고, '탄핵하는 글은 용서 없이 바로 죽이고자 했으나/ 아직도 나란히 천지 간에 살아 있도다.' 는 정도전과 관련된 것으로 보인다.〈宦途今古足危機 何怪衰年惹是非 再拜聖恩天地大 萬山殘雪掩紫扉 (⋯) 彈文直欲殺無赦 尙幸並生天地間 似指三峯(상95)〉

40 이 7종의 풍격과 관련하여 예시된 시의 감상을 통하여 그 미의식의 본질과 특징을 가려내어 해당 풍격의 기준이나 근거는 물론 조신, 풍격론의 전반적 특징까지 찾아내는 일이 앞으로의 과제로 남아 있다고 생각된다.

찾아내는 한편, 비평사적 의미를 살펴 조신의 비평가로서의 위상을 정립하고자 하였던 본래의 목적은 제대로 이루지 못하였다.

풍격론의 전개에서 풍격론에의 소박한 이론적 접근을 살피고, 풍격의 양상에서 19종의 1자 풍격의 특징적 면모를 정리하는 한편 49종의 2차 풍격 가운데 목은 시의 풍격 13종을 중점적으로 검토하는 정도였다. 전반적으로 보면 조신의 풍격론의 전개와 풍격의 양상을 개괄적으로 훑어보는 선에 머물고 만 것이다.

앞으로 풍격론의 전개에서는 중국의 풍격론과 비교 검토하는 일과 우리 비평사에서의 위치 등을 정리하는 일이 우선적으로 해결되어야 할 것으로 보인다. 풍격의 양상 연구에서는 1자 풍격이나 2자 풍격 모두 그 풍격들을 유형별로 구분하고, 그 미의식의 원천을 찾아 정리하는 한편, 풍격의 기준이나 근거에 대하여 이론적 체계를 세우는 일 등이 중요한 과제라고 하겠다.

그렇게 되면 조신의 풍격론에 대한 종합적 결과를 바탕으로 시평가로서의 조신의 위상을 뚜렷하게 정립할 수 있을 것으로 생각된다.

(『세종어문연구』 30. 2010)

양경우의 『제호시화』와 의미 찾기의 시학

1. 머리말

제호(霽湖) 양경우(梁慶遇, 1568~1638, 선조 1~인조 16)는 임진왜란을 전후한 조선 중기 그 혼란한 시기에 활동하면서 시인으로서, 비평가로서 각각 뚜렷한 업적을 남긴 문인이다. 이 글은 특히 비평가로서의 그의 업적에 주목하여, 시의 의미 탐색에 주력하였던 그의 시학의 특징을 살펴보고자 하는 목적으로 시도되었다.

양경우는 청계(淸溪) 양대박(梁大樸, 1544~1592)의 맏아들로 태어났으며, 본관은 남원이고 자는 자점(子漸), 호는 세호, 섬역재(點易齋), 요정(蓼汀), 태암(泰巖) 등이다. 그는 어려서부터 남다른 자질을 보였고, 집안 본연의 학문을 이어서 절행(節行)으로 스스로를 가다듬고 마음을 갈고 닦아 엄격하게 자신을 단속하였다고 한다. 특히 아버지 청계공과 사촌(沙村) 장경세(張經世, 1547~1615)에게서 수학하면서 학문과 문학의 길을 익혔던 것으로 보인다.

임진왜란이 일어났을 때 아버지 청계공은 가장 먼저 의병을 주창하였는데, 그 역시 아우 동애공(東崖公) 형우(亨遇)와 함께 종군하여 무기를 조달하는 한편 격서 전달의 임무를 수행하기도 하였으며, 군대를 훈련시키는 일을 담당하기도 하였다. 당시 그의 활약상은, 절도사 최원이 약관의 나이에 진심에서 우러난 정성으로 사람을 감동시키니 진실로 해동에서 제일가는 인물이라고 극찬한 일이나, 의병대장 제봉(霽峯) 고경명(高敬命, 1533~1592)이 그의 총명함이 뛰어나고 책략이 많아서 의병 군영의 문부를 관장할 수 있을 것이라고 하면서 자신의 막하에 두고 그 업무를 맡겼으며 군액(軍額)과 군량미에 관련된 업무도 모두 그에게 위임하였던 일 등으로 보아 그 대강을 짐작할 수 있겠다.[1]

이렇게 임진왜란을 거치는 동안 쌓아올린 공로가 인정되어 서얼의 신분임에도 불구하고[2] 양경우는 1597년에 참봉으로 문과 별시에 급제하였으며, 1616년(광해 8)에는 문과 중시에 급제한 다음 외직으로는 죽산, 연산, 장성의 현감을 지냈고, 내직으로는 교리와 봉상첨정을 지낼 수 있었던 것으로 보인다. 양경우가 출사하여 관료의 길을 걸은 데 대하여, 북저(北渚) 김류(金瑬, 1571~1648)가 그로 하여금 재주를 태평한 세상에 펼 수 있도록 해주지 못한 것이 한이 된다고 한 것이나, 그가 외직으로 현감을 지냈던 곳마다 백성들이 돌을 깎아 덕을 기렸다는 것 등은 그의 경륜과 포부는 물론이고 목민관으로서의 책무에도 소홀함이 없었던 그의 면모를 짐작하게 해주는 것이라 하겠다.

그리고 그의 집안의 자산이 임진왜란 때 창의(倡義)하느라 모두 탕진되어 때때로 여러 차례 식량이 떨어졌으나, 전후 세 군읍을 맡았을 때에도 한결같이 청백함으로 스스로를 지켜 매번 관직을 파하고 돌아갈 때에는 행장을 넣는 자루가 텅 비어 있었다고 한다. 주변에서 어찌하여 후손들의 처지를 배려하지 않느냐고 물으니, 그는 부친께서 이미 나라를 위해 가산을 깨뜨리셨는데 자신이 어찌 집안을 위해 나라의 백성을 상하게 하겠느냐고 하면서, 그러한 것은 그들 부자의 뜻이 아니라고 하였다 한다. 이어서 그는 자신의 집안이 문학으로 업을 전하여 그것을 가산으로 남겨 주었으니 후손

---

1 『梁大司馬實記』, 『霽湖集』, 梁命辰 〈家狀〉 참조.
2 양경우가 서얼 출신임은 다음 자료에 나타나 있다.
　校理梁慶遇 本以孽産(『朝鮮王朝實錄』仁祖 二年 甲子 三月).
　參奉梁慶遇子漸 父大樸 祖襸 曾自潤外 妻父張世文 戊辰判官 戊辰生 庶(『國朝文科榜目』).

들은 부자이지 결코 가난한 것이 아니라고 하여, 진정한 목민관의 모습을 보여 주기도 하였다.[3]

양경우 사후 150여 년이 지난 1796년(정조 20)에는 그들 부자에게 임진왜란의 공로로 사후 포상의 은전이 각각 내려지는데, 아버지 청계공은 병조판서로, 양경우는 병조참의로 증직되는 포상이 이루어졌으며, 아울러 그들 부자의 문집도 함께 판본으로 인쇄되는 은전을 입게 된다.[4]

양경우는 문사(文思)가 넉넉하고 풍부하였다고 하며, 시에는 더욱 뛰어나 매번 한 편의 시가 나올 때마다 사람들은 다투어 서로 전하여 읽으면서 성당의 음을 얻었다고 일컬었다 한다.[5] 이렇게 당대에서부터 시인으로서의 양경우에 대한 평가가 높이 이루어져 온 것과 마찬가지로 비평가로서의 그의 안목도 크게 인정받았던 것으로 보인다. 홍만종의 『시화총림(詩話叢林)』에 그의 시화 『제호시화(霽湖詩話)』가 수록된 사실이 그것을 단적으로 말해주고 있다.

그러나 그의 시와 비평에 관한 연구가 지금까지 충분하게 이루어져 왔다

---

3 주 1)과 같음.
4 당시 포상 건의에 대한 정조의 전교는 다음과 같다.
"이 사람이 의를 부르짖은 것은 증 영상 고경명(高敬命)보다 앞서고 그 용단은 충무공 이순신보다도 뛰어났으며 자기 몸을 던져 충성을 바친 것은 이 두 사람과 같았다. 유집(遺集)을 한 번 보니, 빼어난 바가 드러나, 마치 말을 올라타서는 적을 토벌하고 말에서 내려서는 격문을 짓던 그 모습을 보는 듯하였다. 지난번에 예조 판서가 입시하였을 때에, 조정에서 높여 보답하는 바에 있어 아직까지 알맞게 하지 않았고 그 유집의 판본까지 화재를 조심하지 아니하여 태워버린 데 대하여 안석 위의 조각난 등편(謄編)을 가리키며 한탄한 바가 있었다. 경이 아뢴 바가 바로 나의 뜻과 합치되니, 증 호조 참판 양대박에게 정경(正卿)을 증직하고 시제(諡祭)를 내려주라. 그리고 안에 보관되어 있는 『청계집(靑溪集)』 및 『창의록(倡義錄)』을 내각으로 하여금 도신에게 내려 보내어 판본을 만들어 인쇄하여 올리도록 하라. 그 아들 태상시 정 양경우도 충성스럽고 용감하며 굳세고 곧으니 바로 그 아비를 닮은 사람이라 하겠다. 문장과 필한(筆翰)은 오히려 여사에 속한다. 더구나 무자년에 관직을 버리고 계축년에 은둔하여 절의가 아주 완전하니 어찌 혹시라도 민멸되겠는가. 한 품계를 더하여 주고 그가 지은 『제호집(霽湖集)』도 똑같이 인쇄하여 올리도록 하라." 하였다(『국역 정조실록』, 045, 20108109(신사)).
5 주 1)과 같음. 양경우의 시에 대해서는 『제호집』에 서문을 남긴 김상헌과 김류 등이 높이 평가하였다. 또한 허균과 홍만종도 『성소부부고』와 『소화시평』에서 각각 그의 시세계를 높이 평가한 바 있다.

고 보기는 어렵다.[6] 특히 비평에 관한 연구는 『제호시화』를 중심으로 비평의 전개 양상을 전체적으로 개관하고 정리하기는 하였으나, 양경우만의 비평의 특징을 제대로 드러내는 데는 이르지 못하였다고 생각된다.

따라서 이 글에서는 양경우 비평의 큰 특징이 바로 '의미 찾기의 시학에 있음에 주목하고, 그 전개 양상을 밝혀나가는 데에 주력하고자 한다. 그리하여 양경우 비평의 참모습을 발견할 수 있다면 그것은 나름대로 한국 고전 비평 연구에 도움이 될 뿐만 아니라, 조선 중기 비평사를 부분적이나마 보완하는 데에도 기여할 수 있을 것으로 보인다.

이처럼 양경우의 비평 양상을 살펴나가는 데 있어서 가장 기본적인 자료는 『제호시화』이다.[7] 『제호시화』는 총 62편의 시화로 구성되어 있는데, 시론과 시평 그리고 시일화가 함께 포함되어 있는 전문적인 시론서라고 할 만하다. 또한 허균의 『성수시화(惺叟詩話)』와 같은 시대에 나온 시화로서, 조선 중기의 비평 양상을 살펴보는 데에 중요한 자료로 평가될 수 있을 것으로 생각된다. 이 62편의 시화 가운데서 홍만종은 24편의 시화만을 가려 뽑아 『시화총림』에 수록하였다.[8]

양경우는 『제호시화』에서 특히 자신이 활동하였던 조선 중기의 시단을 중심으로 시화를 전개하였던 것으로 보인다.[9] 이렇게 보면 『제호시화』는 16세기 후반과 17세기 전반에 걸친 조선 중기 비평의 현실을 가장 잘 보여주

---

6 양경우의 시와 비평에 관한 중요 업적은 다음과 같다.

　채환종, 「제호시화 연구」(충남대 대학원, 1989).

　이월영, 「양경우와 제호시화 고」, 『어문연구』 26(충남대어문연구회, 1995).

　이수인, 「양경우 제호시화의 연구」, 『한문학논집』 17집(근역한문학회, 1999).

　_____, 「제호 양경우 한시 연구」, 『원광한문학』 제6집(원광한문학회, 2002).

7 『제호시화』는 『제호집』 권9에 수록되어 있다. 그 외에 『양대사마실기』 권10에도 『제호집』이 수록되어 있는데, 그 속의 『제호시화』도 내용은 같다.

8 『제호시화』의 시화 62편과 『시화총림』에 가려 뽑은 시화 24편에서의 그 편수는 각각 이월영 역주, 『제호시화』(한국문화사, 1995)와 홍찬유 역, 『시화총림』(통문관, 1993)에 수록된 편수를 따랐다.

9 『제호시화』 62편의 시화에서 그 대상이 된 시인들은 총 45명인데, 그 중 41명이 바로 양경우와 같은 시기에 활동한 시인들이다(이월영, 위의 책, 「양경우와 제호시화」, 167면 참조).

는 비평 자료로 손색이 없을 것으로 생각된다.

이제 『제호시화』를 중심으로 양경우 비평의 특징이라 할 수 있는 의미 찾기의 시학을 살펴보도록 하겠다.

2. 양경우 시학의 성격

1) 의미와 격률의 조화

시론과 시평의 전개에 있어서 양경우가 가장 중요하게 생각하였던 것은 바로 시에 있어서의 의미와 격률의 조화라는 문제였던 것으로 보인다. 생각 해보면, 의미란 시의 내용을 일컫는 것으로 시인의 마음이 표현된 것이고, 격률은 시의 형식으로 작시에 필요한 체제와 법도, 즉 평측(平仄), 음운(音韻), 자구(字句), 구수(句數) 등을 말하는 것이다. 따라서 이 의미와 격률의 조화라는 것은 결국 시에서의 내용과 형식의 조화를 뜻하는 것이며, 그렇게 조화를 이루어 이상적인 시의 경지를 구축하는 것이 시인들의 꿈이었다고 할 수 있을 것이나.

이렇게 의미와 격률의 문제에 주목하였던 것은 역대 비평가들에게 있어 공통적인 것이었는데, 의미와 격률의 조화라는 것이 작시와 평시에 있어서 가장 기본적인 문제의 하나였기 때문으로 보인다.

> 무릇 시를 평하는 자는 먼저 기골(氣骨)과 의격(意格)으로써 하고, 다음에 사어(辭語)와 성률(聲律)로써 한다.[10]

대체로 의취에 구속되어 격률을 잃는 것은 시가의 금하는 바이나, 격률에만

---

10 夫評詩者 先以氣骨意格 次以辭語聲律(崔滋, 『補閑集』 卷下).

힘쓰고 그 의취를 잃는 것은 더욱 안 된다.[11]

이처럼 최자(崔滋, 1188~1260)는 시를 평가함에 있어서, 먼저 기골과 의격에 의해 결정되는 시의 의미를 살펴보고, 다음으로 사어와 성률 등의 요소인 격률을 검토하여 판단하고자 하였다. 그의 평시의 기준이 의미와 격률의 문제에 큰 비중이 있음을 나타내준 것이다.

또한 숙종 때의 문신인 임경(任璟)도 의취에 얽매여 격률을 잃거나 격률에만 매달리다 의취를 잃는 일이 있어서는 안 된다고 하였다. 의취에 더 큰 비중을 둔 듯도 하지만, 결과적으로는 의취와 격률의 조화를 추구하고 있음을 말해준 것이라 생각된다.

이러한 고전 비평의 흐름 속에서, 양경우는 특히 의미와 격률의 중요성에 대하여 더욱 두드러지게 강조하였던 것으로 보이는데, 이러한 점은 『제호시화』의 내용 구성을 분석해보면 분명해진다. 전체 62편의 시화 가운데 의미와 직접 관련된 시화는 40여 편에 이르고, 격률에 관계된 시화도 13편 정도로 파악된다. 여기에 의미와 격률을 함께 다룬 3편 정도의 시화까지 합치면 모두 56편의 시화가 적어도 의미와 격률의 문제에 대해 언급하고 있음을 알 수 있다. 이제 그의 생각을 정리해보도록 하겠다.

학관(學官) 수암(守庵) 박지화(朴枝華)는 유자(儒者)이다. 그는 시를 전문적으로 힘써 한 것은 아니지만 흥치(興緻)를 기탁(寄託)한 작품들이 때때로 격이 높고 뜻이 깊어 사람들이 그에 미칠 수 없었다. 그가 최고운(崔孤雲)을 읊은 시에서 이르기를,

고운 당학사,
처음에는 신선 배우지 않았네.

---

11 大抵 泥於意趣 墜失格律 詩家之所禁 而專務格律 失其意趣 尤爲不可(任璟, 「玄湖瑣談」).

삼한(三韓)이 서로 다투던 때에

풍진이 사방에 가득했네.

영웅을 어찌 헤아리리,

진결(眞訣) 본래 전하지 않거늘.

한번 떠난 후 쌍학을 남겨놓으니,

청풍이 오백년이라.

라고 했으니, 깊이 음미해 보면 다함이 없는 숨겨진 뜻이 있다.[12]

양경우는 이렇게 격이 높고 뜻이 깊은 시적 성과를 높이 평가하였다. 격이 높다는 것은, 평측이나 음운 등의 시의 음악성이나 자구나 구수 등에서 얻어지는 시의 형식미와 같은 요소들을 아울러 평가한데서 얻어진 결과로 보인다. 뜻이 깊다는 것은, 시인의 충만한 시정신이 반영된 시의 내용이 독자의 마음에 나름대로의 감동을 불러일으킬 수 있다는 시의 의미 분석에서 얻어진 결과인 것으로 생각된다. 그리하여 양경우는 박지화(朴枝華, 1513~1592)의 시에서 그와 같은 격률과 의미의 조화로 얻어낸 시의 경지를 발견하고 그 성과를 다른 사람들이 미칠 수 없다고 높이 평가하였던 것이다. 또한 최고운을 읊은 시를 예시하면서, 흥치를 기탁한 작품으로 깊이 음미해 보면 다함이 없는 숨겨진 속뜻이 있다고 하여 시에 내포된 깊은 의미에 대해 언급하기도 하였다.

이와 같이 의미와 격률의 조화를 이룬 시에 대해 높이 평가하고 있는 것은, 그것이 양경우 시학의 핵심이었음을 단적으로 일러주고 있는 것이라

---

12 朴學官守庵枝華儒者也 其於詩非專門用力 而時時寓興之作 格高意玄 人莫能及 其詠崔孤雲詩曰 孤雲唐學士 初不學神仙 釁觸三韓日 風塵四海天 英雄安可測 眞訣本無傳 一去留雙鶴 淸風五百年 深味之 有不盡底意思(43).

앞으로 인용되는 시화의 ( ) 속의 번호는 이월영 역주, 앞의 책의 일련번호를 나타내는 것이다. 참고의 편의를 위해 밝혀둔다.

생각된다. 그리하여 자신의 『제호시화』의 내용 대부분을 구성하였던 것이다. 다음 인용에도 그 점은 잘 나타나 있다.

교관(敎官) 권필(權韠)의 호는 석주(石洲)이다. 시벽(詩癖)이 있어 과업(科業)을 일삼지 않았다. 그의 시는 두보를 조종(祖宗)으로 삼고 간재(簡齋)를 답습하여 어의가 지극한데 이르렀으며 구법(句法)이 아름다워, 같은 시대의 시에 능했던 사람들이 모두 그에게 미칠 수 없다며 그를 추대하였다. 그래서 근세에 이름을 얻은 시인들 중 석주가 최고의 시인이 되었다. 들으니, 중국인이 동국시(東國詩)를 간행할 때 석주의 장률시(長律詩) 여러 수가 그 안에 들어갔다고한다. 그 중의 한 수는 다음과 같다.

강상에서 구슬픈 뿔피리 소리 들리고,
두병(斗柄)이 강에 꽂혀 강물이 밝도다.
아침 조수 해안에 몰아치니 압아(鴨鵝)소리 요란하고,
먼 사옥에서는 등잔 심지 돋우고 다듬잇방망이 두드리는 소리.
나그네 문을 나서니 달이 처음 지고,
뱃사람 자리를 거니 바람 일려 하도다.
서주 천 리 이로부터 가노니,
장로(長路)의 험난함 어느 때나 평정되리.

파산(坡山)에서 강도(江都)로 가려고 할 때 지은 시이다. 이 한 편의 시만두고 보아도 그의 재능을 족히 알 수 있을 것 같다.[13]

---

13 權敎官韠號石洲 成癖於詩 不事科業 其詩祖老杜 襲簡齋 語意至到 句法軟嫩 一時能詩人 皆推以爲莫能及 近世詩人之得盛名者 石洲爲最矣 聞中朝人 刊行東國詩 石洲長律 數首與焉 其 一日 江上鳴鳴聞角聲 斗柄揷江江水明 早潮侵岸鴨鵝亂 遙舍點燈砧杵鳴 客子出門月初落 舟人 掛席風欲生 西州千里自此往 長路險艱河日平 自坡山 將向江都時 所作也 見此一篇 足以知其才 矣(48).

위에서 양경우는, 권필(權韠, 1569~1612)이 과업에 크게 매달리지 않고 시에 몰두하였고, 특히 두보(杜甫, 712~770)를 학시의 원류로 삼고 송의 시인 간재(簡齋) 진여의(陳與義, 1090~1139)를 배웠으며, 어의의 지극함과 구법의 아름다움으로 당시 최고의 시인으로 이름을 얻었다고 하였다. 또한 중국인들이 우리나라의 시선집을 간행할 때 권필의 시가 여러 수 수록되었다고도 하였다. 이어서 한 수의 시를 예시하면서 시인으로서의 권필의 재능을 높이 평가하였다.

이렇게 보면 결국 양경우는, 시인 권필이 의미와 격률의 조화를 이루어 근세 최고의 시인으로 평가되고 있음을 밝히면서, 의미와 격률의 시학이 그의 시론과 시평의 근간임을 다시 한번 보여준 것이라 생각된다. 시의 의미와 격률의 조화라는 관점에서 시의 가치를 평가하려고 하였던 이러한 양경우의 생각은 다음에도 잘 나타나 있다.

> 유학자 이춘영(李春英)의 호는 체소(體素)이며, 글을 잘한다고 스스로 자부하였다. 그의 문과 시는 오로지 풍부하고 아름다운 것을 숭상하여 도도(滔滔)히 마르지 않았다. (……) 체소의 시 〈영보정(永保亭)〉에 나오는,
>
> 달이 오늘밤을 좇아 십분 가득 차니,
> 만조(晚潮) 받아들인 호수 천경(千頃)이로다
>
> 라는 구절은 구가 원만하고 의미가 넉넉하다.[14]

앞서 박지화와 권필의 경우에는 시인의 전체적인 시 세계에 대한 평가에 의미와 격률의 조화라는 기준을 적용하였는데, 여기서는 이춘영(1563~

---

14 李斯文春英號體素 以文翰自豪 其文其詩 傳尙富麗 滔滔不渴 (…) 體素永保亭詩曰 月從今夜十分滿 湖納晚潮千頃寬 句圓意足(50).

1606)의 〈영보정〉 시의 구절이 구가 원만하고 의미가 넉넉하다고 하면서 풍부하고 아름다운 것을 추구하여 도도히 마르지 않는 그의 시세계를 반영한 시로 평가함으로써, 개별 시 작품의 평가에도 그러한 기준을 적용하고 있음을 보여 주었다. 또한 양경우는 이러한 관점에서 당시와 송시의 변별성을 찾고자 하기도 하였다.

이미 만당의 시체를 배운 자들은 용사를 가리켜 당의 시법이 아니라고 하나, 성당의 시에도 용사처 또한 많아, 때때로 송시와 비슷함이 있다. 그러나 당시와 송시의 구법(句法)이 자별(自別)하다. (……) 당시와 송시의 변별성은 격률(格律)과 음향(音響) 사이에 있다. 오직 아는 자만이 이를 알 것이다.[15]

양경우는 이처럼 당시와 송시의 변별성을 궁극적으로는 시의 격률에서 찾으려 하였다. 작시에 있어서 전고(典故)나 사실의 인용을 통해서 시의 의미를 풍부하게 하려는 수사 방법인 용사로서는 당시와 송시의 시법의 차이를 가려내기 어렵다고 하면서, 시구를 만드는 구법에서, 즉 시의 체제와 법도인 격률에서 그 변별성을 찾아야 한다고 하였던 것이다.

이렇게 보면, 양경우에게 있어서 시의 의미와 격률의 문제는 이처럼 모든 유형의 시평에 적용되었던 것으로, 시론과 시평의 근간을 이루는 기준이었다고 할 수 있겠다. 따라서 양경우가 지향하였던 것은 자신의 『제호시화』에서 의미와 격률의 문제를 주로 다루었던 데서도 알 수 있듯이, 작시와 평시에 있어서 의미와 격률의 조화를 이루어내는 것이었다고 보인다. 결국 양경우 시학의 궁극적인 목표는 시의 의미와 격률이 조화를 이룬 시세계의 추구에 있었던 것으로 생각된다.

---

15 已學晚唐者 指用事曰 非唐也 盛唐用事處亦多 時時有類宋詩 然句法自別 (…) 唐宋之辨 在於格律音響間 惟知者知之(1).

2) 의미 중시의 시학

양경우 시학의 정점이 의미와 격률의 조화에 있음을 살펴보았다. 그러나 『제호시화』의 내용을 분석해보면, 그는 그 가운데서도 특히 시의 의미 찾기에 더욱 큰 비중을 두었던 것으로 보인다. 그리하여 시의 의미 탐색에 주력하였던 그의 시학의 면모를 구체적으로 살펴보기에 앞서서 의미 중시의 시학이 갖는 비평사적 의의부터 검토해 보도록 하겠다.

시는 마음이 가는 바를 표현한 것이다. 시인의 사상과 감정을 표현한 것이라는 뜻이다. 이렇게 사상과 감정의 소산인 시에 대한 평가에서 시의 의미의 중요성을 강조하는 것은 지극히 당연한 일이라고 하겠다.

생각해보면, 시 비평에 있어서 시의 의미의 문제는 시인의 시정신의 실체를 이해하는 데는 물론이고, 시인이 독자에게 무엇을 전달하려고 하는가, 또는 독자의 관심을 어디로 이끌고 있는가 하는 등의 문제를 이해하는 데 있어 우선적으로 고려되어야 하는 것으로 생각된다. 때문에 작시의 과정에서 시인들이 시의 의미 선택에 많은 노력을 기울인다거나, 시의 해석에 있어서 비평가들이 시인들의 그러한 노력의 결실을 찾아 드러내는 데 고심한다든지 하는 것은 당연한 일일 것이다.

이렇게 시의 의미 선택의 중요성을 인식하고 의미가 깊은 시, 내용이 풍부한 시를 쓰기 위한 시인의 노력과 그것을 제대로 해석 평가하고자 애썼던 비평가들의 고심의 흔적들은 고전 비평의 전개 과정에서 가장 큰 비중으로 다양한 모습을 보여주고 있다.

시는 의(意)를 위주로 함으로 의를 설정하는 것이 가장 어렵고, 시어를 짜 맞추는 것은 그 다음이다. 의는 또한 기(氣)를 위주로 삼는다. 기의 우열에 따라 의의 심천이 생기는 것이다. 그러나 기는 천성에 딸린 것이어서 배워서 얻을 수는 없다. 그러므로 기가 떨어지는 사람은 시어 다듬는 것을 공교하게 하면서 의를 앞세우지 않는다. 대체로 시어를 아로새겨 다듬으며 시구를 화려하게 꾸미면 시가 아름다울 것은 분명하다. 그러나 그 속에 심후한 뜻이 함축되어 있지 않으면 처음에는 볼 만한 것 같지만 다시 씹어 보면 맛이 사라져 버릴 것이다.[16]

이규보(李奎報, 1168~1241)는 이처럼 천부적인 기의 중요성을 설파하면서, 궁극적으로는 시의 의미를 설정하는 것이 가장 어렵고 또 그렇게 의를 위주로 작시하여 그 속에 심후한 뜻이 함축되도록 해야 씹을수록 맛이 나는 시다운 시가 이루어질 수 있다고 하였다. 시의 의미가 무엇보다도 크게 부각되어 있는 것이다. 이규보의 그러한 생각은 다음 시에도 잘 나타나 있다.

> 시 짓기가 무엇보다도 어려우니
> 말과 뜻이 함께 아름다워야 하네.
> 함축된 뜻이 진실로 깊어야
> 음미할수록 맛이 더욱 알차네.
> 뜻이 서도 말이 원만하지 못하면
> 난삽하여 뜻을 전하기 어렵다네.
> 그 중에 뒤로 여겨도 될 것은
> 아로새겨 곱게 꾸미는 것일세.
> 꽃답고 고운 것을 어찌 꼭 마다하리
> 이 또한 사뭇 정신을 써야 한다네.
> 꽃을 잡느라 열매를 버리니
> 이로써 시의 본래 뜻을 잃는다네.[17]

---

16 夫詩以意爲主 設意最難 綴辭次之 意亦以氣爲主 由氣之優劣 乃有深淺耳 然氣本乎天 不可學得 故氣之劣者 以雕文爲工 未嘗以意爲先也 盖雕鏤其文 丹靑其句 信麗矣 然中無含蓄深厚之意 則初若可觀 至再嚼 則味已窮矣(李奎報, 『白雲小說』).

17 作詩尤所難 語意得雙美 含蓄意苟深 咀嚼味愈粹 意立語不圓 澁莫行其意 就中所可後 雕刻華艶耳 華艶其必排 頗亦費精思 攬華遺其實 所以失詩旨 (…) (李奎報, 『東國李相國集』, 後集, 卷1, 〈論詩〉).

이처럼 이규보는 말과 뜻이 함께 아름다운 시, 그러면서 음미할수록 맛이 더욱 알차고 진실로 함축된 뜻이 깊은 시라야 시 본래의 취지를 잃지 않은 시다운 시가 될 수 있다고 하였다. 이렇게 고려 시대의 비평에서 찾아볼 수 있었던 의미 중시의 시학은 조선조에도 그대로 이어지고 있음을 볼 수 있다. 양경우와 동시대의 시인이며 비평가였던 유몽인(柳夢寅, 1559~1623)의 생각도 그러한 범주에서 벗어나지 못하고 있음을 알 수 있다.

비록 시어가 솜씨 있게 꾸며졌다 하더라도 그것이 진실로 의리가 돌아갈 바를 잃었을 경우에는 시를 아는 사람들이 취하지 않는다.[18]

자연 대상물을 소재로 하여 단순히 읊조린다고 다 시가 되는 것이 아니고, 풍교와 관련된 내실 있는 내용이 표현되어야 시로 볼 수 있다는 생각을 지니고 있었던 유몽인은 이와 같이 시를 아는 사람들은 의리가 돌아갈 바를 제대로 표현해야만 시로서의 가치를 인정한다고 하면서 의미 중시의 시학을 내세웠다. 시의 의미 곧 시인의 시정신이 충만하게 반영된 시의 내용을 중시한 생각이라 하겠다.

이른바 시가의 올바른 근본은 세 가지가 있는데 체(體)와 의(意)와 성(聲)이 그것이다. (……) 시가에 있어서 체·의·성이라고 하는 것은 『중용(中庸)』에서의 삼달덕(三達德)이나 『대학(大學)』에 있어서의 삼강령(三綱領)과 같은 것이다.[19]

한편 윤춘년은 유몽인보다 좀 앞서서 이렇게 시인들이 기본적으로 관심을 기울여야 하는 세 가지 올바른 근본으로 체와 의와 성을 내세우면서, 『중용』에서 천하고금의 이치라고 하는 지인용(知仁勇)이나 『대학』의 근본

---

18 雖辭語造其工 而苟失其義所歸 則知詩者不取也(柳夢寅, 『於于野談』).

19 詩家之所謂正宗者 有三焉 曰體也 曰意也 曰聲也 (…) 曰體曰意曰聲之於詩家 猶三達德之於中庸也 三綱領之於大學也(尹春年, 〈詩法源流序〉).

정신이라 할 수 있는 명명덕(明明德), 친민(親民), 지어지선(止於至善)과 같이 가장 기본적인 것이라고 하며 그 중요성을 언급하였다. 그 중에서도 시의 의미에 대해서는 더욱 비중 있게 논의되었다고 볼 수 있는데, 시의 의미를 중시하는 그러한 윤춘년의 생각은 다음에 잘 나타나 있다.

마음은 성정을 거느리는 것이고, 의미는 그 마음에서 펼쳐지는 것이라고 나는 생각한다. 이른바 성은 인의예지를 이름인데 그것을 오성이라 하고, 정은 희로애락을 이름인데 그것을 칠정이라고 한다. 대개 오성은 각각 바탕이 있는데 서로 뒤섞여서는 안 된다. 만약 마땅히 인해야 하는데 의를 내세우거나, 의를 내세워야 하는데 인하게 되면 성을 잃게 된다. 칠정도 각각 쓰임이 있는데 서로 어지럽게 뒤섞여서는 안 된다. 마땅히 기뻐해야 하는데 슬퍼한다든지, 슬퍼해야 하는데 기뻐한다든지 하면 그 정을 잃게 되는 것이다. 사람이 성정을 씀에 있어서 조금이라도 바른 길을 잃게 되면 어리석고 거짓된 사람이라 이른다. 그런데 유독 작시에 있어서는 비록 성정의 바른 길을 잃는다고 해도 어리석고 거짓되다고 하지 않는다. 왜 그럴까. 그것은 시의 의미가 어리석고 거짓되다면 그 시는 볼만한 가치조차 없기 때문이다.[20]

윤춘년은 시의 의미 자체를 중시하는 한편으로 시의 의미 설정의 방향까지도 이렇게 제시해 주고 있다. 시인은 인간 성정의 바른 도를 각각 그 바탕과 용도에 따라 마음에서 펼쳐내어 시의 의미를 이루어야 한다는 생각이다. 그리하여 어리석고 거짓됨이 없는 인간 성정의 바른 길이 표출된 시로 승화되어야 볼 만한 가치가 있는 시라고 할 수 있다고 하였다.

---

20 愚謂心者統性精者也 意者主張乎心者也 所謂性者 仁義禮智之謂也 是謂五性 所謂情者 喜怒哀樂之謂也 是謂七情 蓋五性各有其體 不可相雜 若當仁而義 當義而仁 則失其性矣 七情各有其用 不可相亂 若當喜而哀 當哀而喜 則失其情矣 人於性情之用 少失其常 則謂之愚妄 而獨於作詩 雖失其性情之常 而不謂之愚妄者 何也 其意愚妄 則其詩不足觀矣(尹春年, 『詩法源流體意聲三字註解』).

이렇게 보면 우리의 시인 비평가들이 시의 의미를, 시를 쓰기 위한 시인의 노력 가운데 가장 근본적이고 우선적으로 고려되어야 할 문제로 인식하였다는 것을 알 수 있다. 시대를 더 내려와 만나게 되는 다산(茶山) 정약용의 생각도 그러하다.

　　노인의 한 가지 즐거운 일은
　　붓 가는 대로 미친 듯이 시 쓰는 것.
　　성률에 구애받지 않고
　　고치고 다듬느라 늦출 필요도 없네.
　　흥이 일면 곧 뜻을 헤아리고
　　뜻이 이루어지면 바로 씨를 쓴다네.
　　나는 조선 사람
　　즐겨 조선의 시를 지으리.
　　그대들은 마땅히 그대들 법 따르면 되는데
　　작시법에 맞지 않는다고 떠드는 자 누구인가.
　　까다롭고 번거로운 격과 율을
　　먼 곳의 사람들이 어이 안단 말인가.[21]

다산은 이처럼 붓 가는 대로 마음 내키는 대로 하고픈 말을 시로 옮기는 일을 즐거운 일이라 하였다. 비록 그 시가 중국의 문자와 시 형식을 빌려 쓰는 것이긴 해도, 마음속에 쌓여 주체할 길 없는 말들을 거리낌 없이 시로 표현해내는 즐거움을 그대로 나타내었던 것이다.

그렇게 표현해낸 그의 시에 담긴 시정신이 곧 조선의 현실에서 빚어진 조선인 모두의 마음이자 다산의 현실에서 다듬어진 다산의 마음이었다고

---

21 老人一快事 縱筆寫狂詞 競病不必拘 推敲不必遲 興到卽運意 意到卽寫之 我是朝鮮人 甘作朝鮮詩 卿當用卿法 迂哉議者誰 區區格與律 遠人何得知 (⋯) (丁若鏞, 『與猶堂全書』, 〈老人一快事〉, 六首, 效香山體, 其五).

볼 때, 애써 까다로운 성률을 따른다든지 시어나 시구의 연탁에 지나치게 마음 쓸 것도 없었을 것이다. 그저 시흥이 일면 뜻을 움직이고 그 뜻이 한 편의 시에 담기에 충분할 때 바로 문자로 표현하기만 하면 되었던 것이다.

여기서 '흥도(興到) → 운의(運意) → 의도(意到) → 즉사(卽寫)'의 작시 과정이 제시되었다. 시를 짓는다는 것은 이처럼 시흥이 일어나면 의미를 운용하고 그 의미가 잡힐 때 그저 옮겨 쓰기만 하면 되는 것이다. 시의 의미가 바로 시의 전부인 셈이다.

그러한 시정신의 구체적 표현으로 다산은 조선인이기 때문에 즐겨 조선의 시를 짓겠다는 조선시 선언의 귀결점에 이르게 된다. 조선 사람으로서 조선의 정신이 담긴 바로 그 조선의 혼이 실린 시의 의미를 표현하여 조선의 시로 승화시키겠다는 그의 생각은, 끝내 양경우가 자신의 의미와 격률의 조화 추구의 시학에서 중시하였던 격과 율마저도 내팽개치고 말았다. 시의 의미가 그 무엇보다도 우선이었던 때문일 것이다. 결국 한자와 한시의 형식을 빌려 작시하는 조선시의 한계를 절실히 깨닫고 그 바탕 위에서 까다롭고 번거로운 중국 시의 격과 율의 굴레를 벗어나 조선의 마음이 담긴 조선의 시를 추구하고자 하였던 것이다.

이렇게 보면 우리 고전 비평사의 진행 과정에서 이러한 시의 의미 중시의 시학은 작시와 시평의 실제에 있어 가장 크게 주목 받았던 것이었다고 할 수 있을 것이다. 이제 양경우의 시의 의미 찾기 시학의 양상에 접근해보도록 하겠다. 그리하여 시 의미의 올바른 이해와 평가에 도달하기 위해 그가 크게 관심을 기울였던 정묘한 시어의 선택이나 효과적인 의미 표현을 위해 동원되는 수사 기교로서의 용사의 문제 등에 관하여 중점적으로 살펴보도록 하겠다.[22]

---

22 그 외에 시의 원류에 대한 탐색을 통해 시의 의미를 평가하고자 하거나, 자유로운 작시 환경에서 시의 의미가 제대로 표현될 수 있다고 하였다든지, 습취와 절취를 통해서라도 시의 의미를 효과적으로 건져 올리려고 하였던 시단의 형편에 대해 언급하였다든지 하는 등의 시의 의미 찾기 노력들이 있지만, 이들은 극히 부분적인 언급에 멈추고 있어 제외하였다.

3. 시의 의미 찾기

1) 정묘한 시어 선택

시 비평의 실제에 있어서 시의 의미를 올바르게 얻어내기 위해서는 먼저 시어 선택의 적절성을 검토해야 할 것이다. 그것이 시인의 시정신에 가깝게 접근하여 시의 정확한 이해에 도달할 수 있는 지름길이 될 수 있을 것으로 보이기 때문이다.

이에 대해 양경우는 시의 의미를 효과적으로 전달하기 위해서는 시어 선택이 정묘해야 함을 지적하였다.

  또 두보의 〈북정시(北征詩)〉 "붉기는 단사(丹砂)인 듯, 검기는 옷칠한 듯. 우로(雨露)의 적심을 받아, 감고(甘苦) 모두 결실했노라."에서 쓰인 두 개의 혹(或)자는 이 시를 읊조리는 사람으로 하여금 거듭 감탄케 한다. 그런데 한유의 〈남산시(南山詩)〉에서는 이를 부연해 51번이나 혹자를 썼으니 이 또한 지리하다. 시는 정묘해야 할 것이지, 애써 풍부해지는 것을 구할 필요 없다.[23]

이렇게 자세하여 빈틈이 없는 시어의 선택을 강조하였다. 억지로 부연하거나 지루하게 운용하여 정밀하고 교묘한 의미의 전달에 방해되는 일은 없어야 한다는 것이 그의 생각이었다. 이것이 정묘한 시어 선택으로 더욱 효과적인 의미를 전달해야 한다는 양경우의 의미 찾기 시학의 출발점인 것이다.

사실 정묘한 시어 선택으로 시인의 시정신이 충만하게 반영된 시의 의미를 표현해내는 일은 시인이나 비평가들 모두에게 있어서 가장 기본적 관심

---

23 又杜詩 北征詩曰 或紅如丹砂 或黑如點漆 雨露之所濡 甘苦齊結實 兩或字 令人詠賞 有三嘆之音 而韓公南山詩 衍爲五十一或字 亦似支離 詩欲精妙 不要鬪富(14).

사의 하나였을 것으로 생각된다.

시를 짓기 위해 고심하면 생각이 깊게 된다. 생각이 깊어지면 이론이 해박해
지고, 이론이 해박해지면 언어가 새로워진다. 언어가 새롭게 되고도 중지하지
않고 노력하면 공교하게 된다. 공교하면서도 그치지 않으면 귀신도 두려워하
게 할 수 있고 조화를 옮겨 나타낼 수도 있다.[24]

여기서는 한 편의 좋은 시, 조물주가 천지를 창조하듯 자연의 조화를 옮
겨 나타낼 수도 있는 그러한 시의 경지에 이르기 위한 과정을 보여주고 있
다. 충만한 시인의 시정신이 시에 제대로 반영되기까지의 과정을 말하고
있는 것이다.

그것은 고심하여 읊조리고, 깊이 생각하며, 이치를 갖추고, 시어를 새롭
게 구사할 수 있도록 하는 데서 출발한다. 깊이 생각하여 이치를 갖춘 새로
운 시어를 선택하려는 노력이 시인의 기본적 작시 태도인 것이다. 그렇게
이치를 갖추고 새롭게 시어를 구사하고도 부단히 노력하여 그치지 않으면
좋은 시의 단계를 넘어 귀신도 두려워하게 할 수 있고 조화를 옮겨 나타낼
수도 있는 최상의 시를 얻을 수 있다고 하였다. 귀신을 떨게 하고 조화도
옮겨 나타낼 수 있는 시의 의미가 완성될 수 있다는 말인 것이다.

결국 정묘한 시의 의미 완성의 출발점이 이치를 갖춘 새로운 시어 선택
에 있고, 이에서 멈추지 않고 끝없이 노력한 끝에 이르게 되는 종착점은
자연의 조화를 옮겨 나타낸 완벽한 시의 의미가 담긴 최상의 시가 되는 셈
이다.

이렇게 보면 양경우가 정묘한 시어 선택을 기준으로 평시에 임하면서 궁
극적으로 추구하고자 한 것도 바로 자연의 조화를 옮겨낸 시의 의미가 올바

---

24 夫吟苦則思必深 思深則理必該 理該則語必新 新而不已則工 工而不已 則可以慴鬼神 而
移造化矣(金祖淳,『楓皐集』卷16,〈書金明遠眎讀園未定稿後〉).

르게 드러나 있는 그러한 참다운 시를 찾아내는 것이었다고 보인다.

이와 같은 작시의 과정에서 정묘한 시어의 선택으로 시의 의미를 충만하게 표현하기 위해서는 다양한 방법이 동원되어야 할 것으로 생각된다.

동고(東皐) 최립(崔岦)의 시다. 그 함련(頷聯)에 이르기를,

초호(楚戶) 진(秦) 멸망시킬 날 머지않았는데
지금도 오병(吳兵) 영(郢)에 침입했던 해 경계하도다.

라고 했으니, 대개 상시(傷時)하는 작품이었다. (……) 대개 진초오영(秦楚吳郢) 넉자가 2구 가운데 겹쳐 들어가 비유가 번잡하게 겹쳤으니, 이는 실로 시하는 사람들이 꺼려하는 것이다. 동고가 시학에 깊지 않았기 때문에 이와 같은 실수를 면하지 못하였던 것이다.[25]

이처럼 뜻하는 바를 강조하기 위한 방법이라고 하더라도 짧은 시구 안에 같은 내용의 시어가 겹쳐 들어가 비유가 번잡하게 드러나는 것은 시인들이 꺼려하는 일이라고 하였다. 그리하여 시의 내용이 시대를 걱정하는 교훈성이 강한 것이었는데도 불구하고, 중첩되는 번잡한 비유 등이 오히려 그러한 시의 의미를 올바르게 드러내는 데에 방해가 되었다는 것을 강하게 비판하였던 것이다. 시인이 시학에 어두워 실수하였다고까지 하였으니, 시의 의미가 그런 식으로 방해받는 것에 대해 크게 거부감을 가졌던 것으로 보인다. 서투른 비유나 수사 방법 등에 방해받지 않고 적절한 시어를 선택함으로써 목적하는 바 시인의 정확한 생각을 시의 의미로 표현하여 효과적으로 드러낼 수 있어야 한다는 것이 그의 생각이었다고 하겠다. 이렇게 번잡한 비유

---

25 卽崔東皐岦詩也 其頷聯曰 未期楚戶亡秦日 猶戒吳兵入郢年 盖傷詩之作也 (…) 盖秦楚吳郢四字 沓入於二句之中 比喩繁疊 此實詩家之所忌 東皐不深於詩學 故未免此等之失(31).

도 문제지만, 잘못된 비유도 시의 의미를 진실과는 다르게 전달한다는 점에서 비판의 대상이었다.

　　그때 우리나라와 왜적은 서로 버티어 승패가 결정나지 않은 상태였는데, 그 서생이 방휼(蚌鷸)의 비유를 써서 다음과 같은 장률(長律)을 지었다. (……) 서생은 대개 그때 사태의 어수선한 기세를 보고 그릇되게도 어부지리설을 썼던 것이다. 국가가 거듭 도탄에 빠지고도 오늘에 존재하는 것은 필경 상국(上國)이 선조께서 시종 감당키 어려운 힘으로 여러 곳을 돌아다니시는 것을 가엾게 여김 아님이 없는 것이다. 서생이 어찌 말을 아는 자이겠는가?[26]

　　임진왜란을 겪고 있는 어수선한 국가 현실을 잘못 인식하여 어부지리설(漁父之利說)로 비유한 데 대하여 비판한 내용이다. 현실을 정확하게 파악하여 그 진실한 내용을 올바르게 시의 의미로 표현해야 하는 것이 말을 아는 시인의 기본 작시 정신인 까닭에, 잘못된 판단을 근거로 그릇된 비유를 써서 사실을 왜곡되게 해서는 안 된다는 점을 역설하였던 것으로 보인다.

　　수암 박지화의 시가 마침 도착하였다. 소재(蘇齋) 노수신(魯守愼, 1515~1590)이 그 시를 펼쳐보고 완상하였는데,

　　저관(邸館)의 꿈에 청렴하고 어진 학이 돌아오고,
　　변방의 바람에 안영(晏嬰)의 갖옷 떨어지네

라는 경련(頸聯) 구절을 보더니, 세 번 거듭 탄상하여 '군실(君實)이로다'하며 수암(守庵)의 자(字)를 불렀다. (……) 대개 재상 박민헌(朴民憲, 1516~1585)이

---

　　26 時我國與倭賊 相持成敗未決 厥書生 以蚌鷸之喩 作長律 (…) 盖書生見時事搶攘之勢 誤擧漁人之說 畢竟國家重恢 以有今日者 無非上國終始恤小 宣廟跋履戡難之力 書生豈知言者哉 (46).

장차 함경도에 갈 예정이었는데 대간의 의논이 그를 청렴치 못하다고 거론함이 있어, 수암이 그렇지 않음을 밝히고자 했기 때문에 시의 어의(語意)가 이같았던 것이고, 바로 그 때문에 소재는 수암을 더욱 칭찬했던 것이었다.[27]

또한 이렇게 일의 정황을 정확히 판단하여 많은 사람들이 오해하고 있는 일을 바로잡고자 하여 시의 의미를 진실하게 바로 세운 일을 높이 평가하기도 하였다. 양경우는 정확한 현실 파악과 그것을 바탕으로 한 시의 의미의 진실성에 대하여 이처럼 남다른 관심을 가졌던 것으로 생각된다.

그리고 정묘한 시어 선택에 큰 관심을 기울였던 양경우는 시평의 실제에 있어서 시어 선택의 타당성에 대해서도 주목하였는데,[28] 그러한 결과로 얻어지는 시의 의미는 결국 풍교(風敎)의 시관이 반영된 내용으로 전개되어야 한다고 생각하였던 것으로 보인다.

두릉(杜陵)의 시는 그 어의(語意)가 떳떳하고 엄절한지라 향렴체(香奩體)가 없다. 그의 〈여인행(麗人行)〉은 시사(時事)를 풍자하여 읊는 데서 나왔으니 국풍(國風)의 뜻이 있다.[29]

두보의 시의 의미가 떳떳하고 엄절하여 여성 취향의 시가 없으며 시사를 풍자한 두보의 시의 내용이 시경 정신에 바탕을 두고 있다고 한 내용을 통해서 보면, 양경우의 시관은 개인의 덕성에 영향을 끼치거나 정치 현실을 풍자하고 사회악을 고발하는 등의 현실적 교화의 측면에서 파악될 수 있으며, 그러한 풍교적 시관에서 시의 의미를 찾아 평가하는 것이 양경우의 의

---

27 朴守庵詩適至 蘇齋披翫 其頸聯有 邸館夢回淸獻鶴 塞門風落晏嬰裘 之句 三復嘆賞字守庵曰 君實君實 (…) 盖朴相之將往咸鏡也 有臺議擧不廉爲言 守庵欲白不然 故語意如此 蘇齋之所以尤稱美也(44).

28 "어리석은 내 생각으로는, 제2구의 '상간(相間)' 두 글자는 타당하지 못한 것 같다."〈以愚見言之 第二句相間兩字 似未安矣(21)〉는 등의 평가 내용에서 찾아볼 수 있다.

29 杜陵之詩 其語意矜嚴絶 無香奩體 麗人行 則出於諷咏時事 有國風之義(15).

미 찾기 시학의 핵심이었던 것으로 보인다.

이상에서 살펴본 바와 같이, 정묘한 시어 선택으로 시경 정신에 바탕을 둔 풍교적 시관이 반영된 온유돈후(溫柔敦厚)하고 현실적 교화성이 묻어난 시의 의미가 시에 표현되어야 한다고 생각하였던 양경우는, 끊임없이 타당한 시어의 선택과 그 의미의 올바른 해석에 관심을 보였다.[30]

사실 시어의 타당성과 그 올바른 해석에 관련된 자료들은 한편으로는, 자구들이 보여주는 특별한 용례와 기존의 그릇된 판단, 그리고 판각에서 빚어진 자구의 잘못 쓰임 등에 주목하여 분석하고 평가함으로써 시 작품 해석에 있어 가장 기본적인 문제로 직면할 수밖에 없는 자의확정(字意確定)에 대해 예리하고 철저한 분석력과 판단력을 보여주고 있는 자료들이다.[31]

이렇게 다양한 방법으로 시어 선택에 남다른 집중력을 보이고 있는 점은, 시의 의미가 애매모호하거나 다양하게 확산되는 것을 꺼렸던 양경우의 다음과 같은 생각과 관련이 있을 것으로 보인다.

> 무릇 시구에 있어, 옛사람들이 양해(兩解)를 꺼려했다는 사실이 시의 주(註) 가운데 많이 언급되어 있다. 이른바 양해라고 하는 것은 한 구 가운데 있는 말이 기해(歧解)를 소유하는 것이니, 이러한 해석으로도 가능하고 저러한 해석으로도 가능한 것으로, 이는 시인들이 기피하는 것이다.[32]

이렇게 이리저리 애매모호하게 해석될 수 있는 시어에 대해서 기피하고 있음은, 정확하고 올바른 시어 선택에 큰 관심을 기울였던 양경우의 관점에서 보면 당연한 일이라 생각되기도 한다.

---

30 실제 시어의 타당성과 그 올바른 해석에 주목한 사례는 다음과 같다.
與·將(9), 不分(10), 聯拳(11), 業工(13), 生魄(16), 餘·殘(17), 擲(22), 鈴(38), 來(39), 丙丁·甲乙(40), 事(41), 首陽山(51), 食(59), 行(60).

31 이월영, 앞의 책, 『양경우와 제호시화』, 180~183면 참조.

32 凡詩句 古人以兩解爲嫌 多出於詩註中 所謂兩解者 一句之中語 有歧解 以此解可也 以彼解可也 此詩家之忌也(3).

그러나 앞에서와 같이 시에 쓰인 자의(字義)의 특수한 용법을 구체적인 작품 해석을 통해 판단하고 확정하고자 하였던 양경우의 노력은, 정묘한 시어 선택을 위한 하나의 수단인 동시에 시의 의미 찾기 과정의 첫 단계로 보아도 틀림은 없을 것이다.

위에서 양경우의 시의 의미 찾기의 과정에서 만나게 되는 의미 중시 시학의 핵심이 바로 정묘한 시어 선택에 있음을 살펴보았다.

2) 용사

정묘한 시어 선택 여부를 살펴 시의 의미 찾기에 나섰던 양경우가 그 다음으로 관심을 기울인 것이 용사(用事)를 통한 시의 의미 찾기이다.

작시에 있어서 전고(典故)나 사실을 활용함으로써 그 내용을 효과적으로 전달하고 이미지를 선명하게 부각시키려는 수사 기교의 시법이 용사이다. 그렇게 이미 관념화된 어휘를 시에 가져다 씀으로써 시의 의미를 풍부하게 하고 표현하고자 하는 내용을 간결하게 압축하여 강조할 수 있는 효과를 기대할 수는 있다. 그러나 시의 의미와 동떨어지거나 그 의도가 현학적인 데에 머물면 용사는 실패하게 된다. 따라서 용사하되 그 용사는, 시 속에서 자기 시어로 살아 움직일 수 있도록 자연스럽게 어울리는 것이어야 하고, 다른 시어들과 유기적으로 결합되어 완전히 융화된 것이어야 할 것이다.

시에는 본래 경치를 본뜨고 정(情)을 서술하는 외에는 용사만이 있을 따름이다. 용사는 시의 정체(正體)는 아니지만, 경물에는 한계가 있고 격조는 궁핍하기 쉬워 천편일률적으로 단지 지긋지긋한 표현만을 하기 쉽다. 다른 이들의 필력과 재주를 살피려면 모두 전고 사용에서 보아야 한다.[33]

---

33 詩自模景述情外 則有用事而已 用事非詩正體 然景物有限 格調易窮 一律千篇 祇供厭飫 欲觀人筆力材詣 全在阿堵中(胡應麟, 『詩藪』, 「內編」, 卷4).

또한 이처럼 작시에서의 용사의 시법을, 경물을 묘사하고 서정을 그려내는 일에 버금가는 것으로 그 중요성을 인식하기도 하였다. 그러나 용사하면서도 그 내용이 시 속에서 완전히 살아 움직이고 전체 시의 의미와 조화를 이룸으로써 새로운 의경을 창출해내는 신의의 시세계를 이룰 수 있도록 신중하게 배려되어야 함은 물론이다.

사실 바람직한 용사는 중국의 경우 비평사의 전 과정에서 항상 중요한 관심의 대상이었다.

> 대저 경전은 뜻이 깊고 서적은 수량이 많아 실로 모든 표현의 중심이며 사고의 신비한 영역이다. (……) 따라서 학식을 모으는 데에는 광범하게 하고 용사를 취함에는 간략해야 하고 자구의 단련은 정밀히 해야 하고 이치를 가리는 데에는 사실에 부합해야 여러 가지 아름다움이 한 곳으로 모여들어 표리가 조화를 이루고 발휘된다. (……) 전고의 사용이 이와 같아야만 이치가 통하면서도 뜻은 요령을 얻었다고 할 수 있다. 따라서 전고의 사용이 요령을 얻으면, 비록 작은 일이라도 큰 성과를 얻을 수 있다. (……) 옛것을 사용하여 기미(機微, 사물의 미묘한 기틀)에 맞게 되면 자신의 입에서 나온 표현보다 낫다.[34]

이처럼 학문을 닦아 지식을 축적하고, 그 바탕에서 작시함에 있어 용사를 간략하게 취하면서 요령을 얻게 되면 큰 성과를 이룰 수 있다고 하였다. 물론 광범위한 학문의 축적과 간략한 용사의 선택 그리고 정밀한 자구의 단련, 사실에 부합한 이치의 습득과 같은 모든 미덕들이 함께 모아지게 될 때, 내면의 재능과 외부의 학문이 조화를 이루어 최상의 시적 성과를 얻을 수 있을 것이라는 점은 의심할 여지가 없을 것이다. 그러한 조화를 이루어 가는 과정에서 용사의 시법은 역시 마땅한 시의 의미 획득에 중요한 몫을

---

34 夫經典沈深 載籍浩瀚 實群言之奧區 而才思之神皋也 (…) 是以 綜學在博 取事貴約 校練務精 据(一作撫)理須核 衆美輻輳 表裏發揮 (…) 用事如斯 可稱理得而義要矣 故得其要 雖小成績 (…) 凡用舊合機 不啻自其口出(劉勰, 「文心雕龍」, 〈事類〉).

차지하고 있음을 알 수 있다. 더군다나 용사를 통해 얻어낸 그 시의 의미가 하늘의 기미에라도 맞게 되면 자신의 입에서 나온 그 어떤 표현보다 나은 뛰어난 표현에 성공할 수 있다고도 하였다.

이렇게 보면 용사 역시 시의 의미 찾기 영역에 속하는 문제로 분명히 인정받을 수 있을 것으로 생각된다. 효과적이고 적절한 용사를 통한 시의 의미의 극대화는 중국이나 우리의 역대 시인과 비평가들에게 있어 큰 관심사 가운데 하나였을 것으로 보이기 때문이다.

양경우 역시 시의 의미 찾기 과정에서 용사에 매우 큰 관심을 기울인 것을 찾아 볼 수 있다. 앞에서 살펴본 당시와 송시에서도 용사한 것이 많다고 하여 당과 송의 시인들이 즐겨 사용했던 시법 가운데 하나가 용사임을 밝힌 시화나, 어부지리의 고사를 잘못 활용하여 시의 의미를 그릇되게 하였다는 시화의 내용 등에서 이미 그가 용사의 시법을 시평에 적용하고 있음을 알 수 있었다.[35]

그리고 용사가 시의 의미 전개에 효과적으로 기여해야 하는데, 그렇지 못할 경우에는 그의 비판의 대상이 되기도 하였다.

호음(湖陰)은 술자리에서 낭자(狼藉)하게 시를 지었는데 때때로 그 용사처(用事處)를 밝히지 못할 곳이 있었으니, 대개 거짓으로 지어낸 것이었으나 사람들이 그것을 알지 못하였던 것이다. (……) "제가 일찍이 그의 시를 수습하여 이미 한 권에 주를 달았습니다. 그런데 아래로 갈수록 용사와 문자(文字)가 대개 거듭해서 나오는지라 두루 열람해 본 즉 가면 갈수록 더욱 더 거듭 반복해 나오는 곳이 많아졌습니다. 그래서 마침내 주다는 것을 그만두게 되었습니다."[36]

---

35 주 15)와 26) 참조.
36 湖陰酒場 狼藉詩賦 其用事時時有未曉處 盖出於僞 而不能知 (…) 吾嘗收其詩 旣註一卷 其下用事及文字 率多重出 取以遍閱 重出處逾多 遂酒輟之(23).

이렇게 용사가 거짓으로 위장되거나, 시인의 지적 한계로 말미암아 용사가 반복되어 여러 곳에 활용되는 일에 대해서는 비판적인 태도를 견지하였음을 보여 주었다.

한편 양경우는 전고나 사실의 인용뿐만 아니라 시구나 시어의 활용도 용사의 범주에서 이해하였던 것으로 보인다. 그러나 이 경우에는 자칫 잘못 용사하게 되면 표절이나 도습에 기울게 되는 일이 생길 수도 있다.

임진년 이후 난을 만나 정처 없이 떠돌아다닐 때,

취해온 날은 천일도 적고,
난리 후로는 일신도 많도다.

라는 시 구절을 지었는데, 이 구절을 듣는 사람들은 모두 옛 사람들도 말하지 못하였던 말을 능하게 지어냈노라고 칭찬하였다. (……) 대개 『금강경(金剛經)』송(頌)의,

부는 천개의 입도 적다 싫어하고,
가난은 한 몸도 많다고 한한다.

라는 구절에서 나왔을 것이다.[37]

이렇게 옛 사람들도 말하지 못하였던 시의 의미를 창출해 내었다고 칭찬받았다는 이 정언눌(鄭諺訥)의 시구가 『금강경』에서 용사하여 이루어낸 시적 성과라고 본다면, 앞서 중국의 자료에서 살펴본 것처럼,[38] 적절한 용사가

---

37 壬辰以後 遭亂飄蕩 有 醉來千日少 亂後一身多 之句 聞者皆稱能做出 古人所未道之語 (…) 金剛經頌曰 富嫌千口少 貧恨一身多 盖出於此也(30).

38 주 33)과 34) 참조.

시의 의미의 심화와 확충에 얼마나 큰 효과가 있는지 짐작할 수 있겠다.

산나무 일제히 우짖자 바람 잠깐 일고,
강물소리 문득 사나워지자 달이 외로이 걸렸도다.

라는 호음의 시에 이르러서는 세상의 모든 사람들이 다 칭찬한다. '나뭇잎 일제
히 우짖자 밤비 내리고'는 간재(簡齋)의 시구이고, '여울소리 문득 높으니 어느
곳 비 내리는가'는 오융(吳融)의 시구니, 위에서 소개한 호음의 상하구가 이
양 시구의 말들을 취하여 원전(圓轉)하게 흠이 없도록 도주(陶鑄)해낸 것이다.[39]

여기서도 양경우는, 호음(湖陰) 정사룡(鄭士龍, 1491~1570)의 시구가 송
의 간재 진여의와 당의 오융(吳融)의 시에서 각각 그 시어를 용사하여 완전
하게 흠이 없도록 가다듬어 표현한 것이라고 하였다. 이렇게 남의 시구에서
시어를 용사하더라도 그 용사가 적절하다면 효과적인 시의 의미 획득에 도
움이 된다고 생각하였던 것으로 보인다.

농악(東岳) 이안눌(李安訥)이 위 시를 차운(次韻)하여 이르기를,

낚시 드리워 잠교굴(潛蛟窟)만 겁주고,
활 걸어 학 졸고 있는 가지만 놀래키도다.

라고 했는데, (……) 두보의 〈대월시(對月詩)〉에 이르기를,

달빛 쏘이니 잠규(潛虯) 움직이고,

---

39 至如 山木俱鳴風乍起 江聲忽厲月孤懸 擧世稱之 盖 木葉俱鳴夜雨來 簡齋之詩也 灘聲忽
高何處雨 者 吳融之句也 湖陰上下句 取此兩詩之語 陶鑄之圓轉無欠(25).

밝은 빛에 잠든 새 자주 뒤척이도다

라고 했고, 또 왕원지(王元之)의 〈중추월시(仲秋月詩)〉에 이르기를,

차가운 습기 형초(螢草)에 흐르고,
달빛은 학이 졸고 있는 가지 비추도다

라고 했으니, 동악이 위 두 시의 말을 사용했다는 것을 알 수 있다.[40]

또한 동악 이안눌(1571~1637)의 시구 역시 두보와 왕원지의 시어를 용사하였음을 밝히고, 동악의 솜씨가 높다고 평가함으로써 적절한 용사로 시의 의미를 확충하고 있음을 지적하였다. 이처럼 양경우의 생각이 용사의 시법에 긍정적이며 그 대상 폭도 전고나 사실과 함께 시문에서의 용사까지 인정할 정도로 넓었다고 보이는데, 그것은 용사가 시의 의미를 효과적으로 심화하고 확충하는 데에 기여한다고 보았기 때문이라 생각된다.

그리고 양경우는 용사의 시법이 이렇게 시의 의미를 심화하고 확충하는 데 이르기 위해서는 용사하는 사람의 학문 축적이 남달라야 한다는 점을 지적하기도 하였다.

임신년(壬申年) 조사(詔使)를 맞이할 때 임기는 일기관(日記官)으로 임당(林塘)을 따라 용만(龍灣)에 이르렀다. 습재(習齋) 권벽(權擘)이 조사의 시를 차운(次韻)하여, '중선 누상에는 북쪽으로 옷깃을 열고 자미 시 가운데는 서쪽으로 길머리했도다.'라는 구절을 지었다. 수호가 이를 보더니 말했다. "누상(樓上)을 고쳐 부리(賦裏)로 하는 것이 어떠하실는지요." 임당이 가군(家君)을 바라보며

---

40 東岳次韻曰 鉤沈剩怯潛蛟窟 弓掛偏驚睡鶴枝 (…) 老杜對月詩曰 光射潛虯動 明翻宿鳥頻 又王元之仲秋月詩曰 冷濕流螢草 光凝睡鶴枝 盖東岳 使兩詩之語矣(53).

말하였다. "저 부리를 내쫓는 것이 좋겠소." 그 자리에 있던 사람들이 이 말을 듣고 포복절도하였다. 우리 동언(東諺)으로 부리[喙(喙)]와 부리(賦裏)의 음이 같은 까닭이었다. 그러나 일찍이 〈다산송증굉수천태(茶山送曾宏守天台)〉 시 함련(頷聯)에서,

> 홍공의 부(賦) 가운데 구름 안개 붉고,
> 자미의 시 가운데 도서가 푸르도다.

라고 했으니, 수호가 어찌 근거 없이 이 같은 말을 했겠는가.[41]

이렇게 양경우는, 수호(垂湖) 임기(林芑)가 구류백가(九流百家) 및 기서고문(奇書古文)을 눈으로 보고 입으로 읽지 않은 것이 없을 정도로 많은 책을 읽고 과인한 총기를 겸유하였는데 권벽(權擘, 1520~1593)의 시구에 대하여 다른 시를 근거로 하여 고치는 것이 좋다고 하였다는 일화를 통하여, 용사에 능하고 조화로운 시어로 적절하게 표현할 수 있으려면 역시 많이 읽고 많이 생각하는 노력이 바탕이 되어야 함을 일러 주고 있다. 그러한 노력에 의해서만이 용사의 시법을 조화롭게 활용하여 풍부하고 효과적인 시의 의미가 어울린 신의의 시세계를 펼칠 수 있는 것으로 보았기 때문일 것이다. 용사하고도 그것이 충분히 신의의 세계를 펼쳐 보일 수 있는 가능성을 양경우는 많이 읽고 많이 생각하는 노력에서 찾았던 것이다.

이처럼 양경우는 시의 의미 찾기의 과정에서 만난 용사를 시의 의미를 심화하고 확충하기 위한 효과적인 시법으로 인식하고 있었다고 하겠다.

---

41 壬申迎詔時 以日記官 隨林塘 到龍灣 習齋權擘次詔使詩韻 有 仲宣樓上開襟北 子美詩中首路西之句 垂湖曰 改樓上作賦裏則如何 林塘目家君曰 黜彼賦裏可矣 一座絶倒 吾東諺言 喙與賦裏 音似故也 然曾 茶山送曾宏守天台詩 頷聯曰 興公賦裡雲霞赤 子美詩中島嶼青 垂湖豈無據而發此言歟(23).

4. 맺음말

양경우 시학의 궁극적인 목표는 시의 의미와 격률이 조화를 이룬 시 세계의 추구에 있다고 할 수 있다. 바로 그러한 내용과 형식의 조화에서 양경우는 작시와 평시의 기준을 찾고자 하였던 것이다.

이렇게 양경우가 의미와 격률이 조화를 이룬 시 세계를 지향하면서도, 자신의 시화집인『제호시화』에서 더욱 비중 있게 논의하였던 것은 의미 중시의 시학이었던 것으로 보인다. 그리고 그 시의 의미 찾기의 과정에서 그가 가장 큰 관심을 기울인 것이 정묘한 시어의 선택과 용사의 시법이었음도 알 수 있었다.

양경우 시학의 또 다른 하나의 축인 격률의 문제를 중심으로 그의 시학의 면모를 검토하는 일이 앞으로 남은 과제라고 하겠다. 이 과제를 해결하는 일은 그의 시학의 진면목을 총체적으로 규명하려는 마무리 작업으로까지 연결될 수 있을 것으로 보인다. 그러한 성과가 이루어지면, 양경우 시학의 참 모습을 찾을 수 있을 뿐만 아니라, 16세기 후반에서 17세기 전반에 이르는 조선 중기 시학의 흐름을 보완하는 데도 일정한 도움이 될 수 있을 것으로 생각된다.

한편 양경우의 시가 당시의 문인들에게서 좋은 평가를 얻고 있었음에 주목하여, 그의 시 세계를 전반적으로 검토하는 일도 또 하나의 과제라고 해야 할 것이다. 아울러서 그의 시학이 그의 시에 어떻게 반영되어 있는지를 알아내는 작업 또한 흥미로운 과제일 것으로 보인다.

이 글의 성과에 더하여 위에 언급한 과제들이 모두 성과를 얻을 수 있다면, 양경우의 시와 시학의 전체 양상을 종합적으로 검토함으로 해서, 시인으로서 그리고 비평가로서의 그의 문학사적 위상을 확고하게 자리 잡아 줄 수 있을 것으로 생각된다.

(「한국한시연구」 11, 2003)

김득신의 『종남총지』와 묘오의 시 세계

1. 머리말

한 시인의 시 세계를 구체화해내는 작업에서 선행되어야 할 것은 그의
시론의 저변을 탐색하는 일로 생각된다. 시인의 시 세계는 필연적으로 그의
시론의 바탕 위에 펼쳐지거나, 시론의 축적과 더불어서 확대되고 심화되어
나갈 것으로 보이기 때문이다. 이러한 생각은 그 시인이, 시란 무엇인가라
고 하는 문제에서부터 시를 어떻게 쓸 것이며, 또 어떻게 평가할 것인가라
는 문제에 이르기까지의, 시에 대한 모든 생각과 경험을 바탕으로 하여 자
신의 시론을 체계적으로 제시해수고 있을 경우, 더욱 그 타당성을 부여받을
수 있으리라고 본다.

이 글에서 김득신(金得臣, 1604~1684, 선조 37~숙종 10)의 시론을 검토하
여 다음에 이어질 그의 시 연구에 힘입고자 하는 바도 그러한 까닭에서이다.

김득신의 자는 자공(子公), 호는 백곡(柏谷)·구석산인(龜石山人)이며, 본
관은 안동(安東)이고, 진주목사 시민(時敏)의 손자이며, 부제학 치(緻)의 아
들로 참봉에 음보(蔭補)되었다. 1662년(현종 3)에 증광문과(增廣文科) 병과
(丙科)로 급제하였고, 가선대부에 올라 안풍군(安豐君)을 습봉(襲封)하였다.
당대에 시명이 있어서 당시(唐詩)의 풍이 있다는 평을 받았고, 동명(東溟)
정두경(鄭斗卿), 휴와(休窩), 임유후(林有後), 만주(晩洲) 홍석기(洪錫箕), 우
해(于海) 홍만종(洪萬宗) 등과 망년지우(忘年之友)의 친교를 맺고 시와 술로

풍류를 즐겼다. 그의 문집으로『백곡집(柏谷集)』이 전하고 있으며, 홍만종의『시화총림(詩話叢林)』에는 그의 시화집인『종남총지(終南叢志)』가 실려있어, 그의 시와 시론을 살펴보기에 충분한 자료가 되고 있다.[1]

한국 고전 시론에 대한 연구는 1960년대 초기에서부터 비롯되어 오늘에 이르기까지 끊임없이 지속되어 왔다. 그리하여 60년대의 자료의 정리를 중심으로 하는 문헌학적 연구의 단계를 지나, 이제는 방법론의 모색 과정인 방법론적 연구와 중국 시학과의 비교문학적 연구 등이 활발하게 이루어지고 있으며, 한편으론 고전 시학의 전체적 흐름을 파악하고자 하는 시학사적 연구도 있었다.[2]

그러나 고전 시론 연구의 밑바탕이 되어야 할 여러 문인들의 개별적인 시론에 관한 연구는 그리 많지 못한 실정이다. 지금까지 비중이 있는 시 비평가로 알려져 온 이규보(李奎報), 최자(崔滋), 허균(許筠), 김창협(金昌協), 이익(李瀷), 홍만종(洪萬宗) 등에 관한 연구가 대부분인 것으로 보이기 때문이다.[3]

고전 시론의 전체 양상을 파악하고자 할 때, 우선적으로 검토되어야 할

---

1 성균관대학교 도서관 소장본인『백곡집』은 5권 1책의 목판본이다. 태학사에서 1985년에 필사본『백곡문집』을 영인 출판하였다.

2 이 방면의 주요 논문은 다음과 같다.
조종업,「고려시론연구」,『어문연구』1호(충남대, 1963).
최신호,「초기시화에 나타난 용사이론의 양상」,『고전문학연구』1(1971).
이병한,『한시비평의 체례연구』(통문관, 1974).
민병수,「고전시론의 한국적 전개에 대하여」,『진단학보』48호(1979).
전형대 외,『한국고전시학사』(홍성사, 1979).

3 이에 관한 논문은 다음과 같다.
차주환,「최자의 시평」,『동아문화』9집(서울대학교, 1970).
조종업,「허균시론연구」,『지헌영선생 회갑기념논총』(1971).
조종업,「농암시론연구」,『민태식 박사 고희기념 유교학논총』(1972).
최신호,「홍만종의 소화시평고」,『성심어문논집』3호(1972).
최운식,「이규보의 시론」,『한국한문학연구』2(1977).
최박광,「성호 이익의 시론」,『우리문학연구』3(1978).
정대림,「성호문학연구 I」,『관악어문연구』4집(1979).

것은 비평가들의 개별적인 시론의 양상을 정리하는 일로 보아 틀림은 없을 것이다. 따라서 이 글에서 조선 후기 비평사에서 하나의 큰 위치를 점하고 있는 김득신의 시론을 검토하고자 하는 것은 그 필요성을 인정받을 수 있으리라고 본다.

김득신의 시론이 고전 시론에 관한 여러 논문들에서 단편적으로 소개되기는 하였지만, 종합적인 연구로는 허경진의 〈종남총지연구〉가 있을 뿐이다.[4] 그의 논문은 조선 시화 연구의 일환으로 이루어진 것인데, 그는 『종남총지』의 내용을 비평가로서의 자세, 구조론, 기교론, 문기론(文氣論), 시대론, 독서사승론, 시화로서의 한계 등의 항목으로 나누어 정리해 놓고 있다. 그러나 김득신의 시론을 보다 체계적으로 정리해야 할 필요성은 여전히 남아 있다고 생각된다.

그리하여 이 글에서는, 김득신의 시를 연구하기 위한 준비 단계로서 그의 시론의 양상을 본질론, 작시론, 비평론의 관점에서 나누어 검토해 보고자 한다.

2. 묘오의 시 세계

시의 본질을 묘오(妙悟)의 세계에서 찾으려고 하는 것이 김득신의 시론의 기본이다. 궁극적으로 시란 무엇인가라고 하는 의문에 대해, 그는 영감과 직관을 통하여 시인의 세계관을 확립하고 자연의 신비를 얻어 시에 있어서의 조화의 신비를 이루어내고자 하는 묘오의 세계에서 그 해답을 구했던 것이다.

무릇 시는 천기(天機)에서 얻어 스스로 조화(造化)의 공(功)을 운용한 것을

---

4 허경진, 「종남총지연구」, 『연세어문학』 11집(1978).

으뜸으로 치는데, 이러한 작품은 세상에 많지 못하다.[5]

고인(古人)이 이른바 시에는 별종의 재능이 있다고 한 것은 믿을 만하다.[6]

천기란 하늘의 비밀이며, 조화의 신비를 이르는 말로서, 시인의 영감의 세계, 즉 신비로운 정신의 경지를 말하는 것이다. 이러한 천기를 통하여 조화의 공을 이루기 위해서, 시는 현실적 풍교(風敎)에 노력하는 등의 것과는 다른 재능을 지녀야 한다. 그리하여 시인은 직관과 영감으로 시라는 조화물을 이루어내는 조화주(造化主)로서의 지위를 갖게 되는 것이다.

천기에서 조화의 신비를 이끌어내어 시를 이루어야 한다는 것은, 시인이 스스로 신비로운 정신의 경지를 이룩하고 그 시의 식을 통하여 반영된 시세계를 구체화해야 한다는 것이 된다. 이것이 바로 직관과 영감의 신비를 그 본질로 이해한 묘오의 세계이다.

시의 본질을 묘오의 세계에서 찾고자 하는 것은, 중국 송대(宋代)의 엄우(嚴羽)가 선(禪)의 영향 아래 이룩한 것으로 그 후의 비평가들에게 많은 영향을 준 것으로 보인다.[7]

일반적으로 선도(禪道)는 묘오(妙悟)에 있다고 하는데, 시도(詩道) 또한 마찬가지다. (……) 시의 최고 경지는 입신(入神)의 경지로 들어가는 데 있다. 만약 시가 입신의 경지에 이른다면, 그 정점에 도달한 것이 되어 더할 나위가 없을 것이다.[8]

---

5 凡詩得於天機 自運造化之功者 爲上 此則世不多有(金得臣, 『終南叢志』. 이하 같은 시화의 자료에서는 생략함).

6 古人所謂詩有別才者 信矣

7 유약우는 묘오가 엄우에서부터 비롯되었으며, 선의 영향 아래 이루어진 직관적 견해라고 하였다(유약우, 이장우 역, 「중국시학」, 『중국문학보』 1, 2호).

8 大抵 禪道惟在妙悟 詩道亦在妙悟 (…) 詩之極致有一曰 入神 詩而入神 至矣盡矣 蔑以加矣(嚴羽, 『滄浪詩話』).

이렇게 엄우는 시의 도를 묘오에 있다고 하고, 시는 입신의 경지, 즉 시의 소재를 관조하여 그 정수와 정신을 구체화하는 데까지 이르러야 하며, 시인의 의식을 통해서 반영된 세계의 구체화를 이루어야 한다고 했다. 또한 직관과 영감을 강조한 그는 모방과 기교를 비난하고 영감으로 전달되는 시의 자연적 흥취를 얻고자 하였으며, 시인의 개성을 표현하는 단계를 넘어 시에서 인생과 자연의 정신을 찾아내어 세계에 대한 통찰을 이루고자 하였던 것이다.[9]

무릇 시에는 별종의 재능이 있어야 하는데 이는 책과 무관한 것이며, 또한 별종의 취향이 있어야 하는데 이치와는 무관한 것이다. 그러나 독서를 많이 하지 않고 궁리를 많이 하지 않으면 그 지극한 경지에 이르지 못하는데, 이른바 지나치게 이로(理路)를 밝히는 데에만 빠져들지 않고 말이나 글의 말절에만 구애되지 않은 시가 으뜸이라는 것이다.[10]

묘오의 세계에서 시의 도를 찾으려고 한 엄우는 책이나 이치와는 무관한 별종의 재능과 취향을 요구하면서도, 독서와 궁리가 풍부해야 지극한 경지에 이를 수 있다고 하여, 자칫 모순되는 듯한 견해를 보여주고도 있다.

그러나 별종의 재능과 취향을 통하여 시의 소재를 관조하고 그 정수를 구체화해내는 단계에서, 지나치게 이치를 구명하는 길로 통하거나 말단의 말장난에 빠지는 폐단을 경계하는 말로 보아 크게 모순되는 견해는 아니라고 생각된다. 또한 풍부한 독서와 궁리, 즉 부단한 노력을 통하여 다져진 시적 역량을 바탕으로 직관력을 기르고, 그것에 힘입어 소재를 관조하여 그 생명의 정수를 시에 담고자 하는 의도로 보아, 그 모순되는 듯한 표현은 오히려 진실에 접근하고 있는 견해로도 보여진다.

---

9 유약우, 앞의 책, 81면 이하 참조.

10 夫詩有別才 非關書也 詩有別趣 非關理也 然非多讀書多窮理 則不能極其至 所謂不涉理路 不落言筌者 上也(嚴羽, 『滄浪詩話』).

이러한 점은 특히 김득신에게 두드러지게 나타나 있다.

　　예나 지금이나 학문을 많이 쌓은 사람들은 모두 다 근면함으로써 그러한
경지에 이를 수 있었다. 우리나라에서 글 잘하는 큰 인물로 독서를 많이 한
사람들을 하나하나 꼽아볼 수 있다. (……) 나는 성질이 노둔해서 책을 읽는
공력을 남들보다 갑절이나 들였다. 사기(史記), 한서(漢書), 한유(韓愈), 유종원
(柳宗元)의 글 같은 것은 다 베껴서 만여 번이나 읽었고 그 중에서 〈백이전(伯夷
傳)〉을 가장 좋아하여 그것을 일억 일만 삼천 차례나 읽어 드디어 내 방을 억만
재(億萬齋)라고 이름지었다.[11]

　　독서를 많이 한다는 것은 문장 수련의 기본이다. 뿐만 아니라 독서를 통
하여 얻은 지식은 바로 문장을 이끌어가는 힘으로 작용되는 것이다. 그리하
여 깊이 있는 문장, 길이 전해질 수 있는 문장이 이루어질 수 있는 것이다.
또한 당시에는 십만을 흔히 과장하여 일억이라 불렀다지만, 그러한 부단한
노력만이 시적 능력을 함양하여 영감과 직관으로 소재의 생명의 정수를 추
출해낼 수 있도록 이끌어 줄 수 있다고 하겠다.
　　김득신이 자신의 방을 억만재라고 이름 짓고 나서 지은 시를 보면 다음
과 같다.

　　진(秦)·한(漢)·당(唐)·송(宋)의 글을 두루 찾아서,
　　입에서 침 날리며 일만 번 읽었네.
　　〈백이전〉의 기괴한 문체 가장 좋아하여,
　　표표히 넘치는 기상 구름 능질러 오를 듯하네.[12]

---

11 古今績學之士 靡不以勤致之 我東文章鉅公 多讀書者 亦可歷數 (…) 余性魯鈍 所讀之工
倍他人 若馬漢韓柳 皆抄讀至萬餘遍 而其中最喜伯夷傳 讀至一億一萬三千算 逐名小窩曰 億萬
齋

12 搜羅漢宋唐秦文 口沫讀過一萬番 最嗜伯夷奇怪體 飄飄逸氣欲凌雲

구름을 능질러 오를 듯한 표표히 넘치는 기상의 경지, 이것은 많은 독서와 쉬지 않는 노력 끝에 도달한 바로 '입신(入神)'의 경지라고 하겠다.

이렇게 보면 김득신의 묘오의 시세계는 엄우의 견해를 그대로 옮겨 놓은 듯하다. 그러나 우리의 고전시학사에서 엄우의 영향은 비단 김득신에게서만 찾을 수 있는 것은 아니다.

시에는 별종의 취향이 있는데 이치와는 무관하다. (……) 오직 천기를 농(弄)하여서 현묘(玄妙)한 조화(造化)의 속을 파악하여, 정신이 빼어나고 음향이 맑으며 격조가 높고 생각함이 깊으면 가장 좋은 시가 된다.[13]

최경창(崔慶昌), 이달(李達)은 한때 시에 능한 사람들이다. (……) 그러나 천기에서 얻어 스스로 조화의 공을 운용한 것이 부족한 듯하다.[14]

이와 같이 허균과 이수광(李睟光)에 있어서도 묘오의 세계에서 시의 도를 찾으려고 한 노력은 뚜렷하게 나타나 있는 것이다. 또한 조선 후기의 문인들에게서도 그러한 양상을 쉽게 찾아볼 수 있다.

마음속의 영감이 나타내고자 하는 것이 소리가 되고, 소리가 육신에 잠식되어 있다가 천기에 촉발되어 생성되면서 정신과 천기가 합하여 음률에 호응하면 시가 이루어진다.[15]

시에는 신비로운 정신의 경지가 있는데, 이것은 무형(無形)중에 우거(寓居)하면서 갑자기 나타났다 갑자기 사라지기 때문에, 우연히 만나면 볼 수 있지만 그렇지 않고는 찾아보려고 해도 얻을 수 없다.[16]

---

13 詩有別趣 非關理也 (…) 唯其於弄天機 奪玄造之際 神逸響亮 格越思淵 爲最上(許筠,『惺所覆瓿藁』卷4, 文部 1, 石洲少稿序).

14 崔慶昌 李達 一時能詩者也 (…) 然其得於天機 自運造化之功 似少(李睟光,『芝峰類說』卷9, 文章部 2, 詩評).

15 人心之靈 發而爲聲 聲藏於肉 機觸而生 神與機合 應律成章(洪良造,『耳溪集』卷17, 詩解).

16 詩有神境 是物也 寓於無形之中 忽然而來 忽然而逝 遇之而若可見 卽之而無所得(申光洙,

시인의 정신과 천기가 조화를 이루어 얻어지는 시, 그것은 시인이 소재의 세계를 관조하여 그 정신까지도 시에 반영하고자 하는 묘오의 세계에 대한 통찰을 통하여 이루어진 시이다. 또한 무형으로 존재하다가 순간적으로 나타났다 사라지는 정신의 신비로운 경지, 즉 시에 있어서의 직관과 영감이라고 하는 것은 자연스럽게 순간적으로 포착해야 하며, 애써 얻으려 한다고 해서 되는 것은 아니라 하였다.

이상에서 보면 우리의 고전 시론에 미친 엄우의 영향은 매우 큰 것으로 보여지는데, 이에 대한 자세한 고찰은 우리 고전 시론의 중국 시론과의 비교 문학적 검토를 위해 앞으로 반드시 해결해야 할 과제의 하나라고 생각된다.

지금까지 살펴본 김득신의 묘오의 시 세계는 문기론(文氣論)의 범주 내에서 검토된 바도 있다.

> 김득신(1670년대 인)의 『종남총지』에 보면 (……) 그 논리가 바로 조비(曹丕)의 문기론과 합치된다.[17]
>
> 김득신이 가장 으뜸으로 친 시는 역시 선천적으로 기를 지닌 시인이 그 기를 가득 불어넣어서 지은 시이다. (……) 김득신은 태어날 때부터 시인이 될 소질이 주어졌다는 문기론을 더욱 믿었으므로 천기에서 얻어진 시를 으뜸으로 쳤고, (……)[18]

이렇게 문기론의 바탕 위에 김득신의 시론을 검토하고 있는 바, 이 문기론은 조비의 〈전론 논문(典論 論文)〉에서 비롯된다고 하는데, 그 내용을 보면 다음과 같다.

> 문장을 지음에 있어서는 기를 위주로 해야 하는데, 기의 맑고 흐림은 각기

『石北集』卷15, 贈申鵬擧序).
17 이병한, 앞의 책, 173면.
18 허경진, 앞의 논문, 104면.

본체가 있어서 억지로 얻을 수 있는 것은 아니다. 음악에 견주어 본다면, 악보의 곡도(曲度)가 같고 악기의 절주(節奏)가 같다고 하여도, 기를 끌어들임이 같지 않을 경우에는, 교묘하거나 졸렬하거나 한 음악의 수준은 처음부터 결정이 되어 있는 것이다. 그러므로 비록 부형(父兄)에게 맑은 기가 있다고 하더라도 그것을 자제(子弟)에게 옮겨줄 수는 없다.[19]

결국, 문장의 소재가 같고 작법상의 기교가 같다고 할지라도, 기에 의하여 문장의 우열은 다르게 나타난다는 것이다. 그러나 그 기는 선천적인 것으로 인간의 힘으로는 어찌할 수 없는 것이며, 그러한 천부적인 재능으로 인하여 작품의 수준은 저절로 결정된다는 숙명론적인 결론에 이르게 된 것이다.

이렇게 시의 풍경이 선천적으로 타고난 시인의 기품에 의하여 결정된다고 주장한 문기론은, 영감과 직관을 통하여 시인의 세계관을 확립하고 자연의 신비를 얻어 시에 있어서의 조화의 신비를 이루어내고자 했던 묘오의 세계와는 분명히 다른 차원의 것으로 생각된다. 묘오의 세계에서는, 선천적으로 타고난 기의 표현보다는 후천적인 노력의 결정으로 이루어진 직관력의 함양에 바탕한 시의 시극한 경지를 추구하고 있었던 것이다. 때문에 부단한 독서 체험과 이치를 구명하는 자세가 중시되었던 것이라 하겠다.

이러한 생각은 이수광의 다음과 같은 글에서도 지적된다.

고인이 이르기를 문장은 기가 주가 된다고 하였는데, 이 말은 좇을 만하다. 유종원은 또 말하기를 문장은 신(神)과 지(志)가 주가 된다고 하였다. 내가 보기에 신이라는 것은 변화를 예측할 수 없는 것을 이름이다. 지는 기를 거느리는 것이다. 이미 지를 말하였으면, 기는 족히 말할 것이 못된다. 이미 신을

---

19 文以氣爲主 氣之淸濁有體 不可力强而致 譬諸音樂 曲度雖均 節奏同檢 至於引氣不齊 巧拙有素 雖在父兄 不能而移子弟(曹丕, 「典論」, 論文).

말하였으면, 지는 족히 말할 것이 못된다. 그런 고로 나는 단정하건대 문장은 신이 주가 된다.[20]

시의 풍격(風格)이 신에 의하여 결정된다고 하는 이수광의 견해는, 분명 선천적으로 타고난 시인의 기품에 의해 시의 풍격이 결정된다고 한 문기론을 극복하고 있음을 보여주고 있다. 그리하여 시의 풍격을 결정해주는 요인으로서 기(氣)에서 지(志)로, 다시 신(神)으로 그 차원을 높였던 것이다.

신이란 변화를 예측할 수 없는 것, 즉 궁구해내기 어려운 오묘한 사물의 정기(精氣)를 뜻한다고 생각된다. 따라서 신은 상상적으로 사물의 생명을 파고들어 그 정수와 정신을 구체화해내는 힘으로 시인에게 작용한다고 하겠다. 이와 같은 생각은 천기에서 얻어지는 시, 곧 우주의 조화와 자연의 신비를 포착하여 구체화해내는 묘오의 시세계를 내세웠던 그의 주장과 걸맞은 것이라고 생각된다.[21] 또한 그렇게 하여 얻어진 시가 바로 엄우가 말한 시의 최고의 경지인 '입신'의 경지의 시가 아닌가 한다.

이렇게 볼 때, 김득신의 시세계는 문기론의 바탕 위에서보다는 오히려 묘오의 영역에서 설명되어야 할 것이라고 본다. 이러한 김득신의 생각은 그대로 시 비평에도 적용되고 있음을 볼 수 있다.

문장의 용의처(用意處)에는 그것대로의 기묘한 조화가 있는 것으로, 진실로 쉽사리 논할 수는 없다. 사물을 형용하고 경치를 그려내는 말들로 이르자면, 바람과 구름의 변태란 아침저녁으로 일정하지 않아서, 몸소 그러한 지경을 체험하지 않는다면 똑똑하게 깨달을 수가 없다. 이는 마치 성인이라야 성인을 알아볼 수 있는 것과 같은 것이다.[22]

---

20 古人謂文章以氣爲主 其說尙矣 至柳子厚又曰 爲文以神志爲主 余以爲神者 變化不測之謂 志者氣之師也 旣曰志則氣不足言也 旣曰神則志不足言也 故余斷之曰 文章以神爲主(李晬光, 앞의 책, 卷8, 「文章部」1, 〈文〉).

21 전형대 외, 앞의 책, 271면.

기묘한 조화로 빚어 놓은 시의 세계. 곧 '득어천기(得於天機)'하여 '자운조화(自運造化)'한 '입신'의 경지, 그러한 시의 지극한 경지를 김득신은 추구하고 있다. 그리하여 호음(湖陰) 정사룡(鄭士龍)의 시에 대한 이수광과 허균의 비평을 각각 검토하면서 다음과 같이 자신의 평가를 더해주고 있다.

> 내가 청풍(淸風)에 가는 길에 황강역(黃江驛)에서 묵었다. 밤중에 여울 소리가 퍽 세차게 들려와서 문을 열고 보니 떨어져가는 달이 외로이 걸려 있었다. 그래서 호음(湖陰)의 '강물 소리 무척이나 원망스러우며 달 외로이 걸려 있다'라고 한 구(句)가 생각나서 재삼 감탄해가며 읊고 나서, 비로소 예전 사람들이 경치를 쓴 게 핍진하고, 그 시의 가치는 실경에 대하면 더욱 높아짐을 깨달았다.[23]

길 떠난 나그네의 마음은 언제나 외롭기 마련이다. 더군다나 낯선 잠자리에서 뒤척이는 중에 들리는 세찬 여울 소리에 신경이 쓰일 수밖에 없을 것이다. 원망의 말이 나올 법도 하다. 문 열고 내다보는 눈에 들어온 달의 모습 또한 나그네의 외로운 마음과 같이 외롭게 보였던 것이리라.

강물 소리가 원망스럽게 들리는 것이나 지는 달이 외로워 보이는 것은, 곧 시인과 자연이 서로 교감(交感)한 상태에서라야 우러날 수 있는 표현이라고 하겠다. 원망스럽긴 해도 그 강물 소리를 가슴에 새길 수 있음은, 외롭게 떨어져가는 달이라도 그 달과 외로움을 같이 할 수 있음은, 강물과 달과 나그네가 서로 벗하여 한데 어우러진 상황에서 이루어질 수 있는 것으로 보이기 때문이다.

그리하여 자연의 생명을 시인은 조화주(造化主)의 위치에서 감득하고, 핍진하게 표현해 낼 수 있는 것이다. 때문에 있는 그대로 외양만 묘사한다고

---

22 文章用意處 自有奇妙造化 誠未易論也 至其狀物寫景之語 則如風雲變態朝暮無常 苟非自到其境 不能明悟 是猶聖人能知聖也

23 余曾過淸風 抵宿黃江驛 夜半聞灘聲甚駃 開戶視之 落月孤懸矣 因憶湖陰 江聲忽厲月孤懸之句 一咏三歎 始覺古人寫景逼眞 其詩價對景益高

해서 핍진이랄 수는 없다. 외양은 물론이고, 자연의 생명의 정수까지를 제대로 표현해 낼 수 있어야만 핍진의 영역에 들 수 있을 것이다. 기묘한 조화의 세계란 바로 그러한 경지를 이르는 것이라 생각된다.

　세상에 전하는 시에 '내가 팽조(彭祖)의 뒤에 태어났어도 팽조가 나만 못하고, 하루살이 같은 목숨이어도 내 뒤에 날 양이면 나의 삶 또한 그만 못하네. 지나간 옛일 부러워하지 마라. 앞으로 오는 삶이 짧아도 오히려 남음 있으리니.'라고 했는데, 누구의 작품인지도 모르겠다. 그러나 말과 이치가 함께 경지에 이르러 무한한 취미가 있다. 비록 당·송의 시 가운데 두어도, 만약 스스로 조화를 운용해 낸 것이 아니면, 어찌 능히 이와 같겠는가.[24]

　이렇게 '사리구도(辭理俱到)'하여 '무한취미(無限趣味)'가 있는 '자운조화'의 시, 흔히들 말하는 '달리지언(達理之言)'의 시를 김득신은 높이 평가하고 있다. 어쩌면 도연명의 '지난 일은 고칠 수 없음을 깨달아, 장래에는 좇아서 틀리지 않을 것을 알았노라[25]라는 〈귀거래사〉의 한 구절을 떠올렸을지도 모른다. 아니면 '부생(浮生)이 꿈과 같으니, 즐거워할 수 있는 일이 그 얼마쯤이나 되겠는가. 고인이 촛불 밝히고 밤들이 놀았음은, 참으로 까닭이 있는 일이다.'[26]라고 한 이백(李白)의 문장을 생각했음직도 하다.

　부단한 노력 끝에 얻은 직관력을 바탕으로 하여 이룬 시인의 세계관과 인생관으로 인생의 참모습을 그려낸 시, '자운조화'의 시를 추구하고 있음은, 김득신의 시론의 바탕이 곧 묘오의 세계임을 보여주고 있는 것이라 하겠다.

---

24 世傳一詩曰 我生後彭祖 彭祖不如余 蜉蝣出我後 我生猶不如 往古不必美 來短方有餘 此未知誰氏之作 而辭理俱到 有無限趣味 雖在唐宋之間 而若非自運造化者 安能此

25 悟已往之不諫 知來者之可追(陶淵明, 〈歸去來辭〉).

26 浮生若夢 爲歡幾何 古人秉燭夜遊 良有以也(李白, 〈春夜宴桃李園序〉).

3. 작시의 과정

묘오의 시 세계를 추구했던 김득신은 지극한 묘오의 경지에 도달하기 위해, 시 창작의 준비 단계로서는 '다독서(多讀書)'의 노력을 내세웠고, 시 창작의 실제에 있어서는 '다궁리(多窮理)'의 소산인 연탁(練琢)의 과정을 강조하였다.

그는 많은 독서량을 바탕으로 시적 바탕을 튼튼히 하여 시 속에 인생의 참뜻을 새기고, 자연의 섭리를 깨우치는 내용을 담고자 하였다. 또한 깊이 생각하고 사물의 이치를 궁구함으로 해서 소재의 생명의 진수를 파악하여 기묘한 조화의 영역으로 승화시켜나가는 과정에서, 글자 한 자의 선택도 신중히 하고 그 의미의 맥락을 한 편의 시의 분위기를 전체적으로 어울리게 해줄 수 있는 범위 내에서 찾아나가는 힘든 노력의 과정을 시인은 이겨내야 한다는 것을, 자신의 체험을 바탕으로 하여 말해주고 있다.

그는 서재를 억만재(億萬齋)라고 이름할 정도로 독서를 많이 한 인물이다. 예로부터 학문을 많이 쌓은 사람은 모두 근면하게 독서를 많이 함으로써 그러한 경지에 이르렀다고 하면서, 그는 자신의 다독 습관을 노둔함 때문이라고 하였다. 학문을 쌓기 위해서였든지, 또는 노둔한 재질 때문이었는지, 과연 그와 같은 많은 독서량을 쌓으면서 그가 얻으려고 하였던 것은 무엇이었을까? 많은 독서를 함으로써 그 자신에게 남은 것은 무엇이었을까? 그의 문집에서 찾아보면 그 답은 다음과 같이 정리되어 있다.

〈백이전〉을 1억 1만 3천 번 읽은 것을 비롯해서 많은 작품을 다독한 끝에 그가 얻은 것은, '정밀(精密)'하고 '기굴(奇崛)'하며 '웅혼(雄渾)'하고 '호만이농욱(浩漫而醲郁)'한 기상이었다. 작품마다 살아 움직이는 고인의 기상을 그는 얻어 내었다.

또한 '의사율율(意思汨汨)'하고 '이명창(理明鬯)'한 작품 내면의 진실을 캐내었다. 거침없이 전개된 고인의 의지와 사상, 그리고 맑고 융성하게 깨우쳐 준 사물의 이치를 그는 체득할 수 있었다. 그리하여 그는 '박대변화(博

大變化'의 세계, 즉 넓고 큰 기묘한 변화의 세계까지도 넘나들 수 있었던 것이다.

한편, 그는 '어약이의심(語約而意深)'의 문장의 묘리를 깨닫는 데까지 이른다. 말은 아끼면서도 뜻은 깊이 있게 전달할 수 있어야 문장다운 문장이 된다는 사실을 얻어 내었던 것이다.[27]

김득신의 체험을 다시 정리하여 구체화해 보도록 하겠다.

먼저, 그는 정밀하고, 기굴하며, 웅혼, 호만, 농욱한 기상을 고인을 통해서 배워 얻었다. 이러한 기상을 시에 담았을 때, 그 기상은 선천적으로 타고난 기상이 표현된 것일 수는 없을 것이다. 어디까지나 부지런히 노력해서 체득한 후천적인 기상의 표현인 것이다. 앞서 인용했던 그의 시구대로, '표표히 넘치는 기상 구름 능질러 오를 듯하네'의 기상을 독서 체험을 통하여 얻어 내었다고 하겠다.

이러한 기상을 바탕으로 그는 거침없이 펴나갈 수 있는 의지와 사상을 얻어 내고, 맑고 융성하게 펼쳐진 우주 만물의 이치를 품안을 수 있었다. 곧 뛰어난 기상을 바탕으로 한 학문의 축적이다. 시의 내용을 힘 있게 전달할 수 있는 능력을 갖춘 셈이다. 그러한 기상과 축적된 학문을 밑거름으로 하여 그가 추구하는 시의 세계로 나아갈 수 있게 되었다는 말이다.

그것이 곧 넓고 큰 변화의 세계이다. 소재에 대한 통찰로 그 소재의 생명의 진수를 파악하여, 자연과 인생의 참된 정신을 제시하기 위하여 묘오의 세계에 대한 탐구를 시작한 것이다. 기묘한 변화의 세계를 날아 그는 '입신'의 영감과 직관으로 조화주의 지위에 나아가고자 하였던 것이다.

그러한 과정에서 또 하나 그가 관심을 기울인 것이 바로, 말은 아끼면서도 뜻은 깊숙이 나타내야 된다는 문장의 묘리를 감득하는 것이었다. 뛰어난 기상과 폭넓은 학문의 축적으로 기묘한 변화의 세계를 시에 표현하고자 했을 때, '어약이의심'한 경지가 요구됨은 필연적인 것이라 하겠다.

---

27 金得臣, 『柏谷集』 卷5, 「雜著」, 〈讀數記〉 참조.

이렇게 구체화해 본 김득신의 작시의 과정은 앞서 인용한 이수광의 견해에 접근하고 있음을 살펴볼 수 있다.

문장에 있어서 주가 되는 것은 변화를 예측할 수 없는 신이라고 이수광은 밝혔다. 기에서 지로, 지에서 다시 신으로 귀착된 그의 견해는, 김득신의 시의 세계, 작시의 정신에 그대로 연결되는 것이다. 물론 이수광의 견해에서 나타난 기는 선천적으로 타고난 기라는 점에서 차이는 있다. 그러나 기상을 바탕으로 지를 함양하여 시에 담고자 한 점에서 같은 경로를 걷고 있다. 그것이 신으로 승화되는 과정 역시 같은 범주의 것이라 할 것이다.

김득신의 작시과정 그것은 또한 엄우의 견해와도 같은 선상에서 파악될 수 있다.

엄우는 '영양괘각 무적가구(羚羊挂角 無迹可求)'의 당시(唐詩)를 높이 평가하였는데, 그것은 곧 모든 것을 초탈한 자유분방한 시의 세계를 추구함이었다. 그러한 세계에 이르기 위하여 그는 또한 '언유진 이의무궁(言有盡 而意無窮)'의 경지, 즉 말은 다 했으면서도 그 의미는 무궁한 변화를 나타내는 경지에 도달하고자 하였다.[28] 바로 김득신이 말한 '박대변화'와 '어약이의심'의 시의 세계인 것이다.[29]

김득신이 '어약이의심'의 경시인 함축미 있는 뛰어난 지석 감정을 표출해 내고자 했을 때, 시어의 조탁과 단련의 과정은 불가피했다 할 것이다.

당의 여러 시인들은 시를 지을 때, 일생의 마음과 힘을 다 쏟았기 때문에 이름을 후세에 전할 수 있었다. (······) 나 또한 이러한 성벽이 있어서 버리려고 해도 되지 않았다. 이를 희롱하여 시 한 수를 지었는데, '사람이 돼먹기를 가장

---

28 詩者吟詠情性也 盛唐諸公惟在興趣 羚羊挂角 無迹可求 故其妙處透澈玲瓏 不可湊泊 如空中之音 相中之色 水中之月 鏡中之象 言有盡而意無窮(嚴羽, 앞의 책).

29 '언유진 이의무궁' 또는 '어약이의심'의 문장의 묘리는 모든 시인들이 노력하는 바였다. 그리하여 '어진이의불궁(語盡而意不窮)', '의재언외 언가진 이미부진(意在言外 言可盡 而味不盡)' 등등에서와 같이, 시의 최고의 경지에 이르기 위한 함축미의 구현에 노력하였다.

시를 즐기는데, 시를 읊으려는 즈음엔 못마땅해 보이는 말들, 마침내 거리낌이 없어야 흔쾌한 마음 되니, 한평생 이 신고(辛苦)를 그 누가 알아주리'라고 하였다. 아! 오직 아는 사람만이 이러한 지경을 더불어 얘기할 수 있으리라.[30]

아는 사람만이 알 수 있다는 신고의 작시과정, 한 편의 좋은 시, 기묘한 변화가 무궁하게 펼쳐지는 묘오의 세계를 담은 시를 짓기 위해 감내해야 했던 그 과정이야 말로 시인으로서 존재하기 위한 김득신의 시적인 삶의 모습 그 자체였던 것이다.

한 평생을 온갖 정열을 다 쏟아 좋은 시를 짓기 위해 노력하는 시인만이 후세에 시인으로 기억된다는 점을, 그는 경험에서 우러난 신고의 역정으로 나타내주고 있다고 하겠다.

김득신이 이렇게 시어와 시구의 연탁에 노력했음은 당대에 널리 알려져 있었던 사실이기도 했다.

> 김백곡(金柏谷) 득신(得臣)이 평생 시를 잘하였는데, 조탁에 힘써 글자 하나를 천 번이라도 다져서 꼭 훌륭한 것이 되도록 하였다.[31]

이처럼 '일자천련(一字千鍊)'의 정성으로 시를 썼던 김득신은 다음과 같은 일화를 남기고도 있다.

> 김백곡은 고음(苦吟)의 성벽이 있어서 코밑 수염을 꼬면서 물아(物我)의 경(境)을 초월한 듯하였다. 부인이 그를 시험하고자 하여 점심을 차려 내면서 장과 초를 넣지 않은 나물을 상에 올리고서, "아무 맛도 없이 담담하지 않은가요?"하고 물었더니, 그는 "별로 모르겠던 걸."이라고 대답하였다.[32]

---

30 李唐諸子 作詩用盡一生心力 故能名世傳後 (…) 余亦有此癖 欲捨未能 戲吟一絶曰 爲人性癖最耽詩 詩到吟時下字疑 終至不疑方快意 一生辛苦有誰知 噫 唯知者可與話此境

31 金柏谷得臣 平生工詩 雕琢肝腎 一字千鍊 必欲工絶(任堕, 『水村謾錄』).

생각하고 또 생각하며 마땅한 시구를 찾아 노력했던 그는 망형(忘形)의 지경에 이르러 맛도 잊은 채 오직 시를 위한 길을 걸었다고 하겠다.

이러한 고음의 정신은 작시를 위한 출발이자, 최고의 경지의 시를 짓기 위한 필연적인 과정이었다.

시를 짓기 위해 고심하면 생각이 깊어진다. 생각이 깊어지면 이론이 해박해지고, 이론이 해박해지면 언어가 새로워진다. 언어가 새롭게 되고도 중지하지 않고 노력하면 공교하게 된다. 공교하면서도 그치지 않으면 귀신도 두려워하게 할 수 있고, 조화를 옮겨 나타낼 수도 있다.[33]

이러한 '습귀신(慴鬼神)', '이조화(移造化)'의 경지, 이것이 고음 끝에 얻어 내고자 했던 김득신의 '박대변화'한 시의 경지라 할 것이다.

4. 비평의 실제

시 비평의 영역은 시 창작의 세계와는 분명 다른 차원의 것이다.

예부터 시를 평하는 사람이 반드시 시에 능한 것은 아니며, 시를 잘 짓는 사람이 또한 평을 반드시 잘하는 것도 아니다.[34]

이처럼 작시와 평시의 능력은 별개의 것으로 인식되었다. 그리하여 시

---

32 金柏谷 苦吟爲癖 撚髭忘形 其妻欲試之 嘗說午飯 供以萵苣不施醬醋 妻問曰 得無味淡否 公曰 偶忘之矣(河謙鎭, 「東詩話」).

33 夫吟苦則思必深 思深則理必該 理該則語必新 新而不已則工 工而不已 則可以慴鬼神而移造化矣(金祖淳, 「楓皐集」卷16, 〈書金明遠畊讀園未定稿後〉).

34 自古評詩者 未必能詩 而能詩者 又未必善評(金萬重, 「西浦漫筆」下).

비평은 하나의 독립된 문학 활동으로 인정받았던 것이다. 이는 평범한 사실의 확인으로밖에는 보이지 않는 것이긴 해도, 비평에 대한 그러한 태도에서부터 올바른 비평 문학이 출발될 수 있으리라는 생각에서 보면, 매우 의의 있는 견해라고 생각된다.

나는 일찍이 지시(知詩)의 어려움이 위시(爲詩)의 어려움보다 훨씬 더하다고 한 고인의 주장을 들어 알고 있었는데, 그 말이 어찌 미덥지 않겠는가.[35]

김득신 역시 비평을 창작과는 다른 문학 활동으로 생각하고 있었으며, 시를 짓는 어려움보다 시를 제대로 평가해 내는 어려움이 오히려 더 크다는 것을 말해주고 있다.

그의 비평은 그가 활동했던 시대에 좋은 시가 창작되지 못하고 있다는 비판의 정신으로부터 출발된다.

요사이는 시가 없다. 시 작품이 없는 것이 아니라 좋은 시가 없다는 것이다. 대개 사람들은 옛 시인들을 배워 익히는 데에는 힘을 쏟지 않고 과거에만 노력하기 때문에 설령 과부(科賦)나 과시(科詩)에 능하다 하더라도 고시율(古詩律)에는 아는 것이 없게 된다. 비록 겨우 글자나 알고 글을 지을 줄 아는 사람이라 하더라도 또한 과체(科體)에서 벗어나지 못하는 까닭에, 시골의 서투른 북과 피리소리가 어지럽게 뒤섞이어 도저히 들을 수 없는 것과 같이 되었으니 그것을 좋은 시라고 할 수 있겠는가.[36]

시다운 시, 예술적으로 승화된 좋은 작품이 없는 원인을 그는 과시에 몰두함에 있다고 보았다. 과시에 열중함으로 해서 시의 개성이나 예술성은

---

35 余嘗耳食於古人之所論 知詩之難甚於爲詩之難 其言豈不信哉(金得臣, 〈小華詩評序〉).

36 近者無詩 非無詩 詩之可者無有也 大抵人不致力於古作者 從事擧業 或工於科賦科詩 而全昧於古詩律 雖粗解綴句者 亦未脫科體 故如村鼓島笛 雜亂不堪聞 其可詩云乎哉

무시된 채, 시가 오직 입신양명의 수단으로 떨어지고 말아서 볼품없는 것으로 되었다는 것을 비판의 안목으로 살피고 있는 것이다. 과거 제도는 관직을 차지할 수 있는 절대적인 관문이었으며, 과거와 관직은 곧 양반의 가문과 신분을 지켜나가기 위한 필수적인 요건이었기에, 이를 획득하기 위한 눈에 보이지 않는 다툼은 결국 여러 가지 사회 문제를 일으키게 되었다. 그리하여 조선 후기에 이르러 과거의 폐단이 큰 사회 문제로 대두되고, 그에 대한 비판의 소리가 높아지면서, 과시에 대한 비판도 한층 고조되었다. 김득신도 물론 과거를 경험하였고, 아울러 과거를 통하여 입신양명의 기회를 얻고자 하였음도 분명하다. 그러면서도 그는 시를 입신양명의 수단으로 전락시키는 데까지 이른 과시의 폐단을 역설하였다. 그러한 과정에서 굳어져버린 과체의 습성으로 목적성 있는 시만 양산해대는 문학 풍토를 비판했던 것이다. 목적성만 두드러진 시, 그것을 김득신은 많은 독서를 통하여 얻은 인생과 자연의 진실을 담고자 했던 내용 있는 시와는 다른 차원의 것으로 생각했던 것으로 보인다.

이렇게 현실에 적응하기 위한 수단으로서의 시를 비판하고, 평생을 몸과 마음을 다하여 시의 창작에 전념할 수 있는 시인의 길을 걷고자 했던 그의 비평의 태도는 역시 신시하게 작품의 진실을 파악할 수 있어야 한다는 것이었다.

시를 아는 사람은 시로써 사람을 취하고, 시를 모르는 사람은 명성으로 시를 취한다. 내가 젊어서 이름이 아직 나지 않았을 때에는 비록 좋은 작품이 있어도 사람들이 귀하게 여기지 않았는데 시의 명성을 얻고 나서는 뛰어난 작품이 아니라 할지라도 문득 잘되었다고 칭송하니 참으로 웃을 일이다. (……) 그러니 저 시를 모르는 사람들이 칭찬해준다 해서 기뻐할 것도 없고 헐뜯는다 해서 기분 나빠할 것도 없다.[37]

---

37 知詩者 以詩取人 不知詩者 以名取詩 余少也名稱未著 雖有佳作人不爲貴 及得聲雖非警

작품다운 작품이 제대로 평가받아야 한다는 당연한 요구가 무시되고, 비평적 안목이 결여된 채 사회적 신분이나 명성에 현혹되어 시를 평가하고 마는 세속의 풍토를 개탄하고 있는 것이다.

속인들이 시를 보는 안목이나 시를 듣는 능력을 갖추지 못한 채, 오직 때의 선후나 사람의 귀천으로 시의 잘잘못을 평가하니, 비록 이백과 두보로 하여금 다시 태어나게 해서 신분이 낮은 하류에 묻히게 한다면, 이 또한 반드시 무시하고자 하는 자가 있을 터이니, 나는 이러한 세상의 도를 개탄할 수밖에 없다.[38]

이처럼 김득신의 비평의 태도는 진지하였다. 비평가로서의 그의 참된 자질과 기본자세를 잘 나타내 준 것이라 하겠다. 또한, 그는 뚜렷한 비평관과 비평의 기준을 가지고, 나름대로 자신 있게 시 비평에 임하고 있었음을 살펴볼 수 있다.

송강 정철의 낙민루시(樂民樓詩)는 이러하다. '백악(白嶽)은 하늘을 대어 솟아나고, 성천(城川)은 바다에 들어 아스라하네. 해마다 꽃다운 풀 길에 우거지고, 석양에 다리를 지나는 사람 있네.' 세상에선 이 시를 절창이라 하는데, 내 생각에는 낙민루(樂民樓)와 만세교(萬歲橋)가 하등 장성할 것도 없으며, 마지막 구는 말이 저잔(低殘)하기만 하다. 이는 회고시에 지나지 않는 것인데, 어찌 절창이라 하겠는가. 시에 대한 안목을 지닌 사람만이 그것을 알 수 있을 것이다.[39]

이렇게 그의 비평의 태도는 자신에 넘쳐 있으며, 그것은 주관적인 뚜렷

語 輒皆稱誦 良可笑也 (…) 彼不知詩者 譽之不足喜也 毁之不足怒也

38 余謂俗人無具眼又無具耳 唯以時之先後人之貴賤 輕重之 雖使李杜再生 若沈下流輕侮者 世道可慨也

39 松江鄭澈樂民樓詩曰 白嶽連天起 城川入海遙 年年芳草路 人渡夕陽橋 世稱絶唱 而余意 樂民樓萬歲橋 何等壯盛 而末句語涉低殘 且似懷古之咏 何以爲絶唱耶 具眼者自當知之(〈낙민루〉 시는 『송강원집(松江原集)』 卷1에는 〈의월정(宜月亭)〉 시 2수 중 첫 수로 되어 있다.).

한 비평관에 의한 것임을 보여준다고 하겠다.

이것을 아는 사람은 더불어 시를 얘기할 수 있을 것이며, 모르는 사람은 시를 논하는 자리에서 물리쳐야 할 것이다.[40]

시를 보는 안목을 지닌 사람의 평론을 기다린다.[41]

또한 이처럼 비평가로서의 자부심과, 시를 보는 안목에 대한 자신감을 찾아볼 수 있다 할 것이다.

이와 같이 과시의 폐단을 지적하고 올바른 비평의 자세를 역설하면서, 뚜렷한 비평관을 지닌 자신감 있는 태도로 김득신은 자신의 비평 활동을 전개하였다.

그가 내세운 비평의 기준으로 뚜렷하게 정리되어 있는 것은 없다. 따라서 그의 비평의 기준을 찾기 위해서는, 먼저 그가 추구하였던 묘오의 시세계나 작시 정신을 바탕으로 해서 살펴나가야 할 것이다.

시는 묘오의 세계를 표출해 내야 한다는 것이 그의 생각이었다. 직관과 영감을 통하여 확립된 세계관이 시에 나타나도록 해야 하며, 천기(天機)를 통하여 얻은 조화의 신비, 자연의 신비가 시에 반영되도록 해야 한다는 것이었다. 그리하여 순간으로 나타났다 사라지는 정신의 신비로운 경지를 잘 포착하여 표현하고, 자연과의 교감을 통하여 감지할 수 있는 자연의 생명까지도 시에 나타나도록 해야 한다는 것이었다.

김득신이 이렇게 묘오의 세계가 반영된 시를 가장 이상적으로 생각하였다고 한다면, 그것이 바로 그의 비평의 기준이라고 보아 크게 어긋나지는 않을 것이다. 또한, 독서 체험을 통하여 구체화한 그의 작시 정신을 바탕으로 본다면 다음과 같이 정리될 수 있다.

---

40 知此者 可與言詩 不知者 擯於談詩之席矣
41 以俟具眼評論

고인의 작품을 통하여 배워 얻은 정밀하고, 기굴하며, 웅혼, 호만, 농욱한 기상을 바탕으로 거침없이 펴나갈 수 있는 의지와 사상을 얻어 내고, 맑고 융성하게 펼쳐진 우주 만물의 이치를 체득하여 넓고 큰 변화의 세계 곧 묘오의 세계를 작품 속에 형상화해낸 시, 그것을 김득신은 시의 최고의 경지라고 생각하였다. 그렇다면, 그의 비평의 기준 역시 여기서부터 비롯된다고 보아 좋을 것으로 생각된다.

비평의 실제에 있어서, 김득신의 기준이 된 것은 당시를 존숭하는 태도에서 찾아볼 수 있다. '득어천기(得於天機)'하여 '조화지공(造化之功)'을 스스로 운용해낸 시를 으뜸으로 내세웠던 그는 당시와 송시를 배워서 익힌 시를 그 다음으로 손꼽았다.

다음으로는 당과 송의 시를 배운 시들인데, 나름대로의 체(體)를 얻게 되면 취할 만한 것이 있을 것이다. 요즈음에 이르러 시로 이름난 자들이 여러 명 있기는 하나, 체격(體格)의 높고 낮음은 물론이려니와 시가의 의취(意趣)를 제대로 얻은 자는 드물다. 그러니 어느 겨를에 당·송의 시에 가깝니, 가깝지 못하니 하고 논하겠는가.[42]

당시와 송시의 체격과 의취를 배워 익혀 창작한 시를, 김득신은 스스로 조화로운 시의 경지를 펼쳐 이룩한 시의 다음으로 내세웠다. 그러나 그의 시화 전편에는 당시에 대한 언급으로 일관되어 있다. 그만큼 당시를 존숭하는 그의 태도는 깊었다고 하겠다. 그는 당시에 '심모당지인(心慕唐之人)'[43]이란 평을 받았으며, 그의 시 또한 '극핍당가(極逼唐家)',[44] '하양당인(何讓唐人)',[45] '개유당인기조(皆有唐人氣調)'[46]라고 평을 받은 점 등을 미루어 보아도

---

42 其次學唐學宋者 各得其體則俱有可取 至於近世 不無數三以詩稱者 而無論體格之高下 能得詩家意趣者絶少 奚暇更論唐與宋之近不近乎

43 朴世堂, 〈柏谷集序〉.

44 洪萬宗, 『小華詩評』.

당시에 대한 그의 관심은 대단한 것이었음을 알 수 있다.

백곡 김득신이 일찍이 자신의 시를 동명(東溟) 정두경(鄭斗卿)에게 보였다. 동명은 "그대는 늘 당시를 배운다고 했는데, 어찌 송의 시어로 지었는가?"라고 하였다. 백곡이 "무엇을 보고 송의 시어라고 하는가?"라고 하니, 동명은 "내 평생 당 이상의 시만 읽어 왔는데, 그대의 시어 가운데 지금껏 보지 못한 것이 있으니, 이는 반드시 송의 시어일걸세."라고 하였다. 백곡은 탄복하였다.[47]

이로 보면, 백곡뿐만 아니라 동명을 위시한 백곡 주위의 시우들 또한 당·송을 존숭하는 태도를 가졌음을 알 수 있다.

내가 병자호란 중에 지은 시에, '낮에는 늘 들판의 울음소리 들리고 꿈에도 호병(胡兵) 피해 다니네.'라고 하였는데, 택당(澤堂)이 감탄하고는 나에게, "그대의 시에는 두시(杜詩)의 격조가 현저한데 두시를 얼마나 읽었는가? 시에 소질이 있으니 노력하도록 하라."고 하였다. 나는 그때 마침 두시를 읽고 있었다. 택당은 시를 제대로 볼 줄 아는 명감(明鑑)을 지녔다고 하겠다.[48]

이렇게 김득신은 늘 당시를 마음에 두고 배웠으며, 그의 시 또한 당풍(唐風)을 따르고 있었고, 주위의 문인들에게서도 당시를 존숭하는 시인으로 인정받았던 것이다.

이제 당시의 체격과 의취를 기준으로 하여 시를 평가한 예들을 보면 다음과 같다.

---

45 任堕, 『水村謾錄』.

46 河謙鎭, 『東詩話』.

47 柏谷嘗以己作示東溟 東溟曰 君常謂學唐 何作宋語也 柏谷曰 何謂我宋語耶 東溟曰 余平生所讀誦唐以上詩也 君詩中文字有曾所未見者 必是宋也 柏谷嘆而服之(任璟, 『玄湖瑣談』).

48 余於丙子亂中 有晝常聞野哭 夢亦避胡兵之句 澤堂咏歎謂余曰 君詩極有杜格 讀杜幾許耶 有文章局量須勉之 時余方讀杜詩 若澤堂可謂有明鑑也

여러 작품들이 모두 청려하여 당운(唐韻)이 있다.[49]

근세의 동명 정군평(鄭君平)이 매우 걸출하여 경박하거나 화려하기만 한 시단의 습성을 깨끗이 털어버렸다. 그가 지은 가행(歌行)은 웅건하고 준일하여 성당(盛唐)의 여러 시인들에게 견줄 만하다. (……) 이러한 작품들은 당시에서 구하려고 해도 드물 것이다.[50]

천연하고 초절하여 당인(唐人)의 경취(景趣)를 얻었다.[51]

비록 당격(唐格)은 아닐지라도 과시의 투를 제거하여 장법(章法)이 혼성(渾成)하였다.[52]

당의 시인들이 시 창작을 위해 한평생의 마음과 힘을 다 기울여 노력했기 때문에 후세에까지 이름을 전할 수 있었다고 하면서 항상 그들을 마음에 두고 존숭하였던 김득신은 시 비평에 있어서 당운(唐韻), 당격(唐格), 당인경취(唐人景趣) 등을 바탕으로 한 당시와 성당제자(盛唐諸子)들을 그 기준으로 하게 되었던 것이다.

우리의 시인들이 당시나 송시를 학시(學詩)의 모범으로 삼았음은, 우리의 시적 기반이 튼튼하지 못하기도 하여서였겠지만, 중국의 시 형태를 그대로 받아들여 시 창작에 임한 문화적 여건으로 보아 불가피한 현상이었다고 하겠다. 물론 조선 후기에 이르면 그러한 맹목적인 학당(學唐)·학송(學宋)에 기우는 풍토를 비판하고, 조선시를 추구하고자 하는 움직임이 나타나게도 되지만, 여전히 학시의 과정에서의 당시와 송시에 대한 존숭의 태도는 큰 비중을 차지하는 것이었다. 그리고 이러한 현상은, 학시의 원류를 찾거나 동일한 미의식의 근원을 찾아 작가의 작품 경향을 평가하는 비평 방법인

---

49 諸詩皆清麗有唐韻

50 近世東溟鄭君平 杰出一代 掃盡浮靡之習 其所著歌行雄健俊逸 可方於盛唐諸子 (…) 此等作求諸唐詩亦罕.

51 天然超絶 得唐人景趣

52 雖非唐格 擺脫科臼 章法渾成

원류비평(源流批評)의 바탕을 마련해 주었다고 하겠다.

당대(唐代)는 시의 황금기로서, 시인들은 창조적이고 자유방사(自由放肆)한 시 정신으로 그들의 독특한 개성과 기풍을 표현하였으며, 특히 성당(盛唐)의 시로 대표되는데, 왕유(王維)의 자연시와 이백의 낭만시, 두보의 사실적 시 등으로 절정을 이루어 후세 시인들의 학시의 표준이 되었다.[53] 그리고 송시는 정운(情韻)과 경지(境地)에 있어서는 당시에 미치지 못하나, 당시의 전아하고 화려함보다는 산문의 담백(淡白)을 중시하고, 여인의 애정을 노래하기보다는 의론면을 위주로 하는 특수한 시의 풍격을 이루어 역시 후세 시인들의 본받는 바가 되었다.[54]

이러한 가운데 김득신은 특히 당시를 표방하고, 비평의 기준으로 삼았던 것이다.

태천(苔川) 김지수(金地粹)는 호가 천태산인(天台山人)인데, 시승(詩僧)인 태능(太能)과 더불어 서로 잘 지냈다. 하루는 태능이 찾아오자 태천이 그에게, '황엽(黃葉)은 떠서 흘러 서촌을 지나고, 푸른 이끼는 이 가을에 문을 가리네. 산승(山僧)이 비 무릅쓰고 이르니, 밤 새워 심오한 이치나 들을까'라는 시를 주었다. 태능이 읊고 나시는, "첫 구는 당에 가까우나 3·4는 송풍(宋風)이로군."이라 하였다. 태천이 태능에게 그의 시를 읊게 하자 태능이 1절(一絶)을 읊는데, '밤이 깊으니 서리 기운 더욱 차고, 하늘 멀리 기러기 소리 높게 들리네. 호탕한 마음으로 서정(西亭)의 달을 지키다 산으로 돌아오니 가을 꿈이 수고롭네'라 했다. 태천(苔川)이, "이 시 네 구절은 과연 모두 당풍(唐風)이로군."이라 하고, 칭송해 마지않았다.[55]

---

53 호운익, 『중국문학사』(장기근 역, 한국번역도서주식회사, 1961), 148면 참조.

54 차상원, 『중국문학사』(문리사, 1974), 566면 참조.

55 苔川金地粹 一號天台山人 嘗與詩僧太能相善 一日太能至 金贈詩曰 黃葉水西村 蒼苔秋掩門 山僧冒雨至 夜坐講玄言 太能吟咏曰 首句近唐 三四涉宋 金使太能誦其所作 太能誦一絶曰 夜深霜氣重 天遠鴈聲高 宕宿西亭月 還山秋夢勞 金曰 爾詩四句果皆唐 稱賞不已.

이처럼 당시를 기준으로 하여 서로의 시를 평가하는 일이 김득신에게는 별다른 저항감을 느끼게 하지 못하였다. 때문에 그의 시화 전편에서 살펴볼 수 있었던 뚜렷한 주관과 판단에 따라 시평에 임했던 태도와는 달리, 아무런 비판이나 언급도 없이 내용을 전달하기만 할 수 있었던 것이다. 그에게는 당시의 경지가 비판의 대상이 아니고 존숭의 대상이었음을 말해주는 것이기도 하다. 여기서 김득신의 비평이 당시 중심의 원류비평의 바탕 위에 서 있음을 알 수 있다 할 것이다.

또한 그의 시 비평은, 주관적 감상에 의하여 전달되는 시 내용의 평가에 주력하는 감상비평의 범주에 드는 면모를 보여주고도 있다. 시 내용의 감상과 품평을 위주로 시의 풍격을 평가했던 것이다. 물론 시의 풍격을 분류해 놓고 그것을 기준으로 하여 시를 평가하고자 하는 풍격론(風格論)에 대한 구체적인 내용의 전개를 그의 시화에서 찾을 수는 없다. 다만 주관적인 감상에 따른 풍격의 제시만을 찾을 수 있을 뿐이다.

그가 비평에 사용한 풍격의 용어들을 찾아보면 다음과 같다. 그가 시를 좋게 평가한 용어들은 '원혼(圓渾)·웅섬(雄瞻)·광박(廣博)·온자(穩藉)·청려(淸麗)·웅건(雄健)·준일(俊逸)·장건(壯健)·청상(淸爽)·소상(蕭爽)·청한(淸閑)·평담(平淡)·청준(淸峻)·초절(超絶)·천연(天然)·미완(微婉)' 등이고, 반대로 좋지 않게 평가한 용어들은 '비속(鄙俗)·저잔(低殘)·부미(浮靡)' 등이다. 이와 같은 평어들은 그가 독서 체험을 통하여 얻어내었던 '정밀(精密)·기굴(奇崛)·웅혼(雄渾)·호만(浩漫)·농욱(醲郁)·율율(汩汩)·명창(明鬯)·박대(博大)' 등의 용어들과 큰 차이가 없다. 그 가운데서도 그는 '어청조고(語淸調古)'의 풍격을 지향하고 있었음이 두드러진다. 아울러 그는, '사리구도(辭理俱到)', '무한취미(無限趣味)', '장법혼성(章法渾成)', '청운고기(淸韻古氣)', '유의미이구호(有意味而句豪)', '묘해작법(妙解作法)', '각체구비(各體俱備)' 등과 같은 경지로 나아가고자 하였으며, '용의사조(用意似雕)', '조어견강(造語牽强)'하여 부자연스럽거나 지나치게 직설적이거나 한 표현 등을 지양하고자 하였다.

김득신이 가장 영향을 많이 받았을 것으로 생각되는 우리의 비평가로는 택당 이식(李植)과 교산(蛟山) 허균을 들 수 있을 것 같다. 그는 '택당 가위 유명감야(澤堂 可謂有名鑑也)', '허균 이조감 명세야(許筠 以藻鑑 名世也)'라고 하여 그들의 시 비평 안목을 높이 평가하고 있으며, 그의 시화에서 택당 6회, 허균 4회에 걸쳐 그들의 비평의 면모를 밝혀주고 있다. 특히 택당과는 직접적인 친교가 있었으며, 그의 시명도 택당의 도움이었다고 알려져 있다.

처음에 김득신은 이름이 드러나지 않았으나, 택당 이공(李公)이 그의 시를 보고 그의 장점을 조신간(朝紳間)에 크게 칭찬하여 좋은 평판을 퍼뜨림으로써 비로소 사명을 떨치게 되었다.[56]

이렇게 보면, 택당이 그의 시와 시론에 영향을 미쳤을 가능성은 충분하다고 생각된다. 허균과 이식의 비평이 김득신의 시와 시론에 미친 영향 관계는, 글을 달리하여 논의되어야만 할 것으로 보인다.

5. 맺음말

이 글에서는, 김득신의 시를 연구하기 위한 준비 단계로서 그의 시론의 양상을 본질론, 작시론, 비평론의 관점에서 나누어 검토하였다.

김득신은 시의 세계를 선천적으로 하늘로부터 부여받은 기상의 재현으로 파악한 것이 아니라, 후천적인 노력을 바탕으로 천기를 얻어내어 스스로 조화의 공을 옮겨 내고자 하는 묘오의 세계로 보았다. 노력하여 얻은 조화주의 위치, 스스로 깨달아 터득한 무궁한 변화의 시 경지를 그는 바람직한 시의 경지로 내세웠던 것이다.

---

56 初公名未著 澤堂李公見公詩 大稱賞延譽朝紳間 詩名遂振(任埅, 『水村謾錄』).

그는 독서 체험을 통하여 얻어낸 기상을 바탕으로 시적 내용을 충실히 하면서 넓고 큰 변화의 시 세계로 나아가고자 하였다. 또한 그는 자연과 인생의 참된 정신을 표현하기 위한 묘오의 시 세계에 대한 탐구 과정에서 고음(苦吟)의 연탁(練琢)에 노력하였다.

그리고 그는 뚜렷한 비평관과 비평의 기준을 나름대로 구체화하여 비평에 임했으며, 그의 비평의 저변에는 당시를 존숭하는 태도가 강하게 나타나 있었다. 그의 시 비평은 원류비평과 감상비평의 범주에 들 수 있으며, 그에게 가장 큰 영향을 미친 비평가로는 중국 송대의 엄우와 우리나라의 허균과 이식을 손꼽을 수 있다고 생각된다.

자료의 올바른 해석을 기본으로 하여 내용의 충실을 기하고자 하였으나, 그의 시 연구에 도움이 되어야 한다는 것만을 염두에 두고 검토하는 과정에서 빚어진 흠은 여전히 남아 있다. 그것은 이 글을 바탕으로 천여 수가 넘는 그의 시를 검토하면서 보완되어야 하리라고 본다.

그리고 김득신의 시화인 『종남총지』는 조선 후기에 나타난 시화 가운데서는 비교적 내용이 전문적이고 저자의 주관이 뚜렷하게 나타나 있어서, 비평 연구의 좋은 자료집으로서의 구실을 다하고 있다고 생각된다. 시화의 성격이 시론과 시평, 시작법 등의 구체적인 전개와, 시에 얽힌 한담(閑談) 등을 포함하여 시에 관련된 잡기(雜記)를 총칭하고 있다고 볼 때, 시화가 전문성을 갖기는 힘들다고 하겠다.

그러한 상황에서 김득신의 시화는 비교적 전문성과 독창성을 고루 보여 주고 있다. 그러한 점에서 그의 시화는 비평가로서의 그의 위상을 한층 비중 있게 높여 주고 있다고 생각된다.

김득신은 비평가로서의 자부와 긍지를 지니고 있었으며, 시를 보는 안목에 있어서도 자신감을 갖고 있었던 비평가라고 할 수 있겠다.

(「우전신호열선생고희기념논총」, 창작과비평사, 1983)

남용익의 『호곡만필』과 시평 및 선시 작업

1. 머리말

이 글은 호곡(壺谷) 남용익(南龍翼)의 시론 가운데서 특히 시 비평의 양상을 검토하여 비평가로서의 그의 위치를 정립해 보고자 하는 데에 그 목적이 있다. 그렇게 함으로써 한국 고전 비평사의 보완이나 고전 비평 연구의 영역 확대에도 도움이 될 수 있을 것으로 보인다.

남용익은 1628년(인조 6)에 태어났으며, 자는 운경(雲卿), 호는 호곡이며, 본관은 의령이다. 태어날 때 붉은 빛이 방안에 가득하였고, 말을 배우게 되면서 문득 글자를 이해하였다는 그는 1646년에 신사가 되었고, 1648년에는 정시(庭試) 문과에 병과(丙科)로 급제하였다. 효종 초에 삼사(三司)의 여러 벼슬을 지냈고, 1655년(효종 6)에 통신사의 종사관으로 일본에 다녀와 사가독서(賜暇讀書)를 하였고, 1656년 문과 중시(重試)에 장원을 하였다. 좌참찬, 예문관 제학을 거쳐 1683년(숙종 9)에 예조판서가 되고, 1687년 양관(兩館) 대제학에 이어 이조판서가 되었다. 그러나 1689년 왕자 정호(定號)의 일에 홀로 불가함을 간하다가, 기사환국(己巳換局)으로 명천에 유배되어 1692년(숙종 18)에 배소에서 죽었다. 그는 조정에서 40여 년 동안 한 번도 실수가 없었다고 전하는데, 문장에 특히 능하였으며, 글씨에도 뛰어났다고 한다. 시호는 문헌(文憲)이다.

한국 한문학사를 개관해 볼 때, 많은 시인과 비평가들이 나름대로의 문학 세계를 보여주며 이름을 남기고 있지만, 시 창작과 시 비평 및 선시(選詩)에 이르기까지 고전 비평의 모든 분야에 걸쳐 뚜렷한 업적을 아울러 남긴 사람은 흔치 않다. 그러한 가운데서, 남용익은 서거정(徐居正)·허균(許筠)에 이어 그와 같은 업적을 남겨 놓은 시인·비평가 중의 한 사람으로 평가되고 있다.

그러나 지금까지의 연구 실적을 보면, 서거정이나 허균에 대한 연구는 일찍부터 관심의 대상이 되어 일정한 성과를 거두어 왔다고 하겠으나,[1] 남용익에 대해서는 개별적인 연구가 없는 실정이고, 다만 고전 비평 연구의 전체적인 흐름을 파악하고자 할 때 단편적으로 언급되는 정도였다.[2] 결국 조선조 고전 비평의 흐름을 전기, 중기, 후기로 나누어 볼 수 있다고 할 때, 각각 하나의 시가를 대표하였다고 할 수 있는 그들 세 사람의 업적 평가에서 유독 남용익에 대한 평가만 무관심 속에서 소홀히 취급되어 온 것을 알 수 있다.

생각해보면 서거정은, 고려에서 출발하였던 비평이 그 저변을 확대하기 시작했던 조선 전기에 26년 동안이나 문형(文衡)을 독점하면서, 시에 있어서는 기교에 치중하고 형식미를 추구하였다는 평을 받았고,[3] 『동인시화(東人詩話)』를 저술하였으며, 비록 여러 문인들과 함께 참여하여 만든 시문 선집이긴 하지만 자신이 주도하여 『동문선(東文選)』을 편찬하는 등의 문학적

---

1 서거정과 허균의 비평에 대한 연구 업적으로는 다음과 같은 것들이 있다.
조종업, 「동인시화연구」, 『대동문화연구』 2집(1966).
전형대, 「동인시화연구」, 『한국고전비평연구』(책세상, 1987).
조종업, 「허균시론연구」, 『장암 지헌영선생 화갑기념논총』(1971).
허경진, 「성수시화연구」, 『조선후기의 언어와 문학』(형설출판사, 1978).
2 단편적이기는 하나 남용익의 비평에 대해 언급한 업적들은 다음과 같다.
이가원, 『한국한문학사』(민중서관, 1961).
이병한, 『한시비평의 체례연구』(통문관, 1974).
민병수, 「역대 한시선집의 문학사적 의미」, 『관악어문연구』 7집(1982).
조동일, 『한국문학통사』 3권(지식산업사, 1984).
3 서거정의 시는 '화미풍염(華美豊艶)'하였다는 평을 받았다고 한다.

업적을 남겨 시인·비평가로서 당대를 대표하는 문인으로 보아 손색이 없는 사람이라 하겠다.

또한 조선 중기에 시를 알고 시를 평가함에 있어서 그를 따를 사람이 없었다고 하는 허균도, 당대 제일의 문장가로 자부하면서 시화류인 『성수시화(惺叟詩話)』와 『학산초담(鶴山樵談)』을 남겼고, 시선집인 『국조시산(國朝詩刪)』을 저술하여 고대소설 『홍길동전』의 작자로서 뿐만 아니라 시 비평가로서 크게 각광을 받아 왔다.

이렇게 보면 서거정과 허균이 그들이 남긴 문학적 업적으로 오늘날 크게 평가 받고 있음은 당연한 일이라 하겠다.

그러나 남용익도 조선 후기에 문형을 지내면서 당시의 문단을 주도하였고, 『호곡시화(壺谷詩話)』와 『호곡만필(壺谷漫筆)』은 물론 시 선집인 『기아(箕雅)』를 저술하여 그 시대에 가장 뚜렷한 비평적 업적을 남긴 문인으로서, 문학적 평가를 떠나서 적어도 그 업적만으로 보아서는 서거정이나 허균에 버금가는 비평가로 보아 좋을 것이라 생각된다. 그런데도 오늘날의 평가는 서거정과 허균에 대한 평가에 비해 아직은 크게 미치지 못하는 실정이다. 때문에 그의 비평적 업적들을 면밀히 분석 검토한 다음 그에 대한 마땅한 비평사적 평기기 있어야 할 것이며, 조신 후기 비평가로서 합낭한 자리 매김도 아울러 이루어져야 할 것으로 보인다. 이러한 과정을 거친 다음에 서거정, 허균, 남용익의 비평사적 비중의 문제를 논의해야 마땅할 것이다.[4]

남용익의 시론의 특징을 살펴보면, 그가 '시란 무엇인가?' 또는 '시를 어떻게 쓸 것인가?'라는 문제에 초점을 둔 본질론이나 작시론의 측면보다는, '시를 어떻게 감상하고 평가할 것인가?', '좋은 시는 어떠한 것인가?' 등 주로 시평의 측면에 많은 관심을 기울여서, 시의 감상과 평가 그리고 선시 작업에 이르기까지 다양한 시평의 양상을 보여 주었다는 것을 알 수 있다.

---

4 이 점은 민병수의 앞의 논문에서, '남용익의 시학 또한 높은 평가를 받아야 할 것이다.'라고 지적된 바 있다.

그리하여 이 글에서는 시론의 면모를 전반적으로 살피기보다는, 다양하게 전개되어 있는 시평의 양상을 주로 검토하게 될 것인데, 원류비평(源流批評)과 풍격론(風格論) 그리고 선시관과 선시에 대한 평가 등을 집중적으로 살펴보고자 한다.[5]

따라서 본질론과 작시론을 중심으로 그의 시론의 양상을 살펴서, 시평의 양상을 검토한 이 글의 성과와 함께 묶어 호곡 남용익의 시론을 총체적으로 추출해 내는 작업은 앞으로의 과제로 남는다고 하겠다. 또한 이러한 작업들을 통해 우리의 고전 비평사에서의 남용익의 위치를 분명히 정립해 내는 일도 해결되어야 할 과제라고 하겠다.

2. 『호곡만필』과 『호곡시화』

남용익의 『호곡만필』은 천, 지, 인(天地人)의 3권으로 된 만록류인데, 권3에 비평 연구의 자료가 되는 시화가 수록되어 있다. 홍만종(洪萬宗)은 『시화총림(詩話叢林)』을 편찬하면서, 그 중 시화로서의 성격이 두드러진 것 69편을 추려서 『호곡시화』라 이름하였다. 따라서 남용익의 시론과 시평의 양상을 살피는 데 있어서 주된 자료는 『호곡만필』이라 하겠는데, 홍만종이 자신의 비평적 안목으로 일단 정리해 놓은 『호곡시화』는 비교적 비평적 성격이 강한 시화만 다시금 선별하였다는 데서 의의를 찾을 수 있는 자료로 보인다. 이런 점에서 시론의 양상을 검토하기에 앞서 『호곡만필』의 전체 내용의 검토나 비평 자료로서의 가치 규명 및 『호곡만필』과 『호곡시화』의 비교 검토가 필요하다고 하겠다.

『호곡만필』의 내용을 살펴보면, 권1은 선계(先系)의 사실을 기록한 것이

---

5 이 논문의 기본 자료는 서울대 규장각 도서관에 소장되어 있는 남용익의 문집인 『호곡집』과 『호곡만필』 권3에 수록되어 있는 시화, 그리고 시선집인 『기아』 등이다. 홍만종의 『시화총림』에 실린 『호곡시화』도 이에 포함된다.

고 권2는 경사(經史)의 내용 및 만록에 해당되는 것으로 되어 있는데, 시 비평에 관계되는 내용은 없다. 이에 비해 권3은 시화로 된 비평 자료들로 채워져 있다.

특히 권3에는 따로 서문이 있는데, 이를 통하여 보면, 『호곡만필』은 1680 년(숙종 6)에 초고를 작성하였다가, 그 후 내용을 수정·보완하여 1689년 (숙종 15) 늦은 봄에 서문과 함께 완성하였음을 알 수 있다. 남용익은 이 서문을 통하여, 세월이 지남에 따라 작품을 '취사 평론(取捨 評論)'하는 자신 의 소견에 차이가 있었음을 인정하면서, 다른 사람들의 도움으로 책의 내용 이 보완되어 나가기를 바라고 있다.⁶ 여기서 그가 '취사 평론'하였다고 한 내용은 바로 『호곡만필』 권3의 성격을 분명히 제시해준 것이라 하겠다. 생 각해 보면, 시를 평가하기 위해서는 작품의 취사선택이 우선되어야 할 것이 다. 때문에 시평과 선시는 선후에 관계없이 일단은 같은 작업에 속한다고 보아야 하는 것이다. 남용익이 '취사 평론'하였다는 『호곡만필』 권3의 내용 전개에서 첫 항목으로 〈시평 선시(詩評 選詩)〉를 택하였음도 그러한 관점에 서 이해될 수 있다고 생각된다.

이렇게 '취사 평론'하였다는 것이 그의 집필 의도였다고 볼 때, 『호곡만 필』 권3은 처음부터 평론집의 성격으로 저술되었음을 알 수 있다고 하겠다. 이제 『호곡만필』 권3의 전체 내용을 살펴보도록 하겠다.

〈서(叙)〉에 이어서 〈시평 선시〉에 4편의 시화가 실려 있고, 〈당시(唐詩)〉 에 24편, 〈송시(宋詩)〉에 5편, 〈명시(明詩)〉에 4편 등 도합 37편의 시화가 수록되어 있는데, 이들은 모두 중국의 시와 시인에 얽힌 시화이다.

이어서 〈동시(東詩)〉에 42편, 〈시화(詩話)〉에 77편 도합 119편이 우리나 라 시와 시인에 관계된 시화가 수록되어 있다.⁷

---

6 『壺谷漫筆』 卷3, 叙 참조.

7 〈동시〉는 신라로부터 조선조 남용익이 활동하기 이전까지의 우리 시학의 사적인 흐름을 알 수 있게 해주는 시화로 엮어져 있고, 〈시화〉는 자신이 활동하던 시대의 비평 자료와 자기 주변 인물들의 시화를 망라한 내용으로 짜여져 있다. 즉 〈동시〉를 우리 시학의 통시적 내용

이렇게 남용익의 시론이나 시평의 양상을 검토하는 데에 도움이 되는 자료는 〈시평 선시〉에서 〈시화〉에 이르는 156편의 시화라고 하겠다. 이들 시화에서 찾아낼 수 있는 시론이나 시평의 양상에 대한 것은 다음 항목에서 차례로 검토해 보도록 하고, 다음으로 홍만종이 『시화총림』을 편찬하면서 『호곡만필』에서 시화로서의 성격이 강한 것을 추려 싣고 『호곡시화』라 이름한 데 대해 살펴보도록 하겠다.

홍만종은 『시화총림』을 편찬하면서 〈범례(凡例)〉에서 대상 자료 가운데 전문적인 시화집은 제외한다고 하였으며, 기사적(記事的)인 내용 중에 섞여 있는 시화만을 간추려 초록했다고 하였다.[8] 따라서 『호곡만필』의 경우는 후자에 해당되는데, 시화로 구성되어 있는 권3의 내용 가운데 비평적 성격이 두드러진 시화를 가려 뽑아 『호곡시화』라는 이름으로 『시화총림』에 수록하였던 것으로 보인다.

원래 남용익은 처음 저술한 『호곡만필』의 내용에 잘못된 점이 많아 후에 직접 고쳐 썼기 때문에 신구 2본이 생겼는데, 홍만종은 그 중에서 신본을 따라 초록하였음도 아울러 밝혀 놓았다.[9]

그리하여 홍만종은 『호곡만필』 권3의 〈동시〉에서 25편, 〈시화〉에서 43편을 뽑아 68편의 시화를 수록하였다. 그 외 『호곡만필』 신본에는 없는 시화 1편이 수록되어 있어서, 『호곡시화』에는 모두 69편의 시화가 수록되어 있다.

『호곡만필』과 『호곡시화』의 내용을 비교 검토해 보면, 홍만종은 『호곡만필』에 실린 시화를 기본적으로는 그대로 전재한 것으로 보인다. 그러나 부분적으로는 일부 내용을 축소하거나, 확대하는 방법도 사용하였으며, 경우에 따라서는 두 편 이상의 시화를 한 편의 시화로 재편하거나, 자신의

전개로 본다면, 〈시화〉는 남용익 당대의 공시적 내용 전개에 해당된다고 하겠다.

8 如破閑集 補閑集 東人詩話 專是詩話 當以全書看閱 故玆不抄錄 如櫟翁稗說 於于野談等十餘書 乃記事之書 而間有詩話 故今只拈出詩話 別作一編 以備吟玩(洪萬宗, 『詩話叢林』, 〈凡例〉).

9 南壺谷詩話 初多誤錄處 故壺谷追後手改 便成新舊二本 今從其新本(위와 같음).

견해를 첨가하여 보완하는 방법을 사용하기도 하였다.

이렇게 홍만종은 『호곡만필』에서 시화를 뽑아 『호곡시화』에 수록하면서 나름대로 다양한 방법으로 재구성한 것을 알 수 있다. 때문에 홍만종이 『시화총림』을 편찬하면서, 여러 자료들에서 시화를 선별 초록하는 과정에서 이용한 방법들을 두루 살펴서 그 특징들을 종합 정리하여 『시화총림』의 편찬 태도를 밝혀내는 작업은, 앞으로의 과제로 흥미 있는 연구 대상의 하나가 될 수 있을 것으로 보인다.

3. 시평 및 선시 작업

1) 원류비평

남용익이 보여준 비평 양상 가운데 비중 있는 것으로 먼저 원류비평에 대하여 살펴보도록 하겠다.

원류비평이란 학시의 원류를 찾거나 동일한 미의식의 근원을 찾아 작가와 작품 경향을 평가하는 비평 방법이나.

> 시를 볼 때 모름지기 원류를 찾아서 그 높고 낮음을 차별하면 의미가 더욱 깊어진다.[10]

이처럼 원류비평의 중요성은 조선 후기의 다른 문인들에게도 널리 인식되어 있었던 것으로 보인다.

> 시에 있어서 점필재, 용재, 읍취헌, 눌재의 제공은 모두 명가라고 불리어지

---

10 看詩須尋其源流 差其高下 意味益深(李瀷, 『星湖僿說』 卷30, 〈李杜所祖〉).

는데, 이들 역시 소식과 황정견을 모범으로 하였다.[11]

우리나라의 인물은 선조대에 가장 성하였다. 그 때에 시도가 크게 일어나서 청주침건(清遒沈健)하였으며, 각인이 일가를 이루었는데 모두 당시를 근본으로 하였다.[12]

오직 석주 권필이 세련되고 정확하여 깊이 소릉의 여운을 체득하여 울연히 조선 중엽의 정종이 되었다.[13]

이와 같이 주로 당·송의 대표적 시인들을 중심 대상으로 하는 원류비평에의 경향은, 중국의 문자와 시의 형식을 빌려 가꾸어온 우리의 한시 전통으로서는 어쩌면 당연한 것이었다고도 하겠다. 그것은 또한 우리의 고전비평이 고려 중엽 이후 그 영역을 확대하기 시작하면서부터 조선 후기에 이르기까지 비평 활동의 주조를 이루고 있었던 것으로 생각된다.

그러나 이에 대한 비판의 견해도 당·송의 시에 집착하여 창조적인 우리 시의 영역을 가꾸지 못하는 데 대한 반성의 기운과 함께 일부에서 강하게 제시되고 있었다.

시는 당시를 배움이 마땅하지만 반드시 당과 비슷할 필요는 없다. (……) 억지로 당시와 비슷해지려 하는 것은 사람의 모습을 본떠 만든 목우(木偶)나 이소(泥塑)와 같아서 그 형은 비록 엄연하여도 천성은 없는 것이니 어찌 귀하다 하겠는가.[14]

---

11 詩則如佔畢 容齋 挹翠 訥齋 諸公 俱稱名家 而亦蘇黃也(李宜顯,『陶谷集』卷27,「雜著」).
12 我朝人物 莫盛於穆陵之際 其時詩道大興 清遒沈健 各成一家 皆本於唐矣(李縡,『陶庵集』卷24,〈萬竹軒集序〉).
13 惟權石洲之鍊達精確 沈得平少陵餘韻 蔚然爲中葉之正宗(洪大容,『湛軒書』外集, 卷1,「洪花浦奏請日錄略」).
14 詩固當學唐 亦不必似唐 (…) 强而欲似之 則亦木偶泥塑之象人而已 其形雖儼然 其天者固不在也 又何足貴哉(金昌協,『農巖集』卷34,「雜識」).

이렇게 시의 원류를 찾아 배우거나, 시의 평가에 있어서 당시를 기준으로 하는 등의 비평 태도는, 우리 시인들이 학시 과정이나 시인으로서의 입신에 있어 반드시 거쳐야 하는 과정이나 같은 것이었다. 그러나 억지로 모방하여 당인의 경지에 이르고자 한 작품은 결국 생명이 없는 시로 떨어지고 만다고 하여 비판의 대상이 되기도 하였다. 그리하여 당시의 격조만으로 모든 시를 품평한다든지, 학당의 시가 아니라 하여 돌아보지도 않는 등의 태도는 없어져야 한다고 주장하기도 하였다.[15]

세상에서 당시를 내세우는 자들은 송시를 배척하여 비루해서 배울 것이 없다 하고, 송시를 배우는 자들은 위약하여 배울 필요가 없다고 하면서 당시를 배척한다. 이는 모두 편벽된 말이다. (······) 내 스스로 시의 묘를 얻는 데 뜻이 있을 뿐이다.[16]

이렇게 시도에 있어 중요한 것은 원류비평에 집착하여 학당이니 학송이니 하는 편벽된 논란을 일삼는 것이 아니라, 시 자체의 묘리를 얻어 시다운 시를 창작하는 것이라는 점을 강조하기도 하였다. 결국 학당·학송의 원류 탐색에 몰두하는 것은 그러한 좁은 영역의 굴레에서 벗어나지 못하는 것이기 때문에, 오히려 두루 모든 시대 시학의 좋은 점을 배워 성정의 진수를 얻어야 한다고 주장하기도 하였다. 그리하여 참된 시의 도는 심기와 지혜를 열고 견문을 넓혀 새로운 시의 경지를 개척하는 데 있고, 그 모범으로 하여 배운 시대에 결코 속박되어서는 안된다는 것이다.[17]

이처럼 원류비평이 우리의 고전 비평에서 활발히 진행되어 왔음을 알 수 있는 반면에, 한편에서는 그 폐단에 대한 반성을 바탕으로 한 비판의 소리

---

15 何可以非唐 而廢之哉(李宜顯, 『陶谷集』 卷26, 〈題八家律選卷首〉).

16 世之言唐者斥宋曰 卑陋不足學也 學宋者斥唐曰 萎弱不必學也 玆皆偏僻之論也 (···) 只在吾自得之妙而已(洪萬宗, 『詩話叢林』, 「附證正」).

17 文章之道 在於開其心智 廣其耳目 不繫於所學之時代也(朴齊家, 『貞蕤集』 卷1, 〈詩學論〉).

도 적지 않았다고 하겠다. 그러나 중국 문학의 정수라고 하는 한시를 찬란하게 꽃피운 시대였던 당, 그리고 당시와 비견되면서도 나름대로의 특색을 보여주었던 송 시대의 한시를 학습 과정에서부터 배우고 익히면서 시인의 자질을 키워 나갔던 우리의 시인들이 그러한 당·송의 굴레에서 벗어나 새로운 자신의 시세계를 구축하기란 결코 쉬운 일이 아니었을 것이다. 때문에 비평 활동에 있어서도 우리의 문인들에게서 원류비평이 차지하는 비중은 자연히 커질 수밖에 없었다고 하겠다.

문형을 쥐고 그 시대의 문단을 한 때나마 주도하였던 것으로 보이는 남용익도 그러한 맥락에서 예외는 아니었던 것으로 보인다. 『호곡만필』에 나타나 있는 그의 비평 방법 중에서 원류비평이 차지하고 있는 비중은 실로 큰 편이기 때문이다.[18] 이제 그 양상을 살펴보도록 하겠다.

남용익은 원류비평에 있어서 송시보다 당시에 더 큰 비중을 두고 있었던 것으로 보인다. 이는 중국의 시와 시인에 관련된 37편의 시화 중, 당시가 차지하는 것이 24편이나 되는 것을 보아서도 알 수 있다.

　　시가의 각 체는 당에 이르러 크게 갖추어졌다. (……) 이는 후대가 미치지 못하는 바이다.[19]

이처럼 시가의 각 체가 당 시대에 이미 크게 갖추어졌기 때문에 후대의 시가가 미치지 못한다는 것을 내세우면서 남용익은 기본적으로 당시에 대한 강한 집착을 보여주었다.

그러면서 남용익은 당 시대의 주요 시인들의 시를 품평하고 있는데, 대상으로 삼은 시인은 우리의 고전 비평에 자주 등장하는 이백(李白), 두보(杜

---

18 『호곡만필』에 실려 있는 156편의 시화 가운데 중국의 시와 시인을 직접 다룬 시화가 37편인 점이나, 기타의 시화에서도 원류비평의 방법이 다수 쓰이고 있는 점으로 볼 때, 그 비중은 크다고 보아야 할 것이다.

19 詩家各體 至唐大備 (…) 此後代所以莫及焉(『壺谷漫筆』, 〈唐詩〉).

補), 왕유(王維)를 포함하여 50여 명에 이르고 있다. 이로 보면 남용익이 얼마나 폭넓게 당시에 심취해 있었는가를 알 수 있다고 하겠다. 특히 이백과 두보에 대해서는 거의 절대적인 신뢰를 보이고 있음을 알 수 있다.

이백과 두보의 우열은 자고로 정론이 없다.[20]

이렇게 이백과 두보의 우열을 가릴 수 없다고 하면서, 왕세정(王世貞)의 평을 통하여 그들 시의 특징을 열거하고 그것이 바뀔 수 없는 정론임을 강조하였다.

오언고시와 칠언가행에 있어서 이백은 기를 주로 하고, 자연스러움을 종으로 하며, 준일 고창함을 귀하게 여겼고, 두보는 의를 주로 하고, 독창성을 종으로 하며, 기발 침웅함을 귀하게 여겼다. 그 시들을 감상함에 있어서, 사람으로 하여금 표양하게 하여 신선이 되고 싶게 하는 것은 이백의 시이고, 사람으로 하여금 강개 격렬하게 만들어 탄식하며 목숨을 끊고 싶게 하는 것은 두보의 시다. (……) 이는 진실로 바꿀 수 없는 정론이다.[21]

비록 다른 사람의 비평문을 인용한 것이긴 하지만, 남용익의 이백과 두보에 경도된 시평 의식을 살펴볼 수 있게 해 주는 데 충분한 자료라고 하겠다. 한편 당시 가운데 가장 뛰어난 작품을 자신의 기준으로 선별하였는데, 그 내용은 다음과 같다.

당시 각 체 중에서 가장 뛰어난 작품은, 옛사람들이 각각 으뜸으로 내세운

---

20 李杜優劣 自古未定(위의 책).

21 弇州評李杜曰 五言古詩七言歌行 太白以氣爲主 以自然爲宗 以俊逸高暢爲貴 子美以意爲主 以獨造爲宗 以奇拔沈雄爲貴 味之 使人飄揚欲仙者 太白也 使人慷慨激烈 噓欷欲絶者子美也 (…) 此誠不易之定論(위의 책).

바가 있지만, 내가 어리석은 생각으로 논한다면, 오언절구에는 왕유의 '사람이
한가하여 계수 꽃 떨어지고', 칠언절구에는 왕지환(王之渙)의 '황하는 멀리 흰구
름 사이로 흘러가고', 오언율시는 두습성(杜隰城)의 '벼슬살이 혼자서 떠도는
사람', 칠언율시는 유장경(劉長卿)의 '기 세우고 뿔피리 불어 시끄러운 소리 들
리지 않고' 등의 작품이 마땅히 전편이 완비되어 뛰어난 작품이라 하겠다. 만약
이백과 두보의 작품에서 구한다면, 오언과 칠언 절구는 마땅히 이백에게서 다
했고, 오언과 칠언 율시는 마땅히 두보에게서 다했으니, 이는 감히 논할 수가
없다.[22]

이처럼 당시 중에서 시 전편이 완비되고 경절한 대표적 작품으로 여러
시인의 작품을 열거해 놓고서도, 이백과 두보의 시를 오히려 그 상위에 두
고 논할 수조차 없는 경지로 보았으니, 남용익이 이백과 두보에 얼마나 심
취해 있었던가를 알 수 있다고 하겠다. 또한 학시의 법을 말하면서도 그들
에 대한 그의 태도는 마찬가지였다.

　내가 학시의 법을 생각함에 있어 이백과 두보는 뛰어나게 높아 배울 수는
없고, 다만 많이 읽고 음송하면서 그 절조와 음향을 사랑하고 그 기력을 생각할
뿐이었다. 그리고 오언율시는 왕유를 배우고 칠언율시는 유장경을 배우고, 오
언절구는 최국보(崔國輔)를 배우고, 칠언절구는 이상은(李商隱)을 배우고, 오언
고시는 위응물(韋應物)을 배우고, 칠언고시는 잠삼(岑參)을 배웠다.[23]

위에서 남용익이 시를 배움에 있어 모범으로 하였던 당의 시인들을 보면,

---

　22 唐詩各體中 壓卷之作 古人各有所主 而以余之妄見論之 五言絶則王右丞 人間桂花落 七
言絶則王之渙 黃河遠上白雲間 五言律則杜隰城 獨有宦遊人 七言律則劉隨州 建牙吹角不聞喧
等作 似當爲全篇之完備警絶者 若求於李杜 則五七絶當在李 五七律當盡在杜 此則不敢論(위의
책).
　23 余思學詩之法 李杜絶高不可學 惟當多讀吟誦 慕其調響 思其氣力 五律則學王摩詰 七律
則學劉長卿 五絶則學崔國輔 七絶則學李商隱 五古則學韋蘇州 七古則學岑嘉州(위의 책).

이백, 두보, 왕유, 유장경, 최국보, 이상은, 위응물, 잠삼 등 당대 제일의 시인들이었음을 알 수 있다. 그는 결국 이들을 원류로 하여 시를 배우고 비평의 기준을 확립해 나갔으리라 짐작하기에 어렵지 않다고 하겠다. 그러나 이백과 두보의 경지는 너무 높아 그 깊은 정수까지는 도저히 체득할 길이 없음을 안타까워한 것으로 생각된다.

위에서 남용익이 원류비평의 바탕으로서 당시에 대해 언급한 내용들을 살펴보았는데, 그는 당시 중에서 최고의 경지는 역시 이백과 두보로 파악하였으며, 자신의 기준으로 당시 중 최고의 작품은 이백과 두보의 작품을 제외하고는 시체별로 각각 왕유, 왕지환, 두습성, 유장경의 작품이라 하였다. 그리고 학시의 모범으로는, 이백과 두보의 최고의 경지를 제대로 배우지 못한 처지에서, 왕유, 유장경, 최국보, 이상은, 위응물, 잠삼을 그 대상으로 하였음을 알 수 있었다.

다음으로 송시에 대한 그의 견해를 보면 다음과 같다.

> 왕세정이 송에는 시가 없다고 하였는데, 이 말은 실로 잘못된 말이다. (……) 배우는 이들은 마땅히 그 뜻은 취해야 하지만, 조격은 배우지 않는 것이 좋다.[24]

남용익은 이처럼 송시가 당시에 비해 조격은 떨어지나 시의에 있어서는 뒤지지 않음을 말하면서, 송에 시가 없다고 한 왕세정의 시평을 비판하고 있다. 그는 당시에 깊이 심취해 있으면서도, 송시의 장점을 아울러 취할 줄 아는 합리적이고 객관적인 비평가의 안목을 보여 주었다고 하겠다. 그리고 특히 왕안석(王安石), 소동파(蘇東坡)의 시를 평가하였으며, 승려의 시는 오히려 당보다 낫다고 하였다.[25]

한편 이백과 두보를 극찬하고 당시에 경도된 비평 태도를 보이면서도 송

---

24 王弇州曰 宋無詩 此言誠過矣 (…) 學者當取其義 而勿學調格可也(『壺谷漫筆』, 〈宋詩〉).
25 宋之緇流之詩 勝於唐(위의 책).

시의 가치를 긍정적으로 받아들일 줄 알았던 남용익은 명시에 대해서도 그와 같은 기준에서 평가하였다. 이는 자칫 당시면 당시, 송시면 송시만을 고집하여 시 세계를 스스로 좁힌 결과, 높은 차원으로 승화된 시를 창작하거나 객관적이고 합리적인 비평안을 갖출 수 없기 다반사였던 그 시대의 우리 비평 현실로 보아 크게 주목받을 만한 태도라고 하겠다.

명의 시는 격에 있어서 당의 시에 미치지 못하고, 정에 있어서 송에 미치지 못하나, 다만 음향은 절로 높았으니 보는 사람들이 크게 병으로 삼았다. 그러나 그 중에서도 또한 기걸하여 취할 만한 작품들이 있다.[26]

이와 같이 명시가 격과 정에 있어서는 당과 송의 시에 미치지 못하나, 음향에 있어서는 높은 수준에 이르렀음을 평가하면서, 명시 가운데도 좋은 작품들이 있음을 간과하지 않았던 것이다. 결국 남용익은 당, 송, 명시의 장점을 두루 취해 원류비평의 목표로 삼았다고 하겠는데, 이러한 객관적이고 합리적인 그의 비평적 태도는 비평가로서 기본적으로 갖추어야 할 바람직한 것이었다고 하겠다.

이제 우리 시인들의 학시의 원류를 찾아 비평한 시화의 내용들을 통해 그의 원류비평의 실제 양상을 살펴보도록 하겠다.

정동명의 칠언가행 같은 것은 이백과 두보의 경지에 방불한데, 우리나라에는 전에 없던 일이다.[27]

지봉 이수광은 일생동안 당시를 공부하여 한담하고 온아하였으며, 경구가 많았으나, 부족한 것은 기력이었다. (……) 그의 아들 관해 이민구는 명시를 숭상하여 조격이 있었는데, 혹시 아들이 아버지보다 더 낫다고 할 수 있을까?

---

26 明詩 格不及於唐 情不及於宋 惟以音響自高 觀者多病焉 而其中亦有奇傑 可取者存焉 (『壺谷漫筆』,〈明詩〉).

27 至若七言歌行 則彷彿李杜 我國前古所未有也(『壺谷詩話』).

그러나 조예는 미치지 못하였다.[28]

이렇게 학시의 원류를 찾아 원류비평에 임하되, 해당 작가를 대상으로 하는 경우와, 한 시대의 주된 시풍을 대상으로 하는 경우가 있음을 보여 주었다. 또한 실제 작품을 대상으로 한 비평의 예도 있는데, 다음의 내용이 그것이다.

국초 이래로 소동파를 전적으로 숭상하였지만, 읍취헌은 문득 황산곡(黃山谷)을 배운 까닭으로 동료들이 모두 굴복했다고 하는데, 이 말은 그럴듯하다. 그 시 가운데, '봄 어스름에 비 올듯 한데 새들 서로 지저귀고, 고목은 무정한데 바람만 절로 슬피 부네', '하늘이 나에게만 궁상을 부쳤는지, 국화 또한 다른 이와 더불어 좋은 얼굴 하지 않네' 등의 구절은 모두 황산곡을 닮았다. 그러나 궁색함이 심해서 멀리 이르기는 어려울 것 같다.[29]

이처럼 읍취헌이 황산곡을 모범으로 하여 시를 배웠음을 말하면서, 직접 작품의 예를 들고 황산곡의 시풍과 닮았음을 보이는 것과 같은 것은 전형적인 원류비평의 예라고 하겠다.

그리하여 남용익은 그의 시화 곳곳에서 '여당지이두(如唐之李杜)'니, '겸성당지풍운(兼盛唐之風韻)', '학두(學杜)', '심유풍조(甚有風調)', '조파핍고(調頗逼古)'라는 등의 평어로 원류비평에 임하였음을 보여 주었다.

특히 그는 우리나라의 이름난 시인들이 각각 숭상한 바가 있음을 밝히면서, 상송(尙宋) 9명, 상당(尙唐) 12명, 합취 당송(合取 唐宋) 10명, 합취 당명(合取 唐明) 3명으로 구분하여 모두 34명의 대표적 우리 시인들의 학시의

---

28 李芝峰一生攻唐 閒淡溫雅 多有警句 而所乏者氣力 (…) 其子觀海敏求尙明 而有調格 或可謂跨詣寵耶 然造詣未必及(위의 책).

29 國初以來 專尙東坡 而挹翠忽學山谷 故儕流皆屈服云 此說近是 其詩中 春陰欲雨鳥相語 老樹無情風自哀 天應於我付窮相 菊亦與人無好顔 等句皆似黃 然窮甚 似難遠到(위의 책).

원류를 열거하였다.[30] 이는 우리나라 시인들이 얼마나 학시의 원류를 소중히 하였는가를 알려주는 것인 동시에 원류비평에 대한 남용익의 관심을 단적으로 일러주는 것이기도 하다.

2) 풍격론

남용익의 시평 양상 가운데 또 하나 두드러진 것은 풍격론이라 할 수 있다.[31] 풍격이란 '풍신품격(風神品格)'의 약어로서 미적 감정의 유형을 말하는 것인데, 이에 대한 연구나 구명은 바로 미학으로 통하게 된다.[32] 결국 완성된 시 작품을 감상한 결과로 얻어지는 미적 충동을 표현해낸 미의식의 유형이 풍격이라고 하겠다.

남용익은 당, 송, 명과 우리나라 시 가운데서 뛰어난 구절을 열거한 다음에,

> 비록 호장, 미려, 청화, 고담이 같지는 않으나 각 구절이 그 묘함에 이르면 곧 외우거나 본받지 않을 수 없을 것이다.[33]

라고 하였는데, 이는 호장, 미려, 청화, 고담 등의 풍격이 미의식의 유형으로서 각각 비교할 수도 우열을 나눌 수도 없는 하나의 완전한 미적 경지임을 말해준 것이라고 하겠다.

---

30 我朝詩諸名家 各有所尙(『壺谷漫筆』, 東詩). 이어서 사가(四佳), 읍취(挹翠), 택당(澤堂) 등 9명은 송을 숭상하였고, 고죽(孤竹), 손곡(蓀谷), 지봉(芝峯) 등 12명은 당을 숭상하였으며, 백호(白湖), 석주(石洲), 동악(東岳) 등 10명은 당과 송을 합하여 취하였고, 상촌(象村), 관해(觀海) 등 3명은 당과 명을 합하여 취하였다고 했다.

31 조동일은 남용익이 풍격론에 입각해 시 작품 평가의 기준을 다시 확립하고자 하였다고 했다(조동일, 앞의 책, 115면 참조). 그리고 단편적으로 남용익의 시평을 다룬 대부분의 다른 업적들에서 주목한 바도 이 풍격론이다.

32 차주환, 「당대의 풍격론」, 『심상』, 1974년 5월호, 137면 이하 참조.

33 雖豪壯美麗淸和枯淡之不同 至於各臻其妙 則無非可誦而可法(『壺谷集』, 〈律家警句序〉).

또한 조선 후기의 신경준은 풍격을 기품(氣稟)이란 말로 표현했는데, 그는 시의 기품을 10가지로 나누면서 다음과 같이 언급하였다.[34]

이 10가지는 비록 배워서 익혀온 차이에서 연유하는 것이기는 하나, 이 모두가 기품이 있는 것이니 억지로 그 경지에 이르게 할 수는 없다. (……) 그러나 진실로 그 지극한 경지에 이른다면, 어찌 피차간의 우열을 말할 수 있겠는가.[35]

이처럼 신경준은 남용익에 비해 한 걸음 더 나아가 생각을 구체화하였다고 보겠는데, 시의 기품 곧 풍격을 각각 억지로 이르게 할 수 없는 지극한 미적 경지로 파악하였다. 따라서 이들 풍격은 서로간의 우열을 말할 수 없는 각각 하나의 완전한 미적 경지, 즉 시 감상에서 우러나는 미적 감정의 유형이 되는 것이다. 또한 풍격은 저마다 특징 있는 맛을 지니고 있으며, 그것은 자연스럽게 이루어져야 한다고도 하였다. 그러나 풍격으로 제시한 그들 추상적 용어에 대한 구체적인 해설이나 해당되는 시의 용례 등을 밝히고 있지 않아서 그 실체에 접근하거나 정확하게 의미를 파악할 수 없다는 점이 아쉽다고 하겠다.

이렇게 풍격을 시 감상에서 우러난 미의식의 유형으로 파악할 수 있다고 할 때, 그것에 대한 올바른 이해는 한국 한시를 제대로 이해하고 감상하는 데에도 도움을 줄 수 있을 것으로 생각된다.

시의 풍격을 구분해 놓고 그것을 기준으로 하여 시를 평가하는 것은, 남조(南朝)의 유협(劉勰)이 『문심조룡(文心雕龍)』에서 시문의 풍격을 여덟 가지 체로 나누어 제시한 데서 비롯되었다.[36] 그 후로 당나라 사공도(司空圖)

---

34 10가지 시의 기품이란 다음과 같다. 平淡, 奇工, 豪壯, 沈深, 雄渾, 切至, 蒼古, 清寒, 麗艶, 險絶(申景濬, 『旅庵遺稿』 卷8, 「雜著」 二, 〈詩則〉).

35 此十者 雖由於習尚之異 而蓋亦氣稟之所使 非强可到矣 (…) 然苟到其極 固何優劣於彼此哉(위의 책).

36 劉勰, 『文心雕龍』, 「體性篇」 참조.

의 『이십사시품(二十四詩品)』을 위시하여 청나라 원매(袁枚)의 『속시품(續詩品)』에 이르기까지 많은 비평가들이 시의 풍격을 설정하고, 처음엔 단순한 미의 종류를 뜻하던 시의 풍격을 시 학습의 기준 또는 시평의 기준으로까지 적용하게 되었다.

우리의 고전 비평에서는 이러한 풍격론이 체계적으로 전개되지는 못하였다. 사실 고려의 최자(崔滋)가 시의 풍격을 세 등급으로 구분하여 34종류의 평어를 제시한 이래,[37] 조선 후기에 이르기까지 풍격에 대한 구체적인 이론이나 새로운 풍격의 구분에 대한 시도는 나타나 있지 않은 실정인 것이다.

이러한 상황에서 조선 후기에 이르러 김석주(金錫胄)와[38] 남용익이 각각 시의 풍격을 설정하여 시와 시인들에 대한 비평에 적용하였다. 이렇게 보면 남용익이 풍격론을 제시하였음은 우리 비평사의 전개에 있어서 매우 의의 있는 것으로 평가될 수 있을 것이라 생각된다.

이제 그의 풍격론의 전개 양상을 살펴보도록 하겠다. 남용익은 자신의 견해로써 외람되게 고려와 조선의 시를 논해 본다고 하면서,[39] 고려와 조선 시인들의 시의 풍격을 고려 25, 조선 54, 도합 79종류로 구분하였는데, 각 시인들의 시의 특징을 두 글자의 평어로 나타내었다.[40] 그러나 풍격 제시에 사용한 용어에 대해 구체적인 설명도 없으며, 시의 용례도 들지 않았고, 그 평가 기준에 대해서도 밝히지 않았다. 그렇지만 고려와 조선의 각 시대의 풍격을 제시한 마지막 부분에 나타낸 해당 시대의 대표적 시인들의 풍격을 통하여 부족하나마 그 시평의 기준을 다음과 같이 정리해 볼 수 있겠다.

그들 풍격을 결정하는 기준, 즉 시평의 기준이 된 요소는 고려에서 색운(色韻), 성률(聲律), 기력(氣力)이었고, 조선조에서는 조격(調格), 정경(情境),

---

37 崔滋, 『補閑集』卷下 참조.
38 김석주는 신라의 최치원으로부터 조선의 정두경에 이르기까지의 40명의 우리나라 시인들의 시의 풍격을 자연 현상의 변화를 묘사한 사언양구(四言兩句)의 시체로써 상징적으로 표현하였다(任璟, 『玄湖瑣談』).
39 余以臆見妄論 勝國與本朝之詩(『壺谷詩話』).
40 79종류의 풍격 내용은 제2장 제3절의 〈표 2〉를 참조할 것.

체제(體制) 등이었다. 또한 그러한 기준에서 각각 살펴본 풍격, 즉 최고의 미적 경지는 정아(精雅), 청신(淸新), 웅장(雄壯), 그리고 탁매(卓邁), 해화(諧和), 기발(奇拔) 등이었다.

이렇게 남용익이 풍격을 통한 시평의 기준으로 고려에서는 색운, 성률, 기력을 설정하고, 조선조의 경우에는 조격, 정경, 체제를 설정하였음은 주목할 만한 것이다. 남용익이 풍격 제시의 기준으로 이처럼 시대에 따라 각기 다른 기준을 설정하였음은, 나름대로 고려와 조선의 시풍의 차이를 분명히 인식한 결과였다고 보아야 할 것이다. 그것은 시풍의 흐름이 고려에서는 수사 중심이었던 것이 조선에 와서는 격조 중심으로 바뀌어졌음을 말해 주는 것으로 보인다. 남용익은 이렇게 시대의 변천에 따라 시풍의 흐름도 변화함을 간과하지 않고 그의 풍격론에 반영하였던 것이다.

전반적으로 보아, 남용익의 풍격론이 당, 송 이래 중국의 비평가들이 전개해 온 논의의 범주를 크게 벗어나지는 못하였다고 보이나, 이를 수용하여 확대하고 세분하여 적용하였음은 단순한 모방만은 아닌 비평적 태도를 나타내 준 것으로 보아도 좋을 것이다.

그러나 남용익이 한 시인의 시 세계를 극단적으로 함축성 있게 표현한 두 사로 된 평어 곧 풍격을 미의식의 유형이란 측면에서 살펴보고자 할 때, 우리는 쉽게 이해하기 어려움을 느끼게 된다. 그것에 대한 어떠한 해설도 작품의 예시도 없어 지나치게 주관적인 비평이란 비판을 면하기 어려운 까닭이다. 하지만 우리가 이해되지 않음만 탓해서는 안될 것으로 보인다.

생각해 보면, 그러한 풍격은 해당 시인의 시 한 두 편을 감상한 결과로 얻어낸 것은 아닐 것이다. 적어도 한 시인의 시 작품을 총체적으로 감상하여 그 시 세계를 파악한 다음, 그 시인의 시 세계를 대표할 수 있는 미의식의 결정을 추출해낸 것으로 보아야 할 것이다. 따라서 오늘의 우리가 그러한 풍격의 미학을 이해하기 위해서는, 해당 시인의 전체 시를 감상함으로써 그 미의식의 실체에 접근하여 직접 느낄 수밖에는 없을 것이라 하겠다. 그러한 다음에야 비로소 남용익이 제시한 풍격의 타당성 여부에 대한 판정이

가능해지리라 생각된다.[41]

이제 남용익이 시 비평에서 직접 보여준 풍격론의 양상을 앞서 살펴본 79종류의 풍격과 관련지어 검토해 보도록 하겠다.

남용익은 79종류의 풍격을 제시하면서, 최립(崔笠)의 시의 풍격을 '침건 (沈健)'이라고 평했다. 그런데 실제 시평을 행한 시화에서는 다음과 같이 평하고 있다.

　　최립의 문장은 김종직, 장유와 나란하여 그들은 조선조의 삼대가라 하겠다. 문장은 우열을 가리기 어렵고, 시 또한 엄격히 구별하기 어려운데, 격조와 음향을 겸비하였다. '풍경소리 희미한 석두(石竇)에 새벽 샘물 흘러내리고 등불 밝힌 솔바람에 밤 사슴은 우네', '선비는 용만 길 모르는 것을 부끄러워하고, 문장은 봉조의 신하로 걸맞기를 바라네' 등의 구절은 매우 청건(淸健)하다.[42]

이렇게 최립 시구의 풍격을 '청건'이라고 평했는데, 앞서 최립의 시 세계를 대표하는 풍격으로 '침건'을 내세운 바 있어서, 우리는 일단 '침건'과 '청건'을 같은 종류의 풍격 곧 동일한 범주의 미의식의 유형으로 파악할 수 있을 것 같다. 이 경우 우리는 위의 시구들과 같은 분위기의 시들은 '침건', 또는 '청건'이라는 풍격으로 감상, 평가할 수 있을 것이라는 정도의 이해에는 도달할 수 있다고 하겠다.

한편 이산해(李山海)의 시의 풍격은 '연미(妍媚)'라고 하였는데, 다음 시화에서는 '연미(軟媚)'라고 평했다.

---

41 한 시인의 시 세계의 미학을 두 자로 된 평어로 함축성 있게 표현해 낼 수 있다고 하는 것은 놀라운 일이 아닐 수 없다. 그 속에는 한시의 전통을 상실해버린 오늘의 우리 세대가 이해할 수 없는 어쩌면 고도로 세련되고 응축된 미학의 영역이 실재하는지도 모른다. 이에 대한 탐색을 비롯하여 풍격론 전반에 대한 연구는 앞으로 집중적으로 검토되어야 할 것으로 보인다.

42 崔簡易之文 列於佔畢谿谷 爲國朝三大家 文則未知優劣 而詩亦峭刻 兼而調響 如磬殘石 竇晨泉滴 燈剪松風夜鹿啼 士羞不識龍灣路 文欲相富鳳詔臣 等句甚淸健(『壺谷漫筆』, 〈東詩〉).

이산해의 시는 지나치게 부드럽고 고와서(연미해서), '죽은 양귀비가 꽃 아래 누웠다'는 말로 기자하는데, 그의 절구인즉 묘하다. '흰 비 배에 가득 차 돌아가는 길 노 젓기 급하고, 여러 마을에 문 닫히고 팥꽃 피어난 가을일세'와 같은 구절은 진정 시 가운데 그림이 들어 있는 것과 같다고 하겠다.[43]

이렇게 볼 때, 두 '연' 자가 비록 다른 글자이기는 해도 '미' 자와 합성될 경우에는 아름답고, 부드럽고, 곱다는 정도의 같은 뜻을 나타낸다고 보아 틀림이 없다고 하겠다. 여기서도 우리는 서경이 빼어난 그림 같은 시들은 일단 '연미'라는 풍격으로 감상, 평가될 수 있을 것이라는 정도의 이해는 가능하다고 하겠다.

이렇게 남용익이 제시한 풍격과 실제 시 작품을 관련시켜 일정한 정도의 이해의 폭을 넓힐 수는 있었다 하더라도, 그것을 바탕으로 객관적 시 비평에 활용한다든지 합리적인 시평의 기준으로 정립한다든지 하는 단계에까지 논의를 전개시켜 나갈 수는 없는 정도이다. 위의 두 시화에서 보다시피, 그러한 풍격의 제시는 지극히 주관적인 감상의 결과로밖에는 보이지 않는다. 비록 한 두 편의 시구를 예시하여 풍격 제시의 기준을 어느 정도는 미루어 이해할 수 있게 히었다고 하더라도, 그러한 기준이 객관적이고 합리적이어야 할 비평의 기준으로 인식될 수는 없다고 하겠다.

그러면 남용익이 제시한 시의 풍격을 누구나 다 공감할 수 있는 객관적인 시평의 기준으로 정립할 수는 없을 것인가 하는 점에 대해 생각해 보도록 하겠다.

먼저 우리는 남용익이 제시한 색운, 성률, 기력과 조격, 정경, 체제의 여섯 가지 기준별로 79종류의 풍격을 나누어 관련지어 볼 수는 있을 것이다. 그러나 이 경우, 그들 시인들의 시 세계에 대한 깊은 천착도 없이, 두 자로

---

43 李鵝溪之詩 過於軟媚 或以死楊妃臥花下爲譏 而絶句則妙矣 如白雨滿船歸棹急 數村門掩 荳花秋之句 眞是詩中有畵(위의 책).

된 풍격이라고 해서 막연히 그 한자어의 뜻에만 매달려 추상적으로 의미를 파악해 낸 다음 위의 여섯 가지 기준에 각각 귀속시켜 구분함으로써 일정한 시평의 기준으로 삼고자 하는 것은 실로 무의미한 일이라 하지 않을 수 없다. 때문에, 개별 시인의 시 세계에 대한 탐색이 먼저 이루어져야 할 것이며, 그러한 작업 다음에 79종류의 풍격이 과연 적실하게 부여되었는지를 살펴야 할 것이고, 마지막으로는 그러한 풍격과 시를 연결하여 객관적인 시평의 기준으로 정립시켜 보아야 할 것이다. 이것이 바로 앞으로 우리가 해결해야 할 하나의 과제라고 하겠다.

그렇게 될 때, 남용익의 풍격론은 객관적인 시평의 기준으로 제자리를 찾을 수 있을 것이라고 하겠다.

3) 선시 작업

시평 활동에 있어서 우선적으로 고려되어야 할 점은 대상 시 작품의 취사선택의 문제라 할 것이다. 때문에 선시 작업은 문인들 사이에서 가장 어려운 일로 인식되어 왔다.

> 예부터 능시자는 모두 선시의 어려움을 말하고 있다. (……) 예부터 선시자가 박식하고 도량이 크지 못하면, 시의 취사나 정화를 가려 뽑는 일이 실로 어렵게 된다.[44]

이처럼 누구에게나 공감을 얻을 수 있는 선시 작업이란 힘들지 않을 수 없다. 선자가 시에 대한 안목이 높아야 할 것은 물론이려니와, 그 나름대로의 일정한 선시의 기준도 있어야 할 것이기 때문이다.

---

44 自古能詩者 咸以選詩爲難 (…) 自古選詩者 非博識宏量 固難乎取舍精覈(洪萬宗, 『詩話叢林』, 「附證正」).

시 비평과 선시 작업은 기본적으로는 구별되어야 할 성질의 것이다. 그러나 각종 시 선집류의 서문을 종합해 보면, 선자가 아무런 기준도 없이 작품을 취사선택하는 것은 아님을 알 수 있다. 분명히 시에 대한 평가 기준과 비평적 안목을 가지고 선시에 임했음을 찾아 볼 수 있는 것이다. 생각해 보면, 수많은 작품들 가운데서 좋은 작품을 선택해내는 데 있어서 선자 나름의 문학적 안목, 즉 감식안이 필요함은 두말 할 필요가 없는 일이며, 그 안목이 바로 비평의 안목임도 분명하다고 하겠다.

이렇게 선시자가 작품의 질적 수준을 분별하는 기준을 가지고 선시 작업에 임한다고 볼 때, 선시 작업을 비평 의식의 소산으로 보아 무방하다고 하겠다. 이러한 점에서 시 비평과 선시 작업의 동질성은 인정되어야 할 것이라고 생각된다. 어찌 보면 시평 활동의 궁극적인 목표가 바람직한 선시 작업으로 연결될 수도 있을 것으로 보인다.

현재까지 알려진 우리나라의 시문 선집으로는 고려 말 김태현(金台鉉)의 『동국문감(東國文鑑)』이 최초의 것으로 보이지만, 실전되어 내용은 알 길이 없다. 또한 거의 같은 시대에 최해(崔瀣)의 『동인지문(東人之文)』이 편찬되었지만 완질본은 전하지 않는다.

시 선십안으로는 소운흘(趙云仡)과 최해의 공동 작업으로 이루어진 것으로 보이는 『삼한시귀감(三韓詩龜鑑)』이 최초의 것으로 보이며, 그 외 『십초시(十鈔詩)』가 간행되기도 하였다.[45] 이후로 시풍의 변천과 그 시대사적 의미를 함께 읽을 수 있는 시 선집들이 꾸준히 간행되어 왔다.

조선 후기에 이르러 남용익이 문형의 자리에 있으면서 『기아』를 편찬하여 당시 시단에 널리 읽히게 되었는데, 이 선시 작업은 역대 시 선집에 대한 비판적인 평가에서부터 비롯되었다.

『동문선』은 널리 수집하기는 했어도 정선하지 못하였고, 『속동문선』은 작품

---

45 민병수, 앞의 논문, 58면 참조.

의 수가 많지 못하다. 『청구풍아』는 정선한 것이지만 널리 수집하지 못하였고, 『속청구풍아』는 취한 바가 명확하지 못하다. 근래에 『국조시산』은 자못 자세히 조사한 것 같지마는 국초로부터 시작하여 선조 초에 이르기까지 처음부터 끝까지 완비하지 못하였다. 나는 그것을 모두 결점으로 여겼다.[46]

그리하여 남용익은 이러한 결점들을 없애고자 직접 『기아』를 선하였다고 했다. 이처럼 역대 시선집을 두루 섭렵한 다음, 넘치는 것은 깎고 모자라는 것은 보태어 상호 보완 절충하여 편찬한 것이 바로 『기아』인 것이다.[47] 『기아』는 신라 말의 최치원(崔致遠)에서부터 조선조 숙종대의 김석주(金錫胄) 등에 이르기까지 497명의 각체 시를 선집하여, 숙종 14년(1688)에 14권 7책으로 간행되었다. 선시에 있어서는 근체의 율시에 중심을 두었으며, 잡체시는 전연 고려하지 않았다.

서문에 따르면 『동문선』에서 『국조시산』에 이르기까지의 시문 선집을 참고하여 보완 수록하고, 그 이후의 작품은 각 시인들의 시문집 중에서 후세에 전할 만한 것들을 취했다고 하였다. 남용익은 『기아』를 편집하면서 자신의 주관적 선시 기준에만 의존하기보다는, 시대에 따라 변천하는 시풍의 흐름을 파악한 다음 해당 시기의 시풍의 성격과 시인의 개성적 시 세계를 함께 인정하는 편집자의 임무 수행에 충실하였던 것으로 보인다.[48] 이렇게 작품을 취사선택함에 있어서 객관적 편집자의 안목을 유지하게 된 데에는 『기아』 간행 당시 남용익 자신이 문형의 지위에 있었다는 점도 크게 작용했을 것으로 생각된다. 그러나 이처럼 『기아』가 각 시대의 시풍의 흐름을 폭넓게 인정한 객관적 편집 태도를 확고히 유지하였기 때문에 비교적 널리 읽혀진 시 선집으로 알려져 오긴 했어도, 남용익 자신은 다음과 같이

---

46 東文選 博而不精 續則所載無多 青丘風雅 精而不博 續則所取不明 近代國朝詩刪 頗似詳核 而起自國初 迄于宣廟朝 首尾亦欠完備 余皆病之(南龍翼, 『壺谷集』 卷15, 〈箕雅序〉).

47 민병수는 앞의 논문에서 『기아』의 편집 정신을 절충론으로 파악한 바 있다.

48 민병수, 앞의 논문, 76면 참조.

그 부족함을 말하기도 하였다.

김득신의 〈용호〉 시 '고목은 찬 구름 속에 있고'라는 오언절구는 일세에 회
자하여서, 내가 선집한 『기아』에 실었다. 그러나 '호서를 다 다니고 진관으로
향하니, 먼 길 가고 또 가느라 잠시도 한가하지 않네. 나귀 등에 잠자다가 눈을
떠보니, 저물녘 구름 아래 눈 남아 있는 것은 무슨 산인가'라는 시는 용어와
음운이 더욱 좋은데도 집록 속에 들지 못했다. 견문이 미치지 못했던 것이 한
스럽거니와, 이것이 이른바 바다를 따라서 구슬을 걸려내도 마침내 월명주는
버려두었다는 격이다.[49]

이처럼 견문이 미치지 못해 더욱 좋은 작품으로 보이는 김득신의 칠언절
구 〈마상음(馬上吟)〉 시를 『기아』에 수록하지 못한 것을 안타까워하기도
하였던 것이다. 이는 선시 작업의 어려움을 단적으로 일러 주는 내용이라고
도 하겠다. 앞서 역대의 시 선집에 대한 남용익의 비판 내용을 살펴보았거
니와 『기아』에 대해서도 그 자신이 후회한 점이 있었음은 물론 후대 문인
들의 비판도 만만치는 않아서, 선시를 중심으로 비평 활동이 활발히 진행되
어 왔음을 알려 주는 자료가 된다고 하겠다.

요즈음 남용익이 편한 『기아』의 목록에는 이규보의 문장을 우리나라의 으뜸
이라 하였는데, 내 생각으로는 이 말이 잘못된 것 같다. (……) 우리나라의 문
장을 논하면서 한 사람만을 택하여 으뜸으로 삼는 것은 실로 어려운 일이다.
그러한즉 문장에는 이색을 대가로 추천하고, 시에서는 박은을 절조로 추천하는
것이 마땅할 것이다.[50]

---

49 金栢谷得臣 龍湖吟詩 古木寒雲裡 五絶膾炙一世 故已載於余所選箕雅中 而唯 湖西路盡
向秦關 長路行行不暫閑 驢背睡餘開眼見 暮雲殘雪是何山 之句 語韻益佳 而不入於衰錄中 恨我
見聞會所未及 此所謂倒海珠漉竟遺明月者也(『壺谷詩話』).

50 近見壺谷所編 箕雅目錄 稱李奎報文章 爲東國之冠 余意此論殊不然 (…) 論文章於東

김창협(金昌協)은 이렇게 남용익이 이규보의 문장을 우리나라에서 제일이라고 평한 데 대해 문장에는 이색을, 시에는 박은을 각각 내세워 반론을 제기하였던 것이다. 홍만종도 『기아』에 대한 비판적 견해를 보여 주었다.

근세에 와서 남용익이 우리나라의 풍아, 시산, 시화 등에서 두루 뽑고, 또 근대의 시를 골라서 한 질로 편집하여 『기아』라고 명명하고는, 자신이 그 서문을 지어 선배들의 선시상의 실책을 두루 평했다. 자기가 선시한 것이 정확함을 자허한 것이다. 그러나 내가 보건대는 취사에 있어 명실이 상부하지 않고, 호오가 친소에 의해 좌우되어 있어 가작과 졸작이 뒤범벅이 되어 버렸다.[51]

홍만종은 이처럼 남용익이 『동문선』에서 『국조시산』에 이르는 선배들의 시 선집에 대하여 그 잘못된 점들을 지적하면서 『기아』를 편찬한 행동에 대해 비판하였던 것이다. 특히 시 작품의 취사선택에 있어서 명실이 상부하지 못한 점이나, 작품이 좋고 나쁨이 개인적 관계의 친함과 소원함에 좌우되어 가작과 졸작이 뒤섞여 실리게 된 점들을 비판적으로 지적하였다. 이어서 그는 시에 시인의 이름이 잘못 기록된 것들이나, 시어가 잘못 기록된 것을 예로 들면서 남용익의 선시안에 대해 의문을 제기하기도 하였다.

일반적으로 남용익의 『기아』가 임진왜란과 병자호란 이후 침체되었던 시단이 다시 활기를 되찾은 숙종대에 간행되어, 당시의 문인들 사이에 가장 널리 읽혀진 시 선집으로 알려져 있으며, 또한 비교적 객관적인 편찬 의식으로 선시 작업에 임했던 것으로 인정되고 있음에도 불구하고, 당시의 문인들의 비판의 대상이 되었음은 역시 선시 작업이 보편성을 획득하기가 얼마

國 固難以一人斷爲冠首 然文則當推牧隱爲大家 詩則當推挹翠爲絶調(金昌協, 『農巖集』 卷34, 「雜識」).

51 近世南壺谷龍翼 雜摭我東風雅詩刪詩話等書 且取近代諸詩 輯成一秩 名曰箕雅 自撰其序 歷論前輩所選之失 盖自許其所選之精也 然而余觀之取舍失於名實 好惡偏於親疎 未免爲薰蕕錯雜(洪萬宗, 『詩話叢林』, 「附證正」).

나 어려운 일인가를 보여주는 것이라고 생각된다.

남용익은『호곡만필』의 초고를 1680년에 작성한 이후, 자신의 비평적 안목을 가다듬어 수정 보완하여 신본을 1689년에 완성하였는데, 그러한 과정에서 또한 선시 작업을 병행하여『기아』를 1688년에 간행하였다. 이는 비평에 대한 남다른 관심과 뚜렷한 비평적 안목이 없이는 이루어낼 수 없는 문학사적으로 높이 평가되어야 할 비평 활동이었다고 생각된다.

앞으로『기아』에 실려 있는 작품들의 특징과 그 시 세계를 총체적으로 검토하여, 시 선집으로서의 문학사적 가치를 새롭게 조명해 보는 일도 하나의 과제로 남는다고 하겠다.

4. 맺음말

지금까지 호곡 남용익의 시평의 양상에 대해 살펴보았다. 이제 그 성과를 요약 정리해 보도록 하겠다.

조선 후기에 문형을 쥐고 당시 문단을 주도하기도 하였던 남용익은, 학시의 원류를 찾거나 동일한 미의식의 근원을 찾아 작가와 작품의 경향을 평가하는 원류비평의 방법을 시평의 기본 바탕으로 삼았던 것으로 보인다. 그는 당시에 심취해 이백과 두보를 극찬하면서 당시에 경도된 원류비평의 태도를 보이면서도, 송시나 명시의 가치를 긍정적으로 수용할 줄도 알았던, 즉 각 시대 시학의 장점을 객관적으로 평가할 수 있었던 비평가였다. 일반적으로 당시면 당시, 송시면 송시만을 고집하여 그 굴레에서 벗어나지 못하고 자신들의 시 세계를 스스로 좁힌 결과, 높은 차원의 문학적으로 승화된 시를 창작하거나 객관적이고 합리적인 비평안을 갖추기 어려웠던 당대 우리 시학의 현실로 보아, 그러한 남용익의 비평 태도는 높이 평가되어야 할 것으로 보인다.

그리고 이러한 원류비평의 측면에서 보여준 객관적이고 합리적인 그의 비평 태도는 다른 측면의 시평 전개에 있어서도 적용되고 있음을 볼 수 있다.

시 작품을 감상한 결과로 얻어지는 미적 충동을 표현해 낸 미의식의 유형이 곧 풍격인데, 남용익은 한국 한시를 바탕으로 대표적 시인들의 풍격을 제시함에 있어서, 고려와 조선조의 시풍의 변화와 각 시대 시학의 특징을 인식하고 각기 다른 기준에서 풍격을 제시하였다. 이는 시대의 변천에 따라 시풍의 흐름이 변화할 수밖에 없음을 분명히 인식한 비평관의 소산으로 생각되는 바, 앞서 원류비평의 측면에서 살펴본 객관적이고 합리적인 비평 태도와 연결되는 것으로 볼 수 있다고 하겠다. 비록 그의 풍격론이 중국 비평에서의 풍격론의 범주를 크게 벗어나지는 못한 것으로 보이기는 하지만, 그것을 수용하면서도 나름대로 각 시대별 특징을 고려해가며 확대하고 세분하여 풍격을 제시하였음은 단순히 중국 비평을 모방하는 차원의 비평 태도는 아니었다고 생각된다. 이러한 면에서 남용익은 풍격론의 전개에 있어서도 조선 후기 비평사에 크게 기여하였다고 보인다.

한편, 남용익은 역대의 시문 선집을 참고하여 보완 수록하고, 각 시인의 시문집 중에서 후세에 전할 만한 작품들을 취하여 『기아』라는 시 선집을 편찬하였는데, 선시 작업을 비평 의식의 소산으로 보아 무방하다고 볼 때 이는 비평가로서 매우 의의 있는 작업이었다고 하겠다. 이 과정에서 보여준 그의 선시 태도는, 자신의 주관적 선시 기준에만 의존하기보다는, 시대에 따라 변천하는 시풍의 흐름을 파악한 다음 해당 시기의 시풍의 성격과 각 시인의 개성적 시 세계를 아울러 인정하는 편집자로서의 임무 수행에 충실하였던 것이었다고 보인다. 그리하여 절충론적 태도라는 평가를 받기도 하였지만, 남용익이 이렇게 시 작품의 취사선택에 있어서 객관적 편집자로서의 태도를 유지할 수 있게 된 것은, 앞서 살펴본 대로 중국 역대 시학의 장점을 수용하여 원류비평에 적용하는 한편 각 시대 시풍의 변화를 분명히 인식하여 풍격을 제시하였던 객관적이고 합리적인 그의 비평 태도에서 비롯된 것이었다고 보아 좋을 것으로 생각된다. 즉 원류비평과 풍격론 그리고 선시로 이어지는 그의 비평 양상의 특징은 객관적이고 합리적인 비평 태도라는 일관된 흐름을 유지한 데 있다고 볼 수 있을 것이다.

이렇게 볼 때 남용익은 조선 후기 비평가로서 남달리 객관적이고 합리적인 비평 태도를 보여준 비평가로 평가될 수 있을 것으로 보인다. 그리고 한국 고전 비평사에 있어서 각 시대를 대표하는 비평가를 굳이 살펴볼 필요가 있다고 할 때, 이미 객관적인 평가를 얻고 있는 조선 전기의 서거정과 조선 중기의 허균에 이어 조선 후기에는 남용익을 내세워 부족함은 없을 것으로 생각된다.

앞으로, 원류비평과 풍격론, 선시 등의 항목을 검토하면서 제시한 문제점들을 해결하는 한편, 남용익의 시론의 양상을 종합적으로 살펴보는 것이 과제로 남는다고 하겠다.

(『세종어문연구』 5·6, 1988)

임방의 『수촌만록』과 17세기 전후 시학의 이모저모

1. 머리말

이 글의 목적은 『수촌만록(水村謾錄)』을 중심으로 임방(任埅, 1640~1724, 인조 18~경종 4) 시학의 양상을 살펴, 비평가로서의 임방의 위상과 비평 자료집으로서의 『수촌만록』의 가치를 재정립하려는 데 있다.

임방의 본관은 풍천(豊川), 자는 대중(大仲), 호는 수촌(水村), 우졸옹(愚拙翁)이며, 아버지 의백(義伯)과 어머니 상산(商山) 김씨 사이에서 둘째 아들로 태어났다. 현종 4년(1663) 사마시에 1등으로 합격한 뒤, 송시열(宋時烈, 1607~1689, 선조 40~숙종 15)과 송준길(宋浚吉, 1606~1672, 선조 39~현종 13)의 문하에서 수학하였다. 현종 12년(1671)에 창릉 참봉이 된 이래, 숙종 6년(1680)에 장악원 주부를 거쳐 숙종 13년(1687)에 의금부도사를 역임하고 이듬해 호조정랑을 지냈다. 숙종 15년(1689) 기사환국(己巳換局)으로 송시열이 유배를 가고 인현왕후가 폐위되자 사직하였고, 숙종 20년(1694)에 인현황후가 복위된 다음 의금부도사로 복직하였다. 숙종 28년(1702) 봄에 63세의 나이로 알성문과에 병과로 급제하여 성균관 사예가 되었고, 숙종 45년(1719)에는 나이 80세로 전례에 따라 가선대부로 승진하여 한성부 우윤을 거쳐, 다시 가의대부 도승지, 자헌대부 지중추부사가 되었다.

그 후 연잉군(영조)의 세제 책봉을 둘러싸고 벌어진 노소론의 당쟁 속에서 노론 측의 핵심에 서게 된다. 결국 세제의 대리청정을 주장한 노론을 반역으로 치죄하여 축출하면서 정권을 담당한 소론이 노론 4대신의 죽음과 실각을 가져오게 한 신임사화(1721~1722)로 인해, 평안도 함종으로 유배가게 되고 경종 4년(1724) 여름에 금천으로 옮겨져 7월 19일 금천 적소에서 85세의 나이로 생을 마감하였다. 이렇게 32살의 나이로 관직에 나선 후 85세로 세상을 떠날 때까지 은둔, 은거, 면직, 사직, 파면, 유배 등의 시간을 빼더라도 약 40년 이상을 관직생활로 보낸 셈이었다. 만년에 임방은 『주역』, 『논어』를 직접 손으로 베껴 써가면서 그 뜻을 깊이 연구하였다고 하며, 시에 있어서는 특히 당시를 좋아하였고 문집으로 『수촌집(水村集)』을 남겼다.

임방의 비평을 『수촌만록』 중심으로 연구한 업적은 정용수[1]와 김동욱[2]의 논문을 들 수 있다. 정용수는 야담집 『천예록(天譽錄)』의 편자로서 임방의 문학론을 살피면서 『수촌만록』의 수록 인물과 기술 자세를 검토하였다. 그리하여 『수촌만록』이 등장인물의 연대순에 의거하고 있으며, 서인-노론 중심적 인물 시화의 성격을 가지고 있고, 시평 중심적이기보다 시 일화 중심적으로 보인다고 평가하였다. 그리고 김동욱은 『수촌만록』의 특징을 시평 대상의 시대적 범위와 당론적 경향성,[3] 품격비평과 당시풍의 선호, 배체의 수용 등의 측면에서 살폈다.

위의 연구 업적들이 나름대로의 성과를 거두었다고 볼 수 있지만, 임방 비평의 배경 연구에 보다 치중한 것으로 생각된다. 그리하여 시론과 시평 자체의 분석과 평가에는 미치지 못한 것으로 보인다. 그러나 이러한 성과를

---

1 정용수, 「임방의 문학론 연구」, 『동양한문학연구』 제2집(동양한문학회, 1998).

2 김동욱, 「수촌만록연구」, 『반교어문연구』 제11집(반교어문학회, 2000).

3 시평 대상의 시대적 범위에서 15세기 2명, 16세기 24명, 17세기 54명 등으로 생존 시대를 알 수 있는 80명을 출생년도 기준으로 구분하고 있다. 그리고 이들 가운데 비교적 당색이 뚜렷한 인물을 중심으로 보면, 16세기 후반부터 17세기 인물 중에서 노소(老少) 분당이 일어난 1683년(숙종 9) 이전에 작고한 인물들은 거개가 서인에 속하고, 그 이후의 인물은 대부분 노론계열의 인물이 중심임을 밝혔다. 더러 소론계 인물이 거론되었으나, 남인계 인물은 1명뿐이다.

토대로 살펴보면, 임방의 『수촌만록』은 그가 활동하였던 시대를 중심으로 한 17세기 전후라는 일정한 시기 시학의 이모저모를 살피는 데는 매우 유용한 자료로 일단 평가될 수 있다고 할 수 있겠다.

따라서 이 글에서는 『수촌만록』[4]을 중심으로 임방 시학의 면모, 그 시론과 시평의 양상을 검토하고 아울러 17세기 전후 조선조 비평의 다양한 모습을 드러내 보도록 하겠다. 사실 『수촌만록』은 일화적 성격이 강한 비평 자료집으로 보이는 면이 있기는 하지만, 자세히 살펴보면, 임방이 비평 활동을 전개했던 시대를 전후한 시기의 시론과 시평의 양상을 다양하게 보여주고 있는 자료집임에는 틀림이 없다고 생각되기 때문이다.

일화적 성격이 강한 자료들은 특히 주변에서 보고 들은 내용을 주관적 개입 없이 객관적으로 그대로 전달만 하고 있다. 이 시화들에는 '사람들이 전하기를(人傳)'(4) 또는 '세상에 전해오기를(世傳)'(6)[5] 등과 같은 표현으로 그 내용이 가감 없이 있는 그대로 전달되고 있다. 이들 시화가 비록 임방이 직접 자신의 시평을 전개한 것은 아니지만, 시화집에 그 내용들을 수록하면서 임방 역시 그 시화들의 내용에 공감하였거나 또한 전달할 만한 가치가 있는 것으로 판단하였을 것으로 볼 수 있겠다.

이 글에서는 먼저 바로 그러한 일화적 성격이 강한 자료들을 통해서 임방이 비평활동을 전개하였던 17세기 전후 시인들의 일상적 모습을 시적 재능 겨루기와 시와 풍류라는 항목으로 나누어 살펴보도록 하겠다. 다음으로 임방 자신의 시평 정신의 소산으로 보이는 시화들의 내용을 중심으로, 다양한 시론과 시평의 이모저모를 분석 정리하게 될 것이다.

---

4 『수촌만록』의 시화는 홍만종의 『시화총림(詩話叢林)』 제4권에 55편, 임렴(任廉)의 『양파담원(暘芭談苑)』 제5권과 편자 미상의 『청운잡총(靑韻襍叢)』 제4권에 각각 57편이 수록되어 있다. 『양파담원』의 56·57화는 후대에 편찬하면서 삽입한 시화로 추정된다(정용수, 전게논문, 304면, 주석 참조).

5 ( ) 속의 숫자는 홍찬유 역주 『시화총림』(통문관, 1993)에 수록되어 있는 『수촌만록』의 시화 일련번호임. 앞으로 『수촌만록』의 시화 내용 인용시 필요한 경우 본문과 주석에서 모두 이렇게 ( ) 속에 번호를 기록하도록 할 것임.

시화집을 남겨 우리 고전 비평사의 전개에 기여한 비평가들에 대한 연구는 고전비평 연구의 핵심적 과제라고 해야 할 것이다. 단편적 비평 자료를 남긴 많은 문인들을 비평가로 자리매김하기는 무언가 부족한 듯한 느낌인 현실에서, 또한 전문적이고 체계적인 시론서를 남긴 비평가 또한 찾기 어려운 상황에서, 그들 시화집을 남긴 비평가들에 대한 연구가 중요하게 인식될수밖에 없을 것이기 때문이다. 이렇게 볼 때 임방의 『수촌만록』을 통해 17세기 전후 시학의 이모저모를 살펴보고자 하는 이 글의 필요성은 인정될수 있을 것으로 보인다. 아울러 이 글의 성과는 조선 후기 비평사의 내용을 보완하고, 임방의 비평사적 위상을 뚜렷이 정립시키는 효과를 얻는 데도 기여할 수 있을 것으로 생각된다.

2. 17세기 전후 시인들의 일상적 모습

1) 시적 재능 겨루기

한시가 사대부 문인들의 필수적인 교양이었던 시절, 시인들은 같은 성향의 시우들이 모여 결성한 시회나 각종 다양한 모임, 그리고 일상의 친교의자리 등에서 서로 시적 재능을 겨루면서 문화적 욕구를 충족시켰으며, 시에관한 정보를 교환하고 시 비평의 세계도 경험하였던 것으로 보인다. 사실판정하는 사람의 유무에 관계없이 시적 재능 겨루기는 승부가 분명히 날수밖에 없다고 하는 관점에서 보면, 시 창작과 시 비평의 능력이 동시에발휘되는 가장 격조 높은 시 활동의 하나라고 볼 수도 있을 것이다.

한시가 이 땅에 전래된 이래 이러한 시적 재능 겨루기는 시대를 이어 내려오면서 때와 장소를 가리지 않고 시인들 사이에서 흔히 이루어져 왔을것이다. 그리하여 『수촌만록』의 시대적 배경인 17세기 전후 조선 사회에서도 그러한 일은 시인들의 일상적 문학 활동 가운데 하나로 자리 잡고 있었음을 알 수 있다.

제천 현감 윤염은 어려서부터 재주가 남보다 뛰어 났었다. 광릉 봉선사에서 금강산의 중을 만나 승축의 시를 차운하였다.

주엽산 밝은 달 떠오른 밤에,
스님은 때마침 어디로부터 오시는가.
금강산 돌아갈 길 가리키는데,
대 지팡이 저 넘어 옥빛 푸르름만 층층일세.

종성 부사 김익염은 보고 깜짝 놀라며 감탄하기를 "스님은 때마침 어디서 오느냐? 하는 1구는 참으로 절조(絶調)이니 누가 능히 차운 할 것이냐?" 하고 드디어 붓을 멈추고 말았다.[6]

윤염과 김종성이 스님에게 주는 시를 차운하는 자리, 젊어서부터 시재가 남달랐던 윤염의 차운시를 보다가 김종성은 시구의 뛰어난 격조에 깜짝 놀라 감탄하면서 그만 붓을 멈추고 말았다는 일화다. 스스로 차운하여 겨룰 경쟁 의지를 상실하고 만 것이다. 시적 재능 겨루기에서 진 것이다. 광릉의 주산인 주엽산에 뜬 달, 그 밝은 달이 떠오른 시간, 때맞추어 만난 스님에게 '스님은 때마침 어디로부터 오시는가'라고 윤염은 노래하였다. 대자연의 섭리대로 주엽산에 떠오른 달과 스님의 구도의 여정에 유념하였던 때문일까? 그 달을 깨달음의 광명으로 여겼던 것일까? 김종성은 이 시구를 절대적인 격조를 지녔다고 감탄하고 그만 붓을 던져버렸던 것이다. 지인들끼리 서로 교유하면서 시를 겨루고, 결과에 대해 결코 다른 마음먹지 않고 품위를 잃

6 尹堤川濂 自少 才絶人 於光陵奉先寺 遇金剛僧 次贈僧軸中詩曰 明月葉山夜 適來何處僧 歸程指蓬島 節外玉層層 金鍾城益廉 見之 驚歎曰 適來何處僧 一句 乃絶調 誰能次者 遂閣筆云 (42).

지 않았던 시인들의 멋스런 일상적 모습을 찾아볼 수 있는 일화라고 하겠다.

내가 병오년에 아버님을 모시고 지내려고 공주 감영에 가 있었다. 공보 임상
원이 예조 정랑으로 왕명을 받들고 지나가다가 나를 만나서 하루를 묵새기며
시를 주고받았다. 공보가 먼저 칠언 율시를 지었는데 그 함련(3·4구)에 추(秋)
자 운을 달았으며 그 때는 5월이었다. 나도 차운하였다.

꾀꼬리 울다 지친 역마길엔 버들이 비를 맞이하고,
누에 다 자란 농촌엔 보리가 가을 재촉하네.

공보는 계속해 읊조려 연거푸 4·5편을 서로 주고받았다. 떠날 무렵에 말하
기를 "추자 일련(秋字一聯)은 공에게 선두를 빼앗겼다."고 했다.[7]

임방과 임상원의 시적 재능 겨루기 내용이다. 하루를 같이 지내면서 서
로 시를 주고받았는데, '추(秋)'자운의 시 함련에 이르러 임상원이 선두를
빼앗겼다고 하면서 겨루기에서 졌음을 시인하였다는 것이다. 앞의 예도 그
러하지만 이러한 겨루기의 경우는 누가 서로 겨루자고 제안한 것도 아니고
옆에서 겨루라고 부추긴 것도 아니다. 두 편의 일화 모두 스스로 창작하고
스스로 평가한 끝에 스스로 승부를 가른 예에 속한다. 만나면 시를 교환하
고 자연스레 서로의 재능을 겨룬 끝에 상대의 능력을 인정하고 마음으로
기뻐해주는 아량을 그들 시인들은 보여주고 있다.

역마길에 뻗어 있는 농촌, 5월도 한창 무렵, 꾀꼬리, 버들, 비, 누에, 보리,
가을 등의 시어가 어울려 만들어내는 한 폭의 그림 같은 시구를 대하면서
임상원은 겨루기에서 졌음을 자인하고 길을 떠났던 것이다. 그들 시인들은

---

7 余於丙午間 趨庭於公州監營 任公輔相元 以儀曹郎 奉命過去 爲余留一日 與之酬唱 公輔
先賦七律 頷聯 押秋字 時 五月 余 次曰 驚殘驛路柳迎雨 蠶老田家麥欲秋 公輔 吟詠不已 連和
四五篇 臨別 曰 秋字一聯 當輸公一着(45).

만나면 그 만남의 의미를 시를 주고받으며 되새겼고, 아울러 넉넉한 교유의 정도 나누었던 것이다. 그러한 가운데서 그들은 보다 나은 시에 대해서는 숨김없이 드러내어 높이 평가하고 서로 격려할 줄 알았던 것이다. 그리하여 좋은 시를 쓰기 위한 서로의 노력을 지켜보면서, 자신들의 실력을 갈고 닦는 기회로 삼았던 것이라 하겠다. 이렇게 보면 시 창작과 시 비평의 능력이 한데 어울려져 만들어 낸 시인들의 작시 활동의 일상적 모습의 하나가 바로 시적 재능 겨루기임을 알 수 있다고 하겠다.

그 외에도, 임의백과 홍명하(洪命夏, 1608~1668, 선조 41~현종 9)가 연행 길에 시를 주고받은 끝에 홍명하가 임의백의 시에 당할 수 없다는 시를 남겼다는 일화(15)나, 시재가 민첩하여 말을 타고 앉은 윗사람 앞에서 당장 글을 지어 올리거나 동발을 두드리며 운자를 부르고 그 동발 소리가 끝나자마자 시를 지어 내었다는 고사의 주인공처럼 재주가 뛰어났다는 홍석기를 시험한 김류(金瑬)의 일화(19), 이경석이 시재가 민첩하고 강운(强韻), 즉 어려운 운자를 잘 달았던 남용익의 시재를 시험하고 칭찬하였다는 일화(24), 강진의 배 위에서 벌어진 스님과 선비의 시 겨루기 일화(49), 그리고 승려 처묵은 굴을 어떤 교생은 두견을 시제로 하여 각각 어려운 운자를 시재를 겨루었다는 일화(50) 등을 통해서도, 이러한 시적 재능 겨루기가 그들 17세기를 전후한 시대에 시의 창작과 비평에 관심 기울였던 시인들의 일상적 모습의 하나이었음을 알 수 있다고 하겠다.

2) 시와 풍류

시는 조선조 사대부 문인들의 생활의 일부였으며, 인격의 척도이기도 하였다. 이러한 그들의 삶의 자리에서 마음의 여유, 마음의 안정을 누리려는 소망이 시를 통해 구현될 때에 우리들이 풍류(風流)라고 부르는 운치 있고 멋스러운 정신의 경지가 펼쳐졌으리라 생각된다.

풍류라고 하면 우리는, 풍치 있고 우아한 생활이나 태도, 멋스럽고 운치나 아취 있는 일, 자연과 교감하면서 탈속의 경지에서 노니는 일, 음풍영월하며 자유롭고 유유자적하게 지내는 생활 등을 떠올리게 된다. 한편으로는 인습에 얽매이지 않고 자유정신을 구가하는 삶, 단정하지 못하고 흐트러져 조금은 방탕하고 퇴폐적인 생활, 관능적인 미나 요염함과 어울리는 일, 일상의 규제에서 벗어나 아름다운 여인과 누리는 온갖 사랑의 유희 등등을 연상하기도 한다. 그러면서 음악이나 그림, 시문을 통한 일상에서의 여유로움의 추구와 관련짓기도 한다. 자연 속에서 시나 글씨, 음악, 술 등과 더불어 노니는 생활의 여유 그 속에서 풍류는 피어났던 것이다.

앞에서 언급한 시적 재능 겨루기도 생각하기에 따라서는 풍류가 녹아들어 있는 일로 볼 수 있을 것이다. 그러나 시 겨루기에는 긴장이 있고, 긴장이 있기에 여유로운 정신의 경지와는 거리가 있을 것으로 보인다. 따라서 비록 작시와 평시의 능력을 갖춘 시인들의 일상적 유희라고는 하나, 자유로움과 여유를 동반한 풍류라기보다는 구속과 긴장에서 벗어나 갈등 해소에 이르는 순간에 느낄 수 있는 성취감이 빚어낼 수 있는 일종의 해방감 풍류에 가깝다고 해야 할 것이다. 이제 당시 시인들이 누렸던 생활의 여유 속에 피어난 풍류의 모습들을 살펴보도록 하겠다.

양곡 소세양은 젊었을 때에 마음이 꿋꿋하다고 자랑하며 항상 말하기를 "여자에게 미혹당하는 사람은 남자가 아니다."라고 했다. 송도 기생 황진(黃眞)은 재주며 얼굴이 세상에 가장 뛰어났다는 소문을 듣고 친구들에게 약속하기를 "내가 이 기생과 30일 동안을 같이 있다가 곧장 떠나서 끊고는 다시 털끝만치도 생각하지 않을 것이니 만약 이 기한을 어기고 단 하루라도 더 머무르면 자네들은 나를 사람이 아니라고 하라." 하고, 송도에 가서 황진을 보니 과연 멋진 기생이었다. 당장 한데 어울려 한 달을 묵새기고 다음날 아침에 떠나려고 개성 남문루에 올라 이별 잔치를 벌였는데 진이는 이별하기를 섭섭히 생각하는 기색이 전연 없고 다만 "지금 대감과 작별하는데 어찌 한마디 말이 없이 헤어질 수 있습니까? 변변치 않은 시이나 한 수 올리려 합니다."라고 청하였다.

소공이 "그리하여라." 하니 즉시 율시 1수를 써 올렸다.

뜰에 달빛이 환하니 오동잎 다 졌고,

들판에 서리 내리자 국화가 누렇구나.

다락이 높아 하늘에 한 자쯤 떨어진 듯,

사람이 취하니 술이 천 잔이구나.

흐르는 물소리는 거문고 소리와 어울려 차갑고,

매화 향기는 피리소리에 들어 향기롭다.

내일 아침 작별한 뒤에도,

사랑하는 마음 저 푸른 물결 따라 영원하리라.

소공이 한참 읊조려보고 탄식하기를 "내가 사람이 아니면 어떠리." 하고 그대로 눌러 앉았다.[8]

소세양(蘇世讓, 1486~1562, 성종 17~명종 17)은 시와 글씨에 뛰어난 풍류 남아로 이름난 인물이었다. 그러면서도 남녀 사이의 사랑의 미혹됨에 대해서는 매우 부정적이었다. 그리하여 자신의 신념을 설고 내기에 들어있던 것이다. 그러나 상대는 황진, 시와 글씨와 음률에 모두 뛰어났으며 출중한 용모까지 갖춘 여인이었다. 그러기에 송도 3절의 한 자리를 차지한 여인이 아니던가. 이 겨루기에서 결국 풍류남아 소세양이 굴복하고 말았다는 일화이다. 이별하는 자리에서 올린 시 한 수, 사랑했던 사람과 이별하는 마음을 만상이 조응하듯 노래하면서 그 애틋한 사랑의 정을 이별 후에도 영원히

---

8 蘇陽谷世讓 少時 以剛腸自許 每日爲色所惑者 非男子也 聞松都倡眞 才色 絶世 與儕友約 曰吾與此姬 同宿三十日 卽當離絶 不復一毫係念 過此限 若更留一日則汝輩 以吾爲非人也 行到 松京 見眞 果名妹也 仍與交歡 限一月留駐 明將離去 與眞登南樓飮宴 眞 少無限別之色 只請曰 與公相別 何可無一語 願呈拙句可乎 蘇公 許之 卽書進一律曰月下庭梧盡 霜中野菊黃 樓高天一 尺 人醉酒千觴 流水和琴冷 梅花入笛香 明朝相別後 情意碧波長 蘇吟詠歎曰吾其非人也哉 爲之 更留(52).

키워 갈 것임을 푸른 물결에 실어 다짐한 이 절창의 시를 들으며, 강철 같은 심장을 자신했던 소세양도 무릎을 꿇고 말았다는 것이다.

당대 걸출한 풍류남아와 풍류기녀와의 이 사랑 겨루기는, 시를 통해 삶의 여유와 인간적 사랑을 누리고자 하였던 그들이었기에, 그야 말로 정감 있고 낭만적인 풍류를 누릴 줄 알았던 그들이었기에 더욱 운치 있는 사랑의 내기로 승화될 수 있었던 것으로 생각된다.

부안 기생 계생의 호는 매창이니 그 시는 이러하다.

수촌에 사립작문 열고 들어서니,
연못에 꽃 떨어지고, 화분에 국화 시들어.
석양에 까마귀 고목나무에서 울고,
가을 기러기 강 건너 구름가로 지나간다.
서울의 풍속이 많이 변했다 말하지 마소,
나는 세상 소문 듣길 원하지 않는다오,
제발 술자리에 한번 취하는 것을 사양마소.
신릉군 같은 영웅도 죽으면 풀 밑에 무덤이라오.

그 재주와 풍정을 가히 볼 수 있다. 계생은 얼굴도 예쁘고 시에도 능하여 그때에 유명한 재상이 시도 주고, 시권에 써주지 않은 사람이 없었으니, 그 사람됨을 알 수 있다. 호남에서 『매창집(梅窓集)』을 발간하여 세상에 퍼졌다.[9]

흔치않은 여류시인 가운데 주목받고 있는 매창에 대한 기록이다. 이 역시 시에 능하고 용모도 뛰어난 여인이었기에 당대 풍류남아들과 교유하면

---

9 扶安妓桂生 號 梅窓 其詩 曰 水村來訪小柴門 花落寒塘菊老盆 鴉帶夕陽啼古木 雁含秋意 渡江雲 休言洛下時多變 我願人間事不聞 莫向樽前辭一醉 信陵豪氣草中墳 其才情 可見 桂生 有姿色能詩 一代名公 莫不贈詩題卷 卽其人 可知也 南中 有梅窓集 刊行于世(53).

서 시적 재능을 펼치고 사랑의 열정 또한 마음껏 펼칠 수 있었던 여인의 풍류를 일러주는 얘기이다.

더불어, 이지천이 좋아하였던 기생에게 남긴 시에 얽힌 일화(12)나, 홍석기의 시재를 시험한 끝에 극찬하고 그 시의 대상이 되었던 여인을 데려가게 하였다는 김류의 일화(19), 홍만종을 위해 허정이 술자리를 차리고 기생을 불러 음악을 연주하는 한편 운자를 부르며 시를 짓게 하고 즐긴 일화(35), 기생의 부채에 시를 써준 이사명의 일화(38), 필법이 기이하고 고고하면서 글씨 모양이 죽순 같아서 이름한 죽순서(竹筍書)를 깜깜한 밤에 앉아서 써준 도영이란 승려와 시를 주고받으며 교유하였던 신두병의 일화(55) 등을 통해서, 시와 풍류에 관련된 당시 시인들의 여유로운 삶의 일상적 모습들을 더듬어 볼 수 있었다고 하겠다.

3. 임방 시학의 양상

1) 의미와 격률

의미는 시의 내용을 일컫는 것으로 시인의 마음이 표현된 것이고, 격률(格律)은 평측(平仄), 음운(音韻), 자구(字句), 구수(句數) 등을 포괄하는 시의 형식과 관련하여 작시에 필요한 체제와 법도를 말하는 것이다. 시평의 실제에 있어서 시 평가의 기준은 기본적으로 시의 의미와 형식의 문제에 관련될 수밖에 없다. 그리하여 비평가들은 시의 의미와 형식에 각각 치중하거나 그 조화를 추구하거나 하는 방법으로 시 평가에 임하였던 것인데, 이는 조선조 시평 전개에서 가장 보편적인 양상이었다.

임방의 경우는 실제 비평에 있어서 의미와 격률의 조화를 추구하려는 측면보다, 해당 작품의 성격에 따라 의미와 격률의 문제에 있어서 더욱 비중이 크다고 생각되는 쪽으로 비평의 눈길이 쏠렸던 것으로 보인다. 대개의 경우 시의 의미나 격률 한 쪽으로 집중된 평가에 주력한 것으로 나타나 있기 때문이다.

시평에 있어서 시의 의미 찾기는 시인의 시 정신의 실체를 이해하는 데는 물론이고, 시인이 독자에게 무엇을 전달하려고 하는가, 또는 독자의 관심을 어디로 이끌고 있는가 하는 등의 문제를 이해하는 데 있어 우선적으로 고려되어야 하는 것이다. 이렇게 시의 의미 선택의 중요성을 인식하고 의미가 깊은 시, 내용이 풍부한 시를 쓰기 위한 시인의 노력과 그것을 제대로 찾아 해석 평가하고자 애썼던 비평가들의 고심의 흔적들은 우리 고전 비평의 전개 양상에서 가장 큰 비중으로 다양한 모습을 보여주고 있다. 임방의 시의 의미 찾기 노력을 살펴보도록 하겠다.

한림 안명세가 아홉 살 때에 진달래꽃을 꺾어다 연적에 꽂아 놓았는데, 그 아버지가 보고 시를 지으라 하자 즉석에서 절구 1수를 지었다.

진달래꽃 한 가지는,
저 산속에서 꺾어 왔다.
연적에 의지해 살고 있으니,
타향에 나온 길손과 같구나.

그 아버지는 보고 눈물을 흘렸으니, 대개 그 뜻이 너무나 애처롭고 고단하여 자못 장래에 통달할 기상이 없는 것을 알았기 때문이다. 그 뒤에 과연 젊은 나이로 과거에 당선하여 벼슬이 한림에 이르러 사책(史冊)에 전의 대관들의 비행을 명종 빈청(殯廳)에서 남김없이 써서 대신 3명을 죽임으로 인하여 화를 당했다.[10]

---

10 翰林安名世 九歲時 以杜鵑花 摘揷硯滴 其父命題詩 卽成一絶曰 杜鵑花一尊 來自碧山中 硯滴生涯寄 他鄉旅客同 父見而泣 蓋知其意趣悽苦 殊非遠達之象故也 後果妙年登第 官至翰林 以史冊 書殯側 殺三大臣 被害(2).

이는 안명세가 아홉 살에 지은 시의 의미가 너무나 애처롭고 고단하여 장래가 순탄하지 못할 것을 짐작할 수 있었다는 내용이다. 시의 의미 평가를 통해 그 시인의 인생 역정까지도 헤아리고자 하였던 것이다.

또한 두 작품이 모두 고아한 의미를 간직하고 있다고 한 것(28)이나, 시에 강개한 뜻이 있다고 한 것(44) 등은 모두 의미 찾기에 주력한 시평의 결과로 보인다. 그리고 유영길의 시어 3자가 아무런 의의가 없는 표현이라고 한 것(3)이나, 시어의 뜻이 간곡하고 측은하게 되었다고 한 것(43), 시어의 뜻이 절로 좋게 표현되었다고 한 것(44), 그리고 시어 속에 풍자하는 뜻이 있어서 읊을 만하다고 한 것(48) 등의 시평도 역시 시어 찾기에 노력한 비평의 소산이라 하겠다. 그런가 하면, 임유후(任有後, 1601~1673, 선조 34~현종 4)가 울진에서 잠시 살 때 지은 시를 자신의 신세를 비유한 내용이라 평가한 것(11)과, 조신준이 신혼에게 지어준 시의 내용이 바로 신혼의 만사(挽詞)가 되었다는 것(25), 그리고 이사명의 시의 내용에서 그의 재주와 성정을 찾아 볼 수 있다고 한 것(38) 등도 같은 맥락에서 이해될 수 있는 시평의 모습들이다.

한편 시의 형식의 문제 곧 작시에 필요한 체제와 법도에 관련되는 격률의 문제를 기준으로 시평에 임한 경우는 나음과 같다.

　[임유후의 〈유승가사(遊僧伽寺)〉와 〈차인운시(次人韻詩)〉] 두 시는 격률이 우아하고 강건하여 모두 대가다운 말솜씨이니 외워서 전할 만하다.[11]

임유후의 시 두 편이 격률을 기준으로 볼 때 우아하고 강건한 느낌을 준다고 평가한 내용이다. 그 두 편의 시에서 우러나는 정제된 시의 형식미를 우아와 강건으로 파악한 것이다. 그리하여 그것이 일가를 이룬 대가의 솜씨에서 나온 것이라 평가한 것이다.

---

11 兩作 格律 雅健 俱大家語 可以傳誦(10).

홍의 시는 풍운(風韻)이 청아하여 8구가 모두 원숙하게 되었고, 이의 시는 조격(調格)이 힘이 없으며 경련은 더욱 심상한 말이고 함련에 '하다초(何多楚)' 와 '자택제(自擇齊)'는 우연히 같게 되었으나 홍의 시에 '초요(楚腰)'와 '제슬(齊 瑟)'은 옛날 일을 인용한 것과 말을 만든 것이 지극히 정교하게 되었으니 경어 (警語)라 이를 만하고, 이(李)의 시에 '홍장(紅粧)'과 '옥안(玉顔)'은 '제(齊)'와 '초 (楚)'에 관계가 없어서 말을 만든 것이 재미가 없게 되었으니 그 우열이 아주 동떨어지게 된 것이다.[12]

위의 시평 내용에서 언급되고 있는 풍운이나 조격, 경련의 평상과 함련의 우동, 용사와 주사(鑄辭), 조어(造語) 등의 평어들이 모두 격률 곧 시의 형식 의 문제와 관련된 평어임을 통해서 보면, 임방이 격률의 문제를 기준으로 하여 시평을 전개하는 데에도 소홀하지 않았음을 알 수 있다고 하겠다. 또 한 시가 전중(典重)하여 법도가 있다고 한 것(8)이나, 조격과 운치가 속됨을 벗어났다고 한 것(13), 전아(典雅)하여 격조가 있다고 한 것(14), 맑고 품위 있는 운치가 당시에 가깝게 되었다고 한 것(21), 격력(格力)이 조금 부족하 다고 한 것(23), 풍운이 맑고 시원하며 조향(調響)이 역시 아름답다고 한 것 (34), 대단한 풍조(風調)가 있다고 한 것(36), 조격과 운치가 맑고 부드럽다 고 한 것(37), 그리고 조격이 매우 높다고 한 것(41) 등을 통해서도 임방이 시평에서 형식미의 발견에도 큰 비중을 두었음을 알 수 있다고 할 것이다.

이렇게 보면 임방은 의미와 격률, 곧 시의 의미와 형식의 문제를 각각 비평의 기준으로 삼아 시평의 실제에서 활용하였음을 알 수 있다. 그 시평 기준의 구체적 내용이나 그 객관성 여부 등을 검토하여 임방 시평의 참모습 에 접근할 수는 없었지만, 주어진 자료를 통해서 제한적이기는 하나 기본적 으로 시의 의미 찾기에 노력하고 시의 형식미 발견에 힘쓴 임방의 비평 역

---

12 洪詩 風韻 瀏瀏 八句俱圓 李 調格 萎弱 頸聯 尤平常 頷聯 何多楚 自擇齊 偶同而洪詩 楚腰齊瑟 用事鑄辭 極其精工 可謂警語 李詩 紅粧玉貌 於齊楚 不干 造語無味 其優劣 懸殊(35).

량은 살펴볼 수 있었다고 하겠다.

2) 시어에의 관심

앞에서 살펴본 대로 임방의 시평의 기본 태도가 시의 의미 찾기와 시의 형식미 발견에 큰 비중을 두는 것이었다고 보면, 그러한 성과를 거두기 위한 전제의 하나가 바로 시어에의 관심이라 할 수 있을 것이다. 적절한 시어 선택이 시의 의미를 깊게 하는 데는 물론이고 시의 형식적 완성도를 높이는 데도 관련될 것이기 때문이다. 그리하여 시인의 감정을 뛰어나게 표현하기 위한 시어의 조탁(雕琢)과 단련(鍛鍊)은 임방에게도 중요한 관심사의 하나였던 것으로 보인다.

백곡 김득신이 평생 시만 연구하고 정신을 푹 쏟아서 글자 하나를 놓으려면 천 번씩 고치고 고쳐 반드시 절묘하게 만들려고 하였으니, 가도(賈島)와 같은 부류였다.[13]

김득신이 시어 하나를 제대로 자리 잡게 하기 위하여, 천 번씩이나 고치고 고치면서 마음에 들 때까지 절묘한 시어를 얻기 위하여 고심하였다면서, 그를 퇴고의 주인공인 당나라 시인 가도에 견주고 있다. 이른바 일자천련 (一字千鍊)의 시어 조탁의 의미를 되새기게 하는 내용이다. 이러한 김득신의 예는 특별한 경우라고 하더라도, 임방은 물론 시인이라면 그 누구도 시어 조탁에의 유혹과 적절한 시어 선택에의 관심에서 결코 자유로울 수는 없었을 것이다.

김석주의 시어가 정치(精緻)하여 주도면밀하게 짜여서 일가를 이룬 솜씨를 보여주었다고 한 데서도 보면(27), 임방의 시어에의 관심이 남달랐음을

---

13 金栢谷得臣 平生 工詩 調琢肝腎 一字千鍊 必欲工絶 其賈鳥之流乎(18).

알 수 있다고 하겠다. 또한 시어가 대단히 처량하고 슬프게 되었다고 한 것(31)이나, 시어가 장쾌하다고 한 것(33), 말을 만든 것이 지극히 정교하게 되었다는 것(35), 시어가 대단히 맑고 정신이 번쩍 들게 만들어졌다는 것(40), 시어가 대단히 분격(憤激)하게 되었다는 것(44), 그리고 시어가 매우 아름답다고 한 것(48) 등의 시어 중심으로 이루어진 시평을 통해서도 임방이 시어 조탁과 시어 선택에 기울인 노력을 알 수 있다고 할 것이다.

이렇게 시어 선택에의 부단한 노력이야 말로 시의 의미 찾기와 시의 형식미 발견을 위한 기본적 작시 태도의 하나라고 하는 점에서 보면, 임방이 기울인 시어에의 관심은 그가 비평가로서의 기본자세를 착실히 견지하고 있음을 보여준 것이라 할 것이다.

3) 풍격

임방은 시평의 실제에서 감상과 품평에 바탕을 둔 풍격(風格)을 활용하기도 하였다. 풍격이란 '풍신품격(風神品格)'의 약어로서 미적 감정의 유형을 말하는 것인데, 이에 대한 연구나 구명은 바로 미학으로 통하게 된다.[14] 결국 완성된 시 작품을 감상한 결과로 얻어지는 미적 충동을 표현해 낸 미의식의 유형이 풍격인 것이다. 풍격을 활용하는 시평은 중국이나 우리의 비평에서 매우 보편적인 방법이었다. 사실 '풍신품격'이란 말의 뜻을 새겨 보면, 이는 시의 내용과 형식 그 양면에 대한 각각의 감상과 품평을 바탕으로 하면서 궁극적으로는 내용과 형식이 조화를 이루어 종합적으로 완성되는 미의식의 유형이라 할 수 있겠다. 내용과 형식 곧 의미와 격률에 대한 각각의 분석적 평가, 그리고 이를 종합한 감상의 결과로 얻어진 미의식의 표현이 바로 풍격인 셈이다.

임방은 풍격을 시평의 결과로 제시하면서, 의미와 격률에 각각 치중한

---

14 차주환, 「당대의 풍격론」, 『심상』(1974. 5), 137면 이하 참조.

풍격을 보여주는 한편으로, 또한 종합적 평가로서의 풍격도 제시하였다. 먼저 종합적인 시 감상과 품평의 결과로 나타난 풍격부터 살펴보도록 하겠다.

임방은 이민서(李敏敍, 1633~1688, 인조 11~숙종 14)의 〈촌거(村居)〉 시의 미학이 '주일(遒逸)', 곧 굳세고 뛰어남에 있다고 보았다(26). 시의 미의식을 주일함에서 찾고자 한 것이다. 이것은 시에 대한 단순한 느낌의 표현이 아니라, 의미와 격률을 기준으로 한 편의 시 전체를 종합적으로 감상한 결과라고 생각되기 때문에, 의미와 격률의 조화에서 우러난 시의 미의식으로 인정될 수 있다고 할 것이다. 또한 임방의 고조 임열의 시가 '침울(沈鬱)'하고 '혼웅(渾雄)'함을 귀하게 여겼다고 한 것(1)이나, 이식(李植, 1584~1647, 선조 17~인조 25)의 〈해직귀협(解職歸峽)〉 시가 '전중(典重)'하고 '아건(雅健)'하여 그의 시 가운데 제일이라고 칭찬한 것(5) 등에서도 시 작품이나 시인의 시세계를 종합적으로 감상 품평한 풍격에 의한 시의 종합적 미의식의 양상을 볼 수 있다. 그리고 비록 한 글자로 된 풍격의 제시지만, 어떤 시인의 전별시 한 수가 조격이 맑고 시어의 의미가 장쾌하게 되었다고 하여[調淸語壯(33)], 각각 '청(淸)'과 '장(壯)'의 미의식을 격률과 의미를 기준으로 하여 시를 종합적으로 감상하고 품평한 결과로 나타내기도 하였다.

시의 의미 중심의 풍격 제시는 다음과 같다. 김창협이 단양의 도담에서 지은 시를 두고 임방은 '어심청경'[語甚淸警(40)]이라 하여, 시어의 의미가 맑고 정신이 번쩍 나게 할 정도로 시원하다고 하였다. '청경'의 미의식이 말해주듯 맑고 시원한 시어들이기에 그 시어들로 구성된 전체 시의 의미 또한 맑고 시원한 '청경'의 풍격으로 전달될 수밖에 없을 것으로 보인다. 이와 같은 예는, 시의 의취가 '처고(悽苦)'함(2), 시의 의미가 '혼후(渾厚)'함(9), 시어가 대단히 '처단(凄斷)'함(31), 시어와 시의 의미가 '간측(懇測)'함, 시어가 매우 '분격(憤激)'함 등으로 제시된 풍격에서도 찾아 볼 수 있다.

시의 형식인 격률을 기준으로 풍격을 나타낸 경우는 다음과 같다. 임도삼의 〈고란사(皐蘭寺)〉 시가 '조운청완'[調韻淸婉(37)], 즉 조격과 운치가 맑고 부드러워 쉽게 보기 어려운 작품이라고 하여, 임방은 '청완의 풍격을 제시하였다. 조격과 운치 그 격률을 기준으로 하여 시의 미학을 맑고 부드러운 '청완의 미의식으로 규정한 것이다. 또한 시가 '전중(典重)'하여 법도가 있음(8), 두 시의 격률이 '아건(雅健)'함(10), '전아(典雅)'하여 격조가 있음(14), 풍운이 '유유(瀏瀏)'함(34,35) 등에서도 격률을 기준으로 한 풍격의 미의식을 찾아볼 수 있다.

풍격은 서로간의 우열을 말할 수 없는 각각 하나의 완전한 미적 경지, 즉 시 감상에서 우러난 미적 감정의 유형이라고 할 수 있다. 따라서 풍격은 저마다 특징 있는 맛을 지니고 있어서 다분히 주관적 감상의 결과로 보이기 때문에, 풍격 제시를 통한 시평을 객관적이고 합리적인 시비평의 기준으로 정립한다든지 하는 문제는 더욱 더 깊은 논의를 요하는 문제로 보인다.

4) 용사, 원류비평

용사(用事)는 작시에 있어서 시의 의취를 풍부하게 하기 위하여 전고사 사실을 인용하는 것을 뜻한다. 근체시에서 오언이나 칠언의 엄격한 정형을 살피면서 시의 의취를 압축 표현하거나 의미를 강조하고자 할 때 보편적으로 사용하던 수사 방법이다. 임방도 용사에 관심을 보였다.

> 날씬한 허리의 춤추는 아가씨들 많기도 많은데,
> 멋들어진 비파소리에 설레는 마음 원하는 대로 골라잡으라네.[15]

홍만종이 술자리에서 기생을 선택하라는 말을 듣고 쓴 시 경련을 두고, 임방은 옛날 일을 용사하여 말을 만든 것이 지극히 정교하게 되어 경어(警語)라 할 만하다고 하였다.[16] 사방에서 수많은 초나라 병사들이 부르는 초나

---

15 纖腰獻舞何多楚 寶瑟挑心自擇齊(35).
16 주 12)의 내용 참조.

라 노래 소리가 들렸다는 항우의 사면초가 고사를 들어 술자리에 참석한 많은 기생들을 자랑삼아 부각시키고, 스스로 제나라 삼만호를 마음대로 골라 가지라고 하였던 한나라 고조와 장량의 고사를 술자리에서 기생을 멋대로 골라잡으라고 하였다는 말과 연결시켜 호기로운 술자리의 풍류를 강조하는 데 성공하였다고 본 것이다. 많은 말을 장황하게 늘어놓지 않으면 멋스럽게 표현 전달하지 못할 내용을 적절한 용사의 수사 기법을 활용함으로써 시의 의취를 압축하여 강조 표현할 수 있게 된 것이다. 그리하여 뛰어난 용사로 시의 표현 효과를 높였기에 사람들이 그 기발함에 놀라게 될 정도라 하여 경어라고까지 칭찬하였다. 이렇게 임방은 적절한 용사에 대해 긍정적으로 평가하고 있다.

> 자리 위엔 또 사죽육(絲竹肉)까지 곁들였으니,
> 인간 세상에 어찌 학전주(鶴錢州)를 부러워하리.

> (……) '사죽육'과 '학전주'는 대우가 아주 정밀하고 기이하게 되었으니, 이것은 고금 시인들이 표현하지 못한 바이다. (……) '사죽육' 3자는 『진서맹가(晉書孟嘉)』의 말에서 나왔다.[17]

홍만종이 금강가에서 우유자적(優遊自適)하던 때에 쓴 시 함련을 두고 대우와 용사에 대해 언급한 내용이다. 홍만종은 금강 주위 물색(物色)에 마음을 뺏기고, 중추(中秋)의 계절 밝은 달 맑은 바람을 즐기며 또한 '사죽육'까지 곁들이니 더 이상 부러울 것이 없다고 하는 마음을 노래하였던 것이다. 거문고와 피리와 사람의 노래 소리를 뜻하는 '사죽육'과, 허리에 돈 십만 관을 차고는 학을 타고 양주로 올라가는 것, 즉 세 가지 좋은 일을 혼자서

---

17 席上又兼絲竹肉 人間何羨鶴錢州 (…) 絲竹肉 鶴錢州對偶精奇 此乃古今詩人所未發者 (…) 絲竹肉三字 出晋書孟嘉語(36).

독차지하겠다고 하였다는 '학전주'의 고사를 용사하여, 더 이상 부러울 것 없는 마음과 강호에서 누리고 있는 삶의 여유를 강조 표현하였던 것이다.

'사죽육'과 '학전주'의 대우가 정밀함도 그렇지만 용사의 적절함이나 뛰어남도 결코 뒤지지 않아 보인다. 특히 '사죽육'이 『진서맹가』를 출전으로 하였음을 밝혀 출처가 분명한 용사에 관심을 두기도 하였다. 이는 임방이 시구 하나의 출전에도 소홀하지 않았던 진지한 비평정신을 지녔음을 일러주는 것이기도 하다. 사실 이미 관념화된 어휘를 수많은 다양한 출전에서 골라 용사할 경우, 그것이 무엇을 의미하는지 찾아 밝힌다는 것이 결코 쉬운 일은 아니었을 것이다.

> 말을 타고 마천령에 오르니,
> 층층한 봉우리 구름 위로 솟았다.
> 앞으로 대택을 굽어보니,
> 대개 이를 북해라 이른다.[18]

이 시는 정두경(鄭斗卿, 1597~1673, 선조 30~현종 14)이 함남의 마천령에 올라 지은 시인데, 채유후(蔡裕後, 1599~1660, 선조 32~현종 1)가 '유대택(有大澤)'의 시구를 지적하며 고치라고 전하였다. 정두경은 그 시어의 용사가 근거 없이 자기 마음대로 생각하고 말한 것이 아니라고 하면서, 『한서(漢書)』〈대완전(大宛傳)〉에서 찾아보라고 하였다. 이에 채유후는 탄복하며 옛 글들을 골고루 보지 않고 남의 시를 함부로 논평해서는 안된다고 하였다는 것이다. 작시의 실제에서 적절하게 용사하는 것이 어려운 일이기는 하지만, 다른 시에서 용사의 출전을 알아서 그 시의 의미를 제대로 이해하는 것 또한 어려운 일임을 임방은 말해주고 있는 것이다.

한편 임방은 원류비평(源流批評)에 대해서도 언급하였다. 원류비평은 학

---

18 驅馬磨天嶺 層峯上入雲 前臨有大澤 蓋乃北海云(7).

시의 원류를 찾거나 동일한 미의식의 근원을 찾아 작가나 작품을 평가하는 것이다. 임방은 특히 당시(唐詩)를 좋아하여 당시 중심의 원류비평에 주력하였던 것으로 보인다.[19] 그리하여 김득신의 시가 당나라 시인의 작품보다 못하지 않다고 하거나,[20] 심유(沈攸, 1620~1688, 광해군 1~숙종 14)가 쓴 시의 운치가 당 시인의 시에 가깝다고 평가한[21] 등의 시평에서 당시를 원류로 한 비평의 모습을 보여주고 있는 것이다. 임방이 당시를 매우 좋아하여 『가행육선(歌行六選)』, 『당절회최(唐絶薈蕞)』, 『당률집선(唐律輯選)』, 『당아(唐雅)』 등의 책을 편찬하기도 하였음은 널리 알려져 있는 사실이다. 〈가행육선서(歌行六選序)〉에 보면 이러한 그의 생각은 분명히 나타나 있다.

내가 가행에 대해서 살펴본 것으로는 사당(四唐)이 각기 아름다운 경지가 있다. 만약 이공(二公)의 말만 믿고 중만(中晚)을 버리면, 아마도 이른바 논감기신(論甘忌辛)하고 호단비소(好丹非素)하리니, 어찌 능히 당의 취미(趣味)를 다 얻겠는가. 국조(國朝)에 들어 시로써 선비들에게 시험을 치르게 되자, 나이어린 선비들은 당에 물들지 아니함이 없게 되었다.[22]

이렇게 당시의 취미를 다 얻기 위해 시대를 가리시 않고 당시는 모두 수집하여 『가행육선』을 엮었다고 할 정도로, 당시에 경도되었음을 알 수 있다. 따라서 그의 시평이 당시를 원류로 하는 것이었음은 당연한 일이었다고 하겠다.

그러나 송시열의 시가 주희(朱熹, 1130~1200)의 시구와 기상이 완연히 같다고 하거나(8), 김석주와 김만기(金萬基, 1633~1687, 인조 11~숙종 13)의 시가 중국 남조 송의 안연지(顔延之, 384~456)와 사령운(謝靈運, 385~433)

---

19 余少愛唐詩(10).
20 何讓唐人(18).
21 雅韻近唐(21).
22 정용수, 앞의 논문, 299면 재인용.

의 시에 비하여 손색이 없다고 하는(28) 등의 시평에서는 그 원류를 주희, 안연지, 사령운에 두고 있음을 보여 주었다. 이는 당시에 경도된 임방이기는 하지만, 역대 시학에 대해 두루 견문을 갖추고 경우에 따라서 적절히 대응하는 비평 자세를 보여준 것이라 할 수 있겠다.

이렇게 보면 임방은 당시 중심의 원류비평을 견지하는 한편으로, 역대 시학의 견문을 갖추고 상황에 따라 대응하는 비평 정신 곧 당시의 업적은 인정하되 당시의 틀에 얽매이지 않고 자유롭게 대상이 되는 시의 평가에 임하는 비평 정신으로 원류의 탐색을 시도하였던 것을 알 수 있다고 하겠다.

5) 함축, 사실적 표현

작시에 있어서 시인들이 크게 관심을 기울인 것 가운데 하나가 함축의 시의 의미 창출이었다. 하나하나의 시어들이 내포적 의미로 어우러져 한 편의 시 속에 존재함으로써 빚어지는 시 내용의 함축성은 시인이나 비평가들에게 있어 주목의 대상이 아닐 수 없었을 것이다. 시어들의 외연적 의미를 뛰어 넘어 그러한 시어들의 내포적 의미로 조화와 융합을 이룬 시, 말 밖에 무한한 의미가 함축으로 전달되면서 여운을 남기는 시로써 독자들을 시적 공감의 세계로 인도할 수 있다면, 그러한 시야말로 시대를 이어가며 시적 향기를 전해내릴 수 있는 작품으로 남을 수 있을 것이기 때문이다. 임방의 생각도 이에서 벗어나지 않았다.

당인(唐人)의 시 1련이다.

세 사람이 어머니에게 고하자 북을 던졌고,
동네 개가 바람 소리에 짖으니 다만 소리만을 짖는다.

비록 참소하고 헐뜯는데 견딜 수 없어서 한 말이나, 원망하고 나무라는 투가 너무 노골화 되었다. 우재 선생의 시 한 구절이다.

> 하늘에 오르면 손으로 별 따기가 쉽겠고,
> 세상을 지내려니 헐뜯고 훼방함을 면하기 어렵다.

말함이 지극히 감상적으로 되었으나 혼후(渾厚)하고 노골화하지 않았으니 시가 마땅히 이러해야 되지 않겠는가?[23]

사실을 확인하지도 않고 아들을 의심한 증삼(曾參)의 어머니에 관한 일화나, 이유도 없이 바람소리만 듣고 다 같이 짖어대는 개의 얘기를 시화한 당인의 시에는 원망하고 나무라는 투가 너무 노골적으로 드러나 있다고 하였다. 이렇게 모두 드러내 놓고 표현하기보다는 송시열의 시처럼 시상의 전개가 비록 감상적이기는 하지만 혼후하고, 노골적으로 표현되지 않아야 한다고 하였다. 시는 함축적으로 표현되어야 한다는 말이다. 그래서 시라면 마땅히 그렇게 되어야 한다고 하였던 것이다. 시에서 자신의 의도를 명백하게 다 드러내 놓고 표현하는 것이 아니라, 시적 형상화를 통해 독자들이 오래오래 음미하면서 여운이 남는 의미와 여운이 주는 맛을 시에서 전딜 받을 수 있도록 표현하는 것에 주목하면서, 바로 그러한 함축의 시학에 임방은 관심을 기울였던 것이다. 그리하여 임방은 홍주세(洪柱世, 1612~1661, 광해군 4~현종 2)가 〈영죽(詠竹)〉 시에서 대나무의 절개를 노래하면서 청나라를 비웃는 뜻을 은근히 나타내었다고 하여,[24] 역시 시의 함축성을 부각시키기도 하였다.

한편 작시 과정에서 대상을 어떻게 효과적으로 표현해 낼 것인가 하는 문제에 있어서, 임방은 표현의 사실성에도 관심을 기울였던 것으로 보인다.

---

23 唐人詩一聯 曰 三人告母猶投杼 百犬聞風只吠聲 雖傷譏謗 而太涉怨誹 若尤齋先生詩一句 登天手摘星辰易 處世身無毀謗難 語極傷感而渾厚不露 詩不當若是耶(9).
24 洪之此詩 因詠竹而寓意含諷 一時膾炙(20).

참판 이서우는 아내의 죽음을 슬퍼하면서 〈기몽(記夢)〉 시를 썼다.

옥 같은 얼굴 어른거리기에 자세히 보자 갑자기 없어져,
깜짝 놀라 깨니 등불만이 홀로 깜박거린다.
가을비가 사람의 꿈을 놀라게 할 줄 미리 알았다면,
들창 앞에 벽오동나무 심지 않았을 걸.

이 시는 비록 아름답게 되었으나 끝내 동회 신익성의 〈도망(悼亡)〉 시에는
미치지 못한다.

등잔불은 떠도는 혼과 어울려 가물거리는데,
먼 마을의 닭의 소리 꼬끼요 하고 들려온다.
동창을 열치고 밤빛을 살펴보니,
새벽산은 꿈속과 같고 달빛만이 은은히 비추누나.

그 구슬프고 애처로운 형상이 완연히 눈앞에 보이는 듯하다.[25]

이렇게 임방은 아내의 죽음을 애도하는(悼亡) 신익성의 시에 그 구슬프고
애처로운 형상이 완연히 눈앞에 보이는 것처럼 묘사된 것에 대해 주목하고
있다. 바로 표현의 사실성을 강조한 것이다. 또한 정경을 모사하면서 핍진하
게 그려내었다는 다른 사람의 시평에 동조하기도 하였다.[26] 정경을 있는 그
대로 꼭 같이 그려 참모습에 가깝게 되었다는 것, 바로 핍진(逼眞)으로 불릴
정도의 표현의 사실성에 대하여 임방 역시 긍정적으로 평가하였던 것이다.

---

25 李參判瑞雨 悼亡後記夢詩 曰.玉貌依俙看忽無 覺來燈影十分孤 早知秋雨驚人夢 不向窓
前種碧梧 此作 雖佳 而終不若申東淮翊聖 悼亡詩 殘燈明滅伴羇魂 遠遠雞聲起別村 試拓東窓看
夜色 曉山如夢月留痕 悽惋景象 宛在目前(30).

26 以其模寫情境 逼眞故也 子三之言信然(17).

생각해보면, 시 의미의 함축성을 추구하면서 표현의 사실성을 함께 강조하였다면 얼핏 모순처럼 들리기도 한다. 함축의 시학이 애매성에 기인하기도 하기 때문이다. 그러나 표현의 사실성으로 완성된 시라도 그 말 밖의 의미 획득에 이를 수 있다면, 그 시에서 여운을 얻어낼 수 있다면, 그것이 바로 함축의 시학으로 연결될 가능성은 충분하다고 생각된다.

6) 대우, 배체, 우동

시를 짓는 과정에서 대우(對偶)에 기울인 시인들의 노력은 대단한 것이었다. 특히 율시에서는 함련(頷聯)과 경련(頸聯)이 반드시 대우로 구성되어야하기 때문에 작시상 필수적 표현기교로 발전되었다고 할 수 있다. 그리하여 시인들은 완벽한 대우를 이루어 표현을 장중하고 아름답게 하거나 돋보이게 하여 시적 효과를 높이고자 고심하였던 것이다. 임방 역시 대우의 기법을 살펴 시평에 활용하기도 하였다.

> 황학 백운은 재자인 최호의 시요,
> 청우 자기는 노인 이담(李聃)이 탔다.
> (……)
> 신선의 신발 그림자는 용강국에 내려앉고,
> 사조와의 맹세는 백마강에 사무친다.

구언은 매양 대구(對句)를 교묘하게 만드는 것을 주로 하므로 그 때에 결점이라는 말을 들었다. 그러나 이 양련(兩聯)은 대단히 정(精)하여 재미있게 되었다.[27]

---

27 黃鶴白雲才子願 靑年紫氣老人聃 (…) 仙鳧影落黃龍國 沙鳥盟寒白馬江 九言 每以對偶之工 爲主 故 時不免有疵 而此兩聯 甚精可喜(33).

임방은 이렇게 대우를 교묘하게 만드는 데만 몰두하는 것은 오히려 결점
이 된다고 하였다. 대우가 자연스럽지 못하고 불완전하다면, 시구들이 날카
로운 대비나 절묘한 친화력을 보여주지 못한다면, 오히려 시적 긴장을 허물
어 시적 효과를 반감시키거나 지나치게 악용되어 단순한 기계적 짝맞춤으
로 전락되는 것을 경계하려는 의도였을 것이다. 그러나 엄격하고 정교하게
잘 다듬어 짝 맞춘 적절한 대우로 표현의 미학을 증진시킨다면 시적 효과를
극대화시킬 수도 있음을 임방은 알고 있었을 것이다. 그리하기도 하여 홍구
언의 두 연구에서의 대우가 매우 정교하여 좋아할만하다고 하였던 것이다.
또한 홍만종 시에서 대우가 아주 정교하고 기발하게 되었다고 하면서, 그
대우가 고금의 시인들이 미처 이루어내지 못한 표현기교로서의 큰 성과라
고 극찬하기도 하였다.[28]

사실 적절하고 정교한 대우의 완성은 좋은 시를 얻기 위한 시인들의 간
절한 소망이었다. 그것이 시적 분위기를 살려주고 시의 의미를 풍부하게
하는 등으로 해서 시의 흥취를 높이고 시적 효과를 돋보이게 하는 구실을
하는 것이기에, 그 한 짝의 적절한 대우를 얻기 위하여 시인들은 끊임없이
노력하였던 것이다. 임방이 비록 표현기교의 하나인 대우에 대한 이론적
검토나 대우 작법의 제시 등에 관심을 기울이지는 못했지만, 대우의 중요성
을 인식하고 있었음은 충분히 나타내었다고 생각된다.

한편 임방이 배체(俳體), 즉 배우의 말과 비슷한 장난에 가까운 시에도
언급하고 있음을 찾아볼 수 있다. 배체는 형식이나 재료를 새로운 것으로
번안하여 기발한 것을 창출하고 마음껏 재주를 부리며 기교를 희롱하는 시
문의 한 종류이다. 때문에 의미상 풍자와 조롱을 담은 것을 말하기도 한다.
시의 경우 특히 배해체(俳諧體)라고도 한다. 우스갯소리, 남을 웃기기 위한
악의 없는 말, 농담, 희언 등에 가까운 시의 종류라는 정도의 뜻으로 생각된
다. 따라서 사대부 문인들 사이에서는 긍정적인 평가를 받지 못한 것으로

---

28 주 17) 내용 참조.

보인다.

임방 또한, 배체의 특징이기도 한 풍자와 자조로 일관된 듯한 이현석(李玄錫, 1647~1703, 인조 25~숙종 29)의 시에 대해 비록 배체로 되었으나 웃으며 읊조릴 거리는 된다는 정도로 평가하였다.[29] 역시 배체에 대한 긍정적 평가는 아닌 것이다. 그러나 조선 후기에 배체를 활용하여 변화된 가치관을 반영한 〈양반전〉, 〈우부가〉, 〈노처녀가〉, 〈흥보가〉 등의 문학 작품들이 다수 나타났음을 볼 때, 임방의 배체에 대한 관심은 나름대로 시대의 변화를 읽어낸 의의 있는 것이라 할 수 있을 것이다.[30]

그리고 임방은 표절하고자 하는 의도가 전혀 없었음에도 불구하고 자기 나름대로 지은 시구가 뜻하지 않게 전인(前人)의 시구와 우연히 합치되거나 같아진 것을 우동(偶同)이라 하여 표절과는 다르게 인식하였던 것으로 보인다. 사실 어떤 정경을 표현해낼 때, 고인의 시법을 부단히 본받으려고 노력한 시인으로서는 같은 정경을 두고 우연히 같은 시구를 지어낸다는 것은 충분히 있을 수 있는 일로 보인다.[31] 임방은 홍만종과 이서우의 시를 비교하면서 '하다초(何多楚)'와 '자택제(自擇齊)'의 시구를 우연히 같아진 것으로 보고 우동이라 하였다.[32] 결국 우동 또는 우합(偶合)이라 불리는 작법상의 용어는 표절과는 달리 인정되어야 한다는 생각이었나고 보인다.

여기서 가장 중요한 것은 시인 스스로의 의도라고 할 것이다. 표절할 의도가 아니었다면 창작으로 인정되어야 한다는 생각이기 때문이다. 그러나 오랜 학시 과정에서 익힌 시구들이 내면에 잠재해 있다가 저도 모르게 표출되는 경우를 비롯해서, 주어진 여건의 꼭 맞는 정경을 묘사한 시구를 달리 지어낼 수 없는 상황에서 알면서도 고의로 해당 시구를 우연을 가장하여 우동이라 내세우는 등의 경우에 이르기까지, 표절 시비에서 내내 자유로울

---

29 雖是俳體 而亦可供笑詠(29).
30 김동욱, 앞의 논문, 165~166면 참조.
31 정요일 외, 『고전비평용어연구』(태학사, 1998), 169~170면 참조.
32 주 12), 15) 내용 참조.

수 있을지는 의문이다. 시인의 의도가 순수하게 우연에서 나온 것인지, 고의적인 악의에서 나온 것인지 결코 가려내기 쉽지 않은 까닭이다. 그 어떤 경우라도 꼭 같은 시구로 밝혀질 경우, 앞 사람의 시구만 창작으로 존중되어야 할 것으로 생각된다.

그러나 고전비평의 실제에서는 시인들의 작시상의 의도를 존중하여 표절과는 달리 우동의 시적 가치를 인정해오고 있었던 것으로 보인다. 임방이 언급한 암합(暗合)도 뜻하지 않았던 것이 우연히 같게 되고, 무의식적으로 한 일이 자연히 같게 된 점에서 우동과 같은 의미로 쓰였음을 알 수 있다. 홍석기(洪錫箕, 1606~1680, 선조 39~숙종 6)가 손가락에 봉선화꽃으로 물들인 것을 시제로 하여 쓴 시를 보고 어떤 사람이 제2연은 명나라 사람의 시집에서 본 것 같다고 한 것을 인용하면서, 임방은 그것이 우연히 같게 된 암합이라고 언급하였다.[33] 분명 표절과는 달리 인식한 것이다.

이러한 우동이나 암합과는 성격이 조금 다르기는 하지만, 귀양 가 있던 홍득우(洪得禹, 1641~1700, 인조 19~숙종 26)의 꿈속에서 임방이 써준 시의 수구(首句)와 제 3연이 실제 부쳐져온 시의 내용과 합치되었다는 일화에서, 서로 감통되는 우정의 교환 그 간절한 소망이 몽중작과 실제 창작에서 같은 시구를 만들어내었음을 언급하기도 하였다.(46) 우정의 강도를 내세우기 위해 우연한 일이 아니라고 강변하고 있지만, 그 말이 사실이라면 이 또한 뜻하지 않았던 일이 우연히 같게 된 것이라 할 수 있겠다.

7) 시벽, 좋은 시에 대한 평어

임방은 작시에 몰두하며 그것을 일로 삼는 타고난 시인들을 시벽(詩癖)이 있는 사람이라고 말하였다. 여기서 '벽'이란 고황(膏肓)처럼 사물의 구하기 어려운 병폐나 치유가 불가능한 고질병을 일컫는 말이다.

---

33 豈或暗合而然耶(19).

사람은 대부분 벽이 있으니 벽은 병이다. 나는 다른 벽은 없으나 오직 서적에 벽이 있다. 비록 좀먹고 끊어진 글편이라도 얻으면 금벽보다도 더 애지중지하였으니, 또한 일찍부터 절로 병이 되고 고질이 되어 치료할 수 없었다. 어릴 적부터 책을 파는 자가 이르면 옷을 풀어 그것을 샀다. 부형이 준 것과 동무들이 준 것 그리고 내, 외직에 벼슬살이 하면서 얻은 책이 해가 갈수록 증가되었다. 비록 집이 가난하고 지위가 낮아 마음에 들 정도로 수집할 수는 없었지만 그 성벽은 이미 심해져서 모은 책이 이미 천삼백 권에 이르렀다.[34]

이렇게 임방은 '벽'을 병이라고 하였다. 그것도 치료할 수 없는 고질병이 되어버린 습관이나 성격이라고 하였다. 자신에게는 책을 수집하는 '벽'이 있다고 하였다. 그러나 병은 병이지만, 그것은 긍정적으로 평가되어야 할 병이었고, 오히려 권장되어야 할 병이었으며, 각 분야의 전문인이 되기 위해서는 필수적인 병이기도 하였다.

감사 조세환의 호는 수촌이니 시에 능하고 시 짓는데 벽(癖)이 있어서 날마다 10여 수씩을 짓고 좋은 시도 많이 있었다.[35]

날마다 10여 수의 시를 지을 정도로 시벽이 있었던 조세환(趙世煥, 1615~1683, 광해군 7~숙종 9)에 관한 기록이다. 시 쓰는 일에 열정을 다해 매진하였던 시인에 대한 관심의 표명인 것이다. 시인이 시만 쓰는 전문인으로서의 삶을 살 수 없었던 시절, 시인이 학문도 하고 정치도 하면서 살도록 강요되던 시절, 그래도 여기로 가볍게 인식되던 시에다 정열을 쏟아 몰두하였

---

34 人多有癖 癖者病也 余無他癖 而唯癖於書 雖蠹編斷簡獲之 愛勝金璧 亦嘗自病而已成膏 莫可醫也 自在童孺 見有費書者至 解衣而買之 父兄之所賜 與朋友之所贈遺 及宦遊京外之所印 得 歲加增益 雖家貧位卑 不能稱意收聚 而性癖旣深 所鳩儲 已至一千三百餘卷矣(『水村集』 卷8, 〈載籍錄序〉).

35 趙監司世煥 號 樹村 能詩 癖於吟詠 日賦十數首 多有佳篇(22).

던 그들이었기에 시벽이란 영예로운 수식어를 이름 앞에 더할 수 있었을 것이다. 그들에게는 시 짓는 일이 단순한 여기가 아니고, 전심전력으로 추구할만한 가치 있는 일로 생각되었던 것이라 하겠다. 또한 임방이 오도일과, 시벽이 있었던 김성달과 더불어 흥이 다할 때까지 밤새도록 계속해 시를 지어 각각 20여 편씩의 시를 얻고, 다음날 다시 모화관에 이를 때까지 길에서 지은 시가 또 각각 20여 편씩이 되어, 그것들을 모두 모아 한 축으로 만들어 보관하였으나 잃어버리고 말았다는 일화(47)에서도, 보통 아닌 고질이 되어버린 시벽을 지닌 시인들의 모습을 볼 수 있다.

한편 김석주가 시반(詩伴)인 홍만종에게 "시는 자네의 타고난 본디의 면목이다.(詩乃君之本色)"(36)라고 하였음을 전하고 있는데, 시가 본디의 면목 곧 '본색'이라고 한 말도 시벽에 어울리는 말이라 생각된다. 비록 자신이 직접 언급한 말은 아니지만, 긍정적으로 받아들인 것으로 보여, 그렇게 시에 전념하는 시인에 대한 그의 관심을 알 수 있게 해준다. 그리고 심유가 시 쓰는 것을 일로 삼았다고 하여 '이시위사(以詩爲事)'하였다고 한 것도 (21), 심유의 시벽을 다른 말로 표현한 것이라 할 수 있겠다. 이렇게 보면, 당시에 보편적으로 여기로만 인식되었던 시를 고질이 될 정도로 전력투구할 가치가 있는 것으로 평가한 임방의 시에 관한 높은 관심을 시벽의 일화들에서 찾을 수 있었다고 하겠다.

그런 한편, 시 감상의 결과 좋은 시라고 판단된 시에 대한 임방의 평어는 다양하게 나타나 있음을 볼 수 있다. 물론 시에 대해 긍정적으로 평가하거나 시의 풍격을 호의적으로 제시하거나 하는 등의 시평 과정에서 그 대상이 된 작품들도 결국은 좋은 시, 가치 있는 시의 범주에 포함된다고 보아야 할 것이다. 그러나 여기서는 임방 자신이 직접적인 평어로 좋은 시라고 언급한 내용에 대해서만 살펴보도록 하겠다.

임방이 시 감상의 결과로 얻어낸 좋은 시에 대한 평어 가운데 빈도수가 제일 높은 것은 '가(佳)'자를 사용하는 것이었다. 그 예를 들어보면, '가'(佳, 5, 30, 34), '절가'(絶佳, 17,23), '가편'(佳篇, 22), '가치'(佳致, 25) 등에서 '가'자가 좋은 시에 대한 평어로 직접 활용되고 있음을 알 수 있다. 그 외에 '가이 전송'(可以傳誦, 10), '가영'(可詠, 26), '가이전영'(可以傳詠, 36), '경작'(警作, 32), '경어'(警語, 35), '회자'(膾炙, 20), '불이득'(不易得, 37) 등도 임방이 직접 좋은 시에 대해 활용한 평어들이다.

좋은 시, 가치 있는 시에 대한 임방의 평어는 비록 주관적 평가이긴 하지 만, '가'자를 중심으로 좋은 시에 대해 호의적으로 평가하는 것이었다. 그리 고 다른 사람들과 공유하고 싶고 또한 시대를 이어내릴 가치가 있다고 판단 된 시들에도 역시 그에 어울리는 평어들로 그 시적 성취를 드러내 주었다고 하겠다.

8) 다른 비평가의 비평에 대한 태도

임방은 자신의 시평을 전개하면서도 해당 시 작품에 대한 다른 비평가들 의 평가에 결코 무관심하지 않았다. 이러한 다른 비평가들의 비평에 대한 그의 태도는 긍정적인 경우와 부정적인 경우로 나누어 볼 수 있다. 먼저 긍정적인 태도를 다음에서 찾아보도록 하겠다.

> 수촌 이자삼이 나에게 말하기를, "백곡의 절구는 세상에서 '무지렁 나무는 싸늘한 연기 속에 섰고'를 절창이라 하지만, 내가 보는 바로는 '울타리 망가지 자 할아버진 못된 놈의 송아지 나무라고'가 낫게 되었으니 그 실정과 경지를 아주 꼭 맞게 모사했기 때문이다."라고 했는데, 자삼의 말이 틀림없다.[36]

이렇게 이자삼이 김득신의 절구 가운데 세상에서 절창이라고 일컬어지는 시구보다, 정경을 참모습에 가깝게 모사했기 때문에 자신이 높이 평가하는

---

36 睡村李子三 謂余曰栢谷絶句 世以 古木寒煙裏 爲絶唱 而余則以 籬弊翁嗔犢 爲勝 以其模 寫情境 逼眞故也 子三之言 信然(17).

시구가 더 낮다고 주장한 데 대하여, 임방이 그의 언급이 믿을 만하다고 하면서 긍정적으로 받아들이고 있음을 볼 수 있다.

또한 이식(李植)이 임방의 고조 임열의 비명에서 그가 많이 보고 기억하여 시문을 짓는데 전적으로 기격(氣格)을 숭상했다고 한 데 대하여 임방이 그것은 사실을 기록한 것(記實)이라고 언급한 내용이나(1), 김익희(金益熙, 1610~1656, 광해군 2~효종 7)가 임방의 선인 임의백의 시에 원대한 운치가 무한하고 기상이 대단히 호매(豪邁)하게 되었으니 반드시 높이 등용될 것이고 오래 곤궁하게 허덕일 이치가 없을 것이라고 평가한 데 대하여 임방이 그 말이 과연 맞았다고(果驗) 한 내용(14) 등이 긍정적인 평가에 속하는 예들이다.

그 외에 단순히 다른 비평가들의 생각을 전달만 하고 있는 경우는, 자신의 태도는 유보한 채 그들의 평가에 대한 판단을 또 다른 비평가들이나 독자들에게 맡기는 것으로 보이거나, 비교적 우호적이고 긍정적으로 볼 수 있는 것이기에 굳이 평가하지 않고 단순히 전달만한 것으로 생각되기 때문에, 넓게 보아 긍정적 태도의 범주 속에 포함시킬 수도 있을 것으로 보인다.(4, 6, 7, 15, 19, 20, 24, 25, 32, 36, 37, 39, 42, 45, 49, 51)

다음으로 부정적 태도를 보인 예를 살펴보도록 하겠다.

월봉 유영길이 절구질하는 여자를 읊조린 〈영용저녀(詠舂杵女)〉 시이다.

절구대 올렸다 내렸다 그 가냘픈 모습,
비단 적삼 들릴 때마다 눈빛 같은 살결 보이네.
섬궁(蟾宮)에서 불사약 찧는 데 단련되어,
인간에 내려와서도 그 솜씨 그대로 남았구나.

세상에서 가작(佳作)이라 하고 『기아(箕雅)』에도 뽑아 넣었으나, '수법성(手法成)' 3자는 의의가 없으니, 나는 어떤 점을 취했는지 모르겠다.[37]

이처럼 유영길(柳永吉, 1538~1601, 중종 33~선조 34)의 시를 세상에서 모두들 가작이라 일컫고 남용익도 『기아』에 뽑아 실었으나, 그들이 시의 어떤 점을 높이 평가하여 그렇게 하였는지 모르겠다고 하였으니, 바로 다른 사람들의 비평에 대해 부정적 태도를 나타낸 것이라고 하겠다.

그리고 이식이 스스로 자신의 칠언율시 가운데 가장 뛰어난 작품이라고 꼽는 시보다, 다른 시가 전중(典重)하고 아건(雅健)하여 그의 전집 가운데 제일이 될 것으로 본다고 하면서 임방은 이식이 이것을 버리고 저것을 취한 것은 알 수 없는 일이라고 강조한 내용도 부정적 태도의 예라고 할 수 있다. 또한 천비(賤婢) 취죽(翠竹)의 시 두 편이 『기아』에는 취선의 시로, 또 다른 시는 무명씨의 시로 잘못 기록되어 세상에 취죽의 이름이 전하지 못하게 되어 애석하다고 한 내용(54)도 시선집의 잘못된 기록을 지적한 것이어서 그러한 범주 속에 포함시킬 수 있을 것으로 보인다.

임방이 이렇게 자신의 시평 내용만을 가려서 그의 시화집 『수촌만록』에 수록한 것이 아니고, 동 시대 다른 비평가들의 비평에도 귀 기울이면서 긍정적이든 부정적이든 나름대로의 평가에 임하였음은, 그의 비평이 편벽되어 자신만의 세계에 안주하는 비평이 아니라 이른바 열린 비평이었음을 보여준 것이라고 할 수 있겠다.

4. 맺음말

이 글에서는 임방이 남긴 시화집 『수촌만록』을 중심으로 17세기 전후 시인들의 일상적 모습들과 임방 시학의 양상을 각각 살펴보았다.

『수촌만록』에 수록된 시화들 가운데 비교적 일화적 성격이 강하면서 여

---

37 月篷柳永吉 詠春杵女詩 曰 玉杵高低弱質輕 羅衫時擧雪膚呈 蟾宮慣擣長生藥 謫下人間手法成 世稱佳作 箕雅 亦選而手法成三字 無意義 未知其何所取也(3).

기저기서 시학과 관련하여 전해들은 얘기들을 단순히 전달하는 성격을 보인 시화들을 통하여, 시적 재능 겨루기와 시와 풍류의 측면에서 17세기 전후 시인들의 일상적 모습들의 속내를 들여다보았다.

시는 조선조 사대부 문인들의 필수적인 생활 문화의 정수이기도 하였다. 그들은 시를 읽으며 학문의 뜻을 일으켜 세웠고, 시를 활용하여 입신양명의 길을 찾아 나아갔으며, 시를 즐기면서 생활의 여유를 누리는 한편으로 예술적 향기 속에서 자유로운 정신적 삶을 지향하기도 하였던 것이다.

이러한 사대부들의 일상적 삶의 자리에서 그들은 시를 겨루면서 서로의 시적 재능을 확인하고 서로 시적 성취를 격려하는 한편 때로는 서로 분발하는 기회로 삼으면서 시를 매개로 한 양질의 생활 문화를 추구하였던 것이다. 또한 그 과정에서 시에 얽힌 풍류적 삶의 기록들은 자유분방한 예술인들의 신변잡기 속에서 영원한 사랑의 향기를 전하기도 하고 애틋한 사랑의 기억들을 되살리게 하기도 하였다.

『수촌만록』에서 임방 자신의 비평 정신의 소산으로 보이는 시화들을 통해서는 임방 시학의 양상을 전반적으로 살펴보았다. 그리하여 의미와 격률의 문제를 비롯하여 시어에의 관심, 풍격, 용사, 원류비평, 함축, 사실적 표현, 대우, 배체, 우동, 시벽, 좋은 시에 대한 평어, 다른 비평가의 비평에 대한 태도 등에서 다양한 시학적 성과들을 검토할 수 있었다. 비록 해당 항목마다 자료가 만족할 만큼 다수로 확보되지는 못했지만, 나름대로 시론이나 시평의 다양한 전개 양상 속에서 임방 시학의 전모를 살피는 데는 부족함이 없었다고 생각된다.

이렇게 보면, 『수촌만록』은 17세기 전후 시인들의 일상적 모습을 여실히 보여 주고, 임방 시학의 이모저모를 다양한 양상으로 전해 준 비평 자료집으로서의 가치를 충분히 인정받을 수 있을 것으로 보인다. 그리고 임방 또한 조선 후기 특히 실학 시대를 준비하였던 17세기와 18세기 초반의 비평가로서 고전비평사에서 차지하는 위상을 분명히 자리매김할 수 있었다고 하겠다. 또한 임방이 동시대의 보편적 시학에 관심을 기울이면서도, 시대적 변화에 결코 무심하지 않았던 모습을 열린 비평의 자세로 보여주고 있었다는 점에서도 주목받을 수 있을 것으로 생각된다.

앞으로 임방 시학의 총체적 모습이 당대 시학의 시대적 변화의 흐름 속에서 어떤 의미를 갖는지를 보다 깊이 있게 분석 검토하고, 동시대에 시화집을 남긴 비평가들의 시론과 시평의 이모저모를 폭넓게 연구함으로써 그 속에서 임방의 비평사적 위상을 다시 한번 재정립하는 것이 과제로 남아 있다고 하겠다.

(「세종어문연구」 21, 2004)

임경의 『현호쇄담』과 시학의 다양성

1. 머리말

이 글은 『현호쇄담(玄湖瑣談)』에 나타나 있는 임경(任璟, 1674~1720, 현종 15~숙종 46) 시학(詩學)의 양상을 살펴, 비평가로서의 임경의 위상을 정립하고 비평자료집으로서의 『현호쇄담』의 가치를 확인하는 것을 목적으로 한다.[1]

임경의 시학은, 홍만종을 중심으로 김진표(金震標, 1614~1671), 홍석기, 김득신, 임방 등의 시학과 어울리면서,[2] 17세기 후반과 18세기 전반의 우리 시학의 현실을 그대로 반영하고 있을 것으로 생각된다. 따라서 임경 시학의 양상을 정리하는 일은 당시 시학의 면모를 보완 확충하는 데 기여할 수 있을 것으로 보여, 그 비평사적 의의를 충분히 인정받을 수 있을 것으로 생각된다.

임경은 숙종 때의 문신으로 자는 경옥(璟玉), 호는 현호(玄湖), 본관은 풍천(豊川)이며, 사간(司諫) 원구(元耉)의 아들로 벼슬은 첨정(僉正)을 지냈다. 임경이 찬한 『현호쇄담』은 모두 36편의 시화를 담고 있다.

---

1 『현호쇄담』은 홍만종의 『詩話叢林』 및 任廉의 『暘葩談苑』에 전문이 수록되어 있다.

2 김진표, 홍석기, 김득신 등은 『小華詩評』의 서문을, 그리고 임경과 임방은 『시화총림』의 발과 제후를 각각 쓰면서, 홍만종과 관련되어 있다. 실제로 김득신, 임경, 임방의 시화에는 홍만종의 시가 수록되어 있으며, 홍만종은 『시화총림』〈범례〉에서 이를 언급하고 있다.

그는 〈시화총림발(詩話叢林跋)〉에서 "이 쇄담은 곧 내가 모아 놓은 것인데, 너무 자질구레하고 상되고 거칠어서 취할 것이 별로 없다."고 하였다.[3] 그러나 이러한 그의 자평과는 달리 『현호쇄담』에 실린 시화들은 그 시화 하나하나가 모두 그 당시의 시학의 면모를 살피는 데 부족함이 없는 귀중한 비평자료로서의 가치를 지니는 것으로 생각된다.

이제 『현호쇄담』에서 임경이 비중 있게 다루고 있는 시론과 시평의 양상들을, 의미와 격률의 조화, 사실적 표현, 용사, 언외의, 풍격, 원류비평, 균형 잡힌 시평 활동 등의 항목으로 나누어 검토해 보도록 하겠다.

2. 시론과 시평의 이모저모

1) 의미와 격률의 조화

임경의 『현호쇄담』에 실린 첫 시화는 시의 의미와 격률의 조화에 대한 내용으로 되어 있다. 이는 그가 시론과 시평의 전개에서 가장 강조한 내용이었다고 파악되는 부분이다.[4]

시학의 전개에서 논의되는 의미란 시의 내용을 일컫는 것으로 시인의 마음 곧 시인의 시정신의 실체가 표현된 것이고, 격률(格律)은 평측(平仄), 음운(音韻), 자구(字句), 구수(句數) 등 시의 형식과 관련된 작시에 필요한 체제와 법도를 말하는 것이다. 이렇게 보면 시론의 전개나 시평의 실제에 있어서 그 기준이 되는 것은 기본적으로 시의 의미와 형식의 문제에 관련될

---

3 瑣談 卽余所述者 委瑣俚蕪 無足取者

4 물론 첫 번째 시화의 내용이라고 해서 그것이 그대로 임경 시학의 대표적 시론의 면모라고 볼 수는 없을 것이다. 그러나 『현호쇄담』 전체 36편의 시화에서 직접 시의 의미나 격률에 관해 언급한 내용이 두드러진 가운데, 그 조화의 시학을 강조한 예만도 4회에 걸쳐 나타나기 때문에 그것이 임경 시학의 대표적 시론의 면모라고 보아도 좋을 것이라 생각된다.

수밖에 없다고 생각된다. 그리하여 비평가들은 시의 의미와 형식 어느 부분에 각각 치중하거나 아니면 그 조화를 추구하는 방향으로 자신들의 시론과 시평을 전개하였던 것이다. 『현호쇄담』에서 임경은 시의 의미와 격률의 조화라는 측면에 큰 비중을 두고 비평에 임했던 것으로 보인다.

대개 의취에만 얽매이고 격률을 잃어버리는 것은 시가에서 금기하는 것이요, 또 오로지 격률만을 힘쓰고 의취를 잃어버리는 것은 더욱이 불가한 것이다. 의취는 이에 속하고 격률은 기에 속하는 것이니, 이가 주인이 되고 기가 심부름꾼이 되어서 조용히 예법의 자리에 맞는 것은 개원의 시가 거의 걸맞게 될 것이다. 송인은 이에 막히고 명인은 기에 얽매였으니 비록 청탁과 허실의 분별은 있으나 통틀어 잘못된 것이다.[5]

임경은 이렇게 의취에 얽매여 격률을 잃거나, 격률에만 매달리다 의취를 잃는 일이 있어서는 안 된다고 하였다. 의취와 격률의 조화를 내세웠던 것이다. 이 주장은 다음 시의 내용을 비판하면서 비롯되었다.

나귀 등에 봄잠이 날콤해,
산길을 꿈속에 지나왔다.
깨어나서야 비 지나간 것을 알았으니,
시냇물 소리가 갑자기 요란하구나.[6]

---

5 大抵泥於意趣 墜失格律 詩家之禁 而專務格律 失其意趣 尤不可也 趣屬乎理 格屬乎氣 理爲之主 氣爲之使 從容乎禮法之場 開元之際 其庶幾乎此 宋人 滯於理 明人 拘於氣 雖有淸濁虛實之分 而均之有失也(1).
　『현호쇄담』의 원문과 번역문은 『시화총림』 하(통문관, 1993)에 실린 것을 참조하였다. 본문과 주석에서 원문이나 번역문 다음에 표시한 ( ) 속의 번호는 위의 책에서의 일련번호를 나타내는 것이다.
6 驢背春眼穩 靑山夢裏行 覺來知雨過 溪水有親聲(1).

이 시에서 갑자기 소낙비가 쏟아지는 데 그것도 모르고 나귀 등에서 달콤한 잠을 잤다고 한 내용이 전연 이치에 맞지 않는다고 임경은 생각하였다. 그리하여 당 맹호연(孟浩然, 689~740)의 〈춘효(春曉)〉 시와 비교하고 있다.

봄잠에 새벽 된 줄도 몰랐더니,
여기저기서 새가 재잘거리는 구나.[7]

이렇게 의취도 참되게 드러나고 시어도 제대로 구사되며 자연스럽게 운격도 따라 이루어져야 시다운 시가 될 수 있다는 것이 그의 생각이었다. 의취와 격률의 조화 그것이야말로 좋은 시가 되기 위한 마땅한 기준이라는 것이 그의 주장이었던 것이다. 임경의 주장처럼 의취와 격률이 조화를 이룬 시 세계는 결국 시의 내용과 형식의 조화로 빚어낸, 이상적인 시의 경지를 말하는 것으로 모둔 시인들의 꿈이었다고 할 수 있겠다.

시평의 실제에서도 임경은 이러한 의취와 격률의 조화가 기준이 되었음을 보여주고 있다. 처사 허격이 연경으로 가는 이경석(李景奭, 1595~1671)을 전송한 시가 절개가 돋보이고 시격 또한 높다고 한 시평이나,[8] 시의 내용으로 끝없는 탄식의 뜻이 깔려 있고 시구 또한 청신하여 볼만하다고 한 시평,[9] 그리고 시어가 매우 느슨하고 알차지 못해 전연 운격이라고는 없고 제3구의 시어는 그 내용이 더욱 속되고 지저분하여 시라고 할 수는 없다고 한 시평[10] 등에서 바로 의취와 격률의 조화가 시평의 기준이 되고 있음을 찾아볼 수 있는 것이다.

그리하여 그는 시에는 특별한 재주가 있는 것으로 억지로 시를 쓸 수는

---

7 春眼不覺曉 處處聞啼鳥(1).

8 處士許格 號 滄海 少學詩於東岳 得其傳 (…) 李白軒景奭 嘗赴燕 以詩送之 (…) 節槪與詩格 並高(17).

9 有無限歎嘅底意 句亦淸新可喜(4).

10 詞甚緩歇 全無韻格 而第三句 若不能無愧之語 尤甚冗塵 此可謂詩乎(28).

없는 일이라고까지 하였던 것이다.[11] 시인으로서의 자질과 시인이기 위한 부단한 노력으로 의취와 격률이 조화를 이룬 시의 경지를 지향해야 하는데, 그러한 재주와 노력 없이 억지로 쓴다고 다 시다운 시가 될 수는 없는 일이라는 것이 그의 생각이었던 것이다. 임경은 이렇게 시의 의취와 격률, 시의 내용과 형식이 조화를 이룬 이상적인 시의 세계를 추구하고자 하였던 것으로 보인다.

한편 시평의 실제에 있어서 임경이, 김구(金構, 1649~1704)의 시에 기발한 표현으로 세상을 경계하고 채찍질하는 시어들이 있다고 하면서 사람들이 그의 시의 대구가 정묘하고 매우 긴요하게 되었다고 하였음을 전하면서 그의 대구들이 다른 사람의 시들보다 매우 뛰어났다고 하였다든지,[12] 이행(李荇, 1478~1534)과 소세양의 평측에 대한 서로 다른 주장을 소개한다든지 하면서,[13] 시의 격률에 관한 문제를 중심으로 시평에 임한 예를 찾아볼 수는 있다. 그러나 대부분의 경우 임경은 의취 중심으로 시의 의미 탐색에 주력한 시평에 임하고 있음을 찾아볼 수 있다.

율곡 이이(李珥, 1536~1584) 선생의 시감(詩鑑)을 말하면서 시의 의미가 사람의 성정을 크게 감발시킨다고 한 내용과,[14] 송시열의 시가 비록 뒤숭숭하고 곤란한 지경에 처하였으나 무슨 일을 낭하더라도 편안하고 여유로운 뜻을 내포하고 있어 그의 지조가 흔들리지 않고 더욱 튼튼함을 보여주었다고 한 내용,[15] 그리고 시는 사람에 있어서 얼굴에 눈썹이 있어야 하는 것과 같다고 하면서 뛰어난 재주를 보여준 김숭겸이 쓴 시의 내용이 지나치게 슬픈 뜻이 담겨 있어서 마치 자신의 운명을 점친 듯 일찍 죽고 말았다고 한 내용[16] 등에서 임경의 의취 중심의 시평의 면모를 살펴볼 수 있었다.

---

11 詩有別才 不可强其不能也(28).

12 金相公 構 非長於律詩 而詩有驚策語 (…) 爲對 一座 稱其情緊 (…) 超壓諸作云(34).

13 容齋曰 麗字 音 尼 恐失平仄 退休曰 不然 高麗之名 本取山高水麗之義 中國人 雖作尼音 我國則猶從仄音 華作 必因是也 容齋然之(6).

14 詩之感發性情 如此(11).

15 尤齋宋相公 (…) 雖在風霜困阨中 有隨遇安閒底意 可見其志操不撓益堅(16).

또한 스스로를 비유한 시의 표현대로 만년의 행적이 이루어졌다는 내용처럼 무의식중에 지은 시의 내용대로 후일에 그런 일을 당하게 되는 조짐 곧 시참(詩讖)에 대해 언급한 시화나,[17] 성여학과 홍만종의 시를 예로 시의 의미가 시인을 현달하게 만들기도 하고 귀양을 면하게 하기도 하였다고 밝힌 시화를[18] 통해서도 그러한 의미 중 시의 임경 시학의 면모를 찾아볼 수 있다.

그리고 조복양(趙復陽, 1609~1671)이 상황에 따라 시의 의취를 적절히 표현해낸 오도일(吳道一, 1645~1703)을 사위로 삼았다는 일화나,[19] 이서우 (李瑞雨, 1633~?)의 시구에서 시어 3자가 우아하게 이루어지지 못했다고 한 내용[20] 등도 역시 그러하다.

이렇게 임경은 의취와 격률의 조화 곧 내용과 형식이 조화를 이룬 시다운 시의 세계, 이상적인 시의 경지를 추구하였지만, 시평의 실제에 있어서는 격률보다는 의취 중심으로 시의 의미 탐색에 주력하였음을 보여주었다.

2) 사실적 표현

시적 소재를 효과적으로 표현하기 위한 시인들의 관심은 표현의 사실성을 추구하는 것으로 이어지기도 한다. 시인의 생각을 있는 그대로 직접 서술하며, 사실을 정확하게 서술하고, 당대의 정치나 교화의 잘잘못을 정확하게 표현하거나, 표현하고자 하는 사물을 자세하게 부연하여 진설하게 나타

---

16 金崇謙 字 君山 農巖之子也 有絶才 嘗曰詩之於人 正如貌之不能廢眉 其論 如此 (…) 其詩着老太早 且過於悲傷 愛金才者 以此爲憂 今果遽夭 苗而不秀 惜哉(31).

17 此蓋自況之詩 而末節 與詩相符 豈先識耶(21).

18 於于 薦成于月沙曰 露草虫聲濕 風枝鳥夢危 之成汝學 豈可使空老乎 月沙 卽擬除詩學官 (…) 明谷崔相 語人曰 席上又兼絲竹肉 人間何羨鶴錢州之洪于海 忍令竄謫乎 遂上奏救解 得不被配(25).

19 趙松谷復陽 大奇之 竟有東床之選(27).

20 商量得三字 不雅(22).

내고자 하는 전통적 부(賦)의 표현방법이 바로 그러한 표현의 사실성을 시에 담아내고자 하였던 시인들의 중요한 관심사였던 것으로 보인다.[21]

이렇게 보면, 부의 표현 방법에 입각한 표현의 사실성 추구는 『시경(詩經)』에서부터 비롯된 뿌리 깊은 한시의 전통이었던 것으로 생각된다. 그리고 이러한 표현의 사실성을 중시하였던 시인들의 관심은 표현의 회화성을 추구하는 방향을 전개되기도 하였다.

전통적으로 시인들이 기본적으로 갖추고 있었던 사실적 작품의 흐름 속에서 임경 역시 표현의 사실성에 주목한 시평에 관심을 기울인 것으로 보인다.

옛날부터 시인이 누대에 붙이는 시는 짓기가 어렵다고 했다. 그것은 글귀를 만들기가 어렵다는 것이 아니고, 그 누대에 꼭 맞게 짓기가 어렵다는 것이다.

나무 그림자는 물 가운데서 보겠고,
종소리는 양쪽 언덕에서 들려온다.

는 금산사의 유명한 글귀가 되고,

다락에선 창해의 뜨는 해를 보고,
문 앞엔 절강의 조수가 드나든다.

는 영은사의 절창이 되는 것은 대개 그 흥취가 그 땅의 경치와 맞아서 그 진경을 그대로 그려내었기 때문이다.[22]

---

21 含有鋪陳直敍之意 直鋪陳今之政敎善惡 直書其事(郭紹虞編, 『中國歷代文論選』, 36면).
    賦者 敷陳其事而直言之者也(朱熹, 『詩集傳』 卷1).
22 自古詩家 以題詠爲難 非作句難 難其相稱也 樹影中流見 鍾聲兩岸聞 爲金山寺之名句 樓觀滄海日 門對浙江湖 靈隱寺之絶唱 蓋趣與境會 寫出眞景也(2).

이처럼 금산사와 영은사에 제영한 시가 각각 명구와 절창이 될 수 있었던 것은 시인의 흥취와 주변 경치가 잘 맞아 어울림으로 해서 자연의 참모습, 그 진경을 그대로 그려 묘사해낼 수 있었기 때문이라고 하였다. 바로 사실적 표현이 이루어낸 명구요 절창이라는 것이다. 또한 그것은 사실적 표현으로 진경을 그대로 그려낸 시의 회화성을 중시하는 언급이기도 하다.

김황원의 〈부벽루〉 시다.

장성 한 쪽엔 넓고 넓은 물이요,
큰 들 동쪽엔 올망졸망한 산이구나.

이 시를 서거정은 일찍이 대수롭지 않게 여겼다. 그러나 부벽루에 올라 이 경치를 읊어보고야 비로소 그 경치를 그림같이 모사한 것을 깨닫게 되었다.[23]

이어서 임경은 이렇게 부벽루에 올라 경치를 읊어 보고서야 비로소 김황원의 시가 그 경치를 그림같이 모사하였음을 깨달았다고 하였다. 이를 통해 직접 경치를 확인하면서까지 시의 회화성에 주목하였던 그의 시론의 일단을 살펴볼 수 있었다. 사실적 표현으로 시의 회화성을 획득하고자 하였던 그의 생각은 다음에서도 찾을 수 있다.

한 줄기 저녁 연기 뻗쳐오르니,
외로운 마을이 산 밑에 있구나.
사립짝문 앞 늙은 나뭇가지에,
길손이 와서 말을 매었네.

---

23 金黃元 浮碧樓詩 云 長城一面溶溶水 大野東頭點點山 徐四佳 嘗歌看 然 登斯樓 詠斯景 則 始覺其模寫如畵(2).

외로운 마을의 저문 경치를 그려내서 눈앞에 환하게 보인다.[24]

외로운 마을의 저문 경치가 눈 안에 그대로 완연히 들어 있는 것처럼 묘사해 낸 시의 회화성을 이처럼 내세우고 있는 것이다. 한 편의 시를 감상하는 것이 아니라 마치 한 폭의 그림을 보는듯한 느낌이 드는 시의 평가에 매우 호의적이었던 임경의 생각을 읽을 수 있었다고 하겠다.

이렇게 사실적 표현을 중시하면서 시의 회화성에 주목하였던 임경의 시론은 사실 그의 작시 태도와 관련되어 있는 것으로 보인다.

나는 평생에 문장에 대하여는 아주 졸렬하고 시율에 있어서는 더욱 잘할 수 있는 바가 아니다. 일찍이 벼슬에서 물러나 잠시 서강에 나와 살았다. 율도에 배를 띄우고 절구 1수를 읊었다.

강호에 바람과 달은 한없이 좋은데,
덧없는 세월에 머리털만 허옇게 시어가네
조각배 짧은 젓대, 내낀 물결 밖은,
어부 사는 마을이 아니면 곧 술집뿐일세.

다만 경치를 보고 흥취를 쓴 것뿐이다.[25]

이처럼 자신의 시는 내세울 만한 것이 못된다고 하면서, 좋은 경치를 만나면 시흥이 일어나는 데 그것을 그대로 표현한 것이 자신의 시일뿐이라고 하였다. 임경이 자신의 시를 '우경사흥(遇景寫興)'하는 작시 태도의 소산으로 보고 있는 한, 그의 시론에서 사실적 표현으로 시의 회화성을 중시하는

---

24 又一絶 云 一抹炊煙生 孤村在山下 柴門老樹枝 來繫行人馬 寫出孤村暮景 宛在眼中(24).
25 余平生 拙於翰墨 詩律 尤非所長 嘗罷官 寓居西湖 泛舟遊栗島 口占一絶曰 江湖風月浩無涯 浮世光陰鬢欲華 輕舸短笛煙波外 不是漁村便酒家 只遇景寫興而已(35).

비중이 클 수밖에 없을 것으로 보인다.

이렇게 임경은 사실적 표현으로 시의 회화성을 얻은 시를 긍정적으로 평가하면서, 자신도 그러한 작시 태도를 견지하면서 작시에 임했던 것으로 생각된다.

3) 용사

용사(用事)는 작시에 있어서 전고나 사실을 인용하여 시의 의취를 압축 표현하거나 시의 의미를 강조하고자 할 때 보편적으로 사용하던 수사법이다.

중국 사신 당고가 경기도 장단 임진강 건너편에 있는 동파역에 이르러 희롱조로 시 1구를 썼다.

동파는 해남으로 귀양 갔는데,
언제 여기에 왔던가?

그런 다음 우리 원접사에게 빨리 아랫구를 채우라고 재촉했다. 그 때에 이용재는 원접사가 되어 즉석에서 그 아랫구를 썼다.

흩어져 백개의 동파가 되었으니,
하나쯤 올 수는 있지 않겠나?

이에 중국 사신이 보고 대단히 칭찬했다고 세상에 전한다.
대개 백동파의 말은 바로 동파시[26] 가운데서 나온 것이니 고사를 인용한 것

---

26 蘇軾의 泛穎詩 '散作百東坡 頃刻復在玆'(흩어져 백 개의 동파가 되었더니, 깜짝 사이에 다시 여기에 있구나.)를 말한다.

이 친절하게 되었다.[27]

임경은 이렇게 고사를 인용한 용사법이 친절하게 되었다고 평가하였다. 용재 이행의 용사법이 자연스럽고 적절하다는 것이다. 이렇게 용사의 수사법에 대해 긍정적으로 받아들이는 한편으로, 다음과 같이 비판적으로 언급하기도 하였다.

대개 시인이 고사를 인용하는 것이 가장 잘하는 것은 아니나 정교하고 친절하기가 신광한의 시 같은 것은 쉽사리 얻을 수 없을 것이니 돈재의 찬탄함이 마땅하다.[28]

시인들이 비록 시의 의미를 강조하거나, 압축 표현하고 의취를 풍부하게 하기 위해 용사의 수사법을 쓰기는 하지만, 그것이 상승의 표현기법은 아니라는 것이 임경의 생각이다. 용사하지 않고 그에 상응하는 표현 효과를 얻어낼 수 있다면 오히려 그러한 방법을 쓰겠다는 것이 그의 생각이었던 것이다.

그러나 현실적으로 작시에 임할 때는 용사하여 그러한 효과를 얻어내는 일이 손쉬운 일이었기에, 정교하고 근접하게 용사하여 표현의 적절함을 얻을 수 있어야 한다고 제한적으로나마 길을 열어두었다고 보인다. 기본적으로는 상승의 최고 표현 방법은 아니지만 현실적으로는 자연스럽게 운용하여 효과를 극대화할 수 있다면 용사를 긍정적으로 수용할 수 있다는 태도를 보인 것이다.

동명 정두경은 평생에 『사기』를 많이 읽어서 그 힘이 시문에 나타나 혼후하

---

27 俗傳唐天使 到東坡驛 戲題一句曰 東坡謫海南 胡爲來此哉 促儐使 足成之 時 李容齋 爲遠接使 卽題其下曰 散爲百東坡 無乃一者來 天使見之 極歎賞 蓋百東坡之言 正自坡詩中出 用事親切(8).

28 蓋詩家引事 雖非上乘 而精襯 如申詩者 未易得也 遜齋稱賞 宜矣(7).

고 호한하고 침후하고 웅장하다. 〈마천령〉 시는 이러하다.

말을 몰아 마천령에 올라서니,
층층한 봉우리 구름 위에 솟았구나.
앞으로 대택을 굽어보니,
대개 이것이 바로 북해라네.

아래 글귀는 전적으로 『사기』〈흉노전〉의 말을 그대로 가져다 쓴 것이다.
그런데 기상이 웅혼하게 되었다.[29]

이렇게 정두경의 〈마천령〉 시가 『사기(史記)』〈흉노전(匈奴傳)〉의 말을
그대로 가져다 써서 기상이 웅혼하게 되었다고 한 데서도, 용사하여 표현
효과를 더 높인 시를 높이 평가한 그의 비평 태도를 찾아볼 수 있다. 그리
고 바로 그러한 정두경 시의 용사법이 평소에 〈사기〉를 다독하여 혼후하고
호한하며 침후하고 웅장한 시문을 쓸 수 있는 능력을 기른 데서 비롯된 것
이라고 하였다.

이처럼 임경은 자신의 엄격한 비평 기준에 따라 용사의 수사법을 최상의
선택으로 인정하지는 않으면서도, 서투른 용사가 아니고, 각종 서적을 다독
하면서 부단히 노력하고 다듬어서 적절하게 활용한 자연스러운 용사에 대
해서는 긍정적으로 평가하였음을 알 수 있다.

4) 언외의

언외의(言外意)는 표현할 길 없는 시인의 내면적 진실이나 미묘한 정서의

---

29 鄭東溟斗卿 一生 多讀馬史 發爲詩文者 渾浩沉雄 磨天嶺詩 曰 驅馬磨天嶺 層峯上入雲
前臨有大澤 蓋乃北海云 下句 全用馬史匈奴傳本語而氣象 雄渾(14).

움직임을 상상력의 도움을 받아 표현된 말 밖에서 다양하게 전달할 수 있게 하는 시의 의미 창출 방법이다. 그리하여 시어들의 외연적 의미를 뛰어넘어 그러한 시어들이 내포적 의미로 조화를 이룬 시, 말 밖의 무한한 의미가 함축으로 전달되는 여운이 남는 시를 쓰고자 하였던 시인들은 일찍부터 언외의의 의미 창출에 주목하였다. 그리고 시평가들에게는 시의 가치를 평가하는 하나의 기준이 되기도 하였다.

언외의의 시세계는 언어로는 다 표현해낼 길 없는 무궁무진한 시의를 함축의 기교를 펼쳐내어 시의 격을 높임으로 해서 시의 미학을 완성하려는 시인들의 노력의 결정체라 할 수 있다. 바로 그러한 시적 성과를 이룬 작품을 대하는 독자들은 무한한 상상력을 동원하여 그 시의 함축미를 음미하면서, 여운이 남는 시로 씹으면 씹을수록 맛이 나는 시로 오래도록 가슴에 간직할 수 있을 것으로 보인다.

임경 역시 이 언외의의 시의 의미 창출에 주목하고 있다.

중국 사신이 왔을 때에 용재가 원접사가 되고, 호음 및 여러 사람이 종사관이 되었었다. 중국 사신이 돌아갈 때에 여러 사람들이 시를 지어 전송하는데 장편의 뛰어난 구슬 같은 글귀들이 많이 쌓였었다. 그런데 중국 사신은 모두 다 제쳐놓고 홀로 용재의 시를 보고 칭찬해 마지않았다.

밝은 달아 제발 뜨지 말고,
썰렁한 바람아, 너도 불지 말아라.
달이 뜨면 자는 새 놀라 깨고,
바람이 불면 고요한 가지가 없게 된다.

호음은 이상히 생각하고 조정에 돌아와서도 이 글귀를 몇 달이 되도록 곰곰이 생각한 나머지에 비로소 그 묘한 뜻을 깨닫게 되었다. 대개 이별 할 때에 물건을 보고 감정이 쉽게 떠오르는 것은 저 달이 뜨면 자던 새가 놀라 깨고,

바람이 불면 나뭇가지가 움직여서 이것들이 모두 떠나는 회포를 설레게 하여 말 밖에 뜻이 담겨 있으니, 중국 사신의 감탄함이 대개 여기에 있었던 것이다.[30]

임경은 이처럼 용재 이행의 시가 이별함으로 해서 생기는 간절한 회포를 달과 새, 바람과 나뭇가지에 붙여 언외의의 무한한 의취를 내포하고 있음을 지적하였다. 중국 사신이나 호음 정사룡이 다 같이 공감할 수 있었던 언외의의 시세계의 면모를 이행의 시를 통해 보여준 것이다.

생각해보면, 정작 이별의 아쉬움은 은밀히 숨겨져 있을 뿐 시어 어디에도 나타나 있지 않다. 시어의 외연적 의미 파악 정도로는 그러한 정서를 읽어낼 수 없다는 말이다. 그리하여 이별이 있으므로 해서 생겨날 그 안타까운 정을 찾으려면, 달이 뜨면 놀라 깨게 될 새와 바람 불면 흔들릴 수밖에 없는 나뭇가지에 주목하여 그 내포적 의미를 찾아볼 수밖에 없다. 그렇게 이별의 아쉬운 정서를 캐내는 노력을 기울여야 한다는 것이다.

결국 이 시가 지니고 있는 함축미 그 언외의의 미학을 얻기 위해, 밝은 달과 자던 새 그리고 바람과 고요한 가지에서 연상되는 시의 의미에 기대여 보면, 이별이 남길 남은 사람들의 그 아쉬운 정이 너무도 간절하게 묻어나고 있음을 느낄 수 있다. 이른바 말 밖에 뜻이 있는 함축적 시의 표현에 성공하고 있음을 임경은 말해주고 있는 것이다. 언외의의 함축적 시의 의미 전달에 성공한 지극한 시의 경지를 보여준 것이다.

정송강의 〈통군정〉이다.

나는 이 강을 건너가,

---

30 華使之來 容齋爲儐相 湖陰諸公 爲從事 及其還也 諸公 以詩送之 長篇傑句 郁燁璀璨 而 華使 皆不許可 獨容齋絶句 明月莫須出 天風休更吹 月出有驚鳥 風吹無定枝 華使 稱賞不已 湖 陰 竊怪之 及還朝 沈誦此句數月然後 始知其妙 盖臨別時 觸物易感 彼月出而鳥驚 風吹而枝動 俱可以助離懷 有言外之意 華使之獎 盖以此也(5).

곧장 송골산에 올라,

서쪽으로 화표학을 불러,

서로 구름 사이서 노닐고져.

이 두 구는 한 마디로 통군정에 대한 말이 없으나 세상에서 고금 간에 절창이라 하는 것은 어째서인가? 대개 이 정자는 멀리 요갈을 굽어보아서 기상이 넓고도 끝이 없으니 송강 노인이 자기의 홍취를 의상 밖에 붙여서 취미와 품격이 표일하여 이 정자와 서로 걸맞게 된 것이다.[31]

여기서도 임경은 송강 정철이 시어들이 빚어낸 시의 의상 곧 시 의미의 가닥들 밖에 자신의 홍취를 나타냄으로 해서 절창의 시를 노래할 수 있었다고 평가하였다. 그리하여 시의 정취와 품격이 표일하여 속세를 떠나 세상일을 잊은듯하다고 하였던 것이다. 임경은 이처럼 송강 정철이 언외의의 무한히 번지는 시의 의미를 창출함으로 해서 통군정과 자신의 홍취가 서로 걸맞게 어울린 시의 분위기를 얻어낼 수 있었다고 보았다.

작시과정에서 시의 의미가 무한히 확산되면서 독자의 상상력을 유발하여 끝없이 이어지는 여운을 남겨줄 수 있도록 함축적으로 표현된 시의 미석 경지를 이끌어내기 위한 노력이 이러한 언외의의 작시법을 이끌어내었다고 할 수 있겠다. 그리하여 임경은 시어의 외연적 의미 밖에 끝없이 펼쳐지는 내포적 의미와 그것들이 한데 어울려 만들어내는 함축적 의미를 효과적으로 담아내는 데 적합한 작시법으로 언외의에 주목하였던 것이다.

---

31 鄭松江 統軍亭詩 我欲過江去 直登松鶻山 西招華表鶴 相與戲雲間 這二句 未嘗道得統軍亭一語 而世以爲 古今絶唱 何也 盖是亭也 遠臨遼碣 氣像 曠逸 松翁 乃能託興於意象之表 趣格飄逸 與玆亭相伴也(2).

5) 풍격

시 감상을 통해 얻어낸 미적 충돌을 나타내는 미의식의 유형이 풍신품격 (風神品格) 곧 풍격이다. 감상과 품평으로 이루어진 미적 감정의 유형을 일컫는 셈이다. 이렇게 보면 한 편의 시에 담겨 있는 내용과 형식이 조화를 이루어 빚어 놓은 미적 감정을 찾아가는 과정이 풍격 시평의 길이라고 하겠다. 임경도 시의 풍격에 의거한 시평에 관심을 보여주고 있다.

> 양봉래의 시와 글씨가 바윗돌에 새겨 있는 것을 보았다. 그 시에 이르기를
>
> 금빛 물 은빛 모래, 말갛게 고여,
> 구름 끼고 비오는 속에, 백구가 우뚝이 섰구나.
> 신선 찾아 잘못 도원 길에 들어와,
> 제발 고깃배를 동문 밖으로 내보내지 마소.
>
> 자획과 시격에 창연한 고기가 있어서 참으로 훌륭하게 되었다. 그러나 세상에 알아주는 사람이 적은 것이 한스럽다.[32]

바위에 새겨진 양사언(楊士彦, 1517~1584) 시의 자획과 시의 풍격이 창연하고 고아하다고 하였다. 바로 '창고(蒼古)'의 풍격 그것이 양사언 시 감상의 결과로 얻어낸 시의 미의식인 셈이다.

또한 수촌 임방의 〈공북루(拱北樓)〉 시 내용이 '청완(淸婉)'하다고 한 것이나(24), 홍주세의 〈소상반죽(瀟湘斑竹)〉 시가 '청고(淸古)'하다고 한 것(15), 그리고 정두경의 〈마천령〉 시가 '웅혼(雄渾)'하다고 한 것(14) 등도 그

---

32 見楊蓬萊詩筆 刻在巖石上 詩云 金水銀沙一樣平 峽雲江雨白鷗明 尋眞誤入桃源路 莫遣漁舟出洞行 字畫與詩格 蒼古可喜 世人 罕有知音者(9).

러한 풍격 시평의 예들이다.

사실 풍격이란 저마다 특징 있는 맛을 지닌 다분히 주관적 감상의 결과를 보이기 때문에, 풍격 상호간의 우열을 말할 수는 없을 것이다. 풍격마다 각각 하나의 완전한 미적 경지, 즉 시 감상에서 우러난 독특한 미적 감정의 유형인 까닭이다. 따라서 '창고, 청완, 청고, 웅혼' 등의 풍격이 임경이 생각하는 각각의 시들의 완전한 미적 경지가 되는 셈이다. 그리하여 그들 '창고, 청완, 청고, 웅혼' 등의 시의 풍격들은 각각의 풍격 내에서의 고하는 따질 수 있을 것이지만, 서로간의 우열은 가릴 수 없다고 해야 할 것이다.

『현호쇄담』에 수록된 36번째 마지막 시화에서 임경은 김석주의 풍격 시평 내용을 소개하여 자신의 풍격에 대한 관심을 나타내기도 하였다.

석암 김상공 석주는 신라·고려에서 조선에 이르기까지 우리나라 시인들을 선택하고 각각 품제하여 평하였다. (……) 시인들의 크고 작은 체격을 살펴 각각 비유한 것이 적당하지 않음이 없기 때문에 편미에 싣는다.[33]

이렇게 김석주가 신라의 최치원(崔致遠, 857~?)으로부터 조선의 정두경에 이르기까지의 40여 명의 우리 시인늘의 시의 풍격을 자연 현상의 변화를 묘사한 사언양구(四言兩句)의 시체로써 상징적으로 표현하였음을 보여주었다. 그리고 이러한 품평이 당시에 적합한 평가라고 인정받았음을 시사하기도 하였다.

문창후 최치원, '천길 절벽이 우뚝 섰고, 만리의 거센 파도 몰아친다.' (……) 사가 서거정, '아미산에 눈이 허옇게 쌓였고, 낭풍산에 안개가 훈훈하게 끼었다.' (……) 사암 박순, '그림 기둥에 연기가 감돌고, 깨끗한 마루는 시내 위에

---

33 息庵 金相公錫冑 嘗取東方詩人 自羅麗至我朝 各有品題 其評曰 (…) 就其詩家大小體格 各有引譬 而無不的當 故用錄于編尾(36).

높이 걸쳤다.' (……) 월사 이정구, '창오산에 구름이 걷히고 부상에 달이 떴다.' (……) 동명 정두경, '멀리서 불어오는 바람이 바다를 뒤흔들어, 거센 파도가 하늘에 닿았다.'[34]

이렇게 5명의 시인들의 풍격만을 살펴보았는데, 이들 풍격이 시 감상을 통해 얻어낸 각 시인의 시 세계의 특징을 김석주 개인의 주관적 평가에 따라 표현한 것인 까닭에 다른 시평가들이 그들의 시평에 적용할 수는 없었으리라 생각된다. 그들 풍격 하나하나의 성격에 대한 구체적인 설명이 없을 뿐만 아니라, 주관적 평가로 일관한 것이었기에 객관적 시평의 기준으로 설정할 수도 없기 때문이다. 이 점은 임경이 제시한 2자평 풍격의 경우도 역시 마찬가지이다.

6) 원류비평

중국의 한자와 한시 형식을 젖줄로 하여 이어 내려온 한국 한시의 전통 속에서, 중국 시와 시인의 영향을 배제할 수는 없는 일이라 생각된다. 이런 상황에서 학시의 원류를 찾거나 동일한 미의식의 근원을 찾아 작가나 작품을 평가하는 원류비평(原流批評)의 방법이 시평의 중요한 방법으로 활용되었음은 당연한 일이었다고도 보인다. 임경의 시평에서도 원류비평의 모습은 쉽게 발견된다.

백곡이 자기가 지은 시를 동명에게 보였더니 동명은 말하기를 "자네는 항상 당시(唐詩)를 배운다고 하더니 어째서 송인(宋人)의 투로 짓는가?"라고 하였다. 백곡이 "어째서 나더러 송인의 투를 쓰느냐고 하느냐?"고 하자, 동명은 "나는

---

34 文昌侯崔致遠 千仞絶壁 萬里洪濤 (…) 四佳徐居正 峨眉積雪 閬風蒸霞 (…) 思庵朴淳 畫拱捿煙 文軒架礐 (…) 月沙李廷龜 雲捲蒼梧 月掛扶桑 (…) 東溟鄭斗卿 長風扇海 洪濤接天 (36).

평생에 당인(唐人) 이상의 시만을 읽고 외웠다. 그런데 자네의 시 가운데 문자에 일찍이 보지 못한 것이 있으니 이것은 반드시 송인의 말일 것이다."라고하였다. 백곡은 웃고 탄복했다.[35]

이렇게 백곡 김득신과 동명 정두경의 대화를 통해 작시와 시평에서 당시와 송시의 영향에서 벗어나지 못한 시적 현실을 찾아볼 수 있다. 그 당시 시인들에게는 당시와 송시 자체가 원류비평의 출발점이었던 것이다.

한편 정두경이 『사기』를 많이 읽었는데 특히 〈마천령〉 시에 〈흉노열전〉의 말을 그대로 가져다 써서 시의 기상이 웅혼하다고 한 것은[36] 당과 송의 시를 원류의 대상으로 삼는 것과는 무관하다. 그러나 〈맥수가〉의 전통이 이백(李白, 701~762), 이상은(李商隱, 813~858), 황산곡(黃山谷, 1045~1105), 우계지(牛繼志)로 이어져 내려왔음을 설명한 끝에 정사룡의 시가 당의 이상은을 조술(祖述)하였다고 한 것,[37] 차천로(車天輅, 1556~1615)의 뛰어난 시구가 두보에 못지 않다고 한 김상헌(金尙憲, 1570~1652)의 평을 그대로 인용한 것,[38] 홍주세의 시에 도잠(陶潛, 365~427)이나 위응물(韋應物, 737~791)이 남긴 운치가 있다고 한 것[39] 등에서는 특히 당 중심의 원류비평의 면모를 여실히 찾아볼 수 있다.

이렇게 보면 임경의 시평에서는 전체적으로 당시와 당시인들을 시평의 원류로 하는 경향이 두드러졌다고 할 수 있다.

---

35 栢谷 以己作 示東溟 東溟曰君 常謂學唐詩 何作宋語也 栢谷曰何謂我宋語耶 東溟 曰余平生所讀誦 唐以上詩也 君詩中文字 有曾所未見者 必是宋也 栢谷 笑而服之(14).

36 주 29) 참조.

37 麥秀歌 出於欲泣 爲近婦人 而古詩所謂悲歌 可以當泣者 此也 (…) 我朝 鄭士龍詩 向來制淚吾差熟 今日當筵自不禁 亦祖義山者也(3).

38 金淸陰 亦稱五山詩高處 雖老杜 無以過之(12).

39 洪斯文柱世 號 靜虛堂 爲文 專尙儒家 不務詞華 而詩亦閒遠 有陶韋遺韻(15).

7) 균형 잡힌 시평 활동

임경은 시론과 시평의 전개에 있어서 자신의 주장을 피력하는 한편으로 다른 시평가들의 견해에 귀 기울이는 균형 감각을 보여주고 있다.

> 평하는 사람이 말하기를 "개원 때 시는 온화한 군자가 단정히 묘당에 앉은 격이요, 송인의 시는 시골 부유가 발을 받치고 꿇어앉은 격이요, 명인의 시는 소년 협객이 장대에서 말을 달리는 격이다."라 했으니, 잘 비유한 말이라고 할 만하다.[40]

이렇게 다른 비평가가 당, 송, 명의 시를 각각 평가한 내용에 대해 잘 비유하여 평가하였다고 긍정적으로 받아들이고 있음을 볼 수 있다. 그러나 대부분의 경우에는 이러한 직접적인 언급 없이 비평 내용들을 전달하고 있는데, 이 경우도 전체적 분위기를 파악해보면 임경이 그들 비평가들의 평가에 묵시적으로 동조하고 있음을 알 수 있다.

> 동춘당이 여관에 계실 때에 고향으로 내려갈 생각이 있었다. 호곡 남용익이 동춘에게 문안차 갔더니, 동춘이 시를 지어 달라 요청하여, 호곡은 즉석에서 써 올렸다.

> 올해 봄도 한 달밖에 남지 않았으니,
> 봄을 보내게 되자 봄이 더욱 아깝다.
> 만약 선생이 가시지 않고 그대로 계시게 된다면,
> 봄바람은 항상 이 자리의 사람들을 감싸 줄 걸세.

---

40 評者曰 開元之詩 雍容君子 端委廟堂也 宋人之詩 委巷腐儒 擊跽曲拳也 明人之詩 少年俠客 馳馬章臺也 可謂善喩也(1).

대개 그 때는 바로 경술년 윤삼월이었다. 그러므로 '올 봄도 한 달밖에 남지 않았다.'는 말을 쓰게 된 것이다. 동춘은 대단히 칭찬했다.[41]

이처럼 남용익의 시에 대하여 동춘당 송준길이 매우 칭찬하였다는 내용을 아무런 논평 없이 전달하고 있다. 그러나 전체적 맥락에서 보면, 임경이 긍정적으로 송준길의 시평을 수용하였다고 생각된다.

중은 드디어 풍악산과 두류산의 좋은 경치를 얘기하는데 천암 만학이 바로 눈앞에 늘어 있는 것 같았다. 그 중은 떠날 무렵에 청하기를 "두 선비님은 시 한 수씩을 지어 이 중의 책주머니가 빛나게 해주소서." 했다. 홍이 먼저 절구 1수를 썼다.

석장이 구름을 따라 들 정자를 지나는데,
간단한 봇짐에 불경을 싸서 졌구나.
만폭동, 쌍계사의 좋은 경치 얘기하니,
그 산들은 산인의 혓바닥 끝에 퍼렇게 떠오르네.

만폭은 금강산에 있고, 쌍계는 지리산에 있다. 김은 붓을 멈추고 깜짝 놀라 감탄했다. 홍은 김에게 "어서 계속해 쓰라."고 재촉했다. 김은 말하기를 "이는 바로 시인의 묘경에 들어간 것이니 나는 감히 효빈하지 못하겠다."고 했다.[42]

이에서도 보면, 홍만종의 시를 보고 김석주가 시인의 묘경에 들었다고

---

41 同春堂 在旅邸 有還山之意 壺谷南龍翼 往拜同春 同春 要其賦詩 壺谷 卽席書呈曰 今年春事剩三旬 及到春歸更惜春 若遣先生留不去 春風長襲座中人 蓋時 庚戌歲閏三月也 故 有事剩三旬之語 同春 稱善(20).

42 僧 遂備說楓嶽頭流之勝 千巖萬壑 若羅目前 僧 臨行 請曰願兩措大 各賦一詩 以侈行橐 洪 先書一絶曰 錫杖隨雲過野亭 蕭然一橐負禪經 談移萬瀑雙溪勝 山在山人舌上靑 萬瀑 在金剛 雙溪 在智異 金 閣筆驚歎 洪 促金繼之 金曰此正詩人妙境 吾不可效嚬也(26).

평가한 데 대해 역시 긍정적으로 수용하고 있음을 알 수 있다.

내가 지금 창계의 시고를 보니 그 〈자경〉 시는 이러하다.

깜깜한 가운데 혼자 앉은 자리에,
옛날 사람은 이런데서 마음 공부를 했다네.
여기서 만약 마음에 부끄러운 일이 있다면,
어찌 감히 선비갓을 쓰고 선비옷을 입을소냐?

시어가 매우 느슨하고 알차지 못해 전연 운격이라곤 없고, 그리고 제 3구의
'만약 마음에 부끄러운 일이 있다면'이라는 말은 더욱 속되고 지저분하기가 짝
이 없으나 이것을 어떻게 시라고 하겠는가? 대개 덕함은 시에 재주가 없는데
억지로 짓기 때문에 그 시가 이러한 것이니 회곡의 가르친 뜻이 진실로 잘못이
아니다.[43]

조한영(曺漢英, ?~1670)이 손자사위 임영(林泳, 1649~1696)에게 "시에는
특별한 재주가 있는 것이니 억지로는 할 수 없다."[44]고 하면서, 시보다 부에
힘쓰라고 가르쳤다는 내용에 이어지는 부분이다. 임영 역시도 임영의 시에
대해 부정적으로 평가하면서 조한영의 평가가 그르지 않았다고 언급하였
다. 조한영의 시평에 대한 긍정적 수용인 셈이다. 이렇게 임경은 대부분의
경우 다른 비평가들의 견해에 대해 긍정적으로 수용하고 있다.

허균이 이식(李植)의 차운시를 보고 그가 반드시 문형을 맡을 것이라고
한 것이나,[45] 이행과 소세양의 평측에 대한 논쟁을 소개한 것,[46] 임상원의

---

43 余今觀滄溪詩稿 其自警詩 曰 幽暗之中袛席上 古人從此做工夫 這間若不能無愧 何敢冠
儒而服儒 詞甚緩歇 全無韻格 而第三句 若不能無愧之語 尤甚冗塵 此可謂詩乎 蓋德涵 於詩 非
本色 强以爲之故 其詩有如此者 晦谷訓意 誠不謬矣(28).
44 주 11) 참조.

시를 사람들이 실록이라고 하였다는 것,[47] 임영의 시에 대해 김창협의 호평과 어떤 사람의 혹평을 나란히 언급한 것,[48] 임준의 시를 보고 차운로(車雲輅, 1559~?)가 칭찬하여 문장사라고 하였고, 정두경 역시 대단히 칭찬하였다는 것,[49] 임원구의 시가 시를 알아보는 사람들에게서 많은 칭찬을 받았다고 한 것[50] 등에서도 보면, 다른 비평가들의 견해에 대해 직접적으로 평가하지는 않았지만 대체적으로 그 평가 내용을 긍정적으로 수용하고 있음을 알 수 있다.

또한 홍주세의 〈소상반죽〉 시를 채유후가 장원으로 뽑고 친찬을 아끼지 않았다고 한 것,[51] 김득신의 시에 송시의 영향이 보인다고 정두경이 평가한 것,[52] 차천로의 시를 정두경이 외우며 천하의 기재라고 하고 율곡 역시 무릎을 치며 칭찬하고 김상헌도 두보에 못지않다고 칭찬한 것[53] 등에 관해서도 별다른 언급 없이 전하고 있지만, 임경이 그들의 평가에 대해 긍정적으로 받아들이고 있음을 알 수 있다.

그러나 김황원의 〈부벽루〉 시에 대해 서거정이 대수롭지 않게 여겼지만 임경 자신은 그 사실적 표현의 실상을 확인하고는 서거정과는 달리 호평하고 있다.[54] 다른 비평가의 견해에 부정적 평가를 내린 셈이다.

어떤 사람이 관서에 놀면서 지은 삼연 김자익의 시를 외웠다.

---

45 筠 大加稱賞 以爲必主文 澤堂 由是知名(13).

46 주 13) 참조.

47 人 以爲實錄(23).

48 農巖金仲和聞之 亟加歎賞 或 以爲宇宙心三字 瓠落無實 未免爲疵 豈仲和未之細究然耶 (29).

49 車滄洲 見而激賞 以爲文章士 (…) 東溟 亟稱賞云(19).

50 余先大夫 警句 見賞具眼者 (…) 大爲知者所歎美 (…) 評者 以爲詞理俱到(32).

51 嘗製月課 其詠瀟湘斑竹 (…) 詞極淸高 時 湖洲蔡裕後 擢致上考 稱賞不已(15).

52 주 35) 참조.

53 車五山 才調極高 東溟 對人 輒誦其所作 (…) 天下 奇才 (…) 栗谷 擊節稱賞(12) 주 38) 참조.

54 주 23) 참조.

설악산은 구경이 좋아,

산수 구경 차 또 잠깐 왔네.

맑은 달은 이 몸을 따라 왔는데,

높은 다락에서 오늘밤을 즐긴다.

칼춤을 추니 어룡이 고요하고,

술잔이 돌아가니 성환이 일렁거린다.

닭이 울자 서로 돌아보며 일어서니,

흥을 목란주에 실었구나.

정보 신정하는 평하기를 "초구는 범인이요, 함련은 신선이요, 경련은 호걸이요, 결구는 귀신이다. 1편 가운데 이런 4가지가 있게 되었다."고 했으니, 나는 모르겠다마는 시를 보는 안목을 갖추었다고 하겠는가?[55]

여기서도 김창흡(金昌翕, 1653~1722)의 시에 대한 신정하(申靖夏, 1680~1715)의 평에 대해 시를 보는 안목이 없는 사람의 지적이라고 하면서 부정적으로 평가하고 있다. 그러나 대체적으로 긍정적 수용이 우세함을 찾아볼 수 있다.

이렇게 보면, 임경이 시평의 실제에서 자신의 주장만을 내세우지 않고, 다른 시평가들의 견해를 수용하는 데에 인색하지 않았음을 볼 수 있다. 그리하여 때로는 긍정적으로 때로는 부정적으로 그들 시평가들의 견해를 수용할 줄 아는 균형 감각을 보여주었는데, 전체적으로 볼 때는 긍정적으로 수용하는 내용 위주로 전개되었음을 알 수 있었다.

---

55 有人 誦三淵金子益 遊關西作曰 雪嶽宜接客 關河又薄遊 隨身有淸月 卜夜在高樓 劍舞魚龍稱 杯行星漢流 雞鳴相顧起 留興木蘭舟 申正甫靖夏 評曰起語 凡 頷聯 仙 頸聯 豪 結語 鬼 一篇中 有此四品云 未知果爲具眼否(30).

3. 맺음말

임경은 『현호쇄담』에서 17세기 후반으로부터 18세기 전반에 이르는 조선 후기 시학의 다양한 모습을 보여 주었다. 이는 시론과 시평과 시일화의 내용을 고루 갖춘 자료들로 이루어진 시화 원래의 성격으로 보아 당연한 일이라고 생각되는 하지만, 그보다는 임경의 시학에 관한 폭넓은 관심의 소산으로 볼 수 있을 것이다.

임경이 시론과 시평을 전개함에 있어 가장 비중 있게 생각했던 것은 의미와 격률의 조화를 시의 이상적 경지를 이루는 것이었다. 바로 시의 내용과 형식이 조화를 이룬 시세계를 지향하였던 것이다. 그러나 시평의 실제에 있어서는 그러한 조화로운 시의 경지를 강조하면서도, 격률보다는 의미, 즉 형식보다는 내용에 치우친 시평을 전개하였다. 이러한 의미 중심의 시평은, 곧 중국 시의 틀을 벗어나지 못하고 그 형식의 굴레에 갇힌 채 결국은 개념의 시, 정신의 시가 될 수밖에 없었던 한국 한시의 한계를 생각해보면 이해될 수 있다고 하겠다.

또한 임경은 사실적 표현으로 시의 회화성을 추구한 시를 높이 평가하였으며, 스스로도 그러한 생각으로 삭시에 임하기도 하였다. 용사의 수사법에 대해서는 그것을 최상의 선택으로 인정하지 않으면서도, 부단히 노력하고 다듬어서 적절하게 활용한 자연스러운 용사법에 대해서는 긍정적으로 평가하였다.

그리고 시어의 외연적 의미 밖에 끝없이 펼쳐지는 내포적 의미와 그것들이 한데 어울려 만들어내는 함축적 의미를 효과적으로 담아내는 데 적합한 작시법으로 언외의에 주목하기도 하였다. 한편 풍격을 통한 시평의 전개는 보편적인 것이었지만, 임경은 2자평 위주의 풍격으로 시평을 전개하면서, 김석주의 사언 양구로 된 풍격 시평에 관심을 기울이기도 하였다.

원류비평에 있어서는 주로 당시와 당 시인들을 시평의 원류로 삼는 경향을 보여 주었다. 그리고 시론과 시평의 전개에서 임경은 자신의 주장만을 내세우지 않고 다른 시평가들의 견해를 수용할 줄 아는 균형 감각을 보여주었는데, 전체적으로는 긍정적으로 그들의 견해를 수용하는 내용 위주로 시론과 시평을 전개하였다.

이렇게 임경의 『현호쇄담』에 나타나 있는 시론과 시평의 이모저모를 살펴보았다. 그리하여 17세기 후반에서 18세기 전반에 이르는 조선 후기 시학의 양상을 다양하게 보여준 임경의 비평가로서의 위상을 분명히 정립할 수 있었으며, 비평자료집으로서의 『현호쇄담』의 가치 또한 정확하게 자리매김할 수 있었다고 하겠다. 그리고 이러한 임경의 시학 양상은 조선 후기 시학의 면모를 확충하고 보완하는 데 충분히 기여할 수 있을 것으로 보인다.

앞으로 동 시대 시학의 전반적 양상을 검토하여 임경 시학의 시학사적 의의를 찾는 일이 남아 있는 과제라고 생각된다.

(「세종어문연구」 22, 2005)

홍만종의 『시화총림』「부 증정」의 시학

1. 머리말

　홍만종(洪萬宗, 1643~1725, 인조 21~영조 1)의 『시화총림(詩話叢林)』「부 증정(附 證正)」에 수록된 모두 9항목의 시화 내용을 분석 검토하여 그 시론과 시평의 면모를 살펴보는 것이 이 글의 첫째 목적이다. 그리고 지금까지의 『시화총림』 연구가 수록된 24편의 각각의 시화 연구와 23명의 비평가의 연구에 머물고 있는 점에 주목하여, 『시화총림』이 단순하게 역대 시화적 성격의 자료를 모아 놓은데 불과한 시학 자료집이 아니라 역대 우리 고전 시학의 총체적 양상을 보여주는 귀중한 자료집 그리고 동 시내 조선 후기의 보편적인 시론과 시평의 모습을 보여주는 자료집인 동시에, 『백운소설(白雲小說)』로부터 『현호쇄담(玄湖瑣談)』에 이르기까지 홍만종이 자신의 시론과 시평의 기준에 입각하여 선별 수록함으로써 그 자체가 곧 홍만종 자신의 시론과 시평의 전모를 보여주는 것일 수 있는 가능성이 충분한 자료집임을 밝혀보고자 하는 것이 이 글의 또 하나의 목적이다.

　홍만종의 본관은 풍산(豊山)이며, 자는 우해(宇海), 호는 현묵자(玄默子), 몽헌(夢軒), 장주(長洲) 등이다. 아버지는 영천 군수 세주(世柱)이며 어머니는 참판 정광경(鄭廣敬)의 딸이다. 정두경의 문인으로 김득신, 홍석기 등과 교유하였다. 1675년(숙종 1) 진사시에 합격하여 부사정, 참봉 등을 지냈다. 1680년 부사정으로서 허견(許堅, ?~1680)이 삼복(三福 : 복창군, 복선군, 복평군) 등과 역모를 꾀했다는 사건에 연루되어 간원의 탄핵을 받고 유배, 1682년에 풀려났다. 1707년 그가 편찬한 『동국역대총목(東國歷代總目)』이 참람되고 권문에 의탁한다는 등의 죄목으로 논계(論啓)되었으나, 최석정(崔錫鼎, 1646~1715)의 신구(伸救)로 모면된 뒤, 통정대부, 첨지중추부사에 이르렀다.

그는 문한의 집안에 태어나 문재가 있는데다가 벼슬을 버리고 학문과 문장에 뜻을 두어 역사, 지리, 설화, 가요, 시 등의 저술에 전념하였다. 특히 시학에 있어서는 청년기부터 노년에 이르기까지 깊이 연구하여 많은 업적을 남겼다. 우선 우리나라 역대 이적(異蹟)과 기행(奇行)을 보인 인물 40인에 대한 기록인 『해동이적(海東異蹟)』과 생활 주변에서 들은 음담패설이 주가 된 해학적 얘기를 기록한 『명엽지해(蓂葉志諧)』, 그리고 다방면에 걸쳐서 듣고 본 내용들을 기록해 놓은 『순오지(旬五志)』 등의 잡록류 저술에서도 부분적이나마 시론과 시평에 관련된 내용들을 찾을 수 있어 그의 시학에 대한 관심의 정도를 파악할 수 있다.

그러나 역시 그의 시학의 정수는 1672년에 저술한 『소화시평(小華詩評)』과 이 책에서 미비되었거나 누락된 내용을 보완하여 1691년에 완성한 『시평보유(詩評補遺)』, 그리고 1712년에 고려 이래 자신이 활동하였던 조선 후기 당시까지의 시화나 잡록류에서 시학 자료를 가려 뽑아 엮은 『시화총림』에서 찾아볼 수 있을 것이다. 이렇게 40여 년 이상의 세월을 그는 이 땅의 시학의 체계화에 관심을 갖고 스스로 시화를 저술하고 그 자료의 정리와 보존에 노력하였던 것이다.

그의 시론과 시평 전개에 관련된 이러한 시화 자료를 바탕으로 하는 홍만종 시학에 대한 연구는 지금까지 다양하게 전개되어 왔다.[1] 이러한 기왕

---

1 주요한 연구 업적은 다음과 같다.
조종업, 「홍만종 시론에 대하여」, 『국어국문학』 제64호(1974).
조기영, 「홍만종의 시학연구」, 연세대 석사논문(1984).
송희준, 「홍만종의 문학비평연구」, 『한문학연구』 제2집(계명대, 1984).

의 업적들 가운데『시화총림』에 대한 연구는 앞서 언급한 대로 춘, 하, 추, 동 4권에 수록된 도합 24편의 시화 연구와 23명의 저자 및 그 시학에 대한 각각의 연구가 주종을 이루어 왔다.

그러나 이미 살펴본 대로 홍만종은 29세에『소화시평』을 저술하고, 48세에『시평보유』를 저술하여 자신의 시론과 시평의 세계를 확립한 바 있다. 따라서 69세에 완성한『시화총림』을 편찬하면서는 이러한『소화시평』저술 이래 40여 년에 걸쳐 다듬어온 시를 보는 안목과 자신만의 시론이나 시평의 기준 등이 그대로 반영되었을 것으로 보인다. 이렇게 보면 홍만종은,『시화총림』을 저술하면서 단순히 역대 시화나 잡록류에서 시화를 뽑아 나열하여 편집한 것이 아니라, 자신의 시학을 기준으로 해당 자료들을 엄밀하게 선별하여 편찬하였을 것으로 보아도 좋을 것이다. 때문에『시화총림』을 홍만종 시학의 면모를 파악할 수 있게 해주는 자료집으로 인정할 수 있는 가능성이 충분한 것으로 보려는 것이다.

그리하여 이 글에서는 먼저『시화총림』의 편찬 요령을 밝힌 〈범례(凡例)〉의 내용과『시화총림』의 서, 발 내용을 중심으로,『시화총림』이 홍만종의 시론과 시평의 기준 아래 편찬된 홍만종 시학의 결정임을 밝혀보고자 한다. 이는 또한『시화총림』의 전체 시학의 면모가 역대 우리 고진 시학의 총체적 양상을 보여주는 동시에 조선 후기 시학의 보편적 시학의 모습을 보여주는 것이기에 시학사적으로 매우 의미 있는 작업이라 할 수 있을 것이다.

그리고『시화총림』을 편찬하면서 부족하거나 잘못된 것으로 알려진 내용들을 바로잡고자 시도된「부 증정」의 내용을 증정과 감계, 지시와 선시, 표절과 환골탈태, 자득지묘 등의 항목으로 나누어 분석 검토하여,『시화총림』저술에 완벽을 가하고자 하였던 홍만종 시학의 진면목을 찾아보도록 하겠다.

홍인표,『홍만종 시론 연구』(서울대 출판부, 1986).

홍인표,「시화총림연구」,『중어중문학』제9집.

2. 『시화총림』 저술의 시학사적 의의

『시화총림』이 24편의 시화를 단순히 나열해 놓은 책이 아니고, 홍만종이 『소화시평』 저술 이래 『시평보유』 저술을 거치면서 40여 년 동안의 시론과 시평의 확립과 체계화에 정진한 결과로 얻어낸 자신의 시학의 기준 아래 객관적으로 취사선택하여 편찬한 저술이라는 데에 주목하여, 『시화총림』 저술의 시학사적 의의를 『시화총림』의 서, 발과 『시화총림』 편찬 요령을 밝힌 〈범례〉를 자료로 하여 정리해보도록 하겠다. 그리하여 『시화총림』이 우리 고전 시학의 총체적 양상을 보여주는 자료의 보고이며, 홍만종 시학의 진면목을 보여주는 동시에 조선 후기 시학의 보편적인 양상을 알 수 있게 해주는 자료의 산실임을 확인해 보려는 것이다.

『시화총림』이 홍만종 시학의 정수로서의 의미를 지니고 있음은 다음 인용에서도 살펴볼 수 있다.

현묵자는 젊었을 때에 시를 정동명에게 배웠으니 동명이 많은 칭찬을 아끼지 않았다. 대개 그 타고난 천품이 이미 높고 또 대방가에서 치어나서 보고 들은 바가 많고 넓으며 정하고 거칠고 크고 작은 사이에 골고루 거치지 않은 바가 없어서 이것만 가지고도 넉넉히 한 시대에 안목을 갖춘 사람이 되고도 남는 바가 되었다. 그런데 또 능히 세상의 모든 일을 다 잊어버리고 오직 시문만을 좋아하여 정력을 오로지 여기에만 기울였다. 그러므로 무릇 시학에 대해서 말만하면 모두 법도에 꼭 맞게 되었다. (……) 그리고 『시화총림』이 책에 있어서는 또 선배들의 소설 가운데서 시화에 관한 것만을 뽑아놓은 것이다. 그 정밀한 것인즉 마치 모래바닥에서 금알은 골라내는 것이요, 그 풍부한 것인즉 여기저기서 뽑아 따서 구름같이 모아놓은 것이다. (……) 『시화총림』이 완성되자 나는 현묵자에게, "이 책은 진실로 없을 수 없는 책이다. 세상에 시를 좋아하는 사람이라면 장차 집집마다 보고 사람마다 외울 것은 의심할 여지가 없는 것이다."라고 말했다.[2]

이렇게 임경(任璟)은 〈시화총림발(詩話叢林跋)〉에서, 홍만종이 높은 시문에 대한 안목으로 시학에 전념하였음을 밝히면서, 『시화총림』은 정밀하고 풍부하게 가려 뽑은 시화집으로 세상에 꼭 필요한 책이라 할 수 있다고 하였다. 그러면서 임경은 홍만종의 시학이 연원(淵源)이 있음을 말하면서 그의 시학이 당시로서도 귀중한 가치로 인정받을 것이며 또한 먼 장래에까지 전해갈 수 있을 것이라고 언급하였다. 이는 앞서 살펴본 대로 『시화총림』이 40여 년의 세월 동안 시학의 정진에 노력해온 홍만종 시학의 결실임을 알 수 있게 해주는 내용으로 보인다.

현묵자는 시에 벽이 있으니 벽은 바로 병인 것이다. (……) 현묵자는 시에 있어서 깊숙이 빠져들어 헤어날 줄을 모르고 맘껏 즐겼으니 고금의 모든 시를 실컷 보고 연구했으며, 우리나라 시에 대해서는 대가와 명가의 시집이 나온 것은 빠짐없이 뽑아냈으며, 무릇 전기에 나온 것과 이 사람 저 사람이 전송하는 것들을 골고루 골라 모아서 혹시라도 빠짐이 있을까 걱정했고, 하찮은 선비와, 천한 백성과, 중이며, 도사와 여자들까지도 수구일언의 취할만한 것이 있으면 뽑아 넣지 않은 것이 없어서 자세히 평을 붙이고 이름을 『소화시평』이라 붙였으며, 다시 『보유치규』라는 이름으로 속집을 만들어 놓고, 또 나시 위로는 고려 세대로부터 아래로 오늘에 이르기까지 문인과 운사, 시인의 시를 얘기한 자질구레한 말까지 골고루 모아 한데 묶어 『시화총림』의 4책을 만들어 놓았다. 나는 가져다가 자세히 읽어본 다음 책을 덮어 놓고, "아! 훌륭하도다. 시화로서는 이 이상 더 할 수 없게 되었다."고 감탄하였다.[3]

---

2 玄默子 少也 學詩于鄭東溟 東溟 亟稱之 蓋其天分 旣高 又得之大方家 其所涉獵 泛濫 出入精粗巨細之間者 自足爲一代具眼 又能屏棄世事 惟以文墨自娛 專精攻業 故凡於詩學 率迎刀而中窾焉 (…) 至若詩話叢林一書則 又是就前輩小說中 抽出其詩話而 裒輯者也 語其精則 披沙而揀金焉 語其富則 囷積而雲委焉 (…) 書旣成 余謂玄默子 此固不刊之書也 世之喜詩者 其將家玩而 戶誦 無疑矣(任璟, 〈詩話叢林跋〉).
3 玄默子 癖於詩 癖者 病也 (…) 玄默子 於詩 沈潛淪溺 耽嗜之不已 古今諸詩 旣自飫觀而熟復 乃於東方詩 大家名家 有集行者 皆包括無餘 凡雜出傳記 及傳誦街巷者 搜遣鉤匿 唯恐有失

임방은 이처럼 홍만종 시학의 연원을 밝히면서, 홍만종이 시벽이라 일컬을 정도로 시에 몰두하였음을 말하고 있다. 홍만종이 그렇게 시학 연구에 몰두한 40여 년의 세월의 결산으로 시화집으로서는 더 이상의 저술이 없을 정도로 완성된 『시화총림』을 세상에 내놓게 되었다고 하였다. 이렇게 보면 시에 미치고 시를 좋아하게 되어 시벽에 빠진 홍만종, 시를 사랑하고 시를 좋아하여 시에 온 힘을 다하고 온 마음을 다 쏟아 죽어도 좋을 만큼 절실하여 시에 고황과 고질의 병이 들어버린 홍만종이 시학의 정립에 목표를 두고 속속들이 파고들고 끝까지 찾아 정신을 괴롭히고 소모하면서 완성한 『시화총림』을 통해 홍만종 시학의 진면목을 찾아보고자 하는 것은 결코 어려운 일은 아닐 것으로 생각된다.

『시화총림』이 홍만종 시학의 정수로서의 의미를 지니고 있음을 확인하면서, 이제 『시화총림』의 편찬 요령이 제시된 〈범례〉를 통하여 그 의미를 다시 한 번 찾아보는 한편으로 그 시학사적 의의에도 접근해보도록 하겠다.

① 『파한집』, 『보한집』, 『동인시화』 같은 책들은 오로지 시화만 실려 있어 마땅히 전서로 보아야 하므로 이에 뽑아 싣지 않는다. 『역옹패설』, 『어우야담』 등 십여 가지의 책들은 사실을 기록한 책이지마는 사이사이에 시화가 있으므로 이제 다만 시화만 뽑아내어 따로 한 편을 만들어서 읊고 즐기도록 했다.

② 제가의 시화는 각각 들은 것을 기록했으므로 기록에 차이가 있다. 세 사람이 한 편의 시를 기록했을 경우, 두 사람은 같은데 한 사람이 다를 때는 그 같은 것을 따랐다. 만약 전후 사람이 한 편의 시를 기술했을 때 차이가 없으면 앞사람의 것을 수록했다. 만약 전후 사람이 기술한 것이 어떤 것은 상세하고 어떤 것은 간단하다면 시대의 전후에 구애되지 않고 상세한 것을 수록하였다.

③ 무릇 시가 거듭 수록된 것이면 모두 산거했다. 혹 시는 같지만 비평이

以至小儒賤流 緇黃婦孺 數句一語之可取者 靡不採掇 細加平騭 目之曰 小華詩評 更續以補遺置 閨 又復上 自麗代 下至今日 裒聚文人韻士 譚詩瑣說 輯爲 詩話叢林四冊 余得而編閱之 掩卷而 歎曰 美哉 詩話之作 蔑以加矣(任堕, 〈題詩話叢林後〉).

다른 것 및 다른 시와 한데 모아서 비평한 것은 비록 여러 차례 거듭 나올지라도 아울러 이를 남겨서 읽고 참고하도록 했다.

④ 남호곡의 시화는 처음에 잘못 기록한 것이 많았다. 그래서 호곡이 그 뒤 손수 고쳐 신, 구 두 가지 책이 되었는데 이제 그 새 책을 따른다. 다만 그 가운데서 최경창, 백광훈의 우열을 논함에 있어서 최간이의 서문으로써 증거를 삼았으나 최간이의 문집을 보니, 백광훈의 시를 비평한 말이 두 단락으로 나뉘어져 있는데, 그 반을 『호곡시화』에서는 최경창에게 속하게 했으니 착오를 면치 못한 것이다. 죽죽 보아 내려가다가 잘못 기록하였으나, 미처 고치지 않은 것이 아니겠는가?

⑤ 여러 사람들이 지은 시화를 모아보니 너무 번잡한 것이 병통으로 생각되어, 그중에서 가장 요긴한 것만 뽑아서 편집했다.

⑥ 선배들이 기록한 것 중에 비록 시구는 아닐지라도, 그 평론한 것 가운데서 꼭 알아야 할 것은 아울러 수록하여, 사람들의 견식에 바탕이 되고 시도에 도움이 되도록 하였다.

⑦ 백곡, 수촌, 현호 등 세 시화에서는 내가 지은 시구도 모두 수록하였다. 형편없는 것으로 훌륭한 것을 잇는 부끄러움이 있으나, 혐의를 받을까 걱정이 되어 감히 스스로 산서하시 못했으니, 독자들은 양해하시라.

⑧ 옛사람들의 이름난 글과 뛰어는 시구들이 여러 사람들의 편저와 기록에 뒤섞여 나오는데, 그 가운데서 증명하여 바로잡지 않으면 안 되는 것과 경계로 삼을 만한 것이 있으므로, 이제 아울러 널리 고증하여 몇 항목의 말을 책 끝에 덧붙인다.[4]

---

4 ―. 如 破閑集 補閑集 東人詩話 專是詩話 當以全書看閱 故玆不抄錄 如 櫟翁稗說 於于埜
談 等 十餘書 乃記事之書 而間有詩話 故今只拈出詩話 別作一編 以備吟玩

―. 諸家詩話 各述所聞 故記有同異 若三人記一詩 而兩同一異 則從其同者 若前後人記一詩
而無差則錄以前人 若前後人所記 或詳 或畧 則不拘前後 錄其詳者

―. 凡詩重錄者 輒皆刪去 而或詩同 而評異者 及與他詩 轇集而題品者 雖屢次疊見 幷存之
以資考覽

―. 南壺谷詩話 初多誤錄處 故壺谷追後手改 便成新舊二本 今從其新本 但其中 論崔白優劣
以簡易序爲証 而今考簡易本集 則白詩 所評之語 分作兩段一牢屬 崔未免差誤 豈泛看錯錄 而未

이렇게 모두 8항목의 〈범례〉를 일별해보면, 홍만종이 『시화총림』을 편찬하면서 나름대로 엄격한 기준 아래 신중한 태도로 저술에 임했음을 알 수 있다. 우선 『시화총림』에 수록된 시화의 취사선택의 요령에 관한 내용부터 살펴보도록 하겠다. 24편의 시화 잡록류의 내용 가운데서 홍만종이 가려 뽑은 시화의 선택 기준에 관한 것이다.

①에서 홍만종은 전문적인 시화의 전서(全書)에서는 초록하지 않고, 기사적(記事的) 내용으로 되어 있는 잡록류에 섞여 있는 시화만을 간추린다고 하였다. 전문적인 시화에서 홍만종이 임의로 취사선택할 경우 따를 수 있는 비판에서 벗어나고자 하였던 것으로도 볼 수 있을 것이다. 그리고 기사적 내용의 잡록류에서 시화를 가려 뽑을 경우 홍만종 자신의 시학의 기준에 따라 자유롭게 선별할 수 있다는 점도 크게 작용했을 것으로 보인다. 이 경우 24편의 시화를 모두 자신이 확립한 시학의 기준으로 객관적 태도를 견지하여 선택하고 수록하였다면, 『시화총림』에 수록된 시화의 내용이 각각의 비평가의 비평 업적임은 물론이지만, 아울러 홍만종 시학의 범주에 속한다고 보아도 크게 틀리지는 않을 것으로 생각된다. 이렇게 자신의 시학의 기준에 따라 선별하여 초록한 시화들을 독자들이 읊고 즐기도록 배려하였던 홍만종의 의도는 자신의 시학의 기준과 객관성의 획득 등에 대한 자신감을 표현하는 데 있었다고 할 수 있겠다.

②에서는 제가(諸家)의 시화에 동일한 내용이나 이동(異同)이 있을 경우, 삼인의 기록에 이인의 기록이 같고 일인이 다르면 이인의 같은 것을, 전후

及改者耶

一. 諸公所撰詩話 衰而合之 病其太繁 今抄其最要者 編之
一. 先輩所錄 雖非詩句 其所評論 有不可不知者 則倂錄之 便人資其見識 而有補於詩道焉
一. 柏谷 水村 玄湖 三詩話 俱錄余所作詩句 棠有續貂之愧 而亦不敢局於嫌 而自刪覽者 恕之
一. 古人名章傑句 雜出於諸家編錄 而其中 有不可不證正者 亦有所可監戒者 故今並博考略加數款語於卷末云

(洪萬宗, 『詩話叢林』, 〈凡例〉, 인용된 번역문에는 내용 전개의 필요에 따라 ①부터 ⑧까지 일련번호를 부여하였다.)

에 한편의 시의 기록이 차이가 있으면 전자의 것을, 그러나 상략(詳略)에 차이가 있으면 전후에 관계없이 자세한 것을 기록하였다고 하였다.

이어서 ③에서는 중복된 내용은 모두 산거(刪去)하였으나 같은 시의 평이 다르거나, 다른 시와 비교하여 품평한 내용은 여러 번 나와도 참고하도록 다 기록하였다고 했다.

이렇게 ②와 ③의 내용을 보면, 홍만종이 시화의 취사선택에 있어서 얼마나 확실하고 정확한 자료선택에 치중하였는지를 알 수 있다. 뚜렷한 증거 자료 없이는 취사선택의 대상이 될 수 없었음을 말해주고 있는 것이다. ④에서『호곡시화(壺谷詩話)』의 신본을 취사선택의 대상으로 삼은 것도 같은 맥락에서 이해될 수 있다. ⑦에서 백곡(栢谷), 수촌(水村), 현호(玄湖)의 세 시화에 실려 있는 자신의 시구가 비록 부끄러운 것이지만 스스로 삭제하지 못한 점도 역시 그러하다. 한편으로는 그들 세 비평가의 안목을 인정하고 그들의 판단을 존중하려는 태도를 보여준 것이기는 하지만, 그들의 시학의 기준이 자신의 기준과 다르지 않음을 밝히면서 자신의 시구에 대한 자신감까지 드러낸 것으로 볼 수 있을 것으로 생각된다.

이렇게 다섯 항목에 걸쳐 기사적 내용으로 구성된 시화 잡록류에 섞여 있는 시화를 취사선택하면서 홍만종은 자신의 엄격한 시학의 *기준*을 바탕으로 객관성을 유지하면서『시화총림』저술에 임했음을 나타내 주었다. 어느 것 하나 소홀히 넘기지 않고, 확실하고 정확한 증거 자료를 근거로 하여 시화를 선택하였고, 대상 시 작품이 비록 자신의 시일지라도 자신의 시학의 기준에 어긋나지 않는 한 그들 비평가들의 안목을 믿고 부끄러움을 무릅쓰고서라도 삭제하지 않고 수록하는 용기도 보여 주었던 것이다.

바로 이러한 자세가『시화총림』수록 시화에서 살펴볼 수 있는 시학의 양상들이 그대로 홍만종 시학의 내용 범주 안에 있음을 알 수 있게 해주는 것이라 하겠다.『시화총림』수록 시화 전체 내용을 자료로 하는 총체적 시학 연구 그것은 곧 홍만종 시학의 진면목에 대한 연구에 다름 아닌 것이라 할 수 있다. 이러한 점은 ⑤와 ⑥ 두 항목에서 더욱 확실하게 찾아볼 수

있다. ⑤에서 홍만종은 기사적 내용의 잡록류에서도 모든 시화를 다 수집
하여 종합하면 너무 번다하므로 가장 중요한 것만 뽑아 엮었다고 하였다.

그리고 ⑥에서는 선배들의 기록 중에 시구에 관한 것이 아니라도 평론에
서 알아야 할 내용은 아울러 기록하여 시의 견문을 넓히고 시도에 보탬이
될 수 있도록 하였다고 하였다.

이렇게 번다한 시화 자료 가운데 가장 중요한 내용만 뽑아 엮고자 하였
던 홍만종의 태도는, 40여 년 동안에 걸쳐 확립해온 자신의 시학의 관점에
서 중요하게 판단되는 시화만을 엄격하게 선별하였음을 말해주는 것이라
하겠다. 고전 시학의 양상을 보여주는 가장 중요한 내용이 담긴 시화 그것
은 자신의 시학 전개에 걸맞고 도움이 되는 자료임에 틀림없겠기 때문이다.

또한 선배들의 시에 관한 평론 가운데서 시의 견문을 넓히고 시도에 보
탬이 되는 데에 있어 꼭 알아야 할 내용을 아울러 기록하였다고 하였는데,
이 역시 자신의 시학에 견주어 중요성이 인정되는 자료들을 선별하였음을
말해주는 것이다. 그것들이 시의 견문을 넓혀주고 시도에 보탬이 되는 자료
임으로 해서 그 자료적 가치는 더욱 크게 인식되었을 것이다.

『시화총림』에 수록된 시화들은 이렇게 고전 시학의 전개에서 중요성이
인정되는 자료만을 엄선한 것이며, 그것들은 시의 견문을 넓혀주고 시도에
보탬이 되어 우리의 고전 시학을 풍성하게 해주는 자료였던 것이다. 따라서
홍만종은 『시화총림』을 편찬하면서 우리의 고전시학을 짜임새 있고 풍성하
게 해주는 자료들을 엄선하여 수록하였고, 자신의 시학의 진면목도 여실하
게 보여주었던 것으로 볼 수 있겠다.

⑧에서 여러 사람들의 편저와 기록에 뒤섞여 나오는 옛 사람들의 이름난
글과 뛰어난 시구 가운데 증명하여 바로잡아야 할 것, 감계로 삼아야 할
것들이 있으므로 아울러 널리 이를 고증하여 간략히 몇 항목으로 해서 덧붙
인다고 하였는데, 이 또한 『시화총림』이 홍만종의 시학의 기준으로 편찬되
었으며, 그의 시학의 진면목을 보여주는 것임을 드러내주는 내용으로 보아
틀림은 없을 것이다.

여기서 『시화총림』에 수록되어 있는 남용익의 『호곡시화(壺谷詩話)』의 편집 수록 과정을 살펴 위의 내용을 구체적으로 확인해 보도록 하겠다. 이 『호곡시화』는 남용익의 『호곡만필(壺谷漫筆)』에서 비평적 성격이 강한 시화 68편을 선별하여 홍만종이 『시화총림』에 수록한 것이다.

원래 『호곡만필』은 천, 지, 인(天地人)의 3권으로 된 만록류인데, 권1은 선계(先系)의 사실을 기록한 것이고, 권2는 경사(經史)의 내용 및 만록에 해당되는 내용으로 되어있으며, 권3에 비평 자료인 시화가 수록되어 있다. 특히 권3에는 따로 서문이 있는데, 이를 통해 보면 『호곡만필』은 1680년(숙종6)에 초고를 작성하였다가 그 후 내용을 수정, 보완하여 1689년 늦은 봄에 완성하였음을 알 수 있다.

남용익은 이 서문에서, 세월이 지남에 따라 작품을 '취사평론(取捨評論)'하는 자신의 소견에 차이가 있었음을 인정하면서, 다른 사람들의 도움으로 책의 내용이 보완되어 나가기를 바라고 있다.[5] 『호곡만필』권3의 내용이 남용익의 '취사평론'의 결과물인 셈이다. 이렇게 '취사평론'하였다는 집필 의도에서 보듯, 『호곡만필』권3은 처음부터 시 평론집의 성격으로 저술되었음을 알 수 있다.

『호곡만필』권3의 전체 내용은 다음과 같다. 〈시(叙)〉에 이어, 〈시평선시(詩評選詩)〉에 4편 〈당시(唐詩)〉에 24편 〈송시(宋詩)〉에 5편 〈명시(明詩)〉에 4편하여 도합 37편의 중국 시와 시인에 관한 시화가 실려 있다. 이어서 〈동시(東詩)〉에 42편 〈시화(詩話)〉에 77편으로 모두 119편의 우리 시와 시인에 관련된 시화가 수록되어 있다.

이 119편의 우리 시와 시인과 관련된 시화 가운데서 홍만종은 〈동시〉에서 25편, 〈시화〉에서 43편을 가려 뽑고, 『호곡만필』 신본에는 없는 시화 1편을 더하여 모두 69편의 시화를 엮어 『호곡시화』라는 이름으로 『시화총림』에 수록하였다. 사실 〈범례〉에서 본 바와 같이 남용익은 처음 저술한

---

5 南龍翼,壺谷漫筆, 卷3, 〈叙〉 참조.

『호곡만필』의 내용에 잘못된 점이 많아 직접 고쳐 썼기 때문에 신, 구 2본이 생겼는데 홍만종은 그 신본을 토대로 취사선택하여 초록하였다.

『호곡만필』과 『호곡시화』의 내용을 비교해 보면, 홍만종은 『호곡만필』에 실린 시화 68편을 기본적으로는 그대로 전재한 것으로 보인다. 그러나 부분적으로는 일부 내용을 축소하거나, 확대하는 방법도 사용하였으며, 경우에 따라서는 두 편 이상의 시화를 한 편의 시화로 재편하거나, 자신의 견해를 첨가하여 보완하는 방법을 사용하기도 하였다. 이렇게 홍만종은 『호곡만필』에서 시화를 뽑아 『호곡시화』에 수록하면서 나름대로 다양한 방법으로 재구성하였음을 알 수 있다.

이에 비추어 보면, 홍만종이 각각의 기사적 내용의 잡록류에서 시화를 선별하여 초록하면서도 『호곡시화』의 경우처럼 다양한 방법으로 재구성하여 수록하였을 가능성은 충분할 것으로 보인다. 이와 같은 홍만종의 편찬 태도에 대해 그 이유를 정확히 알 길은 없지만, 앞서 〈범례〉를 살피면서 알아본 바와 같이 자신의 40여 년 이상의 세월에 걸쳐 다듬어온 시론과 시평의 기준을 적용하여 취사선택 편집 재구성한 결과로 이루어진 것임을 생각해 볼 때, 그것이 『시화총림』 편찬을 통한 홍만종 시학의 확립이라는 의미로 연결될 수 있는 가능성은 충분하다고 생각된다. 물론 『시화총림』에 수록된 24편의 각각의 시화에는 23명의 저자가 따로 있어서 결코 홍만종의 직접적 저작이 될 수는 없는 것이지만, 홍만종 자신의 시학의 기준 아래 취사선택하고 다양한 방법으로 재구성하여 수록한 시화에 나타나 있는 시학의 양상들은 홍만종 시학의 범주에 해당되는 내용들로 보아도 좋을 것으로 생각되기 때문이다. 바로 이점이 『시화총림』의 전체 시학의 양상을 홍만종 시학의 범주 내에서 이해하려고 하는 이 글의 타당성을 일러주는 것이라 할 수 있을 것이다.

여기서 또 하나 주목해야 할 것은 『호곡만필』 내용 가운데서 중국 시에 얽힌 37편의 시화에서는 한 편도 수록하지 않은 사실이다. 홍만종은 『역옹패설(櫟翁稗說)』에서 시화를 발췌하면서도 당, 송시에 관련된 시론이나 중

국 시와 우리 시가 함께 논의되는 시화를 빼버려 지나친 국수주의적 태도라 비판받기도 하였다.[6]

그러나 중국시와 관련된 시화를 제외한 것을 국수주의적 태도와 관련짓는 일은 생각을 요하는 문제이다. 홍만종의 『시화총림』 저술의 기본 태도가 우리 시학의 번성함을 드러내기 위한 것이고, 또한 자신이 정리하지 않으면 세월이 흐르는 동안 흩어져 없어져 버릴 것이 안타까워 자신이 기록하여 시가(詩家)의 지남(指南)으로 삼고자 하였던 것임을 볼 때,[7] 중국 시를 배제한 그의 저술 태도는 분명 주제적으로 우리 시학의 양상들을 정리하고 보존하려는 데에 주안점이 있었다고 보아야 할 것이기 때문이다.

이렇게 〈범례〉를 통하여 『시화총림』 저술의 의도가 단순히 23명의 저술인 24편의 시화를 엮는 데 있었던 것이 아니고, 홍만종이 자신의 시학을 기준으로 취사선택한 시화를 통해 역대 시학의 흐름은 물론 자신의 시학의 폭과 깊이를 아울러 보여주려는 데 있었던 것임을 살펴보았다. 『시화총림』은 또한 조선 후기 시학의 보편적 양상을 보여주는 자료로서의 가치로 분명 보여주었다고 하겠다.

한편 이러한 점은 〈시화총림서(詩話叢林序)〉에서 찾아볼 수 있다.

나는 어디 어떤 시화가 있다는 말만 들으면 찾아보지 않은 적이 없고 얻기만 하면 읽어보지 않은 것이 없었다. 그런데 그 가운데 정부나 민간의 일들이며 시골구석의 속담까지를 모두 기록해 놓으니 책의 부피가 너무 많아서 보고 기억하기가 어렵게 되었다. 그리하여 여러 사람들이 저술한 책들을 모아 놓고 시화에 대한 부분만을 골라 뽑아서 한 질의 책으로 만들고 이름을 『시화총림』이라 붙였다. (……) 그리하여 지금 더 없어지기 전에 대강 뽑아 기록하여 시가의 지남으로 만드는 것이 세상에 전함이 없게 하는 것보다 낫지 않겠는가?

---

6 홍인표, 「시화총림연구 - 중국 시화와 관련하여」, 『중어중문학』 제9집, 250면 참조.
7 홍만종, 〈시화총림서〉 참조.

이 뒤에 보는 사람은 이로 인하여 얻는 것이 있어서 그 경계할 만한 것은 경계하고 그 본받을 만한 것은 본받아 시에 대한 정의를 연구하게 되면 거의 한위를 거슬러 올라가고 명소를 따라가서 풍아의 문턱에 이르게 될 것이니, 그 온유돈후하게 되는 풍화에 있어서 도움이 없다고는 할 수 없을 것이다.[8]

홍만종은 〈시화총림서〉에서 의사가 약의 처방이 없으면 병을 고치지 못하듯이, 시도 비평을 듣지 않으면 잘못을 고칠 수 없다고 하면서 좋은 비평서야 말로 시가의 좋은 처방이라고 하였다. 그러면서 위와 같이 『시화총림』의 저술이 앞서 살펴본 대로 『소화시평』에서 『시평보유』를 거쳐 『시화총림』에 이르는 40여 년 이상의 세월을 공들인 그의 시학에 대한 관심과 노력의 소산임을 밝히고 있다. 또한 우리나라 시학의 번성함을 드러내고자 한 까닭이기도 하다고 하였다. 그리고 홍만종은 우리 시학에서 시가의 지남이 되는 책을 목표로 하였음도 언급하였다.

그리하여 홍만종은 후학들이 『시화총림』을 통해 경계할 것은 경계하고 본받을 것은 본받으면서 시에 대한 정의(精義)를 연구하게 되면, 온유돈후(溫柔敦厚)한 풍화(風化)의 실현에 도움이 될 것으로 보았다. 홍만종은 『시화총림』이 시가의 지남으로 풍화의 실현에 도움이 되는 우리 시학의 좋은 처방이 되기를 희망하였던 것이라 하겠다.

이러한 홍만종의 생각은, 앞서 살펴본 대로 『시화총림』에 수록된 전체 시화들이 역대 시학의 양상을 보여주는 자료임과 동시에 홍만종 자신의 시학의 범주에서 벗어나지 않는 자료이며 조선 후기 당대는 물론 후대에 이르기까지 시학의 전범으로 남을 자료임을 알려주고도 남음이 있음을 알 수

---

8 余 聞無不求 得無不覽 第於其間 並載朝野事蹟 閭巷俚語 篇帙 浩汗 難於記覽 於是 合諸家所著 而專取詩話 輯成一編 名之曰 詩話叢林 凡上下數百載 騷人墨客 山僧閨秀 名章警句 備錄無遺 其淸麗豪雄 各臻意趣 品題考核 無不的當 我東方詩學之盛 斯可見矣 (…) 玆及其未盡湮滅略加採錄 以作詩家之指南 無亦使其無傳焉 後之觀者 因此而有得 戒其可戒 法其可法 究夫詩之精 則庶可以泝漢魏 追命騷 而闖風雅之閫域 其於溫柔敦厚之化 亦不爲無補云(洪萬宗, 〈詩話叢林序〉).

있게 해준다.

지금까지 〈범례〉와 〈시화총림서〉를 통해 살펴본 바와 같이, 홍만종은 『시화총림』을 저술하여 우리의 역대 시학의 양상을 파악할 수 있는 자료를 정리해 보여주는 한편으로, 40여 년에 걸친 평생의 자신의 시학을 결산하여 시가의 지남으로 남겨 후학들의 풍화에 도움이 되고자 하였던 것으로 보인다. 그리고 조선 후기 당대는 물론 후대에 이르기까지 시학의 좋은 처방으로 보존되기를 희망하였던 것으로 생각된다.

이렇게 보면 『시화총림』에 수록된 24편의 시화 자료로 하는 시학 양상의 연구는, 역대 우리 고전 시학의 총체적 양상 연구임과 동시에 홍만종 시학의 진면목에 대한 연구이기도 한 것으로 볼 수 있을 것이다. 이것이 바로 『시화총림』 저술의 시학사적 의의라 할 수 있겠다.

3. 「부 증정」의 시학 양상

1) 증정과 감계

홍만종이 『시화총림』을 저술하면서 자신의 시학의 범주 내에서 시화 자료들을 취사선택하여 후학들의 시학의 모범으로 삼고자 하였음은 앞에서 살펴보았다. 이에 더하여 홍만종은 『시화총림』을 마무리하면서, 「부 증정」을 통해 제가(諸家)의 편록(編錄) 중에 증정(證正)하여야 할 것과 감계(監戒)로 할 만한 것을 찾아 널리 고구(考究)하여 9항목의 시화로 정리해 놓았다.

이처럼 〈범례〉 ⑧에서 밝힌 대로 홍만종은 『시화총림』 저술에서 전체적으로 정확한 자료의 제시에 큰 관심을 두었는데, 특히 「부 증정」에서는 자신의 목소리로 다른 시화에서 언급하지 않은 내용들을 추려 정리해 놓았던 것이다. 이제 그 증정과 감계의 내용을 살펴보도록 하겠다.

우리나라는 고려 때부터 오늘에 이르기까지 시화를 만드는 데 혹은 소설로써 세상에 전하는 것을 많이 기록했다. 제각기 보고 들은 바에 따라 썼기 때문에 자세하고 간략함이 같지 않고, 취하고 버림이 서로 다른 것은 이상하게 생각할 것이 없으나, 작자의 성명이 서로 바뀌고, 시대도 틀린 것이 있게 되었다.[9]

우리의 역대 시화들이 세상에 전하는 내용을 그대로 기록한 것이 많아 제각기 보고 들은 대로 쓴 것이어서 자세하고 간략함이나 취하고 버림이 서로 다르고, 시인의 성명이 바뀌거나 시대가 틀린 것도 있음을 지적한 말이다. 확실한 증거를 들어 바르게 기록해야 하는 비평가의 자세를 지적한 내용인 것이다.

그리하여 이인로(李仁老, 1152~1220)의 『파한집(破閑集)』에 정지상(鄭知常, ?~1135)의 시로 기록된 시가 최자의 『보한집(補閑集)』에는 진화(陣澕)의 시로 기록되었다든지, 권응인(權應仁)의 『송계만록(松溪漫錄)』에 어무적(魚無迹)의 시로 기재된 시가 신흠(申欽, 1566~1628)의 『청창연담(晴窓軟談)』에 문관 박란(朴蘭)의 시로 기록되었다든지 하는 바로잡아야 할 내용들을 언급하면서 다음과 같이 지적하였다.

보는 사람으로 하여금 어떤 것을 꼭 따라야 할지 알 수 없게 하였다. 이리저리하는 사이에 그 진실을 잃어버리게 되었으니 만약 많이 보고 많이 아는 선비가 아니면 누가 진짜인지 누가 가짜인지를 어떻게 분별하여 그 시비를 판정하겠는가? 뒤에 붓을 들고 시를 기록하는 사람은 자세히 살피지 않을 수 없는 일이다.[10]

---

9 我東 自麗朝 至于今 作爲詩話 或小說以傳於世者夥矣 各因見聞而筆之 其詳略之不侔 取舍之不同 無足怪也 至於作者之姓名 互朝代或舛(洪萬宗, 『詩話叢林』, 「附證正」 1. 앞으로 「부 증정」의 시화 인용의 경우는 9항목의 일련번호만 표시할 것임.).

10 使觀者 莫知適從 展轉失眞 若非博洽之士 安得辨主客 而定是非耶 後之秉筆記詩者 不可不審也(1).

이렇게 진실을 잃어 주인과 나그네를 가리고 옳고 그름을 정하는 일이 어렵게 된 사정을 지적하고 후세에 시를 기록하는 이들이 자세히 살펴 기록할 것을 당부하고 있다. 증정에 이은 감계의 내용인 것이다. 홍만종은 증정하여 진실을 밝히고 감계하여 정확한 자료가 기록되기를 바라는 자신의 의도를 분명히 제시해 놓았던 것이다.

무릇 글을 편찬하는 것은 반드시 확실한 고징이 있고 허소가 없어야 세상에 전해서 믿음을 주게 되는 것이다.[11]

또한 이렇게 증정에 바탕을 둔 내용에서 홍만종은 참고하여 근거로 삼은 것이 참되고 확실하며 허술함이 없어야 세상에 믿음성 있게 전해질 수 있다고 하였다. 대체로 9항목의 「부 증정」의 내용 전체에서 이러한 증정과 감계에 대한 홍만종의 관심은 일관되게 이어져 있다.

한편 허균이 『국조시산(國朝詩刪)』에 수록한 이현욱(李顯郁)의 시가 중국 명나라 왕양명(王陽明)의 시임을 밝히면서 홍만종은 다음과 같이 언급하였다.

아! 기막힌 일이다. 허균이 남의 이름과 성을 바꾸어서 뒷사람의 눈을 속이려 한 것은 무슨 생각에서이냐? 그리고 또 '세정노거'라는 말과 뜻으로 볼 적에 이것은 반드시 인간의 말이요 귀신의 시가 아님이 분명한 것이다. 나의 이 말은 마치 노숙한 관리가 죄목을 꼬집어 내는 것과도 같으니 왕양명의 영혼이 있다면 아마도 저승에서 손뼉을 칠 것이다.[12]

이와 같이 홍만종은 뒷사람의 눈을 속이며 정확한 내용을 기록하지 못한 잘못을 강한 어조로 나무라고 있다. 또한 비평가의 비평 태도는 노숙한 관

---

11 凡纂書者 必攷據精實 勿之有疎然後 可以傳信(8).

12 名姓 欲瞞後人眼目 何哉 且以世情老去 語意見之 必是人間語 而非鬼作明矣 余之此論 近於老吏斷獄 陽明有靈 想抵掌冥冥也(2).

리가 죄인의 죄목을 확실하게 밝혀내 듯 자료의 정확성을 획득하는 것을 바탕으로 삼아야 하는 것임을 분명히 하였다. 이런 생각을 가진 홍만종이기에 증정하는 가운데 "그러므로 나는 여기에 뚜렷이 표시하여 그 허망한 것을 없애려는 것이다."[13]라고 하여, 시학의 근본이 정확한 자료의 선택에 있음을 강조하기도 하였던 것이다. 홍만종은 이렇게 9항목에 걸쳐 두루 확실한 증거를 세워 시와 시에 관련된 내용들을 기록해야 한다고 강조하는 한편 그렇지 못한 현실을 비판하면서 감계의 글 또한 남기고 있는 것이다. 물론 증정하고자 지적한 내용들 자체가 모두다 감계의 내용을 담고 있기는 하지만 두드러지게 지적한 내용은 다음과 같다.

시를 짓는 사람으로서는 마땅히 경계하고 또 본받을 바이다./ 글을 편찬하는 사람으로서 마땅히 경계 할 바이다./ 지금 이 말을 여기에 아울러 기록하여 망령되어 논하는 자의 경계가 되게 하려는 것이다.[14]

이처럼 증정한 내용에 이어 시 짓는 사람, 책 편찬하는 사람, 시 논하는 사람들에게 감계하는 말로 각각의 시화를 마무리하고 있다. 이렇게 보면 홍만종은 「부 증정」을 통해 시학에 관심을 가진 모든 시인 비평가들에게 확실한 증거를 찾아 확인하고 바르고 정확하게 기록하는 것이 시학의 출발점이라는 교훈을 남기고 있는 것이다.

증정과 감계의 시학 이것은 「부 증정」에만 국한된 것은 아닐 것으로 보인다. 〈범례〉에서 본 바와 같이 『시화총림』을 편찬하면서 홍만종이 몸소 보여준 비평 태도가 바로 이 증정과 감계의 시학에서 비롯된다고 보이기 때문이다.

---

13 故 余表而出之 以破其虛妄(2).
14 爲詩者 宜可戒可法(7)/ 纂書者 宜戒之(8)/ 今並錄此 以爲妄論者之戒(9).

2) 지시와 선시

홍만종이 「부 증정」에서 증정과 감계에 대해 언급하면서, 이와 관련하여 보여준 시학의 양상가운데 지시(知詩)와 선시(選詩)에 관한 내용이 주목을 끈다.

남의 시를 알아보기란 제가 짓기보다도 어려운 것이다. 옛날부터 시에 능한 사람도 모두 시를 골라 뽑기란 참으로 어려운 일이라고 했다.[15]

이렇게 홍만종은 남의 시를 알아보는 지시가 작시보다 더욱 어려운 일임을 분명히 밝히고 있으며, 지시를 바탕으로 하는 선시 또한 어려운 일임을 인정하고 있다. 그리하여 조운흘(趙云仡, 1332~1404)의 『삼한귀감(三韓龜鑑)』에서부터 김종직의 『청구풍아(靑丘風雅)』에 이르기까지 선배들의 시선집을 하나하나 비판하면서, 허균의 『국조시산』이 선시를 잘하였다고 칭찬받고 있기는 하지만 이 또한 남의 눈을 속이려 한 잘못이 있다고 증정하고 있다.

옛날부터 시를 골라 뽑는 사람은 많이 알고 도량이 넓지 않으면, 뽑을 것은 뽑고 버릴 것은 버리며 근본을 자세하게 조사하여 밝히기는 참으로 어려운 것이다.[16]

홍만종은 이처럼 선시자는 박식하고 도량이 넓어야 한다고 하였다. 선시의 기준이 객관적이려면 시학 전반에 걸친 광범위한 지식이 필요할 것이고, 선시함에 있어 친소(親疎) 때문에 호오(好惡)가 분명하지 못하게 되는 등의

---

15 知詩難於作詩 自古能詩者 咸以選詩爲難(2).
16 自古選詩者 非博識宏量 固難乎取舍精簸(4).

사적인 평가에 흐르지 않으려면 도량이 넓어야 하기 때문일 것이다. 그렇게 박식하고 도량이 넓어야 시의 취사선택에 있어 정밀하게 분석하거나 근본을 자세히 살펴 밝히는 작업 등에 바탕을 두고 객관적이고 공평무사한 태도로 선시하는 성과를 거둘 수 있을 것이다.

사실 시평활동에 있어 지시에서 선시로 이어지는 과정은 시인들 사이에서 가장 어려운 일로 인식되어 왔다. 객관적 기준에 따라 시를 평가라는 지시와 가치 있는 시를 고르는 취사선택의 길인 선시의 과정이 결코 쉬운 일은 아니었을 것이다.

특히 누구에게나 공감을 얻을 수 있는 선시작업이란 힘들지 않을 수 없다. 선자가 시에 대한 안목이 높아야 할 것은 물론이려니와 그 나름대로의 일정한 선시의 기준도 있어야 할 것이기 때문이다. 이렇게 선시자가 작품의 질적 수준을 가릴 수 있는 기준을 가지고 선시 작업에 임한다고 볼 때, 선시 작업을 시평 의식의 소산으로 보아도 무방할 것이다. 그리하여 시평 활동의 궁극적인 목표가 바람직한 선시작업으로 연결될 수도 있을 것으로 생각된다.

이렇게 보면 홍만종이 지시와 선시에 보인 관심은, 그로 하여금 광범위한 지식과 넓은 도량으로 시평 활동을 전개하게 하고 시의 취사선택의 과정을 거쳐 자신의 시학을 체계화하는 데에 기여하였을 것으로 보인다.

3) 표절과 환골탈태

홍만종은 작시에 있어서 표절(剽竊)을 배격하고 독자적인 시의 경지를 개척해야 한다고 주장하였다. 선배들의 시에 이미 사용된 어휘나 시구를 억지로 써서 구차하게 작시하는 것보다 스스로의 창의에 의해 시를 써야한다는 것이 그의 생각이었던 것이다.

시인으로서 가장 꺼리는 것은 남의 글을 도둑질 해 오는 것이다. 옛날 사람은 말하기를 "문장은 마땅히 자기 솜씨로 만들어 내서 자기의 풍채와 골격을 이루어야 하니 어찌 다른 사람과 생활을 같이 할 수 있느냐?" 했으니 이 말은 대단히 잘한 말이다.[17]

이렇게 남의 시를 표절하는 것을 금기로 삼고, 자신의 창의로 자신만의 풍채와 골격이 담긴 시세계를 열어나가야 함을 강조하고 있다. 이어서 표절의 예를 들면서 홍만종은, "이 세 사람은 모두 옛날 사람의 시를 슬그머니 가져온 것이다."[18]라고 한다든지, "이것은 이규보의 이른바 '서투른 도둑은 붙잡히기 쉬운 체'라는 말에 어울리는 것이다."[19]라고 하여 그 잘못을 지적하였다.

상촌의 『청창연담』에 이르기를 "조원의 첩 이씨의 시 1구,

강은 갈매기 꿈을 적시어 넓고요,
하늘은 기러기 시름 속에 끝이 없구나.

는 고금 간의 시인으로 따라갈 사람이 없다."고 했나. 나는 보건내 덩인 형사의 시에 이르기를,

물은 마름빛을 적시어 멀리 보이고,
하늘은 기러기 시름 속에 끝이 없구나.

라고 했으니, 이씨의 이 글귀는 온전히 여기에서 나온 것이다. 그런데 상촌이 어째서 항사의 시를 보지 못했는가? 내가 보건대 난설헌 허씨가 그 오라버니

---

17 詩家 最忌剽竊 古人曰 文章 當自出機杼 成一家風骨 何能共人生活耶 此言甚善(7).

18 三人 皆沿襲前人詩(7).

19 此 李相國 所謂拙盜易擒體歟(7).

하곡이 갑산으로 귀양 갈 때에 전송하면서 지은 오언율시 함련,

　하수는 가을 언덕에 그들먹하게 흐르는데,
　철령관 구름엔 석양이 걷히는구나.

는 바로 당인 시의 전구로서 한 자도 다른 것이 없으니 이것은 참으로 '털도 뜯지 않고 날로 삼킨다'는 것이다.[20]

　또한 이렇게 신흠이 고금간의 시인으로 따라갈 사람이 없다고 극찬한 이씨의 시가 당시를 그대로 표절한 것이라고 지적하면서 그 실수가 이해되지 않는다고 지적하였다. 그리고 허난설헌(許蘭雪軒, 1563~1589)이 오빠를 전송하며 쓴 시도 당시를 그대로 베껴 쓴 것이라고 하면서 '털도 뜯지 않고 날로 삼켰다'라고까지 혹평하였다.

　이처럼 표절에 대하여 배격하였던 홍만종은 환골탈태(換骨奪胎)에 대해서는 매우 호의적으로 언급하였다. 환골탈태는 고인의 시의에 근거하여 다른 말로 바꾸어 표현하는 것을 환골이라 하고, 고인의 시문의 의취를 더욱 심화하여 자신의 의경으로 조성, 표현하는 것을 탈태라고 한다.

　사실 한시가 제한된 오선, 칠언의 형식에다 인정, 물태를 그 소재로 취하기 때문에, 전대의 수많은 작품들과 다른 의취를 표현해내거나, 새로운 의경을 개척하는 것은 참으로 어려운 일이다. 따라서 고인의 시를 모방하는 일은 진부한 일이기는 하지만, 신의를 창출하기란 실로 어려운 일이어서 후세의 시인들은 어쩔 수 없이 전대의 시를 모방하여 짓게 되고, 또 모방에서 비롯되기는 했어도 좋은 시가 나올 수도 있었다고 하여, 작시에서의 모

---

20 象村晴窓軟談 云 趙瑗 姜李氏詩一句 江函鷗夢濶 天入雁愁長 古今詩人 未有及此者 余見 唐人項斯詩 曰 水函萍勢遠 天入雁愁長 李氏此句 全出於此 象村 豈不見項斯詩耶 余見許氏蘭 雪 送其兄荷谷謫甲山詩 五言律頷聯 河水平秋岸 關雲斂夕陽 卽是唐人全句 無一字異同 此可謂 活剝生吞者也(6).

방의 수가 방법을 인정하기에 이르렀던 것이다.

김식암은 일찍이 접위관이 되어 동래에 이르러 해운대에 올라 바다를 굽어보니 넓고 넓은 물이 끝이 없었다. 절구 1수를, 읊었다.

비단 장막은 계륜이 처음으로 쳐서,
옛날 사람들도 너무 사치하다 했다.
뉘 집에서 이런 파란 비단을,
천만리에 골고루 펴놓았노?

이 시는 대개 고려 때에 졸옹 최해가 우하를 읊조린 시,

후추 팔백 곡을 쌓아놓은 것은,
두고두고 그 어리석음을 비웃었다.
그런데 어째 벽옥두로,
온종일 아름다운 구슬을 되고 있는고?

에서 나온 것이다. 김은 또 바다 가운데서 가끔 가다가 파도가 저절로 일어나 눈빛같이 부서지는 것을 보고 절구 1수를 읊조렸다.

나는 들었다. 관음보살이 바다 위에 나타나,
팔짱 끼고 연화 위에 오뚝이 앉았다고.
어디선가 갑자기 옥동자가,
쌍쌍으로 연꽃을 받들고 나오는 듯.

이 시는 대개 송나라의 양대년이 백부용을 읊조린 시,

어젯밤 삼경쯤 돼서,

항아가 옥비녀를 떨어뜨렸다.

풍이는 감히 간직하지 못하고,

푸른 물 위에 고이 받들어 올렸네.

에서 나왔으니 모두 옛날 사람의 시를 모방한 것이다. 그러나 전연 흔적이 없
이 가져와서 참으로 탈태하는 법을 얻었다.[21]

이렇게 김석주의 두 편의 시가 모두 옛사람의 시를 모방하였지만 전연
흔적 없이 그 의취를 가져와 자신의 의경으로 삼았기에 참으로 탈태의 법을
얻은 것이라고 긍정적으로 평가하였다. 한 편의 새로운 시로 인정한 것이다.

이렇게 홍만종은 단순한 표절에 대해서는 배격하면서도, 모방의 기교로
서의 환골탈태에 대해서는 긍정적으로 인정하는 태도를 보여주었다.

4) 자득지묘

홍만종이 『시화총림』을 저술하면서 중국이 시와 시인에 관련된 시화를
의도적으로 배제하면서, 주체적으로 우리 시화 자료의 정리와 보존에 주안
점을 두었음은 앞에서 살펴보았다. 「부 증정」에서 홍만종은 이와 관련하여
자득지묘(自得之妙)의 시학을 피력하면서 그와 같은 내용을 확인해 주고
있다.

---

21 金息庵 嘗以接慰官 至東萊府 登海雲臺 俯瞰滄海 浩浩漫漫 一碧萬里 賦詩一絶曰 錦帳出
季倫 古人尙云侈 誰家碧綾羅 舖盡千萬里 蓋出於麗朝崔拙翁鎣 詠雨荷詩 貯椒八百斛 千載笑其
愚 如何碧玉斗 竟日量明球 金 又於滄海中 見時有微波獨湧 雪色 亂灑 詠一絶曰 聞道海觀音
高拱蓮化座 忽有白玉童 擎出雙雙朶 蓋出於宋楊大年 詠白芙蓉詩 昨夜三更裏 姮娥墮玉簪 馮夷
不敢受 捧出碧波心 皆模倣古作 終無痕跡 眞得奪胎之法(7).

문장이 비록 작은 재주라고 하나 업으로서는 가장 정밀한 것이니 대개 아무렇게나 간이 크게 덤벼드는 사람으로서는 쉽사리 말할 수 없는 것이다. 그런데 세상에서 당시를 말하는 사람은 송시를 배척하기를 "비루하여 족히 배울 것이 못 된다." 하고, 송시를 배우는 사람은 당시를 배척하기를 "시들어빠지고 잔약하여 반드시 배울 것이 못 된다."고 하니, 이것은 모두가 편벽된 논이다. 당시가 쇠경에 이르러 어찌 상말이 없을 수 있으며, 송시가 왕성할 때에 어찌 아음이 없었겠는가? 다만 내가 그 가운데서 스스로 묘처를 얻는 데 있을 뿐이다.[22]

홍만종은 이렇게 문장이 비록 작은 기술이긴 하지만 업으로서는 가장 정밀한 것이라고 하면서, 당시니 송시니 하는 시대에 좌우되어 얽매이지 말고 스스로 묘처를 얻는 자득지묘의 시학에 노력을 기울여야 한다고 하였다. 터무니없이 이상만 높이 잡고 실력이 따르지 못하는 시단의 현실을 비판하면서, 홍만종은 자득지묘의 스스로의 시세계를 구축할 것을 강조하면서 다시 한 번 주체적인 민족문학의 정립에 관심을 보여주었던 것이다. 그리하여 "망령되이 논하는 자의 경계가 되게 하려는 것이다."[23]라고 하면서, 자신의 생각이 자득지묘의 시학에 있음을 강조하였다.

홍만종이 『시화총림』을 편찬하면서 중국 시와 시인에 관련된 시화를 배제하면서 우리 시화의 정리와 보존에 주안점을 두었음은, 분명 민족문학을 정립하려는 데에 나름대로 관심이 있었음을 나타내주는 것이었다고 하겠다. 이어서 「부 증정」에서 이렇게 자득지묘의 시학을 내세우면서 홍만종은 확실하게 민족문학이 나아갈 길을 제시하였다고 생각된다.

---

22 文章 雖曰小技 業之最精者也 蓋非嘔心大膽之所可易言 而世之言唐者 斥宋曰 卑陋不足學也 學宋者 斥唐曰 萎弱不必學也 玆皆偏僻之論也 唐之衰也 豈無俚譜 宋之盛也 豈無雅音 只在吾自得之妙而已(9).

23 주 14)의 (9) 내용 참조.

4. 맺음말

앞에서 『시화총림』 저술의 시학사적 의의와 「부 증정」의 시학 양상에 대해 살펴보았다. 이제 앞으로의 과제를 밝히는 것으로 맺음말에 대신하도록 하겠다. 홍만종이 저술한 『시화총림』은 역대 우리 시학의 총체적 양상을 살펴볼 수 있게 하는 자료집이라는 점에서 그 시학사적 의의를 지닌다. 또한 홍만종 시학의 범주를 확인할 수 있게 해주는 자료집으로서의 가능성이 충분하다는 점도 또 하나의 시학사적 의의가 된다고 할 수 있다.

앞으로 『소화시평』과 『시평보유』는 물론 잡록류인 『해동이적』, 『명엽지해』, 『순오지』에 부분적으로 수록된 시화들, 그리고 문집의 각종 문체에 수록된 시학 자료들까지 모두 망라하여 홍만종 시학의 양상을 정리한 다음, 그 결과를 『시화총림』에 수록된 24편의 시화에 나타나 있는 시학의 양상과 비교 검토한다면, 위의 가능성이 현실로 드러날 수도 있을 것이다. 바로 이것이 앞으로의 중요한 과제가 될 것으로 생각된다.

그리고 「부 증정」의 시학 양상 가운데 '자득지묘'의 시학에서 보여준 그의 민족문학에 대한 관심은, 『시화총림』을 편찬하는 과정에서 중국 관련 시화를 배제하고 우리 시화 자료의 정리와 보존에 노력한 그의 민족문학에 대한 애정에서 비롯된 것으로 파악되었다.

이러한 홍만종의 민족문학에 대한 관심은 사실 조선 후기에 크게 부각되었던 민족문학에 대한 관심 확산과 맥을 같이하는 것으로 볼 수 있다. 따라서 조선 후기에 크게 일어난 민족문학의 재발견 노력에 홍만종의 '자득지묘'의 시학이 어떤 의미로 기여할 수 있는지에 대한 검토도 또 하나의 좋은 과제가 될 것으로 생각된다.

(「세종어문연구」 24, 2006)

제3부

비평가의 생각을 들여다보다

이익의 『성호사설』 「시문문」의 특징

1. 머리말

성호(星湖) 이익(李瀷)은 조선 후기의 부패하고 피폐된 사회 상태를 예리하게 관찰·비판하고, 당면한 여러 문제에 관하여 자신의 포부와 이상을 구체적인 방책으로 피력하여, 새로운 경세치용의 학풍을 이룩한 학자다. 그리하여 기왕의 성호 연구는 정치·경제·사회·역사·철학 등의 면에서, 사상가 또는 실학자로서의 그의 면모를 찾는 데 그치고 있다.[1]

이 글에서는 이러한 사상적 측면에서의 연구를 지양하고, 성호 문학의 면모를 살핌으로 해서 문인 또는 문학 비평가로서의 그의 위치를 뚜렷이 밝혀 보고자 한다. 특히 성호의 문학 세계를 전반적으로 검토하기 위한 첫 단계로서, 그의 시론과 시평의 제양상을 고찰하는 것이 이 글의 목적이다.

지금까지의 고전 비평 연구는 자료의 정리를 중심으로 하는 문헌학적 연구와, 방법론의 모색 과정인 방법론적 연구, 그리고 중국 비평과의 비교문학적 연구 등이 개별적으로 이루어져 왔으며, 한편으론 고전 비평의 전체적 흐름을 파악하고자 하는 비평사적인 연구도 있었다.[2]

---

1 이 방면의 중요한 업적으로는 한우근의 『이조 후기의 사회와 사상』(을유문화사, 1976)을 들 수 있다.

2 비평사적 연구란 전형대·정요일·최웅·정대림의 공저인 『한국고전시학사』(홍성사, 1979) 등을 일컫는다.

때문에 이 글은, 성호의 시론과 시평의 제양상을 구체적으로 연구·검토함으로써, 고전 비평의 면모를 확충·보완하는 작업에 도움이 되고자 한다는 데서도, 그 의의를 인정받을 수 있으리라고 생각된다.

성호 이익의 본관은 여주(驪州)이고 자는 자신(子新)이며, 경기도 광주 첨성리에 거주하였으므로 스스로 성호라고 호하였다. 그의 조부 이지안(李志安)은 사헌부 지평, 부친 이하진(李夏鎭)은 사헌부 대사헌을 지냈으며 전통적인 남인의 세도 집안이었다. 숙종 6년(1680)의 경신대출척(庚申大黜陟)의 정변으로 말미암아 노론 일당들의 세도에 몰려 허목(許穆)을 영수로 한 남인들의 세도가 무너지자 그의 부친은 진주목사로 좌천되었다가 평안도 운산군으로 유적(流謫)되었다.

성호는 이 적소에서 1681년 11월 17일(음력 10월 18일), 부친의 후처인 안동 권씨의 몸에서 태어났다. 그 다음 해에 부친이 별세하고 편모슬하에서 자라나면서 중형인 이잠(李潛)에게서 학문을 배웠다.

그러다가 숙종 31년(1705)에 중형 이잠이 당시 집권층인 노론의 횡포에 대한 것을 상소한 까닭에 국문 끝에 목숨을 잃었다. 그 후 과거에의 뜻을 버리고 계형인 옥동(玉洞) 이서(李漵)와 종형인 소은(素隱) 이황(李瀷)을 좇아 수신의 학덕에 전심하였다. 숙종 41년(1715), 그의 나이 35세 때에 모친의 상을 당하고, 문중의 가장집기를 종가로 돌려보내고, 삼년상을 마친 후부터는 후배의 교육에 종사하였다.

영조 3년(1727)에 조정에서 선공감 가감역이란 직으로 불렀으나 사절하였으며, 영조 39년(1763)에 83세의 노령으로 국가의 우로예전(優老例典)에 따라 검지중추부사로 승자(陞資)의 은전을 입었으나 그해 12월 17일에 세상을 떠났다.

초야의 학자로서 절약과 검소를 생활의 신조로 삼고 청렴결백한 생활을 하면서 평생을 학문에 몸 바친 그는 가장서를 토대로 유교의 고전과 성리학을 섭렵하고, 이황(李瀷)의 학문에 경도하였다. 그러나 그는 성리학적 공리공론과 권위주의를 극복하고, 유형원(柳馨遠)의 실용학을 계승하여 실학이라는 새로운 학풍을 열었다. 그의 학문의 요체는 실사구시(實事求是)로서, 역사와 현실을 이해하고 나아가서 사회를 개혁하자는 데 있었다. 때문에 이이(李珥)와 유형원을 가장 실용적 학문에 뛰어난 학자로 생각하여,[3] 그들이 당시의 사회 현실을 올바르게 인식·비판하였던 높은 식견과 포부로써 어지러웠던 나라 일을 능히 바로잡을 만한 사람들이었으나 현실의 제약에 눌려서 실시되지 못하거나 헛되이 쌓여서 묻혀 버리고 만 것을 한탄하였다.

또한 그의 폭넓은 학문의 영향은 직접적으로 아들 맹휴(孟休)와 손자 구환(九煥), 그리고 조카 병휴(秉休)·용휴(用休)와 종손인 삼환(森煥)·가환(家煥)·중환(重煥)에 미치었으며, 특히 맹휴와 병휴는 경학, 가환은 서학(과학), 중환은 지리학에 많은 영향을 받았다. 그의 문인들 중에는 역사에 안정복(安鼎福), 지리에 윤동규(尹東奎), 산학에 신후담(愼後耼)·황득보(黃得甫) 등이 영향을 받았고, 그 외에도 이학규(李學逵)·이기양(李基讓)·권철신(權哲身)·권일신(權日身) 등에게도 영향을 미쳤는데, 그의 학문은 다산(茶山) 정약용(丁若鏞)에 이르러 집대성되었다고 할 수 있다.

문인으로서의 성호를 파악하기 위하여, 먼저 그의 문학을 개관하면 다음과 같다. 성호의 문학적 면모는 70권 36책의 『성호선생전집(星湖先生全集)』과 백과사전식 저서인 『성호사설(星湖僿說)』에 잘 나타나 있다. 『성호선생전집』에는 모두 31류의 문체로써, 1178수의 시를 비롯하여 서(序)·기·발·서(書)·설·사·부·론·전·악부·잡저 등의 많은 작품들이 실려 있는데, 이들은 문학적으로 검토되어야 할 가능성이 충분한 작품들이다. 특히 시권에 포함되어 있는 해동악부(海東樂府) 119수는 상고로부터 고려조에 이르기까지의 우리의 역사·민속·설화·지리 등에서 취한 내용들이 중심인데, 편마다 자서가 붙어 있다. 도솔가(兜率歌)·회소곡(會蘇曲)·만파식곡(萬波息曲)·화왕가(花王歌)·처용가(處容歌)·천관원(天官怨)·

---

3 國朝以來識務 惟李栗谷柳磻溪二公在(『星湖僿說類選』卷3 下, 「人事篇」 4, 「治道門」 1, 〈變法條〉).

황조가(黃鳥歌)·정읍사(井邑詞)·벌곡조사(伐谷鳥辭)·과정곡(瓜亭曲)·화랑가(花郎歌)·대동강(大洞江)·유두음(流頭飮) 등 우리가 역사를 통해 잘 알고 있는 내용들이 대부분인 바, 성호의 역사에 대한 관심도를 살펴볼 수 있을 뿐 아니라, 고려 익재(益齋) 이제현(李齊賢)에서 비롯된 소악부 형태로 지어 우리나라 악부체의 연구에 있어서는 빼놓을 수 없는 작품이라고 생각된다. 또한『성호사설』 30권 중,「시문문(詩文門)」 3권에는 시론과 시평을 포함한 광범위한 문학론이 전개되고 있어서, 비평가로서의 그의 면모를 살피기에 충분하다.

성호의 시론과 시평을 검토하기 위한 자료는『성호선생전집』과『성호사설』이 중심이 된다. 특히『성호사설』의「시문문」 3권은 시화로서의 성격을 갖추고 있어서, 시문학 평론서로서의 가치를 충분히 지니고 있다.

여기서『성호사설』「시문문」의 특징을 몇 가지 살펴보기로 하겠다.

첫째, 시화집으로서의 면모를 완전히 갖추고 있다.

둘째, 내용이 독창적이다. 물론 내용의 전개에 있어서 전대 시화나 다른 문인들의 설을 인용하기도 하였지만, 소재의 선택이나 내용의 전개 방식에 있어 자신의 비평 정신이 그대로 반영되어 있으며, 논리 정연한 주장을 내세우기도 하였다.

셋째, 내용의 고증에 주력하고 있다. 세상에 와전되고 있는 것이나, 교감이 잘못된 것, 그리고 미처 상고되지 않은 것 등을 고증하여 후일의 참고가 되게 하려는 의도가 전편에 흐르고 있다. 그리고 확실한 고증을 할 수 없는 것은 이설을 종합하거나 의문을 남겨 두어 후학의 참고를 바라는 학문적 태도를 나타내 주고 있다.

이와 같이『성호사설』「시문문」은 시화집으로서 손색이 없으며, 조선 후기 비평 연구에 있어 중요한 자료적 가치를 지닌 시화집의 하나라는 점에서도 높이 평가되어야 할 것이다. 그리하여 이 글에서는『성호사설』「시문문」과『성호선생전집』에 나타나 있는 서, 발, 서 등을 중심으로 성호의 시론과 시평의 양상을 검토하고자 하는 것이다.

2. 본질론

시의 본질이 무엇인가 하는 데 대한 성호의 견해는, 시의 효용성을 바탕으로 하는 사회 풍교에 그 근본을 두고 있다. 이는 재도적(載道的) 문학관에서 이루어진 전통적 시관이기도 하다.

전형적 도학가이며 송학의 비조인 주돈이에서부터 전개되어 정이천·주자를 거쳐 확립되기에 이른 주자학적 도덕주의 문학관이 곧 재도적 문학관인데,[4] 이는 효용론적 측면에서 문을 정치·외교 및 교화의 수단으로 보고, 문을 통하여 경국제세를 실현하고자 하는 현실 참여의 의지를 반영해 주는 실용적 문학관으로서, 우리나라에도 많은 영향을 미쳤다.

고려를 거쳐 조선조에서 주자학을 정치 철학으로 받아들이면서부터 양반 관료 계층의 문학관으로 확고히 자리 잡은 후, 조선 시대의 지배적인 문학관으로 이어져 내려 왔다.

이러한 문학관 아래서 온유돈후(溫柔敦厚)한 성정의 함양으로 정서를 순화하고 시의 교화 곧 시를 통한 인간의 교육과 사회 정화 및 정신적 교화를 이루고자 하는 공리적·효용론적 시관은, 중국이나 우리나라를 막론하고 뿌리 깊게 이어져 내려 왔으며, 성호 역시 시의 본질을 인간의 교화를 위한 시 기능의 측면에서 파악하고 있었던 것이다.

시라는 것은 가르치기 위한 것이니, 힘써 뜻을 전달해야 하는데, 내용이 간략해야만 이루어진다. (……) 날로 점차 본래의 뜻에 어긋나서 의미는 더욱 교묘해지나, 가르침은 더욱 잘못되고 있다.[5]

시문을 짓는 것은 세상을 교화하기 위한 것이다.[6]

---

4 차상원, 『중국고전문학평론사』(범학도서, 1975), 276면 참조.

5 詩者教也 務在達意 惟簡乃成 (…) 日漸背于本旨 意益巧 而教益渝矣(『星湖先生全集』卷50, 〈石隱集序〉).

6 詩文之設 爲世教也(『星湖先生全集』卷50, 〈悔軒雜著序〉).

후세의 시문 따위는 모두 다 세상을 교화하는 데에 도움이 되지 못한다.[7]

이와 같이 성호는 시를 세상을 교화하기 위한 수단으로 파악하고 있다. 이는 당시의 현실을 직시하고 그 모순을 바로잡기 위해 사회 개혁 의지를 강력히 내세웠던 성호에게 있어서는 어쩌면 당연한 귀결인지도 모른다.
그는 그의 문집에서,

내 몸이 비록 시골 구석에 있으나 주공과 공자의 도를 좋아하니 참으로 나를 기용한다면 경장(更張)을 하는 것이 고금의 유술의 소원이다.[8]

라고 하여 사회의 경장이 그의 학문의 목표임을 밝혀 주고 있다. 이로 볼 때 시를 교화의 수단으로 파악하는 그의 견해는 자신의 사상이 그대로 반영된 시관이라 하겠다.

다시 말해서 그의 목표인 치국의 도를 실현하고 사회를 경장하는 데 있어서, 백성을 교화하기 위한 수단으로 시는 그 존재 가치를 가진다고 생각하였던 것이다.

역사를 통하여 보면, 나라가 어지럽고 사회가 혼란에 빠져 있을 때, 뜻 있는 문인들은 재도적 문학관을 더욱 강조하였고, 그에 따라 시교를 이루기 위한 풍교의 시관을 강하게 내세웠다. 구태여 시대를 거슬러 올라가지 않더라도, 우리는 그러한 양상을 찾아 볼 수 있는 바, 가장 최근세의 시화라고 할 수 있는 「천희당시화(天喜堂詩話)」[9]에 나타난 시관이 바로 그것이다.

---

7 後世詩文之類 率皆無神於世教(『星湖僿說』卷30, 〈吊古戰場文〉, 앞으로 성호사설에서의 인용문은 권명과 제명만 밝힐 것임.).

8 雖然身居陫側 悅周公仲尼之道 苟有用我學以措之 此古今儒術之願也(『星湖先生全集』卷46, 〈論更張〉).

9 단재(丹齋) 신채호(申采浩)의 유윤(遺胤) 신수범(申秀凡)이 오랜 기간에 걸쳐 〈대한매일신보〉를 열독하며 선고의 전집을 신증 보유하는 과정에서 우연히 발견해 낸 시화다. 임중빈이 「단재의 상황문학론」(『한국문학』, 1977년 9월호)이란 글에서 그 논조나 어휘의 동일성에 근거하

1905년 을사보호조약이 체결되고, 일본에 의한 보호 정치 및 통감 정치가 실시되어, 군사·외교권마저 박탈당하였던 우리 민족의 수난의 시대를 배경으로 하여, 1909년 11월 9일부터 1909년 12월 4일까지 17회에 걸쳐 『대한매일신보(大韓每日申報)』에 연재되었던 「천희당시화」에는 다음과 같이 강한 풍교의 시관이 나타나 있다.

詩란 者는 國民言語의 精華라. 故로 强武한 國民은 其詩부터 强武하여 文弱한 國民은 其詩부터 文弱하나니[10]

自來泰東人은 詩人의 地位를 低看하야 是가 風化에 無關하며 政敎에 無關하고 但只 黃葉村席門中에서 虫鳴蛙叫하는 一個世外棄物로 知하니 嗚呼라 此는 誤解의 大誤解로다[11]

이와 같이 시를 국민 언어의 정화로 파악하고, 시가 강해야 국민도 따라서 강해진다고 하였으며, 시가 풍화나 정교와는 관계없이 음풍농월하는 정도의 것으로만 알고 있음은 '오해의 대오해'라고 하였다. 백척간두에 선 나라의 운명과 민족의 비극을 실감하면서, 절실하게 주장하고 있는 풍교의 시관이라 할 것이다.

그러면 성호가 활동했던 시대를 보자.

임진왜란(1592~1598)과 정묘(1627)·병자호란(1636~1637)의 참극을 겪은 후의 조선 후기 사회는 실로 정치·경제·사회 각 방면에 걸쳐 혼란이 극도에 달하여, 양반 관료 사회의 질서에 변화를 일으키지 않을 수 없는 상황에 이르렀다. 왜란과 호란의 전쟁 중에 겪었던 재정난은 전후에도 계속되어 전화로 인한 농촌의 황폐와 국가 질서의 문란을 틈탄 관리와 토호들의 부정행위가 늘어나고, 군비의 확장과 시설의 복구로 왕조의 재정은 더욱

여 단재의 시화로 단정하고 있으나, 작자 문제는 앞으로 더욱 검토해 볼 필요가 있다고 생각된다.
10 〈대한매일신보〉, 1909. 11. 11.
11 〈대한매일신보〉, 1909. 12. 4.

곤궁하게 되었으며, 과중한 부역·공납·세납으로 인한 농민의 농토 이탈이 진행되기도 하였다. 이러한 국가의 정치 경제 사회의 전체적 질서의 혼란과 붕괴는 내부에 있어서 각방으로 불안과 갈등을 초래하여, 관기의 해이·사회 체제의 문란·도의의 퇴폐·민생의 궁핍·불평의 만연 등으로 지배 계급의 분열과 충돌이 격심한 것은 물론, 일반 민중의 생활은 극도로 곤궁한 위에 재해가 연속하여 유망민과 도적과 기아와 민란은 그칠 사이가 없었으니 그야말로 혼란의 연속이었다.[12]

이와 같은 혼란과 변화의 시대를 배경으로 하여, 성호는 당시의 현실의 모순을 바로잡기 위해 사회 개혁 의지를 앞세워 경장을 역설하였던 바, 시에 있어서는 백성들을 교화하기 위한 수단으로서의 시를 내세워 풍교의 시관을 주장하였으니, 이는 문이재도(文以載道)의 문학관의 소산이며 성호의 현실에 대한 정확한 인식의 결과이다.

그리하여 성호는 결국 시의 본질을 효용론적 측면에서 사회 교화를 위한 수단으로 파악하는 한편, 사회를 경장하여 유학의 도가 실현될 수 있는 사회를 이룩하는 것을 그의 학문의 목표로 지향하였다고 하겠다.

3. 작시론

시를 어떻게 쓸 것인가 하는 문제 곧 시 창작의 실제에 있어서의 표현 방법에 대한 성호의 견해는 다음의 몇 가지로 요약될 수 있다.

물론 한국 한시의 전통이 중국의 영향에 의한 것이며, 그에 따른 시론 역시 중국의 영향으로 이루어진 것이라고 볼 때, 다음의 견해들을 성호만의 독창적인 것으로 볼 수는 없다.

그러나 그 나름대로 논리를 전개하면서 자신의 시론으로 소화하고 있음으

---

12 진단학회, 『한국사 근세후기편』(을유문화사, 1974), 151면 참조.

로 해서, 그가 특히 강조하였던 표현 기교상의 문제들을 검토하려는 것이다.

1) 표현 · 수사

시에 있어서 표현 · 수사의 문제는 시의 성공 여부를 결정하는 가장 중요한 요소의 하나다. 성호는 표현의 사실성과 회화성 그리고 묘사의 구체성 등을 특히 강조하고 있다.

> 우리나라의 문은 향사의 화사가 실지의 물건은 보지 못하고 단지 전모만을 의방하여 비슷하게 복숭아나무에다 버드나무 가지, 살구나무 잎, 아가위나무 꽃을 그려서 원타(圓楕)가 실지와 틀리고, 단벽(丹碧)이 표준이 없으므로 결국 무슨 물건인지 알 수 없는 것과 같다.[13]

이렇게 시인의 직접 경험이 사실적으로 표현되어야 함을 강조하면서, 상상적이거나 과장적인 표현은 배격하고 있다. 그리하여 문을 수목에 비유한다면, 첫 여름에 꽃과 잎이 극히 무성하여 한 가지도 말라붙은 것이 없이 모두 찬란해서 보기 좋은 것과 같은 생생한 맛이 있는 문이 되어야 한다고 하였다. 이는 바로 표현의 회화성과 통하기도 하는데, 성호는 그 중에서도 시각적인 시의 효과를 높이 평가하고 있다.

> 청 · 적 · 백 · 흑은 동서남북 사방의 정색으로 빛나고 비쳐서 눈을 현란하게 하는데, 시가들이 가져다 광채를 증가시킨다. (……) 두보(杜甫)의 시에 "강이 파라니 새 더욱 희고, 산이 푸르니 꽃이 불붙는 듯하구나."라고 한 것은, 홍과 백이 청과 벽 사이에 있기 때문에 그 광채와 색태가 더욱 선명하게 나타나는데,

---

13 我東之文 如鄉社畵師 不見其物 但憑傳模 依俙彷彿 桃身柳枝杏葉棠花 圓楕違眞 丹碧無準 不審其何物也(卷30,〈古今文章〉).

이것이 조어의 묘이다. (……) 소동파(蘇東坡)의 시에 이르러는 "봄 물의 갈대 등걸에 학이 홀로 서 있고, 석양의 단풍잎에 갈가마귀 번득이네."라고 하였으니, 여섯 가지 물건을 합쳤으나 그 색태를 드러내지 않았으니, 더욱 정밀한 마탁(磨琢)을 보겠다. 이는 곧 암미(暗謎)의 류이다.[14]

이와 같이 광채와 색태가 주는 시각적인 시의 효과를 강조하고 있다. 금옥·화조·금수·운하 등의 것들을 이용하여 장점(粧點)해서 색태를 돋보이게 한 시들을 읽으면 자연 마음이 명랑해지고 눈이 즐거워진다고 하였으며, 그러한 조어의 묘 중에서도 소동파의 시에서처럼 그 색태를 노출시키지 않으면서도 광채를 증가시키는 효과를 다하는 암미의 류를 가장 정밀한 마탁의 결과라 하였다. 성호는 시에 있어서 시각적 효과를 중시하여 회화성을 강조하면서도, 지나치거나 천박해서 오히려 조어의 묘를 해치는 것보다는 암미의 류 같은 은근하면서도 그 효과를 다하는 기교를 요구하였던 것이다.

또한 성호는 전인이 지은 시문에 대하여 그의 문자 또는 격식을 취하여 고쳐서 별도로 새로운 기축(機軸)을 만들어 내는 점화(點化)의 기법을 설명하면서, 시에 있어서는 두어 글자를 가첨(加添)하고 산삭(刪削)함으로써 그 시의 품격이 저절로 달라지기 때문에 시는 말하기 어려운 것이라고 하였으며, 시 묘사에 있어서는 구체성을 얻어야 한다고 다음과 같이 말하고 있다.

수 양제(隋 煬帝)의 시에, "천만 점의 쓸쓸한 갈가마귀 떼, 흐르는 물이 외로운 마을 둘렀어라."라고 하였는데, (……) 그러나 단지 그 점만을 말하고 그 사람이 어느 시각에 있다는 것을 말하지 않았다. 때문에 진소유(秦少游)는 또 점화하여 유초청사(柳梢青詞)에 잡아넣었는데, 그 사에 "나그네 외로운 배 하늘가에, 술이 깨자 갈가마귀 사양에 번득이네."라고 하였다. (……) 그러나 또한

---

14 青赤白黑, 四方之正色 輝暎眩目 詩家以之增光 (…) 杜甫詩 江碧鳥逾白 山靑花欲燃 以其紅白在靑碧之間 故其光色益鮮 造語之妙也 (…) 至東坡則曰 春水蘆根看鶴立 夕陽楓葉見鴉飜 合六物而不露其色 尤見精琢 卽暗謎之類也(卷30, 〈詩家增光〉).

갈가마귀가 어디에 있다는 것을 말하지 않았다.[15]

이렇게 성호는 시의 묘사에 있어서 구체성을 요구하면서, 시간과 공간의 완전한 구도를 이루어야 한다고 하였다.

2) 신의

신의(新意)는 시인이 그의 독자적인 시의 경지를 개척하는 데에는 필수적인 작시 정신이라 하겠는데, 성호는 표절과 도습을 배격하면서 개성적인 표현미를 추구한 시, 창의에 의한 시를 높이 평가하고 있다.

> 내가 도연명(陶淵明)의 『정절집(靖節集)』을 살펴보니, 곧 스스로의 창의에서 나온 것이었는데 그 때문에 배우기 어렵다는 것이다. 요즘 세상에서 논하는 시는 남의 물건을 빌려서 벌여 놓기를 빈틈없이 잘 한 것에 지나지 아니하며, 또 어떤 것은 남의 물건을 빌려서 선후가 전도되고 본말이 착란되게 하니 더욱 가소로운 일이다.[16]

이렇게 남의 시를 차용하여 자기의 것으로 하는 풍조가 만연하고 있음을 지적하고, 시는 '자주(自做)', 즉 자신의 창의에서 빚어져야 한다고 하여 신의를 주장하고 있다. 이는 이규보가 『백운소설』에서 구불의체(九不宜體)를 설명하면서 졸도이금체(拙盜易擒體 : 서투른 도둑이 쉽게 잡히는 체)를 지적했던 것과 같은 류의 주장이라 할 것이다. 그리고 성호는,

---

15 隋煬詩 寒雅千萬點 流水繞孤村 (…) 然只言其點 不言其人在何時 故少遊又點化 入柳梢青詞云 行人一棹天涯 酒醒處斜陽亂雅 然又不言其雅在何地(卷30,〈坡詩柳詞〉).

16 余觀靖節集 卽自做出來 所以難學 今之論詩 不過借物而善鋪排無罅漏也 又或有借物 而顚倒錯亂之者 益可笑(卷29,〈陶詩自做〉).

우리나라 사람의 시에는 고시의 어구를 도습한 것이 언제나 많은데, 그것이 망령되어 절창이라고 전해지기도 한다. (……) 이런 류가 몹시 많아서, 비록 사재(思齋) 김정국(金正國)과 같은 어진이로도 때로는 이런 누(累)가 있었다.[17]

라고 한 데서 보다시피, 주로 표절과 도습을 배격하는 가운데 그 반대 개념인 신의를 내세우고 있다.

또한 시작에 있어서 전고나 사실을 인용함으로 해서 시의 의취를 압축·표현하고 강조하는 표현 기법인 용사(用事)의 번다함을 지적하면서,

회남소산(淮南小山)이 지은 초은조(招隱操)에 춘초(春草)·왕손(王孫)이란 말이 있은 후로, 시인들이 이를 본받아 이별하고 돌아오지 못한다는 뜻의 말로 헤아릴 수 없을 만큼 많이 사용하였다. 소동파의 별세시(別歲詩)에 이르러서는, "벗은 천 리 먼 길 떠나려는데, 이별해야 할 순간 오히려 머뭇거려짐이여. 사람이야 가도 다시 올 수 있다지만, 세월은 가면 언제 다시 되돌아오랴." 하였는데, 이는 이별의 뜻은 사용하되 그 말은 쓰지 않았는데도, 말이 더욱 새롭고 공교하였다.[18]

라고 하여, 이미 전인의 시에 사용된 어휘를 억지로 써서 용사하는 것보다는 스스로의 창의에 의한 시를 쓰고자 하여, 신의를 지향하고 있다.

3) 환골탈태

성호는 모방의 표현 기교인 환골탈태(換骨奪胎)에 대하여 매우 긍정적인

---

17 東人之詩 每多蹈襲古語 妄傳爲絶唱 (…) 此類甚夥 雖金思齋之賢 時有此累(卷28, 〈東詩蹈襲〉).

18 自招隱操 春草王孫之後 詩人祖此 爲贈別不返之語 不勝其繁多矣 至東坡則別歲詩云 古人適千里 臨別尙遲遲 人行猶可復 歲行那可追 用其意而不用其語 語更新巧矣(卷29, 〈別歲〉).

태도를 나타내고 있다.

환골탈태는 원래 강서시파(江西詩派)를 창도하였던 송의 황정견(黃庭堅)에서 비롯되었다고 하는 바, 고인의 시의에 근거하여 다른 말로 바꾸어 표현하는 것을 환골이라 하고, 고인의 시문의 의취를 더욱 심화하여 자신의 의경으로 조성·표현하는 것을 탈태라고 한다.

성호는 한시가 제한된 오언·칠언의 형식에다 인정·물태를 그 소재로 취하기 때문에, 전대의 수많은 작품들과 다른 의취를 표현해 내거나, 새로운 의경을 개척하는 것은 실로 어려운 일이라고 하면서,

나는 일찍이 사람들에게 "무릇 시 치고 진부하지 않은 것은 없다. 혹시라도 이것이 옛날에 없었던 것이라 한다면, 그야말로 우물 안 개구리가 하늘 이야기하는 격이다."라고 말하였다. (……) 저 충동한우(充棟汗牛)의 서적 같은 것에 이르러서는, 누가 일일이 검토하고 고증할 수 있으랴? 그러므로 시 짓기는 어렵지 않다. 이를 모방하여 끌어댄다고 하면 잘되지 않을 리도 없다. 후세의 시는 모두 이런 방향으로 흐르고 있다.[19]

라고 하여, 고인의 시를 모방하는 일은 진부한 일이기는 하지만 신의를 창출하기란 실로 어려운 일이어서, 후세의 시인들은 어쩔 수 없이 전대의 시를 모방하여 짓게 되고 또 모방에서 비롯되기는 했어도 좋은 시가 나올 수도 있었다고 하여, 작시에서의 모방의 수사 방법을 인정하는 태도를 나타내고 있다. 이는 황정견을 위시한 송의 시인들이, 고인의 시문을 원용하는 용사의 경우에 그것이 모방으로 변하기 쉬웠던 까닭으로 해서, 환골탈태의 수사법으로 모방의 형태를 긍정적으로 받아들이게 된 경우와 마찬가지의 생각이라 할 것이다.

---

19 余嘗語人曰 詩莫非陳腐 或以爲古無者 井蛙之談天也 (…) 至若充棟汗牛之篇 誰得以攷覈哉 故作詩非難 倣此牽搆 未有不能得之理 後世之詩 盖滔滔是也(卷29, 〈奪胎換骨〉).

성호는 또한 환골탈태하는 방법을 설명하면서, 그러한 방법에 의한 시는 새로운 의경을 그려내기 전에는 좋은 평가를 받을 수 없다고 하였다.

하루는 아이들과 시를 논하면서, 시험 삼아 환골탈태의 법으로 수련을 만들어 보았다. 이를테면 도연명의 시, '춘수만사택 하운다기봉(春水滿四澤 夏雲多奇峰)'이라 한 데서, 수(水)·택(澤)·운(雲)·봉(峰)은 실자이고 나머지는 모두 허자인 것이다. 이에 허자는 남겨두고 실자만 바꾸어 '춘음만사야 하수다기화(春陰滿四野 夏樹多奇花)'라 하였고, 실자는 남겨두고 허자만 바꾸어서, '유수귀성택 청운두작봉(流水歸成澤 晴雲逗作峰)'이라 하였다. 지금도 도연명의 시와 비교하여 살펴보면, 확실히 교졸·진안(眞贗)의 구별이 있다 하겠다.[20]

이렇게 환골탈태의 법으로 시를 지었으면서도, 도연명의 시와 비교하여 볼 때 그 시적 가치에 있어서는 미치지 못한다고 하였다. 이는 앞서 인용한 도시자주(陶詩自做)에서 본 바와 같이 도연명의 시가 자신의 창의에서 나왔기 때문에 훌륭한 시라고 하여, 신의를 주장했던 그의 태도로 보아 당연한 것이라고 하겠다.

성호는 환골탈태를 모방의 기교로서 인정하기는 했어도, 결과적으로 그 시적 가치의 면에 있어서는 비판적이었던 것으로 생각된다.

4) 연탁

한시에 있어서, 근체시의 엄격한 정형성을 지키면서 시적 효과를 높이기 위해서는 무엇보다도 시어의 연탁(鍊琢)이 필요하다 하겠다. 시적 감정을 뛰어나게 표출해 내기 위한 시어의 조탁·단련은 언제나 시인들의 중요한

---

20 一日與兒輩論詩 試依奪胎換骨法 成數聯 如陶詩 春水滿四澤 夏雲多奇峰 水澤雲峰 是實字 餘皆虛字 乃存虛而換實曰 春陰滿四野 夏樹多奇花 又存實而換虛曰 流水歸成澤 晴雲逗作峰 今與陶詩較看 固有巧拙眞贗之別矣(위의 글).

관심사가 되어 왔으며, 단순한 용자·용구보다는 고심의 결정인 연자·연구에 노력함은, 시인들의 보다 세련되고 보다 나은 시적 표현에의 욕망을 말해 주는 것이다.

그러나 성호는 지나친 시어의 연탁은 번사(煩辭)나 허식에 치우치는 결과를 빚기도 한다고 말하고 있다.

오직 그 용의함이 더 넓어진 까닭으로 세상이 점점 교세해져서 조직과 조회 (藻繪)가 이르지 못함이 없게 되었다.[21]

이렇게 시경 삼백 편은 사언을 위주로 하였어도 그 뜻을 자유롭게 펼 수 있었는데, 오언·칠언으로 변하면서 오히려 쓸 데 없는 기교에만 빠져서 아름다운 말을 만들기에 급급하게 되는 폐단이 생겼다고 하였다.

또한 '범무출기궤 경동인자 필내존부족야(凡務出奇詭 驚動人者 必內存不足也)'[22]라고 해서, 시어의 지나친 연탁이 오히려 사상과 감정의 부족을 초래하는 일이 있음을 경계하였고, '조어비불공치 풍신적료(造語非不工緻 風神寂寥)',[23] '어비불공 엄유불손지의(語非不工 儼有不遜之意)'[24]라 하여 비록 시어가 공교하고 치밀하다 해도 그 내용이 성정의 온유논후함을 잃어서는 안된다고 하였다. 이를 단순히 시경 정신에의 추종으로 해석하기보다는, 과도한 수식과 조탁으로 인해 시가 말장난으로 타락해 버리는 경향을 막고, 내용의 충실을 기하고자 하는 것으로 보아야 할 것이다.

엄격한 근체시의 정형성을 지키면서 시적 효과를 높이기 위한 노력의 하나인 연탁의 과정은 성호에게 있어서도 중요한 관심사였다고 생각되며, 다만 성호는 말단의 기교에만 치중하여 시의 품위를 상실하거나 난삽한 시어들만

---

21 惟其用意恢如 故世漸巧細 組織藻繪無所不至(卷29,〈詩家藻繪〉).

22 『星湖先生全集』卷55,〈盤巖集跋〉.

23 卷28,〈松都夢詩〉.

24 卷28,〈吊古戰場詩〉.

나열하여 내용 없는 시를 양산하기에 급급하는 일은 없어야 할 것이라고
하였다. 이는 오늘날의 일부 시인들에게도 시사해 주는 바 크다고 하겠다.

이상에서 성호의 작시론 중 가장 뚜렷하게 제시되어 있는 표현·수사,
신의, 환골탈태, 연탁 등에 관하여 살펴보았다.

4. 비평론

시의 가치나 미감 그리고 시의 기교 등에 관한 합리적 판단과 평가인 시
비평에 대한 성호의 견해는 작가론과 작품론으로 각각 나누어서 살펴볼 수
도 있겠으나, 본고에서는 그의 비평의 양상 중에서 두드러지게 나타나 있는
특징만을 두 가지로 간추려서 살펴보도록 하겠다.

성호는 논시 또는 평시로 불려지는 시 비평에 관하여 많은 관심을 보이
고 있는데, 그러한 비평 활동의 어려움을 '신호 평시지난의(信乎 評詩之難
矣)',[25] '신호 논시지난(信乎 論詩之難)'[26]이라 하여, 시를 논하고 평하는 일이
결코 쉽지 않음을 말해 주고 있다.

또한 시를 논평하는 자세에 대하여,

혹시라도 자기의 사견에 의거하여 함부로 시의 천심을 따진다면, 어찌 하루
살이가 큰 나무를 흔드는 격에 비할 뿐이겠는가.[27]

글을 읽는 자는 모름지기 그 긍경(肯綮 : 근육과 뼈가 결합된 곳으로 가장 중요
한 곳인데, 여기서는 문장의 가장 핵심적인 부분)을 살펴야 할 것이다.[28]

---

25 卷29, 〈師篠〉.
26 卷28, 〈二李金剛詩〉.
27 或据己見 而妄議其淺深 奚啻蚍蜉撼大樹也(卷29, 〈杜韓詩〉).
28 讀書者 須看其肯綮(卷28, 〈范蔡傳〉).

라고 하여, 아무런 합리적 기준도 없이 제멋대로 시 비평에 임해서는 안되며, 반드시 그 시문의 핵심을 잘 파악하여 올바른 비평이 되도록 노력해야 할 것이라고 하였다.

성호비평의 특징은 원류비평(源流批評)과 작품 외적인 요소에 의한 비평의 배격 등의 두 가지로 크게 나누어 볼 수 있다.

1) 원류비평

성호의 『성호사설』·시문문에서 가장 큰 비중을 차지하고 있는 비평의 유형이 원류비평이다. 이는 학시의 원류를 찾거나 동일한 미의식의 근원을 찾아 작가와 작품을 평가하는 비평 방법이다. 또한 감상자나 작가로 하여금 선인의 학문 수양 과정이나 작품의 내용·형식에 대하여 그것을 계보적으로 파악하게 하고, 나아가 역대 비평의 성쇠나 전후 작가간의 고하우열을 입체적으로 이해시켜 스스로 비평 원리를 터득하게 하는 방법이기도 하다.

성호는, "시를 볼 때 모름지기 그 원류를 찾아서 그 높고 낮음을 차별하면 의미가 더욱 깊어진다."[29]라고 하여, 자신의 비평 방법을 직접 나타내 주고 있다.

이제 그 비평의 형식을 살펴보면 다음과 같다.

> 『시경』 삼백 편이 시의 큰 근원이 된다는 것은 어찌 믿을 만한 일이 아니겠는가.[30]
>
> 정지상(鄭知常)의 부거시(赴擧詩)는 본래 당의 위승구(韋承矩)에게서 나왔다. (……) 윤효손(尹孝孫)의 시는 송인 이청신(李淸臣)의 시에서 나왔다.[31]
>
> 판서 이무(李袤)의 시는 대개 노동(盧仝)의 마이(馬異)와의 결교시(結交詩)에

---

29 看詩須尋其源流 差其高下 意味益深(卷30,〈李杜所祖〉).
30 三百篇之爲大源 豈不信然(卷28,〈詩源〉).
31 鄭知常赴擧詩 本出於唐韋承矩(卷28,〈東詩蹈襲〉).

서 나왔으나, 점화 역시 아름답다.[32]

두목(杜牧)의 재주가 이백(李白)을 가장 깊이 열모하는 대상으로 삼았다.[33]

한퇴지(韓退之)는 일생을 두고 이백과 두보를 사모하여 본받았다.[34]

이와 같이 성호는 학시의 원류를 찾거나 동일한 미의식의 근원을 찾는 등의 원류비평의 방법에 주력하였던 것이다.

이는 앞에서 『성호사설』· 시문문의 특징을 밝히면서 이미 살펴본 바와 같이, 시 내용의 고증에 힘쓰는 성호의 학문적 태도와 견주어 볼 때, 성호에게는 가장 적합한 비평 방법이었다고 생각된다.

2) 작품 외적인 요소에 의한 비평의 배격

성호의 시 비평에서 또 하나의 두드러진 양상을 찾는다면, 작품 외적인 요소에 의한 비평을 철저하게 배격하고 있다는 점이다. 성호는 시 비평에 있어서는 무엇보다도 시 자체의 예술적 가치를 중심으로 논평해야 한다고 주장하면서, 시 외적인 요소로 시를 평가하는 일반적인 경향에 대한 폐단을 다음과 같이 지적하고 있다.

명망에 따라 사람을 보고 사람에 따라 문장을 보는 그 폐단은 어느 때나 마찬가지인 모양이다.[35]

그 사람됨은 족히 말할 것도 없지만, 이 시[박정길(朴鼎吉)이 김응하(金應河) 장군을 두고 지은 만시(挽詩)]만은 만 사람의 입에서 송전되고 있으니, 사람이 보잘것없다고 해서 시문까지 없앨 수는 없는 것이다.[36]

---

32 李詩盖出於此 而點化亦佳(卷28, 〈異同同〉).

33 牧之才思 最於白爲深悅(卷30, 〈天外鳳凰〉).

34 韓退之一生慕效李杜(卷30, 〈退之效李杜〉).

35 因名觀人 因人觀文 其獘滔滔焉耳(卷28, 〈荊軻子貢傳〉).

세도가 아침·저녁으로 번복이 되니 흑백이 서로 다투지만, 사람의 처음의 선을 끝의 악으로써 덮어버릴 수만은 없을 것이다. 하물며 시인이 증수(贈酬)한 시에 있어서랴. 이 시[백주(白洲) 이명한(李明漢)이 이이첨(李爾瞻)에게 증별한 시]의 시어가 매우 아름다우니, 역시 없애버릴 수는 없을 것이다.[37]

이렇게 성호는 시의 가치를 평가하는 데 있어서, 시 자체의 예술성이나 미적 가치로써 평가해야 한다고 역설하고 있는 것이다. 그리하여 그는 많은 시인들이 학시의 모범으로 삼고 있는 두보의 시나, 주자의 시를 평가함에 있어서도 잘못된 점은 그대로 지적하고 있다.

사람들은 두보의 시가 구절구절마다 내력이 있다고 하는데, 지금 보면 반드시 다 그렇지도 않다. 다만 시를 해석하는 사람들이 이리저리 끌어대서 부회(傅會)한 것이니, 때때로 가소롭기도 하다. (……) 뒷사람들이 공연스레 천착하여 깊이 보게 된 것이다.[38]

주자의 신뢰시(迅雷詩)에 "어느 누가 신부(神斧)로 완음(頑陰)을 부수는고, 땅이 찢기고 산이 열리니 귀신은 숲을 잃었어라. 나의 소원은 군왕께서 천조를 본받아, 영단 내려 여러 마음에 보답했으면." 하였는데, 낭시로 말하면 나라에 도가 없었다고 말할 수 있지만, 역시 말을 공손히 하는 기상은 모자란다. 후인들이 극도로 존숭하는 인물이라 하여 망령되이 본받으려고 해서는 안될 것이다. 이는 이른바 태양의 증세가 입을 충격시켜 발동한 것이 아니겠는가.[39]

---

36 其人無足言者 然此詩流傳萬口 不以人廢言也(卷28,〈朴鼎吉詩〉).

37 世道朝暮飜覆 黑白交爭 或人有始善 不可以終惡而掩之 況詩人贈酬者耶 詩語甚美 亦不可沒(卷30,〈李白洲詩〉).

38 人謂杜詩 句句有來歷 今觀未必盡然 只是釋者 旁拖曲引以傅會之 往往可笑 (…) 被後人鑿敎深看(卷29,〈一水香〉).

39 其迅雷詩云 誰將神斧破頑陰 地裂山開鬼失林 我願君王法天造 早施雄斷答群心 當時可謂邦之無道 亦欠言孫氣象 後人不可以尊之之極而妄效之 殆所謂太陽之症衡口發者哉(卷30,〈朱子詩〉).

이와 같이 성호는 시 비평에 있어서 어떤 선입관이나 시 외적 요소에 의한 평가를 배격하고, 반드시 시 작품 자체의 가치 평가에 주력해야 한다고 하였다.

5. 맺음말

이상에서 성호 비평의 제양상을 검토하였는데, 이제 다시 한 번 요약해 가면서, 그 문학사적 의의를 살펴보도록 하겠다.

① 성호는 시의 본질이 시의 효용성을 바탕으로 하는 풍교 곧 사회 교화에 있다고 파악하였다. 시의 본질을 시 기능의 측면에서 인간의 교화를 위한 것으로 보는 견해는 재도적 문학관 아래에서 이루어진 동양의 전통적인 시관이며, 이것은 또한 당시의 현실적 모순들을 바로잡기 위해 사회 개혁 의지를 강력히 내세웠던 성호의 학문적 태도로 보아 당연한 것으로 생각된다.

② 성호의 작시론은 매우 다양한 양상을 보여 주고 있는데, 시의 미적 성공 여부를 결정해 주는 가장 중요한 요소의 하나인 표현·수사의 문제에 있어서는 사실성과 회화성 그리고 구체성 등을 특히 강조하였다. 또한 단순한 모방이나 표절을 배격하면서, 시의 독창성을 강조하는 신의를 중시하긴 했지만, 고인의 시문의 형식을 약간 바꾸어 의취를 새롭게 하려는 모방의 기교인 환골탈태에 대하여는 긍정적인 태도를 나타내었다. 이는 한시의 제한된 형식에다 새로운 의취를 표출해 내는 것이 실로 어려운 일임을 단적으로 말해 주는 것이다. 그리고 시적 효과를 높이기 위한 연탁의 과정에 많은 관심을 나타내고 있는데, 너무 지나쳐서 과도한 수식과 조탁에 탐닉하는 폐단만은 없어야 한다고 했으며, 나아가서는 성정의 온유돈후함이 시에 나타나야 된다고 하였다.

③ 성호에게 있어서 가장 두드러진 비평 방법은, 학시의 원류를 찾거나

동일한 미의식의 근원을 찾아 작가와 작품을 평가하는 원류비평의 방법이었다. 이는 평생을 학문에만 몰두하면서 모든 학문에 있어서 고증의 태도를 중시하였던 실학자로서의 성호에게 가장 적합한 비평 방법이었다고 생각된다. 또한 작품 외적인 요소들에 의한 비평을 배격하고, 시 비평에 있어서는 반드시 시 작품 자체의 가치 평가를 위주로 해야 한다고 하였다.

이제 성호 비평의 문학사적 의의를 간추리면 다음과 같다.

① 『성호사설』「시문문」은, 시화가 쇠퇴한 영·정조대의 조선 후기에 나타난, 시화로서의 성격을 완전히 갖춘 비평 연구의 중요한 자료다.

② 성호는 고려조에서부터 이어져 내려온 고전 비평을 계승하여 자신의 시론을 다양한 양상으로 전개하였는데, 그러한 성호의 비평적 업적은 문학사에서 높이 평가되어야 할 것이다. 이는 조선 후기에 뛰어난 비평적 업적을 남긴 문인들 중의 하나인 성호를 비평가로서 새롭게 평가해야 한다는 말이기도 하다.

앞으로 남은 문제는 머리말에서 밝힌 바와 같이 성호 문학의 전반적인 양상을 파악하는 것이다. 특히 성호의 시론과 시평이 1,200여 수의 그의 시에 어떻게 반영되고 있는가 하는 문제는 가장 큰 과제가 될 것이다. 그 과제가 해결될 때 시인 또는 문인으로서의 성호의 진면목을 찾아볼 수 있을 것으로 생각된다.

(『관악어문연구』 4, 1979)

신경준의 『시칙』 분석과 그 영향 관계

1. 『시칙』의 분석

1) 저술 동기

여암(旅庵) 신경준(申景濬, 1712~1781, 숙종 38~정조 5)의 시론은 체계적인 시론서인 『시칙(詩則)』[1]에 집약되어 있다.

여암은 영조 30년(1754), 증광문과에 을과로 급제하여 동부승지, 병조참지, 좌승지, 제주목사 등을 역임한 관료 문인이었으며, 실학사상을 바탕으로 한 고증학적 방법으로 지리학을 개척하고, 특히 영조 26년(1750)에는 『훈민정음운해(訓民正音韻解)』를 저술하여 훈민정음에 대한 과학적 연구 업적을 남긴 실학자 문인이기도 하였다.[2]

여암의 문학적 업적 가운데서 학시의 입문서를 목적으로 지어진 『시칙』은, 우리의 고전 시론 연구 자료 가운데서 드물게 보는 순수한 시론서라는 점에서 주목받아 왔다. 지금까지의 고전 시론 연구를 통하여 볼 때, 조

---

1 『시칙』은 『여암유고(旅庵遺稿)』에 실려 있는데, 『여암유고』는 13권 5책의 고활자본(후기목활자)으로 서울대 중앙도서관에 가람본과 일사본으로 남아 있다. 『시칙』은 두 본 모두 권8, 잡저2(10장~36장)에 실려 있다. 『여암유고』는 1976년 경인문화사에서 『여암전서(旅庵全書)』 2책으로 영인 출판되었다.

2 이에 대한 연구로는 1967년에 한국연구원에서 출판된 강신항의 『운해훈민정음연구』가 대표적이다.

선조 문인들이 저술하여 남긴 본격적인 시론서는 찾기가 어렵다. 시론에 관한 견해들은 주로 시화, 잡저, 서간을 비롯하여 서나 발 등에 부분적으로 피력되어 있을 뿐이었다. 그리하여 고전 시론 자체도 체계적으로 전개되지 못하였던 것이다. 그러한 상황에서 여암이 『시칙』을 통하여 시론의 체계화를 시도한 것은 그것 자체만으로도 매우 의의 있는 일이었다고 생각된다.

그러나 『시칙』에 관한 지금까지의 연구 업적들을 살펴볼 때, 아직은 그 자료적 가치에도 제대로 미치지 못하고 있는 듯하다.[3] 그 까닭은 우선 『시칙』의 내용이 독창적인 여암 시론의 체계화라기보다는 고서 및 사우들 사이에서 논의되던 시론을 종합 정리하였다는 성격을 강하게 지니고 있다는 점에 있을 것으로 보이며, 다음으로는 『시칙』의 종합 정리에 원용된 고서 등의 내용을 파악하여 그 영향 관계를 정확히 밝혀낼 수 있는 자료의 탐색 노력이 없다는 데에 있었으리라고 보인다.

『시칙』의 전체 내용을 개관하기에 앞서 그 서문에 해당되는 서두의 문장을 살펴보도록 하겠다. 여암은 그 서두의 글에서 간략하게나마 그의 시관을 비롯하여, 『시칙』의 저술 시기와 동기 및 목적, 그리고 저술 방법 등을 밝혀 놓고 있는데 그 내용은 다음과 같다.

무릇 시라고 하는 것은 문장의 한 가지 기예에 지나지 않지만, 시를 아는 사람은 역시 드문 형편인데, 하물며 나머지 것에야 말할 것이 있으랴, 내가 갑인년(甲寅年)에 온천에 머물러 있을 때 어린 학생이 시를 물어 왔다. 그리하

---

3 지금까지의 연구 업적은 다음과 같다.

최신호, 「신경준의 '시칙'에 대하여-성의 문제」, 『한국한문학연구』 제2집(한국한문학연구회, 1977).

정대림, 「조선후기의 시학」, 서울대 대학원(1977).

조병오, 「신경준의 '시칙' 연구」, 동아대 대학원(1983).

이들 논문 외에, 『시칙』에 대한 연구는 아니지만, 『시칙』에 제시된 시론을 바탕으로 우리의 고전 시가를 연구한 논문은 다음과 같다.

최　웅, 「한국고전시론으로 본 노계시가」, 『관악어문연구』 2집(1977).

정대림, 「고전시학으로 본 송강시가」, 『한국고전산문연구』(동화문화사, 1981).

여 고서에서 얻은 지식과 사우들 사이에서 견문한 것을 한 권의 책으로 엮어서 주었다. 그러나 그 미묘하고 심오한 시의 경지는 내가 능히 궁구해낼 수 있는 것이 아니고, 도서로써 다 표현할 수 있는 것도 아니다.[4]

위의 내용에서 보면, 먼저 시가 문장의 한 가지 기예에 지나지 않음을 밝혀 놓았는데, 그것으로 그의 시관의 일단을 알아볼 수 있다고 하겠다. 그 것은 물론 조선조 사대부 문인들의 보편화된 인식으로서, 당시로 보아서는 시에 대한 거의 상식적인 언급이었다고도 할 수 있는 것이다.

> 문은 도의 나머지고, 시는 또한 문의 나머지다.[5]
> 문장은 소기이며, 시 또한 하찮은 기예이다.[6]

이처럼 문장의 효용성이 표면적으로 강하게 제시되었던 조선조 문인들에 게 있어서는, 시란 소기(小技), 편예(偏藝), 여기(餘技) 등으로 인식되면서 도의 구현을 위한 수단으로 파악되기 마련이었던 것이다. 여암도 이러한 당대 문학 정신의 흐름에서 결코 벗어나지는 못하였던 것으로 보인다.
그러나 그의 시관이 이에 머물고 만 것은 아닌 듯하다. 그의 관심은 오히 려 다음으로 이어지는 내용에 있었던 것으로 보이기 때문이다. 즉 시가 비 록 하나의 기예라고는 하더라도, 실제로 시를 제대로 아는 사람은 드문 형 편임을 내세워 시에 대한 관심을 촉구하고 있음으로 해서 그의 의도는 뚜렷 해졌다고 하겠다. 이는 그가 『시칙』이라 하여 시 창작을 위한 법칙이나 원 리라는 의미에서 시론을 체계화하고자 하는 것이, 당대에 이르기까지 제대

---

4 夫詩者 抵一文章之藝也 知之者亦鮮 況其餘乎 歲在甲寅 余旅居溫水之陽 有童子問詩者 遂以得於古書及聞於師友者 輯爲一卷 以與之 然其微妙之奧 非余之所能究 亦非圖書之所可盡 也(申景濬,「旅庵遺稿」卷8,「雜著」2,「詩則」).

5 文者道之餘 詩又文之餘(黃胤錫,「頤齋遺稿」卷11, 〈孤舟集序〉).

6 文章一小技 而詩又爲其偏藝(安鼎福,「順菴集」卷18, 〈百選詩序〉).

로 체계화된 시론서가 없는 마당에서 의의 있는 작업임을 명시한 내용이라 볼 수 있을 것으로 생각되는 때문이다.

따라서 그의 시관은, 시를 정치 교화의 수단으로서 하나의 기예 정도로 보아 경시하는 차원에서가 아니라, 적어도 시라고 하는 것을 하나의 학문적 대상 내지는 독립된 예술 활동으로 인정하고 인간의 성정을 도야하는 데 큰 역할을 담당하고 있는 것으로 인식하였다는 면에서 파악되어야 할 것으로 보인다. 실제로 그는 다른 글에서 다음과 같은 시관을 피력하고도 있다.

> 시라고 하는 것은 진실로 용담선사(龍潭禪師)가 숭상하는 바는 아니었지만, 그의 시에서 성정의 참됨을 살펴볼 수 있다.[7]
> 시는 말로써 형용해낼 수 없고 그림으로도 표현해낼 수 없는 것을 형상화해 낼 수 있다.[8]

이렇게 시가 인간 성정의 진실을 표현해낼 수 있고, 말이나 그림으로 나타낼 수 없는 것을 형상화해 낼 수 있다는 것을 내세운 점으로 보아, 그의 시관이 단순히 당대의 흐름에 따른 시가 소기라고 하는 차원에 머문 것이 아님은 분명하다고 하겠다. 그는 또한 서두의 글에서 시의 세계가 미묘하고 심오한 경지의 것임을 밝혀 주고 있는데, 이 점도 위의 생각을 뒷받침해 주는 것이라고 할 것이다. 그리하여 그는 『시칙』을 저술하기 위한 작업의 타당성을 얻어낸 것으로 생각된다.

다음으로 서두의 글에서 살펴볼 수 있는 것은 저술의 시기나 동기 그리고 목적 등에 관한 내용이다. 『시칙』은 갑인이란 간지에 의해서 1734년 영조 10년 그의 나이 23세 때에 지어진 것임을 확인할 수 있다. 그리고 저술의 동기 및 목적에 대해서는, 어린 학생이 시를 물어 왔기 때문에 그에 답

---

7 詩固非師所尙 而其性情之眞可見已(申景濬, 『旅庵遺稿』, 〈龍潭禪師詩集序〉).

8 詩者能形容 其言不得畵不得者也(위의 책, 〈走筆示詩僧〉).

하기 위해서『시칙』을 저술하였다고 했는데, 이는『시칙』이 학시의 입문서를 목적으로 하여 저술되었음을 나타내 주는 것이라고 하겠다.

끝으로 그는 저술의 방법도 제시해 놓고 있다. 그것은 첫째, 고서에서 얻은 지식과 사우들 사이에서 견문한 것을 정리하였다는 것이다. 이는 그가『시칙』을 저술함에 있어 중국의 시론서나 우리의 시론서에 해당되는 고서를 바탕으로 정리하고 아울러 자신의 시 학습 과정에서 습득한 내용들을 종합 정리하였다는 것을 나타낸 것으로 보인다.

여기서 문제가 되는 것은『시칙』의 내용이 과연 신경준의 시론으로 파악될 수 있는가, 아니면 단순히 고서와 사우들의 견문을 인용하고 나열한 것에 지나지 않는가 하는 점이다. 그가 고서라고 하여 책이름을 명기한 것은,『옥설(玉屑)』(魏慶之,『詩人玉屑』),『선시(選詩)』,『예기(禮記)』등이며, 다른 사람의 설을 인용함에 있어서는, 무심도인(無心道人, 尹春年의 호), 범씨(范氏), 소재(疎齋, 盧學士), 양중홍(楊仲弘, 楊載, 元 杭州人,『詩法源流』의 저자)이라 하여 그 인용의 원류를 밝히고 있으며, 사우간의 견문은 세지인(世之人), 세지론시자(世之論詩者), 고인(古人) 등으로 나타내고 있다. 그리고 시론의 전개를 위해 등장시킨 시인은, 진자앙 왕유, 이백, 두보, 위응물, 한유, 가도, 백락천, 잠삼, 노동, 이하 등의 당대 시인들과 우리나라의 최관곡, 정도전 등이다. 또한 '동인지시문(東人之詩文)'으로 나타내어, 우리나라의 시문을 평가하기도 하였다.

신경준은『시칙』에서 중국의 시론서와 사우들 간의 시에 대한 논의에서 얻은 시론을 종합한 다음, 중점적으로 당대 시인들의 시를 인용하여 그의 시론을 펴고 있는 것이다.

그러므로 나는 이 책에서 이백의 시를 많이 인용하여 설명하고자 한다.[9]

---

9 故余於此書 多引而言之.

이는 두보의 시가 시론서나 주·전 등에 많이 인용되고 있는데 비해, 그 시인으로서의 비중이 같은 이백의 시는 찾기 어렵고 또 논해지는 바도 적기 때문에, 『시칙』을 저술함에 있어 의도적으로 이백의 시를 많이 인용하겠다는 것이다. 또한 그가 당시를 존중하고 그 중에도 이백의 시를 가장 높이 평가했음을 말해 주는 것이기도 하다.

이로 보아 『시칙』은 여암의 독창적인 시론서로서가 아니고, 학시의 입문서를 목적으로 하여 조선 후기 시론의 일반적 규범을 제시해 준 시론서로서의 의의가 더 크게 논의되어야 할 것으로 생각된다.

그리고 또 하나 저술 방법상의 특징은 시의 이해를 돕기 위해 5개의 도표를 이용하였다는 점이다.[10] 이것은 『시칙』에서 찾아볼 수 있는 하나의 독창적인 논지 전개의 방법이기도 하다. 이는 『시칙』이 학시의 입문서를 목적으로 저술되었음을 미루어 볼 때, 보다 쉽고 간편하게 시를 이해시키기 위한 여암의 배려였다고 하겠다.

이런 점들로 미루어 그가 『시칙』을 저술함에 있어서, 진지한 학문적 태도와 의도적이고 독창적인 방법론을 가지고 자신의 시론을 전개하였음이 분명하다고 하겠다. 만일 시론의 내용에서 그의 독창적인 요소가 결핍되어 있다 하더라도 체계를 세워 전개시켜 나간 방법론만은 분명히 그의 것이 아닐 수 없을 것이다. 그 내용의 독창성에 대한 고찰은 중국의 시론에 대한 전반적인 연구가 선행된 다음에야 비교 연구가 가능할 것이며, 그때에 가서야 『시칙』에 대한 정확한 가치 평가도 가능할 것으로 생각된다.

그가 『시칙』을 저술하게 된 배경을 생각해 보면, 그것은 조선 후기 실학자들이 갖는 공통적 특성의 하나인 박학정신(博學精神)에서 찾을 수 있을

---

10 시의 이해를 돕기 위해 도표를 의도적으로 사용하였음은 『시칙』 본문 중, '起卒八字制作法之最要也 故又別爲圖之'와 같은 내용에 잘 나타나 있다. 청의 하문환이 28편의 시론서와 시화를 모아 편정한 『역대시화』와 제가들의 시설을 모아 편한 송 위경지의 『시인옥설』, 그리고 25편의 시화를 수록한 홍만종의 『시화총림』 등을 보아도, 이와 같이 도표를 이용한 논리 전개 방법은 발견되지 않는다. 물론 앞으로 더욱 자세한 검토가 있어야 할 것이다.

것이다.[11]

일찍이 이수광(李晬光)의 백과사전적 박학의 방법에 영향을 받아서 유형원(柳馨遠)의 『반계수록(磻溪隨錄)』, 이익(李瀷)의 『성호사설(星湖僿說)』, 안정복(安鼎福)의 『잡동산이(雜同散異)』 등의 저서가 나왔으며, 그 박학 정신은 그들 실학자들에게는 공통적인 성격으로 보편화되어 있었다. 이는 박지원, 박제가, 정약용 등의 저서를 보면 확실히 알 수 있으며, 실지 그러한 저서들은 박학의 정신이 아니고서는 이룰 수 없는 업적들인 것이다. 신경준도 예외는 아니었다. 그는 특히 문자학과 지리학에 노력하였으며, 그의 저서를 보면 문학, 관직, 성률, 의복, 법률, 기서 등에도 조예가 깊었음을 알 수 있다. 그가 학시의 입문서를 목적으로 시론의 체계화를 시도한 것은 이러한 박학 정신의 소산임이 분명하다 하겠다.

한편, 『시칙』이 당시에 시론서로 읽혀지던 고서에서 얻은 시론과 사우를 중심으로 논의되던 시론을 바탕으로 하여 자신의 시론을 자신의 방법론으로 체계화한 것이기 때문에, 이를 통하여 그가 살던 시대, 즉 영·정조대를 중심으로 한 조선 후기 시론의 일반적 규범과 그 양상을 검토할 수 있을 것으로 생각된다.

『시칙』은 서두의 갑인이란 간지로 보아 영조 10년(1734)에 저술된 것이다. 그렇다면 그는 문과에 급제하기 20년 전 그의 나이 23세 때에 이미 시론의 체계를 세우고 있었으며, 그 후 그가 관료 문인으로 또는 실학자 문인으로 활동하는 동안에도 그것을 바탕으로 하여 시를 짓고 시를 논하였으리라고 생각할 수 있을 것이며, 그와 교유하였던 주위의 다른 문인들에게도 영향을 미쳤을 가능성은 충분하다 하겠다. 또한 그가 '웅재박식(雄才博識)'하고, '성일가지언(成一家之言)'한 '절류지굉재(絶類之宏才)'요, '희세지통유(希世之通儒)'로서 추중되었던 것을 생각해 볼 때[12] 그의 시론 또한 당시 문

---

11 윤사형, 「실학적 경학관의 특색」, 『실학논총』, 66~69면 참조.
12 洪良浩, 『耳溪集』 卷10, 〈旅庵集序〉.

단의 하나의 전형으로 주위의 문인들에게 받아들여졌을 가능성도 전연 배제할 수는 없다. 『시칙』의 조선 후기 시론의 일반적 규범을 제시해 준 시론서로서의 의의가 바로 여기에 있는 것이다.

그리하여 신경준의 『시칙』은 당시에 있어서는 학시의 입문서로서, 또한 오늘날에 있어서는 당시 시론의 일반적 규범을 밝혀 주는 자료로서의 가치를 충분히 인정받아야 할 것으로 생각된다.

2) 내용 분석

『시칙』은 크게 7개 항목으로 구분되어 있는데, 시의 강령, 시의 재료, 시격(詩格)과 시예(詩例)의 대강(大綱), 시작법총(詩作法總), 시의 기품(氣稟), 시의 대요(大要), 시의 형체(形體)의 순서로 정리되어 있다. 이제 그 내용의 대강을 살펴보도록 하겠다.

(1) 시의 강령

시의 강령이란 곧 학시 입문의 근본으로, 시의 가장 기본이 되는 요소를 체(體), 의(意), 성(聲)으로 나누어 설명한 것이다.

　체로써 주를 삼고, 의를 운용하여, 성으로써 시를 완성하게 되는데, 이 세 가지가 시의 강령이다.[13]

시에서는 시의 형식인 체의 선택을 가장 으뜸으로 하고 정해진 체에 따라 의를 운용하여 시의 내용을 표현하고, 끝으로 성으로써 음률을 맞추어 시를 완성하게 된다는 것이다. 그 세부적인 내용은 다음과 같다.

---

13 以體爲主 以意爲用 以聲合體 此三者詩之綱領也.

① 체

우선 시의 형식을 15류로 분류하고 간단한 석명(釋名)을 덧붙이고 있다. 15류란, 사·가·행·가행·조·곡·음·탄·원·인·요·영·편·율시·절구를 말한다.[14] 이들에 관한 석명 중에서 당시 시 형식의 주류를 이루었던 율시와 절구에 대한 것만 알아보겠다.

대우와 음률이 있는 것을 율시라 한다. 절구란 구를 끊는다는 것인데, 구는 끊어지더라도, 의는 끊어져서는 안되며, 번다한 것을 삼가고, 간략하도록 해야 한다.[15]

그러나 도표에서는 체를 먼저 5언과 7언으로 나눈 다음에 15류의 분류를 말해 주고 있다. 5언과 7언이 작시의 가장 기본되는 자수율이기 때문일 것이다. 그리고 그 아래에 각체의 격식으로 이용되는 30류의 격을 나열하고 있는데, 그 격에 대한 설명과 용례 등에 관한 것은 언급하고 있지 않아서 그 자세한 내용은 알 수가 없다.[16]

② 의

시의 내용인 의는 주의(主意)와 운의(運意)로 분류하였다.

주의는 체문을 말하는 것이고, 운의는 철문을 말하는 것이다.[17]

---

14 이가원은 「한문문체연구」,『한문학연구』(탐구당, 1969)에서 시가류의 분류를 39류로 세분하고 있다.

15 有對偶音律 謂之律詩 絶句者 截句也 句絶而意不絶 蹇繁就簡也.

16 30류의 격의 명칭은 다음과 같다.
接頭格, 交股格, 纖腰格, 雙蹄格, 續腰格, 首尾互換格, 首尾相同格, 單蹄格, 疊字格, 句應句格, 前多後少格, 歇續意格, 歸題格, 抑揚格, 節節生意格, 拗句格, 興兼賦格, 興兼比格, 結上生下格, 中聯互鎖格, 前開後合格, 比興格, 連珠格, 一意格, 兩重格, 變字格, 前實後虛格, 藏頭格, 先體後用格, 雙字起結格.

17 主意. 謂體文也 運意. 謂綴文也.

주의는 시의 주제이고, 운의는 작시상의 표현 기교를 말하는 것으로 생각된다. 이에 대한 설명은 도표로 대신하고 있는데, 그것을 풀어 보면 다음과 같다.

즉, 시의 주제인 주의는 송미(頌美), 기자(譏刺), 우애(憂哀), 희락(喜樂) 등인데 그 내용을 살펴보면 정과 사를 판단할 수 있다는 것이다. 이는 그러한 내용을 표현함에 있어서, '정' 곧 인간의 성정의 올바름을 잃지 않아야 함을 말해 주는 것이다. 작시상의 표현 기교로 해석되는 운의에는 점배(占排), 취사(取舍), 활축(闊蹙), 구결(構結)이 있는데, 이를 통하여 기교의 공(工)과 졸(拙)을 평가할 수 있다는 것이다. 이는 그러한 표현 기교들이 조화를 이루어야, '공(工)', 즉 예술적으로 승화되고 잘 다듬어진 시를 완성할 수 있음을 말해 주는 것이다. 이 도표를 통하여 내용상으로 성정의 올바름을 잃지 않으면서, 표현 기교상으로 성공한 시를 이루어야 한다는 것을 말해 주고 있다 하겠다.

③ 성

시의 음률인 성은 궁(宮)·상(商)·각(角)·치(徵)·우(羽)의 5음을 들어 설명하고 있다. 그리고 도표를 통하여 황종(黃鐘)·대려(大呂)·태족(太簇)·협종(夾鐘)·고세(姑洗)·중려(仲呂)·유빈(蕤賓)·임종(林鐘)·이칙(夷則)·남려(南呂)·무역(無射)·응종(應鐘)의 12율을 나타내고 있다. 5음은 음계명이며, 12율은 음명이다. 시의 성에서는 제일 첫 자를 본궁(本宮)으로 삼으며, 본궁을 정하기 위해서는 먼저 시 전체의 뜻을 살펴야 하는데, 뜻이 화평하면 그 성도 화평해야 하기 때문에 궁과 치로써 정하고, 뜻이 애원하면 그 성도 애원해야 하기 때문에 상과 우로써 정한다고 하였다.

또한 시의 성을 이해하기 위해서는 먼저 호흡의 기운을 살펴야 한다고 했으며, 호(呼)는 승기(升氣)이고, 흡(吸)은 강기(降氣)인데, 승기는 소리가 탁(濁)하고 강기는 소리가 청(淸)하며, 탁한 소리는 서완(徐緩)하고 청한 소리는 단촉(短促)하지만, 탁과 청에는 각각 경·중이 있어서 한번 내쉬고 한

번 들이쉬는 것이 자연의 묘라고 하였다. 그리하여 궁・상・각・치・우는 순서대로 전탁・차탁・청탁중・차청・전청으로 된다고 하면서,

　　작시의 실제에 있어서 5음은 당연히 화해를 이루어야 하며, 서로 산란하게 되어서는 안된다.[18]

라고 하며, 시의 성률은 서로 조화를 이루어야 한다고 하였다.

　그리고 성률에서 한 자, 한 구의 성이라도 잘못된 것이 있으면 시 전체의 성률이 크게 틀려진다고 하면서, 무심도인(無心道人, 尹春年)의 해를 빌려,

　　대체로 시의 성률이라고 하는 것은 상성과 하성이 상응하는 것에 지나지 않는다. 만약 상성과 하성이 상응하게 된다면, 비록 천변만화하는 성률이라도 그 변통은 하나와 같이 조화를 이루게 되는 것이다.[19]

라고 하여, 성률의 조화를 다시 강조해 주고 있다.

　결국 신경준은 시의 강령을 밝히면서 시의 형식을 15류로 분류하였고, 시의 내용에서는 주제의 표현에 있어서 인간의 성정의 올바름을 잃지 않고 기교의 성숙을 이루어야 한다고 했으며, 시의 성률에서는 5음과 12율이 상응하여 조화를 이루어야 한다고 하였다. 전체의 논지로 보아서는 그가 성률을 가장 강조하고 있었다고 할 수 있다.

(2) 시의 재료

시의 소재가 되는 것은,

18　作詩之際　五音自當和諧　而不相散亂矣.
19　大抵　詩之聲　不過上下相應而已　若上下相應則千變萬化　而其變而通之　則一也.

정(情)・물(物)・사(事)가 시의 재료이다.[20]

라고 하여, 인간의 정서와 천지간의 모든 사물, 그리고 인간 세계에서 일어
나는 다양한 사상 등이 모두 시의 소재가 된다고 하였다.

그리고 이러한 소재를 이용하여 시를 창작함에 있어서 그 작시법의 기본
은 포진(鋪陳)과 영묘(影描)에 있다고 하였다.

포진은 사실 또는 정・물・사의 실질적인 내용을 직접 서술하는 것이며, 영
묘는 시인의 눈에 비친 사물의 영상을 회상하는 것이다.[21]

작시법의 기본 원칙인 이 포진과 영묘에 의해서, 시의 강령인 체・의・
성은 시로서의 형체를 이루게 된다고 하였다. 또한 당시와 송시를 비교하
여, 포진과 영묘의 차이를 나타내 주고 있다.

당인은 광경을 나타내는 것을 좋아했기 때문에 그 시에 영묘한 것이 많고,
송인은 의론을 세우는 것을 좋아했기 때문에 그 시에 포진한 것이 많다. (……)
그러나 송시가 당시만 못한 것은 시의 기・격이 모두 미치지 못하는 때문이지,
포진하는 것이 본디부터 영묘하는 것보다 못해서 그러한 것은 아니다.[22]

영묘는 '술광경(述光景)'에 적합하고, 포진은 '입의론(立議論)'에 적합한 작
시법으로, 꼭 같은 중요성을 갖고 있다고 하였다. 그리고 시의 우열은 기상
과 풍격으로 나타나는 것이지, 영묘와 포진의 차이에서 나타나는 것은 아니
라고 하였다.

---

20 情物事 詩之材料也.

21 鋪陳者 直叙其實也 影描者 繪象其影也.

22 唐人喜述光景 故其詩多影描 宋人喜立議論 故其詩多鋪陳 (…) 然而宋之不如唐 是因氣格
俱下之致也 非由於鋪陳素不如影描而然也.

한편 시의 내용에는 다시 체(體)와 용(用), 주(主)와 빈(賓), 정(靜)과 동(動)이 있다고 하였는데, 시의 내용 중에서 근본이 되는 것은 체이고 이를 운용하여 나타낸 것이 용이며, 주의가 주가 되고 주의의 대립적 요소로서 주의를 보완해 주는 것이 빈이며, 시의 격식인 기(起)·승(承)·서(叙)·전(轉)·식(息)·숙(宿)·결(結)·졸(卒)에서 승과 전이 동이고 식과 결이 정이라고 하였다. 그리고 시의 표현법으로서 부(賦)·비(比)·흥(興)에 대해서도 언급하였다.

요컨대 신경준은 정·물·사를 시의 소재로 하고, 포진과 영묘를 작시법으로 하여, 체·용·주·빈·정·동을 잘 표현하고, 부·비·흥을 적절히 구사함으로써, 시의 내용적 질서와 형식적인 변화를 아울러 갖출 수 있다고 하였다.

(3) 시격과 시례의 대강

먼저 시의 표현 방법상의 격식을 48격으로 나누어 그 대강을 설명해 주고 있는데, 그 마지막에 다음과 같이 말하고 있다.[23]

이 48격은 그 제목을 보면 그 뜻을 알 수 있어서, 만언 췌사를 늘어놓거나, 주해할 필요가 없으며, 하나로써 셋을 알아볼 수 있기 때문에 번다하게 다른 항목을 설명할 필요도 없다. 이것이 시격의 대강이다. 그 크고 작은 혜힐이나, 기모, 법술은 장군이 용병하거나 귀신이 변화를 일으키는 것과 같아서 능히 다 표현하거나 형용해 낼 수 없다. 그러나 이를 자세히 열거하였으니 반드시

---

23 48시격은 다음과 같다.
藏頭格, 藏用格, 鴛雲鵬格, 截層峯格, 波商衝寶格, 游龍跳天格, 蜂腰格, 馬蹄格, 九龍一珠格, 千里片地格, 北攻南出格, 疑兵格, 遊騎格, 合闢格, 抑揚格, 懸瀑格, 灰線格, 節節深格, 卒指格, 史錄格, 繡絺格, 倒上格, 反下格, 字美格, 句美格, 賦起比承格, 比起興承格, 興起比承格, 賦轉比結格, 比轉興結格, 興轉比結格, 呼賓作主格, 無主存賓格, 賓主相護格, 賓主相讓格, 靜含動格, 動含靜格, 先體後用格, 先用後體格, 幹支格, 雙股格, 玉繩格, 金箭格, 一首九尾格, 一尾九首格, 九腹格, 首尾相依格, 首尾相反格.

도달하도록 해야 할 것이다.[24]

이를 통하여 한시 특히 근체시가 비록 정형과 성률에 따라 엄격하다고는
하여도, 그 시의 표현에 있어서는 시인의 능력에 따라 무한한 변화를 이루
어 낼 수 있음을 말해 주고 있다. 그리고 그는 시중필례의 공원지례를 설명
하면서, '권수 양중홍소득 제격지상해(卷首 楊仲弘所得 諸格之詳解)'라고 하
였는데, 시격에 관한 부분은 중국 원나라의 양재의 설을 그대로 옮겼다는
것을 말하고 있다 하겠다.

다음으로, 시중필례라고 해서 작시의 연습을 직접 작품을 통해서 설명해
주고 있는데, 시의 표현 기교에 대한 특징을 말해 주는 것으로 이를 시례의
대강이라 하였다. 모두 14례[25]를 열거하고 있는데, 그 중 한 예만 들어 알아
보면 다음과 같다.

남의 신찬을 받은 고마움을 말할 때 먼저 춥고 배고픈 상황의 어려움을 충분
히 말한 후에 신찬을 받은 고마움을 말하게 되면, 감사라는 글자를 쓰지 않고서
도 자기의 뜻을 충분히 나타낸 것이 된다. 고악부 〈공무도하〉는 극도로 강을
건너기 어려움을 말하고 있는데 이와 같은 것이 공원이다.[26]

이와 같이 해당 예의 개념을 먼저 설명하고, 시를 인용하여 이해를 돕고
있는 것이다.

---

24 右四十八格 見目可諦其義者 不必漫贅註解 以一可反其三者 不必煩說他目 此詩格之大綱
也 其小黠大慧奇謀秘術 如將軍之用兵 如鬼神之變化 非筆所能盡 亦非筆所能形 然因此而細推
之 未必不到焉爾矣.

25 14례는 다음과 같다.

攻原, 連類, 揚敵, 假道, 重複, 結斷, 外揚內誅, 外抑內扶, 張小揜大, 過情爲識, 一辭奪前,
切叙緩結, 言斷援物, 物來斷語.

26 如受人脹饌之賜 先言凍慄之狀 飢餒之苦 到十分而後乃言受賜 則不下感謝字 而感謝之意
自已盡矣 以古樂府 公無渡河 言之極道河之難渡 是爲攻原.

(4) 시작법총

작시법상의 일반적인 기준을 여섯 가지로 설명해 주고 있다.

첫째, 시의 영역은 반드시 넓게 잡아야 한다. 그렇게 한 다음에야 상·하 여러 구들이 여유가 있게 되고, 길어도 군색하지 않고, 짧아도 고루하지 않다.

둘째, 시어를 끊고 맺는 데는 반드시 간략해야 한다. 말을 다하게 되면 여운이 없고, 말이 많으면 지루해진다. 비록 작문에 있어서도 끊어야 할 곳에서 간략하게 하지 않으면 볼 것이 없는데, 시에 있어서는 더욱 그러하다. 우리나라의 시문은 대개 군더더기가 많고, 번다하거나 끝부분이 중첩되어 여운이 없는 폐단이 있다.

셋째, 표현에는 법도가 있다. 아주 보잘것없는 것을 자세히 설명한다거나, 번대한 곳을 간단히 한다든지, 어지러운 곳을 정제하게 한다든지, 뜻이 분망한 곳을 한가한 뜻이 있게 한다든지 하는 것을 일러서 법도가 있다고 한다.

넷째, 시어를 다듬는 데 있어서는 신기한 재능이 있어야 한다. 변화의 묘가 있으면서 힘들여 한 것 같은 모양은 없어야 하고, 북치면서 춤추는 즐거움은 있으면서 시끄러운 소리는 없어야 하고, 적첩하는 밀도가 있으면서 남의 사정을 돌보지 않는 혐의는 없어야 하며, 남을 맞아 온당하게 접대하면서 몰아서 쫓아 버리는 뜻은 없어야 하는 등의 것을 일러 신기한 재능이라 하는 것이다.

다섯째, 시어의 의경이 속되지 않아야 한다. 어의가 한번 속되게 되면 공교하게 하고자 해도 비루해지고, 기묘하게 하고자 해도 비웃음을 얻을 뿐이다. 시인들은 속됨을 가장 금기로 하며, 가장 고치기 어려운 시의 병으로 생각한다.

여섯째, 구성에는 흔적이 없어야 한다. 상하와 사방이 무엇에도 구애되지 않고 타당하여 조그마한 흠도 없어야 한다. 만약 억지로 만든 것 같은 흠을 내지 않고서도 시가 이루어진다면, 그런 연후에야 시다운 시라고 할 수 있을 것이다.[27]

---

27 一曰 地界必闊 地界必先闊占 然後上下諸句 恢恢然有餘裕 長而不窘 短而不孤

이와 같이 작시법의 기준을 제시하여, 시에는 여유와 여운이 있어야 하고, 표현의 법도와 표현 기교의 신기한 재능이 갖추어져야 하며, 시어의 의경이 속되지 않고 구성에 흔적이 없어야만 좋은 시가 될 수 있다고 하였다.

(5) 시의 기품

시의 기품을 평담(平淡), 기공(奇工), 호장(豪壯), 침심(沈深), 웅혼(雄渾), 절지(切至), 창고(蒼古), 청한(淸寒), 여염(麗艶), 험절(險絶)의 10가지로 나누고 있다. 이 기품은 곧 시의 풍격을 이르는 것인데, 시에 있어서의 풍격은 풍신품격(風神品格)의 약어로서 미적 감정의 유형을 말하는 것인 바, 이에 대한 연구나 구명은 바로 미학으로 통하게 된다.[28] 신경준은 이를 통하여 시의 미학을 구명하고자 하였다고 생각된다.

이 10가지는 비록 배워서 익혀온 차이에서 연유하는 것이기는 하나, 이 모두가 또한 기품이 있는 것이니 억지로 그 경지에 이르게 할 수는 없다. (……) 그러나 진실로 그 지극한 경지에 이른다면 어찌 피차간의 우열을 말할 수 있겠는가.[29]

그는 이 10가지 기품을 각각 억지로는 이룰 수 없는 지극한 미적 경지로

二曰 斷結必簡 夫言之盡則無餘味 言之多則爲支離 雖行文 其斷語處不能簡 則不足觀 況於詩乎 東人之詩文 大抵多枝蔓多繁之患 尾重不掉之弊

三曰 鋪叙有法 如細瑣處亦或一一甚詳 繁多處亦或輕輕盡 擺亂處有整齊 意忙處有暇閒意之類 是謂有法

四曰 轉摺有神 有變化之妙 而無力爲之態 有鼓舞之樂 而無喧聒之聲 有積疊之密 而無迫阨之嫌 有逢迎之穩 而無驅逐之意 是謂有神

五曰 語意無俗 語意一涉於俗 則欲巧而其巧可陋 欲奇而其奇可哂 詩家之所忌莫大於俗 詩病之難療亦 莫逾於俗

六曰 構結無痕 上下四方磊落停當 無少壘礴 若不施斧 斤刀錐而成者然後 可以謂之詩矣

28 차주환, 「당대의 풍격론」, 『심상』, 1974. 5, 137~138면 참조.

29 此十者 雖由於習尙之異 而蓋亦氣稟之所使 非强可到矣 (…) 然苟到其極 固何優劣於彼此哉.

생각하고 있다. 따라서 이들은 우열을 말할 수 없는 하나의 완전한 미적 경지, 즉 시가 자아내는 미적 감정의 유형이 되는 것이다. 또한 이들은 각각 특징 있는 맛을 지니고 있으며 그것은 자연스럽게 이루어져야 한다고 했는데, 이 추상적 용어에 대한 구체적인 해설이나 시의 용례를 밝히고 있지 않아서 그 정확한 의미는 파악할 수 없다.

한편, 시어와 시심에 대한 정확한 판단이나, 시의 형상과 정신에 대한 이해도 없이, 함부로 시의 기품을 남용하여 시를 평가해서는 안된다고 하면서,

시어는 알면서 시심은 모르고, 그 형상은 논하면서 정신은 논하지 않으니 되겠는가. 그러기에 지시라는 것은 어려우며, 논시 또한 쉽지 않다.[30]

라고 하여, 지시와 논시의 어려움을 말하고 있다. 이는 그의 높은 비평적 안목을 나타내 주는 것이라고 하겠다.

그리고 그는 시의 기(氣), 색(色), 미(味), 향(響)에 대해서도 언급하고 있다.

기는 체에서 퍼져 나오고 색은 체에 나타나며, 미는 의에서 나오며, 향은 성에 응하여 나타난다.[31]

시의 강령인 체, 의, 성에다 기, 색, 미, 향을 견주어서 설명하고, 그 이치나 심술은 지극히 미묘한 것이어서 말로써 설명하기도 힘들고 그림으로써 나타내기도 어렵다고 하였다. 또한 술을 좋아하는 자가 술을 못 마시는 자에게 술맛을 설명하려다가 제대로 하지 못하고 단지 스스로 웃을 뿐이었다

---

30 是知其語 而未知其心 論其形 而未論其神 可乎 故知詩固難 論詩亦未易也.
31 氣流行於體者也 色著於體者也 味出於意者也 響應於聲者也.

는 말에 비유하여, 지시의 경지에 이른 사람만이 그것을 알아낼 수 있다고 하였으며, 시를 배우는 사람들은 조용히 마음에서 체험하는 것이 마땅하다고 하였다.

(6) 시의 대요

시의 가장 큰 요결이나 요령은 사무사의 시경 정신이며, 그것이 바로 시의 준적(準的)이 된다고 하였다.

> 오늘날 시를 짓는 사람들은 기풍과 습성이 오만하고 위의가 소방하면서도, 스스로 시인이라고 하는데, 진실로 이와 같다면 시가 성정을 기르기 위한 것이 아니라, 오히려 성정을 방자하게 하는 것이란 말인가.[32]

이는 『시경』의 온유돈후하고 사무사한 시 정신을 본받아 성정을 올바르게 기르고, 그것이 세상을 교화하는 데에 공헌해야 한다는 시의 본질로서의 풍교의 견해를 나타내 주고 있는 것이다. 따라서 성호와 다산을 비롯한 조선 후기 실학자들에게 더욱 절실하게 나타났던 풍교의 견해와 같은 생각임을 알 수 있다 하겠다.

또한 이렇게 시경 정신을 존중하였던 점은 작시법의 기본인 포진과 영묘도 그것의 영향에서 생각하게 한다.

> 술광경은 국풍의 영향에서 나온 것으로, 파소진후의 맛이 있고, 입의론은 양아의 영향에서 나온 것으로 모두 드러내 놓고 조사하여 처단하는 자취가 있다.[33]

---

32 今之謂詩者 氣習傲慢 威儀疏放 自以爲詩人 固如斯 噫詩所以養性情 而反放性情爲耶.
33 大抵 逃光景 出於國風之餘 而頗小眞厚之味 立議論 出於兩雅之餘 而全露勘斷之跡.

이와 같이 술광경에 적합한 영묘는 국풍(國風)에서, 입의론에 적합한 포진은 대아(大雅), 소아(小雅)에서 각각 그 원류를 찾고 『시경』의 표현 방법을 작시의 모범으로 생각했던 것이다. 따라서 신경준은 그의 시론을 전개하면서 시 정신이나 표현 방법에 있어 『시경』을 그 표준으로 하였다고 하겠다.

(7) 시의 형체

작시법상에 있어서 기, 승, 서, 전, 식, 숙, 결, 졸의 격식은 시의 형체로서 가장 중요한 것이라고 하면서 그 내용을 별도로 도표를 그려 설명하였는데 그것을 풀어 보면 다음과 같다.

기는 평온해야 하며 느닷없는 변화를 일으키지 말 것, 승은 조용해야 하며 급히 재촉하지 말 것, 서는 정제되어야 하며 영락되게 하지 말 것, 전은 변화가 있어야 하며 힘을 주지 말 것, 식은 고요해야 하며 침체되지 말아야 할 것, 숙은 온당함을 지녀야 하며 놀라게 하지 말 것, 결은 견고해야 하며 흔적이 없을 것, 졸은 그윽하게 노래해야 하며 여운을 잃지 말 것.[34]

이와 같이 '의(宜)'와 '무(毋)'에 해당하는 각각 8가지의 용어들은 일반적으로 그렇게 해야 한다는 것일 뿐 반드시 지킬 필요는 없으며, 작시할 당시의 사정의 추이와 작자의 능력에 따라 그에 적합한 변화를 가져야 한다고 하였다.

(『조선후기시학연구』, 서울대 대학원, 1997)

---

34 起處宜平穩毋陟頓, 承處宜從容毋迫促, 叙處宜整齊毋落魄, 轉處宜變化毋着力, 息處宜靜全毋低絶, 宿處宜穩含毋驚危, 結處宜堅固毋著跡, 卒處宜淵永毋匱竭.

2. 『시법원류』와 『시법원류 체의성 삼자주해』의 영향

앞에서 『시칙』의 내용을 개관해 보았는데, 그 정도만으로도 『시칙』이 우리 고전 비평 자료 가운데서 찾아보기 어려운 체계적인 시론서임을 분명히 알 수 있다고 할 것이다. 비록 『시칙』이 여암의 독창적인 시론서는 아니라 할지라도, 그가 『시칙』을 저술함에 있어 서두의 글에서 살펴본 바와 같이 학문적으로 진지한 태도를 나타내 주고 있는 한편으로 나름대로 의도적이고 체계적인 방법으로 시론을 전개하였음을 볼 때, 당시의 학시 입문서로서 그리고 시론의 일반적 규범을 알려 주는 시론서로서 그 자료적 가치는 높이 평가되어야 할 것으로 생각된다.

그러나 여전히 문제로 남는 것은 『시칙』의 독창성 문제와 관련된 중국이나 우리 비평의 영향 관계에 대한 검토의 필요성이다.[35] 그리하여 이 글에서는 그러한 영향 관계의 일단의 의문을 명료하게 진단하여 『시칙』의 자료적 가치를 분명히 하기 위한 하나의 시도로, 『시칙』의 내용에 직접적인 영향을 미친 것으로 보이는 자료를 찾아 그 영향 관계를 확실히 구명해 보도록 하겠다.

『시칙』에 영향을 미친 중국이나 우리나라의 시론서를 찾아내는 데 있어, 주목을 받은 내용은 시의 강령(綱領)인 체·의·성(體·意·聲)의 해설에서 밝혀 놓은 '무심도인해(無心道人解)'라고 하는 부분이다. 그런데 무심도인이란 창주(滄洲) 윤춘년(尹春年, 1514~1567, 중종 9~명종 22)을 말하는 것이다.[36] 때문에 윤춘년의 시론은 우선적인 검토 대상이 되었다.

그리고 신경준이 '무심도인해'라고 밝힌 부분의 내용은 윤춘년 시론의

---

35 앞에서 열거한 연구 업적들은 한결같이 독창적인 시론서로보다는, 기왕의 시론들을 종합적으로 정리한 시론서로 시칙의 성격을 규정해 놓고 있다. 그러나 그 영향 관계에 대한 언급은 없었다.

36 윤춘년은 〈시법원류발〉의 말미에서 '坡平後學 無心道人 尹春年 謹跋'이라 하였는데, 여기서 무심도인 윤춘년임을 확인할 수 있었다.

핵심자료인 『시법원류 체의성 삼자주해(詩法源流 體意聲 三字註解)』에서 인용된 것인데,[37] 윤춘년은 그 『시법주해』를 저술함에 있어 중국 원대의 양재(楊載, 1271~1323)의 『시법원류(詩法源流)』를 바탕으로 하였다고 밝혔다. 따라서 『시법주해』는 물론 『시법원류』의 내용도 아울러 검토하여야만 『시칙』의 저술에 미친 정확한 영향관계를 파악해낼 수 있을 것으로 생각된다.[38]

그리하여 이 글에서는 『시칙』의 내용 가운데서 시의 강령에 해당되는 부분의 『시법원류』 및 『시법주해』에서의 영향 관계를 중점적으로 검토해 보도록 하겠다. 이를 위하여 먼저 『시칙』에서 시의 강령에 관한 내용을 다시 한 번 검토하고, 그것을 기준으로 하여 『시법원류』와 『시법주해』에서의 영향 문제를 살펴나가게 될 것이다.

그렇게 함으로 해서 부분적이나마 『시칙』을 중심으로 하는 여암 시론의 고전 비평사적 위치는 물론 『시칙』의 자료적 가치도 아울러 재평가 받을 수 있을 것으로 보인다. 또한 그것은 조선 후기의 우리 시론에 미친 중국 시론의 영향 관계를 비롯하여 우리 시론의 수용 상태 등을 파악하는 데에도 기여할 수 있을 것으로 생각된다.

앞으로 『시칙』의 체계화에 영향을 미친 또 다른 시론서 빛 시 이론들을 면밀한 고증 작업을 거쳐 확인해 나가야 할 것이며, 그 다음에 가서야 『시칙』의 종합적 연구가 제대로 이루어질 수 있다고 하겠다. 이 점이 바로 앞으로 계속 검토해 나가야 할 과제라고 할 것이다.

---

37 이 문제는 조종업이 한국의 시화 자료를 소개한 가운데 『여암시칙(旅庵詩則)』 항목에서 '目以體意. 聲三字, 特擧而言之, 蓋有尹滄洲之影響者非耶? 未可知也'라고 하여 그 가능성을 제시한 바 있다(조종업, 『한국고대시론사』, 태학사, 1984, 108면 참조).

38 『시법원류』와 『시법원류 체의성 삼자주해』는 고려대 도서관 소장본인 『시법원류』와 함께 실려져 있다. 이하 본문 내용에서 『시법원류 체의성 삼자주해』는 『시법주해』로 약칭하도록 하겠다.

1) 시의 강령

여암은 시의 강령을 설명함에 있어서, 먼저 체, 의, 성의 내용을 간략하게 도표로 제시한 다음 각 사항에 대하여 해설을 덧붙이고 끝으로 체, 의, 성이 시의 강령임을 밝히고 있다. 이제 그 내용을 구체적으로 살펴보도록 하겠는데, 그 목적이 『시법원류』와 『시법주해』의 내용과 비교 검토하는 데 있는 만큼 일단 그 전체의 내용을 자료로 제시하는 데 그치도록 하겠다.

(1) 체

시의 강령에 대한 내용 가운데에는 체에 대한 부분은 먼저 도표를 통하여, 시체는 기본적으로 오언과 칠언으로 나누어지고 이는 다시 사, 가, 행, 가행, 조, 인, 원, 탄, 음, 곡, 요, 영, 편, 율시, 절구의 15류로 구분됨을 나타내 주고 있다. 그리고 이를 다시 각 체의 격식으로 이용되는 30류의 격으로 나누어 놓았다. 이제 그 도표를 제시하면 다음과 같다.

〈도표 1〉

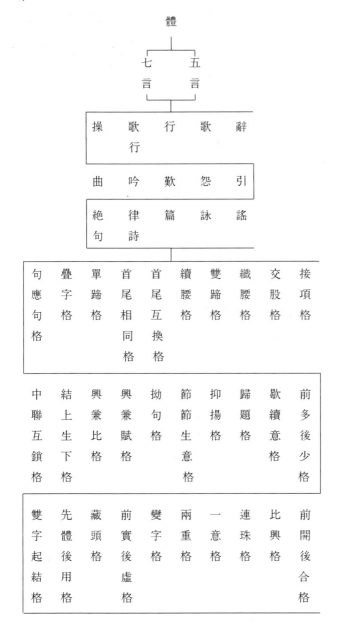

이렇게 도표를 통하여 시체를 구분 제시한 다음, 이에 대한 해설을 첨가하였는데, 작시의 기본 자수율인 오언과 칠언에 대한 해설과 30격의 시체의 격식에 대한 해설은 생략한 채, 사에서 절구에 이르는 15류에 대해서만 간단한 석명(釋名)을 겸한 해설을 덧붙여 놓았다. 그 내용은 다음과 같다.

〈해설 1〉

辭ㅇ因其立辭謂之辭

歌ㅇ放情長言謂之歌

行ㅇ步驟馳騁 有如行書謂之行 宜痛快詳盡 若行雲流水也

歌行ㅇ兼之曰歌行

操ㅇ操者操也 君子操守有常 雖阨窮猶不失操也

曲ㅇ聲音雜比高下長短謂之曲 委曲以盡其意也

吟ㅇ吁嗟感慨如蛩螿之吟謂之吟

歎ㅇ沈吟深思發乎太息謂之歎

怨ㅇ慣而不怒曰怨

引ㅇ序先後載始末謂之引

謠ㅇ非鼓非鍾徒歌謂之謠 宜隱蓄諧音而通俚俗也

詠ㅇ詠之爲言永也 嗟歎之不足故永言之

篇ㅇ篇者編也 寫情鋪事明而編也

律詩ㅇ有對偶音律謂之律詩

絶句ㅇ絶句者截句也 句絶而意不絶 蹙繁就簡也

(2) 의

도표와 해설을 통해 제시된 의의 내용을 보면, 시의 내용으로서의 의는 먼저 주의와 운의로 구분되어 있는데, 주의는 시의 주제를 말함이고 운의는 표현 기교 내지 표현 방법에 해당되는 것으로 보인다. 주의는 다시 송미, 기자, 우애, 희락의 내용으로 나누어지고, 그 내용의 흐름에 따라 정과 사로 구분되어 있다. 그리고 운의는 점배, 취사, 활축, 구결로 나누어지고, 그 전개의 성공여부에 따라 공과 졸이 평가될 수 있음을 나타내 주고 있다. 이를 통해 여암은 결국 주의와 운의의 조화, 즉 성정의 올바름과 표현 기교나 표현 방법상의 공교로움이 조화를 이룬 시의 경지를 추구하였음을 알 수 있다고 하겠다. 그 도표와 해설 내용은 다음과 같다.

〈도표 2〉

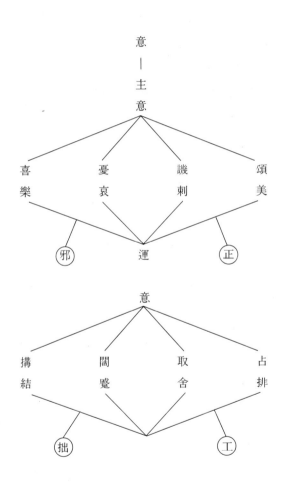

<해설 2>

主意○謂體文也

運意○謂綴文也

(3) 성

여암은 시의 강령 중에서 성에 대하여 가장 관심을 많이 기울인 것으로 보인다. 도표를 통하여 먼저 오언, 칠언 및 각 시체가 지니는 성의 특성을 나타내 주고 있으며, 이어서 궁, 상, 각, 치, 우의 5음과 황종, 대려, 태족, 협종, 고세, 중려, 유빈, 임종, 이칙, 남려, 무역, 응종의 12율을 열거하면서, 특히 5음에서는 그 성의 특성도 아울러 제시해 놓았다. 그 도표는 다음과 같다.

〈도표 3〉

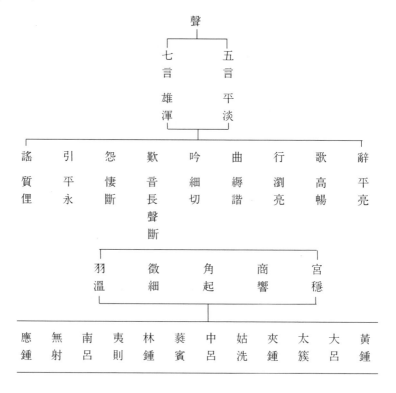

성의 해설 부분은 주로 '무심도인해'라 하여 무심도인의 해설 내용을 간추린 것으로 되어 있고, 부분적으로 자신의 견해를 덧붙인 것으로 보인다. 성의 해설 내용은 크게 네 부분으로 나눌 수 있는데, 편의상 번호를 붙여 그 전문의 내용을 보면 다음과 같다.

〈해설 3〉

① 商○商屬金於時爲秋 自午月一陰之後 陽漸衰而陰漸盛 陰陽相戰 故其聲振發 此商之所以爲響也 無心道人解 商章也 物成熟可章度也 其聲若羊之離群而主張

角○角屬木於時爲春 自子月一陽之後 陽漸盛而陰漸衰 陽氣方升 故其聲衝激 此角之所以爲起也 無心道人解 角觸也 物觸而西戴芒角也 其聲若雞之鳴木而主湧

徵○陽已極而滿於天地之間 無復上升 故起之聲減而爲徵細矣 無心道人解 徵祉也 物盛大而繁祉也 其聲若豕之負駭而主分

羽○陰已極而滿於天地之間 無與相戰 故響之聲減而爲羽嘔矣 無心道人解 羽宇也 物聚藏宇覆之也 其聲若鳥之鳴野而主吐

宮○宮屬土 土者金木水火之主也 故其聲不偏缺而穩 猶甘之於五味 非甘不得和矣 然商之音宮而響者也 角之音宮而起者也 徵羽亦然 無心道人解 宮中也 居中央 暢四方 唱始施生 其聲若牛之鳴窌而主合

② 凡詩聲 皆以第一字爲本宮矣 欲定本宮 則須先觀一篇之意 其意和平 則其聲必和平 故定之以宮徵 其意哀怨 則其聲必哀怨 故定之以商羽矣 如月到天心處 則於五音爲黃鍾之徵 於十二律爲仲呂之宮矣 如洞庭西望楚江分 則於五音爲黃鍾之商 於十二律爲無射之宮矣

③ 欲辨詩聲 先審吾呼吸之氣 夫呼者氣之升也 吸者氣之降也 升者其聲濁 降者其聲淸 濁者徐緩 淸者短促 然濁中有輕重 淸中亦有輕重 一呼一吸 若有自然之妙矣 當其呼而方升也 不可卒爲之降 吸而方降也 不可卒爲之升 呼吸有序 升降有漸 此非人力之所能强也 宮爲全濁 商爲次濁 角爲淸濁中 徵爲次淸

羽爲全淸 悟之於方寸之內 而辨之於呼吸之間 則作詩之際 五音自當和諧 而不相散亂矣

④ 玉屑云 固有二字一意而聲且同 可用此而不可用彼者 選詩云 庭皐木葉下 雲中辨烟樹 還可作 庭皐樹葉下 雲中辨烟木 至此惟可默會 未易言傳也云 此乃妙語也 嘗以五音 調切之前一句 若下木字 則庭爲宮 皐爲徵 木爲角 葉爲商 下爲宮 五音和協矣 若下樹字 則庭爲徵 皐爲羽 樹爲徵 葉下角 下爲羽 五音散亂矣 後一句 若下樹字 則雲爲宮 中爲商 辨爲角 烟爲商 樹爲宮 五音和協矣 若下木字 則雲爲徵 中爲商 辨爲宮 烟爲商 木爲角 五音散亂矣 詩之爲聲也 一字之聲變 則一句之聲大變矣 一句之聲變 則一篇之聲亦大變矣 今定四句之聲 乃只就四句而定之也 若擧一篇之聲而定之 則今定四句之聲亦變矣 固不可以執一而論之也 大抵詩之聲 不過上下相應而已 若下相應 則雖千變萬化 而其變而通之則一也 無心道人解

이어서 체, 의, 성이 시의 강령이 된다는 것을 밝히고 있는데, 그 내용은 다음과 같다.

以體爲主 以意爲用 以聲合體 此三者 詩之綱領也

이상에서 여암이 『시칙』에서 시의 강령으로 내세운 체, 의, 성에 관한 전체 내용을 자료로 제시하였거니와, 이제 그 내용들을 『시법원류』 및 『시법주해』의 내용과 비교 검토해 보도록 하겠다.

2) 『시법원류』와 『시법원류 체의성 삼자주해』의 영향

(1) 『시법원류』의 영향

『시법원류』는 원대 양재의 소작이다. 그는 우집(虞集), 범곽(范梈), 게혜사(揭傒斯) 등과 함께 원대 문학의 사걸 시대를 연 문인으로 평가되며, 중홍

(仲弘: 仲宏이라고도 함)은 그의 자이다.[39] 그는 박섭군서(博涉群書)하여 나이 40에도 벼슬하지 않았는데 포의의 몸으로 한림에 불렸으며, 문학으로 자성일가(自成一家)한 가운데 시에 특히 법도가 있었다고 한다. 저서에 『양중홍집(楊仲弘集)』 8권이 있고, 『시법원류』 외에 시화집인 『시법가수(詩法家數)』가 있다.

『시법원류서』에 따르면 『시법원류』는 원 영종(英宗) 지치(至治) 2년인 1322년(고려 충숙왕 9)에 지어진 것으로 되어 있다.[40] 『시법원류』를 지어 전하게 된 내력은 그 서문에 언급되어 있는데, 그가 서촉(西蜀)의 성도(成都)에 이르러 완화계(浣花溪)를 지나다 두공부(杜工部)의 구세손 두거(杜擧)를 만나 그에게서, 두보(杜甫)가 그의 문인인 오성(吳成), 추수(鄒邃), 왕공(王恭) 등에게 전하였던, 『시율중보(詩律重寶)』의 내용을 얻어서 조석으로 손에서 떼지 않고 오랫동안 읽어서 황연히 깨달음을 얻었던 바, 마침 경성(京城)의 진씨(陳氏) 아들이 시에 뜻을 두었기로 두거가 전해준 내용들을 정리하여 준다고 하였다.

고대 도서관 소장본인 『시법원류』는, 윤춘년과 양중홍의 서에 이어, 시법정론(詩法正論), 시법가수(詩法家數), 시해(詩解), 시격(詩格)의 순으로 내용이 전개되어 있으며, 그 다음에 윤춘년의 『시법원류 체의성 삼자주해』가 있고, 이어서 주정징(周廷徵)과 가화회열(嘉禾懷悅)의 후서(後序), 그리고 윤춘년의 발이 있다.

『시법원류』의 내용 가운데서 핵심이 되는 것은, 시격이라 하여 34시격을 제시하고 두보의 시 43수를 주석해 놓은 부분이다. 이에 대해 주정징은 그 주석이 매우 명확하여 족히 두보 시율의 전모를 다 갖추었다고 하였으며,[41] 윤춘년은 율시의 정종(正宗)이라고까지 높이 평가하였다.[42] 한편 사진(謝榛)

---

39 이정이, 『중국문학사』 하(문사신간 48, 전기문학사, 민국 48), 316면 참조.

40 고려대 도서관 소장본인 『시법원류』는 1552년(명종 7)에 윤춘년이 『시법주해』와 함께 서와 발을 붙여 편찬한 것이다.

41 註釋甚明 足以該杜律之全(周廷徵, 〈詩法源流後序〉).

은 『사명시화(四溟詩話)』에서 다음과 같이 말하였다.

양중홍의 율시 34격은 두보의 문인인 오성, 추수로부터 그 법이 전해진 것이라고 한다. 그러나 그 법도가 지나치게 군핍(窘乏)하여 정종이랄 수는 없을 것이다.[43]

이러한 사진의 견해는 주정징이나 윤춘년의 생각과는 완전히 다른 각도의 것으로 보인다. 그러나 『시법원류』에서 제시한 시격이 중국이나 우리나라에서 시론가들에 의해 주목의 대상이 되어 왔음은 분명하다고 할 것이다.

이제 『시법원류』의 핵심 내용인 시격과 그 외의 다른 내용들이 『시칙』에 어떻게 영향을 미치고 있는가 하는 점을 두 가지 측면에서 살펴보도록 하겠다.

먼저 시격의 영향을 살펴보면 다음과 같다. 앞에서 여암이 〈도표 1〉을 통하여, 해설도 없이 30격의 시격을 제시하였음은 살펴본 바 있다. 이 30격의 시격은 『시법원류』에서 제시된 34시격 가운데서 4항목을 제외한 나머지 30격의 내용 그대로이며, 그 배열 순서 또한 같이 나타나 있다.

『시법원류』의 34시격 가운데서 『시칙』에 제외되어 있는 것은, 순서대로 단제격(單蹄格) 다음에 제시된 개합격(開合格) 변중지변(變中之變)과, 개합변격(開合變格) 변중지불변(變中之不變), 그리고 흥겸부격(興兼賦格) 다음인 결상생하격(結上生下格) 기결략이(起結略異)와, 연주격(連珠格) 다음인 귀제격(歸題格) 전후상사이변(前後相似而變)의 4항목이다. 여암이 『시칙』에서 시격을 도표화하면서 이들 4항목을 왜 제외하였는지는 알 수 없으나, 시격의 명칭이나 그 배열 순서 등으로 미루어 보건대 『시법원류』의 34시격의 내용을 바탕으로 도표화하였다는 사실만은 분명하다고 하겠다.[44]

---

42 楊仲弘所傳 杜詩諸格 眞律詩之正宗也(尹春年, 〈詩法源流序〉).

43 楊仲弘律詩三十四格 謂自杜甫門人吳成鄒遂傳其法 然窘乏於法度 殆非正宗(謝榛, 『四溟詩話』).

다음으로 『시칙』에서 『시법원류』의 영향으로 찾아볼 수 있는 것은 체, 의, 성을 시의 강령으로 규정한 내용이다. 여암은 『시칙』에서 '以體爲主 以意爲用 以聲合體 此三者 詩之綱領也'라고 하였는데, 이 내용은 『시법원류』중에서 시법정론의 '盖詩有體有聲有義 以體爲主 以義爲用 以聲合體'라고 한 내용과, 윤춘년의 서문에서의 '然則 曰體 曰意 曰聲之於詩家 猶三達德之於中庸也 三綱領之於大學也'라고 한 내용을 합성한 것으로 생각된다. 이렇게 보면 체, 의, 성을 시의 강령으로 제시한 내용 역시 『시법원류』의 내용에서 영향받은 것임은 분명하다고 하겠다.

이상에서 『시법원류』가 『시칙』에 미친 영향을 내용 대비를 통해 2가지 측면에서 살펴보았는데, 여암은 시격의 도표화와 체, 의, 성을 시의 강령으로 규정한 내용에 있어서 『시법원류』의 내용을 변용시킴 없이 그대로 수용하였음을 알 수 있었다.

(2) 『시법원류 체의성 삼자주해』의 영향

『시법주해』는 윤춘년의 소작이다. 그의 호는 창주, 또는 학음(學音), 무심도인 등이고, 본관은 파평(坡平)으로 참판 안인(安仁)의 아들이다. 1543년 (중종 38) 생원으로 문과에 급제, 윤원형(尹元衡)과 함께 상소하여 1545년 을사사화로 윤원로(尹元老)를 몰아내는 데 성공하였으며, 그 후 대사헌을 거쳐 이조판서에 이르렀다. 1565년 윤원형이 파직되어 조정에서 쫓겨나자 예조판서로 있던 그도 파면되어, 선조 초 고향으로 쫓겨 내려갔다. 성격이 경박하고 자부심이 강하여 일찍부터 대학자로 자처하는 등 공명심이 많았으나, 주색을 즐기지 않고 비교적 청렴결백하였다고 한다. 저서로는 『학음고(學音稿)』가 있다.

윤춘년은 음률에 특히 능했다고 하는데,[45] 이가원 교수는 그를 시의 이론

---

44 이는 여암 자신이 『시칙』에서 「시중필례」의 〈공원지례(攻原之例)〉를 설명하는 가운데, '然而杜詩 非徒卷首 楊仲弘所得 諸格之詳解 古來註箋亦多矣'라고 한 내용에서 그 영향을 확인해 볼 수 있다.

가로 주목하면서 다음과 같이 언급하였다.

윤씨는 일찍이 중국 양중홍(?)이 전한 『시법원류』에다가 체·의·성의 삼자로 나누고는 주해를 붙여 『시법원류 체의성 삼자주해』를 지었으니 이는 곧 한·당의 제체시에 대하여 음률적인 면을 연구한 가장 아름다운 지결(旨訣)이었다.[46]

이처럼 그는 우리의 고전 비평 연구에 있어서 전문적인 시론서를 남긴 이론가로, 특히 성률 부분에서는 단연 돋보이는 이론가로 평가되어 왔다. 그러나 아직은 그의 시론에 대한 본격적인 연구가 없는 실정이다. 앞으로 그의 시론에 대한 집중적인 연구는 하나의 중요한 과제가 될 것으로 생각된다.[47]

윤춘년이 『시법주해』를 짓게 된 내력에 대해서는 자신의 글인 『시법원류』의 서와 발에서 단계적으로 그 과정을 살펴볼 수 있다.

그는, 문장에 정종이 있고 당시에 정음(正音)이 있으며 학시에 정로(正路)가 있고 시에 오음이 있다고 하는 것에 대해 의문을 품고 오랫동안 시론서들을 두루 섭렵하다가, 시가의 정종이 체, 의, 성임을 깨닫게 되었다고 하였다. 이어서 그는 시가에서의 체, 의, 성이라고 하는 것은 『중용』에서의 삼달덕(三達德)이나 『대학』에서의 삼강령(三綱領)과 마찬가지로 그 정종이 된다는 것을 강조하였다. 그러한 가운데서 『시법원류』의 '유체 유의 유성지설(有體 有意 有聲之說)'을 보고 양중홍이 전한 두시제격(杜詩諸格)이 '진율시지정종(眞律詩之正宗)'임을 알게 되고, 그 속에 체, 의, 성이 함께 갖추어져

---

45 '滄洲尹春年 素知音律'(洪萬宗, 『旬五志』下)이나, '尹相公春年有詩鑑'(車天輅) 등의 예문을 보아도, 그가 시감이 있고 음률에 뛰어났음을 알 수 있다.

46 이가원, 『한국한문학사』(민중서관, 1961), 218면.

47 본고는 『시칙』과 『시법주해』의 비교 검토에 목적이 있다. 따라서 윤춘년의 시론에 대한 구체적인 검토는 여전히 과제로 남게 된다.

있음을 확인하게 되었다고 하였다.[48]

그러나 장악원(掌樂院) 원정(院正) 이수복(李壽福)에게서 얻어 본 『시법원류』의 사본이 천와(舛訛)된 글자가 많아 안타까워하던 중, 목사 구암(龜巖) 이정(李楨)에게서 또 다른 본을 얻게 되어 마침내 시를 배우고자 하는 사람들과 같이 보고자 해서, 교서관 제조인 판서 송세형(宋世珩)의 도움으로 간행하여 세상에 널리 펴내게 되었다고 하였다. 이렇게 『시법원류』를 간행하면서 후학들의 '체의성지지(體意聲之旨)'에 대한 이해를 돕기 위해 자신의 천졸(淺拙)을 무릅쓰고 간략하게나마 주해를 덧붙인다고 하였다.[49]

이상이 『시법주해』를 짓게 된 내력인데, 서의 글이 1552년(명종 7)으로 되어 있음으로 보아 『시법주해』도 그 무렵에 지어진 것으로 보인다.

『시법주해』는 체, 의, 성의 순서로 내용이 전개되어 있는데, 『시칙』의 내용과 비교 검토하면서 그 영향 여부를 살펴보도록 하겠다.

① 체

『시법주해』에서의 체의 내용은 시체를 오언고시, 칠언고시, 사, 가, 행, 가행, 조, 곡, 음, 탄, 원, 인, 요, 영, 편, 율시, 절구의 순서로 17류로 구분하고, 각기 그 해설을 덧붙인 것으로 되어 있다.

우선, 이를 앞장에서 살펴본 『시칙』의 〈도표 1〉의 내용과 비교해 보면, 시체의 구분과 배열 순서에 있어서 똑같이 나타나 있음을 알 수 있다. 다만 〈도표 1〉에는 오언고시와 칠언고시의 내용이 오언과 칠언으로 나타나 있다. 이는 윤춘년이 오언고시와 칠언고시를 하나의 시체로 인정한 반면에, 여암은 도표화하는 과정에서 오언과 칠언으로 달리 표현하면서 각 시체에 두루 통용되는 형식의 문제로 변용시켰던 것으로 보인다. 그리고 〈도표 1〉에서 제시된 30시격의 내용은 『시법주해』에는 나타나 있지 않다. 따라서

---

48 尹春年, 〈詩法源流序〉 참조.

49 尹春年, 〈詩法源流跋〉 참조.

여암은 〈도표 1〉을 만들면서 『시법원류』와 『시법주해』의 내용을 종합하여 완성시켰던 것으로 생각된다.

다음으로 각 시체에 대한 해설에 있어서, 『시법주해』에 나타나 있는 오언고시와 칠언고시의 해설 내용이 『시칙』의 〈해설 1〉에는 보이지 않으며, 나머지 해설 내용은 같이 제시되어 있다. 그리고 각 시체의 해설에 있어서 부분적으로 서로 다른 글자가 보이기는 하는데, 이는 판각이나 필사시의 잘못으로 생각되는 것으로 내용상으로는 전혀 관계가 없는 것으로 보인다. 『시칙』의 〈해설 1〉에 생략된 오언고시와 칠언고시의 해설 내용은 다음과 같다.

> 五言古詩, 詩以古名盖繼三百篇之後者 世傳枚乘諸公之作是也
> 七言古詩 從張衡四愁詩來

이로 보면 여암이 『시칙』에서 체의 내용을 도표화하고 해설하는 과정에서, 『시법주해』에서의 윤춘년의 체에 관한 견해를 그대로 이용하였음을 알 수 있다고 하겠다. 다만 윤춘년이 시체로 제시한 오언고시와 칠언고시를, 오언과 칠언으로 변용시켜 각 시체에 두루 통용되는 형식의 문제로 표현한 내용만 차이가 있을 뿐이다.

② 의

의에 대한 부분은 『시칙』과 『시법주해』의 내용이 서로 상이하게 나타나 있다. 이제 『시법주해』의 의에 관한 내용을 보면 다음과 같다.

> 愚謂心者統性情者也 意者主張乎心者也 所謂性者 仁義禮智之謂也 是謂五
> 性 所謂情者 喜怒哀樂之謂也 是謂七情 盖五性各有其體 不可相雜 若當仁而
> 義 當義而仁 則失其性矣 七情各有其用 不可相亂 若當喜而哀 當哀而喜 則失
> 其情矣 人於性情之用 少失其常 則謂之愚妄 而濁於作詩 雖失其性情之常 而

不謂之愚妄者 何也 其意愚妄 則其詩不足觀矣

위의 내용을『시칙』의 〈도표 2〉및 〈해설 2〉의 내용과 비교해 보면, 의의 내용에 관한 한『시칙』과『시법주해』의 내용은 상호 연관성을 찾기 어렵다고 하겠다.[50]

③ 성

『시법주해』에서의 성에 대한 내용은 크게 두 부분으로 나눌 수 있는데, 서두에 보이는 각 체의 성률의 특성에 대한 내용과 다음에 이어지는 전반적인 해설의 내용이 그것이다. 이를 개관해 보면, 서두에서 오언과 칠언을 비롯하여 사, 가, 행, 곡, 음, 탄, 원, 인, 요에 이르는 11류의 시체에 대한 성률의 특성을 정리하고, 다음으로 5음과 12율에 대한 간단한 해설을 더한 다음에 이 5음 12율의 내용이『율려신서(律呂新書)』및『문전(文筌)』에 따른 것임을 밝혔다. 이어서 성에 대한 제문제를 총 9개 항목에 걸쳐 문답 형식으로 풀어나가고 있다.

먼저 그 서두의 내용을 보면 다음과 같다.

五言 平淡 七言 雄渾 辭 平亮 歌 高暢 行 瀏亮 曲 縟諧 吟 沈細 嘆 音長聲 絶 怨 悽斷 引 平永 謠 質俚

五音 宮 土穩 商 金響 角 木起 徵 火細 羽 水溫 十二律 黃鍾 十一月 大呂 十二月 太簇 正月 夾鍾 二月 姑洗 三月 仲呂 四月 蕤賓 五月 林鍾 六月 夷則 七月 南呂 八月 無射 九月 應鍾 十月 盖十二律旋相爲宮也 詳見律呂新書及文 筌

---

50 『시칙』에서의 의(意)의 내용이 여암의 독창적인 견해인지, 아니면 또 다른 시론서의 영향인지에 대해서는 앞으로의 검토가 필요하다고 하겠다.

위의 내용과 『시칙』의 〈도표 3〉의 내용을 비교해 보면, 5음의 5행 표시
와 12율의 월 표시, 그리고 '盖十二律旋相爲宮也 詳見律呂新書及文筌'의 내
용만 생략되었을 뿐으로, 『시법주해』의 내용을 바탕으로 〈도표 3〉을 만들
었음은 확연히 드러난다고 하겠다.

이제 해설 부분의 내용을 살펴보도록 하겠다. 문답 형식으로 모두 9개
항목으로 전개되어 있는 해설 내용을 편의상 부호를 부여하여 제시하고자
하는데, 전체 내용을 다 제시하는 번거로움을 피해 『시칙』과 비교 검토함
에 필요한 3, 6, 8, 9항의 해당 부분 내용만 살펴보면 다음과 같다. 특히
『시칙』의 〈해설 3〉과 중복되는 인용을 피하기 위해, 해당 부분은 앞장에서
제시한 부호로 대신하도록 하겠다.

(제3항)

或問 商何以爲響 角何以爲起 至於宮徵羽 亦爲穩細嗢者 何也 曰姑以愚之
所見言之 商之所以爲響者(해설 3의 ① 商 부분) 角之所以爲起者(同 角 부분)
至於徵則(同 徵 부분) 羽則(同 羽 부분) 若夫宮之所以爲穩者(同 宮 부분, 이상
각 부분 無心道人解 앞까지의 내용임)(이하 생략)

(제6항)

或問曰 文筌有本宮之語 願聞其說(해설 3의 ② 부분)(이하 생략)

(제8항)

或問 然則欲審詩聲 當從何人 曰知之不難也 知吾呼吸之氣 則可知之矣 (…)
然則(해설 3의 ③ 欲辨詩聲 先審吾呼吸之氣 이하의 내용)(이하 생략)

(제9항)

或問 論氣之升降 以辨聲之淸濁 則旣釋然矣 然願發其一端 使有所悟 可乎
曰(해설 3의 ④ 부분 無心道人解 앞까지의 내용)(이하 생략)

이상에서 제시한 내용으로 보면, 여암은 『시칙』〈해설 3〉의 ①, ②, ③,
④의 내용을 정리하면서, 윤춘년의 『시법주해』 내용 중 9개 항목의 성 해설

가운데서 차례로 3, 6, 8, 9항목의 내용을 바탕으로 해당 부분만 가려 뽑아 제시하였음이 분명하다고 하겠다. 그리고 각 항목마다 부분적으로 글자의 가감이 드러나 있기는 한데, 그것은 내용 전개상 조금도 무리가 없는 정도의 것이었다.

여암이 의도적으로 자신의 해설을 덧붙인 것은 『시법주해』의 제3항을 간추려 정리한 ①의 내용 가운데 나타나 있다. 그 내용은 5성에 대한 해설인 ①의 상, 각, 치, 우, 궁의 해설 내용 중에서 각각 '無心道人解' 이하의 부분인데, 5성의 자의(字義)와 성의 특성을 제시한 내용이다.

결국 여암은 『시칙』에서 시의 강령으로 체, 의, 성을 제시하여 도표화하고 해설하는 과정에서, 체와 성에 관한 부분은 전적으로 윤춘년의 『시법주해』의 내용을 바탕으로 전개하면서 부분적으로 자신의 견해를 피력해 놓았다고 하겠다.

지금까지 여암 신경준이 『시칙』에서 시의 강령으로 제시한 체, 의, 성의 내용과 『시법원류』 및 『시법주해』의 해당 내용을 비교 검토해 보았다.

그 결과 『시칙』에서의 체의 내용은 『시법원류』와 『시법주해』의 내용을 근거로 하여 도표화하고 해설한 것이었으며, 성의 내용은 『시법주해』의 내용을 부분적으로 발췌하여 도표화하고 간추려 놓은 것임을 알 수 있었다.

이상의 비교 검토의 결과로 보아서는, 적어도 체와 성의 이론 제시에 관한 한, 여암의 독창성은 인정받을 수 없다고 하겠으며, 단지 『시법원류』와 『시법주해』의 내용을 종합 정리하여 편집해 놓은 정도의 것으로 보아야 할 것이라 생각된다. 물론 부분적으로 자신의 견해를 피력하거나 의도적으로 달리 표현하고자 한 흔적이 보이기는 하지만, 그 내용들도 그들 시론을 변용시켜 자신의 것으로 재구성한 내용의 것이라고는 할 수 없는 것이었다.

그러나 이상의 결과를 바탕으로 하여, 여암 자신이 『시칙』의 서두의 글에서 밝혀 놓았던 대로 『시칙』의 전체 내용이 자신의 독창적 이론의 전개 없이 고서나 견문을 수집하여 편집한 학시의 입문서에 불과한 것이며, 그리하여 여암도 시론가라기보다는 단순한 학시서의 편집자에 불과하다는 등의 속단을 내리기에는 아직 이르다고 생각된다. 위의 결과는 크게 7개 항목으로 구분 정리되어 있는 내용 가운데서 하나의 항목, 그 중에서도 체, 성의 내용 검토에서 나온 결과이기 때문이다.

그렇지만, 『시칙』이 여암 개인의 독창적인 시론만은 아니라는 것을 추측하면서도, 지금까지 그 원류가 되는 자료의 탐색 노력도 없이 막연히 여암의 시론으로 지칭하며 연구해 왔던 안일한 자세에서는 이제 탈피해야 할 것이라는 것만은 분명하다고 하겠다.

앞으로 『시칙』의 전체 내용을 중심으로 그 원류가 되는 중국이나 우리나라의 시론 자료들을 찾아 면밀히 검토하고 그 양상들을 총체적으로 분석해 내는 작업이 이루어져야, 『시칙』의 체계화에 반영된 여암 시론의 진면목을 밝혀낼 수 있을 것이며, 그 비평사적 위치 또한 새롭게 정립해 낼 수 있을 것으로 생각된다.

아울러 윤춘년의 시론에 대한 연구를 비롯하여, 중국 양재의 시론과 윤춘년 및 여암의 시론과의 비교문학적 검토 역시 계속 관심을 갖고 해결해 나가야 할 과제라고 하겠다.

(「세종대논문집」 13, 1986)

박지원의 문학론과 소설의 효용성

1. 머리말

연암(燕巖) 박지원(朴趾源, 1737~1805, 영조 13~순조 5)은 조선 후기 실학파의 중심인물로서 뿐만 아니라, 국문학 분야에서는 소설가로서 주목을 받아 꾸준히 연구의 대상이 되어 왔다.

그는 어려서 아버지를 여의고 16세에 처음으로 처삼촌인 영목당(榮木堂) 이양천(李亮天)에게서 글을 배우기 시작하여, 20대에 이미 뛰어난 그의 문재를 세상에 드러내게 되었다. 30대에는 그 이름이 세상에 널리 알려진 바 되어 박제가(朴齊家)와 같은 젊은 선비들이 그를 스승으로 받들기에 이른다. 그러나 그는 당시의 지배 계층인 양반 신분의 소유자이긴 하였지만, 그생애의 전반은 낙척불우(落拓不遇)하였다. 일찍부터 거업(擧業)에 뜻을 잃고 가난한 살림살이에 시달리면서 연암은 문자 그대로 연전필경(硯田筆耕)의 문필 생활로 곤궁 그것을 지켜 왔다.

관인으로서도 연암은 그의 온포(蘊抱)를 펼 수 있을 만큼 중앙 관서의 높은 자리에 이르지 못하였다. 50세에 처음으로 선공감감역이 된 그의 관력은 사복시주부, 한성부판관, 면천군수 등을 거쳐, 양양부사에서 그쳤다.

이렇게 관료생활에서 그의 포부와 이상을 실현할 수도 없었던 연암은 문인으로서 그리고 실학사상가로서 그 영채(英采)를 발하여 그 이름을 일세에 떨쳤다. 한 때 『열하일기(熱河日記)』에서 보여준 유창하고 발랄한 수필체 문장이 진신간(搢紳間)에 물의를 일으켜 정조가 직접 당시 규장각 직각이었던 남공철(南公轍)에게 명하여 문체 순정 운동을 전개케 하는 등의 소란을 피웠으며, 뒤에 면천군수로 있을 때 찬집한 『과농소초(課農小抄)』와 이에 붙여 올린 『한민명전의(限民名田議)』의 찬진(撰進)으로 정조의 속죄 요구에 답하는 사태에까지 이르기도 하였다. 그러나 연암의 문장가로서의 진면목은 특히 당송 팔대가의 고문에서 뛰어난 솜씨를 보여, 정아한 농암(農巖)의 문장과 웅혼한 연암의 문장은 조선 왕조 일대를 통하여 그 쌍벽을 이루어 주었다.

국문학 연구 분야에서 연암의 소설 작품이 거론되기 시작한 것은 1930년대의 일인 바, 김태준이 『조선한문학사』(1931)와 『조선소설사』(1939)를 통하여 그 선편을 잡았다. 이렇게 1930년대의 조선학 붐과 더불어 비롯된 연암의 문학에 대한 연구는, 1950년대 후반에서부터 본격적으로 진행되었다.[1] 그리하여 1960년대에는 이가원이 자신의 발표 논문들을 토대로 하여 『연암소설연구』(을유문화사, 1965)라는 집중적인 연구서를 출간하기에 이르렀다. 이는 소설 문학의 연구로서는 물론이요, 연암 연구에 관한 한 박물학적 업적으로 기록될 만하다 할 것이다. 그 후 1970년대에는 새로운 방법론의 모색을 위한 연구가 활발히 계속되어 왔다.[2]

그러나 지금까지 연암 소설에 대한 비평적 접근의 주조가 되어온 것은 그 외재적 요소를 중시하는 것이었다. 다시 말해서 사상성이 너무나 강조된 나머지 마치 실학사상의 논의와도 같은 주변 탐색으로 일관된 느낌을 갖게 한다는 것이다. 물론 종래의 그러한 전통적인 연구 방법에 대한 회의와 자기 성찰을 통하여 새로운 방법론의 모색 과정을 거치면서 이루어진 연구

---

1 김일근의 「연암소설의 근대적 성격」, 『경북대학교논문집』 제1집(1956), 신기형의 「연암의 실학 사상」, 『문경』, 천집(1957), 「이우성의 실학파의 문학」, 『국어국문학』 16호(1957) 등이 그것이다.

2 황패강의 「허생전소고」, 『국어국문학』 62·63 합병호(1973)/「호질연구」, 『한국소설문학의 탐구』(일조각, 1978), 조동일의 「박지원의 문학사상과 소설론」, 『한국소설문학의 탐구』(일조각, 1978) 등이 그것이다.

업적들이 없는 바는 아니다. 다만 연암 소설에 대한 연구의 주된 흐름이 그러하였다는 것이다.

이 글은 문학적인 면보다 사상적인 면의 연구가 큰 비중을 차지했던 지금까지의 연구 방법을 지양하고 연암 자신의 문학론과 그의 소설 작품에 나타난 문학 사상을 검토함으로 해서, 연암의 비평적 논의를 정리하고 연암 소설의 문학적 성격을 평가하며 연암의 작가적 면모를 새롭게 정립해 보고자 하는 의도에서 출발되었다.

먼저 연암의 문집을 중심으로 그의 문학론을 검토하고자 하는데, 이는 그의 소설 작품 외의 문장에 피력되어 있는 그의 문학론이 비록 단편적인 논평들의 집합이라고 하더라도 그의 비평가적 면모를 살피고 그의 소설을 이해하는 데에는 무엇보다도 먼저 고찰되어야 할 것으로 보이기 때문이다. 그 다음에는 연암 소설의 문학적 성격을 그의 문학론을 바탕으로 하여 검토하고자 한다. 그렇게 함으로 해서, 작품 외적인 요소인 그의 문학론과 작품 내에 피력되어 있는 문학 사상이 어떻게 연결되고 있으며 또한 극복 내지 심화되고 있는가 하는 문제를 해결할 수 있으리라 생각된다. 이상의 검토 과정을 통하여 연암의 비평가로서의 위상을 비롯하여 연암의 작가적 면모와 연암 소설의 문학사적 위지를 너욱 뚜렷이 정립해 보고자 하는 것이 바로 이 글의 목적이 될 것이다.

2. 연암의 문학론

연암의 문학론을 파악하는 데 있어 제일 먼저 주목해야 할 것은 연암 사상의 압권이며 그의 주저라고 할 수 있는 『열하일기(熱河日記)』이다. 『열하일기』는 1780년 금성위(錦城尉) 박명원(朴明源)의 수행원으로 청 고종의 70수를 축하하기 위하여 중국에 들어가 성경·북평·열하 등지를 둘러보고 돌아와서 쓴 책이며, 평소에 동경하였던 중국의 산천·풍토와 문물 제도를 살펴보고 역사·지리·풍속·정치·경제·사회·예술 전반에 걸쳐 주로 이용후생적인 면에 중점을 두어 서술한 웅혼한 문장의 책이다. 다른 여러 본에는 보이지 않지만, 연암산방본(燕巖山房本)에 실려 있는 〈열하일기서 (熱河日記序)〉에 보면, 그의 저술방법이나 문학론의 면모를 살펴볼 수 있다.

글을 써서 교훈을 남기되 신명의 경지를 통하고 사물의 자연 법칙을 꿰뚫은 것으로서는 『역경』과 『춘추』보다 더 나은 것이 없을 것이다. 『역경』은 미묘하고 『춘추』는 드러내었으니, 미묘란 주로 진리를 논한 것으로서 그것이 흘러서는 우언(寓言)이 되는 것이요, 드러냄이란 주로 사건을 기록하는 것으로 그것이 변해서 외전(外傳)이 이룩되는 것이다. 저서하는 데는 이러한 두 갈래의 방법이 있을 뿐이다. (……) 나는 이에 비로소 장주(莊周)의 외전에는 참됨도 있고 거짓됨도 있는 반면, 연암씨의 외전에는 참됨은 있으나 거짓됨이 없음을 알았노라. 그리하여 이에는 실로 우언을 겸해서 이치를 논함에 돌아가게 되었으니, (……) 하물며 그 이치를 논함에 있어서도 어찌 황홀히 헛된 이야기를 늘어놓은 것에 그쳤을 뿐이겠는가. 그리고 풍속이나 관습이 치란에 관계되고, 성곽이나 건물, 경목(耕牧)이나 도야(陶冶)의 일체 이용후생의 방법이 모두 그 가운데 들어 있어야만, 비로소 글을 써서 교훈을 남기려는 원리에 어긋나지 않을 것이리라.[3]

이렇게 연암은 저술의 방법에는 우언과 외전의 두 길이 있을 뿐인데, 『열하일기』에는 외전의 방법을 주로 하고 우언의 방법을 겸했다고 하였다. 또한 헛된 얘기를 늘어놓은 것이 아니라, 거짓 없이 참되게 이치를 논했다고

---

3 立言設敎 通神明之故 窮事物之則者 莫尙乎易春秋 易微而春秋 顯微主談理 流而爲寓言 顯主記事 變而爲外傳 著書家有此二塗 (…) 始知莊生之爲外傳 有眞有假 燕巖氏之爲外傳 有眞而無假 其所以兼乎寓言 而歸乎談理則同 (…) 又其所謂談理者 豈空談怳惚而已耶 風謠習尙 有關治亂 城郭宮室 耕牧陶冶 一切利用厚生之道皆在其中 始不悖於立言設敎之旨矣(朴趾源, 〈熱河日記序〉, 『국역 열하일기』, 민족문화추진회, 1976).

하였다. 그리고 '풍요습상(風謠習尙)'이 '유관치란(有關治亂)'한 것과 '이용후생지도(利用厚生之道)'가 글 속에 담겨져 있어서 '입언설교'하고자 하는 저술 원리에 벗어남이 없음을 역설하고 있다.

여기서 '입언설교(立言設敎)'하고자 하는 저술 원리를 연암이 주장하고 있음은 그의 문학론을 살피는 데 매우 중요한 의미를 제시해 주고 있다. '풍요습상'이 '유관치란'한 것과 '이용후생지도'를 『열하일기』의 내용 속에 담아 근본적으로는 '입언설교'하고자 했던 것이 연암의 참된 의도였다고 인정한다면, 『열하일기』가 그의 대표적인 저서임으로 해서 『열하일기』에서의 문학 정신은 곧 연암의 문학 정신의 정수라고 볼 수 있을 것이기 때문이다. 이는 또한 연암의 현실 비판 정신과 실학사상의 철저한 반영이란 면에서도 크게 주목되어야 할 것으로 보인다. 문장과 치란의 관계 곧 문학과 사회와의 관계는 재도적 성격의 문학론의 전통에 젖어 있던 조선조의 문인들에게는 많은 관심의 대상이었다.

문장의 도는 기상과 운수 그리고 치와 난에 관계가 있다.[4]
문장은 시대와 사회의 성쇠에 관계가 있다. 글 짓는 사람들은 그 문장을 살펴보지 않을 수 없고 또 삼가지 않을 수 없다.[5]

위의 글들은 조선 후기 문형을 쥐고서 당시의 문단을 주도하면서 재도 문학을 이끌었던 문인들의 것이다. 살펴보지 않을 수 없고 삼가지 않을 수 없다고 한 문장이 사회에 끼치는 영향력을 매우 중요시하고 있는데, 기상과 운수 곧 사회의 풍조와 정치적 안정 여부로 결정되는 치와 난은 문장으로 그 현상을 살펴볼 수 있다는 것이다. 사실 문학이 하나의 목적으로서보다는 사회의 발전과 정치적 안정에 기여하는 수단으로서 그 존재 가치를 인정받

---

4 文章之道 係氣數 關治亂(吳載純, 『醇庵集』 卷4, 〈左國文粹序〉).
5 文章關時世之盛衰 操觚者 不可不察 亦不可不愼(徐命膺, 『保晚齋集』 卷16, 〈蠡測篇〉).

을 수밖에 없었던 재도설의 영향 아래서는, 문학과 사회의 관계라는 것이
이처럼 절대적인 것으로 인식될 수밖에 없었으리라 생각된다.

따라서 연암이 '유관치란'한 내용을 『열하일기』에 담고자 한 의도도 그들
관료 문인들의 견해와 같은 범주의 것으로 생각할 수 있을 것이다. 또한
'이용후생지도'를 그 내용으로 싣고자 한 것도 그러한 관점에서 이해될 수
있으리라고 생각된다.

한편 『열하일기』 전편에 담겨져 있는 저술 원리가 '입언설교'라고 하는
것은, 문학의 본질을 효용성에 바탕한 교훈적 태도에서 파악하고자 했던
전통적인 재도설의 맥락 속에서 설명될 수 있을 것이다. 문장으로 자신의
사상과 감정을 표현하는 것이 백성들을 교화하고자 함이라는 '입언설교'의
태도는, 앞에서 살펴본 바와 같이 성호의 '시문지설위세교야(詩文之設爲世
敎也)'라고 한 견해나 다산의 '우세휼민(憂世恤民)'하고자 했던 견해를 비롯
하여,

> 고인이 저서를 하는 까닭은 풍교에 관련이 있기 때문이다.[6]

라는 등의 견해들에서 보다시피, 조선 후기의 다른 문인들에게도 보편화되
어 있었던 재도설에 따른 이상적인 문학 태도로 인식되어 왔던 것이라 하겠
다. 이렇게 볼 때, 〈열하일기서〉에 나타나 있는 연암의 문학론은 일단 재도
설의 맥락 속에서 파악될 수 있으리라 생각된다. 이제 연암의 다른 문장에
나타나 있는 문학론의 면모를 살펴보도록 하겠다.

> 문장에 도가 있어야 하는 것은 소송하는 사람이 증거가 있어야 하는 것과
> 같고, 거리를 돌아다니는 장사치들이 자기 물건의 이름을 외쳐대는 것과도 마
> 찬가지이다. 비록 사리가 명직하다고 해도 만약 증거가 없다면 어떻게 이길

---

6 古人之著書者 所以有關於風敎也(權應仁, 『松溪漫錄』 下).

수 있겠는가. 그렇기 때문에 글을 쓰는 사람은 여기저기 경전을 인용해서 자신의 뜻을 밝힌다.[7]

문장에는 도가 있어야 훌륭한 문장이 될 수 있는데, 이는 마치 소송하는 사람이 증거를 가져야 소송에서 이길 수 있는 것과 같다는 것이다. 때문에 문장을 쓰는 사람은 경전을 인용해서 도를 갖추어 자신의 뜻을 밝힌다는 것이다. 여기서 도의 의미가 문제가 된다. 곧 '문장유도(文章有道)'의 '도'의 의미는 첫째, 문장의 도, 즉 표현의 방법일 수도 있고 둘째로는 재도설에 바탕을 둔 유학의 도로서의 문장 내용을 지칭할 수도 있겠기 때문이다. '도'를 문장 표현 방법상의 묘리로 해석한다면(조동일, 김윤식, 이동환 등의 해석이 그러하다), 그 문맥은 문장을 표현함에 있어서 글 쓰는 사람의 뜻을 분명히 하기 위해서 경전의 인용을 해야 한다는 표현 기교를 설명해 주는 것으로 파악된다. 그러나 고전 비평에서 표현 기교의 문제로 논의되어 오던 이용사의 대상을 경전으로 한정하였다는 데서 연암의 의도는 분명해진다. 다시 말해서 그것은 문이재도(文以載道)로써 세상을 교화하고자 했던 문인들의 생각과 다를 바 없기 때문이다. 이렇게 보면 도를 유학의 도로 해석하는 경우와 더불어 '문장유도'의 의미는 결과적으로 재도의 정신에서 벗어나지 않는다고 할 수 있다.

옛 것을 본받는 사람들은 그 옛 것에 구니(拘泥)되어 벗어나지 못하는 것이 병통이고, 새것을 창안해 내는 사람들은 불경한 것이 그 병통이다. 참으로 옛 것은 본받으면서도 변통할 줄을 알고 새것을 창안해 내면서도 근거가 있다면, 이 시대의 글이 옛 시대의 글과 마찬가지일 것이다. (……) 이래서 명대의 작가들이 옛 것을 본받느니 새것을 창안하느니 해서 서로 비난하고 나무랐음에도

---

7 文章有道 如訟者之有證 如販夫之唱貨 雖辭理明直 若無他證 何以取勝 故爲文者雜引經傳 以明己意(朴趾源,『燕巖集』卷5,「映帶亭賸墨」,〈答蒼厓〉).

불구하고, 어느 편도 그 정도는 얻지 못하고 결국 다 같이 쇠퇴한 시대의 번쇄한 기풍에 떨어져 도의 창달을 고무하는 데 도움은커녕 한갖 풍속을 병들게 하고 교화를 해칠 뿐이었던 것이다. 나는 이 점을 우려한다. 그러니 새것을 창안하려다가 작위적인 공교로움에 빠지기 보다는 차라리 옛 것을 본받으려다가 고루하게 되는 편이 낫지 않을까.[8]

'법고(法古)'하면서 변통할 줄 알고, '창신(刱新)'하면서 근거에 의한다는 '법고창신'의 묘를 주장한 글이다. 문장의 정도는 오직 '비호익도(裨乎翼道)'함에 있으며, 그러기 위해서 '도귀우병속이상화(徒歸于病俗而傷化)'해서는 안된다는 것을 내세우고 있다. 이상에서 살펴본 바와 같이, 연암의 주저인 『열하일기』의 전편에 담겨져 있는 그의 문학론이 '입언설교'를 그 바탕으로 하였던 점이나, '문장유도'를 구체화하기 위하여 '잡인경전이명기의(雜引經傳以明己意)'해야 한다거나, 문장에서 '법고창신'의 묘를 살려 '비호익도'함이 정도라고 하는 등의 견해로 미루어 보아, 그의 문학론이 도의 구현과 교화의 실현이라고 하는 근본 원칙에 따르고 있음을 알 수 있다. 여기서 연암의 문학하는 자세에 대해 다시 살피면서, 그의 문학론의 진면모를 찾아 보도록 하겠다.

나와 같은 사람은 중년 아래로 낙척(落拓)해 쓰러져서 자신을 소중하게 여기지 않고 이문위희(以文爲戲)했다. 때로 궁한 슬픔과 무료가 나타나면 잡박하고 무실한 말을 하지 않았던 것이 아니고, 자신을 배우와 같이 사람들의 웃음거리로 만들었으니 참으로 천하고 비루한 짓이다. 성질이 또한 게으르고 산만하여 행실을 단속하는 데 서투르다. 조충화로(雕蟲畵蘆)의 기술이라는 것을 깨닫지 못하고 자신을 잘못되게 하고 다른 사람도 잘못되게 했다.[9]

---

8 法古者病泥跡 刱新者患不經 苟能法古而知變 刱新而能典 今之文猶 古之文也 (…) 此有明諸家 於法古刱新 互相訾謷而俱不得其正 同之並墮于李世之瑣屑 無裨乎翼道 而徒歸于病俗而傷化也 吾是之懼焉 與其刱新而巧也 無寧法古而陋也(위의 책, 卷1, 「煙湘閣選本」, 〈楚亭集序〉).

자신의 문학하는 자세를 '이문위희'라고 하면서 그 까닭을 '낙척료도 부자귀중(落拓潦倒 不自貴重)'한 때문이라고 했다. 곧 관료 생활을 통해서 자신의 경륜을 펴 보지 못한 일종의 자포자기 상태의 문학임을 스스로 밝히고 있는 것이다.

조선 후기 사회는 시대적·사상적 혼란 속에서 그 모순을 극복해 나가려는 사상적 조류가 실학을 중심으로 전개되었으며, 이와 때를 같이 하여 문체의 혼란이 일어나고 이에 대응하여 정조는 문체반정의 정책으로 문체의 회순을 기도하였다. 문체의 혼란은 당대 사회의 구조적 모순의 문화적 측면으로서, 박지원의 『열하일기』 이후에 사회적 문제로 확대되었으며, 문체반정은 곧 문란해진 주자주의를 재확립하여 고문을 진흥시키고 패관 잡서에 사대부들이 몰두하는 것을 금하게 하려는 것으로, 국가의 기강을 광정하고 국초 이래의 문통을 계승 진작하려는 위정자의 시도였던 것이다.[10] 이러한 상황 아래에서 정조가 『열하일기』를 읽고 근래에 문풍이 타락한 것은 연암의 죄라고 하면서 타락한 문체로 쓴 글이 아닌 순정한 글을 지어 바쳐서 속죄하라고 한 말을 남공철이 전했는데, 이에 답한 글이 바로 위의 인용문이다. 그리하여 문체면에서의 연암의 개혁 의지는 철회되는데, '낙척료도 부자귀중'한 끼닭에 '이문위희'했다는 그의 문학하는 자세는 바꾸어 말하면 낙척하여 불우한 생활을 하지 않았더라면 '이문위희'하지는 않았을 것이라는 말로 해석될 수도 있다. 이에 대한 변명은 다음의 인용문에 더욱 확실히 나타나 있다.

나는 세상에서 궁한 신세가 된 지 오래되어서, 문장을 빌어 꼭두각시놀음

---

9 況如僕者 中年以來 落拓潦倒 不自貴重 以文爲戲 有時窮愁無聊之發 無非駁雜無實之語 自同俳優 資人諧笑 固已賤且陋矣 性又懶散不善收檢 未悟雕蟲畵蘆之技旣自誤而誤人(위의 책, 卷2,「煙湘閣選本」,〈答南直閣公轍書〉).

10 김윤식·김현, 『한국문학사』, 36면 이하 참조. 문체반정에 대해서는 이가원의 「연암소설연구와 한문학 연구」 참조.

같은 불평지기를 써서 장난거리로 삼았다. 어찌 즐거워서 그렇게 했겠는가. 산여(山如)[박남수(朴南壽)]와 원평(元平)[남공철], 자네들은 모두 나이 젊고 자질이 뛰어나니 글을 쓰되 나를 본받지 말고, 정학(正學)을 흥기함을 자신의 임무로 삼고 장차 왕조에서 찬란한 공적을 세우는 신하가 되라.[11]

자신의 문장이 궁한 생활에서 우러난 '괴뢰불평지기(傀儡不平之氣)'의 표출임을 밝히면서, 젊은이들에게 정학을 흥기시키는 경세의 문장에 힘써 '왕조보불지신(王朝黼黻之臣)'이 되라고 당부하고 있다. '흥기정학(興起正學)'하여 '왕조보불지신'이 되는 것이야 말로 연암뿐만 아니라 조선조 양반 사대부 계층 전체의 꿈이요 이상이었다. 연암으로서도 결코 탈피할 수 없었던 체제 내적 질서가 바로 그것이었으며, 결국 연암은 패배하게 되는데, 여기에 연암 문학의 한계가 있게 되는 것이다. 그의 문학하는 자세 또한 경세의 문장으로 '흥기정학'하는 재도의 영역에서 벗어나지 못했음을 알 수 있다. 연암이 비록 불우한 생활을 영위하면서 '이문위희'했고 '괴뢰불평지기'를 표출하여 사회적으로 물의를 빚기까지 했지만, 결국 문학을 보는 안목은 재도의 정신으로 귀착되고 있음이 분명하다. 그렇다면 다음과 같은 견해는 재고되어야 하리라고 생각된다.

박지원의 문학은 과거를 통해서 입신하는 데 필요한 사장도 아니며, 산림으로 물러나서 심성을 기르는 데 필요한 재도지기도 아니었다. 그러한 문학을 모두 거부하는 데서 문학을 하는 보람과 의의를 찾았으며, 실학에 근거를 둔 문학을 주장하고 실행했다.[12]

---

11 吾窮於世久矣 欲借文章 一瀉出傀儡不平之氣 恣其淤戲爾 豈樂爲哉 山如元平俱少年 美資質 爲文愼勿學吾 以興起正學爲己任 爲他日王朝黼黻之臣也(南公轍,「金陵集」卷17,〈朴山如墓誌銘〉).

12 조동일, 『한국문학사상사시론』(지식산업사, 1978), 259면.

사장을 멀리하고 재도지기도 부정하고 그러한 문학을 모두 거부한 문학으로 연암의 문학을 파악하고 있는 위의 견해는, 지금까지 살펴본 그의 문학론의 성격과 견주어 볼 때 서로 상치된다고 할 것이다. 재도의 정신을 떠나서 연암 문학을 이해한다고 하는 것은, 적어도 그의 문학론의 흐름 속에서는 매우 어려운 일이라고 하겠다. 이상에서 연암의 문학론을 살펴보았는데, 비평가로서의 그의 문학론의 주조는 실학파 문인들의 문학론과 마찬가지로 효용성에 바탕을 둔 전통적인 재도설의 범주 내에서 파악될 수 있다고 생각된다.

3. 연암 소설의 효용론적 성격

연암의 문학론이 재도정신에 바탕하고 있음을 알아보았거니와, 한 작가의 문학론은 그의 작품 세계에 일정 부분 반영될 수밖에 없을 것이라는 전제에서 그의 문학론이 그의 문학 작품 중의 정화라고 하는 그의 소설에 어떻게 반영되고 있는가 하는 문제를 검토하고자 한다. 지금까지 국문학 분야에서 연구의 대상이 되어 온 연암의 소설은 모두 12편으로, 「방경각외전(放璚閣外傳)」에 실려 있는 〈마장전(馬駔傳)〉·〈예덕선생전(穢德先生傳)〉·〈광문자전(廣文者傳)〉·〈민옹전(閔翁傳)〉·〈양반전(兩班傳)〉·〈김신선전(金神仙傳)〉·〈우상전(虞裳傳)〉·〈역학대도전(易學大盜傳)〉·〈봉산학자전(鳳山學者傳)〉의 9편과, 『열하일기』에 실려 있는 〈호질(虎叱)〉과 〈허생전(許生傳)〉의 2편, 그리고 「연상각선본(煙湘閣選本)」의 〈열녀함양박씨전(烈女咸陽朴氏傳)〉 등이 그것이다. 그 중에서 〈역학대도전〉과 〈봉산학자전〉의 2편은 일문(逸文)으로 그 내용의 전모를 알 수 없다. 여기서는 연암의 소설을 각기 그 작품이 실려 있는 권명에 따라 편의상 분류하고, 그 작품들 속에 연암의 문학론이 어떻게 반영되고 있는가 하는 점을 살펴보도록 하겠다.

1) 「방경각외전」의 소설

「방경각외전」에 실린 9편의 소설에는 〈자서(自序)〉가 붙어 있어 연암의 창작 의도를 각각 설명해 주고 있는 바, 그 내용을 중심으로 하여 살펴보기로 하겠다.

우도(友道)가 오륜의 끝에 자리를 잡은 것은 결코 낮은 위치에 둔 것이 아니고, 마치 토(土)가 오행(五行) 중에서 끝에 있으나 실은 사시의 어느 것에도 토가 해당치 않음이 없는 것과 같을 뿐이다. 그러므로 아무리 부자 사이에 친함이 있고, 군신 사이에 의가 행해지고, 부부의 분별이 있고, 장유의 차례가 있다 하더라도 붕우의 믿음이 없다면 어떻게 되겠는가. 그리고 오륜이 제 자리를 잃었을 때에는 오로지 벗이 있어서 그를 바로잡아 줄 수 있는 것이다. 그러므로 우도의 위치가 비록 오륜의 끝에 있으나 실은 그 넷을 통괄할 수 있는 것이다. 이제 세 광사(狂士, 작중 인물인 송욱, 조탑타, 장덕홍)가 서로 벗을 삼아 속세에 몸을 뽑아내어 떠돌이 생활을 하면서도 그들이 저 아첨으로써 교도(交道)를 삼는 무리들에 대한 논평을 참으로 곡진히 묘사하여, 그들의 행동하는 꼴이 눈에 선히 보이는 듯하다. 나는 이에 〈마장전〉을 쓴다.[13]

〈마장전〉에 대한 〈자서〉 부분이다. 당시 양반 사대부 계층이 군자라는 허울 좋은 이름으로 행세하면서, 실지로는 교도가 문란해져서 아무런 진의와 실리도 없이 다만 명리의 추세에 급급하여 부패하게 된 진상을 밝히고자 〈마장전〉을 썼다는 것이다. 오륜 중에서 가장 문란해진 것이 교도임을 파악한 연암은 올바른 교도를 회복함이 참다운 오륜 실현의 지름길임을 밝혀 주고 있다. 세속적 군자의 교도를 풍자의 방법으로 날카롭게 묘사해 냄으로

---

13 友居論季 匪厥疎卑 如土於行 寄王四時 親義別敍 非信奚爲 常若不常 友迺正之 所以居後 迺殿統斯 三狂相友 遯世流離 論厥譏諂 若見鬚眉 於是述馬駔.

해서 올바른 교도가 실행되고 오륜이 제대로 지켜지기를 연암은 바라고 있었다고 하겠다.

선비가 구복(口腹)으로써 몸을 더럽힌다면 여러 가지의 행실이 결핍될 것이며, 큰 솥에 많은 음식을 쌓아 놓은 이는 음식 탐하는 자를 경계하지 않는 법이다. 이제 엄행수(嚴行首)는 스스로 더러운 똥을 날라서 먹을 것을 장만하고 있다. 그의 자취는 비록 더러우나 그의 입은 조촐하기 짝이 없다. 나는 이에 〈예덕선생전〉을 쓴다.[14]

〈예덕선생전〉의 〈자서〉에서는 세속의 교도가 이익과 아첨을 일삼는 것은 경계하면서(以利則難繼 以諂則不久), 마음으로 사귀고 덕으로 벗하는 도의의 교를 역설하고 있다(交之以心 而友之以德 是爲道義之交). 이 소설은 제명에서부터 풍자성을 느끼게 하는 작품으로, 예덕선생 엄행수가 불우한 환경 속에서도 순진한 천성을 지키고 깨끗하게 생활하는 것을 묘사함으로 해서, 불의와 부귀에 눈이 어두운 당시의 군자라는 사람들의 허위와 가식을 맘껏 기롱(譏弄)해 준 작품이다.

광문은 불우하여 밥 비렁뱅이 노릇을 했다. 그는 이름이 비록 그의 실상에 지나친 점이 없지 않으나 그는 역시 이름을 좋아한 자는 아니었다. 그러나 그를 몰라주는 야비한 비렁뱅이 아이들은 그를 죽이려고 했다. 하물며 그가 한때에는 도적의 혐의를 받았으나 한 번도 변명하지 않았다. 나는 이제 이에 느낀 바 있어서 이 〈광문자전〉을 쓴다.[15]

광문은 불우한 가운데 용모까지 추하였으나 인격과 미덕을 지니고 생활

---

14 士累口腹 百行餒缺 鼎食鼎烹 不試饕餮嚴自食糞 迹穢口潔 於是述穢德先生.
15 廣文窮丐 聲聞過情 非好名者 猶不免刑 矧復盜竊 要假以爭 於是述廣文.

했음을 말하면서 위학호명(僞學好名)하는 세속 인심을 은근히 풍자하여 교훈을 남겨 주고 있다.

민옹은 사람을 곡식 축내는 벌레로 알 뿐더러, 도를 배워서 그의 조화는 용과 같았고 골계에다 취미를 붙여 이 세상을 비웃었으며, 해마다 바람벽에 글을 써서 스스로 분발하였다. 이에 〈민옹전〉을 쓴다.[16]

민옹은 '회기척탕(恢奇俶蕩)'하고 '개직낙선(介直樂善)'한 성격의 소유자로 '독모고인기절위적(獨慕古人奇節偉跡)'하면서 '강개발분(慷慨發憤)'하여 은어(隱語)·회해(詼諧)·기풍(譏諷)으로 세속을 경계하고 있다. 그리하여 역사상의 기절과 위적을 남긴 고인을 본받아 실천에 옮기고자 하였다. 연암 자신이 과업에 뜻을 잃고 낙척불우한 생활을 영위하면서 경세제민의 도를 펴지 못함을 안타까워했음을 미루어 볼 때, 민옹은 곧 연암 자신의 한 모습이 아닌가도 생각된다. 다음은 〈양반전〉의 〈자서〉의 내용이다.

선비란 곧 천작이며 선비의 마음이 바로 지가 된다. 그러면 지란 무엇인가. 선비는 세리를 도모하지 말아야 할 것이니, 몸은 비록 현달하거나 곤궁에 빠진다 하더라도 선비의 본분을 떠나거나 잃지 말아야 하는 것이다. 선비로써 명절을 닦는 데는 힘쓰지 않고 부질없이 문벌·지벌만을 기화로 여겨 그의 세덕을 팔고 사게 되니 이야말로 저 장사치와 비교해서 무엇이 다르겠는가. 이에 〈양반전〉을 쓴다.[17]

무위도식하는 양반을 내세워 그 무능을 책하는 한편, 당시의 양반 사류들이 그들의 본분을 망각하고 세덕에 기대어 작폐만 일삼고 있음을 통매하

---

16 閔翁蝗人 學道猶龍 託諷滑稽 翫世不恭 書壁自憤 可警惰慵 於是述閔翁.

17 士迺天爵 士心爲志 其志如何 弗謀勢利 達不離士 窮不失士 不飾名節 徒貨門也 酤鬻世德 商賈何異 於是述兩班.

면서 이완된 사도를 바로잡을 것을 역설하고 있다. 또한 선비는 하늘이 정해 준 벼슬과 같은 것으로써 선비가 될 수 있는 양반이라고 하는 신분은 결코 매매나 양도의 대상이 될 수 없음을 강조해 주었다. 이완된 사도를 바로잡고 양반 계층의 반성을 통한 사회의 정화를 이루고자 함은, 기존의 사회 질서 속에서 지배 계층이 각성하여 국가의 기본 질서인 유교적 이상 사회를 지향하고자 하는 의지를 실현해야 한다는 것을 나타내 주는 것이다. 〈양반전〉은 양반의 양적 증가로 인해 문란해진 지배 계층의 질서를 회복하여 경세제민의 이상을 실현하는 데 공헌하고자 하는 연암의 의도가 그대로 드러난 작품이라 생각된다.

김홍기(金弘基)는 당세의 대은이다. 그의 둔세는 주로 도시나 명산의 놀음에 두었다. 그의 처세는 청탁의 양자에 기울지 않았기에 남을 헐뜯지도 않으려니와 남에게 아무런 요구도 없었다. 이에 〈김신선전〉을 쓴다.[18]

세상에서 때를 만나지 못해 그 뜻을 제대로 펴지 못한 사람이 숨어서 자연 속에 노니는 것을 신선이라고 하면서(其鬱鬱不得志者也), 세속의 신성 사상을 부정하고 있다. 〈우상전〉의 〈자서〉 내용은 다음과 같다.

아리따운 저 우상은 옛 문장에 힘을 다했다. 예도가 어지러워졌을 때는 오히려 야인에게서 구하는 법이다. 인생의 형통함은 짧지만 물의 흐름은 길기만 하다. 이에 〈우상전〉을 쓴다.[19]

능문박식한 우상이 일세를 놀라게 할 만한 문장을 지니고 있으면서도 신분적인 제약으로 끝내 불우하였음을 슬퍼한 내용이다. 능력이 있으면서도

---

18 弘基大隱 迺隱於遊 淸濁無失 不恔不求 於是迺金神仙.
19 變彼虞裳 力古文章 禮失求野 亨短流長 於是迺虞裳.

역관의 신분이라는 사회적 제약 때문에 야인으로서 끝내 불우한 삶을 살다 간 우상을 통해서, 인재 등용의 병폐를 지적하고 풍자한 작품이라 하겠다.

한편 작품의 내용이 전하지 않는 〈역학대도전〉과 〈봉산학자전〉의 〈자서〉 내용은 다음과 같다.

세상이 말세로 떨어지매 선비가 허위를 꾸며 시로 남의 무덤을 파고 구슬을 빼내는 것이나, 성실한 것으로 칭송을 받지만 실은 덕을 해치는 향원, 정색(正色)인 주색을 어지럽히는 간색(間色)인 자색, 그리고 은거하는 척하며 벼슬을 노리는 종남의 첩경과 같은 태도는 자고로 추악하게 여겼다. 이에 〈역학대도전〉을 쓴다.

집안에서 효도하고 밖에서 어른을 공경하면 배우지 않았어도 배웠다고 할 수 있다는 말은 비록 지나친 바가 있다 하더라도 위선적인 풍조에 경종이 될 수 있다. 공명선(公明宣)은 증자의 문하에 다니며 삼년이 지나도록 글을 읽지 않았지만 참으로 잘 배웠다고 한다. 한 농부가 들에서 일을 하면서 부부 사이에 예절을 깍듯이 지켰으니 눈으로 글을 알지는 못하였지만 참된 학문을 했다고 하겠다. 이에 〈봉산학자전〉을 쓴다.[20]

이렇게 비록 작품 내용은 알 수 없지만 두 편의 소설에 담긴 연암의 생각을 〈자서〉의 내용만으로 짐작해 보면, 〈역학대도전〉에서는 표절과 답습을 일삼으며 그릇된 문장으로 출세에 급급하던 당시의 양반 사대부들의 타락한 모습을 풍자하였으며, 〈봉산학자전〉에서는 들에서 일하는 일개 농부에 지나지 않지만 배우지 않고서도 모든 일이 참다운 학문을 터득한 학자에 못지않다는 농부를 내세워 당대 양반 사회의 위선적인 풍조를 풍자하였다고 할 수 있겠다.

---

20 世降衰季 崇飾虛僞 詩發含珠 愿賊亂紫 逕捷終南 從古以醜 於是述易學大盜 入孝出悌 未學謂學 斯言雖過 可警僞德 明宣不讀 三年善學 農夫耕野 賓妻相揖 目不知書 可謂眞學 於是 述鳳山學者.

이상에서 「방경각외전」의 소설 작품들에 반영되어 있는 연암의 창작 의도를 〈자서〉를 중심으로 살펴보았다. 결국 연암은 현실의 생생한 체험에서 얻어 낸 소재를 바탕으로 하여, 올바른 교제의 도를 회복하여 오륜이 바르게 실행되는 사회를 추구하고자 했고, 허위와 가식에 가득한 세속의 교제의 도를 경계하고 참다운 도의지교(道義之交)를 내세웠으며, 위학호명하는 세속을 교훈적으로 풍자하기도 하면서, 경세제민의 이상을 펴보지도 못하고 헛되이 늙어 죽어간 불우한 민옹의 처지에 비분을 느끼는 한편 자신의 낙척 불우를 안타까워하기도 했다.

또한 이완된 선비의 도를 바로잡아 양반 사회의 질서를 되찾고 지배 계층의 반성을 통하여 사회의 정화를 이루고자 하였으며, 세상에서 뜻을 얻지 못해 신선이란 가명으로 떠도는 무리나 광세적(曠世的)인 풍류와 불세출의 문장을 지니고서도 신분적인 제약으로 인해 끝내 뜻을 펴지 못하고 야인으로 살다간 우상 등을 통해 당시 사회의 인재 등용의 병폐를 풍자하기도 하였다.

이렇게 보면 「방경각외전」의 소설들을 통하여 궁극적으로 연암이 나타내고자 한 것은 당대 현실 사회의 제모순의 광정이었으며, 유교적 이상 사회의 실현을 지향하는 전 단계로서의 사회 정화를 역설하는 것이었다고 하겠다. 따라서 이러한 연암의 창작 의도는, 앞에서 살펴본 연암의 문학론의 성격에서 나타났던 효용성에 바탕한 재도정신이 그대로 반영된 것이었다고 생각할 수 있을 것이다.

2) 『열하일기』의 소설

『열하일기』에는 2편의 소설이 실려 있는데, 「관내정사(關內程史)」에 〈호질〉이 있고, 「옥갑야화(玉匣夜話)」에는 〈허생전〉이 실려져 있다. 앞서 연암의 문학론을 검토하면서 알아본 바와 같이, 〈열하일기서〉에는 '풍요습상'이 '유관치란'한 내용과 '이용후생지도'를 글 속에 담아 궁극적으로 '입언설교'

하고자 하는 저술 원리가 나타나 있었는데, 이를 전제로 하여 〈호질〉과 〈허생전〉에 나타나 있는 문학 정신을 살펴보도록 하겠다.

〈호질〉이 속유(俗儒)인 북곽선생(北郭先生)의 위선적인 행위를 풍자하는 한편 나아가서는 인간 사회의 모든 부조리와 인간의 비행을 풍자하는 데까지 이르고 있음은 주지의 사실이다. 위선적인 속유 북곽선생과 가장된 정절 부인 동리자(東里子)에 대한 신랄한 풍자는 곧 당시 양반 사회의 부패상을 폭로한 것이며, 의자(醫者)와 무자(巫者)의 반성을 촉구하고 있음은 위술(僞術)과 위선(僞善)으로 혹세무민하는 무리들에 대한 풍자이다. 위학(僞學)과 위절(僞節)로 비행을 서슴지 않았던 양반 사대부 계층이 각성하고, 위술과 위선으로 혹세무민하는 무리들이 반성하는 사회, 그리하여 모든 인간들이 본분을 지키며 살아가는 정화된 사회야말로 연암이 '입언설교'의 문학으로 지향하고자 했던 사회가 아닌가 한다.

연암은 이와 같은 자신의 의도를 보다 효과적으로 표출해 내기 위해 범을 의인화한 우화적인 표현 기법을 이용하였다. 우화는 우언으로 된 이야기이며, 작가의 주관적인 사상이나 지식을 가탁(假託, Vehicle)을 통해 표현, 전달하려는 이야기이다. 이들 우화에서 훈시해 주려는 도덕 관념, 즉 작가의 주관은 허구 속에 투사되어 인물과 사건을 통해 극화되어 있으므로 객관적 진실성을 갖는다. 또한 우화소설의 일반적인 특징은, 풍자를 지향하면서도 여타의 풍자소설들과는 달리 미천하고 무력한 주인공이 타락한 지배자와 첨예하게 대립되어 갈등하고 있다는 점과, 인생과 사회의 단면을 압축과 비유를 통해 극적으로 제시한다는 점 등을 들 수 있다.[21]

이로써 보면 〈호질〉은, 연암이 활동했던 조선 후기 사회의 단면과 타락한 인생의 모습을 압축과 비유를 통해 극적으로 풍자하면서 이용과 후생을 바탕으로 정덕이 실현되는 사회를 추구하고자 하였던 연암의 의지가 그대로 드러난 작품으로 생각된다. 또한 '입언설교'의 그의 문학 정신은, 범과

---

21 정학성, 「우화소설연구」, 서울대 대학원(1972), 3면 이하 참조.

북곽선생의 대립과 갈등이 허구 속에 투사되어 극화되면서 매우 설득력 있게 제시되고 있다 할 것이다. 따라서 〈호질〉은 '입언설교'의 재도정신이 잘 나타난 작품이며, 우화소설의 특성이 성공적으로 반영된 작품으로 생각할 수 있겠다.

〈허생전〉은 이용후생을 통한 부국리민(富國利民)의 이상을 구현하고자 하는 한편, 당시 사회의 현실적 모순을 광정하고자 북벌책의 허위성을 폭로하면서 선진의 청을 배워야 한다는 내용의 북학론(北學論)이 전개되어 있는 작품이다. 여기서 연암은 충·효·열을 중심으로 전개되는 인륜적 사상 체계보다 이용후생의 이상을 앞세우고, 이용후생을 통해 부국리민이 실현된 다음에야 유교적 이상인 정덕이 드러날 수 있음을 강조하고 있다. 즉 확고한 경제적 기반이 갖추어져서 나라가 부강해지고 백성이 편히 살 수 있게 된다면, 국민의 교화는 필연적으로 달성될 수 있을 것이라는 생각이었던 것이다. 허생의 정치·경제에 관한 경륜은 곧 당시 사회를 개조하기 위한 이상이었지만 좌절되고, 허생은 자취를 감추고 만다. 허생으로서는 그 한계를 뛰어 넘을 수 없었던 것이다. 〈허생전〉은 이용후생을 통한 정덕의 실현이라는 연암의 실학사상이 그대로 반영된 작품이며, 아울러 '입언설교'한다는 문학 정신을 실천하고자 한 작품으로 생각된다.

〈호질〉과 〈허생전〉은 연암이 〈열하일기서〉에서 밝힌 바대로 그의 실학사상을 배경으로 하여 '입언설교'의 재도정신을 철저히 반영시킨 작품이라 할 수 있을 것이다.

3) 「연상각선본」의 소설

「연상각선본」에 실려 있는 〈열녀함양박씨전〉은 연암이 안의(安義) 현감으로 있을 때의 작품이다. 통인(通引) 박상효(朴相孝)의 질녀가 함양으로 출가하였는데 조과(早寡)하여 삼년상을 마친 뒤 자결함에, 그 절의를 아끼면서 지은 작품이다. 연암은 '과부지수의 내통국지상경(寡婦之守義 乃通國之相

經)'이라고 인정하면서도, '열녀불경이부(烈女不更二夫)'와 '개가자손 물서정
직(改嫁子孫 勿叙正職)'이라는 굴레에 묶여 절의를 위해서 차라리 죽음을 택
했던 과부들의 비참한 인생의 현실을 작가적 안목에서 동정적으로 표현하
고 있다. 결코 수절을 위해 죽음으로써 열녀가 되는 풍속을 찬양한 글은
아니다. 그러한 풍속의 병폐를 지적하고 그 과도함을 나무라는 동시에, 국
법의 모순을 지적해 내고 있는 것이다. 결국 인간이 인간답게 삶을 영위할
수 있는 사회를 지향하고 있다고 하겠다. 이렇게 볼 때 〈열녀함양박씨전〉
은 과도한 풍속의 병폐를 지적하면서 인간적인 삶이 영위될 수 있는 사회를
지향하고자 하는 참다운 재도정신이 발현된 작품이라 생각된다.

4. 맺음말

지금까지 연암의 문학론과 그의 문학론이 그대로 반영된 것으로 보이는
12편의 소설에 나타난 효용론적 성격을 살펴보았다. 그 성과를 요약하면서
맺음말에 대신하도록 하겠다.

연암의 문학론은, 기본적으로 조선 후기 실학자들의 문학론과 같은 범주
의 것으로, '입언설교'의 효용성을 내세우는 재도적 문학 정신을 바탕으로
하고 있었다. 그리고 그의 소설 12편에 일관되게 흐르고 있는 문학 정신이
당대 현실 사회의 제모순의 광정과 유교적 이상 사회를 지향하기 위한 사회
정화의 역설이었다고 하는 점을 놓고 볼 때, 연암 소설의 기본적인 문학
정신은 효용성에 바탕을 둔 재도정신의 구현이었다고 하겠다.

그리하여 연암의 소설을 효용성에 바탕을 둔 재도정신을 근본으로 하고,
표현 기법으로는 풍자성과 사실성을 이용한 작품으로 파악하고자 하였다.
연암 소설은 고도로 정제된 연암의 정신력의 결정으로, 또한 이용후생의
실학사상을 바탕으로 실용 정신을 추구하고 근대 사회를 지향하고자 했던
경세의 문학으로 더욱 더 그 가치를 인정받아야 할 것으로 생각된다.

앞으로 남은 문제는, 보다 면밀한 자료의 수집과 분석 검토를 통해 그의 문학론의 면모를 확충 보완하여 비평가로서의 그의 위상을 제대로 자리매김하는 동시에, 연암 문학의 총체적 연구를 통해 그 문학적 성격을 뚜렷이 부각시키는 일이다. 그렇게 될 때 비평가로서 그리고 소설가로서의 연암에 대한 평가는 물론 그 문학사적 위치를 확고히 정립할 수 있을 것이라 생각된다.

(『세종대논문집』 11, 1984)

이덕무의 중국 문학 인식과 시학의 전개

1. 머리말

1) 연구의 목적과 방법

이덕무(李德懋, 1741~1793, 영조 17~정조 17)의 『청비록(淸脾錄)』은 조선 후기 비평 연구에 있어서 소중한 자료로 주목받아 왔다. 그리하여 이 글은 『청비록』에 나타난 비평의 양상을 작시론과 시평론의 측면에서 분석 검토함으로써 『청비록』의 비평 자료집으로서의 가치를 분명하게 평가하는 한편으로 이덕무의 비평가로서의 위상을 재정립하고 아울러서 전반적인 조선 후기 비평 연구에도 이바지해 보고자 하는 목적에서 시도되었다.

지금까지의 비평 연구가 주로 특정 시대의 비평의 양상을 개관하거나 특정 비평가의 비평 세계를 밝혀내는 데 주력한 나머지 기본적 자료집인 개별 사회의 비평적 가치에 대한 연구는 부족한 실정이었다. 물론 특정 비평가의 비평 세계를 검토하는 데 있어 해당 비평가의 시화집은 중요한 자료로 이용되어 제 구실을 다하였다고 생각할 수 있고, 또 그 비평적 가치도 평가받았다고 볼 수는 있다. 그러나 그것만으로 각종 시화집의 비평적 가치 내지는 비평사적 위상에 대한 평가가 마무리되었다고 볼 수는 없을 것이다.

때문에 비평 자료집으로서의 개별 시화집만을 면밀히 분석 검토하여 그 비평적 가치 및 비평사적 위상을 정립해 주는 일은 분명히 의미 있는 작업임과 동시에 우리의 고전 비평 분야 연구에 있어서 우선적으로 해결되어야 할 과제라고 보아 틀림은 없을 것이다. 바로 이 점에서『청비록』의 비평 양상을 정리하여 그 비평적 가치를 평가하고자 하는 이 글의 의의 및 타당성은 인정받을 수 있을 것으로 생각된다.

서자라는 신분적 제약에도 불구하고 문명을 일세에 떨치고 박학다식했던 이덕무는 조선 후기 실학 운동의 중심에서 북학론을 발전시키는 데 크게 기여하였고 특히 경제면에 있어서의 급진적인 개혁 이론보다는 사색적이고 철학적인 고증학적 방법론에 많은 관심을 기울였다. 이러한 학문적 성향을 바탕으로 비평론의 전개에 있어서도 시대적 변화에 민감하게 대처할 줄 아는 문학 정신을 보여 주었고, 다양한 역대 비평의 양상을 수용하면서 시대 정신에 걸맞은 자신의 시학을 전개하여『청비록』을 저술하였다.

그리하여 이 글에서는『청비록』에 나타나 있는 비평의 양상을 작시론과 시평론의 관점에서 정리하여 이덕무의 비평의 특징을 살펴보려는 것이다. 먼저『청비록』전편에 반영되어 있다고 보이는 그의 문학 정신을 중국 문학 인식과 민족 문학 정신의 측면에서 검토한 다음 작시론의 양상을 '작시 정신, 연탁, 표현의 사실성과 회화성, 용사, 대우, 언외의'의 항목으로 나누어 정리하게 될 것이다. 이어서 시평론의 양상을 '시평의 방법, 시품론, 원류비평, 시평에 대한 비평'의 항목으로 나누어 살펴보도록 하겠다.

이러한 논의의 결과로『청비록』의 비평 자료적 가치 및 비평사적 위치 그리고 이덕무의 비평의 특징이나 이덕무의 비평가로서의 위상들이 밝혀질 수 있을 것으로 생각된다.

2) 자료 개관과 연구사

이 글은『청비록』만을 대상으로 하여 그 속에 담긴 비평의 양상을 정리하려는 것을 목적으로 하였기 때문에, 이덕무의 비평 연구에 기초 자료가 될 수 있는 많은 다른 자료에 대해서는 논외로 하였다.[1] 따라서,『청비록』과 다른 비평 자료들을 종합 검토하여 이덕무 비평의 총체적 양상을 밝혀내는 일은 앞으로 계속하여 해결해야 할 과제로 남게 된다.

『청비록』의 명칭이나 저술 방법에 대해서는 스스로 밝힌 자서(自序) 부분에 자세히 언급되어 있다.

'천지에 밝은 기운 있어 시인들의 비장에 스며드네. 천만 사람들 가운데 한두 사람이나 알려는지.' 이는 당나라 중 관휴의 시다. 나는 본래 시에 능하지는 못하지만 시에 대해 논평하는 것은 좋아하였다. 한가하게 지낼 때 보고 듣는 대로 고금의 시구를 기록해 두었는데, 그 가운데는 변증, 소해, 평품, 기사의 내용들이 들어 있다. 제 멋대로 순서도 없이 머리맡에 간직하여 남들에게 잘 보이지도 않고 다만 내 스스로 즐거워하였기에 『청비록』이라 이름하였다.[2]

여기서 『청비록』의 명칭이 관휴의 시구에서 유래되었음을 알 수 있다. 천지자연의 맑은 기운을 온 몸 가득 받아 들여 노래한 시 작품들을 모아 추려서 평가한 비평집이 곧 『청비록』인 셈이다.

그리고 시에 대하여 논평하는 것을 좋아해서 스스로 즐겨 비평 작업에 임했다는 데서는 이덕무의 적극적인 비평 자세를 찾아볼 수도 있다. 또한 그러한 과정에서 변정, 소해, 평품, 기사의 방법으로 비평을 전개하였음은 그의 비평 자세가 진지하고 학문적이었음을 말해 주는 것이기도 하다. 변정은 시어나 시구의 잘못된 점을 바로잡아 밝혀 분명하게 제시하는 방법이고,

---

1 『청비록』은 4권 2책으로 된 필사본이다. 원래 『청장관전집(靑莊館全集)』 권32~35에 수록되어 있었으나, 현재는 낙질 부분으로 되어 있다. 1966년 서울대학교 고전 간행회에서 『청장관전서』를 재편집할 때 김두종 소장 단행본 『청비록』을 보충하여 그대로 삽입하였다. 이 글에서는 서울대 규장각 소장본을 참조하였으며, 번역은 민족 문화 추진회의 고전 국역 총서 『청장관전서』를 참조하였다.

2 乾坤有淸氣 散入詩人脾 千人萬人中 一人兩人知 比唐僧 貫休詩也 余性不工詩 而顧喜談藝 間居嘗手錄 耳目所到 古今詩句 有辨訂 有疎解 有評品 有記事 漫無第次 藏之枕中 人所罕見 只自怡心 名曰淸脾錄.

소해는 시의 내용을 조리 정연하게 해설하여 파악하려는 방법이며, 평품은 시 작품의 문학성 평가나 시 감상의 결과로 얻어지는 시의 미학적인 시품을 평가하려는 방법이고, 기사는 시와 시인에 관련된 고사를 시일화로 나타내는 방법이다. 이러한 방법들은 시화 한 편이 하나의 방법으로 기술되거나 또는 둘이나 셋의 방법으로 복합적으로 기술되는 등의 형태로 나타나고 있는데, 그 어떤 경우라도 시에 대한 면밀한 분석과 시인에 대한 정확한 이해에 기초한 것이라는 점에서 이덕무의 비평 자세가 그렇게 진지하고 학문적이었다는 것을 뒷받침해 주는 것으로 보인다. 이렇게 변정, 소해, 평품, 기사의 방법으로 기술된 『청비록』은 권1에 58편, 권2에 41편, 권3에 40편, 권4에 38편으로 모두 177편의 시화로 구성되어 있다.

보통 시화는 시구를 평론하거나 시법을 말하거나 시인의 고실을 기재한 책으로서 시화를 통하여는 시평과 시론, 시일화의 내용을 찾아볼 수 있는데, 그것은 결국 시화가 시론이나 작가론, 작품론의 자료가 될 수 있음을 말해 주는 것이라 하겠다. 이러한 관점에서 『청비록』의 177편의 시화를 분석해 보면, 전적으로 전문적인 시론의 범주에 드는 시화보다는 작가론과 작품론을 전개하면서 시론을 피력한 시화가 대부분임을 알 수 있다, 이는 그러한 작가론과 작품론의 전개 과정을 살펴서 그 가운데서 작시론과 시평론의 양상을 찾아 검토해야 한다는 것을 뜻한다. 엄격하게 구분하기 힘든 경우도 있지만 대체적으로 나누어 보면 『청비록』은 49편의 작가론의 범주에 드는 시화와 128편의 작품론의 범주에 드는 시화로 구성되어 있다.

여기서 『청비록』이 역대의 다른 시화들과 구별되는 점을 찾아본다면, 우선 작가론을 전개함에 있어서 『백운소설(白雲小說)』이래 지속적으로 이어져 온 시화들에서보다는 질적인 면에서나 양적인 면에서 크게 진전된 모습을 보여 주고 있다는 것이다. 즉 한 편의 작가론을 전개하면서 이덕무는 해당 작가의 생애와 시 정신, 학시 과정, 전반적인 시 세계 등을 자세히 정리하려고 노력하였으며, 가능한 한 많은 시 작품을 수록 평가하려는 열의도 보여 주었다. 이러한 면에서 이덕무의 비평 자세가 역대 시화를 저술한 다른 비평가들에 비해 진지하였고 비평의 안목 역시 뛰어났음을 찾아볼 수 있으며,『청비록』의 자료적 가치 또한 다른 시화보다 높이 평가될 수 있다고 할 수 있겠다.

또 하나 다른 시화들과 구별되는 점은 매 편마다 편명을 달아 놓았다는 것이다. 시화마다 편명을 다는 방법은 초기의 시화에는 보이지 않으며 조선 후기에 이르러 이익(李瀷)의『성호사설(星湖僿說)』등에서나 찾아 볼 수 있는 방법이다. 이덕무가 이러한 방법을 사용하였음은 크게 조선 후기 실학의 범주에서 이익의 영향을 받은 때문이라고 볼 수 있을 것이며, 또한 시 비평에 임하는 이덕무의 학문적 태도의 소산이라고도 할 수 있겠다. 아무래도 편명을 달고 내용을 전개할 때는 좀 더 짜임새 있고 논리적인 방법으로 자신의 생각을 표현해 낼 수 있었을 것이기 때문이다.

이렇게 이덕무가 적극적이고 진지한 학문적 자세로 시 비평에 임하였음은『청비록』에서 비평의 대상이 된 시인이나 시 작품, 그리고 시 비평의 전개에 동원된 역대 비평가나 참고도서 등을 살펴보면 더욱 분명히 알 수 있다.

『청비록』에서 비평의 대상이 된 시인은 고려 11명, 조선 84명으로 우리나라 시인은 95명이고, 당 이전 8명, 당 24명, 송 17명, 원 10명, 금 11명, 명 12명, 청 37명으로 중국 시인 119명, 그리고 기타 일본 20명, 안남 20명, 유구 2명으로 해서 모두 237명에 이른다. 그리고 이들 237명의 시 작품으로는 전편이 소개되거나 좋은 시구만 가려져서 소개되거나 하면서 총 815수가 비평의 대상이 되었다. 한편 시 비평에 있어서 동원된 비평가는 고려 2명, 조선 27명으로 우리나라 비평가 29명, 당 이전 1명, 송 2명, 원 2명, 금 1명, 명 8명, 청 22명으로 중국 비평가 36명, 기타는 일본 2명, 안남 1명 등 3명으로 모두 합해서 68명에 이르고 있다. 그리고 참고 도서는 우리나라와 중국, 일본의 도서를 합쳐 모두 83권에 달한다.

이렇게 시 비평에 동원된 시인, 시 작품, 비평가, 참고 도서의 양적인 면에서 보아도 이덕무가 적극적이고 진지한 학문적 자세로 비평에 임했음을 충분히 알 수 있다고 하겠다. 또한 시 비평의 전개에서 역대 비평가나 참고 도서에 힘입고 있음을 분명히 밝히면서 자신의 비평을 개진하였음도 그의 비평 작업이 학문적 양식에 바탕하고 있음을 일러주는 것이라 생각된다.

아울러서 우리나라나 중국을 막론하고 자신과 같은 시대에 활동한 시인 이나 비평가를 중심으로 시 비평을 전개하고, 일본이나 안남, 유구 등의 비 평에도 관심을 보이고 있음도 주목할 만할 일이다. 특히 역대 비평의 장점 이나 특징을 수용하는 한편으로 시인이나 비평가를 선택함에 있어 자신이 활동하였던 시기를 전후한 때의 조선이나 청의 시인 비평가를 주요 대상으 로 선정하여 비중 있게 다룸으로 해서, 통시적 시학의 양상을 살펴볼 수 있게 함과 동시에 비평의 특징 또한 찾아 볼 수 있게 한 것은 『청비록』의 자료적 가치를 한층 높여 주는 것이라고 생각된다. 또한 청이나 일본, 안남, 유구 등에 대한 관심이 조선 후기에 명분론을 고수하였던 대다수 정통 사대 부들의 인식의 틀에서 벗어나 객관성을 유지하고 있으며, 비평 기준의 설정 에 있어서도 시의 문학성 여부에 바탕을 두고 있음은, 그의 비평 정신이 어떠한 선입관이나 현실적 여건에 구애 받지 않고 오직 시 자체의 문학성 평가에 주력하고자 하는 실증적이고 공평한 학문적 자세의 소산이라는 것 을 분명히 알 수 있게 해 준다고 할 것이다.

이와 같은 『청비록』의 성격은 유득공(柳得恭)이 서문에서 이미 지적한 바 있다.

옛적부터 시를 짓는 사람과 시를 해설하는 사람이 있었는데 시를 짓는 사람 은 비록 항간의 부녀자나 아이들이라 하더라도 안될 것이 없지만, 시를 해설함 에 있어서는 슬기롭고 통달하여 감식력이 있는 사람이 아니면 되지 않는 것이 다. (……) 나의 벗 청장씨도 시에 있어서 대개는 창작하던 사람인데 이미 오랫 동안 창작을 하여 함축되고 묘미가 생기게 된 다음부터는 역시 해설을 하였다. 고려에서 본조에 이르기까지 5~6백 년 동안의 것을 채집하여 4편을 만들었는 데, 진수를 음미하여 고매한 것은 찾아내서 품평을 공평하고 성실하게 하였다.

(……) 명유, 석보, 지사, 고인의 작품 중 흥취가 깊고 원대하여 풍교에 관계가 있는 것들을 정성스럽게 뜻을 다해 표양하지 않은 것이 없되, 또한 편견을 가지지 않고 장점만을 취함으로써 고집스럽다는 기롱이 없게 하였다.[3]

이렇게 유득공은 시의 해설, 즉 시 비평은 슬기롭고 통달하여 시에 대한 감식력이 있는 사람이 해야 한다는 전제 아래 이덕무의 『청비록』을 시화 중의 일품이라 평가하면서, 그의 시평이 공평하고 성실하게 이루어졌으며 편견 없이 작품의 평가에 주력하였다고 했다. 이러한 평가는 앞에서 『청비록』을 개관하면서 살펴본 내용을 충분히 확인할 수 있게 해주는 것이라고 할 수 있겠다.

지금까지 이덕무의 비평에 대한 연구는 주로 그의 문학관을 중심적으로 살펴보거나 그의 시 문학을 연구하면서 부분적으로 비평을 검토하거나 하는 방향에서 이루어져 왔다.[4] 그러나 『청비록』을 중심으로 그 비평의 양상을 검토한 논문은 양적으로 많지 않다. 김영은 「청비록의 시 비평 양상」에서 이덕무의 세계관과 관련해서 실증주의적 공정성에 기초한 시 비평, 북학

---

3 自古有作詩者 有說詩者 作詩者 雖委巷婦孺 無所不可 說詩者 非明睿特達有鑑識者 不能焉 (…) 吾友青莊氏之於詩 盖赤作之者也 旣久涵演纏郁而後 又將說之 勝國至本朝 五六百年之間 採爲四編 含英佩筓 題品平允 (…) 名儒碩輔志士高人之作 托興深遠 關乎風敎者 莫不表揚 惓惓致意 又不執偏見 取其所長 無固哉之譏.

4 정양완, 「이덕무 시의 회화성에 대한 일소고」, 『한국한문학연구』 제3·4집(한국한문학 연구회, 1979).

주명희, 「이덕무의 서경시고」, 『한국 문학론』(일월서각, 1981).

송영주, 「이덕무의 문학관」, 국민대 대학원(1982).

이명진, 『청장관 이덕무의 문학연구』, 이화여대 대학원(1982).

정양완, 『조선조 후기 한시 연구』(성신여대 출판부, 1983).

최지영, 「이덕무 시의 연구」, 고려대 대학원(1986).

안대회, 「백탑시파의 연구」, 『열상고전연구』 창간호(1988).

최신호, 「이덕무의 법고창신과 경물인식」, 『학산 조종업 박사 화갑기념논총』(태학사, 1990).

윤기홍, 『박지원과 후기 사가의 문학 사상 연구』(윤기홍전집 1, 글발, 1991).

유재일, 「이덕무의 시문관」, 『열상고전연구』 제4집(1991).

최삼룡, 「이덕무의 문학」, 『한국의 한문학』 제3권(민음사, 1991).

의 동지들과 그들의 시, 청대 문인들과의 문학적 교환, 객관적 세계 인식과 일본인의 시 등의 항목으로 나누어 『청비록』에 나타난 시 비평 양상을 검토하였다.[5] 그리고 최순기는 「이덕무의 청비록 연구」에서 문학론, 비평 태도, 비평 대상 등을 개관한 다음 비평 방법으로 형식면, 내용면, 수사면의 측면에서 운, 법, 격, 의, 어, 기, 용사, 대우, 환골탈태 등의 양상을 검토하였으며 끝으로 문학사적 의의를 살폈다.[6]

김영의 논문은 세계관과의 관련이라고 하는 제한된 접근 방법으로나마 시 비평의 특징을 살펴보았다는 점에서, 그리고 최순기의 논문은 다양한 비평 양상을 두루 개관하였다는 점에서 각각 나름대로 『청비록』의 비평 양상을 정리하여 일정한 성과를 거두었다고 생각된다. 그러나 『청비록』에 나타난 시 비평의 실제 양상들을 부각시키거나 그 특징을 드러내는 데 있어서는 여전히 해결되어야 할 문제들을 남겨 놓았다고 하겠다. 여기서 작시론과 시 평론의 관점에서 『청비록』의 시 비평 양상을 검토해 보려는 이 글의 필요성을 찾아 볼 수 있다고 해야 할 것이다.

2. 중국 문학 인식과 민족 문학 정신

『청비록』 전편에 흐르고 있는 이덕무의 문학 정신을 중국 문학에 대한 인식과 민족 문학 정신의 측면에서 검토해 보도록 하겠다. 그것들이 『청비록』 저술의 정신적 바탕이 되는 것으로서 『청비록』의 내용을 지탱해 주는 힘으로 작용되고 있다고 볼 수 있기 때문이다.

생각해 보면 대다수 조선조 문인들의 중국과 중국 문화에 대한 동경은 나름대로 명분 있고 절실하기조차 하였던 보편적 정서였다고 할 수 있다.

---

5 김 영, 「청비록의 시비평 양상」, 『이조 후기 한문학의 재조명』(창작과비평사, 1983).
6 최순기, 「이덕무의 청비록 연구」, 숙명여대 대학원(1987).

두 선생(農巖 金昌協, 三淵 金昌翕)의 도학과 문장은 우리나라의 표준이 될 뿐 아니라 형제 두 분이 다 이름난 문장으로 밖에서 구할 것이 없었는데도 중국을 끊임없이 사모하였으니 예로부터 많은 책을 읽고 뜻이 넓어진 분들은 반드시 이런 생각을 갖는 모양이다. (……) 청음선생(金尙憲) 이후로 1백 40~50년 동안 김씨의 문헌이 우리나라의 으뜸이 된 것은 대대로 중국을 좋아하고 견문을 넓힌 데서 연유하였다고 하지 않을 수 없다. 그 유풍 여운이 오늘까지 없어지지 않고 있다.[7]

이와 같이 중국을 사모하는 유풍과 여운의 흐름을 타고 그 시대의 보편적 정서에 결코 무심할 수 없었던 이덕무 역시 중국과 중국 문화를 동경하였던 것으로 보이는데 이러한 그의 생각은 다음의 인용문에도 잘 나타나 있다.

월정 윤근수가 중국을 좋아하여 고문사를 선창하였으니, 조선 사대부의 문장이 그 체제를 갖추게 된 것이 다 월정의 힘이다. (……) 중국은 모든 문헌의 고장이다. 외국에 나서 중국을 깊이 좋아하지 않고는 아무리 호걸 문장이라 자칭해도 끝내는 고루한 견문에 불과하다. 그런데 월정은 중국을 진심으로 좋아하고 미친 듯이 매달려 그칠 줄 몰랐으니 우리나라에 고문사의 문로를 개척하는 데 어찌 그만한 까닭이 없었겠는가?[8]

문헌의 고장 중국에 대한 그의 동경이 이처럼 직설적으로 표현되고 있는

---

7 兩先生道學文章 表準東國 家庭之內 塤倡篪知 不假外求 而俱慕中國 津津不已 終古讀書萬券 胸襟恢蕩者 必具此想 (…) 自淸陰以來百有四五十年 金氏文獻 甲於東方者 未必不由於世好中原 開拓見聞 遺風餘音 至今未泯也(이덕무, 『청비록』卷4, 〈農巖三淵慕中國〉. 다음부터는 권명과 편명만 밝힐 것임.).

8 尹月汀根壽 性喜中原 倡爲古文辭 朝鮮士大夫文章 能具體裁者 月汀之力也 (…) 夫中原文獻之淵藪 生於外國 不深喜中原 雖自命爲豪傑文章 畢竟孤陋寡聞而止也 如月汀專心好之 顚倒傾瀉 末由自已 其所以爲東方 開古文之門路者 豈無所由哉(卷1, 〈尹月汀〉).

데, 이 점은 자신이 호학하는 선비였음에도 이유가 있었겠지만 규장각의 검서관으로 재직하였던 그의 경력에서 그 이유를 찾는 것이 더 타당할 것이다. 중국에서 『사고전서(四庫全書)』를 편찬함으로써 중국의 서적을 갖춤과 문아의 다스림이 성대하게 되었다고 하면서 중국 강희조에서 편찬 창간한 『도서집성(圖書集成)』 1만 5천 2백 책을 정유년(1777)에 정조의 명으로 구매하여 규장각에 보관하였다고 밝힌 데서도 중국 문화에 대한 동경과 중국 문헌에 대한 그의 남다른 관심을 찾아 볼 수 있다.[9]

이러한 이덕무의 중국 사모의 대상은 주로 청이었다. 학당, 학송의 풍조에 젖어 있던 당시의 비평적 현실에서 『청비록』이 대상으로 한 중국 시인 119명 가운데 청의 시인이 37명으로 오히려 당이나 송의 시인보다 훨씬 많은 수를 차지하고 있음은 그것을 뒷받침해 주고도 남는다고 하겠다. 또한 비평의 전개에서 도움을 받은 비평가도 중국의 비평가 36명 가운데 청의 비평가가 23명이나 되고 있음은, 각 시대 시학의 특징을 수용하기는 하면서도 그의 주된 관심이 청의 시학에 집중되고 있었음을 얘기해 주는 것이라 할 것이다.

사실 이덕무가 활동하였던 18세기에도 여전히 사대부 일반의 인식의 바탕에는 청을 오랑캐가 세운 나라라 하여 멸시하던 풍조가 지배적으로 흐르고 있었다. 그렇지만 북경을 다녀온 사신들에 의하여 그것이 잘못된 인식임이 지적되는가 하면 청의 문물과 기술 등을 수용하여야 한다는 주장까지도 일어나게 되었다. 그리하여 청의 문화가 국내에서 알고 있는 것처럼 무시할 정도가 아니라 실은 우리 문화보다 선진임을 깨달은 학자들은 그들의 발전된 산업 기술과 수레, 선박, 제도 등의 기술을 배워 와야 한다고 주장하였던 것이다. 결국 이러한 현실 인식은 북학파의 실학사상이 대두되는 데에 정신적 지주가 되었으며, 그것은 또한 숭명멸청(崇明蔑淸) 사상에 대한 반발이었다고 할 수 있을 것이다.[10]

---

9 卷1, 武英殿聚珍版 참조.

이렇게 보면 북학파의 실학자들과 깊은 교유를 맺고 있었던 이덕무도 그러한 현실을 인정하고 청의 문화에 깊은 관심을 보여 주었던 것이라고 하겠다. 이에 대해서는 다음에서 이서구(李書九)의 주장을 내세우면서 간접적으로 자신의 생각을 드러내기도 하였다.

우리나라 사람은 마음이 거칠고 안목이 좁아서 시를 제대로 알지 못하는 데다 청에 대해서는 인격의 현부와 시품의 고하를 불문하고서 덮어 놓고 오랑캐라는 구실로 말살하려고 한다. (……) 시를 잘한다면 그 시만 좋아하면 그만이지 무엇 때문에 굳이 오랑캐라는 이유로 배척하면서 시까지 무시해야 하는가?[11]

중국의 한족 국가만을 화(華)로 지칭하고 그 외의 민족은 모두 이(夷)로 파악하는 이른바 화이론에 따라 숭명멸청의 명분론에 치우친 나머지 청 시인들의 시까지 배척하기도 하였던 현실을 통탄한 이서구의 이러한 주장은 바로 이덕무의 생각을 그대로 옮겨 놓은 것으로 보아도 좋을 것으로 생각된다. 이러한 판단에서 이덕무는 왕사정(王士禎)의 문집을 소개하면서 특히 그의 시를 유득공, 이서구 등에게 자랑하게 되고, 그 후 왕사정의 시를 추앙하는 사람이 늘게 되는데 그러한 공을 이덕무는 사양하지 않겠다고 하여 청 시학에 대한 그의 깊은 관심을 나타내기도 하였던 것이다.

이처럼 이덕무는 헛된 명분보다는 철저한 현실적 판단 아래 청의 문학을 평가하였으며, 어떠한 선입관이나 외부 환경적 여건에 좌우되지 않고 시 자체의 문학성에 기준하여 시를 평가하고자 하였던 것으로 보인다. 이러한 이덕무의 생각은 현실적으로 청의 문학을 인정하는 선에서 멈추지 않았다.

---

10 정구복, 「조선 후기의 역사 의식」, 『한국사상사대계』 5(한국 정신 문화 연구원, 1992), 91면 참조.

11 東國人 心麤眠窄 類不能知詩 而至於淸 則不問 其人之賢否 詩之高下 東輒以胡人二字抹摋之 (…) 善於詩 則愛其詩而已 何必摭其胡 而及於詩也(卷3, 〈王阮亭〉).

아, 조선의 풍속은 협루하여 기휘하는 것이 많다. 문명의 교화는 오래되었으나 도리어 일본 사람들의 협루함이 없는 것만 못하다. 그런데도 스스로 잘난체하여 다른 나라를 업신여기니 나는 이를 매우 슬퍼한다. (……) 다른 나라의 문자를 보게 되면 정성스러운 마음으로 사랑하기를 마치 마음이 맞는 친구의 글을 보는 것처럼 하지 않은 적이 없었다.[12]

이렇게 이덕무는 역시 오랑캐라고 하여 일본을 무시하고 나무라고 헐뜯기를 좋아하였던 당시 시대부들의 인식을 배격하면서 청을 인정하였던 그러한 관점에서 일본 또한 객관적 시각으로 바라볼 수 있었던 것이다. 때문에 20여 명이나 되는 일본 시인의 시를 소개, 평가하고 2명의 일본 비평가의 견해에 귀를 기울이기도 하였던 것이다.

위에서 살펴본 것처럼 이덕무는 중국의 문화를 동경하고 중국을 배우려고 노력하였음을 알 수 있는데, 그 대상은 투철한 현실 인식에 근거하여 청에 집중되고 있었다. 이처럼 비평적 측면에서 학당, 학송의 전통적 인식의 굴레에서 벗어나 청의 비평을 현실적으로 인정하고 시의 문학성에 근거하여 있는 그대로 높이 평가하였던 그의 문학 정신은 그 시대 우리 비평의 현실을 반성하고 비판하면서 민족 문학 정신을 구체화하는 것으로 이어지고 있다.

사실 그가 활동하였던 18세기에는 17세기 이래 청을 통하여 들어온 서학사상으로 인하여 조선의 학계에 중국이 이미 세계의 중심이 아니라는 것을 인식하는 세계관의 변화가 나타나고 있었다. 이는 우리나라 국토와 문화역사의 독자성에 대한 인식의 심화로 나타날 수 있는 바탕이 되었다.[13]

이러한 여건에서 한문학 분야에 있어서도 한문학 전반에 대한 비판과 반성의 기운이 고조되면서 문학관과 문풍 및 시풍의 변모가 두드러지게 나타

---

12 嗟呼 朝鮮之俗 狹陋而多忌諱 文明之化 可謂久矣 而風流文雅 反遜於日本 無狹自驕 凌侮異國 余甚悲之 (…) 得異國之文字 未賞不拳拳愛之 不啻如朋友之會心者焉(卷1, 〈蒹葭堂〉).

13 정구복, 앞의 논문, 90면 참조.

나는 가운데 그 밑바탕에는 민족 문학 정신이 강하게 흐르고 있었다. 우리의 비평사에서 여조 이래로 어느 시기를 막론하고 민족 문학에 대한 관심이 나타나 있지 않은 때는 없었겠지만, 특히 18세기를 전후한 조선 후기에 이르러 전통 한문학이 그대로 지속되어가는 가운데서도 뜻있는 문인들이 그 속에서 민족의 현실을 발견하고 한문학을 민족 문학으로 재정립해 보고자 하는 노력을 보이면서 크게 확산되어 나갔던 것이다. 이렇게 점차 확산되어 가던 민족 문학에 대한 관심은 허균(許筠), 이수광(李睟光) 이래로 이익과 홍만종(洪萬宗)에 이르기까지 꾸준히 지속되었으며, 홍양호(洪良浩)의 '동방지기(東方之氣)'나 박지원(朴趾源)의 '조선지풍(朝鮮之風)', 그리고 박제가(朴齊家)의 '자가어(自家語)'에 관한 언급 등에서도 민족 문학 정신을 고양하려는 그들의 의지를 엿볼 수 있다. 이러한 민족 문학에 대한 인식은 그 시대의 시학적 현실을 직시하고 민족 문학의 나아갈 길을 이른바 조선시 선언을 통하여 명료하게 제시한 정약용(丁若鏞)에 이르러 한결 뚜렷하게 자리 잡은 것으로 보인다. 이와 같은 여건에서 이덕무 역시 민족 문학에 대한 관심을 다음과 같이 논시 절구를 통하여 나타내었다.

어차피 동상이몽
사람은 두보 이백 아니고 시대도 당 아닐진대,
내 시는 바로 내 얼굴
흉내 잘 내던 곽랑이 우습구나.[14]

이덕무 자신이 일반적으로 학당의 중심 대상이었던 이백과 두보가 될 수 없고 자신의 시대 역시 당이 될 수 없는 상황에서, 결국 자신의 얼굴, 즉 자신의 시대가 반영되고 자신의 정서와 사상이 담긴 것이 바로 자신의 시라는 지극히 당연한 논리를 보여 주고 있다. 조선이라는 나라, 18세기라는 시

---

14 各夢無干共一牀 人非甫白代非唐 吾詩自信如吾面 依樣衣冠笑郭郎(卷1, 〈穉川談藝〉).

대를 배경으로 자신의 얼굴인 자신의 시를 쓰겠다는 그 의지야말로 민족 문학의 출발점이요 궁극적으로는 민족 문학이 지향해야 할 목표로 이어지는 자주적 문학 인식이라고 해야 할 것이다.

이러한 바탕에서 그는 시대를 슬퍼하고 나라를 걱정하는 정성을 국문 시가에 붙인 송강가사에 관심을 보이고 있으며, 신라의 이두나 조선의 훈민정음처럼 그에 상응하는 우리의 글이 고려 시대에도 존재하지 않았을까 하는 문제를 고증하려 애쓰기도 하였다.[15]

그런 한편 중국에서 액화를 당하거나 핍박 받는 신세가 된 사람들이 반드시 우리나라에 오려는 생각을 가졌던 것은 예의의 나라라는 이름이 있었기 때문이라고 하여 우리나라의 민족 국가로서의 위상과 문화적 독립성을 확인하기도 하였으며, 중국 사람이 우리의 일을 기록함에 있어 잘못된 점이 많다고 하면서 그 잘못을 가려내어 고증하고 해설함으로써 바로잡으려고 노력하기도 하였다.[16] 또한 중국과의 빈번했던 시 교류에 대해 필요할 때마다 언급하면서 중국인들이 칭찬해마지않은 우리 시인과 시들을 두루 드러냄으로 해서 중국 시에 못지않은 우리의 시를 애써 부각시키려는 노력을 기울이기도 하였다.

이러한 일련의 작업들이 청 중심의 중국 문학을 동경하고 사모하는 한편 이와 대등한 위치에서 우리 문학의 현실을 정확하게 파악하고 그 바탕에서 바람직한 민족 문학의 참모습을 찾아내 보고자 하였던 이덕무의 노력과 의지의 결과임은 분명하다고 하겠다. 실제로 『청비록』은 앞서 살펴본 대로 시인의 경우 우리나라 95명, 중국 119명, 비평가의 경우 우리나라 29명, 중국 36명 정도를 대상으로 하여 저술되었다. 이로 보면 『청비록』을 저술함에 있어 이덕무가 중국이나 우리나라의 비평의 비중을 대등하게 유지하고자 애썼음을 충분히 알 수 있는 것이다.

---

15 卷1, 〈松江墓〉와 卷3, 〈寒松亭曲〉 참조.
16 卷1, 〈宇文虛中〉과 卷1, 〈中州集咏高麗〉, 卷3, 〈朝鮮詩選〉 참조.

이렇게 중국 문학을 동경하고 그 영향력을 인정하면서도 그 시대 비평의 현실적 문제의 하나였던 민족 문학 정신을 내세워 『청비록』 저술의 기본 문학 정신으로 삼았음은 이덕무 비평의 비평사적 위상을 드높이는 결과가 되었다고 할 수 있겠다.

3. 작시론의 양상

1) 작시 정신

시를 어떻게 쓸 것인가 하는 문제에 접근하기 위한 작업이 곧 작시론이라고 볼 때, 표현 기교의 문제 같은 것이 기본적으로 검토되어야 할 것이지만 그에 앞서 작시 정신에 대한 검토도 필요하리라 생각된다. 작시의 기본 정신이 시의 수사나 표현의 문제에 영향을 미칠 것으로 보이기 때문이다.

이에 대한 이덕무의 견해는 다양하게 전개되어 있다. 그는 먼저 시 짓는 작업을 절실하게 우러나는 시적 충동을 힘들여 생각하고 뜻을 가다듬어 표현해 내는 과정으로 파악하였다.

> 힘들여 생각하고 뜻을 가다듬어 지은 시들은 예로부터 좋은 작품들인데, 파묻혀 없어진 작품들을 어찌 다 헤아릴 수 있겠는가? 나는 이 때문에 숨은 빛을 드러내기에 더욱 정성을 다하였다.[17]

이렇게 '고심각의(苦心刻意)'의 정신이야 말로 좋은 시를 얻기 위한 기본 바탕이라고 보았다. 또한 그러한 과정의 결실로 빚어진 좋은 시들을 드러내어 알리기에 정성을 다하였다는 것은 바로 『청비록』의 저술 동기를 확인하

---

17 苦心刻意之品 自古能詩 而湮沒者何限 余故尤拳拳 於闡發出光(卷2, 〈月澗〉).

게 해 주는 것이라 해도 좋을 것이다. 마음속에 쌓이고 쌓인 하고 싶은 말들을 '고심각의'하여 가다듬어 표현해 내려는 시인의 노력, 그것은 작시의 과정에서 가장 먼저 갖추어야 하는 기본적 정신이라고 할 수 있겠다.

작시의 기본 정신을 '고심각의'의 과정으로 이해하고자 했던 이덕무는 시의 본질을 기(氣)의 측면에서 파악하고 그것을 시에 제대로 드러나게 해야 한다고 생각하기도 하였다.

> 기상에 힘입은 까닭에 표현되는 말이 호탕한 것이니, 예로부터 충신과 열사는 가끔 호걸스런 행동들이 많았다.[18]
>
> 초정의 시는 재능이 뛰어나고 가상이 굳세며 사리가 명백하고 또한 사실을 잘 기록하였다. (……) 그의 시는 큰 곳은 뜻이 커서 작은 일에 구애되지 않으며 섬세한 곳은 아름답고 미묘하였다. (……) 이 시들은 다 속태를 벗어나 묘한 경지에 들어간 것들이다. 이는 대개 그의 인품이 강개하여 옛 사람을 사모하고 중국을 선망한 때문에 뛰어나고 총명하여 세속의 속박에서 벗어나 말이 기이하고 생각이 웅장함이 이와 같은 것이다.[19]

시인에게 있어 기는 정신적 활력이라고도 할 수 있겠는데, 그것은 바로 어떠한 것에도 속박이나 제한을 받지 않는 자유로운 기질이나 기상을 뜻한다고 하겠다. 그래서 이덕무는 늠름한 기상이 호탕한 시어로 표현되고 굳센 기상이 작은 일에 구애되지 않고 세속의 속박에서 벗어나 기이한 시어와 웅장한 시상으로 표현됨을 높이 평가하였던 것이다. 결국 작시에 있어서는 시인의 기상을 함양하여 그 정신적 활력이 시에 자연스럽게 표현되도록 해야 한다는 생각이었다고 하겠다.

한편 작시에 있어서 시인의 정서인 성정(性情)을 소중히 인식하기도 하

---

18 負氣故其發言放宕 終古忠臣烈士 往往多豪拳(卷1, 〈黎黃二詩〉).

19 楚亭之詩 才超而氣勁 詞理明白 赤能記實 (…) 其爲詩 大處磊落 纖處娟妙 (…) 此皆快脫塵臼 優入妙境 蓋其人品 慨慕古人 艶羨中國 故超悟解脫 語奇思壯如此(卷4, 〈楚亭〉).

였다. 쓰지 않고는 견딜 수 없는 정서적 충동이 자연스러운 감정으로 시에 표현되어야 한다고 보았던 것이다.

    송의 역적 유예의 시는 매우 청화하였는데, 그렇다면 혹시 시가 성정에서 나온다는 말은 믿을 수 없지 않겠는가?[20]

법적 질서와 사회 규범을 거스른 역적으로서의 유예의 정서와 시에 표현된 청화한 정서가 서로 어울리지 않는다는 데서, 이덕무는 시가 개인적 정서의 표현이라는 성정론에 의문을 제기하고 있다. 그러나 그것이 성정론에 대한 부정은 아니었다. 그러한 의문 제기 자체가 벌써 시의 본질을 성정론의 관점에서 이해하고 있었음을 나타내 주는 것으로 보이기 때문이다. 다만 어떠한 선입견이나 환경적 여건이 시 작품의 문학성 평가에 영향을 주어서는 올바른 비평에 이를 수 없다는 점을 일러주고 있을 뿐이다. 시의 가치와 문학성을 시 자체의 문학적 성공 여부에 따라 판단해야 한다는 객관적 비평 정신의 표현인 것이다. 그리하여 비록 역적의 작품이라 하더라도 '올빼미 고기의 국 맛과 여우 겨드랑이의 가죽'이라 하여 나쁜 것 가운데서도 취할 바가 있다는 비유를 사용하면서 유예의 시 두 수를 가려 뽑아 제대로 평가하고자 하였던 것이다. 사실 두 수의 유예의 시들이 역적이 되기 전의 청화한 성정이 표출된 작품이라면, 그 작품들과 역적으로서의 유예를 연결 짓는 등의 작업은 옳은 일이 아닐 수도 있을 것이다. 또한 정치적 측면에서는 비록 역적이었다 할지라도 인간적 측면에서는 얼마든지 자신의 성정을 청화하게 시에 표현해 낼 수도 있을 것이라는 점까지 고려한다면, 이덕무의 그러한 비평 태도는 타당성을 얻을 수 있을 것으로 생각된다.

    이렇게 보면 이덕무의 작시 정신의 한 측면이 시인의 정서, 욕망, 소원 등을 시에 온전히 나타나도록 해야 한다는 성정론에 연결되고 있음은 분명

---

20 宋逆賊劉豫詩 甚淸和 詩出性情之語 或未可信耶(卷1, 〈劉豫詩〉).

하다고 하겠다. 다음 인용문에 그러한 점이 잘 나타나 있다.

그 시는 곧은 성정을 근본으로 삼고 올바른 학술에서 우러난 것으로서, 아들
방제로 하여금 어머니의 교훈을 계승할 수 있게 한 것이다.[21]

이렇게 이덕무는 시가 올바른 학술을 바탕으로 하고 곧은 성정을 근본으
로 하여 빚어지는 것이라고 하였다. 결국 그의 작시 정신의 또 하나의 가닥
이 시인의 정서인 성정의 표현이라는 데에 닿아 있음을 알 수 있다고 하겠
다. 그런가 하면 이처럼 성정의 문제와 관련하여 시가 시인의 정서의 표현
임을 내세우면서도 한편으로는 시가 독자의 심성에 영향을 주어 시인이 의
도하는 방향으로 독자를 이끌어 가는 시의 효용 가치의 측면 또한 긍정적으
로 평가하였음을 찾아 볼 수 있다.
어머니의 시를 읽고 그 아들이 어머니의 교훈을 계승할 수 있으리라고
본 이덕무의 생각은 전통적 풍교(風敎)의 시 정신을 그대로 드러낸 것으로
보인다. 사실 시를 개인의 의지 또는 그 이상의 표현으로 보고 그것이 독자
의 덕성에 영향을 주거나 사회의 교화에 이바지할 수 있도록 시를 써야 한
다는 풍교의 시 정신은 뿌리 깊은 전통으로 이어져 내려 온 것이다. 앞서
살펴본 대로 이덕무의 비평 정신이 시의 외부적 요인을 배제하고 시 자체의
문학성을 기준으로 평가하고자 하는 데에 초점이 맞추어져 있긴 하나, 한편
으로 이른바 시의 효용성을 중시하는 그러한 전통적 시 정신을 중요하게
인식하고 그것을 깨우치고자 노력한 면도 여러 편의 시화에 고루 나타나
있다.

당의 양웅의 시에 '진실한 사귐은 숨김이 없고, 깊은 말은 기쁨이 넘친다'고
했는데 이는 지극한 이치가 담긴 말로 사람을 감동시킨다.[22]

---

21 本乎性情之貞 發乎學術之正 令子方再 能承母敎(卷3, 〈閨人雅正〉).

이렇게 진실한 사귐은 숨기는 것이 없으며 속마음을 털어 놓고 하는 깊은 뜻이 담긴 말은 사람을 기쁨에 넘치게 한다는 시의 내용에 지극한 이치가 담겨 있어서 사람을 감동시킨다는 것은, 결국 숨김없는 진실한 사귐과 깊은 뜻이 담겨 삶의 진실이 전달될 수 있는 말이 개인의 정서 순화는 물론 서로 함께 어울려 사는 세상을 더욱 참되고 거짓 없는 세상, 여유 있고 기쁨이 넘치는 세상으로 만들어 나가는 데에 밑거름이 되는 것임을 말해 주는 것으로 보인다. 풍교의 시 정신이 그대로 시의 평가에 적용되었다는 말이다. 시의 진실이 독자의 현실로 자리 잡을 때 시의 효용 가치는 빛을 발할 수 있다고 볼 때, 이처럼 이덕무가 시의 기능면에서 효율성을 긍정적으로 인식하였음은 그의 시 정신이 전통적 풍교의 시 정신에 접맥되어 있음을 보여준 것이라고 하겠다.

이런 맥락에서 보면, 이희지의 시는 시대를 슬퍼하고 세속을 통분한 것으로서 충성심이 충만해서 그 시대에 회자되었다고 한 것이나, 노동의 시가 모두 엄격하고 정중하여 유자의 기상이 있다고 평가한 것, 성리학에 일가를 이룬 학자들의 시를 묶어 평가하고자 한 것, 송강이 시대를 슬퍼하고 나라를 걱정하는 정성을 국문 시가에 담았다고 한 것, 『주자대전(朱子大全)』을 읽고 지은 시를 정절하다고 높이 평가한 것, 그리고 시에 신령하고 탈속한 말을 즐겨 사용한다 하더라도 마음에 거리낌만 없다면 유도에 해가 되는 일은 없으리라고 한 이광석과의 논쟁23 등등의 내용들이 모두 이덕무의 시의 효용을 중시하는 풍교의 시 정신의 소산임을 넉넉히 짐작할 수 있을 것으로 생각된다.

더군다나 고시의 〈독곡가(讀曲歌)〉는 매우 농후한 남녀의 풍정을 읊은 것이 많으나 경탄을 자아낼 만큼 핍진한 작품은 없었는데 황보식의 〈출세편(出世篇)〉에 이르러 극치를 이루었다고 하면서, 그러한 시들이 모두 너무

---

22 唐楊凝詩 眞交無所隱 深語有餘歡 此至理之言 令人感激(卷1, 〈楊凝詩〉).

23 卷3, 〈凝齊〉 卷2, 〈盧全〉 卷4, 〈理學諸先生詩〉 卷1, 〈松江墓〉 卷4, 〈玄川翁咏朱子〉 卷2, 〈心溪〉 참조.

음란하고 외설적이며 조금도 거리낌이 없어서 만약 한유에게 보였더라면 틀림없이 종아리를 맞았을 것이라고 하여[24] 시가 사람으로 하여금 남녀의 구별을 어지럽게 하고 예의를 손상하게 하며 풍기를 문란하게 하여 풍속을 더럽혀서는 안된다는 것을 경계한 데에 이르면, 그의 시 정신의 한 가닥을 풍교의 관점에서 이해할 수 있음은 분명하다고 할 수 있을 것이다. 이러한 점은 유득공이 서문에서 이미 밝힌 대로 명유, 석보, 지사, 고인의 작품 중 흥취가 깊고 원대하여 풍교에 관계가 있는 것들을 정성스럽게 뜻을 다해 표양하지 않은 것이 없다고 평가한 데도 충분히 나타나 있다.

이렇게 보면 이덕무는 작시 정신의 다양한 모습을 보여 주었다고 할 수 있다. 즉 '고심각의'의 정신을 바탕으로 하고, 시인의 기가 그 정신적 활력이 시에 자연스럽게 표현되도록 해야 한다거나, 시인의 정서인 성정이 쓰지 않고는 견딜 수 없는 정서적 충동에 의해 자연스러운 감정으로 시에 표현되어야 한다는 것, 그리고 시를 개인의 의지 또는 이상의 표현으로 보아 그것이 독자의 덕성에 영향을 주거나 사회의 교화에 이바지 할 수 있도록 창작되어야 한다는 것 등이 그것이다. 물론 일관된 하나의 작시 정신을 보여 주지 못했다고 생각되는 면이 있기는 하지만, 시학에 대한 다양하고 폭넓은 그의 관심이 그대로 한 곳에 치우치거나 얽매이지 않고 자연스럽게 표현된 것이라고 볼 수 있을 것이다.

한편 작시의 과정에 대한 그의 생각은 다음과 같다.

언뜻 보면 이광석은 냉담한 사람 같으나 그 시사가 이처럼 청진하니, 글을 읽어서 인품이 고상해진 사람은 정도 매우 농후해짐을 알겠다.[25]

작시의 과정에서는 우선 학문을 깊이 연마해야 함을 말하였고 그 바탕에

---

24 卷2, 〈出世篇〉 참조.

25 泛看心溪 似是冷淡者 而其詩詞淸眞如此 如知讀書而品高者 情甚濃至(卷4, 〈心溪秋懷詩〉).

서 인격을 수련하면 정서는 따라서 풍부하게 되는데 그렇게 깊고 두터워진 정이 시에 표현되면 맑고 참된 품격의 시를 빚어낼 수 있다는 생각을 나타 내었다. 결국 '독서(讀書) → 품고(品高) → 정농(情濃) → 시사 청진(詩詞 淸 眞)'의 작시 과정을 설명해 준 셈이어서, 한 편의 좋은 시를 쓰기 위한 시인 의 부단한 노력을 역설해 준 것이라고 하겠다.[26]

이덕무는 또한 작시의 과정에서 시인의 흥취도 빼놓을 수 없는 것임을 지적하였다.

　　묘한 경지를 만나면 성정이 절로 올바르게 되고 음향도 조화를 이루게 된다. 그러나 이 두 시는 술이 아니었다면 그 즐거운 뜻을 표현할 수 없었을 것이다.[27]

시를 지음에 있어서 묘한 경지를 만나게 되는 외부적 환경 여건도 중요 하지만 비록 성정이 바르게 되고 음향이 조화를 이룬 상황일지라도 시인의 내면에서 도도한 시흥이 일지 않으면 시인의 즐거운 뜻을 다 표현해 낼 수 없다는 것이다. 술의 힘을 빌려서 시의 흥취를 불러 일으켰다고는 하였지 만, 사실 술의 유무보다 시흥의 유무에 초점이 맞추어져 있음은 물론일 것 이다. 결국 '치묘경(値妙境) → 성정자정(性情自正) → 음향자해(音響自諧)'의 외부적 여건도 '현기락의(現其樂意)'할 수 있는 시인의 내면에서 솟아난 시 흥이 없이는 한 편의 좋은 시로 형상화될 수 없다는 생각인데, 그것은 곧 작시에 있어서 시흥의 중요성을 간과해 낸 바로 흥취의 시학이라 할 수 있 을 것이다. 이렇게 이덕무는 작시의 과정에서 시인의 부단한 노력과 시인의 흥취를 중요하게 내세우는 한편, 시인의 일관된 시 정신의 정립을 강조하기 도 하였다.

---

26 학시의 과정에서 학문을 축적하는 부단한 노력이 필요하다는 이덕무의 생각은 卷4의 〈泠齋〉, 〈薑山〉, 〈朴龍村〉, 〈楚亭〉, 〈惠寰〉 등의 시화에도 잘 나타나 있다.

27 値妙境 則性情自正 音響自諧 然此二詩 非酒无以現其樂意(卷3, 〈元呂妙境〉).

(노동의 시는) 모두가 엄격하고 정중하여 유자의 기상이 있다. 그런데 그의
어떤 시에는 '성현의 명과 행은 신고를 견딘 결과일진대, 주공과 공자는 한갓
스스로를 속였을 뿐이네.'라고 하여, 이처럼 성인을 모욕하는 말을 하였으니
어찌 그리 앞뒤가 서로 맞지 않는지 모르겠다.[28]

이는 한 시인의 시 정신이 조화롭고 일관되게 하나의 방향을 지향하지
못하고 불협화음을 만들어 내어서는 안된다는 생각을 말해 준 것이다. 한
시인의 시 세계가 시의 내용이 일치되지 못해서 야기되는 불협화음으로 가
득 차게 된다면 그것은 바로 시 정신의 파탄을 의미하는 것이기도 하다.
바람직한 방향으로 시 정신의 일관성을 추구하는 것은 시 정신의 다양함
못지않게 시인의 시 생명을 온전히 지켜주는 지침이 될 수 있을 것이다.
그리고 비록 중국 시화의 인용이긴 하지만 한 시인의 시에서 맹자를 욕하였
으면서도 또 다른 시에서는 긍정적으로 평가하기도 한 예를 들어 역시 시
정신의 불일치를 간접적으로 비판하기도 하였다.[29]
이렇게 일관된 시 정신의 정립을 작시의 지침으로 내세운 이덕무는 결국
한 시인의 시 세계가 내용적으로 조화를 이루어 낸다는 것이 얼마나 힘들고
험한 길인가를, 또한 그것이 얼마나 끊임없는 긴장과 노력을 필요로 하는
길인가를 보여 주었다고 할 것이다.

2) 연탁

작시 과정에서 가슴 속에 쌓인 하고 싶은 말들을 자연스럽게 시적 언어
로 가다듬어 표현해내고자 할 때, 연탁(鍊琢), 즉 시어의 조탁 단련이야말로
시인들의 최대의 관심사였을 것이다. 단순한 용자, 용구보다는 '고심각의'의

---

28 此皆莊重有儒氣 寄詩忽云 賢名聖行甚辛苦 周公孔子往自斯 有此侮聖之語 何前後之不相
關也(卷2, 〈盧仝〉).

29 卷2, 〈泰伯不喜孟子〉 참조.

결정인 적절하고 세련된 시어의 선택과 연자, 연구에의 끊임없는 노력은 새롭고 뛰어난 표현을 얻기 위한 시인들의 기본적인 욕구에서 비롯된 것이라고 하겠다.

일찍이 서거정은 시의 묘함은 글자 한 자에 달려 있으므로 옛사람들은 글자 하나로 스승을 삼았다고 하면서, 시에 연격, 연구, 연자하고서도 또한 스승과 벗에게 나아가 흠을 찾아서 없애려고 노력하였다고 한다.[30] 또한 김득신이 시어의 조탁에 힘써 글자 하나를 천 번이라도 다져서 꼭 훌륭한 것이 되도록 하였다는 등의 연탁에 대한 선인들의 노력에 관한 기록과 일화는 수없이 많이 전해 오고 있다.[31]

이덕무의 연탁에의 관심도 대단하였던 것으로 보인다. 그는 청의 서건학의 말을 인용하여 "선생은 시에 있어서 한 자의 선택도 반드시 정밀하게 하고 한 마디의 말도 반드시 고결하게 한다."[32]라고 해서 연탁에 대한 관심을 피력하였다. 이러한 글자 한 자의 선택에 대한 것도 소홀히 하지 않으려는 노력은 특히 시문 가운데서 안목이 되는 가장 중요한 문자로서 자안(字眼)에 관심을 집중시키는 것으로 나타나기도 한다.

> 종성(鐘惺)과 담원춘(譚元春)이 이 시들을 보았더라면 응당 자안에 권비(圈批)한 다음 매우 좋다고 평가하였을 것이다.[33]

이렇게 시문의 묘소, 요처라고 할 수 있는 바로 자안, 그 시어 한 글자에 기울인 시인들의 성정이 독자에게 그대로 전달된다면, 독자들은 좋은 시가 주는 감흥을 그것을 통하여 충분히 느껴 볼 수 있으리라 생각된다.

---

30 凡詩妙在一字 古人以一字爲師 故人詩 鍊格鍊句鍊字 又就師友 求其疵而去之(徐居正,『東人詩話』上).

31 金柏谷得臣 平生工詩 彫琢肝腎 一字千鍊 必欲工絶(任埅,『水村漫錄』).

32 先生於詩 擇一字焉必精 出一辭焉必潔(卷3,〈王阮亭〉).

33 鍾譚見之 應圈字眼而評曰 靈厚(卷4,〈芝峯詩播遠國〉).

원중거(元重擧)의 시에 '벌레가 새벽녘까지 정성스럽게 우네'라고 하였는데, '정성스럽다(懇)'라는 글자에 온 정신이 집중되어 있다.[34]

이덕무는 정성스럽다는 뜻의 '간(懇)'자를 자안으로 보고 그 글자에 시인의 모든 정신이 집중되어 있다고 본 것이다. 사실 시인의 주관적 감정을 벌레의 울음소리에 이입한 다음 되돌려 주워 올린 느낌이 '간'자 한 글자에 온전히 실려 있는 것이기에, 그 글자가 있음으로 해서 비로소 그 구절이 시구의 자격을 획득할 수 있었다고 생각된다. 그 글자를 빼고 나면 그 시구는 단순한 사실의 확인에 지나지 않음에 주목하면, 시인들이 특히 자안의 탐색에 온갖 노력을 다하였던 작시상의 어려움을 조금이나마 이해할 수 있을 것으로 보인다. 주어진 한시의 정형의 틀 안에서 한 글자 한 글자 소중하지 않은 글자가 없을 것이지만, 내용 전개상 시의 핵이라 할 수 있는 자안의 적절한 선택은 결국 시의 성공 여부를 결정짓는 작업이었다고 할 수 있겠다. 따라서 자안의 탐색을 포함하는 연탁에의 노력은 시인이면 누구나 거쳐야 하는 과정이었을 것이며 좋은 시를 쓰기 위한 당연한 과정이기도 하였을 것이다.

당의 강위의 시에 '맑은 물에 대나무 그림자 비꼈고, 황혼 달에 계수나무 향기 떠도네.'라고 하였는데, 송의 처사 임포가 배화를 읊으면서 강위 시의 '죽(竹)'자와 '계(桂)'자를 '소(疎)'자와 '암(暗)'자로 바꾸어 드디어 천고의 명구가 되었다.[35]

강위의 시가 나름대로 정경 묘사에 있어서 핍진함을 얻었다고 볼 수 있겠는데, 매화를 제재로 하여 임포가 강위 시의 두 글자를 매화와 관련된

---

34 元玄川 鳴蟲懇到晨 懇字甚精神(卷1, 〈鳴蟲懇到農〉).

35 唐江爲詩 竹影横斜水淸淺 桂香浮動月黃昏 宋林處士逋咏梅 易江詩竹桂二字爲疎暗 逐爲千古名句(卷1, 〈江爲林逋〉).

두 글자로 바꾸어 '맑은 물에 매화 성긴 그림자 비꼈고, 황혼 달에 매화의 그윽한 향기 도네.'라고 노래하였다는 것이다. 그렇게 바꾸어 놓고 보니 그 시구가 매화를 노래함에 있어 절실함을 획득하였기에 천고의 명구라고까지 평가되었다는 것이다. 이렇게 해서 각각 다른 제재를 다룬 시가 되어 버리긴 하였지만, 역시 정경 묘사의 핍진함에 머문 강위의 시보다 매화를 읊으면서 정감 있는 여운을 남긴 임포의 시가 흥취나 미의식의 측면에서 훨씬 돋보이는 것만은 분명하다고 하겠다. 사실 '죽'과 '계'라는 글자가 서경적 묘사의 수준에 머물고 있는데 비해, '소'와 '암'이라는 글자를 통해 우리는 매화라는 대상과 그 주변 분위기에 대한 시인의 세심한 관찰력은 물론 시인 정서의 미묘한 움직임이나 미적 감각까지도 느껴볼 수 있으리라 생각된다. 그리하여 야트막한 맑은 물에 비스듬히 비친 매화의 성긴 그림자와 황혼의 달에 떠도는 매화의 그윽한 향기에서 느낄 수 있는 서정은 그대로 우리들 삶의 향기가 되어 여운으로 남을 수 있을 것이다. 결국 '소'와 '암'이 그 시의 자안이 되는 셈인데, 물론 남의 시구를 가져다 한 두 글자 바꾸어 자신의 시구로 탈바꿈시킨 데 대한 시비가 있을 수 있겠지만, 그러한 문제를 떠나 작시에 있어 그 제재에 어울리는 한두 글자의 비중이 얼마나 큰 것인가, 그리고 그 때문에 시인들이 시어의 연탁이나 자안의 선택에 얼마나 고심하였던가 하는 문제를 이해하는 데는 위의 인용문이 적절한 예가 되었다고 하겠다. 또한 연탁이나 자안의 선택의 결과로 이루어진 좋은 시가 우리에게 주는 감흥이 바로 이런 것이다라는 점을 일러 주는 구실도 다 하였다고 보인다.

이러한 시어의 연탁이나 자안의 선택에 대한 이덕무의 관심은 의미상 중복이 되는 시어의 사용을 지적하거나, 작시에 있어 절실한 요청이 아닌데도 관용하는 글자를 남용함으로 해서 오히려 시를 지루하게 만드는 점을 비판하기도 하고, 시에 조어사를 불가피하게 쓰는 경우가 있는데 그것은 시인들이 꺼리는 바라는 점을 설명하는 등의 내용에서 그 중요성을 강조하는 것으로도 나타나 있다.[36] 또한 맹교, 잠삼, 백거이 등의 시에 사용된 '흑(黑)'자가

모두 묘하게 잘 사용되었다고 해서, 한 자의 시어가 한 편의 시 속에서 제
자리를 잡고 어울려서 시의 의미를 받들어 살려 주고 있음에 대하여 호의적
으로 좋은 평가를 서슴지 않았던 데서도 연탁이나 자안에 대한 그의 관심은
잘 나타나 있다고 할 것이다.[37]

한편 이덕무는 연탁에 대한 관심의 일환으로, 시어의 잘못된 사용에 민
감하게 반응하면서 시 속에서 시어가 정확한 의미로 자리 잡아야 함을 강조
하기도 하였다.

> 어무적의 시에 '봄 꿈은 진 이세 때보다 어지럽고, 나그네 시름은 노나라
> 삼가보다 강하네.'라고 하였다. (……) 어지러운 꿈은 있어도 강한 시름은 없는
> 법이니, 시름에다 강자를 씀은 순탄하지 못한 것이다.[38]

이렇게 시어의 조합에 있어 부적절함을 지적하면서 정확한 시어의 사용
을 통해 분명하게 시의 의미가 전달되어야 함을 나타내었다. 결국 '시름'이
라는 글자의 분위기에 '강하다'는 글자의 의미 연결이 어울리지 않아 부자
연스러운 의미 전달이 되고 말았다는 것이다. 시의 의미 전달을 분명하게
하기 위한 시어의 정확한 사용은 시적 분위기를 살리는 관건인 동시에 시의
성공을 재는 잣대가 될 수 있는 것이기에 작시에 있어서 주의를 요하는 것
이 아닐 수 없다.

> (변일민의 시에) 일찍이 '노자는 순수한 은색이네.'라는 시구가 있다는 것을
> 듣고 나는 웃으며, "변일민은 박식하면서도 익숙하지 못하단 말인가? 노는 검은
> 것이고, 자도 검은 것이다. 그래서 노와 자의 자의가 모두 틀렸다. 그것은 빛깔

---

36 卷2, 〈暹〉 卷2, 〈詩有慣用字〉 卷3, 〈詩用助語辭〉 참조.

37 卷3, 〈黑〉 참조.

38 魚無迹詩 春夢亂於秦二世 羈愁强似魯三家 (…) 有亂夢而無强愁 愁用强字不馴(卷1, 〈魚無迹〉).

이 희지 않음을 뜻한 것이다. 어떻게 순수한 은색이 용납된단 말인가?" 하였다.
(……) 나는 변일민을 만나 한번 웃으며 공박하면서 바로잡으려고 하였다.[39]

정확한 관찰에 의해서 분명하게 의미가 전달될 수 있는 시어를 선택하여 사용하지 않으면, 시의 성공 여부는 차치하고라도 잘못된 지식을 나열한 것이 되거나, 시의 대상에 대한 성찰 없이, '고심각의'의 노력도 없이 작시에 임한 것이 되어 시인으로서의 자세조차 의심받게 되는 경우가 생기게 될 것이다. 결국 위의 인용문에서처럼 시의 안목을 지닌 비평가의 비판과 공격을 면할 수 없는 것이다.

이러한 정확한 시어 사용에 대한 그의 관심은 유달리 시어의 고증에 노력한 데서도 찾아 볼 수 있다. 『청비록』 권1의 첫 시화를 '쌍(雙)'자의 고증으로 시작하여, 전체적으로 10여 편 이상의 시화를 순수하게 시어의 고증에 할애한 것을 보면, 그의 관심이 어떠했는가를 짐작할 수 있을 것이다.

이렇게 보면 시어의 연탁과 자안의 선택 그리고 정확한 시어의 사용은 작시론의 전개에서 이덕무가 가장 비중 있게 다룬 것들이라 생각된다.

3) 표현의 사실성과 회화성

작시에 있어서 대상을 어떻게 효과적으로 표현해 낼 것인가 하는 문제는 시인들의 큰 관심거리였다. 이 표현의 문제에 있어서 이덕무가 우선적으로 고려하였던 것은 표현의 사실성에 관한 것이었다고 보인다.

당 진영의 시, '언덕 너머 물소는 코를 물 위로 내놓고, 시냇가 물새는 머리를 까딱이며 걷네.'와 유우석의 시, '뜰의 개미 서로 마주치는 건 서로 얘기하는

---

39 嘗聞有鸛鵞純銀色句 余笑曰邊生之博識 而不嫺字義耶 盧墨也 玆玄也 故盧玆字意兼聲 以其色不白也 何處容著純銀色 (…) 將遇逸民 一笑而駁正之(卷3,〈邊逸民〉).

것 같고, 동산의 벌 빨리 가는 건 길을 잃을까 걱정하는 것 같네.'는 모두 사물을 본뜨는 데 있어 공교한 시이다.[40]

두 시인의 시를 평가하면서 표현에 초점을 맞추어 본 뜻이 공교하게 되었다고 하였는데, 이는 표현의 사실성이 두드러져 그 정경을 여실히 묘사해 내었음을 높이 평가한 것이라고 하겠다. 사물의 형상이나 정경을 묘사하면서 그 참모습에 가깝게 표현해 낸다는 것은 대상을 자세히 관찰한 끝에야 이루어질 수 있는 것으로서 가장 기본적 작시 태도의 하나라고 볼 수 있겠다.

진 장재의 가을을 읊은 시에, '옥같이 고운 살결 손톱처럼 희고, 뽀얀 김 입에서 나오누나. 옷깃 여미며 가벼운 옷 찾고, 나들이할 땐 부채를 들지 않네.'라고 하였는데, 초가을의 정경을 그린 것이 지극히 섬세하고 묘미가 있다.[41]

여기서도 보면, 초가을의 정경을 지극히 섬세하게 잘 묘사하였기에 묘미가 있다고 평가함으로써 시의 사실적 표현에 대한 관심을 그대로 나타내고 있다. 그런가 하면 어부를 읊은 두 편의 시가 능히 평범한 면을 벗어나 실정을 잘 말하였다고 평가한 데서도 표현의 사실성을 중시하고 있음을 보여주었다.[42]

내가 따스하고 화창하며 녹음이 짙은 4월의 천기를 매우 사랑하나 아직 거기에 걸맞은 시구를 얻어 보지 못했는데, 이서구의 종제인 이중목의 시에, '푸른 그늘은 온 집에 그득하고, 누런 꾀꼬리는 사방으로 나네.'라고 하였으니,

40 唐陳詠 隔岸水牛浮鼻渡 傍溪沙鳥點頭行 劉夢得 階蟻相逢偶語 園蜂速去恐違程 皆工於體物(卷4,〈工於體物〉).

41 晉張載咏秋詩 玉肌隨爪素 噓氣應口見 斂襟思輕衣 出入忘華扇 初寒時節 至纖極妙(卷2,〈咏秋詩〉).

42 卷1,〈咏漁夫〉참조.

이 어찌 4월의 천기가 아니겠는가? (……) 오직 이중목 같은 이의 시야말로 시의 월령이라 할 수 있겠다.[43]

이렇게 따스하고 화창하며 녹음이 짙은 4월의 천기 곧 자연의 어우러짐을 거기에 걸맞게 표현한 시를 4월의 월령이라 할 만하다고 하였음은, 그 시가 표현의 사실성을 획득하여 자연의 참모습을 그려내는 데 성공하였음을 말해 주는 것이라고 하겠다.

이러한 표현의 사실성에 대한 그의 관심은 자연스럽게 표현의 회화성으로 연결되어 나타나기도 하였다.

내가 조식의 〈작부〉 시에, '눈은 호초알 같고, 머리는 마늘통 같네.'라고 한 시어의 묘사가 절묘함을 좋아하여, 참새의 쇠처럼 단단한 다리를 손수 그려서 그 모양을 시험하여 보았다.[44]

이처럼 조식의 참새 묘사가 사실성을 획득하였는지를 가리기 위해 그림으로 그려서까지 확인하고자 하였던 이덕무였기에, 시의 회화성에 대한 그의 관심은 남달랐던 것으로 보인다. 그는 시의 창작에 있어서도 현실을 구체적이고 사실적으로 묘사하는 한편으로 회화성을 나타내고자 노력하였다. 그리하여 생활 주변의 자연을 감각적으로 읊은 그의 시의 회화성은 일찍부터 연구자들의 주목을 받아 왔다.[45] 이와 같이 시 창작에 있어서도 사실성과 회화성을 강조하였던 이덕무의 시 정신은 작시론이나 시 비평의 전개에 있어서 하나의 평가 기준이 되었던 것으로 보인다.

---

43 余嘗愛四月暄和濃綠 天氣駘宕 而未得相當之句 李仲牧 薑山之從弟也 有詩曰 綠陰渾舍 得 黃鳥四隣飛 斯豈非四月天氣乎 (…) 惟仲牧之詩 謂之詩之月令可也(卷2, 〈四月天氣〉).
44 余愛陳思王賦雀 眼如劈椒 頭如顆蒜之語 模寫妙絶 手畫一鐵脚以驗其狀(卷1, 〈題黃雀圖〉).
45 정양완, 주명희, 김영의 앞의 논문 참조.

'저녁 연기 나는 낡은 집에 절구공이 오르내리고, 저무는 울타리 안에 도리깨가 번득이네.' 이것은 윤암 이희경의 시이다. 농촌의 조그마한 풍경을 읊은 것인데, 왕유의 농작도 가운데 충분히 들어갈 수 있다.[46]

해질 무렵 한 눈에 들어온 농촌의 풍경을 마치 한 폭의 그림처럼 묘사해 놓은 이희경의 시를, 성당의 대표적 자연 시인이면서 남화의 조로 일컬어질 정도로 산수화에 능했던 왕유의 농작도 가운데에 충분히 들어갈 만하다고 까지 높이 평가하였다. 이렇게 시 속에 그림이 있는 듯, 한 폭의 그림 같은 시에 대한 이덕무의 관심은 표현의 사실성에 바탕한 시의 회화성을 추구하는 것으로 나타났다고 보인다.

그리하여 이덕무는 그의 육언시 〈도중(途中)〉에서 '왕유의 시 속으로 가고 또 가니, 곳곳마다 예찬의 그림 속이네.'[47]라고 하여 왕유의 자연시를 읽고 있으면 그림에 능하였던 원의 예찬의 그림을 보는 듯하다고 노래하기도 하였던 것이다. 이처럼 그가 시의 회화성에 남다른 관심을 보였음은, 그가 일찍이 벼를 거두다가 시집을 엮었는데 이서구가 그것을 보고 뒷면에다 쓴 시를 보면 잘 알 수 있을 것이다.

시를 보니 모두가 그림 같은데,
화보 밖의 산수가 경치 붓 아래 모였네.
그 누가 다시금 나를 도와서,
사람으로 하여금 미우인도 시시하다 하게 하려나.[48]

이서구는 이렇게 이덕무의 시가 농촌 풍경을 마치 그림으로 그린 듯이

---

46 寒煙破屋杵頭出 落日疎籬枷加尾翻 此李喜經 綸菴詩也 田家小景 可入王摩詰農作圖中(卷3, 〈綸菴〉).
47 行行摩詰詩裏 處處倪迂畵中(卷3, 〈秋日詩〉).
48 看詩爭似畵圖非 譜外煙霞筆下歸 更債阿誰扶着我 令人癡絶米元暉(위의 시화).

묘사하고 있어 그 시 속에 자연이 그대로 들어앉은 듯하다고 하면서, 그림에 매우 능했던 송의 미우인까지도 시시하게 여겨질 정도라고 극찬하였던 것이다. 이렇게 보면 이덕무가 작시와 시론의 전개에서 모두 시의 회화성을 중시하였음을 다시 확인할 수 있다고 하겠다.

좀 더 살펴보면, 진염의 〈망강남사(望江南詞)〉에 묘사된 풍경과 정사가 마치 그림 같다고 평가받은 것을 인용하면서 자신이 좋아한 청의 오위업과 우인당의 시도 화려하고 방일하여 진염의 시처럼 그림 같다고 한 것이나, 왕사록의 시를 〈추청도(秋聽圖)〉로 만들어 간직한 예를 들면서 자신도 소랑하고 연담한 그 시를 사랑했는데 그 전집을 읽지 못했음을 한탄하였던 것 등도 시의 회화성에 대한 그의 깊은 관심을 일러주는 것들이라 할 것이다.[49]

또한 김이곤의 시들이 모두 청원하고 유담한 뜻이 있으며 그의 시구들 가운데 자연을 노래한 것들은 발췌하여 〈주객도(主客圖)〉를 만들만하다고 평하여 맑고 그윽한 있는 그대로의 자연을 그림처럼 묘사해 낸 그 시의 가치를 회화성의 측면에서 높이 사기도 하였고, 안개가 짙게 끼고 서리가 많이 내린 날 차갑고 넓은 조계의 시냇가에 이르러 박제가가 이덕무와 그의 아버지를 업어서 건네 준 다음 지은 시를 그림으로 그려서 〈조계부섭도(潮溪負涉圖)〉라 명명할 만하다고 하여 역시 그 시의 회화성에 대하여 언급하기도 하였다.[50]

능호관 이린상의 〈금강산〉 시에, '모든 물결 달빛 받아 흐르고, 여러 봉우리 구름 따라 날으려 하네.'라고 하였는데, 가슴 속이 상쾌하였다. 이윤영이 능호관의 글씨를 '봄 숲의 외로운 꽃이요, 가을 밭의 선명한 백로다.'라고 평하였다. 유독 서법만 그런 것이 아니라, 그 말을 그대로 옮겨 시평으로 삼아도 좋을 것이다.[51]

---

49 卷2, 〈陣髥詞〉 卷4, 〈西樵〉 참조.
50 卷3, 〈鳳麓〉 卷4, 〈楚亭〉 참조.
51 凌壺館李麟祥元靈金剛山詩 萬瀨爭涵明月瀉 千峯欲和霽雲飛 襟期爽然 丹陵處士李公胤

이덕무는 이처럼 가슴이 상쾌할 정도로 아름답고 선명한 금강산의 자연 경개를 노래한 시의 평가에 있어서 그 시를 옮겨 적은 글씨에 대한 평을 그대로 사용하여 회화성에 바탕을 둔 그 시의 평가로 이용하고자 하였다. 비록 서평을 그대로 시평에 쓰긴 하였지만, 그 평가의 기준은 어디까지나 시의 회화성의 발견에 있었던 것으로 보아야 할 것이다.

지금까지 살펴본 대로 효과적 표현을 위한 문제의 해결에 있어 이덕무가 관심을 기울인 것은 표현의 사실성과 회화성을 추구하는 것이었다. 그것은 알려진 대로 시 창작의 실제에 있어서도 회화성을 중시하였던 그의 작시 태도가 작시론의 전개에 반영된 것이라는 점에서 이덕무 시학의 한 단면을 여실히 나타내 준 것으로 볼 수 있다고 하겠다.

4) 용사

용사는 작시에 있어서 시의 의취를 풍부하게 하기 위하여 전고나 사실을 인용함을 뜻하는 것이다. 그것은 고전 비평의 전개에서 근체시의 오언이나 칠언의 엄격한 정형을 살리면서 시의 의취를 압축 표현하거나 의미를 강조 하고자 할 때 보편적으로 사용하던 수사 방법이었다.

이덕무는 이러한 용사의 수사법에 깊은 관심을 보이고 있다.

금의 여자오의 자는 당경이다. 그의 시에, '시도 궁해지면 변하고, 좋은 술도 잦으면 싫어진다.'라고 하였는데, 경서의 말을 잘 인용하였다.[52]

이렇게 경서의 내용을 인용하여 시의 의취를 풍부하게 한 용사의 적절함 을 긍정적으로 평가하고 있다. 이는 『주역』 계사(繫辭)하에서 '궁즉변(窮則

永胤之 評凌壺書法曰 春林孤花 秋田鮮鷺 非獨書法然也 移此爲詩評可也(卷4,〈凌壺館〉).

52 金呂字午字唐卿 有詩曰 小詩窮則變 美酒數斯疏 善用經語(卷1,〈經語〉).

變)'을 따오고, 『논어』 이인(里仁)편에서 '삭사소(數斯疏)'를 따와서 용사함에 있어서 시와 술에다 각각 그 의미를 붙임이 적절하였다는 평가인 셈이다. 이렇듯 경서의 말이 지니고 있는 특징적 관념을 집약하여 원용함으로써, 다른 시어로는 전달하기 어려운 내용을 효과적으로 뜻이 깊은 내용으로 전달해 낼 수 있었다고 보았던 것이다.

또한 이덕무는, 시인들이 시를 지으면서 고어를 모아 곧잘 사용하였다고 하면서, 최성대가 시를 지음에 있어 용사한 것이 신선하고 선명하다고 평가하였고, 이용휴가 고서를 널리 읽어서 그의 시는 자구마다 근거가 있다고도 하였으며, 시에 『장자』와 『사기』의 내용을 인용하면서 그 용사가 적절하여 옛글의 글자를 줄여서 다시 만드는 수법인 감자(減字) 수법을 찾아 볼 수 있게 한 시를 가려서 평가하기도 했고, 유득공이 시에서 앞 사람의 고사를 받아 뒷사람의 비유에 용사하여 쓴 것이 매우 타당하고 순조로우며 또한 민첩하고 묘하다고 평가하기도 하는 등으로 해서 용사의 사용을 다양한 각도에서 살펴보고 있다.[53]

한편 용사는 경서나 사서의 인용만을 뜻하는 데 멈추지 않고, 그 폭을 넓혀 제가의 시문을 인용하는 것을 포함시키기도 한다. 이 경우 자칫 표절과 도습의 시비에 휩쓸릴 수도 있긴 하지만, 천연스러운 시구의 인용은 새로운 시경의 창출을 전제로 하여 용사의 수사법으로 인정되기도 하였던 것이다.

송의 선헌공 누약의 시에, '물이 깨끗하여 침 뱉을 수 없는데, 고기는 의지할 곳 없어 공중에 뜬 것 같네.'라고 하였는데, 첫째 구는 한유의 시어를 용사한 것이고, 둘째 구는 『수경(水經)』의 주에 나오는 말을 용사한 것이다.[54]

---

53 卷1, 古語湊合; 卷2, 崔杜機; 卷4, 惠寰; 卷4, 宋景文獵詩; 卷4, 〈梅花漆林〉 참조.

54 宋樓宣獻公鑰詩 水眞綠淨不可唾 魚若乘空無所依 第一句用韓文公詩語 第二句用水經注語(卷1, 〈樓宣獻公〉).

여기서 한유의 시어를 용사한 누약의 시에 대해 분명하게 잘잘못을 가리고 있지는 않지만, 그렇다고 부정적으로 평가하지도 않았음에 비추어 시어의 용사에 대하여 이덕무가 비교적 긍정적이었음을 알 수 있다고 하겠다.

또한 시어의 용사에 그치지 않고 아예 시인들의 시구 자체를 그대로 뽑아 나열하여 한 편의 시를 만드는 집구시에 대하여 평하면서, 임유정이 집구에 능하였는데 그 시구들이 자연스럽게 조화를 잘 이루어 조금도 꾸민 티가 없어 마치 천의무봉과 같다고 한 것이라든지, 도연명의 시구만을 모아 율시를 지은 것에 대해서도 호의적 관심을 보인 것 등을 통해서 보더라도, 이덕무가 시어의 용사에 대하여 표절과 도습을 빌미로 부정적으로 보지 않고 매우 긍정적으로 평가하고 있음을 짐작할 수 있다고 생각된다.[55]

이처럼 용사의 범위를 넓혀 긍정적으로 시어의 용사도 인정하였던 이덕무는 성삼문의 〈이제묘(夷齊廟)〉 시와, 정현, 은요번, 충선왕의 시, 그리고 이덕무 자신의 시와 유득공의 시, 또한 심염조가 기생 일지홍에게 준 시 등의 시어 용사에 대해 언급하면서, 그 용사의 근원이나 배경 그리고 적절함의 여부 등에 관하여 정리하기도 하였다.[56]

그러나 이러한 시어의 용사는 그 정도가 심해져서 시의 모방에 이르게 되면 그것은 어쩔 수 없이 표절의 시비에 걸리게 된다. 물론 고인의 시구를 본받고 시의를 차용하여 작시하는 모방의 기교로서, 환골탈태가 송대부터 인정되어 오긴 하였으나, 그 모방 대상으로 한 시와는 또 다른 의경을 만들어 내지 못하여 단순한 표절이라는 혐의를 벗기 어려울 때는 여전히 비판의 대상이 될 수밖에 없었다.

이덕무 역시, 자신이 왕평의 두 시구를 이용하여 지은 시를 제시한다든지, 유득공의 시가 황경의 시에서 근거한 것이라고 밝힌 것, 그리고 어무적의 시가 양기의 시에서 나왔다든지, 소식의 시구가 은요번의 시구에서 나왔

---

55 卷2,〈林惟正集句〉 卷3,〈律陶〉 참조.
56 차례로, 卷1의 〈夷齊廟〉,〈芙蓉堂〉,〈龍城錄〉,〈鷄聲似柳〉,〈江爲林逋〉와 卷4의 〈冶齋〉,〈一枝紅〉 참조.

다고 한 것 등에서 남의 시구를 모방하여 지은 환골탈태의 수법에 대하여 언급하고 있긴 하지만 대체로 비판적인 시각이었음을 볼 수 있다.[57]

나아가 이덕무는 과도한 시어의 용사나 빗나간 환골탈태의 사용으로 표절로 흐르게 됨을 강하게 경계하였음을 알 수 있다.

> 허난설헌은 전겸익과, 유여시에 의해 너절하게 고사를 표절한 흔적이 거의 여지없이 폭로되고 말았으니, 남의 작품을 표절하는 자들의 밝은 경계가 될 것이다.[58]

결국 이렇게 시어의 용사를 지나쳐서 시구의 모방이 되어 버리거나 환골 탈태라 하더라도 새로운 시경을 만들어 내지 못하여 표절이 되어 버린 것을 비판하면서 경계해야 한다고 강조하였던 것이다.

앞에서 이덕무는 작시의 실제에 있어서 용사의 필요성을 인정하고, 적절한 용사로 시의 의미를 풍부하게 함으로써 시의 효과를 높이는 것에 대하여 긍정적으로 평가하였으며, 특히 정절(精切), 선초(鮮楚), 타첩(妥帖), 민묘(敏妙)한 용사를 높이 평가하였음을 알 수 있었다. 그리고 과도한 시어의 용사나 서투른 환골탈태의 사용으로 인해 표절로 떨어져 버린 시에 대해서는 강하게 비판하였음도 알 수 있었다.

5) 대우

작시상의 기교의 하나로 대우(對偶)의 문제는 시의 표현을 장중하고 아름답게 하거나 돋보이게 하기 위해 시인들이 크게 관심을 기울였던 문제이다. 특히 율시에서는 제3구와 4구인 함련(頷聯)과 제5구와 6구인 경련(頸聯)

---

57 卷1, 〈江爲林連〉 卷1, 〈蝶醉〉 卷1, 〈魚無迹〉 卷2, 〈殷堯蕃〉 참조.
58 蘭雪許氏 爲錢虞山柳如是 所摘發眞臟狼籍 幾無餘地 可謂剽竊者之炯戒(卷2, 〈雲江小室〉).

은 반드시 대우로 구성되어야 한다. 따라서 시인들은 좋은 대우를 힘써 찾아 시적 효과를 높이고자 노력하였던 것이다.

사실 대우는 중국 한시의 전통에서 찾아볼 수 있는 독특한 시적 기교이다. 그리하여 중국인들의 이원적이고 상대적인 사고방식을 나타내기에 적절한 표현 기교로 발전되어 왔던 것이다. 대우를 이룬 시구들이 날카로운 대비를 지향하면서도 어느 정도 기묘한 친화력을 가진 것같이 보이기도 하는데, 그러한 면은 중국 한시의 전통 속에서 또한 억지가 없이 자연스럽고 완전한 대우를 표현해 내기 위한 중국 시인들의 노력 속에서 충분히 찾아 볼 수 있다. 그리고 느슨한 대우는 시적 긴장을 허물어 시적 효과를 반감시키기도 하고 지나치게 악용된 대우는 말의 기계적 짝맞춤으로 전락하기도 하기 때문에, 엄격하고 정교하게 다듬어 짝 맞추어진 훌륭한 대우로 표현의 미학을 증진시키려는 노력은 시인들에게는 필수적인 것이기도 하였다.[59]

우리 한시의 전통이 중국의 한자와 한시 형식을 빌려 이루어져 내려온 것이기에, 우리 시인들의 대우에 대한 관심도 중국 시인들에 못지않게 지대하였던 것으로 보인다. 이덕무 역시 예외는 아니었다. 그는 좋은 대우를 보여준 시구를 찾아 나열하고는, '대우가 매우 정밀하고 세련되었다.', 또는 '대우가 모두 극히 정밀하고 공교롭게 되었다.'는 등으로 평가하고 있어서 대우에 대한 그의 관심의 정도를 알 수 있다고 하겠다.[60] 비록 작시상의 표현 기교로서 대우법의 이론적 성찰이나 실제 대우 작법의 제시 등을 보여준 내용은 찾을 수 없지만, 대우에 관한 짧은 논평을 통해서 그가 작시의 실제에 있어서 대우를 중요한 표현 기교로 생각하고 있었음을 충분히 보여 주었다고 생각된다.

---

59 유약우 저, 이장우 역, 『중국 시학』(동아출판공사, 1984), 210~217면 참조.
60 卷2, 〈對仗精鍊〉 참조.

『중주집』에 나오는 장징의 시에, '무너진 벽에 붙은 달팽이 그 국운 간난하고, 황폐한 못에 뜬 개미 그 군용 잃었구나.'라고 하였는데, 그 대우가 정밀하고 절묘하다.[61]

여기서도 장징의 시구에 사용된 대우가 정밀하고 절묘하다고 논평함으로써, 빈틈없이 잘 짜여진 대우가 시의 의미를 깊게 하고 분위기를 고조시켜 시적 효과를 높여 주고 있음을 보여 주었다.

또한 그는 '좋은 대우', '적절한 대우' '정밀하지 못한 대우' 등의 단평을 통해 시의 성공 여부에 절대적 영향을 비치고 있는 대우의 수사법에 관심을 기울였다.[62]

사실 적절하고 정교한 대우의 작성은 좋은 시를 남기기 위한 시인들의 간절한 바람이기도 하였을 것이다. 그것이 시적 분위기를 살려 주고, 시의 의미를 풍부하게 하는 등으로 해서 시의 흥취를 높이고 시적 효과를 돋보이게 하는 구실을 하는 것이기에, 한 짝의 적절한 대우를 얻기 위하여 시인들은 끊임없는 노력을 기울였던 것이다. 때문에 이덕무는 '정련(精練)'하고 '정공(精工)'하며 '정절(精絶)'하거나 한 대우를 높이 평가하고 그 대우가 '미대(美對)'나 '적대(的對)'가 될 수 있어야 한다고 하면서, 대우의 필요성을 강조하였던 것이라고 하겠다.

6) 언외의

작시에 있어서 시인의 가슴 속에 쌓인 말들을 표현하고자 할 때, 시어의 외연적 의미만으로는 자신의 정서나 생각을 도저히 적절하게 드러내 표현해 낼 길이 없는 경우가 있을 수 있다. 여기서 시어의 내포적 의미 창출을

---

61 中州集張澄詩 壞壁粘蝸艱國步 荒池漂蟻失軍容 對杖精絶(卷1, 〈蝸國步蟻軍容〉).
62 卷1의 〈蟬娟洞〉, 〈趙文敏祝枝山〉, 〈江爲林逋〉 참조.

중시하는, 다하지 못한 뜻을 함축하여 말 바깥에 드러내어 지극한 시의 경지를 이룩하고자 하는 언외의(言外意)의 시경 탐색의 노력이 필요하게 된다. 언외의의 시경은 문자로는 나타내지 않았지만 상상력을 유발하여 함축된 의미를 장치함으로 해서 표현된 시어 밖에 함축되어 있는 깊고 넓은 시정을 감지하게 하는, 시적 여운을 획득하게 해 주는 작시상의 기교의 측면에서 이해될 수 있겠다.

이렇게 보면 언외의는 표현할 길 없는 시인의 내면적 진실이나 미묘한 정서의 움직임을 상상력의 도움을 받아 말 밖에서 다양하게 전달할 수 있게 하는 함축의 기교라고 할 수 있겠다. 결국 언외의의 함축의 기교는 시인의 사상과 감정을 직접적으로 분명하게 표현하는 대신 구체적인 언어 표현의 배후에 감추어 두어 그 효과를 증대시키는 수법인 것이다. 사실 언어라는 것이 시인의 뜻을 정확하고 완벽하게 반영하는 것은 아니며, 오히려 암시성이 풍부한 언어를 구사하여 독자의 상상력을 자극하는 방법이 더욱 큰 효과를 가져 올 수 있기 때문에, 언외의의 함축의 기교는 그 필요성이 시인들에 의해 강조될 수밖에 없는 것이기도 하다.[63]

그리하여 중국이나 우리나라의 역대 시인 비평가들은 언외의의 시학, 그 함축미의 발견에 일찍부터 주목하여 왔다. 이덕무도 역시 예외는 아니어서 언외의의 시경을 중시하는 비평의 자세를 보이고 있다.

병신년 가을에 내가 박제가와 함께 조촌의 친척 화중의 집에서 이광석과 만나 수일 동안 묵고 있다가 내가 먼저 돌아가려 할 때, 그들이 시냇머리까지 나를 전송차 나와서 각기 시를 지었는데, 이광석의 시에, '확 트인 가을 하늘 술 들기도 좋은데, 깊은 정 떨치고서 어찌 그리 서두는가? 맑은 햇살에 실바람 불어오는 시냇머리에 서서, 웃으며 단풍 잎 부여잡고 돌아서길 망설이네.' 라고 하였다. 석별의 정이 연연하여 서운해하고 무료해 하는 뜻이 말 밖에 넘

63 이병한, 『중국 고전 시학의 이해』(문학과지성사, 1992), 216면 참조.

쳐흐른다.[64]

마음이 통하는 사람끼리 수일 동안의 만남에서 이제 헤어져야 하는 시간, 서로 웃는 얼굴이기는 하지만 뿌리치고 떠나야 하는 사람이나 그래도 보내기 싫어 행여나 하는 마음으로 애태우는 사람이나 차마 선뜻 발길 돌리지 못하는 석별의 정이 가슴 가득 전해 오는 시다. 그래서 이덕무는 '석별의 정이 연연하여 서운해 하고 무료해 하는 뜻'이 말 밖에 넘쳐흐른다고 보고, 시 작품 속에서 다하지 못한 아쉬운 작별의 정이 끝없이 번져 나고 있음을 지적하였던 것이다.

단순한 의례적인 전송의 모습을 담담하게 표현한 것이 아니라 깊은 사귐에서 맺어진 정을 소중히 하려는 사람들의 간절한 정의 교환을 언외의의 시경에 들도록 표현함으로 해서 그 시를 함축성 있는 시로 끌어 올려 읽는 사람으로 하여금 절로 그러한 애틋한 정에 젖어 들게 하였다고 보인다. 이덕무가 이렇게 언외의의 시경을 높이 평가하였음은 곧 작시에 있어서 시인이 힘써 얻어 내야 하는 표현의 미학이 어떤 것인가를 단적으로 일러 주고 있는 것이라 생각되기도 한다.

또한 그는 위제서가 조선의 사신을 만나 지은 시에 '간곡한 정을 드러내어 개탄하고 부러워한 뜻'이 은근히 말 밖에 넘쳐흐른다고 하였고, 위도명의 시에는 '아주 작아서 한 눈에도 차지 않는 뜻'이 말 밖에 나타나 있다고 하였으며, 기준조가 단양가절에 지은 시를 평하면서 그가 악률을 깨닫고 있어서 그의 시가 말 밖의 운치를 나타낼 수 있었다고도 하였다.[65] 이 모두가 언외의의 시경에 대한 그의 높은 관심의 표현임은 물론이다.

이덕무는 이렇게 언외의의 함축의 미학에 깊은 관심을 보여 주었는데,

---

64 歲丙申秋 余與朴在先會心溪 于潮村宗人和仲家 淹留數日 余將先歸 在先與心溪 送我于溪頭 各賦詩 心溪詩曰 秋空寥廓好含盃 拂袂高情爲底催 晶日慢風溪口路 笑攀黃葉且歸來 惜別戀戀 惆帳無聊之意 溢於言外(卷2,〈心溪〉).

65 卷1,〈魏伯子〉 卷3,〈偏凉亭詩〉 卷3,〈端陽佳節〉 참조.

비록 시의 함축에 대한 나름대로의 이론을 제시해 주지는 못했다고 하더라도, 시인들이 깊은 의미를 담아내기 위해 노력하여 도달해야 하는 하나의 시적 경지가 언외의의 함축미의 발견에 있다는 것을 충분히 말해 주었다고는 생각된다.

4. 시평론의 양상

1) 시평의 방법

『청비록』에 나타난 시평론의 양상을 정리하기에 앞서 시평의 방법을 검토하고자 하는데, 먼저 시평의 자세부터 살펴본 다음 시평의 방법이나 기준의 문제를 해결해 보도록 하겠다.

이덕무의 시평의 자세는 진지한 자세, 공평한 자세, 자신 있는 자세 등의 세 측면에서 검토될 수 있겠다.

먼저 시평에 대한 이덕무의 진지한 자세는, 앞서 살펴본 대로 그가 자서에서 시를 논평하는 것을 좋아하기 때문에 『청비록』을 엮었음을 분명히 밝힌 것을 비롯하여, 역대 시의 진수를 음미하여 고매한 것을 찾아내어 제품을 공평하고 성실하게 하였다고 평한 유득공에 의해서도 어느 정도 확인된 셈이며, 힘들여 생각하고 뜻을 가다듬어 지어진 좋은 시들이 파묻혀 없어지는 현실을 우려하면서 그러한 시들의 숨은 뜻을 드러내기에 정성을 다하겠다고 한 내용 등에서 충분히 찾아 볼 수 있다고 생각된다. 시평 자체를 좋아했기 때문에 성실할 수 있었고 또한 정성을 다할 수도 있었다고 본다면 그것은 그대로 진지한 자세로 연결될 수 있다고 보이기 때문이다.

또한 앞에서 열거한 대로 총 237명의 시인의 시 815수를 대상으로 하여 시평을 전개하면서 이덕무가 참고한 도서가 83권이나 되고 도움받은 비평가가 68명에 이른다는 사실도 그러한 점을 뒷받침해 주는 것이라 하겠다.

시평에 실제에 있어서 이러한 진지함은 '접취(蝶醉)'라는 시어의 평가와 관련하여 자신의 견문이 미치는 한도 안에서 무려 9명의 시인의 시를 일일이 찾아 예시하면서 설명하고 있는 등에서 잘 드러나 있다.[66] 그리고 이학을 하는 여러 선생들의 시 가운데서 독송할 만한 시들이 많으나 아직 상고하지 못했다고 한 데서는 자신의 능력이 미치지 못한 점을 솔직히 시인함으로 해서 비평에 임한 그의 진지한 자세를 잘 보여주고 있다.[67] 또한 대상 시인의 시를 평가함에 있어 '불가다득(不可多得)', '한부다견(恨不多見)', '한부다견전집(恨不多見全集)', '한부독기전집(恨不讀其全集)', '시불간행 고부다견(詩不刊行 故不多見)' 등으로 해서, 한 시인의 시세계에 대한 정확한 평가는 그 시인의 전 작품에 대한 면밀한 분석을 통해서만 이루어 질 수 있다는 판단에서 그럴 수 없는 현실을 안타까워하고 있음을 볼 수 있는데, 이는 시평에 대한 진지한 인식과 자세를 갖추지 않고서는 생각해 볼 수 없는 것이라 하겠다.[68]

다음으로 시평에 임하는 공평한 자세는 역시 앞서 살펴본 대로 공평하고 객관적인 시각에서 다른 나라의 시도 정성스러운 마음으로 사랑하고자 하였던 데서 이미 충분히 짐작할 수 있었다고 보인다. 이점은 다음의 인용에도 그대로 드러나 있다.

　나는 일찍이 이 시의 공평성에 느낌이 있어 기녀, 방류, 승려, 어린 아이들의 시 및 외국 사람들이 읊은 시일지라도 늘 찬양하려 하나, 손쉽게 얻어지지 못하는 것이 유감일 뿐이다. 아무리 망령되고 바르지 못한 사람이라 해도 그의 아름다운 문장이 사람을 감동시킬 수 만 있다면 그의 저술을 초록해 두련다.[69]

66　卷1, 〈蝶醉〉 참조.
67　卷4, 〈理學諸先生詩〉 참조.
68　차례로 卷2의 〈高花望更多〉, 卷3의 〈綸葊〉, 〈開花夢中落〉, 〈藩秋庫〉, 卷4의 〈西樵〉, 〈凌壺館〉 참조.
69　余嘗感此詩之公平 每聞發姑女旁流浮屠童孺之詩 及異國之人所咏 而但苦未易得耳 至若亂流匪人 文彩動人 則錄其所著(卷2, 〈劉平國〉).

이는 '시를 선택하고 관직을 선택하지 않으며, 시를 논하고 사람을 논하지 않으리.'라고 한, 송의 유재의 시를 읽고 느낀 바 있어 말한 것이다. 그리하여 공평성에 바탕하여, 선시에 있어서는 환경적 요인을 배제하고 시의 미학에 기준하여 시를 선별하고, 시를 논함에 있어서도 시인의 문학 외적 여건을 무시하고 오직 시 자체의 문학성 여부에 기준하여 논평하고자 하였던 그의 시평 자세가 잘 드러나 있음을 볼 수 있다. 공평한 시평 자세가 곧바로 객관적 시 비평으로 이어지고 있음도 찾아 볼 수 있었다고 하겠다.

이덕무의 이러한 공평한 시평 자세는 『청비록』 전편에 고루 반영되어 있다고 보이는데, 그것은 어떠한 선입관이나 주관적 편견 없이 시 작품의 문학적 성공 여부에 기준하여 객관적으로 시를 선별하고 평가하여 『청비록』을 저술하였음을 말해 주는 것이라고 생각된다.

한편 이덕무의 시평 자세로 돋보이는 것은 시평의 실제에 있어 대단한 자신감을 보여 주고 있다는 사실이다.

우선 시평에 대한 그의 자신감은 자신이 왕사정의 문집을 소개하고 자랑함으로 해서 그 후 왕사정의 시를 추앙하는 사람이 늘게 되었는데 그 공을 스스로 사양하지 않겠다고 언급한 등에서 찾아볼 수 있겠다.[70] 또한 다음의 인용에 그러한 면은 잘 나타나 있다.

내가 일찍이 감탄하여 말하기를, "이서구의 시문 솜씨는 왕사정과 같고 박식함은 주이존 같으니, 내가 그에 대해서는 결점을 지적하여 비난할 수 없다."라고 하였으니, 이야말로 유득공이나 박제가 등도 내 말을 마땅히 정론이라고 해야 할 것이다.[71]

여기서도 자신의 시평이 정론이라고 자부하면서 자신감을 그대로 드러내

---

70 卷3, 〈王阮亭〉 참조.

71 余嘗嘆其典裁如王漁洋 淹雅如朱竹垞 余於薑山無間然云爾 則亦不固讓 冷齋楚亭皆推爲鐵論(卷4, 〈薑山〉).

고 있는데, 그러한 자신감은 『청비록』 전편에 걸쳐 나타나 있다.

특히 한국 한시의 대가를 꼽을 때 다른 사람들과는 견해를 달리한다고 하면서 이제현의 시가 화려하고 우아하여 우리나라의 침체된 습관을 탈피하였다고 보아 그를 2천년 이래 우리나라의 명가로 평가하였다든지, 이규보의 시명이 당세에 자자하였고 지금까지도 그 명성이 전해지고는 있지만 자신이 볼 때는 그의 시가 기발하거나 간절한 자취가 전혀 없고 추솔하고 산만하여 명실이 맞지도 않을 뿐 아니라 시성(詩性)조차도 저속하고 졸렬하다고 하면서 그를 시골의 학구 정도로밖에는 보지 않는다고 단언한 등에서 그의 자신감은 뚜렷하게 드러나 있다고 하겠으며, 또한 영조가 즉위한 50년 이래의 시인 중에서는 마땅히 이병연을 제일로 쳐야 한다고 주장한 것도 그러한 자신감의 결과라고 보아야 할 것이다.[72]

이렇게 이덕무는 『청비록』을 통해 그의 진지하고, 공평하며, 자신감 있는 시평 자세를 보여 주었다. 이제 그의 비평 방법에 대하여 살펴보도록 하겠다.

이덕무의 기본적 시평 방법으로, 저서에서 스스로 밝힌 내용은 앞서 살펴본 바 있다. 즉, 변정, 소해, 평품, 기사의 방법이 그것이다. 이러한 방법으로 이덕무는 작시론과 시평론을 전개하면서, 시어의 고증과, 시의 해설과 평가, 그리고 시 일화의 소개 등에 이르기까지 시에 관한 폭넓은 논의를 펼쳤던 것이다.

『청비록』의 전체 시평의 방법으로 이덕무가 주력한 것이 작가론과 작품론을 위주로 하는 것이었음도 이미 살펴본 바 있다. 그 중 작품론의 전개에서 하나 특기할 만한 것은 시인 집단이나 시어, 소재 또는 시론의 범주에

---

72 卷3, 〈李益齋〉 卷2, 〈李春卿〉 卷1, 〈李槎川〉 참조.
때문에 그는 뛰어난 시인을 평가함에 있어서, '第一名家, 名家, 詩宗, 宗匠, 大家, 名滿一國' 등으로 단정적 평가도 서슴치 않았던 것이다. 그리고 뛰어난 시를 평가하면서도 '雅品, 驚句, 千古名句, 名品, 千古絶唱, 好詩, 近世絶品, 佳句' 등으로 표현하면서, '堪選, 堪誦, 膾籍人口, 堪刻章圓 不易得, 天衣無縫, 喧籍一世, 堪咏, 可傳不朽於世, 可以傳誦, 驚動一世, 可誦, 可選' 하다고 하는 등으로 시의 가치를 평가하여 그 자리매김까지 할 수 있었던 것으로 보인다.

해당하는 항목을 각각 설정하고 해당 항목마다 복수의 시 작품들을 예시하면서 시평에 임했다는 점이다.[73]

이렇게 다양한 항목들을 설정한 다음 해당 시들을 모아 해설하고 평가하였던 것은, 이덕무 자신이 생각한 당대 시학의 문제점이나 특별히 논의할 필요성이 있다고 인식한 내용들을 선택하여 분석하고 검토함으로써 시평의 전문성을 살리는 한편 당대 비평의 현실을 그러한 범주에서나마 진단하고자 하였던 그의 진지한 비평 자세에서 비롯된 것이 아닌가 한다. 그리고 이러한 자료들을 통해 당대 비평에서 제기되었던 문제점들을 어느 정도 파악할 수 있다는 점에서 볼 때, 『청비록』의 비평 자료적 가치는 높이 평가될 수 있다고 생각된다.

이러한 기본적 시평 방법 외에, 시평의 실제에서 그 방법으로 찾아 볼 수 있는 것들은 시품론, 원류 비평, 시평에 대한 비평 등인데, 이들에 대해서는 다음 항목에서 상술하도록 하겠다.

이덕무 시평에 대한 방법론적 검토와 관련하여 한 가지 더 살펴보아야 할 것은 시를 객관적으로 평가하기 위한 시평의 기준 문제일 것이다. 이덕무의 시평 기준에 대해서는 다양한 검토가 가능하겠는데 그에 앞서 시평의 기초 작업이랄 수 있는 선시에 대한 그의 생각부터 살펴보도록 하겠다.

우선 이덕무는, 평범한 이효칙의 시가 『명시종』에 수록됨으로 해서 그 시 한 편으로 그의 이름이 천하에 전해질 수 있었던 데 비하여 동방의 두보라 추앙되는 박은의 시는 『열조시』나 『명시종』, 『조선시선』 등에 모두 빠졌으니 안타까운 일이라고 하면서, 그것은 이광이 불행하게 되고 옹치는 요행을 얻은 일과 같다고 비유하여 선시의 어려움에 대하여 언급하였다.[74]

---

73 먼저 시인 집단으로는 '역적, 귀신, 일본 시인, 기생, 闺人, 隱者, 여항 시인, 理學者 先生, 승려' 등의 집단을 찾아볼 수 있다. 그리고 시어로는 '蝶醉, 懇, 暹, 黑, 鳥飛, 知己' 등을 다루고 있고, 소재별로는 '漁父, 蟬娟洞, 峇文紙, 唐太宗, 松江, 紅丁, 中州集, 男女風情, 諸趣, 慕中國, 別詩, 壬辰倭亂, 輪回梅, 一枝紅, 四時花' 등을 소재로 한 시들을 모아 평가하였다. 또한 시론의 범주에 드는 항목으로는 '氣, 古語湊合, 對仗精鍊, 繁麗胎宕, 詩句用事, 慣用句, 律陶, 助語辭, 險句, 妙境, 寓言詩, 工於體物' 등의 항목을 들 수 있다.

사실 시평에 앞서서 가치 있는 시의 선택의 문제는 가장 기본적인 것이면서 또한 매우 힘든 문제임에 틀림이 없을 것이다.

때문에 그 어려움을 인식하고 선시에 고심하였던 이덕무는, 이서구가 오언 고시에 능하고 유득공은 가와 행에 능하니 그것은 비유하자면 코끼리의 한 몸에는 모든 짐승의 고기 맛을 겸하였으나 그 코만이 오로지 고기 본래의 맛을 가지고 있는 것과 같다고 하면서, 각 시인의 특징을 잘 가려서 선시에 임해야 함을 나타내었다.[75] 또한 정범조의 대표적 시를 평가하면서, 한 점의 고기만 맛보아도 온 솥 국맛을 알 수 있다고 하여, 한 시인의 대표작의 선택이 얼마나 어렵고 소중한 일인가를 단적으로 보여 주기도 하였다.[76]

이렇게 객관적 시평을 위한 기초 작업으로서의 가치 있는 시의 선택이 어렵고 힘든 일이라는 것, 즉 각 시인의 특징을 면밀히 분석하여 좋은 시를 선별하고, 한 시인의 시 세계를 대변해 줄 수 있는 대표작을 엄격한 기준으로 신중하게 선별해야 하는 선시의 어려움에 대하여 이덕무는 충분히 인식하고 있었던 것이다. 그것은 『청비록』에서 비평의 대상으로 한 시들을 그러한 인식의 바탕에서 선별하였음을 말해 주는 것이라고도 하겠다.

이러한 선시 과정을 거쳐서 시평에 임하고자 할 때, 그것이 객관성을 획득하기 위해서는 일정한 시평 기준이 필요할 것으로 보인다. 이덕무의 시평 기준으로 우선 생각할 수 있는 것은 객관성의 문제이다. 앞에서 이덕무가 시평 자세로 공평성을 견지하고 있었으며, 그것은 선시에 있어서의 공평성으로 이어졌음을 살펴보았는데, 그러한 공평성이 곧 시의 평가 기준 설정에 있어서의 객관성 획득으로 연결되고 있다고 할 수 있겠다. 그리하여 이덕무는 시평 기준으로 객관성을 내세우면서 시의 가치를 시 자체의 문학성 여부에 따라 평가하고자 하였던 것이다. 때문에 그는 기녀, 방류, 승려, 어린아이의 시 및 외국인의 시까지 편견 없이 가려 뽑아 시평에 임하고자 하였던

---

74 卷1, 〈李孝則〉 참조.

75 卷4, 〈薑山〉 참조.

76 卷4, 〈丁湖堂〉 참조.

것이다.

이렇게 시의 문학성 여부에만 초점을 맞추어 객관적 기준으로 시를 평가하였던 이덕무는 실제로 『청비록』에서 역적의 시나, 그 당시 소외된 계층이었던 승려나 여항 시인, 나무꾼, 노비, 기생 등의 시를 아무런 거리낌 없이 가려내어 평가하였고, 당시의 보편적 사대부의 인식의 틀에서 과감히 벗어나 청의 시인들을 역대 다른 왕조의 시인들보다 훨씬 비중 있게 다루면서 그 문학성을 높이 평가하였으며, 나아가서 일본이나 유구, 안남의 시에까지 관심을 확산시켰던 것이다.

따라서 이덕무의 시평 기준으로 우선적으로 손꼽아야 할 것은 역시 시평 자세나 선시에 있어서의 공평성 유지에 바탕을 둔 객관성의 획득이라 하겠으며, 그것은 외부적 여건이나 주관적 감정을 배제하고 시의 문학적 성공 여부에 근거하여 시평을 전개하는 데 기여하고 있다고 할 수 있겠다.

이러한 점은 다음의 인용에 잘 나타나 있다.

(이계는) 본래 패란의 무리이나 시는 매우 기이하였다. '뜬구름이 먼 산에 비를 내리는데, 저녁 햇빛은 강 건너 무지개 세우네.' 같은 시에서는 어찌 그리 재치 있는 생각을 하였는지! 윤휴 역시 패란의 무리이나, '구름 걷힌 나라마다 함께 달을 보고, 꽃 핀 마을마다 함께 봄을 누리네.'와 같은 시는 매우 장려하다. 사람이 나쁘다고 하여 시까지 없애서는 안된다.[77]

이처럼 '불필이인폐시(不必以人廢詩)' 해서는 안된다는 그의 생각이 객관성에 근거하여 시의 문학성을 평가하고자 한 그의 시평 정신을 단적으로 일러준 것이라고 할 수 있겠다. 때문에 그는 폭군으로 실정의 표본이었던 광해군의 시도 비록 아무런 논평은 없었다 하더라도 뽑아 실었고, 나쁜 것

---

[77] 固是亂流 而詩甚奇 如浮雲自作他山雨 返照俄成隔水虹 何等才思 尹鑴亦亂流 如雲開萬國同看月 花發千村共得春 句甚壯麗 不必以人廢詩(卷1, 〈李烓尹鑴〉).

중에서도 취할 바가 있다는 비유를 들어 역적 유예의 시를 호의적으로 평가하기도 하였던 것이다.

그러나 『청비록』에는 '불필이인폐시'의 객관적 시평 기준에 어긋나는 견해 또한 나타나고 있는데, 그것은 곧 사람을 보면 시를 알 수 있고, 시를 보면 사람을 알 수 있다는 이른바 전통적 시평 기준의 하나인 결정론적 시의 인식에 따른 시평 기준이다.

앞에서 살펴본 대로, 박제가의 인품이 강개하여 옛 사람을 사모하고 중국을 선망하였기 때문에 뛰어나고 총명하여 말과 생각이 기이하고 웅장하였으며 시가 다 속태를 벗어나 미묘한 경지에 들어갔다고 평가한 것이나, 이희경의 사람됨이 아주 주도면밀하여 그의 시가 모두 마음에 드는데 많이 보지 못한 것이 한스럽다고 한 것 등에 사람을 보면 그 시를 알 수 있다는 생각이 드러나 있다.

한편, 유득공의 시들이 모두 깨끗하여 세속에 물들지 않았고 때로는 처절하고 비장한 느낌마저 있으니 그 사람됨을 상상할 수 있다고 한 것이나, 홍우교의 시를 보면 남에게 굽히지 않았던 그의 흉중을 알 수 있다고 한 것 등에는 시를 보면 그 사람을 알 수 있다는 생각이 나타나 있는 것이다.[78]

이렇게 보면 이들 시화의 내용은 앞서 살펴본 '불필이인폐시'의 객관적 시평 기준과는 분명 어긋나는, 즉 '이인평시(以人評詩)'하고 '이시평인(以詩評人)'하고자 하는 결정론적 시평 기준을 보여 주고 있는 것이다. 사실 시평 기준으로 이렇게 동일한 상황에 대하여 서로 다른 견해를 제시하고 있음은 논리적 모순과 일관성의 결여를 보여준 것이라 생각되기도 한다. 그러나 이를 다양성의 측면에서 이해할 수도 있을 것으로 보인다. 시 자체의 문학성만을 기준하여 평가하고자 할 때 분명 사람은 배제되어야 하는 것이지만, 시와 사람이 서로 조화를 이루어 하나의 경지로 어울렸을 때는 비록 논리적으로 모순되고 일관성이 결여된다고 하더라도 그것을 인정할 수밖에 다른

---

78 卷4, 〈泠齋〉, 卷3, 〈洪西州〉 참조.

도리가 없을 것으로 생각되기 때문이다.

그밖에 시평의 기준으로 제시된 것을 보면, 곽봉규의 시가 '운청조고(韻淸調高)'하다고 한 데서의 운과 조, 친구의 시가 '유취유리(有趣有理)'하다고 평한 데서의 취와 이, 박제가의 시가 '재초이기경(才超而氣勁)'하다고 하면서 제시한 재와 기, 이용휴의 시가 '격률엄고 조채황엽(格律嚴苦 藻采煌曄)'하다고 한 데서의 격률과 조채 등이다.[79] 이러한 면에 기준을 두고 시를 평가하였음은 이덕무가 시평의 기준을 설정함에 있어 내용과 형식을 아울러 고려하여 종합적으로 시를 평가하고자 하였음을 나타내는 것이라고 하겠다. 결국 이덕무는 시의 형식적인 측면에서 운과 격률, 조채 등에 기준하여 평가하였고, 내용적인 측면에서는 이와 기에 치중하였으며, 종합적으로 시를 평가함에 있어서는 재와 조, 취 등에 기준하였다고 할 수 있다.

또 다른 각도에서 보면, 작시 정신의 항목에서 이미 살펴본 대로 기상과 성정, 풍교의 시 정신이 잘 드러난 시를 높이 평가하였던 데서 그러한 시 정신 자체가 시평의 기준이 될 수도 있었을 것으로 생각된다.

또 하나 시평 기준의 측면에서 매우 관심을 끄는 것은 특히 시적 재능의 문제에 있어 유전적 요인을 인정하고 그것을 시평의 기준으로까지 인식하고 있었다는 점이다. 곧 최성대의 아버지 최수경의 시를 소개하면서, '누가 예천이 근원 없고 영지가 뿌리 없다 하였던가?'라고 해서, 작시에 있어서 우리나라 사람들의 고루한 습관을 잘 벗어났다고 평가하였던 최성대의 시가 아버지 최수경의 시적 재능을 근원과 뿌리로 하여 예천과 영지로 샘솟아 나고 자라났음을 지적한 것이 그것이다.[80] 분명 시적 재능의 유전적 이어 내림을 시평의 기준으로 삼았음을 보여 주고 있다고 하겠다.

그리고 전체적으로 다양하게 제시되어 있는 시품으로 보아 시의 미학 곧 미의식의 문제를 시평의 기준으로 삼았음도 알 수 있는데 이는 다음 항목에

---

79 卷4, 〈郭封圭〉, 卷2, 〈絶峽秋聲驚木葉〉 卷4, 〈楚亭〉 卷4, 〈惠寰〉 참조.
80 卷3, 〈崔杜機大人詩〉, 卷2, 〈崔杜機〉 참조.

서 자세히 검토하도록 하겠다.

2) 시품론

시평을 전개하면서 이덕무가 많은 관심을 기울인 것은 시품(詩品)을 제시하여 작가론과 작품론에 적용한 것이다.

만일 시품으로 논한다면, 시적 재능이 묘절하고 미승하다고 하겠다.[81]

이렇게 여유량의 시를 감상하고 그 시품으로 묘절과 미승의 미학을 제시하였다. 또한 연암 박지원이 고문사에 있어 재사가 넘치고 고금에 통탈하였다고 하면서, 그의 시를 평가하여 '그의 시품이 묘경에 들었음을 알 수 있다'고 해서 연암 시의 시품이 묘한 경지에 도달하였음을 밝혀 시품에의 관심을 나타내기도 하였다.[82]

여기서 이덕무가 사용한 시품이란 말은 풍격과도 같은 의미로 쓰이는데, 풍격은 '풍신품격(風神品格)'의 약어로 미의식의 유형을 말하는 것이다. 그래서 시 감상의 결과로 얻어진 미적 충동의 표현인 미의식의 유형으로서의 풍격 곧 시품에 대한 관심은 곧 시의 미학으로 통하는 것이기도 하다.

시를 평가함에 있어 시품을 제시하여 단독으로 시의 미학을 드러내는 방법은 중국의 경우에는 유협(劉勰)이 『문심조룡(文心雕龍)』에서 시문의 풍격을 여덟 가지 체로 나누어 제시한 데서 비롯되었다.[83] 그 후로 당의 사공도의 『이십사시품』을 위시하여 청의 원매의 『속시품』에 이르기까지 많은 비평가들이 시의 풍격을 설정하고, 처음에는 단순한 미의식의 유형을 뜻하던 시의 풍격을 시 학습의 기준 또는 시평의 기준으로까지 적용하기도 하였다.

---

81 若以詩品論 藻思妙絶 而味勝者也(卷2, 〈晩村集〉).
82 卷3, 〈燕巖〉 참조.
83 유협, 『문심조룡』, 체성편 참조.

우리나라의 경우에는 시품 제시를 통한 시평 방법이 흔히 사용되기도 하면서 시품론이 중국과는 달리 체계적으로 전개되지 못하였는데, 최자가 시품을 세 등급으로 구분하여 34종류의 평어를 제시한 이래 김석주, 남용익, 신경준 등이 각각 시품을 설정하여 시와 시인의 평가에 적용하는 정도였다.[84]

특히 신경준은 시품을 기품이라 하여 10가지 기품을 제시하고 다음과 같이 언급하였다.

> 이 10가지는 비록 배워서 익혀온 차이에 연유하는 것이기는 하나, 이 모두가 기품이 있는 것이니 억지로 그 경지에 이르게 할 수는 없다. (……) 그러나 진실로 그 지극한 경지에 이른다면 어찌 피차간의 우열을 말할 수 있겠는가.[85]

이처럼 신경준은 시의 기품 곧 시품을 각각 억지로 이르게 할 수 없는 지극한 미의 경지로 파악하였다. 또한 시품은 시 학습 과정에서 익혀온 차이에서 갈래가 나누어진다고 하여, 시인이 되는 과정에서의 여러 요인들 곧 시인의 개성이나 학문 정도, 그리고 비평에 대한 제반 지식이나 작시 습관 등은 물론 시인을 둘러싸고 있는 환경적 여건 등의 그러한 요인들에 의하여 시에 반영된 차이가 나는 것이라고 밝혔다. 따라서 이들 시품은 서로간의 우열을 말할 수 없는 각각 하나의 완전한 미적 경지, 즉 시 감상에서 우러나는 미의식의 유형이 되는 것이다. 이렇게 신경준은 시품의 체계적 이론을 전개하지 않았어도 시품의 유형 제시와 함께 그 개념 파악에는 접근하였다고 하겠다.

이덕무의 경우에는 시품에 대한 다소간의 이론적 접근도 찾아 볼 수 없다. 우리의 대다수 비평가들의 경우처럼 단순히 시 감상의 결과나 한 시인의 시세계의 총체적 양상을 시품으로 평가하고 있을 뿐인 것이다.

---

84 최자의 『보한집』, 임경의 『현호쇄담』, 남용익의 『호곡시화』, 신경준의 『시칙』 참조.
85 此十者 雖由於習尙之異 而蓋亦氣稟之所使 非强可到矣 (…) 然苟到其極 固何優劣於彼此哉(申景濬, 『詩則』).

이덕무는 『청비록』에서 2자 시품과 4자 시품을 적절히 구사하였다. 이 경우 2자로 된 시품보다 4자 시품이 훨씬 복잡하고 미묘하고 복합적인 미의식의 내용을 전달하고 있음은 물론이다. 작가론과 작품론으로 나누어 각각의 시품 유형을 정리해 보면 다음과 같다.

奇建, 清和, 朴奇, 清警, 清刻, 清順, 偶壯,
雅正, 警發, 豪壯, 奇爽, 清逸, 磊落, 娟妙 (작가론)

華艶, 婉韶, 放宕, 淵韶, 俊邁, 壯麗, 精新, 清拔
楚楚, 悽惋, 妙絶, 清姸, 澹精, 莊重, 精婉, 纖新,
精切, 清眞, 瞻富, 眞實, 曠達, 清警 (작품론)

繁麗胎宕, 高華逸宕, 華艶韶雅, 流利韶雅,
溫雅平澹, 清秀閒雅, 澹靜流麗, 俺治宏肆
繁華駘宕, 雅重深潔, 清虛麗脫, 古澹幽潔,
高亮閒遠, 雄秀博達, 新雅澹警 (작가론)

公平博雅, 樸澹高眞, 倏捷浚厲, 清遠幽澹,
澹靜宛宛, 清姸新警, 姸潔不塵, 悽楚悲壯,
瀟朗姸澹 (작품론)

이렇게 보면 시품의 적용에 있어 이덕무는 작품론의 경우에는 2자 시품을, 작가론의 경우에는 4자 시품을 좀 더 비중 있게 사용하였던 것으로 보인다. 작가론에 사용되는 시품은 아무래도 한 시인의 시 작품 전체를 개관한 다음에야 추출해 낼 수 있는, 그 시인의 시세계를 단적으로 대변해 줄 수 있는 그러한 대표적 미의식이 되어야 할 것으로 보인다. 따라서 그것은 다양한 작품 속에 내재해 있는 복잡 미묘한 시인의 정서의 가닥들이 복합적으로 어울려 만들어 내는 미의식이라고 해야 할 것이다. 때문에 2자 시품보다 폭넓게 다양한 미의식을 추출해낼 수 있는 4자 시품이 작가론의 경우에 더 어울릴 수 있을 것임은 분명하다고 하겠다.

한편 시품의 경우 그 첫 번째 글자가 대체적으로 으뜸이 되는 이미지를 나타내는 것으로 볼 수 있다. 첫 글자에 이어서 그 뒤를 받치고 있는 두 번째 이하의 글자에 의해 미학의 성질은 물론 달라진다고 하겠지만, 처음 사용된 글자의 이미지가 강하게 해당 작품에 나타나 있다고 생각되기 때문이다.

이덕무는 주된 이미지가 되는 시품의 첫 글자로 '청(淸)'자를 가장 많이 사용하였다. '청'자는 작가론과 작품론에서 공히 2자 시품에서 5번씩, 4자 시품에서 2번씩 사용되어 있는 것이다. 그 외의 글자가 중복되어 나타나는 경우는 2자 시품에서 '기(奇)'와 '정(精)'자, 그리고 4자 시품에서 '고(高)'와 '번(繁)', '담(澹)'자 정도인데, 그것도 2번씩만 사용되어 있을 뿐이다. 이렇게 보면 이덕무는 시평의 실제에서 '청'의 미학을 가장 선호하였다는 것을 알 수 있다.

이렇게 이덕무가 시품을 제시하여 시의 미의식을 평가하기는 하였지만, 그러한 미의식을 어떠한 과정을 거쳐 얻게 되었는지 또는 그 기준이 어떠한 것인지 등에 대한 이론적 검토가 없기 때문에, 다만 감상의 결과로 받아들일 뿐이지 그것을 또 다른 시평에 적용하여 기준으로 삼는다든지 학시의 방법으로 원용한다든지 하는 데에 이용할 수는 없다고 하겠다.

생각해 보면, 시품으로 시 감상의 결과만을 나타내 평가한다고 하는 것은 그러한 시품이 획득되기까지의 과정은 생략되어 있는 것이다. 그러나 그 시대의 문화적 여건, 즉 중국의 비평을 이해하고 그 바탕에서 학시 과정을 거쳐 시인이 된 그리하여 시를 생활의 일부로 향유하였던 사대부 지식인들이 공유하였을 우리 비평의 공감대의 틀 안에서 보면, 그러한 비평 방법은 비록 결론만 제시되었다 하더라도 그 결론을 도출해 낸 과정에 대해서는 묵시적으로 다 이해 가능한 영역의 것이었을 수도 있다는 생각에서 이해될 수도 있겠다. 그 시대 비평의 범주 내에서 당시 문인들의 공통의 인식 아래 누구나 다 이해하고 공감할 수 있는 정도의 과정이라면 그것은 생략되어도 무방했을 것이라고 보는 것이다.

어떻든 한 편의 시나 한 시인의 시세계를 2자든 4자든 간에 제한된 몇 자의 시품으로 평가해 왔다는 것, 그리고 그것이 오랜 세월 동안 공감대를 형성하면서 지속적으로 이어져 내릴 수 있었다는 것은 그러한 비평 방법이 보편성과 당위성을 지니고 있다고 보아야 하는 그 무엇이 분명 그 속에 내재되어 있다고 해야 할 것이다. 여기서 그러한 보편성과 당위성의 문제를 생각해 보고 시품론의 이론적 검토에 접근하기 위해서, 이덕무가 가장 선호하였던 '청'자 계열의 시품으로 평가된 시 작품을 대상으로 그 대강을 훑어보도록 하겠다.

이덕무가 '청'자를 써서 시품을 제시한 시는 다음과 같다.

① 푸른 산 한 쪽은 밤비에 젖어들고,
　살구꽃 붉게 핀 마을엔 봄바람도 잦구나. (淸姸)[86]

② 한 평생 대보름을 몇 번이나 맞는다고,
　아직까지 황주에 머물고 있으니,
　달은 천산에 가려지고,
　별빛은 만호에 흐르네,
　쓸쓸한 등불 아래 고향 꿈꾸고,
　싱거운 술 들며 세시를 걱정하네.
　고당의 깜박이는 촛불만이
　해마다 멀리 떠나 있음을 생각게 하네. (淸姸新警)[87]

---

86 靑山半面夜雨濕 紅杏一村春風多(卷2,〈李芝峯〉).

87 人生幾元夕 留滯尙皇州 月是千山隔 皇仍萬戶流 淅燈鄕國夢 魯酒歲時愁 耿耿高堂燭 頻年憶遠遊(卷3,〈潘秋庽〉).

③ 삼추의 해안에 처음 기러기 찾아오고,
  밤 깊은 하늘에 객성이 외롭구나. (靑婉)[88]

④ 나뭇잎 지는 때에 소 등에서 느릿느릿,
  청산에 다한 곳에 술꾼이 가고 있네. (淸拔)[89]

⑤ 명사십리에는 해당화 붉은데,
  흰 갈매기 쌍쌍이 성긴 빗속을 나네. (淸警)[90]

⑥ 숲 사이 계곡 굽어진 길을,
  홀로 걷노라니 한가롭기 그지없네.
  샘물소리 울려 들리는 곳에,
  달 아래 높은 누각 솟아나 있는지. (淸遠幽澹)[91]

⑦ 눈에 비친 명월과 마음에 맞는 사람,
  이 둘이 내 삶의 영겁의 인연일세.
  영허이합을 꼼꼼히 세다가,
  한 평생 정신만 소모하였네. (淸眞)[92]

  시품은 시 감상의 결과 시인이 시어들을 엮어 표현해 낸 이미지나 시를
통해 드러낸 시인의 의지나 의도, 즉 시의 이미지나 시 정신을 추출하여
그 느낌을 응축시켜 나타낸 것이라 할 수 있다. 따라서 이덕무가 대상으로

---

88 三秋海岸初賓鴈 五夜天文一客星(卷3, 〈王阮亭〉).
89 黃葉下時牛背晚 靑山缺處酒人行(卷1, 〈江爲林逋〉).
90 明沙十里海棠紅 白鷗兩兩飛疏雨(卷4, 〈僧翠微〉).
91 林磎多曲折 獨往意逾閒 不識泉鳴處 樓高落月間(卷3, 〈鳳麓〉).
92 眼中明月意中人 兩介吾生曠劫因 細數盈虛離合地 百年都是送精神(卷4, 〈心溪秋懷詩〉).

한 위의 7편의 시와 그 시를 평가한 시품들을 보면서, 과연 그러한 시들의 이미지와 시 정신에 '청'자 계열의 시품이 제대로 적용된 것인가 하는 타당성의 문제를 검토하고 또한 그것이 보편성을 얻을 수 있는지에 대해서도 살펴보아야 할 것이다.

위의 7편의 시들을 읽고 감상하면서 인상적으로 느낄 수 있는 분위기가 '청'자의 이미지 영역을 크게 벗어나지 않음을 알 수 있다. 그러나 좀 더 세분하여 살펴보면, 우선 시 ①, ②, ③에서는 전체적으로 흡사한 이미지를 찾아볼 수 있다. 세 편의 시가 각각 보여 주고 있는 '청'의 이미지는 주로 맑음, 밝음, 조용함, 시원함, 신선함 등의 자의의 영역에서 멀지 않다. 또한 '청'의 이미지를 받쳐 주고 있는 '연(姸)'과 '완(婉)'의 이미지가 예쁘다, 곱다, 깨끗하다, 순하다, 아름답다, 곡진하다 등의 범주에서 이해될 수 있는 것이기에 더욱 그러하다.

①에서 밤비에 젖어든 푸른 산 한 쪽과 봄바람 부는 살구꽃 붉게 핀 마을, ②에서 천산에 가려진 달과 만호에 흐르는 별빛, ③에서 기러기 처음 찾아든 가을 해안과 객성 외롭게 비치는 밤 하늘 등의 묘사에서 우리는 각각 한 폭의 운치 있는 동양화를 대하는 듯 깨끗하고 맑은 '청'의 서정을 느낌과 동시에 시각적 효과를 동반한 '연'이나 '완'의 서정 또한 느낄 수 있다고 하겠다.

다만 ②에는 시인의 의도가 나타나 있다고 보았기에 '신경(新警)'이라는 두 글자의 분위기가 더해지고 있을 뿐이다. 그것은 정월 대보름날 밤 나그네의 몸으로 등불 아래 고향을 꿈꾸고 가족들이 명절을 잘 지내고 있는지 걱정하면서 돌아갈 날 생각해 보는 순수하고 곡진한 마음을 남들이 잘 쓰지 않았던 쓸쓸한 등불, 싱거운 술, 고당의 촛불 등의 시어로 한결 돋보이게 표현해 냄으로 해서 새롭고 빼어난 분위기를 느끼게 한다고 보았기 때문일 것이다.

이렇게 보면 첫 글자인 '청'은 이 세 작품의 주된 이미지로 작품 전체를 지배하고 있으며, 이어진 '연', '완', '신경'은 각각 보완적 이미지로서 세 작품을 변별할 수 있는 약간의 다른 분위기를 빚어내고 있는 것이다. 그러나 '청'의 이미지가 세 작품을 대변할 수 있는 강한 이미지이면서, 이어진 것들 또한 유사성을 지니고 있기에 그것들이 서로 어울려 서로 비슷한 분위기를 창출해 내고 있다고 할 수 있겠다.

시 ④, ⑤, ⑥에도 '청'의 이미지가 주된 이미지로 나타나 있음은 마찬가지다. ④에서 낙엽 지는 때와 청산이 다한 곳, ⑤에서 해당화 붉게 핀 명사 십리와 쌍쌍이 성긴 빗속을 나는 흰 갈매기, ⑥에서 숲 사이 계곡에 난 굽어진 길과 샘물 울리는 소리 그리고 달 아래 솟은 높은 누각 등의 표현에서 우리는 '청'의 이미지를 충분히 건져 올릴 수 있다.

그러나 서로 상이한 이미지의 두 번째 글자에서 이 시들은 전체적 감상의 틀에 차이를 보이고 있다.

④에서 '발(拔)'의 이미지를 선택하였음은 시상 자체의 기발함에 연유하였을 것이다. 소 등에 타고 느릿느릿 산길 가는 시인의 모습, 곧 청산 저 멀리까지 술에 취해 도도한 흥으로 가고 있는 시인의 모습에서 우리는 자연 속에서 유유자적하는 인간의 삶의 여유를 느낄 수 있을 듯하다. 그것이 빼어난 시상으로 인식되어 '발'이라는 글자로 그 분위기를 잡아내었을 것이다.

⑤에서 '경(警)'자를 썼음은, 명사십리의 붉은 해당화와 빗속을 나는 흰 갈매기에서 연상되는 현란한 시각적 효과를 보고 그것들이 일깨워 주는 분위기를 살리기 위함이었을 것이다.

그리고 ⑥에서 '원유담(遠幽澹)'의 석자를 덧붙였음은, 샘물 흐르며 은은히 울려 들리는 소리, 홀로 숲 사이 계곡 길을 걷는 한가로움, 달빛 아래 있어도 좋고 없어도 좋은 높은 누각 등에서 느낄 수 있는 이미지와 청각적 효과에 주목하여, 그것들로 하여금 '청'의 이미지를 보완하도록 하기 위함이었을 것이다.

이렇게 보면 ④, ⑤, ⑥은 '청'의 공통 이미지를 가지고 있으면서 '이어진 글자들의 서로 다른 의미의 보완적 이미지 때문에 전체적인 분위기에서는 차이를 보여 주고 있다고 하겠다.

시 ⑦은 앞의 여섯 편의 시와는 달리 시인이 시 속에서 얘기하려고 하는 자신의 의도, 즉 시인의 시 정신이 시의 분위기를 주도하고 있다. 또한 여기서 '청'의 이미지는 앞의 시들에서처럼 직접 보고 느낄 수 있는 그러한 것은 아니다. 다시 말해서 다른 시들처럼 청정한 자연 대상의 이미지가 아니라, 인간사에서 유추할 수 있는 이미지 곧 인간 세상의 청탁, 현우, 명암, 선악 등의 상대어에서 청, 현, 명, 선에 어울리는 그러한 이미지로 '청'의 이미지가 이용되고 있다는 뜻이다.

눈에 비친 명월과 마음에 맞는 사람, 그 둘은 세상 사람들이 언제나 깨끗하게 간직하고 싶어 하는 대상이기에 거기에서 '청'의 이미지를 건져 올렸을 것이다. 그것들이 깨끗함의 표상으로 우리들 세상에서 값진 것으로 인식되고 있기에 그렇다는 말이다.

한편 그것들을 소중히 해야 함에도 불구하고, 잊은 채로 세속에 물들어 명리를 좇다가 한 평생 정신만 소모해 버린 자신에 대한 뼈아픈 성찰이 있었기에 그리하여 삶의 한 단면을 진실하게 그려 내었기에 '진(眞)'자를 보완적 이미지로 동원하였을 것이다. 이 경우 '진'은 그 이상의 마땅한 평어가 없다고 생각될 정도로 적절한 어휘로 보이는데, 그렇기 때문에 객관성을 획득하고 있다고 생각된다. 그것은 또한 시품이 보편성과 타당성을 얻을 수 있는 가능성을 보여 준 것이기도 하다.

이렇게 하여 '청'과 '진'이 어울리면 이 시의 이미지는 완벽하게 구성된다고 볼 수 있겠다. 바로 이러한 점이 시품을 통한 시 비평의 묘미일 수도 있겠다.

이상에서 7편의 시를 평가한 시품에서 '청'의 이미지가 주조가 되고 두 번째 이하의 글자들이 보완적 이미지 역할을 하고 있음을 살펴보았다. 그리하여 그 시들이 '청'의 이미지를 강하게 공유하고 있으면서도 보완적 이미지가 개입되어 변별성을 부여함으로 해서 분위기의 유사성과 상이성을 보이고 있음도 알 수 있었다.

이렇게 하여 비록 '청'자 계열의 시품을 획득한 7편의 시를 대상으로 하였다는 한계에도 불구하고, 시품이 보편성과 타당성을 얻을 수 있는가라는 문제를 풀어 보고자 하였다. 또한 그것을 바탕으로 시품론의 체계화의 가능성을 살펴보려고도 하였다.

그러나 그러한 문제들은 여전히 풀리지 않은 채로 남아 있으며, 단지 그 가능성을 찾아 한 번 시도해 보았다는 정도에서 머물고 말았다. 지금까지 이러한 가능성에 대해 논의한 연구 업적들이 없었던 것은 아니지만 앞으로 많은 연구자들의 관심과 노력이 이어져야 할 것으로 생각된다.[93]

3) 원류비평

학시의 원류를 찾거나 동일한 미의식의 근원을 찾아 작가나 작품을 평가하는 원류비평(源流批評)은 우리의 비평사에서 조선 후기에 이르기까지 비평의 주조를 이루었다고 할 수 있을 정도로 보편적인 비평 방법이었다.

시를 볼 때 모름지기 원류를 찾아서 그 높고 낮음을 차별하면 의미가 더욱 깊어진다.[94]

이렇게 이미 하나의 틀이 형성되어 학시의 대상이 된 원류에 대한 이해를 바탕으로 해당 시인이나 시의 미학을 평가한다고 하면, 설득력이나 이해력이 강화되어 비평 효과면에 크게 기여하였을 것으로 보인다. 사실 원류의 대상이 된 시인의 시적 성과에 대한 이해를 배경으로 하는 비평이기에 자질구레한 언급이나 불필요한 설명의 나열 등이 필요 없는 단정적이면서도 격

---

93 이병한, 『한시 비평의 체례 연구』, 통문관, 1974.
이규호, 「한국 고전 시품 연구」, 서울대 대학원(1979).
홍학희, 「진화시의 풍격 연구」, 이화여대 대학원(1990).
특히 이규호와 홍학희는 '淸'자 계열의 시품에 대하여 집중적으로 논의하기도 하였다.
94 看詩須尋其源流 差其高下 意味益深(李瀷, 『星湖僿說』 卷30, 〈李杜所祖〉).

574 제3부 비평가의 생각을 들여다보다

조까지 유지할 수 있는 편리한 비평 방법이기도 하였으므로 그러한 원류비평의 경향이 보편화될 수 있었던 것이라 하겠다.

중국 한시의 전통을 수용함으로써 비롯된 우리의 시학적 현실에서 우리 시인들이 이미 중국 문화의 정수라고 할 정도로 찬란한 성과를 이루었던 당시와 나름대로의 특색으로 당시와 비견되던 송시를 모범으로 하여 학시 과정을 거쳐 시인의 길을 다져 나갔음은 어쩔 수 없는 일이었다고 보인다. 물론 조선 후기에 이르면 그러한 당, 송의 굴레에서 벗어나려는 움직임이 확산되기도 하지만, 전체적으로 중국 시학의 엄청난 무게를 감당하지 못하였던 것 또한 우리 시학의 현실이었다. 우리 시인들의 보편적 현실이 이러하였기에 주로 중국의 시인과 시를 대상으로 하는 원류의 탐색이 비평 활동의 기본 바탕이 되었음은 부인할 길이 없는 것이다.

이덕무의 원류비평에의 관심도 이러한 맥락에서 이해될 수 있을 것이라 생각된다.

> (이수광은) 인품에 흠이 없었고, 시는 중당, 만당의 체를 배웠다. (중략) 그의 시들은 다 청연하여 읊조릴 만하다.[95]

이는 이수광의 시학이 중당이나 만당풍에 근원을 두고 있음을 밝힌 것이다. 이렇게 이수광이 중당이나 만당풍의 시를 썼다고 하는 평가에 접한 독자들은 이미 그의 시가 지니고 있을 시의 미학을 거기에 맞추어 이해하였을 것이다. 그리하여 이수광의 시들이 청연의 미의식을 보여 주었다고 결론 지을 때, 중당이나 만당의 시세계를 그 시대 사대부 문인들의 공통적 교양의 일환으로 어느 정도 이해하고 있었을 독자들 역시 별다른 거부감 없이 공감하였을 것으로 생각된다. 원류비평이 가장 편리하고 적절하면서 확실한 비평 방법이 될 수 있었던 까닭이 거기에 있는 것이다. 그것이 바로 원

---

95 人物無疵 詩學唐中晚 (…) 皆淸姸堪咏(卷2, 〈李芝峯〉).

류비평의 묘미라고도 할 수 있겠다.

내가 곽봉규의 시를 평가하기를 청허하고 쇄탈하여 이백의 시를 배운 것이
라고 하였다. (……) 그의 시들은 모두 운이 맑고 격조가 높다.[96]

역시 이백의 시를 이해하는 사람이라면 곽봉규의 시의 미학을 쉽게 짐작
할 수 있게 하는 비평이다. 이미 이백 시의 성과를 익히 알고 있는 사람들
은 청허하고 쇄탈한 미의식이나 맑은 운과 높은 격조에 대한 평가 정도는
사실 직접 지적하여 일러주지 않아도 제대로 이해하고 있었을 것으로 보아
야 할 것이다. 따라서 원류 탐색의 노력이 타당성만 얻고 있다면, 그 효과
는 그야말로 백 마디의 장황한 해설보다 더 크게 전달될 수 있었을 것으로
보인다.

(진화의 시는) 송나라 사람의 시를 잘 배웠다. 우리나라에서 소식과 황정견을
모방하기에 급급한 사람들의 시보다는 매우 뛰어나다.[97]
(이방연의 시는) 송의 양만리나 범성대의 시격을 잘 본받았다.[98]

여기서도 물론 송의 시학이나 소식, 황정견, 양만리, 범성대 등의 송의
시인들의 시풍에 대한 이해를 전제로 해야 하는 것이지만, 이덕무의 이러한
평가 내용은 당시 송시학의 교양을 갖춘 사람들에게는 이미 익숙한 내용이
었을 것이다. 또한 그러한 비평이 시에 대한 서로의 공감대를 확인하게 해
줄 수 있는 편리한 방법이기도 하였을 것이다.

이서구는 모든 시의 체제에 능하였는데 오언고시에 더욱 능하였다. 그의 시

---

96 余嘗評批 蓋淸虛灑脫 學李供奉者也 (…) 皆韻淸調高(卷4, 〈郭封圭〉).
97 善學宋人 絶勝東國假蘇贗黃(卷1, 〈眞身月本色山〉).
98 此言善楊誠齋范石湖者也(卷2, 〈樣川善學宋〉).

는 도잠과 사혜련에 근본하였으나 때로 저광의와 맹교에 남상하였으니, 이는 바뀔 수 없는 정론이다.[99]

이러한 내용은 이덕무가 도잠, 사혜련, 저광의, 맹교 등의 중국 시인들의 시학에 정통하였기에 이루어질 수 있는 평가다. 그리고 독자들 역시 그들의 시학에 대해서 충분히 이해하고 있다고 보았기 때문에 가능한 비평이기도 하다, 그렇지 않으면 그것은 아무런 설득력도 얻지 못할 뿐 아니라 비평으로서의 의미 또한 상실할 수밖에 없다고 해야 할 것이기 때문이다.

다시 말해서 이러한 원류비평이 이루어지고 그것이 독자들에게 용납되고 있었음은 바로 그 시대 시학의 현실을 그대로 반영해 준 것으로 보아 틀림은 없으리라는 것이다. 당시나 송시는 물론 도잠이나 사혜련 등의 시인들의 시세계에 대한 이해는 그 당시 사대부 문인들의 필수적 교양이었기에 그러한 바탕 위에서 원류비평은 힘을 발휘할 수 있었을 것이라는 말이다.

이처럼 그 시대 시학의 현실적 바탕 위에서만 가능할 수 있는 원류비평은 이덕무에게 있어서도 중요한 방법으로 이용되었다. 주로 당, 송을 중심으로 한 중국 시학이 원류의 대상이 되긴 하였지만, 민족 문학에 대한 관심이 컸던 그이기에 우리 시인들에게서 시학의 근원을 찾는 비평의 모습도 보여 주었다.

그리하여 근세의 명가로 알려진 김이곤의 시는 김창협이나 이병연과 같은 유풍과 여운이 있다고 하거나, 이언진이 이용휴에게서 시를 배웠는데 마음으로 본받고 솜씨를 따라 배워 그의 오묘한 시의 경지를 다 얻어 내었다고 평하기도 하였던 것이다.[100]

이렇게 하여 원류비평의 방법이 당시의 보편화된 비평 방법이긴 하였지만, 이덕무의 시평의 실제에 있어서도 큰 비중을 차지하고 있었음을 살펴보

---

99 薑山諸體皆工 而尤嫻五古 原本陶謝 而時濫觴於儲孟之間 此可謂不易之論也(卷4,〈薑山〉).

100 卷3,〈鳳麓〉, 卷3,〈李虞裳〉 참조.

았다.

4) 시평에 대한 비평

『청비록』에 나타나 있는 시평의 양상 가운데 앞서 살펴본 시품론이나 원류비평에 관한 것은 그것들이 그 시대 문인들이 두루 사용하였던 보편적 비평 방법이었다는 점에서 이덕무만의 특징적인 것으로 인정되기는 어렵다. 『청비록』을 중심으로 한 이덕무 시평의 특징으로 다른 비평집과 구별되는 양상을 찾는다면 그것은 이덕무가 다른 비평가들의 시평을 자신의 시평 전개에 이용하는 한편으로 그러한 시평에 대해서도 비평을 가하고 있다는 점이다.

이덕무가 자신의 시평을 전개하면서 참고 자료로 이용한 도서가 83권이나 되고 또한 68명에 이르는 비평가들의 견해를 참고하였음은 이미 살펴본 바 있다. 이는 실학을 바탕으로 한 그의 학문 정신에 원인이 있는 것이긴 하겠지만, 시평의 전개에 있어 진지하고, 공평하며, 자신 있는 비평 자세로 선인들의 견해를 존중하기도 하고 비판하기도 하면서 비평에 임하였던 결과라고 보인다.

이덕무는 역대 비평가들의 견해를 참고할 때는 주로 비평가나 참고 도서의 명칭을 밝히고 있다. 물론 그렇지 않은 경우도 있다. 실제로『동인시화』의 내용을 옮긴 예에서 보면, 권1의『당태종묘목(唐太宗眇目)』에서는 그 내용을 서거정의『사가정집』에서 옮겨 적었음을 밝히고 있다. 이에 비해 권1의『계성사류(鷄聲似柳)』의 내용은 비평가나 참고 도서에 대한 아무런 언급 없이『동인시화』의 내용을 그대로 전사한 것이고, 권2의『이춘경』의 내용의 일부도 역시 그러하다. 이렇게 부분적으로 예외는 보이지만 대체적으로 비평가나 참고 도서의 명칭을 밝히고 그들 자료를 활용하여 시평을 전개하였다. 그러한 과정에서 특히 그들 시평에 대한 이덕무의 비평이 나타나고 있는데, 그것은 다른 비평 자료집에서 흔하게 찾아 볼 수 없는 이덕무의 시평의 특징적 양상으로 파악될 수 있을 것으로 생각된다.

이러한 시평에 대한 비평의 성격은 크게 긍정적 평가와 부정적 평가의 둘로 나누어 볼 수 있다. 먼저 긍정적 평가부터 살펴보도록 하겠다.

이덕무는 일찍이 시명을 떨쳤던 이규보에 대한 평가에서 김창협의 안목을 높이 평가하였다.

> 김창협의 말이 훌륭하다. 즉 "근래에 남용익이 편찬한 『기아』를 보니 이규보의 문장을 우리나라의 으뜸으로 일컬어 놓았으나, 나는 이 논평이 자못 옳지 않다고 생각한다. 그의 학식이 비루하고 기상도 저속한 데다 조격이 낮고 잡스러우며 어의가 아주 잘고 얕다. (……) 이규보의 시구들이 모두 기발한 작품으로 알려져 사람들의 인기를 모았으나, 이제 살펴보건대 거의 시골 학동들의 연습 작품에 불과하다. 『백련초구』는 지금까지 삼사백 년이 지났는데도 아직 아무도 감히 거기에 이의를 두지 않으니 참으로 알 수 없는 일이다."라고 하였다. 김창협의 이 평이야말로 종전의 고루함을 통쾌하게 씻어 버린 것으로 천고의 탁월한 평론이라 하겠다.[101]

이렇게 이규보에 대한 평가에 있어서 이덕무는 김창협의 평가에 전적으로 동의하고 있다. 이규보에 대해 부정적으로 평가한 김창협의 평을 천고의 탁월한 평론이라고까지 하였으니 그야 말로 최고의 찬사를 보낸 것이라고 하겠다.

그렇지만 김창협의 견해를 좇아 이규보의 시를 다 버리거나 하는 일은 하지 않았다. 이규보의 한만하고 지루한 시들 가운데서도 시선에 들 만한 작품으로 〈하일(夏日)〉 시가 있음을 밝히고 그 시를 제시하고 있기 때문이

---

101 善乎農巖先生之言曰 近見壺谷所編箕雅 稱李奎報文章 爲東國之冠 余意此論殊不然 其學識鄙陋 氣象庸下格卑而調雜 語瑣而意淺 (…) 此等皆人所膾炙 以爲奇警者 而自今觀之 殆同村學童所習 百聯鈔句 至今三四百年 猶不敢置異議於其間 誠所未解 農巖此評 快洗從前之陋 可謂卓越千古(卷2, 〈李春卿〉).

다. 이는 비록 김창협의 견해에 동의는 하지만, 공평성의 관점에서 좋은 시는 좋다고 말할 수 있는 시평에 대한 나름대로의 자신감을 잘 드러내 준 것이라 하겠다.

이러한 점은 김승겸의 시를 평가한 김창흡의 평에 이어 김창협이 "기이하고 준걸한 데다 고색이 창연하여 요즘 세대의 관습어를 초월했다."고 평가한 데 대해, 그 말들이 지론이라고 할 수 있다고 하면서도, 시의 재기로 말하면 취헌보다 월등하다고 하여 자신의 평가를 더하고 있는 데서도 잘 나타나 있다.[102]

김성탄의 시평에 대해서도 이덕무는 긍정적으로 평가하였다.

> 이초망의 시에, '구름 낀 고국에 산천 저물고, 조수 빠진 빈 강에 그물 거두네.'라고 하였는데, '산천이 저문다'와 '그물을 거둔다'에 대하여, "하루의 종말도 이에 불과할 뿐이고, 일생의 종말도 이에 불과할 뿐이며, 일대의 종말도 이에 불과할 뿐이다."라고 하였으니 이는 김성탄의 말이다. 나는 이 글을 읽고 나서 멍하니 정신을 잃고 넘어지듯 드러누워 지붕마루를 올려보며 그의 높은 흉금에 감탄하였다.[103]

이는 김성탄의 시평에 대한 극찬이라고 하겠다. 또한 김성탄의 시화를 소개하면서, "김성탄의 혜안은 시만 알 뿐 아니라 인간 세계에까지 두루 통관하고 있어 사람으로 하여금 매양 시원스럽고 통쾌하게 해준다."라고 하여 시평에 있어서의 김성탄의 혜안을 높이 평가하기도 하였다.[104] 이렇게 김성탄의 시평에 대해서는 매우 긍정적이었음을 알 수 있다.

---

102 卷2, 〈觀復菴〉 참조.

103 李楚望詩 雲陰故國山川暮 潮落空江網罟收 五山川暮 六綱罟收 一日末後 不過如此而已 一生末後 不過如此而已 一代末後 不過如此而已 此金聖嘆語也 余讀此語 茫然自失 頹然而臥 仰視屋樑 浩嘆彌襟(卷1, 〈聖嘆評李楚望詩〉).

104 卷3, 〈鄭鷓鴣學黃鶴樓〉 참조.

그리고 이서구가 범성대의 시를 평가한 내용에 대해 범성대도 반드시 이
서구의 평과 같은 뜻이 있어서 그러한 시를 썼을 것이라고 한 평이나, 심덕
잠이 이개의 시를 평가한 데 대해 그의 말에는 은미한 뜻이 들어 있다고
한 것, 그리고 이광석이 려(麗)자에 대해 유득공에게 한 평을 듣고 자신도
그의 말을 옳게 여긴다고 한 것과 박종산이 시를 논평하는 재주가 정묘한
경지에 이르렀고 자못 혜안을 가졌다고 하면서 그의 시평을 호의적으로 평
가한 것 등에서도 다른 비평가들의 시평에 대한 그의 긍정적 평가를 찾아
볼 수 있다.[105]

시평에 대한 부정적 평가의 예는 다음과 같다.

성현이 "익재는 노련하고 건강하나 화려하지는 못하다."라고 한 것은 확고한
논평은 못된다. 익재의 시를 가지고 화려하지 못한다고 한다면 어떤 시를 과연
화려하다고 하겠는가? 요즈음 세상 사람들은 이제현이 어째서 "익재, 익재"하
고 추대를 받게 되었는지 알지 못하니 슬픈 일이다.[106]

성현이 이제현의 시를 화려하지 못하다고 평가한 데 대한 반론인 셈인데,
성현의 평을 확고하지 못한 논평이라 반박하고 그 수상을 부정하면서, 깊은
시화에서 이어 "익재는 발자취가 이른 곳마다 모두 위대한 작품을 남겼다.
이것은 우리나라 사람들이 미치지 못한 것이다. 아! 그의 시를 어떻게 훌륭
하다 하지 않겠는가."라고 하여 익재 시를 오히려 높이 평가하였다.

또한 성현이 이규보의 시를 "개폐(開閉)는 능란하나 다듬지를 못했다."고
평한 데 대해서, "내가 보기에는 그 개폐라는 것도 전혀 찾아 볼 수가 없다."
고 하면서 성현의 평가에 대하여 부정적으로 비평하기도 하였으며, 신유한
이 최성대의 시 세계를 높이 평가한 데 대해 "과장에 가깝다."고 한 것도

---

105 卷1, 〈題黃雀圖〉, 卷1, 〈多靑山人〉, 卷2, 〈麗〉, 卷1, 〈稗川談藝〉 참조.
106 成慵齋所謂益齋老健 而不能藻者 非鐵論也 以益齋而不能藻 何者果能藻乎 今世之人甚
至不知 益齋之爲李齊賢者 可悲也(卷2, 〈李益齋〉).

부정적 평가에 속한다고 할 수 있겠다.[107]

그리고 소식의 시에 잘못된 점이 있음을 지적한 이치의 평에 대해 "의논이 마땅하다."고 해서 일단 긍정적 평가를 한 다음, 그가 "너무 가혹하게 평한 것도 있다."고 하였다든지, 직설적인 표현이 아니라서 잘못되었다고 평한 데 대하여 상징이나 비유로 된 표현이 "시에 있어 해될 게 뭐 있겠는가?"라고 반박하였다든지, 또한 "이 또한 식견이 좁은 의논이다."라고 하였다든지 하면서, 그의 시평을 부정적으로 평가하기도 하였다.[108]

이덕무가 이처럼 여러 비평가들의 시평에 대하여 나름대로 긍정적이거나 부정적으로 비평하면서 자신의 시평을 전개하였음은 다른 비평집에서는 흔히 볼 수 없는 특징적인 것으로서, 한편으로서는 이덕무 시평의 공평성과 객관성을 다시 한 번 확인하게 해 준 것이라 생각된다.

5. 맺음말

이덕무의 『청비록』에 나타나 있는 비평의 양상을 작시론과 시평론의 측면에서 살펴보았다. 이제 그 내용을 요약 정리하여 맺음말에 대신하도록 하겠다.

먼저 『청비록』의 비평 자료집으로서의 성격을 개관하였는데, 이덕무는 적극적이고 학문적인 자세로 비평에 임하여 모두 177편의 시화를 변정, 소해, 평품, 기사의 방법으로 기술하였음을 알 수 있었다. 특히 『청비록』이 다른 시화들과는 달리 내용 전개면에서 비평에 대한 전문적 노력이 돋보인다는 점과 매 시화마다 편명을 제시한 다음 비평을 전개하였다는 점 등을 좀 더 짜임새 있고 논리적인 방법으로 자신의 생각을 표현하기 위한 그의

---

107 卷3, 〈李春卿〉, 卷2, 〈崔杜幾〉 참조.
108 卷1, 〈東坡紕繆〉 참조.

학문적 자세의 결과라고 하겠다.

전체적으로 총 237명의 시인의 시 815수를 대상으로 시평을 전개하면서 68명의 비평가의 견해와 83권에 달하는 참고 도서를 동원하였는데 이 역시 비평에 대한 그의 학문적 자세를 찾아볼 수 있게 하는 것이라 생각된다. 또한 명분론에 찌들어 있던 정통 사대부들의 보편적 인식의 틀에서 벗어나, 선시에 있어서 객관성을 유지하고 있고, 시평의 실제에 있어서 시 자체의 문학성 평가에 주력하고자 하였던 것도 실증적이고 공평한 그의 학문적 자세의 소산이라 하겠다.

이렇게 이덕무의 학문적 자세의 결정으로 이루어진『청비록』은 중국이나 우리의 역대 비평의 장점이나 특징을 수용하면서도 자신이 활동하였던 시대를 전후한 때의 비평 양상을 중점적으로 보여줌으로 해서, 이덕무 비평의 통시적, 공시적 위상을 자리매김할 수 있게 해 주었다는 데서, 그 비평 자료집으로서의 가치를 평가받을 수 있을 것으로 생각된다.

한편『청비록』의 전체 내용을 지탱해 주는 힘으로 작용되고 있는 이덕무의 문학 정신은 중국 문학 인식과 민족 문학 정신의 측면에서 찾을 수 있었다. 그리하여 이덕무는 청 중심의 중국 문학을 동경하고 사모하는 한편으로, 이와 대등한 위치에서 우리 문학의 현실을 정확하게 파악하고 그 바탕 위에서 바람직한 민족 문학의 참모습을 찾아내고자 노력하였음을 살펴보았다.

작시 정신의 측면에서 보면, 이덕무는 '고심각의'하여 시를 애써 가다듬어 표현해 내려는 시인의 창조적 노력을 높이 평가하였으며, 시인의 정신적 활력인 기가 자연스럽게 표현되어야 한다든지, 시인의 성정이 정서적 충동에 의해 자연스러운 감정으로 시에 표현되도록 해야 한다든지, 그리고 시가 개인의 덕성에 영향을 주거나 사회 교화에 이바지할 수 있도록 창작되어야 한다든지 하는 등으로 다양한 시 정신을 보여주었는데, 이는 시학에 대한 다양하고 폭넓은 그의 관심을 드러내 준 것이라 생각된다.

또한 그는 작시 과정에서 한 편의 좋은 시를 쓰기 위한 시인의 부단한 노력을 촉구하기도 하였고, 시흥의 중요성을 간파하여 흥취의 시학을 전개하기도 하였다. 그리고 시인의 시 정신이 조화롭고 일관되게 하나의 방향을 지향하여 한 시인의 시 세계가 내용적으로 조화를 이루어내야 함을 내세워 그것을 위한 시인들의 끊임없는 노력을 기대하기도 하였다.

작시론의 구체적 양상으로 이덕무가 비중 있게 다룬 것은 연탁, 표현의 사실성과 회화성, 용사, 대우, 언외의 등의 양상인데, 그것들이 전통적으로 비평가들에 의해 논의되었던 보편적 작시론의 양상들임으로 해서 이덕무만의 작시론의 특징적 양상이랄 수는 없지만, 그러한 내용들을 통해 그 시대 비평의 전반적 관심을 살펴볼 수 있다고 하는 데서 의의를 찾을 수 있을 것이다.

연탁은 세련되고 적절한 시어를 선택하여 새롭고 뛰어난 표현을 얻기 위한 시인들의 기본적 욕구에서 비롯된 것이겠는데, 이덕무는 시어의 조탁 단련에 관심을 보이면서 특히 내용 전개상 시의 핵이라 할 수 있는 자안의 선택과 정확한 시어의 사용에 비중을 두었다.

시의 효과적 표현의 문제를 다룸에 있어서는, 표현의 사실성을 중시하면서 이와 관련하여 자신이 시를 창작하면서 중시하였던 표현의 회화성도 아울러 강조하였다.

용사에 대해서는 그 필요성을 인정하고, 적절한 전고나 사실의 인용으로 시의 의미를 풍부하게 함으로써 시의 효과를 높이는 것에 대하여 긍정적으로 평가하였으며, 과도한 시어의 용사나 서투른 환골탈태의 사용으로 시가 표절에 불과한 것으로 타락해 버리는 것에 대해서는 강하게 비판하였다.

또한 시의 흥취를 높이고 시적 효과를 돋보이게 하는 작시 기교로서 대우에도 관심을 보여, 적절하고 정교한 대우에 대하여 높이 평가하였다. 그리고 표현할 길 없는 시인의 내면적 진실이나 미묘한 정서의 움직임을 상상력의 도움으로 말 밖에서 다양하게 전달할 수 있게 하는 내포와 함축의 미학으로서의 언외의의 시경에도 관심을 나타내었다.

전체적으로 이렇게 다양한 작시론의 양상을 찾아 볼 수 있었는데, 그것들이 그 시대 시학의 현실을 충분히 반영해 준 것으로 보여 그 의의가 자못 크다고 생각된다.

이덕무가 『청비록』을 통하여 보여준 시평 자세는 그의 학문적 자세의 실천으로 나타난 것으로 보이는 진지하고, 공평하며, 자신감 있는 것이었다.

시평의 방법으로는 변정, 소해, 평품, 기사의 방법이라든지, 주로 작가론과 작품론에 주력하면서 특히 시인 집단이나 시어, 소재, 또는 시론의 범주에 해당되는 항목 등을 설명하고 그에 따라 시평을 전개한 방법 등이 두드러진다.

또한 시평의 기준의 문제에 있어서는, 선시의 어려움이나 시평의 객관성 유지에 관심을 보이면서, 시의 형식적인 측면에서는 운과 격률, 조채 등에 기준하여 평가하고자 하였으며, 내용적인 측면에서는 이와 기에 치중하였고, 종합적으로 시를 평가함에 있어서는 재와 조, 취 등에 기준하였다.

시평론의 구체적 양상으로는 시품론, 원류비평, 시평에 대한 비평 등을 들 수 있다.

시품은 시 감상의 결과로 얻어진 미적 충동의 표현으로서 미의식의 유형이라 할 수 있는데, 이덕무는 2자 시품과 4자 시품을 작가론과 작품론에서 적절히 구사하였다. 특히 작가론에는 4자 시품을, 작품론에는 2자 시품을 비중 있게 사용하였다. 그리고 '청(淸)'자의 미의식이 제일 두드러지게 나타나 있었다.

'청'자를 첫 글자로 하는 시품으로 평가된 7편의 시를 분석해 본 결과, 그 시들에는 '청'의 이미지가 주조가 되고, 두 번째 이하의 글자들이 보완적 이미지의 역할을 하고 있음을 볼 수 있었다. 또한 그 시들이 '청'의 이미지를 강하게 공유하고 있으면서도 보완적 이미지가 개입됨으로 해서 변별성이 부여되어 분위기의 유사성과 상이성을 보여 주고 있었다.

시품이 시평의 기준이 된다든지, 학시의 방법으로 원용될 수 있으려면, 무엇보다도 시품에 대한 이론 정립이 필요할 것이다. 그리하여 시품의 시평 방법이 보편성과 타당성을 획득할 수만 있다면, 그것은 고전 비평에서 시의 미학을 체계적으로 이해할 수 있는 지름길이 될 수도 있을 것이다. 이는 고전 비평 연구가 해결해야 할 중요한 과제 가운데 하나라고 하겠는데, 앞으로 이에 대한 많은 관심과 연구가 뒤따라야 할 것으로 보인다.

이덕무는 원류비평에도 관심을 보여, 학시의 원류를 찾거나 동일한 미의식의 근원을 찾아 시인과 시를 비평하였는데, 중국 시인과 시가 주로 원류의 대상이 되긴 하였으나 민족 문학 정신의 실천적 방향에서 우리 역대 시인들과 시에서 시학의 원류를 찾는 노력도 보여 주었다.

시품론과 원류비평이 당시의 보편적 비평 방법이었던 데 비해, 이덕무 시평의 특징으로 하나 꼽을 수 있다면, 그것은 자신의 시평에 이용한 다른 비평가들의 시평을 나름대로 긍정적으로 또는 부정적으로 비평하면서 시평을 전개하였다는 점이다. 이는 이덕무 시평의 공평성과 객관성을 다시금 확인하게 해 준 것이라고도 보인다.

이상의 검토에서 『청비록』의 비평 자료적 가치나 비평사적 위치, 그리고 이덕무 비평의 특징이나 이덕무의 비평가로서의 위상 등은 어느 정도 확인해 볼 수 있었다고 하겠다.

앞으로 이 글의 연구 성과와 함께 이덕무가 남긴 여타의 많은 비평 자료들을 종합 검토하여, 이덕무 비평의 총체적 양상을 정리하는 일이 과제로 남아 있다고 할 것이다.

(「세종대논문집」 20, 1993)

정약용 시의 목민시적 성격과 조선시 선언

1. 효용론적 문학론

다산(茶山) 정약용(丁若鏞, 1762~1836, 영조 38~헌종 2)의 문학론은 효용론적인 관점에서 문학을 이해하고자 하는 내용을 중심으로 하여 전개되고 있다. 이는 다음의 인용에서 분명히 드러나고 있다.

문이란 도를 실어 전하는 것이고, 시는 지(志)를 표현하는 것이다. 때문에 그 도가 널리 세상을 구제하기에 족하지 못하고 그 지가 공허해서 내세울 만한 것이 못되면, 비록 그 문이 세상을 떠들썩하게 하고 기세 좋게 보이고 시의 표현이 화려하게 보이더라도 이는 마치 빈 수레가 소리를 요란하게 내며 달리는 것이나 광대가 풍월을 읊는 것과 같을 것이니 어떻게 길이 후세에 전해질 수 있겠는가.[1]

다산은 이와 같이 문을 '재도지기'로 인식하고 있었다. '광제일세(匡濟一世)'하기 위한 도를 실어 전하기 위한 수단으로서의 문을 내세우고 있음은, 그의 문학론이 효용론적 측면에서 문학의 공리성을 주장하는 것임을 일러

---

[1] 文所以載道 詩言志也 故其道不足以匡濟一世 而其志枵然無所立者 雖其文嘲轟犇放 而詩藻麗 是猶驅空車以作聲 而倡優談風月也 何足傳哉(丁若鏞,『與猶堂全書』卷13,〈西園遺稿序〉, 이하에서는 시문의 제명만 적을 것임.).

주는 것이다. 그런 한편 그는 〈오학론(五學論)〉에서 문장의 학이 자신의 유학의 도를 크게 해치는 것이라고 하였다. 아울러서 '중화지용(中和祗庸)'하여 내적인 덕을 기르고, '효제충신(孝悌忠信)'으로써 외적인 행실을 돈독히 하면서, '시서예악(詩書禮樂)'으로써 그 기본을 배양하고, '춘추역상(春秋易象)'으로 사리에 통달하여, 천지의 바른 이치에 통하고 만물의 모든 실정을 두루 체득하여, 그러한 지식들이 가슴 속에 축적되어 쓰지 않고는 배길 수 없는 지경에 이른 다음에 표출된 문장이라야만 비로소 참된 문장이라고 하였다. 그러한 문장이라야 가깝게는 사람을 감동시킬 만하고, 멀게는 천지를 움직이며, 귀신을 감동시킬 만한 것이라고 하였다.[2] 이러한 주장은 〈위이인영증언(爲李仁榮贈言)〉이란 글에도 나타난다.

세상 사람들이 흔히 말하는 문장의 학이라는 것은 곧 도학을 해치는 좀이다. 이 두 가지는 서로 용납되지 못한다. 아니꼽게 여겨 팽개쳐버려야 할 것이다. 그러나 이따위 문장이라도 그것을 하려고 한다면 그도 역시 그 가운데 문이 있고 길이 있으며 기운이 움직이고 혈맥이 통해야 되는 바, 반드시 경전으로써 근본을 삼고 여러 역사 문헌이나 선비의 저작들을 섭렵함으로써 온후하고 함축성 있는 기운을 쌓고 심오하고 원대한 지향을 배양하여, 위로는 나라를 다스릴 방책들을 생각할 줄 알며 아래로는 온 세상을 고취하는 기수로서의 임무를 깨달은 뒤에라야 바야흐로 녹녹하지는 않을 것이다.[3]

이와 같이 다산의 문학론은 재도설의 영역을 벗어나지 못하였다. 오직 '보불왕유(黼黻王猷)'하고 '기고일세(旗鼓一世)'하기 위한 수단으로서, 문학

---

2 文章之學 吾道之鉅害也 (…) 邇之可以感人 遠之可以動天地 而格鬼神斯之謂文章(〈五學論〉 三).

3 世所謂文章之學 乃聖道之蟊螫 必不可相容 然汙而下之 藉使爲之亦其中 有門有路有氣有脈 亦必本之以經傳 翼之以諸史諸子 積渾厚冲融之氣 養淵永敦遠之趣 上之思所以黼黻王猷 下之思所以旗鼓一世 然後方得云不錄錄(〈爲李仁榮贈言〉).

은 그 존재 가치를 그로부터 부여받을 수 있었다고 하겠다. 앞에서 살펴본 바 있지만, 재도설이란, 중국 송대의 전형적 도학가인 주돈이로부터 전개되어 정이천·주자를 거쳐 확립되기에 이른 주자학적 도덕주의 문학론이다.[4] 이는 효용론적 관점에서 문을 정치·외교 및 교화의 수단으로 보고, 문을 통하여 경국제세를 실현하고자 하는 현실 참여의 의지를 반영해 주는 실용적 문학론으로서, 조선조에서 주자학을 정치 철학으로 받아들이면서부터 확고히 자리 잡아 온 양반 관료 계층의 문학론이었다.

재도설의 성격이 이러할진대, 주자학의 모순을 비판하면서 실학을 집대성한 다산이 오히려 강하게 재도설을 피력하고 있음은 주목할 만하다고 하겠다. 다산은 조선 후기 사회의 모순을 비판하고 혼란한 사회상을 바로잡아 사회 개혁을 이루고자 하는 현실 참여의 강한 의지를 실학적 저서를 통해 나타내고 있는 바, 그의 문학론에도 어지러운 민심을 바로잡고 치국의 도를 실현하고자 하는 그의 이상이 그대로 반영되어, 문학을 교화의 수단으로 파악했던 재도설의 실용성을 더욱 강하게 내세웠던 것으로 보인다. 때문에 다산은 '광제일세'하기 위한 도를 실어 전하기 위한 수단으로서, 문학을 '재도지기'로 인식하였고, 문학을 통하여 '보불왕유'하고 '기고일세'하고자 하였던 것이다. 한편 시에 대한 그의 생각도 그러한 문학론을 반복·강조하는 것에 지나지 않았음을 살펴볼 수 있다.

시는 지의 표현이다. 지가 본래 비겁하다면, 비록 고상한 표현을 억지로 하려 해도 이치에 맞지 않으며, 지가 본래 협애하다면, 비록 광활한 묘사를 하려 해도 실정에 부합되지 않을 것이다. 학시에 있어서 그 지를 단련하지 않으면 거름 무더기 속에서 깨끗한 물을 따라내려는 것과 같아서 일생 동안 애를 써도 이룩하지 못할 것이다. 그러면 어떻게 할 것이다. 천인성명(天人性命)의 법칙을 연구하고 인심도심(人心道心)의 분별을 살펴 그 때 묻은 잔재를 씻어내고, 그

---

4 차상원, 앞의 책, 267면 참조.

깨끗한 진수를 발전시키면 된다.[5]

이렇게 시를 배움에 있어서는 지, 즉 시에 표현될 시인의 사상을 단련해야 하는데, 그러기 위해서는 천인성명의 법칙을 연구하고 인심도심의 분별을 살피는 유학의 기본 이념을 체득함이 무엇보다도 앞서야 한다는 견해를 피력하였던 것이다. 또 다른 글에서 다산은 다음과 같이 말하고 있다.

　작품을 쓰려면 반드시 먼저 경전을 읽어 학식의 기초를 쌓은 다음에, 과거의 역사 문헌들을 섭렵하여 치란흥망의 근원을 알아내는 한편, 실천적인 학문에도 힘써 선배들의 경제에 관한 저서를 두루 살펴봐야 할 것이다. 이리하여 자신의 마음이 언제나 백성들에게 혜택을 끼치며 만물을 보호 발육시키려는 사상을 지녀야만 바야흐로 글 읽는 군자가 될 수 있을 것이다. 이와 같이 된 연후에 혹은 안개 낀 아침, 달 뜬 저녁이나, 짙은 그늘, 보슬비 내리는 때를 만나면, 그 서려 있던 감흥이 솟아나고 사상이 표연히 떠올라 자연스럽게 읊조리고 자연스럽게 이루어져 천지자연의 소리로 유창하게 발현될 것이다. 이것이 바로 시 세계의 생동하는 경지이다.[6]

작시의 기본에 있어서는 '독서군자(讀書君子)'로서의 소양이 무엇보다도 먼저 갖추어져야 하며, 그 다음에 그러한 내적 학문의 축적을 바탕으로 하여 '자연이영(自然而詠)'하고 '자연이성(自然而成)'한 시로 표출되어야 참다운 시가 될 수 있다는 생각이다. 그리하여 다산은 다음과 같이 자신의 비평 기준을 제시하기도 하였다.

---

　5 詩者言志也 志本卑汙 雖強作淸高之言 不成理致 志本寡陋 雖強作曠達之言 不切事情 學詩而不稽其志 猶瀝淸泉於糞壤 求奇芬於臭樗 畢世而不可得也 然則奈何 識天人性命之理 察人心道心之分 淨其塵滓 發其淸眞 斯可矣(〈爲草衣僧意洵贈言〉).

　6 必先以經學立著基址 然後涉獵前史 知其得失理亂之源 又須留心實用之學 樂觀古人經濟文字 此心常存澤萬民 育萬物意思 然後方做得讀書君子 如是然後 或遇煙朝月 夕濃陰小雨 勃然意觸 飄然思至 自然而詠 自然而成 天籟瀏然 此是詩家活潑門地(〈寄二兒〉).

시에는 두 가지 어려움이 있다. 탁자와 연구에 숙달하는 일이나, 사물을 본 뜨고 정서를 묘사하는 미묘한 일들이 어려운 것은 아니다. 오직 자연스러움이 첫째의 어려움이고, 깨끗한 여운을 남기는 것이 두 번째의 어려움이다.[7]

이렇게 시인의 내부에 축적된 학문을 바탕으로 하여 자연스럽게 이루어진 시, 그것은 다산이 가장 높이 평가하는 시이기도 했던 것이다. 이상에서와 같은 다산의 시에 대한 견해는 결국 다음과 같이 재도설을 확인하는 데까지 이른다.

무릇 시의 근본은 부자·군신·부부의 윤리를 세우는 데 있다. (……) 그 다음은 세상을 걱정하고 백성을 구제할 수 있어야 한다.
임금을 사랑하고 나라를 걱정하지 않은 것은 시가 아니며, 찬미하고 풍자하며 권선징악하지 않은 것은 시가 아니다. 때문에 지가 확립되지 못하고, 학문이 순정하지 못하며, 큰 도를 알지 못하고, 임금을 바른 길로 모시며 백성을 이롭게 하려는 마음이 없는 사람은 시를 지어서는 안된다.[8]

이렇게 인륜의 도를 근본으로 하여 치국의 도를 실현하기 위해 교화의 내용을 표현하지 않은 것은 시가 아니라고 역설하였던 것이다. 또한 교화의 내용을 전달할 수 있는 능력을 갖추지 못한 사람은 시를 지어서는 안 된다고까지 주장하였다.
이상에서 살펴본 바와 같이, 다산은 효용론적인 관점에서 문학의 실용성에 바탕을 둔 재도설을 주장하였으며, 그러한 양상은 자신의 실학적 학문을 배경으로 하여 한층 강하게 나타나 있었다고 하겠다.

---

7 詩有二難 非琢字鍊句之精熟之難 非體物寫情之微妙之難 唯自然一難也 瀏然其有餘韻二難也(《泛齋集序》).
8 不愛君憂國 非詩也 不傷時憤俗 非詩也 非有美刺勸懲之義 非詩也 故志不立 學不醇 不聞大道 不能有致君澤民之心者 不能作詩(《寄淵兒》. 위의 문장은 앞에서 살핀 바 있다.).

2. 다산 시의 목민시적 성격

1) 다산의 목민시

　다산의 한시를 효용론적 측면에서 살펴 그 목민시(牧民詩)적 성격을 찾아보고자 하는 것이 이 글의 목적이다. 다산 시에 대한 논의가 1930년대부터 전개되기는 하였어도, 본격적인 관심은 1950년대에 홍이섭이 다산 시를 비판적 정신의 소산으로 파악하고 그에 대한 문학적 관심의 촉구를 역설한 데서부터 비롯되었다고 하겠다. 그 후 김지용·송재소의 다산 시에 대한 집중적인 연구를 포함해서, 최신호·조동일의 다산의 문학 사상에 대한 연구 등, 다산 시와 다산의 문학 사상을 중심으로 한 연구가 비교적 활발히 전개되어 오고 있다.[9]

　다산 시에 대한 지금까지의 연구 업적들을 살펴보면, 다산 시와 다산 사상의 밀접한 관계를 바탕으로 해서, 다산 시를 '실학적 사실주의의 시' 또는 '리얼리즘의 시' 등으로 평가하면서 주로 다산 시의 사실적 표현을 중심으로 검토하였음을 알 수 있다. 이 글은 사실주의에 바탕한 그러한 연구 방법을 지양하고, 다른 측면에서 다산 시의 참모습을 찾을 수는 없을까 하는 의문으로부터 출발되었다.

　그리하여 앞서 살펴본 다산의 문학론이 그의 시 세계에 어떻게 반영되고 있으며, 그것이 또한 그의 학문과 어떻게 연결되고 있는가 하는 점을 살펴보게 될 것이다. 그리고 한 작가의 문학론은 필연적으로 그의 작품 세계에

---

9 다산 시에 대한 기왕의 연구 업적 가운데 중요한 것은 다음과 같다.
　홍이섭, 『정약용의 정치경제사상연구』(한국연구도서관, 1959).
　김지용, 「다산문학론」, 『국어국문학』 33호.
　＿＿＿, 「정다산의 시론고」, 『월암 박성의박사 환력기념논총』(1977).
　송재소, 「다산시 연구」, 서울대 대학원(1977).
　최신호, 「정다산의 문학관」, 『한국한문학연구』 제1집(1976).
　조동일, 『한국문학사상사시론』(지식산업사, 1978).

반영될 수밖에 없으며, 작품의 표현 문제 역시 문학론에 의하여 영향을 받을 수밖에 없다는 생각에서, 다산 시의 표현의 문제를 그의 문학론과 그의 시 세계와의 관련 속에서 검토하고자 한다. 이것은 다산 시의 표현의 사실성을, 서구적 리얼리즘과 관련시켜 무리하게 이해하기보다는 오히려 전통적인 한국 고전의 작시론상의 표현 기교의 측면에서 이해해야 하며, 또한 다산의 문학론과 표현의 사실성이 어떻게 연결되고 있는가 하는 관점에서 이해해야 한다는 생각에서 비롯되었다. 이렇게 다산의 문학론과 다산 시에 관한 고찰을 통하여, 다산 시의 문학사적인 위치를 재검토하고, 시인으로서의 진면목을 찾아보고자 하는 데서 이 글의 의의를 찾고자 한다.

2,500여 수나 되는 다산 시 중에는 다른 시인들의 경우와 마찬가지로 자연의 풍광을 읊거나 고적을 찾아 노래하고, 친구나 문중 어른들의 안부를 묻고, 인생의 무상함을 탄식하고, 부모·형제·자식들을 생각하는 내용 등의 시들도 물론 큰 비중을 차지하고 있다. 그러나 역시 시인으로서의 다산의 진면목은 철저한 현실 파악과 비판을 통해서 농촌이나 어촌의 빈궁한 모습과 백성들의 고뇌상, 그리고 관리나 토호들의 횡포, 사회 제도의 모순성, 피폐한 조국 강토 등을 읊은 시들에서 찾을 수 있을 것 같다. 이러한 시들은, 시의 근본을 인륜을 세우고 세상을 걱정하며 백성을 구세하는 데 두고 나라를 걱정하지 않고 풍속을 안타까워하지 않으며, 찬미하고 풍자하고 권선징악하는 내용을 담지 않은 것은 시가 아니라고까지 주장한 그의 재도설이 그대로 반영된 작품이라는 데서 더욱 주목을 받을 만하다고 본다. 이제 그의 시에 나타나 있는 그러한 양상들을 부분부분 검토해 보기로 하겠다.

서쪽 길을 가려니 서풍이 몰아치고/ 동쪽 길을 가려니 동풍이 몰아치네/ 바람이야 제가 어찌 나를 몰려 함이리요/ 내가 짐짓 바람 따라 가지 않는 탓이로세.[10]

---

10 西風吹斷西江路 却向東江遇東風 豈其風吹故違我 我自不與風西東(〈篙工歌〉).

도리어 순박하던 단군 시대의 꾸밈없는 그 시절만 못하리로다.[11]

검푸른 무명 이불 오직 한 채 뿐이러니/ 부부유별이란 말은 애당초 당치 않네.[12]

이고 지고 나섰으나 오라는 곳 어디메뇨/ 갈 곳을 모르니 어디로 향할소냐/ 골육도 보전치 못하겠으니/ 두려울손 천륜을 어겨버리네.[13]

가증스런 관리들은 밤중에도 문 두드리니/ 차라리 남은 호랑이를 문간에 세워두고 오는 관리 막으리라.[14]

사또님네 집안에는 주육이 낭자하고/ 풍악소리 울리면서 명기명창 화려하다./ 희희낙락 즐겁게도 태평세월 모습이여/ 그 모습 우람하고 풍성도 하구나.[15]

아버지시여 어머니시여/ 기장밥에 고기 먹고/ 사랑방엔 기생 두고/ 얼굴은 꽃 같구나.[16]

이상에서 인용한 시들에서 보다시피, 다산은 그러한 시를 통해, 현실을 풍자하고 비판하고 있으며, 도탄에 빠진 백성들의 생활상을 고발하고, 무사 안일에 빠져서 횡포를 자행하는 관리들을 질책하고, 인륜도 지킬 수 없을 만큼 어려운 현실을 통탄하고 있는 것이다. 그러나 다산의 시가 현실에 대한 객관적 묘사만으로 구성된 것이 아니라, 철저한 현실 파악에 따른 풍자와 비판으로 짜여져 있다고 한다면, 거기에는 반드시 그러한 모순과 비리를 개혁하고 바로잡을 수 있는 방향이나 계책이 제시되어 있어야 할 것으로 생각된다. 마땅한 대책이 없는 비판이나 풍자는 자칫 힘을 상실해 버릴 가능성이 크기 때문이다. 그리하여 다산은 사회적 제모순과 비리를 바로잡고 백성들의 도탄에 빠진 생활상을 구제하기 위한 방책으로서 목민 사상(牧民

---

11 未若檀君世 質朴有古風(〈述志〉).
12 淸綿敝衾只一領 夫婦有別論非達(〈奉旨廉察到積城舍作〉).
13 負戴靡所聘 不知意何之 骨肉且莫保 迫厄傷天彝(〈飢民詩〉).
14 生憎悍吏夜打門 願留餘虎以禦侮(〈獵虎行〉).
15 朱門多酒肉 絲管邀名姬 熙熙太平象 儼儼廊廟姿(〈飢民詩〉).
16 父兮母兮 梁肉是啖 房有妓女 諺如菌菩(〈豺狼〉).

思想)을 바탕으로 한 참다운 목민관의 역할을 내세웠던 것이다. 그러한 생각은 다음과 같은 작품에 직접 노출되고 있음을 볼 수 있다.

엄숙하고 점잖은 관청의 높은 분네들/ 나라의 운명은 다만 경제뿐이거니/ 모든 생명들이 도탄에 빠졌어라./ 이들을 구원해 낼 자 그대 관리들뿐이로세.[17]

어려운 시대일수록 참다운 목민관의 역할이 강조될 수밖에 없음은 자명한 일이다. 목민관이 올바르게 목민의 임무를 수행해 나갈 때 문제는 크게 달라진다고 다산은 이렇게 노래하고 있다.

옛날에 이내몸이 마패를 차고/ 갑인년에 암행어사 살폈을 적엔/ 보다 먼저 고아들을 보살피라는/ 나라 은혜 고을마다 베풀었는데/ 백성을 다스리는 모든 원님들/ 감히 조금도 어기지 못하였어라.[18]

이와 같이 목민의 임무가 제대로 수행되는 상황에서는 백성들의 생활이 무질서해지거나 혼란에 빠져 들지는 않을 것으로 생각하였던 것이다. 여기서 다산의 목민 사상의 면모를 살펴볼 필요가 있나고 본다.

성현의 가르침에는 원래 두 가지 길이 있는데, 하나는 사도가 만백성을 가르쳐 각각 수신하도록 하는 것이고, 또 하나는 대학에서 국자를 가르쳐 각각 수신하면서 치민하도록 하는 것이니, 치민하는 것이 바로 목민하는 것이다. 그런즉 군자의 학은 수신이 그 반이요, 나머지 반은 목민인 것이다.[19]

---

17 肅肅廊廟賢 經濟伏安危 生靈在塗炭 拯拔非公誰(〈飢民詩〉).
18 昔我持斧 歲在甲寅 王眷遺孤 母俾殿屎 凡在司牧 母敢有違(〈有兒〉).
19 聖賢之敎 原有二途 司徒敎萬民 使各修身 大學敎國子 使各修身而治民 治民者牧民也 然則君子之學 修身爲半 其半牧民也(〈牧民心書序〉).

다산은 이렇게 수기치인(修己治人)의 도를 실행하고자 하는 기본적 이념에서, 치인의 길인 목민의 도를 역설하고 있다. 또한 목민관은 백성을 보호하고 육성하는 임무를 하늘로부터 부여받았음을 말하면서 군주와 목민관의 반성을 촉구하기도 하였다.

하늘이 백성을 내고는 먼저 토지를 두어 거기서 살고 먹도록 하였으며 또 그들을 위하여 임금을 세우고 관리를 정하여 백성들의 부모를 삼고 백성들의 재산을 고르게 하여 다 같이 잘살 수 있게 하도록 했다.[20]

백성들의 부모 된 처지임을 목민관들이 자각하여, 진실로 백성들을 위할 줄 아는 자세를 갖추도록 하라는 것이 다산의 목민 정신인 것이다. 그리하여 〈원목(原牧)〉이란 글에서도 '목위민유야(牧爲民有也)'라고 해서 백성을 위한 정치를 해야 하는 목민의 이상을 펼쳐서 당시의 목민관들의 올바른 자세를 촉구하기도 했던 것이다. 성현의 가르침에 따라 수기치인해야 하는 목민관은 무엇보다도 백성들을 위한 정치를 해야 하며, 백성들의 생활을 안정되게 만들어야 한다는 것이 다산의 생각이었다. 때문에 앞에서 인용한 시들에서 보다시피, 목민관들의 반성을 촉구하면서 그들의 비리와 횡포를 풍자했으면서도, 한걸음 더 나아가 다산의 비판적 안목은 결국 군주인 왕에게 직접 하소연하는 단계에까지 이르게 된다.

나는 죄를 얻어 귀양 온 몸이라 남과 같이 사람대접을 받을 수 없어 나라를 위한 마음을 상주할 길도 없고, 정협(鄭俠)의 고사를 따라 백성들의 참상을 그림으로 그려 바칠 수도 없어서, 때로 눈앞에 본 바를 적었다가 시가로 읊었다.[21]

---

20 天生斯民 先爲之置田地 今生而就哺焉 旣又爲之立君立牧 今爲民父母 得均制其産而並活之(〈田論〉一).

21 顧負罪竄伏 未齒人類 烏味之奏 無階銀臺之圖 莫獻 時記所見 綴爲詩歌(〈田間紀事〉).

이 글은 다산의 시가, 정협의 고사에서와 마찬가지로 백성들의 참상을 있는 그대로 표현하여 왕에게 바치는 심정으로 지어진 것임을 말해 주고 있는 것으로 생각된다.

　어허 이런 집들이 온 천하게 기득한데/ 구중궁궐 깊고 멀어 살피지도 못하누나/ 폐단과 혼란의 본원을 바로잡지 못하면/ 공수(龔遂)와 황패(黃霸)가 다시 온들 바로잡지 못하리니/ 정협의 유민도(流民圖)를 넌지시 못 잊어/ 시 한 편 지어서 대궐에 보내련다.[22]

한나라 때 백성들을 잘 다스린 공수와 황패가 다시 살아온다 해도 제대로 회복될 것 같지 않은 현실이 안타까워, 송나라 때 유랑민의 참상을 그림으로 그려 왕에게 바쳤다는 정협의 고사를 본떠, 그림 대신 시로써 왕에게 백성들의 도탄에 빠진 생활상을 알리고자 하는 마음이 응어리져 있는 시다. 이는 왕의 결단에 의한 제도의 개혁만이 당대 현실을 바로잡을 수 있는 길임을 여러 글에서 주장한 바 있는 다산의 생각이 그대로 드러난 것이라고도 볼 수 있다.

　달려드는 거머리에 벗은 다리 피 흐른다./ 이 피로써 사연 써서 나라님께 바쳐볼까.[23]

처절하게 느껴지리만큼 몸으로 직접 전달되어 오는 백성들의 하소연이다. 붉은 피로 사연을 써서 바칠 수밖에 없을 정도로 어렵고 어두운, 그야말로 찌들대로 찌든 그들의 생활 현장의 참모습을 다산은 생생하게 전해 주고 있다. 그러나 왕에게 직접 하소연하는 단계에서도 다산은 만족하지

---

　22 嗚呼此屋滿天地 九重如海那盡察 弊源亂本棼未正 龔黃復起難自拔 遠慕鄭俠流民圖 聊寫新詩歸紫閣(〈奉旨廉察到積城村舍作〉).

　23 那將赤脚蜞鍼血 添繪銀臺遞奏書(〈耽津農歌〉四).

못하였다. 끝내 하늘의 문을 두드리고 있음을 볼 수 있기 때문이다. 백성을 이 세상에 내고, 또 그들을 위해 군목(君牧)을 정하여 그들의 부모로 삼았음은 바로 다름 아닌 하늘의 뜻이었다. 그러나 군주와 목민관들의 실정으로 생존조차 위협받게 된 참혹한 현실 속에서, 아무리 그들의 각성과 반성을 촉구해도 광정되지 않는 상황에서, 다산은 하늘을 우러러 하늘의 뜻을 물을 수밖에 없었다고 하겠다.

다산의 천명사상(天命思想)은 순수천명(順受天命)하려는 상제천(上帝天)을 중심으로 파악된 것으로 알려져 있다. 그에게 있어서의 천은 신격을 지닌 무형한 천이며, 인간 행위의 윤리적 감시자로 지존지대한 존재자인 것으로 나타나 있다.[24] 그리하여 다산은,

> 하늘의 주재자는 상제이다.[25]
> 천하의 군목은 모두 상제의 신하이다.[26]

라고 해서, 군주나 목민관은 모두 상제의 명, 즉 천명을 받아 백성들을 보살펴야 하는 중간자적 위치에 있는 사람들일 뿐이라는 점을 분명히 밝혀 주고 있다. 때문에 수기치인하고자 하는 그의 이상을 담은 모든 저서도,

> 하늘이 만약 이 뜻을 받아 주지 않으면 불질러버려도 좋다.[27]

라고 하여, 그의 학문이 그러한 천명사상에 의한 것임을 분명히 피력하였다. 이렇게 보면, 하늘의 주재자인 상제의 신하로서의 군주나 목민관들의 실정을 비판했던 것도, 곧 상제에게 호소하여 그들이 천명을 어기지 않고

---

24 이을호, 『다산경학사상연구』(을유문화사, 1966) 참조.
25 天之主宰爲上帝(『孟子要義』).
26 天下君牧 皆上帝之臣(『論語古今註』 10).
27 若天命不允 雖一炬以焚之 可也(〈自撰墓誌銘〉).

진정으로 백성들을 위한 정치를 할 수 있도록 이끌어 줄 것을 소망하였던 것으로 볼 수 있다.

　　오호 창천이여/ 어찌 이렇게 비참해도 부족하단 말인가요.[28]
　　오호 창천이여/ 어찌 이리 살피지 않으시나[29]
　　중이 창천을 불러 원망을 멈추지 않네.[30]
　　봉두난발 여인 하나/ 논바닥에 주저앉아/ 방성통곡하면서/ 저 푸른 하늘만 부르네.[31]
　　하늘만 우러러 죄없음을 호소하는/ 구슬픈 그 소리 끊이지 않네.[32]

　이토록 절박한 상황에서, 인간으로서는 도저히 견디기 힘든 상황에서 다산이 하늘을 찾아 부르고 있음은, 곧 왕이나 목민관들이 천명을 어기고 비리와 횡포를 저지르고 있는 데 대해 경계하고, 올바른 목민에의 길로 고쳐 나가도록 간절하게 호소하고 있는 것으로 파악될 수 있을 것이다.

　지금까지 다산 시에 나타나 있는 목민시적 성격의 양상들을 살펴보았다. 그리하여 철저하게 현실을 파악하고 비판적 안목으로 당대의 현실을 정확하게 묘사하고 있는 다산의 시들이, 목민관을 경계하고 왕에게 호소하니 아울러서 그들에게 천명의 두려움을 일깨우고자 하는 내용으로 일관되어 있었음을 알 수 있었다. 다산의 효용론적 문학론이 재도설에서 벗어나지 못했던 점에 비추어보면, 그러한 양상은 그로서는 당연한 귀결이었다고 생각된다. 또한 다산 시에 있어서의 재도의 대상은 바로 목민관들이라고 할 수 있을 것이며, 이때 재도라는 말에서의 도의 의미는 다산 학문의 중심

28　鳴呼蒼天 曷其不愁(〈采蒿〉).
29　鳴呼蒼天 胡不予察(〈蕎麥〉).
30　僧呼蒼天怒不息(〈僧拔松行〉).
31　有女逢髮 箕踞田中 放聲號咷 呼彼蒼穹(〈拔苗〉).
32　號天訴無辜 哀怨有餘聲(〈波池吏〉).

사상이라 할 수 있는 목민의 도라고 보아도 좋을 것이다. 그리하여 이 글에서는 다산 시를 당대의 현실을 정확하게 묘사하여 고발함으로 해서 목민의 도를 일깨우려고 했던 목민시로 파악하고자 하였다.

2) 표현의 사실성

다산 시의 사실적 표현에 대해서는 다산 시를 실학적 사실주의의 시 또는 리얼리즘의 시 등으로 파악하고자 했던 기왕의 연구 업적들에서 이미 자세히 언급된 바 있다. 따라서 이 글에서는 다산 시의 사실성 자체를 문제삼으려는 것이 아니고, 사실주의의 시니, 리얼리즘의 시니 해서 다산 시의 사실성을 서구적 리얼리즘과 연결시키려고 하는 관점을 지양하고, 다산 시의 사실적 표현의 문제를 한시의 전통적인 표현 방법의 테두리 안에서 살펴보려는 것이다.

한시의 표현 방법의 전통 속에서 다산 시의 표현 방법을 검토하기 위해서는 먼저 『시경』의 표현 방법에 대한 검토가 필요할 것이다. 『시경』에 있어서의 시의 표현 방법의 하나로서, 작자의 생각이나 눈앞의 경치 같은 것을 있는 그대로 표현해 내는 부(賦)의 표현 방법이 있다. 부에 대해서 좀 더 그 개념을 살펴보면 다음과 같다.

생각을 전개하여 직접 서술하는 뜻을 포함한다.
오늘날의 정치나 교화의 잘잘못을 정확하게 표현한다.
사실을 정확하게 쓰는 것이다.[33]

이와 같이 부의 표현 방법이, 시인의 생각을 있는 그대로 직접 서술하며, 사실을 정확하게 서술하고, 당대의 정치나 교화의 잘잘못을 정확하게 표현

---

[33] 含有鋪陳直敍之意/ 直鋪陳今之政敎善惡/ 直書其事(郭紹虞編, 『中國歷代文論選』, 36면).

하는 것이라면, 지금까지 다산 시의 표현의 사실성을 '당대 현실을 널리 다면적으로 정확하게 묘사하려는 경향'의 사실주의로 파악한 기왕의 연구 결과와 크게 어긋나는 개념의 것은 아니다. 때문에 다산 시의 사실성을 서구의 리얼리즘에 견주어서 파악하기 보다는, 부의 표현 방법의 전통 속에서 찾으려는 것이다. 시적 소재를 있는 그대로 사실적으로 표현하고자 하는 한시의 전통은 이렇게 『시경』에서부터 비롯되는 뿌리 깊은 것이었으며, 그 후 표현의 사실성을 강조하는 흐름은 표현의 회화성과 묘사의 구체성으로까지 연결된다. 그리하여 '시중유화(詩中有畵)',[34] '차가입화보(此可入畵譜)',[35] '사경핍진(寫景逼眞)'[36] 등의 평어에서도 살펴볼 수 있는 바와 같이, 한시에 있어서의 사실적 작풍은 역대의 중국이나 조선을 막론하고, 기인들이 기본적으로 갖추고 있었던 것이라 생각된다. 다산도 결코 이에서 예외는 아니었을 것이다. 다산은 숙종 때의 화가인 변상벽(卞尙璧)이 어미닭과 병아리를 그린 그림을 보고 지은 시에서,

온갖 모습 섬세하게 그려 참 닭의 모습이네.[37]

라고 노래하면서, 회화에서의 사실적인 표현을 핍신이란 평어로 말하었디. 다산이 회화를 평가함에 있어서 핍진의 경지를 높이 사고 있음을 알려 주는 말이기도 하다.

또한 앞서 인용한 바와 같이, 〈전간기사(田間紀事)〉 시를 쓰는 마음을 적은 글에서 다산이 말한 '때로 눈앞에 보이는 것을 적었다가 시가로 읊었다'라는 내용에서도, 눈앞에 보이는 현실을 있는 그대로 정확하게 표현하여 핍진하게 전달하려고 했던 다산의 의도는 충분히 나타나 있었다고 하겠다.

---

34 蘇軾, 題王維藍關烟雨圖.
35 李瀷, 『星湖僿說』 卷30, 〈李上舍詩〉.
36 金得臣, 『終南叢志』.
37 形形細逼眞(〈題卞尙璧母鷄領子圖〉).

그리하여 닭과 병아리의 모습을 핍진하게 그려낸 것이 변상벽의 그림이라 한다면, 당대 현실의 참모습을 정확하게 표현하여 전달함으로써 핍진의 경지에 든 것이 곧 다산의 시라고 보아도 좋을 것으로 생각된다. 다산의 시는 곧 부의 표현 방법의 전통에 의해 사실적으로 표현된 '핍진의 시'라고 할 수 있을 것이다.

한편 다산이 핍진의 시, 사실적 표현의 시를 쓴 것은 그의 효용론적 문학론이나 목민시의 내용 전개와 관련되어 있음을 알 수 있다. 재도설을 강하게 내세웠던 다산이 목민관들을 대상으로 하여 진정한 목민의 길을 가르치는 재도의 시를 쓰고자 할 때, 그들에게 백성들이 고민하고 방황하고 있는 당시의 현실의 참모습을 있는 그대로 생생하고 정확하게 사실적으로 표현하여 전달하고자 했을 것은 당연한 일이기 때문이다. 일반적으로 재도설에 젖어 있던 문인들은, 시는 개인의 의지 또는 이상의 표현으로서 사회적 교화에 기여해야 한다고 생각하였다. 따라서 시를 쓰는 데 있어서는 독자의 덕성에 영향을 미치도록 해야 하며, 아울러 사회적 모순이나 정치적 득실을 비판하고 고발할 수 있게 해야 한다고 하였다. 권선징악 함으로써 개인의 성정을 순화하고, 풍간함으로써 사회적 병폐를 고발할 수 있도록 시를 써야 한다는 것이 그들의 생각이었고, 그러기 위해서는 화려한 기교나 과도한 수식보다는 간략하고 단순하게 목적하는 바 도를 실어 전할 수 있는 시적 표현에 노력하였던 것이 그들의 작시 태도였다.

이렇게 보면, 다산 시의 사실적 표현은 바로 다산의 효용론적 문학론의 소산이며, 그것이 목민시에 두드러지게 나타나 있다고 할 수 있을 것이다.

(「백영정병욱박사화갑기념논문집」, 신구문화사, 1982)

3. 조선시 선언의 비평사적 의의

조선시(朝鮮詩) 선언이란 다산이 그의 시에서 '나는 조선인, 즐겨 조선의 시를 지으리'라고 노래한 데서 연유된 것이라 보인다.[38] 조선 사람이기 때문에 즐겨 조선의 시를 짓고자 한 다산의 문학 정신은 조선 후기의 문학적 여건을 고려하면서 민족 문학적 측면에서 볼 때 매우 의의 있는 일로 생각된다.

사실 중국의 한시 형식을 빌려 창작 활동을 전개해왔으며, 중국인들이 중국 문화의 정수며 중국인의 영광이라고까지 극찬하는 당시(唐詩)와 그러한 당시에 못지않은 문학적 성과를 이루었다고 평가되는 송시(宋詩)의 굴레에서 조선 후기에 이르기까지도 크게 벗어나지 못하였던 한국 한시의 여건에서 볼 때, 그러한 다산의 생각은 주목받아 마땅하다고 하겠다. 이렇게 학시의 과정에서부터 당시와 송시를 모범으로 하였고, 시에 대한 평가도 당시와 송시를 기준으로 하였던 일반적인 시단의 경향에 견주어 보면 다산의 생각을 민족 문학적 자각 운동으로 보아도 좋을 것이라 생각된다. 또한 다산의 그러한 생각이 단지 구호에만 그친 것이 아니고, 오랜 동안의 작시와 자신의 문학론의 제시 등을 통해 꾸준히 시험하고 다듬어 온 끝에 마무리된 그의 문학 정신의 결정으로 구체화된 것이어서 더욱 가치 있는 일이라 할 수 있을 것이다.

이 글은 다산의 조선시 선언을 민족 문학적 자각 운동의 일환으로 보고, 조선시 선언의 참뜻을 찾아보고자 하는 의도에서 출발되었다. 그리하여 이 글에서는 먼저 조선시 선언의 내용을 분석 검토한 다음, 다산 문학의 범주에서 조선시 선언이 나오기까지의 과정, 즉 다산 시와 그의 시론에 담겨져 있는 조선시 추구의 흐름을 살펴보고, 이어서 다산이 문학 활동을 전개했던 조선 후기의 비평의 일반적 경향 속에서 그 비평사적 의의를 찾아보도록 하겠다. 결국 다산의 그러한 생각이 다산에게서만 돌출된 전대미문의 주장은 아니었을 것이라는 생각에서, 다산 당대의 비평적 여건을 종합하면서 그러한 주장이 나올 수 있었던 비평적 배경을 살펴보고 그 속에서 다산의

---

38 我是朝鮮人 甘作朝鮮人(〈老人一快事〉 六首 效香山體, 其五).

주장이 갖는 비평사적 의의를 추출해 보도록 하겠다는 것이다.

조선시에 대한 다산의 관심은 1970년대 후반에 주목을 받으면서, 이른바 조선시 선언으로 구체화되어 높이 평가되기에 이르렀다. 민족 문학적 측면에서 다산의 조선시 정신이 주목받은 이후 송재소는 이를 구체화하여 주체적 문학 정신이란 관점 아래 조선시 선언으로 부각시키면서 시어와 용사론에 나타난 조선시 정신을 찾아 규명하였던 것이다.[39] 또한 이동환은 다산이 조선시 선언을 통해 조선 시인으로서의 사고와 감각에 맡겨 조선인의 삶을 중국적 의사화(擬似化)를 배제하고 진실하게 표현하려 하였다고 하면서, 그 것이 조선시에의 자각, 즉 한시의 자국적 특수성에의 자각이라는 시사적 신기류를 탄 것이라고 하였다.[40] 김상홍은 자주적 조선 시론이란 관점에서 조선시 선언을 이해하고, 조선 시어의 사용을 검토하는 한편 그의 용사론을 정리하여 그것을 자주적 민족 문학론의 소산으로 파악하였다.[41] 그리고 조동일은 다산이 비록 국문 문학에는 관심을 보이지는 않았지만, 한문학을 민족 문학으로 재정립하는 방향을 찾는 데 특히 두드러진 성과를 보여 주었다고 하면서, 다산이 제창한 조선시를 한시이기는 하되 중국 전래의 격식에 매이지 않고 소재나 표현이 자기 시대의 요구에 합당한 독자적인 특징을 가진 시로 규정하고 그동안 실학파의 시가 정통 한시에서 벗어나 우리 말 노래에 접근하고자 해온 노력을 그런 명명과 함께 뚜렷하게 부각시켰다고 평가하였다.[42]

이제 이러한 기왕의 성과에 힘입어, 그러한 바탕 위에서 다산의 조선시 선언의 비평사적 의의를 찾아보도록 하겠다.

---

39 송재소, 「다산의 조선시에 대하여」, 『한국한문학연구』 제2집(1977).

40 이동환, 「조선후기 한시에 있어서 민요취향의 대두」, 『한국한문학연구』 제3・4집(한국한문학회, 1978・1979).

41 김상홍, 『다산 정약용 문학연구』(단대출판부, 1985).

42 조동일, 『한국통사』 3(제2판, 지식산업사, 1989).

1) 다산의 조선시 선언

다산의 조선시 선언의 내용을 검토하여 비평사적 의의를 살펴보기 위해서는 먼저 그러한 생각이 직접 나타나 있는 그의 시를 정확하게 이해해야 할 것이다.

노인의 한 가지 즐거운 일은
붓 가는 대로 미친 듯이 쓰는 것,
어려운 운자(韻字)에 구애받지 않고
고치고 다듬느라 늦출 필요도 없네.
흥이 일면 곧 뜻을 헤아리고
뜻이 이루어지면 바로 시를 쓴다네.

나는 조선 사람
즐겨 조선의 시를 지으리.
그대들은 마땅히 그대들 법 따르면 되는데
작시법에 맞지 않는다고 떠드는 자 누구인가.
까다롭고 번거로운 격과 율을
먼 곳의 사람들이 어이 안단 말인가.

우리를 업신여긴 이반룡은
동쪽의 오랑캐라 비웃었네.
원·우[43]가 설루(이반룡)를 쳤는데도

---

43 원·우에 대하여 송재소는 청대(淸代)의 원매(袁枚, 1716~1797)와 우통(尤侗, 1618~1704)이라 하였고, 김상홍은 명대(明代)의 원종도(袁宗道), 원굉도(袁宏道, 1568~1610), 원중도(袁中道) 삼형제와 우통이라 하였으나, 이반룡(李攀龍, 1514~1570)의 의고주의(擬古主義)에 대해 시대는 다르다 해도 각기 반의고적(反擬古的) 문학운동을 전개했던 원굉도 삼형제와 원매의 문학

중국 땅엔 다른 말이 없네.
뒤에서 총알이 겨누고 있는데
어느 겨를에 마른 매미 엿볼소냐.

나는 한유의 산석구를 좋아하는데
여랑의 비웃음 받을까 두렵네.
어찌 구슬픈 말로써 꾸며대면서
괴롭게 애간장 끊는 시를 쓰리오.
배와 귤은 각각 맛이 다른 것
입맛 따라 저 좋은 것 고르면 되지.[44]

다산은 작시 활동을 마무리하는 시점에서 이렇게 논시시(論詩詩)를 통해 그의 시 정신의 요체라고 할 수 있는 조선시 정신을 피력했던 것이다. 이 시는 각 6구로 된 4단 구성으로 짜여져 있다고 볼 수 있다.

제1단에서 다산은 붓 가는 대로 마음 내키는 대로 하고픈 말을 시로 옮기는 일을 즐거운 일이라 하였다. 비록 그 시가 중국의 문자와 시 형식을 빌려 쓰는 것이긴 해도 마음속에 쌓여 주체할 길 없는 말들을 거리낌 없이 시로 표현해 내는 즐거움을 그대로 나타낸 것으로 보인다. 그렇게 표현해 낸 시에 담긴 시 정신은 곧 조선의 현실에서 빚어진 조선의 마음이자 다산의 현실에서 다듬어진 다산의 마음이었다고 볼 때, 애써 까다로운 정통 한

────────────

적 성격으로 볼 때 가리기 어려운 점이 있다. 앞으로 정확히 밝혀져야 할 것이다.

44 老人一快事 縱筆寫狂詞 競病不必拘 推敲不必遲 興到即運意 意到即寫之 我是朝鮮人 甘作朝鮮詩 卿當 用卿法 迂哉議者誰 區區格與律 遠人何得知 凌凌李攀龍 嘲我爲東夷 袁尤槌雪樓 海內無異辭 背有挾彈子 奚暇枯蟬窺 我慕山石句 恐受女郎嗤 焉能飾悽黲 辛苦斷腸爲 梨橘各殊味 嗜好唯其宜 [이 〈노인일쾌사(老人一快事)〉 시는 다산의 나이 71세(1832, 순조 32) 때의 작품이다. 다산은 그 해에 26편 51수의 시를 쓰고, 다음 해에 4편 31수를 쓴 것으로 나타나 있는데, 이렇게 보면 이 시는 다산이 작시 활동을 거의 마무리하는 단계에서 쓴 시라고 보아도 좋을 것이다.]

시의 성률을 따른다든지 시어나 시구의 연탁에 마음 쓸 것 없다는 생각이었을 것이다. 그저 시흥이 일면 뜻을 움직여 그 뜻이 하나의 시로 됨직할 때 바로 문자로 표현해 내면 되었던 것이라 하겠다. 여기서 우리는 다산의 작시 정신의 일면을 살펴볼 수 있다. 즉 '흥도(興到) → 운의(運意) → 의도(意到) → 즉사(卽寫)'의 작시 과정에서 다산은 성률이나 탁자 연구에 구애받지 않는 자유로운 작시 정신을 추구하고 있음을 보여 주었던 것이다. 이러한 자유로운 시 정신은 작시상의 자연스러운 표현을 중시하는 태도로 연결되는데, 작시상의 가장 어려운 문제는 자연스러운 표현이라는 것이 다산의 생각이었다. 자구의 연탁이나 시적인 정서의 표출이 힘든 것이 아니라 표현의 자연스러움과 여운이 남는 시취를 자아내는 일이 어렵다는 것이다.[45] 이는 형식이나 법칙에 구애되고 그 얽매인 형식 속에서 답습이나 조탁에 힘쓴 나머지 천편일률이 되어 버리는 시의 병폐를 비판하고 표현의 자연스러움을 중시한 다산의 자유로운 시 정신의 면모를 보여준 것이라 생각된다.

제2단에서 다산은 자유로운 시 정신의 구체적 표현으로 조선인이기 때문에 즐겨 조선의 시를 짓겠다는 조선시 정신을 강하게 내세웠다. 결국 중국의 문자와 시 형식을 빌려 작시하는 조선시의 한계를 깨닫고 그 바탕 위에서 까다롭고 번거로운 중국 시의 굴레를 벗어나 조선의 성신이 담긴 조선의 시를 추구하고자 하는 자유로운 시 정신을 보여 주었다고 하겠다.

제3단에서는 제 스스로 제대로 추스르지 못하면서 남의 나라 일에 쓸데없이 신경쓰는 중국 시단을 호되게 비판하면서 실제로는 자신의 조선시 선언의 당위성을 은근히 내세웠다고 생각된다.

제4단에는 지나치게 꾸미지 않고 자연스럽게 시를 쓰고자 하는 다산의 시 정신이 나타나 있다. 다산은 한유(韓愈)의 산석구(山石句)를 좋아해서 그렇게 자연스러운 표현으로 이루어진 시를 쓰고자 하였는데, 비록 여랑(女郎)의 비웃음을 산다 하더라도 자신의 시적 취향에 따라 구슬픈 말로써 꾸

---

45 주 7) 참조.

미고 치장하여 남의 애간장이나 끊게 하는 시보다는 자유로운 시 정신의 소산인 꾸밈없이 자연스럽게 이루어진 시를 쓰고자 하였던 것이다.

한유의 산석구는 일찍이 소동파(蘇東坡)가 남계(南溪)에서 손님들과 놀 때 이 시를 읊었다고 할 만큼 좋은 작품으로 알려진 시인데, 특히

> 인생이란 이렇게 즐길만한 것이거니
> 어찌 구차스레 몸을 움츠려 남의 굴레 받으랴.[46]

라고 하는 양구(兩句)에 주안(主眼)이 있다고 한다. 결국 현실에 구애받지 않고 자연 속에 동화되어 유유자적한 삶을 즐기고자 하는 마음을 노래한 작품으로 생각된다. 이 시는 또한 우리 문인들 사이에서도 높이 평가되었던 것으로 보인다.

(한유의 칠언시 가운데) 공력을 들이지 않고 자연스럽게 이루어진 것은 오직 산석 한 편 뿐이다. 이 시는 자초지종 마치 산행일기(山行日記)처럼 만나는 바에 따라 써낸 것인데 필력이 웅혼해서 결합되고 수식된 흔적이 보이지 않으니 오직 능한 자만이 할 수 있을 뿐 배워서 될 수는 없는 것이다. 뒤에 와서 원나라 원호문(元好問)이 이 뜻을 알고서 '한 퇴지의 산석 시구를 뽑아내보니, 그것이 바로 여랑의 시란 것을 이제 알았네'라고 하였는데, 대개 아는 말이라 하겠다.[47]

이렇게 성호(星湖) 이익(李瀷)도 수식 없이 자연스러운 표현으로 이루어진 산석시의 경지를 타고난 재능으로 시에 능한 사람만이 써낼 수 있는, 후천적으로 배워서 이를 수는 없는 시의 경지로 높이 평가하였다.

이로 보면 제4단에서 다산은 까다롭고 번거로운 형식이나 억지로 탁자

---

46 人生如此自可樂 豈必局促爲人鞿(김달진 역해, 『당시전서』, 민음사, 1987, 565면).
47 『국역 성호사설』 IX(민족문화추진회, 1976), 157면.

연구하는 수고로움을 벗어나 자신의 기호에 따라 자유로운 시 정신으로 자연스럽게 표현된 시 세계를 가꾸고자 하였던 것으로 보인다.

위에서 시의 내용을 전반적으로 살펴본 바에 따르면, 다산은 제1단에서 '흥도→ 운의→ 의도→ 즉사'의 작시 과정을 내세우면서 붓 가는 대로 마음껏 미친 듯이 써내려가는 자유로운 시 정신을 제시한 다음, 그것을 구체화하여 제2단에서 조선인으로서의 조선시 추구 정신을 천명하고, 제3단에서는 중국의 간섭이나 비판을 무시하려는 의지를 다지면서 조선시 선언의 당위성을 강조하고 제4단에서 다시 한 번 자유로운 시 정신에 따라 자연스러운 표현의 시세계를 지향하려는 마음을 나타내었다고 하겠다.

결국 이 시는 다산의 자유로운 시 정신을 드러내고자 한 논시시이며, 그 과정에서 조선시 정신을 제창하여 주체적인 민족 문학 정신을 보여 주면서 자신의 일생 동안의 작시 활동을 뒷받침해 온 시 정신을 결산한 다시 말해서 다산의 시 정신의 결정을 보여준 시로 생각된다.

이 시에서 비롯된 다산의 조선시 선언에 대해, 송재소는 그 배경을 두 가지 측면에서 이해하였는데 첫째는 우리나라 사람이 한자를 빌려 시를 쓰는 데서 오는 현실적인 어려움을 사실대로 인정한 결과이고 둘째는 다산의 주체성, 즉 모화사상(慕華思想)에서 탈피하려는 의지의 소산으로 보였다.[48] 또한 김상홍은 다산의 조선시 선언을 문학의 주체적 자아의 확립이라는 관점에서 이해하고, 조선 사람이기에 즐거이 조선시를 쓴다고 선언한 다산의 조선 시론은 사대적 의고주의(擬古主義)의 당대 문풍을 배격하고 조선지사를 시로 써야 한다는 자주적 문학론으로서 조선 후기 문단에 새로운 이정표를 세운 것이라고 하였다.[49]

이렇게 지금까지 연구된 바에 따르면 다산의 조선시 선언은 한국 한시의 한계를 자각한 필연적인 결과이며 민족 문학론의 일환으로 제기된 것으로

---

48 송재소, 『다산시 연구』(창작사, 1986), 34면.
49 김상홍, 『한국한시론과 실학파문학』(계명문화사, 1989), 252면.

되어 있다. 그러나 앞서 다산의 해당 시에 일관되게 흐르고 있는 시 정신이 자유로운 시 정신의 추구임을 살펴보았거니와, 이 글에서는 시인으로서 다산이 지향하고자 하였던 시의 형식과 수식의 번거로움에서 벗어나고자 하는 자유로운 시 정신이 구체화되면서 그 과정에서 민족 문학의 주체성을 획득하고자 하는 조선시 선언이 자연스러운 귀결로 제창된 것이라고 보고자 하는 것이다.

다산의 조선시 선언은 시인으로서 다산이 추구하고자 하였던 자유로운 시 정신이 구체화되어 나타난 것으로 다산의 작시 정신을 대변해 주는 것이며, 다산이 작시 활동을 거의 마무리하는 단계에서 경험적으로 얻어 낸 그의 시 정신의 결정으로서 민족 문학의 주체성을 획득하고자 하는 강한 의지의 소산이었다고 하겠다.

2) 다산의 시와 시론에 나타난 조선시 정신

앞에서 다산의 조선시 선언이 그의 자유로운 시 정신의 소산임을 검토해 보았다. 또한 그러한 자유로운 시 정신이 현실적인 실체로 드러나게 된 결과로서 민족 문학의 주체성을 획득하고자 하는 방향으로 자리 잡은 것이 조선시 선언임도 살펴보았다. 그리고 조선시 선언이 다산의 작시 정신을 대변해 주는 것인 동시에 전 생애에 걸친 다산의 작시 활동의 성격을 한마디로 규정해 주는 이른바 다산의 시 정신의 정화이었음도 알 수 있었다.

이렇게 볼 때 다산의 시와 시론에 나타나 있는 조선시 정신의 면모를 종합적으로 살펴볼 필요가 있다고 하겠다. 그렇게 되면 그의 조선시 선언이 오랜 작시 활동 과정에서 실험하고 실천한 끝에 자신의 시 정신을 결산하는 의미에서 이론화한 것이라는 점을 분명히 할 수도 있을 것이다.

다산의 시와 시론에 나타나 있는 조선시 추구 정신에 대해서는 기왕의 연구에서 이미 상당한 성과를 거둔 바 있다.

먼저 다산의 시에 나타나 있는 조선시 추구 정신에 대해서는 주로 시어를 중심으로 검토되어 왔다. 그리하여 다산이 말한 조선시의 모습은 그의 시에 사용된 시어에 구체적으로 드러나 있다고 하면서, 다산이 순수한 우리 말 또는 토속적인 방언을 한자화해서 시어로 사용하였음을 밝혔다. 이는 다산의 시가 조선시이기 위한 하나의 조건임에 틀림없다고 보인다.

그리고 다산의 시론에 나타나 있는 조선시 추구 정신은 주로 그의 용사 론에 바탕을 두고 검토되어 왔다. 다산은 작시에 있어서 우리나라의 고사를 사용해야 한다고 주장하였던 것이다.[50]

이렇게 보면 다산의 조선시 정신은 시어와 용사론의 측면에서 우리의 것 을 찾아 쓰는 노력의 소산으로 파악되고 있음을 알 수 있다. 그러나 다산이 내세운 조선시가 그러한 정도의 의미 파악의 선에 머무는 것은 아니었을 것으로 생각된다. 다산이 우리의 문자와 시 형식이 엄연히 존재하고 있었음 에도 불구하고 중국의 문자와 시 형식을 빌려 작시 활동을 전개하는 것을 당연시하였던 당시의 사대부적 문학 현실의 한계를 뛰어넘지 못한 상황에 서 군이 조선시 정신을 제창하고 나섰을 때에는 그 조선시의 개념의 범주가 단순히 시어나 용사에서 우리의 것을 찾아 쓰는 정도에 멈추는 것은 아니었 을 것이라고 판단되기 때문이다.

여기서 앞서 살펴본 시의 내용을 다시금 되새겨 볼 필요가 있나고 하겠 다. 다산은 한시의 격식에 구애받지 않고 뜻하는 바를 시에 그대로 나타내 고자 하면서 '흥도→ 운의→ 의도→ 즉사'하고자 하는 작시 정신을 내세웠 다. 결국 그렇게 하여 이루어진 시가 비록 한시의 형식을 따르기는 했지만 조선시라는 것이 바로 그의 생각이었다. 그렇다면 흥이 일면 뜻을 헤아리고 그 뜻이 시적으로 이루어지면 바로 시로 쓴다는 그 과정에서 다산이 가장 중요시한 것은 시에 담아 나타내고자 한 바로 그 뜻[意]이었다고 해야 할 것이다. 다시 말해 다산이 조선시 제창에서 가장 중요하게 생각한 것은 시

---

50 시어와 용사에서 우리 것을 찾아 쓴 데서 조선시 추구 정신을 이해한 것은 기왕의 연구 업적들에서 공히 살펴볼 수 있다.

어나 용사에서 우리 것을 찾아 쓰는 등의 격식의 문제가 아니라 시에 담아 나타내어야 하는 뜻이었다고 보아야 한다는 것이다. 물론 시어나 용사에서 우리의 것을 애써 찾아 시에 나타내는 작업에서도 조선의 정신은 분명 드러나게 되는 것이지만, 더욱 중요한 것은 시 속에 직접 담아 표현해 내고자 하는 뜻 곧 조선인으로서의 조선의 정신이었다고 생각된다. 따라서 시 속에 담긴 시인의 시 정신, 시를 통해 시인이 말하고자 하는 뜻 바로 그것이 다산이 제창한 조선시의 핵심을 이루는 것이라는 점을 간과하고서, 다산의 조선시 정신이 추구한 것이 시어나 용사에서 우리의 것을 찾아 쓰는 것이었다고 이해하는 정도에 머물러서는 안될 것으로 보인다.[51]

그러면 다산이 '홍도→ 운의→ 의도→ 즉사'의 작시 과정을 거쳐 조선시를 쓰고자 하면서, 그 시 속에 담아 표현해 내고자 뜻하였던 것은 과연 무엇이었던가를 살펴보아야 할 것이다. 그렇게 될 때 다산이 추구한 조선시 정신의 실체가 밝혀질 수 있을 것이기 때문이다. 이러한 관점에서 다산이 시에 나타내고자 하였던 내용을 검토하기 위해서는, 그의 문학론을 비롯하여 그의 학문 세계와 현실 인식의 문제 등을 두루 검토하여 그러한 다산의 정신 세계의 총화가 그의 시에 어떻게 반영되어 있는가를 살펴보아야 할 것이다.

먼저 앞의 Ⅰ항에서 다산의 문학론에는 효용론적인 관점에서 문학을 이해하고자 하는 성격이 강하게 나타나 있음을 보았다. 그 내용을 바탕으로 하여 생각해 보면, 다산이 조선시 추구 과정에서 '홍도→ 운의→ 의도→ 즉사'하는 가운데 나타내고자 하였던 의(意)가 뜻하는 바가 무엇인지, 즉 다산이 조선시에 담고자 했던 뜻, 그 내용이 무엇이었던가 하는 데 대한 새 대답은 자명해진다고 하겠다.

그것은, 조선 후기 사회의 제모순을 비판하고 혼란한 사회상을 바로잡아 사회 개혁을 이루어야 한다는 그의 현실 인식에 바탕을 둔 실학의 집대성자

---

51 조선시를 제창한 〈노인일쾌사〉 시를 쓰면서 다산이 당나라 백거이(白居易)의 향산체(香山體)를 본받아 쓴 데서도 알 수 있다시피, 다산이 파악한 조선시의 개념은 형식적인 면보다는 내용적인 면에 더 큰 비중이 있었다고 해야 할 것이다.

로서의 그의 사상, 곧 내적으로 널리 세상을 구제하기에 족한 실용적 학문을 축적하고 그 진수를 발전시켜 백성들에게 널리 혜택을 베풀고자 한 사상이었다고 하겠다. 그리고 그러한 사상을 굳건히 한 다음 그것을 자연스럽게 형상화해 내어야 참다운 시, 조선시가 될 수 있다는 것이 그의 생각이었을 것으로 보인다.

또한 다산은 인륜의 도를 근본으로 하여 치국의 도를 실현하기 위해 교화의 내용을 표현하지 않은 것은 시가 아니라고 역설하였으며, 교화의 내용을 전달할 수 있는 능력을 갖추지 못한 사람은 시를 지어서는 안된다고까지 주장하였다. 이러한 가운데 다산이 시에 담아 전달하고자 한 '의(意)'는 당연히 부자·군신·부부의 윤리를 세우는 것, 세상을 걱정하고 백성을 구제할 수 있는 것, 임금을 사랑하고 나라를 걱정하는 것, 시국을 가슴 아파하고 풍속을 안타까워하는 것, 찬미하고 풍자하며 권선징악 하고자 하는 것 등이었을 것이다. 이러한 내용들이 가슴 속에 '지(志)'로 축적되어 그것이 시의 '의'로 자연스럽게 표현되어야 한다는 것이 그의 생각이었던 것으로 볼 수 있다. 그리하여 그러한 시 조선 후기 당대의 정확한 현실 인식을 토대로 그 시대에 가장 필요하고 가장 절실한 문제들을 해결하고자 하는 의지가 담긴 시, 이른바 조선의 정신이 그대로 담긴 시 그것이 바로 조선시리고 다산은 선언하였던 것으로 생각된다.

이렇게 보면 다산이 추구한 조선시가 조선인들의 시대 정신이 여실히 반영된 시를 목표하였을 가능성은 충분하다고 보인다. 여기서 다산의 시대 정신 곧 다산이 어떻게 당대의 현실을 인식하였으며, 그것이 그의 학문에 어떻게 수용되어 있는가, 그리고 그러한 다산의 '지' 가 그의 시 작품에 어떠한 '의'로 반영되어 있는가 하는 것들을 살펴볼 필요가 있다고 하겠다.

임진왜란과 병자호란 이후의 조선 후기 사회는 모든 질서의 문란과 정치 기강의 해이로 인해 극도의 혼란에 빠지게 되었던 바, 실로 정치·경제·사회 각 방면에 걸쳐 혼란이 극심하였던 것으로 보인다. 다산은 이러한 현실을 사회 어느 한 구석이라도 병들지 않은 곳이 없는 상황이라고 단적으로 진단하였다.[52] 또한 그러한 병폐를 시급히 개혁하지 않으면 나라가 망할 뿐이라고 하면서 뜻있는 사람들이 수수방관해서는 안된다고 역설하였다.

이러한 다산의 정확한 현실 인식은 그로 하여금 당시의 사회적 제모순과 비리를 바로잡고 백성들의 도탄에 빠진 생활상을 구제하기 위한 방책의 하나로 다산의 학문 세계에서 큰 몫을 차지하는 목민 사상(牧民思想)을 바탕으로 한 참다운 목민관의 역할을 제시하게 하였다고 보인다. 그리하여 다산은 수기치인(修己治人)의 도를 실행하고자 하는 기본적 이념에서 치인의 길인 목민의 도를 역설하였는데, 목민관은 백성을 보호하고 육성하는 임무를 하늘로부터 부여받았음을 강조하면서 군주와 목민관의 반성을 촉구하였던 것이다. 결국 백성들의 부모된 처지임을 목민관들이 자각하여 진실로 백성들을 위할 줄 하는 자세를 갖추도록 하라는 것이 다산의 목민 사상의 바탕이었다고 하겠다. 이것은 또한 정확한 현실 인식을 바탕으로 사회 모든 면이 모두 병들었다고 진단한 결과 그 처방책으로 제시한 것이었다고 생각된다. 성현의 가르침에 따라 수기치인 해야 하는 목민관은 무엇보다도 백성들을 위한 정치를 해야 하며, 그렇게 백성들의 생활을 안정되게 만드는 것만이 당시의 어지러운 현실을 타개하고 사회를 개혁할 수 있는 길이라고 보았던 것이라 하겠다.

이와 같은 다산의 생각은 그의 시에도 그대로 나타나 있음을 앞의 Ⅱ항에서 볼 수 있었는데, 바로 그러한 생각을 '운의'해서 '의도'했을 때 시로 옮겨놓은 것이 그가 궁극적으로 지향하고자 했던 조선시였을 것으로 생각된다.

이제 그 내용을 다시 한 번 간추려 보면서 다산의 조선시에 담긴 시 정신의 실체를 찾아보도록 하겠다. 다산이 남긴 많은 시 가운데,[53] 시인으로서의 다산의 진면목은 철저한 현실 파악과 비판을 통해서 농촌이나 어촌의 빈궁

---

52 竊嘗思之 盖一毛一髮無非病耳(〈經世遺表引〉).

53 김상홍에 의하면 다산 시는 규장각의 필사본 『여유당집(與猶堂集)』의 경우 1195편 2263수, 신조선사 판본 『여유당전서(與猶堂全書)』의 경우는 1195편 2286수로 파악되어 있다(김상홍, 『다산 정약용 문학연구』 참조).

한 모습과 백성들의 고뇌상, 그리고 관리나 토호들의 횡포, 사회 제도의 모순성, 피폐한 조국 강토 등을 읊은 시들에서 찾을 수 있을 것으로 보인다. 그러한 시들은 시의 근본을 인륜을 세우고 세상을 걱정하며 백성을 구제하는 데 두고 나라를 걱정하지 않고 풍속을 안타까워하지 않으며 찬미하고 풍자하고 권선징악 하는 내용을 담지 않은 것은 시가 아니라고까지 주장한 그의 효용론적 시관이 그대로 반영된 작품이라는 데서 더욱 주목받을 만하다고 하겠다. 그러한 시들을 통해 다산은 현실을 풍자하고 비판하고 있으며, 도탄에 빠진 백성들의 생활상을 고발하고, 무사안일에 빠져서 횡포를 자행하는 관리들을 질책하였으며, 나아가 인륜도 지켜낼 수 없을 만큼 어려운 현실을 통탄하였다.

그러나 다산의 시가 이렇게 어려운 현실에 대한 객관적 묘사만으로 일관하고 있는 것은 아니다. 그의 시가 철저한 현실 파악에 따른 풍자와 비판으로 짜여져 있다고 한다면, 거기에는 반드시 그러한 모순과 비리를 개혁하고 바로잡을 수 있는 방향이나 계책이 제시되어 있어야 할 것으로 생각된다. 마땅한 대책이 없는 막연한 비판이나 풍자는 자칫 설득력을 상실해버릴 가능성이 크기 때문이다.

그리하여 다산은 앞서 살펴본 목민 사상을 시에 담아 전하기도 하였던 것이다. 어려운 시대일수록 참다운 목민관의 역할이 강조될 수밖에 없음은 자명한 일이다. 다산은 목민관이 그 임무를 올바르게 수행해 나갈 때 백성들의 생활이 무질서해지거나 혼란에 빠져들지는 않을 것으로 생각하였던 것이다.

이렇게 목민관들의 반성을 촉구하면서 그들의 비리와 횡포를 풍자하는 한편으로 다산의 비판적 안목은 한 걸음 더 나아가 결국 군주인 왕에게 직접 하소연하는 단계에까지 이르게 된다. 백성들의 참상을 있는 그대로 표현하여 그러한 백성들의 도탄에 빠진 생활상을 알리고자 하는 마음이 응어리져 있는 시들을 통해서 다산은 왕의 결단에 의한 제도의 개혁만이 당대 현실을 바로잡을 수 있는 길임을 보여주기도 하였던 것이다.

그러나 왕에게 직접 하소연하는 단계에서도 다산은 만족하지 못하였다. 끝내 하늘의 문을 두드리고 있음을 볼 수 있기 때문이다. 백성을 이 세상에 내고 또 그들을 위해 군목을 정하여 그들의 부모로 삼았음은 바로 다름 아닌 하늘의 뜻이라는 것이 다산의 생각이었다. 그럴진대 군주와 목민관들의 실정으로 참혹한 현실이 되어버린 채 아무리 그들의 각성과 반성을 촉구해도 바로잡아지지 않는 상황에서 다산은 하늘을 우러러 하늘의 뜻을 물을 수밖에 없었다고 하겠다. 다산에게 있어서의 하늘은 신격을 지닌 무형의 하늘이며, 인간행위의 윤리적 감시자로서 지존지대한 존재자인 것으로 나타나 있다. 때문에 수기치인 하고자 했던 그의 이상을 담은 모든 저서도 하늘이 만약 그 뜻을 받아주지 않으면 불질러버려도 좋다고까지 하였던 것이다. 이렇게 볼 때 다산이 군주나 목민관들의 실정을 비판했던 것도 하늘에 호소하여 그들이 천명을 어기지 않고 진정으로 백성들을 위한 정치를 할 수 있도록 이끌어 줄 것을 소망한 때문으로 볼 수 있을 것이다. 그토록 어렵고 절박한 상황에서 인간으로서는 도저히 견디기 힘든 상황에서 다산이 하늘을 찾아 부르짖고 있음은, 곧 왕이나 목민관들이 천명을 어기면서 횡포를 저지르고 있는 데 대해 경계하고, 올바른 목민에의 길로 고쳐 나아가도록 간절하게 호소하고 있는 것으로 파악될 수 있다고 하겠다.

위에서 철저한 현실 파악에 바탕을 둔 비판적 안목으로 당대의 현실을 정확하게 묘사하고 있는 다산의 시들이 목민관을 경계하고 왕에게 호소하며 아울러서 그들에게 천명의 두려움을 일깨우고자 하는 내용으로 일관되어 있음을 알아보았다. 그러한 다산의 시들은 자신이 피력하였던 재도적 문학관 아래서의 효용론적인 시관의 소산이었다고 보이는데, 이때 다산이 파악한 재도라는 말에서의 재도의 대상은 바로 목민관들이었다고 할 수 있을 것이며, 그 도의 의미는 다산 학문의 중심 사상의 하나라 할 수 있는 목민 사상이었다고 보아도 좋을 것이다. 따라서 그러한 시들을 당대의 현실을 정확하게 묘사하여 고발함으로써 목민의 도를 일깨우려고 했던 목민시로 파악하고자 하였던 것이다.

지금까지 다산이 추구한 조선시 정신이 의미하는 것이 무엇이었던가를 살펴보기 위해서 그 개념을 시 정신의 측면에서 검토해 보았다. 그리하여 중국의 한자와 시 형식을 빌려 작시하는 한계 속에서 다산이 추구한 조선시가, 단순히 시어나 용사에서 우리 것을 찾아 쓰는 정도에서 이해되기보다는, 근본적으로 시 속에 담긴 '의', 즉 사색하고 느끼며 살았던 각 시대의 조선인들의 시대 정신이 그대로 반영된 시 정신에서 이해되어야 함을 알아보았다. 따라서 다산이 한시의 형식적 제약의 틀을 극복하면서 시어와 용사 등에서 우리의 것을 찾아 쓰는 노력과 함께 가장 핵심적인 것으로 내세웠던 조선시 정신은 시 속에 당대 조선인들의 조선의 정신을 형상화해 내는 데로 귀결된다고 볼 수 있겠다.

　　그리고 다산의 경우에 있어서 자신의 이른바 조선시에 담고자 했던 시 정신은 당대 현실을 정확히 인식하여 그 현실적 개혁을 의도하였던 목민 사상의 측면에서 그 한 가닥이 이해될 수 있을 것으로 생각된다.

3) 조선시 선언의 비평사적 의의

　　앞에서 다산 시 문학의 범주에서 다산의 조선시 선언이 갖는 의미를 살펴보았다. 그리하여 다산이 문학 활동을 전개한 이래 이어져 온 일련의 작업들 곧 당대 현실에서 민중들의 언어 감각을 존중하여 우리말을 시어로 즐겨 사용한 것을 비롯하여, 시의 용사에 있어서 그 대상을 중국의 경전이나 사서, 시문집 등에서 찾을 것이 아니라 우리나라의 고전에서 두루 찾아 써야 한다고 주장하였다든지, 그리고 가장 근본적인 문제로 시 속에 당대 조선인들의 시대정신, 즉 조선의 정신을 담고자 노력하였다든지 하는 과정을 거쳐 다산이 궁극적으로 다다르게 된 시 문학 운동의 귀결점이 바로 조선시 선언이었음을 알 수 있었다.

　　이렇게 보면 다산의 조선시 선언은 어설픈 이론의 실험적 제시와 그것의 객관적 타당성을 입증하기 위한 무리한 시적 활동의 전개 차원에서가 아니라, 오랜 기초 작업을 통한 그의 시 문학의 결산적 의미를 나타내는 것인 동시에 민족 문학적 차원에서 당시 문단이 지향해야 할 바를 단적으로 제시해 준 것으로 보아야 할 것이라 생각된다.

이제 다산의 조선시 선언이 갖는 비평사적 의의를 살펴보도록 하겠다. 다산이 문학 활동을 전개하였던 조선 후기는 한문학 분야에 있어서 비판과 반성의 시대였다고 보인다. 특히 조선조 문학에 대한 비판과 반성의 기운은 우리나라의 문학을 중국의 것과 비교하여 문학의 전반적인 면에서 중국에 뒤떨어져 있다는 인식에서 반성의 소리가 높아지면서 확산되기 시작하였다. 이는 중국 문학의 수용에서 비롯된 조선의 문학적 여건으로 보아 어쩔 수 없는 현실로 이해되기도 한다. 그러나 당시의 문학적 현실을 정확하게 비판하고 반성하는 자세에서부터 우리 문학의 새로운 발전의 계기를 마련할 수 있으며, 중국 문학에 뒤지지 않는 우리의 문학을 이룰 수 있다고 볼 때, 오히려 발전적인 민족 문학의 수립을 위한 필연적인 태도로 생각할 수 있을 것이다. 문학 비평을 통하여 문학의 발전적 계기를 찾고자 한다면 그것은 당시의 문학적 현실에 대한 정확한 분석과 검토가 우선되어야 할 것이기 때문이다.

조선 후기에 이르러 이러한 비판과 반성의 문학 정신과 민족 문학에 대한 자각 의식은 뜻있는 문인들 사이에 널리 확산되어 있었다고 보인다. 이에 따라 조선 후기의 문학관 역시 다양한 전개 양상을 보여주고 있었는데, 다산의 조선시 선언도 그러한 조선 후기의 문학적 기풍의 소산이었을 것으로 보고 그 비평사적 의의를 찾아보고자 하는 것이다. 그리하여 자유로운 시 정신의 추구와 민족 문학에의 관심 확산이라는 측면에서 당시의 비평적 현실을 검토하여 그러한 비평의 흐름 속에서 다산의 조선시 선언의 비평사적 의의를 찾아보도록 하겠다.

(1) 자유로운 시정신의 추구

다산이 전통적인 중국 한시의 형식이나 법칙에 구애받지 않으려는 한편 중국식 사고의 틀에서도 벗어나 조선의 정신을 시에 담고자 한 자유로운 시 정신을 보여주었음은 이미 살펴본 바 있다. 이렇게 다산은 시의 형식적인 측면이나 내용적인 측면에서 두루 자유로운 시 정신을 구가하고자 하였던 것이다.

이처럼 전통적인 한시의 굴레에서 벗어나 자유로운 시 정신을 추구하고자 하는 노력은 조선 후기 문인들 사이에 폭넓게 형성되어 있었다고 보인다. 그러한 노력 가운데 먼저 학당·학송에서 탈피하려는 시 정신이 보편화되기 시작하였다는 점을 들 수 있다.

당시(唐詩)가 정서의 표현에 주력한 반면 송시(宋詩)는 의론의 전달을 위주로 하여 그 시대가 다름과 같이 시의 기풍도 역시 다르게 나타나 있는데, 그 특수한 풍격으로 후인들의 학시의 대상이 되어 왔다. 조선의 시인들도 그들의 취향에 따라 당·송의 시를 학시의 모범으로 삼아 그들 나름대로의 시풍을 이루어 나갔다. 그러나 조선 후기에 이르면 학당·학송이니 해서 그 모범으로 하여 배운 시풍에 의해 시의 공졸(工拙)이 평가되고 그러한 선입관으로만 시를 논하던 종래의 풍조를 반성하고 시의 평가를 오직 시의 질적인 고하만으로 품평하고자 하는 등의 변화가 일어나게 된다.

억지로 모방하여 당시의 경지에 이르고자 하는 것은 결국 생명이 없는 시를 짓는 결과가 된다는 것이나,[54] 당의 격조만으로 모든 시를 품평한다든지 학당의 시가 아니라 하여 돌아보지도 않는 등의 태도는 없어야 한다는 것이[55] 그들의 생각이었다.

또한 시도에 있어서 중요한 것은 학당·학송이니 하는 편벽된 논란을 일삼는 것이 아니라 시 자체의 묘를 얻어 시다운 시를 창작하는 것이라 하였고,[56] 학당·학송에 집착하는 것은 그러한 좁은 영역에서 벗어나지 못하기

---

54 詩固當學唐 亦不必似唐 (…) 强而欲似之 則亦木偶泥塑之象人而已 其形雖儼然 其天者固不在也 又何足貴哉(金昌協, 『農巖集』 卷34, 「雜識」).

55 何可以非唐 而廢之哉(李宜顯, 『陶谷集』 卷26, 〈題八家律選卷首〉).

56 世之言唐者斥宋曰 卑陋不足學也 學宋者斥唐曰 萎弱不必學也 玆皆偏僻之論也 (…) 在吾

때문에 두루 모든 시대의 좋은 점을 배워 성정의 진수를 얻어야 한다고 하면서, 참된 시도는 심기와 지혜를 열고 견문을 넓혀 새로운 시의 경지를 개척하는 데 있으며 그 모범으로 하여 배운 시대에 결코 속박되어서는 안된다고도 하였다.[57]

이렇게 조선 후기에 이르러서는 학당·학송에 집착하는 병폐를 반성함과 아울러 시 작품 자체를 중심으로 한 시의 진정한 평가와 참된 시의 경지를 시인의 노력으로 이루어 나가야 한다는 자유로운 시 정신이 시대적 변화에 따른 시풍의 변모 양상으로 나타나고 있었던 것이다. 다산도 예외는 아니었다.

> 천지간에 가장 훌륭한 문장은 물태와 인정만한 것이 없다. 물태와 인정의 변천을 잘 살펴보면 문체가 변천한다는 것도 말할 수 있다. (……) 물태에 의거하고 인정으로부터 발원하는 문체인들 어찌 홀로 변천하지 않겠는가.[58]

다산은 문장의 내용, 즉 물태나 인정이 변함에 따라 문체도 변용된다는 것을 인정하고 있다. 따라서 물태와 인정이란 것은 시대와 사회의 변천에 따라 변하는 것인 만큼 문체도 응당 시대와 사회가 변화함에 따라 변용되어야 한다는 것이다. 이는 학당·학송에 집착함이 무의미함을 일러 주는 것이기도 하다.

이상에서 본 바와 같이 조선 후기에 이르러 학시의 표준으로 삼아왔던 당·송의 영향으로 인한 병폐를 반성하고 자유로운 시 정신에 따른 시의 창작과 시인의 개성적인 시 경지의 개척을 내세우는 한편 시대적 변화에 따라 문체도 변용되어야 한다는 등의 시대적 변화에 호응하는 문학 정신이

自得之妙而已(洪萬宗,『詩話叢林』,「附證正」).

57 文章之道 在於開其心智 廣其耳目 不繫於所學之時代也(朴齊家,『貞蕤集』,〈詩學論〉).

58 天地間大文章 莫如物態人情 善觀乎物態人情之變 則文體之變可得而言也 (…) 資於物態 發於人情 顧文體奚獨不然(〈文體策〉).

여실히 나타나 있었다고 하겠다.

또한 학당·학송에서 탈피하려는 자유로운 시정신은 바로 근체시에 대한 비판으로 이어지고 있음을 볼 수 있다. 당·송의 시풍의 영향이 절대적이었던 때에 조선의 시인들은 율시와 절구를 중심으로 근체시에 주력하였다. 따라서 비교적 자유로운 형식의 고시와 악부는 제대로 발전하지 못하였다. 율시로 대표되던 근체시의 형식에 대해서는 조선 초기부터 반대와 비판의 소리가 없었던 것은 아니지만, 조선 후기에 이르러 그 비판은 근체시에 회의를 느낀 문인들에 의해 매우 광범위하게 전개되었다고 보인다.

그들은 우리나라의 시가 근체시에만 주력한 까닭에 형식에 치우치고 수식에 전심하게 되어 시에 여유도 없고 감성과 사상을 제대로 다 표현하지 못하였다고 하였다.[59]

또한 시가 주어진 형식에 얽매여서 말단의 기교에만 힘쓰게 되자,[60] 그 병폐를 없애고자 자유로운 고시의 형식으로 시를 써야 한다고 하면서 율시를 시의 말단이라고까지 언급하였다.[61]

그리고 시의 감별력이 있는 사람이 나타나서 좋은 시를 찾는다면 형식에 얽매인 율시보다는 오히려 자연스럽게 이루어진 여항의 가요에서 찾을 수 있을 것이라고 하면서,[62] 율시로써 시의 기능인 인간의 정서를 순화하고 감화시키고자 하는 것은 허수아비에게 말을 하라고 하거나 말을 묶어 놓고 빨리 달리라고 하는 것과 마찬가지라고도 하였다.[63]

이렇게 조선 후기에는 근체시의 속박에서 벗어나고자 하는 강렬한 시 의

---

59 東人之詩 專尙近體 雖稱名家大手 率不過較短長於聲律 鬪巧拙於態色 古人冲和悠永之音 漠然難見可勝惜哉(洪良浩, 『耳溪集』 卷10, 〈芝溪集序〉).

60 又轉爲長短律 尤甚害 敎使一世之士 工於無用之末技 非國家之福也(李瀷, 『星湖先生全集』 卷50, 〈梅墩集序〉).

61 詩以古詩爲詩 律絶末也(徐明膺, 『保晚齋集』 卷9, 〈題朔方風謠〉).

62 知詩者出 雖或求之今日之巷謳街謠 而決不求之今日之律詩也(洪奭周, 卷24, 『雜著』, 〈原詩〉 中).

63 持是以求感人 其奚異偶人而求語 縛馬而求驟者乎(위의 글).

식이 시인들 사이에 널리 확산되고 있었음을 알 수 있다. 그리고 그러한 근체시의 속박에서 벗어나려는 노력의 일환으로 고시의 자유로운 형식과 작시에서의 자연스러운 정서의 표현 등을 지향하려 하였던 것이라 하겠다.

자유로운 시 정신의 추구라는 관점에서 볼 때, 학당·학송의 시풍에서 탈피하려는 의식과 근체시에 대한 비판 의식에 이어지는 것으로 악부의 성행을 들 수 있다. 악부는 원래 중국에서 음악을 관장하던 관부의 명칭으로서, 악부에서는 민요를 수집하고 새로운 노래를 제정하는 등의 일을 하였다. 그 노래들은 모두 관현에 올려 노래 부를 수 있었으므로 악부라 칭하게 되었다. 시대를 내려오면서 악부는 그 본래의 모습과는 달리 고시의 한 체로 간주되었다.

우리나라의 경우는 그 개념이 일정하지는 않지만 우리의 역사나 풍속 등을 읊은 시를 주로 악부라고 불렀는데 악부의 개념이 확대되면서 민요풍의 한시도 악부라고 일컬었다. 다산의 경우 민요시라 할 수 있는 〈탐진농가(耽津農歌)〉, 〈탐진어가(耽津漁歌)〉, 〈탐진촌요(耽津村謠)〉 등을 합쳐서 『탐진악부(耽津樂府)』라고 하였는데, 이렇게 보면 한시에서 민요를 수용하는 것이 악부의 개념에서 이해되었음을 알 수 있다.

조선 후기에 악부가 성행하였음은 근체시의 속박에서 벗어나고자 하는 비판 의식이 높아지게 되면서 비교적 형식이 자유로운 고시나 악부 등으로 시작의 방향을 바꾼 데도 그 까닭이 있을 것이다. 이에 대해 조동일은 한시가 중국의 전례나 규범을 되풀이하는 데 그치지 않고 우리 문화에 깊이 뿌리 내리도록 하자는 움직임이 적극적으로 일어나서 악부시의 성행을 초래하게 되었다고 하였다.[64] 조선 후기 악부의 특징을 살펴보면, 첫째 우리의 역사나 풍속 등에서 소재를 구하여 그 제작과정에서 강한 민족 정신을 찾아볼 수 있다는 것이며, 다음으로는 민요와 시조의 수집·한역 과정에서 서민 생활과 서민층의 문학에 대한 관심이 높았다는 것이다.

---

64 조동일, 앞의 책, 248면 참조.

그리하여 조선 후기 문인들은 항간에서 불려지는 민요에서 동방의 기상을 느끼고 시경의 온유돈후한 풍을 찾아볼 수 있다고 하였으며,[65] 민간의 가요는 자연의 음향에서 그대로 나온 것으로 비록 초동과 농부의 노래라 하더라도 사대부들이 이것저것 주워 모아 애써 지은 것보다는 나을 것이라고 하였다.[66]

　　또한 서민들의 삶에서 감화와 공명의 결정으로 빚어져 천기(天機) 중에서 자연히 유출된 민요를 참다운 시라고 높이 평가하였으며,[67] 방언을 문자로 하여 민요를 노래하면 자연히 성장(成章)하여 진기(眞機)가 발현될 것이라고도 하였다.[68]

　　이렇게 우리의 역사나 풍속을 읊은 악부가 성행되고 민요가 한시에 수용되면서 그것이 악부로 지칭되기도 하는 등으로 해서 조선 후기에는 대체적으로 악부가 성행하였던 것으로 보인다. 그리고 자유로운 시 정신을 추구하고자 하였던 시학의 흐름 속에서의 악부의 성행은 한편으로 민족 문학과 서민 문학에 대한 인식을 높이는 결과를 초래하였던 것으로 생각된다.

　　조선 후기 문인들의 자유로운 시 정신의 추구는 이렇게 학당·학송의 시풍에서 탈피하려는 의식과 근체시에 대한 비판 의식이 고양되고 악부가 성행하는 등의 비평의 양상에서 여실히 찾아 볼 수 있는데, 그렇게 자유로운 시 정신을 추구하려는 의식의 이면에 담겨 있는 문학적 성격의 큰 줄기는 민족 문학 정신이었다고 보겠으며 시대적 변화에 대응하는 문학 정신이나 서민 문학에 대한 새로운 인식 등도 큰 비중을 차지하고 있었다고 하겠다. 이와 같은 조선 후기 비평의 전개 양상 속에서 다산의 조선시 선언은 당대

---

65 余觀 其音調淸婉 文藻華雅 可驗東方之氣 獨得溫柔敦厚之風也(洪良浩, 『耳溪集』 卷10, 〈風謠續選序〉).

66 里巷歌謠之作 出於自然之音響 (…) 樵歌農謳 亦出於自然者 反復勝於士大夫之點竄敲推 言則古昔而適 足以覗喪其天機也(洪大容, 『湛軒書』 卷3, 〈大東風謠序〉).

67 惟其所以爲感而鳴之者 無非天機中自然流出 則此所謂眞詩也(洪世泰, 『柳下集』 卷10, 〈海東遺珠序〉).

68 字其方言 韻其民謠 自然成章 眞機發現(朴趾源, 『燕巖集』 卷7, 〈嬰處稿序〉).

비평의 흐름을 대변하였다는 것으로 하여 그 비평사적 의의를 부여받을 수 있을 것으로 생각된다.

(2) 민족 문학에 대한 관심 확산

조선 후기에 이르러 조선조 문학에 대한 비판과 반성의 기운이 고조되면서 자유로운 시 정신을 추구하고자 한 비평의 흐름 속에서 그 문학적 성격으로 두드러지게 대두된 것이 민족 문학 정신임은 이미 살펴본 대로이다. 이제 이렇게 민족 문학에 대한 관심이 확산되고 있었던 비평적 여건을 구체적으로 살펴 다산의 조선시 선언이 당대의 그러한 비평적 현실의 소산임을 검토해 보도록 하겠다.

우리의 비평사를 개관해 볼 때 고려조 이래로 언제나 민족 문학에 대한 관심이 나타나 있기는 하였지만, 조선 후기에 이르러 비록 한문학을 지속하는 가운데서도 그 속에서 민족의 현실을 발견하고 한문학을 민족 문학으로 재정립해 보고자 하는 노력을 보이면서 폭넓게 확산되었다고 보인다.

허균은 중국 시의 단순한 모방을 배격하면서 스스로 일가(一家)를 이루어야 한다고 하였으며,[69] 자신의 시에는 자신이 스스로 깨우친 조화가 있으니 자신의 시가 당시나 송시와 유사하다는 말을 들을까 두렵다고 하면서 자신의 시가 온전히 허균의 시로 일컬어지기를 바란다고 하였다.[70] 이렇게 스스로 일가를 이루고 스스로 조화를 깨우쳐 이루어 낸 자신의 시는 응당 허균의 시로 일컬어져야 한다고 주장한 데서 허균의 민족 문학 정신의 한 가닥을 분명히 파악할 수 있을 것으로 보인다.

이수광(李晬光, 1563~1629)도 시에서 자득(自得)이 소중함을 내세우면서 민족 문학에 대한 관심을 보여 주었으며,[71] 김만중은 이른바 자국어 선언에

---

69 盖各自成一家而後 方可謂至矣(許筠, 『惺所覆瓿藁』 卷12, 「文部」 9, 〈詩辨〉).

70 近體雖不逼眞 自有我造化 吾則惧其似唐似宋 而欲人曰 許子之詩也(위의 책, 卷21, 「文部」 18, 〈尺牘〉).

71 凡爲詩者 貴乎自得(李晬光, 『芝峰類說』 卷9, 「文章部」 2, 〈詩法〉).

서 더욱 강하게 민족 문학 정신을 피력하였다. 김만중은 우리나라의 시와 문장은 우리 고유의 언어를 버리고 다른 나라의 언어를 배워서 쓴 것이기 때문에, 가령 매우 흡사하게 표현된다고 하여도 앵무새가 사람의 말을 하는 것과 같다고 하였다. 그리하여 여항의 초동이나 물 긷는 아낙들이 소리하며 서로 화창(和唱)하는 것이 비록 비속하다고는 하지만 그 진위를 논한다면 사대부들의 소위 시부라고 하여 타국의 언어를 배워 쓴 것과는 논할 것이 못된다고 하였다.[72] 한문학을 민족 문학으로 재정립하고자 한 여타의 문인들의 견해를 훨씬 뛰어 넘은 이 자국어 선언은 김만중의 민족 문학 정신의 결정이라 할 수 있을 것이다.

이익(李瀷, 1681~1763)은 중국이 대지 중의 한 조각 땅에 지나지 않는 것이라고 하는 한편,[73] 우리나라는 스스로 우리나라이니 그 규제와 처세가 중국의 역사와 다르다고 하면서,[74] 강한 민족정신을 내세운 바 있다. 그리하여 시에서도 우리의 토속어를 시어로 사용하면서 모방을 배격하고 스스로 창의에서 우러나 지은 시를 높이 평가하였다. 그는 당시의 시가 남의 물건을 빌려서 벌여 놓기를 빈틈없이 잘한 것에 지나지 않으며, 어떤 사람은 남의 물건을 빌리되 선후가 전도되고 본말이 착란되게 만드는 일도 있어서 가소롭다고 하면서,[75] 자주(自做)의 정신을 상소하였는데 이 역시 민족 문학에의 관심의 소산이라 할 수 있겠다.

홍만종 또한 시도에 있어서 중요한 것은 학당이니 학송이니 하는 편벽된 논란을 일삼는 것이 아니라 시 자체의 묘를 얻어 시다운 시를 창작하는 것이라는 자득지묘(自得之妙)의 이론을 내세우면서, 우리의 말로 우리의

---

72 今我國詩文捨其言 而學他國之言 設令十分相似 只是鸚鵡之人言 而閭巷間樵童汲婦 咿啞而相和者 雖曰鄙俚 若論眞贋 則固不可與學士大夫 所謂詩賦者 同日而論(金萬重,「西浦漫筆」下).

73 今中國者 不過大地中一片土(李瀷,『星湖僿說』).

74 東國自東國 其規制體勢 自與中史有別(李瀷,『星湖先生全集』卷15,〈答安石順〉).

75 余觀靖節集 卽自做出來 所以難學 今之論詩 不過借物而善鋪排無罅漏也 又或有借物而顚倒錯難之者 益可笑(李瀷,『星湖僿說』卷29,〈陶詩自做〉).

풍속과 정경을 표현한 시의 가치를 높이 평가하여 민족 문학 정신을 보여 주었다.[76]

이와 같은 맥락에서 홍양호(洪良浩, 1724~1802)의 동방지기(東方之氣)나, 박지원의 조선지풍(朝鮮之風),[77] 그리고 박제가(朴齊家, 1750~1805)의 자가어(自家語)[78] 등에 관한 언급들도 조선 후기에 민족 문학에 대한 관심이 확산되는 데 일정하게 기여하였다고 생각된다.

이처럼 조선 후기에 이르러 한문학 전반에 걸쳐 비판과 반성의 기운이 고조되면서 민족 문학 정신이 강하게 대두되었음을 살펴보았다. 이와 같은 조선 후기 비평의 흐름 속에서 다산은 당대의 비평적 현실을 직시하고 민족 문학의 나아갈 길을 조선시 선언으로 분명하게 제시하였던 것이라고 하겠다. 그리고 바로 그것이 다산의 조선시 선언이 가지는 비평사적 의의라고 보아야 할 것이다.

4) 맺음말

다산은 논시시(論詩詩)라 할 수 있는 〈노인일쾌사(老人一快事)〉 시에서 자유로운 시 정신을 천명하면서 조선시 정신을 추구하여 강한 민족 문학 정신을 보여 주었다.

그 시에서 다산은 '흥도(興到) → 운의(運意) → 의도(意倒) → 즉사(卽事)' 의 작시 과정을 내세우면서 성률이나 탁자 연구에 구애받지 않고 붓 가는 대로 마음껏 써내려 가는 자유로운 시 정신을 제시한 다음, 그것을 구체화하여 조선인이기 때문에 즐겨 조선시를 쓰겠다고 하는 조선시 정신을 제창하

---

76 我東人所作歌曲 專用方言 間雜文字 率以諺書 傳行於世 蓋方言之用 在其國俗不得然也 其歌曲 雖不能與中國樂譜比並 亦有可觀而可聽者(洪萬宗, 『旬五志』).

77 欵諸要處之稿 而三韓之鳥獸草木多識其名矣 貊男濟婦之性情可以觀矣 雖謂朝鮮之風 可也(朴趾源, 앞의 글).

78 皆指擬古事以爲題 無一句自家語 終日讀之 不知其何謂也(朴齊家, 앞의 책, 〈西課藁序〉).

였다. 이어서 다산은 중국 한시의 형식이나 법칙에 구애받지 않는 한편 중국식 사고의 틀에서도 벗어나 중국의 간섭이나 비판을 의도적으로 무시하려는 의지를 다지면서 조선시 선언의 당위성을 강조하였고, 끝으로 조선인으로서 조선인의 기호에 따라 거기에 걸맞은 조선인의 정신을 시에 표현하고자 하는 자유로운 시 정신에 따라 민족 문학 정신을 추구하려는 의욕을 보이면서, 자연스러운 표현의 시 세계를 지향하고자 하는 마음을 나타내었다.

이렇게 볼 때 다산의 조선시 선언은 시인으로서 다산이 추구하고자 하였던 자유로운 시 정신이 구체화되어 나타난 것으로서 다산의 작시 정신을 대변해 주는 것인 동시에 다산이 작시 활동을 거의 마무리하는 단계에서 경험적으로 얻어 낸 그의 시 정신의 결정으로서 민족 문학의 주체성을 획득하고자 하는 강한 의지의 소산이었다고 하겠다.

그리고 중국의 한시와 시 형식을 빌려 작시하였던 한계 속에서 다산이 추구하였던 조선시 정신의 참된 의미는, 단순히 시어나 용사에서 우리 것을 찾아 쓰는 정도의 차원에서 이해되기보다는, 근본적으로 시 속에 담긴 '의(意)', 즉 조선인들의 현실에서 우러난 시대 정신이 그대로 반영된 시 정신의 측면에서 이해되어야 할 것으로 생각된다. 따라서 다산이 한시의 형식적 제약과 중국식 사고의 틀을 극복하고자 하면서 무엇보다도 중요시하였던 조선시 정신의 실체는 시어나 용사 등에서 우리의 것을 찾아 쓰는 노력과 함께 보여준 시 속에 당대 조선인들의 조선의 정신을 형상화해 내는 것이었다고 하겠다. 그리하여 다산의 경우에는 그가 이른바 조선시에 담고자 하였던 시 정신의 한 가닥을 당대의 현실을 정확하게 인식하고 그 모순을 비판하면서 현실적 개혁을 의도하였던 목민 사상의 측면에서 이해해도 좋을 것으로 보았다.

이제 다산의 조선시 선언의 비평사적 의의를 가늠해 보도록 하겠다.

다산이 문학 활동을 전개하였던 시기를 전후한 조선 후기 문인들의 자유로운 시 정신의 면모는 학당·학송의 시풍에서 탈피하려는 의식과 근체시에 대한 비판 의식이 고양되고 악부가 성행하는 등의 비평의 양상에서 여실히 찾아 볼 수 있었다. 또한 조선 후기에 이르러 한문학 전반에 걸쳐 비판과 반성의 기운이 고조되면서 민족 문학 정신이 강하게 확산되고 있었음도 알 수 있었다.

이렇게 자유로운 시 정신과 민족 문학 정신이 문인들 사이에 확산되고 있었던 조선 후기의 비평적 여건 속에서 다산은 그러한 비평적 현실에 정확한 인식을 토대로 해서 당대 비평의 흐름을 대변하는 동시에 민족 문학의 나아갈 길을 분명하게 밝히는 조선시 선언을 제시하였던 것이라고 하겠다. 그리고 바로 그것이 이 글에서 검토하고자 하였던 다산의 조선시 선언이 가지는 비평사적 의의라고 볼 수 있을 것으로 생각된다.

앞으로 남아 있는 과제의 하나는 다산의 시를 총체적으로 분석 검토하여 다산이 그의 시에 담고자 하였던 조선시 정신의 다양한 의미를 추출해 내는 것이라고 하겠다. 그리고 민족 문학적 측면에서 조선 후기의 다른 시인들의 작품 세계도 폭넓게 검토하여 그 조선시 정신의 실체들을 정리함으로 해서 다산이 제창한 조선시 선언의 비평사적 의의를 우리의 문학사에서 새롭게 인식하여 그 문학사적 가치를 제대로 평가하게 하는 작업도 또 하나의 과제가 된다고 하겠다. 아울러 조선 후기 문인들의 민족 문학에의 관심 확산이라고 하는 비평적 현실이 우리의 문학사에서 논의되는 개화기를 거쳐 오늘에 이르기까지의 일련의 민족 문학론의 전개에 어떠한 영향을 미쳤는가 하는 문제도 한국 문학의 연속성 확인이란 측면에서 검토해 볼 만한 가치 있는 작업이라 할 수 있을 것이다.

(「세종대논문집」 16, 1990)

홍석주의 시의 근원 탐색과 시론의 전개

1. 〈원시〉와 시의 근원 탐색

1) 머리말

이 글은 연천(淵泉) 홍석주(洪奭周, 1774~1842, 영조 50~헌종 8)가 자신의 시론을 전개한 문장인 〈원시(原詩)〉의 내용을 분석 검토하여 그 양상을 정리해 보고, 아울러서 〈원시〉의 비평 자료적 가치를 확인하는 동시에 비평가로서의 홍석주의 면모를 살펴보고자하는 의도에서 출발되었다. 그는 서(序)·서(書)·잡저 등의 문체로 많은 비평 자료를 남겨 놓았기 때문에 시실 〈원시〉한 편의 문장으로 그의 시론의 전모를 밝혀 낼 수는 없을 것으로 보인다. 그러나 원(原)이란 문체가 어떠한 일의 근본을 철저하게 파헤쳐 그 본질을 탐구하고자 하는 형식의 글임에 비추어 보면, 〈원시〉에서 그가 보여준 시에 대한 근원적 고찰은 그의 시론의 핵심을 단적으로 제시해 놓은 것으로 보아 틀림은 없을 것이라 생각된다.[1] 이런 점에서 〈원시〉통해 그의

---

1 原者本也 謂推論其本原也(徐師曾,『文體明辯』卷42).

원이란 문체는 고체에는 없었으나 당의 한유가 〈오원(五原)〉을 지음으로써 비롯되었다고 한다. 원의 문장은 한유의 〈원도(原道)〉, 〈원성(原性)〉, 왕안석의 〈원교(原教)〉, 이청신의 〈법원(法原)〉 등이 있으며,『동문선(東文選)』에도 이곡의 〈원수한(原水旱)〉, 이첨의 〈원수(原水)〉 등이 실려 있다. 한편 〈원시〉는『연천집(淵泉集)』권24, 잡저에 실려 있으며 상, 중, 하로 구성되어 있다.

시론의 양상을 정리하고자 하는 이 글은 그 타당성을 부여받을 수 있을 것으로 보인다.

홍석주의 자는 성백(成伯), 호는 연천, 본관은 풍산이며, 영의정 낙성(樂性)의 손자이고, 승지 인모(仁謨)의 아들이다. 정조 19년(1795) 식년 문과에 갑과로 급제한 이래, 도승지, 충청감사, 병조판서, 양관 대제학, 이조판서, 좌의정 등을 두루 역임하였다. 이 과정에서 순조 3년(1803)에는 사은사의 서장관으로, 순조 31년(1831)에는 사은사의 정사로 두 번 청나라에 다녀왔는데, 그러한 기회에 정치, 경제, 과학, 문학 등의 여러 분야에서 새로운 견문을 넓혔을 것으로 보인다.

특히 그는 풍양 조씨의 외척으로서 헌종 초 안동 김씨와 세도를 다투어 조씨 집권에 일익을 담당하기도 하였으나, 천성이 침착하고 근면하여 항상 검소하여 현직에 있어도 포의와 같은 생활을 하였다고 하며, 충청감사 때에는 선정을 베풀어 참다운 목민관으로서의 모범을 보임으로써 세인의 칭송을 받았다고 한다.

조선 후기의 대표적 고문가의 한 사람으로 대산(臺山) 김매순(金邁淳)과 더불어 연대문학(淵臺文學)으로 불렸던 그는 정아한 문장으로 특히 기사에 뛰어났던 것으로 알려졌으며,[2] 문장가로서의 그의 이름에 걸맞게 많은 저술을 남기기도 했다.[3] 남달리 방대한 저술을 통해 그의 학문과 문학에 대한 관심의 폭을 짐작할 수 있거니와, 그의 아우 길주(吉周) 역시 문장에 뛰어나 형제의 이름이 함께 드높았으며, 어머니 서령수각(徐令壽閣)이 시에 힘써 166수의 시를 문집에 남겼고, 누이 홍유한당(洪幽閑堂)도 시에 능했다고 하는 등의 가문의 문학적 분위기가 그러한 업적을 남길 수 있게 한 배경이 되었다고 하겠다.

---

2 창강(滄江) 김택영(金澤榮)이 초선(抄選)한 『여한구가문선(麗韓九家文選)』에 연천의 문장이 자리하고 있음을 보아도 고문가(古文家)로서의 그의 비중을 짐작할 수 있다.

3 그의 저술은 『연천집』 외에도 산서(散書)가 많아 『학강산필(鶴岡散筆)』, 『동사세가(東史世家)』 등 20여 종에 달한다.

조선 후기 고문가로서의 홍석주의 위상이나 문형을 쥐고서 문단을 주도했던 그의 문학적 비중에 비해 오늘날 그에 대한 연구는 활발한 편이 아니다. 고전 비평론이나 고문론의 측면에서 몇 편의 업적이 있을 뿐 나머지는 단편적인 언급 정도에 머물고 있는 실정이다.

조선 후기 비평가로서의 그의 업적이 주목받은 이래,[4] 최신호는 그의 문학관을 살피면서 연천이 남인 실학파나 정조의 문체반정에서 표방하는 고문 운동의 분위기에 동조하면서 북학파의 문학 운동에도 관심을 보였다고 했다. 그리하여 연천의 천기론(天機論)의 본질은 인간성의 회복이고 정감의 해방이며 현실에 대한 새로운 인식의 발로라고 하였다. 그리고 전통적으로 이어져 내린 재도론으로 집약되는 권위주의적인 문학관에서 빚어진 획일주의적인 규범론과 형식면에서의 꾸밈새를 극복하여 건강하고 발랄한 생래적인 정감을 되찾으려는 문학 행위를 그의 천기론으로 파악하였다.[5]

이어서 조동일은 조선 후기 정통 한문학의 동요와 지속이란 문제에 언급하면서 18세기 이후의 동향에서 홍석주의 문학관을 살폈다. 그리하여 연천이 타고난 그대로의 마음을 긍정하며 재래의 구속에서 벗어나려는 문학 운동에 대해서 얼마쯤 동조하는 자세를 보였고, 우리 말 노래에 대해서도 이해하고자 하였으며, 말은 반드시 자기에게서 나오고 글은 반드시 실질적인 것으로 징험을 삼아야 한다고 하였는데, 이러한 논법은 시대 변화에 적응하면서 한문학의 오랜 권위를 유지하자는 절충안으로 보아 마땅하다고 하였으며 자기 의식을 혁신하자는 진통에서 나온 것은 아니라고 했다. 결국 연천의 생각은 중세 지배 체제가 위기에 몰리고 이념의 파탄도 아울러 심각해진 19세기의 정통 한문학이 그동안 자랑해 온 수준을 그대로 유지하며 새로운 기풍과 어느 정도 타협해 비판과 불신을 완화하도록 하자는 것이었다고 하면서, 그렇다고 해서 그 나름대로의 의의를 가진 작품을 이룩할 수

---

4 전형대 외, 『한국고전시학사』(홍성사, 1979).

5 최신호, 「연천 홍석주의 문학관」, 『동양학』 13집(단국대 동양학연구소, 1983), 75~85면 참조.

있었기에 부정적인 평가를 하고 말 수는 없다고 했다.[6]

한편 정민은 조선 후기 고문론의 전개 양상을 검토하면서 연천이 당시 고증학의 만연에 대해 말단으로 근본을 삼았다는 논법으로 개탄하면서 성리학의 학술적 의의를 확인하면서도, 성리학이 성명리기(性命理氣)의 공언(空言)으로 흐른 데 대한 반성을 촉구하고 실사구시 방면에 매진하여 공언의 누명을 벗을 것을 주장하였으며, 학문이 역사적으로 담당해야 할 소명, 즉 경세치용의 측면에 더 주목하였다고 했다. 또한 연천은 고문을 인위적인 꾸밈에 힘씀 없이 간결한 표현 속에 깊은 의미의 함축을 담아 치밀한 논리 아래 도를 전달하는 글이라고 정의하였다고 했다. 그러므로 이상적인 고문이란 도와 유리되지 않으면서 실질 없는 외화를 극력 배척하는 글이어야 한다고 보고, 진언(陳言)과 조어(造語) 그리고 입언(立言)에 관한 의견 개진을 통해 달의론(達意論)을 전개하였다고 했다. 그러면서 연천은 개성을 죽여 고인을 흉내내겠다는 의고(擬古)의 주장과 고인을 떠나 자아를 추구한다는 창신(創新)의 논리에 대해 모두 비판하는 중도보수적인 입장을 취하고 있다고 했다.[7]

지금까지 살펴본 바에 의하면 연천은 비록 정통 한문학에 대한 비판과 반성의 기운이 고조되었던 조선 후기의 문학적 현실에서 진보적 자기 혁신의 모습을 보여 주지는 못했지만, 시대적 변화를 수용하여 적응하려는 의지를 보이는 한편으로 정통 한문학을 수호하려는 노력을 병행함으로 해서 문형을 쥐고서 문단을 대표하였던 관료 문인으로서 새로운 시대에 적응하고자 애썼던 당대 최고의 지식인으로서 고민하고 갈등하였던 모습만은 여실

---

6 조동일, 『한국문학통사』 3(지식산업사, 1989), 76~78면 참조.

7 정 민, 「조선후기 고문론 연구」(한양대 대학원, 1989), 57~94면 참조.
　위의 세 논문에서 공통적으로 나타나 있는 것은 연천의 문학관을 절충론 내지 중도보수적 관점에서 이해하고 있다는 점이다. 앞으로 연천의 다양한 비평 자료들을 면밀히 분석 검토하여 그의 문학관을 재조명으로 해서 이에 대한 결론을 이끌어 내는 작업도 필요하겠다. 한편 위의 세 논문에서 〈원시〉에 대한 인용이나 언급은 보이지 않는다. 문학관을 조명해보고자 하는 의도였기에 시론 자료에 대한 언급은 피했으리라고 보인다.

히 보여 주었다고 하겠다.

이제 그러한 여건을 감안하면서 〈원시〉에 나타나 있는 연천의 시론 양상을, 삼갈 대상으로서의 시, 하늘과 인간의 조화로서의 시, 『시경』에 대한 인식의 변화, 율시 비판, 작시 정신 등의 다섯 항목으로 나누어 살펴보고, 〈원시〉의 비평 자료적 가치를 검토해 보도록 하겠다.

2) 시론의 양상

(1) 삼갈 대상으로서의 시

연천은 〈원시〉에서 시의 근원을 추론하면서 그 첫머리에 시를 삼갈 대상으로 언급하였다.

> 시는 짓지 않아도 되지만 몰라서는 안된다. 시는 몰라도 되지만 삼가지 않으면 안된다.[8]

그 시대의 교양인으로서 지식인으로서 사대부 문인들이 필수적으로 갖추어야 했던 것이 시였음에 비추어 보면, 연천의 시각이 이렇게 '위시(爲詩)'나 '지시(知詩)'의 차원을 넘어 '신시(愼詩)'에 이르고 있음은 단순히 짓고 이해하는 대상으로서의 시가 아니라 삼갈 대상으로 시의 중요성을 인식하고 있었음을 말해 주는 것이다. 문형의 자리를 차지하기도 했던 그래서 더욱 책임있고 영향력 또한 컸을 것으로 보이는 사대부 문인으로서의 연천의 이러한 생각은 시가 더 이상 파한의 대상이거나 음풍농월이나 하는 하찮은 기예가 되어서는 안된다는 생각에서 그리고 시의 기능면이나 사회적 영향의 측면을 높이 평가하려는 의도에서 비롯되었을 것이다. 그것은 또한 전통 사회의 해체기를 맞아 해이해지고 문란해진 사회적 여건 속에서 우왕좌왕하며

---

8 詩可不爲也 而不可以不知也 詩可不知也 而不可以不愼也(〈原詩〉, 上).

흔들리기 시작한 그 시대 사대부 시인들에게 시인으로서의 시대적 사회적 책무를 다할 것을 촉구하는 한편 시대적 변화를 수용하지 않을 수 없는 현실에서나마 나름대로 정통 한문학의 질서를 유지 고수해 보려는 의도에서 나온 것으로 보인다.

물론 연천도,

> 시는 진실로 하나의 기예일 뿐이어서 그것에 능해도 되고 능하지 않아도 된다.[9]

라고 해서, 시를 하나의 기예로 파악하기도 했다. 그러나 그것은 옛사람의 시가 사람의 천진한 상태를 온전히 보존하고 있는 데 비해 당시의 시가 조탁에 열중한 나머지 진실을 잃어버리는 일이 많았으므로 해서 그렇게 사람의 정신을 황폐화시키고 분산시켜 그 진실함을 잃어버리게 하기보다는 차라리 시에 능하지 못한 것이 낫다는 생각에서 나온 말로 보이기 때문에, 오히려 시를 단순히 조탁이나 하면서 기교에 전념하는 기예 정도로 보아서는 안된다는 것을 역설적으로 표현한 것으로 보아야 할 것이라고 생각된다. 이러한 점은, 앞뒤의 글의 내용을 면밀히 살펴보면, 연천이 생각하는 시의 효용 가치 측면에서 제 몫을 하지 못하는 그래서 시적 진실을 잃은 채 내용 없이 화려한 수식과 과도한 조탁에 매달린 시는, 이른바 짓지 않아도 되고(不爲) 이해하지 못해도 되며(不知) 능하지 못해도 되는(否之) 결국 하나의 기예(一藝)에 떨어지고만 시이며, 선천적 기질(氣)과 후천적 정서(精)의 조화에서 빚어져 '천기지자연(天機之自然)'을 옮겨 내고 '상기실(喪其實)'하지 않고 '전기진(全其眞)'함으로 해서 개인의 정서 순화에 이바지하고 정치적 사회적 교육적 효용 가치 창조에 기여할 수 있는 시는, '일예(一藝)'로서의 시가 아니라 '신시(愼詩)'의 대상으로 보아 가치 있는 시로 인식하고자 하였

---

9 夫詩固一藝耳 能之亦可 否之亦可(〈原詩〉, 下).

던 의도를 강하게 보여 주고 있다는 데서도 확연히 드러나 있다고 하겠다. 이렇게 '신시'로서의 시를 추구하고자 했기 때문에, 연천은 학문을 튼튼히 하고 마음을 한결같이 유지하며 충만된 '기(氣)'만 있으면 시는 잘 지으려 하지 않아도 잘 지어질 것이기에, 고달프게 꾸미고 가꾸어 애써 조탁하는 데서 시를 구해서는 안 된다고도 하였던 것이다.[10]

아무튼 연천은 시의 사회적 영향력을 중히 여기고 시인들의 사명감을 고취시키고자 하는 의도에서 '신시'의 주장을 내세웠을 것으로 보이는데, 그의 그러한 생각은 글의 전개에 따라 더욱 분명히 드러나고 있다. 그는 시가 말과 글로서는 다 표현해 내지 못하는 사람의 사상과 감정을 충분히 전달할 수 있다고 하면서[11] 다음과 같이 언급하였다.

시에서 사람을 감동시키는 극치를 구할 수 있고, 천지신명에 감응하여 통할 수도 있으며, 나그네와 주인이나 임금과 신하 사이도 화합하게 할 수 있고, 풍속을 옮기고 고쳐 가지런하게 할 수 있으며, 사람을 고무시키고 흥을 불러일으키는 교화도 융성하게 할 수 있다.[12]

이렇게 시가 개인과 사회에 두루 영향을 미칠 수 있다고 보고 시의 기능성의 측면을 극대화하였다. 또한 시의 중요함이 이와 같을진대 그리고 음악에 실려서 노래로 표현되고 온갖 의식에 사용되며 온 세상에 전파되는 것이 시일진대 어찌 시를 몰라서야 되겠는가라고 반문하면서[13] 시에 대한 이해를 촉구하기도 하였다. 그런가 하면 '정(情)'은 하나이지만 사악함과 올바름이 다르고 '기(氣)'는 하나이지만 온화함과 사나움이 가지런하지 못하기에, 쉽

---

10 況吾學已成 吾心已一 吾氣已充 固將不期能而能之 又何暇役役然 求諸巧言令色之中耶 (《原詩》, 下).

11 夫言固不能以盡意 而文又不能以盡言 至若詩之爲文也 則不然(《原詩》, 上).

12 感人之極致必於詩求之 上下神祇於是乎格之 賓主君臣於是乎和之 移風易俗於是乎成之 而鼓舞作興之化 亦於是乎盛焉(《原詩》, 上).

13 被之管絃 動之歌詠 用之百禮 播之八域 斯固人之所不可不知者歟(《原詩》, 上).

게 다스려진 것은 쉽게 어지러워지고 쉽게 선하게 된 것은 또한 쉽게 악하게 되므로 군자가 선택함에 있어 삼가지 않을 수 있겠는가라고 하면서 시가 삼갈 대상임을 다시 한번 강조하였다.[14]

시가 기와 정의 조화에서 이루어지는 것이라는 연천의 생각은 다음 항에서 상술하겠거니와, 정의 '사정(邪正)'이 다르고 기의 '화려(和戾)'가 가지런하지 못하기 때문에 시의 내용도 천차만별일 수밖에 없을 것이며, 거기다 인간 세상의 '치(治)'와 '란(亂)'이나 인간성의 '화선(化善)'과 '화악(化惡)' 또한 변화무쌍한 것이어서 시의 역할 또한 예측할 수 없는 것이기에 군자가 시의 선택에 있어 신중하지 않을 수 없다는 것이 연천의 생각이었다. 그러나 연천이 삼갈 대상으로 시를 인식함은 이 선에서 멈추지 않았다.

연천은 문장에 시가 있음을 음식에 술이 있음에 비유하면서, 사실을 기록하거나 말을 엮어 나가는 데는 문장으로도 부족함이 없지만 사람을 감동시키는 데는 시와 같은 것이 없으며, 배고프면 먹고 목마르면 마시고 하는 데는 음식으로도 부족함이 없지만 기쁨을 함께 하는 데는 술만한 것이 없다고 했다. 그리고 종묘와 조정의 행사에 쓰이는 것과 제사와 연회에 중심이 되는 것이 오히려 술이라고 하면서, 나라를 망치고 집을 기울게 하며 사람의 마음을 옮기게 하는 해로움 또한 시에 있는 경우가 종종 있다고 했다. 그렇기 때문에 시를 삼가지 않을 수 있겠는가라고 되물었다.[15]

연천은 이처럼 치밀하게 단계적으로 반복 강조하면서 시가 삼갈 대상임을 밝혔다. 결국 시의 사회적 효용성을 중시하면서 시인의 사회적 소명 또한 뚜렷하게 부각시키고자 하는 의도에서 나타난 것이 바로 삼갈 대상으로 시를 보았던 연천의 생각이었다고 하겠다. 이러한 생각은 당대 최고의 지식

---

14 雖然情則一也 而邪正之各異 氣則一也 而和戾之不齊 故易以治者 亦易以亂 易以化善者 亦易以化惡 君子之所擇也 可不愼歟(〈原詩〉, 上).

15 今夫文之有詩 猶飮食之有酒也 紀事纂言文非不足也 而感人者莫如詩 飢焉而飽 渴焉而潤 飮食非不足也 而合歡者莫如酒 是故宗廟朝廷之所用 祭祀燕饗之所主 不在彼而在此 然亡國敗家移人心術之害 亦往往不在彼而在此 嗚呼可不愼歟(〈原詩〉, 上).

인의 한 사람으로서 그리고 문형을 쥐었던 영향력 있는 문인의 한 사람으로서 연천이 정통 한문학의 질서가 뿌리에서부터 흔들리기 시작한 시대적 현실을 절감하면서도, 화려한 수식과 과도한 조탁에만 흘러 시의 진실성을 잃어가는 시단의 현실을 비판하고 시의 사회적 효용성의 크기를 반복해서 확인시킴으로 해서 시단의 질서를 회복시켜 보고자 한 노력의 일환으로 보아 틀림은 없을 것이다.

연천의 이와 같은 생각은 같은 시대의 뜻있는 문인들 사이에서 보편적으로 인식되었던 것이기도 하다.

> 문장은 시대와 사회의 성쇠에 관계가 있기에, 글 짓는 사람들은 문장을 살펴보지 않을 수 없고 또한 삼가지 않아서도 안된다.[16]

연천보다 조금 앞서 대제학을 지낸 서명응(徐命膺, 1716~1787)도 이처럼 문장의 사회적 효용성에 바탕을 두고 문장을 삼갈 대상으로 보았던 것이다. 이러한 생각은 결국 그 시대에 살면서 시대적 현실에 눈 돌리지 않을 수 없었던 영향력 있고 책임감 지녔던 뜻있는 문인들이 공감하였던 것이었다고 보아도 좋을 것이다.

이렇게 볼 때 시를 삼갈 대상으로 인식하였던 연천은 당시 시단의 병폐를 냉철히 관찰하고 그 바탕에서 시단이 나아갈 방향을 정확히 제시하였다고 생각된다.

(2) 하늘과 인간의 조화로서의 시

연천은 시의 근원을 기(氣)와 정(情)의 조화에서 찾고 있다.

> 무릇 시는 어디에서 나오는 것인가? 기에서 나온다. 어디에서 나타나는 것인

---

16 文章關時世之盛衰 操觚者 不可不察 亦不可不慎(徐命膺, 『保晚齋集』 卷16, 「鼇測篇」).

가? 정에서 나타난다. 기는 하늘에서 나오고, 정은 사람에게서 나온다. 하늘과 사람이 묘하게 감응하는 것이 시에 앞서는 것은 없다.[17]

결국 시란 기와 정에서 출발한다는 것이다. 하늘로부터 타고난 기와 후천적으로 갖춘 정의 조화, 곧 하늘과 인간의 조화가 이루어낸 결정체가 시라는 것이다. 아마도 선천적 기질과 후천적 정서의 조화로운 결정체로서의 시, 그것은 가장 이상적 시의 경지일 것이다. 하늘로부터 부여받은 기질과 인간으로서 환경과 학습에 의해 길러진 정서, 그것들이 조화를 이룬 시, 하늘과 인간이 묘하게 감응하여 조화를 이룬 시, 그것이야말로 최상의 시가 될 수 있는 완벽한 구도이겠기 때문이다. 이렇게 하늘과 인간의 조화의 결정체로 시를 인식했기 때문에 서슴없이 앞 항에서 인용한 데서 보았다시피 시에서 사람을 감동시키는 극치를 구할 수 있다든지, 천지신명에 감응하여 통할 수 있다든지 하는 등의 극대화된 시의 효용성을 제시할 수 있었던 것이 아닌가 한다.

원래 문장이나 시의 근원을 기에서 찾고자 하는 노력은 조비(曹丕)가 '문은 기가 주가 되는데 기의 청탁은 그 바탕이 있는 것이어서 억지로 이를 수는 없는 것이다.'[18]라고 하여 문기설(文記說)을 내세운 후로 주목받아 왔다. 또한 기는 이처럼 선천적으로 타고 나는 것임으로 해서 자손에게조차 물려줄 수도 없다는 것이 그의 생각이었다. 그 뒤로 이러한 생각은 중국이나 우리의 문인들에게 영향력 있게 받아들여져 왔다.

곧 이규보가 '기는 하늘로부터 부여받은 것이라 배워서 얻을 수는 없다.'[19]라고 한 데서나 최자가 '시문은 기로써 주를 삼는다.'[20]고 한 데서도 찾을 수 있으며, 연천과 동시대인들인 조선 후기 문인들에게서도 쉽게 찾아볼

---

17 夫詩奚出乎 出於氣 奚發乎 發於情 氣出於天 情出於人 天人之妙感 莫是先焉(〈原詩〉, 上).
18 文以氣爲主 氣之淸濁有體 不可力强而致(曹丕, 〈典論 論文〉, 「文選」 卷52).
19 氣本乎天 不可學得(李奎報, 「白雲小說」).
20 詩文以氣爲主(崔滋, 「補閑集」 卷中).

수 있다. '시는 기에서 표출되는 것이다.',[21] '문장은 기로써 주를 삼고 법도를 다음으로 한다.',[22] '문장은 기를 주로 삼는데 기가 부족하면 그에 따라 문장도 비약하게 된다.'[23]라는 등에서 시나 문장이 기의 소산임을 밝히고 있음을 알 수 있는 것이다.

그러나 연천은 앞서 살펴본 바와 같이 시가 단순히 하늘로부터 부여받은 기의 소산이라는 데서 한 걸음 더 나아가 있다. 곧 시의 근원을 선천적인 기질과 후천적인 인간 정서의 조화에서 찾고자 하였던 것이다. 때문에 앞 항에서 인용하였듯이 연천은 하늘로부터 부여받은 충만한 기에다가 후천적 학습의 결과인 학문이 이루어지고 또한 한결같은 마음을 가다듬을 수 있다면 시는 잘 쓰려고 애쓰지 않아도 잘 쓸 수 있다고 하였다.

그리하여 선천적 기질과 후천적 정서의 표출과 함양에 노력하지 않고 아름다운 표현과 화려한 수식에 몰두하여 시적 진실을 잃어버리게 된 시단의 풍토를 비판하기도 했다.

시를 기에서 구하지 않고 사(辭)에서 구하며 정에 맡기지 않고 수식에만 전념하여 자연의 소리를 얻지 못하게 되었다.[24]

이는 하늘과 인간의 조화의 결정체인 시의 본바탕을 망각한 채 시를 기에서 구하지 않고 사에서 구하며, 정에 맡기지 않고 수식에만 전념한 끝에 '자연지성(自然之聲)'을 잃어버린 고금의 시단에 대한 연천의 비판과 반성의 소리이다. 이렇게 보면 그것은 또한 연천의 작시 태도가 화려한 수식과 조탁에 의존하는 시에 있어서의 기교나 표현의 문제보다 하늘과 인간의 조화를 통해 천성의 자연스러움과[25] 인간의 진실성을[26] 시에서 감득할 수 있기

---

21 詩者氣之出也(尹鳳朝, 『圃巖集』 卷13, 〈權景賀北關詩後跋〉).

22 文章以氣爲主 法次之(南公轍, 『金陵集』 卷10, 〈與金國器載璉論文書〉).

23 文主於氣 氣不足 以師之 文以卑弱(吳載純, 『醇庵集』 卷4, 〈兪汝成漢雋文集序〉).

24 不求諸氣而求諸辭 不任其情而滋其文 不得乎其自然之聲(〈原詩〉, 中).

위해 시의 내용면을 더 중히 여긴 것을 짐작하게 해주는 것이기도 하다.

결국 연천은 시를 선천적 기질과 후천적 정서의 조화로운 결정체로 인식하면서 하늘과 인간이 묘하게 감응하여 조화를 이룬 완벽한 구도의 시를 추구하였음을 알 수 있다.

(3)『시경』에 대한 인식의 변화

시를 삼갈 대상으로 파악하는 한편 하늘과 인간의 조화로운 결정체로 인식한 연천의 시에 대한 기준에 합당한 시는『시경(詩經)』에 실린 시밖에 없을 것이라는 생각에서 어떤 사람이 연천에게 그 나머지는 모두 시가 아니냐고 따져 물었다. 물론 자문자답의 형식일 것이지만 이에 대한 답변에서 연천은 전통적 인식에서 벗어나 변모된 시경관을 피력하였다.

연천은 기란 시대에 따라 성쇠가 있지만 정은 사람에 있어 고금이 따로 없다고 하면서, 사람이 노하면 갑자기 꾸짖고 기쁘면 웃으며 슬퍼하고 근심하며 목이 메어 울고 크게 탄식하기도 하는 것은 진실로 사람의 참다운 감정이 움직인 것으로서 고금에 차이가 없는 것이라고 했다. 때문에 시를 지음에 있어 심천과 고하는 어떻게 가지런히 할 수 없는 문제지만, 묘하게 감응하는 정서의 바탕은 진실로 천년이 하루와 같을 정도로 변함이 없는 것이라고 전제하고서,[27] 연천은『시경』의 시와 후대의 다른 시들을 각각 기준에 따라 견주어 가면서 자신의 생각을 전개하였다. 그리하여 신명을 감동시키는 것은 한(漢)의 안세(安世), 연시(練時)가『시경』의 열조(烈祖)나 아장편(我將篇)과 다름이 없고, 군대를 감동시키는 것은 역시 한의 요가(鐃歌)나 고취(鼓吹)가『시경』의 소융(小戎)이나 출차편(出車篇)과 다름이 없으며, 분

---

25 天機之自然於是見矣(〈原詩〉, 上).

26 彫琢者必喪其實(〈原詩〉, 下).

27 氣之在時者有盛衰 而情之在人者無古今 今夫人怒則勃然而咤 喜則怡然而笑 悲哀憂戚鳴咽而太息者 斯固人眞情之所動 而古今不能以隔之者也 故爲詩之深淺高下 或不能齊 而其妙感之機 固千載而如一日也(〈原詩〉, 中).

발하여 일어나게 하고 남 몰래 눈물짓게 하여 사람으로 하여금 모르는 사이에 정신이 상쾌해지도록 하는 데 있어서는 잡소(雜騷), 구가(九歌), 역수(易水), 추풍(秋風)의 노래가 진실로『시경』의 흥관군원(興觀群怨)하는 아름다움을 그대로 나타내 주고 있으며, 음탕한 소리와 교묘한 말이 백성들로 하여금 뜻을 방탕하게 하고 정을 변화시키는 데에 이르러서는 자아(子夜)와 독곡(讀曲)이 상간(桑間)과 복상(濮上)의 음란한 음악과 다르지 않다고 했다. 그리고 당과 한의 관계가 한과 주와의 관계와 같듯이 이러한 예로 시대를 내려오면,

　　오늘날 거리의 노래들도 오히려 볼만한 것이 있는데 어찌하여 시경 삼백 편 외의 시라 하여 시가 아니라고 할 수 있겠는가?[28]

라고 하면서, 각 시대에는 그 시대의 시대 정신을 시에 담아 그 시대인들의 삶의 진실을 노래함으로써 그 시대에 걸맞은 시가 있기 마련이라는 생각에서, 오늘날의 항구가요(巷謳街謠)도『시경』의 시와 다를 바 없다는 것을 역설하였다.

　사실 시 또는 시삼백이라고도 불려졌던『시경』은 유학이 한데 이후 중국 역대 통일 국가의 지배 이념이 되면서 존엄한 경전으로 존중되었다. 그리하여 경전에 만세불역(萬世不易)의 상도(常道)가 담겨 있다고 믿는 종경(宗經)의 관념에 따라 많은 시인들과 시론가들이『시경』에서 자신들 문학의 출발점 또는 이상을 구하는 것은 당연한 일로 인식되어 왔다.

　그러한 생각은 우리나라의 경우에도 마찬가지였는데, 조선 후기에 이르기까지도 주자학적 질서를 따르면서 정통 한문학을 고수하고자 하였던 대다수의 문인들은『시경』을 그들 시학의 전범으로 삼았던 까닭에,『시경』을 시의 근본으로 보면서 온유돈후한『시경』의 시 정신을 불변하는 논시의 표

---

28 雖今日之街謠而巷謳 猶有觀焉 安得以三百篇之外而絶之(〈原詩〉, 中).

적 또는 시의 묘체로 삼아 존중해마지않았던 것이다.[29] 이렇게 보면 『시경』의 전통이 조선 후기에 이르기까지도 얼마나 뿌리 깊게 이어져 왔는가를 알 수 있다. 또한 『시경』에 대한 인식 여하가 각 시대 시풍의 흐름을 좌우하는 큰 요인이었음도 충분히 짐작할 수 있는 것이다.

그러나 이러한 전통적인 『시경』에 대한 인식에도 변화가 생겨 조선 후기 시풍의 변모에 하나의 큰 요인으로 작용하게 되었다. 일반적으로 볼 때 송대 주자의 교화론적 해석에 초점을 맞춘 시경론이 주자학이 새로운 이념의 근거로 자리 잡은 여말·선초 이래의 우리 문인들의 시경론 전개에 불가침의 권위를 지닌 정통 해석으로 존중되었음은 분명하다. 그렇지만 선구적인 학자들에 의해 반권위적 경학의 모색이 이루어지고 청학과의 접촉이 활발해지면서부터는 시경론 자체도 변모되기 시작하여 종래와는 전혀 다른 방향에서 『시경』을 이해하고 원용하는 움직임이 나타나게 되었다. 그리하여 18세기 말 경에 이르면 『시경』조차도 더 이상 그대로 본받아야 할 전범은 아니라는 인식이 두드러지게 나타나면서 시정적 삶의 진실한 모습을 노래한 시와 『시경』의 국풍(國風)을 동일시하는 견해들이 폭넓게 전개되기도 하였다.[30] 그리고 그러한 노력의 소산으로 이루어진 시경론의 변모 양상은 당대 시풍의 변모에 영향을 미쳐 정통 한시관을 고수해 오던 시단에도 새로운 자극이 되었을 것으로 생각된다.

오늘날의 항구가요가 『시경』의 시와 다를 바 없음을 역설한 연천의 시경론이 이와 같이 조선 후기에 시경론이 변모를 거듭해 가는 바로 그 시점에서 피력된 것임에 비추어 볼 때, 연천이 이렇게 시대적 변화에 민감한 반응을 보인 것은 적절한 문학적 대응으로 시대적 변화에 능동적으로 대처하고

---

29 此三百篇所以爲詩之本也(金祖淳, 『風皐集』 卷15, 〈東省校餘集序〉).

詩經三百篇 雖有正有變 大要不出溫柔敦厚四字 此是千古論詩之標的也(李宜顯, 『陶谷集』 卷27, 「雜著」).

余素昧詩學 猶知溫柔敦厚四字 爲言詩之妙諦(위의 책, 卷26, 〈歷代律選跋〉).

30 김흥규, 『조선 후기의 시경론과 시의식』(고대 민족문화연구소, 1982), 233면 이하 참조.

자 한 그의 노력의 소산이라 하겠다. 결국 연천은 전통적인 시경론을 과감히 극복하고 역사 진행 과정의 각 시대에 진솔한 시대 정신을 반영하여 삶의 진실을 노래한 시들과 『시경』의 시들을 동일시하여 인식함으로 해서 변화하는 시대와 새로운 질서를 지향하는 문학의 흐름에 유연히 대처할 수 있었다. 바로 이것이 연천의 시경론이 지니는 비평사적 가치라고 해야 할 것이다.

(4) 율시 비판

연천의 시에 대한 관심은 시경론의 제시에 이어 율시에 대한 비판으로 이어져 있다. 그는 앞에서 살펴보았던 대로 당, 송 이래로 시로 이름난 시인들이 시를 기에서 구하지 않고 사에서 구하며 정에 맡기지 않고 수식에 전념하여 결국 자연의 소리를 잃게 되었는데, 바로 그 까닭이 율시에 있다고 보았다. 그리하여 억지로 대우 평상(對偶 平上)의 체를 만들고 성률이라 이르게 되면서 이른바 율시라는 것이 생기게 되었는데 오늘날까지 몇 천년 동안 차츰차츰 번지게 되어, 이제는 율시 외는 시가 없는 것처럼 되었으며[31] 시가 과도한 수식에 몰두하는 결과를 빚게 되었다고 했다.

> 율시로써 사람을 감동시키기를 구한다는 것은 허수아비에게 말을 하라고 하고 말을 묶어 놓고 빨리 달리라고 하는 것과 무엇이 다르겠는가? 때문에 나는 지지자가 나타난다면 비록 오늘날의 항구가요에서는 볼만한 시를 구할 수 있을지라도 결단코 오늘날의 율시에서는 좋은 시를 구하지 못할 것이라고 생각한다.[32]

---

31 强爲之對偶平上之體 名之曰聲律 於是乎有所謂律詩者焉 浸淫至今幾千餘歲 而律詩之外無復詩矣(〈原詩〉, 中).

32 持是以求感人 其奚異偶人而求語 縛馬而求驟者乎 故余妄竊 謂知詩者出 雖或求之今日之巷謳街謠 而決不求之今日之律詩也(〈原詩〉, 中).

연천은 이처럼 강한 어조로 율시에 대한 비판의 소리를 높였다. 이어서 모든 사물에는 법도가 있게 마련인데 어찌하여 홀로 시의 법도인 율을 싫어함이 그토록 심한가라는 물음에 대한 답변 형식으로 연천은,

만약에 땅에다 일정하게 금을 그어 놓고 걸음걸음 그에 따라 걷도록만 한다면 천하에 어찌 다시 천리마가 있겠는가?[33]

라고 하여, 격식에 얽매인 율시에서는 결코 좋은 시를 구할 수 없다는 점을 빗대어 강조하였다. 율시의 모든 제약이 자유로운 표현으로 삶의 진실을 노래해야 하는 참다운 시의 창작을 방해한다는 생각에서 연천은 율시에 대한 비판을 서슴지 않았던 것으로 보인다.

그러나 연천은 『시경』의 시에도 율은 있기 때문에 율 자체를 싫어하는 것은 아니며 오늘날의 율시에 잘못이 있다고 하면서 시의 음악성에 대해서는 긍정적인 면을 보여 주었다. 그리고 군자가 잠시라도 도에서 떠나 있을 수 없듯이 시에서 율을 버릴 수는 없다고 했다. 그러면서 오늘날의 율시를 율이라 한다면 다른 시는 모두 율이 없는 것이 되어 버린다고 했다.[34] 이러한 생각은 율시 아닌 비교적 자유로운 율로 이루어진 다른 형식의 시로도 얼마든지 참된 내용을 담은 시를 창작할 수 있는데, 구태여 율시에 집착하여 수식에만 몰두하고 진실을 잃게 되는 폐단을 비판한 것이라 할 수 있다. 이렇게 보면 비록 다른 형식의 시를 지향하고자 하는 대안은 나타나 있지 않지만, 결국 율시의 질곡에서 그 엄격한 정형의 제약에서 벗어나야 한다는 연천의 생각만은 분명하게 드러나 있다고 하겠다.

사실 근체시 중에서도 율시는 평측에 맞아야 하고 대장(對仗)이 되어야

---

33 若使畵地表矩 而步步求諸是也 則天下寧復有驊騮騄駬也哉(〈原詩〉, 中).

34 余至惡律詩也 非惡夫律也 苟以其律則三百篇之有律也 必有過於今之律詩者矣 (…) 君子之於道 不可以須臾離也 是豈獨於詩而棄夫律也 夫以今之律詩 而謂之律也 則其他詩皆無律者也(〈原詩〉, 下).

하며 구수와 자수에 모두 엄격한 규정이 있어서 완전히 규율화되고 융통성이 없어져 버렸다고는 하지만, 당·송 이래 시의 대표적인 형식이었음에 틀림은 없다. 조선조에서도 역시 당·송 시풍의 영향이 절대적이었던 만큼 주로 율시에 주력하였는데, 이러한 율시 위주의 시의 형식에 대해 선초부터 반대와 비판이 없었던 것은 아니지만 후기에 이르러 그 비판은 매우 광범위하게 전개되었음을 볼 수 있다.

홍양호는 우리나라의 시는 근체시만을 숭상하여 비록 이름 있는 시인이라 하여도 대략 성률의 장단을 비교하거나 태색의 표현에 있어서 교졸을 다투는 정도에 불과하였으므로 고인의 충화하고 유영한 음조는 막연하여 찾아보기가 어려우니 안타까운 일이라고 하였다.[35] 또한 이익은 시 삼백 편이 오언, 칠언으로 변한 것은 귤나무를 강북에 심은 것과 같으며 또한 장단율로 변한 것은 그 해가 더욱 심한데 세상은 선비들로 하여금 쓸모없는 말단의 기교에만 힘쓰도록 가르치는 것이니 국가의 복이 되지 못한다고 하였고,[36] 서명응은 율시와 절구는 시의 말단이라고 비판하기도 했다.[37]

그들은 우리나라의 시가 근체시에만 주력한 까닭에 형식에 치우치고 수식에만 몰두하게 되어 시에 여유도 없고 사상과 감정을 제대로 다 표현하지도 못하게 되었다고 비판하면서, 시가 주어진 형식에 얽매여서 말단 기교에만 힘쓰게 된 것은 큰 병폐라고 지적하였던 것이다. 이렇게 볼 때 조선 후기에는 근체시 특히 율시에 대한 비판의 기운이 강하게 일어나고 있었으며, 그 속박에서 벗어나고자 하는 강렬한 시 의식이 시인들 사이에 널리 공감대를 형성하고 있었던 것으로 보인다.

연천의 율시 비판은 이러한 맥락에서 이해되어야 할 것이며, 그러한 시

---

35 東人之詩 專尙近體 雖稱名家大手 率不過較短長於聲律 鬪巧拙於態色 古人冲和悠永之音 漠然難見 可勝惜哉(洪良浩, 「耳溪集」卷10, 〈芝溪集序〉).

36 三百篇之流爲五七言 卽橘樹之江北也 又轉爲長短律 尤甚害 敎使一世之士工於無用之末技 非國家之福也(李瀷, 「星湖先生全集」卷50, 〈梅墩集序〉).

37 詩以古詩爲詩 律絶末也(徐命膺, 앞의 책 卷9, 〈題朔方風謠〉).

대적 변화에 흐름을 같이 하면서 연천은 율시의 엄격한 제약의 틀에서 벗어나 자유로운 시 형식으로 표현의 자유를 누릴 수 있는 시의 참다운 모습을 되찾아야 한다고 주장하였으니, 이는 당대 시단의 관심사에 결코 무심하지 않았던 시에 대한 연천의 진지한 애정의 표현이라 하겠다.

(5) 작시 정신

연천의 율시 비판은 수식과 조탁의 과도함에 대한 거부감으로 이어지고, 내용 있는 시를 지향하면서 결국 자연스러운 표현으로 자연의 진실을 시에 담아야 한다는 생각으로 귀착된다. 이것이 바로 연천의 작시 정신의 대강이라 할 수 있다.

연천은 앞서 언급한 대로 하늘과 인간의 조화로운 결정체로서의 시를 가장 이상적인 시로 인식하고 있었기에, 시인들이 기에서 구하고 정에 맡겨 시를 쓰지 않고 말에서 구하고 수식에만 전념하여 끝내 '자연지성'을 얻지 못하게 되었음을 비판적으로 지적하였다. 또한 '천기지자연'이 시에 드러나야 한다고도 했다.

'자연지성'이나 '천기지자연'이라고 하는 것이 곧 시인이 하늘과 인간의 조화를 추구하고 대자연과의 교감을 통하여 얻어낸 삶의 진실을 이르는 것이라고 할 때, 연천은 그것들이 시에 온전히 담겨져야 시다운 시가 될 수 있으며 또한 그렇게 시를 써야 시인이 시인으로서의 제 몫을 다할 수 있다는 생각이었던 것이다. 이러한 관점에서 시를 볼 때 시인은 과도한 수식과 조탁에 힘 쓸 것이 아니라 학문을 이루고 마음을 하나로 추스르고 충만된 기를 가다듬어 그러한 '자연지성'과 '천기지자연'이 시에 담길 수 있도록 노력해야 하는 것이다.

연천은 작시 정신이 이러할진대 그가 생각하는 시는 있는 그대로의 진실을 간결하고 담백한 자연스러운 표현으로 나타낼 수 있어야 하는 것이었다. 그러기에 억지로 수식하고 과도하게 조탁하여 오히려 자연 그대로의 참다움을 잃어버리는 표현에 대해서는 신랄하게 비판하였다.

무릇 시의 묘함은 수식이 심하지 않다는 데 있는데 오늘날의 수식은 문장보다도 더 심하고, 또한 그 묘함이 자연에서 벗어남이 멀지 않다는 데 있는데 오늘날의 벗어남은 문장보다 더 지나치다.[38]

이렇게 시의 묘함이 자연스러운 수식과 자연 그대로의 상태의 진솔한 표현에 있다는 생각은 그러한 연천의 작시 정신에 연유하는 것이라고 해야 하겠다. 또한 연천은 옛날에 시를 지을 때는 천진함을 온전히 하려고 했는데, 오늘날 시를 짓는 것은 도리어 그 천진함을 썩히고 있다고 하면서 시에는 천진이 온전하게 담겨야 함을 다시 한 번 역설하였다. 그리고 시인들이 사람들을 기쁘게 하기 위해서는 조탁하게 되는데 조탁하면 반드시 그 진실함을 잃게 된다고도 했다.[39]

이처럼 연천이 〈원시〉 전편에서 시에 담겨져야 할 내용으로 소중히 생각하였던 것이 '자연지성'이나 '천기지자연', 그리고 '이자연(離自然)'함이 멀지 않아야 한다는 데서의 '자연'과, '전기진(全其眞)'해야 한다는 데서의 '진', 또한 '상기실(喪其實)'하지 말아야 한다는 데서의 '실' 등이었음에 비추어 보면, 그것들 모두가 시 내용의 진실함을 각기 다르게 표현한 것에 지나지 않는 것으로 보이기 때문에 연천이 수식하고 조탁하여 내용 없이 표현의 아름다움만 추구하는 시를 비판하면서 거부감을 표시하였던 것은 당연한 귀결이었다고 생각된다.

그리고 연천은 일시적으로 사람을 즐겁게 하기 위해 조탁하는 것은 교언영색하는 것과 같다고 하였는데, 교묘한 말과 얼굴 빛을 보기 좋게 꾸미는 사람 치고 어진 사람이 드물다는 공자의 말씀처럼 조탁에 몰두하는 사람 중에는 올바른 시인이 있을 수 없다고 역설한 셈이 된다. 또한 연천은 〈원

---

38 夫詩之爲妙也 以其文之之未甚也 而今之文之也 甚於文矣 以其離自然之未遠也 而今之離之也 過於文矣(〈原詩〉, 中).

39 古之爲詩也 將以全其眞 今之爲詩也 反以穀其天 是故余不惡夫律 而惡其求悅人 求悅人者必雕琢 雕琢者必喪其實(〈原詩〉, 下).

시〉를 끝맺으면서 나의 학문이 이미 이루어지고 내 마음이 이미 하나로 가지런해지며 내 기가 이미 충만하면 진실로 잘 지으려고 기약하지 않아도 잘 지을 수 있을 것인데 어느 겨를에 힘들여 교언영색 하는 가운데에서 시를 구하겠는가라고 하였다.[40]

결국 내용 없는 시, 조탁에만 매달려 표현의 아름다움에 전적으로 의존하는 자세로 시를 지으려고 애 쓸 것이 아니라, 자연의 진실이 그대로 담긴 참다운 시를 써야 한다는 자신의 작시 정신을 강조한 것이라고 하겠다.

사실 시적 감정을 뛰어나게 표현하기 위한 시어의 조탁 단련은 시인들의 중요한 관심사의 하나였다. 더 나은 표현에의 욕망 때문에 조탁에 힘써 글자를 천 번이라도 다져서 뛰어난 표현이 되도록 하려는 노력이 시의 역사에서 끊임없이 지속되어 온 것도 사실이다.[41]

그러나 지나친 시어의 조탁은 내용 없이 허식에 치우쳐 겉만 번드레하게 꾸며진 시를 양산하는 결과를 초래하게 되어 항상 뜻있는 시인들의 비판의 대상이 되곤 했다. 그리하여 『시경』 삼백 편이 사언을 위주로 하였어도 그 뜻을 자유롭게 펼 수 있었는데, 시가 오언·칠언으로 변하면서 오히려 쓸 데 없는 기교에 빠져서 아름다운 말을 만들기에 급급하게 되는 폐단이 생겼으며, 급기야는 세상이 점점 교세해져서 얽어서 만들고 꾸며대는 것이 이르지 못함이 없게 되었다고 비판하기도 했다.[42] 이러한 폐단을 극복하고자,

무릇 공교함을 기약하지 않고서도 스스로 공교하게 되는 것, 이것이 천지의 청통한 기상의 묘한 까닭으로서 문장에서 가장 귀하게 여기는 것이다.[43]

40 夫以華俺棠 而求一時之悅 是所謂巧言令色者也 信乎 夫子之言曰 巧言令色鮮矣仁 殆爲今之爲文者道歟(〈原詩〉 下, 마지막 문장은 앞에서 인용하였음.).

41 金柏谷得臣 平生工詩 雕琢肝腎 一字千鍊 必欲工絶(任堕, 『水村漫錄』).

42 故世漸巧細 組織藻繪 無所不至(李瀷, 『星湖僿說』 卷29, 〈詩家藻繪〉).

43 夫不期工而自工 斯淸通之所以爲妙 而在文章特可貴重(金昌翕, 『三淵集』 卷23, 〈西浦集序〉).

라고 하면서, 애써서 공교하게 조탁하지 않고서도 자연스럽게 우러나는 표현의 미학을 중요하게 내세우기도 하였다.

그리고 화려한 수식으로 겉만 꾸민 시보다 참된 내용이 자연스러운 표현으로 드러나는 시의 가치를 더 높이 평가하려는 경향은 뜻있는 시인들의 공통된 것이었다고도 보인다.

> 시에는 두 가지 어려움이 있다. 탁자(琢字)와 연구(練句)에 숙달하는 일이나 사물을 본뜨고 정서를 묘사하는 미묘한 일들이 어려운 것은 아니다. 오직 자연스러움이 첫째의 어려움이고, 맑고 깨끗한 여운을 남기는 것이 두 번째의 어려움이다.[44]

여기서 자연스럽게 자연의 진실, 삶의 진실을 담아내어, 두고두고 맑고 깨끗한 여운을 남겨 줄 수 있는 시를 쓰고자 노력하였던 시인들의 진지한 자세를 찾아 볼 수 있다.

연천의 작시 정신은, 이처럼 조선 후기에 과도한 수식에 흘러 내용 없는 시가 판치던 시단의 현실을 비판하고, 시인의 내면세계에서 자연스럽게 흘러 넘쳐나는 자연의 진실이 담긴 잠다운 시를 쓰고자 했던 많은 문인들의 생각과 같은 맥락에서 이해될 수 있다. 이와 같은 점은 사대부 문인으로서, 문단을 주도하기도 했던 대표적 관료 문인으로서의 연천의 위상에 손색없는 책임 있는 문인으로서의 역할을 다하고자 하였던 의도에서 비롯되었을 것으로 보이며, 변화하는 시대적 현실에 적응하면서 날로 병들어가는 시단을 건강한 것으로 바로잡아 보려는 노력의 소산으로도 생각될 수 있겠다.

---

44 詩有二難 非琢字練句之精熟之難 非體物寫情之微妙之難 唯自然一難也 瀏然其有餘韻二難也(丁若鏞,『與猶堂全書』卷13,〈泛齋集序〉).

3) 맺음말

연천 홍석주의 시론의 양상을 〈원시〉를 통하여 정리해 보았다. 원이란 문체의 성격에 따라 〈원시〉는 시의 근원을 추론해 보고자 하는 글이었기 때문에, 연천은 여타의 단편적인 비평 자료들과는 달리 꽉 짜여져 빈틈이 없는 논리 정연한 주장을 펼 수 있었다.

앞에서 살펴본 시론의 양상을 요약 정리해 보면, 먼저 연천은 시를 삼갈 대상으로 인식하고 시의 사회적 효용성을 중시하였으며 시인의 사회적 역할 또한 뚜렷하게 부각시키고자 하였다. 이러한 생각은 시의 진실성을 잃고 날로 화려하게 꾸미기만 하고 나약해져 가던 당시 시단의 병폐를 냉철히 관찰하고 그 바탕에서 시단이 나아가야 할 방향을 정확히 제시해 보고자 하는 의도에서 비롯된 것으로 보인다.

그리고 연천은 시를 선천적 기질과 후천적 정서의 조화로운 결정체로 보고, 하늘과 인간이 묘하게 감응하여 조화를 이룬 완벽한 구도의 시를 가장 이상적인 시로 인식하였음을 보여 주었다. 이 또한 수식에만 전념하고 천성의 자연스러움과 인간적 삶의 진실성을 표현해 내지 못하던 당시 시단에 대한 비판과 반성의 안목에서 나온 말이라 생각된다.

한편 연천은 전통적인 시경론을 과감히 극복하고 각 시대의 시대 정신에 충실하면서 그 시대인들의 삶의 진실을 노래한 시들과 『시경』에 실린 시들을 동일시하여 인식함으로써 변화하는 시대와 새로운 질서를 희구하던 시단의 흐름에 유연히 대처하였음도 보여 주었다.

또한 연천은 율시에 집착하여 수식에만 몰두함으로 해서 시적 진실을 잃게 되는 폐단을 비판하면서, 율시의 엄격한 제약의 틀에서 벗어나 자유로운 시 형식으로 표현의 자유를 누릴 수 있는 시의 참 모습을 되찾아야 한다고 주장하기도 하였다. 그리고 연천의 작시 정신은 내용 없이 화려한 수식으로 아름다운 표현만을 추구하는 데서 벗어나 자연스러운 표현으로 자연의 진실이 담긴 참된 내용을 시에 나타내고자 하였던 데서 찾을 수 있었다.

이러한 연천의 시론의 양상들은 대체적으로 당시 시단의 현실에 대해 정확하게 관찰하고 진단한 끝에 시단의 문제 해결을 위한 방책으로 제시된 느낌이 강하다. 그만큼 연천은 변화하는 시대에 적응하고자 하는 의지를 뚜렷하게 보여 주었고 시단이 지향해야 할 방향 또한 분명히 제시해 주었다고 생각되기 때문이다. 이렇게 연천은 〈원시〉를 통해 시의 근원을 밝히고 다양한 시론의 양상을 보여줌으로써 당시 시단의 잘못된 점은 비판하고 부족된 점은 보완하기도 하면서 건강한 시풍을 진작시키려는 나름대로의 노력을 충분히 보여 주었다고 할 수 있다.

연천이 활동하였던 조선 후기에는 재도적 문학관이 여전히 위세를 떨치면서 정통 한문학 고수의 명분을 뒷받침해 주는 가운데, 탈 재도적 문학관의 양상도 폭넓게 전개되면서 정통 한문학의 질서에 변모를 일으키지 않을 수 없는 상황으로까지 진전되었다. 이처럼 문학관이 갈등과 방황을 거듭하면서 다양하게 전개되어 새로운 시대의 문학관을 준비하는 사이에 그러한 문학관의 변모 양상에 발맞추어 시풍의 양상도 여러 면에서 변모 과정을 거치고 있었다.

특히 시풍의 변모 양상으로 두드러진 것으로는 시인들이 형식적 내용적 규세가 임격하세 직용되는 과시(科詩)에 내달려 자유로운 시 정신과 무한한 상상력의 소산인 시의 개성이나 예술성은 뒷전으로 하고 오직 입신양명의 수단으로 시를 이용함으로써 빚어진 시단의 폐단을 극복하고자 과시를 신랄하게 비판하였던 것을 비롯하여, 각 시대에 삶의 진실을 노래한 시와 『시경』에 실린 시를 동일시하려는 움직임이 확산되면서 시경론에 변모를 일으켰던 것을 들 수 있다. 그리고 시인들이 학당, 학송에 집착하였던 병폐를 반성하고 참된 시의 경지를 시인의 노력으로 이루어 나가고자 하였다든지, 근체시의 속박에서 벗어나려는 노력으로 고시의 자유로운 형식과 작시에서의 자연스러운 정서의 표현을 지향하고자 하였던 것, 그러면서 악부가 성행되는 가운데 민족정신이 고양되고 서민 문학에 대한 관심이 높아졌다는 것, 또한 민족 문학 정신에 바탕을 둔 일련의 조선시 추구 정신의 확산 등도 조선 후기 시풍의 변모 양상으로 손꼽을 수 있는 것들이다. 아울러서 수식에 몰두하여 아름다운 표현만 능사로 삼는 폐단을 비판한다든지, 내용 없이 겉만 꾸민 시보다 자연의 진실이 담긴 참된 시의 가치를 더 높이 평가하고자 하면서 억지로 꾸며서 화려함을 추구하는 표현보다 자연스러운 표현을 지향하고자 하였던 그러한 시단의 움직임 또한 조선 후기 시단의 또 다른 모습이기도 하였다.

이렇게 보면 〈원시〉에 나타나 있는 연천의 시론의 양상들은 전반적으로 조선 후기 시단의 변모된 모습을 그대로 반영해 주고 있다고 할 수 있다. 결국 시대적 변화에 적응하고자 하였던 연천은 당시 시단의 문제점은 물론 새로운 모습으로 변화를 모색해 가던 시단의 현실 또한 정확히 파악하여 〈원시〉에 반영하면서 시에 대한 자신의 주장을 엮어 나갔던 것이라고 하겠다. 따라서 〈원시〉는 조선 후기의 변모된 시론의 양상을 집약적으로 보여 준 가치 있는 고전 비평 자료로 평가받는 데 손색이 없을 것으로 생각된다.

그리고 〈원시〉만을 대상으로 볼 때는 시대 변화에 민감하게 반응하면서 이에 적절히 대처하고자 하였던 그의 문학 정신이 앞선 연구 업적들에서와 같이 절충적이거나 중도 보수적이라고 단정하기 어려운 면이 강하게 나타나 있었다고 생각된다. 때문에 이 점에 대해서는 앞으로 더욱 면밀한 검토가 있어야 할 것이다.

이 글은 〈원시〉라는 한정된 자료를 중심으로 시론의 양상을 살피고자 하였기에, 나름대로의 타당성은 인정받을 수 있었다고 하더라도, 연천 비평의 전모를 밝혀내는 데는 한계를 보일 수밖에 없었다. 『학강산필(鶴岡散筆)』을 비롯하여 『연천집(淵泉集)』에 실려 있는 서(序), 서(書), 잡저 등의 글에 다수 산재해 있는 비평 자료들을 종합적으로 분석 검토하여 연천 비평의 양상을 총체적으로 파악해 내는 것이 앞으로의 과제라고 하겠다. 그렇게 될 때 연천 비평에서 〈원시〉가 차지하는 비중 또한 명확해질 수 있을 것이며, 비평가로서의 연천의 진면목도 드러날 수 있을 것으로 보인다.

(『한문학논집』 10, 1992)

2. 『학강산필』과 시론의 전개

1) 머리말

비평가로서 연천 홍석주의 시에 대한 관심은 주로 시의 근원을 밝히는 데 있었던 것으로 보인다. 시의 본질 탐색에 노력하면서 그에 따른 시 작법의 기본 바탕과 시의 기능을 찾는 작업에 열중한 비평 자료들을 남겨 놓았기 때문이다. 이들 비평 자료들을 분석 검토하여 연천 시론의 진면목을 찾아보는 것이 이 글의 목적이다.

연천은 1795년(정조 19) 식년(式年) 문과(文科)에 갑과(甲科)로 급제한 이래 비교적 평탄한 관료의 길을 걸어 도승지, 양관 대제학, 이조 판서, 병조 판서, 좌의정 등의 요직을 두루 거쳤다. 어려서부터 독서와 저술을 좋아하였던 그는 40여 년을 관료생활로 보내면서도 『연천집』을 비롯하여 저서와 편저를 많이 남겼다.[45] 이렇게 활발하였던 저술 활동으로 미루어 보아 그의 학문과 문학에 대한 관심과 열정의 정도를 짐작할 수 있거니와, 그 결과로 조선 후기의 대표적 고문가의 대열에 설 수 있었던 것으로 생각된다.[46]

지금까지의 연천에 관한 연구를 문학 방면에 국한시켜 보면 한시에 관한 연구[47]와 고문론, 문학론, 문학관, 시론 등의 비평에 관련된 연구[48]로 나누어

---

45 현재 남아 전하는 저서는 『尙書補傳』, 『東史世家』, 『續史略翼箋』, 『福壽雙會』, 『鶴岡散筆』, 『記里經』, 『三漢名臣贊』, 『彙史小贊』, 『洪氏讀書錄』, 『永嘉三怡集』, 『豊山世稿』, 『象藝薈粹』 등이다.

46 滄江 金澤榮이 抄選한 『麗韓九家文選』에 연천의 문장이 자리하고 있음을 보아도 古文家로서의 그의 비중을 짐작할 수 있다.

47 임종욱, 「연천 홍석주론」, 『조선 후기 한시 작가론』 2(이회문화사, 1998).
　　권오순, 「연천 홍석주의 한시 연구」, 『한문고전연구』 6집(한국한문고전학회, 2000).

48 최신호, 「연천 홍석주의 문학관」, 『동양학』 13집(단국대 동양학연구소, 1983).
　　김철범, 「연천 홍석주의 고문론」, 『한국한문학연구』 12집(한국한문학회, 1989).
　　정　민, 「연천 홍석주의 학문 정신과 고문론」, 『한국학논집』 16집(한양대 한국학연구소, 1989).
　　정대림, 「홍석주의 〈원시〉에 대하여」, 『한문학논집』 10집(단국한문학회, 1992).

볼 수 있다. 이들 비평에 관련된 업적들 가운데 다시 시론에 관한 내용만 간추려 정리하면 다음과 같다.

최신호는 성정(性情)·천기론(天機論)을 중심으로 한 「연천 홍석주의 문학관」에서, 연천의 사상적 주맥(主脈)이 천기론에 닿아 있다고 하면서 그것이 획일적인 규범이나 꾸밈새를 극복해서 건강하고 발랄한 생래적(生來的)인 정감을 되찾으려는 문학 행위였다고 하였다. 그리고 임종욱은 「홍석주의 『학강산필(鶴岡散筆)』에 나타난 문학론 연구」에서 성정(性情) 우위의 감인적(感人的) 효용의 중시와 달의론(達意論)과 홍관군원론(興觀群怨論)에 주목하여 연천의 시론을 검토하였다. 이 두 논문은 연천의 『학강산필』에 수록된 같은 자료를 바탕으로 정리한 것인데, 이들 차별성 있는 논의에 대해서는 다음 장에서 다시 검토하도록 하겠다.

그리고 연천의 〈원시〉라는 문장에 주목하여, 정대림은 「홍석주의 〈원시〉에 대하여」에서 연천의 시론 양상을 삼갈 대상으로서의 시, 하늘과 인간의 조화로서의 시, 『시경』에 대한 인식의 변화, 율시 비판, 작시 정신 등의 다섯 항목으로 나누어 살폈다. 또한 최신호는 「홍석주의 〈원시〉에 있어서 시발어정(詩發於情)의 문제」에서, 연천의 시발어정론이 인공을 배제하고 사람의 소리에서 시를 구하는 지극히 원시적 발생론이었다고 하면서, 시어를 꾸미는 데 치중하거나 정을 억압하고 간섭하는 데 빠져 들었던 시 창작의 풍토를 개선하고자 한 노력의 소산이었다고 하였다. 사실 원이라는 문체

최신호, 「홍석주의 〈원시〉에 있어서 시발어정의 문제」, 『한국한문학연구』 19집(한국한문학회, 1996).

김철범, 「홍석주 고문의 예술적 특징」, 『한국한문학연구』 22집(한국한문학회, 1998).

임종욱, 「홍석주의 『학강산필』에 나타난 문학론 연구」, 『한국문학연구』 21집(동국대 한국문학연구소, 1999).

박재경, 「홍석주의 학문 경향과 문학론」, 서울대 석사논문(2003).

강석중, 「홍석주의 『학강산필』에 나타난 문학관에 대하여」, 『한국학논집』 37집(한양대 한국학연구소, 2003).

금동현, 「19세기 전반기 산문 이론의 전개 양상과 그 의미」, 『동방한문학』 25집(동방한문학회, 2003).

는 어떠한 일의 근원을 철저하게 파헤쳐 그 본질을 탐구하고자 하는 형식의 글이다. 따라서 시의 근원을 살핀 〈원시〉의 내용과 함께 위의 논문들의 논지는 이 글의 논의를 진행하는 데에 도움이 될 것으로 생각된다.

이 글에서 연천의 시론을 검토하고자 하면서 주목한 것은 그의 시론의 기본 바탕을 제시한 『학강산필』에서의 다음 예문이다. 이 예문은 앞서 살펴본 최신호와 임종욱의 논문의 출발점이기도 하다.

시라는 것은 정성(情性)에 기본을 두고 천기(天機)에서 발원하는 것이다. 시의 의미는 진지해야 하고 시어는 조리 있게 통해야 하며 시의 기상은 막힘없이 자유로워야 한다. 시의 쓰임은 사람을 감동시키는 것이 주가 되어야 하고, 시의 공(功)은 흥권징창(興勸懲創)에 귀착되며, 시의 효과는 이풍역속(移風易俗)에 이르게 하는 데 있다.[49]

이렇게 연천은 시론의 대강(大綱)을 간추려 언급하였다. 이는 그가 생각했던 시론의 전체 윤곽을 짐작하게 하는 내용이다. 그리하여 '본호정성 발호천기(本乎情性 發乎天機)'는 시의 본질을, '의(意), 사(辭), 기(氣)'와 관련된 내용은 시 작법의 기본 바탕을, 그리고 '용(用), 공(功), 효(效)'에 속한 내용은 시의 기능을 각각 밝혀 제시한 것으로 보고, 그 내용을 분석 검토하여 연천 시론의 진면목을 찾아보도록 하겠다.[50]

사실 이 자료가 수록된 『학강산필』은 연천이 비교적 평탄했던 관료 생활

---

49 詩之爲文 本乎情性 發乎天機 其意眞摯 其辭條達 其氣流動 其用則以感人爲主 其功歸於興勸懲創 其效至於移風易俗(洪奭周, 『鶴岡散筆』 卷4, 5. 이하 본문에서 이 예문의 부분 제시는 ' '로 내용을 나타내고, 별도의 주를 달지 않을 것이다. 또한 『학강산필』에서 뽑은 자료일 경우 별도의 각주 없이 ( ) 속에 권수와 면수만 밝힐 것이다.).

50 최신호는 연천의 문학관을 살핀 앞의 논문에서 이 자료가 시의 본질, 내용과 형식, 목적과 공효, 수사문제 등을 언급하고 있다고 지적하였다. 그러면서 이 자료가 가지고 있는 연천 시론의 종합적 성격을 검토하기 보다는, 이를 바탕으로 성정·천기 문제가 그의 문학관의 핵심이라는 측면에서 논의를 전개하였다.

을 마치고 고향인 장단(長湍)의 묘사(墓舍)와 양주(楊洲)의 광진(廣津)에 머물던 은퇴기(1837~1842)에, 지난날의 견문이나 독서에서 얻은 그의 학문 전반에 걸친 생각들을 잡록 형식으로 엮은 책이다. 따라서 인생을 마무리하는 시기에 우리나 중국의 문학, 역사, 철학, 인문, 시사 등의 다방면에 걸친 방대한 내용에 관한 자신의 견해를 결산해 놓은 책으로 볼 수 있겠다. 이렇게 보면 위의 인용에서 언급된 내용은 오랜 시작 활동과 시론과 시평 중심의 비평 작업을 결산하면서 간추린 연천 시론의 귀중한 결실로 보아도 좋을 것으로 생각된다.

때문에 이 자료를 기본 자료로 하여 연천 시론의 양상을 살펴보고자 시도하는 것은 일단 자료적 측면에서는 타당성을 얻을 수 있을 것으로 보인다. 또한 이 논의를 보완하고 구체화하기 위하여, 『학강산필』에 수록된 여타의 자료 및 그의 문집인 『연천집』에 실려 있는 〈원시〉를 비롯한 다른 비평자료들도 필요에 따라 활용하게 될 것이다.

2) 시의 본질

시의 본질에 대한 연천의 생각을 앞의 자료에서 언급된 '본호정성 발호천기'에서부터 찾아 나가도록 하겠다. 시는 정성(情性) 곧 성정(性情)에 근본을 두고 천기(天機)에서 발원하는 것이라는 그의 생각이 시의 본질의 내용을 밝힌 것으로 보이기 때문이다.

이러한 연천의 생각을 두고 최신호는 연천의 문학관을 검토하면서 성정의 뜻을 '타고난 본성' 또는 '시적 정서'로 보고, 천기의 의미를, '천지조화의 심오한 비밀' 또는 '천성 본래의 진성(眞性)' 정도로 보아 성정과 천기가 '인간의 본성을 표현한 것'이라는 점에서는 큰 차이가 없다고 하였다. 그리하여 연천의 문학사상의 핵심이 성정 또는 천기론에 집약되었다고 하면서도, 주된 논의의 방향은 천기론적 측면에서 연천의 문학관을 검토하는 것이었다.[51]

그런가 하면 연천의 그와 같은 생각에 대해 임종욱은 성정 우위의 문학론이라 언급하면서도 그에 대한 명확한 논의를 보여 주지는 못했다.[52] 이처럼 기왕의 논의에서는 시의 본질에 대한 연천의 생각을 성정과 천기에서 찾고자 하면서도, 각각의 견해에 따라 성정과 천기를 결국은 같은 의미의 다른 표현쯤으로 인식하거나 경중을 가려 이해하고자 하였던 것으로 보인다. 여기서 성정과 천기에 대해 그 의미부터 분명히 파악해야 연천의 시의 본질에 대한 생각을 제대로 이해할 수 있을 것으로 생각된다.

시의 근본을 성정에서 찾고자 하는 것은 중국이나 우리의 고전 비평에서 전통적으로 주목받아 왔다.

시는 마음이 흘러가는 바를 적은 것이다. 마음속에 있으면 지(志)라고 하고 말로 표현되면 시가 된다. 정(情)이 마음속에서 움직일 때 시인은 그것을 말로 표현한다.[53]

이렇게 시는 마음속에 자리하고 있던 '지'가 말로 표현된 것이라 했다. 그 '지'라고 하는 것은 곧 마음속에 있던 '정'이고, 그것이 움직일 때 말로 표현한 것이 시라는 것이다. 시의 근본이 성정에 있고 그 성정을 담는 그릇인 심(心)의 표현이 시가 되는 셈이다. 직접적으로, "시는 성정을 읊는 것이다."[54]라고 엄우(嚴羽, 1180 전후~1264)처럼 언급하지는 않았어도, 시의 근본을 이렇게 지의 표현, 성정의 표현, 심의 표현으로 파악하는 것은 시를 개인적 정서의 표현으로 보는 견해의 범주 안에서 전통적으로 이어져 내려왔다.

이러한 생각은 우리 비평 자료에서, 시가 마음의 표현이라든지,[55] 시가

---

51 최신호, 「연천 홍석주의 문학관」, 앞의 논문, 75~85면 참조.
52 임종욱, 「홍석주의 『학강산필』에 나타난 문학론 연구」, 앞의 논문, 215면 참조.
53 詩者 志之所之也 在心爲志 發言爲詩 情動於中 而形於言(『詩經』, 〈大序〉).
54 詩者 吟詠情性也(嚴羽, 「滄浪詩話」).

성정의 잡을 수는 없으나 불가사의한 곳으로부터 표출되는 것이라고 한 데 서도[56] 찾아볼 수 있다. 또한 시가 성정을 나타내는 것이라고 보고,[57] 시는 정에 감응하여 소리로 나타나게 된다든지,[58] 시는 마음에 바라는 바를 말로 표현한 것이기 때문에 마음이 흘러가는 대로 나타내야만 달관에 이를 수 있다고 하는[59] 등에서도 시의 근본을 성정에서 찾고자 하였던 견해들을 살펴볼 수 있었다. 그리고 연천은 또한, "말은 정의 표현인데, 시는 더욱 그러하다."[60]라고 해서 시가 정의 발현임을 분명히 언급하기도 하였다.

이렇게 중국이나 우리 고전 비평의 흐름 속에서 시의 근본을 성정에서 찾고자 하는 견해는 보편적인 것이었음을 알 수 있다. 이러한 흐름 속에서 연천도 시의 근본을 성정에서 찾고자 하였던 것이다. 그리하여 성정의 의미를 타고난 성품, 성질, 심정, 본성으로 보고 그것이 시인의 시적 정서, 시심, 시의식에 다름 아니라고 보면, 시의 근본이 성정에 있다고 하는 것은 시가 시인의 시적 정서, 시심, 시의식의 표현이라고 보는 것이 된다. 결국 연천은 타고난 성품에 바탕한 시의식의 표현을 시의 근본이라고 파악하였던 것으로 볼 수 있겠다.

시의 본질에 대한 연천의 생각은 이에 멈추지 않고 '발호천기'로 이어진다. 시는 천기에서 발원한다는 생각이었던 것이다. 이처럼 시가 천기를 발원으로 한다는 점을 이해하기 위해서는 우선 천기의 개념 규정부터 이루어져야 할 것이다. 천기의 개념에 대해서는 지금까지 다각도로 논의되어 왔으나, 최근의 연구 성과인 다음 인용문에 그 내용이 비교적 간결하게 정리되어 있다.

---

55 詩者 心之發(徐居正,『東人詩話』).

56 詩者 出自情性虛靈之府(柳夢寅,『於于野談』).

57 詩以道性情(李宜顯,『陶谷集』卷27,「雜著」).

58 詩者 感於情 而形於聲者也(南公轍,『金陵集』卷13,〈題李元履顯綏詩後〉).

59 詩者言志 故心之所之 惟詩可達觀(李瀷,『星湖先生全集』卷49,〈詩經疾書序〉).

60 言者情之發也 而詩爲尤然(권3, 11).

천기는 천체의 운행 곧 '천행(天行)'을 가능하게 하는 '천체의 눈에 보이지 않는 추기(樞機)'이다. '천기'는, 그것이 작동되어 천체가 운행함으로써 '천도(天道)'나 '천리(天理)'가 행해지도록 하며 '천명(天命)'이나 '천의(天意)'가 세상사와 인간사에서 자연스럽게 행해지고 펼쳐지도록 하는, '천체의 추기' 곧 '베틀'의 '틀'과 같은 것이다. 그런데 '천기'는, 때로는 세상의 물정에 밝아 '자연의 이치를 참되게 터득하는 경우'를 일컫는 말로도 쓰였으며, 깊은 역사의식이나 현실인식으로써 그 '천기를 알아보는 안목'을 일컫는 말로도 쓰였다. 그리고 혹은 '천기의 발로'나 '천기의 발동'을 일컫는 말로도 의미가 다소 확장되어 쓰였다.[61]

이렇게 천기의 개념을, 천체의 운행을 가능하게 하는 눈에 보이지 않는 추기, 곧 천체가 운행하여 천도나 천리가 행해지고 천명이나 천의가 세상사와 인간사에서 자연스럽게 행해지고 펼쳐지도록 하는 천체의 중추가 되는 기관으로 파악하였다. 또한 '세상의 물정에 밝아 자연의 이치를 참되게 터득하는 경우'나 '깊은 역사의식이나 현실인식으로써 그 천기를 알아보는 안목'을 일컫는 것에서 그 의미를 찾기도 하였다. 그리고 '천기의 발로'나 '천기의 발동'을 일컫기도 한다고 하였다. 연천의 천기에 대한 생각도 이와 다르지 않다.

시는 하늘에서 나왔다. 하늘과 땅의 기운이 서로 합하여 광대하게 끝없이 어리고, 때맞추어 바람 불고 비 내리며, 자연 삼라만상의 정화를 취하고, 온갖 물건의 형상이 형성되었다가 유전하는 것이 천기이다. 그것이 마음에 촉발되어 인의예지의 본성에서 나타나는 실마리를 이루면 생각하지 않고 헤아리지 않고도 왕성하게 참다운 천기가 사람을 감동시키게 된다.[62]

---

61 정요일, 「천기의 개념과 천기론의 의의」, 『한문학의 논리』(일조각, 2009), 99면.
62 詩者出乎天者也 絪縕蕩軋 風雨時行 浚其精華 流爲品物 天之機也 有觸其中 惻羞以類不思不度 藹然其眞天機 之動乎人也(洪奭周, 『淵泉集』 卷18, 〈擬古詩序〉).

이렇게 천기는, 크고 넓은 광대한 원기로 말미암아 바람 불고 비 내리는 자연의 변화가 일어나고 그 자연의 법칙에 따라 사물의 정수가 갖추어지고 온갖 물건의 형상이 형성되었다가 끊임없이 변천하게 하는 것이라고 하였다. 결국 우주의 도와 자연의 이치 그리고 인간 세상 모든 사물의 변화 그 자체가 천기이며, 그것이 인간 마음속 인의예지의 성정의 실마리에 촉발되면 자연스럽게 참다운 천기가 표현되어 사람을 감동시킬 수 있는 시가 이루어진다는 것이 연천의 생각이었던 것이다. 그러면서 개벽 이래 오랜 세월 동안 춘하추동 사시의 질서가 어긋난 적이 없고, 인의예지의 실마리와 희노애락의 발현 또한 변화된 적이 없는데 바로 그러한 가운데서 나타난 천기의 본 모습이 시에 표현되어야 한다고 하였다.[63]

천기에 대한 연천의 생각이 이러할진대 앞서 천기를 '천체의 추기'로 본 견해와 다르지 않음을 알 수 있다. 이렇게 본다면 천기는 시인의 시의식을 자극하는 요소로서 시인이 우주, 자연, 사회에 대한 성찰에서 얻어낸 우주관, 자연관, 세계관의 발현 자체가 될 것이다. 그리하여 그 우주의 신비나 자연의 섭리 그리고 사회적 윤리적 도리 등등의 시인의 통찰의 결과로 얻어지는 모든 것들이 천기의 내용이 된다고 하겠다. 우주의 도와 신비를 밝히고, 자연의 섭리를 터득하고 자연의 생명력에 감응하면서, 정확한 현실인식으로 삶의 진실을 바로 살피고 인간의 문제에 정면으로 부딪쳐 해결 방안을 모색하는 그러한 내용들을 모두 펼쳐 놓은 것이 곧 천기의 세계인 것이다.

이렇게 보면 연천이 시가 천기를 발원으로 한다고 한 것은, 결국 시에는 우주의 도와 신비가 드러나야 하고 자연 삼라만상의 이치와 인간 사회의 구석구석에서 파악되는 삶의 진실 등이 나타나야 한다는 것이 된다. '천체의 추기'와 같은, '베틀의 틀'과 같은 그러한 천기를 발원으로 한 것이 시라

---

63 故由混元以迄于今 六萬八千九百餘歲 而春秋冬夏四時之序 未嘗忒也 由開物以迄于今 四萬七千三百餘歲 而仁義 禮智之端 喜怒哀樂之發 亦未嘗殊也 奚但是而已哉 雖前乎此億千萬世 後乎此億千萬世 亦惟如是而已矣 夫其變者 人也 未嘗變者天也 詩者出乎天者也 故曰詩未嘗有古今之變也(위의 글).

고 연천은 생각하였던 것이다.

연천이 시의 본질로 언급한 성정과 천기의 개념에 대하여 살펴보았다. 한편 시가 성정을 근본으로 하고 천기를 발원으로 한다는 연천의 견해를 두고 앞 장에서 살펴본 것처럼, 성정과 천기의 연결 고리에 비중을 두고 천기론 중심으로 파악하거나 단순히 성정 우위의 견해를 피력하는 등의 관점은 그 타당성이 인정되기는 하면서도 재고되어야 할 것으로 보인다. 연천이 생각한 시의 본질은 성정과 천기의 조화, 그 어느 쪽으로도 기울지 않는 완벽한 구도 속에 있다고 보이기 때문이다.

그리하여 천기 곧 우주의 진리, 자연의 이치, 인간사 모든 삶의 진실 등을 포함하는 시인의 내적 외적 조건과 환경 등의 시적 소재가 주는 감흥이나 영감이, 성정 바로 타고난 성품에 바탕한 시인의 시의식을 자극하여 시가 이루어진다는 것이 연천의 생각이었다고 하겠다. 이러한 연천의 생각, 천기가 촉발하여 성정을 표현한 것이 시의 본질이라고 파악한 그의 생각은 성정과 천기의 조화에서 시의 본질을 찾은 것으로 볼 수 있을 것이다.

삼백 편 이후로 천여 년의 세월이 흐르는 동안 비록 체제의 높고 낮음이 다르고, 감정의 그릇되고 바름이 차이는 있어도 시가 결국 성정에 근본을 두고 천기에서 발원한 것이라는 점은 마찬가지다. (……) 그 출발이 성정에 근본하지 않고 그 발원이 천기에서 연유하지 않았으니, 사람을 감동시키려고 애쓴들 어찌 비슷한 것이라도 얻을 수 있겠는가.[64]

오랜 세월 동안 수많은 시 작품들이 생산되어 사람들을 감동시켜 왔지만 그 시들의 체제와 감정 표현은 천차만별일 수밖에 없었을 것이다. 그럼에도 불구하고 시의 근본이 성정에 있고 시의 발원이 천기에 있음은 모두 같다고

---

64 自三百篇以後 千有餘年之間 雖高下異體 邪正殊感 其詩之本乎性情 發乎天機則一也 (…) 其出也 不本乎性情 其發也 非由乎天機 求其能感人也 安可得其彷彿哉(권3, 8).

연천은 언급하였다. 이어서 연천은 작시에 있어서 대우가 성행하고 격률이 엄정해지면서 아름다운 말로 꾸미는 데 열중하고 용사에 힘쓰며 까다로운 운을 바탕으로 공교로움을 다툰 결과, 짜 맞추고 꾸미는 일이 우세해지고 홍관군원의 시의 효용이 드러나지 않게 되었다고 하였다. 때문에 시들의 출발이 성정에 근본하지 않고 천기에서 연유하지 못함으로 해서 사람들을 감동시키지 못하게 되었다고 언급하였다.

이렇게 보면 시의 '출(出)'이 성정에 근본해야 하는 것이고 시의 '발(發)'이 천기에서 연유해야 한다는 것이 연천의 생각이어서, 시의 '출발'을 성정에 근본하고 천기에서 연유하는 것으로 파악하였음을 알 수 있다. 성정과 천기가 시의 출발점이 되는 것이다. 성정과 천기가 출발하여 도달해야 하는 목적지는 바로 시일 것이다. 그리하여 시라는 목적지에 도달하기 위해서는 성정과 천기가 시의 근본이 되고 발원이 되어 서로 어울려 출발해야 할 것이다. 결과적으로 성정과 천기의 조화이든, 천기가 촉발한 성정의 표출이든 그것은 분명 시의 본질 문제에 성정과 천기가 같은 비중으로 자리하고 있음을 말해주는 것으로 보인다.

조선 후기의 다른 문인들 역시, "시는 성정의 발로이며 천기의 발동이다."[65]라고 하거나, "(시경의 시들은) 인간의 정지(情志)를 서술하고, 천기에서 발원한 것이다."[66]라고 하여, 시가 성정과 천기의 조화의 산물임을 나타내었다. 이는 연천의 생각과 같은 맥락에서 이해된다. 이렇게 연천은 조선 후기 다른 문인들의 생각과 흐름을 같이 하면서, 시의 본질을 성정과 천기의 조화에서 찾고자 하였다. 그리하여 연천은 천기가 촉발한 성정의 표출로 빚어진 시, 성정과 천기를 출발점으로 하여 내달린 목적지로서의 바로 그 시의 세계에 도달하고자 하였던 것으로 보인다.

이러한 시의 본질에 대한 연천의 생각은 바로 작시의 과정으로 연결되는

---

65 詩者 性情之發而天機之動也(金昌協, 『農巖集』 卷34, 「雜識」, 〈外篇〉).
66 敍其情志 發於天機(洪良浩, 『耳溪集』 卷10, 〈風謠續選序〉).

것이기도 하다. 성정과 천기의 조화가 작시 과정의 첫 단계임은 다음 인용문에서 찾아볼 수 있다.

마음속의 영감이 나타내고자 하는 것이 소리가 되고, 소리가 육신에 간직되어 있다가 천기에 촉발되어 생성되면서 정신과 천기가 합하여 음률에 호응하면 시가 이루어진다.[67]

시인의 영감이 소리로 간직되어 있다가 천기에 촉발되어 시로서의 생명을 얻게 되는데, 이렇게 마음의 정수인 영감에 천기가 촉발되어 곧 정신과 천기가 어울려 화합하여 음률에 호응한 것이 시가 된다고 하였다. 여기서 마음, 영감, 정신으로 일컬어진 것은 성정에 다름 아닐 것이다. 이렇게 보면 홍양호는 성정과 천기의 조화가 작시과정의 첫 단계임을 말해주었다고 하겠다.

작품을 쓰려면 먼저 경전을 읽어 학문의 기초를 쌓은 다음에, 과거의 역사 문헌들을 섭렵하여 치란흥망의 근원을 알아내는 한편, 실천적인 학문에도 힘써 선배들의 경제에 관한 저서를 두루 살펴봐야 할 것이디. 그리하여 사신의 마음이 언제나 백성들에게 혜택을 끼치고 만물을 보호 발육시키려는 사상을 지녀야만 바야흐로 글 읽는 군자가 될 수 있을 것이다. 이와 같이 된 연후에 혹은 안개 낀 아침, 달 뜬 저녁이나, 짙은 그늘, 보슬비 내리는 때를 만나면, 그 서려 있던 감흥이 솟아나고 생각이 표연히 떠올라 자연스럽게 읊조리고 자연스럽게 이루어져 천지자연의 소리로 유창하게 발현될 것이다. 이것이 바로 시 세계의 생동하는 경지이다.[68]

---

67 人心之靈 發而爲聲 聲藏於肉 機觸而生 神與機合 應律成章(洪良浩,『耳溪集』卷17,〈詩解〉).

68 必先以經學 立著基址 然後涉獵前史 知其得失理亂之原 又須留心實用之學 樂觀古人經濟文字 此心常存澤萬民 育萬物底意思 然後方做得讀書君子 如是然後 或遇煙朝月 夕濃陰小雨 勃

여기서 정약용이 언급한 내용 가운데, 경전을 읽어 학문의 기초를 다지고, 역사 문헌을 섭렵하여 치란흥망의 근원을 파악하며, 선학들의 경제에 관한 저서를 살펴 실천적 학문에 힘쓰고, 백성들에게 혜택을 끼치고 만물을 보호 발육시키려는 사상을 지녀서 독서 군자로서의 소양을 기르는 것은 바로 앞서 개념 정리한 천기의 의미 범주에 속하는 것이다. 이러한 시인의 내면에 축적된 학문과 세상을 향해 열린 마음의 결정인 천기에 더하여, 안개 낀 아침, 달 뜬 저녁, 짙은 그늘, 보슬비 내리는 때와 같은 시적 환경은 자연 삼라만상이 보여주는 천기의 또 다른 모습들이다. 이렇게 다양한 천기의 실체들이 시인의 성정에 바탕한 시인의 시의식을 촉발하면, 서려 있던 감흥이 솟아나고 생각이 표연히 떠오르게 되어 시 세계의 생동하는 경지인 자연스럽게 읊조리고 자연스럽게 이루어져 천지자연의 소리로 유창하게 발현된 경지의 시가 이루어진다는 것이다. 이렇게 볼 때 정약용 역시 천기가 촉발한 성정의 표현, 성정과 천기가 조화롭게 어울린 시의 출발 그것이 작시 과정의 첫 단계임을 분명히 일러준 것이라 하겠다.

나는 어릴 때 태화자에게서 시를 배웠다. 언젠가 소나무 아래서 쉬는데 바람이 불어오자 그는 흔연히 나를 돌아보면서, "그대는 바람의 성질을 알고 있는가. 무릇 바람이라 하는 것은 태공에 떠돌다가 사물에 다가가게 되면 소리를 내게 된다. 그러나 바람을 받는 사물의 성질이 굳세면 그 소리는 짐짓 그윽하고 맑게 들린다. 시를 쓰는 것도 또한 이와 같다."라고 하였다. 나는 이 말을 좋아해서 시를 지을 때마다 마음이 그 때 소나무 아래를 떠나 본 적이 없다.[69]

然意觸 飄然思至 自然而詠 自然而成 天 籟瀏然 此是詩家活潑門地(丁若鏞,『與猶堂全書』卷21, 〈寄二兒〉).

69 余少學詩于太華子 子甞憩松下 有風至焉 子欣然顧余曰 若知夫風乎 夫風遊於太空 薄於物 而後爲聲 然彼受之者 其性剛焉 故其爲聲 乃穆然而淸焉 爲詩亦猶是乎 余說是言也 每爲詩其心未甞不在松下也(南有容,『雷淵集』卷12, 〈漢魏晋詩選序〉).

태화자(太華子) 남유상(南有常, 1696~1728)은 바람이 사물에 다가가면 소리를 내게 된다고 하면서 시를 쓰는 일도 이와 같다고 하였는데, 이 경우 소리는 분명 시를 나타낸다고 보아야 할 것이다. 그러면 우주, 자연, 사회 등으로 지칭되는 공간에서 마주치는 대상 전체와 그 대상에서 얻어낸 도와 이치와 진실 같은 것들 말하자면 시인의 시의식을 자극하는 모든 것들이 바람에 비유될 수 있을 것으로 보인다. 바로 천기의 내용에 다름 아니다. 천기가 곧 바람인 것이다. 그리고 바람을 맞이하여 소리를 내게 되는 사물은 천기가 촉발하여 시를 빚어내는 시인의 성정인 시인의 시의식으로 비유될 수 있을 것이다.

이렇게 보면 바람이 사물에 접촉하면 소리가 난다고 하는 것은, 시인의 내면적 또는 외면적 환경, 그리고 시적 배경이나 소재가 불러일으키는 감흥이나 그들에서 얻은 깨달음 등이 시인의 시의식을 자극하면 시가 이루어진다고 하는 것이 될 것이다. 바로 천기와 성정의 조화, 천기가 촉발한 성정의 표현이 이루어낸 시의 경지인 것이다.

연천은 결국 조선 후기의 다른 문인들의 생각과 흐름을 같이 하면서, 시의 본질을 이해하기 위해서 시가 성정에 근본을 두고 천기에서 발원하는 것이라는 데에 주목하였다. 그리하여 천기가 촉발한 성정의 표현, 성정과 천기의 조화의 측면에서 그 본질을 파악하였다. 그리고 그 생각은, 시인의 내외적인 환경과 시적 배경이나 소재와 그 바탕에서 얻어낸 우주관, 자연관, 세계관 등에서 비롯된 천기의 내용 범주에서 이해될 수 있는 요소들이 시인의 성정을 바탕으로 하는 시인의 시의식을 촉발하여 한 편의 시가 이루어진다는 작시과정으로 이어져 있음을 보여 주기도 하였다.

3) 시의 작법

연천은 시의 본질을 성정에 근본을 두고 천기에서 발원하는 것으로 파악하였다. 이렇게 성정과 천기의 조화에서 시의 본질을 이해한 연천은 또한 성정과 천기를 출발점으로 한 목적지가 바로 시라고 밝히면서, 천기가 촉발한 성정의 표현이 곧 시임을 언급하여 작시의 과정을 드러내기도 하였다.

시의 본질을 파악하고 작시의 과정에 관심을 보인 다음 연천의 시선은 작시법으로 옮겨지고 있다. 시가 무엇인가에 대한 검토와 시 창작은 어떤 과정을 거치는가에 대한 관심에 이어진 것은 시를 어떻게 써야 하는가라는 문제를 해결하는 것이었다고 보인다. 이제 천기가 촉발한 성정을 표현하는 작시 과정에서 연천이 생각한 구체적인 시의 작법에 대하여 살펴보도록 하겠다. 연천의 시의 작법은 '기의진지(其意眞摯) 기사조달(其辭條達) 기기유동(其氣流動)'이라고 한 앞의 예문에서 찾아볼 수 있다.

시의 작법을 제시하면서, 시의 의미가 '진지'해야 하고, 시어가 '조달'해야 하며, 시의 기상이 '유동'해야 한다고 한 연천의 생각은 문장의 작법에도 그대로 나타나 있다.

이치가 뛰어나고 문장이 통달한 데다가 기상이 창성하게 나타나 있는 것, 이것이 한유가 뛰어 난 문장가가 된 까닭이다.[70]

이처럼 문장의 이치가 '승(勝)'하고, 문장 표현이 '달(達)'하며, 문장의 기상이 '창(昌)'하였던 까닭에 한유(韓愈, 768~824)가 문종(文宗)이 되었다고 하면서 문장의 작법에서 '이승(理勝), 사달(辭達), 기창(氣昌)'을 내세워 기준으로 삼았던 연천이었기에, 시의 작법에서도 그렇게 '의진지, 사조달, 기유동'의 기준을 기본 바탕으로 제시하였던 것으로 보인다.

작시의 실제에 있어서 연천이 가장 먼저 관심을 기울인 것은 시의 의미의 설정 문제였다. 그리하여 시의 의미는 '진지'한 내용이어야 한다고 하였다. 꾸밈없는 마음으로 솔직함 그대로 진실을 찾아 드러내야 한다는 것으로 이해된다. 이렇게 시의 작법에서 의미 설정이 우선임을 밝히면서 그 의미의

---

70 理勝辭達 而昌之以氣 此韓愈氏之所以爲文宗也(권2, 19).

내용은 '진지'함에 바탕을 두어야 한다는 것이 연천의 생각이었던 것이다.

　시는 의미를 주로 삼는다. 진실로 그 의미가 지극히 정당하여 다른 말로 바꿀 수 없다면 비록 운자(韻字)를 달지 않아도 무방하다. 한 가지 운으로 사용할 글자가 없으면 다른 운자를 빌려 통하면 된다. 또 다른 운자조차 없다면 차라리 운을 달지 말아야 한다. 운이 자신을 따르게 한 것이 옛 사람들의 시이고, 운자에 자신이 얽매이고 있는 것이 요즘 사람의 시다.[71]

이는 명말 청초의 비평가인 고염무(顧炎武, 1613~1682)의 견해인데, 연천은 이에 동조하면서 시의 작법에서 의미를 중시하고 있음을 강조하고 있다. 지극히 마땅하고 적절한 의미의 전달에 방해가 된다면, 차라리 한시의 생명이기도 한 시의 운을 무시해도 좋다는 데까지 이르고 있다. 비록 다른 비평가의 견해에 기대고는 있지만, 그만큼 연천에게는 시의 의미 설정이 시의 작법에서 가장 큰 비중을 차지하는 것이었음을 나타내주는 것으로 볼 수 있겠다.

　이렇게 연천은 시의 의미를 중시하면서, '진지'한 시의 의미가 막힘이 없이 올바르게 전달되어야 한다고 히었으며, 또한 지극히 마땅하고 적설한 의미 설정이 작시상 가장 우선하는 것임을 언급하기도 하였다. 이러한 생각은 시뿐만 아니라 문장에 대해서도 마찬가지였다.

　문장은 뜻을 통달하는 것을 위주로 하며, 뜻은 이치에 합당한 것을 귀중하게 여긴다.[72]

작문의 실제에 있어서도 의미의 통달이 중심이 되어야 함을 밝히면서,

---

71 詩以義爲主 苟其義之至當 而不可以他易 則雖無韻不害也 一韻無字 則旁通他韻 又不得於他韻 則寧無韻 以韻從 我者 古人之詩也 以我從運者 今人詩也(권4, 18).
72 文以達意爲主 意以當理爲貴(권2, 22).

연천은 그 의미가 이치에 합당해야 한다고 하였다. 이로 보아 연천은 시나 문장에서 모두 의미의 설정을 중시하면서 진지하고 이치에 합당한 의미가 막힘이 없이 올바르게 전달되어야 함을 강조하였던 것으로 보인다.

사실 시인의 사상과 감정을 표현한 것이 시라고 볼 때, 그러한 시의 창작에 있어서 의미를 중시하는 것은 당연한 것이라고 할 수 있다. 그리하여 이규보는, "시는 의미를 위주로 한다. 의미를 설정하는 것이 가장 어렵고, 시어를 짜 맞추는 것은 그 다음이다."[73]라고 하여 시의 의미 설정의 중요성을 언급한 바 있다. 의미를 중시하는 이러한 작시 태도는 그 후 많은 비평가들에 의해 비중 있게 다루어져 왔다.

시의 의미를 중시하는 이러한 견해는 중국 비평에서도 흔히 찾아볼 수 있는 내용이기도 하다. 송의 유반(劉攽, 1022~1088)은, "시는 의미를 위주로 하며 시어의 수식은 그 다음이다."[74]라고 해서, 이규보보다 훨씬 앞서 의미 중시의 시 작법에 대해 언급하기도 하였던 것이다.

이렇게 시의 작법에서 시의 의미를 중시하였던 연천의 생각은 우리나 중국의 고전 비평에서 보편적으로 논의되던 것이었다. 그러면서 연천은 그 의미가 '진지'해야 한다고 주장하였는데, 이러한 생각도 고전 비평에서 흔히 찾아볼 수 있는 내용이다.

이 점은, 유몽인이, "시어가 비록 솜씨 있게 꾸며졌다 하더라도, 그 내용이 진실로 의리가 돌아갈 바를 잃었을 경우에는 시를 아는 사람들이 취하지 않는다."[75]고 하였다든지, 윤춘년이, "시의 의미가 어리석고 거짓되면, 그 시는 볼만한 가치조차 없다."[76]고 하여, 시의 의미가 의리의 내용을 바탕으로 거짓 없이 진지해야 함을 내세운 것들을 미루어보면 알 수 있다.

중국의 경우에도 유협(劉勰, 465~532)이, "정을 나타내기 위해 수식할 때

---

73 夫詩以意爲主 設意最難 綴辭次之(李奎報,「白雲小說」).

74 詩以意爲主 文詞次之(劉攽,「中山詩話」).

75 雖辭語造其工 而苟失其義所歸 則知詩者不取也(柳夢寅,「於于野談」).

76 其意愚妄 則其詩不足觀矣(尹春年,「詩法源流體意聲三字註解」).

는 간결하면서도 진실되어야 한다."[77]고 한 이래, "무릇 시문은 진의를 위주로 한다. (……) 따라서 시문을 지을 때는 진정을 위주로 해야 한다."[78]든지, "몇 년 동안 시를 짓지 않을 수는 있어도, 한 편이라도 진실되지 않게 지어서는 안 된다."[79]든지, "진(眞)은 시의 뼈대이다, 감정이 참되고 경물이 참되면 지은 작품은 반드시 아름답다."[80]라고 한 등의 견해에 그러한 점은 잘 나타나 있다. 시가 진실되어야 하고, 진의를 위주로 진정을 표현해야 하며, 진실되지 않은 시를 지어서는 안되고, 감정이나 경물이 참되면 좋은 시가 지어진다든지 하는 등에서 보면, 그들이 시의 의미가 '진지'해야 한다고 한 연천과 생각을 같이 하고 있음을 알 수 있는 것이다.

이처럼 시의 의미가 '진지'해야 한다는 연천의 시의 작법의 한 가닥이 우리나 중국의 고전 비평의 큰 틀 속에서 이해될 수 있음을 알 수 있었다. 그리하여, "시가 세상을 가르치는 데에 도움 되는 일이 없다면, 또한 어찌 배우의 자잘한 기술이라는 지목을 받지 않을 수 있겠는가."[81]라든지, "대개 고인(古人)들은 사리에 어두운 것을 계몽하여 명백히 밝히고, 어리석은 사람을 가르쳐 일깨워주는 것을 가장 먼저 힘써야 하는 시의 임무로 삼았다."[82]라고 해서, 연천은 시 작법의 실제에서 우선적으로 관심을 기울여야 하는 시의 의미가 '진지'해야 하며 그 '진지'한 시의 내용이 '세교(世敎)'에 도움이 되고 '발몽유미(發蒙牖迷)'하는 데에 기여할 수 있어야 한다고 강조하기도 하였다. 이렇게 보면 연천은 시의 작법에서 시의 의미는 '진지'해야 하며, 그 '진지'한 내용을 바탕으로 시는 교화에 이바지해야 한다고 생각하였던 것으로 보인다.

시 작법의 실제에서 연천이 시의 의미 다음으로 관심을 보인 것은 '기사

---

77 故爲情者 要約而寫眞(劉勰, 『文心雕龍』, 〈情采〉).
78 凡詩文 皆以眞意爲主 (…) 故凡作詩文 皆以眞情爲主(薛瑄, 『讀書錄』).
79 詩可數年不作 不可一作不眞(劉熙載, 『藝槪』).
80 眞字是詞骨 情眞景眞 所作必佳(王國維, 『人間詞話』).
81 詩而無補于世敎也 則亦安得辭俳優小技之目哉(권4, 1).
82 蓋詩者 古人發蒙牖迷之首務(권3, 10).

조달'이라 하여 시의 언어가 조리 있고 통달해야 한다고 언급한 내용에서 보여준 시어의 문제이다. 사실 시의 의미의 '진지'함을 표현하기 위해서는 시어의 '조달'함이 반드시 수반되어야 할 것으로 보인다. 조리 있는 시어와 시에 담고자 하는 의미를 올바르게 통달할 수 있는 시어의 구사 없이 '진지'한 시의 의미 전달은 기대할 수 없을 것이기 때문이다.

그리하여 연천은 시어의 조탁이나 수사법, 표현 기교 등의 문제는 관심 밖이었던 것으로 보인다. 그의 주된 관심은 시의 '진지'한 의미를 올바르게 전달할 수 있는 조리 있고 통달한 시어의 선택에 있었던 것이다. 이점은 문장에 대한 그의 생각에서 미루어 짐작할 수 있다.

연천은, "외교관이 가서 하는 말은 잘 전달되도록 해야 할 따름이다."[83]라는 공자(孔子, BC 552~479)의 말에 주목하면서, 옛날 성인들이 문장에 뜻을 두지 않았으나 문장의 성대함이 성현과 나란히 할 사람이 없는 것은 오직 뜻을 알리기만 하였기 때문이라고 하였다. 그러면서 어렵고 어두운 것을 그윽하다고 하나 뜻이 전달되지 않고, 꾸미는 것을 공교하다고 하나 뜻이 전달되지 않으며, 펼쳐 늘여 놓는 것을 넉넉하다고 하나 뜻이 전달되지 않고, 또한 단장하여 윤기 나는 것을 곱다고 하나 뜻이 전달되지 않는다고 하였다. 그리하여 제대로 뜻을 알린다고 하는 것은, 해와 달이 하늘에 걸려 있어 눈이 있는 사람은 모두 볼 수 있는 것과 같고, 큰 교차로가 사방에 소문이 나 있어 발 달린 사람은 모두 갈 수 있는 것과 같으며, 동물과 식물, 날짐승, 물짐승 같은 것들이 각각 제 모습을 드러내어 인위적인 꾸밈을 용납하지 않는 것 바로 그와 같은 것을 말한다고 하였다.[84]

연천은 공자의 '사달(辭達)'에 대한 언급이 화려한 수식을 반대하고 질박

---

83 子曰 辭達而已矣(『論語』,〈衛靈公〉).

84 子曰 辭達而已矣 古之聖人未嘗有意於文 而文章之盛亦莫與聖賢並者 唯其達而已 艱晦以 爲奧 非達也 組織以爲 工 非達也 鋪衍以爲富 非達也 粉澤以爲麗 非達也 如日月之麗天 而有目 者皆可觀也 如康莊之四開 而有足者皆可 行也 若動植飛潛之各呈其形 而無所容於作爲也 若此 之謂(권5, 38).

한 문장을 추구한 것으로 이해되고·있는 데 초점을 맞추어, 이른바 달의론 (達意論)이라 할 수 있는 그의 문장론을 펴면서 인위적인 조탁에 대하여는 역시 부정적 시선을 보여주었다. 그러면서, "뜻이 창달하여 펴지면 이치가 밝아지고, 말이 순하면 사람들이 쉽게 이해하게 된다. 옛사람들이 문장 쓰는 것은 이와 같을 뿐이다."[85]라고 하여, 전통적인 유가들의 주장과 생각을 같이하고 있음을 보여주었다. 이를 시에 견주면, 시의 의미가 창달하여 펴지면 시의 이치가 밝아지고 시어가 순하고 자연스럽게 갖추어지면 사람들이 쉽게 감상할 수 있다고 하는 것으로 이해될 수 있겠다.

이렇게 달의에 초점을 둔 문장론을 피력하였던 연천이었기에, 작문하면서 기이함을 추구하여 기험한 말을 만들어 쓰는 조어(造語)보다는 이치에 맞는 바른 말을 세우는 입언(立言)이 바른 태도임을 내세우면서도[86] 한편으로는 다음과 같이 조어의 불가피성을 언급하기도 하였다.

글은 뜻을 전달하는 것을 중시하고, 뜻은 이치에 합당한 것을 귀히 여긴다. 이치라는 것은 예나 지금이나 다를 것이 없다. 옛사람의 말을 사용해서 나의 뜻을 전달할 수 있다면, 옛날의 말을 써도 된다. 진실로 나의 뜻을 말하고 싶은 것이 있는데 옛날 사람들이 말한 것이 없다면, 밀을 만들어서 써도 된다.[87]

이렇게 '달의'에 바탕을 두면서도 문장을 표현함에 있어서는 조어의 필요성도 인정하고 있었던 것이다. 그러면서 시에 있어서 화려하게 수식하고 치장하여 성령이 가리우고 잘 짜 맞추기만 하여 천진을 잃어버린 폐단을 지적하기도 하였다.[88] 그리하여 시의 조어에만 치중하여 시어가 화려하고

---

85 意暢而理明 辭順而人易曉 古之爲文者 如是而已(권4, 4).

86 造語與立言不同 達意以言 言自中理 前人之所未及發 而後之人奉爲典訓 若此者所謂立言也 求奇於字句之間 標 新於前載之外 非理是主 而唯辭之是治 此所謂造語也(권2, 18).

87 文以達意爲主 意以當理爲貴 理者無古今之異者也 用古人之語 而可以達吾意 則用古語可也 苟吾意之所欲言 而 古人有未及言者 則造語亦可也(권2, 22).

88 粉澤盛而性靈隱 組織工而天眞喪 其弊則自靈運俑(권4, 5).

번듯하게만 짜여진 시들은, 이른바 '성정'에 근본하고 '천기'에서 발원하여 의미가 '진지'하고 시어가 '조달'하며 기상이 '유동'하는 시, 그리고 그 쓰임이 '감인(感人)'하고 그 공이 '흥권징창(興勸懲創)'에 돌아가며 그 효과가 '이풍역속(移風易俗)'에 이르는 그러한 시가 아니라고 연천은 생각하였던 것이다. 시어 선택의 중요성을 인식하고, 화려하고 번드레하게 짜여진 시어보다는 시의 의미가 '진지'하게 제대로 전달될 수 있고 그 시어가 조리 있고 올바르게 통달될 수 있는 그러한 시어를 선택하고자 하였던 것으로 보인다. 시 작법에서 이런 시어 선택의 중요성은 언제나 관심의 대상이 되어 왔다.

시를 짓기 위해 고심하면 생각이 깊게 된다. 생각이 깊어지면 이론이 해박해지고, 이론이 해박해지면 언어가 새로워진다. 언어가 새롭게 되고도 중지하지 않고 노력하면 공교하게 된다. 공교하면서도 그치지 않으면 귀신도 두려워하게 할 수 있고 조화를 옮겨 나타낼 수도 있다.[89]

여기서 시를 짓기 위해 고심하여 읊조리면 생각이 깊게 되고 생각이 깊어지면 이론이 해박해진다고 하였는데, 이 단계는 연천이 언급한 시 의미의 '진지'한 표현에 해당된다고 볼 수 있다. 해박한 이론이 진지한 시의 의미로 표현될 수 있을 것이기 때문이다. 그렇게 이론이 해박해진 다음 과정이 시어가 새로워진다는 단계다. 이는 '조달'한 시어의 선택, 시의 의미를 제대로 드러내기 위한 조리 있고 통달할 수 있는 새로운 시어의 탐색에 해당될 것이다. 또한 새로워진 시어를 선택하여 해박한 이론을 바탕으로 한 시의 의미를 올바르게 전달한 다음에도 멈추지 않고 노력하면 좋은 시를 얻을 수 있다는 것이 김조순(金祖淳, ?~1831)의 생각이었다. 그렇게 좋은 시를 얻고도 부단한 노력을 기울여야 비로소 귀신도 두려워 떨게 하고 조화를 옮겨

---

[89] 夫吟苦則思必深 思深則理必該 理該則語必新 新而不已則工 工而不已 則可以慴鬼神 而移造化矣(金祖淳, 『楓皐集』 卷16, 〈書金明遠畊讀園未定稿後〉).

나타낼 수 있는 최고의 경지의 시를 얻을 수 있다고도 하였다. 결국 김조순은 최고의 시를 얻기 위한 과정에서 반드시 거쳐야 하는 과정으로 새로운 시어의 연마와 선택의 중요성을 강조한 것으로 볼 수 있는데, 이는 '진지'한 시의 의미를 올바르게 전달하기 위해 '조달'한 시어 선택에 관심을 기울였던 연천과 생각을 같이 한 것으로 볼 수 있겠다.

무릇 시를 지으려면 갈고 다듬는 노력을 기울여야 한다. 첫째는 시의를 가다듬어야 한다. 시의에는 드러나지 않거나 무딘 것, 엉성하거나 뒤떨어지는 것이 있다. 둘째는 시구를 가다듬어야 한다. 시구에는 생기가 없고 멀겋고 자잘하고 난삽한 것을 제거해야 한다. 셋째는 시어를 가다듬어야 한다. 시어에는 시구의 의미를 흐트러뜨리고 긴밀함과 산만함을 혼동케 하는 것이 있다. 이상 에서 말한 세 가지 경우는 어느 것이나 다 세심하게 주의를 기울여야 한다. 쉽게 얻을 수 있는 것이 아니기 때문이다.[90]

당의 시인 서인(徐寅)은 이처럼 작시에서 시의와 시구를 갈고 다듬는 노력에 이어 시어의 연마에도 세심한 주의를 기울여야 한다고 하였다. 시의와 시구와 시어 어느 것 하나도 쉽게 얻을 수 없는 것이기에 부족함 없이 연마해야 좋은 시를 지을 수 있다는 것이 그의 생각이었던 것이다. 역시 '진지'한 시의 의미를 제대로 나타내기 위해 '조달'한 시어의 선택에 관심을 기울였던 연천의 생각과 다르지 않다.

모치황이 말하였다. 사(詞)를 짓는 사람은 마땅히 뜻은 깊고 언어 표현은 잘 어울려지도록 지어야 한다. 사를 짓는 데 있어서 무릇 뜻이 깊은 경우는 표현을 지나치게 깎고 다듬은 흔적을 남기기 쉽고, 언어 표현을 잘 어울려지도

---

90 凡爲詩須積磨煉 一曰煉意 意有暗鈍粗落 二曰煉句 句有死機 洗淨瑣澁 三曰煉子 字有解 句義同緊慢 以上三格皆 須微意細心 不得容易(徐寅, 『雅道機要』).

록 하는 경우는 뜻이 얕아지기 쉬우니, 깊은 뜻과 어울리는 언어 표현을 둘 다 겸비하기는 어렵다.[91]

이와 같이 모선서(毛先舒, 1620~1688)는 시의 의미가 깊어야 하며 시어 의 표현은 잘 어울려야 한다고 하였다. 깊은 의미와 잘 조화되어 어울린 시어의 표현이 겸비하기는 어렵지만, 그것을 자신의 시 작법의 목표로 내세 웠던 것으로 보인다. 이 역시 '진지'한 시의 의미와 '조달'한 시어 선택을 시 작법으로 제시한 연천과 같은 생각이라 할 것이다. 이렇게 보면 연천은 우 리와 중국의 고전 비평에서 일반적으로 논의되어 오던 시 작법의 범주 속에 서, 시의 의미와 시어 선택에 관심을 기울여 나름대로의 견해를 구체적으로 보여주었다고 할 수 있겠다.

시의 작법 논의에서 시의 의미와 시어 다음으로 연천이 관심을 보인 것 은 '기기유동'에서 보여준 시의 기상의 문제이다. 사실 시의 기상은 시의 의미와 시어와 같은 맥락에서 보면 시의 기운이나 기세, 분위기 등을 일컫 는 것으로 보이기도 한다. 그러나 시의 기운, 기세, 분위기가 시인의 기상이 나 기질, 기백의 표현이라는 관점에서 보면, 여기서 '기'를 시인의 기상을 지칭하는 것으로 보아도 무방할 것으로 생각된다. '기기유동'의 뜻을, 시인 의 기상, 기질, 기백이 막힘없이 자유롭게 흘러 움직여 시의 기운, 기세, 분위기로 나타나게 된 것으로 이해해야 할 것으로 보이기 때문이다. 그렇게 되면, '기'는 시인의 기상, 기질, 기백의 뜻이 어울린 시인의 정신적 활력 자체를 지칭하는 것으로 볼 수 있겠다. 연천의 '기'에 대한 생각은 다음에서 읽을 수 있다.

무릇 시는 어디에서 나오는 것인가? 기에서 나온다. 어디에서 나타나는 것인

---

91 毛稚黃曰 詞家意欲層深 語欲渾成 作詞大抵意層深者 語便刻劃 語渾成者 意便膚淺 兩難 兼也(王又華, 『古今詞論』).

가? 정에서 나타난다. 기는 하늘에서 나오고, 정은 사람에게서 나온다. 하늘과 사람이 묘하게 감응하는 것이 시에 앞서는 것은 없다.[92]

이렇게 연천은 시의 '출발'을 '기'와 '정'에서 찾고 있다. 그리하여 하늘로부터 부여받은 타고난 '기'와 환경과 학습에 의해 후천적으로 길러진 '정'의 조화 곧 하늘과 인간이 묘하게 감응한 시를 연천은 지향하였던 것이다.

시를 기에서 구하지 않고 辭에서 구하며, 정에 맡기지 않고 수식에만 전념하여 자연의 소리를 얻지 못하게 되었다.[93]

또한 시를 '기'와 '정'에서 구하지 않고, 시어의 짜 맞춤이나 시 표현의 화려한 수식에만 힘쓴 결과 '자연지성(自然之聲)'이 담긴 참된 시를 얻지 못하게 되었다고도 하였다. 연천은 이처럼 하늘로부터 부여받은 선천적 기질과 후천적 노력으로 습득된 정서의 조화로운 결정체로서의 시를 자연의 소리가 담긴 최상의 시로 인식하면서, 하늘과 인간이 묘하게 감응하여 조화를 이룬 완벽한 구도의 시 세계를 추구하였던 것으로 보인다. 이렇게 연천이 시인의 정신적 활력으로서의 '기'를 하늘로부터 부여받아 선천적으로 타고난 것으로 인식하였음을 살펴보았는데, 이러한 생각은 우리와 중국의 고전 비평에서 일찍부터 보편화되어 있었던 것이기도 하다.

시문의 출발을 '기'에서 찾고자 한 것은 조비(曹丕, 187~226)가, "문은 기를 위주로 하는데, 기의 청탁은 그 바탕이 있는 것이어서 억지로 이르게 할 수는 없다."[94]라고 하여 문기설(文氣說)을 내세운 후로 주목받아 왔다. 또한 그는 '기'라고 하는 것은 선천적으로 타고 나는 것임으로 해서 자손에

---

92 夫詩奚出乎 出於氣 奚發乎 發於情 氣出於天 情出於人 天人之妙感 莫是先焉(洪奭周,『淵泉集』卷24,「雜著」,〈原詩〉上, 앞으로 〈原詩〉 인용 주석에는 〈原詩〉와 편명만 밝힐 것임.).

93 不求諸氣而求諸辭 不任其情而滋其文 不得乎其自然之聲(〈原詩〉, 中).

94 文以氣爲主 氣之淸濁有體 不可力强而致(曹丕,〈典論 論文〉,『文選』卷52).

게조차 물려줄 수 없는 것이라고도 하였다. 그 후로 이러한 생각은 중국 비평가들에게 영향력 있게 받아들여져 왔다.

우리 비평에서도 보면, "기는 하늘로부터 부여받은 것이라 배워서 얻을 수 없다.",[95] "시문은 기로써 주를 삼는다.",[96] "시는 기가 표출된 것이다.",[97] "문장은 기로써 주를 삼고, 법도를 다음으로 한다.",[98] "문장은 기를 주로 삼는데, 기가 부족하면 그에 따라 문장도 비루하고 허약하게 된다."[99] 등의 예문에서, 역대 우리 비평가들이 시와 문장이 기의 소산임을 밝히고 있음을 알 수 있다.

이렇게 시에서 '기'를 중시하였던 비평가들은 기가 하늘로부터 부여받은 선천적인 것이어서 자손에게 조차 물려줄 수 없으며 후천적으로 배워서 얻을 수도 없는 것으로 인식하였다. 그러나 연천은 '기'가 하늘로부터 선천적으로 타고난 것이라는 데는 생각을 같이하면서도, 그 단계에 머물지 않고 한 걸음 더 나아가 시 작법의 실제에서 '기'의 '유동'을 언급하면서 '기'의 함양에도 관심을 보여 주었다. 이러한 생각 역시 고전 비평에서 널리 주목 받고 있었던 내용이기도 하다.

> 나는 일찍이 문장에는 재(才)와 기(氣)가 있으며 또 역(力)이 있다고 말하였다. 문재(文才)는 고금의 차이가 없으나 문장의 힘에는 차이가 있다. 문기(文氣) 는 기를 수 있으나 문장의 힘은 강하게 할 수 없다.[100]

이렇게 연천은 문장에서의 '기'를 함양할 수 있는 것으로 파악하였다. 후천적인 학습을 통해 습득할 수 있는 것으로 이해하였던 것으로 보인다. 또

---

95 氣本乎天 不可學得(李奎報, 『白雲小說』).
96 詩文以氣爲主(崔滋, 『補閑集』, 中).
97 詩者氣之出也(尹鳳朝, 『圃巖集』 卷13, 〈權景賀北關詩後跋〉).
98 文章以氣爲主 法次之(南公轍, 『金陵集』 卷10, 〈與金國器載璉論文書〉).
99 文主於氣 氣不足 以師之 文以卑弱(吳載純, 『醇庵集』 卷4, 〈兪汝成漢雋文集序〉).
100 余嘗謂 文章有才有氣亦有力 才無古今 而力則有之 氣則可養 而力不可强(권2, 20).

한 그는 '기'의 함양에 대하여 다음과 같이 언급하기도 하였다.

착한 일을 함으로써 복을 쌓아가는 것은 의리를 많이 축적함으로써 기를 함양하는 것과 같다.[101]

연천은 이처럼 '기'의 함양은 의리를 축적하는 데서 비롯된다고 하였다. 적선(積善)하여 치복(致福)하는 것처럼 일마다 모두 의리에 합하게 행하여 '기'를 함양하고자 하였던 것이다. 이러한 연천의 생각은 스스로도 지적하였듯이 맹자(孟子, BC 372~289)가, "나는 나의 호연지기(浩然之氣)를 잘 기른다. (……) 호연지기는 의리를 많이 축적하는 데서 생겨나는 것이다."[102]라고 하였던 내용에 다름 아니다. 이러한 '기'의 함양에 대해서 중국의 비평가들도 예외는 아니었다.

예부터 시인들이 기를 함양하는 데는 각기 중점을 두는 곳이 있었다. 내면에서 쌓여서 겉으로 드러나는데, 그 중에서 숨기도 하고 드러나기도 하며 다르기도 하고 같기도 한 것을 사람들은 변별해내지 못한다.[103]

사진(謝榛, 1495~1575)은 이렇게 좋은 시를 쓰기 위한 시인들의 노력이 '기'의 함양에 바탕을 두고 있음을 말하였다. 내면에 깊이 쌓아 올려 자연스럽게 밖으로 드러난 '기'가 시의 생명으로 태어나게 됨을 지적하고 있는 것이다. 연천이 '선(善)'과 '의(義)'의 축적을 통해 '기'를 함양하여 '유동'하는 정신적 활력으로 시에 표현하고자 한 것과 같은 생각이라 할 수 있겠다.

결국 연천은 후천적 학습을 통하여 '기'를 함양할 수 있는 것으로도 이해하였으며, 적선하여 복을 쌓아가듯 의리를 축적하여 모든 일을 의리에 적합

---

101 爲善以致福 猶集義以養氣也(권5, 35).
102 我善養吾浩然之氣 (…) 是集義所生者(『孟子』,〈公孫丑章句〉上).
103 自古詩人養氣 各有主焉 蘊乎內 著乎外 其隱見異同 人莫之辨也(謝榛,『四溟詩話』卷3).

하게 행함으로써 '기'를 함양할 수 있다고 하였다. 이와 같이 선천적으로 하늘로부터 타고난 '기'에서 시가 출발한다고 보았던 연천이었지만, 한편으로는 '기'를 함양하여 얻은 의리가 표현된 시를 지향하기도 하였던 것으로 보인다. 다시 말해서, 선천적으로 타고난 '기'이지만 그 자체로서는 시의 의미, 시의 정신이 될 수는 없는 것이라고 보고, 그 바탕 위에서 의리를 축적하여 함양한 '기'가 시인의 정신적 활력이 되어 시에서 아무런 막힘없이 자유롭게 '유동'할 수 있기를 연천은 기대하였던 것이라 할 수 있겠다.

4) 시의 기능

시의 본질을 살피고 시의 작법을 구체화한 다음 연천이 관심을 기울인 것은 시가 무엇을 할 수 있는가라는 의문에 답하는 것이었다. 그리하여 '기용즉이감인위주(其用則以感人爲主) 기공귀어흥권징창(其功歸於興勸懲創) 기효지어이풍역속(其效至於移風易俗)'이라고 하여, 시의 '용(用), 공(功), 효(效)'에 관하여 언급하면서 시의 기능의 문제를 해결하고자 하였던 것이다.

연천이 제시한 '감인'과 '흥권징창', '이풍역속'은 서로 관련을 맺으면서 시의 기능으로 어울리고 있다. 시의 쓰임과 시의 공과 시의 효과가 서로 연결고리를 이루면서 시의 기능으로 작용되고 있다는 말이다. 다시 말하자면 연천은 사람을 감동시키는 것을 시의 쓰임으로 하고, 사람을 감동시키는 내용으로서의 '흥권징창'을 시의 공으로 삼으며, 또한 시의 교화를 통하여 이루어진 '이풍역속'을 시의 효과로 하여, 이른바 유가적 이상사회 또는 적어도 자신이 꿈꾸었을 그러한 세상을 지향할 수 있을 것으로 생각하였던 것으로 보이기 때문이다. 이에 대해서는 다음 예문에서 연천이 분명하게 언급하였다.

시에서 사람을 감동시키는 극치를 구할 수 있고, 천지신명에 감응하여 통할 수도 있으며, 나그네와 주인이나 임금과 신하 사이도 화합하게 할 수 있고,

풍속을 옮기고 고쳐 가지런하게 할 수 있으며, 사람을 고무시키고 흥을 불러일으키는 교화도 융성하게 할 수 있다.[104]

연천은 이처럼 사람을 감동시키고, 천지신명에 감응하게 하며, 인간관계의 화합에 기여하게 하고, 풍속을 옮기고 고치게 하며, 인간의 의지를 고무시키고 흥이 일어나게 하는 데에 시의 기능이 있다고 하였다. 이와 같이 사람을 감동시키는 '감인'의 극치가 시라고 하면서 '이풍역속'을 완성하고, '고무작흥(鼓舞作興)', 즉 '흥권징창'의 교화도 왕성하게 이루어 내는 것 등이 모두 시의 기능의 범주임을 언급하기도 하였던 것이다. 이렇게 보면 연천은 시가 인간과 사회에 두루 영향을 미친다고 보고, 시의 기능적 측면을 극대화하였던 것으로 보인다. 이 내용은 시의 쓰임은 '감인'을 위주로 하고, 시의 공은 '흥권징창'을 내용으로 교화를 완성하는 것이며, 시의 효과는 '이풍역속'을 이루어 이상사회를 지향하는 것임을 밝혔던 앞서 제시한 내용과 일치하고 있으며, 또한 이들은 서로 연결고리를 이루며 내용을 보완하고 있음을 보여 주었다고 하겠다. 이렇게 시의 쓰임, 시의 공, 시의 효과를 제시한 연천의 생각들은 서로 관련을 맺으면서 그 내용이 시의 기능을 부각시키는 방향으로 전개되고 있다고 할 수 있다.

시의 기능으로 가장 먼저 언급한 '기용즉이감인위주'에서 보다시피, 시의 쓰임, 용도, 사명 등에 관한 연천의 생각은 '감인'에 집중되어 있다.

시삼백(詩三百)에서부터 한진(漢晋)의 풍요(風謠)에 이르기까지 비록 격조의 높고 낮음이 다르고, 정취의 우아하고 비리함이 다르긴 하지만, 시가 진지하고 조달하며 유동하여 사람을 감동시키는 점에서는 다름이 없다.[105]

---

104 感人之極致 必於詩求之 上下神祇 於是乎格之 賓主君臣 於是乎和之 移風易俗 於是乎成之 而鼓舞作興之化 亦 於是乎盛焉(〈原詩〉, 上).

105 自三百篇已下 至于漢晋之風謠 雖高下異調 雅俚殊趣 至其眞摯條達流動而感人者 亦未始不同也(권4, 5).

연천은 이처럼 시의 격조와 정취가 서로 다르다고 하더라도, 시의 의미
가 '진지'하고 시어가 '조달'하며 시의 기상이 '유동'하게 되어 시가 '감인'에
이르게 되는 점은 달라진 적이 없음을 강조하였다. 시가 사람을 감동시킬
수 있으려면 시의 작법에서 살펴보았던 그러한 '의(意), 사(辭), 기(氣)'가 제
대로 담겨 있어야 한다고 보았던 것이다.

또한 시의 쓰임이 '감인'에 이르기 위해서는 성정과 천기에서 출발하여야
함도 언급하였다. 연천은, "시의 쓰임은 사람을 감동시키는 데 있다."[106]고
하여 '감인'의 시의 쓰임을 강조하면서, 시의 출발이 성정에 근본하지 않고
시의 발원이 천기에서 연유하지 않으면 시가 사람을 감동시키는 데 도달할
수 없다고 하였던 것이다.[107] 그리하여 시가 '감인'의 사명을 다하기 위해서
는, 시의 본질로서의 '성정'과 '천기'에서 출발하여야 하며, 그 바탕에서 시
작법의 기본인 시의 의미의 '진지'함과 시어의 '조달'함, 그리고 시의 기상의
'유동'함이 제대로 표현되어 전달될 수 있어야 한다고 생각하였던 것으로
보인다.

또한 연천은 문장을 논할 때는 가르침을 밝히는 것을 주로 하고, 시를
논할 때는 사람을 감동시키는 것을 주로 한다고 한 마디 말로 다할 수 있다
고 하여,[108] '논시(論詩)'의 기준이 '감인'에 있음도 언급하였다. 이렇게 논시
의 기준이 사람을 감동시키는 데 있다고 생각하였던 연천이었기에, 격식에
얽매이고 수식에 전념하여 사람을 감동시키지 못하고 자연의 소리도 잃게
된 까닭이 율시에 있다고 하면서 다음과 같이 비판하기도 하였다.

율시로써 사람을 감동시키기를 구한다는 것은 허수아비에게 말을 하라고 하
고 말을 묶어놓고 빨리 달리라고 하는 것과 무엇이 다르겠는가? 때문에 나는
지시자(知詩者)가 나타난다면 비록 오늘날의 항구가요(巷謳街謠)에서는 볼만한

---

106 詩之爲用 主於感人(권3, 8).

107 주 20) 참조

108 論文 而主於明教 論詩 而主於感人 一言而盡矣(권3, 57).

시를 구할 수 있을지라도 결단코 오늘날의 율시에서는 좋은 시를 구하지 못할 것이라고 생각한다.[109]

이렇게 '감인'의 논시 기준에 맞지 않는다고 율시를 강하게 비판하였던 연천은, 땅에다 일정하게 금을 그어놓고 걸음걸음 그에 따라 걷게만 한다면 천하에 어찌 다시 천리마가 있겠는가라고 빗대어 설명하면서,[110] 자유로운 표현으로 삶의 진실을 노래하고 자연의 소리를 회복해야 '감인'할 수 있는 참다운 시의 세계가 펼쳐질 것이라고도 하였다.

연천은 이와 같이 시의 쓰임, 용도, 사명이 '감인'에 있음을 밝힌 다음, 무엇으로 사람을 감동시킬 수 있는가라는 문제에 접근하고 있다. 바로 '기공귀어홍권진창'이라 하여 시의 공, 공로, 공적이 '홍권징창'에 귀착된다고 본 것이다.

여기서 '홍'은 도덕적 의지나 감정을 감흥시키고 감동시켜 분발하게 하는 의미이고, '권징'은 권선징악의 의미이며, '창'은 자극하여 경계하고 풍자하는 것을 뜻하는 것으로 보인다. 이로써, 사람을 감동시켜 분발하게 함으로써 의지나 감정을 드러나게 하고, 권선징악하며, 세상을 풍자하는 그러한 내용이 곧 '홍권징창'임을 알 수 있다. 곧 뜻을 일깨워 개인의 덕성을 닦게 하고, 사회 정의를 올바로 세우며, 사회 지도층의 정치적 득실을 풍자하는 내용으로 귀착된 것이 바로 시의 공이 된다는 것이다. 바로 그러한 '홍권징창'의 공을 바탕으로 하여 시는 '감인'의 사명을 다할 수 있다는 것이 연천의 생각이기도 하였던 것이다.

문장은 가르침을 밝히는 것을 근본으로 삼고, 시는 사람을 감동시키는 것을 으뜸으로 삼는다. 공자는 시를 논하면서 홍을 우선적으로 말했다. 홍이란 감동

---

109 持是以求感人 其奚異偶人而求語 縛馬而求驥者乎 故余妄竊 謂知詩者出 雖或求之今日之巷謳街謠 而決不求之今 日之律詩也(〈原詩〉, 中).

110 若使畫地表矩 而步步求諸是也 則天下寧復有驊騮騄駬也哉(〈原詩〉, 中).

시켜 분발하게 하는 것을 이른다. 또 흥(興), 관(觀), 군(群), 원(怨)은 모두 사람을 감동시키는 데로 귀착된다.[111]

　또한 연천은 이렇게 시는 사람을 감동시키는 것을 으뜸으로 삼는다고 하면서, 공자가 『논어』에서 언급한 '흥관군원'[112]이 사람을 감동시키는 데로 귀착된다고 하였다. 공자 이후 유학자들에 의하면, '흥'은 도덕적 의지나 감정을 감흥시키는 것이고, '관'은 풍속의 성쇠나 정치적 득실을 관찰하는 것이며, '군'은 여럿이 한 곳에 모여 살면서 학문과 덕행을 힘써 닦아나가는 것이고, '원'은 정치 지도자들을 원망하고 풍자하는 것으로 해석되기도 하였다. 결국 '흥관군원'은 인격의 도야는 물론 현실 생활의 반영이나 정치 지도층에 대한 풍자의 측면에서 이해되었던 것이다.[113]

　이렇게 보면 앞서 연천이 '감인'을 위주로 한 시의 공이 '흥권징창'에 귀착된다고 한 것과, 여기서 '흥관군원'이 '감인'에 귀착된다고 한 것이 내용상 큰 차이가 없음을 알 수 있다. '흥권징창'은 곧 '흥관군원'의 다른 표현인 셈이다. 이는 연천의 시론이 공자의 시관에 바탕을 두고 있음을 말해주는 것이라 할 수 있겠다.

　여기서 연천이 시의 쓰임인 '감인'의 실질적 내용의 본바탕을 '흥권징창'에 두고 그것을 시의 공으로 삼았음을 다시 한 번 확인할 수 있었다고 하겠다. 그리하여 연천은 『시경』은 물론 초나라의 〈이소(離騷)〉나 한나라의 고시, 당나라의 악부나 가행이 사람들로 하여금 비분강개하여 흐느끼며 눈물을 흘리게 할 수 있고 또한 춤추듯이 마음 내키는 대로 하거나 웃으면서 흥취를 일으키게 하는 것은 바로 사람들에게 감동을 주었기 때문이라고 하였다.[114] 그러한 역대의 시들이 '흥권징창'을 바탕으로 '감인'의 경지에 이르

---

　111 文以明教爲本 詩以感人爲尙 夫子論詩 首言可以興 興也者 感發之謂也 且興觀群怨 其歸皆感人也(권3, 56).

　112 詩 可以興 可以觀 可以群 可以怨(『論語』, 「陽貨」).

　113 정대림, 『한국고전 비평사』, 태학사, 2001, 69~70면 참조.

렀음을 말한 것으로 생각된다.

이렇게 '홍권징창'에다 시의 공을 돌렸던 연천은 시평의 실제에서, 풍자하는 것에 해당되는 '창'을 기준으로 시구 평가에 임하고 있음을 볼 수 있다.

천하의 어지러움은 도적으로 말미암아 일어난 것이 적지 않으며, 도적의 봉기는 민생의 어려움 때문에 일어난 것이 적지 않다. 민생의 어려움은 또한 위정자들의 사치로 말미암은 것이 적지 않다. 두보의 시에는, '오직 검소한 덕 펴면 되는 일, 도적도 본시 이 나라 착한 백성인걸'이라는 것이 있다. 아름답다, 이말이여. 이를 어찌 변변하지 못한 하나의 시구로만 보겠는가.[115]

연천은 이와 같이 백성들을 도적으로 내몬 것이 위정자들의 사치에 있음을 풍자한 두보의 〈유감(有感)〉 5수 중 세 번째 시의 미련(尾聯)을 아름답다고 극찬하고 있다. 두보 시의 공인 '창', 즉 풍자를 통해 '감인'에 도달한 두보의 시적 성과에 주목하였던 것이다. 시에서 이처럼 '홍권징창'의 공을 언급했던 연천의 생각은 고전 비평에서 보편적인 것이었음을 알 수 있다.

임금을 사랑하고 나라를 긱징하지 잃은 것은 시가 아니며, 찬미하고 풍자하며 권선징악하지 않은 것은 시가 아니다. 때문에 지가 확립되지 못하고, 학문이 순정하지 못하며, 큰 도를 알지 못하고, 임금을 바른 길로 모시며 백성을 이롭게 하려는 마음이 없는 사람은 시를 지어서는 안 된다.[116]

정약용은 이렇게 교화의 내용을 담지 않은 것은 시가 아니라고 하면서,

---

114 三百篇尙矣 楚人之騷 漢人之古詩 唐人之樂府歌行 尙有可以慷慨悲惻 嗚咽而流涕者 亦有可以儼然而神逞 逌然 而興會者 其於感人 猶庶幾焉(권3, 56).

115 天下之亂 尠不由於盜賊 盜賊之起 尠不由於民困 民生之困 尠不由於在位者之奢侈 杜子美詩曰 不過行儉德 盜賊 本王臣 旨哉 言乎 是豈可以區區詞章視哉(권6, 12).

116 不愛君憂國 非詩也 不傷時憤俗 非詩也 非有美刺勸懲之義 非詩也 故志不立 學不醇 不聞大道 不能有致君澤民 之心者 不能作詩(丁若鏞, 앞의 책, 권21, 〈寄淵兒〉).

개인적 수양을 바탕으로 학문을 닦고 치국의 도를 깨달아 올바른 정치를 이루고자 하는 마음이 없는 사람은 시를 지어서는 안 된다고 하였다. 이러한 관점에서 언급한 '미자권징(美刺勸懲)'은 지도층의 정치가 잘된 것은 찬미하고, 잘못된 것은 풍자하며, 권선징악하여 사회를 정화하고자 하는 내용이라 하겠는데, 이는 시의 공으로 연천이 언급한 '흥권징창'과 같은 맥락에서 이해될 수 있다고 할 것이다.

　진(晋)·송(宋) 이후의 사인(詞人)들은 편벽되고 천박하여 비흥(比興)의 뜻을 잃어버렸으며, 흥·관·군·원의 취지를 상실하였으니, 한결같이 본받을 만한 것이 못된다. (……) 시의 쓰임은 사람을 감동시키는 것을 주로 한다.[117]

　청 말의 시인인 황준헌(黃遵憲)도 이렇게 '흥관군원'의 취지를 상실한 시는 본받을 만하지 못하다고 하면서 시의 쓰임이 '감인'에 있음을 언급하였다. 이렇게 보면 대체로 고전 비평에서 연천을 비롯한 우리나 중국의 비평가들은 시의 쓰임이 '감인'에 있고, 그 공이 '흥권징창'에 있음을 비중 있게 인식하고 있었다고 생각된다.

　이와 같이 '감인'의 시의 쓰임에 주목하고, 시의 공을 '흥권징창'에서 찾았던 연천은, '기효지어이풍역속'이라 하여 시의 효과를 '이풍역속'에서 찾았다. 그리하여 '흥권징창'의 공으로 '감인'의 사명을 다한 시의 효과로 펼쳐진 풍속이 개량된 사회, 나쁜 풍속이 좋은 쪽으로 바뀌어 교화되고 순화된 세상을 연천은 지향하고 있었던 것으로 보인다.

　'이풍역속'이란 말은 원래 음악의 효용을 밝히는 데서 사용되어 오던 것이다.

---

117 惟晋宋以後 詞人淺薄狹隘 失比興之義 無興觀群怨之旨 均不足學 (…) 其用以感人爲主 (黃遵楷, 〈先兄公度先 生事實述略〉).

음악은 성인들이 즐기는 것이며, 사람들의 마음을 선도할 수 있고, 그들을 깊게 감동시킬 수 있으며, 그들의 그릇된 풍속을 바꿀 수 있다. 때문에 선왕들은 음악의 가르침을 널리 펴고자 하였다.[118]

　이렇게 예악과 절도에 대해 언급하면서, 음악의 효용을 '선민심(善民心), 감인심(感人深), 이풍역속(移風易俗)'에서 찾고 있다. 백성들의 마음을 선하게 교화하고, 그들을 깊이 감동시키며, 그들의 그릇된 풍속을 개량하게 할 수 있는 것이 음악의 효용이라는 것이다. 또한 『효경(孝經)』에서는, 풍속을 올바른 쪽으로 바꾸는 데에는 음악보다 좋은 것이 없다고도 하여[119] 음악의 효용 가치를 역시 '이풍역속'에서 찾고 있음을 볼 수 있다.

　그런가 하면 시에서 '이풍역속'의 효용을 찾은 것은 『시경』〈대서(大序)〉에 나타나 있다.

　　그러므로 잘잘못을 바로잡고 천지를 움직이며 귀신을 감동시키는 데는 시보다 더 적합한 것이 없다. 선왕들은 시로써 부부간의 도리를 다스리고, 효도와 공경을 이룩하였으며, 인륜을 돈독히 하고, 교화를 아름답게 하며, 풍속을 개선하였다.[120]

　이와 같이 시가 '감인'의 차원을 넘어 천지와 귀신까지도 감동시킬 수 있다고 하면서, 시의 효과로 '이풍역속'을 언급하였던 것이다. 이렇게 보면 음악과 시의 효용이 '감인'하여 '이풍역속'하는 데에 이르고 있음을 알 수 있는데, 이러한 견해는 중국이나 우리의 고전 비평 논의에서 보편적인 것으로

---

　118 樂也者 聖人之所樂也 而可以善民心 其感人深 其移風易俗 故先王著其敎焉(『禮記』, 「樂記」, 第十九).

　119 移風易俗 莫善於樂(『孝經』, 「廣要道章」).

　120 故正得失 動天地 感鬼神 莫近於詩 先王以是 經夫婦 成孝敬 厚人倫 美敎化 移風俗(『詩經』, 〈大序〉).

받아들여졌던 것이기도 하다.

연천은 시의 기능의 측면에서 시의 효과가 '이풍역속'에 있음을 밝히는 한편 '이풍역속'은 시를 통하여 완성된다고도 하였다.[121] 그리하여 시가 '이풍역속'의 효용을 발휘하여 세상을 올바르게 교화하는 데 기능하지 못하고, 오히려 풍속을 해치는 폐단이 생기게 되는 경우에 대하여 우려하기도 하였다.

제나라 양나라의 〈자야곡(子夜曲)〉과 〈독곡가(讀曲歌)〉, 원나라 사람의 〈비파기(琵琶記)〉, 〈회진기(會眞記)〉의 음란한 노래와 화려한 어구는 모두 사람으로 하여금 마음을 격양시켜 미치게 만드는데, 역시 삼백 편과 가지런히 할 수 있는 것들인가? 어찌 이들뿐이겠는가. 비록 오늘날의 길거리에서 부르는 노래라 할지라도 무릇 사람을 감동시킬 수 있는 것은 모두 시에 속한다. 그러나 그것이 감동시키는 것은 같다 할지라도, 느끼게 되는 바의 사특함과 올바름은 같지 않다. 만약 올바르지 않다면 사람을 감동시키는 것이 깊어지면 질수록 사람의 마음을 해치는 것이 그만큼 더 심하게 된다. 이것이 성인께서 정나라 노래를 쫓아 버린 까닭이다. 이것이 성인께서 시를 논할 때 모름지기 '사무사(思無邪)'를 핵심으로 삼은 까닭이다.[122]

연천은 이렇게 사람의 마음을 격양시키고 감동시키는 데에는 사특하거나 올바른 느낌이 각각 있을 수 있는데, 그 가운데서 음란하거나 화려함만 내세워 사람을 날뛰게 하고 미쳐서 헤어나지 못하게 하는 정도가 깊어지면 결국 사람의 마음을 해치고 풍속을 어지럽히게 된다고 하였다. 그리하여 성인은 음란한 풍속을 부추기는 정나라 노래를 쫓아 버리고 '사무사'의 정

---

121 주 60) 참조

122 齊梁之子夜讀曲 元人之琵琶會眞 淫詞麗語 皆使人躍然而狂 斯亦可以儕於三百篇歟 曰 奚獨是也 雖今日之閭巷 謳謠 凡可以感人者 皆詩之流也 然其感則一也 而所感之邪正不同 苟非正也 則感人愈深 而其壞人之心術也愈酷 此聖人所以放鄭聲也 此聖人所以論詩 而必主乎思無邪也(권3, 56~7).

신을 논시의 기준으로 삼아 올바른 풍속으로 옮겨갈 수 있도록 교화하는 효과를 얻고자 하였다고 하면서, 시의 효용으로서의 '이풍역속'에 대한 생각을 다시 한 번 분명하게 보여주었다고 하겠다.

또한 연천은 문장에 시가 있음을 음식에 술이 있음에 비유하면서, 사실을 기록하거나 말을 엮어나가는 데는 문장으로도 부족함이 없지만 사람을 감동시키는 데는 시와 같은 것이 없으며, 배고프면 먹고 목마르면 마시고 하는 데는 음식으로도 부족함이 없지만 기쁨을 함께하는 데는 술만한 것이 없다고 했다. 이런 까닭에 종묘와 조정의 행사에 쓰이는 것과 제사와 연회에 중심이 되는 것은 오히려 술이라고도 하였다. 그러나 나라를 망치고 집을 기울게 하며 사람의 마음을 옮기게 하는 해로움 또한 시에 있는 경우가 종종 있다고 했다. 그렇기 때문에 시를 삼가지 않을 수 있겠는가라고 되묻기도 하였다.[123]

이렇게 '이풍역속'의 시의 효과를 내세우면서 나쁜 풍속을 개량하여 성정이 순화되고 온유돈후한 교화가 이루어진 세상을 지향하였던 연천은, 시가 '망국패가(亡國敗家) 이인심술지해(移人心術之害)'에 빠지지 않도록 삼가면서 '이풍역속'의 효과를 얻을 수 있도록 노력해야 한다는 점을 강조하였다고 보인다.

5) 맺음말

연천 홍석주가 그의 저서 『학강산필』에서 단순하게 차례대로 나열해 놓은 시의 '본(本), 발(發), 의(意), 사(辭), 기(氣), 용(用), 공(功), 효(效)'에 대한 8가지 시론의 내용들을 시의 본질, 시의 작법, 시의 기능의 세 항목으로 분류한 다음, 각각의 내용들의 시론적 성격을 구체적으로 살펴보았다.

---

123 今夫文之有詩 猶飮食之有酒也 紀事纂言 文非不足也 而感人者莫如詩 飢焉而飽 渴焉而潤 飮食非不足也 而合歡 者莫如酒 是故 宗廟朝廷之所用 祭祀燕饗之所主 不在彼而在此 然亡國敗家 移人心術之害 亦往往不在彼而在此 嗚呼可不愼歟(〈原詩〉, 上).

시의 본질과 관련하여 연천은 시가 성정에 근본을 두고 천기에서 발원하는 것이라고 하면서, 천기가 촉발한 성정의 표현이나 성정과 천기의 조화의 측면에서 시의 본질에 접근하였다. 또한 이러한 생각은, 시인의 내외적인 환경과 시적 배경이나 소재 등에서 얻어낸 우주관, 자연관, 세계관 등을 바탕으로 한 천기의 내용 범주에서 이해될 수 있는 요소들이, 시인의 성정을 촉발하여 시인의 시의식을 자극함으로써 시가 이루어진다는 작시 과정으로 이어져 있기도 하였다.

시의 작법에 대한 논의에서 연천은, 시의 의미는 '진지'해야 하는데, 그 '진지'한 내용을 바탕으로 시는 세상의 교화에 이바지해야 한다고 하였다. 그리고 시어는 '조달' 곧 조리 있고 통달해야 한다고 하면서, 시의 의미를 올바르게 전달할 수 있는 시어의 선택에 관심을 보였다. 또한 시의 '기'는 '유동'해야 한다고 하여, 시인의 정신적 활력이 막힘없이 자유롭게 흘러 움직여 시에 표현되어야 함을 강조하였다. 연천은 본래 선천적으로 타고나는 '기'와 함께 후천적으로 의리를 축적하여 함양한 '기'의 중요성도 인정하였는데, 그러한 '기'가 정신적 활력이 되어 '유동'할 수 있기를 기대하였던 것으로 보인다.

시의 기능의 문제에 대해서는, 시의 쓰임은 '감인' 곧 사람을 감동시키는 것에 있다고 하였고, 시의 공은 사람을 감동시킬 수 있는 내용으로서의 '흥권징창'에 두었고, 시의 효과는 시의 교화의 결과로 이루어지는 '이풍역속'에 이르는 것이라고 하였는데, 연천은 이들 시의 쓰임, 공, 효과의 내용들이 시의 기능으로 서로 어울리면서 관련되어 있다고 보았다. 그러한 기능으로 어울린 시를 통해 연천은 자신이 꿈꾸었을 온유돈후한 성정으로 순화된 세상, 그 유가적 이상이 실현된 사회를 지향하였던 것으로 보인다.

이렇게 시의 본질과 작법과 기능을 중심으로 연천은 질서정연하게 자신의 시론을 전개하였다. 그러나 이 시론의 내용들은 중국이나 우리의 고전 비평의 전개에서 일반적으로 논의되어오던 것이었다. 따라서 연천은 전통적으로 논의되었던 해당 내용들을 항목별로 일목요연하게 간추려 자신의 시론으로 정리하였다고 볼 수 있겠다.

앞으로 연천이 정리한 시론의 내용들과 중국 비평에서의 관련 내용들을 보다 면밀하게 비교 검토하는 일이 중요한 과제로 남아 있다고 할 것이며, 우리 고전 비평에서의 연천 시론의 위상도 아울러 새롭게 검토해야 할 것으로 생각된다. 또한 시의 '성정'과 '천기'를 내용으로 한 시의 본질론을 중심으로 연천 당대의 문학 운동과의 관련성이나 그 본질론의 철학적 분석 등에 관해서도 별도의 논의가 있어야 할 것으로 보인다. 그리고 연천이 제시한 시론의 내용들이 당시에 시평의 기준으로 활용될 수 있었을 것으로 보이기 때문에, 그러한 시론의 내용들이 실제로 연천 자신의 시평 전개나 다른 비평가들의 시평 활동에 어떠한 기준으로 적용되었는지에 대해서도 따로 검토할 필요가 있다고 하겠다.

(「국문학연구」 22. 2010)

제4부

시학의 광장에서 길을 찾다

작시의 길

1. 머리말

우리의 고전 비평에서 시는 마음이 가는 바를 표현한 것이라고 일컬어왔다. 그 마음이 서정의 가닥이거나 이념이나 이상의 가닥이거나를 막론하고 시인의 마음의 결정체로서의 시에 대한 이러한 생각은 시대를 뛰어 넘어 오늘날에도 그대로 받아들여질 수 있는 보편성을 지니고 있다고 생각된다.

이렇게 보면 시 짓는 일은 인간의 마음을 찾아 나선 여행의 과정인 셈이다. 산 설고 물 선 곳 그 낯선 여행지를 찾아 삶의 의미를 건져 올리려는 여행사의 길이 곧 작시의 길인 것이다. 그것은 학문의 길을 찾아 일생을 정진하는 구도자의 길에도 견줄 수 있을 듯하다. 사실 여행자의 길, 구도자의 길이라고 볼 수도 있는 이 작시의 길은 서로 다른 다양한 견해가 있을 수 있는 길이다. 일정한 틀에 묶일 수 있는 길이 아니라는 뜻이다.

그리하여 이 글에서는 우선 우리 고전 비평에서 다양하게 전개되어 있는 작시의 길에 대한 논의를 정리하도록 하겠다. 이어서 우리의 고전 비평의 젖줄이라고 할 수 있는 중국 고전 비평에서의 작시의 길에 대한 견해를 살펴 비교 검토해보도록 하겠다. 그리고 오늘의 현대시 비평에서 언급되고 있는 작시의 길에 대한 논의도 살펴서, 그 길에 대해 고심하여 해답을 찾고자 하였던 고금의 시인 비평가들의 노력의 결실들을 역시 비교 검토해보도록 하겠다.

이렇게 작시의 길에 대한 다양한 견해들을 정리하는 과정에서 시에 대한 구체적인 견해들을 새로이 찾아낼 수 있는 효과도 기대할 수 있을 것으로 보인다. 작시의 길, 시를 창작하기 위한 과정을 찾아 온 힘을 쏟았을 시인 비평가들의 노력의 흔적을 찾는 작업이기에, 고금을 아울러 그들의 고심의 결과물들을 또 다른 수확으로 얻을 수도 있을 것으로 생각되기 때문이다.

그런 다음 다른 글을 통해, 우리의 고전 비평과 중국의 고전 비평, 그리고 현대시 비평에서 논의된 작시의 길의 양상을 바탕으로 그 길을 밟아 이루어진 시의 실제 창작 과정을 찾아내는 일이 앞으로의 과제인 동시에 이 글의 마무리 작업이 될 것으로 보인다.

2. 하늘과 사람의 감응

작시의 길, 한 편의 시가 창작되는 과정에 대한 역대 우리 시인 비평가들의 관심은 폭넓게 전개되어 왔다. 이러한 관심은 시를 어떻게 써야 하는지, 어떤 시가 좋은 시인지 하는 등의 문제보다, 시가 무엇인지, 무엇을 써야 하는지라는 물음에 가깝다고 할 수 있다. 시가 무엇이며 무엇을 써야 하며 어떻게 우리 앞에 나타나는가라는 문제에 대한 답이 곧 작시의 길에 대한 그들 시인 비평가들의 생각의 귀착점인 것이다.

시의 본질을 논하면서 시의 근원을 추론하는 글에서 홍석주는 다음과 같이 언급하였다.

무릇 시는 어디에서 나오는 것인가? 기에서 나온다. 어디에서 나타나는 것인가? 정에서 나타난다. 기는 하늘에서 나오고, 정은 사람에게서 나온다. 하늘과 사람이 묘하게 감응하는 것이 시에 앞서는 것이 없다.[1]

---

1 夫詩奚出乎 出於氣 奚發乎 發於情 氣出於天 情出於人 天人之妙感 莫是先焉(洪奭周, 『淵泉

한 편의 시가 창작되는 과정, 그 작시의 길에 대한 근원적 의문을 풀기 위한 고심 끝에 나온 해답의 글이다. 시가 시인의 손을 거쳐 독자의 눈앞에 펼쳐지기 위해서는 그 근원이라 할 수 있는 기(氣)와 정(情)의 조화에 주목해야 한다는 생각인 것이다. 이렇게 시가 기와 정의 감응에서 출발하는 것이라는 생각은 곧 하늘로부터 부여받은 선천적인 기와 후천적 학습으로 얻어낸 정의 조화로 이루어낸 결정이 바로 시라는 관점이라고 하겠다.

생각해보면 선천적인 기질이나 기상과 후천적 학습 노력의 소산으로서의 감정이나 정서가 서로 감응하여 조화를 이룬다는 것은 가장 바람직한 시가 창작될 수 있는 토대임에 틀림없을 것으로 보인다. 선천적 재능과 후천적 각고의 노력으로 빚어진 시, 선천적으로 하늘로부터 부여받은 시인으로서의 기질이나 기상과 후천적인 환경과 학습에 의해 길들여지고 함양된 정서가 조화를 이룬 시, 하늘과 인간이 묘하게 감응하여 한데 어우러진 시가 바로 완벽한 구도로 짜여진 이상적 작시의 길을 따른 시라고 할 수 있을 것이기 때문이다.

결국 한 편의 시를 창작하기 위해서 시인은 선천적으로 타고난 기질과 기상을 갈고 닦는 것은 물론 후천적으로 습득해야 하는 정서의 함양에 정성을 기울여야 한다고 하겠다. 따라서 선천적 기실과 후천적 정서의 감응과 조화를 바탕으로 한 시를 쓰기 위해 애쓰지 않고, 수사나 표현에만 치중하는 작시 태도에 대해서는 비판적일 수밖에 없었을 것이다.

시를 기에서 구하지 않고 사(辭)에서 구하며 정에 맡기지 않고 수식에만 전념하여 자연의 소리를 얻지 못하게 되었다.[2]

이렇게 선천적인 기상에서 구하거나 후천적인 정서에 맡기지 않고, 아름

集」卷24,〈原詩〉上).
　2 不求諸氣而求諸辭 不任其情而滋其文 不得乎其自然之聲(위의 책,〈原詩〉中).

다운 시구의 표현이나 화려한 수식에만 몰두하여 자연의 소리 그 시적 진실을 잃는 것에 대해서 안타까워하고 있는 것이다. 그리하여 홍석주는 작시의 길에 있어서, 아름다운 시구의 표현과 화려한 수식이나 조탁에 의존하는 시에 있어서의 수사, 표현, 기교 등의 문제보다, 하늘과 인간의 조화가 빚어내어 자연스럽게 하늘의 움직임이 드러나거나 인간 세상의 진실이 묻어나는 시의 내용 문제를 더욱 중시하였던 것으로 보인다.[3]

결국 홍석주는 시를 선천적 기질과 후천적 정서의 조화가 빚어낸 결정체로 인식하면서, 하늘과 인간이 묘하게 감응하여 조화를 이루어서 자연의 소리, 삶의 진실이 전달되는 완벽한 구도의 작시의 길을 제시해주었다고 생각된다. 이렇게 홍석주의 생각처럼 하늘과 인간이 조화를 이루고, 자연스런 하늘의 움직임 그 천지자연의 소리와 인간 세상의 삶의 진실을 담아내는 그러한 시를 쓰기 위한 작시의 길에 주목한 시인 비평가는 많다.

> 시 짓기가 무엇보다도 어려우니
> 말과 뜻이 함께 아름다워야 하네.
> 함축된 뜻이 진실로 깊어야
> 음미할수록 맛이 더욱 알차네.
> 뜻이 서도 말이 원만하지 못하면
> 난삽하여 뜻을 전하기 어렵다네.
> 그 중에 뒤로 여겨도 될 것은
> 아로새겨 곱게 꾸미는 것일세.
> 꽃답고 고운 것을 어찌 꼭 마다하리
> 이 또한 사뭇 정신을 써야 한다네.
> 꽃을 잡느라 열매를 버리니

---

3 天機之自然於是見矣(위의 책, 〈原詩〉 上).
   彫琢者必喪其實(위의 책, 〈原詩〉 下).

이로써 시의 본래 뜻을 잃는다네.[4]

이규보는 이처럼 작시의 어려움을 언급하면서 시어와 시의 의미가 함께 어울려 아름답게 나타나야 한다고 하였다. 그리고 씹을수록 맛이 알차게 우러나는 함축적 표현을 중시하면서 말과 뜻이 원만하고 순조로운 조화를 이루어야 한다고 하였다. 그러한 작시의 길에서 시어를 아로새겨 곱게 꾸미는 일 또한 도외시할 수 없는 일이지만, 시 의미의 전달에 도움이 되지 못하는 지나친 겉꾸밈에 대해서는 부정적이기도 하였다. 아름다운 표현을 위해 시 본래의 의미인 자연의 이치나 삶의 진실을 드러내는 일을 소홀히 해서는 안 된다는 것이다.

마음속의 영감이 나타내고자 하는 것이 소리가 되고, 소리가 육신에 간직되어 있다가 천기에 촉발되어 생성되면서 정신과 천기가 합하여 음률에 호응하면 시가 이루어진다.[5]

이는 시인의 영감이 소리로 간직되어 있다가 천기에 촉발되어 생성되면서 정신과 천기가 합하여 음률에 호응하면 시가 이루어진다는 홍양호의 작시의 길에 대한 생각이다. 이렇게 하늘과 인간의 조화가 근원적 바탕이 되어 작시의 길을 인도하고 있다는 이러한 생각은 우리의 고전 비평에서 보편적으로 널리 인정되고 있었던 것으로 보인다. 작시의 길에 대한 이와 같은 근원적 탐색은 김조순의 견해에도 나타나 있다.

---

4 作詩尤所難 語意得雙美 含蓄意苟深 咀嚼味愈粹 意立語不圓 澁莫行其意 就中所可後 雕刻華艶耳 華艶其必排 頗亦費精思 攬華遺其實 所以失詩旨 (⋯) (李奎報, 『東國李相國集』, 後集, 卷1, 〈論詩〉).

5 人心之靈 發而爲聲 聲藏於肉 機觸而生 神與機合 應律成章(洪良浩, 『耳溪集』 卷17, 〈詩解〉).

시를 짓기 위해 고심하면 생각이 깊게 된다. 생각이 깊어지면 이론이 해박해지고, 이론이 해박해지면 언어가 새로워진다. 언어가 새롭게 되고서도 중지하지 않고 노력하면 공교하게 된다. 공교하면서도 그치지 않으면 귀신도 두려워하게 할 수 있고 조화를 옮겨 나타낼 수도 있다. 비록 그러하나 공교로움은 함부로 얻어지는 것이 아니고 반드시 배우게 된 다음에야 그것을 이루어 낼 수 있다. 배움 또한 스스로 이루어지는 것은 아니고 반드시 재능이 있는 다음에야 그에 이를 수 있다. 재능은 스스로 이루어지는 것이 아니고 반드시 천성으로 부여받아야 한다. 그러므로 사람의 일은 이루어낼 수 있는 것이지만, 그렇게 할 수 없는 것이 천성이다.[6]

작시의 길에 대한 비교적 소상한 안내에 해당되는 글이다. 작시의 과정을 단계적으로 일러준 글인 것이다. 좋은 시의 경지에 이르기 위해, 모든 시인들의 꿈인 조화주의 위치에 도달하기 위해 시인은 시 짓는 일에 고심하고, 생각을 깊게 하며, 이론을 해박하게 갖추고, 언어를 새롭게 해야 한다고 하였다. 그 다음에도 멈추지 않고 노력해야 한다고 하였다.

그리하여 좋은 시의 경지를 확보한 후에도 끊임없는 노력을 기울여야 시의 이상적 경지인 귀신도 두려워하게 하고 조화를 옮겨낼 수도 있는 시의 최고의 경지에 이를 수 있다고 하였다. 그러나 좋은 시의 경지만하더라도 함부로 얻어지는 것은 아니라고 하였다. 하늘로부터 부여받은 선천적인 시적 재능을 갈고 닦는 한편 후천적으로 시를 배우는 일에도 노력을 기울여야 한다는 생각, 즉 선천적 재능과 후천적 학습 곧 하늘과 인간의 조화에서 작시의 길을 찾고 있었던 것이다. 선천적 재능의 바탕에다 후천적 학시의 노력을 아우를 때 좋은 시가 이루어질 수 있다는 것이 바로 그의 작시의 길에 대한 근원적 탐색의 결과였던 것이다.

---

6 夫吟苦則思必深 思深則理必該 理該則語必新 新而不已則工 工而不已 則可以慴鬼神 而移造化矣 雖然工不可徒得 必學而後成之 學不能自成 必才然後致之 才不能自致 必受賦於天 然則所可能者 人也 所不可能者 天也(金祖淳,『楓皐集』卷16,〈書金明遠眂讀園未定稿後〉).

그렇지만 하늘로부터 천성으로 부여받는 재능은 인간의 힘으로는 어쩔 수 없는 것이어서 다만 소중히 보존하면서 갈고 닦아나갈 수밖에 없을 것이다. 따라서 인간의 힘으로 접근 가능한 후천적 학시의 노력에 온 힘을 쏟아야 한다는 점에 더 큰 비중을 두었다고 할 수 있다. 그리하여 좋은 시의 경지에 머물지 않고 쉬지 않고 끊임없이 노력하여 이상적 시의 경지에 이르고자 하는 시인의 자세를 작시의 길에서 가장 높이 평가하였던 것으로 보인다. 이렇게 좋은 시를 쓰기 위해 부단히 노력하는 시인의 작시 태도는 우리의 고전 비평에서 언제나 크게 강조되어 왔다.

작품을 쓰려면 먼저 경전을 읽어 학문의 기초를 쌓은 다음에, 과거의 역사 문헌들을 섭렵하여 치란흥망의 근원을 알아내는 한편, 실천적인 학문에도 힘써 선배들의 경제에 관한 저서를 두루 살펴봐야 할 것이다. 그리하여 자신의 마음이 언제나 백성들에게 혜택을 끼치며 만물을 보호 발육시키는 사상을 지녀야만 바야흐로 글 읽는 군자가 될 수 있을 것이다. 이와 같이 된 연후에 혹은 안개 낀 아침, 달 뜬 저녁이나, 짙은 그늘, 보슬비 내리는 때를 만나면, 그 서려 있던 감흥이 솟아나고 생각이 표연히 떠올라 자연스럽게 읊조리고 자연스럽게 이루어져 천지자연의 소리로 유창하게 발현될 것이다. 이것이 바로 시 세계의 생동하는 경지이다.[7]

정약용은 이렇게 경전을 읽어 학문의 기초를 다지고, 역사 문헌을 섭렵하여 치란흥망의 근원을 파악하고, 선학들의 경제에 관한 저서를 살펴 실천적 학문에 힘쓰는 한편으로 백성들에게 혜택을 끼치고 만물을 보호 발육시키려는 생각을 지닌 독서군자로서의 소양을 갖추는 것이 작시의 길에 있어

---

7 必先以經學 立著基址 然後涉獵前史 知其得失理亂之原 又須留心實用之學 樂觀古人經濟文字 此心常存澤萬民 育萬物底意思 然後方做得讀書君子 如是然後 或遇煙朝月 夕濃陰小雨 勃然意觸 飄然思至 自然而詠 自然而成 天籟瀏然 此是詩家活潑門地(丁若鏞, 「與猶堂全書」 卷21, 〈奇二兒〉).

시인의 기본적인 준비 자세라고 하였다. 내적 학문의 축적과 백성을 위한 경세제민의 따뜻한 마음을 바탕으로 작시에 임해야 한다는 생각이었던 것이다.

이렇게 시인의 내면에 축적된 학문과 세상을 향해 열린 마음을 바탕으로 자연스럽게 이루어진 생동하는 시의 경지가 바로 정약용이 작시의 길에서 걷어 올린 열매였던 셈이다. 준비된 학문과 열려 있는 마음을 갖춘 시인이라면, 감정을 흔들어 대는 사물이나 때를 만났을 경우 시흥이 솟아나고 생각이 떠오르게 되어 자연스럽게 읊어지고 자연스럽게 시상을 전개하여 천지자연의 소리로 유창하게 나타냄으로써 생동하는 시의 경지를 이루어낼 수 있으리란 게 그의 생각이었던 것이다. 이렇게 보면 이도 또한 앞서 언급되었던 하늘과 인간의 조화로서의 작시의 길에 다름 아닌 것으로 생각된다. 정약용은 실제 작시 과정에 대한 생각도 다음과 같이 언급하였다.

> 노인의 한 가지 즐거운 일은
> 붓 가는 대로 미친 듯이 쓰는 것,
> 어려운 운자(韻字)에 구애받지 않고
> 고치고 다듬느라 늦출 필요도 없네.
> 흥이 일면 곧 뜻을 헤아리고
> 뜻이 이루어지면 바로 시를 쓴다네.[8]

작시의 과정이 단계적으로 정리되어 있는 시다. 물론 위에서 살펴본 대로 시인의 내면에 축적된 학문과 세상을 향해 열려 있는 마음의 토대 위에 펼쳐지는 작시의 길에 대한 것이다. 그리하여 까다로운 시의 성률이나 시어의 조탁 등에 구애 받지 않고 붓 가는 대로 마음 내키는 대로 거리낌 없이

---

8 老人一快事 縱筆寫狂詞 競病不必拘 推敲不必遲 興到卽運意 意到卽寫之(위의 책, 〈老人一快事〉六首 效香仙体 其五).

가슴 속에 쌓여 주체할 길 없는 말들을 쏟아내고자 하였다. 그렇게 시흥이 일면 뜻을 움직이고 그 뜻을 시의 의미로 구체화하여 바로 문자로 표현하고자 하였던 것이다. 바로 흥도(興到) → 운의(運意) → 의도(意到) → 즉사(卽寫)의 작시 과정, 작시의 길을 보여 주었다고 하겠다. 더하여 한시의 기본적인 형식이나 제약에 구애받지 않으려는 자유로운 시 정신과 작시상의 자연스러운 표현을 중시하는 그의 생각도 보여주었다.

이렇게 하늘과 인간의 감응과 조화의 바탕 위에 자유로운 시 정신으로 자연스럽게 시를 쓰고자 하였던 그의 생각을 살펴볼 수 있었다. 남유상(南有常)이 일러준 작시의 길에 대한 생각도 이와 크게 다르지 않다.

나는 어릴 때 태화자에게서 시를 배웠다. 언젠가 소나무 아래서 쉬는데 바람이 불어오자 그는 흔연히 나를 돌아보면서 "그대는 바람의 성질을 알고 있는가. 무릇 바람이라 하는 것은 태공에 떠돌다가 사물에 다가가게 되면 소리를 내게 된다. 그러나 바람을 받는 사물의 성질이 굳세면 그 소리는 짐짓 그윽하고 맑게 들린다. 시를 쓰는 것도 또한 이와 같다."라고 하였다. 나는 이 말을 좋아해서 시를 지을 때마다 마음이 그 때 소나무 아래를 떠나 본 적이 없다.[9]

태화자 남유상은 바람이 사물에 다가가면 소리를 내게 된다고 하였다. 그리고 시를 쓰는 일도 이와 같다고 하였다. 여기서 소리는 분명 시일 것이다. 그러면 바람은 무엇이고, 사물은 무엇에 비유되는지가 문제다.

바람에 비유되는 것은, 일단 시인의 외부에 존재하면서 시인의 시 의식을 자극하는 모든 것, 즉 우주, 자연, 사회 등으로 지칭되는 곳에서 마주치는 객관적 대상 전체를 그 시의 소재가 되는 대상 전체를 아우르고 있다고 보인다. 그리고 시인의 내면에 축적되어 있는 경험, 지식, 정서 등 시의 의미

---

9 余少學詩于太華子 子嘗憩松下 有風至焉 子欣然顧余曰 若知夫風乎 夫風遊於太空 薄於物而後爲聲 然彼受之者 其性剛焉 故其爲聲 乃穆然而淸焉 爲詩亦猶是乎 余說是言也 每爲詩 其心未嘗不在松下也(南有容,『雷淵集』卷12,〈漢魏晉詩選序〉).

구성의 원천이 되고 작시의 바탕이 되는 요소들도 포함될 수 있을 것이다. 결국 시적 소재가 주는 감흥이라든지 내면적인 시적 영감 등 시인의 시 의식을 자극하는 내외적 모든 요소들이 바람에 비유된다고 할 수 있겠다.

그러면 남아 있는 사물은 곧 시인 또는 시인의 시 의식으로 비유될 수 있을 것이다. 따라서 바람이 사물에 접촉하면 소리가 난다고 하는 것을 시에 견주면, 시인의 외부적 또는 내면적 조건, 환경 등의 시적 소재가 주는 감흥이나 시인의 영감 등이 시인을 자극하면 시가 이루어진다고 하는 것이 될 것이다.

또한 사물이 성질이 강하면 소리가 그윽하고 맑게 들린다고 하는 것은, 시인의 시 의식이 투철하고 시적 감수성이 뛰어나면 보다 좋은 시를 얻을 수 있다고 하는 것으로 이해할 수 있겠다. 이 경우 사물의 성질이란 것이 본래 하늘로부터 원천적으로 부여받은 것이라는 데 주목하면, 위의 글에서 남유상은 시인의 시 의식의 원천인 시인의 기질이나 기상 역시 선천적으로 하늘로부터 타고나는 것으로 인식하고 있었다고 보아도 좋을 것이다.

이렇게 보면 남유상의 작시의 길에 대한 생각은, 시적 소재를 찾는 시인의 노력과 시적 영감을 얻기 위한 각고의 노력 등이 시인의 시 의식에 시적 감흥을 불러일으키면, 시인은 하늘로부터 부여받은 기질이나 기상을 바탕으로 한 편의 시를 창조하게 된다는 생각이었다고 하겠다. 물론 천부적인 기질이나 기상이 창조적이고 넉넉한 경우, 그리고 타고난 시적 감수성이나 상상력 등이 남다를 경우에 그 시인의 시가 더욱 서정적이고 문학성 짙은 작품으로 완성될 수 있다는 생각이었을 것이다.

우리의 고전 비평에서 작시의 길에 대한 시인 비평가들의 생각의 한 가닥은 분명 하늘과 사람의 감응과 조화에서 그 근원을 찾는 것이었다. 선천적으로 타고난 기질이나 기상과 후천적으로 습득된 환경과 학습에 의해 다듬어진 정서가 서로 감응하고 조화를 이루어 빚어낸 시 그 완벽한 구도의 시의 길을 바람직한 작시의 길로 제시하였다고 하겠다. 앞으로 산적한 자료 검토를 통해 작시의 길에 대한 또 다른 다양한 가닥들을 살펴나가야 할 것으로 생각된다.

3. 중국 비평에서의 작시의 길

우리의 고전 비평이 중국의 비평을 젖줄로 하여 전개되어 왔음은 주지의 사실이다. 작시의 길에 대한 중국 비평 자료들을 검토해 보려고 하는 것도 그런 까닭에서 이다. 시가 무엇이며, 무엇을 써야 하며, 어떻게 창작되는가 하는 등의 시의 근원적인 문제에 대한 해답을 중국 비평가들은 어디에서 찾고 있으며, 또한 우리 비평가들의 생각과 어떤 면에서 비교될 수 있는가 에 대한 궁금증을 해소하기 위해서이기도 하다.

　무릇 사물이란 평정을 잃으면 소리를 내는 법이다. 초목은 본래 소리가 없지 만 바람이 흔들어 소리를 내게 하고 물도 본래 소리가 없으나 바람이 흔들어 소리를 내게 하나니, 물이 뛰어오르는 것은 무언가가 격랑케 한 것이고 빨리 흘러가는 것은 무언가가 가로막기 때문이며 부글부글 끓어오르는 것은 무언가 가 뜨겁게 하기 때문이나. 금석(金石)노 본디 소리가 없지만 무언가가 때려서 소리 나게 한다. 사람의 말도 마찬가지이다. 부득이한 경우라야 말을 하게 되 므로 노래를 부르는 것은 생각이 있기 때문이요 통곡을 하는 것은 서러운 심정 이 있기 때문이다. 입 밖으로 나와 소리가 되는 것은 모두 불평이 있기 때문일 것이다.[10]

한유는 이렇게 사물은 평정을 잃을 때 소리를 낸다고 하면서 초목이나 물도 바람이 흔들어서야 소리를 낸다고 하였다. 사물이 평정을 잃도록 흔든

---

10 大凡物不得其平則鳴 草木之無聲 風撓之鳴 水之無聲 風蕩之鳴 其躍也或激之 其趨也或 梗之 其沸也或炙之 金石之無聲 或擊之鳴 人之于言也亦然 有不得已者而後言 其歌也有思 其哭 也有懷 凡出乎口而爲聲者 其皆有弗平者乎(韓愈, 〈送孟東野序〉).

것이 바람이다. 그렇게 사물이 소리를 내게 만든 것이 바로 바람인 것이다. 앞에서 살펴본 남유상의 생각과 다르지 않다. 남유상도 바람이 다가가게 되면 사물이 소리를 낸다고 하였기 때문이다.

또한 한유는 물이 뛰어 오르고, 빨리 흐르고, 끓어오르는 것 등이 무언가가 격랑케 하고, 가로 막고, 뜨겁게 하기 때문이라고 했다. 금석도 무언가가 때려야 소리를 낸다 하였다. 그러한 무엇인가는 바람에 해당되는 각기 다른 모습으로 사물에 작용하는 장애물이거나 도구 등이 될 것이다.

그리고 한유는 사람의 말도 이와 같다고 하였다. 생각의 전개 방법이 남유상과 같다. 남유상은 바람이 사물에 다가가면 소리가 나는데 시를 쓰는 것도 바로 그와 같다고 하였기 때문이다. 그러면서 한유는 부득이한 경우에 사람은 말을 하게 된다고 하였다. 생각하는 것이 있으면 노래하게 되고, 회한이 있으면 통곡하게 된다고 하였던 것이다. 생각하는 것이나 회한이 곧 부득이한 경우에 해당된다. 그리하여 입 밖에 나와 소리가 되는 것은 모두 불평이 있기 때문이라 하였다.

생각해보면 평정을 잃게 하는 것, 불평하게 만드는 것, 그것은 바람으로 대표되고, 그 바람은 대상에 따라 무언가가 되기도 하고 부득이한 경우가 되기도 한다. 그리고 한유가 언급한 사람의 말 가운데 가장 정채로운 것이 시라고 볼 때, 그의 생각은 바로 시에도 적용될 수 있을 것이다. 그리하여 바람이, 무언가가, 부득이한 경우에 해당되는 요소가 시인의 마음의 평정을 잃게 하고, 가슴 속에 가득 찬 불평을 주체하지 못하게 하여 노래하기에 이른 것이 바로 시가 된다고 보았던 것이다. 이 경우 바람이나 무언가, 부득이한 경우는 시인의 시 의식을 자극하여 시인의 마음의 평정을 잃게 하는 우주, 자연, 사회, 삼라만상 그 모든 것을 대상으로 하는 것이고, 그 대상을 바라보는 시인의 경험, 지식, 서정 등으로 가꾸어져 작시의 환경을 이루어 주는 세계관, 인생관, 처세관 등등도 그에 해당될 것이라고 생각된다.

작시의 길에 대한 한유의 생각은 백거이(白居易, 772~846)의 생각과도 통한다고 할 수 있다.

무릇 사람들이 세상일에 대해 느끼게 되면 반드시 감정이 움직이게 되고 그러고 나서 감탄을 발하게 되고 그것을 읊조리게 되며 노래를 만들어내게 된다.[11]

불평이 있으면, 하고 싶은 말이 가슴에 쌓이면 입 밖으로 나와 소리가 된다고 하였던 한유의 생각은 이렇게 세상일에 대해 느끼게 되면 감정이 움직이게 되고 그런 다음에 감탄하고 읊조려 시를 노래한다는 백거이의 생각과 다르지 않다. 공영달(孔穎達, 574~648)의 생각도 그러하다.

시란 사람의 생각이 진행되어서 써지는 것이다. 마음에 [생각이] 나아가는 바가 있다고 해도 아직 입 밖으로 나오지 않고 마음속에만 간직되어 있는 것이라면 그것을 생각이라 한다. 말로 나타나야 비로소 시라 부르는 것이다. 시를 쓴다는 것은 마음속의 생각과 불만을 펼쳐서 마침내 노래를 완성해내는 것이다. 이 때문에 『우서(虞書)』에서 "시는 생각을 말하는 것이다."라고 말했던 것이다. 만 가지 생각들을 떠맡아가지고 있는 것은 마음이라 부르고 사물에 대해 느끼고 움직여서 이루어지는 것은 생각[志]이라 한다. 생각의 진행은 외부의 사물이 그것을 움직여 일으키는 것이다. 기쁘고 즐거운 생각이 있으면 즐겁고 온화한 감정이 생겨나 칭송하는 노래가 지어지고, 슬프고 우울한 생각이 있으면 애상의 감정이 생겨나고 원망과 비방의 소리가 생겨난다. 『예문지(藝文志)』에 말하기를 "슬픔과 기쁨의 감정이 생겨나면 노랫소리가 일어난다."고 했는데 바로 이것을 일컫는 말이다.[12]

---

11 大凡人之感於事 則必動於情 然後興於嗟嘆 發於吟咏 而形於歌詩矣(白居易,〈策林〉).

12 詩者 人志意之所之適也 雖有所適 猶未發口 蘊藏在心 謂之爲志 發見于言 乃名爲詩 言作詩者 所以舒心志憤懣 而卒成於歌咏 故虞書謂之 詩言志也 包管萬慮 其名曰心 感物而動 乃呼爲志 志之所適 外物感焉 言悅豫之志則和樂興而頌聲作 憂愁之志則哀傷起而怨刺生 藝文志云 哀樂之情感 歌咏之聲發 此之謂也(孔穎達,〈詩大序正義〉).

시가 마음이 가는 바 곧 생각을 표현한 것이라는 전제에서, 그는 생각의 진행은 외부의 사물에 감응하여 일어나는 것인데 그것을 표현한 것이 시라고 하였다. 때문에 사물을 마주하여 기쁘고 즐거운 생각이나 슬프고 우울한 생각이 있으면 즐겁고 온화한 감정이나 애상의 감정이 생겨나 칭송의 노래나 원망과 비방의 시로 표현된다고 하였다.

이렇게 시가 마음속의 생각과 불만을 펼쳐서 완성되는 것이라고 하였는데, 바로 이 시인의 마음속에 생각과 불만을 일으키는 것이 외부의 사물, 그리고 그 사물을 바라보고 느끼도록 시인의 내부에 형성된 시적 환경 요인들인 것이다. 그러한 외부의 사물과 시적 환경 등이 시인의 시 정신을 자극하여 작시의 길에 이르게 한다고 보았던 것이다.

봄철의 바람과 새들, 가을의 달과 매미, 여름날의 구름과 비, 겨울철의 달과 혹한 같은 것들은 사계절의 느낌이 시에 표현되어진 것이다. 아름다운 만남의 자리에선 시에 친분을 실어 나타내고, 헤어지는 자리에선 시에 원망의 감정을 기탁한다. 굴원이 쫓겨나고 왕소군이 한의 왕실을 떠났던 경우이거나, 삭막한 북녘 들판에 뼈가 뒹굴고 바람에 날리는 쑥대 따라 혼백이 사라지는 상황에서나, 혹 창을 들고 변장에 출정하여 살기어린 전투에 참가하거나, 고향 떠난 나그네가 추위를 느끼고 규방의 홀어머니가 눈물을 흘릴 때나, 사대부가 벼슬을 그만두고 조정을 나설 때나, 미인이 요염한 자태로 입궁하여 총애를 받으며 나라를 기울게 할 때이거나, 이런 모든 경우가 심령을 움직이나니, 시가 아니면 무엇으로 그 뜻을 펼칠 수 있을 것이며 노래로 부르지 않으면 무엇으로 그 정감을 표현해낼 수 있겠는가?[13]

---

13 若乃春風春鳥 秋月秋蟬 夏雲暑雨 冬月祁寒 斯四候之感諸詩者也 嘉會寄詩以親 離群托詩以怨 至於楚臣去境 漢妾辭宮 或骨橫朔野 魂逐飛蓬 或負戈外戍 殺氣雄邊 塞客衣單 孀閨淚盡 或士有解佩出朝 一去忘反 女有揚蛾入寵 再盼傾國 凡斯種種 感蕩心靈 非陳詩何以展其義 非長歌何以騁其情(鍾嶸, 〈詩品序〉).

종영(鍾嶸, 466~518)도 이처럼 사계절의 자연을 대표하는 사물에 감응하여 그 느낌을 시에 표현하고, 만남과 이별의 자리에서는 친분이나 원망의 감정이 시에 표현된다고 하였다. 그리고 각종 인간 삶의 현장에서 일어나는 다양한 경우의 삶의 기록들이 시인의 심령을 움직여 시로써 그 뜻과 정감을 편다고 하였다. 이렇게 외물에의 감응과 인간관계의 왕래에 따른 감정의 표출 그리고 다양한 경우의 삶의 기록들이 시인의 심령, 그 시 의식을 자극하여 작시의 길로 이끌고 있다고 보았던 것이다.

이렇게 보면 한유에 이어 백거이, 공영달, 종영에 이르기까지 작시의 길에 대한 생각은 표현이나 예시에 차이는 있지만 근본적인 내용에 있어서는 차이가 없음을 알 수 있다.

무릇 시를 짓는 것의 실마리는 여기에 있다. 반드시 먼저 사물에 접촉하여 자신의 정지(情志)를 일으킨 다음에 그것을 문사로 표현하고, 모아서 구절을 만들고, 넓혀서 문장을 이루어야 한다. 촉발된 바가 있어서 흥취를 일으킬 때에는 그 내용이나 문사나 구절들이 허공을 가르고 생겨나니, 이는 모두가 무(無)에서 유(有)가 되는 것이고 현재에 있는 것을 따라서 그것을 마음으로 거두어늘이는 것이다. 그러므로 그것이 작품으로 표현되어서는 감정을 묘사한 것이 되기도 하고 경물을 묘사한 것이 되기도 하고 인사(人事)를 묘사한 것이 되기도 한다.[14]

섭섭(葉燮, 1627~1703)도 이처럼 사물에 접촉하면 그 사물에 촉발되어 감정이나 의지를 일으켜 세워 시의 의미를 갖춘 다음에 그것을 시어로 표현하고 시구를 구성하여 한 편의 시를 완성하게 된다고 하였다. 사물에 촉발된 바가 있어서 흥취를 일으켜 작시의 길에 접어들면 무에서 유가 창조되어

---

14 原夫作詩者之肇端 而有事乎此也 必先有所觸以興起其意 而後措諸辭 屬爲句 敷之而成章 當其有所觸而興起也 其意 其辭 其句劈空而起 皆自無而有 隨在取之於心 出而爲情 爲景 爲事 (葉燮, 〈原詩〉).

감정, 경물, 인사 등을 묘사하는 시의 세계에 접하게 된다는 것이다.

이렇게 인간만사 삶의 모든 현장을 시의 의미로 받아들여 감정이나 경물이나 인사를 묘사하는 작시의 길에서 우선적으로 논의된 것은, 역시 앞의 비평가들의 생각처럼 사물에 촉발되는 것, 즉 우주, 자연, 사회 모든 시적 시재 대상과 시인의 시적 환경 등이 시인의 시의식을 자극하여 한 편의 시가 이루어진다고 하는 내용이다.

이 때문에 시인은 경물에 대하여 어떤 느낌을 받게 되면 그로 인해 생기는 연상이 무궁하여 삼라만상의 가운데서 마음껏 즐기며 보고 듣는 영역 내에서 깊이 읊조린다. 천기(天氣)를 묘사하고 사물의 모양을 그려낼 때 경물을 따라서 변화도 해야 하고, 수식된 문장을 짓고 음률을 맞출 때에도 자신의 심정과 더불어 어울려 왔다 갔다 해야 한다.[15]

유협도 이처럼 경물에 감응하면 그로 인한 연상이 무궁하여 삼라만상과 보고 듣는 모든 영역 속에서 마음껏 즐기고 깊이 읊조리게 된다고 하였다. 그러므로 천기를 묘사하고 사물의 모양을 그려낼 때는 그 대상 경물을 따라서 시의 의미도 변화해야 하고, 수식하고 성률을 맞출 때도 마음으로 이모저모 많이 궁리해야 한다고 하였다. 역시 자연 대상물이 시인의 시 의식을 자극하여 흔들어대면, 시인은 무궁한 연상을 통하여 작시의 길을 밟아간다는 생각이다. 경물, 즉 시적 대상물에 따라 시인의 시의식에 따른 시의 의미가 변화해야 한다는 것도 그러한 생각을 뒷받침해주는 것으로 보인다. 육기(陸機, 261~303)의 생각도 이에서 벗어나지 않는다.

우주의 한가운데 우두커니 서서 깊이 관찰하고 옛 전적을 읽으며 정지를

---

15 是以詩人感物 聯類不窮 流連萬象之際 沈吟視聽之區 寫氣圖貌 旣隨物以宛轉 屬采附聲 亦與心而徘徊(劉勰, 『文心雕龍』 卷10, 〈物色〉).

기른다. 사계절을 따라서 세월의 흐름을 탄식하고 만물을 바라보매 온갖 생각이 떠오른다. 싸늘한 가을날엔 낙엽이 지는 것을 슬퍼하고 향기로운 봄날엔 새로 난 싹을 보며 즐거워한다. 마음은 삼가 두려워 서리를 품고 뜻은 저 높이 구름에 닿아 있다. 대대로 덕 있는 이들의 빼어남을 노래하고 선인들의 맑고 향기로움을 읊조린다. 문장의 울창한 창고에서 노닐면 문채의 아름다움을 감상한다. 가슴이 벅차 읽던 책을 접어두고 붓을 끌어당겨 짐짓 글로 펼쳐 내본다.[16]

이렇게 우주를 관찰하고 학문을 연마하여 감정과 의지를 기르는 데서 육기의 작시의 길은 시작된다. 그리하여 사계절의 변화에 유의하여 시적 감수성을 연마하고, 자연을 성찰하면서 교훈을 찾거나 호연지기를 기르는 한편 선인들의 시와 문장에서 그들의 서정과 이상을 품안에 간직하다 보면 자연 시흥이 도도하게 가슴 벅차게 차올라 작시의 길로 내달리게 된다는 것이 그의 생각이다.

그림과 시의 길이 다르지 않음을 설명한 심덕잠(沈德潛, 1673~1769)의 다음 글에서도 작시의 길에 대한 생각은 다르지 않다.

대나무를 그리는 자는 반드시 완성된 대나무의 모습이 가슴속에 있어야 한다. 이 말은 생각이 먼저 갖추어진 후에 먹을 적셔 창작해야 함을 말하는 것이다. 이리저리 고심하여 작품을 구성하는 것이 시도(詩道)에서 귀하게 여기는 바이다. 만일 마음먹은 바의 뜻과 작품의 짜임새를 어리둥절한 채 미리 갖추어 두지 않았다가, 글에 임하여서야 두서없이 늘어놓으며, 중심 되는 내용도 없이 혹은 이 이야기를 또 혹은 저 이야기를 하여 문장을 완성한다면, 어찌 마음으로 얻어서 손으로 그것을 표현하는 기교라 할 수 있으리오.[17]

---

16 佇中區以玄覽 頤情志于典墳 遵四時以嘆逝 瞻萬物而思紛 悲落葉於勁秋 喜柔條于芳春 心懍懍以懷霜 志眇眇而臨雲 咏世德之駿烈 誦先人之清芬 游文章之林府 嘉麗藻之彬彬 慨投篇而援筆 聊宣之乎斯文(陸機, 〈文賦〉).

17 寫竹者必有成竹在胸 謂意在筆先 然後着墨也 慘淡經營 詩道所貴 儻意旨間架 茫然無措

심덕잠은 대나무를 그리기 위해서는 먼저 완성된 대나무의 모습을 가슴 속에 완전히 품어 그 생각이 먼저 갖추어진 다음에 그려나가야 한다고 하였다. 그릴 대상에 대한 생각이 제대로 갖추어진 다음에 그려야 한다는 뜻이다.

이렇게 그림에서 그릴 대상의 모습을 가슴에 완전히 품을 수 있게 노력하듯, 시의 도에 있어서도 이리저리 궁리하고 고심한 다음 시를 구성하여 완성하는 것을 귀하게 여긴다고 하였다. 시적 대상에 대한 끊임없는 관찰과 깊이 있는 탐색, 곧 그 대상물이 시인의 시 의식을 자극할 수 있는지를 끝까지 구체적으로 살펴보는 노력과 정성이 작시의 길, 그 시의 도에서 필수적인 것이라고 생각하였던 것이다.

이렇게 보면 중국 비평에서도 바람에 비유되는 시적 대상물이나 시인의 내외적 환경 등이 시인이 시의식을 자극하여 작시의 길에 이르게 된다는 생각을 광범위하게 찾아볼 수 있었다고 하겠다.

4. 현대시 창작의 길

고전 비평의 현대적 계승 문제는 고전 비평 연구의 귀착점이라고 볼 수 있다. 고전 비평과 현대 비평을 하나의 역사적 관점으로 이어 한국 비평 문학사를 완성하는 것이 고전 비평 연구의 마지막 목표이기 때문이다. 이런 관점에서 볼 때 우리 고전 비평과 중국 비평에서의 작시의 길에 대하여 살펴본 데 이어, 현대시 창작과 관련하여 작시의 길에 대한 견해들을 검토하고자 하는 일은 매우 의의 있는 일이라 생각된다. 이제 현대시 창작의 과정, 그 작시의 길에 대한 현대 시인 비평가들의 생각들을 살펴보도록 하겠다.

시라고 하는 것은 결국 시인의 마음이 외부적 혹은 내부적 감성에 의하여

臨文敷衍 支支節節而成之 豈所語於得心應手之技乎(沈德潛, 『說詩晬語』 卷下).

충격되었을 때의 마음의 비상성의 표현이다.[18]

김기림은 이렇게 외부적 혹은 내부적 감성에 의하여 시인의 마음이 충격
되었을 때의 그 마음의 비상성의 표현이 곧 시라고 언급하였다. 여기서 시
인의 마음, 그 시인의 시 의식에 충격을 가한 외부적 혹은 내부적 감성이란
것은, 시적 대상물이나 시적 환경 등 시인의 시 의식을 자극할 수 있는 모
든 요소들에 시인이 감응하여 건져 올린 감성이라 할 수 있을 것이다.

이렇게 보면 김기림의 생각은 앞서 살펴본 남유상의 생각과 다르지 않다.
바로 그 마음의 비상성의 표현이란 바람이 사물에 다가가 낸 소리, 그 사물
의 성격이 강하면 더욱 그윽하고 맑게 들린다는 소리로 비유된 좋은 시의
창작 과정, 바로 한 편의 좋은 시를 쓰기 위한 작시의 길을 내달린 결과로
보이기 때문이다.

그리고 시가 마음의 비상성의 표현이라고 한 김기림의 생각은 또한 시가
마음이 가는 바를 표현한 것이라는 전통적으로 이어내려 온 시에 관한 보편
적 생각에 다름 아니다. 이는 일반론적인 면에서의 고전비평의 이어내림을
찾아볼 수 있는 하나의 본보기라 할 수 있을 것이다.

영감이 우리에게 와서 시를 잉태시키고는 수태를 고지하고 떠난다. 우리는
처녀와 같이 이것을 경건히 받들어 길러야 한다.[19]

박용철은 이렇게 수태한 처녀처럼 영감이 잉태시킨 시를 경건히 받들어
기르고자 하였다. 여기서 그가 언급한 시인에게 다가가 시를 잉태시킨다는
영감이란 것은 어찌 보면 앞에서 김기림이 지적한 외부적 혹은 내부적 감성
에 의한 충격에 지나지 않는다고 볼 수 있다. 시적 소재나 시적 환경 등에

---

18 김기림, 『시론』(백양당, 1947), 107면.
19 박용철, 『박용철 전집』(평론집 2권, 동광당서적), 8면.

대한 성찰에서 얻어지는 감성이 곧 영감일 수 있겠기 때문이다. 이러한 시적 영감에 관한 생각은 김환태의 경우에도 같이 나타나 있다.

그는 영감이 나무 끝에 오는 바람결 같이 그의 마음속에 불어오면 그것이 스스로 자라 태반을 떨어질 때까지 기다린다. 그리고 그것이 태반을 떨어질 때까지 그에게 자양을 공급하고, 모양을 만들고, 살을 붙이는 것이 곧 그의 감정이요, 지성이요, 감각이다.[20]

이렇게 김환태는 영감이 나무 끝에 불어오는 바람결 같이 시인의 마음속에 다가가면 시인은 감정과 지성과 감각으로 자양을 공급하고, 모양을 만들고, 살을 붙여 시를 완성해나간다고 하였다. 영감이 시인에게 다가가서 시인의 시의식을 자극하여 감정과 지성과 감각으로 시에 자양을 공급하고, 모양을 만들고, 살을 붙이게 된다는 이러한 김환태의 작시의 길에 관한 생각은 위의 김기림이나 박용철의 생각과 다르지 않다. 그리고 나무 끝에 불어온 바람이 곧 시인에게 다가온 영감이라고 볼 때, 이 역시 앞서 살펴본 남유상과 생각을 같이하고 있다고 볼 수 있겠다.

시 창작의 바탕이 되는 것은 역시 체험들이다. 그 체험들 속에서 내 시의 씨앗들이 움트고 내 시의 진실들이 탄생했다.[21]

어떤 면에서의 시의 재미는 삶이나 사물을 새롭게 보고 새롭게 해석하게 하는 데 있을 것이다. (……) 시인이 우리가 보지 못하는 것을 우리가 듣지 못하는 것을 어떻게 보고 들어 우리로 하여금 삶과 사물을 새롭게 보고 해석하는 가를 알리고 싶었던 터다.[22]

---

20 김환태, 「정지용론」, 『신한국문학전집』 48(평론선집 1, 어문학), 136면.
21 조태일, 『알기쉬운 시 창작강의』(나남출판, 1999), 77면.
22 신경림, 『시인을 찾아서』(우리교육, 2002), 서문.

여기서 조태일은 체험이 시 창작의 바탕이 되어 시인의 시의식을 깨우게 되면 그 체험들 속에서 시의 씨앗이 움트고 시의 진실이 탄생된다고 하였다. 그리고 신경림은 우리가 보고 듣지 못했던 삶과 사물을 시인이 어떻게 보고 들어 우리로 하여금 새롭게 보고 해석하는가를 알려야 한다고 하였다. 그 속에서 시의 재미를 찾고 있었다. 이처럼 새롭게 보고 듣고 해석하며 체험한 것이 시인의 시의식을 자극하면 시인은 작시의 길로 나아가 시 창작에 임한다는 것이 신경림의 생각이었던 것이다.

이렇게 보면 조태일이 언급한 체험이라는 것과 신경림이 새롭게 보고 듣고 해석하고자 하였던 삶과 사물이라고 하는 것은 결국 시인의 시의식을 자극하는 요소로서 같은 내용의 다른 표현으로 보아야 할 것이다. 김춘수는 이러한 체험이 앞서 언급된 영감과 어떻게 연결되는 것인지에 대하여 다음과 같이 설명하였다.

무수한 감각적 체험이 정서를 빚고, 정서는 독 안의 술처럼 우리의 속에 깃든다. 이것이 어느 때 갑자기 한 뭉치의 힘으로 분출될 때 우리는 영감이라고 한다. 영감은 그러니까 잠재의식의 세계로부터 온다. 이것이 바로 시를 낳게 하는 발상의 농기가 된다.[23]

김춘수는 이와 같이 감각적 체험이 정서를 빚어 시인의 가슴 속에 잠재의식으로 깃들어 있다가 하나의 힘으로 분출되어 나타나는 것이 영감이라고 하였다. 바로 그 영감이 시상을 엮어 나가게 하는 발상의 동기라고 하였다. 작시의 길에서 무수한 감각적 체험, 정서, 잠재의식, 영감으로 이어지는 것이 발상의 동기이며 그러한 과정을 거쳐 한 편의 시를 창작하게 된다는 것이 그의 생각이었던 것이다. 체험과 영감을 시의 원천으로 보았다고 하겠다.

체험이라고 하는 것이 시인의 시의식을 일깨우는 기본 요소로 인식되고

---

23 김춘수, 『시의 이해와 작법』(고려원, 1989), 76면.

있음은 다음 글에서도 찾아볼 수 있다.

우리가 인생을 살아가는 동안에 '야!'하고 마음에 감동되는 느낌이나 '이해'가
시의 내용, 즉 사상이 되는 것이다. 우리는 느끼는 데서 감동을 받을 뿐 아니라
지혜로 무엇을 슬기롭게 깊이 이해했을 때도 또한 감동을 받는다.[24]

비 온 뒤에 맑게 갠 파란 하늘을 보았을 때, 나뭇가지 위에 떨어질 듯 살포시
내려앉은 하얀 눈을 보았을 때, 새벽 안개에 잠든 도시의 쓸쓸한 모습을 보았을
때, (……) 바람에 몸을 맡긴 채 가냘픈 풀잎 위에서 흔들리는 연둣빛 벌레를
보았을 때 우리는 문득 그것을 시로 표현하고픈 욕구를 느끼게 된다.[25]

이처럼 인생살이에서 직접 간접의 체험을 통해 얻어지는 마음에 감동되
는 느낌이나 이해 그것이 시의 내용, 즉 시상이 된다고 한 윤여탁의 견해나,
비, 하늘, 나뭇가지, 눈, 안개, 도시, 바람, 풀잎, 벌레 등의 자연 대상물을
포함한 다양한 시적 소재를 체험하고 느끼는 과정에서 문득 작시의 욕구를
느낀다고 한 서정주의 견해는, 체험에서 영감으로 이어지는 작시의 길을
제시하고 있다는 면에서 같이 어울리고 있음을 알 수 있다.

지금까지 일부 현대 시인 비평가들의 견해이기는 하지만, 작시의 길에
대한 그들의 생각이 삶의 다양한 체험과 잠재의식의 세계에서 분출된 영감
으로 이어지는 시인의 내외적 시적 환경이 시인을 자극하여 시 창작에 이르
게 한다는 데에서 의견이 일치하고 있음을 보았다. 그리고 그것이 우리의
고전 비평이나 중국 비평에서 논의된 작시의 길에 대한 일단의 생각과도
서로 크게 어긋나지 않음도 알 수 있었다.

---

24 윤여탁, 『시와 함께 배우는 시론』(태학사, 2002), 49면.
25 서정주 외, 『시 창작법』(예지각, 1990), 171면.

5. 맺음말

　작시의 길에 대한 견해를 우리의 고전 비평, 중국의 비평, 그리고 현대 시비평의 영역 안에서 각각 살펴보았다. 그리하여 시 창작의 방법 그 작시의 길에 대한 그들 시인 비평가들의 견해가 큰 틀 안에서 서로 어울리고 있음을 알 수 있었다. 이를테면, 같은 내용의 서로 다른 접근 방법에 의한 서로 다른 표현의 차이 정도임을 알 수 있었다는 말이다. 그러면서 우리 고전 비평의 현대 비평에로의 이어내림도 그 가능성의 일단을 찾아 볼 수 있었다.

　이제 비록 일부의 견해이기는 하지만 살펴본 작시의 길에 대한 내용을 바탕으로, 시 창작의 실제 과정을 밟아보는 일, 즉 시인의 시 의식이 어떻게 형성되고 어떻게 주입되어 한 편의 시로 태어나는지에 대한 하나하나의 과정을 찾아 밝히는 일이 앞으로 남은 과제라고 하겠다. 또한 고전과 현대를 아울러 다수의 또 다른 시인 비평가들의 작시의 길에 대한 다양한 견해를 찾아 새롭게 정리하는 일도 반드시 해결되어야 할 과제임에 틀림없다. 그리고 고전 비평의 현대적 계승 문제의 해결도 그 가능성을 찾아 꾸준히 노력해야 할 것으로 보인다.

（「세종어문연구」 28, 2009)

고전 시학에 나타난 의미 중시의 경향

1. 머리말

우리 고전 시학의 전개에서 시의 의미를 중시하는 관점은 보편화된 것이었으며, 오늘날의 한시 연구나 시론과 시평 연구에 있어서도 그러한 관점은 가장 중시되는 것이기도 하다. 그리하여 한시 중심의 시론과 시평을 포함하는 시에 관한 모든 비평 활동을 뜻하는 고전 시학의 전개 과정에서 특히 시론과 시평, 작시과정을 중심으로 시의 의미를 중시하였던 제반 논의들을 정리하여 그 의미 중시의 경향을 살펴보고자 하는 것이 이 글의 목적이다.

중국 한시의 영향으로 한국 한시의 틀이 갖추어졌고, 중국 문학이론의 수용에서부터 우리 고전 시학의 면모가 비롯되었음은 주지의 사실이다. 그러한 바탕 위에서 중국의 문학이론을 단순히 수용하는 데에 머물지 않고 변용적으로 발전시켜온 우리 고전 시학의 전통에서 가장 보편적인 접근 방법은 시의 의미를 기본으로 하는 논의들이었다.

생각해보면, 한국 한시의 역사에서 우리의 한시가 주력해온 것은 시의 의미의 창출이었다고 할 수 있다. 그리하여 한국 한시는 필연적으로 개념의 시, 정신의 시가 될 수밖에 없었다는 것이 일반적인 생각이기도 하였다. 이렇게 한국 한시의 주안점이 시의 의미 탐색에 있었다고 보면, 우리 고전 시학의 전개에서 시론이나 시평을 분석 검토함에 있어서도 시의 의미가 중시될 수밖에 없었을 것으로 보인다. 때문에 한시 연구에서 의미 중심의 개념의 시, 정신의 시가 함축하고 있는 깊은 의취를 탐색하고 발굴하는 것이 한시의 창조적 전승에 이바지하는 것이 될 것으로 본다면, 고전 시학 연구에 있어서도 의미 중심의 접근은 필연적인 것이라 할 수 있을 것이다.[1] 또한 한국 한시 연구나 고전 시학연구에서, 시의 형식이나 성률 등을 연구한 일부 업적들을 제외하고는, 시론이나 시평 그리고 작가론이나 작품론에 이르기까지 거의 모든 업적들이 논의 전개 과정에서 시의 의미를 중시하고 있음을 볼 수 있는데 이런 까닭으로 의미 지형의 시학이란 관점에서의 연구사 검토는 사실상 큰 의미는 없을 것으로 생각된다.

사실 시의 의미는 중국 시학의 출발 단계에서부터 시의 본원에 대한 탐색 과정에서 중점적으로 논의되었던 것으로 보인다. 시를 마음이 가는 바그 지향을 언어로 표현한 것이라고 보거나, 시는 마음이 흘러가는 바를 나타낸 것인데 마음에 있으면 지(志)가 되고 말로 표현하면 시가 된다고 한데서 보면,[2] 시의 본원에 대한 성찰에서 이렇게 시의 의미가 중시되고 있음을 찾아볼 수 있는 것이다.

그리고 공자가 『시경(詩經)』을 총평하면서 사무사(思無邪) 곧 생각함에 아무런 사악함이 없다고 한 것도,[3] 그것이 작자의 심리상태를 나타내거나 독자가 감화되어 귀착되는 지위를 나타내거나를 막론하고 시의 본원을 의미에서 찾고 있음을 보여준 것이라고 생각된다. 이후 중국 역대의 시학에서 시는 의미를 위주로 하는 것이며 시어의 나열이나 어구의 짜 맞춤 등의 표현 문제는 그 다음의 관심사임을 언급하고 있음을 볼 수 있다.[4]

중국의 시학을 수용하고 변용하면서 고려조부터 전개되어온 우리 시학의 현장에서도 시의 의미를 중시하는 그와 같은 논의는 지속적으로 주목받아

---

1 민병수, 『한국한시사』(태학사, 1996), 11면 참조.
2 詩言志(『書經』, 「舜傳」).
詩者 志之所之也 在心爲志 發言爲詩(『詩經』, 〈大序〉).
3 子曰 詩三百 一言以蔽之曰 思無邪(『論語』, 「爲政」).
4 詩以意爲主(『中山詩話』, 『珊瑚鉤詩話』, 『藏海詩話』, 『芬餘客話』 등등).

왔다.⁵ 그리하여 조선 중기의 윤춘년은 시의 올바른 근본으로 체(體)와 의(意)와 성(聲)을 제시하면서, 그것이 천하고금의 이치인『중용(中庸)』의 삼달덕(三達德)인 지(知), 인(仁), 용(勇)이나『대학(大學)』의 근본정신인 명명덕(明明德), 친민(親民), 지어지선(止於至善)의 삼강령(三綱領)과 같은 가장 기본적인 시의 바탕이 되는 것이라고 했다.⁶ 그러면서도 그는 시의 의미에 대하여 다음과 같이 더욱 관심을 기울인 것을 알 수 있다.

마음은 성정을 거느리는 것이고, 의미는 그 마음에서 펼쳐지는 것이라고 나는 생각한다. 이른바 성은 인의예지를 이름인데 그것을 오성이라 하고, 정은 희로애락을 이름인데 그것을 칠정이라고 한다. 대개 오성은 각각 바탕이 있는데 서로 뒤섞여서는 안 된다. 만약 마땅히 인해야 하는데 의를 내세우거나, 의를 내세워야 하는데 인하게 되면 성을 잃게 된다. 칠정도 각각 쓰임이 있는데 서로 어지럽게 뒤섞여서는 안 된다. 마땅히 기뻐해야 하는데 슬퍼한다든지, 슬퍼해야 하는데 기뻐한다든지 하면 그 정을 잃게 되는 것이다. 사람이 성정을 씀에 있어서 조금이라도 바른 길을 잃게 되면 어리석고 거짓된 사람이라 이른다, 그런데 유독 작시에 있어서는 비록 성정의 바른 길을 잃는다고 해도 어리석고 거짓되다고 하지 않는다. 왜 그럴까. 그것은 시의 의미가 어리석고 거짓되다면 그 시는 볼만한 가치조차 없기 때문이다.⁷

윤춘년은 이처럼 시의 의미는 성(性)과 정(情)을 거느리는 마음에서 펼쳐

---

5 詩以意爲主(李奎報,『白雲小說』).

6 詩家之所謂正宗者 有三焉 曰體也 曰意也 曰聲也 (…) 曰體曰意曰聲之於詩家 猶三達德之於中庸也 三綱領之於大學也(尹春年,〈詩法源流序〉).

7 愚謂心者統性精者也 意者主張平心者也 所謂性者 仁義禮智之謂也 是謂五性 所謂精者 喜怒哀樂之謂也 是謂七情 蓋五性各有其體 不可相雜 若當仁而義 當義而仁 則失其性矣 七精各有其用 不可相亂 若當喜而哀 當哀而喜 則失其情矣 人於性情之用 小失其常 則謂之愚妄 而獨於作詩 雖失其性情之常 而不謂之愚妄者 何也 其意愚妄 則其詩不足觀矣(尹春年,『詩法源流體意聲三字註解』).

지는 것이라고 하면서, 그 성정의 바른길을 잃지 않아야 볼만한 가치가 있는 시를 얻을 수 있다고 하였다. 어리석고 거짓된 의미를 지닌 시는 시도 아니기 때문에 논의할 필요도 없으며, 볼만한 가치가 있는 시를 얻기 위해서는 오성(五性)과 칠정(七情)인 인간 성정의 본 바탕과 쓰임에 따라 마음에서 바른 길을 찾아 펼쳐서 참된 시의 의미를 이루어야 한다는 것이다.

이렇게 시의 의미는 중국이나 우리의 역대 비평가들의 주된 관심의 대상이었음을 알 수 있다. 그리하여 이 글에서는 의미 중시 시학의 전체 내용의 틀 안에서 우리 역대 비평가들에 의해 특히 강조되어 언급되었던 시의 의미에 관한 논의들을 분석 검토하여, 설의와 언외의의 시론, 의미 중시의 시평, 의미 탐색의 작시 과정의 세 항목으로 나누어 그 의미 중시의 시학의 경향을 살펴보도록 하겠다. 실로 다양하게 전개되어 있는 시의 의미에 관한 논의들 가운데서 세 항목으로 제한하여 검토하는 것이 비록 한계를 지니고 있기는 하지만, 한국 한시의 주안점이 시의 의미 탐색에 있었고 또한 개념의 시 정신의 시의 틀을 벗어나기 어려웠던 시적 현실을 생각해보면, 그러한 제한적 의미의 논의의 전개를 통해서라도 의미 중시의 우리 시학의 한 단면이나마 찾아볼 가능성이 있다는 데서 그 의의를 찾을 수 있을 것으로 생각된다.

그리고 의미 중시의 경향에 대한 논의의 전개에 있어서 우리 시학의 자료를 분석하면서 동시에 중국 시학의 자료를 번갈아 제시하였는데, 이는 비교문학적 접근으로 그 영향 관계를 면밀히 분석하려는 의도에서가 아니고, 중국 시학의 토대 위에서 그 시학의 양상들을 수용하고 변용하여 우리의 시학으로 전개하였던 내용들을 유비관계의 틀 안에서 살펴보기 위함이었음을 밝혀둔다.

2. 설의와 언외의의 시론

우리 시학의 전개에서 가장 중요시하였던 시의 의미를 바탕으로 한 시론의
양상은 설의(設意)의 어려움을 피력한 데서부터 찾아나갈 수 있을 것이다.

이규보는, 시는 의(意)를 위주로 하기에 의를 설정하는 것이 가장 어렵고
시어를 짜 맞추는 것은 그 다음인데, 의는 또한 기(氣)를 위주로 삼으며 기
의 우열에 따라 의의 심천이 생기는 것이라고 하였다. 그리고 기는 천성에
딸린 것이어서 배워서 얻을 수는 없고 기가 떨어지는 사람은 시어 다듬는
것을 공교하게 하면서 의를 앞세우지 않는데, 대체로 시어를 아로새겨 다듬
으며 시구를 화려하게 꾸미면 시가 아름다울 것은 분명하지만 그 속에 심후
한 의미가 함축되어 있지 않으면 처음에는 볼만한 것 같지만 다시 씹어보면
맛이 사라져 버릴 것이라고 하였다.[8]

결국 시는 의미를 위주로 하는 것이어서 의미를 설정하는 것이 가장 어
렵다고 보았기에, 시어를 짜 맞추는 등의 표현의 문제는 이규보의 관심 밖
이었던 것으로 보인다. 천성으로 타고난 기를 바탕으로 심후한 의미가 함축
되어 씹을수록 맛이 넘치는 시를 쓰고자 하였던 것이 이규보의 생각이었던
것이다. 이러한 생각은 물론 이규보만의 독창적인 생각은 아니다. 중국시학
에서도 흔히 논의되어온 것이기 때문이다.

송(宋)의 유반(劉攽)은 시는 의를 위주로 하며 꾸며서 표현하는 일은 그
다음이라고 하면서 의의(意義)가 깊고 높으면 비록 표현이 평이하다고 해도
뛰어난 시가 될 수 있다고 하였다.[9] 위에서 언급한 이규보의 견해와 다르지
않은데, 시대적 차이로 보면 이규보가 유반의 영향을 받은 것으로 생각할
수도 있겠다. 당시 고려와 송의 정치적 문화적 교류가 왕성하였던 사실에

---

8 夫詩以意爲主 設意最難 綴辭次之 意亦以氣爲主 由氣之優劣 乃有深淺耳 然氣本乎天 不可
學得 故氣之劣者 以雕文爲工 未嘗以意爲先也 盖雕鏤其文 丹靑其句 信麗矣 然中無含蓄深厚之
意 則初若可觀 至再嚼 則味已窮矣(李奎報, 앞의 책).

9. 詩以意爲主 文詞次之 或意深義高 雖文詞平易 自是奇作(劉攽, 『中山詩話』).

비추어보면 충분히 가능성이 있다고 보아야 할 것이다. 다만 유반의 생각을 그대로 수용만한 것이 아니고, 그를 변용하여 천기설(天氣說)과 관련지어 나름대로 자신의 시론으로 정리하였음을 보여주었다고 생각된다.

또한 구양수(歐陽修, 1007~1072)는 매요신(梅堯臣, 1002~1060)의 말을 인용하여 시인들이 비록 의를 헤아려 거느리고 나가지만 그 의미를 지어내는 것은 또한 어려운 일이라고 하였다.[10] 매요신의 조의(造意)의 어려움이 이규보에 이르러서는 설의의 어려움으로 바뀌어 있음을 알 수 있다.

이렇게 중국이나 우리의 시학에서 공히 시의 의미를 중시하고 의미의 설정을 작시에서 가장 힘든 과정으로 인식하였음을 알 수 있다. 그리하여 두보의 시가 의미를 앞세운 다음에 지은 시인 까닭에 사람들을 감동시킬 수 있었다고 하여 시에서 의미가 차지하는 비중에 주목하기도 하였다.[11] 바로 그것이 주지하는 바와 같이 두보의 시에서 일을 서술한 것이나 경치를 묘사한 것 그리고 사람의 마음을 논한 것 각각이 모두 진실되어 그 시들을 읽으면 마치 당시의 시대상을 그대로 보는듯하다고 해서 그의 시를 시사(詩史)라고 일컫는 이유이기도 한 것이다. 시의 의미가 참된 내용으로 전달되어야 후세에까지 전해질 수 있는 좋은 시가 될 수 있다는 말이라고 하겠다.

그리고 시에 있어서는 의미의 기탁(寄託)이 중요하며 그것은 말한 바는 여기에 있으나 그 의미는 저기에 있음을 이르는 것인데, 이백의 〈자야오가(子夜吳歌)〉는 본래 아내가 남편을 그리워하는 규정(閨情)을 말한 것이지만 결국은 남편의 정벌이 끝나기를 바라는 마음을 담고 있다고 하면서,[12] 함축적으로 시의 의미를 설정함으로써 시어들의 사전적 의미를 넘어 언외에 간절한 의미를 확산 전달하고 있다고 하였다. 이렇게 좋은 시, 격조 높은 시, 함축적 의미를 지닌 시를 쓰기 위한 과정에서의 의미 설정의 어려움을 부각

---

10 聖兪嘗語余曰 詩家雖率意 造語亦難(歐陽修, 『六一詩話』).

11 杜詩 意在前 詩在後 故能感動人(王文祿, 『詩的』).

12 詩貴寄意 有言在也而意 在彼者 李太白子夜吳歌 本閨情語 而忽冀罷征(沈德潛, 『說詩晬語』卷下).

시키기 위하여 이백과 두보의 시를 예시함으로 해서 그 효과를 더욱 배가시켜 주었다고 할 수 있을 것이다. 위에서 언급한 중국 시학에서 의미 설정의 중요성을 언급한 시론의 양상은 시대를 내려오면서 다양하게 전개되고 있음을 불 수 있다. 시는 의를 위주로 하는데 구절과 시구를 단련하면 공교로운 좋은 시의 경지에 이를 수 있다거나,[13] 작시에서 입의(立意) 곧 시인이 나타내려고 하는 의미를 분명히 세워야 함을 귀하게 여긴다고 하였고,[14] 시는 의를 위주로 하는데 그 의는 장수와 같으며 장수가 없는 병사는 오합지졸이 된다고도 하였는데,[15] 이렇게 시에서 시인이 나타내려고 하는 의미를 효과적으로 표현하기 위해 구상하는 일을 설의(設意)나 명의(命意), 입의(立意), 연의(鍊意), 기의(寄意), 각의(刻意) 등으로 나타내면서 그 중요성을 강하게 피력하고 있음을 볼 수 있는 것이다.

이렇게 중국 시학의 전통 가운데서 시는 의미를 위주로 하는 것이라는 점과 작시 과정에서 설의를 중요하게 인식한 사실을 확인할 수 있었다. 그렇지만 시화 발생 이후 송대의 시학을 수용하면서 나름대로 변용하여 자신의 시론으로 정리한 이규보의 노력도 인정되어야 할 것으로 보인다. 실제 시의 의미를 중시하면서 의미 설정의 어려움을 역설한 이규보의 생각은 우리 시학의 흐름 속에서도 보편적으로 인식되었음을 볼 수 있기 때문이다.

서거정은, 옛 시인들이 의미를 세워 확정하고 시어를 배치하고 구사함에 있어 서로 다른 점은 있으나 요컨대 모두 각각의 궁극의 목적은 올바른 데로 돌아가고자 할 따름이었다고 하여,[16] 의미를 세워 결국은 올바름을 시에 표현하고자 하는 입의의 노력을 내세웠다. 그리고 이익(李瀷)은 오직 마음을 써서 활용함이 더 넓어진 까닭으로 세상이 점점 교묘하게 세밀히 살피게 되어 조직(組織)과 조회(藻繪)가 이르지 못함이 없게 되었다고 하면서 시의

---

13 詩以意爲主 又順篇中鍊句 句中鍊字 乃得工耳(張表臣, 『珊瑚鉤詩話』).

14 宋人謂作詩 貴先立意(謝榛, 『四溟詩話』).

15 詩歌 (…) 俱以意爲主 意猶帥也 無帥之兵 謂之烏合(王夫之, 『薑齋詩話』).

16 古之詩人 立意措詞 雖不同 要皆各臻其極 歸之於正而已(徐居正, 『東人詩話』).

용의(用意)에 관심을 기울였다.[17] 한편 정약용은 "흥이 일면 곧 의미를 헤아리고, 의미가 이루어지면 바로 시를 쓴다네."[18]라고 노래하면서, 시의 의미를 운용하는 운의(運意)가 작시의 바탕임을 나타내기도 하였다.

이렇게 우리 시학의 전개 과정에서 시의 의미를 중시하고, 각각 설의, 입의, 운의, 달의, 각의, 용의, 명의, 운의 등의 용어를 통해 시의 의미를 구축하는 일의 어려움을 강조하면서, 시의 의미 구상에 힘을 쏟았던 시론의 면모를 확인할 수 있었다고 하겠다. 이러한 설의의 과정에서 존중되었던 시론의 양상 가운데 하나는 시의 의미의 함축성에 바탕을 둔 언외의(言外意)를 지향하였던 것으로 보인다.

언외의의 시론 그 의미 창출을 위한 노력은 시의 가치 평가의 기준이 되기도 하였다. 그리고 각각의 시어들이 내포적 의미로 어울려 작품 속에 존재함으로써 이루어지는 시 의미의 함축성은 언제나 시인 비평가들의 관심의 대상이 되었다. 그리하여 언외의의 시세계가 펼쳐진 시들은, 시어들이 외연적 의미의 틀을 벗어나 내포적 의미로 조화를 이루고 말 밖의 무한한 의미가 함축으로 전달되면서 여운이 감도는 시로 독자들을 시적 공감의 세계로 나아가게 하여, 시대를 뛰어넘어 오랫동안 시적 향기를 전해주는 시로 기억될 수 있었을 것이다.

사실 언외의에 대한 연구자들의 관심은 지속적으로 이어져왔다. 그리하여 언외의는 헤아릴 수 없는 경치를 눈앞에 있는 것처럼 표현하면서도 언외의 감흥을 내포함으로써 시에 있어서의 끝없는 여운을 나타내는 것이라고 하였다.[19] 그리고 이재현(李齊賢, 1287~1367)은 시에 있어서 시어에 언표되어 전달되는 일반적 의미 외에 그것에 함축되는 또 다른 의미인 언외의를 지녀야 좋은 시가 된다고 생각하였으며, 그러한 언외의 여미를 한 밤에 호젓이 앉았을 때라야 느낄 수 있는 화분에 심은 난초의 향기에 비유하였는

---

17 惟其用意恢如 故世漸巧細 組織藻繪無所不至(李瀷, 『星湖僿說』 卷29, 〈詩家藻繪〉).

18 興到卽運意 意到卽寫之(丁若鏞, 『與猶堂全書』 1집, 권6, 〈老人一快事〉 六首, 效香仙体, 其五).

19 전형대 외, 『한국고전시학사』(홍성사, 1979), 66~67면 참조.

데, 그것은 그의 시가 시어에 의해 전달되는 표면적 세계 외에 시 속에 침잠함으로써만 감지할 수 있는 숨겨진 의미 세계를 함축하고자 하였던 것으로 이해할 수 있다고 하였다.[20]

이와 같은 언외의의 세계, 설의의 과정에서 주목되었던 언외의의 시론은 사실 중국 시학에서는 일찍부터 논의되어온 것이다. 구양수와의 시담에서 매요신은 만약에 의미가 새롭고 말이 잘되어서 옛사람들이 말하지 않은 것을 믿는다면 좋은데 반드시 써내기 어려운 경치를 형상해서 눈앞에 있는 것같이 하고 다함이 없는 의미를 함축하여 언외에 나타낸 연후라야 지극한 시의 경지에 도달했다고 할 수 있다고 하였다.[21]

또한 그러한 언외의의 지극한 시의 경지를 얻어내기 위해서는 시 짓는 사람이 마음으로 터득하고 보는 사람은 생각으로 이해해야 하는데 막상 그것을 말로 지적해내기는 어렵다고 하였다. 그러면서 온정균(溫庭筠, 818~872)의 "닭소리 나는 초가 주막의 달, 사람 발자국 있는 판교의 서리"나, 가도(賈島, 779~843)의 "괴이한 새 광야에서 울고, 지는 해에 길 가는 사람 두려워하네."와 같은 시에는 여행길에서의 괴로움이나 나그네의 시름 그리고 객지에서의 외로운 마음 등이 언외에 나타나 있다고 하였다.[22]

이렇게 시 짓는 사람은 마음으로 터득하고 보는 사람은 생각으로 이해해야 한다는 언외의의 시적 경지가 그들 두 시인의 시에 잘 드러나 있다고 평가하고 있다. 생각해보면, 시어의 외연적 의미로 드러나 있는 닭 울음소리 들리는 주막 풍경, 새벽 서리 내린 길 위에 나 있는 사람 발자국, 광야에서 우는 이름 모를 새의 괴이한 울음소리, 지는 해와 길손의 마음 등의 내용들이, 이른 새벽잠도 편히 자지 못한 채 길 떠나야 하는 나그네의 고초나,

---

20 김성기, 「이제현의 시문학 연구」, 서울대 대학원(1990), 113~114면 참조.

21 若意新語工 得前人所未道者 斯爲善也 必能狀難寫之景 如在目前 含不盡之意 見於言外 然後爲至矣(歐陽修, 앞의 책).

22 作者得於心 覽者會以意 殆難指陣以言也 雖然亦可略道其髣髴 (…) 若溫庭筠鷄聲茅店月 人迹板橋霜 賈島 怪禽啼曠野 落日恐行人 則道路幸苦 羈愁旅思 豈不見於言外乎(위와 같음).

해질 무렵 스산한 광야의 풍경에 오늘은 또 어디서 묵어가야 하는지에 대한 걱정과 두려움에서 연상되는 나그네의 시름과 외로움 등을 무한히 번져나게 하고 있다고 볼 수 있겠다. 결국, 외연적 의미로 나열된 시어들 속에 나그네의 고초나 시름을 은밀히 숨겨 놓고 독자들로 하여금 내포된 의미, 함축된 의미 그 언외의의 시세계를 마음으로 터득할 수 있게 하였다고 보았던 것이다.

이와 같이 의미 설정의 과정에서 중시되었던 언외의의 시론은 역대 중국의 시인 비평가들에 의해 끊임없이 논의되어 왔는데,[23] 이 언외의의 시론은 우리 시학의 전개 과정에서도 크게 주목받아 왔음을 알 수 있다. 앞에서 이제현이 언외의에 관심을 두었음을 살펴보았거니와 조선조의 시학에서도 널리 보편화되어 나타나고 있음을 찾아볼 수 있다.[24]

서거정은, 시에 능한 사람은 묘사하기 어려운 경물을 마치 눈앞에 있는 것처럼 나타내고 다함이 없는 의미를 함축적으로 말 밖에 드러낸 연후에야 지극한 경지에 이를 수 있다고 하면서, 이인로가 천수사 벽에 제시한 시를 두고 길 떠날 친구를 기다리는 간절한 마음과 잠시나마 친구를 이별해야 하는 아쉬운 마음이 은밀하게 숨겨져 있어 언외의의 경지에 이르렀다고 평가하였다.[25]

또한 임경(任璟)은 이행(李荇)의 시가 이별의 아쉬운 마음을 표현하면서 그 간절한 회포를 달과 새, 바람과 나뭇가지에 붙여 언외의의 무한한 의취를 얻어내었다고 하였다. 실은 중국 사신이 돌아갈 때 이행이 "밝은 달아

---

23 古人爲詩 貴於意在言外 使人思而得之(司馬光,『續詩話』), 詩有句中無其詞 而句外有其意者(楊萬里,『誠齋詩話』), 更不刻畵 而有言外之意(王士禎,『漁洋詩話』), 妙又在語言之外(陳衍,『石遺室詩話』) 등을 비롯하여 다양한 논의들을 살펴볼 수 있다.

24 이제현의 언외의에 대한 생각은 주 20) 참조. 그리고 조선조 시학에서의 언외의의 시론은 정대림의 『한국고전비평사』(태학사, 2001, 210~243면 참조)에서도 찾아볼 수 있다.

25 李大諫仁老 題天水寺壁云 待客客未到 尋僧僧亦無 唯餘林外鳥 款曲勸提壺 古之評詩 以謂詩能者 狀 難寫之景 如在目前 含不盡之意 見於言外 然後爲至 予於此詩見之矣(徐居正, 앞의 책).

제발 뜨지 말고, 썰렁한 바람아 너도 불지 말아라. 달이 뜨면 자던 새 놀라 깨고, 바람 불면 고요한 가지 흔들린다."고 시를 지어 전송하였는데, 중국 사신이 이 시를 칭찬한 이유를 정사룡은 몇 달이나 곰곰이 생각한 다음에야 그 묘한 의미를 깨달았다고 한 일화와 함께 전개된 시평이다. 대개 이별할 때에는 사물을 보면 감정이 쉽게 움직이게 되는 법인데, 저 달이 뜨면 자던 새가 놀라 깨고 바람이 불면 나뭇가지가 움직이게 되는 그 모든 것들이 이별의 회포를 도와 말 밖에 뜻이 담겨 있게 되었음을 깨닫게 된 것이었다. 실제 이별의 아쉬움은 은밀히 숨겨져 어디에도 나타나 있지 않다. 이별이 있으므로 해서 생겨난 안타까운 정을 달이 뜨면 놀라 깨게 될 새와 바람 불면 흔들릴 수밖에 없는 나뭇가지에 비유하여 이별의 아쉬운 마음을 불러 일으키고 있을 뿐인 것이다. 바로 언외의의 시세계가 보여주는 지극한 경지를 이행의 시에서 읽어내었던 것이다.[26]

그리고 홍만종은, 무릇 시를 지을 때는 의미가 말 밖에 있어서 함축되어 여유가 있어야 좋은 작품이 된다고 하면서 만약에 말의 의미가 모두 드러나고 솔직하게 말해버려 함축이 없다면 비록 그 말의 수식이 굉장하고 화려하며 뛰어나다 하더라도 시를 이해하는 사람은 취하지 않을 것이라고 하여, 인외의의 함축미의 구현이 좋은 시를 쓰기 위한 과성에서 시의 의미를 넓고 깊게 확산시키기 위해 지향해야 할 하나의 목표임을 밝혔다.[27]

신경준은, 이백의 〈공무도하(公無渡河)〉 시에 "머리 풀어 헤친 저 늙은이 미치고 어리석네, 새벽에 어쩌자고 물에 뛰어 들려는고."라고 하였는데, 시구에 한없는 위난의 의미가 말 밖에 넘쳐흐른다고 하였다.[28] 아무리 만류해

---

26 華使 (…) 及其還也 諸公以詩送之 (…) 華使 皆不許可 獨容齋絶句 明月莫須出 天風休更吹 月出有驚鳥 風吹無定枝 華使稱賞不已 湖陰竊怪之 及還朝 沈誦此句數月 然後 始知其妙 蓋臨別詩 觸物易感 彼月出而鳥驚 風吹而枝動 俱可以助離懷有言外之意 華使之獎 蓋以此也(任璟, 『玄湖瑣談』).

27 凡爲詩 意在言表 含蓄有餘 爲佳 若語意呈露 直說無蘊 則雖詞藻 宏麗侈靡知詩者 固不取矣(洪萬宗, 『小華詩評』上).

28 以古樂府 公無渡河言之 (…) 獨李白能得此例 (…) 彼髮之曳狂而癡 淸晨臨流欲奚爲 (…)

도 소용없고 건너가기 어려운 강에 뛰어들어 끝내 돌아오지 못할 님을 못내 슬퍼하는 정이 이백의 신묘한 수법으로 말 밖에 함축적으로 잘 드러나 있다고 본 것이다.

그런가 하면 이덕무는, 자신을 전송하면서 지은 "확 트인 가을 하늘 술들기도 좋은데, 깊은 정 떨치고서 어찌 그리 서두는가. 맑은 햇살 실바람 불어오는 시냇머리에 서서, 웃으며 단풍잎 부여잡고 돌아서길 망설이네."라고 한 시를 보면서, 마음이 통하는 사람끼리 며칠 동안의 만남에서 이제 헤어져야 하는 시간에 서로 웃는 얼굴이긴 하지만 뿌리치고 떠나야 하는 사람이나 그래도 보내기 싫어 행여나 하는 마음으로 애태우는 사람이나 모두 선뜻 발길 돌리지 못하는 석별의 정이 가슴 가득 전해지는 그 시를 보면서, 석별의 정이 너무나 연연하여 서운해 하고 무료해하는 의미가 말 밖에 넘쳐나고 있다고 하여 표현해 놓은 시어로는 다 나타내지 못한 아쉬운 작별의 정이 끝없이 번져나고 있다고 평가하였다.[29] 서운하고 아쉬운 이별의 정을 가을 하늘, 술, 맑은 햇살, 실바람, 시냇머리, 단풍잎 등에 기탁하여, 직설적으로 드러내어 나타내지 않고 은밀하게 숨겨서 함축적으로 표현함으로써 넘치는 이별의 시정을 무한한 의미로 담아내었다고 느꼈던 것이라고 하겠다.

이렇게 중국 시와 시학의 수용과 변용 과정에서 필연적으로 형성될 수밖에 없었던 개념의 시, 정신의 시가 바탕이 된 의미 지향의 우리 시학의 전개 과정에서 설의의 어려움을 직시하고 시 의미의 함축성에 주목하여 언외의의 시세계를 중시하였던 시론의 양상들을 정리해 보았다. 그리하여 의미 설정의 어려움을 인식하고 그 중요성을 강조하면서 특히 언외의의 함축미 구현에 깊은 관심을 보여주었던 것이, 우리 고전 시학의 전개과정에 나타난

其無限危難之之意 溢於言外(申景濬, 『詩則』).

29 歲丙申秋 余與朴在先會心溪 于潮村宗人和仲家 淹留數日 余將先歸 在先與心溪 送我于溪頭 各賦詩 心溪詩曰 秋空寥廓好含盃 拂袂高情爲底催 晶日慢風溪口路 笑攀黃葉且歸來 惜別戀戀 惆悵無聊之意 溢於言外(李德懋, 『淸脾錄』 卷2, 〈心溪〉).

시론의 양상들 가운데서 큰 몫을 차지하고 있음을 알 수 있었다.

3. 의미 중시의 시평

시의 의미를 중시하고 설의의 어려움을 피력하면서 언외의의 함축미를 추구해온 우리 시인 비평가들이 시평의 실제에서는 의미 중시의 관점을 어떻게 전개하고 있는지에 대하여 살펴보도록 하겠다. 앞에서 이규보는 시의 의미를 중시하면서 시의 의미를 효과적으로 설정하기 위해 구상하는 설의의 어려움을 역설하였는데, 시의 평가에서도 역시 그러한 관점을 보여주었다.

이규보는 〈위심시희작(違心詩戲作)〉 12구를 짓고 나서, 대체적으로 세상 모든 일이 마음대로 되지 않는 것이 시의 내용과 같은데 작게는 일신의 영화롭고 메마르고 고생스럽고 즐거운 일이나 크게는 집안과 나라의 편안하고 위태하고 다스려지고 어지러운 일들이 마음대로 되는 것은 거의 없으니, 이 시에서는 비록 그 작은 것을 말했으나 그 뜻은 진실로 큰 것에 비유한 것이라고 하였다.[30] 여기서 이규보는 시평의 중심을 시의 의미 파악에 두고 있음을 보여주었다. 사람이 예나 이제나 세상을 살아가다보면 마음대로 되는 일이 그 얼마나 되겠는가? 실없이 희롱으로 쓴 시라고 제목하면서 일신상의 자질구레한 일들을 소재로 세상일이 뜻대로 되지 않음을 노래하였지만, 실제로는 집안과 나라의 큰일에 비유하는 의미를 나타낸 것이라고 하였다. 이렇게 이규보는 일신상의 작은 일들이 마음대로 되지 않는 것이 많다고 한 데서 그치지 않고, 시의 의미를 무한히 확장시켜 집안과 나라 일에 있어서야 더 말할 나위도 없음을 말해주고 싶었던 것이다.

---

30 余嘗有違心詩十二句 (…) 大抵萬事之違於心者類 如是 小而一身之榮悴苦樂 大而家國之
安危治亂 莫不違心 拙詩雖擧其小 其意 實在於喩大也(李奎報, 앞의 책).

사실 시의 의미를 중시하는 시평 전개의 바탕에 중국 시학의 출발 단계에서 보여준 공자(孔子)의 시관이 자리하고 있음은 주지의 사실이다. 공자는 상문(尙文)정신에 바탕을 두고 시의 현실성에 주목하였다. 그리하여 시는 도덕적 의지 또는 감정을 감흥시키고, 풍속의 성쇠를 관찰하게 하며, 여럿이 한 곳에 모여 살면서 학문과 덕행을 힘써 닦아나가게 하고, 지배층의 정치를 풍자하게 한다고 하였다. 그리고 가깝게는 어버이를 섬기고 나아가서는 임금을 섬기는 도리를 시에서 배울 수 있으며, 또한 시로써 새나 짐승, 풀, 나무들의 이름도 많이 배우게 될 것이라고 하였다.[31] 그리고 그 나라에 들어가면 교육의 정도를 알 수 있는데, 그 사람됨이 온유돈후(溫柔敦厚)하면 시교(詩敎)가 이루어진 것이라고도 하였다.[32]

이렇게 보면 공자는 시가 현실 생활을 반영하고 지도층에 대해 풍자하며 교육의 수단으로 사람을 교화한다고 하였다. 정치와 교육의 수단으로서의 시의 기능에 주목하였던 것으로 보인다. 결국 시의 의미에는 그렇게 흥관군원(興觀群怨)의 내용을 담아야 하고, 사부(事父) 사군(事君)의 내용과 함께 지식을 함양할 수 있는 내용을 담아 전달해야 한다고 보았던 것이다. 그리고 이러한 의미를 지닌 시에 대한 교육이 제대로 이루어지면 사람 됨됨이를 온유돈후하게 만들 수 있다고도 하였다.

이러한 점은 정치의 득실을 바로잡으며 천지를 움직이고 귀신을 감동시키는 데는 시보다 가까운 것이 없다고 하면서 先王들이 시로써 부부의 도리를 바로잡고, 효도하고 공경하는 마음을 이루어주며, 인륜을 두텁게 하고, 민풍의 교화를 아름답게 해나가고, 풍속을 선한 데로 옮겨가게 하였다고 한 『시경(詩經)』〈대서(大序)〉의 내용과도 통한다.[33] 바로 시가 개인의 덕성

---

31 詩可以興 可以觀 可以羣 可以怨 邇之事父 遠之事君 多識於鳥獸草木之名(『論語』,〈陽貨〉).

32 入其國 其敎可知也 其爲人也 溫柔敦厚 詩敎也(『禮記』,〈經解〉).

33 故 正得失 動天地 感鬼神莫近於詩先王以是 經夫婦 成孝敬 厚人倫 美敎化 移風俗(『詩經』,〈大序〉).

에 영향을 끼쳐야 하며, 정부에 대한 백성들의 감정을 반영해야하고, 사회악을 고발해야 한다는 것이다. 따라서 시의 의미에는 그러한 내용들이 담겨야 한다는 생각인 것이다. 공자의 시에 대한 생각과 다르지 않음을 알 수 있다.

한편 맹자는, 그 사람의 시를 외우고 그 사람의 책을 읽고서도 그 사람을 모른다고 하는 일이 가능한가라고 묻고 이로써 그 세상을 논할 수도 있다고 하여,[34] 인간 삶의 표현이며 인생관 세계관 등의 반영이기도 한 시의 의미가 곧 그 사람의 인격이나 됨됨이를 파악하게 하는 데에 기본 바탕이 되는 것이라고 하였다. 그리고 시를 설명하면서 문자에 얽매여 사구(辭句)의 의미를 방해하지 말아야 하며, 사구에 구속되어 시인의 뜻을 해쳐서는 안 되며, 스스로의 경험을 토대로 한 마음속의 생각으로 시인의 마음 그 작가정신의 실체에 다가가야 한다고도 하였다.[35] 이는 객관적인 시 연구나 이해의 방법은 아니지만 주관적 경험을 통하여 시인의 마음에 직통함으로써 시의 의미를 이해하는 방법을 제시한 것이다. 이렇게 보면 맹자도 시의 이해와 평가에 시의 의미가 중시되어야 함을 분명하게 언급하였다고 할 수 있겠다.

이러한 생각은 주자(朱子, 1130~1200)에게도 이어져 있는데, 그는 무릇 시의 말이 착한 것은 사람의 착한 마음을 감발할 수 있고 악한 것을 말한 것은 사람의 상도(常道)를 벗어난 뜻을 징계할 수 있으니, 시의 쓰임이 사람으로 하여금 성정의 바른 것을 얻게 하는 데에 돌아갈 따름이라고 하였다.[36] 결국 시의 의미는 성정의 올바름을 얻을 수 있게 하는 내용으로 채워져야 함을 강조하고 있는 것이다.

이와 같은 견해들은 우리 시학에도 그대로 영향을 미쳐 조선 후기에 이르기까지 이어지고 있음을 볼 수 있다. 그리하여 정약용은 시의 근본이 부

---

34 頌其詩 讀其書 不知其人 可乎 是以論其世也(『孟子』, 〈萬章〉 下).

35 說詩者 不以文害辭 不以辭害志 以意逆志 是爲得之(위의 책, 上).

36 凡詩之言 善者 可以感發人之善心惡者 可以懲創人之逸志 其用 歸於使人得其情性之正而已(『論語』, 〈爲政〉의 '思無邪'라는 문구의 集註 내용이다.).

자·군신·부부의 윤리를 세우는데 있으며, 그 다음은 세상을 걱정하고 백성을 구제하는 데 있다고 하였다.[37] 또한 임금을 사랑하고 나라를 걱정하지 않은 것은 시가 아니며, 찬미하고 풍자하며 권선징악하지 않은 것은 시가 아니라고 하였다.[38] 정약용은 이렇게 시의 근본과 시의 의미를 강조하면서, 바로 그러한 내용들이 시의 의미에 담겨야 함을 역설하였던 것이다.

이렇게 보면 공자 이후 중국 시학의 영향을 이어내린 우리의 고전시학에서도 시의 의미를 중시하고 그러한 시의 의미에는, 시의 현실성에 바탕을 두면서 개인의 덕성을 연마하여 온유돈후한 성정의 올바름을 얻게 하고, 정치적으로 풍자하며, 사회악을 고발하는 내용들이 담겨야 한다는 점을 깊이 인식하고 있었다고 할 수 있다. 그리하여 정약용은 시의 의미에 바로 그러한 내용이 담겨 있지 않으면 시가 아니라고까지 하였으니, 시에는 그러한 내용이 담겨 있어야 한다는 것을 절실하게 강조한 셈이 될 것이다. 이는 또한 중도경문(重道輕文) 정신의 바탕위에 성정 순화와 풍교의 교훈의 측면에서 시의 본질을 이해하고자 하였던 시인 비평가들의 공통적인 생각이었다고 보아야 할 것이다.

중도경문 정신의 핵심은 중국 시학에서 문이 도를 싣는 그릇이라고 판단한 데서 강조되어 나타나 있다.[39] 그리하여 우리의 시학에서도 문장이 도를 싣는 그릇이라는 견해를 그대로 이어받으면서[40] 문장을 도가 가득 찬 그릇이라고 하는가 하면,[41] 문장은 도를 근본으로 하는데 도의 편정(偏正)에 따라 문장도 그것을 따른다고 하는 등등의[42] 견해를 보여 그것이 조선 후기에 이르기까지 대다수 우리 문인들의 보편적인 문학관으로 자리 잡아 왔음을 보여준다.

---

37 凡詩之本 在於父子君臣夫婦之論 (…) 其次憂世恤民(丁若鏞, 앞의 책, 권21, 〈示兩兒〉).
38 不愛君憂國 非詩也 不傷詩憤俗 非詩也 不有美刺勸懲之義 非詩也(위의 책, 〈寄淵兒〉).
39 文所以載道也(周敦頤, 『周濂溪集』 卷6, 「通書」 2, 〈文辭〉).
40 文者 載道之器(南公轍, 『金陵集』 卷10, 〈與沈釋敎象奎書〉).
41 夫文章器也 道盛乎器者也(徐命膺, 『保晚齋集』 卷6, 〈答李夢瑞獻慶書〉).
42 文章本於道德 道有偏正 而文亦隨之(洪良浩, 『耳溪集』 卷16, 〈御定八家手圈跋〉).

여기서 일컫는 재도(載道)의 도(道)가 유학의 도를 지칭한다는 것이 통념이지만, 문장에 나타난 도의 의미를 확장시켜 일반적으로 작품에 표현된 작가정신의 총화를 지칭하는 것으로 볼 수도 있을 것이다. 그리하여 허균이 삼대(三代)의 육경(六經)인 성인의 책과 황제와 노자 및 제자백가의 글들이 모두 도를 논한 것이어서 그 문장이 깨우치기 쉽고 또한 고상하고 우아하다고 한 글에서 보다시피,[43] 작가가 표현해낸 작가정신의 정수들이 모두 도라고 할 수 있겠다. 바로 작가 정신의 정수로서의 도가 작품의 의미로 작품에 표현되어 전달되는 것이다.

그럼에도 불구하고 재도적 문학관의 흐름 속에서 재도의 도는 여전히 유학의 도로 인식되어 왔으며, 또한 그러한 문학적 분위기 속에서 시인 비평가들이 시의 본질을 성정 순화와 풍교의 교훈에서 찾는 데에 관심을 기울인것은 쉽게 짐작되는 일이라 하겠다. 그리하여 우리 시인들의 시정신이 기본적으로는 이렇게 유학적 이념을 구현하는 데서 벗어날 수 없었다고 볼 때, 그들이 시 속에 담고자 하였던 도는 성정 순화와 풍교의 교훈의 바탕에서 이해될 수 있을 것으로 생각된다.

시가 성정의 표현이고 풍교를 지향하는 것임은 중국 시학에서 오랜 전통으로 이이 내려온 것이다. 시는 마음이 흘러가는 바를 적은 것으로, 마음속에 있으면 지라고 하고 말로 표현하면 시가 되는데 정이 마음속에서 움직일때 시인은 그것을 말로 표현한다고 한 것을 비롯하여,[44] 시는 성정을 읊는것이라고[45] 언급하는 등의 내용 전개에서 성정과 그 순화에 관심 기울인 그들의 생각을 찾아볼 수 있다. 그리고 풍(風)으로써 움직여나가고 교(敎)로써 화(化)해 나가는[46] 곧 백성을 강풍으로 움직여 어질게 다스리고 백성을

---

43 三代六經聖人之書與夫黃老諸子百家語皆爲論其道 故其文易曉而文自高雅(許筠, 『惺所覆瓿藁』 卷12, 「文部」 9, 〈文說〉).

44 詩者 志之所之也 在心爲志 發言爲詩 情動於中 而形於言(『詩經』, 〈大序〉).

45 詩者 吟詠情性也(嚴羽, 『滄浪詩話』).

46 風以動之 敎以化之(子夏, 앞의 글).

착하게 이끌어 아름다운 풍속을 이루도록 가르쳐 변화시킨다는 데서 비롯된 풍교의 중요성은 결국 앞에서 언급한 공자의 생각 곧 온유돈후한 시교가 실현되고 성정이 순화되어 민중의 교화가 이루어져야 한다는 생각과 맥락을 같이하는 것이다. 그것이 바로 중국 시학의 큰 줄기를 형성하게 된 효용성에 바탕한 시관이라 할 수 있겠다.

이러한 중국 시학의 흐름을 받아들이면서 우리 시학에서도, 시는 성정을 나타내는 것이라고 하면서,[47] 시가 성정에서 나오지 않거나 풍교에 관계되지 아니하며 선이건 악이건 사람을 권장하거나 징계할 것이 못된다면 모두 취하지 않을 것이라고도 하였고,[48] 시는 풍교와 관련이 있는 것으로서 단지 사물이나 경색을 읊어서 되는 것은 아니라고 하였으며,[49] 시는 교화하는 것이니 힘써 의미를 전달해야 한다고 하는[50] 등에서처럼, 시의 본질을 성정 순화와 풍교의 교훈 측면에서 이해하려고 하는 관점들이 강하게 나타나 있음을 알 수 있다.

이렇게 도를 실어 전달하고자 하는 재도적 문학관이 보편화된 여건에서, 성정 순화와 풍교의 교훈을 시의 의미로 설정하여 독자를 시교가 이루어진 온유돈후한 풍속으로 이끌고자 하였던 시인들의 지향은 고전 시학의 하나의 큰 흐름을 이루었던 것으로 보이는데 그것은 어쩌면 당연한 귀결이었다고도 생각된다. 그러면서 시의 평가에서도 시의 의미 파악에 주력하였음을 보여주었다.

사실 시의 의미를 중시하는 시평의 실제에서 사용된 비평 용어들은 다양하게 나타나 있다. 물론 시의 의미는 평자들에 의해 각양각색으로 평가되겠지만, 일단 시를 평가하는 기준이나 방법의 범주 안에서 보편적으로 활용된

---

47 詩以道性情(李宜顯, 『陶谷集』 卷27, 「雜著」).

48 其所作 苟非發於性情 而關於風敎 善與惡 不足以勸懲人 則皆在所不取(成三問, 〈八家詩選序〉, 『東文選』).

49 詩關風敎 非直詠哦 物色耳(柳夢寅, 『於于野談』).

50 詩者敎也 務在達意(李瀷, 『星湖先生全集』 卷50, 〈石隱集序〉).

용어들을 살펴 정리해볼 수는 있을 것이다.

우선 시의 의미를 중심으로 하는 작품의 됨됨이를 일컫는 의격(意格)이나, 시 또는 시구에 나타나는 시 의미의 경지나 경계를 뜻하는 의경(意境)은 시에 나타난 의미의 전체적인 격조나 경지를 판단할 때 활용된 용어라고 할 수 있다. 그리고 작시의 방법적 측면에서 입의는 시 또는 시구에서 시인이 나타내려는 의미를 세워 확정하는 것을 뜻하고, 설의는 시인이 나타내려는 의미를 효과적으로 설정하기 위해 의미를 구상하는 것이라 할 수 있다. 기의는 시인이 나타내려는 의미를 시의 어느 부분에 의지하듯 부치는 것을 뜻하고, 각의는 시인이 표현하려는 의미를 조각하듯 새기고 다듬어 나타내는 것을 뜻하며, 연의는 시인이 나타내려는 의미를 쇠를 불에 달구고 식히고 두드리며 연마하듯이 적절한 의미를 이루어내기 위해 단련하는 것을 뜻한다. 그리고 넓은 뜻으로 시에 시인의 생각을 나타내는 것을 뜻하는 용어로는 시인이 의도적으로 어떤 의미를 부리어 쓰는 용의와 이름 지어 부치듯 시인의 생각을 나타내 보여주는 것을 뜻하는 명의를 들 수 있다. 이들 용어들은 시 작법에서 시인이 시의 의미를 어떻게 활용하여 표현하였는가를 평가할 때 쓰인 것으로 보인다.

한편 시평의 실제에는 다양한 용어들이 활용되고 있는데, 언원이의심(言遠而意深), 어의웅심(語意雄深), 의태노건기절(意態老健奇絶), 함축심후지의(含蓄深厚之意), 함축불로지의(含蓄不露之意) 등등 시 의미의 이모저모를 감상 품평한 결과로 나타난 다양한 용어들을 찾아볼 수 있다.[51] 이외에도 시의 의미를 자세하게 풀어 설명하면서 시평에 임한 용어들은 시인이나 비평가들의 관점에 따라 각양각색으로 실로 다각도에서 다양한 모습으로 나타나 있다. 그리하여 시평의 실제에 사용된 이러한 용어들을 살펴보면, 시평의식이나 작가론, 작품론 등의 시평의 전개 과정에서 시의 의미를 중시하여

---

51 정요일, 「문학 본질론류 용어로서의 의와 기의 개념」, 『한문학의 논리』(일조각, 2009), 511~519면 참조.

시평에 임한 내용이 다수를 차지하고 있음을 볼 수 있다.

그리고 중국 시학에서 시론을 분류한 경우에서도 보면, 시의 의미와 관련하여 본원(本原), 법칙(法則), 식해(識解), 명의(命意), 조구(造句), 연자(練字), 용사(用事), 함축(含蓄), 피기(避忌), 품평(品評)의 10항목에서 모두 1307칙(則)의 시론을 모아놓았는데, 이는 전체 내용이 체(體)와 성(聲)을 포함해 22항목에서 2011則의 시론으로 구성되어 있는 점에 비추어 볼 때, 의미 중심의 시론의 내용이 65%에 달하고 있음을 알 수 있다.[52] 그만큼 중국 시학의 경우에도 시의 의미에 대한 논의가 시론과 시평의 중심을 차지하고 있었다고 할 수 있겠다.

이렇게 보면, 우리의 한시가 개념의 시, 정신의 시의 틀 안에서 시의 의미 창출에 노력해왔음을 생각할 때, 우리 시학의 전개에서 체와 성에 대한 논의에 비해 시의 의미에 대한 논의가 주를 이루었을 것으로 충분히 짐작할 수 있을 것으로 보인다. 그리하여 시의 의미를 중시하고 그 의미 탐색에 주력한 시평의 양상은 여조 이래 조선조에 이르기까지 시평 전개의 주조를 이루고 있었음을 찾아볼 수 있다. 이에 몇몇의 시평의 예를 찾아 직접적으로 시의 의미에 초점을 맞추어 논의를 펼친 시평 내용의 중요한 줄거리를 살펴보도록 하겠다.

최자는 시를 평가함에 있어서 먼저 기골(氣骨)과 의격(意格)으로써 하고 그 다음에 사어(辭語)와 성률(聲律)로 한다고 하였다.[53] 또한 시문은 기를 위주로 하는데, 기는 성에서 발하고 의는 기에 의지하며 말은 정에서 나오므로 정이 곧 의라고 하였다.[54] 결국 최자는 인간 성정의 표현인 시의 본바탕을 의에서 찾았던 것으로 보인다. 그리고 재(才)가 정을 이기면 아름다운

---

52 朱任生, 『詩論分類纂要』(臺灣商務 印書館). 본문의 내용이 비록 한 편의 시론 분류 성과를 바탕으로 한 것이긴 하지만, 그것이 중국 시학의 전체적 흐름을 짐작하는 데에 부족함은 없을 것으로 생각된다.

53 夫語詩者 先以氣骨意格 次以辭語聲律(崔滋, 『補閑集』 卷下).

54 詩文以氣爲主 氣發於性 意憑於氣 言出於情 情卽意也(위의 책, 권中).

736 제4부 시학의 광장에서 길을 찾다

의미는 없으나 말은 오히려 원숙하고, 정이 재를 이기면 말은 경솔하고 촌스러우나 아름다운 의미가 있음을 몰랐던 것이다. 그러므로 정과 재를 아울러 얻은 뒤에라야 볼만한 시가 이루어질 것이라고 하였다.[55] 위에서처럼 정이 곧 의라고 본다면, 재는 시어를 다듬는 표현 기교라 할 수 있을 것이다. 이처럼 최자는 볼만한 시가 되기 위해서는 아름답고 훌륭하고 좋은 의미와 원숙하면서 경솔하거나 촌스럽지 않은 시어가 조화를 이루어야 한다고 하였다. 그러나 그렇게 잘 다듬어진 시어와 표현기교도 결국은 아름다운 의미를, 그 시의 본바탕을 부각시키는 데 기여할 수 있어야 한다는 것이 대체적인 그의 생각이었던 것으로 보인다. 그리하여 최자는 시평에 있어서 시의 표현 문제에 관심을 표명하면서도 전체적으로 시의 의미를 중시하는 태도를 보였다고 할 수 있겠다. 시평의 실제에도 그러한 점은 잘 나타나 있다.

최자는, 이지심(李知深)의 시 "하늘과 바다 끝이 없으니, 아득하니 볼수록 끝이 없네. 사방 천 리가 다 보이고, 6월인데 9월 바람처럼 서늘하네. 그 묘함 그림으로도 그릴 길 없고, 글로도 제대로 표현할 길 없네. 다만 날개가 돋친 듯, 내몸 허공에 떠 있는 듯하네."를 두고 사람들이 시어가 애써 다듬은 흔적이 없고 기상이 호탕하며 의미가 활달하다고 평가하였음을 밝히고, 각각 시어 10자 가운데서 '무제(無際)'와 '불궁(不窮)', '망불궁(望不窮)'과 '천리목(千里目)'의 경우처럼 시어들의 의미가 서로 중첩된 듯하지만 읽다보면 중첩된 의미가 있음을 알 수 없다고 하여[56] 시평의 실제에서 의미를 중시하고 있음을 보여 주기도 하였다.

또한 정지상의 시 "돌머리에 선 소나무는 한 조각달에 늙어있고, 하늘과 구름은 천 점 산에 낮았네."를 두고, 시의 의미가 청아하고 절묘함을 사랑

---

55 夫才勝其情 則雖無佳意 語猶圓熟 情勝其才 則辭語鄙靡而不知 有佳意 情與才兼得 而後
其詩有可觀(위와 같음).

56 李學士知深 題豊州城頭樓云 天與海無際 茫茫望不窮 四方千里目 六月九秋風 圖畫應難
妙 篇章豈得工只疑生羽翼 身在大虛中 時人以此聯 言不雕鑿 而氣豪意豁 雖然十字中 言無際
又言不窮 或上言望不窮下言千里目 似乎意疊 而讀之 不知有相疊之意者(위의 책, 권上)

하여 때로 읊으며 즐겼다고 하였다. 그리고 이 시와 시적 분위기가 비슷한 변산의 불사의방(不思議房) 뒤 봉우리에 올라 그 묘경을 실제로 느끼고 나서야, 정지상이 이루어낸 득의의 경지를 이해하고 그 시의 의미가 진실됨을 확인하기도 하였다는 것이다.[57] 최자는 이렇게 의미 중시의 시평에 이어 위의 시와 유사한 시적 분위기를 직접 경험하여 이해함으로써 정지상이 창출한 시세계에 접근하여 시 의미의 진실됨을 터득하였다고 밝혔다. 이 외에도 최자는 『보한집(補閑集)』에서 시의 의미를 중시하여 시평에 임한 시화들을 많이 보여 주고 있다.

한편 이제신(李濟臣, 1536~1584)은, 김시습(金時習, 1435~1493)이 서거정의 청으로 〈강태공조어도(姜太公釣魚圖)〉에 "비바람 스산하게 낚시터를 스치고, 위수의 고기와 새는 이미 세속의 일 잊은 듯. 어찌하여 늘그막에 풍운의 장수 되어, 백이숙제로 하여금 고사리 캐다 굶어 죽게 하였는가?"라고 제시하였는데, 그 시에는 풍자하는 의미가 나타나 있어서 서거정이 보고 한참 잠자코 있다가 "그대의 시는 바로 나의 죄목이오."라고 말했다는 일화를 전했다.[58] 결코 역사에 무심할 수 없었던 지식인의 자세로 김시습은 지난 역사 속의 인물들을 추상하며 강태공(姜太公)과 백이(伯夷) 숙제(叔齊)의 고사를 용사(用事)하여 당대의 세상 현실을 풍자하였던 것이다. 그리하여 그 그림이 서거정에게는 어울리지 않음을 드러내었기에 그 시의 풍자적 의미가 자신의 죄목이라고 하며 서거정이 안타까운 심정을 토로하였다는 것이다. 이제신의 시 내용의 풍자적 의미에 주목하여 시평에 임했음을 보여준 예이다.

그리고 유몽인은, 김안로(金安老, 1481~1537)가 동호(東湖)에 보락당(保

---

57 鄭舍人知常 題八尺房云 石頭松老一片月 天末雲低千點山 予嘗愛其辭意淸絶 時時吟翫 及爲全羅道按廉 當二月生明 登邊山不思議房後峰 傍有老松撓天 新月隱映 下望平原 際天衆山 如炙注尖抹雲烟 忽憶鄭公詩 沈吟咀嚼 以爲不到此境 安知鄭公得意處也(위와 같음).

58 金悅卿 落拓不遇 詩文 極高 徐達城 嘗一邀致 出姜太公釣魚圖 請題 卽書一絶云 風雨蕭蕭拂釣磯 渭川魚鳥已忘機 如何老作鷹揚將 空使夷齊餓采薇 其詩有諷意 達城見之 默然良久 曰 子之詩 吾之罪案也(李濟臣,「淸江詩話」).

樂堂)이라는 정자를 짓고 신광한(申光漢, 1481~1555)에게 시를 지어달라는 부탁을 하였는데, 그 시에 기롱하고 풍자하는 의미가 많이 포함되어 있다고 하였다. 그는 각 연이 지니고 있는 풍자적 의미를 언급하면서, 그 시의 글귀마다 깊은 뜻이 있어서 천년 뒤에도 군자의 마음을 환하게 드러내 보여줄 것이라고 평가하였다.[59] 이처럼 유몽인은 시구마다 부여된 의미를 분석한 다음 그 감상의 결과로 신광한의 시가 전체적으로 기롱과 풍자하는 의미가 많이 포함되어 있다고 평가하였던 것이다. 그리하여 시의 의미를 중시하여 시를 평가하는 전형적인 하나의 예를 보여주었다고 하겠다.

신흠도 시의 의미를 중심으로 그 핵심을 찾아 평시에 임했는데, 임억령(林億齡, ?~1568)의 절구가 세상을 흘겨보는 호방한 의미를 보여주었다고 하였고, 정철의 시 말구(末句)가 역시 기발하여 의미와 운치가 매우 좋게 되었다고 하였으며, 황정욱(黃廷彧, 1532~1607)의 시구가 뜻이 매우 격렬하다고 하는 등으로 시와 시구의 의미 파악과 분석에 집중하여 시를 평가하였던 것이다.[60]

한편 허균은 이색이 고려 말 어려운 처지에서 지은 시에 스스로 때를 잘 만나지 못한 것을 안타까워한 의미가 나타나 있다고 하였으며, 또한 자신을 비롯하여 아늘늘까지 귀양 가고 성노전(鄭道傳, ?~1398)을 비롯한 문인들까지 자신을 등지자 지은 시에는 시 첫머리에 스스로 아끼고 자부하는 자긍한 말은 있으나 의미는 대단히 거만하게 되었다고 하였다.[61] 허균 역시 이렇게 시의 의미를 중시한 평시 태도를 보여주었다고 하겠다.

그리고 임경도 기묘사화를 일으킨 심정(沈貞, 1471~1531)의 4대손 심노

59 近世 奸臣金安老 構新亭于東湖 扁曰保樂堂 求申企齋光漢詩 企齋 辭不獲 贈詩 (…) 其詩 多含譏諷 (…) 此詩 句句有深意 千載之下 可以暴白君子之心也(柳夢寅, 『於于野談』).

60 林石川億齡 (…) 嘗詠其一小絶 (…) 其睥睨豪橫之意 可見 鄭松江 (…) 又有贈人詩末句 (…) 亦秀拔 意致自好 黃芝川廷彧 深於文章 其詩句 (…) 意甚激烈(申欽, 『晴窓軟談』).

61 文靖 困於王氏之末 流徙播遷 門生故吏 皆畔而下石 公嘗作詩 (…) 蓋自傷其遭時不淑也 文靖 流竄于外 子種學種善 俱謫遠 而門人鄭摠鄭道傳 反公 不有餘力 公作詩 (…) 首句可矜 而意則甚倨(許筠, 『惺叟詩話』).

가 쓴 시를 두고, 대개 그 조상의 잘못을 뉘우치는 끝없는 한탄의 의미가 포함되어 있다고 하였다.[62] 그 역시 시의 의미에 바탕을 두고 시를 평가하는 데에 주력하였음을 알 수 있다.

또한 이익은 김극기(金克己, 고려 명종 때)의 〈황룡사(皇龍寺)〉 시에 대하여, 시가 외울 만하며 의미를 나타내 보여주는 솜씨도 기이한데 대개 세속을 분개하고 미워하는 작품이라고 평가하였다. 이렇게 시 전체의 의미를 나타내 보여주는 작시상의 명의(命意)하는 솜씨가 기이하다고 하면서 하늘에 부르짖어도 통하기 어렵다는 의미가 내포된 시구를 얻어낸 시적 성과에 대해 높이 평가하고, 시를 아는 자라야 제대로 그러한 까닭을 알 수 있을 것이라고 하였다.[63] 시구 하나 하나의 의미와 시 전체의 의미까지 살펴 시평에 임함으로써 의미를 중시하면서 시를 평가하였던 이익의 시평 태도를 알 수 있게 하는 내용이다.

이렇게 고려조의 이규보와 최자의 시평에서부터 조선조 후기 이익의 시평에 이르기까지 우리 시학의 전 과정에서 시의 의미 분석과 평가에 주력한 시평의 일단을 살펴보았다.

4. 의미 탐색의 작시 과정

의미 지향의 시학 양상을 시론과 시평의 측면에서 살펴보았는데, 이제 실제 작시 과정에서 시의 의미를 더듬어 찾아가는 시인들의 노력에 대한 비평가들의 생각을 살펴보도록 하겠다.

작시 과정은 무엇에 대하여 쓸 것인가 하는 주제 설정에 대한 관심에서

---

62 沈貞 作己卯士禍 (…) 其四代孫魯 逍遙亭 感古詩一聯 (…) 蓋追其先愆 有無限歎嘅底意 (任璟, 앞의 책).

63 比篇可誦 命意又奇 蓋憤世疾俗之作也 貴勢崇高 人不敢那 而貧賤固窮 反受其毒 至凡骨失路之語 有籲天難徹之意 唯知者知其然耳(李瀷,『星湖僿說』卷28,〈金克己詩〉).

출발한다고 할 수 있다. 다시 말해서 시적 주제 곧 시의 의미를 찾아 누구나 공감할 수 있게 하려는 의미 탐색의 과정이 곧 작시 과정의 출발점이 되는 것이다. 물론 작시에 있어서 일정한 과정이나 순서가 따로 있는 것은 아니지만, 그렇게 의미를 탐색하여 무엇에 대하여 쓸 것인가에 대한 생각을 구체화한 다음 내용의 전개나 표현 형식 등의 구성을 생각하여 구상을 구체적으로 진행하게 되면 바로 시 창작의 단계에 접어들게 되는 것이다. 시를 쓰려고 하는 마음, 쓰고 싶어지는 마음 그러한 마음으로 무엇에 대하여 쓸 것인가 하는 의미 탐색의 과정을 지나 어떻게 쓸 것인가 하는 구상의 단계를 거쳐 시 창작의 과정에 이르게 된다는 말이다. 그러한 시 창작에 있어서 우리 비평가들은 작시 과정의 첫 단계라고 생각되는 의미 탐색에 관심을 기울여 왔다. 그리하여 개념의 시, 정신의 시를 지향했던 시학적 여건 속에서 시 의미의 중요성을 역설하였던 이규보는 작시 과정에서의 의미 탐색에 주목하였다.

이규보는 이렇게 "시 짓기가 무엇보다도 어려우니, 말과 뜻이 함께 아름다워야 하네. 함축된 뜻이 진실로 깊어야, 음미할수록 맛이 더욱 알차네. 뜻이 서도 말이 원만하지 못하면, 난삽하여 뜻을 전하기 어렵다네. 그 중에 뒤로 여겨도 될 것은, 아로새겨 곱게 수미는 것일세. 꽃답고 고운 것을 어찌 꼭 마다하리, 이 또한 사뭇 정신을 써야 한다네. 꽃을 잡느라 열매를 버리니, 이로써 시의 본래 뜻을 잃는다네."[64]라고 작시의 어려움을 노래하면서, 시의 의미가 시어와 함께 아름답게 표현되어야 한다고 하였다. 또한 음미할수록 맛이 알찬 함축된 의미와 원만한 말로 전해지는 의미를 강조하면서, 시의 의미 전달에 도움이 되지 못하는 시어를 아로새겨 곱게 꾸며서 꽃답고 고운 시로 표현하는 일은 의미 설정 다음의 문제임을 분명히 하였다. 의미의 아름다움이 말의 아름다움보다 우선이라는 뜻이다. 그리하여 표

---

64 作詩尤所難 語意得雙美 含蓄意苟深 咀嚼味愈粹 意立語不圓 澁莫行其意 就中所可後 雕刻華艶耳 華艶其必排 頗亦費精思 攬華遺其實 所以失詩旨(李奎報, 「東國李相國集」, 後集, 권1, 〈論詩〉).

현의 아름다움에 신경 쓰느라 시 본래의 아름다운 의미를 잃어서는 안 된다고 하였던 것이다. 이렇게 의미를 탐색하여 시의 의미를 설정하고 내용을 구상하는 일이 표현 방법 등의 구상보다 앞서야 한다는 것을 이규보는 분명하게 제시하였던 것이다.

작시 과정에서 표현보다 의미를 앞세우는 이러한 생각은 중국 시학의 경우에도 마찬가지다. 백거이는 시를 쓸 때는 마땅히 정밀하게 탐색하여야 하는데, 말은 남아도는데 그 속에 담아내는 지혜는 이미 바닥이 나버려서는 안되며, 반드시 말은 다함이 있어도 의미는 멀리 번져나게 해야 한다고 하였다.[65] 작시 과정에서는 마땅히 정밀한 의미 탐색이 필요함을 강조한 것이다. 그리하여 말은 다했어도 의미는 다하지 않는 언외의의 함축미를 얻는 데에도, 의미의 탐색이 바탕이 됨을 일러준 것이라 하겠다.

역시 당(唐)의 서인(徐寅)도, 시를 지으려면 반드시 탐색하는 정신이 있어야 하며, 시구를 얻기 전에 먼저 시의 의미를 형상에 앞서서 가다듬고 형상이 시의 의미를 따라 생겨나게 해야 뛰어난 시인이 된다고 하여, 뛰어난 시인이 되는 길은 시의 의미 탐색에 주력하는 것임을 밝혀놓았다.[66]

송대(宋代)의 위경지(魏慶之)는, 작시에는 반드시 시인의 생각을 제대로 나타내 보여주어야 하며, 시의 의미가 바로 정해지면 시의 구상이 이루어지고 그런 연후에 운을 골라 사용하면 마치 종을 부리듯 시를 쓸 수 있다고 하였는데,[67] 이는 곧 의미를 세우고 구상한 다음 표현 기교나 체나 성의 문제를 해결해야 한다는 뜻이라고 볼 때, 역시 작시 과정에서 시의 의미를 설정하여 시인의 생각을 제대로 나타내는 것이 가장 우선임을 말한 것이라고 하겠다.

이렇게 중국 시학에서도 작시 과정에서 의미의 탐색을 중시하고 있음을 보았는데, 이러한 양상은 여조 이래 조선조 후기에 이르기까지의 우리 시학

---

65 爲詩宜精搜 不得語剩而智窮 須令語盡而意遠(白居易,「文苑詩格」).

66 凡爲詩須搜覓 未得句先須令意在象前象生意後 斯爲上手矣(徐寅,「雅道機要」).

67 作詩必先命意 意正則思生 然後擇韻而用 如驅奴隸(魏慶之,「詩人玉屑」卷6).

에서 보편적이었던 것으로 보인다. 홍석주는, 시는 기에서 나오고 정에서 나타나며 기는 하늘에서 나오고 정은 사람에게서 나오는 것인데, 하늘과 사람이 묘하게 감응하는 것이 시에 앞서는 것이 없다고 하였다.[68] 결국 시인은 작시 과정에서 선천적으로 타고난 기질과 기상을 갈고 닦는 것은 물론 후천적으로 습득해야 하는 정서의 함양에 정성을 기울여야 한다고 하였다. 그러면서 선천적 기질과 후천적 정서의 감응과 조화를 바탕으로 한 시를 쓰기 위해 노력하지 않고 수사나 표현에만 치중하는 작시 태도를 비판하였는데, 시를 기에서 구하지 않고 사(辭)에서 구하며 정에 맡기지 않고 수식에만 전념하여 자연의 소리를 얻지 못하게 되었다고 한 것이 그것이다.[69] 홍석주는 이렇게 기와 정, 하늘과 사람이 감응하여 조화를 이룬 시의 의미 그 자연의 소리를 시에 담고자 하였던 것이다. 그리하여 작시 과정에서, 시구를 아름답게 표현하는 것이나 화려한 수식 그리고 조탁에 의존하는 수사나 표현 기교 등의 문제 보다, 하늘과 인간의 조화로 빚어내어 자연스럽게 하늘의 움직임이 드러나거나 인간 세상의 진실이 묻어나는 시의 의미를 탐색하여 담아내는 것을 더욱 중시하였던 것이다.[70]

시의 의미 탐색 과정에서 김조순은, 시를 짓기 위해 고심하면 생각이 깊게 되고, 생각이 깊게 되면 이론이 해박해지며, 이론이 해박해지면 언어가 새로워진다고 하였다. 또한 언어가 새롭게 되고서도 중지하지 않고 노력하면 공교하게 되는데, 그러고서도 노력을 그치지 않으면 귀신도 두려워하게 할 수 있고 조화를 옮겨 나타낼 수도 있다고 하였다.[71] 이는 작시의 과정을 단계적으로 정리하여 보여준 것이라고 하겠는데, 이러한 '음고(吟苦) → 사심(思深) → 이해(理該)'의 단계는 시 의미의 구상과 탐색의 노력을 우선하고

---

68 夫詩奚出乎 出於氣 奚發乎 發於情 氣出於天 情出於人 天人之妙感 莫是先焉(洪奭周,『淵泉集』卷24,〈原詩〉,上).

69 不求諸氣而求諸辭 不任其情而滋其文 不得乎其自然之聲(위의 책,〈原詩〉,中).

70 雕琢者 必喪其實(위의 책,〈原詩〉,下).

71 夫吟苦則思必深 思深則理必該 理該則語必新 新而不已則工 工而不已 則可以懾鬼神 而移造化矣(金祖淳,『楓皐集』卷16,〈書金明遠眸讀園未定稿後〉).

있음을 보여준 것에 다름 아니다. 이어서 표현의 단계인 '어신(語新)'의 과정을 거친 다음에도 멈추지 않고 노력해야 좋은 시의 경지에 이른다고 하였는데, 이렇게 보면 김조순은 시의 의미를 탐색하고 그에 걸맞은 표현을 구사하면서 그러한 노력을 끊임없이 이어 간다면 귀신도 두려워하게하고 자연의 조화를 옮겨 나타낼 수 있는 시의 의미를 창출하여 비로소 좋은 시의 경지에 다다를 수 있음을 단계적으로 설명하였다고 할 수 있겠다.

한편 좋은 시를 쓰기 위한 과정에서 의미를 광범위하게 탐색하기 위해서는 내적으로 기본 바탕을 형성하는 준비 과정이 반드시 필요함을 언급하기도 하였다. 정약용은 시를 쓰려면 먼저 경전을 읽어 학문의 기초를 쌓은 다음에 과거의 역사 문헌들을 섭렵하여 치란흥망의 근원을 알아내는 한편 실천적인 학문에도 힘써 선배들의 경제에 관한 저서를 두루 살펴봐야 할 것이라고 하였다. 그리하여 자신의 마음이 언제나 백성들에게 혜택을 끼치며 만물을 보호 발육시키는 사상을 지녀야만 바야흐로 글 읽는 군자가 될 수 있을 것이라고 하면서, 그와 같이 된 연후에 안개 낀 아침이나 달 뜬 저녁 그리고 짙은 그늘이나 보슬비 내리는 때를 만나면 그 서려 있던 감흥이 솟아나고 생각이 표연히 떠올라 자연스럽게 읊조리고 자연스럽게 이루어져 천지자연의 소리로 유창하게 발현될 것인데, 그것이 바로 시 세계의 생동하는 경지라고 하였다.[72] 이렇게 작시의 길에서 내적으로 축적된 학문과 백성을 위한 경세제민의 따뜻한 마음을 바탕으로 쓰고자 하는 시의 의미를 탐색해야 자연스럽게 이루어진 생동하는 시의 경지를 이룰 수 있다고 하였던 것이다.

이는 중국 시학의 경우 섭섭(葉燮)의 생각에도 잘 나타나 있다. 그는 시를 짓는 사람은 앞서서 반드시 시의 기반을 갖추어야 하는데, 시의 기반이

---

72 必先以經學立著基址 然後涉獵前史 知其得失理亂之原 又須留心實用之學 樂觀古人經濟文字 此心常存澤萬民育萬物底意思 然後方做得讀書君子 如是然後或遇煙朝月夕 濃陰小雨 勃然意觸 飄然思至 自然而詠 自然而成 天籟瀏然 此是詩家活潑門地(丁若鏞, 앞의 책, 권21, 〈寄二兒〉).

란 바로 그 사람의 마음이라고 하였다. 마음이 있으면 성정과 지혜, 총명, 재주, 변별력 등이 거기에서 실려 나와, 만나는 일에 따라 마음이 생기고 생겨난 마음을 따라 의미가 성대해질 수 있다고 하였다.[73] 이렇게 작시의 기반을 마음에서 찾고, 거기에 실리는 성정, 지혜, 총명, 재주, 변별력 등이 곧 기반의 핵심 요소로 시의 의미 탐색의 기본 바탕이 된다고 하였으니, 위의 정약용의 생각과 멀지 않다고 할 수 있겠다.

청(淸)의 하세기(何世璂)도, 시를 짓기 위해서는 반드시 책을 많이 읽어 기를 기르고 명산대천을 두루 다녀서 안계(眼界)를 넓히며 마땅히 이름 있는 스승과 유익한 벗을 늘 가까이 하여 식견을 채워나가야 한다고 하여,[74] 작시 과정에서 의미 탐색에 앞서서 다독(多讀), 다력(多歷), 다친(多親)으로 기를 기르고 안계를 넓히며 식견을 길러야 함을 강조하였음을 볼 수 있다. 역시 정약용의 생각과 조금도 다르지 않은데, 정약용은 구체적으로 작시 과정에 대해 언급하기도 하였다.

그는 앞에서 인용한 시에서 '흥도(興到) → 운의(運意) → 의도(意到) → 즉사(卽寫)'의 작시 과정의 단계를 제시하였던 것이다.[75] 시를 쓰고자 하는 마음이 일어나면 곧 의미 탐색에 임하여 무엇을 쓸 것인가 하는 그 무엇에 대해 이리저리 다각도로 생각하게 되는데 그것이 시의 의미로 구체화되면 바로 시로 표현하고자 하였던 것이 그의 생각이었다. 그의 생각대로라면 작시 과정에서 시의 의미 탐색은 절대적인 비중을 차지하는 것임을 알 수 있다. 그가 이렇게 내면에 축적된 학문과 세상을 향해 열려 있는 마음의 토대 위에 의미 탐색에 주력하여 자연스럽게 이루어진 생동하는 시의 경지로 표현하여 쓰고자 하였던 시는, 결국 '나는 조선인, 즐겨 조선의 시를 지

---

73 我謂作詩者 亦必先有詩之基焉 詩之基 其人之胸襟是也 有胸襟 然後能載其性情智慧 聰明才辨以出 隨遇發生 隨生卽盛(葉燮,〈原詩〉).

74 爲詩 須要多讀 以養其氣 多歷名山大川 以擴其眼界 宜多親名師益友 以充其識見(何世璂,『然鐙紀聞』).

75 주 18) 참조.

으리'[76]라고 노래한 데서 보다시피 조선의 현실에서 빚어진 조선인의 마음이 깃든 조선시였던 것이다. 시의 의미 탐색의 귀결은 그에게 있어 조선인의 마음이 깃든 조선의 시였다고 할 수 있겠다. 그가 쓰고자 하였던 조선시는 시의 의미 탐색의 결과로 얻어낸 그의 진정에서 우러난 참다운 의미 곧 진의(眞意)의 결실이라 할 수 있겠다. 명(明)의 설선(薛瑄)도 시문은 진의를 위주로 한다고 하였는데,[77] 이렇게 보면 그들은 중국이나 우리의 시학에서 좋은 시를 쓰기 위한 과정에는 반드시 진의를 얻기 위한 의미 탐색의 단계가 필요함을 피력한 것이라 하겠다.

한편 중국의 섭섭(葉燮)도 작시의 실마리에 대해 이렇게 언급하였다. 그는 반드시 먼저 사물에 접촉하여 마음을 일으켜 의미를 탐색한 다음 그것을 시어로 표현하고 모아서 시구를 만들며 부연하여 한 편의 시를 이루어야 한다고 하였다. 또한 사물에 촉발된 바가 있어 흥취를 일으킬 때는 그 의미나 시어나 시구들이 허공을 가르며 생겨나니 이는 모두가 무(無)에서 유(有)가 되는 것이고 현재에 있는 것을 따라서 마음으로 거두어들이는 것이라고도 하였다. 그러므로 그것이 시에 표현되면 감정이나 경물이나 인사(人事)를 각각 묘사한 것이 되기도 한다고 하였다.[78] 이로 보면 그가 밝힌 작시의 실마리도 역시 의미 탐색의 결실로 얻어낸 시의 의미에서 찾아지는 것이라 하겠다. 그 결과로 시에 표현된 것은 감정이나 경물이나 인사를 묘사한 것 그 어떤 것이라도 의미 탐색의 소중한 결실임을 그는 일러주고 있는 것이다. 이렇게 의미 탐색의 소중한 결실로 사람들을 감동시키고 교화시킬 수 있는 시의 의미를 얻고자 시인들은 작시의 길을 내달리는 것이라고 하겠다.

그리하여 역시 중국의 진자룡(陳子龍, 1608~1647)은, 작시에 있어서 큰

---

76 我是朝鮮人 甘作朝鮮詩(주 18)의 시).

77 凡詩文 皆以眞意爲主(薛瑄, 『讀書錄』).

78 原夫作詩者之肇端 而有事乎此也, 必先有所觸以興起其意, 而後措諸辭、屬爲句、敷之而成章。當其有所觸而興起也 其意 其辭 其句 劈空而起 皆自無而有 隨在取之於心 出而爲情爲景 爲事(葉燮, 앞의 글).

아름다움을 드러내지 못하고, 시대 상황을 풍자하지 못하며, 비슷한 사물을 끌어와 사물을 표현하는 방법으로 작가의 뜻을 나타내지 못한다면, 비록 시가 교묘하게 꾸며졌다 해도 좋아하지 않는다고 단언하였다.[79] 이렇게 작시 과정에서는 의미 탐색의 노력이 반드시 요구되며 그 결실로 성정과 풍속의 아름다움이나 시대를 풍자하는 의미의 시 정신이 발현되어야 한다는 것이 그의 생각이었던 것이다.

위에서 중국이나 우리의 고전 시학에서 한편의 좋은 시를 쓰기 위해 무엇보다도 우선하였던 것이 시 의미의 탐색 과정이었음을 알 수 있었다. 그리하여 시인의 내면에 축적된 학문이나 경험과 세상을 향해 열려 있는 진실된 마음의 바탕 위에 끊임없는 의미 탐색의 노력이 더해진다면, 세상 누구나 다 공감할 수 있는 진정한 의미가 담긴 좋은 시가 이루어질 것이라는 것이 그들의 공통된 생각이었음을 알 수 있었다.

5. 맺음말

의미 지향의 시학 양상 가운데서 설의와 언외의의 시론, 의미 숭시의 시평, 의미 탐색의 작시 과정에 대하여 살펴보았다. 이러한 양상들의 실제 내용들은 중국 시학의 영향을 토대로 변용되어 나타나 있었으며, 특히 우리 한시가 개념의 시, 정신의 시로 이어 내려올 수밖에 없었던 여건 속에서 시의 의미를 중시하는 시학은 더욱 비중 있게 전개되어 왔다고 하겠다.

설의와 언외의의 시론에서는, 시의 의미 설정의 어려움에 주목하면서 그 중요성을 강조하였으며 그 과정에서 언외의의 함축미 구현에 노력한 양상들을 찾을 수 있었다. 그리고 의미 중시의 시평에서는 여조에서부터 조선조

---

79 夫作詩而不足以導揚盛美 刺譏當時 記物聯類而見其志 (⋯) 雖工而余不好也(陳子龍,〈六子詩序〉).

후기에 이르기까지의 우리 시학의 전 과정에서 시평의 기준으로 가장 비중 있게 다루어진 것이 시의 의미의 분석과 평가에 따르는 것이었음을 알 수 있었다. 또한 비평가들은, 의미 탐색의 작시 과정에서 우선적으로 시인의 내면에 철학 역사 정치 경제 등의 다방면에 걸친 학문을 습득하고 세상의 견문을 두루 익히며 사우와 더불어 식견을 채우는 한편 세상을 향해 열린 마음으로 널리 사람들을 아끼고 사랑할 수 있는 자세를 가다듬은 다음 그러한 것들을 작시의 기반으로 작시의 실마리로 삼아 시의 의미 탐색에 노력을 기울여야 한 편의 좋은 시가 이루어질 수 있다고 하였다.

사실 의미 중시의 시론의 양상으로 검토되어야 할 것들은 많을 것으로 보인다. 풍교(風敎), 성정(性情), 이기(理氣), 묘오(妙悟), 용사(用事), 연탁(鍊琢) 등등 다양하게 열거할 수 있겠는데. 이에 대한 검토가 우리 시학사의 보완에 꼭 필요할 것으로 생각된다. 그리고 시평의식이나 작가론 작품론의 검토에서 특징적으로 나타나는 시평의 양상은 물론이고, 특히 시의 감상과 품평의 결과로 그 미의식을 찾아나가는 풍격(風格)이나 학시의 원류를 찾거나 동일한 미의식의 근원을 찾아 작가와 작품 경향을 평가하는 원류비평(源流批評) 등에서 그 의미 중시의 시평의 면모를 살펴보는 것도 앞으로의 과제가 될 것이다.

그리고 우리나 중국의 비평가들의 견해를 수용하여 활용하는 과정에서 작품이나 자료에 대한 보다 면밀한 분석과 평가가 따라야 함에도 불구하고 미처 제대로 접근하지 못한 한계가 있는데 이도 앞으로 해결해야 할 문제라고 할 것이다. 또한 의미의 개념을 보다 세분화하고 깊이 있게 분석하는 한편, 이미지나 전달하려는 주제, 구(句)와 련(聯)의 단위에서 설정하려는 수사적 의미망 등에 대해서도 앞으로 심도 있게 구체적으로 논의해나가야 할 것으로 생각된다.

의미 탐색의 작시 과정과 관련하여서는 작시를 위한 준비 과정이나 작시의 실제에서의 의미 탐색의 이모저모를 간추려 정리하는 일도 과제가 될 수 있을 것으로 보인다. 한편 의미 중시의 시학의 범주가 워낙 광범위한 까닭에 많은 시간과 노력이 따라야 하겠지만 가능한 한 폭넓게 자료를 수집하여 그 전체적인 양상을 정리해나가는 일도 필요할 것이며, 각각의 양상별로 중국 시학과의 관련 양상을 살펴보는 일도 반드시 함께 진행해야 할 것으로 생각된다.

(「국문학연구」 26. 2012)

고전문학과 언문일치 노력

1. 머리말

훈민정음 창제는 말과 글이 서로 다른 우리의 문화적 현실을 타개하기 위한 방책으로 이루어진 민족문화적 숙원의 달성이라 할 수 있을 것이다. 그것은 또한 문학적 측면에서 볼 때는 한자를 바탕으로 한 차자의 사용과 차자문학시대를 청산하는 것인 동시에 진정한 의미에서의 언문일치문학의 출발점이라는 데에 큰 의의가 있다고 하겠다. 따라서 이글에서 살펴보고자 하는 우리의 고전문학 분야에서의 언문일치 노력은 사실 훈민정음 창제에서부터 이미 출발된 것이라고 보아야 할 것으로 생각된다.

이 글은 훈민정음 창제 이후 우리의 선인들이 여러 가지 제약에도 불구하고 훈민정음의 사용을 확산시키고 문학작품을 생산하는 한편으로 언문일치의 필요성을 역설하기도 하면서 이루어낸 노력의 결실들을 찾아보고, 그러한 노력들이 오늘날의 고운 말, 바른 말, 쉬운 말을 다듬고 사용하면서 언문일치의 참된 뜻을 이어가고자 하는 국어순화운동에 이바지하는 바를 찾아 교훈으로 삼고자 하는 의도에서 출발되었다.[1]

생각해보면, 언문일치 노력의 일환으로 이루어진 많은 업적들을 우리는

---

[1] 허웅 교수는 국어순화운동을 고운 말, 바른 말, 쉬운 말을 가려 쓰는 운동이라 할 수 있다고 하였다(허웅, 「국어순화는 왜 해야 하며 어떻게 해야 하나?」, 국어순화추진회 엮음, 「국어순화의 길」, 수도여자사범대학 출판부, 1978, 189면).

찾아볼 수 있다. 고전문학의 연구대상으로만 살펴보더라도, 훈민정음 창제 당시의 〈용비어천가〉와 기타 악장, 가사 작품들, 『악학궤범』과 『악장가사』에 기록된 각종 별곡체와 고려가요, 그리고 고전시가의 정수이며 민족 문학의 정점이라 할 수 있는 시조작품들과 가사, 고전소설 등이 바로 그러한 노력에 충분히 값할 수 있는 것들이라 하겠다. 또한 『두시언해』 등의 언해작업도 그에 버금가는 노력이라 할 수 있을 것이다.

한편 경사류, 문학서류, 병서나 의서류, 불교서적과 도교 및 기타 종교전 적류의 번역과 언해사업을 위시하여 음운서의 찬술 및 근세의 기독교전적 번역이나 각종 외국어 학습서 편찬 등에 이르기까지 우리의 선인들이 기울여온 노력은 문학작품을 통한 언문일치 노력에 못지않은 실천적 의지의 소산으로 볼 수 있겠다.[2]

그러나 이러한 노력들에도 불구하고 오늘날의 우리들의 시각으로 볼 때는, 무려 오백여 년 이상의 세월을 넘기는 동안 너무나 소극적이고 점진적으로 그야말로 조금씩 업적을 쌓아가면서 언문일치에 접근해온 것이 의문으로 여겨지는 한편, 우리의 선인들이 한문을 가르치고 배우는 데에서 헤어나지 못한 채 우리글이 버젓이 있음에도 불구하고 우리의 말과 글을 연구하고 가르치고 배워서 가꾸어나가는 데는 거의 무관심하였던 것이 아닌가 하고 느낄 정도이다. 그렇지만 앞서 언급한 바와 같이 엄청난 위세의 한문과 한문학의 질곡 속에서도 내일을 내다보며 나름대로 분명히 우리의 말과 글을 지키며 가꾸어 온 선인들의 노력은 아무리 조그만 것이라고 할지라도 결코 과소평가되어서는 안 된다고 생각된다. 오히려 그러한 전통에 대한 깊은 애정과 이해는 오늘날 점차 외국어에 물든 채 우리의 말과 글을 지키고 가꾸는 데 무신경해져 가는 우리에게 참된 교훈을 줄 수도 있을 것으로 보이기 때문이다.

---

2 김지용, 「국어발전을 위한 선인들의 노력과 어휘 유산」, 국어순화추진회 엮음, 위의 책, 105~121면 참조.

이러한 관점에서 고전문학 분야에서의 언문일치 노력에 대한 검토는 매우 의미 있는 일이라 여겨진다. 언문일치의 구현을 위한 과정에서 문학하는 사람들의 노력은 실로 지대한 영향력을 지닌 것이라고 해야 할 것이다. 사실 어떤 민족이나 사회집단의 언어가 위대한 작가들의 언어에 큰 영향을 받아 발전한 예들을 얼마든지 찾아볼 수 있기 때문이다. 이러한 면에서 볼 때도 이 글은 연구의 타당성을 얻을 수 있을 것으로 보인다.

그리하여 이글에서는 먼저 훈민정음 창제와 언문일치에의 모색 과정을 살펴보고, 시가와 산문 작품들을 중심으로 언문일치에의 실천적 노력들을 정리한 다음 한문학 분야의 비판과 반성의 결과로 빚어진 언문일치에의 이론적 접근의 양상을 찾아보고 그러한 노력들의 결실이 값진 전통으로 이어져내려 현대문학에 어떻게 이바지하고 있는가에 대해서도 생각해보도록 하겠다.

그렇게 될 때 우리는 우리의 말과 글로 우리의 문학을 꽃피워온 노력들과 언문일치의 실현을 위한 끊임없는 노력들이 곧 언문일치를 이루어내고자 하였던 선인들의 빛나는 정신력의 결정임을 그리고 당당한 민족문화의 창달을 위한 각고의 결심임을 깨닫고 그 가르침을 소중한 우리의 전통으로 이어 내려갈 수 있을 것이다.

2. 훈민정음 창제와 언문일치 정신

1) 훈민정음 창제의 의의

말과 글이 서로 다른 현실을 극복하기 위한 노력의 결실로 훈민정음은 창제(1443, 세종 25), 반포(1446, 세종 28)되었다. 이제 언해본『훈민정음』의 서문을 살펴보면서 그 창제 동기부터 찾아보도록 하겠다.

나랏말쏘미 듕귁에 달아 문쫑와로 서로 스못디 아니홀씨 이런 젼츠로 어린
빅셩이 니르고져 홇배이셔도 ᄆᆞ춤내 제ᄠᅳ들 시러 펴디 몯홇노미 하니라 내 이
룰 윙ᄒᆞ야 어엿비너겨 새로 스믈여듧쫑룰 밍ᄀᆞ노니 사ᄅᆞᆷ마다 히ᅇᅧ 수비니겨
날로 뿌메 뼌한킈 ᄒᆞ고져 홇ᄯᆞᄅᆞ미니라

세종(재위 1418~1450)의 언문일치 정신이 잘 나타난 글이라 생각된다.
이 서문의 내용을 바탕으로 하고 다른 문헌을 참조하면서 훈민정음 창제의
동기를 살펴보면, 그 표면적 이유는 표기수단을 갖지 못했던 백성들에게
표기수단을 주기 위하여, 문자 없는 국가적 체면을 생각해서, 이두 사용에
불편을 느끼어, 세종의 백성을 사랑하는 마음에서라고 할 수 있으며, 아울
러 한자음 정리를 위한 언어정책적인 면도 고려되었다고 보인다. 사실 여러
나라가 모두 제나라 언어음을 나타낼 글자를 가지고 있어서 제 언어를 기록
하고 있으나 홀로 우리나라만이 글자가 없어서 언문 자모 28자를 만들었다
고 한 기록이나, 신라의 설총이 이두를 처음 만들어서 오늘에 이르기까지
관청이나 민간에서 사용하고 있으나 이것이 모두 한자를 빌려 쓰는 것이어
서 혹은 껄껄하고 혹은 막히어서 몹시 속되고 근거가 일정하지 않을 뿐만
아니라 일상 언어를 적는 데에 이르러서는 그 만분지일도 통달치 못한다고
하였던 내용, 그리고 설총이 이두를 만든 근본 취지가 백성을 편안케 하고
자 함에 있었듯이 언문도 역시 백성을 편안케 함에 있다고 그 취지를 역설
하였던 세종의 훈민정음 창제의 단호한 의지를 엿볼 수 있는 내용, 또한
세종이 자신이 운서를 바로잡지 않는다면 누가 바로잡겠느냐고 반문하면서
한자음 정리의 필요성을 언급한 내용들을 위의 서문의 내용과 아울러서 두
루 참고해볼 때, 그와 같은 훈민정음 창제의 동기는 분명해진다고 보겠다.[3]
한편 훈민정음 창제 동기는 그 내적 외적 사실로서 실제적인 필요성, 한자
표기음의 요청에 자극된 점, 당시 사람들의 자주의식, 그리고 원나라 세조

가 몽고 신자를 창제케 한 사건 등으로 요약되기도 하였다.[4]

이렇게 보면 결국 세종의 훈민정음 창제의 근본정신은 말과 글이 다른 현실을 극복하여 언문일치를 지향하고자 하였던 데에 있었다고 보아도 좋을 것이라 생각된다. 따라서 진정한 의미에 있어서의 언문일치 노력은 훈민정음 창제로부터 비롯된다고 보아 틀림은 없을 것이다.

이러한 훈민정음의 창제 의의는 그 실용성을 증명하기 위하여 〈용비어천가〉를 찬정하게 한데서도 찾아볼 수 있다. 〈용비어천가〉는 훈민정음의 실용성을 증명할 목적으로 지어진 작품 일뿐만 아니라 훈민정음으로도 훌륭한 문학작품을 생산할 수 있다는 가능성을 충분히 보여준 작품이기도 하다. 새로 만들어진 글자를 가지고 그것이 과연 우리말을 제대로 옮겨낼 수 있는 것인가를 시험하기 위해 만든 노래라고는 도저히 믿을 수 없을 만큼 완벽한 시적 면모를 갖춘 구절을 찾아볼 수 있기 때문이다. 자연물을 빌어 왕손의 번성함과 왕업의 영원함을 읊었다고 하는 제2장에서 그러한 면을 여실히 찾아볼 수 있다.

　㉠ 불휘 기픈 남ᄀᆞᆫ ᄇᆞᄅᆞ매 아니뮐ᄊᆡ
　　곶 됴코 여름 하ᄂᆞ니
　㉡ ᄉᆡ미 기픈 므른 ᄀᆞ무래 아니 그츨ᄊᆡ
　　내히 이러 바ᄅᆞ래 가ᄂᆞ니

우선 ㉠와 ㉡의 시구의 운율이 정확하게 짝을 이루어 맞아 떨어지고 있을 뿐만 아니라, ㉠와 ㉡는 구조적으로도 정밀하게 짜여 져서 유기적 관련성을 띠고 있음을 알 수 있다. 또한 내용면에서 〈용비어천가〉가 조선 왕조의 건국을 송축하고 왕업의 어려움과 장래의 무궁함을 노래한 것으로 볼 때, 위의 제2장의 내용은 '나무'로써 왕손의 번성함을 상징하고 '물'로써 국

---

4 김완진, 「세종대의 어문정책에 대한 연구」, 『성곡논총』 3(1972), 185면 이하 참조.

가의 영원무궁함을 상징함으로써 이른바 상징시로서의 면모도 갖추었다고 보인다.

이렇게 보면 〈용비어천가〉 제2장은 형식면에서 세련되고 정제된 면을 보여주고 있을 뿐만 아니라 내용면에서도 상징시로서 성공하고 있는 작품으로 평가될 수 있겠다.[5] 그리하여 무한한 시적 상상력과 표현능력이 동원되어 이루어진 이 작품에서 우리는 우리말과 글로 창조된 문학작품의 성공적인 예를 찾아볼 수 있다고 할 것이다.[6]

이렇게 훈민정음 창제에서 비롯된 언문일치 정신의 실현과 그 실용성을 증명할 목적으로 창작된 〈용비어천가〉의 문학적 성공에서 우리는 훈민정음 창제의 의의를 다시금 되새겨볼 수 있다고 하겠다.

2) 훈민정음 사용의 확산

일반적으로 볼 때 훈민정음은 창제 이후 한문화에 젖어있던 사대부 지식인들에 의해 언문, 언자, 반절, 암클, 아햇글 등으로 불리면서 무시되고 천대받아 제대로 활용되지 못했던 것으로 인식되고 있다.

사실 훈민정음이 사대부 유학자들에게 환영받지 못한 이유로는, 첫째로 훈민정음이 아니더라도 능히 의사를 표시할 수 있는 한문이 있었기에 그들에게는 훈민정음이 그렇게 절실한 문제가 아니었다는 점, 둘째로 그들은 훈민정음을 그저 한자음을 올바르게 표기할 수 있는 문자 정도로밖에 인식하고 있지 않았으며 한자 학습이나 중국 자음 학습을 돕는 보조문자처럼 여긴 면이 없지 않았다는 점, 셋째로 훈민정음이 창제되면서부터 불경번역

---

5 정병욱, 『고전시가론』(신구문화사, 1977), 127~131면 참조.

6 정한모는 〈용비어천가〉 제2장을 우리말로써도 본격적으로 시작할 수 있다는 가능성을 분명하게 증명해준 가편이라고 하면서, 우아한 용어와 리듬으로 위엄을 되살렸거니와 대조적인 적절한 비유표현만을 밖으로 내세우고 의미와 내용은 상징적으로 표현 뒤에 숨겨놓음으로써 표현효과를 한층 높은 차원으로 끌어올리고 있다고 평가하였다(정한모, 『한국현대시문학사』, 일지사, 1974, 21~22면 참조).

에 이용되어 당시 불교를 배척하고 있던 유학자들에게 더욱 환영받지 못했을 것이라는 점 등을 들 수 있다.[7] 따라서 사회 구조의 전반적인 개편이 이루어지지 않고서는 훈민정음의 보급 확산이라고 하는 문제는 해결되기 어려운 여건이었다고 해야 할 것이다.

그러나 한편에서는 19세기 전반에까지 훈민정음의 사용이 줄곧 확대되어 시가나 소설 작품이 풍부하게 창작되고 널리 읽혔으며 산문기록에서도 적지 않은 비중을 차지했음을 알 수 있다. 대외 관계의 경험 보고의 글이나, 국내문제의 증언 술회의 글, 기행문, 일기, 전, 행장, 몽유록, 가전체, 편지, 제문, 여성행실을 가르치는 글 등의 다양한 문체의 글이 임진왜란(1592~1598) 이후 널리 지어지고 읽혀졌던 것이다.[8] 이렇게 훈민정음 창제 이후 시간이 흐르면서 사대부 계층을 위시하여 서민 대중들 사이에도 빠른 속도로 전파되고 호응도도 좋아 점차 우리글로서의 제자리를 확보해가고 있었던 흔적들을 찾아볼 수 있는 것이다. 조선 후기에 이르게 되면 양반 사대부 집안의 부녀자들을 위시하여 피지배계급에 속했던 양민과 노비 및 천민 그리고 의사소통 수단으로 한문을 이용하면서도 부녀자와 주고받는 편지글에 훈민정음을 사용하고 시조, 가사 등의 국문문학 장르를 향유하였던 양반 사대부 남성들까지 고려한다면, 훈민정음을 전달매체로 사용하고 이들 매개로 성립된 문학작품을 향유한 인구는 문맹자를 빼놓은 거의 전 인구에 걸쳐 있었다고 해도 좋을 것으로 보인다.

이렇게 조선 후기에는 이미 거의 모든 사람들이 훈민정음 사용에 익숙해져 있었다는 사실이, 정부에서 훈민정음의 실용적 기능을 충분히 이용해 국가통치력이 제대로 미치지 못하는 경우에 백성들에게 간곡하게 설득하는 내용을 훈민정음으로 방을 써 붙여 널리 알렸던 사례들에서도 확인된다.

임진왜란 중에 무정부적 혼란 상태에서 실망하고 분노한 민중들이 산 속

---

7 강신항, 앞의 책, 60면 참조.
8 조동일, 『한국문학통사』 3(지식산업사, 1989), 378면 이하 참조.

에 숨어버리자 이들을 타일러 이끌어내기 위해 선조(재위 1567~1608)가 훈민정음으로 된 언교를 내린 일이라든지, 농민들이 농토로부터 이탈하는 현상이 심각한 문제로 대두되었던 영조(재위 1724~1776) 때에 훈민정음으로 교지를 써서 여러 지방에 보내어 백성들을 설득하려 하였던 일, 그리고 역시 영조 때의 전라도 어사였던 이광덕이 유랑민들에게 고향으로 돌아갈 것을 간곡하게 종용하는 방문을 훈민정음으로 만들어 과천에서부터 곳곳에 붙여내려 갔다는 사실 등이 그 구체적인 사례들이라 할 수 있다. 정부의 뜻을 효과적으로 전달하기 위해서는 훈민정음이라는 전달매체의 선택이 불가피했음을 보여주는 예들이라 하겠다. 결국 이러한 일들은 훈민정음의 사용이 확대되고 보급이 일반화되지 않았을 경우에는 쉽게 이루어질 수 없는 것이었다고 할 수 있을 것이다.[9] 이는 또한 세종의 훈민정음 창제 의의가 현실적으로 드러난 것인 동시에 언문일치 노력의 중요성과 필요성이 그대로 입증되는 것임을 보여주는 것이라 하겠다.

이렇게 훈민정음이 광범위하게 보급되고 있었음은 훈민정음에 대한 연구의 측면에서도 엿볼 수 있다. 세종시대 이후 침체상태에 들어간 훈민정음에 대한 연구는 중종시대의 최세진(1473 전후~1542)이 『훈몽자회』 범례에서 훈민정음 표기법에 관한 몇 가지 원칙을 수록한 업적을 남긴 것을 제외하고는 이렇다 할 업적을 보여주지 못했다. 또한 최세진 이후로도 약 100여 년간이나 잠잠하였던 훈민정음에 대한 연구는 17세기 중엽부터 이른바 실학학풍의 영향으로 다시 업적을 나타내기 시작하였다. 그리하여 종전의 연구방법을 그대로 이어받아 중국 음운학 연구를 위주로 하면서 훈민정음에 대하여는 부차적으로 언급하거나, 송학적 이론을 답습하여 언어관과 문자론을 전개하기도 하였고, 운학연구에도 진전을 보여주었으며, 훈민정음의 상형설을 발전시키기도 하였다. 또한 새로운 과제로는 어원이나 방언에 대한

---

9 서종문, 「국문문학의 성장과 변화」, 『교육연구지』(경북대학교 사범대학, 1991), 6~8면 참조.

연구, 언어자료의 정리, 새로운 문자의 창제 시도, 자수 계산 시도, 훈민정음의 기원 연구 등이 제시되기도 하였다.

실학시대 이후 유달리 훈민정음에 관심을 가졌던 학자들이 많이 나타난 것은 전달매체로서 훈민정음이 널리 보급되어 의사소통수단으로서의 자리를 확고히 잡았다고 하는 현실을 반증해주는 것이 아닌가 생각된다. 이제 훈민정음의 우수성을 높이 평가한 신경준의 견해를 대표적으로 살펴보면서 그 시대적 의미를 되새겨보도록 하겠다.

신경준은 『운해훈민정음』에서 훈민정음은 점과 획이 심히 간략하고, 자음과 모음 그리고 초·중·종성을 한 그림자처럼 갖추고 있으며, 그 글자가 많지 않으나 그 쓰임은 두루 미치고, 쓰기가 매우 편하고 배우기도 매우 쉬우며 천 마디 만 마디 말로 자세히 표현할 수가 있고, 부녀자나 아이들도 쓸 수 있어서 문장을 쓰고 뜻을 통할 수 있으며, 이를 세종이 창조한 일은 옛 성인도 할 수 없었던 일로서 세상을 두루 살펴보아도 다시없는 일이고, 우리나라에만 혜택을 주는 것이 아니라 천하 성음을 기록할 수 있는 큰 법이라고 하였다. 신경준의 이러한 견해는 훈민정음에 관한 그 시대의 보편적 인식으로도 생각되며 아울러 훈민정음 사용의 확산을 간접적으로 확인할 수 있는 것으로 보아도 좋을 것으로 판단된다. 이처럼 18세기 후반기부터는 훈민정음의 우수함을 주장하는 학자들이 연이어 나오기 시작하였는데 그러한 기풍은 개화기 이후에도 그대로 유지되어 우리말 우리글을 애용하자는 운동으로 발전해나갔다고 보인다.[10]

조선 후기에 이르러 이렇게 훈민정음의 사용이 확산되고 보편화된 것은 세종의 언문일치 정신이 실천 단계에 접어들고 있음을 보여준 것으로 생각되는데, 한 가지 더 생각해볼 것은 훈민정음을 대상으로 한 속담의 출현이다.

---

10 강신항, 앞의 책, 66~158면 참조(실학 시대의 훈민정음에 대한 연구자나 연구 업적에 관한 자세한 내용은 위의 책을 참조하면 될 것임.).

속담은 무엇보다도 오랜 기간 서민의 생활감정이 응축된 비유적 서술의 관용어구들이다. 그 구슬 같은 한 마디 한 마디는 민족사회의 오랜 경험과 지혜를 단적으로 반영해주는 것이다. 또한 속담은 시대성을 반영해주는 것으로 그 시대의 모습을 여실히 보여주기도 한다.[11] 그것은 일이십년의 세월로는 결코 만들어지지 않는다. 그것은 비교적 오랜 기간의 정제와 탁마를 거치면서 대중 전체의 공감을 얻으며 생존 전수되어온 장수형의 관용구들이다. 어떤 것은 적어도 천년의 역사를 헤아릴 수 있으며 또한 웬만한 속담은 대개 여말·선초에까지 거슬러 올라간다.[12]

이렇게 속담이 경험과 지혜가 응축된 생활의 문학으로서 대중의 공감을 얻고 사회적 소산으로서 그 시대의 참모습을 보여주기도 하면서 전수되어온 것이라고 볼 때, 훈민정음을 대상으로 한 속담은 그 출현 시기를 정확히 밝혀낼 수는 없다고 하더라도 일단 훈민정음의 사용이 확산되어 대중들 사이에 보편적인 의사소통수단으로 자리 잡게 된 시점에서 만들어졌을 것으로 생각할 수는 있겠다. 따라서 그 시기는 조선 후기 영·정조 시대를 전후한 때까지 거슬러 올라갈 수도 있을 것으로 보인다.

'낫 놓고 기역자도 모른다.', '가갸 뒷자도 모른다.', '기역자 왼 다리도 못 그린다.'와 같이 훈민정음이라고 하는 대상의 성격으로 인하여 주로 지식의 정도를 재는 속담으로 쓰인 이들 속담은 훈민정음의 사용이 확산된 시대의 모습을 나타내준 것으로 보아 틀림은 없을 것이다. 그렇지 못했다면 그것들이 대중의 공감을 얻어 오늘에 이르기까지 전수되지는 못했을 것이기 때문이다.

지금까지 조선 후기에 이르러 훈민정음의 보급이 일반화되고 그 사용이 폭넓게 확산되었다는 사실을 확인해보았는데, 바로 그러한 점을 고려한다면 고전문학 분야에서의 언문일치 노력을 찾아내보고자 하는 이 글의 목표는 그 타당성을 어느 정도 부여받을 수 있으리라 생각된다.

---

11 이기문 편, 『속담사전』(민중서관, 1970), 서문 참조.
12 심재기, 「북한의 속담」, 김혜숙 편, 『언어와 삶』(태학사, 1990), 261~262면 참조.

3. 고전문학과 언문일치 지향

1) 시가와 언문일치

고전문학 분야에서 선인들의 언문일치 노력을 살펴본다고 하는 것은 문학작품을 생산함으로 해서 그러한 노력을 몸소 실천해보여준 경우를 검토한다는 것이다. 그것은 문학작품을 통해 언문일치의 가능성을 확인하고 언문일치에 의한 진정한 민족문학의 수립에 기여한 선인들의 업적을 문학사적으로 재평가할 수 있다는 데에서도 의의를 찾을 수 있을 것이다. 어떠한 민족의 언어가 위대한 작가의 언어에 영향 받아 발전한 예들에서 보더라도 그것은 의미 있는 작업일 수 있겠다.

그리하여 먼저 아름다운 우리말로 주옥같은 우리의 시가인 시조와 가사를 창작한 시인들의 노력을 개관해보도록 하겠다. 그러한 시인들 가운데 두드러진 시인으로 송강 정철, 노계 박인로(1561~1642), 고산 윤선도(1587~1671)를 우선 손꼽을 수 있을 것이다.

송강 정철은 타고난 문학적 소질과 세련된 문장력을 바탕으로 해서 시조, 가사 등의 시작을 통하여 우리의 문학사에서 녹보석인 위치를 차지한 시인이다. 93수나 되는 그의 시조 가운데 〈훈민가〉 16수는 전형적인 교훈적 시조다. 〈훈민가〉가 유교윤리를 주제로 하여 세련된 시적 기교를 보여준 작품임은 이미 주지의 사실로 되어 있다. 굳이 송강이 훈민정음으로 〈훈민가〉를 창작하였음은 물론 백성들의 지적 수준과 현실생활에 대한 정확한 판단에서였겠지만, 훈민정음이 널리 보급되어 사용되는 현실이 아니었다면 소용없는 일이었다고 볼 때 이 또한 훈민정음의 사용 확산을 반증해주는 것이라 할 수 있을 것이다. 송강의 의도가 백성들에게 〈훈민가〉를 읽혀 교화시키고 아름다운 풍속을 이루게 하고자 하는 것이었다고 볼 때, 그럴 경우 의사소통수단으로서의 훈민정음의 사용이 보편화되어 있어야 한다는 전제가 필수적이었을 것임은 분명하기 때문이다.

아바님 날 나흐시고 어마님 날 기르시니
두분곳 아니면 이 몸이 사라시랴
하늘ᄀ튼 은덕을 어딕 다혀 갑스오리

　〈훈민가〉 중 오륜에 해당되는 내용의 시조 한 수이다. 그러면서도 도학
적 분위기는 느낄 수 없게 숨겨져 있다. 시어 또한 현실생활과 밀착되어
있어 적어도 음풍농월하는 시어는 아니다. 송강이 의도적으로 창작한 목적
시이면서도 그 대상에 대한 철저한 배려로 해서 인간미 넘치는 정감 있는
시로 승화되어 있다. 이 점은 내용이 백성들의 생활과 직결되는 것일수록
더욱 분명히 드러나 있다.

ᄆᆞ올 사ᄅᆞᆷ들아 올흔일 ᄒᆞ쟈ᄉᆞ라
사ᄅᆞᆷ이 되어나셔 올티옷 못ᄒᆞ면
마쇼ᄅᆞᆯ 갓곳갈 싀워 밥머기나 다ᄅᆞ랴

오ᄂᆞᆯ도 다 새거나 호ᄆᆡ 매오 가쟈ᄉᆞ라
내논다 미여든 네논졈 미여주마
올길희 ᄲᅩᆼ ᄯᅡ다가 누에먹켜 보쟈ᄉᆞ라

　백성을 교화하여 풍속을 아름답게 하자는 관료의 작품이면서도 관료적
분위기는 나타나 있지 않다. 강압적이라기보다는 권유형이고, 관료적 분위
기라기보다는 서민적이며, 도학적으로 경직되기보다는 인간적으로 훈훈한
분위기로 시정이 넘쳐흐르고 있다. 이렇듯 〈훈민가〉는 우리말에 대한 애정
으로 시 대상의 시적 승화에 성공한 작품이면서 송강의 참다운 목민관으로
서의 풍모 또한 여실히 나타내준 작품이라 할 수 있겠다. 이 점은 다음 인
용문에 잘 드러나 있다.

"고 상신 정철이 지은 〈훈민가〉는 모두 16장으로 그 말이 백성들이 날마다 행실하는 윤리에 지나지 않는 것입니다. 촌락의 부녀자와 어린아이로 하여금 항상 외워서 감동한 바가 있게 하려 한 것으로 곡조가 〈경민편〉에 있습니다. 지금 만일 이를 팔도에 분부하시어 백성으로 하여금 외우고 익히게 하면 비록 어리석은 남녀 백성이라도 거의 다 대의를 알게 될 것이니, 삼남과 양서에 〈산유화〉라는 속된 이곡이 아무런 의미도 없이 사람의 심지만 음탕하게 하는 것에 비하오리까. 신은 생각하옵건대 여러 도에 분부를 내리시어 소민 중 조금 지식이 있는 자를 가려 〈훈민가〉 16장을 가르쳐 외우고 익히게 하는 것은 지극히 쉬운 일입니다. 두어 달 이내에 그 거행이 근면하고 태만함을 알게 될 것이오니 이러한 뜻으로 엄칙을 가하심이 어떠할까 하나이다." 상감은 "주달한 바 말이 옳으니 그것을 여러 도에 신칙 발표토록 하라." 하셨다.

이로써 〈훈민가〉가 비록 사후이긴 하지만 송강의 의도대로 백성의 교화를 목적으로 전국 각처에 널리 유포되어 그 교훈적 기능을 다하였음을 알 수 있다. 동시에 그것은 훈민정음이 그 당시에도 이미 폭넓게 사용되어 백성들의 의사표시수단이 되어 있었음을 반증해주는 것이기도 하다.

이제 시조와 가사 몇 편을 더 살펴보면서 언문일치 문학에 기울인 송상의 정성을 새겨보도록 하겠다.

　　내마음 버혀내여 뎌둘을 밍글고져
　　구만리 댱천의 번드시 걸려이셔
　　고온 님 겨신고디 가 비최여나 보리라

　　재너머 셩권롱 집의 술닉단 말 어제 듯고
　　누은 쇼 발로 박차 언치 노하 지즐투고
　　아희야 녜 궐롱 겨시냐 뎡좌슈 왓다후여라

믈아래 그림재 디니 드리우히 듕이 간다.
녀즁아 게잇거라 너가는디 무러보쟈
막대로 흰 구름 フ른치고 도라 아니보고 가노매라

어느 시조든 한결같은 송강의 우리말에 대한 사랑을 엿볼 수 있는 정감
어린 작품들이다.

긔심터 고텨올나 듕향셩 브라보며
만이쳔봉을 넉넉히 혜여ᄒ니
봉마다 미쳐잇고 굿마다 서린 긔운
뫍거든 조치마나 조커든 뫍지마나
져긔운 흐텨내야 인걸을 믄들고쟈
형용도 그지업고 톄세도 하도 홀샤
텬디 삼기실제 ᄌ연이 되연마는
이제와 보게되니 유졍도 유졍홀샤

- 〈관동별곡〉

ᄒ른도 열두째 ᄒ둘도 셜흔날
져근듯 싱각마라 이시롬 닛쟈ᄒ니
ᄆ옴의 미쳐이셔 골슈의 쎄텨시니
편작이 열히오나 이병을 엇디ᄒ리
어와 내병이야 이님의 타시로다
출하리 싀어디여 범나븨 되오리라
곳나모 가지마다 간대댝족 안니다가
향ᄆ든 눌애로 님의오시 올므리라
님이야 날인줄 모른샤도 내님조ᄎ려 ᄒ노라

- 〈사미인곡〉

어와 네여이고 내ᄉ셜 드러보오
내얼굴 이거동이 님괴얌즉 ᄒ냐마ᄂ
엇딘디 날보시고 네로다 녀기실시
나도 님을미더 군ᄡᅳ디 젼혀업서
이리야 교ᄐᆡ야 어ᄌ러이 구돗ᄯᅥᆫ디
반기시ᄂ 눗비치 녜와엇다 나ᄅ신고
누어 ᄉᆡᆼ각ᄒ고 니러안자 혜여ᄒ니
내몸의 지은죄 뫼ᄀᆞ티 ᄡᅡ혀시니
하ᄂᆯ히라 원망ᄒ며 사ᄅᆷ이라 허믈ᄒ랴
셜워 플텨혜니 조믈의 타시로다

— 〈속미인곡〉

이 세 편의 송강가사는 서포 김만중이 우리나라의 이소라고 극찬한 작품
이며, 홍만종도 악곡 중의 절묘한 작품이라고 높이 평가한 바 있는 작품이
다. 송강의 사물을 형용해내는 묘한 솜씨라든지 말을 만드는 기발한 재주가
여실히 드러나 있어 역시 언문일치의 문학에서만 느낄 수 있는 생동하는
표현과 절실한 정서의 표출이 돋보이는 작품들이라 하겠다. 이렇게 보면
우리말과 글에 대한 송강의 애정과 언문일치로 이루어낸 송강의 시적 성공
을 분명히 찾아볼 수 있다고 하겠다.

한편 노계 박인로의 시조는 72수 정도로 양은 많으나 참신미가 떨어지고,
가사는 한자나 고사성어가 많음에도 불구하고 전체의 구상이 웅장하면서도
섬세한 필치가 숨어 있으며 풍부한 어휘를 구사하였다는 평을 받고 있다.
우선 그의 시조 〈오륜가〉 중에서 한 수를 살펴보겠다.

아비ᄂ 나ᄋ시고 어미ᄂ 치우시니
호천망극이라 갑흘길이 어려우니
대순의 종신성효도 못다한가 ᄒ노라

앞서 살펴본 송강의 〈훈민가〉 중 오륜에 해당되는 내용의 시조와 비교해 보면 그 차이를 분명히 느낄 수 있다. 시적 대상이 같은 상황에서 송강은 시어의 선택이나 시상 전개의 면에서 우리말을 다듬어 시 대상의 시적 승화에 성공하였던 반면 노계는 즐겨 한자어나 고사성어를 시어로 선택함으로 해서 시적인 성공보다는 유학자로서의 자신의 주장을 펴는 데 힘썼음을 보여주고 있다. 널리 알려진 다음의 〈조홍시가〉도 마찬가지이다.

반중 조홍감이 고아도 보이ᄂ다
유자 안이라도 품엄즉도 ᄒ다만ᄂ
품어가 반기리 업슬새 글노설워 ᄒᄂ이다

어버이를 생각하는 지극한 정이 흘러넘치는 시조이면서도 육적이 회귤했다는 중국 고사에 대한 이해 없이는 내용을 정확히 전달받기 어려운 작품이다. 이러한 점은 그의 가사작품에도 그대로 드러나 있다. 그러나 언문일치 문학을 지향하는 과정에서 노계가 기울인 노력도 결코 과소평가할 수는 없을 것으로 보인다.

고산 윤선도는 77수의 시조를 남기고 있다. 그는 우리말을 갈고 닦아 세련된 시어로 되살려냄으로써 언어조탁의 천재로 불릴 만큼 시조문학의 대가였다. 또한 그렇게 살아 있는 우리말로 특히 자연을 시로써 훌륭히 승화시킨 시인으로도 평가되고 있다.

나모도 아닌거시 플도 아닌거시
곳기는 뉘시기며 속은 어이 뷔연ᄂ다
러코 ᄉ시에 프르니 그를 됴하 ᄒ노라

우는거시 벅구기가 프른거시 버들숩가
어촌 두어집이 닛속의 나락들락

말가훈 기픈소희 온갇고기 뛰노누다

뫼훈 길고길고 믈은 멀고멀고
어버이 그린뜯은 만코만코 하고하고
어듸셔 외기러기눈 울고울고 가느니

우선 그 시대에 이처럼 한결같이 우리말 우리글을 써서 훌륭한 언문일치 문학을 이루어내고 있음에 놀라지 않을 수 없다. 우리가 그야말로 자연스럽게 그의 시세계에 빠져들 수 있음도 언문일치의 결과임을 놓쳐서는 안 될 것이다.

　잔들고 혼자안자 먼뫼흘 브라보니
　그리던 님이오다 반가옴이 이러ᄒ랴
　말숨도 우움도 아녀도 몯내 됴하 ᄒ노라

자연에 몰입한 시정을 남김없이 표현해낸 시조다. 까다로운 한자어도 어려운 말도 없이 마음에서 우러난 시정을 자연스럽게 표현해내었음에 놀라지 않을 수 없다. 굳이 설명을 덧붙이지 않더라도 고산의 시조들이 자연스럽고 아름다운 우리말 사용으로 인해서 아무런 부담 느끼지 않고 편안히 감상할 수 있는 시임은 분명하다. 이것이 바로 언문일치로써만 이루어낼 수 있는 진정한 우리 문학의 경지라 할 수 있을 것이다.

물론 송강, 노계, 고산 등의 대표적 시인들 외에도 그러한 성과를 거두는 데 기여한 시인들은 많다. 여류시인 황진이도 그러한 예에 해당될 것이다.

　동짓돌 기나긴 밤을 한 허리를 버혀내어
　춘풍 니블 아레 서리서리 너헛다가
　어론님 오신날 밤이여든 구뷔구뷔 펴리라

‘서리서리’, ‘구뷔구뷔’, 이 얼마나 감칠 맛 나는 멋스런 시적 표현들인가? 그 시어들이 살아 움직이면서 작품 속에 인간답고 훈훈한 삶의 향기를 가득 가득 채워주고 있음을 부인하지는 못할 것이다. 이 시조를 만약 한문으로 번역한다면 과연 어떻게 될 것인가? 시적 흥취가 저만치 사라져버릴 것은 두 말할 나위가 없을 것이다. 분명 생동하는 우리 시의 경지는 우리말 우리 글로써만 이루어질 수 있다고 하겠다.

이렇게 훌륭한 문학작품들이 우리에게 진한 감동을 전해주는 것은 말할 것도 없거니와, 우리말 우리글로 언문일치를 이룬 가운데 세련된 시어로 시적 정서를 표출함으로 해서 그것이 우리말이 순화, 발전되는 데 큰 영향을 미쳤을 것이라는 점은 분명한 일일 것이다. 위에서 인용한 작품들처럼 고운 말, 바른 말, 쉬운 말로 아름다운 우리의 정서를 세련되고 정제된 시어를 동원하여 훌륭히 시적으로 형상화시킬 줄 알았던 그들 시조 시인들이야 말로 이론보다는 실천으로 언문일치의 중요성을 깨우치고 그 길만이 진정한 민족문학의 나아갈 길임을 일깨워준 공로자들이었다고 해야 할 것으로 생각된다.

2) 산문과 언문일치

시가 분야에서의 언문일치를 지향하였던 선인들의 실천적 노력을 살펴보았거니와 이제 산문 분야에서의 그러한 노력을 검토해보도록 하겠다.

사실 언문일치라는 것이 입으로 하는 말과 글로 적는 말의 동질성을 지향하는 것이라고 보면, 한자전용의 관습에 젖어 실제 일상 회화와 문장에 사용되는 말이 유리되어 있는 상태에서의 언문일치에의 노력은 한문투를 불식하는 한편으로 문어체의 남용을 배재제하면서 구어체를 지향하는 방향으로 서서히 진전될 수밖에 없었을 것이다. 비록 문장의 권위와 간결성을 저해한다든지 하는 문제도 있을 수 있었겠으나 구어체를 순화시키고 개선해나가는 것이 더욱 효과적인 언문일치에의 노력이었다고 할 수 있을 것이다. 따라서 구어체를 바탕으로 언문일치를 진전시키는 것이 바람직한 것이었다고 볼 때, 그러한 값진 노력은 시가 분야보다는 오히려 산문 분야에서 세련된 경지를 보여준 선인들의 실천적 노력에서 찾아야 할 것으로 보인다.

조선 후기에 이르러 산문 분야에서도 훈민정음의 사용이 확산되었음은 이미 언급한 바 있거니와, 앞서 제시하였던 다양한 문체의 글들 가운데 오늘날의 수필의 범주에 해당되는 글들과 고전소설을 중심으로 그러한 노력들을 살펴보도록 하겠다.

훈민정음으로 된 내간은 양적으로 무척 많다. 송강 정철의 어머니 죽산 안씨가 선조 4년(1571) 6월 28일에 고양에서 부친상을 당하여 시묘 중인 아들 형제들에게 보낸 답장이 현존 국문편지로 연대를 알 수 있는 것 중 가장 오래된 것인데, 그 후 궁중이나 사대부 집안의 것을 포함하여 우리에게 남겨진 편지는 실로 수없이 많다. 그 중 몇 편만 간추려보도록 하겠다.

먼저 선조는 32편의 편지를 남겼는데 그 가운데서 선조가 세 옹주에게 정유년(1597) 9월 20일에 보낸 편지부터 살펴보겠다.

그리 간 후의 안부 몰라 ᄒ노라 엇디들 잇ᄂ다 셔울 각별ᄒᆞᆫ 긔별업고 도적은 믈러가니 깃거ᄒ노라 나도 무ᄉ이 인노라 다시곰 됴히 잇서라

이 편지는 부드러운 우리말로 간결한 표현 속에서 왕으로서가 아니라 한 인간으로서의 딸을 대하는 따뜻한 부정을 엿볼 수 있게 하는 글이라 하겠다.

다음은 추사 김정희(1786~1856)의 편지다.

그ᄉ이 년ᄒᆞ야 편지 부쳐ᄉᆞᆸ더니 다보와 겨시ᄋᆸ 넘일간 녕으로 드르신다 ᄒ더니 어너날 영문의 와 겨시ᄋᆸ 즉 금은 한 열흘이나 갓가와ᄉᆞ오니 도독이나 다플리시고 뫼와 일양ᄒᆞ오시ᄋᆸ 아버님 겨오셔ᄂᆞᆫ 환슌후 긔후 일양ᄒᆞ신지 복넘 브리ᄋᆸ지 못ᄒᆞ오며 나ᄂᆞᆫ 아직 년고들은 업ᄉᆞᆷ거셔ᄂᆞᆫ엇지 ᄒᆞ시ᄋᆸ 세간은 뉘가잡

고 거긔 모양드를 보시니 엇더ᄒ옵 실노 넘녀 노히이지 아니ᄒ오며 츈복 경각
의 문포 두엇 필을 어더ᄉ오니 엇지 ᄒ야 입ᄉ오면 죠흘고 게셔는 업고 도라
의논ᄒᆯ 길 업ᄉ오니 엇지면 죠흘지 답답ᄒᆫ 일 만ᄉ오니 민망ᄒ옵 ᄌ시 긔별ᄒ
옵 이만 딕습 무인 삼월 넘칠 샹쟝

추사가 1818년 3월 27일 서울서 대구 감영에 내려가 시부를 모시고 있는
부인에게 보낸 편지의 전문이다. 추사의 부모에 대한 효성은 말할 것도 없
거니와 부인에 대한 자상한 애정이 잘 드러나 있는 글이다.

이렇듯 임진왜란을 전후한 때로부터 위로는 왕으로부터 사대부 집안에
이르기까지 수많은 편지가 주로 여성들을 대상으로 남겨졌다고 하는 것은
일상생활에서 훈민정음의 실용성이 높이 평가되어 그 사용이 널리 확산되
었음을 일러주는 것이라고 해야 할 것이다. 훈민정음 창제 이후 만일 이러
한 노력들이 뒤따르지 못하였다고 한다면, 훈민정음의 우리글로서의 자리
확보는 시간적으로 훨씬 뒤의 일로 미루어지거나 아니면 창제 자체도 역사
적인 의미로밖에 남지 못하게 되었을지도 모른다.

일기 가운데서는 극적 긴장과 세련된 문체로 여류 수필문학의 백미라 일
컬어지는 의유당의 〈관북유람일기〉 중 〈동명일기〉 부분을 살펴보도록 하
겠다.

져긔 믈밋츨 보라 웨거눌 급히 눈을 드러 보니 믈밋 홍운을 헤앗고 큰 실오
리 ᄀᆞᄐᆞᆫ 줄이 붉기 더옥 긔이ᄒ며 긔운이 진홍ᄀᆞᄐᆞᆫ 것이 ᄎᆞᄎᆞ 나 손바닥너비
ᄀᆞᄐᆞᆫ것이 그믐밤의 보는 숫불빗 ᄀᆞ더라 ᄎᆞᄎᆞ 나오더니 그 우ᄒ로 젹은 회오리
밤 ᄀᆞᄐᆞᆫ것이 붉기 호박구슬 ᄀᆞ고 묽고통낭ᄒ기는 호박도곤 더 곱더라

그 붉은 우ᄒ로 홀홀 움죽여 도ᄂᆞᆫ더 처엄 낫던 붉은 긔운이 빅지 반졍 너비
만치 반ᄃᆞ시비ᄎᆞ며 밤ᄃᆞ던 긔운이 ᄒᆡ되야 ᄎᆞᄎᆞ 커가며 큰 징반만ᄒ여 붉웃붉
웃 번듯번듯 쮜놀며 젹식이 왼 바다회 셰치며 몬져 붉은 기운이 ᄎᆞᄎᆞ 가시며
ᄒ 흔들며 쮜놀기 더옥 ᄌ로 히며 항 ᄀᆞ고 독 ᄀᆞᄐᆞᆫ것이 좌우로 쮜놀며 황홀이

번득여 냥목이 어즐ᄒ며 븕은 긔운이 명낭ᄒ야 첫 홍식을 헤앗고 텬듕의 징반 ᄀᆺᄒ것이 수레박회 ᄀᆺᄒ야 믈속으로셔 치미러 밧치ᄃ시 올나 븟흐며 항독ᄀᆺ한 긔운이 스러디고 처엄 븕어 것츨 빗최던거슨 모혀 소혀텨로 드리워 믈속의 풍 덩ᄲᅡ디ᄂᆫ듯 시브더라 일식이 요요ᄒ며 믈결의 븕은 긔운이 ᄎᆞᄎᆞ 가시며 일광 이 쳥낭하니 만고 텬하의 그런 장관은 디두 할디 업슬 ᄃᆞᆺᄒ더라

짐쟉의 처엄 빅지 반졍 만티 븕은 긔운은 그 속의셔 희 쟝촛 나려ᄒ고 우리 여 그리븕고그 회호리밤 ᄀᆺᄒ거슨 진짓 일식을 ᄲᅡ혀내니 우리온 긔운이 ᄎᆞᄎᆞ 가시며 독 ᄀᆺ고 항 ᄀᆺᄒ거슨 일식이 모디리 고온고로 보는 사람의 안력이 황홀 하야 도모디 헷긔운인ᄃᆞᆺ 시브더라

해돋이 젼의 멋들어진 풍류의 지속과 적절한 긴장 다음에 표현된 깨끗하고 사실적이며 열정적인 해돋이 장면이다. 여기서 우리는 우리글로써도 얼마든지 좋은 문장을 생산해 낼 수 있다는 사실을 다시금 확인할 수 있었음은 물론 언문일치 문학에서만 느낄 수 있는 문학적 감흥 또한 전달받을 수 있었다고 하겠다. 세련된 문장으로 훈민정음의 수준을 끌어 올려준 작품으로 평가되는 이 〈동명일기〉를 위시하여 다양한 종류의 여러 기행, 일기의 글들을 읽으면서 우리는 의사소통수단으로 당당히 자리 잡아가는 훈민정음의 우리글로서의 발전된 모습들을 찾아 볼 수 있다고 하겠다.[13]

이러한 내간이나 일기 등의 지극히 개인적인 글들보다는 폭넓은 독자층을 생각하지 않을 수 없는 고전소설에서의 언문일치 노력을 찾아보는 것이 더욱 바람직한 일일 수도 있을 것이다.

〈홍길동전〉 이래 많은 고전소설들이 창작되어서 조선 후기에 이르면 일정한 독자층이 형성되었을 뿐 아니라 청중을 모아놓고 소설을 구연하였던 전기수가 나타나기도 하는 등으로 고전 소설의 독자층이 확대되고 있었음

---

13 내간이나 일기에 대한 구체적인 내용은 아래의 책을 참조할 것.
장덕순, 『한국수필문학사』(새문사, 1985).
최강현, 『한국고전수필강독』(고려원, 1985).

을 알 수 있다. 그러한 과정에서 자연스럽게 우리말과 우리글을 갈고 닦는 노력들이 확산되었을 것은 두 말할 여지가 없을 것으로 보인다. 먼저 〈홍길동전〉의 문장부터 살펴보도록 하겠다.

대정뷔 셰샹의 나미 공명을 본밧지 못ᄒ면 찰아리 병법을 외와 대정닌을 요하의 빗기추고 동졍셔벌ᄒ여 국가의 디공을 셰우고 일흠을 만디의 빗ᄂᆡ미 졍부의 쾌시라 나는 엇지ᄒ여일신이 젹막ᄒ고 부형이 이시되 호부호형을 못ᄒ니 심졍이 터질지라 엇지 통한치 아니리오

비록 한자어투를 불식하지는 못했다 하더라도 구어체에 가까운 문장으로 언문일치에 접근하고 있음을 알 수 있다. 이러한 정도의 한자어투는 사대부 계층이나 일반 평민계층을 막론하고 이해에 큰 어려움이 없었을 것이라 보이는 시대적 현실을 감안한다면 언문일치에의 과정에서 어쩔 수 없는 일이었을 것으로 생각된다. 이러한 점은 특히 판소리계 소설에 이르면 많이 극복되고 있음을 볼 수 있다. 〈춘향전〉에서 두 장면만 살펴보도록 하겠다.

장고통이 요졀ᄒ고 북통이 등터지고 ᄒᆡ금줄이 설어지고 젓디발페 씨여지고 기성덜은 비녀일코 화젓가락 썰너시며 아뇌덜은 벙치일코 전골판을 씨고나며 취슈는 나발일코 쥬먹디고 쐬쐬ᄒ고 디포는 춍을일코 입으로만 텡텡ᄒ다 이마ᄀ 로닷쳐 피가 쑥쑥 흐르는놈 발등발펴 뒤쳐져서 이고이고 우는놈 아무일이 업는놈도 손혜치며 급한쇼리 공즁구경 ᄒ는놈도 울울울 달음박질 아조쌜닌 뒤 집필졔 본관도 원급ᄒ니 슐쥬졍이 간디업고 보션발노 달음박질 이상으로 들어가니 두다리가 뻣뻣ᄒ야 안질슈가 업셔구나 힝젼단님 풀고보니 쏭셤이나 싸노왓다

츈향어모 셔셔보다 팔작뛰여 달녀들며 여보쇼 이스람들 즈니노리 그만ᄒ고 니노리 드러보쇼 츔을츄며 노리홀졔 허리는 족금굽고 질은 좀머거도 절머실졔

명긔긔로 츔사위 목구셩이 그쪄듯고 볼만ᄒ야 얼시고나 졀시고나 지와자 죠흘
시고 불상ᄒᆫ 니쑬 춘향 무슨죄로 장ᄒᆞ가 불경이부 죄ᄀ되면 열녀되리 잇건는
ᄀ 어ᄉ쏘를 못보드면 장하원혼 면ᄒ것나 승련어어싀또긔 람비등거 와겨시너
오월비상 되던목슘 칠년디ᄒᆫ 비만낫네 죠흘시고 죠흘시고 쑬살니니 죠흘시고
어ᄉ쏘ᄀ 졀무시고 얼골이 예쑤다니 우리ᄉ회 낫셰되고 그얼골과 갓트신가 어
졔젼역 얼는터니 다시얼골 볼슈 업너 오날젼역 쏘오거든 니쑬ᄒ고 두리지식
죠흘시고 홀시고 이손목을 악겻ᄯ ᄀ 금이나며 옥이닐ᄀ 놀날쩌로 놀녀보시 이
궁둥이 두엇다ᄀ 논을살가 밧슬살가 흔들쩌로 흔드러라

이몽룡이 암행어사 출두한 이후 혼란에 빠진 관가의 모습과 춘향이 목숨
을 건진 후 월매가 좋아서 춤추며 노래하는 장면에서의 사설 내용이다. 우
리말의 특성을 살려 장면을 박진감 있게 표현하고 있거니와 생활에 밀착된
언어를 꾸밈없이 옮겨놓음으로 해서 언문일치된 우리 문장이 아니고서는
느낄 수 없는 우리의 정서가 그대로 전달되고 있음에 놀라지 않을 수 없다.
이렇게 보면 다수의 청중이 한데 어울려 공유하였던 판의 예술로서의 판소
리 사설로서 그리고 문자로 정착되어 일정한 독자층에 공감되었던 고전소
설로서의 〈춘향전〉을 비롯한 이들 작품들은 조선 후기에 이르러 언문일치
노력이 소중한 결실을 거두는 데 크게 기여하였을 것으로 보인다.
위에서 살펴본 바와 같이 시가 분야에서의 언문일치 노력에 못지않게 오
히려 폭넓고 깊이 있게 다양한 양상으로 이루어져온 산문 분야에서의 값진
노력들이야말로 묵묵히 언문일치를 실천해온 선인들의 빛나는 정신력의 소
산일진대 그에 걸맞게 높이 평가되어야 할 것이라 생각된다.

4. 한문학의 반성과 언문일치 모색

1) 한문학의 반성

앞에서 언문일치를 향한 선인들의 실천적 의지를 그들의 문학작품을 통하여 살펴보았다. 이와는 다른 각도에서 우리가 선인들의 언문일치에의 노력으로 주목해야 할 것은 바로 그러한 관심을 이론적으로나마 글로 나타내면서 우리말과 우리글의 소중함을 깊이 인식하였던 견해들이다. 진정한 언문일치에의 길이 전통적인 한문학을 향유하였던 사대부 지식인들의 각성과 참여 없이는 어려웠던 현실이었기에 그들의 언문일치에의 이론적 접근 역시 나름대로 의미 있는 일로서 반드시 검토하고 넘어가야 할 문제라 생각된다. 그리하여 언문일치에의 관심이 확산되기에 이르기까지의 문학적 현실을 차례로 짚어가면서 그러한 언문일치에의 노력이 필연적으로 전개될 수밖에 없었다고 하는 점을 살펴보도록 하겠다.

이미 언급한 대로 송강, 노계, 고산을 비롯한 많은 시인들의 시가작품이 창작되어 폭넓게 호응을 얻기 시작하고 산문 분야에서도 언문일치에 의한 문학작품의 잔가가 드높게 발휘됨을 간과할 수 없었던 현실에서, 중국의 문자를 빌려 사용함으로 해서 말과 글이 서로 다른 현실을 극복하지 못하고 중국의 문학형식으로 문학 활동을 전개하면서 수반되는 여러 가지 문학적 한계에 갈등하였던 사대부 문인들도 여러 측면에서 변화의 조짐을 보이지 않을 수 없었다고 보인다. 궁극적으로 언문일치의 문학운동의 길로 나아감에 있어서 그들 한문학을 향유하였던 문인들이 갈등과 방황 속에서 보여준 변모의 양상으로 두드러진 것으로는, 조선조 문학에 대한 비판, 문체문제의 대두, 소설논의의 확산, 과시비판, 『시경』에 대한 인식의 변모, 한시의 학당·학송에서의 탈피 시도, 근체시 비판, 악부의 성행, 우리 민요에 대한 긍정적 인식, 시조집의 편찬, 민족문학정신의 고양, 조선시 선언 등의 양상을 손꼽을 수 있을 것이다. 이러한 양상들이 복합적으로 작용되면서 언문일치에의 관심 확산으로 방향을 잡게 되었음은 물론이다.

이제 그러한 양상들을 간추려보도록 하겠다. 임진왜란과 병자호란(1636~1637) 이후 사회적 사상적으로 모든 분야에서 변화를 거듭하는 가운데 조선조 문학 전반에 대한 반성과 비판의 기운이 강하게 일어나고 있었다. 이러한 비판의식이 전반적으로 고조되었던 것은 그 바탕에 바람직한 민족문학의 수립을 꾀하고자 하는 강한 민족문학정신이 담겨 있었던 때문으로 보인다. 당시의 그와 같은 민족문학에 대한 높은 관심은 오랜 중국문학의 굴레에서 벗어나고자 하는 인식에서부터 비롯되고 있다.

최석정은 『명곡집』에서 우리나라의 문체는 기가 쇠약하여 떨치지 못하고, 사가 비루하여 우아하지 못하며, 이를 나타내는 데 있어서도 섬세하여 혼전하지 못하다고 하면서 비판의 소리를 높였다. 이러한 비판과 반성의 움직임은 많은 문인들에 의해 우리 문학의 결점을 중국 문학과 비교하는 데서 분명히 찾아내려는 생각으로 연결되어 나타나기도 하였다. 그들은 우리의 문학이 전반적인 면에서 모두 중국에 뒤떨어지기 때문에 문학의 격이 높은 차원에 이르지 못했다고 보았다. 그런 한편으로 우리 문인들의 재능이 결코 중국 문인들에 비해 부족해서 그런 것이 아니고 기본적으로 문장에 노력함이 부족해서라는 신랄한 비판이자 반성의 소리를 남기기도 했다. 이렇게 당시의 문학현실을 정당하게 비판하고 반성하는 자세에서부터 새로운 발전의 계기가 마련될 수 있으며 중국문학에 뒤지지 않는 문학을 이룰 수 있다고 볼 때, 그러한 생각들은 오히려 발전적인 민족문학의 수립을 위한 가장 기본적인 태도일 수도 있다고 생각된다. 문학비평을 통하여 문학의 발전적 계기를 찾고자 한다면, 당시의 문학적 현실에 대한 정확한 분석과 검토가 우선되어야 할 것으로 보이기 때문이다. 결국 말과 글이 다른 문학적 현실에서는 이러한 뼈아픈 반성이 빚어질 수밖에 없었던 것이라 하겠다.

이렇게 정통 한문학에 대한 비판과 반성의 기운이 확산되는 것과 때를 같이하여 문체의 혼란이 주자학적 질서 자체를 뒤흔들지도 모른다는 우려를 느끼게 할 정도로 문제시되기에 이르렀다. 당시 사회의 모순을 정확히 인식하고 그 바탕에서 당시 사회의 구조적 모순이나 그 속에 내재해 있는 모든 갈등을 해소 극복하고자 하는 내용을 문학작품에 표현해내고자 할 때, 이미 정통 고문으로서는 그 목적을 이룰 수 없다고 본 것이 연암 박지원을 비롯한 여러 문인들의 생각이었다. 그리하여 그들이 택한 것이 바로 패관잡서에나 쓰였던 소설체의 문장이었다. 그렇게 해서 많은 문인들이 소설체의 문장에 관심을 기울이게 되자, 그에 대응하여 그것이 주자학적 지배이념을 혼란시키며 정통 한문학의 규범을 타락시킬 수 있다고 인식하는 문인들의 주장을 대변하여 정조(재위 1776~1800)는 문체반정의 정책으로 문체의 회순을 기도하기도 하였다.

이렇게 문체문제가 사회적으로 확대되었던 상황에서 당시의 문인들은 패관소설에 관하여 그것을 옹호하고 인정하려는 견해와 이단의 잡학과 함께 배격되어야 한다는 견해로 각각 두 갈래로 나뉘어져 논의가 분분하였다. 소설배격론자들은 주로 소설의 비도덕성, 비사실성, 지배이념의 혼란 야기, 반윤리적 음란성, 경제적 손실과 여공의 태만, 문체의 퇴폐화 등을 들어 소설을 배격하였고, 소설긍정론자들은 소설의 효용성에 근거하여 권선징악, 경세, 계세, 지식과 견문의 확대, 파한과 감흥 제공 등을 내세우며 소설을 긍정적으로 옹호하였다.

조선 후기의 문체의 혼란과 그에 대응한 문체반정책 그리고 패관소설에 관한 상반된 견해의 대립 등의 양상은 결국 주자학적 질서 아래 도학적 문장으로 이루어져오던 정통 한문학만으로는 당시 사회의 구조적 모순이나 갈등을 표현하고 극복해낼 수 없었다는 사실을 단적으로 나타내준 것으로 보인다. 물론 정치, 경제, 사회 모든 분야에 맞물려 있는 문제이기는 하겠지만, 결국 말과 글이 다른 현실에서 필연적으로 제기될 수밖에 없는 문제가 노출되었을 뿐이라고 할 수도 있겠다.

이와 같은 여건 속에서 한시에 대한 문인들의 인식에서도 변모된 모습들을 발견할 수가 있다. 사대부 문인들이 관료로 진출하기 위한 관문으로서 과거에 몰두하게 되고 그 과정에서 형식적 내용적 규제가 엄격하게 적용되는 과시에 매달리게 되자, 시의 개성이나 예술성이 무시된 채 시가 볼품없는 것으로 전락하여 오직 입신양명의 수단으로 떨어지고 말았다는 비판의 소리가 높아졌다. 그리고 송대 주자의 교화론적 해석에 초점을 맞춘 『시경』에 대한 전통적 인식도 변모되기 시작하였다. 이옥(1760~1810)은 시정적 삶의 진실한 모습을 노래한 시와 『시경』의 〈국풍〉을 동일시하는 혁신적 관점을 보이면서, 『시경』이 더 이상 그대로 본받아야 할 전범은 아니라고 역설하였다. 이처럼 전통적인 『시경』 논의에 갈등을 일으켰음은 정통 한시관을 고수해오던 시단에 새로운 자극이 되었을 것이다.

이러한 과시에 대한 비판이나 『시경』에 대한 인식의 변모는 당대 시단의 변모되어가는 모습을 단적으로 일러주는 것이라고 하겠거니와, 관습적으로 중국 당·송의 시를 학시의 모범으로 하였던 데서 탈피하고자 하면서 학당·학송에 집착하는 병폐를 반성함과 아울러 시작품에 대한 평가만으로 시의 가치를 찾아내고자 하거나 참된 시의 경지를 시인의 노력으로 이루어 나가야 한다는 등의 시대정신에 걸맞은 시정신을 나타냈다든지, 근체시의 속박에서 벗어나려는 노력으로 고시의 자유로운 시형식을 선호하면서 작시에서의 자연스러운 정서의 표현을 지향하고자 하였다든지, 변화된 시대정신을 여실히 표현해내기 위해 불가피했던 새로운 시운동의 일환으로 조선의 한시가 중국의 전례나 규범을 되풀이하는 데 그치지 않고 우리 문화에 깊이 뿌리 내리도록 해야 한다는 움직임이 적극적으로 일어남으로써 악부시의 성행을 초래하게 되었다든지, 악부시의 성행과 맥을 같이하는 것으로 자연에서 그대로 우러나온 민간의 민요를 사대부들의 기교에 찬 시보다 우수하게 생각하고 민요를 진시로까지 높이 평가하면서 우리 민요에 대해 긍정적 인식을 보여주었다든지 하는 등이 또한 당시 시단의 변모를 뚜렷이 보여주는 것이라고 하겠다. 이러한 여건 속에서 『청구영언』, 『해동가요』, 『가곡원류』 등의 시조집이 편찬되었음도 주목할 만한 일일 것이다. 이 모든 변모가 결국은 한문학적 전통이 뿌리 깊게 이어져 내려오던 우리의 현실에서 필연적으로 빚어질 수밖에 없는 또 언젠가는 반드시 거쳐야 하는 그리고 언문일치에의 과정에 있어 반드시 그렇게 발생될 수밖에 없는 그러한 갈등이었다고 해야 할 것이다.

한편 조선 후기 한문학의 이러한 변모 양상의 밑바탕에 깔려 있었던 기본정신은 민족문학정신으로 볼 수 있다. 고려조 이래로 어느 시기를 막론하고 민족문학에 대한 관심이 나타나있지 않은 때는 없었겠지만, 특히 조선 후기에 이르러 정통 한문학이 갈등을 일으키면서도 그대로 지속되어가는 여건에서 뜻있는 문인들이 민족의 현실을 정확히 인식하고 비록 한문학으로나마 민족문학을 재정립해보고자 하는 노력을 보이면서 더욱 크게 확산되었다고 생각된다.

허균이나 이수광, 이익, 홍만종, 홍양호, 박지원, 박제가 등의 문인들이 비록 언문일치에 의한 진정한 민족문학 수립을 주장한 것은 아니지만 나름대로 민족문학정신을 강조하고 그것을 작품 속에 담고자 노력한 가운데, 특히 김만중은 이른바 자국어선언에서 언문일치의 필요성을 역설하면서 민족문학정신을 강하게 피력하였다. 한문학을 민족문학으로 재정립해보자는 여타의 문인들의 견해를 과감히 뛰어넘은 것으로 판단되는 이 자국어선언은 김만중의 민족문학정신의 소산이자 한문학에 찌든 채 잠들어있던 민족정신의 표출이라 할 수 있을 것이며 서서히 변모되어가는 당시인들의 시대정신을 대변해준 것으로 보여 그 의의가 자못 크다고 해야 하겠다. 아울러 그는 〈구운몽〉과 〈사씨남정기〉를 지어서 언문일치에의 노력을 실천적으로 보여주기도 하였다.

이처럼 조선 후기에 이르러 한문학 전반에 걸쳐 비판과 반성의 기운이 고조되면서 민족문학 정신이 강하게 대두되는 가운데, 다산 정약용은 당대의 시학적 현실을 직시하고 민족문학의 나아갈 길을 이른바 조선시선언을 통하여 명료하게 제시해주었다. 조선시선언이란 중국 시의 굴레를 벗어나 조선의 마음이 담긴 조선의 시를 추구하고자 하면서 '나는 조선사람, 즐겨 조선의 시를 지으리'라고 외친 시구에서 비롯된 것이다. 이 경우 우리의 말과 글로 시조와 같은 우리의 시를 창작하자고 내세우는 것이 더 걸맞지 않앉을까 하는 생각에서 다산이 그 시대의 문학적 현실을 더 이상 뛰어넘지 못하였다는 한계성을 찾아볼 수 있다고 하겠다. 그러나 우리의 말과 글로 다듬어지면서 내용과 형식이 조화를 이룬 진정한 의미에서의 조선시를 추구하지 못한 스스로의 한계가 분명함에도 불구하고, 민족문학의 주체성을 획득하고자 하는 자신의 의지를 강하게 드러냄으로 해서 민족문학의 나아갈 길을 앞서서 제시해주었다는 측면에서 가치 있는 일로 평가되어야 할 것으로 생각된다.[14]

이상에서 살펴본 조선 후기 한문학의 변모양상은 언문일치 문학을 지향하는 움직임의 배경으로서 또 그 이론적 바탕으로서의 의의를 충분히 가지고 있다고 생각된다. 그것은 또한 시대적 흐름에 자연스럽게 발맞추는 것이었다고도 하겠다. 필연적으로 도래할 새로운 시대의 문학의 주류는 다름 아닌 언문일치로 이루어진 진정한 우리의 민족문학임을 그들도 깨닫기 시작하였다고 보아도 틀림은 없을 것으로 보이기 때문이다.

2) 언문일치에의 이론적 접근

앞에서 살펴본 바와 같이 한문학에 대한 비판과 반성의 기운이 무르익는 가운데 다양한 모습으로 변화의 양상을 보이기 시작한 조선조 문단의 문학적 현실에서 그러한 논의의 귀착점으로 자연스럽게 모색된 것이 곧 언문일치 문학을 지향하는 것이었다고 볼 수 있을 것이다. 결국 조선 후기에 이르러 한문학에만 심취되어 있던 사대부 계층에서도 훈민정음의 사용이 날로 확산되고 시조, 가사, 고전소설 등의 국문학 작품들이 그들 사이에서까지 꾸준히 관심을 끌게 되자 어쩔 수 없이 훈민정음에 대해 재인식하게 되고 언문일치에 의한 민족문학의 수립이라고 하는 문제에도 관심을 기울이지 않을 수 없게 되었다고 하겠다.

---

14 정대림, 『한국 고전문학비평의 이해』(태학사, 1991), 407면 이하 참조.

특히 세종시대 이후에는 최세진이 업적을 남긴 것을 제외하고는 그야말로 침체되어 있던 훈민정음에 대한 연구도 조선 후기에 이르면 실학자들을 중심으로 활발히 진행되었다. 그들은 문자, 음운, 문법, 어의, 어원 등을 연구대상으로 하였으며 언어자료의 정리에도 노력하면서 훈민정음의 가치를 높이 평가하였다.

신경준의 업적은 앞서 살펴보았거니와, 정동유(1744~1808)는 훈민정음을 천하의 대문헌으로 보고 그것이 어찌 조선이라는 한 지역의 언어를 옮겨 쓰는 자료일 뿐이겠는가라고 반문하면서 표음문자로서의 훈민정음의 우수성을 강조하였다. 그리고 그의 영향을 크게 받았다고 보이는 유희(1773~1837)도 역시 훈민정음의 우수성을 강조하는 한편으로 훈민정음이 수효는 얼마 안 되어도 수많은 음을 표기할 수가 있고 또 잘못 읽히는 수도 없다고 하면서 그러한 두 가지 면에서 한자보다 오히려 우수한 문자라고 하였다. 또한 훈민정음이 쉽다고 하여 천대할 것은 아니라고도 하였으며 유학자들이 훈민정음 연구에 관심을 가져줄 것을 역설하기도 하였다. 그 외에도 황윤석(1729~1791), 이사질(1705~1776), 이규경(1788~?) 등 훈민정음의 우수성을 주장하면서 그 연구에 힘을 쏟은 학자들은 상당수에 이른다.[15]

이러한 주장들의 배경에는 언문일치의 소중함을 깊이 인식하고 언문일치에 의한 민족문학의 수립을 간절히 바라는 마음들이 그들의 내면 깊은 곳에 자리하고 있었을 것으로 보인다. 이렇게 훈민정음에 대한 음운학적 연구가 활발히 진행되고 그 가치를 새롭게 평가하게 되면서 문학하는 사람들 사이에서는 언문일치로 접근하려는 의식이 나타나게 되었다.

김만중은 『서포만필』에서 우리나라의 시와 문장이 고유의 언어를 버리고 다른 나라의 언어를 배워서 쓴 것이기 때문에 가령 아주 흡사하게 표현해낸다 해도 앵무새가 사람의 말을 하는 것과 같을 뿐이라고 하였다. 그리고 여항의 초동이나 물 긷는 아낙네들이 소리하며 서로 화창하는 것이 비록

---

15 강신항, 앞의 책, 66면 이하 참조.

비속하다고는 하지만 그 진위를 논한다면 사대부들의 소위 시나 부라고 하여 타국의 언어를 배워서 쓴 것과 같이 논할 것이 못된다고 역설하였다. 이것이 바로 자기 나라 말로 쓰지 않은 시문은 앵무새가 사람의 말을 흉내 내는 것과 다름이 없다고 하면서 우리 고유의 언어와 우리의 문자로 진정한 민족문학을 가꾸어나가자고 외친 이른바 자국어선언이다. 그는 분명 표현 해야 할 내용과 표기된 문자 사이의 간극을 깨닫고 있었으며, 그러한 생각 을 바탕으로 진보적 언어관이랄 수 있는 언문일치에의 접근이라는 인식에 도달하였던 것으로 보인다.

이에 비해 박제가는 『북학의』에서 매우 흥미 있는 생각을 보여주었는데, 언문일치에는 공감하면서도 우리의 문자를 사용하고자 하였던 것이 아니라 반대로 한문을 쓰면서 중국의 언어에 동화되어도 좋다고 한 것이 바로 그것 이다. 이는 우리 문학의 발전을 위해서는 무엇보다도 절실한 것이 언문일치 임을 깨달은 지식인의 갈등을 단적으로 보여주는 것이라 생각된다. 그리하 여 문자의 근본을 한어에서 찾고 한어에의 동화를 들고 나서는 무리를 범하 고 말긴 했지만, 우리말 우리글을 쓰자는 언문일치에의 길에서 있음직한 방황의 한 모습이라 할 것이며 언문일치의 소중함을 한층 분명히 일깨워준 것이라고도 하겠다. 그리고 외국어가 마구 범람하는 오늘날의 현실에서 우 리말과 글을 가꾸고 다듬는 노력을 게을리하지 말아야 한다는 교훈으로도 삼을 만하다고 할 것이다.

박지원에게서도 언문일치에 대한 견해를 찾아볼 수 있다. 그는 중국은 바로 문자로써 말을 하고 있으므로 경, 사, 자, 집이 모두 입속에서 이루어 진 말들인데 그것은 기억력이 남과 달라서 그런 것이 아니라고 하였다. 또 한 우리가 억지로 시문을 지으면 이미 참다운 정서를 잃어버리게 되는데 이는 말과 글이 판이하게 다른 두 가지 물건이 되어버리는 까닭이라고 하였 다. 그리고 우리나라에서 글을 짓는 자들이 말과 글이 서로 모순이 되어 틀리기 쉬운 옛날 글자를 가지고 다시 알기 어려운 방언으로 번역하고 나면 그 글의 요지는 캄캄해지고 사어는 모호하게 되어버리는 것이 다 그 까닭이

아니겠느냐고 반문하였다. 그 역시 문학다운 문학의 창작에 있어서 언문일
치가 필수적임을 주장하였던 것이라고 하겠다.

결국 그들도 정통 한문학을 고수하는 데서 완전히 탈피하지는 못했지
만, 말과 글이 다른 문학적 현실을 명백히 인식하고 그러한 상황 아래 중국
의 문자를 빌려 표현해낸 한국 한문학의 문학적 한계를 스스로 인정하기에
이르렀던 것이라 하겠다. 사실 언어와 문자는 인간의 생활과 사고방식을
제한하는 것이기 때문이다. 비록 그들의 이러한 정신이 훈민정음 곧 우리
문자로의 언문일치로 진전되고 확산되어 문학적 보편성을 얻는 데까지는
이르지 못한 한계성을 지니고 있기는 하지만, 그것은 당시의 문화적 여건으
로 보아서 분명 진보적 언어관의 소산이었다고 할 수 있을 것으로 보인다.

이처럼 영·정조대를 전후하여 실학자들을 중심으로 훈민정음에 대한
새로운 인식과 음운학적 연구가 진행되고 아울러서 말과 글이 다른 여건에
서 빚어진 문학적 모순들을 타개하기 위하여 현실적으로 언문일치의 문학
정신이 대두되었다고 하는 것은 매우 주목할 만한 것이라고 하겠다. 그러나
훈민정음에 대한 연구는 지속적으로 이어지지 못하고 실학 학풍의 쇠퇴와
함께 정체상태에 들어갔으며, 언문일치의 추구 역시 더 이상의 이론적 진전
을 보여주지는 못하였다.

그렇다고 하더라도 조선 후기 실학사상과 19세기 후반의 선구적인 개화
사상과의 영향관계가 그 인적 계보면이나 사상적 연관관계에 있어서 내재
적 전회가 인정되고 있는 면에서 보면, 민족문학의 발전을 위하여 현실적으
로 언문일치에 접근하고자 하였던 그들의 생각 역시 개화기의 국한문혼용
과 국문체의 보급운동 전개에 영향을 미쳤을 것으로 생각되어 그 사적 의미
는 뚜렷한 바 있다고 해야 할 것이다.[16]

이렇게 훈민정음 사용이 꾸준히 확산되고, 선인들의 문학 작품을 통한
언문일치에의 실천적 노력들이 큰 성과를 보여주었던 상황에서 이루어진

---

16 주 14) 참조.

정통 한문학에 근본을 두었던 문인들의 언문일치에의 이론적 접근은 우리 말 우리글로 된 민족문학의 수립이란 측면에서 볼 때 매우 의의 있는 일이 었다고 볼 수 있겠다. 그러나 조선 후기 한문학의 반성과 그에 연결되는 언문일치에의 이론적 접근이라고 하는 문제는 사실 부족한 자료의 여건으로 보아 다소 무리한 점이 있어 논리적 비약이라는 비판을 받을 수도 있을 것으로 생각된다. 이 점에 유의하여 더욱 많은 자료를 수집 정리하여 계속 보완해나가야 할 것으로 보인다.

5. 맺음말

이상에서 고전문학과 언문일치 노력이란 문제를 훈민정음 창제의 의의 와 훈민정음의 사용 확산, 고전시가와 산문에서의 언문일치 노력, 한문학 의 반성과 언문일치에의 이론적 접근 등의 항목으로 나누어 살펴보았다. 그리하여 고전문학적 측면에서 볼 때 우리의 선인들이, 훈민정음 창제 이 후 일상생활에서 훈민정음이 의사소통수단으로 확산되어가는 시대적 현실 에 발맞추어, 훈민정음으로 시가와 산문을 창작하면서 실천적으로 언문일 치의 길을 지향하였던 한편으로 언문일치의 중요성을 깊이 인식하고 그 길 이 바로 진정한 민족문학을 꽃피우는 길임을 이론적으로 내세우기도 하면 서 우리말 우리글을 아끼고 사랑하며 갈고 닦아 오늘에 이어 내렸음을 확 인할 수 있었다.

이제 선인들의 그러한 노력의 결실을 현대시 특히 소월 김정식(1902~ 1935)과 만해 한용운(1879~1944)의 시를 중심으로 문학적 전통의 이어내림 이란 관점에서 찾아보면서 이 글의 마무리에 대신하도록 하겠다.

널리 알려진 바와 같이 개항(1876) 이후에도 30여 년 동안이나 외국의 문학을 받아들이지 않았던 우리의 문학적 여건 속에서도 육당 최남선(1890 ~1957)이 1908년 『소년』지 창간호에 〈해에게서 소년에게〉를 발표한 이래

서구의 자유시를 보고 배운 우리의 현대시는 빠른 속도로 자유시의 본질에
접근하게 되었다.

> 텨…ㄹ썩, 텨…ㄹ썩, 쏴…아.
> 짜린다, 부슨다, 문허바린다.
> 태산갓흔 놉흔뫼, 딥태갓흔 바위ㅅ돌이나,
> 요것이 무어야 요게 무어야,
> 나의 큰힘, 아나냐, 모르나냐, 호통까디 하면서,
> 짜린다, 부슨다, 문허바린다.
> 텨…ㄹ썩, 텨…ㄹ썩, 텩, 튜르릉, 콱.

이처럼 육당의 〈해에게서 소년에게〉는 지나치게 구어체로 이루어져 표
현상의 미숙함과 조잡함이 결점으로 지적되기도 하지만, 근대적 계몽사조
에 입각한 애국적 포부와 미래에 대한 희망이 바다와 같이 넘치고 있음을
느끼게 한다. 바로 그러한 힘이 언문일치에 의한 꾸밈없는 우리말의 시적
노력에 힘입고 있음은 두 말할 나위가 없을 것이다.

이렇게 출발한 우리의 자유시는 놀랍도록 문학적 적응력을 강하게 보이
면서 벌써 1920년대 후반에 이르면 그러한 짧은 역사에도 불구하고 오늘날
에 이르기까지 우리의 현대시가 아직 극복해내지 못했다고도 하는 탁월한
시적 경지를 보여준 소월과 만해를 배출하였다. 다소 번잡하긴 하지만 선인
들의 언문일치 노력이 이어져 내린 우리의 시적 전통을 확인해야 한다는
의미에서 소월의 시 〈진달래꽃〉과 만해의 시 〈님의 침묵〉을 예시해보겠다.

> 나 보기가 역겨워
> 가실 때에는
> 말없이 고이 보내 드리우리다.

영변에 약산
진달래꽃
아름 따다 가실 길에 뿌리우리다.

가시는 걸음 걸음
놓인 그 꽃을
사뿐히 즈려밟고 가시옵소서.

나 보기가 역겨워
가실 때에는
죽어도 아니 눈물 흘리우리다.

- 〈진달래꽃〉

님은 갔읍니다. 아아 사랑하는 나의 님은 갔읍니다.

푸른 산빛을 깨치고 단풍나무 숲을 향하여 난 작은 길을 걸어서 차마 떨치고 갔읍니다.

황금의 꽃같이 굳고 빛나던 옛 맹서는 차디찬 티끌이 되어서 한숨의 미풍에 날아갔읍니다.

날카로운 첫 키스의 추억은 나의 운명의 지침을 돌려 놓고 뒷걸음쳐서 사라졌읍니다.

나는 향기로운 님의 말소리에 귀먹고 꽃다운 님의 얼굴에 눈 멀었읍니다.

사랑도 사람의 일이라 만날 때에 미리 떠날 것을 염려하고 경계하지 아니한 것은 아니지만, 이별은 뜻밖에 일이 되고 놀란 가슴은 새로운 슬픔에 터집니다.

그러나 이별은 쓸데없는 눈물의 원천을 만들고 마는 것은 스스로 사랑을 깨치는 것인 줄 아는 까닭에,

것잡을 수 없는 슬픔의 힘을 옮겨서 새 희망의 정수박이에 들어부었읍니다.

우리는 만날 때에 떠날 것을 염려하는 것과 같이, 떠날 때에 다시 만날 것을

믿습니다.

아아, 님은 갔지마는 나는 님을 보내지 아니하였읍니다.

제 곡조를 못 이기는 사랑의 노래는 님의 침묵을 휩싸고 돕니다.

- 〈님의 침묵〉

이처럼 체질적 한이나 애수를 바탕으로 고운 가락에 아름다운 서정을 노래한 소월의 시나, 밑바탕에 불교적인 윤회사상과 인연설 등을 깔면서 연가풍의 서정적 정서를 교묘히 결합시키는 한편 섬세한 언어구사로 시적 성공을 거둔 만해의 시를 보면서 우리는 새삼 이른바 '핏속에 흘러온 시'적 전통의 엄청난 힘을 느낄 수 있다.[17]

바로 이러한 현대시의 성과, 서구의 자유시를 받아들여 실험하기 시작한 그 문턱에서 이루어낸 이와 같은 시적 성과는 과연 무엇을 우리에게 일러주는 것이겠는가? 그것은 다름 아닌 시조와 가사 등을 통해 시대를 거쳐 오면서 면면히 이어 내려온 우리 시의 전통, 말과 글이 하나로 어울린 진정한 우리 시의 발전을 실천적으로 이루어온 선인들의 노력과 의지 그리고 그 과정에서 표현과 수사에 힘써 우리말과 글을 갈고 닦아온 시적 노력이 조화를 이루면서 우리들의 핏속에 흘러내려온 결과임을 말해주는 것이라 하겠다. 결국 선인들의 언문일치 노력, 우리말 우리글을 지키고 가꾸며 우리의 정서를 아름다운 시적 정서로 승화시켜온 선인들의 노력이 없었더라면 그러한 시적 성과는 결코 이루어질 수 없었다고 보아도 좋을 것으로 생각된다. 이러한 생각은 아무리 높고 찬란한 외래의 문화라 하더라도 이 땅에 그것을 수용하여 변용시키거나 꽃피워나갈 수 있는 탄탄한 문화적 바탕이 마련되어 있지 않다고 한다면, 그것은 그저 외래문화로 소개되는 정도에 그치거나 쓸모없는 지식으로 무시되어버리거나 할 것이 너무나 자명하다는 데서 더욱 설득력을 얻을 수 있을 것으로 보인다. 이렇게 보면 지금까지

---

17 정한모, 『한국현대시문학사』(일지사, 1974), 10~28면 참조.

살펴본 선인들의 언문일치에의 노력이 값진 것이었음을 새삼 느낄 수 있다고 하겠다.

　이 글은 고전문학에서의 언문일치 노력을 개관해본다는 데 초점을 맞추었기 때문에, 인용된 작품들의 문학적 가치를 평가하는 면이나 문학사적으로 마땅한 자리를 잡게 하는 면 등에 대한 연구를 비롯하여 여러 측면에서 많은 한계를 보여주고 있음은 물론이다. 앞으로 그러한 부족한 면을 보완하면서 새로운 자료를 발굴하여 정리하고 많은 연구자들의 새로운 연구업적들을 참조하여 고전문학적 측면에서의 선인들의 언문일치 노력의 참모습을 제대로 정리해나가는 것이 과제로 남아 있다고 하겠다.

(「세종대논문집」 18, 1991)

찾아보기

인명(人名)

작품명(作品名)

서명(書名)